历代笔记小说大观

坚瓠集

一

[清] 褚人获 辑撰

李梦生 校点

图书在版编目(CIP)数据

坚瓠集 /（清）褚人获辑撰；李梦生校点. —上海：
上海古籍出版社，2012.12(2023.8 重印)
（历代笔记小说大观）
ISBN 978-7-5325-6381-4

Ⅰ.①坚…　Ⅱ.①褚…　②李…　Ⅲ.①笔记小说—作
品集—中国—清代　Ⅳ.①I242.1

中国版本图书馆 CIP 数据核字(2012)第 045451 号

历代笔记小说大观

坚 瓠 集

（全四册）

[清] 褚人获　辑撰

李梦生　校点

上海古籍出版社出版发行

（上海市闵行区号景路 159 弄 1-5 号 A 座 5F　邮政编码 201101）

（1）网址：www.guji.com.cn
（2）E-mail：guji1@guji.com.cn
（3）易文网网址：www.ewen.co

常熟文化印刷有限公司印刷

开本 635×965　1/16　印张 88.5　插页 8　字数 1,160,000
2012 年 12 月第 1 版　2023 年 8 月第 2 次印刷
印数：2,101—3,200
ISBN 978-7-5325-6381-4
Ⅰ·2535　定价：198.00 元

如有质量问题,请与承印公司联系

校 点 说 明

《坚瓠集》六十六卷(甲集至癸集各四卷,续集四卷,广集、补集、秘集各六卷,余集四卷),清褚人获编撰。

褚人获,字学稼,又字稼轩,号石农、没事农夫,长洲(今江苏苏州)人。据本书己集沈宗敬序,甲戌(康熙三十三年,1694)时作者60岁,知其生于明崇祯八年(1635)。本书编讫为康熙四十二年(1703),作者已69岁。褚人获生于历代书香之家,祖、父皆饱学宿儒,叔祖九皋,万历八年进士。他博闻广识,尤谙稗官野史,雅好著述,所交皆俊彦,如为《坚瓠集》作序的毛宗岗、毛际可、顾贞观、洪升、尤侗、张潮等,皆一时名士。除编有本书外,尚刊行、评点小说《隋唐演义》,著有《退佳琐录》、《读史随笔》、《鼎甲考》等。

《坚瓠集》取名源于《庄子·逍遥游》中"五石瓠"事,自谦所撰空廓无用。书经作者积十余年采撷而成,上至经史子集、天文地理,下至里谣杂说、志怪风俗,无不包容;往往以类排比,于记事外间引前人考证,杂以己见。全书大致摘录前人著述而成,于明代事特多,又杂以亲历亲闻近事。文笔生动,叙事有序,不惟可供谈助,亦足资考证。惟编辑历年久长,陆续刊行,多有一事数见,略显繁芜。

《坚瓠集》始刊于康熙二十九年(1690),现存世有康熙年间所刊巾箱本、道光刊本、《清代笔记丛刊》本、《笔记小说大观》本及民国十五年(1926)柏香书屋校勘本。这次整理,以上海图书馆藏康熙刊本为底本,校以柏香书屋本,以《笔记小说大观》本参校。三本差异较大。现存康熙本亦非原刊结集,而是全集编完后,利用原板刷印,多有挖改,并移若干分集序作总序。全集除首集外,书名多作"续集",而在板心标"乙集"、"丙集"等,署名或作"长洲石农褚人获学稼纂辑","长洲后进好事儒者褚稼轩辑",或题"甬上留香阁主人较刊"。柏香书屋本前十集依天干排列,《笔记小说大观》本前十集依数序排列。将三本比勘,柏香书屋本各集序与康熙本出入较大,除增出 7 篇外,次序亦不同,如康熙本丙集毛宗岗序,见柏香书屋本庚集;丁集毛际可序见柏香书屋本壬集;条目文字,二本基本相同,偶有数条此有彼无。《笔记小说大观》本之序文与康熙本基本相同,文字、条目编排却大异,甚至相差有半卷之多,如康熙本庚集卷四大部分内容见《笔记小说大观》本戊集卷四。有鉴于此,这次整理,除删去康熙本总序归入原分集序外,基本保存原貌,并据柏香书屋本补入若干序文及个别条目,而在补文后加注说明。康熙本误字,则据他本径行改正,不出校记。

目　　录

丙集卷之一

己集卷之四

壬集卷之四

续集卷之一

广集卷之二

秘集卷之一

秘集卷之三

坚瓠甲集引

"得闲多事外,知足少年中。"人生受用尽此二语,要之以无用为用,乃得受用。试想古今人士,宵旦营营,其身心作何着落,清夜思之,未有不哑然笑者。余平居碌碌,无所短长。二十年前方在少壮,已不敢萌分外一念,今则百岁强半,如白驹之过隙,忧从中来,悔恨交集,辄藉卷帙以自遣。其间轶事亵语,偶有所触,不啻后先觌面,目击耳提,又如良朋聚首,挥麈衔杯,谈言微中,归则笔之,以志不忘。凡有裨王化、关名教,事之可劝可惩者,在所必录。以及邮亭歌咏之章,闾阎谐谑之语,间亦记载而不弃。不序岁时之今古,不列朝代之后先,藏之笥箧,久遂成帙。尝于穷窭中见异书,必多方购之,人或目余为好事,亦所不辞。友人彭秤翁赠余"后进好事儒者"图记,以先博士望余也。嗟乎,余敢好事哉!私幸于百忙中得一刻少闲,便可驱策毫墨,以此自足。噫嘻!甘瓠可食,康瓠可宝。五石之瓠可容,惟坚瓠无可用,故取以名编。虽不足比鸡肋、鼠璞,而其无所适用则一也。秤翁曰:"人知有用之用,不知无用之为用也。稼轩惟不用于时,不惜以此编为世用。"余深愧此言。第为坊人付之剞劂,譬之雪鸿云雁不足留存,而春鸟秋虫任其鸣聒。若谓兰菊异芬,箕毕殊好,此詹詹者或为海内同志所赏,余将尽出所录以公同志,亦冀诸君子各出其所藏韵语轶事,邮寄寒门,用光拙刻,则又鄙人所深愿也。呵冻漫书,以资览者一噱云。时康熙庚午蜡月望日,长洲石农褚人获学稼氏题。

弁　语

余夙好理学家言，而今之言理学者攻讦而已，心弗善也。又好读史论，可使古人若见于当世，而今之论史者褊刻而已，心又弗善也。何也？以其非易心平气以出之者也。闲居无事，不能离书卷，于二者外求其解颐益智、适意陶情者，莫如临川《世说》为宜，因类求之，殆无不遍览。近得褚子稼轩《坚瓠集》而益快也。《世说》史法之变，斯集稗雅之遗，而其不诡于正则一，其可以解颐益智、适意陶情又罔不一，自稗编裨钞后续成异书一种矣。余斋前广庭，夏苦酷日，谋所以荫之。或请树桃李，嫌其争妍竞丽也。或请树桐梓，嫌其不可旦夕计也。适贻有瓠种，命童植之。客诮曰："如村俗何？"予谓："庄子曾树之，吾何不然？"及成荫，客转诮为羡，结实累累，见而索者不替。夫瓠，稗之流亚也，然而无争竞心，可为旦夕计，余之树之也固宜。吾瓠实而褚子之纂适成，因述之以弁其端。余将岁树其瓠，褚子其岁纂一集以遗，余将日把玩于瓠架之下，以易吾心，以平吾气。近人言学论史诸书，且置高阁矣。同学弟蔡方炳识。

序

语云:"中流失船,一瓠千金。"夫瓠,腰舟也,佩服之以济川涉险,保无颠覆没溺之患。世界有四大,地水火风,水居其一,瀁涌昭化,厚气感泽,其为德甚大。然而至变亦莫水。若发源昆仑,分游九流,趋为四海,支派百川,一有壅滞,因而溃决,则惊波沸厉,望沫扬奔,岳立雷骇,泛溢昏垫,害被无极。自古及今,其能往返游泳于中无入而不自得者,虽三教圣人,指亦不多屈也。上溯尧让舜禅,而后老子出函谷,泰伯逃荆蛮,列寇御风,漆园逍遥,迦叶拈花,达磨折苇,吕祖朗吟而飞,长房挈壶而隐,范少伯之五湖,张子房从赤松,是皆挟腰舟以行其道者。至若尼山宣圣,仕止久速惟其时,进退存亡不失正,欲居夷思浮海,临川叹逝,不胶不汨,独得佩瓠之义,流行化导于千秋万世者也。稼轩褚先生钩索古今诸说部不下千百家,心织笔耕,积岁书成,名以"坚瓠",旨深哉! 其表纲常节义、道德理学,则须弥香水、洪波巨涛、中流砥柱也。若探奇志怪,抉异阐幽,则瞿塘滟滪、喷瀑悬崖也。其花间绮丽,睨睆关情,又如锦江风暖、洛水波恬也。以诙谐醒世,热喝冷呼,是严滩、吕梁迅流激荡、云泄电济也。至于巴歈里谚、樵唱渔讴,兼收并采,岂河海不择细流耶? 余将拍浮其中。然蠡饮蠡测,徒兴望洋之叹。猛思世浮世也,人浮人也,少陵云"乾坤日夜浮",不浮何以旋转流动、运行不息乎? 因阅《广舆图》,益信斯言之不谬。天河之水从星宿海出,海形如瓠,固知天地亦佩服此坚瓠,得以万古常存而不敝,何况行生其间者哉? 瓠之为用大矣,广矣! 请以是质正于稼翁。翁曰:"子说得吾髓,当弁之卷首。"通家小弟李炳暝庵氏撰。

甲集卷之一

灯　谜　诗

遂安毛鹤舫先生际可赋灯谜诗十二首，每首隐四人，俱在一部书内，经生共读者。清夺晋人，覆发汉主，取当老参禅，留作韵事谱。附释于下，未识然否？《圣瑞图》云："美玉无瑕辑瑞同白圭，岐丰佳气庆云中周霄。从天产下鳞虫长龙子，两道祥光一色红丹朱。"《太平乐》云："虎旅归来已罢兵毕战，关梁无禁任遥征许行。九重天子称仁圣王良，异兽趋朝负辇行象。"《王会图》云："节届阳和万汇苏景春，降藩归化效前驱王顺。北门锁钥推良佐司城贞子，绝域从今按版图貉稽。"《嘲一家低棋》云："满院棋声暑气收奕秋，乃翁局败少机谋公输子。君家季父还犹豫子叔疑，为语儿童且自休子莫。"《金兰会》云："绿柳阴中点绛红杨朱，良材胜任栋方隆杞梁。少年意气真堪托季任，一诺何妨缟纻通然友。"《高隐》云："垂杨枝上漏春光泄柳，归去来辞独擅长晋文。圣主南山容雾隐王豹，素丝白马为谁忙绵驹。"《家庆》云："旧识传家有隽才陈良，长男济困散家财孟施舍。更传迟暮添丁好晏子，疑是筬铿改姓来彭更。"《宫词》云："春日问花花解语桃应，良缘欲就转横波成覸。东邻相对怜娇小西子，争比椒房绝艳何宫之奇。"《山行》云："岩峣西岳接西京华周，天际冥鸿物外清飞廉。莫道路遥频顾仆百里奚，衰年负荷叹劳生戴不胜。"《嘲村学究》云："身长九尺皓须眉高叟，俯首常如持满时戴盈之。村塾全然无约束师旷，任儿携幼浴清池子濯孺子。"《宫怨》云："夜永鸡鸣漏未收景丑，官家沉醉百无忧王欢。蛾眉一色谁相让颜般，南院光辉相对幽北宫黝。"《老农》云："中男驱犊出前村牧仲，须避南山百兽尊阳虎。更与诸见相共语告子，年来齿落复生根易牙。"

琉璃河馆壁诗

顺治初，有长沙女子王素音题良乡琉璃河馆壁诗，并序："妾生长江南，摧颓冀北。豺狼当道，强从毳帐偷生；鸟鼠同居，何啻将军负腹。悲难自遭，事已如斯。因夜梦之迷离，寄朝吟之哀怨。嗟乎！高楼坠红粉，固自惭石崇院内之姝；匕首耀青霜，当誓作兀术帐中之妇。天下好事君子，其有见而怜予乎？许虞候可作，沙吒利终须断头陷胸；昆仑客重生，红绡妓不难冲垣破壁。是所愿也，敢薄世上少奇男；窃望图之，应有侠心怜弱质。""愁中得梦失长途，女伴相携听鹧鸪。却是数声吹去角，醒来依旧酒家胡。""朝来马上泪沾巾，薄命轻如一缕尘。青冢莫生殊域恨，明妃犹是为和亲。""多慧多魔欲问天，此身已判入黄泉。可怜魂魄无归处，应向枝头化杜鹃。"和者甚众。苍书叔父次韵哀之云："楚山行尽总征途，谁向黄陵唱鹧鸪。烟火不禁愁日暮，江乡还忆煮雕胡。""红泪模糊白练巾，封侯夫婿陌头尘。弓刀队里羊裘畔，只共题愁笔墨亲。"新城王阮亭士禛赠之以词，调寄《减字木兰花》："离愁满眼，日落长沙秋色远。湘竹湘花，肠断南云是妾家。　掩啼空驿，魂化杜鹃无气力。乡思难裁，楚女楼空楚雁来。"

渔　父　图

管仲姬《题渔父图》云："人生贵极是王侯，浮利浮名不自由。争得似，一扁舟，弄月吟风归去休。"赵子昂和云："渺渺烟波一叶舟，西风木落五湖秋。盟鸥鹭，傲王侯，管甚鲈鱼不上钩。"

鹡　鸰　妃

秦少游有所宠色黑，黄山谷戏以诗云："谁馈百劳鹡鸰妃。"按朱彦时《黑儿赋》云："怒如鹡鸰斗，乐似鸲鹆喜。"黄诗祖之。夫丹唇皓腕，佳人本色，乃晋惠之南风，刘铄之媚猪，都以玄质争妍，狐妖椒掖，岂所谓"承恩不在貌"与?

黑　妓

唐崔涯嘲妓李端端诗云:"黄昏不语不知行,鼻似烟囱耳似铛。独把象牙梳插鬓,昆仑山上月初生。"端得诗忧心如病,乃拜迎道左,战栗祈哀。涯改绝句粉饰之云:"觅得黄骝披绣鞍,善和坊里取端端。扬州近日浑成错,一朵能行白牡丹。"于是居豪大贾,竞臻其户。或谑之曰:"李家娘子才出墨池,便登雪岭,何期一日黑白不均?"

明末名妓李三,以姿容词曲擅名,而色甚黑。善一广陵富贾,亦以黑著。郭丸封调《黄莺儿》嘲之曰:"水墨李三娘,黑旋风兄妹行。张飞昔日同鸳帐。才别霸王,又接周仓,钟馗也在门前闯。尉迟帮,温将军卖俏,勾搭了灶君王。"又嘲黑妇诗云:"黑有几般黑,惟君黑得全。熟藕为双臂,烧梨作两拳。泪流如墨沈,放屁似窑烟。夜眠漆凳上,秋水共长天。"

乌　江　庙

乌江有项羽庙,颇灵异,舟楫往来必焚纸钱祭享,否则获咎。有一狂士历舟前进,风涛果作。士怒,返舟登庙,题一绝于壁曰:"君不君兮臣不臣,嗟今空自作威灵。平分天下曾嫌少,一陌金钱值几文。"题毕舟行,竟无他故。邀祀之患,因而遂息。后有滑稽者代项王答诗云:"楚不楚兮汉不汉,于今立庙江之畔。平分天下虽嫌少,一陌纸钱必要算。"

十 八 学 士 图

一人以十八学士卷献豪贵,甚赏之,许以百金。及阅画中人止得十七,却还之。其人持卷泣于途,遇白玉蟾,问以故。玉蟾举笔题其上曰:"台阁峥嵘倚碧空,登瀛学士久遗踪。丹青想出忠良手,不画当年许敬宗。"诗字皆佳,仍获百金。

题 昭 君 图

下第举子《题昭君图》云："一自蛾眉别汉宫,琵琶声断戍楼空。黄金买取龙泉剑,寄与君王斩画工。"又昆山郑文康送下第生诗有"王嫱本是倾城色,爱惜黄金自误身"之句。

长吴两令录科

崇祯间,长洲令唐九经、吴县令牛若麟录科,唐取陆某,牛取章某为案首。两人皆有才学,而家世不清白。好事者作诗曰："獐边是鹿鹿边獐,俱是田中白大郎。堪笑唐牛两知县,却从眼下取文章。"

咏 手

《草木子》载士人咏手诗云："一唾功名在目前,岂期搏虎奋空拳。文章误我终投笔,志气凌云肯执鞭? 沧海钓鳌定有日,碧霄攀凤看他年。扶持社稷心中事,要与君王解倒悬。"

纤 手

《雪涛集》载:沈彦博少时调邻女,执其手,为女父所讼。县令问曰："汝能诗否?"答曰："能。"遂命题女手,彦博即吟云："曾向花丛拣俏枝,宛如春笋露参差。金钗欲溜撩轻鬓,宝镜重临扫淡眉。双送秋千扶索处,半掀罗袖赌阄时。绿窗独抚丝桐操,无限春愁下指迟。"令见诗大赏,劝父以女归之。次年,彦博遂登科。

美 人 足

真定梁苍岩清标有《沁园春》词咏美人足云："锦束温香,罗藏暖玉,行来欲仙。偏帘槐小步,风吹倒裙;池塘淡伫,苔点轻弹。芳径无声,纤尘不动,荡漾湘裙月一弯。秋千罢,将跟儿慢拽,笑倚郎肩。　　登楼更怕春寒,好爱惜相偎把握间。想娇憨欲睡,重缠绣带;蒙腾未起,半落红莲。笋指留痕,凌波助态,款款低徊密意传。描新样,似寒梅瘦影,掩映窗前。"华亭董苍水俞亦有《画堂春》词云:"凤头低露画裙边,绣帮三寸花鲜。凌波何幸遇婵娟,瓣瓣生莲。　　怪杀夜来狂甚,温香一捻堪怜。玉跌褪尽软行缠,被底灯前。"

曹西士词

康熙壬子冬,在德州旅店中见壁上一词云:"春闱期近也,望帝乡迢迢,犹在天际。懊恨这一双脚底,一日厮赶上五六十里。　　争气扶持吾去,博得官归,恁时赏你穿对朝靴,安排你在轿儿里。更选个弓样鞋,夜间伴你。"不知为何人所作。后读顾元庆《檐曝偶谈》,知为曹东亩赴省陆行良苦,自慰其足而作。按东亩名幽,字西士,宋嘉熙时人。词名《红窗迥》。

广文谑词

《雪涛集》载:西安一广文,性介善谑,罢官家居,赖门徒举火。乃自作《清江引》谑词曰:"夜半三更睡不着,恼得我心焦燥。跂蹬的一声,尽力子骇一跳。原来把一股脊梁筋穷断了。"秦藩中贵闻之,转闻于王,王喜召见,赐之百金。

棋 落 水

一人谈王阳明幼时好棋,每日规之不止,遂将棋抛于水。阳明因作诗云:"象棋终日乐悠悠,苦被严亲一旦丢。兵卒堕河皆不救,将军溺水一齐休。马行千里随波去,象入三川逐浪游。炮响一声天地震,忽然惊起卧龙愁。"

月洲善诗

吴僧月洲善诗,喜声色。沈石田绐以名妓,招之即来,而实无有。月洲遂题《菜边蝴蝶图》云:"桃花结子菜生苔,细雨蛙声出草莱。一段春光都不见,却教蝴蝶误飞来。"

药 名 诗 词

陈亚好用药名为诗,知祥符县,亲故多干托借车牛,因作诗曰:"地名京界足亲知荆芥,托借寻常无歇时全蝎。但看车前牛领上车前子,十家皮没五家皮五加皮。"他如"风雨前湖近前胡,轩窗半夏凉半夏","棋为腊寒呵子下呵子,衣嫌春暖缩纱裁缩砂"。《咏白发》云:"若是道人头不白道人头,老君当日合乌头乌头。"《赠乞雨自曝僧》云:"不雨若令过半夏,定应晒作葫芦巴。"最脍炙人口。亚言药名于诗无不可用,而斡运曲折,使各中理,存乎其人。或曰:"延胡索可用乎?"沉思久之,吟曰:"布袍袖里怀漫刺,何处迁延胡索人。"此可赠游谒措大。

云间周冰持稚廉有调寄《夏初·临闺怨》云:"竹叶低斟,相思无限,车前细问归期。织女牵牛,天河水界东西。比如寄生天上,胜孤身独活空闺。人言郎去,合欢不远,半夏当归。　　徘徊郁金堂北,玳瑁床西。香消龙麝,窗饰文犀。藁本拈来,缃囊故纸留题。五味慵调,怏怏病没药难医。从容待乌头变黑,枯柳生稊。"

秦 李 两 巡 按

顺治庚寅、辛卯间,秦公世祯巡按江南,多所除剔,有铁面之称。继之者李成纪,安静无为,惟日饮醇而已,人目之曰糟团。有改崔护"人面桃花"句粘于墙云:"去年今日此门中,铁面糟团两不同。铁面不知何处去,糟团日日醉春风。"

明　世　宗

明世宗自号天河钓叟，命群臣赋诗。李文定公春芳应制诗云："虹竿百尺倚潢流，独泛仙槎犯斗牛。光拱众星为玉饵，象垂新月作银钩。撒开烟水三千丈，坐老乾坤亿万秋。相遇玉皇如有问，丝纶今属大明收。"独为称旨。

金　陵　女　子

金陵一女新寡，丰姿艳冶，性敏善诗。豫章贾人以厚赀娶归，其卧室傍邻楼，邻士以簪刺破窗纱，投以诗云："金簪刺破碧纱窗，勾引春风一线长。蝼蚁也知春色好，倒拖花瓣上东墙。"女得诗大怒，亦作诗裹以瓦砾掷之，云："失翅青鸾似困鸡，偶随孤鹤到江西。春风桃李空嗟怨，秋水芙蓉强护持。仙子自居蓬岛境，渔郎休问武陵矶。金铃挂在花枝上，不许流莺声乱啼。"

遗　溺

有新妇夜遗其溺者，一人为诗嘲之曰："丹青不用自成龙，梦里频频告出恭。智伯有头无可用，沛公如厕不相从。非关云雨巫山湿，若决江河大地通。枕畔忽惊郎唤醒，方知身在水晶宫。"

《闻见卮言》云：有人娶妇，登堂交拜时，红毡之上忽然遗溺，遂送还母家，终无问及此女者。然貌美而端，从无遗溺病。一士闻之，娶以为妇，联捷两榜，二十余年官至大学士，封一品夫人。万历初年，举大婚礼，例用夫妇原配全而无侧室者为主婚，乃召此妇典大礼。在宫之夕小遗，时宫婢进七宝珊瑚溺器，恍忆昔年拜堂遗溺仿佛见此器也。

十 二 事 诗

士子十二人送侍郎杨察赴召，察赋诗云："十二天之数，今宵坐客盈。位如星占野，人若月分卿。极醉巫山侧，连吟嶰管清。他年为舜牧，叶力济苍生。"

染 指 尖

《名物通》载染指尖诗云："金凤花开血色鲜，佳人染得指尖丹。弹筝乱落桃花片，把酒轻浮玳瑁斑。拂镜火星流夜月，画眉红雨逐春山。有时漫托香腮想，疑是胭脂点玉颜。"

云间叶砚孙 寻源亦有《醉蓬莱》词云："步桐阴苔砌，凤子舒英，般痕狼藉。玉盒盛来，向银盆碎磔。漫捣玄霜，似敲素练，酿出胭脂液。点点轻濡，纤纤频染，珊瑚晕赤。　　日午琵琶，夜深弦索，流水声中，小红飞积。莫笑妆浓，胜绿眉黄额。腻粉偷匀，香腮斜托，花片鱼鳞迹。臂上守宫，袖边绀唾，一般怜惜。"

拜 年

元旦拜年，明末清初用古简，有称呼。康熙中则易红单，书某人拜贺。素无往还，道路不揖者，而单亦及之，大是可憎。犹记文衡山一绝云："不求见面惟通谒，名刺朝来满敝庐。我亦随人投数纸，世情嫌简不嫌虚。"

千 秋

胃索，秋千也，见《涅槃经》。僤缰，今之软索，见《三国志》。秋千云自齐桓公伐山戎传其戏入中国，今燕齐之间清明前后此戏盛行。《文苑英华》载高无际《鞦韆赋》序云："汉武帝后庭戏，本云千秋，祝寿之词也，语讹转为秋千，字讹传为鞦韆。"杨升庵《词品》有"秋千两绣旗"句。明董遐周《春情》诗云:"杂佩明珰竞可怜,春风渐短画楼前。千秋戏罢莺同坐,百草赢来柳共眠。"差堪正误。

斗 百 草

斗百草见隋炀帝曲名。《荆楚岁时记》云:"三月三日,四民踏百草。"今人因有斗百草之戏。唐郑谷诗云:"何如斗百草,赌取凤凰钗。"宋王安石诗云:"春深庭院闭苍苔,花影无人自上阶。共向园中寻百草,归来花下赌金钗。"

踢 球

球名踏鞠,始于轩后军中练武之剧,蹙蹴而戏,见《霍去病传》。注云:"穿域蹋鞠。"盛于唐,"三郎沉醉打球回",可见。其制以革为圜囊,实以毛发,后则鼓之以气。归氏子弟嘲皮日休云:"八片尖皮砌作球,火中燂了水中揉。一包闲气如常在,惹踢招拳卒未休。"《中山诗话》载柳三复擅是技,述曰:"背装花屈膝,白打大廉斯。进前行两步,晓后立多时。"柳欲见晋公无由,会公蹴球后园,球偶迸出,柳挟取之,因怀所业,戴球以见公,出书再拜者三。每拜,球起复于背旅幞头间。公奇之,延于门下。又《太平清话》载,明初彭氏云秀以女清芬挟是技游江湖,人叩之,谓有解一十有六。詹同文赠以《衮弄行》。

李后主书扇

江南李后主常于黄罗扇上书赐宫人庆奴诗云:"风情渐老见春羞,到处销魂感旧游。多谢长条似相识,强垂烟态拂人头。"

牵 郎 郎

儿童扯衣裾相戏,唱曰:"牵郎郎,拽弟弟,踏碎瓦儿不着地。"初意儿童相戏之词。后见《询刍录》,知为祝生男也。牵者郎郎,拽者弟弟,多男子也。踏碎瓦,禳之以弄璋。扯衣裾,禳之以衣裳。不着地,禳之以寝床。无非男也。古人虽儿童相戏,亦有至理。

扬威侯敕

《怡庵杂录》载:宋景定四年三月八日,皇帝敕曰:"国以民为本,民实比于干城;民以食为天,食尤重于金玉。是以后稷教之稼穑,周人画之井田,民命之所由生也。自我皇祖神宗列圣相承,迨兹奕叶。朕嗣鸿基,夙夜惕若。迩年以来,飞蝗犯禁,渐食嘉禾,宵旰怀忧,无以为也。黎元咨怨,末如之何。民不能祛,吏不能捕。赖尔神力,扫荡无余。上感其恩,下怀其惠。尔故提举江州太平兴国宫、淮南江东浙西制置使刘锜,今特敕封为扬威侯天曹猛将之神。尔其甸抚,庶血食一方。故敕。"

释老侮孔子图

宋理宗朝巨珰有侮吾夫子者,令马远画释迦中坐,老子侧立,孔子问礼于前,俾江子远古心赞之。子远立成曰:"释迦趺坐,老聃旁睨。惟吾夫子,绝倒在地。"明张筱庵和初登第,施状元宗铭槃出《释老侮孔子图》,筱庵口占云:"释老猖狂侮大儒,书生为尔发长吁。不知过宋围匡日,还似于今画里无。""拂须挥鼻彼何人,放诞能无愧此身。名教万年齐日月,须知鲁国一儒真。"

菊花诗

《贵耳集》载:黄巢五岁时,父翁吟菊花诗,翁思未就,巢信口吟曰:"堪与百花为总领,自然天赐赭衣黄。"父怪,欲击之。翁曰:"孙能诗,令再赋一篇。"巢应声曰:"飒飒西风满院栽,蕊寒香冷蝶难来。他年我若为青帝,报与桃花一处开。"翁大异之。《清暇录》又载巢下第作菊花诗曰:"待到秋来九月八,我花开后百花杀。冲天香阵透长安,满城尽戴黄金甲。"二诗已见跋扈之意,岂不为神器之大盗耶?《七修类稿》载,明高皇亦有菊花诗云:"百花发,我不发,我若发,都骇杀。要与西风战一场,遍身穿就黄金甲。"似亦祖巢之意。巢之反果在于秋,而明兵败士诚、克大都皆在八九月,但满城戴金甲,不过扰乱一番,而穿就黄金甲岂非黄袍加身之象?此所以为巢之败而高皇之成也。

僧　　衣

僧旧着黑衣,元文宗宠爱欣笑隐,赐以黄衣,其徒后皆衣黄。萨天锡《赠欣笑隐》诗云:"客遇钟鸣饭,僧披御赐衣。"正谓此也。今制禅僧衣褐,讲僧衣红,瑜珈僧赴应僧衣葱白。

欧阳原元《题僧墨菊》诗云:"苾刍元是黑衣郎,当代深仁始赐黄。今曰黄花翻泼墨,本来面目见馨香。"

讥 吕 文 焕

吕文焕游浔阳琵琶亭,龙麟洲见之。文焕令赋诗,麟洲朗吟曰:"老大娥眉别所天,忍将离怨写哀弦。夜深正好看秋月,却抱琵琶过别船。"文焕见之大怒。盖讥其负宋而降元也。

念 四 词

《能改斋漫录》载:政和间一士游妓崔念四之馆,因其行第作《踏青游》词云:"识个人人,恰正年年欢会。似赌赛,六只浑四,向巫山重重去,如鱼水。两情美,同倚画楼十二。倚画楼兮又还重倚。　　两日不来,时时在人心里。拟问卜常占归计。拼三八清斋,望永同鸳被。蓦然被人惊觉,梦也有头无尾。"又《耳谈》载,成化中南京院妓柳南金,才色绝伦,与华容举子黎民牧交厚。送民牧会试诗云:"淮浦清

清淮水浑,安排楼橹送君行。明年二月莺花发,君听传胪妾倚门。"又
自赋小词云:"小妾年方二纪,檀板重敲十二。栏干倚遍步重移,两度
巫山云雨。二十八宿手中轮,数不到星张翼轸。"时南金年二十四,故
词皆寓意。是年遂卒,竟成语谶。

鹊　桥　仙

东莞方彦卿名俊,敏才博学,诗文走笔立成。天顺癸未,同黄廷
美瑜会试,寓新安俞君玉家。正月六日,贺廷美悬弧,邀赏花灯,劈糟
蟹荐酒,戏赋词云:"草头八足,一团大腹,持螯笑向俞君玉。花灯预
赏为先生,生日是正月初六。　　今宵过了,七人八穀。又七日天官
赐福。福如东海寿南山,愿岁岁春杯盈绿。"盖借蟹寓黄瑜姓名也。
又新安方秋崖除夕小尽生日,词曰:"今朝廿九,明朝初一,怎欠秋崖
个生日。客中情绪老天知,道这月不消三十。　　春盘缕翠,春江摇
碧,便泥做梅花消息。雪边试问是耶非,笑今夕不知何夕。"二词调寄
《鹊桥仙》,韵用日数者,皆本七夕八煞之词。

武　陵　难　女

壬子夏五,予北上,夜宿雄县旅店,见壁间武陵十五龄难女三诗,
和者甚众,择其佳者录之。年久散失,昨检败笥,原韵尚存,纸尾并存
和者越人傅庸庵名,而诗已不全矣。"生小盈盈翡翠中,那堪多难泣
途穷。不禁弱质成囚系,衣自珊珊首自蓬"。"垂垂绀发未瓜期,锦帐
罗帏梦已稀。魂化杜鹃应有日,壁间先写断肠诗"。"一丝残息自淹
淹,泪落衣裳血色鲜。谩托秃毫空写怨,有心人见定相怜"。

阮　石　咏　妓

《豹隐纪谈》载:阮郎中赠妓词云:"东风捻就腰肢纤细,系的粉裙儿
不起。从来只惯掌中看,忍教在烛花影里。　　更阑应是酒红微褪,暗

蹙损眉儿娇翠。夜深着辆小鞋儿,靠那个屏风立地。"又石次仲咏妓趋庭陈状词云:"醉红宿翠,鬓鬌乌云坠。管是夜来不得睡,那更今朝早起。　　春风弱柳腰肢,阶前小立多时。恰恨一番风雨,想应湿透鞋儿。"

水 晶 宫

吴兴之水晶宫,不载图经,宋刺史杨次公《九月十五夜》绝句云:"江南地暖少严风,九月炎凉正得中。溪上玉楼楼上月,清光合作水晶宫。"后林子中闻滕元发得湖州,以诗贺何洵直邦彦曰:"清风楼下两溪春,三十余年一梦新。欲识玉皇香案吏,水晶宫主谪仙人。"赵子昂有"水晶宫道人"印,周草窗以"玛瑙寺行者"对之,赵遂不用此印。

吴 门 风 俗

吴门风俗多重冬至节,谓曰肥冬瘦年,互送物件。宋颜度有诗曰:"至节家家讲物仪,迎来送去费心机。脚钱尽处浑闲事,原物多时却再归。"

平 江 妓

宋嘉定间平江妓送太守词云:"春色原无主。荷东君着意看承,等闲分付。多少无情风雨恨,又那更蝶欺蜂妒。算燕雀眼前无数。纵使帘栊能爱护,到如今已是成迟暮。芳草碧,遮归路。　　看看做到难言处。怕仙郎轻薄旌旗,易歌襦裤。月满西楼弦索静,云蔽昆城阃府。便恁地一帆轻举。独倚阑干愁拍碎,惨玉容泪眼如经雨。去与住,两难诉。"

重 九 词

宋康伯可与之因重九风雨谑词云:"重阳日,四面雨垂垂。戏马台前泥拍肚,龙山路上水平脐,潋浸到东篱。　　茱萸胖,黄菊湿滋滋。落帽孟嘉寻箬笠，漉巾陶令买蓑衣，都道不如归。"

苏人好游，袁中郎宏道诗云："苏人三件大奇事，六月荷花二十四。中秋无月虎丘山，重阳有雨治平寺。"

尹 奚 谣

顺治中，吾乡有尹姓者，开罪于友，士子作尹字谣以嘲之云："伊无人，羊口是其群。斩头笋，灭口君，缩尾便成丑，直脚半开门。一根长轿扛，扛个冷尸灵。"比唐人"丑虽有足，甲不全身"之句，更为刺骨。同时有咏奚姓者七字吟云："奚，嬖奚，此物奚，虽多亦奚，子之迂也奚，虞不用百里奚，如此则与禽兽奚。"

洗 儿

苏东坡《洗儿诗》："人皆养子望聪明，我被聪明误一生。但愿生儿愚且鲁，无灾无难到公卿。"明杨月湖廉反其意曰："东坡但愿生儿蠢，只为聪明自占多。愧我生平愚且鲁，生儿那怕过东坡。"虽出于游戏，总不如少陵所云"有子贤与愚，何必挂怀抱"为旷达也。

吴 履 斋 词

吴履斋潜《贺新郎》词云："可意人如玉。小帘栊轻匀淡抹，道家妆束。长恨春归无寻处，全在波明黛绿。看冶叶倡条浑俗。比似江梅清有韵，更临风对月斜依竹。看不足，咏不足。　曲屏半掩春山簇。正轻寒夜永花睡，半欹残烛。缥缈九霞光里梦，香在衣裳剩馥。又只恐铜壶声促。试问送人归去后，一夜花影垂金粟。肠易断，情难续。"

鸡 鸣 诗

《豹隐纪谈》载：自来县尉下乡扰人，虽监司郡守不能禁止。有

效古风雅体作《鸡鸣》诗曰："《鸡鸣》,刺县尉下乡也。鸡鸣喈喈,鸭鸣
呷呷。县尉下乡,有献则纳。鸡鸣于埘,鸭鸣于池。县尉下乡,靡有
子遗。鸡既烹矣,鸭既羹矣。锣鼓鸣矣,县尉行矣。《鸡鸣》三章,章
四句。"

贾秋壑诗

贾秋壑甲戌寒食作一绝云:"寒食家家插柳枝,留春春亦不多时。
人生有酒须当醉,青冢儿孙几个悲。"明年谪死。

白　纸　诗

《崖下放言》载:士郭晖远羁京国,寄妻音问,误封白纸。妻得
之,乃寄一绝云:"碧纱窗下启缄封,尺纸从头彻尾空。应是仙郎怀别
恨,忆人全在不言中。"

芦　花　被

贯酸斋名云石,以乐府得名。同时有徐某,号甜斋,亦擅词曲,时
号"酸甜乐府"。酸斋尝见渔父织芦花被,欲以绸易之。渔父曰:"不
必绸,愿得一诗。"因作诗云:"采得芦花不浣尘,翠蓑聊复借为茵。西
风刮梦秋无际,夜月生香雪满身。毛骨已随天地老,声名不让古今
贫。青绫莫为鸳鸯妒,歘乃声中别有春。"诗成,渔父以被赠之。丘彦
能绘为图,贡泰甫、吴子立辈皆有诗。

菊　枕

黄晋卿潜以菊为枕,赋诗云:"东篱采采数枝霜,包裹西风入梦凉。
半夜归心三径远,一襄秋水四屏香。床头未觉黄金尽,镜底难教白发
长。几度醉来消不得,卧收清气入诗肠。"

纸　帐

五代李观象为周行逢节度使,因行逢严酷,恐及祸,乃寝纸帐,卧纸被。《名物通》载《纸帐》诗云:"清悬四面剡溪霜,高卧梅花月半床。玺瓮有天春不老,瑶台无夜雪生香。觉来虚白神光发,睡去清闲好梦长。一枕总无尘土气,何妨留我白云乡。"

枕　易

天台黄庚试《枕易》诗:"古鼎烟销倦点朱,翛然高卧夜寒初。四檐寂寂半床梦,两鬓萧萧一卷书。日月冥心知代谢,阴阳回首验盈虚。起来万象皆吾有,收拾乾坤在草庐。"考官李侍郎应祈极赏之。

元 遗 山 妹

元遗山有妹为女冠,文而艳。张平章当揆欲娶之,使人嘱遗山,遗山辞以可否在妹。张喜自往,觇其所向。至则方自补天花板,辄而迎之。张询近日所作,元氏应声曰:"补天手段暂弛张,不许纤尘落画堂。寄语新来双燕子,移巢别处觅雕梁。"张悚然而出。

谣　言

至正丁丑,民间讹言采童男女,自中原至江南,年十二三已上,便为婚嫁。吴僧柏子庭为诗戏之曰:"一封丹诏未为真,三杯淡酒便成亲。夜来明月楼头望,惟有姮娥不嫁人。"又有集句曰:"翡翠屏风烛影深,良宵一刻值千金。共君今夜不须睡,明日池塘是绿阴。"隆庆戊辰,有私阉火者张朝从大江南渡,假传奉旨选宫女,浙直一路,不问良贱富贵,一语成婚,舆从傧相,无从雇倩,亦如至元故事。有人改子庭诗云:"抵关内使未为真,何必三杯便做亲。夜来明月楼头望,吓得姮娥要嫁人。"又讹言并选寡妇伴送入京，于是孀居者无老少皆从人。又有人为诗曰："大男小女不须愁，富贵贫穷错到头。堪笑一班贞节妇，也随飞诏去风流。"

嘲老人娶少妇

浙中有年六十三娶十六岁女为继室者，人嘲之曰："二八佳人七九郎，婚姻何故不相当。红绡帐里求欢处，一朵梨花压海棠。"《陈后山诗话》亦载绝句云："偎他门户傍他墙，年去年来来去忙。采取百花成蜜后，为他人作嫁衣裳。"

王雅宜七十娶姜，许高阳嘲之曰："七十做新郎，残花入洞房。聚犹秋燕子，健亦病鸳鸯。戏水全无力，御泥不上梁。空烦神女意，为雨傍高唐。"

七 件 俱 无

元周德清号挺斋，有《折桂令》云："倚篷窗无语嗟呀，七件儿全无，做甚么人家？柴似灵芝，油如甘露，米若丹砂。酱瓮儿恰才梦撒，盐瓶儿又告消乏。茶也无多，醋也无多，七件事尚且艰难，怎生教我折桂攀花。"明余姚王德章尝口占云："柴米油盐酱醋茶，七般多在别人家。寄语老妻休聒噪，后园踏雪看梅花。"

风 花 雪 月

杨升庵有风花雪月诗，自一字至七字，以题为韵，昉于白香山，即宋人所谓"一七令"也。《沧浪诗话》云：有一字至七字，唐张南史雪月花草等篇是也。姚文初先生效其体以示沈匡厓老伯，匡厓答之，并嘱予和焉："风。偃草，飘蓬。过竹院，拂兰丛。柳堤摇绿，花径飞红。青缸残焰灭，碧幌嫩凉通。漆园篇中芻籁，兰台赋里雌雄。无影回随仙客驭，有情还与故人同。""花。摘锦，铺霞。邀蝶队，聚蜂衙。珠璎姹女，宝髻宫娃。风前香掩冉，月底影交加。绿水名园几簇，青楼大道千家。谢傅金屏成坐笑，陈朝琼树不须夸。""雪。凝明，澄彻。飞玉尘，布琼屑。苍云暮同，岩风晓别。深山樵径封，远水渔舟绝。南枝忽报花开，北户俄惊竹折。万树有花春不红，九天无月夜长白。""月。霜凝，冰洁。三五圆，二八缺。玉作乾坤，银为宫阙。如镜复如钩，似环仍似玦。兰闺少妇添愁，榆寒征人怨别。汉家今夕影娥池，穆穆金波歌未阕。"升庵　"风。气散，力雄。静生动，虚中通。虞歌解阜，列御行空。陈诗采列国，说卦巽为宫。四大无形无色，高窍自西自东。明月温凉皆伴侣，马牛向背不相同。""花。土贡，天葩。红白面，富贵家。艳阳时至，园林景赊。金谷明光锦，晴蜂午放衙。后主宫中夺彩，江郎笔底如霞。优昙佛国时时现，鹿女青莲步步夸。""雪。冰缲，玉屑。柳絮飞，形盐撒。天女散花，粉霜层叠。蔡州擒贼夜，蓝关冻马洌。词赋阳春同调，忠良朔漠苦嗜。最爱千山变白地，寒梅早结同心诀。""月。晶宫，贝阙。夺夜光，照绨发。素娥临镜，瑶台通谒。刀头白玉池，露下凌波袜。无双灵魄循环，三五前后出没。标指一轮团扇影，赏心金斗何时歇。"文初　"风。有自，无踪。窗几上，沴潆中。御泠行列，破浪乘宗。不平鸣涧谷，无意入帘栊。二十四番花信，一十五国诗同。结夏每思华阳馆，援琴习习来长松。藏夏""花。繁卉，奇葩。催开鼓，点落笳。妆浓燕掠，房馥蜂哗。林间散香雨，水上拍红霞。去岁韶华抛撒，今春新好横斜。洛阳姚魏名仙种，兰谱偏传处士家。藏春""雪。撒盐，飞屑。方成珪，圆成玦。赋抽秘思，啮树奇节。马疾银杯翻，轮碾长练叠。一曲阳春寡和，百壶寒谷生热。老人旧日曾年少，手捧琼瑶几龟裂。藏冬""月。如依，可啜。三五盈，三五灭。天上高寒，秋中皎洁。镜悬夺象纬，银泻烂宫阙。搔首几问青天，泥饮任生白发。荡荡明河洗我心，题诗起无影疏越。藏秋"匡崖"风。气畅，景融。起青蘋，吼花丛。叶翻见白，烛影摇红。且莫分南北，郑弘若耶溪事。贵贱别雌雄。太液池边欲避，马当山下曾逢。孟婆若肯行方便，红叶从教顷刻通。""花。秋实，春华。剪彩施，羯鼓挝。牧童遥指，渔父传夸。点额矜妆艳，飞筵缀坐赊。玉树重重行列；金莲步步交加。洛阳红紫人争羡，吾爱东篱处士家。""雪。阴凝，寒结。

银树花，玉尘屑。河阴赤异，广延青别。寒犬吠空庭，冻狐迷旧穴。骑驴诗客添思，破扉孤臣堪咄。段颎破羌，割肉啮雪四十余日。见《后汉书》。飘飘六出天公赐，点缀书窗读不辍。""月。望盈，弦缺。玉作宫，银为窟。画阁夜吟，征车晓发。魄满桂初圆，轮亏兔半没。渔舟帆影横斜，牛背笛声疏越。登楼老子兴无穷，邀饮深杯拼百罚。"稼轩

贺生第三子词

金进士王特起，字正之，善小词。常制《喜迁莺》词贺人生第三子曰："古今三绝，惟郑国三良，汉家三杰。三俊才名，三儒文学，更有三君清节。争似一门三秀，三子三孙奇特。人总道，赛蜀郡三苏，河东三薛。　　庆惬。况正是三月风光，杯好倾三百。子并三贤，孙齐三少，俱笃三余事业。文既三冬足用，名即三元高揭。亲俱庆，看宠加三命，礼膺三接。"

贺生第四子

三山林亨大修撰得第四男，李西涯用旧韵贺之云："莫谓三山道路赊，人间仙果不论瓜。筵前会客犀钱散，醉里题诗蜡炬斜。三凤岂须夸薛氏，八龙今已半荀家。他时细说熊罴梦，夜榻流连到几茶。"

恶角索韵

一人生子，众贺之，中有能诗者，众以"恶、角、索"字为韵求诗，皆非吉语也。其人赋曰："昨夜天庭雷雨恶，蛟龙绖断黄金索。六丁六甲无处寻，却在君家献头角。"主人大喜。

甲集卷之二

文 文 山 弟 子

文文溪璧,文山胞弟也,仕宋为惠州知州。宋亡降元,有讥之者曰:"江南见说好溪山,兄也难时弟也难。可惜梅花各心事,南枝向暖北枝寒。"又《辍耕录》载,至元间,文山有子出为郡教授,行数驿而卒。士子作诗悼之,闽人翁某一联云:"地下修文同父子,人间读史各君臣。"独为绝唱。然考文山次子佛生、环生皆被执道死,惟长子道生奔循州,次年八月复亡,家属皆尽,遗命以璧子升为后。《七修类稿》亦载文山寄璧诗,有"亲丧君所尽,犹子是吾儿"之句,为教授者或其人与?

聂 碧 窗 诗

聂碧窗道士哀被掳妇云:"当年结发在深闺,岂料人生有别离。到底不知因色误,马前犹自买胭脂。""双柳垂鬟别样梳,醉来马上倩人扶。江南有眼何曾见,争卷珠帘看固姑。"固姑,胡妇髻名。

悯 农 词

康熙丙寅冬,于栈壁上见一词云:"春驱黄犊,夏耘烈日肌肤暴。亢阳争水如珠玉。逐鸟防鸡,收获多劳碌。 送到仓场嫌水谷,筛掬狼藉淋尖斛。谁知农苦藏心腹。希发慈悲,还汝儿孙福。"调寄《一斛珠》。使凌虐佃户者见之,亦当怃然。谚云:"少收几粒,多收几年。"凡为业主宜书此词于租簿之首。

巧　　对

有三女而通于一人者,色美而才,事发,到官,出一对云:"三女为姦,二女皆从长女起。"一女对云:"五人张伞,四人全仗大人遮。"官薄惩之。又无锡人作平湖令,有才名而簠簋不饬。巡方将劾之,怜其才,出一联云:"平湖湖瀱瀱平湖,未瀁所欲。"令对云:"无锡锡山山无锡,空得其名。"得以免劾。又一生以潮银市物相争,适郡守过,闻知,出对云:"使假银,买真货,弄假成真。"生应声云:"遇凶徒,见吉星,逢凶化吉。"守即释之。三对皆得之猝办,有祈哀剖辩之意。天赋贪淫之才,所谓人皆欲杀,我意独怜者也。

回　回　偈

《尧山堂外纪》载:柳含春,明州女子也。患病祷于延庆寺而愈,躬往谢。一少年僧窥柳氏姿,以其姓作回回偈,诵于神前曰:"江南柳,嫩绿未成阴。枝小未堪攀折取,黄鹂飞上力难禁,留与待春深。"僧意女莫喻,而柳闻之恚甚,归告于父。时方国珍据明州,父因讼于国珍。国珍拘僧至,询其姓名,对曰:"姓竺,名月华。"国珍乃召匠作犬竹笼,状若猪篰,将纳僧以沉诸江,且语曰:"我亦取汝姓作一偈,送汝东流。"吟曰:"江南竹,巧匠作为笼。留与吾师藏法体,碧波深处伴蛟龙,方知色是空。"僧曰:"死则死耳,容再一言。"国珍许之。僧曰:"江南月,如鉴亦如钩。如鉴不临红粉面,如钩不上画帘头,空自照东流。"国珍知其以名为答,笑而宥之,且令蓄发,以柳氏配焉。《闲中今古录》以此为国珍女事,云国珍内附后,此女配黔国公之子,在云南。宣德间,浙人仕云南者以乡里故得见之。

梦　草　图

唐六如画《梦草图》,题诗云:"池塘春涨碧溶溶,醉卧沙尘浅草中。一梦熟时鸥作伴,锦衾何必抱轻红。"按轻红,崔氏青衣。崔与柳生厚，死犹冥合，轻红从焉。又曹惠得木偶，夜而见梦，自称轻素。

郭冯相类

郭汾阳与冯道亦有相类者。郭以尚父太尉、中书令、汾阳王，冯以太师、中书令、瀛王，年俱八十余卒。有女俱配龙王，皆许之而死，塑像于庙事亦同。有人题冯女庙云："身既事十主，女亦配九龙。"可供一笑。

送灶诗

罗隐《送灶》诗云："一盏清茶一缕烟，灶君皇帝上青天。玉皇若问人间事，为道文章不值钱。"当今之选，非钱不行，自唐已然，岂独今日。王季重有《无不可买谣》："上好黄钱，童生买起到状元。绝大元宝，童生买起到阁老。"即此可以觇时矣。

瞿存斋诗

明初瞿存斋宗吉诗云："自古文章厄命穷，聪明未必胜愚蒙。笔端花语胸中锦，赚得相如四壁空。"

祝寿

《还带记》，嘉定沈练塘所作，以寿杨一清者也。曲中有"昔掌天曹，今为地主"等语，杨大喜之。又贵溪陶集分教扬州，画葡萄一幅，题诗云："万斛骊珠带雨鲜，摘来浸酒荐春筵。枝头剩有千千颗，一颗期公寿一年。"杨亦大喜。

回回

回回教门不供佛，不祭神，不拜尸，所尊敬者惟天，天之外最敬孔圣。其言曰:"僧言佛子在西空,道说蓬莱住海东。惟有孔门真实事,眼前无日不春风。"

碑　词

洛阳大内掘得一碑,有词名《后庭宴》:"千里故乡,十年华屋,乱魂飞过屏山簇。眼垂眉褪不胜春,菱花知我消香玉。　双双燕子归来,应解笑人幽独。断歌零舞,遗恨清江曲。万树绿低迷,一庭红扑簌。"

销　金　锅

西湖之盛,起于唐,至南宋建都,游人仕女,画舫笙歌,日费万金,目为销金锅。元上饶熊进德作《竹枝词》云:"销金锅边玛瑙坡,争似侬家春最多。蝴蝶满园飞不去,好花红到剪春罗。"明仁和张子兴杰亦有诗云:"谁为鸿濛凿此陂,涌金门外即瑶池。平沙水月三千顷,画舫笙歌十二时。今古有诗难绝唱,乾坤无地可争奇。溶溶漾漾年年绿,销尽黄金总不知。"

水　仙　子　词

张明善作《水仙子》讥时云:"铺唇苫眼早三公,裸袖拉拳享万钟,胡言乱语成时用。大都来总是哄。　说英雄谁是英雄?五眼鸡岐山鸣凤,两头蛇南阳卧龙,三脚猫渭水飞熊。"

村妇道旁便旋

王威宁越善词曲,尝于行师时见村妇便旋道旁,因作《塞鸿秋》曲云:"绿杨深锁谁家院?见一女娇娥急走行方便。转过粉墙东就地金莲,清泉一股流银线。冲破绿苔痕,满地珍珠溅。不想墙儿外马儿上人瞧见。"一作陈全词。

王 西 楼 词

王西楼磐喜愠不形于色，其家尝走失鸡，西楼戏作《满庭芳》云："平生淡泊，鸡儿不见，童子休焦。家家都有闲锅灶，任意烹炮。煮汤的贴他三枚火烧，穿炒的助他一把胡椒，到省了我开东道。免终朝报晓，直睡到日头高。"

咏　　妓

弘治间，吴桥令王魁免官家居，以词曲自乐。有妓为人伤目，睫下有青痕，戏作《沉醉东风》曰："莫不是捧砚时太白墨洒，莫不是画眉时张敞描差。莫不是檀香染，莫不是翠钿瑕。莫不是蜻蜓飞上海棠花，莫不是明皇时坠下马。"

贺 婢 生 子 启

陆伯麟有婢育子，陆象翁以启戏之曰："犯帝前禁，寻灶下盟。玉虽种于蓝田，珠将还于合浦。移夜半鸬鹚之步，几度惊惶；得天上麒麟之儿，这回喝采。既可续诗书礼乐之脉，深嗅得油盐酱醋之香。"

应 履 平

明应履平为德化令，满考，吏部试论，文优而貌不扬，不得列上，乃题诗部门曰："为官不用好文章，只要胡须及胖长。更有一般堪笑处，衣裳浆得硬绷绷。"不书姓名。吏呈冢宰，曰："此必应知县也。"遂升考功。

海 刚 峰

海刚峰瑞为应天巡抚，蔡春台国熙为兵备，意主搏击豪强，因而刁风四起。有投匿名状者曰:"告状人柳跖,告为势吞血产事。极恶伯夷、叔齐兄弟二人,倚父孤竹君世代声势,发掘许由坟冢,被恶来告发。恶又贿求嬖臣鲁仲连得免。今某月日挽出恶兄柳下惠捉某箍禁孤竹水牢,日夜痛加炮烙极刑,逼献首阳薇田三百余亩,有契无交。崇侯虎见证。窃思武王至尊,尚被叩马羞辱,何况区区蝼蚁,激切上告。"海公见状,颇悔前事,讼党少解。

十二辰诗

《尧山堂》载:成化丙午,嘉兴巫者召仙降笔,问时事,以十二辰为诗云:"劝君莫状相鼠诗,劝君莫歌饭牛词。骑虎之势不得下,狡兔三窟将焉之。神龙未遇囚浅水,虺蛇鳅鳝争雄雌。千金骏马买死骨,神羊触邪安所施。沐猴犹作供奉官,斗鸡亦是五百儿。吁嗟猘犬下陛走,牧猪奴戏令人嗤。"次年宪庙升遐。

王十李三

正统己未,廷试榜出,华亭钱原博溥仿宋人王十李三之诗自诵曰:"举头暂且窥张大,伸脚犹能踏小张。"或以为近于忿,易之曰:"头上小张才踏过,举头又见大张来。"盖会试昆山张敬之穆第二,溥第三,廷试第二甲张节之和第一,溥第二,而穆则和之母兄也。

勉甥

明钱昕初习举子业,从张节之游。其外祖吴思庵讷作诗遗之曰:"阿昕近喜习科场,百里从师日夜忙。老我曾闻前辈说,一凭阴骘二文章。"后登正统己丑进士,仕知府。

宗人入学

《涌幢小品》载:明朝宗室日多,禄米日减,自将军而下,有文学者得应试为秀才，趋者甚众。士子为诗嘲曰："愿将纱帽换儒巾，解带系绦稳称身。老爷博得相公叫，娘娘重结秀才亲。"一王子口占报云："纱帽儒巾气类同，系绦脱带挂玲珑。娘娘原抱老爷睡，喜得天潢有相公。"闻者绝倒。

筋　　则

张庄简_悦致政归田，杜门不出。见风俗奢靡，益崇节俭。书揭屏间曰："客至留馔，俭约适情。肴随有而设，酒随量而倾。虽新亲不抬饭，虽大宾不宰牲。匪直戒奢侈而可久，亦将免烦劳以安生。"

乩　　对

唐伯虎召乩仙，令对"雪消狮子瘦"，乩即书云"月满兔儿肥"。又令对"七里山塘，行到半塘三里半"，乩又书云"五溪蛮洞，经过中洞五溪中"。时刑部郎中黄暐亦令仙对"羊脂白玉天"，乩云："当出丁家巷田夫口中。"黄明日往试之，见一耕者锄土，问此何土，耕者曰："此鳝血黄泥土耳。"众始信其仙。

一 对 减 死

《驹阴冗记》载：韩襄毅_雍巡按江西，方鞫死狱，忽诵句曰："水上冻冰冰积雪，雪上加霜。"久不能对。一囚冒死请对，韩曰："能对贷汝死。"囚曰："空中腾雾雾成云，云开见日。"韩称善，果为减死。或谓不若"空中拥雾雾成云，云腾致雨"更顺，但"见日"意于囚为当。

陈 玉 父

弘治间，海宁陈玉善画山水。其父五十，忽欲读书，坐闭一室，昼夜不息者五年，遂能诗。《题贾似道湖山图》云："山上楼台湖上船，平章醉后懒朝天。羽书莫报樊城急，新得蛾眉正少年。"

嘲 新 贵

《中洲野录》载：乐平彭绥之_福守泰州，以直道忤部使者归。适友人新登第，绥之具酌邀之，以微雨屡速不至，乃遗以诗云："倘来名利若浮尘，何事痴儿太认真。咫尺泥途行不得，山阴雪夜是何人？"时传诵之。

九 月 桃 花

闽高廷坚_瑶令番禺日，镇守府红桃九月盛开，三司诸公皆有吟咏，索题于高。高题诗云："九月雷声振海涯，绛桃开遍五侯家。殷勤报与寒梅道，莫逐东风浪放花。"

驿 丞 登 第

《百可漫志》载：成化间张驿丞某山东乡试中式，督学毕瑜赠之诗曰："一官耻不与清流，退食遗编自校雠。枳棘岂能留彩凤，盐车未必困骅骝。东藩领荐名初显，西蜀题桥志已酬。脱却樊笼入佳境，春雷万里步瀛洲。"考《登科录》，成化戊戌进士谭、溥，四川泸州人，系山东蕉县驿驿丞登第。诗有西蜀句，为溥无疑。《百可》为张驿丞，误。前正统辛酉，丰城郑温以松陵驿丞南畿中式，登壬戌进士。《登科录》及《吴江志》可证。

诗 赠 教 授

弘治中，有老儒以贡授教职。翰林某题白头翁送之云："幽谷多年滞羽翰，泮林今借一枝安。世人莫笑头空白，看取春花雨后残。"

江东太守

《绿雪斋杂言》载：江东某太守文雅政声颇得时誉，遣吏携金赂刘瑾求速转，祷于紫姑仙。仙降笔曰："几树棠阴种未成，使君何事苦经营。雷霆怒击冰山碎，只恐钱神也不灵。"苞苴入而瑾果败，太守以钻刺落职。

朱 原 虚

明江州朱原虚有诗名，父亡时，二弟俱幼，原虚匿父所遗绫锦十余箧。二弟流离居外。一日原虚召仙，即降笔曰："何处西风夜卷霜，雁行中断各悲凉。吴绫越锦藏私箧，不及姜家布被香。"原虚得诗皇恐，召二弟分其赀，劝勉之，后俱登科。

诗 止 飞 税

乐平值大造税册，彭绥之子属司书者飞税他户。绥之知之，延司书饮，戏吟诗曰："洛阳城中桃李花，飞来飞去落谁家？"司书曰："旧时王谢堂前燕，飞入寻常百姓家。"绥之曰："既不飞上天飞入地，不过飞入百姓家，何忍为此？"乃为诗谢之曰："洪水推沙塞两涯，推来推去只交加。谁知二世宫中鹿，走过刘家又李家。"司书感其意，飞税乃止。

张 翼 德 庙

荆州张翼德庙题咏甚多，当涂杨观作人颇传诵，其后四句云："山势西回终护汉，江声东去尚吞吴。营星不陨将军在，未必中原不可图。"特有思致。

寄　夫　诗

　　成化中,奉新女子萧凤质因夫游学郡城,属小疾,为诗以寄。有云:"闻不安,恨东西相隔,妾职有所不能尽,徒涕泣怀念而已。小诗慰勉:欲把相思远寄君,恐教牵动读书心。闲花野草休关念,养取葵心向紫宸。"又《闲居笔记》载,一士居太学,其妻寄鞋袜并诗云:"细袜弓鞋别样新,殷勤寄与读书人。好将稳步青云上,莫向平康谩惹尘。"可谓相勖以正者矣。

孝　宗　对　语

　　明孝宗体稍不佳,即诵诗曰:"自身有病自心知,身病还将心自医。心若病时身亦病,心生原是病生时。"尝因重九,出一对曰:"今朝重九,九重又过一重阳。"未有能对者。

李　西　涯

　　李西涯东阳柄政,无救世乱。扬州陆沧浪以诗讯之曰:"文章声价斗山齐,伴食中书日又西。回首湘江春未绿,鹧鸪啼罢子规啼。"盖以鹧鸪声道"行不得也哥哥",子规声道"不如归去"。湘江者,西涯故乡也。西涯卒不能舍。轻薄者画一丑恶老妪骑牛吹笛,题曰:"李西涯相业。"或以告西涯,西涯自题一绝云:"杨妃血溅马嵬坡,出塞昭君怨恨多。争似阿婆牛背稳,笛中吹出太平歌。"《尧山堂》谓此诗沈石田题《秃妪牧牛图》,未知孰是。

诗　讯　左　珰

　　成化中,程信参赞南都,左珰安宁时为守备,燕程,设席中为己坐,而以程位其下。信戏为一绝云:"主人首席客居旁,此理分明大不祥。若使周公来守备，定应屋上放交床。"安见诗，遂分宾主。

雍　世　隆

　　雍世隆泰巡盐两淮，见灶丁贫而鳏者几二千人，比及二年，俱与完室。既去，淮人咏曰："客边简橐浑无砚，海上遗民尽有家。"又曰："了却四千男女愿，春风解缆去朝天。"后以忤刘瑾致仕。

陈　白　沙　诗

　　世以陈白沙诗不入法，而《麓堂诗话》载其题崖山大忠祠曰："天王舟楫浮南海，大将旌旗仆北风。世乱英雄终死国，时来胡虏亦成功。身为左衽皆刘豫，志复中原有谢公。人众胜天非一日，西湖云掩岳王宫。"以为深知音律者。又《白沙外传》中尽有好句，如"仲尼不作周公梦，天下谁嗟吾道衰"。又"一春花鸟篇章废，万里云霄羽翼孤"。又"出墙老竹青千个，泛浦春鸥自一双"。又"竹径旁通沽酒市，桃花乱点钓渔船"。此等句何常不佳。

李　程　宠　遇

　　李东阳四岁能作大字，景皇召见，抱置膝，赐上林珍果。六岁时，程敏政以神童同受英宗召见，过宫门不能度，上曰："书生脚短。"李曰："天子门高。"时御羞有蟹，上曰："螃蟹一身甲胄。"程曰："凤凰遍体文章。"李曰："蜘蛛满腹经纶。"上又曰："鹏翅高飞，压风云于万里。"程曰："鳌头独占，依日月于九霄。"李曰："龙颜端拱，位天地之两间。"上悦，曰："他日一个宰相，一个翰林。"命皆廪于翰院。

雨　帝　谣

　　正统末，京师旱，街上小儿为土龙祈雨，拜而歌曰："雨帝，雨帝，城隍,土地。雨若再来,还我土地。"成群噪呼,不知所起。未几,有监国即位之事,继又有复辟之举。谓雨帝者,与弟也。城隍土地,谓郕王有此土地也。雨再来,还土地,谓驾旋而复辟也。

石 羊 鸣

《西樵野记》载:徐武功有贞谪金齿,过一寺,见老僧治果茗远迎。武功讶而问之,僧曰:"吾寺有石羊,每异人至则鸣。宋时一鸣,苏相至。昨夕复鸣,而公适至,故治果茗以进。"

于谦妾王振儿

兵部侍郎项文曜媚附于肃愍公,每朝待漏必附于耳密言,及朝退亦然,行坐不离,时目为于谦妾。《菽园杂记》载,户部侍郎王祐,貌美无须,谄事王振,振甚眷之。一日,问祐曰:"王侍郎何故无须?"祐曰:"老爷无须,儿子岂敢有须?"闻者绝倒。

朱 静 庵

成化间,海宁朱静庵,教谕周汝航济之妻,能诗。其《咏明妃》曰:"玉容憔悴向胡天,为惜黄金误少年。堪笑君王重声色,丹青不画梦中贤。"《咏虞姬》云:"贞魂化作原头草,不逐东风入汉郊。"词气烈烈。钱蒙叟曰:"刘长卿谓李季兰为女中诗豪,余于静庵亦云。"

铨 部

吏部曰铨部。嘉靖末创立掣签之法,则改为签部可矣。伍蓉庵《林居漫录》载一诗云:"冢卿无计定官衡,枯竹拈来却有灵。若使要津关节到,依然好缺作人情。"

改 琵 琶 曲

　　崇祯壬午,南畿榜发,物议沸腾,有《告庙文》,四六精工,哄传一时。又改《琵琶记》二曲,《绣带儿》云:"费金钱稳取图甘旨,又落得夸儿耀妻。终不见范丹寒贱,有一个应举及第。须知功名富贵钱所与,钱若与不求而至。营生是把文章掷取,天须鉴我,我秀才不富的情罪。"《太师引》云:"身将老,观场有几?得志正当今日,终不然为着满把牙签,却落后一领荷衣。真痴。此番荣贵虽可拟,怕钱少买不得荣贵秋闱里。纷纷的多是富儒,堪笑那没家私的也去求试。"顺治丁酉,方犹钱开宗典试江南,首题为"贫而无谄"章,榜发后,亦有《黄莺儿》云:"命意在题中。贱贫儿,重富翁,《诗》云子曰全无用。切磋未通,琢磨欠功,其斯之谓方能中。告诸公,多财子贡,货殖是家风。"又诗云:"孔方主试副钱神,题义先分富与贫。定价七千方立契,经房十五不论文。金陵自古成金穴,白下从今聚白丁。最讶丁酉兼壬子,博得财星始发身。"

壁 诗 四 绝

　　敖东谷英一日山行,午饭农家,见壁上四绝句,意甚警策。或曰晦翁诗也:"鹊噪未为吉,鸦鸣岂是凶。人间凶与吉,不在鸟音中。一""耕牛无宿草,仓鼠有余粮。万事分已定,浮生空自忙。二""翠死因毛贵,龟亡为壳灵。不如无用物,安乐过平生。三""雀啄复四顾,燕寝无二心。量大福亦大,机深祸亦深。四"

讥 奉 使

　　《农田余话》载:至正乙酉,遣廷臣为诸道黜陟使,察官吏,赈贫乏,褒善良,礼高年。奉遣者惟以敛取民财为事,民大失望,作诗曰:"九重丹诏颁恩至,万两黄金奉使回。"又:"官吏黑漆皮灯笼,奉使来时添一重。”

吴敏德诗

吴文恪讷由医士荐举，仕至副都御史。其按贵州还，有司以黄金百两馈公，追送至夔州。公不发封反之，题诗其上曰：“萧萧行李向东还，要过前途最险滩。若有赃私并土物，任教沉在碧波间。”

刘侍郎谑词

滁州刘廉夫清少为州学生，当丁祭毕，见诸生争取祭物，乃戏为弹文曰：“天将晓，祭祀了，只听得两廊下闹炒炒。争胙肉的你精我肥，争馒头的你大我小。颜渊德行人，见了微微笑。子路好勇者，见了心焦燥。夫子喟然叹曰：我也曾在陈绝粮，不曾见这伙饿殍。”近日有仿其意咏武生云：“也戴银雀帽，也穿粉底皂。也要着襕衫，也去谒孔庙。颜渊喟然叹，夫子莞尔笑。游夏文学徒，惊骇非同调。子路好勇者，怒目高声叫：我若行三军，着他铡草料。”

杨文贞咏梅

宣、正间，三杨皆秉枢轴，溥、荣由进士，士奇以荐举致相位。一日会席间以松竹梅为题，分赋一诗。文敏、文定题毕，各书赐进士某。文贞知其诮己，乃奋笔题梅诗曰：“竹君子，松大夫，梅花何独无称呼？回头试问松与竹，也有调羹手段无？”二公笑而谢之。

假诗投刺

胡文穆广与杨文贞善，约致政归，拿舟往来。广病笃，文贞犹在朝。时人投诗，假杨作云：“汉朝胡广号中庸，今日中庸又见公。堪笑古今两奸宄，天教名姓正相同。”广得诗惭愤而卒。按宋陈贾劾朱文公，人谓之曰："姬周大圣犹遭谤，伊洛名贤亦被讥。堪笑古今两陈贾，如何专把圣贤非。"前诗盖祖此。

夏 公 大 度

夏忠靖原吉宽中大度，有赐砚，仆以冬月炙冰，损破，谕而释之。又驿夫偶焚公只袜，亦笑而不问。尝咏螭首云："非龙非虎亦非罴，头角皆因造化为。不向草茅夸气象，却于廊庙著威仪。昂昂饱历风霜古，默默深承雨露滋。寄语群飞诸燕雀，好来相近莫相疑。"

姚 少 师

姚少师领敕往蜀云台观悬旛，至苏，暂驻寒山寺。偶在松下散饭，曳履独行。会吴邑曹三尹喝道来，少师行如故。尹怒执而笞之，少师受笞不自道。人有识之者，曰："此姚少师也。"曹恐，伏地请罪。少师作诗曰："出使南来坐画船，袈裟犹带御炉烟。无端撞着曹三尹，二十皮鞭了宿缘。"

刘 伯 川 识 鉴

泰和刘伯川善观人，杨士奇、陈孟洁以故人子往候之，因留款。雪霁酒酣，命各赋诗言志。孟洁云："十年勤苦事鸡窗，有志青云白玉堂。会待春风杨柳陌，红楼争看绿衣郎。"士奇云："飞雪初停酒未消，溪山深处踏琼瑶。不嫌寒气侵人骨，贪看梅花过野桥。"伯川笑曰："陈子十年勤苦，仅博红楼一看，当为风流进士。杨子虽寒，当大用。"后孟洁以永乐丙戌登第，以庶常终，东里以荐举至少师。如伯川言。

盛 允 高

正统中，吴中盛允高昺初为御史，有声，旋以奏事被谪广西古田典史，未几升四川罗山知县，皆有山水之胜，为诗曰："性懒才疏官亦拙，天然处处有青山。铨司颇信为知己，一度迁移一度闲。"有怨而不怒之意。

讽观竞渡

鄱阳高举任御史罢归，谢绝人事。一日，掉小舟至城下，值郡守饮月波楼观竞渡。举微服箕坐舟中，守怒，逮至，令其供状。举书一绝云："皇后升遐未一年，今春先帝宣德又宾天。江山草木皆垂泪，太守如何看画船。"守询之，知为高侍御，惭而罢宴。

驼峰熊掌

吕震与解缙谈食中美味，吕曰："驼峰珍美，恨未之识。"解云："仆尝食之。"吕知其诳。他日从光禄得死象蹄胫，语解曰："昨有驼峰之赐，宜共飧焉。"解至大嚼。吕戏以诗曰："翰林有个解痴哥，光禄何曾宰骆驼。不是吕生来说谎，如何嚼得这般多。"相与大笑而别。

江绿萝《雪涛集》载：一师命"熊掌亦我所欲也"题，其徒文中云："朝而飨，朝此熊掌也；夕而飧，夕此熊掌也。"先生笑曰："老夫从不曾得熊掌尝新，你却把作小菜吃。"为之绝倒。

咏 桃

《古穰杂录》载：吴康斋《咏桃》诗："灵台清晓玉无瑕，独立东风玩物华。春趣夜来深几许，小桃又放两三花。"有"吾与点也"气象。

乌啄蝗歌

康熙壬子夏，吴中大旱，飞蝗蔽天，竹粟殆尽，蝗亦有为鸦鹊所食者。余家庭中椿树有乌巢，朝暮飞鸣，甚可憎恶，斯独喜其捕蝗。中有一无尾者,攫啄尤多。胡溯翁喜而作歌曰:"昔人曾称鸦种麦,今日喜见鸦捕蝗。吴民征输困来久,况复连遭水旱殃。苗未插莳田未垦,催科已比五分粮。仰屋踌躇莫措手,忽闻蝗来西北方。老人昔年被灾诊,谈虎色变如虎伤。无稼可食且集树,绳绳振振滋骇惶。园竹岸芦到即罄,黄衣三使征梦祥。浙中消弭赖刺使,吾苏漫漫无短长。乌鸟哑哑高下翔,奋迅攫啄如鹰扬。承蜩之捷犹掇尔,就中尤羡秃尾狼。群乌相将饱枵腹,吴民或得疗饥肠。台上快睹等捷凯,拟草露布为张皇。白公大嘴可勿诮,竟当进号乌凤凰。瞻乌爱止在邻屋,爱之却弹将弓藏。"溯翁名汝源,少为弟子员,潦倒场屋,年八十有五卒。

雁 诗 赐 第

宋王奇字汉谋,赣人,家贫,补县小史。令题雁诗一联于壁曰:"只只衔芦背晓霜,昼随鸳鹭立寒塘。"奇密续之曰:"晚来渔棹鸳飞去,书破遥天字一行。"令见而询之,大叹赏,使游学都下。真宗得其诗,召见,立赐及第,时称天子门生。

书 生 夜 巡

范周字无外。方腊之乱,州民团结巡护,虽士流不免。周率诸生冠带夜行,题诗灯笼云:"自古轻儒莫若秦,山河社稷付他人。而今重士如周室,忍使书生作夜巡。"守将闻之,亟为罢去。

孔门七十二贤

北齐石动筩尝诣国学,问博士曰:"孔门达者七十二人,几人冠,几人未冠?"博士曰:"经传无文。"动筩曰:"先生读书岂合不解? 冠者三十人,未冠者四十二人。"博士曰:"据何文解之?"动筩曰:"冠者五六人,五六得三十也。童子六七人,六七四十二也。合之得七十二人也。"众皆大笑。

一说又问:"三千弟子后来作何结果?"答曰:"二千五百人为军,五百人为旅。"

小 试 冒 籍

华亭人冒籍上海小试,愤其不容,大书通衢云:"我之大贤与,于人何所不容? 我之不贤与,如之何其拒人也?"上海人答云:"我之大贤与,何必去父母之邦? 我之不贤与,焉往而不三黜?"

水 香 劝 盏

扈戴畏内,欲出则谒假于细君,细君滴水于地,水不干当归。若去远,则燃香掐至某所以为限。一日,因筵聚,方三行酒,扈色欲遁,众客觉之,哗曰:"扈君恐砌水隐影,香印过界耳。吾辈人撰新句一联,奉酒一杯,庶得早归不罚。"众以为善。一人捧瓯吟曰:"解橐香三令,能遵水五申。"逼扈饮尽。别云:"细弹防事水,短爇戒时香。"别云:"战兢思水约,匍匐赴香期。"别云:"出佩香三尺,归防水九章。"别云:"命系逡巡水,时牵决定香。"扈连饮六七巨觥,吐呕淋漓,既上马,群噪谓使人曰:"夫人若怪归迟,但道被水香劝酒留住耳。"

贺 丧 妻

解缙常吊友人丧妻,入门曰"恭喜",继曰:"四德俱无,七出咸备。呜呼哀哉,大吉大利。"盖学士夫人亦悍也。

洗 马

刘定之升洗马,朝遇少司马王伟,王戏之曰:"太仆马多,洗马须一一洗之。"刘笑曰:"何止太仆,诸司马不洁,我亦当洗。"

杨文懿公守陈以洗马乞假,行次一驿,其丞不知为何官也,坐而抗礼。卒然问曰："公职洗马,日洗几马?"公漫应曰:"勤则多洗,懒则少洗,无定数也。"俄一御史至,则公门人,跪而起居。丞恐,百态乞怜,公卒不较。

周　德　华

周德华,刘採春女也。春时喜踏青郊外,见杨柳垂垂,则采其枝结为同心,随流水放之。每放一枝,则歌云:"碧玉妆成一树高,万条垂下绿丝绦。不知细叶谁裁出,二月春风是剪刀。"《万首绝句》作贺知章诗。

春　归

孟淑卿有《春归》诗云:"落尽棠梨水拍堤,凄凄芳草望中迷。无情最是枝头鸟,不管人愁只管啼。"

道　河　亭　诗

穆陵道河亭上有题诗云:"谷雨初晴绿涨沟,落花流水共沉浮。东风莫扫榆钱去,为买残春更少留。"

青　桐　词

春来士女踏青郊外,有以错刀画词青桐树上云:"春光入水到底碧,野色随人是处同。何事殷勤频借问,妾家止住杏花东。"

崔　唐　臣

《茗斋随笔》云:崔唐臣,闽人,与苏子容、吕晋叔同学相好,二公登第,崔遂罢举。后二公在官,偶乘马偕出,循汴岸,见一人停舟坐篷窗下,乃崔也。亟下马,询其别后况味,曰:"初检箧中有钱百贯,以其半买此舟,往来江河间;以半贩杂货取息以自给。虽云泛梗飘蓬,差愈应举觅官时也。"二公邀与同归,崔不可,但问官居坊曲所在,别去。明日二公出外归,见崔留一刺,再访之,舟已行矣。归复阅其刺,末幅有诗一绝云:"集贤仙客问生涯,买得渔舟度岁华。案有《黄庭》尊有酒,少风波处便为家。"二公为之怃然。

神 童 诗

《神童诗》"一举登科日"句,乃宋陈林赠王俊民登科诗,时韩魏公亦赠诗云:"青云一第人皆有,白发双亲世所无。"时又有兄弟同榜者,有客赠诗曰:"彩衣膝下成行舞,丹桂庭前并干生。"

聂 夷 中 诗

聂夷中《伤田家》诗云:"二月卖新丝,五月粜新谷。医得眼前疮,剜却心头肉。我愿君王心,化作光明烛。不照绮罗筵,偏照逃亡屋。"夷中字坦之,咸通十二年进士,为华阴尉。此诗最有深意。《学斋占毕》误以二月无丝,五月无谷为解。不知二月将事于蚕,五月正力于农,而赋税叠征,不得不称贷于有力者,及丝谷既登,则倍息以偿,是未丝而卖,未谷而粜矣。以辞害志,岂说诗者乎?

种 芝 麻

谚云:"长老种芝麻,未见得吃。"相传芝麻必夫妇同下种,独种无可得之理。长老无妻者也。犹忆唐诗云:"蓬鬓荆钗世所稀,布裙犹是嫁时衣。胡麻好种无人种,合是归时只不归。"

袁 伯 修

《珂雪斋随笔》载:袁伯修宗道为诸生时,梦身边悬一牙牌,上书

"洗马"二字,后书"颜回"二字。年二十七,举南宫第一,官翰林,至三十二,颇疑惧。明年,以宫詹告归,生朝作《一枝花带折桂令》小曲以自寿云:"秋风高挂洞庭帆,夏雨深耕石浦田。春窗饱吃南平饭,笑先生归忒晚。明朝已是三三。雕虫呵懒拈象管,野鹿呵难联鹭班,隙驹呵且养龟年。嫩柳成园,修竹围庵。讲什么道非道梦中的老聃,说恁么空非空纸上的瞿昙。只消过了寻常甲子万万千千。"又八年,官至掌坊,卒于京。按伯修于词曲号当家,又有"付阿谁杨柳蛮腰,知何处桃花人面"之句。

甲集卷之三

吕 仲 实 诗

《辍耕录》载：元中书左丞吕仲实_{思诚}未遇时，晨炊不继，将携布袍贸米于人。室氏有难色，因作诗云："典却青衫供早厨，老妻何必更踌躇？瓶中有醋堪浇菜，囊底无钱莫买鱼。不敢妄为些子事，只因曾读数行书。严霜烈日皆经过，次第春风到草庐。"后果登第。《水东日记》又载，仲实《寄内》诗云："自从上马苦思卿，一个穷家两手擎。少米无柴休懊恼，大男小女好看承。恩深夫妇情何极，道合君臣义更明。早晚太平归计遂，连杯共饮话离情。"真切语不减元、白。

题 纸 鸢

宋侯元功_蒙少游场屋，年三十一始得乡贡，人以其年长，忽不加敬。轻薄者画其形于纸鸢上，引线放之。元功见而大笑，作《临江仙》词曰："未遇行藏谁肯信，如今方表名踪。无端良匠画形容。当风轻借力，一举入高空。　　才得吹嘘身渐稳，只疑远赴蟾宫，雨余时候夕阳红。几人平地上，看我碧霄中。"后一举登第，徽宗时为宰执，谥文穆。

水 云 乡

《狮山掌录》云：宋有人江行得童女二人，自称兄妹。兄解捕鱼，妹专绣刺。居岁余，欲犯之，辄辞年幼。一日，女子题诗襦间云："觅得如花女，朝朝依绣床。百花浑不爱，只是绣鸳鸯。"其兄曰："依人为难，不如且去。"复题诗于壁曰："终日绣鸳鸯，懒把蛾眉扫。且归水云乡，百年可偕老。"因化为双鸳飞去。

藕 隐 花 藏

张确游白蘋洲,见二碧衣女子,携手吟云:"碧水色堪染,白莲香正浓。分飞俱有恨,此别几时逢。藕隐玲珑玉,花藏缥缈容。何当假双翼,声影暂相从。"确逐之,化为翡翠飞去。

澹 山 狐

永州澹山岩岩有驯狐,凡贵客至则鸣。邹志完浩将至,而狐辄鸣,寺僧出迎。志完怪之,僧以狐鸣对。志完作诗曰:"我入幽岩亦偶然,初无消息与人传。驯狐戏学仙伽客,一夜长鸣报老禅。"

猕 猴 世 情

程伯淳颢游山,僧云晏元献南来,猕猴满野。伯淳戏题一绝云:"闻说猕猴最世情,相车来便满山迎。鞭羸到此何曾见,始觉毛虫亦世情。"今之世情遍地皆毛虫矣。

誓 俭 草

元世祖思太祖创业艰难,取所居之地青草一株,置于大内丹墀之前,名曰誓俭草,盖使子孙知勤俭之节。至正间大司农达不花公作《宫词》,其一云:"墨河万里金沙漠,世祀深思创业难。却望阑干护青草,丹墀留与子孙看。"

姚 学 士

元学士姚燧字希声,致政家居,年八十余。夏日沐浴,侍婢在侧,因私焉。婢前拜曰:"主公年老,贱妾倘有娠,家人必见疑,愿赐识验。"学士捉其围肚题诗曰:"八十年来遇此春,此春遇后更无春。纵然不得扶持力,也作坟前拜扫人。"学士卒后,此婢果生子,家人疑其外通,婢出诗,遂解。闻云间陆平泉事亦类此。

会 稽 女 子

崇祯癸酉,新嘉驿壁有会稽女子题诗,并序云:"予生长会稽,幼工书史。年方及笄,嫁与燕客。具林下之风致,事负腹之将军。加以河东狮子,日吼数声。今早薄言往诉,逢彼之怒,鞭棰乱下,辱等奴婢。气填胸臆,几不能起。嗟乎!红颜薄命,死何足惜,但恐湮没无闻,直与草木同腐。故忍死须臾,以泪和墨,题诗于壁。倘辂轩君子过此读之,悲予生之不辰,则余死且不朽矣。"诗云:"杏红衫子半蒙尘,一盏残灯伴此身。恰似梨花经雨后,可怜零落不成春。""终日如同虎豹游,含情默坐恨悠悠。老天生妾非无意,留与风流作话头。""万种忧愁诉与谁,对人强笑背人悲。此诗莫作寻常看,一句诗成千泪垂。"冯犹龙和诗云:"千秋红粉尽成尘,诗句犹留梦里身。恰似太真香袜在,行人指点马嵬春。""已嫁从夫怨阿谁,换花换马亦何悲。忍将无限闺中苦,博取诗名壁上垂。"

郑元和行乞图

元赵仲穆雍,文敏公之子,善书画。曾见其所画《郑元和行乞图》,首戴方巾,而以破绢裹其外,右手执简板,左持一篮,一罐碎于地。虽衣衫蓝缕,而人物风姿正自飘逸不群。上有诗云:"郑子曾夸盖世才,风尘一堕甚张乖。歌残世上莲花落,误却天边桂子开。霜雪有情飘瓦罐,雨云无梦到阳台。试看身上千千结,尽是恩情博得来。"

白 仁 甫 词

元白仁甫《劝酒·寄生草》词云:"长醉后方何碍,不醉时有甚思。

糟腌两个功名字,醅渰千古兴亡事,曲埋万丈虹霓志。不达时皆笑屈原非,但知音说尽陶潜是。"又有《沉醉东风·渔父》词云:"黄芦岸白蘋渡口,绿杨堤红蓼滩头。虽无刎颈交,却有忘机友。点秋江白鹭沙鸥,傲杀人间万户侯,不识字烟波钓叟。"

锣　鼓　诗

至正间,上下以墨为政,风纪之司,赃污狼藉。时送迎廉访官司则用二声鼓、一声锣,起解强盗则用一声鼓、一声锣,轻薄者为诗云:"解贼一金并一鼓,迎官两鼓一声锣。金鼓看来都一样,官人与贼不争多。"又有《醉太平》词一阕云:"堂堂大元,奸佞专权。开河变钞祸根源,惹红巾万千。官法滥刑罚重黎民怨。人吃人钞买钞何曾见?贼做官官做贼浪愚贤,哀哉可怜!"

辇　下　曲

庐陵张光弼昱作《辇下曲》,皆咏故元国俗。一云:"守内番僧日念吽,御厨酒肉按时供。组铃扇鼓诸天乐,知在龙宫第几重。""似嫌慧日破愚昏,白昼寻常下钓轩。男女倾城求受戒,法中秘密不能言。"前言胡僧乱宫闱,后言乱民间。钓轩俗云钓阁,僧房下钓阁而置妇女受戒于中也。

谥　文　正

刘瑾欲中伤杨邃庵一清,李西涯力救乃免。及西涯病笃,杨慰之曰:"国朝以来文臣无有谥文正者,如有不讳,请以谥公。"西涯顿首称谢。卒后,得谥文正。有人改宋人讥京镗诗以刺之云:"文正从来谥范王,如今文正却难当。大风吹上梧桐树,自有旁人说短长。"

代 少 年 书

　　万历丁酉冬，公安袁小修中道客金陵。新安一少年游太学，狎一妓，情好甚笃，遂倾囊娶之。其人久失怙，兄主家政甚严正，遗书切责之，必欲遣去，不则不复相见，且理之官。少年忧惧，不能措辞裁答，因谓小修曰："事已如此，可奈何？但我兄亦知读书，颇爱才，若得数千言一书以感动之，吾事济矣。才思蹇涩，求先生为草数纸，使此人不出帷，当效衔草之报。"小修为作一书，淋漓数千言，隽气可喜，达之于兄。后月余，晤少年，欣然曰："我兄有字至，云与弟未别数时，笔下便已如此。既有读书之志，即携新妇归，余不以一眚盖平生也。欲束装偕归。"因置酒为小修寿，令姬捧觞为歌一曲。友人笑谓小修曰："相如作《长门赋》得千金，今子得此人歌一曲，胜相如千金多矣。"明晨送之江干，挥泪而别。其书曰：信来，得领严教，感激惭恧，不可胜言。自先人殁后，得吾兄提携，以有今日。某虽不才，沾雨露之润，借朱蓝之益，亦既有年。虽有童心，粗知名教。若夫逐野外之鸳鸯，忘堂上之鸿雁，听花间之曲，背霜涤之簋，即死不为也。但一时迷昧，忽忽如梦。今事定情牵，有不能顿遣者。缘斯人去年自离阳昌酒炉，即永居竹桥旅寓。不意入室之柳叶，遂成结子之桃花，怀娠已经四朔。念乌衣之派不蕃，青箱之望尚窅。兄与弱弟，皆艰嗣息，设得一儿，蒸尝有托，如莫愁之产阿侯，胡婢之生遥集，亦为幸事。且近日维扬间有以红粉妖姬孕青云上客者，兄所目击。天下事不可知，淤泥出莲花，粪土产芝菌。此其未能顿遣者一也。斯人虽在烟花，志坚松柏。勉离旧巢，得过阿母。彼重失钱树，恨切肌骨，大骂分袂，恩断情绝。设令再入故栈，颜面何容，磨折何堪？恐登车之日，即毕命之时。昔严武与妓俱亡，追者继至，付之琴弦，后作祟不止。我虽不杀，由我而死，恐倩女相逐，止有芳魂，小玉不仁，能为厉鬼。此其未能顿遣者二也。斯人自入门，改去钿蝉，谢下堕马，舞衣歌扇，付之尘土。缟衣綦巾，晨起操作。言不出户，苦不劳身。宛似良人，克相妇道。且夜勤刀尺以伴膏火，相勉伊吾以致云霄。此其未能顿遣者三也。邸中所

藏虽无长物,尚有博山旧炉、雀尾遗鼎,砂翠斑烂之器,牙玉辉映之
章。画则小李将军,书则海岳外史。皆令之收藏,司其管钥。设为德
不终,将燕莺化为鹳鸯,恐付之祖龙,尽成灰烬。则先代所遗,皆为乌
有。此其未能顿遣者四也。自吾兄严命一到,斯人即泣曰:"微茭小
虫,亦知护子怜儿。妾虽烟花下贱,幸已有身。设欲逐我,俟分娩之
日,为君家存此一脉,然后自觅白练,永赴黄垆。"弟闻之亦自伤心。
夫即欲处之,亦须少缓。今兰玉几何,岂稻麻也哉而弁髦之乎? 此其
未能顿遣者五也。处此五不能顿遣之势,则弟之宜遣而不即遣也亦
略有可原矣。至兄责弟以罪,罪何遽无。生平读古人书,见夫桃根、
桃叶同登子敬之舟,阿田、阿钱共列稼轩之帐。白太傅之小蛮、樊素,
苏学士之朝云、榴花,集中殊不自讳。误信古人,风流冶习,未能顿
除,尤而效颦,此其罪一也。岁月如流,未必吾与,开口而笑,宁有几
时? 一席多姿,妄同安石之癖;千金散尽,宁甘太白之贫。遂使班嗣
之赐书仅存,陆贾之遗金渐罄,此其罪二也。古人又云:文有仗景生
情,托物寄兴。丽人燃烛,远山磨墨。千古一道,弟每遇枯坐,文思不
属,微闻香泽,倚马万言,出鬼入神,惊天动地。两仪发耀于行中,列
星迸落于纸上,此其罪三也。江左烟月繁华,六朝金粉旧地。谢家调
马之蹊,尚余芳草;王氏鼓楫之曲,仍有文波。土风俗习,偶而相洽。
此其罪四也。近日文人,概多胜事。如某某皆少年冶游,目为荡子,
一旦怀蛟变化,立致青云,岂留连烟月,即属尘土下士乎? 弟不肖,谬
有此见,此其罪五也。弟又有昧死一言:世间亦自英雄豪杰能为格
外之事,财色小失,自当赦除。天下有事,正赖命世长才,曲谨小廉,
岂能成事。当北宋与契丹为邻,大小七十余战,屡致败北,而能大破
之者,乃欲娶薛居正子妇之张齐贤也。澶渊之役,宋儿不保,而能拥
驾渡河,重造社稷者,乃溺爱蒨桃之寇莱公也。宋既南辕,金虏破竹
而下,而能黄天荡上几制兀术之死命者,乃娶妓女梁氏为妻之韩蕲王
也。宋时止有此三大伟人,皆能造非常之功,而亦未始无非常之过。
彼恂恂谨饬如张德远辈,终身无二色如王安石辈,何益于存亡之数?
弟虽不才,设国家有事,寄之一面,尚能谈笑却虏,樽俎破敌。自信才
略不后古人,不能自制于口,而轻作此语以示长者,此其罪六也。抑

情忍欲,事本非易,故古人云"不迩声色"。今不幸迩之矣,迩之而能不溺,非圣贤不能。樊通德有言:夫淫于色,非慧男子不至也。慧则流,流则通,而辟生焉。自古英雄,不能不牵情于帷幕。苏武于啮雪吞毡之时,而犹有胡妇之娶。瞿昙氏不云乎:"一切有情,皆因淫欲而正性命。"即参玄上士,亦虞习气难除,尚借安般数息之禅,白骨流光之观,然后暂能驱遣。假使兄当盛年,有多情女子苦相流连,以死自誓,不出兄门,兄遽能以慧剑斩之乎?弟不能如下惠坐怀,头陀一宿,而坐堕落有情之痴,此其罪七也。有此七罪,弟何以见吾兄哉!惟兄赦其七罪,察其不能顿遣之情,而解三面之网,令弟得遂私愿,同归旧居,绝意铅华,精心竹素,发二酉之藏,竟三余之秘,见子云之肠,反思王之胃,三年之后,不唾取大物为一家光宠者,愿兄摈绝之,以为荡子之戒。皇天后土,实闻斯语。人行匆匆,言辞无叙,幸惟原宥。

阿 瘆 瘆

吴俗小儿遇可羞事,必齐拍手叫"阿瘆瘆",不知所起。《辍耕录》载:淮人寇江南,于临阵之际齐声大喊"阿瘆瘆"以助军威。又《朝野金载》:武后时南皮县丞郭胜静一作务胜,唤民妇托以缝补而奸之。夫至,缚胜静鞭之。主簿李懋往救,胜静羞讳其事,答云:"忍痛不得,阿瘆瘆;胜静不被打,阿瘆瘆。"则知其来已久。唐六如尝题《列仙传》云:"但闻白日升天去,不见青天走下来。忽然一日天破了,大家都叫阿瘆瘆。"

阳 明 前 身

王阳明尝游僧寺,见一室封锁甚密,欲开视之,寺僧不可,云:"中有入定僧,闭门五十年矣。"阳明开视之,见龛中一僧,俨然如生,貌酷肖己。阳明曰:"此岂吾之前身乎?"既而见壁间一诗曰:"五十年前王守仁,开门即是闭门人。精灵剥后还归复,始信神门不坏身。"阳明怅然久之,建塔以瘗而去。

郭 清 狂

清狂道人郭翊，画有天趣，诗有风刺。王阳明初以寻常画史待之，后见其画《雪樵图》，题诗云："两束樵薪仅十钱，雪深泥滑自堪怜。市城谁念青山瘦，尽日厨头不断烟。"又画《牧牛晚归图》，题诗云："雨脚风声满树头，随身蓑笠胜羊裘。柴门尤道牛归晚，江上风波未泊舟。"阳明称赏，以宾礼优之。

卓 吾 侍 者

李卓吾侍者怀林甚颖慧，病中作诗数首。袁小修《随笔》载其一绝云："哀告太阳光，且莫急如梭。我有禅未参，念佛尚不多。"亦可念也。

宸 濠 娄 妃

宸濠妃娄氏，性贤明，善吟咏。濠尝作《秋怀》诗，有"莫向西风问彭蠡，盘涡怒欲起蛟龙"之句，妃探知其意，尝泣谏之。濠令妃题樵图，乃樵回首与妇语。妃题曰："妇唤夫兮夫转听，采樵须是担头轻。昨宵雨过苍苔滑，莫向苍苔险处行。"触事讽谏，濠知其意而不听。发难时，妃又作诗曰："金鸡未报五更晓，宝马先嘶十里风。欲借三杯壮行色，酒家道在梦魂中。"及濠兵败成擒，妃赴水死。

敖 东 谷

敖东谷英壮岁蹴死皮工，逃入宁州。年久，妻议他适，迎妇者已在门，东谷突归，始散。或作诗云："伤心鸳侣乍分行，鸿断鳞潜十五霜。归马不随今夜月，桃花应向别园芳。"东谷念家贫难娶，隐忍与居，生二子。正德辛巳登进士第，官留都，不挈以行，纳妾甚嬖焉。二子不教以诗书,及长,但事生产作业。《绿雪亭杂言》中尝病朱买臣事,盖亦有谓而发。

甘　矮　梅

江西甘矮梅,通五经,四方从学者甚众。一日,门人御史某来谒,甘与语久之,求退,甘曰:"能少留蔬食否?"及设饭,惟葱汤麦饭而已。语之曰:"御史岂啖此者,第老夫易办耳。"因口占一诗云:"葱汤麦饭丹田暖,麦饭葱汤亦可怜。试向城楼高处望,人家几处未炊烟。"

诗　赠　盗

吴中老儒沈文卿,家贫,以授徒为生。一夕寒不成寐,忽见穿窬至其家,觅物无所得。文卿从容呼之曰:"穿窬君子,虚劳下顾,聊以小诗奉赠。"口占云:"风寒月黑夜迢迢,辜负劳心走一遭。架上古诗三四束,也堪将去教儿曹。"穿窬含笑而去。

盗　窃　书

有人借郎仁宝《诗林广记》、《楞严经》,其家为盗入,因犬吠而所窃无几。明日,仁宝访之,其人曰:"并子之书失去矣。"仁宝作一诗云:"西厢月黑夜沉沉,盗入君家犬吠纷。却把《诗林》经卷去,始知盗贼好斯文。"

黄　金　对　联

丘南镇岳由亚卿左迁藩参,数厚遗江陵。尝以黄金制对联馈之,云:"日月并明,万国仰大明天子;丘山为岳,四方颂太岳相公。"是亦大谏之名,欲相公时蒙记忆之意。江陵喜,将骤擢之,未几败,岳遂罢归。

倭　房　公

万历中,御史房寰督学南畿,以贿著。诸生改阿房宫为倭房公以讥之,云:"沙汰毕,督学一。文运厄,倭房出。横行一十三府,扰乱天日。科举才罢而岁考,直抵丹阳,四府溶溶,祸入宫墙。起钱神楼,开财星阁。满载装回,狼吞鸟啄。且逞威势,张牙露角。耽耽焉,逐逐焉,垂涎吐涡,真有似乎精魂失落。惯起风波,暴若祖龙;厥腹虚空,昧若河虹。目无眸子,谁识西东? 日长沉醉,酒色融融。倏焉发怒,令人惨凄。一日之内,一人之身,而变诈不齐。百金补廪,镇江李孙;斗珠入泮,无锡周秦。亲家契友,为过财人。明烛荧荧,开文场也。兵快扰扰,伪搜检也。题目着腻,防曳白也。钤印横斜,暗记号也。出案俱惊,谓颠倒也。熟察详听,畴不知其所私也。孔方先容,虽媸亦妍。十目所视,而莫撗焉。有不可闻者,遗臭万年。此倭房之行藏,类市井之经营,不畏天地之精英。故于隔年,预托亲人,渡水涉山,访生儒之富者,而夤缘其间,不分玉石,真才销砾,怨气逦迤。道路闻之,莫不叹息。嗟乎! 皇上之心,作养人才之心也。倭纵贪婪,亦当念国家。奈何取财尽锱铢,弃士如泥沙。使豪杰之士,一朝为失,色之庸夫;积学之儒,霎时同薄命之妇女。案首赃私,多于监生之粟粒;家书包举,浮于官店之帛缕。德清光棍,遍于直隶之城郭;子弟受赂,出于公庭之招语。使旁观之人,皆鄙贱而怨怒,倭房之心,方益骄固。谤海公,陷徐举。日本烈炬,延烧南土。呜呼! 戕士类者倭房也,可杀也;护倭房者何人也,亦可杀也。嗟夫! 使朝廷听正人则足以拒倭,倭不为督学之人,则自秀才士夫以及君,谁得而被祸也。科道不能明言而野史言之,野史言之而远播之,是使野史而强于国史也。"

晚　达

《鹤林玉露》载:绍兴中,黄公度榜探花陈敏修,唱名时高宗问:"年几何?"对曰:"七十有三。"问:"有几子?"对曰:"未娶。"遂诏宫人施氏嫁之。时人戏曰："新人若问郎年纪，五十年前二十三。"又《清暇录》谓詹义登科后解嘲曰："读尽诗书五六担，老来方得一青衫。新入问我年多少，五十年前二十三。"《清波杂志》谓闽人韩南，未知孰是。

辛未状元谜

隆庆辛未会试，江阴袁舜臣作诗谜于灯上云："六经蕴藉胸中久，一剑十年磨在手。杏花头上一枝横，恐泄天机莫露口。一点累累大如斗，掩却半床何所有。完名直待挂冠归，本来面目君知否？"众皆不解，惟苏州刘瑊一见能识之，乃"辛未状元"四字。瑊亦是科榜眼及第。

题何吉阳轴

何吉阳迁与黄某以学问友善。吉阳巡抚江西，过家，某青衫来谒，门者不即为通，因散步堂上，环视壁间悬轴，其首则严分宜笔也，遂索前刺书一绝云："椒山已死虹塘谪，天下谁人是介翁？今日华堂诵诗草，始知公度却能容。"嘱门者投之，拂衣而去。吉阳得诗自惭，亟遣追之，舟去远矣。

曾 偶 然

泰和曾状元鹤龄，永乐辛丑会试，与浙江数举子同舟，率年少狂生，议论蜂出，见曾简默，因共举书中疑义问之，逊谢不知，窃笑曰："夫夫也，偶然预荐耳。"遂以曾偶然呼之。既而众皆下第，曾独首榜，乃寄以诗曰："捧领乡书谒九天，偶然趁得浙江船。世间固有偶然事，岂意偶然又偶然。"

蝗 虫 感 德

王荆公罢相，出镇金陵，时飞蝗自北而南，江东诸郡皆有之。百官钱王于城外,刘贡父后至,追之不及,因书一绝以寄之云:"青苗助役两妨农,天下嗷嗷怨相公。惟有蝗虫偏感德,又随车骑过江东。"

刘　宠　庙

一钱太守刘宠庙在绍兴钱清镇,王叔能过庙下,赋诗曰:"刘宠清名举世传,至今遗庙在江边。近来仕路多能者,也学先生拣大钱。"

米　　虫

淳祐间,车驾幸景灵宫,太学、宗学、武学诸生俱在礼部前迎驾。有作十七字诗云:"驾幸景灵宫,诸生尽鞠躬。头乌身上白,米虫。"讥其岁縻廪禄也。

张士诚有养士之誉,凡不得志于时者争趋附之,美官丰禄,富贵赫然。有为北乐府讥之云:"皂罗辫儿紧扎捎,头戴方檐帽。穿领阔袖衫,坐个四人轿。又是张吴王米虫儿到了。"

常　州　守　谣

《马氏日抄》云:常州守莫愚巧于取贿,而纠察郡吏使无所得。时人语曰:"太守摸鱼,六房晒网。"继愚者叶蓁,有廉操而律下不严,吏曹得行其诈。时又语曰:"外郎作鲊,太守拽罾。"言劳而无获也。

近来贪吏多与六房通气揽事,语曰:"六房结网,知县摸鱼。"

聂　豹　郑　洛　书

永丰聂豹、三山郑洛书为华亭、上海知县,同时有俊声,然议论殊不相下。一日,同坐察院门侧,人报上海秋试罕中式者,豹笑曰:"上海秀才下第,只为落书。"郑应声曰:"华亭百姓当灾,皆因业豹。"人咸以为妙对。

侣钟强珍

都宪侣钟与通政强珍同席，强执壶，劝曰："要你饮四钟。"侣应声曰："你莫要强斟。"

陆陈谑语

陆文量容参政浙藩，与陈启东震饮，见其寡发，戏之曰："陈教授数茎头发，无计可施。"启东曰："陆大人满脸髭髯，何须如此。"陆大赏叹，笑曰："两猿截木山中，这猴子也会对锯。"启东曰："有犯幸公勿罪。"乃云："匹马陷身泥内，此畜生怎得出蹄？"相与抚掌竟日。

毛边的对

嘉靖间，御史毛汝砺伯温公宴时，承差斟酒大溢，毛曰："承差差矣乎？"边廷实贡时为副使，应声曰："副使使之也。"相与大笑。四字上下各异音，天然的对。

沈陈姓对

归安沈筠谿，少绝敏颖，弱冠补博士弟子。与弟偕出，时风雨暴作，遇陈方伯兄弟于邸。方伯戏曰："大雨沈沈，二沈伸头难出。"沈即答曰："狂风陈陈，两陈摇尾不开。"

分　茶

明初某解元登第后，偕伴至妓馆。妓知其才名，欲试之，乃瀹茶止两瓯，仓皇谢过，即三分之以进，曰："三分分茶，解解解元之渴。"某即应声曰："一朝朝罢，行行行院之家。"诸书因解字皆作解春雨事。

十 七 字 诗

　　正德中，有无赖子好作十七字诗，触目成咏。时天旱，太守祈雨未应，作诗嘲之；曰："太守出祷雨，万民皆喜悦。昨夜推窗看，见月。"守知，令人捕至，曰："汝善作十七字诗耶？试再吟之，佳则释尔。"即以别号西坡命题。其人应声曰："古人号东坡，今人号西坡。若将两人较，差多。"太守大怒，责之十八。其人又吟曰："作诗十七字，被责一十八。若上万言书，打杀。"太守坐以诽谤律，发配郧阳。其母舅送之，相持而泣。泣止，曰："吾又有诗矣。发配在郧阳，见舅如见娘。两人齐下泪，三行。"盖舅乃眇一目者也。

改 苏 诗

　　东坡诗云："无事此静坐，一日似两日。若活七十年，便是百四十。"有更之者曰："无事此游戏，一日似三日。若活七十年，便是二百一。"冯犹龙反其诗曰："多事此劳扰，一日如一刻。便活九十九，凑不上一日。"

黄 雪 球

　　明无锡黄公禄，善方脉，而能诗。尝咏雪球云："六花平地卷成球，不待云斤月斧修。万古太阴深合处，一团元气未开头。金盆忽送来瑶岛，银索难将挂彩楼。只恐明朝易消歇，长江滚滚逐东流。"人称为黄雪球。

杨 复 诗

　　南京大理少卿长兴杨复，在京甚贫，家畜一豕，日命童于玄武湖擩采萍藻为食。吴思庵时握都察院章，以其密迩厅事，拒之。杨戏作小诗送之云："太平堤下后湖边，不是君家祖上田。数点浮萍容不得，如何肚里好撑船。"

贩　　盐

贾似道令人贩盐百艘至临安，太学生有诗云："昨夜江头涌碧波，满船都载相公鹾。虽然要作调羹用，未必调羹用许多。"贾闻之，遂以士人付狱。

量　　田

理宗朝，欲举推排田亩之令，廷绅有言，未行。至贾似道当国，卒行之。时人嘲之曰："三分天下二分亡，犹把山河寸寸量。纵使一丘添一亩，也应不似旧封疆。"

成化初，邢宥为苏州守，以郡中久荒陂荡起税，民心颇怨。有投书刺之者曰："量尽山田与水田，只留沧海共青天。渔舟若过闲洲渚，为报沙鸥莫浪眠。"一作杨贡事。

钱　鹤　滩

钱鹤滩福归田后，有客言江都张妓动人，鹤滩急治装访之，已归盐贾矣。鹤滩往叩，贾重其才名，立曰请饮。鹤滩就酒语求见，贾出妓，衣裳缟素，皎若秋月。复令妓出白绫帕请留新句，鹤滩即题曰："淡罗衫子淡罗裙，淡扫蛾眉淡点唇。可惜一身都是淡，如何嫁了卖盐人。"

缩　脚　诗

旧有赋阙唇者云："多闻疑，多见殆，吾犹及史之君子，于其所不知。"盖四语皆出《四书》，俱隐阙字，而末句尤佳。吴江一老翁，貌似土地，沈宁庵吏部亦用此体赋云："入疆辟，入疆芜，诸侯之宝，三狄人之所欲者吾。"又吴有顾秀才名达者，不学而狂，同学者嘲之云："在邦必，在家必，小人下不，成章不。"又明末长庠郁遇诸，背驼，一士作七字吟云："郁遇诸陈良之夫,尹公之吾非斯人,之皆欲出于王之,孳孳为利者跖之。"并堪伯仲。

成 语 赋 谑

三衢一子弟淫其里煅工之女,为工所擒,不忍杀,以铁钳缺其左耳,纵之去。诸理斋作赋谑之,内一联云："君子将有为也,载寝之床。匠人斫而小之,言提其耳。"

会稽马殿幹有美姬善歌,时出佐酒。马死,有梁丞得之,亦侑觞。时陈无损酒酣属句,谑云："昔居殿幹之家,爰丧其马;今入邑丞之室,无逝我梁。"一座绝倒。

义 名

张义入太学为斋长,其人渺小,动以苛礼律诸生。林叔弓作赋嘲云："身材短小,欠曹交六尺之长;腹内虚空,乏刘义一点之墨。"又诗云："中分义两段,风使十横斜。文上全无分,人前强出些。"

杨夫人诗祖山谷

王弇州击节杨夫人"曰归曰归"二语。《山谷外集》有一联云："美人美人隔湘水,其雨其雨怨朝阳。"《寄初和叔》诗中句也。弇州极诋宋诗,乃埋名士而誉笄袆,岂不令双井失笑。然"其雨怨朝阳",已入步兵之咏;"曰归归未克",复征大陆之唱;"美人娟娟隔湘水",又少陵《寄韩谏议》诗:是皆古人所已言者也。

隐 天 干 地 支

曾见歌中隐天干十字,亦有巧思,戏录于左："颠倒没来由,十事九不就。两人同出一人休,可意儿难开口。算佳期成了又还勾,巴不得一点在心头。莫向平康去小求。虽幸书来无一语，任人儿要丢，拼一发把弓鞋罢绣。"予亦戏隐地支名："一日思君十二时，仔细思量，人儿无赖，便扭做私情也，非奴不才。黉夜怎挨，今夕撇奴不睬。记当年折柳，料此际已成柴。既蒙辱爱，怎把寸衷丢开。这卷书藏头露尾难猜，许多时候无言耐。把朱鞋抛撇懒铺排，畅好恩情容易败。拼一饮如泥睡醒来，看星儿稀暗灯还在。想姻缘成不到这半勾儿也，是命当该，不言了却相思债。"

卯　　娘

沈家姬卯娘善度曲，曹秋岳溶咏《青玉案》赠之云："花间举乐何须忌，薄晓瞳瞳初丽。启户逢君娇不语，三秋兔魄，平分留影，垂柳东边去。　　镂成新玉刚为字，十二时中排第四。中酒嫌人知也未，芳名检点，春光已平，会取相迎意。"词皆寓卯字意。

坠　　马

孔子威坠马，曹秋岳咏《浪淘沙》词以戏之："野岸石桥滨，雪色初匀。扬鞭一试紫骝新。记取黄沙沉戟地，不是花茵。　　持酒酹芳辰，年少腰身。罗衣低拂五陵尘。回首微闻，相痛惜楼上佳人。"

唐 安 寺 楼

郑殷彝寓会稽唐安寺楼，见壁上题云："琅琊王氏霞卿，光启三年阳春二月登是阁。临轩轸恨，睹物增悲。虽观灿烂之华，殊觉凄凉之况。时有轻绡捧砚，小玉看题。诗曰：春来引步强寻游，恨睹烟霄簇寺楼。举目尽看停待景，双眉不觉自如钩。"

南 内 宫 人

明毛舜臣被命洒扫南内回廊，粉壁多有宫人字迹留香，有媚兰仙子题云："寒气逼人眠不得,钟声催月下斜廊。"字画婉丽,风情月思,令人惘然。

错写琵琶

有人送枇杷于沈石田,误写"琵琶"。石田答书曰："承惠琵琶,开奁视之,听之无声,食之有味。乃知司马挥泪于江干,明妃写怨于塞上,皆为一啖之需耳。嗣后觅之,当于杨柳晓风、梧桐夜雨之际也。"又屠赤水、莫廷韩过袁太冲家,见帖上写"琵琶一盒",相与大笑。屠曰："枇杷不是这琵琶。"袁曰："只为当年识字差。"莫曰："若使琵琶能结果,满城弦管尽开花。"一座绝倒。

刘熙《释名》云："枇杷,乐器,本胡琴,马上所鼓。推手前曰批,却手后曰把。取鼓时以为名也。"《六书正讹》云："后人借枇杷字为乐器,别作琵琶,非。"然使今人写琵琶为批把,亦必成笑话矣。

五 色 诗

唐雍裕之有四色诗,白云："壶中冰始结,盘上露初圆。何意瑶池雪,欲夺鹤毛鲜。"青云："道士牛已至,仙家鸟亦来。骨为神不朽,眼向故人开。"赤云："劳魴莲渚内,汗马火旗间。平生血诚尽,不独左轮殷。"黑云："已见池鱼墨,谁言突不黔。漆身恩未报,貂裘贫岂嫌。"又青云："路辟天光远,春还月道临。草秾河畔色,槐结路旁阴。未映君王史,先标胄子襟。经明如可拾,自有致云心。"

裕之独不咏黄,戏为补之云："中央推正色,雍子独无诗。菊栽陶令宅,鹅满右军池。万亩禾全熟,千山叶欲离。色丝称丽句,弥望尽茅茨。""举子惊槐候,青灯伴岁华。但须饭已熟,定见桂开花。日射天门榜,时宜玉殿麻。书中自有屋,楮盖引前车。"庚午秋闱,儿侄辈复见,别书以慰之。

廖凝十岁咏白诗有"满汀鸥不散,一局黑全收"句,惜余句不传。

五 色 赋

唐寇豹、谢观同在崔裔孙门下，以词藻相尚。豹谓观曰："君《白赋》有何佳语？"对曰："晓入梁王之苑，雪满群山；夜登庾亮之楼，月明千里。"豹唯唯。观曰："仆已擅名海内，子才调多，何不作《赤赋》？"豹未搜思，即曰："田单破燕之日，火燎平原；武王伐纣之时，血流漂杵。"观大骇服。

杨升庵与友宴集，偶谈及此，一客效之，作《黑赋》云："孙膑衔枚之际，半夜失踪；达摩面壁以来，九年闭目。"升庵赋黑云："周庭之列毕苏，裳如蚁阵；陈阁之迎张孔，鬓似鸦翎。"

蒋春甫赋黑云："骊骝成群，云暗阴山之北；乌鸦作阵，风霾柏府之旁。洗砚而墨池浑，回车而松林暮。"一客赋青曰："帝子之望巫阳，远山过雨；王孙之别南浦，芳草连天。"一客赋黄曰："杜甫柴门之外，雨涨春流；卫青油幕之前，沙含夕照。"一客又赋赤云："尧时十日并出，铄石流金；秦宫三月延烧，照天烛地。"升庵谓"月明千里"得白之神，火、血及"十日并出"、"秦宫延烧"皆非佳境。或改赋赤曰："孙绰赋天台景，高城霞起而建标；杜牧咏江南春，千里莺啼而映绿。"徐奋鹏赋黄曰："灵均之叹木叶，秋老洞庭；渊明之啜落英，霜清彭泽。"一客因又赋紫云："书生拾来，慢云是轻易如芥；真人拖去，且看其长练若霞。"又赋紫云："仙人度关之日，瑞气如烟；圣主登极之时，祥云若盖。"笔洞山人赋绿云："茂叔窗前，点缀濂溪光霁之景；唐子阶下，适增陋室荣华之观。"山人又赋碧云："山色可栖，觉人间别有天地之奇；桃花堪种，□天上岂真雨露之私。"

甲集卷之四

除 夕 元 旦 词

《乾淳岁时记》载：杨守斋《除夕·一枝春》词云："竹爆惊春，竞喧阗、夜起千门箫鼓。流苏帐暖，翠鼎缓腾香雾。停杯未举，奈刚要、送年新句。应自赏、歌字清圆，未夸上林莺语。　　从他岁穷日暮。纵闲愁怎减，刘郎风度。屠苏办了，迤逦柳忻梅妒。宫壶未晓，早骄马、绣车盈路。还又把、月夕花朝，自今细数。"又宋胡浩然《除夕送入我门来》词云："荼垒安扉，灵旛挂户，神傩烈竹轰雷。动念流光，四序式周回。须知今岁今宵尽，似频觉明年明月催。向今夕是处，迎春送腊，罗绮筵开。　　今古遍同此夜，贤愚共添一岁，贵贱仍偕。互祝遐龄，山海固难摧。石崇豪富篯铿寿，更潘岳仪容子建才。仗东风齐着力，一齐吹送入我门来。"《七修类稿》载沈明德宣除夕、元旦《蝶恋花》二词，道尽中人以下之家风俗。《除夕》云："锣鼓儿童声聒耳，傍早关门，挂起新帘子。炮杖满街惊耗鬼，松柴烧在乌盆里，写就神荼并郁垒。　　纸马送神，多着同兴纸。分岁酒阑扶醉起，关门一夜齐欢喜。"《元旦》云："接得灶神天未晓，爆杖喧喧，须要开门早。新描钟馗先挂了，大红春帖销金好。　　炉烧苍术香缭绕，黄纸神牌，上写天尊号。烧得纸钱灰都不扫，斜日半街人醉倒。"

酱 油 豆 腐 干

顺治初，邻近有业腐干者之女，色黑而媚，风韵动人，人以"酱油豆腐干"目之。与邻家一赘婿情好无间。人又作《黄莺儿》曰："爱你素中珍，紫棠容，白玉身。温柔细腻端方正，馨香可人。闻味动心，清茶美酒常相敬。但只恨，相逢布袋，包住了卿卿。"

点 酥 娘

苏东坡谪黄州时，王定国迁置岭南，后俱召还，东坡掌翰院。一日，定国置酒与坡饮，出宠人点酥娘侑尊。点酥素善谈笑，捷应对。坡曰："岭南风物可煞不佳。"点酥曰："此身安处是家乡。"坡深叹其语，为赋《定风波》一阕赠之，曰："堪羡人间琢玉郎，故教天赋点酥娘。自作清歌传皓齿，风逐雪飞，炎海起清凉。　　万里归来年愈少，笑中犹带玉梅香。试问岭南应不好，却道此身安处是家乡。"点酥因此词名噪京师。

咏 械

昔一女有诗才，因奸见郡守，守闻其名，将械示之，指械为题，命作一词，佳则宥汝。女赋《黄莺儿》云："奴命木星临，霎时间上下分。松杉裁就为圆领，交颈怎生。　　画眉不成，眼睛儿盼不见弓鞋影。为多情风流太守，持赠与佳人。一作"独桌宴红裙"。"守大称赏，即释之。

携 妓 谒 僧

苏东坡在钱塘，无日不游西湖。尝携妓谒大通禅师仲殊，见之有愠色。坡乃作《南柯子》词，使妓歌曰："师唱谁家曲，宗门是阿谁？借公檀板与钳椎，我也逢场作戏，莫相疑。　　溪女方偷眼，山僧已皱眉。莫嫌弥勒下生迟，不见阿婆三五少年时。"师闻之，踵韵和云："舞解《清平乐》，而今说向谁？红炉片雪上钳椎，打就金毛狮子，也堪疑。

已信身如梦，何知眼共眉。蟠桃因甚结花迟，不向风前一笑待何时。"山谷见而赏之。

四 时 词

幼见《四时词》云："我爱春，春光好。山嘴吐晴烟，墙头带芳草。

黄鹂骂杏花，惹得游蜂闹。海棠零落牡丹愁，只恐韶华容易老。""我爱夏，夏日长。玉战棋声脆，竹摇扇影凉。薰风宝奇货满路，芰荷香蝉在绿杨。深处噪也须回首，顾螳螂。""我爱秋，秋思苦，篱菊忆陶潜，征鸿叫苏武。落叶覆苍苔，无风自起舞。纷纷社燕别东翁，旧巢还待来年补。""我爱冬，冬日闲。煎茶溶雪水，倚杖看冰山。莫唱征夷曲，将军夜度关。若个渔翁堪入画，一蓑披得冻云还。"近见《遣愁集》中亦有词云："小门深锁巧安排，没有尘埃，却有莓苔。东风昨夜送春来，才是梅开，又见桃开。""日高三丈我犹眠，不是神仙，谁是神仙？绿阴深处昼绵延，卷起湘帘，放出炉烟。""一庭松竹间芭蕉，风不萧萧，雨便潇潇。桂花香里卧吹箫，且度今宵，莫问来朝。""归来幽兴逼人清，雪满中庭，月满中庭。眼前何物遣吾情，不看棋经，便看茶经。"

题 雪 美 人

妓燕采瑜才色双绝，因积雪闲坐，塑一雪美人为戏。一士过之，援笔题云："谁把轻盈妙手，装成绝趣粉头。阑干稳坐不知羞，终日开张笑口。　　偶遇多情交好，遍身香汗通流。可怜化去没人收，随着江儿水走。"采瑜见之，心为惨然，遂萌从良之愿。

传　　神

吴中有蒋思贤者，父子俱业传神。一日父子交写皆不像，或嘲之曰："父写子真真未像，子传父像像非真。自家骨肉尚如此，何况区区陌路人。"

东 窗 事 犯

《夷坚志》载：秦桧矫诏逮岳武穆父子下棘寺狱，遣万侯卨锻炼，未服。一日，桧于东厢窗下画灰密谋，桧妻王氏曰："擒虎易，放虎难。"武穆遂死狱中。张宪、岳云弃市。金人酌酒相贺曰："莫予毒也。"后桧挈家游西湖，忽得暴疾，见一人瞑目厉声曰："汝误国害民，我已诉于天，当受铁杖于太祖皇帝殿下。"桧自此怏怏以死。未几，子熺亦亡。方士伏章见熺荷铁枷，因问："太师何在？"熺泣曰："在酆都。"方士如其言以往，果见桧与万俟卨俱荷铁枷囚铁笼中，备受诸苦。桧嘱方士曰："烦传语夫人，东窗事犯矣。"后有考官归自荆湖，暴死旅舍，复苏，曰："适看阴间断秦桧事。桧与卨争辩，桧受铁杖，押往某处受报矣。"但不载押衙何立事。《江湖杂记》载：桧既杀武穆，向灵隐寺祈祷。有一行者乱言讥桧，桧问其居止，僧赋诗有"相公问我归何处，家在东南第一山"之句。桧令隶何立物色。立至一宫殿，见僧坐决事。立问侍者，答曰："地藏王决秦桧杀岳飞事。"须臾数卒引桧至，身荷铁枷，囚首垢面，见立呼告曰："传语夫人，东窗事发矣。"《七修类稿》又载：元平阳孔文仲有《东窗事犯》乐府，杭金人杰有《东窗事犯》小说，庐陵张光弼有《蓑衣仙》诗。乐府、小说不能记忆，大约与世所传相似。诗有引云："宋押衙何立，秦太师差往东南第一峰构干。恍惚一人引至阴司，见桧对岳事，令归告夫人东窗事犯矣。复命后，即弃官学道，蜕骨今苏州玄妙观，蓑衣仙是也。"据此诸说，则当时实有是事，非止假说为武穆雪冤也。

刘婆惜

名妓刘婆惜，通文墨，滑稽善舞，时贵多重之。时全普庵拨里字子仁，为赣州监郡，公余即与士夫酣饮赋诗，帽上尝喜簪花。一日，刘之广海，过赣，进谒。全时宾朋满座，头戴青梅一枝，口占《清江引》曲云："青青子儿枝上结。"令座客续之。众未及对，刘敛衽进曰："容妾措词乎？"全曰："可。"应声曰："青青子儿枝上结，引惹人攀折。其中全子仁，就里滋味别。只为你心酸留意儿难弃舍。"全大称赏，纳为侧室。后兵兴，子仁死节，刘克守妇道而终。

唐云叟

唐云叟《寄霍山秦尊师》云："老鹤玄猿共采芝，有时长啸独游移。

翠蛾红粉婵娟剑，杀尽世人人不知。"

寇杨对

寇莱公在中书，与同列戏云："水底日为天上日。"众未有对。会杨大年至，闻之应声曰："眼中人是面前人。"一座称善。

王刘对

王荆公一日谓刘贡父曰："三代夏商周，可对乎？"贡父应声曰："四诗风雅颂。"荆公拊髀曰："天造地设也。"

催妆词

宋探花王昂榜下择婿，时妇家需催妆词，昂作《好事近》云："喜气满门阑，光动绮罗香陌。行到紫微花下，悟身非凡客。　不须脂粉污天真，嫌怕太红白。留取黛眉浅处，共画章台春色。"

扬州琼花

扬州琼花，天下止一本，士大夫爱重，作亭花侧，扁曰"无双"。德祐乙亥，北师至，花遂不荣。赵棠国炎有绝句吊曰："名擅无双气色雄，忍将一死报东风。他年我若修花史，合传琼妃烈女中。"

卓稼翁词

三山卓田，字稼翁，尝赋词云："丈夫只手把吴钩，欲断万人头。因何铁石，打成心性，却为花柔。　君看项籍并刘季，一怒使人愁。只因撞虞姬戚氏，豪杰多休。"

五 角 六 张

《嬾真子录》云：开元中，有人献俳文于明皇，其略曰："说甚三皇五帝，不如来告三郎。既是千年一遇，且莫五角六张。"三郎，明皇也。五角六张，谓月之逢五日遇角宿，逢六日遇张宿。此二日遇两宿，作事多不成。然一年之中，亦不过三四日耳。

大 小 孤 山

《退朝录》云：大小孤山以孤独为字，有庙江壖，乃为妇人状。龙图阁直学士陈简夫诗云："山称孤独字，庙塑女郎形。过客虽知误，行人但乞灵。"时称佳句。

当 厅 面 试

宋马光祖知京日，有士子奸人室女，事觉，到官。光祖以"逾墙搂处子"令赋诗，士人援笔曰："花柳平生债，风流一段愁。逾墙乘兴下，处子有心搂。谢砌应潜越，韩香计暗偷。有情还爱欲，无语强娇羞。不负秦楼约，安知汉狱因。玉颜丽如此，何用读书求。"光祖判云："多情多爱，还了半生花柳债。好个檀郎，室女为妻也合当。杰才高作，聊赠青蚨三百索。烛影摇红，记取媒人是马公。"即于公堂合卺，撤黄堂舆从送归私室。

郑 宪 题 诗

明长乐郑宪未第时，馆于大姓家。东家之亲以作宦自京还，主召饮，郑与焉。定位，首宦，郑次之。将登席，宦虚让郑，郑毅然就之，宦颜愠。酒数巡，宦指壁间画曰："先生高才，请各赋一绝。"郑即题《杨太真图》曰："龙颜回首顾红颜，醉卧东风上马难。不是侍儿扶不起，只因恩爱重如山。"图乃太真醉卧于地,二宦扶之不胜,明皇顾笑之状,故诗云然。次题《朱买臣采樵读书》,诗曰:"一担荆薪一束书,且行且读乐何如?担头自有经纶策,堪笑糟糠妾妇愚。"又题《韩淮阴乞食漂母》,诗曰:"乞丐当时事本虚,英雄未遇古谁无。临题恨杀丹青手,不画登坛拜将图。"一座称善,宦乃愧服。

嘲娶重婚妇

三山萧轸登第,榜下娶再婚之妇。同舍张任国以《柳梢青》词戏之云:"挂起招牌,一声喝采,旧店新开。熟事孩儿,家怀老子,毕竟招财。　　当初合下安排,又不是豪门买呆。自古道正身替代,见任当差。"

舜禹诗

元祐中,大官有婚于中表者,已涉溱洧之嫌。及夜深,女家索催妆诗,傧者张仲素朗吟曰:"舜耕余草木,禹凿旧山川。"坐有李程者,应声笑曰:"舜、禹之事,吾知之矣。"

酒　旗

《韩非子》云:"宋人酤酒,悬帜甚高。"酒市有旗,始见于此。《唐韵》谓之帘,或谓之望子。《水浒传》有"无三不过望"语。宋窦华《酒谱》有《帘赋》,警句云:"无小无大,一尺之布可缝;或素或青,十室之邑必有。"

崔氏酒垆

五代时,有张逸人尝题崔氏酒垆云:"武陵城里崔家酒,地上应无天上有。云游道士饮一斗,醉卧白云深洞口。"自是酤者愈众。

李 翰 批 诏

李翰及第于和凝榜下，后与座主同任学士。会凝入相，翰为承旨，适当批诏，次日于玉堂辄开和相旧阁，悉取图书器玩而去，留诗于榻曰："座主登庸归凤阁，门生批诏立鳌头。玉堂旧阁多珍玩，可作西斋润笔否？"

续 诗 赐 第

宋徽宗幸来夫人阁，偶洒翰于扇曰："选饭朝来不喜餐，御厨空费八珍盘。"天思稍倦，顾内侍曰："汝有能吟之客，令续之。"乃荐邻里太学某生。既宣入，内侍恭读宸制，生乞取旨，上曰："朝来不喜餐，必恶阻也，当以此为词以续于扇。"生续曰："人间有味都尝遍，只许江梅一点酸。"上大喜。会将策士，生未奏名，径使造庭，赐以第焉。

沈 詹 事 妾

宋沈詹事时以坐叶丞相论恢复贬筠州。沈方售一妾，携以俱行。处筠凡七年，既归，呼妾父母，以女归之，犹处子。时以比张忠定公咏。会稽潘方仲矩为安吉尉，赋诗云："昔年单骑向筠州，觅得歌姬共远游。去日正宜供夜直，归来浑未识春愁。禅人尚有香囊愧，道士犹怀炭妇羞。铁石心肠延寿药，不风流处却风流。"

状 元 词 误

《宜斋野乘》谓人唱"五百名中第一仙"《鹧鸪天》词，第二句便云"花如罗绮柳如绵"，最无意义，疑是错误，当以第二句与第七句对换，义理方通。合云："五百名中第一仙，等闲平步上青天。绿袍乍著君恩重，黄榜初开御墨鲜。　　龙作马，玉为鞭，花如罗绮柳如绵。时人莫讶登科早，自是嫦娥爱少年。"

有 教 无 类 赋

宋咸平五年，南省试进士《有教无类赋》，王沂公第一。中警句云："神龙异禀，犹嗜欲之可求；纤草何知，尚薰莸而相假。"时有轻薄子拟作四句云："相国寺前，熊翻筋斗；望春门外，驴舞《柘枝》。"议者以为言虽鄙俚，亦着题也。

退　　红

《老学庵笔记》云：唐有一种色，谓之退红。王建《牡丹》诗云："粉光深紫腻，肉色退红娇。"王贞白《娼楼行》云："龙脑香调水，教人染退红。"《花间集》乐府："床上小薰笼，昭州新退红。"盖退红若今之粉红。绍兴末，缣帛有一等似皂而淡者，谓之不肯红。

录　　事

政和中，苏叔党至东都，见妓称录事，叹谓廉宣仲曰："今世一切变古，唐以来旧语皆废。此犹存唐旧，可喜。"盖前辈谓妓曰酒纠，谓录事也。相蓝之东有录事巷，传为朱梁时名妓崔小红所居。

四 禽 言 诗

金沙潘武子文虎少有隽才，善吟咏，有《哀掳妇四禽言》诗，辞意婉切，读之可伤。"交交桑扈，交交桑扈，桑满墙阴三月暮。去年蚕时处深闺，今年蚕时涉远路。路旁忽闻人采桑，恨不相与提轻筐。一身不蚕甘冻死，只忆儿女无衣裳"。"不如归去，不如归去，家在浙江东畔住。离家一程远一程，饮食不同言语异。今之眷属皆寇仇，开口强笑心怀忧。家乡欲归归未得，不如狐死犹首丘"。"泥滑滑，泥滑滑，脱了绣鞋脱罗袜。前营上马忙起行，后队搭驼疾催发。行来几里日已低，北望燕京在天末。朝来传令更可怪，落后行迟都砍杀"。"鹁鸪鸪，鹁鸪鸪，帐房遍野常前呼。阿姊含羞对阿妹，大嫂挥泪看小姑。一家不幸俱被掳，犹幸同处为妻孥。愿言相怜莫相妒，这行不是亲丈夫"。

　　元梁隆吉栋亦有《四禽言》诗，寓意亦远："不如归去，锦官宫殿迷烟树。天津桥畔叫一声，叫破中原无住处。不如归去。""脱却布袴，贫家能有几尺布。寒机织尽无得裁，可人不来廉叔度。脱却布袴。""提葫芦，近来酒贱频频沽。众人皆醉我亦醉，湘江唤起醒三闾。提葫芦。""行不得也哥哥，湖南湖北春意多。九疑山前叫虞舜，奈此乾坤无路何。行不得也哥哥。"

贾　秋　壑

　　贾似道败师亡国，后有人刺以诗曰："深院无人草已荒，漆屏金字尚辉煌。底知事去身宜去，岂料人亡国亦亡。理考发身端有自，郑人应梦果何祥。卧龙不肯留渠住，空使晴光满画墙。"又："事到穷时计亦穷，此行难倚鄂州功。木棉庵上千年恨，秋壑堂中一梦空。石砌苔稠猿步月，松庭落叶鸟鸣风。客来未用多惆怅，试向吴山望故宫。"又汤西楼诗云："檀板敲残陌上花，过墙荆棘满檐牙。指麾已失铁如意，赐予宁存玉辟邪。破屋春归无主燕，荒池雨产在官蛙。木棉庵外尤愁绝，月黑夜深闻鬼车。"有和之者云："荣华富贵等浮花，膂力难胜国爪牙。汉世但知光拥立，唐朝谁识杞奸邪。绮罗化作春风蝶，弦管翻成夜雨蛙。纵有清光人去也，碧天难挹紫云车。"又有题其养乐园曰："老壑曾居葛岭西，游人谁敢问苏堤。势将覆竦不回首，事到出师方噬脐。废圃更无人作主，败垣惟有客留题。算来只是孤山好，依旧梅花伴月低。"秋壑赐第在苏堤葛岭，养乐者，以其奉母而乐也。

秦　会　之

　　秦桧卒后，值开浚运河，人夫取泥堆积其第墙阴及门。有人题诗于门曰："格天阁在人何在,偃月堂深恨已深。不向洛阳图白发,却于郿坞贮黄金。笑谈便欲兴罗织,咫尺那知克照临。寂寞九原今已矣,空余泥泞积墙阴。"

韩　平　原

开禧末,韩侂胄罪逐,其第改为寺。太学生题二绝于壁曰："掀天声势只冰山,广厦空余十万间。若使早知明哲计,肯将富贵博清闲。"又:"花柳依然弄晓风,才郎袖手去无踪。不知郿坞金多少,争似卢门席不重。"

杜　荀　鹤

梁祖英烈刚狠,人对之不寒而栗。一日,进士杜荀鹤见,再拜就坐。梁祖顾视阶下,谓左右曰："似有雨点下。"令视之,实雨也。然天无片云,雨点甚大,沾阶檐有声。梁祖谓荀鹤曰："秀才曾见无云而雨否?"荀鹤答言未曾见。梁祖笑曰："无云而雨,谓之天泣。"命左右:"将纸笔来,请秀才题无云而雨诗。"荀鹤始对梁祖忧悸殊甚,复令赋诗,立成一绝,曰："同是乾坤事不同,雨丝飞洒日轮中。若教阴朗都相似,怎表梁王造化功。"梁祖见之大喜,立召宾席共饮,极欢而散。

咏雪讥贾似道

《楮记室》载:贾似道当国,枢密文及翁有《百字令·咏雪》以讥之,云:"没巴没鼻,霎时间做出,漫天漫地。不问高低并上下,平白都教一例。鼓弄滕六,招邀巽二,一任张威势。识他不破,只今道是祥瑞。　　却一作最是。鹅鸭池边,三更半夜,误了吴元济。东郭先生都不管,挨上门儿稳睡。一夜东风,三竿红日,万事随流水。东皇笑道,山河元是我的。"《钱塘遗事》谓陈藏一作,以讥似道,词名《念奴娇》。

郑　畋

题马嵬坡者，皆以翠翘香钿，委于尘泥，红凄碧怨，令人伤悲。虽调古词清，无逃此意。郑畋为凤翔从事日，题诗曰："肃宗回马杨妃死，云雨虽亡日月新。终是圣明天子事，景阳宫井又何人。"此真辅国之句。

长 安 举 子

唐长安举子六月后，落第者不出京，刹口过夏，借净坊庙院作文章，曰夏课。时语曰："槐花黄，举子忙。"唐翁承赞有诗云："雨中妆点望中黄，勾引蝉声噪夕阳。忆得当年随计吏，马蹄终日为君忙。"

御 沟 柳

宋真宗咏御沟柳，令宰相两省和进。陈执中诗曰："一度春来一度新，翠光长得照龙津。君王自爱天然态，恨杀昭阳学舞人。"和者甚众，此诗为最。

周 孔 醒 醉

《后汉》：周泽为太常，好清修，一日卧病斋宫，妻窥问所苦，泽以为干犯斋禁，大怒，取送诏狱。人为之语曰："生世不谐太常妻，一岁三百六十日，三百五十九日斋，一日不斋醉如泥。"《南史》：孔颐明晓政事，判决无壅，众为之说曰："孔公一月二十九日醉，胜他二十九日醒。"一则一年一日醉，一醉如此不晓事；一则一月一日醒，一醒如此办事。二事正相反。

宋洪迈常效程子山作《酒榜》，其间一联云："一月二十有九日，笑人世之太狂；百年三万六千场，容我生之长醉。"

骂　孟　诗

宋李太伯觏贤而有文章，素不喜佛，不喜孟子，好饮酒。一日，有达官送酒数斗，太伯家酿亦熟，一士无计得饮，乃作诗数首骂孟子云："完廪捐阶未可知，孟轲深信亦还痴。岳翁方且为天子，女婿如何弟杀之。"又："乞丐何曾有二妻，邻家焉得许多鸡？当时尚有周天子，何必纷纷说魏齐。"太伯见诗大喜，留连数日，所与谈莫非骂孟子也。无何酒尽，乃辞去。既而闻又有送酒者，士人再往，作《仁义正论》三篇，大率诋佛。太伯览之，笑曰："公文采甚奇，但前次酒被公饮尽，后极索寞，今次不敢相留，此酒当留以自遣也。"闻者大笑。

三　　天

妇人再醮已非美事。有嫁二夫，其夫复死又再醮焉。士人以一绝嘲之云："辞灵羹饭焚金钱，哭出先天与后天。明日洞房花烛夜，三天门下会神仙。"

判　子　诗

北京宣武门外归义寺，士大夫送行之地。嘉靖中，刑部郎中苏志皋饯客至寺，壁间有李镇所画《判子图》，乃脱靴为壶，令一鬼执而斟之，一鬼于判后窃饮。苏戏题诗云："芭蕉秋影送婆娑，醉里觥筹射鬼魔。到底不知身后事，酆都城外更如何。"时光禄少卿高东谷与苏善，夜梦绿衣使者揖曰："苏司寇嘲戏太重，求为解之。"高次日告于苏，苏告以归义之故，相笑而去。夜复梦绿衣曰："以公与苏司寇交厚，专为求解，何置不言？"高明日拉苏至归义，苏复题云："蟠桃频窃酒频倾，总是区区儿女情。莫道不知身后事，目光如电照幽冥。"是夕，高复梦绿衣来谢云。

乩 诗 改 红 白

有人召乩仙，请作梅花诗。仙遂书"玉质亭亭清且幽"，人云要红梅，仙又书云："着些颜色在枝头。牧童睡起朦胧眼，错认桃林欲放牛。"又一人召乩题鸡冠花，乩即书云"鸡冠本是胭脂染"，人曰要白者，乩又书云："洗却胭脂似雪妆。只为五更贪报晓，至今犹带一头霜。"

乩 仙 题 蕉

有人召仙，以芭蕉一叶置袖中，请仙赋之。仙即书云："袖里深藏一叶青，知君有意侮神灵。今宵试听西窗雨，欠滴潇潇一二声。"

元 末 僧 诗

《七修类稿》载元僧诗云："百丈岩头挂草鞋，流行坎止任安排。老僧脚底从来阔，未必骷髅就此埋。"又："残年节礼送纷纷，尽是豪门与富门。惟有老僧阶下雪，始终不见草鞋痕。"

人 影 诗 词

明夏忠靖公原吉有《人影》诗云："不言不语过平生，步步相随似有情。长向灯前同静坐，每于月下共闲行。昨朝离去天将暝，今日归来雨又晴。最是行藏堪爱处，显身须要待时明。"虽脍炙一时，然未免有粘皮带骨之诮。《词学筌蹄》载杨樵云《人影》词尤佳："只道空花，又疑流水，依依却是行云。了然相对，又是梦纷纷。半面春风图画，黄金在难铸昭君。溪桥断，梅花晴雪，端的白三分。　　真真难唤醒，三年抽藕，织得榴裙。甚徘徊窥镜，交翼鸾文。一片飞花来去，并刀快剪取晴纹。无情处，分明着眼，强半带春醺。"

题 驿 亭 诗

昔有人题驿亭诗云："帆力劈开千顷浪，马蹄踏破五陵青。浮名浮利过于酒，醉得人间死不醒。"

秋　　胡

鲁人秋胡娶妻罗氏敷，五日而官于陈，三年而后归。见路旁有女子采桑，少而美，秋胡下车挑之曰："耕田不如逢年，力桑不如见郎。吾有黄金百镒，愿期与子相将。"妇拒不受。及胡抵家，母呼妇出，即采桑女也。乃数胡之罪，投河而死。宋钱颖诗云："郎恩叶薄妾冰清，郎有黄金妾不应。假使偶然通一笑，三年谁信守孤灯。"

陈　全　词

陈全游金陵衙衙，多所题咏。一日，与妓何琼仙饮，见雄鸡交雌者，妓请咏之。全云："汝灵禽，非蠢兽。风流事，谁不有？只好背地偷情，那许当场弄丑。若是依律问罪，应该笞杖徒流。更加一等强论，杀来与我下酒。"又题睡鞋云："新红睡鞋三寸正，不着地，偏干净。灯前换晚妆，被底勾春兴。醉人儿几回轻薄醒。"又见一妓浴罢单裙行走，全即咏曰："温泉起来忙护体，带湿裙拖地。翻嫌月色明，偷向花阴立。俏东风，俏东风有心儿轻揭起。"《买愁集》作曹秀娥词。

全尝病疟，恼恨不胜，乃制《叨叨令》以自写云："冷来时冷的在冰凌上卧，热来时热的在蒸笼里坐。疼时节疼得天灵破，颤时节颤得牙关挫。只被你害杀人也幺哥，只被你闷杀人也幺哥，真的是寒来暑往人难过。"

魏　　野

宋处士魏野隐居不仕，尝自咏云："有名闲富贵，无事散神仙。洗砚鱼吞墨,烹茶鹤避烟。"真宗屡诏不起,谓使者曰:"九重丹诏,休教彩凤衔来;一片野心,已被白云留住。"上嘉其高,遂不复召。

杨　　璞

宋真宗东封,得隐者杨璞,因问:"卿临行有人赠诗否?"对曰:"有臣妻一绝云:更休落魄耽杯酒,莫遣猖狂爱作诗。今日捉将官里去,这回断送老头皮。"上为之大笑。

黄　　莺

广陵妓黄莺有姿色,豪客填门。一日,有士子托宿,莺以其褴褛拒之。士乃题二绝于屏而去:"嫫姆西施共此身,可怜老少隔千春。他年鹤发鸡皮媪,今日红颜花貌人。"又:"花开花落两相欢,花与人还事一般。开在枝头防客折,落来地上倩谁看。"莺顿悟,即日束发为道士。

生　　公

梁异僧竺生于虎丘说法,聚石为徒,天花乱落如雨,顽石俱为点头。一夜闻鬼啸不绝,生公云:"尔何不为人去? 长啸何为?"明晨见石上大书一绝云:"做鬼今经五百秋,也无欢乐也无愁。生公教我为人去,只恐为人不到头。"

张　太　子

浮梁有昭烈庙,祀唐张巡,旁设像曰张太子。永乐戊子,山东王斌为浮梁令。子英卜秋试,神降乩曰:"玉霄一点坠云端,难失佳人无一全。敲断金钗文不就,贵人头上请君看。"盖寓"王英高中"四字也。捷后方悟。又士人得异草,来问其名,神作诗曰:"苏武当年胆气雄,匈奴一箭射飞鸿。至今血染阶前草，一度秋来一度红。"盖名雁来红云。

题 诗 纸 鸢

宋齐丘无子，晚年得子辄死，逾月犹哭。齐王景达勉之不止。优人李家明言能止之，乃作纸鸢，题诗曰："欲兴唐祚革强吴，尽是先生起庙谟。一个孩儿拼不得，让皇百口复何辜？"以尹廷范之族吴氏，齐丘为谋也。乘风放之，故坠齐丘中庭。齐丘见之，哭乃止。

蜀 僧 渔 翁 诗

《草木子》载：贾似道当国时，一日游湖山，有蜀僧徘徊其侧。贾问："汝何为？"对曰："诗僧。"贾见湖中渔翁，遂命咏之。僧请韵，贾以"天"字为韵。僧应声云："篮里无鱼少酒钱，酒家门外系渔船。几回欲脱襄衣当，又恐明朝是雨天。"贾大器之。

保 俶 塔

《涌幢小品》云：杭州有保俶塔，因钱忠懿王俶入朝，恐其被留，作此以保之。称名者，尊天子也。后误为保叔，至有"保叔缘何不保夫，叔情何厚丈夫疏。纵饶一派西湖水，难洗今朝叔塔污"之诗，今古流传，谁为杭之妇人洒此奇冤也。郎仁宝云：咸平中，僧永保化缘筑塔，人以师叔称之，故名塔曰保叔。又《霏雪录》以为保所塔，不知何据。

诗 讥 夏 刘 周

宋淮南阃帅夏贵，年七十九，降于元。而家僮洪福时知镇巢，悉力捍御。贵引元兵至城下，好语诱福，伏兵执之。福请南向死以明不背国。后四年，贵卒，有人赠诗云："自古谁无死，惜公迟四年。问公今日死,何似四年前。"又有吊墓者云:"享年八十三,何不七十九。呜呼夏相公,万代名不朽。"贵不特偷生,且负惭于福矣。

《尧山堂》载:刘三吾赐自尽后,高皇命取三吾画像,题其上曰:"此老已八十,何不七十九。白骨埋青山,千古名不朽。"又载:周伯琦见高皇,高皇问年若干,对曰:"七十五矣。"因赠诗云:"先生七十五,何不六十九。白骨葬青山,万古名不朽。"三诗不应相同至此。

词诬欧阳文忠

王铚《默记》载:欧阳文忠公私通甥女,为此降官。而钱世昭私志又述公自作之词云:"江南柳,叶小未成阴。人为丝轻那忍折,莺怜枝嫩不胜吟,留取待春深。　十四五,闲抱琵琶寻。堂上簸钱堂下走,恁时相见已留心,何况到如今。"考甥女依公时方七岁,公岂便有此心?且词前一段乃与僧咏柳含春回回偈相似。郎仁宝亦云:此词后一拍全似他人咏公者,决非公所作。或钱世昭因《五代史》中多毁吴越,故诋之,如落第士子作《醉蓬莱》以嘲公也。

诗诬范文正

《西溪丛语》载:范文正公守鄱阳,喜乐籍一幼妓,未几召还,作诗寄之。诗云:"庆朔堂前花自栽,为移官去未曾开。年年忆着成离恨,只托东风管领来。"后以胭脂寄之,题诗云:"江南有美人,别后常相忆。何以寄相思,赠汝好颜色。"文子悱元发云:"文正决无此事。且诗亦鄙俚,当时妒娟者为之,西溪不察而遂笔之也。盖小人之谤君子,必污以财利声色,如李赞皇门徒之倾牛奇章,至代为《周秦行纪》,何况诗词哉!"

鹄　粮

元张司令,忘其名,富而好礼,慕杨铁崖,往迎之。铁崖以其不知书，弗应。张乃延鲍恂为师受业焉。后迎铁崖，乃往。以妓芙蓉奉酒，酒名金盘露。铁崖题句云："芙蓉掌上金盘露。"妓应声曰："杨柳楼头铁笛风。"盖铁崖又号铁笛道人故也。铁崖抚掌笑曰："妓能文，其主可知矣。"相得甚欢。后铁崖辞去，张出米满载送之，云是鹄粮。铁崖素爱鹄，不能却。随访顾阿瑛，召阿瑛之邻人贫乏者分给之。

繁　知　一

繁音婆。知一，蜀之巫山人。赠白乐天诗云："忠州刺史今才子，行过巫山必有诗。为报高唐神女道，速排云雨候清辞。"乐天见之，邀繁生同舟，且曰："巫山有王无竞、沈佺期、皇甫冉、李端四诗。"竟不肯作。乐天之服善无我如此。

金将平南词

《齐东野语》载：金将纥石烈子仁，破宋刘之昂，上《平南词》云："虿锋摇，螳臂振，旧盟寒。恃洞庭彭蠡狂澜。天兵小试，万蹄一饮楚江干。捷书飞上九重天，春满长安。　　舜山川，周礼乐，唐日月，汉衣冠。洗五州妖气关山。已平全蜀，风行何用一泥丸。有人传，喜日边都护先还。"杨升庵作元将，似误。

四　雨

宋陈善与林邦翰论诗，及四雨句，邦翰云："'梨花一枝春带雨'，句虽佳，不免有脂粉气。不如'朱帘暮卷西山雨'，多少豪杰。"陈谓乐天句似茉莉花，王勃句似含笑花，李长吉"桃花乱落如红雨"似蔷薇花，王荆公以为总不如"院落深沉杏花雨"，乃似阇提花。邦翰抚掌曰："吾子此论不独诗评，乃花谱也。"

四　雪

郎仁宝谓李太白之"梨花白雪香"、元穆之之"落梅香雪浣苍苔"、苏东坡之"海棠泥污胭脂雪"、杨廷秀之"雪花四出剪鹅黄",是皆以花为雪,而雪且四色。予草堂庭中植此数花,故以四雪取名。后见独孤及之"渭城桃李千树雪"、陆龟蒙之"若得千株便雪宫",是花雪又未可以四为限也。

岩栖草堂

有客过陈眉公岩栖草堂,问:"是何感慨而甘栖遁?"眉公拈古句答曰:"得闲多事外,知足少年中。"问:"是何功课?"曰:"种花春扫雪,看篆夜焚香。"问:"是何利养?"曰:"砚田无恶岁,酒国有长春。"问:"是何往还?"曰:"有客来相访,通名是伏羲。"有客问眉公:"山中何景最奇?"眉公曰:"雨后露前,花朝雪夜。"又问:"何事最奇?"曰:"钓同鹤守,果熟猿收。"

坚瓠乙集序

　　《坚瓠集》二刻告成，以示秤翁。秤翁鞇然曰：此非稼轩意也。稼轩笃学士也，拥书万卷，自拟南面百城，钬心史乘，购求如不及。博闻强记，不啻温公之每事必谘出处，子云之藩溷皆著笔札，同辈咸畏之。余家贫，不能得书，性懒又弗耐抄录，记诵一二，辄便遗忘。忽忽有所忆，口不得道，以质稼轩，琅琅成诵，不爽只字，洵可继行秘书矣。而古今人事，是非得失，历历在臆，阐幽表微，皆人所未发，又所称皮里阳秋也。平日所纂辑，每百页为一编，字必端楷，卷帙且数十，皆有关正学，足以羽翼名教，秘未寿梓，稼轩意若有待焉者。《坚瓠》所载，不过闲情剩馥，或前撦厄辞，或近标别韵，目存神赏，聊付管城，后先所得，何止八卷？因徇鸡林之请，不惜好事之目，以是知非稼轩意也。然幽人游子于月户芸窗、车声帆影间，袖出一编，用资谈柄，不诚下酒物哉？宜乎洛阳为之纸贵，不胫而走天下也。细微必录，感触最真，谈笑之间，大道斯寓。是编也，谐世醒世之用半焉。夫子言之矣："吾岂匏瓜也哉，焉能系而不食。"稼轩其深自信也夫。康熙辛未清和朔，秤翁彭榕序。

乙集卷之一

寒 拾 问 答

寒山问曰:"有人打我骂我,辱我欺我,吓我骗我,凌虐我,以极不堪待我,如何处他?"拾得答曰:"只是避他耐他,忍他敬他,畏他让他,一味由他,不要理他,你且看他。"味拾得数语,非特唾面自干,直与"山鬼之伎俩有限,老僧之不闻不见无穷"同意。至末后"你且看他"一语,不止牢骚愤激,而天道好还之意默寓其中,可不戒哉!

各 省 地 讳

各省皆有地讳,莫知所始。如畿辅曰响马,陕西曰豹,山西曰瓜,山东曰胯,河南曰驴,江南曰水蟹,浙及徽州曰盐豆,浙又曰呆,江西曰腊鸡。元时江南亦号腊鸡。福建曰癞,四川曰鼠,湖广曰干鱼,两广曰蛇,云贵曰象务。各以讳相嘲。成化中,司马陕西杨鼎与司寇福建林聪会坐,林戏曰:"胡儿十岁能窥豹。"以杨多须而年少。杨即曰:"癞子三年不似人。"又河南焦芳过李西涯邸,见檐曝干鱼,戏曰:"晓日斜穿学士头。"西涯曰:"秋风正灌先生耳。"以谚有"秋风灌驴耳"句也。廖鸣吾道南戏伦白山曰:"人心不足蛇吞象。"伦曰:"天理难忘獭祭鱼。"又蜀举子张士俨与广士某善,每见辄曰:"委蛇委蛇。"某应声曰:"硕鼠硕鼠。"又李时尝以"腊鸡独擅江南味"戏夏言,言即答以"响马能空冀北群"。又严嵩生日,江西士绅致贺。嵩长身耸立,诸绅俯身趋谒。高中玄旁睨而笑,嵩问故,中玄曰:"偶思韩昌黎诗'大鸡昂然来,小鸡辣而待',是以失笑耳。"众亦哄堂大笑。

楚中二督学

嘉靖间,楚中督学吴小江,有爱少之癖,冠者多去其巾为垂髫应试。吴见其额上网痕,遂口占一诗曰:"昔日峨冠已伟然,今朝丱角且从权。时人不识予心苦,将谓偷闲学少年。"一时传诵,无不绝倒。其后钱塘金一作曾。省吾代之,所拔亦多弱冠。桃源一生闻其风,遂割去须髯入试,考居四等。及发落,省吾以四等人多,不欲尽加朴责,恕其齿长者而责少者,此生以无须被责。人嘲之曰:"昨日割须为便考,今朝受责加烦恼。儒巾纱帽不相当,有须无须皆不好。"

陈　　全

明金陵陈全,负俊才,性好烟花。持数千金游燕,皆费于平康市。一日,浪游误入禁地,为中贵所执,将畀巡城。全曰:"小人是陈全,祈公公见饶。"中贵素闻其名,乃曰:"闻陈全善取笑,可作一字,能令我笑即释你。"全曰:"屁。"中贵曰:"此何说?"全曰:"放也由公公,不放也由公公。"中贵笑不自制,因放之。

咏　泄　气

三水林观过年七岁,嬉游市中,以髫诗自命。或戏令咏泄气诗:"视之不见名曰希,听之不闻名曰夷。不啻若自其口出,人皆掩鼻而过之。"

卖　　闲

承天寺僧曰岫闲,刻《卖闲诗》索和。宪副李如毂滋先生以诗诃之曰:"老秃何人敢说闲? 八旬行脚古来传。磨砖碓米僧家事,施鸟添香度日缘。闲自已偷谁敢卖? 卖干天遣定追还。痴呆可卖闲难卖,鬼斧神枪不汝怜。"

诗 嘲 广 文

万历中，王广文号竹月，年迈，须齿已落，更缺一耳。一生作诗嘲之曰："竹月号三无，无耻_齿之耻无。然而无有尔_耳，则亦无有乎_胡？"偶御史莅府，各县属候见于官署中，谈及斯诗，以为笑谑。及入谒，一令忽睹竹月于班行中，不觉失笑。御史疑令慢己，诘之，令因以实对，并举前诗。御史亦大笑。

耳 聋 诗

弘治初，杭庠沈明德_宣嗜酒能文，工于书画。董学吴原明因沈纳卷，取阅之，与之语，且重听，命赋耳聋诗，限谈字。因草书"耳聋"二字于牌。沈望见耳脚带长，以为打字，亟奔去。吏喻以作诗，遂口占云："红尘飞满旧青衫，贫病年来笑更兼。四十无闻聋亦顺，半生多事老何堪。山蝉一任鸣方歇，穴蚁从教斗正酣。兀坐无言心似水，对人袖手倦清谈。"后以贡授安庆训导。

《雪涛谐史》：一人以《易》语赋耳聋云："飞在天，见在田，亢有悔，确乎其不可拔潜。"

俗 语 歇 后

吴中黄生相掀唇，人呼为小黄窍嘴。读书某寺中，一日寺僧进面，因热伤手试地，黄作歇后语谑之曰："光头滑，光头浪，光头练，光头勒。"谓"面汤揿试"也。僧亦应声戏曰："七大八，七青八，七孔八，七张八。"盖隐"小黄窍嘴"四字。黄亦绝倒。

清 客 门 对

一清客书门对曰："心中无半点事，眼前有十二孙。"有人续其下曰："心中无半点事,两年不曾完粮;眼前有十二孙,六个未经出痘。"
见者绝倒。

买盐吃醋

万历中,湖广张孝廉某奸李屠儿之妻,方执手调笑,屠儿适归,锁
闭其门,用杖击孝廉胫,哀求得脱。告屠儿于官,称往渠家买盐被殴。
县令已悉前情,乃置一联于状尾云:"张孝廉买盐,自牖执其手;李屠
儿吃醋,以杖叩其胫。"

对　句

滇南赵某仕楚中为郡守,好出对句。一日,见坊役用命纸糊灯,
遂出句云:"命纸糊灯笼,火星照命。"思之未得。至岁暮见老人高捧
历日叩头献上,拍案大叫,遂对前句曰:"头巾顶历日,太岁当头。"老
人认其怒己,叩首乞哀。守语其故,厚赏而出。

玉堂争闹

景泰间,修《续通鉴纲目》,督促翰苑各举所知。于是丁参议理
等皆被召,聂大年教授扶病入馆,退食私寓,经宿物故。章主事诹
病,刘治中实老。刘宣化讥之曰:"昔人云生老病死苦,史馆备矣。"
时丁理与宋尚宝怀尚气失色,忿詈馆中,陈缉熙鉴作一诗云:"参议
丁公性太刚,宋卿凌慢亦难当。乱将毒手抛青史,故发伧言污玉
堂。同辈有情难劝解,外郎无礼更传扬。不知班马韩苏辈,曾为修
书闹几场。"

嘲　医

世讥庸医者甚多,近见《谐史》一条云:一医治一肥汉而死,

人曰："我饶你不告状，但为我抬柩至墓所。"医人率妻子共抬，至中途，力不能举，乃吟诗云："自祖相传历世医。"妻续云："丈夫为事累连妻。"长子云："可奈尸肥抬不动。"次子云："如今只拣瘦人医。"

抱 佛 脚

士子遇文宗按临，始用功读书，谓之抱佛脚。不解其故。后见《中山诗话》：王荆公嗜谐谑，一日，论沙门道，因曰："投老欲依僧。"客遽对曰："急则抱佛脚。"王曰："'投老欲依僧'是古诗。"客曰："'急则抱佛脚'是俗谚。上去投、下去脚，岂非的对？"王大笑。则抱佛脚之说相传已久，而未知所本。及见宋张子正世南《宦游纪闻》云：云南之南有番国，俗尚释教，人犯罪应诛者，捕之急，趋往寺中，抱佛脚悔过，愿髡发为僧，以赎前罪，即贳之。谚云"间时不烧香，急则抱佛脚"，本此。

用 旧 句

杭有一妇，夫死未终七即嫁，被族人讼于官，浣金编修为解释。临审时，金以他事见令，徉问此妇何事，令曰："丈夫身死未终七，嫁与对门王卖笔。"金曰："月移花影上阑干，春色恼人眠不得。"令笑而从末减。

嘲 方 于 鲁

徽人方于鲁，以造墨起家，多荐绅交。有长安贵人寄兰州绒于方，时已四月矣，方急为制衣，服之以夸示宾客。汪南溟作诗嘲之曰："爱杀兰州乾靴绒，寄来春后趱裁缝。寒回死等桃花雪，热透生憎柳絮风。忽地出神寻细脚，有时得意挺高胸。寻常一样方于鲁，才着绒衣便不同。"

旧 律 易 字

广东二贡士争名,至相殴。友人用旧律易字诮之曰:"南北斋生多发颠,春来争榜各纷然。网巾扯作黑蝴蝶,头发染成红杜鹃。日落主童眠阁上,夜归朋友笑灯前。人生有打须当打,一棒何曾到九泉。"

欧 公 诗 戏

刘原父晚年再娶,欧公作诗戏之云:"仙家千载一何长,浮世空惊日月忙。洞里桃花莫相笑,刘郎今是老刘郎。"原父得诗不悦。一日,欧公与王拱辰同在会间,原父戏曰:"有一学究训徒,徒诵《毛诗》至'委蛇委蛇',徒念从原字,学究怒而责之曰:'蛇当读作姨,毋得再误。'明日,徒观乞儿弄蛇,饭后方来。先生怒其来迟,欲责,徒曰:'遇弄姨者,从众观之。先弄大姨,后弄小姨,是以迟也。'"欧公亦为噱然。盖欧公与拱辰同为薛简肃公婿,欧公先娶王夫人,姊亡后再娶其妹,故拱辰有"旧女婿为新女婿,大姨夫作小姨夫"之戏。按简肃公墓文,拱辰两为公婿,而《诗话》皆作欧公,未知何故。

唐 解 元 诗

吴令命役于虎丘采茶,役多求不遂,谮僧,令笞僧三十,复枷之。僧求援于唐伯虎,伯虎不应。一日,偶过枷所,戏题枷上曰:"官差皂隶去收茶,只要纹银不肯赊。县里捉来三十板,方盘托出大西瓜。"令见而询之,知为唐解元笔,笑而释之。

又,伯虎尝出游遇雨,过一皂隶家,以纸笔求画。伯虎遂画海蛳数十,题其上云:"海物何曾数着君,也随盘馔入公门。千呼万唤不肯出,直待临时敲窟臀。"《戒庵漫笔》作瞿炳旸作。

吏 对

泰兴令胡瑶昵一门子，坐堂时见一吏挑之，与偶语，令怒，欲责治之。吏漫云："渠是小人表弟，叙家常耳。"令遂出对曰："表弟非表兄表子。汝能对，免责。"吏曰："丈人是丈母丈夫。"令嘉其善对，笑而释之。

火 迫 酂 侯

唐原休受朱泚伪官，自比萧何，入长安日，首收图籍，时人目之曰火迫酂侯。宋南渡，有郭某为将，自比诸葛，酒后辄咏"三顾频烦"、"两朝开济"之句，屏风、便面，一一书此。未几败于江上，仓皇涕泣而匿，时谓之尿汁诸葛。正堪作对。

蒸 熟 颜 回

《代醉编》：宋陈绎好为敦朴之状，时谓蒸熟颜回。熙宁中，台州推官孔文仲举制科，对策言事，有痛哭太息语，执政恶而斥之。绎时翰林学士，曰："文仲狂躁，真杜园贾谊。"王平甫笑曰："杜园贾谊，可对蒸熟颜回。"

印 章

天顺间，锦衣门达甚得上宠。有桂廷珪者为达门客，乃私镌印章曰"锦衣西席"。后有甘棠为洗马江朝宗婿，棠亦有"翰苑东床"印章。一时传赏，可为的对。

黄 历 给 事

《林居漫录》：王泾峰守初入谏垣，例当建白，乃请行令各省直，少印黄历，每图止给里长一本，而图民就观焉，以省国用。同时某御史仿其意，请少印青由，每图止给里长一张，而图民并列焉，以节冗费。都人为之语曰：黄历给事，青由御史。

宋绍兴间，赵霈名鹅鸭谏议，见《昨非庵日纂》。成化中，胡汝宁号虾蟆给事。乌台青锁，何代无贤。

东坡慕乐天

洪容斋《随笔》：东坡慕乐天，因以为号。按《南宾志》，东坡、西坡皆白文公故迹。樊汉柄诗曰："忠黄江上两东坡，二老遗风凛不磨。人得矜夸知地胜，天教流落为才多。"可证。

训 别 字

春日与友踏青郊外，闻一蒙师训"播鼗武"注"鼗，小鼓，两旁有耳，持其柄而摇之"，"持"误训"特"。友急叩馆门，连呼先生。蒙师惊愕问故，友曰："装子摇鼓柄好摇。"蒙师大惭，相与一笑而别。犹记有一师姓潘，训"只今惟有鹧鸪飞"，"鹧"误训作"庶"，人谓之潘庶鸪，以其兄号庶康也。

文 笑

一童县试"蒲卢也"题，中云："此一蒲卢也，俄而拱把，俄而合抱，俄而参天。"盖状其易生如此。主司批云："不消几时，蒲卢塞满天地间矣。"又先生训初学以记诵借用之法，其徒记"鲁卫之政兄弟也"文，谓"鲁之政即卫之政可也，谓卫之政即鲁之政可也"。后作"弥子之妻与子路之妻兄弟也"，遂借用此调，见者喷饭。曾见一士作"莫我知也夫"，为三叠法云："我非凤也，人以我为德衰之凤，莫凤知也夫。我非狗也，人以我为丧家之狗，莫狗知也夫。我非虎也，人以我为貌似之虎，莫虎知也夫。"嗟乎，好奇而不顾其安若此。《谭概》载"虽使五尺之童"二句,破云:"以可欺之人居可欺之地,而卒莫之或欺焉,可以见天理之常存而人心之不死矣。"或嫌其欠简健,他日作"鲁人猎较"二句,破云:"鲁俗颓,圣人雷。"又嫌其崛且晦,须不长不短,点切题面字眼,方醒人目。一日,作"子之燕居"节,破云:"记圣人之鸟处,甲之出头而天之侧头者也。"一士作"二女果"题,中二股立柱云:"尧非不欲以之自奉也,舜非不欲以之奉瞽瞍也。"又"闻今交九尺"二句,破云:"约莫一丈长,只好死吃饭。"闻者绝倒。

祝　石　林

给事祝石林曾为黄陂博士,入郡遇黄冈令刘星冈,心易之,而嗔其抗直,曰:"吾乡士人有'大哉尧之为君'一节题,破云:'以齐天之大圣,极天下之无状焉。'"祝曰:"吾乡亦有一破题,是'不得已而之景丑氏宿焉',破云:'处无可奈何之地,遇绝不相干之人。'"同官绝倒。明年祝登第,刘以考察去位。

俗　谶

《谭概》:宋太学各斋,除夕设祭品,用枣子、荔枝、蓼花,取"早离了"之谶。南都乡试前一日,居亭主人必煮蹄为饷,取"熟题"之意。又无锡呼中字如粽音,凡大试,亲友则赠笔及定胜糕、米粽各一盒,祝曰"笔定糕粽"。又宗师岁考前一日,祷于关圣者必置笔与锭等子于神前,取"必定一等"之意。其祝文云:"伏愿瞌睡瞭高,犯规矩而不捉;糊涂学道,屁文章而乱圈。"更为可笑。

吾苏近有一笑话,因屁文章附录之。秀才与光棍、经纪三人会饮,各以所志行一令。经纪曰:"妄想心,妄想心,但愿西太湖,变子蜜淋噙,每斤卖二十文。"次至光棍曰:"妄想心,妄想心,但愿沈万三打杀子人,我要诈断渠脊梁筋。"末至秀才曰:"妄想心,妄想心,但愿低试官射瞎子驴眼睛,拿我这样屁文章圈满子考第一名。"一时传以为笑。

同　东　集

《悦生堂随抄》：吴僧法海好作恶诗，萃成帙，刘从事为序云："师虽习西方之教，颇同东鲁之风，因题曰'同东集'。长于譬喻，动有风骚。昔唐小杜既为老杜之次，今师又在小杜之下。"

劣　诗

《东谷赘言》：华阳有狂生，粗知押韵。一夕，乘酣访邻曲隐翁，见庭中月色如昼，梅花甚开，乃朗吟宋人诗曰："窗前一样梅花月，添个诗人便不同。"盖自负也。主人亦诵宋人诗曰："自从和靖先生死，见说梅花不要诗。"恐其作诗唐突梅花也。狂生忿其嘲己，肆诟而去。明日讼之县官，呼狂生试诗甚劣，笑谓狂生曰："姑免问罪，发在百花潭上看守杜工部祠堂。"闻者绝倒。

诗 规 性 急

《驹阴冗记》：定海太守沃泮，性褊急，宦路鲜合者。王襄敏越为诗规之云："今日牧民当尚简，此行听讼贵行宽。黄堂正是三公路，莫负吾儒洗眼看。"泮终不能用。晚年家居，犹讦奏大臣过失，坐戍榆林，后宥还。

题 鸠 鹊

《雪涛谐史》：楚中一显者，常苦嫡庶不睦，哄声自内彻外。偶一词客来谒，值其内哄。显者欲借端乱其听，指所悬《鸠鹊图》请词客赋之。客因题曰："鸠一声兮鹊一声，鸠呼风雨鹊呼晴。老天却也难张主，落雨不成晴不成。"相与大笑，内闻之亦解。

惧　内　有　理

或论三纲之义,夫为妻纲,五行之道,阳伸阴诎,则夫宜无有畏于妻者。祝珵美曰:《太平广记》王经天门子云:"凡男命皆起于寅,寅纯木之精也。女命皆起于申,申纯金之精也。未有木而不畏金者也。又男道主火,女道主水,未有火而不畏水者也。况阳能发育主生,阴能收敛主杀,未有不乐生而畏死者也。"此惧内之理,鲜有知者。

解　大　绅

解缙尝从永乐游内苑,上登桥,问缙当作何语,对曰:"此谓一步高一步。"及下桥,又问之,对曰:"此谓后边又高似前边。"上大悦。一日,上谓缙曰:"卿知宫中夜来有喜乎?可作一诗。"缙乃吟曰:"君王昨夜降金龙。"上遽曰:"是女儿。"缙即曰:"化作嫦娥下九重。"上又曰:"已死矣。"应曰:"料是世间留不住。"上笑曰:"已投之水矣。"应曰:"翻身跳入水晶宫。"上本欲诡言以困之,既得诗,深叹其敏。

欧　阳　酒　令

欧阳公席间行令,作诗两句,须犯徒以上罪者。一云:"持刀哄寡妇,下海劫商人。"一云:"月黑杀人夜,风高放火天。"欧公云:"酒粘衫袖重,花压帽檐偏。"或问之,答曰:"当此时徒已上罪亦做了。"

《七修类稿》:郎仁宝与群士会饮行令,以犯盗事为对。一曰:"发冢可对窝家。"继者曰:"白昼抢夺可对黑夜私奔。"众曰:"私奔非盗。"继者争对曰:"原其情非盗而何?"一人曰:"打地洞可对开天窗。"众又曰:"开天窗决非盗。"对者解曰:"今之敛人财而干公事者,克减其物,岂非盗乎?"开天窗即谚所谓分子头也。又一人曰:"尤有好者:三橹船可对四人轿。"众哄而笑。坐有四轿者不乐,郎曰:"贤愚不等。贤者当称四杰,入四科;不肖者可谓四兽,等四凶。岂曰盗焉?"众然之,而四轿之客亦乐。

麻　　胡

成郎中貌陋多髭,再娶之夕,岳母诮之曰:"我女一菩萨,乃嫁麻胡。"成闻之,作诗曰:"一桩两好世间无,好女如何得好夫?高卷珠帘明点烛,试教菩萨看麻胡。"

三　笑　事

嘉靖庚子,杭有稳婆为人收生,反生子于产家,而医人因急症死于病家者。又蔡仓官权巡捕而为盗劫掠,一时畏盗,口称爷爷,盗以其平昔颇作威福,而故击之。好事者作一绝曰:"稳婆生子收生处,医士医人死病家。更有一桩堪笑事,捕官被盗叫爷爷。"

歇　后　诗

有时少湾者,延师颇不尽礼,致角口而去。或用吴语赋歇后诗嘲之曰:"少湾主人吉日良时,束修且是爷多娘少。身材好像夜叉小鬼,心地犹如短剑长枪。三杯晚酌金生丽水,两碗晨餐周发商汤。年终算帐索咸席,《百家姓》有"索咸席赖"句。劈拍之声一顿相打。"

破　瓜　无　元

《辍耕录》:一人娶妻已破瓜无元,袁可潜作《如梦令》赠之云:"今夜盛排筵宴,准拟寻芳一遍。春去已多时,问甚红深红浅。不见,不见,还你一方白绢。"

张 赵 两 相

南昌张位、兰溪赵志皋，皆与张江陵相左，由翰林出为州同。后屡迁，俱于辛卯拜相。太仓王元驭当国，以诗戏之曰："龙楼凤阁九重宫，新筑沙堤拜相公。我贵我荣君莫羡，十年前是两州同。"

杨 南 峰 浴

俗传三月三为浴佛日，今作四月八日。六月六为猫狗浴日。有客谒杨南峰循吉，值三月三日，杨以浴辞。客谓其傲，思以报之。杨乃于六月六日往拜，客亦辞以浴。杨戏题其壁曰："君昔访我我洗浴，我今访君君亦浴。君访我时三月三，我访君时六月六。"

王 婆 醋 钵

《辍耕录》：松江俞俊负气傲物，伯颜柄国，赋《清平乐》长短句云："君恩如草，秋至还枯槁。落落残星犹弄晓，豪杰消磨尽了。放开湖海襟怀，休教鸥鹭惊猜。我是江南倦客，等闲容易安排。"为人所诉，几罹祸患。张士诚据有平江日，俊以贿通松江伪尹郑焕，署宰华亭。酷刑胶剥，邑民恨入骨髓。袁海叟作诗曰："四海清宁未有期，诸公衮衮正当时。忽然一日天兵至，打破王婆醋钵儿。"人皆不知醋钵之义，以问叟，叟曰："昔有不轨伏诛，暴尸于竿。王婆买醋经过其下，适索朽尸堕，醋钵为其所碎。王婆年老无知，误谓死者所致，顾谓之曰：'汝只是未曾吃恶官司来。'"闻者皆绝倒。

诸 理 斋 诗

凤林夏五名景侍，延师周四维训子，以不合，欲再延。妻曰："何为又增人口？"夫不从，又延罗成吾。时诸理斋亦馆于夏，戏曰："夏五本是五,增口便成吾。四维尚未去,如何又请罗。"又夏五甚短,妻极长,每同立,仅齐妻乳。理斋作歇后诗谑曰:"夏五官人罔谈彼,夏五娘子靡恃己。有时堂前德建名,刚刚撞着果珍李。"

盘 门 诗 伯

万历初,盘门外兄弟二人张兰溪、张兰洲争以恶诗倡和,高自矜许。或作诗嘲之曰:"盘门城外两诗伯,兰溪兰洲同一脉。胸中全无半卷书,纸上空污数行墨。浣花溪头杜少陵,浔阳江口李太白。二公阴灵犹未散,终日在天寻霹雳。有朝头上咶声能,吴语,犹言向一声也。打杀两个直娘贼。"

辊 卦

元淮南潘子素纯尝作《辊卦》讥世之仕宦,以突梯滑稽而得显爵者。虽资一时之谑浪,不为无补于名教。卦辞曰:"辊,亨,可小事亦可大事。彖曰:辊,亨,天地辊而四时行,日月辊而昼夜明,上下辊而万事成。辊之时义大矣哉。象曰:地上有木,辊,君子以容身固位。初六,辊,出门无咎。象曰:出门便辊,又何咎也。六二,传于铁槽。象曰:传于铁槽,天下可行也。六三,君子终日辊辊,厉无咎。象曰:终日辊辊,虽危无咎也。九四,模棱吉。象曰:模棱之吉,以随时也。六五,神辊。象曰:六五神辊,老于事也。上六,或锡之高爵,天下揶揄之。象曰:以辊受爵,亦不足敬也。"《辍耕录》谓此篇在宋末即有,或非潘所作。

吝 卦

元平江蔡宗鲁卫作《吝卦》以讥守财虏曰:"吝,亨,利居闲,不利有所为。象曰:吝,鄙啬也。利居闲,无所求也,不利有所为,恐致祸也。初六,居富,吝于周急,悔亡,无攸利。象曰:吝于周急,莫惜其贫也。悔亡无攸利,已终有望也。六二,听妇言至吝,不养其亲,不恤其弟,贞凶。象曰:听妇言,昵于私也。不养其亲,忘大恩也。不恤其弟,失大义也。虽养弗时,亦致灾也。故贞凶。九三,极吝,吝其财,不吝其身,于行非宜。象曰:吝其财,斯致富也。不吝其身,乃轻生也。六四,太吝,君子吉,小人凶。象曰:吝于君子,虽有言无尤也。吝于小人,虽不有言终有悔也。六五,不吝于色,务所欲,终以死亡,凶。朋来,吝于酒食,弗克欢,无咎。象曰:不吝于色,惑于淫也。务所欲,乐其顺从也。终以死亡,凶可知也。朋来,从其类也。吝于酒食,诚大谬也。虽弗克欢,可无咎也。上九,居其家,不吝于内,吝于教子,弗叶吉。象曰:居其家,妄自尊也。不吝于内,畏寡妻也。吝于教子,终无所成也。"

骗　　卦

元扶风马文璧琬,见人多华而不实,因作骗卦曰:"谝,贞亨,初吉终凶,利见小人,不利于君子。象曰:贞,正也,亨,通也。通于正言,谝或庶几也。终凶,谝不由初也。利见小人,犹同类也。不利于君子,入于邪也。象曰:丽口掉舌,谝。君子以求名干禄。初九,谝于同朋无咎。象曰:同朋于谝,又谁咎也?九二,略施于民,吉。象曰:九二之吉,以新众听也。六三,来其谝,酒食用享。象曰:来其谝,民取则也。享其酒食,以崇功也。九四,饰言如簧,以娱彼心,乃获南金。象曰:娱人获金,不足道也。九五,君子终日高谝,王用征安车以迎,终岁弗宁,后有凶。象曰:以谝受征,不羞也。终岁弗宁,只足烦劳也。后有凶,不副实也。上六,莽谝不已,四方欲杀之。象曰:莽谝众怒,杀之何过也。"谝卦切中时病,真得风刺之正。

寿　　卦

《挑灯集异》:嘉靖间,维扬富室卜菊亭,隐而寿者也。其祝辞连楹布壁，周卜村撰寿卦以寿之，卦曰："寿，元亨，元永贞。君子吉，小人否。象曰：寿颐动以豫，静而有恒，故寿。寿元亨，天下通也。元永贞，无咎，德相承也。君子吉，庆无穷也。小人否，不克终也。天地寿，故四时行而万物亨。圣人寿，则王道成而天下平。寿之时义大矣哉！象曰：引年，寿。君子以积躬累仁，协于上下，以承天休。初一，寿于躬，酒食贞吉。无咎无誉。象曰：酒食无誉，乐以正也。次二，寿于室，小有庆，其乐衍衍，吉，悔亡。象曰：其乐衍衍，吉，室家庆也。次三，寿于庭，以其玄纁，吉。朋至斯孚，小人勿用。象曰：玄纁之吉，交以德也。小人勿用，其仪忒也。次四，寿于宗，不于其门，于其野，有攸往，无不利。象曰：于野之寿，道大光也。利有攸往，民所宗也。次五，寿于王国，锡汝保极，受兹介福，八荒攸同，元吉。象曰：寿于王国，以尊同也。锡汝保极，乃化中也。介福元吉，其宠隆也。次上，寿奕世无疆，自天佑之，吉无不利。象曰：奕世无疆，何永寿也。吉无不利，自天佑之也。"

蟹　　卦

予性嗜蟹，拟隶蟹事以补傅肱《蟹谱》之遗，因作蟹卦曰："蟹，亨，利涉大川，不利有攸往。至于八月有凶。象曰：蟹，解也，顺以兑，剥而烹，故解也。利涉大川，终无尤也。至于八月有凶，其道穷也。象曰：蟹，泽上于地，君子以饮食宴乐。初六，用凭河，需于沙，出自穴，盈缶。象曰：需于沙，宜乎地也。盈缶，乃大得也。九二，蟹用牡，大壮，朋至斯孚，一握为笑，勿恤永吉。象曰：朋至斯孚，道大光也。六三，外刚内柔，包荒不遐遗，剥之无咎。象曰：剥之无咎，应乎天也。九四，备物致用，君子有蟹，不速之客三人来，食之终吉。象曰：君子有蟹，志喜也。食之终吉，不素饱也。六五，月几望，利西南，不利东北。象曰：几望有损，乘天时也。不利东北，察地脉也。上六，观我朵颐，齐咨涕洟，君子吉，小人否。象曰：观我朵颐，亦不足贵也。君子吉，尚宾也。小人否，尚口乃穷也。"

内 黄 侯

内黄侯,蟹也。《诗人玉屑》载曾文清《谢路宪送蟹》诗:"从来叹赏内黄侯,风味尊前第一流。只合蹒跚付汤鼎,不须辛苦上糟丘。"《清异录》:"蟹曰含黄伯。"

圆 膏 尖 螯

《山家清供》:蟹生于江者黄而腥,生于湖者绀而馨,生于汉者苍而清。又曰:圆脐膏,尖脐螯。秋风高,圆者豪。请举手,不必刀。羹以蒿,尤可饕。因举山谷诗曰:"一腹金相玉质,两螯明月秋江。"所谓诗中之骚也。

蟹 诗

《墨庄漫录》:毗陵士人常某为蟹诗云:"水清讵免双螯黑,秋老难逃一背红。"盖讥朱劢父子,惜其全诗不载。又有"常将冷眼观螃蟹,看你横行得几时"之句。

芙 蓉 词

宋高竹屋名观国,字宾王,有《菩萨蛮·咏苏堤芙蓉》云:"红云半压秋波急,艳妆泣露娇啼色。佳梦入仙城,风流石曼卿。　宫袍呼醉醒,休卷西风景。明月粉香残,六桥烟水寒。"世误为高季迪词,不知季迪乃是《行香子》,其词云:"如此红妆,不见春光。向菊前莲后才芳。雁来时节,寒沁罗裳。正一番风,一番雨,一番霜。　兰舟不采,寂寞横塘。强相依暮柳成行。湘江路远,吴苑池荒。奈月朦朦,人杳杳,水茫茫。"论其优劣,后来居上。

水上打一棒

《七修类稿》：正统间，处州叶宗刘谋逆，杭点民兵，有生员之父亦在点中。生员往诉于府，府公不为之理，拂衣而出，自言水上打一棒，犹言无用也。府公闻而不察，疑其詈语，唤回询之。生员告其故，遂曰："汝能赋此，当免其役。"因赋诗曰："丈七琅玕杖碧流，一声惊破楚天秋。千条素练开还合，万颗明珠散复收。鸥鹭尽飞红蓼岸，鸳鸯齐起白蘋洲。想应此处无鱼钓，起网收纶别下钩。"守大赏，遂除其役。

赋　诗　得　释

弘治间，余杭贡士符楫未第时，舟行过土豪之滩，乱其菱茭，被留，闻为秀才，请作诗。楫口占云："侬是余杭符秀才，家间有事出乡来。撑船稚子虽无识，总是豪滩忒占开。"笑而释之。又汝水有放生池，官禁采捕。有士子垂钓于中，为逻者所获，送之有司，问知士人，试以诗。钓者口占曰："投却长竿卷却丝，手携蓑笠赋新诗。如今刺史清过水，不是渔人下钓时。"礼而释之。

落　霞

王勃《滕王阁序》"落霞与孤鹜齐飞，秋水共长天一色"，古今奇文。《困学记闻》以为本庾信《马射赋》"落花与芝盖齐飞，杨柳共春旗一色"语。《丹铅录》又引《文选》褚渊碑"风仪与秋月齐明，音徽与春云等润"，《隋长寿寺舍利碑》"浮云共岭松张盖，明月与岩桂分丛"，勃语本此，何啻青出于蓝。《萤雪丛说》、《代醉编》皆以落霞为飞蛾，鹜野鸭也。鸭欲食飞蛾而相逐，故曰齐飞，若云霞又何云飞。郎仁宝以飞蛾为误，前解可笑。其云："落霞乃鸟也，曾于内臣处见之，形如鹦差大，遍体绯羽，飞则文采可观。"未知孰是。

华 清 宫 诗

崔鲁《华清宫》诗四首,精练奇丽,远出李义山、杜牧之上,而散见于《唐音》及《品汇》,《渔隐丛话》、《长安古志》各载其一,杨升庵备录于《丹铅录》中:"门横金锁阒无人,落日秋声渭水滨。红叶下山寒寂寂,湿云如梦雨如尘。一""银河漾漾月辉辉,楼碍星边织女矶。横玉叫云天似水,满空霜霰不曾飞。二""障掩金鸡蓄祸机,翠华西拂蜀云飞。珠帘一闭朝元阁,不见人归见燕归。三""草遮回磴绝鸣銮,云树深深碧殿寒。明月自来还自去,更无人倚玉阑干。四"

角 妓 垂 螺

《丹铅录》:张子野词"垂螺定额,走上红裀初趁拍",晏小山词"双螺未学同心绾,已占歌名,月白风清,长倚昭华笛里声",又"红窗碧玉新名旧,犹绾双螺,一寸秋波,千斛明珠觉未多"。垂螺、双螺,盖当时角妓未破瓜时额饰。

诗 家 喻 愁

诗人有以山水喻愁者。杜少陵云:"忧端如山来,颎洞不可掇。"赵嘏云:"夕阳楼上山重叠,未抵春愁一倍多。"李颀云:"请量东海水,看取浅深愁。"李后主云:"问君都有几多愁,恰似一江春水向东流。"秦少游云:"落红万点愁如海。"贺方回云:"试问闲愁知几许,一川烟草,满城风絮,梅子黄时雨。"盖以三者比愁之多,尤为新奇。兴中有比,意味更长。

石 独 山 单

《八闽志》:莆田凤凰山有广化寺,宋翁点读书寺中,夜醉击钟,一人出呵之。点亦转诘,其人应曰:"能属对,吾语汝。"乃云:"拆破磊文三石独。"点曰:"分开出字两山单。"其人颔之曰:"正郎。"言讫不见。后点官至正郎。石独、山单,皆闽中花名也。

诗咏溺妇

《东谷赘言》:松溪戴珊督学南畿,偶舣舟苏之盘门,见少艾溺死水滨,命县官掩之,命诸生赋挽诗。蔡佃方弱冠,赋诗曰:"芙蓉零落倩谁收,飘泊孤城野水头。素手尚笼罗袖薄,清波难掩玉容羞。芜烟绿暗香魂杳,花雨红添血泪流。莫向盘关歌此曲,月明风细不禁愁。"戴大称赏,对教官惜之曰:"此生诗有音响而无气骨,吾恐冬华之木不实,早慧之子不寿。"明年佃果死。

题　松

《东谷赘言》:处士某隐居山中,庭有松一株,三百年物也。县尹立公署,命工伐之。处士研白书绝句其上曰:"大夫去作栋梁材,无复清阴覆绿苔。今夜月明风露冷,误他云外鹤归来。"县尹读诗怅然,遂止其伐。

朱文公词

《满江红》词:"胶扰劳生,待足后、何时是足。据见定、随家丰俭,便堪龟缩。得意浓时休进步,须知世事多翻覆。漫教人、白了少年头,徒碌碌。　　谁不爱,黄金屋;谁不羡,千钟禄。奈五行不是、这般题目。枉费心神空计较,儿孙自有儿孙福。不须采药访神仙,惟寡欲。"传为朱文公作。翁谔举以问,公曰:"乃一僧作。僧亦号晦庵云。"文公有《水调歌头》:"富贵有余乐,贫贱不堪忧。那知天路幽险,倚伏互相酬。请看东门黄犬,更听华亭清唳,千古恨难收。何似鸱夷子,散发弄扁舟。　　鸱夷子,成霸业,有余谋。收身千乘卿相,归把钓鱼钩。春尽五湖烟浪,秋天一夜云月,此外尽悠悠。永弃人间事,吾道付沧洲。"

乙集卷之二

初 日 诗

宋艺祖微时，见客咏初日诗，即应声曰："太阳初出光刺挞，《松窗暇录》作欲出未出光赫赫。千山万山如火发。一轮顷刻上天衢，逐退群星与残月。"盖宋以火德王天下，及登极，僭窃之国以次削平，混一之志已兆于诗。后国史润色之，云"未离海峤千山黑，才到天心万国明"，便觉卑弱。

赋 新 月

《后山诗话》：宋卢多逊当直，艺祖命赋新月，限用"些子儿"。诗曰："太液池边玩月时，好风吹动万年枝。谁家玉匣开新镜，露出清光些子儿。"《锦绣万花谷》载后二句，云"谁家镜匣参差盖，露出楞边些子儿"，尤觉善状。王禹偁当直，亦赋新月，限"敲稍交"韵，诗曰："禁鼓楼头第一敲，乍看新月出林稍。谁家宝镜初磨出，玉匣参差盖不交。"似仿多逊之意。不知二诗皆祖老杜"尘匣元开镜"之句。禹偁诗，《桐江诗话》作曹希蕴作。《七修类稿》：郎仁宝与王义中玩新月，语及二诗，义中赋一诗曰："风外空传药杵敲，云边微见桂枝稍。定疑今夜蟾蜍小，含出明珠口未交。"清新俊逸，不减前诗。

嫦 娥

《吹剑录》：月与日并明，人所敬事。词人以嫦娥之说吟咏，极其亵狎，至云："一二初三四，蛾眉天上弯。待奴年十五，正面与君看。"按嫦娥奔月事见《归藏》。又《淮南子》曰："羿请不死之药于西王母，嫦娥窃而奔月。"许慎注曰："嫦娥，羿妻也。逃月中，盖虚上夫人是也。"然嫦娥之说不经，《学斋占毕》谓即常仪占月之误。《周官》注云："仪、义二字，古皆音娥。"凤洲诗云："不信雕弧摧九日，却留明月隐嫦娥。"足破其谬。然昔有"当时射日弓犹在，何事无能近月宫"句，其说亦非始于凤洲矣。

结　　璘

《黄庭经》云："高奔日月上吾道，郁仪结璘善相保。"注引《上清紫文》云："郁仪，奔日之仙。结璘，奔月之仙。"据此则奔月者不止一嫦娥矣，是月为逋逃薮也。袁郊诗云："嫦娥窃药出人间，藏在蟾宫不放还。后羿遍寻无觅处，谁知天上亦容奸。"又月中有仙人宋无忌，斫月桂者为吴刚，或为吴质。又《登真隐诀》曰："上真之道七，郁仪奔日文为最，结璘奔月文为次。盖郁仪者羲和也，结璘者嫦娥也。"据此则结璘乃嫦娥别名也。

牵 牛 织 女

《述异记》：天河之东有美女，天帝女孙也。机杼劳役，织成云雾天衣，容貌不暇整理。帝怜之，嫁与河西牵牛，自后竟废织纴。帝怒，责归河东，使一年一度与牵牛相会。《淮南子》曰："乌鹊填桥而渡织女。"张衡云："牵牛织女七月七日相见。"渡河之说，非止世俗之见也。

《荆楚岁时记》：道书云：牵牛娶织女，借天帝二万钱备礼，久不还，被驱在营室。又云：牵牛谓之河鼓，后人讹其声为黄姑。古乐府："东飞百劳西飞燕，黄姑织女时相见。"太白诗："黄姑织女星，相去不盈尺。"刘筠诗："百劳东矞燕西飞，又报黄姑织女期。"李后主又误以黄姑为织女，有"迢迢牵牛星，杳在河之阳。粲粲黄姑女，耿耿遥相望"句。按《史记》，牵牛为牺牲，其北河鼓。《代醉编》谓河鼓十二星在牵牛北，非。牵牛七夕良会，使河鼓冒此虚名，能无遗憾。

织 女 祠

《中吴纪闻》：昆山县东地名黄姑，传牵牛织女降此地，织女以金篦划河水，水涌溢，牵牛不得渡，因名为百沸河。乡人立祠祀之，列二像。建炎兵火时，士夫多避地东冈，范生题诗祠壁曰："商飚初至月埋轮，乌鹊桥边绰约身。闻道佳期惟一夕，因何朝暮对斯人。"乡人遂去牵牛像，独存织女焉。

鹊 桥 仙 词

《齐东野语》：宋庆之寓永嘉时，逢七夕，学徒醵饮。有僧法辨善五星，每以八煞为说。一士致仙扣试事，忽乩动，大书"文章伯降"。庆之怪焉，漫云："姑置此，且求一七夕新词。"即以八煞为韵。忽运乩大书《鹊桥仙》一阕云："鸾舆初驾，牛车齐发，听隐隐鹊桥呷轧。尤云殢雨正欢浓，但只怕来朝初八。　　霞垂彩幔，月明银蟾，馥郁香喷金鸭。年年此际一相逢，未审是甚时结煞。"《沧海粟》载此词为宋徽宗附乩作，未知孰是。

孟 婆

古称风神为孟婆。蒋捷词云："春雨如丝，绣出花枝红袅，怎禁他孟婆合皂。"宋徽宗词云："孟婆好做些方便，吹个船儿倒转。"按北齐李骒骎聘陈，问陆士秀曰："江南有孟婆，是何神也？"士秀曰："《山海经》：帝女游于江，出入必以风雨自随。以其帝女，故称孟婆。"《丹铅总录》：江南七月间有大风甚于舶䑽，野人相传为孟婆发怒。

石 尤 风

石尤风，诗人多用之，不见其义。宋孝武《丁督护歌》云："愿作石

尤风，四面断行旅。"陈子昂《入峡阻风》云："故乡今日友，欢会坐应
同。宁知巴峡路，辛苦石尤风。"戴叔伦《送裴明州》云："潇水连湘水，
千波万浪中。知君未得去，惭愧石尤风。"司空文明一作郎士元。《留卢
泰卿》诗："知有前期在，难分此夜中。无将故人酒，不及石尤风。"李
义山诗："来风置石邮。"《江湖纪闻》：石氏女嫁为尤郎妇，情好甚笃。
尤为商远行不归，妻忆之病，临亡，长叹曰："凡有商旅远行者，吾当作
大风为天下妇人阻之。"自后商旅发船，值打头逆风，则曰："此石尤风
也。"遂止不行。妇人以夫姓为名，故曰石尤。遇石尤风密书"吾为石
娘唤取尤郎归，须放吾船行"十四字投水中，风即止。又《紫竹轩杂
缀》：石尤，江中虫名。此虫出必有恶风雨，故曰石尤风。

夜　半　钟

　　唐张继《宿枫桥》诗："姑苏城外寒山寺，夜半钟声到客船。"六一
居士谓继此诗句则佳矣，奈夜半非鸣钟时。或云姑苏寺钟多鸣于半
夜，或云惟承天寺至半夜则鸣，其他皆五更钟也。《庚溪诗话》云：昔
官姑苏，每三鼓尽寺钟皆鸣。后观于鹄诗云："定知别后宫中伴，遥听
缑山半夜钟。"白香山云："新秋松影下，半夜钟声后。"温庭筠曰："悠
然旅榜频回首，无复松窗半夜钟。"皇甫冉《秋夜宿严维宅》云："秋深
临水月，夜半隔山钟。"陈羽《梓州与温商夜别》："隔水悠悠午夜钟。"
则诗人皆言之，不独继也。他处亦皆半夜鸣钟，不独姑苏也。《南史》
载齐丘仲孚少好读书，以中宵钟鸣为限。则夜半钟其来久矣。

鼓　转　六　更

　　夜漏五五相递为二十五，唐李郢诗"二十五声秋点长"是也。至
艺祖以建隆庚申受禅，问国祚修短于陈希夷，有"只怕五更头"之言。
盖庚更同音也。艺祖命宫掖及州县更漏皆去五更二点，并初更去其
二以配之，首尾止二十一点即转六更，谓之虾蟆更。严鼓鸣钟，禁门
方开，百官随入。终宋之世皆然。杨诚斋有"天上归来有六更"，汪水

云有"乱点传筹杀六更"之句。至理宗景定元年,历五庚申而宋亡,谓非五更头乎?元延祐九年庚申而顺帝生,顺帝实宋少帝赵㬎子,明兵入燕都遁去,时呼庚申君,刘尚宾《庚申帝大事记》可见,明高皇方号顺帝云。然则艺祖命转六更,亦与数暗符矣。

《开元遗事》云:宫漏有六更,君王得晏起。疑是设言耳。

王 探 花 判

《醒睡编》:探花王刚中,为御史出巡福建。尤溪张松茂与邻女金媚兰私通,被获到官。王见帘前蛛网悬蝶,指谓张曰:"汝能赋此免罪。"张即曰:"只因赋性太颠狂,游遍花丛觅异香。今日误投罗网里,脱身还借探花郎。"王又指竹帘命金赋之,遂吟曰:"绿筠劈破条条直,红线相连眼眼奇。只为如花成片段,遂令失节致参差。"王称赏。见二人供状俱未议婚,即判云:"佳人才子两相宜,致福端由祸所基。判作夫妻永谐老,不劳钻穴隙相窥。"人目为王方便云。

水 底 月 诗

曾于友人处见破书,中有《水底月》诗云:"皎洁明蟾夜气寒,清光上下两团圆。瑶池王母呈冰镜,水底神人献玉盘。一任浪掀流不去,几回龙戏欲吞难。叮咛醉客休来捉,曾误诗人溺素澜。"惜作者姓名不传。

陆 放 翁 词

陆务观初娶唐氏,于母夫人为姑侄,伉俪相得,而弗获于其姑,因出之,改适同郡宗子常。春日出游,相遇于沈氏园亭。唐以语赵,遣致酒肴。放翁怅然,为赋《钗头凤》词题园壁云:"红酥手,黄縢酒,满城春色宫墙柳。东风恶,欢情薄,一怀愁绪,几年离索。错,错,错。　　春如旧,人空瘦,泪痕红浥鲛绡透。桃花落,闲池阁,山盟虽在,锦书难托。莫，莫，莫。"唐氏见而和之，有"世情薄，人情恶"之句。未几唐怏怏而卒。闻者为之怆然。

冯 当 世 诗

冯当世_京未第时，客余杭县，为官逻所拘，计窘无出，题诗所寓寺壁云："韩信栖迟项羽穷，手提长剑喝秋风。吁嗟天下苍生眼，不识男儿未济中。"一胥魁范某见之，为白令，丐宽假。令疑胥受赇游说，胥曰："冯秀才甚贫，安所得物赂某？昨见其所留诗，知他日必贵。"令索其诗观之，即笑而释其事。后京果三元及第。

吕 文 穆

吕蒙正父龟图多内宠，与其母刘氏不睦，并蒙正出之。颇沦踬窘乏，与温仲舒读书于洛阳之龙门利涉院土室中，有"拨尽寒炉一夜灰"之句。及蒙正登第，乃迎二亲，同堂异室奉养之。妻自姓宋，传奇谬以母姓为妻姓，《破窑》缘此附会也。惟噎瓜亭在府城南，蒙正微时拾遗瓜于此，后作相，建亭示不忘也。

《尧山堂外纪》：蒙正朝罢归衙，偶片雪沾衣，欲斩执役人夫。人因举拨灰诗讽之，乃已。又随事讽谏，尝题鸥吻云："兽头原是一团泥，做尽辛勤人不知。如今抬在青云里，忘却当初窑内时。"

韩 魏 公

韩魏公_琦镇中山，李清臣谒见，其侄报曰："大叔方睡。"不即与通。清臣因题诗于壁曰："公子乘闲卧碧幮，白衣老吏慢寒儒。不知梦见周公否，曾说当年吐哺无。"魏公见之，曰："吾久欲见此生。"竟有东床之选。

又，士人赝作公书谒蔡君谟，蔡心疑之。然士颇豪迈，蔡与三千缗，作书并果物，遣四卒送于公。士因谒公，以其故请罪。公曰："君谟手段小，恐未足以了公事。"复作书，令见夏太尉。子弟有不然者，公曰："士敢于为我书，又能动君谟之意，其才器亦不凡矣。"至关中，夏竟官之。

张　　元

宋庆历间，华州进士张元累举不第，落魄不得志，负气倜傥。尝薄游塞上，观览山川，有经略西鄙意。元咏雪有"战退玉龙三百万，败残鳞甲满天飞"之句，其咏鹰诗有"有心待搦月中兔，更向白云头上飞"之句。欲谒范、韩二帅，耻自屈，乃刻诗石上，使人拽之市而自笑其后。二公闻而召见，踌蹰未用。元乃间走西夏，结连囊霄，谋抗朝廷，连兵十余年，大为边患。后秦桧为相，一士假其书谒扬州守。守觉其伪，以白金五百金缴原书管押其回，桧见之，即补以官，复厚赠之。或问其故，桧曰："有胆敢假桧书，若不以一官束缚之，则南走胡，北走越，为祸不浅。"桧此举加于韩、范一等矣。

求　　闲

《行营杂录》：有一士甚贫，夜则露香祈天，益久不懈。一夕忽闻空中语曰："帝悯汝诚，问汝所欲。"士曰："某所欲甚微，非敢过望。但愿此生衣食粗足，逍遥山水间以终其身足矣。"空中大笑曰："此上界神仙之乐，何可易得？若欲富贵则可。"是清乐天所靳惜，百倍于功名爵禄，而世之闲人反劳扰以求多事，不亦愚哉！故曰"不是闲人闲不得，闲人不是等闲人"。

处 闲 散

张士诚据平江，明兵围之。唐伯刚和人"泥"字韵云："玉楼金屋愁如海，布袜青鞋醉似泥。"谓居权要者不如处闲散之乐。王元载亦诵一诗云："二十四友金谷宴，千三百里锦帆游。人间无此荣华乐，无此荣华无此愁。"与唐诗相类。

偷　闲

张伯起《谭辂》：天下有大盗，而跐其小者也。曹、马盗人天下，吕、黄盗人国，可谓能盗，其竟皆不免祸。至有欺世盗名者，所盗无形，宜若可免祸，而亦有报。盖名者造物所忌，不可以大位厚资盗之也。计世间惟一闲字可盗，语云"偷闲"，偷即盗之谓也。盗此庶几无祸。

有贵人游僧舍，酒酣诵唐人诗曰："因过竹院逢僧话，偷得浮生半日闲。"僧闻之而笑。贵人问僧何笑，僧曰："尊官得半日闲，老僧却忙了三日。"

欧 阳 伯 乐

《夷坚志》：宋吉州士子赴省，书前牌云"庐陵魁选，欧阳伯乐"。有人作诗诮之曰："有客遥来自吉州，姓名挑在担竿头。虽知汝是欧阳后，毕竟从来不识修。"

蜂　丈　人

《雪涛集》：明高皇微行至田舍，见一村翁，问其生庚，翁言年月日时，皆与高皇同。高皇曰："尔有子乎？"曰："无。""有田产乎？"曰："无。"高皇曰："然则何以自给？"曰："吾养蜂耳。"曰："尔蜂几何？"曰："十五桶。"高皇默念：我有京省，渠蜂桶敌之，此年月日时相合之符。又问："尔于蜂岁割蜜几次？"翁曰："春夏花多蜂易来，蜜不难结，每月割之。秋以后花渐少，故菊花蜜不尽割，割十之三，留其七，听蜂自啖，为卒岁计。我以春夏所割蜜易钱帛米粟，量入为出，以糊其口。而蜂有余蜜，得不馁，明岁又复酿蜜。我行年五十，而恃蜂以饱。他养蜂者不然。春夏割之，即秋亦尽割之无余蜜，故蜂多死。今年有蜜，明年无蜜，皆莫我若也。"高皇叹曰："民犹蜂也。上不务休养，竭泽取之，民安得不贫以死？民死而税安从出？是亦不留余蜜之类也。蜂丈人之言，可以为养民者法。"

此 翁 又 出

《刘氏鸿书》：高皇在御，好微行以察人情之背向。常以夜出，暂止逆旅，枕石眠草藉上。中夜有二人起共语，高皇潜听之。一人在庭中，一人在室内。庭中人呼室中人曰："今夜此翁又出矣。吾视玄象当在民舍中，头枕石、脚踹藉而卧。"室中人笑曰："君得无误耶？"高皇闻而异之，即以手足异位而寝。俄其人亦至庭中，曰："君果误矣。此人头枕藉、脚踹石耳。"高皇闻之不觉汗浃于背，即夕还宫，购求两人不可得。是后微行稍稀矣。

翠 几 木 片

《七修类稿》：高皇常微行，遇一监生，同饮于酒家。问其乡里，生曰："四川重庆人。"高皇曰："千里为重，重水重山重庆府。"生应声曰："一人成大，大邦大国大明君。"高皇大喜。又举翠几木片命赋诗，生吟曰："寸木原从斧削成，每于低处立功名。他时若得台端用，定向人间治不平。"高皇叹赏，探钱偿酒家而去。明日召生入，谓之曰："汝欲登台端乎？"命为按察使。

击 门 锥

《龙兴记》：高皇赐刘诚意一金瓜，曰击门锥，有急则击之。一夕夜将半，以击宫门而入。高皇问之，曰："睡不安，思上弈棋耳。"甫弈，俄报太仓灾，遽命驾往救。诚意止之，请先遣一内使充乘舆往，往则旋毙车中矣。高皇惊问，曰："乾象有变，特来奏闻。"问何人为谋，曰："早朝衣绯者是。"明晨西班中果有一臣衣绯，命缚之，即取袖中悬哨鸽欲放之,则鸽已死。盖以鸽为号起伏兵也。

王　吉　妇

《龙兴记》:高皇战偶失利,夜行宿于妓馆。明发,语姓名,题于壁间曰:"二之十,古之一,左七右七,横山倒出得了一,是为土之一。"皆不解。后生子,闻上登极,因录以闻。遂命工部造府封子为王,其妇不召见。盖言王吉妇得子为王也。

布　袋　和　尚

洪武政尚严猛,天下股栗。一日,游一寺,令止从者。入内悄无一人,见壁间画一布袋和尚,墨痕犹新,旁题偈云:"大千世界浩茫茫,收拾都将一袋藏。毕竟有收还有散,放宽些子又何妨。"盖以讽也。亟索其人不得。

文　若　诗

《双槐岁抄》:仁祖先家泗州盱眙,有第一山。元人文若题诗其上,曰:"汴水东流过旧京,恢图妙算入皇明。暂携诸将停归骑,来看中原第一城。"诗作于元,而皇明之句已与国号相符矣。

童　谣

至正乙酉,淮楚间童谣曰:"富汉莫起楼,富汉莫起屋。但看羊儿年,便是吴王国。"高皇于丁未年即吴王位,即羊儿年也。

异　僧

洪武微时,于凤阳城中遇一游僧,手持小磬,号于众曰:"击磬卖诗,声绝诗成。"高皇因指鸡卵为题,僧即吟云:"一块无瑕玉,中含混沌形。忽然成五德,叫落满天星。"僧已先知圣主而假诗以为之兆也。

般若庵诗

洪武战江南日,投太平府般若庵,欲借一宿。僧异其状,辄问爵里姓名,因题诗寺壁曰:"战退江南百万兵,腰间宝剑血犹腥。山僧不识英雄主,只管叨叨问姓名。"后僧恐人见,垩去其诗。登极后,遣人视诗在否,众僧惶恐。有僧补一诗。使返以无对,命钥僧至,将杀之。僧曰:"御诗后吾师有诗在焉。"问何诗,僧诵曰:"御笔题诗不敢留,留时恐惹鬼神愁。故将法水轻轻洗,尚有龙光射斗牛。"高皇喜,寺僧皆免究。

驿童对

洪武定江左,见驿中有七岁儿,问之,对曰:"臣故父当此役,今臣代父耳。"高皇曰:"能对乎?"曰:"能。"高皇曰:"七岁儿童当马驿。"儿应声曰:"万年天子坐龙廷。"高皇大悦,蠲其役而官之。

黄蔡叶

张士诚据吴时,其弟士信为相,专用参军黄敬夫、蔡彦文、叶德新图事。三人皆迂阔不识大计,轻薄者因作十七字诗云:"丞相做事业,专用黄蔡叶。一夜西风起,干瘪。"吴元年丁未秋,大将军徐达破苏州,三人皆伏诛,刳其肠而悬之,至成枯腊。

吊张士诚诗

杜东原琼《耕余录》有吊张士诚诗云:"天星夜落水犀军,又见吴台走鹿群。睥睨金汤空自固,仓皇珠玉竟俱焚。将军只合田横死,国士嗟无豫让闻。风雨年年寒食节,麦盂谁上太妃坟。"此盖当时有感于士诚者,但不载谁作。近阅《尧山堂》,此诗乃天台王泽作。

老 头 儿

洪武微行,闻一老妪呼上为老头儿,高皇怒,至徐太傅家,绕室行,沉吟不已。时太傅他往,夫人震恐,再拜曰:"得非妾夫负罪耶?"高皇曰:"非也,嫂毋恐。"令召五城兵马司总兵至,曰:"张九四小窃江东,吴民至今呼为张王。朕为天子,此邦居民呼朕为老头儿。"遂僇其里一空,而徙吴民居之。

雪 词

张明善,元之遗老,能以诙谐讽人。张士德攘夺民地以广园囿,偶雪夜张宴,邀明善咏雪。明善题云:"漫天坠,扑地飞,白占许多田地。冻杀吴民都是你,难道是国家祥瑞?"士德大惭。

满 江 红

洪武居滁阳时,欲图集庆,与徐达间行至江口,欲买舟以觇江南虚实。值岁除,呼舟人无应者。有夫妇老人载一小舟,欣然纳之,曰:"天晚矣,明当早渡。"且进鸡酒,具黍为食。明辰发舟,老叟举棹,口中打号子曰:"圣天子六龙相助,大将军八面威风。"高皇闻此吉语,与中山蹑足相庆。登极后访得之,无子,官其侄,并封其舟而朱之,以故江中渡船谓之"满江红"云。

彭 友 信

彭友信,攸人,岁贡至京。一日,高皇微行,偶相值,忽见红霓,口占云:"谁把青红线两条,和云和雨系天腰。"友信应声曰:"玉皇昨夜鸾舆出，万里长空驾彩桥。"高皇异之，相约明辰会于竹桥，同早朝。翌辰彭果往候，久不至，遂失朝。已而宣入，高皇曰："有学有行，君子也。"以为北平布政司。

大 明 皇 帝

《闲居笔记》：京师佛刹曰多宝。高皇游幸，见幢幡上尽书"多宝如来"。高皇曰："寺名多宝，有许多多宝如来。"左右寂然无答。翰林学士江怀素请对，许之，对曰："国号大明，更无大大明皇帝。"高皇称善，遂升吏部尚书，以彰其才。

大 明 一 统

刘三吾侍高皇微行，入市小饮，无物下酒。高皇独吟曰："小村店，三杯两盏，无有东西。"三吾未及对，店主对曰："大明国，一统万方，不分南北。"高皇称其才。明日召至，欲官之。店主以元人辞不受仕。

兄 弟 应 兆

明初，豫章士人兄弟由贡入太学，夜梦人语曰："七窍比干心。"如是数次。翌早言梦，兄弟不殊，未详其义。时五月竞渡，生儒出游，惟二生笃志不出。高皇偶微行至号舍，闻书声，大喜，见案上有藕一截，因出对曰："一弯西子臂。"兄弟齐声对曰："七窍比干心。"高皇称赏，命铨部以御史授之。

刘 诚 意 题 箸

《雪涛集》：刘诚意基初见高皇，与坐赐食，问曰："先生能诗乎？"对曰："吟诗儒生事也。"高皇因举斑竹箸为题，诚意应声曰："一对湘江玉并看，二妃曾洒泪痕斑。"高皇攒眉曰："秀才气味。"诚意曰："汉家四百年天下，总属留侯一借间。"高皇大悦。

倒　骑　驴

蜀中一耆儒题《张果老倒骑驴图》诗云："世间多少人，谁似这老汉。不是倒骑驴，凡事回头看。"语虽浅，喻世甚切。

安　亭　万　二

《客座新闻》：嘉定安亭万二，元之遗民也，富甲一郡。有人自京师回，二问何所见闻。人曰："皇帝有诗云：'百僚未起朕先起，百僚已睡朕未睡。不如江南富足翁，日高丈五犹拥被。'"二叹曰："兆已见矣，不去难将及。"以其赀付干仆，买舟载妻子泛湖湘而去。不一年，江南大族以次籍没，独二获令终。

岘　山　徐　九

《乌衣佳话》载：岘山徐富九，居积甚饶。一日，策马往州，见道上一蚯蚓甚长，色如血。富九心怪之，因马骤不能久视，犹回首仁望。见一妇人俯身，若有所拾。富九勒马候之，问而知其金簪也。因叹曰："精金变幻如此，见而不我得，而归于妇人，我时去矣，我祸速矣。"归以田产尽散族人及贫乏者，一身孑然如贫素。越三月，高皇知其富豪，遣使籍其家，则荡然一空，因获免，得以天年终。

僧　谦　牧

僧谦牧居小有山，道行着闻。高皇作诗召之曰："寄语山中老秃牛，何劳苦苦恋东洲。南方有片闲田地，鞭打绳牵不转头。"谦牧不赴，答诗云："老牛力尽已多年，顶破蹄穿只爱眠。震旦域中粮草足，主人何用苦加鞭。"高皇见诗叹赏，不复强仕。

赵 双 砚

临海赵某为中贵题《蚕妇图》云："蚕未成丝叶已无，鬓云撩乱粉痕枯。官中罗绮轻如布，争得王孙见此图。"高皇见之诘问，以赵某对，即召知肇庆府，有廉声。及归，叹曰："昔赵清献持一砚，今吾倍之。"遂持二砚归。人称赵双砚。

象 简 龙 衣

高庙宾天，建文即位，燕、楚诸王恃叔父欲不拜。给事龚泰奏曰："象简朝天，殿上行君臣之礼，龙衣拂地，宫中叙叔侄之情。"诸王从之。时传泰有启沃之才。《七修类稿》云：此乃宋太祖宴杜审言于福宁宫，乐人史金著之词。审言太祖母舅，彼云"前殿展君臣之礼，虎节朝天；后宫伸骨肉之情，龙衣拂地"。骨肉二字，何不易甥舅尤妥。

铁 铉 女

钱蒙叟云：逊国诸书所载铁氏二女诗，谓司马就义，二女没入教坊，献诗于原问官，诗闻得赦，出嫁士人。余考长女诗乃吴人范凤鸣昌期题老妓卷作，诗见张士瀹《国朝文纂》。时杜用嘉琼有次韵诗，题曰"无题"，则非铁氏作明矣。次女诗末句尤为不伦。愚按《立斋闲录》云：铉于壬午十月十七日遇害，子福安发河池所编伍，父仲名年八十三，与母薛安置海南，一女四岁，发教坊。据此不但诗为好事者伪作，即二女亦伪传也。

中 秋 不 见 月

永乐中，中秋开宴赏月，月为云掩，召解缙赋诗，遂口占《风落梅》一阕云："嫦娥面，今夜圆，下云帘不着臣见。拼今宵倚阑不去眠，看谁过广寒宫殿。"上览之大喜，同缙饮，复令赋长短句，中有"吾欲斩蛤蟆，砾玉兔，坐令天宇绝纤尘"等句。过夜半，月复明朗。上大笑曰："子才真可谓夺天手段也。"

完颜亮词

《夷坚志》：济南王和尚能诵完颜亮小词，其《咏雪·昭君怨》云："昨日樵村渔浦，今日琼川小渚。山色卷帘看，老峰峦。　锦帐美人贪睡，不觉天花剪水。惊问是杨花，是芦花？"其《中秋不见月·鹊桥仙》曰："持杯不饮，停歌不唱，瞥见蟾宫出现。片云何处忽飞来，做许大通天障碍。　愁眉怒目，星移斗转，懊恨剑锋不快。一挥挥断此阴霾，此夜看姮娥体态。"读其后篇，凶威可掬。

呆 子

苏杭呼痴人为憃子，或又书獃、骏二字。考《玉篇》无獃、憃二字，独骏字音呆，《韵会》云："病也，痴也。"凡痴字皆作骏。《海篇》憃、獃二字作獃，同骏字。小儿谚云："獃，獃，獃，雨落走进屋里来。"又《演繁露》：郑獬字毅夫，守江陵，作《楚乐亭记》，有颂云："我是苏州监本獃，与爷祝寿献棺材。近来仿佛知人事，雨落还归屋里来。"则知谚语亦有来历。

银 豆 谣

景泰在位，颇好声色，尝以银豆金钱洒地，令宫人宦侍争拾，以供嬉笑。编修杨守陈赋《银豆谣》曰："尚方承诏出九重，冶银为豆驱良工。颗颗匀圆夺天巧，朱函进入蓬莱宫。御手亲将十余把，琅琅乱洒金阶下。万颗珠玑走玉盘，一天雨雹敲鸳瓦。中宫跪拾多盈袖，金珰半堕罗衣绉。赢得天颜一笑欢，拜赐归来坐清昼。闻知昨日六宫中，翠蛾红袖承春风。黄金作豆亲拾得，羊车不至愁烟空。别有银壶薄如叶,并刀剪碎盈丹匣。也随银豆洒金阶,满地春风飞玉蝶。君不见,民餐木皮和草根,梦想豆食如八珍。官仓有米无银籴,操瓢尽作沟中瘠。明主由来爱一釐,安邦只在恤穷民。愿将银豆三千斛,活取枯骸百万人。"此诗卓有古意,使辅臣高穀辈能以此谣上达宸聪,必有感动,移银豆之欢而为沟壑之悯,亦未可知。又《双槐岁抄》:景泰初,经筵讲毕,命中官撒金钱于地,令讲官拾之,以为恩典。时高穀年老,俯仰不便,恒莫能得,一讲官拾以遗之。亵狎大臣,耗费国帑至此。

九 仙 梦 对

《西樵野记》:南安傅黄门凯使外国,道经九仙祠,谒梦以验使事。梦孺子歌曰:"青草流沙六六湾。"凯不解所以,默识之。比至馆燕殊隆,饮间,夷王请曰:"黄河跃浪一作濯水。三三曲。愿天使对之。"凯念梦中语词意兼绝,即曰:"青草流沙六六湾。"夷王惊服。盖中国黄河九曲,而夷域有流沙三十六湾。彼自谓知我华之胜,而吾乃悉彼疆界之详,用是悚奢。

阳　　鲔

《中洲野录》:乐平赵尹考满还任,士夫皆趋迎之,独彭福投以诗云:"鄱阳才驻使君标,本欲趋迎懒折腰。莫怪野人疏礼节,好从扬旦说阳鲔。一作乔。"人皆莫喻。程念斋楷见之,笑曰:"绥之讥我邑中人深矣。盖用宓子贱事也。"按《说苑》,子贱为单父宰,初入境,见有冠盖来迎者。子贱曰:"车驱之,车驱之,扬旦所谓阳鲔者至矣。"阳鲔鱼名,不钓而来,喻士之不招而至者也。《唐文粹》:宓子贱庙碑云:"岂意阳鲔,化而为鲂。"

徐　白　云

《祐山杂说》:祐山检古人佳句云:"闲锄明月种梅花。"恨无可对。嘉靖甲辰，自太仓入觐，偕僚友坐吏部席舍中，以前句索对，对者数人，皆平平。最后张洪斋云："谩卷疏帘邀燕子。"清丽闲雅可爱，因揭之家园厅柱。后徐七桥见之，云："闲锄明月字意本虚，谩卷疏帘似太着实。"因对云："谩扫白云看鸟迹。"则超脱尘凡，殆有仙气，因呼为徐白云。祐山名汝弼，平湖人。

名　帖　字　大

御史与主事平行，文移谓之手本，御史署名颇大。时王伟为职方郎中，口占贻之云："诸葛大名垂宇宙，今人名大欲如何？虽于事体无妨碍，只恐文房费墨多。"有士子代答云："诸葛大名垂宇宙，我今名大亦从先。百凡事体皆如此，费墨文房不值钱。"伟寻升兵部侍郎，有客往贺曰："大名属公矣。"伟又口占曰："诸葛大名非用墨，清高二字肃千秋。于今一纸糊涂帐，满眼松烟不识羞。"众相传为笑。

老　僧　干　谒

鄱阳程文宪，少与仲隘斋、徐朝信读书于南天寺。后程筮仕镇江，僧持朝信所撰提缘疏并隘斋书谒，程勉赠之。程谢病归，隘斋仕维扬之兴化，僧亦往谒之。程寄一绝云："南天和尚雪盈头，远泛维扬一叶舟。带去润州抄化疏，也应添却隘斋愁。"不二年，朝信官东安，僧又欲往。程寄诗云："东安官舍冷如冰，杖锡秋风兴欲乘。疏是先生亲笔撰，不须懊恼恨山僧。"僧因病足不果行。无何，寺不戒于火。程又作诗云："绀宇缁宫尽扫除，如何回禄妒浮图。不知跛足髡头子，救得提缘疏也无？"闻者绝倒。

十　里　荷　花

《鹤林玉露》：孙何帅钱塘，柳耆卿作《望海潮》词赠之云："东南形胜，三吴都会，钱塘自古繁华。烟柳画桥，风帘翠幕，参差十万人家。云树绕堤沙,怒涛卷霜雪,天堑无涯。市列珠玑,户盈罗绮,竞豪奢。　　重湖叠巘清佳。有三秋桂子,十里荷花。羌管弄晴,菱歌泛夜,嬉嬉钓叟莲娃。千骑拥高牙,乘醉听箫鼓,吟赏烟霞。异日图将好景,归去凤池夸。"此词流播,金主亮闻之,欣然有慕,遂起投鞭渡江之志,有"立马吴山第一峰"之句。近时谢处厚诗云:"谁把杭州曲子讴,荷花十里桂三秋。那知卉木无情物,牵动长江万里愁。"余谓此词虽牵动长江之愁,然卒为金主送死之媒,未足怅也。至于荷艳桂香,妆点湖山之清丽,使士夫流连于歌舞嬉游之乐,遂忘中原,是则深可恨耳。因和其诗云:"杀胡快剑是清讴,牛渚依然一片秋。却恨荷花留玉辇,竟忘烟柳汴宫愁。"

史 弥 远 词

建炎中,金人追高宗至舟山,登岸斫道隆观柱,柱忽流血,金人畏而遁去。高宗得免。史弥远题词观中曰:"试凭阑干春欲暮,桃花点点胭脂破。故乡凝望水云迷,数堆青玉髻,千顷碧琉璃。　　我本清都闲散客,蓬莱未是幽奇。明朝归去鹤齐飞,三山未缥缈,海运到天池。"

小 僧 诗 阻

史弥远欲占育王寺地作坟,众僧俯首,莫敢谁何。有一小僧曰:"我能止之。"作偈云:"寺前一块地,尝有天子气。丞相要作坟,不知主何意。"使儿童遍地传诵,史意遂息。明霍韬欲营寺基为宅,洮县令逐僧。僧去,题于壁曰:"学士家移和尚寺,会元妻卧老僧房。"渭厓见之愧而止,所谓"我有笔如刀",其二僧之谓与?

程 郑 二 生

《涌幢小品》:湖湘程、郑二生,同窗友也。程先登第,授咸阳令。

郑贫甚,贷钱访之。程遍出条约,禁乡人不与相见。郑乃浼人告乞数金作回路费,程亦不与,狼狈而归。后郑亦登第,除直隶公干。程适以事调获鹿丞,又被人告赃。郑前来按郡,程乃远迎叙旧,引苏章二天等语。郑笑而不答,留程宴。郑私嘱优人具言前事,优人因扮二虎,一虎衔一羊自食,旁一虎踞地视之,作欲食状。虎怒吼衔羊而去。少顷,饿虎获一鹿,前虎复来,欲分食之,争不与。一山神出,判之曰:"昔日衔羊咸阳。不采揪,今朝获鹿敢来求。纵然掬尽湘江水,难洗当初一面羞。"程知刺己,遂解印而归。

乙集卷之三

李空同对

李空同督学江右,一生偶有名梦阳者,唱名时,空同曰:"尔安得同我名?"出对试之,曰:"蔺相如司马相如,名相如实不相如。对佳则释汝。"生应声曰:"魏无忌长孙无忌,彼无忌此亦无忌。"空同称善,置之前列。

张翼德对

张翼德显应蜀中,人所尊奉,专降童以报祸福。一日降童,一生以句请对,曰:"人是人,神是神,人岂能为神也?"迟久不答。生曰:"何不对?"童曰:"我本武夫,不谙文理。适到海中求苏老泉先生代对,值彼弈棋,但云:尔为尔,我为我,尔焉能浼我哉。"一时传为绝对。

靖节尧夫

庄定山诗"赠我一壶陶靖节,还他两首邵尧夫",有滑稽者改作外官答京官苞苴云:"赠我两包陈福建,还他一匹好南京。"闻者捧腹。

苏东坡判

灵隐寺僧了然恋妓李秀奴,刺字臂上云:"但愿生从极乐国,免教今世苦相思。"后衣钵荡尽,秀奴绝之,了然怒,一击而毙。时东坡治郡,案其事,判以《踏莎行》词曰:"这个秃奴,修行忒煞,云山顶上持戒。一从迷恋玉楼人，鹑衣百结浑无奈。　　毒手伤人，花容粉碎，空空色今何在？臂间刺道苦相思，这回还了相思债。”即押市曹处斩。

岳 武 穆 词

岳武穆精忠天植，恢复中原之志，屡见于词翰。其《满江红》词曰：“怒发冲冠，凭阑处、潇潇雨歇。抬望眼、仰天长啸，壮怀激烈。三十功名尘与土，八千里路云和月。莫等闲、白了少年头，空悲切。　　靖康耻，犹未雪；臣子恨，何时灭？驾长车踏破、贺兰山缺。壮志饥餐胡虏肉，笑谈渴饮匈奴血。待从头、收拾旧山河，朝天阙。”文徵明尝和其词曰：“拂拭残碑，敕飞字、依稀堪读。慨当初、倚飞何重，后来何酷。果是功成身合死，可怜事去言难赎。最无辜、堪恨更堪怜，风波狱。　　岂不惜，中原蹙；岂不念，徽钦辱。但徽钦既返，此身何属？千载休谈南渡错，当时自怕中原复。笑区区、一桧亦何能，逢其欲。”读史者但知扼腕宋高，切齿秦桧，衡山此词始发其隐，即起高宗于九京，而以此言作公案质之，恐亦无词以对。

琐 囊 书 词

《买愁集》：《琐囊书》词云：“翩若惊鸿来洛浦，风流正遇陈王。凌波罗袜步生香，不言惟有笑，多媚总无妆。回首高城人不见，一川烟树微茫。最难言处最难忘。”

赶 蝶

传奇中有《清江引》歌云：“一个姐儿十六七，见一对蝴蝶戏。双肩靠粉墙，春笋弹珠泪。唤梅香赶他去别处去飞。”又：“转过雕阑正见他，斜倚定荼蘼架。佯羞整凤钗，不说昨宵话。笑吟吟�将花片儿打。”

独　韵　词

卓珂月作《独韵词》云："娘问为何不去，爹问为何不去。背地问檀郎，难道今朝真去。郎去，郎去，打叠离魂随去。"又："今日问郎来么，明日问郎来么，向晚问还频有个梦儿来么。痴么，痴么，好梦可知真么。"

八　音　诗

《百可漫志》：闽林清避元不仕，变姓名隐居山寺。会府公某检册至，见清诘问，知其能诗，即以册号"八音"命之。应声曰："金紫何曾一挂怀，石田茅屋自天开。丝竿钓月江头住，竹杖挑云岭上来。匏实晓收栽药圃，土花春长读书台。革除一点浮云虑，木笔题诗酒数杯。"府公惊羡，与之为友，政暇辄携酒过饮，唱和移日。偶论海滨人物，因曰："若林清者，雄材硕德，惜未见之。"清不觉有感。府公曰："子殆林清耶？"清曰："若清者，公安得见之？"尽醉而罢。明日即避去。府公再往访之，无从物色矣。永乐会元志，其孙也。

三　溪　诗　词

《鹤林玉露》：李南金自号三溪冰雪翁，有良家女流落可叹，赠以词曰："流落今如许，我亦三生杜牧，为秋娘著句。先自多愁多感慨，更值江南春暮。君看取、落花飞絮，也有吹来穿绣幌，有因风飘堕随泥土。人世事，总无据。　　佳人命薄君休诉。若说与、英雄心事，一生更苦。且尽尊前今日意，休记绿窗眉妩。但春到、儿家庭户。幽恨一帘烟月晓，恐明年、雁亦无寻处。浑欲情，莺留住。"凄婉顿挫，不减古作者。尤工于诗，有《江头吟》曰："儿时盛气高于山，不信壮士有饥寒。如今一杯零落酒，风雨蚀尽征袍单。侧立昆奴面铁色，楚客不言未吹笛。关山有月无人声，自是江头渚花发。渚花春少未得妍，凝立青山围水天。杜鹃故态不识事，尽情叫入青枫烟。壮士未握边头槊，旄头如月几时落。如今世界不爱贤，看取青峰白云角。呜呼一歌兮歌已怨，壶中无酒可续咽。"

九 九 谚 语

冬至后九九气候，田家谚云："一九二九，相逢不出手。三九二十七，篱头吹觱栗。四九三十六，夜眠如露宿。五九四十五，穷汉街头舞。一作"太阳开门户"。六九五十四，苍蝇垛屋枕。七九六十三，布衲担头担。一作"两边推"。八九七十二，猫狗眠窨地。九九八十一，犁耙一齐出。"《仙里麈谈》夏至后亦有谚云："一九二九，扇子不离手。三九二十七，冰水甜如蜜。四九三十六，汗出如洗浴。一作"争向路头宿"。五九四十五，头戴秋叶舞。六九五十四，乘凉入佛寺。七九六十三，夜眠寻被单。八九七十二，思量盖夹被。九九八十一，阶前鸣促织。一作"家家打炭墼"。"《豹隐纪谈》作二俱范石湖语。

舞 字

《乐府杂录》：舞有字舞，以舞人亚身于地布成字也。王建《宫词》云："罗衫叶叶绣重重，金凤银壶各一丛。每遇舞头分两向，太平万岁字当中。"则知舞字由来久矣。

韩 朝 集

明长洲韩朝集名逢祐，大宗伯世能子。尝学佛，航普陀山，早起见海天红光气，遂绝腥酒，黜姬媵，结庐洞庭西山之巅最僻处。嗣蓄发，复剪发，如是者再。后学道天台山，薄憩石梁，树叶蒙郁，山鸟飞鸣，怡然自谓有得也。而尘情未断，虽复头陀行径，犹挟公子贵介容。遇一樵夫负薪过石梁，故相触，朝集遽喝之，樵者口占一绝云："有道之士君不识，满口婆娑哄度日。"时闻鸟声，云："山禽唤汝不如归，归来依旧韩朝集。"听罢知非常人,急蹑从之,杳不可近矣。后卒蓄发,以任子仕杭州,饮食男女如初。

草 堂 蛛 网

明沔阳鲁振之铎在翰林时,馆师试《草堂蛛网》题,诗云:"草堂蛛网挂虚檐,几度推窗似隔帘。破向虚风犹袅袅,补当明月正纤纤。燕知巧避浑无碍,蝶为狂飞或被粘。昨夜蚊虻不安枕,愿教疏处更重添。"振之诗皆庄整,此独秀爽可诵。

题 鹁 鸽

宋高宗好养鹁鸽,躬自飞放。有士人题诗云:"鹁鸽飞腾绕帝都,朝收暮放费工夫。何如养个南来雁,沙漠能传二帝书。"高宗见诗即召见,命补以官。

题 诗 劝 酒

《鹤林玉露》:王梅溪十朋守泉日,会七邑宰,出一绝劝酒云:"九重天子爱民深,令尹宜怀恻隐心。今日黄堂一杯酒,使君端为庶民斟。"真西山帅长沙,宴十二邑宰于湘江亭,勉以诗曰:"从来官吏与斯民,本是同胞一体亲。既以脂膏供尔禄,须知痛痒切吾身。此邦素号唐朝古,我辈当如汉吏循。今日湘亭一杯酒,便烦散作十分春。"诸宰皆感动。二诗有万物一体意,为民牧者宜书于座右,期无负九重爱民之意。

学 吏 试 诗

安仁汤宝初为学吏,邑令洗汝实试诸生,学谕徐元稔预焉。一日洗集试县吏,徐命宝同试,洗命赋《烛花》诗,宝作绝句云:"泪滴银檠雨,光摇绮席春。一朝悬要路,普照四方人。"洗惊异,疑其假手,命和一章,宝即吟曰:"心爇皆因火,花开不待春。自惭今寂寞,长伴读书人。"洗大称赏,县吏皆阁笔。宝后官县尉。

曹 操 疑 冢

曹操疑冢在漳河上。《辍耕录》:宋俞应符诗曰:"生前欺天绝汉统,死后欺人设疑冢。人生用智死即休,何有余机到丘垅。人言疑冢我不疑,我有一法君未知。直须尽发疑冢七十二,必有一冢藏君尸。"陶南村以为此诗之斧钺,不知老瞒之骨岂真瘗七十二冢间?奸雄欺人,诗家又堕其云雾,恐老瞒之鬼揶揄矣。观元人起辇谷之葬,则老瞒之计岂若是浅哉!后有反其意者曰:"人言疑冢我不疑,我有一法君莫知。七十二外埋一冢,更于何处觅君尸?"得其旨矣。又《鹤林玉露》:漳河疑冢,北人岁为增封。范石湖奉使过之,有诗云:"一棺何用冢如林,谁复如公负此心。岁岁番酋为增土,世间随事有知音。"

拆 剿 寇 字

《祐山杂说》:嘉靖癸丑四月,倭寇平湖,官兵失利。五月,复至,汤参将克宽领兵格战,邑人汹汹。祐山因拆二字作口号曰:"曲川地可耕,长刀砍低树。元来腹有文,军口三十去。"令儿辈合之。敏效年十五,曰:"得之矣,'剿寇'二字也。"明日得报,汤大捷,斩倭三十级。

捶 碎 黄 鹤 楼

李太白过武昌,见崔颢《黄鹤楼》诗,叹服之,遂不复作去,而赋《金陵凤凰台》。其后禅僧用此事作偈云:"一拳捶碎黄鹤楼,一脚踢翻鹦鹉洲。眼前有景道不得,崔颢题诗在上头。"旁一游僧亦举前二句而缀之曰:"有意气时消意气,不风流处也风流。"又一僧云:"酒逢知己,艺压当行。"元是借太白事设辞,非太白诗也。流传之久,信以为真。宋初有伪作太白《醉后答丁十八》诗,云"黄鹤高楼已捶碎"一首,乐史编太白遗诗,遂收之。解学士《吊太白》诗云"也曾捶碎黄鹤楼,也曾踢翻鹦鹉洲",直是优伶打诨之语,太白一何不幸耶?

昔　昔　盐

隋曲有《疏勒盐》,薛道衡有《昔昔盐》,唐曲有《突厥盐》、《阿鹊盐》。《列子》:"昔昔梦为君。"昔即夜也。盐即曲之别名,梁乐府有《夜夜曲》。或云昔昔隋宫美人名。又关中人谓好为盐,故施肩吾诗云:"颠狂楚客歌成雪,妩媚吴娘笑是盐。"又有《乌盐角》,江邻几《杂志》:始教坊人家市盐,得一曲谱于纸角中,翻之,遂以名焉。戴石屏有《乌盐角行》,元人月泉吟社诗有"山歌聒耳乌盐角,村酒柔情玉练捶"之句。

逸　诗　词

《丹铅总录》:升庵见剑门关绝壁上有唐明皇诗云:"剑阁横空峻,銮舆出狩回。翠屏千仞合,丹障五丁开。灌木萦旗转,仙云拂马来。乘时方在德,嗟尔勒铭才。"是诗《英华》及诸唐诗皆不载,故录之。又于临潼骊山之温汤见石刻元人一词曰:"三郎年少客,风流梦、绣领盅瑶环。渐浴酒发春,海棠睡暖,笑波生媚,荔子浆寒。况此际,曲江人不见,偃月事无端。羯鼓三声,打开蜀道;《霓裳》一曲,舞破潼关。　　马嵬西去路,愁来无会处,但泪满关山。空有香囊遗恨,锦袜传看。玉笛声沉,楼头月下;金钗信杳,天上人间。几度秋风渭水,落叶长安。"再过之,石已别刻矣。

牧　牛　图　诗

宋姚镛为吉州判官,以平寇功擢守章贡。为人豪隽,自号雪篷,令画工肖像骑牛于涧谷之间,索郡人赵东野题诗。东野题云:"骑牛无笠又无蓑，断陇横冈到处过。暖日和风不尝有，前村雨暗却如何。"盖规之也。后忤帅臣，卒贬衡阳。又明苏人刘完庵珏为佥事，将致政，有宪司索题《牧牛图》，完庵题曰："牧子骑牛去若飞，免教风雨湿蓑衣。回头笑指桃林外，多少牧牛人未归。"宪臣感悟，挂冠而去。

不 礼 故 人

弘治间，浙江一方伯未第时，与某生交好甚笃，及仕江西，生远造之，初见款叙之外，送馆于石亭寺山房，略无盼念。生题壁云："十年心事酒杯间，坐对江鸥去复还。一带西山青入眼，几人青眼似西山。"题毕即去。方伯得诗大惭，遣人追之不返。

高 季 迪 题 诗

《蓬轩吴纪》：临川饶介之在吴，慕高季迪才名，召之至，再强而后往。命题倪云林《竹木图》，且以"木绿曲"为韵。季迪即吟曰："主人原非段干木，一瓢倒泻潇湘绿。逾垣为惜酒在樽，饮余自鼓无弦曲。"饶大惊异，厚礼之，因劝之仕。季迪笑而不答，时年才十六。又二年，妇翁周仲建有疾，季迪往唁之。仲建出《芦雁图》命题，季迪走笔赋曰："西风吹折荻花枝，好鸟飞来羽翮垂。沙阔水寒鱼不见，满身风露立多时。"翁曰："是子求室也。"择日以女妻焉。

艳 雪

韦应物《答徐秀才》诗云："清诗舞艳雪，孤抱莹玄冰。"极其工致，而"艳雪"二字尤新。又《五弦行》云："如伴流风萦艳雪，更逐落花飘御园。"又《燕乐行》云："艳雪凌空散，舞罢起徘徊。"屡用艳雪字。或问杨升庵："雪可言艳乎？"升庵曰："曹子建《洛神赋》以流风回雪比美人之飘摇，雪自固有艳也。然雪之艳非韦不能道，如柳花之香非太白不能道，竹之香非子美不能道也。外此则李贺诗'竹香满幽寂，粉节涂生翠'。"

岳武穆遗诗

《池州府志》载岳武穆遗诗二章,皆《精忠录》所未收者。《题齐山翠微亭》云:"经年尘土满征衣,得得寻芳上翠微。好水好山观未足,马蹄催趁月明归。"《题池口乐光亭》云:"爱此倚阑干,谁同寓目闲。轻阴弄晴日,秀色隐空山。岛树萧骚外,征帆杳霭间。予虽江上老,心羡白云关。"又《丹铅录》有《湖南僧寺》诗"潭水寒生月,松风夜带秋",不减唐人。

瓜 田 李 下

人知"瓜田李下"之句,不知全词,左克明载之《古乐府》,亦曰古词,又不载谁作。《七修》载其词曰:"君子防未然,不处嫌疑间。瓜田不纳履,李下不整冠。嫂叔不亲授,长幼不比肩。旁谦得其柄,和光甚独难。周公下白屋,吐哺不及餐。一沐三握发,后世称圣贤。"云是陈思王作,而编子建集者又失中间四句,殊无血脉,被之管弦,亦不成调也。

覆 水 不 收

《光武本纪》云:"反水不收。"《何进传》、《慕容超传》并云"覆水不收"。李太白诗"水覆难再收",又"覆水再收岂满杯"。刘梦得诗"金盆已覆难收水"。皆用太公语。太公初娶马氏,读书不事产,马求去。太公封齐,马求再合,太公取水一杯倾于地,令妇收水,惟得其泥。太公曰:"若能离更合,覆水定应收。"《朱买臣传奇》泼水事借此。

蒙 汗 药

小说家尝言:蒙汗药人食之昏腾麻死,复有药解活。或以为妄。

《齐东野语》亦载草乌末同一草食之即死，三日后亦活。又《桂海虞衡志》载：曼陀罗花，盗采花为末，置人饮食中即醉。疑即优钵罗花是也。《癸辛杂志》载：回回国有药名押不卢，土人采之，磨酒饮人，通身麻痹而死，至三日，以别药投之即活。御院中亦储之，以备不虞。据诸书所载，则蒙汗药非妄。但《狮山掌录》又载：押不卢能起死回生，故阿禧主哀段功诗有"云片波潾不见人，押不卢花颜色改"。岂押不卢有二种同名而异用者耶？抑本一种而记者有误耶？

苜蓿烽

《丹铅总录》：岑参诗"苜蓿烽边逢立春，葫芦河上泪沾巾"，皆纪塞上之地也。唐三藏《西域志》：塞上无驿亭，又无山岭，止以烽火为识。玉门关外有五烽，苜蓿烽其一也。葫芦河上狭下广，洄波甚急，不可渡，上置玉门关，即西域之襟喉也。

孪生启

李易安《贺人孪生启》："无午未二时之分，有伯仲两秸之侣。既系臂而系足，实难弟而难兄。玉刻双璋，锦挑对褓。"注曰："任文二子，德卿生于午，道卿生于未。张伯稽、仲稽形状无二。白汲兄弟，母不能别，以彩绳一系臂，一系足。"见《文粹拾遗》。按《西京杂记》：殷王祖甲乙产二子，曰嚻，曰良。卯日生嚻，巳日生良。以卯、巳两日对午、未二时，更妙。嚻音嚣。

平泉庄

《抒情录》：李朱厓平泉庄佳景可爱，洛中士人诧于江遵，遵题诗曰："平泉风景好高眠，水色烟花满目前。刚欲平他不平事，至今惆怅岭南还。"江《过杨相宅》有诗云："倚伏从来事不遥，无何平地起青霄。才到青霄却平地，门对古槐空寂寥。"

白 发 红 颜

杜少陵诗云："发短何劳白，颜衰肯更—作再。红。"尹武云："愁发含霜白，衰颜寄酒红。"郑谷云："衰鬓霜供白，愁颜酒借红。"白香山云："鬓为愁先白，颜因醉后赪。"又："霜侵残鬓无多黑，酒伴衰颜只暂红。"陈后山诗："发短愁催白，颜衰酒映红。"语意相类，必有定其优劣。

棋 诗

《唾玉集》：蔡州褒信县有一道人工棋，常饶人先，自为诗曰："烂柯仙客妙通神，一局曾经几度春。自出洞来无敌手，得饶人处且饶人。"

池 底 铺 锦

《开城录》：唐文宗论德宗奢靡，禁中老宫人云："每引泉先于池底铺锦。"王建《宫词》云："鱼藻宫中锁翠娥，先皇行处不曾过。只今池底休铺锦，菱角鸡头积渐多。"

山 歌

《水东日记》：吴人耕作或舟行之劳，多讴歌以自遣，名唱山歌，颇合宫徵，兼可警劝。如："月子湾湾照九洲，儿家欢乐几家愁。几家夫妇同罗帐，多少漂零在外头。"与唐裴交泰《长门怨》"一种峨眉明月下，南宫歌吹北宫愁"，章孝标诗"长安一夜千家月，几处笙歌几处愁"合辙。又："南山头上鹁鸪啼，见说亲爷娶晚妻。爷娶晚妻犹自可，前娘儿女好孤恓。"

《水浒传》有一歌："赤日炎炎似火烧，野田禾稻半枯焦。农夫心内如汤煮,公子王孙把扇摇。"与杜荀鹤《雪》诗"拥袍公子休言冷,中有樵夫跣足行"同意。

风 雨 向 三 娘

万历中,桃源李瞻麓可蕃少负美才,好吟咏。邑中有某妇者,私于庠士何池东,何死又私李半野。半野方伯源野子,别筑一室居之,不啻金屋阿娇。瞻麓乃题一绝云:"闻君高筑土砖房,好把桃符四面张。只恐池东心未死,夜深风雨向三娘。"里人见其儒服出游,故诗云然。

信 天 翁

信天翁,鸟名,滇中有之。其鸟食鱼而不能捕,俟鱼鹰所得偶坠者拾取之。明兰廷瑞诗云:"荷钱荇带落江空,唼鲤含鲨浅草中。波上鱼鹰贪未饱,何曾饿死信天翁。"廷瑞滇南杨林人,当有感而作。

《谢氏诗源》:"人逢随客意,鸟听信天缘。"

无 定 河

陈陶诗:"誓扫匈奴不顾身,五千貂锦丧胡尘。可怜无定河边骨,犹是春闺梦里人。"按无定河在今青涧县东六十里,南入黄河,一名奢延水,又名银水。《舆地记》:唐立银州,东北有无定河,即圁水也。后人因溃沙急流,深浅无定,故更今名。唐陈祐诗云:"无定河边暮笛声,赫连台畔旅人情。函关归路千余里,一夕秋风白发生。"

无定河可对不到寺。峨眉山有不到寺,以险阻得名。

改 名

宋郊改名庠,后移书叶清臣称同年。叶戏云:"清臣于宋郊榜第六人登第,遍阅小录无宋庠者,不知何人。"吏还具以告,庠乃书一绝云："纸尾何劳问姓名，禁林依旧玷华簪。欲知《七略》称臣向，便是当年刘更生。"

陈 眉 公

陈眉公有《清平乐》词云："有儿事足，一把茅遮屋。若使薄田耕不熟，添个新生黄犊。　闲来也教儿曹，读书不为功名。种竹浇花酿酒，世家闭户先生。"又有《初夏·减字浣溪沙》云："梓树花香月半明，棹歌归去蟋蟀鸣。曲曲柳湾茅屋矮，挂鱼罾。　笑指吾庐何处是，一池荷叶小桥横。灯火纸窗修竹里，读书声。"

行 香 子

《湖海搜奇》有《行香子》词，惜不载谁作。词云："水竹之居，吾爱吾庐。石粼粼、妆砌阶除。轩窗随意，小巧规模。也清幽，也潇洒，也宽舒。　懒散无拘，此乐何如。抚阑干、临水观鱼。风花雪月，赢得工夫。炷些香，说些话，读些书。""阆苑瀛洲，金谷琼楼。算不如、茅屋清幽。野花绣地，草也风流。也宜春，也宜夏，也宜秋。　酒熟堪筜，客至须留。更无荣、无辱、无忧。退闲一步，着甚来由。倦时眠，渴时饮，醉时讴。"

钱 塘 怀 古

《辍耕录》载：傅按察者，忘其名，尝作《钱塘怀古》词，调寄《鸭头绿》云："静中看，记昔日湖山隐隐，宛若虎踞龙蟠。下襄樊指挥湘汉，鞭云骑围绕江干。势不成三，时当混一，过唐之数不为难。陈桥驿，孤儿寡妇，久假当还。　挂征帆龙舟催发，紫宸初卷朝班。禁庭空土花晕碧，辇路悄诃喝声干。纵余得西湖风景，花柳亦凋残。去国三千，游仙一梦，依然天淡夕阳闲。昨宵也，一轮明月，还照临安。"

诗 示 关 津

范文正公镇越,有户曹孙某卒,助以俸钱送归,作诗示关津吏曰:"十口相依泛巨川,来时暖热去凄然。关津若要知名姓,便是孤儿寡妇船。"

曲 子 相 公

和凝少时好为曲子,《香奁集》,其所著词也,布于汴洛。及在政府,契丹称为曲子相公,凝患之,专人收拾焚毁不暇,遂嫁其名于韩偓,自为《游艺集》,云予有《香奁》、《籯金集》,不行于世,实自讳其名也。明夏文愍言善词曲,时号曲子相公。

辛 幼 安 词

《鹤林玉露》:辛幼安《晚春》词云:"更能消几番风雨,匆匆春又归去。惜花长恨花开早,何况乱红无数。春且住,见说道、天涯芳草迷归路。怨春不语,算只有殷勤,画檐蛛网,尽日惹飞絮。 长门事,准拟佳期又误,娥眉曾有人妒。千金纵买相如赋,脉脉此情谁诉? 君莫舞,君不见、玉环飞燕皆尘土。闲愁最苦,休去倚危阑,斜阳正在,烟柳断肠处。"词意殊怨,使在汉唐时,宁不贾祸? 闻寿皇见此词颇不悦,然终不加罪,可谓盛德已。又有《寄丘宗卿》词云:"千古江山,无觅孙仲谋处。舞榭歌台,风流总被,雨打风吹去。斜阳草树,寻常巷陌,人道寄奴曾住。想当年,铁马气吞万里如虎。 元嘉草草,封狼居胥,赢得仓皇北顾。四十三年,望中灯火,犹记扬州路。可怜回首、佛狸祠下,一片神鸦社鼓。凭谁问,廉颇老矣,尚能饭不?"此词尤隽壮可喜,惜集中不载。

劝 世 歌

徽州唐皋,少负才名,自许甚高。已而蹉跎不第,亦复肮脏。后年近知命,方魁天下,不负所志。尝作《劝世歌》云:"人生七十古来少,先除少年后除老。中间光景不多时,更有炎凉与烦恼。朝里官多做不尽,世上钱多赚不了。官大钱多忧转多,落得自家头白早。中秋过了月不明,清明过了花不好。花前月下且高歌,及时忙把金尊倒。请君检点眼前人,一年几度埋芳草。芳草高低新旧坟,可怜寒食无人扫。"此歌浅而雅,明而不俗,畅于众志,通于众耳,令人疾读一过,名利心可以灰烬。

诗 赠 盗

唐李涉赠盗诗曰:"风雨潇潇江上行,绿林豪客夜知闻。相逢不用相回避,世上于今半是君。"可谓婉而切。刘伯温《咏梁山泊分赃台》诗曰:"突兀高台累土成,人言暴客此分赢。饮泉清节今寥落,何但梁山独擅名。"《汉书》云"吏皆虎而冠",《史记》云"此皆劫盗而不操戈矛者也",二诗之意祖此。又宋闽贼廖恩降后,官右班殿直,尝供脚色云:"并无公私过犯。"时以为笑。元海寇郑广既受招安,使主福之延祥兵。尝为郡僚所轻,方坐论诗,广故作诗曰:"郑广有诗上众官,文武看来总一般。众官做官却做贼,郑广做贼却做官。"又《丹铅录》:云南洱海接官厅与打劫湾相近,有达官命童生作对曰:"接官厅上接官。"一童生对曰:"打劫湾中打劫。"尤为可笑。

驾 虎 伤 人

《祐山杂说》:嘉靖中,平湖农人陆大,朴野勤俭。忽有捕盗兵数人拥入其家,称贼攀指,拷掠追索,陆不胜苦,罄所有与之,犹不足,则卖田房为赎。遂告于监司,行县追问。陆素口讷,不能质对,谋于业主赵渐斋。赵赠以诗云:"自昔只闻人捕虎,于今驾虎遍伤人。何时得向龚黄说,除盗先除捕盗兵。"若因其被害而慰解之者。且戒之曰:"慎勿泄,候质对时有不如意即出此。"陆如其言,遂得直,捕盗兵追赃发戍矣。

头 脑 酒

《涌幢小品》：冬月客到，以肉及杂味置大碗中，注热酒递客，名曰头脑酒，盖以避寒也。考旧制，自冬至后至立春，殿前将军、甲士皆赐头脑酒。瑞州敖宗伯铣与吴宗伯山为姻家，吴初度，敖具衣冠过觞之。性豪饮大嚼，及门已苦饥矣。吴戏出句云："暖日宜看胸背花。"欲敖对就方具酒，敖曰："寒朝最爱头脑酒。"相与大笑，共饮极欢。

捉 迷 藏

儿童以绸扎眼相扑捉，谓之扎盲盲。《致虚阁杂俎》：唐明皇与玉真于月下，以锦帕裹目，在方丈之间互相捉戏。玉真捉上每易，而玉真轻捷，上每失之，宫人抚掌大笑。一夕，玉真于袖上多结流苏香囊与上戏，上屡捉屡失。玉真故以香囊惹之，上得香囊无数。已而笑曰："我比贵妃更胜也。"谓之捉迷藏。《过庭录》载题扇上小儿迷藏诗云："谁剪轻纨巧织丝，春深庭院作儿嬉。路郎有意嘲轻脱，只有迷藏不入诗。"今小儿以手蒙眼名按盲盲，即其遗意。

郎 当 曲

魏鹤山《天宝遗事》诗："红锦绷盛河北贼，紫金盏酌寿王妃。弄成晚岁郎当曲，正是三郎快活时。"按明皇自蜀还，以驼马载珍玩自随。明皇闻驼马所带铃声，谓黄幡绰曰："铃声颇似人言语。"幡绰对曰："似言三郎郎当，三郎郎当。"明皇笑且愧之。

尼 悟 道

子曰："道不远人。"孟子曰："道在迩而求诸远。"有尼悟道诗云："尽日寻春不见春，芒鞋踏破陇头云。归来笑拈梅花嗅，春在枝头已十分。"

题 诗 得 渡

漳州周匡物以歌诗著名。元和中,徒步应举,至钱塘,乏僦船之资,久不得济。乃题诗公馆云:"南里茫茫天堑遥,秦皇底事不安桥。钱塘江上无钱过,又阻西陵两夜潮。"郡牧见之,乃罪津吏。漳人及第自匡物始。

画 马 食 禾

《八闽志》:晋江有玉髻峰,下有画马石。余杭罗隐乞食山下,人侮之,隐乃画一马于石,每夜出食人禾,追之则马复入石,人乃礼焉。隐乃画桩系马,夜遂不出。今其迹了然。俗传隐有异术,出语成谶。黄滔赠隐诗:"三征不起时贤议,九转终成道者言。"光启中,钱镠辟为钱塘令,隐惧而受命,因宴献口号曰:"一个祢衡留不得,思量黄祖漫英雄。"后表授给事中,年八十余卒。

岳 蒙 泉 诗

岳蒙泉正《咏陈桥兵变》:"阿母素知儿有志,外人刚道帝无心。"又:"黄袍不是寻常物,谁信军中偶得之。"使艺祖闻之,恐亦无词以对。

镂 臂

《酉阳杂俎》:长安贫儿镂臂诗云:"昔日已前家未贫,苦将钱物结交亲。如今失路寻知己,行尽关山无一人。"镂臂即所谓札青,唐宋间恶少竞刺其身,恣为不法。又蜀市人赵高背镂毗沙门天王,吏欲杖其背,见天王辄止。为横坊市李夷简擒而杖之,命打天王尽则已。经旬日,高祖衣历门叫呼"乞修理天王功德钱"。段成式门下骀路神通,背亦刺天王像,每朔望具乳糜焚香祖坐,使妻儿供养其背而拜焉。又葛清札白香山诗,段成式与陈至呼观之,凡札三十余首,体无完肤,如不是花中偏爱菊,则有一人持杯临菊丛之类,陈至呼为白舍人行诗图。

秤翁戏具诗

彭秤翁名彣,字容臣,大参点平先生之季子。负奇不偶,时作篇章以自遣,得风人遗。其《咏吴儿戏具》诗脍炙人口,今录于左。《咏跌弗倒》云:"虎丘游客泛归桡,傀儡累累两袖豪。时式正宜添假面,官方聊与着红袍。随人簸弄形如醉,镇日蹦跌体更劳。叹息物情偏好异,俄然跌倒笑声高。"《咏支硎跳虎》云:"山君为名栉为质,哄动儿曹刻画粗。漫道撩须逢彼怒,果然履尾亦余呼。一朝可变思文炳,四顾无人且负嵎。世上画来多类狗,这回跳跃肖还无。"《咏纸鸢》云:"无多骨格幸轻身,结束乘风体制新。但见飞扬矜得势,岂知操纵只由人。凌霄行道昂头遍,落地旁观拍掌频。线索有时全没用,沟中败纸不堪论。"《咏唱喏灯》云:"拱揖茫茫暮夜勤,俨然强项学斯文。媚人岂惜花生脸,入世须牵线作群。曾记纸糊推阁老,但能火战即将军。而今吴市情千变,一听儿童自策勋。"《答稼轩咏棉花羊》云:"山店群羊排比立,俨然燕市两移情。难供郎主随时吃,漫学初平叱石成。笑我补牢身作牧,看他挟纩气如生。世间岂少耐弹者,明刘吉时称刘棉花,以其耐弹也。头角峥嵘正自荣。"《咏纸糊猫》云:"从来象物惟心造,假假真真貌得无。枵腹止堪容败纸,嘉名久已信狸奴。花阴覆案应须卧,骨鲠当前不任呼。爱尔也能惊腐鼠,夜深伴我读韩苏。"

咏 戏 具

辛未新正,雨雪交作,闷坐室中,间与孙辈嬉戏,见其所陈戏具灿然可观,聊咏一二,兼和秤翁,以资一噱。《咏嘉定竹田鸡》云:"田父群居在水湄，虾蟆之大者曰田父。箟笪刳腹且藏之。点朱奚藉神僧禁，白出翻成里句嗤。宋人有"蛙翻白出阁"句。拳勇岂能忘喜怒，声消孰与辨公私。最怜掌握供驱使，大异公孙井底时。"《咏火漆朱鱼》云："通草为肤裹作鳞，良工制就锦鱼新。曾闻如毁伤颊尾，岂识潜渊是漆身。弹铗客卿空有叹，焚银学士自无伦。扬鬐漫为渔人羡，任尔垂竿不上纶。"《咏泥兔》云："玉衡星曜久储精，明视今非日吐生。目赤似分芝草色，体玄疑吸墨池英。不营三窟甘株守，安得千毫助管城。难向月中还捣药，任他顾犬也无惊。"《咏无锡纸糊猫》云："乌圆异种许谁如，粉墨传神意有余。共信颜名能捕鼠，也知忘食可无鱼。义同乳子交欢日，唐崔佑甫家猫鼠相乳。静似窥人对局初。二李当年应愧尔，唐李义申、南唐李德来俱号李猫。腹中畛域已全除。"《咏棉花羊》云："曾闻西海田中种，兹见柔毛果化生。草食何妨将草缀，棉羊洽喜待棉成。输边自昔尝先牧，飨士于今那得羹。不触未须烧尾会，午桥妆点藉花茵。"《咏纸鸡》：或用泥木，不一其质。"心巧裁成称五德，粉糊废纸一番新。尚怀孟德空余肋，似困刘琨竟失晨。饮啄俱忘还索斗，羽毛粗具便堪珍。木牛竹马应同传，寄语儿曹次第陈。""羽毛丰满费经营，雏凤姿容土木成。恬似守雌征素养，谊难烹伏愧交情。秦关过客夸啼曙，齐境遗民误养生。几上昂然如鹤立，韩退之诗"大鸡昂然来"。儿童不惜掌中擎。"《答秤翁跳虎》云："时时跳跃逞微躯，四足羁縻势已孤。正觉爪牙无布置，不妨文采更模糊。装成皮质难蒙马，本乏威风且捋须。若解神君多异政，一回蹉伏未为愚。"《咏跋弗倒》二律云："傀儡纷纷列画栏，老人寓目亦盘桓。妆成腮项夸时样，顿易冠裳骇俗看。终日跻跌同衲子，一生摇摆类朝官。为人在昔非容易，卓立于今正自难。""惟君赋性自谐诙，粉饰形容纸作胎。才着彩衣难学仆，乍增面具便称魁。媚人只合团团战，劝酒翻宜得得来。莫道婴儿嬉戏物，纸糊阁老列三台。成化中有纸糊三阁老之谣。"《咏唱喏灯》二律云："新年灯火日纷纷，唱喏名称自昔闻。未肯折腰夸县令，漫教空腹负将军。热肠应自惭多事，花脸从今独出群。伞盖鱼龙为伴侣，孩儿会上策功勋。""灯火元宵识岁丰，勤勤拱揖悦儿童。赋形自昔推强项，变态于今尚直躬。岂为迁官全体热，《南史》张敬儿事。非关饮酒举身红。宵来还藉扶持力，长保功名慰老翁。"

和 咏 戏 具

甲戌新正，朱望子先生咏纸鹅及泥牛鹿诸戏具诗见投，赋物肖形，风华典雅，不减梅村先生之咏物诗也："肥身长项宛然成，舒雁堪加旧雅名。换字山阴宜道士，寄笼阳羡可书生。毛干似已眠沙暖，掌润如曾拨水清。纵使矫廉嫌鸐鸐，五历切。不教鼙颅为闻声。纸鹅""斑龙《本草》鹿名。装就牡兼麀，足角皮毛点染周。看去竟能成濯濯，听时偏只欠呦呦。安非秦失方争逐，闲似吴荒得纵游。间有描成苍白色，疑经岁月已千秋。泥鹿""鸟㨗造出肖偏奇，牝牡无分状总宜。润泽耳真同湿湿，峥嵘角亦类觺觺。牵难近水谁愁渴，饲不求刍那畏饥。宰相见来原不问，恰如无喘顺天时。泥牛""群然浮映水中苔，团团惟难鼓颊腮。欲得长鲜朱染色，未妨久浸漆为胎。偶当抚掌惊宁没，纵使投竿引不来。尤羡严寒无所畏，由他冻合日烘开。火漆鱼""羝羊白絮造偏精，真觉无情肖有情。元放神通身可变，初平奇幻石能成。低头竖角如将触，张口垂髯拟欲鸣。却笑儿童陈几案，弄时常似学苏卿。棉花羊""竹根摹拟巧能通，刻作虾蟆制独工。痱癗身刚随节密，彭亨腹恰就心空。镇书无力因非玉，注水难容奈异铜。携向妆台临宝镜，影还疑蚀广寒宫。竹蟆""装造狸奴点缀劳，好将形色辨分毫。粘胶贴就金银眼，蘸笔描成黑白毛。健懒莫知因缩爪，雌雄难别为藏尻。无情安望多灵异，须藉旁留却鼠刀。东坡有《却鼠刀铭》。　纸猫""嘴距毛衣巧饰精，翰音形状竟如生。看来宛有俱全德，听去殊无不恶声。置向闲窗谈未得，养虽如木斗难成。群儿戏弄非求媚，天宝坊中似有名。唐贾昌七岁为鸡坊五百小儿长。　纸鸡""斫木装成渺小躯，漫将猛兽肖形模。停时弭耳如驯伏，动处张威似啸呼。收入箧中归洞穴，浮来水上渡江湖。儿曹玩弄宜矜诩，冯妇犹应逊吾徒。跳虎""造成明视炯双眸，缺口长须事事周。射木似堪同命中，故事：三月十三为木兔，分朋射之较胜负。守株疑可待重投。犬逢欲掣牵来索，鹰见思离臂上鞲。珍重洞房常作供，长生如在月宫留。泥兔""纸竹相资顷刻成，飞腾如鸟羡身轻。戾天旱麓诗同咏，削木公输技并精。筝响空中风正急，灯悬云际火偏明。升高但惜难为主，收放由人看雨晴。<small>纸鸢</small>""纸灯儿戏上元游，仿佛人情可与俦。万事旁观惟袖手，一生自用不回头。热中那耻虚文丑，空腹谁怀寡学羞。倚仗他人牵线索，失时伎俩尽皆休。<small>唱喏灯</small>""体态妆颠更弄娇，不分妍丑尽轻佻。欹斜似醉还翘举，旋转如狂更动摇。虚馁一腔文士腹，痴肥半截美人腰。虽然时尚供嬉戏，太盛还疑是世妖。<small>拔弗倒</small>"学稼《咏泥牛》云："重见春回岁一更，儿童日驾土牛迎。粘胶团就身多骨，<small>毛少骨多者有力。</small>借粉描成色尚骍。诸葛木装殊觳觫，田单火战亦纵横。输他合土能凝立，驯伏无劳置楅衡。"《泥鹿》云："丸泥为鹿角峥嵘，苍白皮毛掬笔成。几案牲牲当并立，台端麌麌不闻鸣。无肠谁注洞天酒，有腹难吞旷野苹。在尔仙翁能作脯，<small>道家以鹿为脯。</small>鹿群还幸得全生。"《纸鹅》云："长颈高冠性似痴，冶金斫木昔闻之。衍波<small>纸名。</small>粉掌红霞艳，侧理<small>亦纸名。</small>胶翎白雪姿。置表何从行在见，系书难达内庭知。蔡州夜半徒劳击，为报鹅群不饮池。"

乙集卷之四

箕仙诗句

《七修类稿》：金陵士某召仙，得诗云："风露凄凉雨过天，窗疏有月到床前。夜深不作红尘梦，注得《南华》四十篇。"又云："强胡扰扰我提兵，血战中原恨未平。大厦已斜支一木，岂期长脚误苍生。"某请书名，则二人乃陈抟、岳飞也。偶同过此，用书数语。某又问："今秦桧亦托生否？"又书云："自古奸忠同一死，奸忠死后各留名。奸忠总在斯文断，焉有来生与后生。"又周吉甫晖《金陵琐事》亦载某请仙，仙降书是岳武穆，因问："将军恨秦桧否？"仙书诗一首，中联云："出师未捷班师急，相国反为敌国谋。"酷似武穆口语，惜其诗不全。

箫 杖

《谰言长语》：余姚徐菊坡有《箫杖》诗："凿窍霜筠入手轻，知音未遇伴闲行。刻鸠赐老声还噎，随凤升山力可凭。弄月松根因柱石，倚风花底为和笙。何当扶上云霄路，吹彻钧天合九成。"

梅 杖

《山房随笔》：元学士阎子静复，后廉访浙西，有《梅杖》诗云："拣尽西湖万玉柯，春风入手重摩挲。较量龙竹能香否，比并鸠藤若奈何。声破梦寒霜满户，影随诗瘦月横波。只知功到调羹尽，不道扶颠力更多。"

羊　羹

辛稼轩帅浙东时，朱晦庵、张南轩任仓宪。刘改之欲见，稼轩不纳。二公云："某日公燕，君可来，门者不纳，但喧争之，必可入。"既而改之如所教。门外果喧哗，稼轩问故，门者以告。稼轩怒，二公因言："改之豪杰也，善赋诗，可试纳之。"改之至，长揖。时方进羊腰肾羹，稼轩命赋之。改之寒甚，乞卮酒，酒罢乞韵。饮酒手颤，余沥流于怀，因以流字为韵。即吟曰："拔毫已付管城子，烂首曾封关内侯。死后不知身外物，也随尊酒伴风流。"稼轩大喜，命其尝此羹，终席而去。

又稼轩守京口时，大雪，帅僚佐登多景楼。刘改之敝衣曳履而前，稼轩令赋雪，以难字为韵。改之即吟云："功名有分平吴易，贫贱无交访戴难。"自此莫逆云。

杨　妃　菊

汾州李恭山节，端平中，朱湛卢复之使北展觐八陵，引李与王仲偕南。李后任西倅，与正倅陈三屿松龙宴僚友于多景楼，赏杨妃菊，令诸妓各持纸笔，侍官众请诗。李后至，酒一行即起吟曰："命委马嵬坡畔泥，惊魂飞上傲霜枝。西风落月东篱下，薄幸三郎知不知？"辞最清切，或至阁笔。

绣　养　娘

西山张倅芸窗有绣养娘者，命苍头递一罗帕与馆人刘启之童，偶遗之于地。芸窗见而责刘，即遣去。刘作诗谢张云："夜深挝鼓醉红裙，半世侯门熟稔闻。自是东邻窥宋玉，非关司马挑文君。苍头误送香罗帕，簧舌翻成贝锦文。幸赖老成持定力，一帆安稳过溪云。"

吴 门 上 元

元吴僧本真号月湖半颠，赋吴门上元云："村翁看了上元归，正是西楼月落时。誉道官衙好灯火，不知浑点尔膏脂。"微闻于郡守吴退庵，遂命住虎丘寺。

聂 碧 窗

京口天庆观主聂碧窗，尝为龙翔宫书记。北朝赦至，有诗云："乾坤杀气正沉沉，又听燕台降德音。万口尽传新诏好，四朝谁念旧恩深。分茅列土将军志，问舍求田父老心。丽正立班犹昨日，小臣无语泪沾巾。"观中有赵太祖真容，北来者见必拜。碧窗题其上云："风表龙姿俨若新，一回展卷一伤神。天颜亦怪君非房，河北山东总旧臣。"

地 仙 丹

永嘉余德邻宗文与聂碧窗弈，余屡北。有卖地仙丹者，国手也，余呼之至，绐聂曰："某有仆能弈，欲试数着不敢。"聂俾对枰，连败数局。余自内以片纸书十字云："可怜道士碧，不识地仙丹。"聂大笑曰："吾固疑其不凡。"

梅 开 一 花

卢梅坡庭梅开一花，咏诗云："昨夜花神有底忙，先期踏白入南邦。冷将双眼窥春破，肯把孤心受雪降。鬶弟得兄呼最长，竹君取友叹无双。仍前月夜窗前看，一在枝头一在窗。"

樱 桃 一 实

蒋漫堂与客燕坐，见庭中樱桃惟一实，共以为笑。忽有客来访，自言能诗,因命赋之。"烧丹道士药炉空,枉费先生九转功。一粒丹砂寻不见,晓来枝上弄春风"。众咸喜之。

童 子 能 诗

吉州罗西林集刊近诗,一士囊诗及门,一童横卧门阑阈间,唤童良久乃起,曰:"将见汝主人求刊诗。"童曰:"请先与我一观,我以为可则为公达。"士怪之曰:"汝欲观我诗,必能吟,请赋一绝,当示汝。"童请题,士曰:"但以汝适来睡起搔首意为之。"童即吟曰:"夜梦清鸾上碧虚,不知身世是华胥。起来搔首浑无事,啼鸟一声春雨余。"士骇服,同入见西林,取其《菊》诗曰:"不逐春风桃李妍,秋风收拾短篱边。如何枝上金无数,不与渊明当酒钱。"士出而疑之,后知童乃罗之子也。

邓 文 龙

南康建昌县有神童山,每试童子百人,取其一。邓文龙年八岁,颖出诸童之右。太守方巨山〔岳〕欲祝为子,父谓之曰:"汝予所钟爱,太守固欲祝汝,将若何?"文龙曰:"第许之。"巨山一日招诸名士如冯紫山辈,文龙父子亦与焉。席上诸公只服褙子,文龙以绿袍居末座。坐定,供茶,文龙故以托子堕地,诸公戏以失礼。文龙曰:"先生失衣,学生落托。"众为一笑。酒酣,巨山戏谓曰:"口红衣绿如鹦鹉。"文龙应声曰:"头白形乌似老鸦。"又令赋君子竹,咏曰:"潇洒子猷宅,平将风月分。两轩浑似竹,一日可无君。"众异之。后易名元观,十五领乡荐,登上第。

伐 松

灵隐寺僧元肇号淮海,寺有古松大数十围,与月波亭相对。史弥远遣人伐松,淮海作诗云:"大夫去作栋梁材,无复清阴覆绿苔。惆怅月波亭上望,夜深惟见鹤归来。"又穆陵在御,阎贵妃父良臣起香火功德院,欲于灵竺下伐松供屋材。淮海亦作诗曰:"不为栽松种茯苓,只缘山色四时青。老僧不会移将去,留与西湖作画屏。"诗彻于上,遂命勿伐。又山中有寺,基久圮,势家窥其地营葬,淮海亦有诗刺之云:"一带空山已有年,不须惆怅起颓砖。道旁多少麒麟冢,转眼无人送纸钱。"豪家见之,亦不复取。

歌 词 侑 酒

户曹之妻与太守有私,一士子知其事。户曹任满将行,守招其夫妇饮,士子作《祝英台近》付妓歌以侑酒:"抱琵琶,临别语,把酒泪如洗。似恁春时,仓卒去何意。牡丹恰则开园,荼蘼厮勾,便下得、一帆千里。　　好无谓,复恐明日行呵,如何恋得你。一叶船儿,休要更沉醉。后来梅子青时,杨花飞絮,侧耳听、喜鹊声里。"守与妇俱堕泪,其夫不悟。

鬼 门 关

翟惠父《咏鬼门关》诗:"盘盘重险压三途,惨惨阴灵怖万夫。青海战魂来守钥,黄尘行客过张弧。西风古道悲羸马,落日荒山啸老狐。年少文人今白首,小昌休苦笑掀歔。"惠父北人。

刺 夏 贵

有刺夏金吾贵诗云:"节楼高耸与云平,通国谁能有此荣。一语淮西闻养老,三更江上便抽兵。不因卖国谋先定,何事勤王诏不行。纵有虎符高一丈,到头难免贼臣名。"人谓北兵既至,许贵淮西一道与之养老,故戢兵不战。然贾似道退师,数十万众一鼓而溃,贵虽勇健,亦何为哉!

杜 氏 妇

元杜氏妇作《北征》诗云："江淮幼女别乡闾,一似昭君远嫁胡。默默一身离故国,区区千里送征夫。慵拈箫管吹羌笛,懒系罗裙舞鹧鸪。多少眼前悲泣事,不如花柳旧江都。"此等诗词,多有戏题驿亭以为美谈者。

嘲 翟 姓

陈云屋嘲翟姓云："失足如何跃,无光耀不成。若非身倚木,为棹亦难行。"时翟某馆于水南杨氏,盖嘲其倚杨也。

杜 善 甫

元杜善甫,山东名士,工诗文,不屑仕进。时有掌兵官远戍于外,其妻宴客,鼓吹终夕。杜作诗云："高烧银烛照云鬟,沸耳声歌彻夜阑。不念征西人万里,玉关霜重铁衣寒。"闻之怏怏。见《山房随笔》。

吃 死 饭

吴俗,治丧之家遍投讣音,吊客不尽相识,挨身陪宾者备极丑态,谓之丧桑虫,又曰吃死饭。盖闻人死即往兜揽经理其事,思得一饱也。数年前有孔姓者,面目尤属可憎,借诞辰名色传单敛分,有无名氏作诗四章赠之云："尽日茫茫事送迎,摇头摆尾可怜生。家风误认丧平声。家狗,不道当年读去声。"谐语恰中,余惜忘之。或有吉事,则又色服趋跄,自谓喜虫,称呼亦妙。

武 庙 微 行

明武庙微行,遇一妇人汲水,乃口占一词云："汲水上南坡,红裙映碧波。虽然不似俺宫娥。野花偏艳目,村酒醉人多。"亦自风骚可喜。

版　肠

宋学士濂过洛,或挽留之,不从,乃以步蹇藏去他所。公作诗云:"蹇驴掣断紫丝缰,却去南城趁草场。绕遍洛阳寻不见,西风一阵版肠香。"河南人詈贼曰版肠,故云。

淡　酒

《云间酒淡》:有人作《行香子》云:"浙右华亭,物价廉平,一道会买个三升。打开瓶后,滑辣光馨。教君霎时饮,霎时醉,霎时醒。　听得渊明,说与刘伶,这一瓶约莫三斤。君还不信,把秤来称。有一斤酒,一斤水,一斤瓶。"又《醒睡编》有诗云:"数升糯米浅悭量,饭熟全家大小尝。着意满倾三斛水,先头打起一壶浆。冷吞却似金生丽,热饮浑如周发商。昨夜强斟三五盏,几乎泻破肚中肠。"

猪　无　糟

王婆酿酒为业,一道士往来寓其家,每索酒辄与,饮数百壶不酬值,婆不与较。一日,道士谓婆曰:"予饮若酒,无钱相偿,请为若掘井。"井成泉涌出,皆醇酒,道士曰:"此所以偿耳。"遂去。婆持井所出泉应沽者,比凤酿更佳,得钱数万。逾三年,道士忽至,婆深谢之。道士问曰:"酒好否?"婆曰:"酒甚好,只猪无糟耳。"道士笑题其壁曰:"天高不算高,人心第一高。井水做酒卖,还道猪无糟。"题讫而去。自是井不复出酒矣。

赵　葫　芦

《夷坚志》:秀州赵公衡,天资滑稽,善与人款曲,无所不狎侮,因寡发，人目之为赵葫芦。时有作小词以谑之曰："家门希差，养得一枚依样画。百事无能，只去篱边缠倒藤，几回水上轧。捺不翻，真个强，无处容他，只好炎天瞭音晒。作巴。"一时传诵，见者无不绝倒。

嘲　近　视

《笑林》：嘲近视诗云："笑君两眼忒希奇，孑立身边问是谁。屋满日光拿蛋子，月移花影拾柴枝。因看壁画磨穿鼻，为锁书厨夹住眉。更有一般堪笑处，吹灯烧了嘴唇皮。"

王　少　卿

鸿胪王少卿，善宣玉音，洪亮抑扬，殊耸观听，而所读多吃误，其貌美髯而秃顶，朝士遂为诗以嘲之曰："传制声无敌，宣章字有讹。后边头发少，前面口须多。"有问京师新事者，或诵此诗，其人遽曰："此必王少卿也。"

皇　甫　氏

嘉靖中，吴中皇甫氏最贵盛，而治家素宽。杨南峰献寿图，题诗其上曰："皇甫先生，老健精神。乌纱白发，龟鹤同龄。"皇甫公大喜，悬之堂。识者笑曰："此詈公也。盖上列皇老乌龟四字。"公悟而去之。

婢　仆　诗

《北梦琐言》：咸通中，前进士李昌符有诗名，久不登第，因出一奇，作《婢仆诗》五十首，行于公卿间。有诗云："春娘爱上酒家楼，不怕归迟总不忧。报道那家娘子卧，且留教住待梳头。"又："不论秋菊与春花，个个能嗞空腹茶。无事莫教频入库，寻常闲物要些些。"余皆中婢仆之讳。浃旬京师盛传，是年登第。与挑杖虚鞋事虽不同，用奇则一。

题　　像

四明丰南禺_坊，性滑稽。里中致仕驿丞某绘像，具币求赞语。丰题其像曰："才全德备，浑然不见一善成名之迹；中正和乐，粹然无复偏倚驳杂之弊。"丞喜，方以誉之太过，识者笑曰："则其为人也，亦成驿_{丞矣}。"又宁波令遣吏向丰索药方，丰乃书云："大枫子去了仁，无花果多半边，地骨皮用三粒，史君子加一颗。"归为呈令，令览之笑曰："丰公嘲尔。"吏请其故，令示之曰："以上四语谓一伙滑吏耳。"

四　十　翁

庐陵欧阳重巡抚云南，以不给军粮夺职归。舟过馆驿，必题诗壁上，辞皆怨望。时年甫四十，称涯翁书。有无名氏书二绝于诗后云："怨词随处满垣飞，闻道先生放逐归。四十称翁非太早，人生七十古来稀。"又："醉翁千古号文宗，此日涯翁姓偶同。却想齐名就充老，世间安有四旬翁。"

嘲　秃　指

元关汉卿作《醉扶归》嘲秃指云："十指如枯笋，和袖捧金尊。挡杀银筝字不真，搔痒天生钝。纵有相思泪痕，索把拳头揾。"

幼时曾闻俚句云："十指磊_{音雷堆}堆。光鹿秃，有时爬背同毂辘。_{搔背器名毂辘子。}齿牙轧物终难剔，理尽瑶琴不成曲。"

烹　鸡　诵

唐伯虎游僧舍，见雌鸡，请烹为供。僧曰："公能作诵，当不斩也。"援笔书曰："头上无冠，不报四时之晓；脚根欠距，难全五德之名。不解雄飞，但张雌伏。汝生卵，卵复生子，种种无穷；人食畜，畜又食人，冤冤何已。若要解除业障，必先割去本根。大众先取波罗香水，推去头面皮毛；次运菩萨慧刀，割去心肠污秽。咄！香水源源化为雾，镬汤滚滚成甘露。饮此甘露乘此雾，直入佛牙深处去，化生彼国极乐土。"僧笑曰："鸡得死所无憾矣。"乃烹以侑酒。

偷　狗　赋

宋滕达道读书潜山僧舍，僧有犬烹之，僧诉于县，县命作《偷狗赋》。其警句云："撤梵宫之夜吠，充绛帐之晨羞。团饭引来，难掉续貂之尾；索绹牵去，惊回顾兔之头。"令叹赏。

打　秋　丰

才太守^宽谒抚院，一主事亦来谒。门适闭，才曰："何不击木鱼自通？"主事不可。才戏曰："座上木鱼敲夜月。"主事不答。才曰："可对檐前铁马打秋风。"主事大怒而去。俗以干人为打秋风，米元章帖作秋丰。

《雪涛谐史》：一客惯打抽丰，所遇郡县官辄以谀词动之。一日谒宜兴令，又谀云："公善政不但百姓感恩，境内群虎亦皆远徙。"言未毕，役禀昨夜有虎伤人。令目客曰："公说虎皆远徙，此言何自而来？"客曰："这是过山虎，他讨些吃了就要去底。"令大笑而赠之。

锯　匠　诗

赵东山里中有二执友，其一因投荒过家，其一因磨勘需调，皆栖栖桑榆，犹恋鸡肋。一日，同访东山，见庭下有锯匠解木，因以命题。东山口占绝句曰："一条黑路两人忙，旁晚相看鬓已霜。你去我来何日了，亏他扯拽过时光。"二人知讽已，相与感叹罢去。

龙　宫　海　藏

正德中，某御史按浙观风，以《龙宫海藏》命题试士，且云："记出处者东立，不记者西退。"东西各半。已而东立者所作不称意无赏，西退者作诗诮之曰："东廊且莫笑西廊，我笑东廊枉自忙。海藏龙宫无你分，大家随我度钱塘。"

采　蟾　酥

太医院有采蟾酥差，差时仪从甚都。某判院欲以炫耀其友，枉道过焉。友作诗嘲之曰："白马红缨出禁城，喧天金鼓咏霓旌。穿林过莽多豪气，拿住虾蟆坏眼睛。"时人传以为笑。

金　陵　十　六　楼

《艺林学山》：永乐中，晏振之《金陵春夕》诗有"花月春江十四楼"句。盖洪武中建来宾、重译、清江、石城、鹤鸣、醉仙、乐民、集贤、讴歌、鼓腹、轻烟、淡纷、梅妍、翠柳十四楼于南京，以处官妓，盖时未禁缙绅用妓饮酒也。胡元瑞云：十四楼语足为诗料。《金陵琐事》云：金陵本十六楼，载十四楼而遗南市、北市二楼。今诸楼尽废，独南市楼尚存。鹿邑李叔通秦号仙源，洪武中进士，博学知天文，曾掌钦天监，遂入钦天监籍。有《集句诗》二卷，中有《咏金陵十六楼》诗。《南市楼》云："纳纳乾坤大，南楼纵目初。规模三代远，风物六朝余。耆旧何人在，登临适自娱。皇恩涵远近，莫共酒杯疏。"《北市楼》云："危楼高百尺，极目乱红妆。乐饮过三爵，遐观纳八荒。市声春浩浩，树色晓苍苍。饮伴更相送，归轩锦绣香。"《集贤楼》云："迢迢出半空，画列地图雄。鱼水千年庆，车书万国同。长歌尽落日，妙舞向春风。今古神州地，康衢一望通。"《乐民楼》云："江城如画里，迢递起朱楼。白日催人老，青尊喜客留。百年从万事，一醉解千愁。帝德尧同大，洪恩被九州。"《讴歌楼》云："西北高楼好,闲宜雨后过。凭阑红日早,回首白云多。广槛停箫鼓,深红净绮罗。千金不计意,醉坐合笙歌。"《鼓腹楼》云："翼翼四檐外,居人有万家。盘空斋屡荐,舞破日初斜。小酌知谁共,新诗取自夸。圣图天广大,烂醉慰年华。"《清江楼》云:"涵虚混太清,时转遇云声。湖雁双双起,渔舟个个轻。世情何远近,人事省将迎。谈笑逢耆老,终身愿太平。"《石城楼》云:"翠袖拂尘埃,烦襟出九垓。清光依日月,逸兴走风雷。鸿雁几时到,江湖万里开。文章成锦绣,临咏日盘回。"《来宾楼》云:"地拥金陵势,烟花象外幽。九天开秘祉,八极念怀柔。造化钟神秀,乾坤属远猷。吾皇垂拱治,不待治书求。"《重译楼》云:"使节犹频入,登临气尚雄。江山留胜迹,天地荷成功。干羽三苗格,车书万里同。圣朝多雨露,樽俎日相从。"《澹烟楼》云:"久坐惜芳尘,莺花不弃贫。关心悲地隔,有酒纵天真。不问黄金尽,应惭白发新。登临聊极目,紫陌万家春。"《轻粉楼》云:"郡楼闲纵目,风度锦屏开。玉腕揎红袖,琼卮泛绿醅。参差凌倒影,迢递绝浮埃。今日狂歌客,新诗且细裁。"《鹤鸣楼》云:"翠挹凭阑外,楼高不倦登。抑扬如有诉,凄切可堪听。白日移歌袖,青天扫画屏。古来形胜处,重到忆曾经。"《醉仙楼》云:"自得逍遥趣,乾坤独倚楼。天笼平野迥,江入大荒流。待弃人间事,来为物外游。蓬莱自有路,云雨梦悠悠。"《梅妍楼》云:"天地开华国,招邀屡有期。风烟归逸兴,钟鼓乐清时。对酒惜余景,逢人诵旧诗。平生无限意,莫信笛中吹。"《翠柳楼》云:"白帻岸江皋,开筵近鸟巢。交疏青眼少,歌罢彩云消。落日明孤塔,青山见六朝。平生爱高兴,回首兴滔滔。"

商 文 毅 对

天顺复辟后,益重文墨,与儒臣讲诵书义。偶入翰林院,见柯潜,因举"礼乐征伐自天子出"何句可对,潜一时思索未就。英庙曰:"可与同官对来。"上退,潜出遇商文毅络于午门外,问柯出何宴,潜曰:"因皇上出句不对耳。"商曰:"何句?"潜举前言,商曰:"可对'流连荒亡为诸侯忧'。"明日潜奏之,上称赏。

阿　　丑

　　成化中，汪直用事，势倾中外，阿附者立跻显荣，忤之者旋加黜夺。时有"都宪叩头如捣蒜，侍郎扯腿似烧葱"之诮。陈钺、王越谄媚尤甚。中官阿丑善诙谐，每于上前作院本，颇有东方谲谏之风，汪直之逐，与有力焉。一日于上前作醉人酗酒，一人曰巡城御史至，酗骂如故。自侍郎至尚书、内阁，酗如故。又曰驾至，其酗尤甚。最后曰汪太监来矣，醉者惊起。其人曰："驾至不惧，而惧汪太监，何也？"曰："天下之人但知有汪太监，安敢不惧？"上颔之。丑复作直持双钺趋跄而行，或问故，答曰："吾平日惟仗此两钺耳。"问钺何名，曰："陈钺、王越也。"又《震泽纪闻》：丑云："天有两月。"一人击之曰："月一而已，安得有两？"丑曰："内有陈钺，外有王越，岂非两月乎？"由是直等窜斥殆尽。

智 公 得 路

　　《林居漫录》：朝廷阙一清要官，政府问谁可任者，或以公论对。政府曰："公论如今无用。"或以古道对，政府曰："古道如今亦难行。"或以糊涂对，政府踌躇曰："糊涂如今却去得。"最后有力者举智巧，政府喜曰："尔举是也。其为人我雅知之，是常折腰舐痔、惟我颐指气使而莫予违者也。"遂以属铨司列启事中。命下之日，富贵利达之士弹冠相庆曰："智公得路，吾辈行且同升矣。"

讥 张 江 陵

　　《金陵琐事》：张江陵柄国，钤束科道官，不敢扬眉吐舌，略陈异己之论。时因编谑语云：科道缺官，文选郎中请于张江陵。张谓科道官最难得其人，即如孔门四科十哲，未必人人可用。文选云："德行如颜回，何如？"张曰："回也于吾言无所不说，说如字，下同。未可用也。"

"文学如子夏,何如?"张曰:"子夏入闻圣道而说,出见纷华美丽而说,未可用也。""政事如冉求,何如?"张曰:"求也非不说子之道,力不足也,未可用也。政事如子路,但恐其好勇耳。"张曰:"子见南子,子路不说,尽可用也,尽可用也。"文选唯唯而退,因举不说者。

张 江 陵 对 句

顾东桥璘抚楚,张江陵仅十余岁,应童子试。东桥曰:"童子能属对乎?"因曰:"雏鹤学飞,万里风云从此始。"张即曰:"潜龙奋起,九天雷雨及时来。"东桥大喜,解腰间金带赠之,曰:"他日贵过我也。"

讥 教 授

弘治末,泉州府学某教授,南海人,颇立崖岸。一日,设宴于明伦堂,搬演《西厢》杂剧。翌日,有无名子书一联于学门云:"斯文不幸,明伦堂上除来南海先生;学校无光,教授馆中搬出《西厢》杂剧。"某出见之,赧然自愧,故态顿去。

僧 妓 相 讥

苏东坡与僧佛印、妓琴操每相往来,饮酒赓和。一日,佛印往苏家,见琴操卧于纱厨,因戏曰:"碧纱帐里睡佳人,烟笼芍药。"琴操即对曰:"青草池边洗和尚,水浸葫芦。"佛印大笑曰:"和尚得对娘子,实出望外。"

以 姓 为 联

惠安欧知县炎与泉学赵教谕某饮酒,知县将教谕姓氏为联云:"赵先生饮酒,一走便消。"教谕亦将知县姓答云:"欧大尹征粮,合区全欠。"

丘文庄对句

丘琼山幼从师于里宦之家塾，聪敏有声。宦儿颇不好纸笔，一日，师外适，宦儿亦归私第。丘肄业中堂，时天雨，坐席当瓦穴，漏滴丘肩。丘乃换彼儿席居于漏所，以己席居彼之地。宦儿具告其师，师曰："能偶对者即为理直。"因曰："点雨滴肩头。"丘应声曰："片云生足下。"师称善，宦儿愧不能对，哭告其父。父怒，召丘试以对曰："孰谓犬能欺得虎。"丘即对曰："焉知鱼不化为龙。"宦惊骇，知其非常人，好语慰归。

龙听以角

宋寿皇问王季海曰："聋字何以从龙耳？"对曰："《山海经》云：龙听以角不以耳。故世有偶曰'蝉以腹鸣，不啻若自其口出；龙从角听，无乃不足于耳欤'。"

诗规铁崖

杨铁崖母梦金钩入怀而生，在胜国时以史笔自命。晚年避地松江之泖湖谢伯理家，蓄四妓，名草枝、柳枝、桃枝、杏花，皆善音乐，乘画舫恣意所之。有故人寓诗规之曰："桃叶杨枝与杏花，吹箫鼓瑟奏琵琶。可怜一代杨夫子，化作江南散乐家。"铁崖见诗，稍稍自爱。后聂大年读其诗集，有诗云："文章五采凤皇雏，酒债诗豪胆气粗。白发草玄杨子宅，红妆檀板谢家湖。金钩梦远天星堕，铁笛声寒海月孤。知尔有灵还不死，沧桑更变问麻姑。"此诗善能用事而叙其实，惜其集中不载。

巾　诗

《七修类稿》：正德中，京都忽以巾易帽，四方效之，至贩夫走卒亦有戴之者，以其价廉易办。郎仁宝作诗谑之云："忽出街衢不耐看，今时人物古衣冠。望尘走俗人心厌，况又庸人戴一般。"其友孙体时一日戴巾访郎？恐郎诮之，涂中预构一绝。郎见而笑，孙曰："予亦有诗。"遂吟曰："江城二月暖融融，折角纱巾透柳风。不是风流学江左，年来塞马不生鬃。"二人相对而笑。

一 钱 觅 酒

金陵陈子文_藻号苍厓，家贫嗜酒。一日囊仅一钱，市酒饮之，作诗自嘲云："苍厓先生屡绝粮，一钱犹自买琼浆。家人笑我多颠倒，不疗饥肠疗渴肠。"

裁 缝 冠 带

有业缝衣者，以贿得奖冠带。顾霞山嘲之曰："近来仕路太糊涂，强把裁缝作士夫。软翅一朝风荡破，分明两个剪刀箍。"

钻 弥 远

史丞相弥远用事，选者改官多出其门。一日制阃设宴，优人扮颜回、宰予。予问回曰："汝改乎？"回曰："回也不改。"因问："汝何独改？"予曰："钻遂改，汝何不钻？"回曰："吾非不钻，但钻之弥坚耳。"予曰："汝钻差矣，何不钻弥远？"

庶 吉 士

万历中，有以贿改庶吉士者，院中作寓言讥之曰：昔孔子为馆选座师，齐宣王馈兼金万镒，因簪笔而就试焉。卷呈，孔子曰："王庶几改。"宰我食稻衣锦，私饷旧谷新谷，若于试日，倩游夏代笔，予直昼寝而已。已而送卷，孔子曰："于予与改。"颜渊善言德行，乃曰钻之弥坚，不若既竭吾才，吾见其进也。试毕阅卷，孔子以如愚置之，曰："回也不改。"他日回请故，曰："汝箪瓢陋巷，出寄百里之命足矣，何复望华选乎？"回因痛哭而死。

韩　侂　胄

韩侂胄恃扶日之功，兄弟专权，凡事自作威福，铨除皆不由内。会内宴，优人王公瑾曰："今日选人如客人卖伞，不油里面。"优人又为日者，选人问官禄之期，日者厉声曰："要大官须到大寒，要小官须到小寒。"理宗亦为启齿。

五　经　题

弘治中，程学士敏政主试，为给事华㫤等所劾，谓以题私鬻唐寅、徐经等。值公宴，优人持鸡出，曰："此鸡价值千金。"一人问曰："何鸡而价高如此？"优人曰："程学士家名为五更啼经题。也。"

头　场　题

万历丙午，蒋检讨、萧给事主浙试，一有力者以钱神买题中式。主试于锁闱日得罪杭郡公，郡公衔之，彻棘后，宴主试，预令优人刺之。其日演《荆钗记》，无从发挥。至承局寄书，李成问："足下何来？"局答曰："京城来。"成曰："有新闻否？"曰："关白内款矣。"成又问，局曰："贡方物矣。"成曰："何物？"曰："一猪。"成曰："一猪何奇而贡之？"曰："绝大。"成曰："驴大乎？"曰："不止。""牛大乎？"曰："不止。""象大乎？"又曰："不止。"成曰："大无过于此矣。"局曰："大不可言。且无论其全体，只猪头、猪肠、猪蹄，你道易价若干？"成曰："多少？"局曰："只头场题亦卖千金。"成曰："何人买得起？"局曰："一收古董人家。"盖指中式者董姓耳。蒋、萧闻之颊赤，不欢而罢。

善　天　文

张循王浚性善货殖，伶为术人善天文者云："世间贵人必应天象。用浑天仪窥之，则见星不见人矣。如无浑天仪，可用一铜钱代之。"令窥帝，曰："此帝星也。"窥秦桧，曰："相星。"韩世忠曰："将星。"至循王则曰："不见星。"众骇，再令窥之，曰："终不见星，但见张王在钱眼里坐。"满座大笑。按张循王家多银，每千两铸一球，目为没奈何。

鼻　头

吴下称奴为鼻头。嘉靖中，王氏仆吴一郎富而恣，以赀得官。尝乘四人轿赴姻家席，孝廉张伯起恶之。时有关白之警，伯起乃遽谓吴曰："近闻邸报，关白已就擒矣。"吴欣然来问，伯起曰："关白原是一怪，身长数十丈，腰大百围，截其头亦重数千斤，碎之而后能举也。"吴曰："那有此事。"伯起曰："只一个鼻头亦用四人抬之。"吴知其诮己，不终席而去。

僧　腊

僧家言僧腊者，犹言年岁也。诗云"僧腊阶前树"是也。又言戒蜡者，内典云：西方结夏时以蜡为人，其轻重相等。解夏之后，以蜡人为验，轻重不差，则为定念而无妄想，否则血气耗散，必轻于蜡人。故为之戒蜡，非年岁之腊也。

五　大　夫

五大夫乃秦爵之第九级者。按《史记》云"封其树为五大夫"，后人不解，谓松封大夫者五株。唐陆宣公《禁中松》诗云："不羡五株封。"李义山《五松驿》诗云："独下长亭念过秦，五松不见见舆薪。"遂漫延而不可解矣。惟《云谷杂记》引如曹参赐爵七大夫、迁五大夫为证，最为明白。

吴祀范蠡不当

吴江祀越范蠡、晋张翰、唐陆龟蒙为三高。或弹蠡云："匿怨友其人，丘明所耻；非其鬼而祭，圣经是诛。蠡越则谋臣，吴为敌国。鄙君为乌喙，目己曰鸱夷。变姓名为陶朱，逐锥刀于都市。乃假扁舟五湖之名，居笠泽三高之首。况当此无边胜地之上，岂应着不共戴天之仇。其视菰菜莼羹，敝屣名爵，笔床茶灶，短棹江湖者，岂容与之并驾临风，联镳钓雪耶？'可笑吴痴忘越憾，却夸范蠡作三高'。刘清轩之见讥固深；'千年家国无穷恨，只合江边祀子胥'。黄东浦之赐诮尤酷。所合褫其位，沉其躯，别议高尚充其祀。庶千载之流风益凛，三江之夜月增明。"元谢应芳上书饶介之，亦欲黜范蠡而以泰伯为主，配以仲雍、季札，张、陆二公列之从祀。其论甚善，惜饶未之行也。

齐　　己

僧齐己《听琴》诗云："万物都寂寂，堪闻弹正声。人心尽如此，天下自和平。"同时徐东野有诗云："我唐有僧号齐己，未出家时宰相器。爰见梦中逢武丁，毁形自学无生理。"如《听琴》绝句，正宰相诗也。

洞庭渔人

卓彦恭尝过洞庭，月下有渔舟棹其旁。彦恭问有鱼否，渔人曰："无鱼有诗。"乃鼓枻而歌曰："八十沧浪一老翁，芦花江水碧连空。世间多少乘除事，良夜月明收钓筒。"问其姓名，不答而去。

镜　　殿

《艺林伐山》：唐高宗造镜殿，武后意也。四壁皆安镜，为白昼秘戏之需。帝一日独坐,刘仁轨入奏事,惊走下阶,曰:"天无二日,土无二王。臣见四壁有数天子,不祥莫大焉。"帝命铲去,武后不悦。帝崩,后复建之。杨廉夫诗:"镜殿青春秘戏多,玉肌相照影相摩。六郎酣战明空笑,队队鸳鸯漾渌波。"胡应麟云:"六郎谓昌宗,明空即曌字耳。"但镜殿隋炀帝所造,《迷楼记》:帝设铜屏四周殿上,白昼与宫人戏乐,纤毫皆入屏中。高宗时武曌用事,中外谓之二圣。仁轨盖假此以讽之也。

题 诗 僧 庵

昔有人题诗山顶僧庵曰:"高山顶上一间屋,老僧半间龙半间。半夜龙飞行雨去,归来翻羡老僧闲。"明桃源陈朗溪题诗漳江寺曰:"吟遍三千洞,来眠四大床。白云钟鼓外,翻笑老僧忙。"二诗用意不同,然皆轻妙有味,不妨倒案。

虎 歌

弘治初,钱塘安溪山多虎患,县令猎人捕之,一日而获三虎。令献于镇守,镇守以美言奖之,以为善政所致,而令实贪墨。时俞鸣玉珩善谑,作诗嘲之曰:"虎告相公听我歌,使君比我杀人多。使君若肯行仁政,我自双双北渡河。"

刘 菊 庄

杭刘士亨泰号菊庄,善诗。《七修类稿》载其二绝句,语亦警拔。《咏秋莺》云:"紫陌曾听驻马蹄,王孙金弹杏花西。秋声不似春声好,莫恋斜阳尽意啼。"盖讥不知止者。又《咏秋茄》云:"傍叶依花紫实圆,天生佳味压肥鲜。如何秋晚无人采,老在凉风白露边。"寓时无知己意。

坚瓠丙集序

　　稼轩先生多闻博学，能绍美乎其前人，故知稼轩者以后进好事儒者称之，予闻而然之。及观所编《坚瓠集》，凡其睹记所及古今人轶事与语言文字之可资谈柄者悉载焉，而劝戒之意即寓于中，使读者或时解颐抚掌，或时骇目惊心，乃益信此真儒者好事之所为也。夫人而非儒者惟恐其好事，而儒者则惟恐其不好事。盖为仕为学皆儒者事，不得仕则终于学而已，苟非好事，安能于学无遗事乎？乃先生则曰：吾非好事也。吾幸值太平无一事之时，聊借闲笔墨以销此闲日，故书成而取义于物之无用如坚瓠者以名其篇。噫！儒者之书岂无用之书？儒者岂无用之人？虽学优不仕，疑于匏系，然儒者自命即不见用于世，要当立言以垂不朽。稼轩著述甚富，有《续圣贤群辅录》及《鼎甲考》若干卷，秘未授梓，此区区十篇，犹末耳。且如瓠之为物，至老而坚，始适于用。今稼轩穷且益坚，必且老当益壮，是正世所宝为硕果者也，瓠云乎哉！请以斯言质诸知稼轩者。同学子庵毛宗岗序始氏漫题。

赵　　序

　　昔唐山人以瓢贮诗，诗成即塞瓢口，弃之江流，祝曰："有能得我诗瓢者，知余一片苦心矣。"不审瓢在江流中，亦有得之而读其诗者乎？予自虞山解组，寓吴门，扫轨谢客，日焚香煮茗，开卷与圣贤相晤对。一日褚子学稼持《坚瓠集》见示，一再读之，如历万壑千岩，令人应接不暇。不觉喟然兴叹曰：学稼之瓠与山人之瓢同乎否耶？今人于圣经贤传、言理谈道之书，一见辄倦，再见即思睡矣。惟稗官野史，津津不厌。斯集略似稗官野史者流，其所记载上自古今人物之迹，下迄里巷诙谐之辞，兼收博采，洪纤毕举，皆有裨于世道人心，而无怪诞不经之说。倘能即一事而生悟，即一言而兴感，其引人为善之法，较捷于圣贤理道之训，则学稼之瓠，讵可与山人之瓢同语。予故谓瓢之弃不若瓠之坚也。是为序。（此篇据柏香书屋本补）

丙集卷之一

戒　石　铭

《戒石铭》始于蜀主孟昶颁令箴于州邑,其文云:"朕念赤子,旰食宵衣。言之令长,抚养惠绥。政存三异,道在乙丝。驱鸡为理,留犊为规。宽猛得所,风俗可移。无令侵削,无使疮痍。下民易虐,上天难欺。赋役是切,有国是资。朕之赏罚,固不逾时。尔俸尔禄,民膏民脂。为民父母,莫不仁慈。勉尔为戒,体朕深思。"至宋太宗择取"尔俸尔禄,民膏民脂。下民易虐,上天难欺"四句颁行天下。至高宗绍兴间,复以黄庭坚所书命州县长吏刻铭座右。明高皇则命立于甬道,面镌"公生明"三字,以为守令警戒。欧阳《集古录》云:"戒碑起于唐明皇,特不见其词。"《贵耳集》云:"泰陵哲宗书《戒石铭》赐郡国。"陈眉公作宋太祖立。郎仁宝《七修》云:"元至元中,浙西别有四句:天有昭鉴,国有明法,尔畏尔谨,以中刑罚。"

土　　产

云南大理府出石屏,官其地者每劳民伤财,载以馈人。明李邦伯独寓意于送行诗,有"相思莫遣石屏赠,留刻南中德政碑"句。河南土产麻菰、线香,宦游者每取为馈。于肃愍公巡抚其地,绝无所取,有诗云:"手帕麻菰与线香,本资民用反为殃。清风两袖朝天去,免得闾阎话短长。"夫世之巧宦不无并土地括去者,些些土产,二公犹以为不可,则廉贪相去奚啻天渊。留刻德政、清风两袖,近惟江南巡抚潜庵汤公斌足以当之。

鸲　鹆　蚯　蚓

《水南翰记》:成化中,南京国子监有鹆鸣,祭酒周洪谟令监生能捕者放假三日，人目为鸥鸧公。其后刘俊为祭酒，好食蚯蚓，监生名之曰蚯蚓子。

同时南京院妓吴娟，举止轻捷，人呼为蝴蝶儿，时以为对。

啖　评

临川傅平叔占衡，弱冠能文，风气遒上，尝戏为《啖评》，不减晋人排调，录之以资雅噱。评曰："涂若水如深渊大泽，初无虚满。刘文伯如膏霖八亩，徐疾相更。吴兑奇如武后宣淫，但恨其少，又如刘雍嗜痂，不惜他人流血。李至昆如无当之管，万石难盈。刘武叔如初习苍鹰，一往奋击。周子会如饥马竞刍，蹄啮不驯，又如席间斗犬，直令四坐缩足。涂伯子如勇卒趋焚，头额无恙。张八和如人面疮，日食四两肉，虽费用不多，而求取可厌。周开甫如辉庵翟阍，恒处惠后，又如怯卒无级，收骨而已。李苍卿如千里马驶，有足无尘，又如羊角风起，巨野为墟，又如措大啖蔗，欲滓成粉。席弼可如腹脐似口，不能容受，又如进兵咸阳，但阻函谷。"

人谓健啖者腹中有肉磨。见《文身表异》。

太 平 皇 帝

建平四年，妖贼王始聚于太山，自号太平皇帝，父同为太上皇，兄休为征东将军，太为征西将军。慕容德讨擒之，人谓之曰："何为妖妄，自贻族灭？父及兄弟何在？"始曰："太上皇蒙尘在外，征东、征西为乱兵所害。如朕今日，复何聊赖。"其妻怒曰："止坐此口，以至于此。"始曰："皇后，自古及今岂有不亡之国哉！"

爱 妾 换 马

唐酒徒鲍生多蓄声妓，开成初，以梦兰、小倩随行历阳道中，止定山寺。遇外弟韦生下第东归，骏马孔阜，同憩水阁，鲍置酒。顷之，二双鬟抱胡琴、方响而至，坐鲍生之右，拟丝击金，响亮溪谷。酒酣，乃停杯命烛，阅马于轩槛前。鲍抚掌大悦。韦戏鲍曰："能以人换，任选殊尤。"鲍欲马之意切，密遣四弦更衣盛妆而至，命捧酒劝韦生，歌一曲云："白露湿庭砌，皓月临前轩。此时颇留恨，含思独无言。"又歌送鲍生酒云："风飐荷珠难暂圆，多生信有短姻缘。西楼今夜三更月，还照离人泣断弦。"韦乃召御者牵紫叱拨以酬之。鲍意未满，往复正频，有紫衣冠者二人，导从甚众，自水阁之西升阶而来。鲍、韦以寺当星使交驰之路，疑大僚夜至，乃恐悚入室，阖户以窥之，而杯盘狼藉，不暇收拾。紫衣即席，相顾笑曰："此即向来指妾换马之筵乎?"命酒对饮。一人须髯甚长，持杯望月，请赋其事，命折庭前芭蕉一片，启书囊抽毫以操之。长须者唱云："彼美人兮如琼之英，此良马兮负骏之名。将有求于逐日，故何惜乎倾城。香暖深闺，未厌桃夭之色;风清广陌，曾怜喷玉之声。"紫衣曰："原夫人以矜其容，马乃称其德。既各从其所好，谅何求而不克。长跪而别，姿容休耀其金钿;右牵而来，光彩顿生于玉勒。"长须曰："步及庭砌，立当轩墀。望新恩惧非吾偶也，恋旧主疑借人乘之。香散绿骢，意已忘于鬓发;汗流红颊，爱无异于凝脂。"紫衣曰："是知事有兴废，用有取舍。彼以绝代之容为鲜矣，此以轶群之足为贵哉。买笑之恩既尽，有类梦焉;据鞍之力尚存，犹希进也。"赋讫，芭蕉尽。韦生发箧取红笺跪献庑下，二公惊曰："幽显路殊，何见逼若是?"骇问其名，则谢庄、江淹也。言讫不见。事见唐陈翰《异闻录》及《才鬼记》。但古乐府已有梁简文《爱妾换马辞》，注曰："古辞，淮南王作。"则知非唐事矣。

又《诚斋杂记》：后魏曹彰性倜傥，偶逢骏马，爱之，马名曰鹊，其主所珍也。彰曰："彰有美妾相换，惟君所择焉。"马主因指一姬，遂换之。后人作《爱妾换马诗》，奏之管弦。《文苑英华》有陈标诗曰："粉阁香销华厩空，忍将行雨换追风。休嫌柳叶双眉绿，却爱桃花两耳红。侍宴永辞春色里，趋朝休立漏声中。恩劳未尽情先尽，暗泣长嘶两意同。"《七修》作张祜诗。

又《鸿书》：苏子瞻谪黄州，蒋运使钱之。子瞻命婢春娘劝酒，蒋问春娘去否，子瞻曰："欲还父母家。"蒋曰："公行必须马，乞以马易春娘,可乎?"子瞻诺之。蒋题诗云:"不惜霜毛两雪蹄,等闲分付赎蛾眉。虽无金勒嘶明月,却有佳人捧玉卮。"子瞻答诗曰:"春娘别去太匆匆,无限离情此夜中。只为山行多险阻,故将红粉换追风。"春娘亦赋一绝云:"为人莫作妇人身,苦乐无端总属人。今日始知人贱畜,君前碎首又何嗔。"遂下阶触柱而死。三诗本纪不载。

妾 易 带

《南唐近事》:宰相严续多歌姬,给事中唐镐有通天犀带,皆一代尤物。唐有慕姬之色,严有欲带之心。因雨夜相第有呼卢之会,唐适预焉。严命出姬解带,较负于一掷,举座屏气,观其得失。六骰数巡,唐彩大胜,乃酌酒命美人歌一阕而别。严怅然遣之。

红 叶 题 诗

《本事诗》:顾况在洛,闲游苑中,水上得大梧一叶,有诗云:"一入深宫里,年年不见春。聊题一片叶,寄与有情人。"况亦题一叶泛之波中,曰:"花落深宫莺亦悲,上阳宫女断肠时。帝城一作君恩。不禁东流水,叶上题诗寄与谁?"后有客寻春苑中,又得叶上一诗,以示况云:"一叶题诗出禁城,谁人酬和独含情。自嗟不及波中叶,荡漾寻春次第行。"后况娶宫人韩氏,成婚后,于况书箧得前叶,惊曰:"此妾所题也。向日妾亦于水中得一叶。"况索观之,即况所题者。时人相讶其异云。

又《云溪友议》:明皇时,贵妃宠盛,秦虢诸姨,往来禁中,宫人怨悴,有题红叶随沟水流出者。诗云:"旧宠悲秋扇,新恩寄早春。聊题一片叶,寄与枕一作接。流人。"为顾况所得。况亦题诗,即前四句,无后复出之事。内官得诗,因达圣聪,遣出宫人韩凤儿等甚多。

《山堂肆考》:唐僖宗时,诗人于祐晚步禁沟,拾一红叶,上有诗云:"流水何太急,深宫尽日闲。殷勤嘱红叶,好去到人间。"祐亦题一叶,置沟上流,有"深宫叶上题红怨,付与清流欲寄谁"句,为宫女韩翠蘋所拾。后祐为丞相韩泳馆客,值帝放宫女三千人,泳闻翠蘋有才学,又同姓,作伐嫁祐。成礼后,翠蘋检笥见叶异之,各出所得相示。泳闻之,复为祐开宴,叙宾相庆,戏语祐曰:"二人今日可谢媒矣。"翠蘋又咏一绝云:"一联佳句随流水,十载幽思满素怀。今日得成鸾凤侣,方知红叶是良媒。"《云溪友议》又谓流水句,宣宗朝舍人卢渥事。

王性之铚《侍儿小名录》:贞元中,进士贾全虚黜于春官,偶临御沟,见一花流至,拾之,香馥颇异。旁连数叶,上有一诗,笔迹纤丽:"一入深宫里,无由得见春。题诗花叶上,寄与接流人。"全虚得之,企想其人,不能离沟上。卫吏疑而白之金吾,奏其事。德宗令人细询之,乃翠筠宫奉恩院王才人养女凤儿所书。诘其由,云:"初从母学《文选》、《初学记》,及慕陈后主、孔贵嫔为诗。数日前临水折花,偶为宫思。今事露,宜死。"德宗为之恻然,召全虚授金吾卫兵曹,以凤儿赐之,并院资赐焉。

《北梦琐言》载:进士襄阳李茵偶游宫苑,见红叶御沟流出,上有题诗,即流水一首。茵收贮书囊。后僖宗幸蜀,茵寓南山民家,见一宫娥,自云宫中侍书,名云芳子,有才思。茵与之款接,见红叶,惊曰:"此妾所题也。"同行诣蜀,及绵州,逢内官田大人,识之曰:"侍书何得在此?"逼令上马,与之前去。茵甚怏怏。其夕宿逆旅,云芳复至,曰:"妾已重赂田某,求得从君矣。"乃与俱归襄阳。数年,茵疾笃,有道士言茵面有邪气。云芳子自陈:"往年绵州相遇,实已自缢而死,感君之意,故相从耳。人鬼殊途,何敢贻患于君。"置酒赋诗,告辞而去。

《玉溪编事》:蜀尚书侯继图未第时,登大慈寺楼,倚阑远望。忽木叶飘坠,上有诗云:"拭泪一作翠。敛蛾眉,一作愁娥。为郁心中事。搦管下庭除,书成相思字。此字不书石,此字不书纸。书向秋叶上,愿逐秋风起。天下有心一作情。人,尽解相思死。天下负心人,不识相思意。有心与负心,不知落何地。"继图藏之笥中。后与任氏为婚,偶吟前句,任曰:"此妾昔日戏书梧桐叶上诗,从何见之?"继图检叶示任,任大异之。《谈薮》疑或一事而传者各异。《七修》备载其事,而不及贾全虚。顾、于、贾事同诗同,顾、于所娶宫人姓同,顾、贾宫人又同名凤儿,李茵疑即卢渥之事。若侯继图诗既不同,事亦各异,又未可以题叶而即以为一事也。

陶 縠 词

周世宗遣陶縠使江南,以假书为名,实使觇之。李谷以书抵韩熙载云:"五柳公骄甚,宜为之备。"縠至,如其言。熙载云:"陶秀实非端介者。"乃遣歌姬秦弱兰诈为驿卒女,敝衣竹钗,拥帚洒扫。縠因与通,作《风光好》词赠之曰:"好姻缘,恶姻缘,只得邮亭一夜眠。别神仙。　琵琶拨尽相思调,知音少。再把鸾胶续断弦,是何年?"后李主宴陶于澄心堂,命巨杯酌陶,陶毅然不顾。徐出弱兰侑酒,命歌前词。縠闻之大沮,即日北归。

妇 人 朱 粉

妇人修容不知起于何代,及观《诗》云"岂无膏沐,谁适为容",《庄子》云"天子之侍御,不爪揃,不穿耳",则是涂面、油发、穿耳、带环,自古已然。《前汉·佞幸传》:籍孺、闳孺傅脂粉以婉媚幸上。梁朝子弟,无不薰衣剃面、傅粉施朱。男子且然,而况妇人乎?唐虢国夫人美质不施脂粉,少陵诗"却嫌脂粉污颜色,淡扫蛾眉朝至尊"。白香山有《时世妆》歌。时世妆出自宫中,传四方,惟崔枢夫人治家严肃,贵贱皆不许时世妆。至后周禁天下妇人皆不得粉黛,惟黄眉墨妆而已。

《日札》载:美人妆面既傅粉,复以胭脂调匀掌中,施之两颊。浓者为酒晕妆,浅者为桃花妆。薄薄施朱,以粉罩之,为飞霞妆。梁简文诗有"分装开浅靥,绕脸傅斜红"之句。

髻 异

《晋志》:皇后则假髻步摇。注:"步摇,首饰也。"《前燕录》:燕代多冠步摇冠。《长恨歌》有"金步摇"。

《焦氏类林》载：贵妃以假鬓为首饰，曰义髻。唐僖宗时内人束发甚急，为囚髻。唐妇人梳发以两鬓抱面，为抛家髻。

《三梦记》：唐宫中髻名闹扫妆，形如焱风散鬙，盖盘鸦、堕马之类。唐人诗云："还梳闹扫学宫妆，独立闲庭纳夜凉。手把玉钗敲砌竹，清歌一曲月如霜。"

吾苏妇人梳头，有牡丹钵盂之名，鬓有闹花如意之号。吴梅村先生有《咏牡丹头·南乡子》云："高耸翠云寒，时世新妆唤牡丹。岂是玉楼春宴罢，金盘，头上花枝斗合欢。　着意画烟鬟，用尽玄都墨几丸。不信洛阳千万种，争看，魏紫姚黄总一般。"近则括束甚紧，谓之懒梳妆。

上　头

女子之笄曰上头。花蕊夫人《宫词》："年初十五最风流，新赐云鬟使上头。"而娼家处女初得荐寝于人亦曰上头，今俗谓之梳栊。

女子初破体曰破瓜。破瓜见《比红儿》诗话。

月　事

天癸曰月事。《黄帝内经》："女子二七而天癸至，月事以时。"下又曰："女子不月。"《史记》：济北王侍者韩女病月事不下，胗其肾脉，啬而不属，故曰月不下。又程姬有所避，不愿进。《释名》云："天子诸侯群妾以次进御，有月事者止不御，更不口说，以丹注面的为识，令女史见之。"王粲《神女赋》："施玄的，结羽钗。"即上所云也。玄的，《艺文类聚》作华的。又王建《宫词》云："密奏君王知入月，唤人相伴洗裙裾。"入月二字尤新。

陈眉公《群碎录》云：绊姿，妇人有汗也。绊变，月事也。按绊变见《汉律》。

《妆楼记》：红潮，谓女子桃花癸水也。

缠　足

缠足谓始于妲己。《古今事物考》谓：妲己，狐精也。一作雉精。犹未变足，以帛裹之，宫中效焉。其说甚诞。《墨庄漫录》云：妇人之缠足起于近世，前此书传皆无所载。六朝词人多体状美人容色之姣好，妆饰之华丽，无一言及缠足者。韩偓《香奁集》有《咏屧子》诗云："六寸肤圆光致致。"唐尺短，以今校之，亦自小也，皆不言其弓。惟《道山新闻》云：李后主宫嫔窅娘，纤丽善舞。后主作金莲，高六尺，饰以宝物，细带缨络，令窅娘以帛绕脚，纤小屈上，作新月状。素袜舞云中回旋，有凌云体态。唐镐诗曰："莲中花更好，云里月长新。"因窅娘作也。由是人皆效之，以纤弓为妙。以此知扎脚自五代以来方为之。杨升庵谓起于六朝，引乐府《双行缠》词云："新罗绣行缠，足趺如春妍。他人不言好，独我知可怜。"张禹山云：《史记》有临淄女子弹弦缠足，则古已有之。曹子建《洛神赋》："凌波微步，罗袜生尘。"《晋书》：履有凤头、重台、分稍之制。唐诗有"便脱鸾靴出翠帷"句。李义山诗云："浣花溪纸桃花色，好好题诗咏玉钩。"杜牧之云："钿尺裁量减四分，碧琉璃滑裹春云。五陵年少欺他醉，笑把花前出画裙。"段成式诗云："醉袂几侵鱼子缬，影缨长戛凤皇钗。知君欲作闲情赋，应愿将身托锦鞋。"唐人又有"慢移弓底绣罗鞋"之句。则缠足非始于五代明矣。

《七林》咏美人足饰云："文綦彩缲，绘袜罗縢。"缲足衣，縢足缠。

金　钗　十　二

唐人诗多用金钗十二，如白香山酬牛思黯诗："钟乳三千两，金钗十二行。"十二行或言六鬟耳，齐肩比立，为钗十二行。然梁武帝《河中之水歌》云："洛阳女儿名莫愁，头上金钗十二行。"是以一人带十二钗也。又《南史》载：齐周盘龙伐魏有功，高帝送金钗十二枚与其爱妾杜氏，手敕云："饷周公阿杜。"此事甚佳，罕有用者。

细　腰

《墨子》云："楚灵王好细腰，其臣皆三饭为节。"《韩非子》云："楚灵王好细腰，而国有饿死人。"《尹文子》云："楚庄王好细腰，一国皆有饥色。"刘禹锡《踏歌行》云："为是襄王故宫地，至今犹自细腰多。"细腰一事而载三王，何祖孙所好之同耶？抑记者之误耶？

袜

袜，妇人胁服也。沈约诗："额上蒲桃绣，腰中合欢绮。"隋炀帝诗："锦袖淮南舞，宝袜楚宫腰。"卢照邻诗："娼家宝袜蛟龙被。"谢偓诗："细风吹宝袜，轻露湿红纱。"意俗所谓抹胸也。崔豹《古今注》："袜谓之腰彩。"引《左传》"袒服戏于朝"，近身衣也。腰彩疑即暖腰之类。

段成式云："见说自能裁袙肚，不知谁更着帩头。"注："袙肚，今之裹肚也。"

裈　袴

裈即袴也。古人袴皆无裆，女人所用有裆者，其制起自汉昭帝时。上官皇后为霍光外孙，欲擅宠，有子，虽宫人使令皆为有裆之袴，多其带，令不得交通，名曰穷袴。乐府所云"爱惜加穷袴，防闲托守宫"是也。今男女皆服之矣。

空定慧箴

明弘治己酉，顺天乡试，申明禁约，文章内不许用"空定慧"三字，以涉禅语。或仿郑五歇后体以自箴曰："回也其庶乎屡，此下一字真可除。君不见，今之所禁则国虚。当年夫子犯了，鄙夫问于我如。"

"少之时,血气未,此下一字只合涂。君不见,今之所禁天下恶乎。当年曾子犯了,一人债事一人国叶孤。""言不及义好行小,此下一字浑不是。君不见,今之所禁虽有智,当年孟子犯了德术智。"

刀 笔 辨

《万花金谷》:长洲镌工马士龙,与钱塘佣书人郭天民同集吴叔华家,马长而郭幼,郭不之让,与争坐。马曰:"小子敢我抗耶? 我闻刀笔吏,抑刀在前乎? 笔在前乎?"郭曰:"老儿敢欺我耶? 我有笔如刀,抑笔在前乎? 刀在前乎? 且汝非我笔,能奏刀乎?"马语塞,竟让郭坐。

画 作 妆 奁

某善丹青,有女及笄,不置一物,作《举案齐眉图》一幅,题一诗,携其女以适其夫。诗云:"婚姻只见斗豪华,金屋银屏众口夸。转眼十年人事变,妆奁卖与别人家。"

弄 瓦 诗

无锡邹光大连年生女,俱召翟永龄饮。翟作诗云:"去岁相招云弄瓦,今年弄瓦又相招。寄诗上覆邹光大,令正原来是瓦窑。"

典 淮 郡 谢 启

宋文本心典淮郡,景物萧条,谢贾似道启有云:"人家如破寺,十室九空;太守若头陀,两粥一饭。"

卓 沃 诗

西蜀卓沃饱学而贫,家徒四壁。一日,有盗入其家,沃知,吟诗以示之曰："夜静钟残月色昏，有劳带剑入寒门。诗书腹内余千卷，珠玉床头没半分。低语已惊黄犬吠，轻行不损绿苔痕。多情知我凄凉事，不及披衣起送君。"盗笑而去。后应四川乡试，至巫江搭船乏钞，稍子辱之，令宿于舟尾。沃以诗自悼曰："搭船谁敢道心酸，稍尾中间一斗宽。缩颈睡时如凤宿，屈身坐处似龙蟠。九天雨下浑身湿，五夜风生透体寒。最是有钱真个好，官舱里面乐盘桓。"将登岸，稍子故意开之，竟跌水边，众笑之。沃又吟曰："一到江边船便开，天公为我洗尘埃。时人莫笑衣衫湿，乍向龙门跳出来。"入试毕，及揭榜，以《春秋》中亚魁，春榜登进士第，授职云贵，过巫江，舟子已早避矣。乃拘其母，禁之十日不出，复执其妻。次早投见，沃乃断之曰："禁母十日，拘妻一宵。倚门之望何疏，结发之情何厚。往辱儒生，今违孝道。用申法律，以警将来。"遂杖而释之。

陆　世　明

长洲陆世明俊才藻思，声称藉甚。举于乡，赴南宫下第归，过临清钞关，错认为商，令纳税。陆即书一绝呈主事云："献策金门苦未收，归心日夜水东流。扁舟载得愁千斛，闻道君王不税愁。"主事见诗惊愧，亟迎入，款赠甚厚。又金陵一妓能诗，善鼓琴，以月琴自号。世明过其家，口占《点绛唇》赠之云："三尺冰弦，夜深弹破青天窍。意中人杳，只有清光到。　　云雨无缘，总是相思调。愁怀抱，嫦娥心照，诉与他知道。"

顾成章俚语

常熟顾成章善戏谑，能以俚句为诗。尝咏贫家姑嫂不合以致分居者云："姑姑嫂嫂会虀糟，日日虀糟要八刀。拆散一双生鸭对，分开十只小鸡淘。除灰豆亦论颗数，换粪油还逐滴撩。只有喜神无用处，大家都把火来烧。"又咏人家不检束使女云："两脚虀糟拖破鞋，啰乖像甚细娘家。手中托饭沿街吃，背上驮儿着壁捱。隔户借盐尝讨碟，对门兜火弗担柴。除灰换粪没雕当，扯住油瓶撮撮筛。"此等皆吴音撮合者，可谓曲尽。

枷　诗

陆厨之子因不避邑长，被责而枷之，臧晋叔为诗曰："陆厨今岁苦多端，头向青松木里钻。日出乍看台少脚，夜行不怕井无栏。濛松细雨衣难湿，料峭东风颈不寒。更有一般堪叹处，入时容易出时难。"

秽韵雪偈

云栖四面皆山，积雪之后，真银色世界也。有禅者谓莲池师曰："今居秽土求净邦，还许出秽语求净偈否？"师可之。因出韵云"狗丑韭酒纽"。师随出偈云："万山无人纵腐狗，顽石高低尽遮丑。糁遍苔痕白似毡，压翻蒲叶青如韭。寒膏时煮竹炉茶，洁体不陪金帐酒。水晶城外一声梆，玉关顿地开银纽。"偈毕，禅众大悦。

尼嫁士人

《驹阴冗记》：饶州有尼嫁士人张生，乡人戴宗吉为诗贻之曰："短发蓬松绿未匀，袈裟脱却着红裙。于今嫁与张郎去，赢得僧敲月下门。"闻者称快。

诗嘲朝臣

武昭伯曹钦，太监曹吉祥侄也。恃迎复功，升伯爵，虎而翼矣，凭意凌人，锦衣卫指挥逯杲与都御史寇深每事裁抑之。天顺辛巳七月二日遂反，幸达官马亮闻变告恭顺侯吴瑾，瑾告怀宁伯孙镗，进本达上，得不启门。五鼓，钦已横杀于街，举火攻门。朝臣都避走，逯、寇二公首被杀僇，李阁老贤被执，频拟以刃，寻释之。索尚书王翱甚急，王在一室，窘迫无措。主事朱文范长大有力，遽负王逸去，始得免。

比天明,孙镗会兵战于四牌楼,至暮乃平,恭顺侯亦战死。京师时有诗云:"曹奴此日发颠狂,寇逐诸公死亦当。学士叩头如吠犬,谓李贤。尚书锁项似牵羊。谓王翱。万安屈膝称三叔,恭顺当胸战一场。寄与满朝当道者,将何面目见吾皇。"后翱擢文范于要津,时呼为驮官人。

龙　华　会

四月八日,俗传为释迦生辰,各建龙华会。以小盆坐铜佛,浸以香水,而复以花亭,铙鼓迎往富家,以小杓浇佛,提唱偈诵,布施钱财。有高峰和尚偈曰:"呱声未绝便称尊,搅得三千海岳昏。恶水一年浇一度,知他雪屈是酬恩。"

井　珠

《辍耕录》云:人欲娶妻而不得,谓之寻河觅井。已娶而料理家事,谓之挑雪填井。男婚女嫁,财礼奁具种种不可阙,谓之投河奔井。又云:奴仆初来时曰走盘珠,言不拨自动。稍久曰算盘珠,言拨之则动。既久曰佛顶珠,言终日凝然,虽拨亦不动。此虽俗谚,实切事情。

七　字　吟

顺治丁酉,南场乡试,吾乡有杨姓者获隽,因其头歪,人遂作七字吟以嘲之曰:"侧,吹音痴。笛,听隔壁,思量弗出,颈里摸跳音条。虬,圈棚船立弗直,我是梁山阮小七。"

岁　朝　词

吾乡熊元明先生讳秉鉴,戏作《岁朝词·黄莺儿》曰:"定去声。冻五样头,煨鸭蛋,噪煮韭,萝卜白鲞鸡来凑。糟鱼少头,瓜虀没油,围炉火燉生泔酒。饿吼吼,接道连碗,个个踏阳沟。"

上 巡 按 诗

正德中，浙江有神童，年八岁，聪慧能诗。上巡按诗云："几欲乌台见上官，心惊胆战事多端。九天雨露三春暖，一道风霜六月寒。俯仰文星冲北斗，喜看明月照冰盘。已知海上金鳌见，愿赐书生一钓竿。"

观 灯 对

永乐中，溧阳彭印山六岁以神童征至京师，上御奉天门外观灯，召彭，出对曰："灯明月明，大明一统。"彭应声曰："君乐臣乐，永乐万年。"上大奇之，赐予甚厚。

奇 对

陆浚明粲幼善属对，一日，同陆象孙会客，两客对弈饮酒。客曰："围棋赌酒，一着一酌。"客无以应。粲即曰："坐漏观书，五更五经。"又一客曰："弹琴赋诗，七弦七言。"

人 中 龙

吾郡蒋焘，年十一为府学生，遇圣节，赴玄妙观习仪。巡按某见二鹤飞集三清殿，命焘云："三清殿上栖双鹤。"焘应声曰："五色云中驾六龙。"御史惊叹曰："他日人中龙也。"

惊 怖 越 席

蔡君谟招陈烈、李觏饮于望海亭，以歌妓侑酒。方举板一拍，烈惊怖越席，攀木逾垣而去。觏作诗嘲之，有"山鸟不知红粉乐，一声檀板便惊飞"之句。烈闻而投牒云："李觏本无士行，辄造宾筵。诋释氏为妖胡,指孟轲为非圣。按圣经云,非圣人者无法,合依名教,肆诸市朝。"君谟览牒大笑。

讽夏严谚语

夏桂洲言、严介溪嵩方柄用时,互相倾轧,京师有谚曰:"夏桂洲,不知休,晴天不肯走,直待雨淋头。""严介溪,不知机,善恶到头终有报,只争来早与来迟。"先后十余年,二人相继覆败,一符其言。又传贵溪临刑时大雨如注,西市水深三尺,应"雨淋头"之谚。

《涌幢小品》载:贵溪八字壬寅丁未丙寅壬辰。少时有江西星士王玉章推其造,批云:"如今还是一书生,位至三公决不轻。莫道老来无结果,君王还赠一车斤。"

游仙梦

司马温公为定武从事,同幕私幸官妓,公讳之。会僧庐公柽道潜窥,妓逾墙去,公戏之曰:"年去年来来去忙,暂偷闲卧老僧房。惊回一觉扬州梦,又逐流莺过短墙。"

速死托生

程师孟尝请于王介甫曰:"公文章命世,某幸与公同时,愿得公为墓志,庶传不朽。"王问:"先正何官?"程曰:"非也,某恐不得常侍左右,预求以俟异日。"又王雰死,张安国披发借草哭于柩前,曰:"公不幸未有子,今夫人有娠,某愿死托生为公嗣。"京师嘲曰:"程师孟生求速死,张安国死愿托生。"

割股放生

王荆公为相,每生日,朝士献诗为寿。光禄卿巩申笼贮雀鸽,揩笏开笼,每一雀一鸽叩齿祝之曰:"愿相公一百二十岁。"时有边帅之妻病,虞候割股以献者。时嘲之曰:"虞候为夫人割股,大卿与丞相放生。"

嫁 妇 休 妻

《倦游录》:王荆公子雱为太常太祝,有心疾,娶妻庞氏,未尝相接,独居小楼焚香礼佛。荆公怜而嫁之。时工——作兵。部员外侯叔献,荆公门人也,再娶槐氏而悍,侯死,荆公恐其虐前妻之子,奏而出归母家。京师谚曰:"王太祝生前嫁妇,侯工部死后休妻。"

妇 人 诗 词

《七修类稿》载:广信道中有杭妇金丽卿诗云:"家住钱塘山水图,梅边柳外识林苏。平生惯占清凉国,岂料人间有暑途。"又宝祐间,有余淑柔题《浪淘沙》于临川驿壁,云:"雨溜一本下有和字。风铃,滴滴丁丁,酿成一纸别离情。可惜当年陶学士,孤负邮亭。　　边雁带秋声,音信难凭,花须偷数卜归程。料得到家秋正晚,一作好。菊满寒城。"

和 靖 七 世 孙

林可山自称和靖七世孙。和靖不娶,已见梅圣俞序中。姜石帚作诗嘲之曰:"和靖当年不娶妻,因何七世有孙儿? 若非鹤种并梅种,定是瓜皮搭李皮。"今之通谱,亦可谓瓜皮搭李皮矣。

咏 月

《万花金谷》载张亝咏月诗亦有致:"欲赊美酒邀明月,又恐邻家索酒钱。归与妻儿斟酌定,闭门推出月边天。"

判　妓

东坡摄署钱塘，有妓号九尾狐者，一日下状解籍。坡遂判云："五日京兆，判断自由。九尾野狐，从良任便。"又一名妓亦援例求落籍，坡判云："敦召南之化，此意可嘉；空冀北之群，所请不允。"闻者大笑。

半　边　月

建文帝初生，顶颅颇偏，高皇视之，心甚不悦。尝抚而名之曰"半边月儿"，每虑其不克终。或以诗对试之，一夕与懿文同侍高皇侧，命咏新月，懿文云："昨夜严陵失钓钩，何人移上碧云头。虽然不得团圆相，也有清光遍九州。"建文云："谁将玉指甲，掐破碧天痕。影落江湖里，蛟龙不敢吞。"高皇览之不悦。未几懿文薨，建文帝又出亡，皆应其语。又一日，与文皇同在禁中观猎，马疾驰而过，高皇出句曰："风吹马尾千条线。"建文云："雨打羊毛一片毡。"文皇曰："日照龙鳞万点金。"语虽俱工，而气象则让文皇矣。

和　靖　墓

宋林处士和靖隐居西湖之孤山，以梅为妻，以鹤为子。朝廷锡以粟帛，古今高其梅诗，清高莫比。后宦游于杭者，或妾或女，死多葬其地，故累累于林墓之前。后有士人题诗云："太乙宫前处士家，于今换作宫人斜。想因孤屿人清绝，故使桃花照命耶。"

感　慨　诗

刘后村诗云："刮膜良方值万金，国医曾费一生心。谁知鬌髻携篮者，也有盲人问点针。"又高骈诗云："炼汞烧银二十年，至今身在药炉边。不知子晋缘何事，只学吹箫便得仙。"二作立意相同，感叹不遇。

纸 莲 船

宸濠曾赏元宵，用纸造莲船一只，头设二狮子，口俱衔钱，旁列五道士，冠皆斜侧，一竿半清，至尾则否。遍游各街，问有晓其意者召来。一士见之云甚有意，召去问之，对曰："好一白莲船，两司俱要钱。五道官不正，一竿清不全。"濠喜留宴，赏元宝一个。盖江西有五道太守，姓甘，初政颇清故云。

城隍墙上画

洪武间，金陵有人画僧顶一冠，一道士顶十冠，鬔松其发，一断桥，甲士与民各左右立而待渡，揭于城隍庙墙上。高皇闻之，敕教坊司参究其事。以奏云："僧顶冠，有官无法。道士十冠，官多法乱。军民立桥边，过不得。"自后法网稍宽。盖以滑稽而谏者。

改神童诗

顺治中，吾乡一孝廉性落拓不检，为诸无赖事。一日，与僧争一娈童不胜，遂缚僧归，锁木墩上，为僧所讼，诬以叛逆，以木墩及串戏蟒衣为证。追捕至家，僧犹在室，负墩至官，下石者众，罪不可逭。时有改神童诗者曰："一举墩头日，双僧未老时。蟒衣归库里，端的为男儿。"身列贤书，不知自好，以至此极，书之以示戒焉。

卞 三 韭

姚三韭本姓卞，博学善诗，馆于怀氏，有女常窥之，卞不顾。一日，晒履于庭，女作诗纳其中，卞得之，即托故辞归。怡杏翁作诗咏其事，有"一点贞心坚匪石，春风桃李莫相猜"之句。卞不受诗，答书辨其无此事。其子谌及曾孙锡皆登进士，历显官，科第不绝云。

如 梦

叶祖佥隽声，尝曰："世间有不分晓事。"吾因咏一联云："醉来黑漆屏风上，草写卢仝《月蚀》诗。"后以多语去官，独西湖二三僧相善，为之祖饯。僧曰："世事如梦而已。"叶曰："如梦，如梦，和尚出门相送。"闻者绝倒。

盗水供状

有顽民因天旱盗决人水灌田，为主者执赴，供状曰："右某因天时亢，律吕调，切虑禾苗宇宙洪。遂偷某田金生丽，致得其人寸阴是。念某不识始制文，今来甘认吊民伐，一听老爷忠则尽。"《山堂肆考》

剌观竞渡

弘治末，杨一清八岁，时自滇过巴陵，癯而疠，有岳二州甚器之，荐于太守，同观竞渡。守陋其状，抚其额叹曰："苦哉，苦哉！"令赋诗。一清赋云："苦哉苦哉苦哉天，先皇宴驾未逾年。江山草木犹含泪，太守江边看渡船。"守见之甚愧，罢饮。时孝庙上宾未几，故云。

诗嘲执政

宋丘道源潘，天圣中进士，往往讥讽朝贵。尝嘲执政云："枢密中书多出入，不论功绩便高迁。金银一似佛世界，动便三千与大千。"执政怒，请上罪之。仁宗曰："狂夫之言，古有郓谟哭市，语言谐谑，曷足为罪。"

五 经 笥

《后汉书》：边韶字孝先，以文学知名，教授数百人。曾昼日假卧，弟子私嘲之曰："边孝先，腹便便。懒读书，但欲眠。"韶潜闻之，应曰："边为姓，孝为字。腹便便，五经笥。但欲眠，思经事。寐与周公通梦，静与孔子同意。师而可嘲，出何典记？"嘲者大惭。

丙集卷之二

忍 字 箴

陈白沙^{宪章}《忍字箴》曰："七情之发,惟怒为遽。众怒之加,唯忍为是。当怒火炎,以忍水制。忍之又忍,愈忍愈励。过一百忍,为张公艺。不乱大谋,乃其有济。如其不忍,倾败立至。"缁川杨洪道亦著"六忍",一曰忍触,二曰忍辱,三曰忍恶,四曰忍怒,五曰忍忽,六曰忍欲。此六忍者,戒之一身则一身安,戒之一家则一家安,推之以处人己之间,则所遇皆安,而悔尤俱寡矣。

文 章 九 命

王凤洲有文章九命:一贫困,二嫌忌,三玷缺,四偃蹇,五流窜,六刑辱,七夭折,八无终,九无后。各有引证。凤洲于丙寅岁以疮疡卧床褥者逾半载,几殆,殷都过而戏曰:"当加十命矣。"盖谓恶疾也。因引伯牛、长卿等以足之。

药 渣

明吾郡陆天池^采,博学能文,精于音律。有寓言曰:某帝时,宫人多怀春疾,医者曰:"须敕数十少年药之。"帝如言。后数日,宫人皆颜舒体胖,拜帝曰:"赐药疾愈,谨谢恩。"诸少年俯伏于后,枯瘠蹒跚,无复人状。帝问是何物,对曰:"药渣。"

裘 万 顷

裘万顷不乐仕进,以荐者召为司直。在朝赋诗云:"新筑书堂壁未干,马蹄催我上长安。儿时只道为官好,老去方知行路难。千里关山千里念,一番风雨一番寒。何如静坐茅檐下,翠竹苍梧仔细看。"遂乞归。

嘲李杨二相

正德中,有为诗嘲李西涯_{东阳}、杨邃庵_{一清}二相者,云:"堪叹涯翁与邃翁,两人皆起自神童。文章政事不多异,诡谲奸邪大略同。考试卖题涯怎恕,选官受贿邃难容。皇天莫道无阴报,个个教他绝后宗。"巷议之口,亦可畏哉。

奸盗以诗免

弘正间,苏州月舟_{一作州}。和尚犯奸,长洲知县某闻其能诗,以鹤为题,月舟援笔曰:"素身洁白顶圆朱,曾伴仙人入太虚。昨夜藕花池畔过,鸬鹚冤却我偷鱼。"县令阅诗释之。又一妇以夫盗牛事犯,上县令诗云:"洗面盆为镜,梳头水当油。妾身非织女,夫岂会牵牛?"县尹见诗,亦免其罪。

五 岁 能 文

翰林崔来凤_{桐子}五岁,甚聪慧,善属对。时有送桃枣者,急欲取之。父曰:"汝能作此二果破题,则许。"即曰:"有食其内而弃其外者,有食其外而弃其内者。"一日谓父曰:"以炕为题作一破。"父故效其体为之,曰:"有所以眠乎人者,有所以烘乎人者。"曰:"眠烘二字不雅,我为父亲改作卧字、暖字。"

冰 雪 蛆

江邻幾《杂志》云：峨嵋雪蛆，大治内热。《戒庵漫笔》载：曹方湖弘为御史，刷卷四川，言万山深雪中出雪蛆，遣军士于四山高处悬望雪中蠕蠕而动者，则往取之，浑如小猪，无口足眼鼻，俨然蛆形也。其身全脂，切片而食。亦不易得。《癸辛杂识》云：西域雪山中有虫如蚕，味甘如蜜，其冷如冰，名曰冰蛆，能治积热。此恐又是一种。

游 春 黄 胖

《白獭髓》记开禧权臣因赐南园新成，会诸朝士，席间分题。有赋《游春黄胖》诗云："两脚梢空欲弄春，一人头上又安身。不知终入儿童手，筋骨翻为陌上尘。"传为朝士俞某所作。又《怡颜录》载：韩侂胄冬日游西湖，置宴南园，有献迎春黄胖者，命族子院判赋诗云："脚踏空虚手弄春，一人头上要安身。忽然线断儿童手，骨肉都为陌上尘。"事一而诗稍异，所记亦不同。《戒庵漫笔》载：丁晋公同夏英公看弄水碗，丁属夏赋诗，曰："舞拂跳珠复弄丸，遮藏巧便百千般。主公端坐无由见，却被旁人冷眼看。"

咏 王 弇 州 园

太仓王凤洲世贞弇园成，有题诗于壁以讽者曰："丈夫垒石易，父祖积金难。未雪终天恨，翻成动地欢。峻岭悲高位，深池痛九泉。燕魂来路杳，拟作望云山。"盖凤洲乃翁思质忬因严嵩之怨死于西市，故云。或云此诗昆山王逢年作。

嘲 赀 衔 传 奉

常熟钱晔当尚书李石城杰在位时，以赀得职衔，求石城赠章。石城援笔大书曰："来时尚着儒生服，归去俄乘使者车。唾手功名如此易，白头才子动长吁。"苏州某公亦有作云："年少功名二十收，他年何碍不公侯。钓台昨夜因君舞，舞破蓑衣舞未休。"嘉靖初，下诏裁革传奉中书舍人，时有集杜诗嘲之曰："马上谁家白面郎，初闻涕泪满衣裳。可怜怀抱向人尽，正想氤氲满眼香。近侍只今难浪迹，青春作伴好还乡。三年奔走空皮骨，愁日愁随一线长。"

钱　鹤　滩

　　钱鹤滩福以殿撰罢官家居，江阴梧塍徐氏以五百金为脯脡，延致家塾。徐二子已中乡科，居半载，仅改课三篇，日挟妓游燕。时邑令某雅好笔翰，一日邀钱为君山之游，预探齐韵中"堤脐低梯"艰韵，戒吏人藏阄，即席发之，欲以困钱。酒三行，请题大观亭。钱遂援笔赋云："水势兼天山作堤，渚云烟树望中齐。直从巴峡才归壑，许大乾坤此结脐。胸次决开三极朗，目光摇动四垂低。欲骑日月穷无外，谁借先生万丈梯。"缙绅莫不叹赏。水南学士张公载之邑志中。一日，徐赏牡丹，钱饮已潦倒，门客有握玳瑁扇者，取而书之曰："玳瑁筵前玳瑁扇，牡丹花下牡丹诗。老梅已在丈人行，曾占春风第一枝。"又咏杨梅诗："怪杀吴人不出乡，杨梅五月荐新尝。西州一斗葡萄酒，南越千头荔子浆。略着些酸醒酒困，了无点滓浣诗肠。渠家妃子如相见，添得红尘一倍忙。"曾闻鹤滩髫时从塾归家，有客赏菊，揖之，客出对曰："赏菊客归，众手折残彭泽景。"即应曰："卖花人过，一肩挑尽洛阳春。"

　　又闻鹤滩六七岁即欲作文，师出"至则行矣"题，传其结句曰："虚无人焉，止见鸡毛一堆而已。"师称赏，以为他日必能文。

爆　孛　娄　诗

　　吴人岁除以糯谷爆孛娄，卜一岁之休咎。花多者吉。《戒庵漫笔》载一诗云："东入吴门十万家，家家爆谷卜年华。就锅抛下黄金粟,转手翻成白玉花。红粉美人占喜事,白头老叟问生涯。晓来妆饰诸儿女,数片梅花插鬓斜。"

夏 都 宪 诗

江阴夏都宪从寿,有《胆瓶纸梅花》诗曰:"谁把并刀信手裁,能于雪后见花魁。北人解夺天工巧,东阁浑教梦寐猜。羌笛有声吹不落,胆瓶无水浸常开。何当醉我空同酒,却诧江南驿使来。"李空同极赏之。

严 分 宜 幼 颖

江阴曹野塘忠,成化丁未进士,弘治初出宰分宜。时严介溪嵩方成童,曹识而拔之,且喜其与子弘同庚,遂令同治举业,宿食官舍。见严所握扇有鱼游景,构对语云:"画扇画鱼鱼跃浪,扇动鱼游。"严即对以"绣鞋绣凤凤穿花,鞋行凤舞。"曹一夕思家,口占曰:"关山千里,乡心一夜雨绵绵。"严应曰:"帝阙九重,圣寿万年天荡荡。"曹俱称赏。弘号方湖,亦中正德丁丑进士,严约讲兄弟礼,命子世蕃与方湖、子驹辈不得越齿而坐。柄政时,欲官白谷驹、云亭驾为中书舍人。二君时饮于相府,见世蕃与给事中无锡某者夜饮,强灌之,给事膝行以受。又故置罚爵于给事之背,不容起。二君怒而斥世蕃,遂拂衣归,得不及严氏党祸云。

喷　嚏

今人喷嚏,必唾曰:"好人说我常安乐,恶人说我齿牙落。"《终风》之诗曰:"寤言不寐,愿言则嚏。"东坡有诗云:"白发苍颜谁肯记,晚来频嚏为何人。"《随笔》亦载:喷嚏不止者,必噀唾祝云:"有人说我。"妇人尤甚。其来已久。闻唐玄宗友爱昆季,呼宁王为大哥,每与同食。食次,宁王错喉,喷上髭。王惊惭,上顾欲安之。黄幡绰曰:"不是喉错。"

上曰:"何也?"对曰:"是喷帝。"上大悦。则固以喷嚏为佳事矣。

竹　夫　人

李公甫谒真西山,留饮,指榻间竹夫人命题曰蕲春县君,姓竹氏,可封卫国夫人。公甫援笔立就,其中颂云:"常居大厦之间,多为凉德之助。剖心析肝,陈数条之风刺;摩顶放踵,无一节之瑕疵。"又末联云:"呜呼! 保抱携持,朕不忘午夜之寝;展转反侧,尔尚形四方之风。"俱用《诗》、《书》全语,而"形四方之风"又见竹夫人之玲珑也。西山抚案击节。

东坡《寄柳子玉》云:"闻道床头惟竹几,夫人应不解卿卿。"又《送竹几与谢秀才》云:"留我同行木上坐,赠君无语竹夫人。"盖俗谓竹几为竹夫人。张文潜有《竹夫人传》。东坡尝云:"为我周旋宁作我,真一好句,只是难对。"平甫应声曰:"因郎憔悴却羞郎。"

黄山谷云:"竹几只为憩臂休膝,不足当夫人之称。"目为青奴。作诗云:"秾李四弦风扫席,昭华三弄月侵床。我无红袖堪娱夜,只要青奴一味凉。"秾李、昭华,贵人二女奴名。

真 西 山 生 祠

《鹤林玉露》:真西山帅长沙郡,人为立生祠。一夕,有书一律于壁间者,其辞云:"举世知公不爱名,湘人苦欲置丹青。西天又出一活佛,南极添成两寿星。几百年方钟间气,八千春愿祝修龄。不须更作生祠记,四海苍生口是铭。"

弄　猴　丐

法雨大师有《弄猴丐》诗云:"翻身筋斗星飞快,甘自一生从乞丐。世间多少伶俐人,输他跳出圈子外。"李密庵先生模亦有诗云:"跳圈终日在圈边,出入无时总失便。乞子猴儿相觑处,一圈之外又重圈。"

老　婆　牙

　　徐渊子舍人善谐谑。丁少詹与妻有违言，弃家居茶寮，茹斋诵经，日买海物放生，久不归。妻求徐解之，徐许诺，见卖老婆牙者，买一篮饷丁，作词曰："茶寮山上一头陀，新来学得么？蝤蛑螃蟹与乌螺，知他放几多。　　有一物似蜂窠，姓牙名老婆。虽然无奈得他何，如何放得他。"丁大笑而归。

寻　常　百　姓

　　宋杨德建号湖阴先生，有陈辅者频岁访之不遇，题一绝于门云："北山松粉未飘花，白下风轻日脚斜。身是旧时王谢燕，一年一度到君家。"湖阴归，见诗吟赏久之，称于荆公。介甫笑曰："此正戏君为寻常百姓也。"湖阴大笑。

单于问家世词

　　苏东坡《送子由使契丹》诗末句云："单于若问君家世，莫道中朝第一人。"用唐李揆事也。绍兴中，曹功显勋使金国，好事者戏作小词，其后阕曰："单于若问君家世，说与教知，便是红窗迥底儿。"谓功显之父元宠昔以此曲著名也。后大珰张去为之子安世，以阁门宣赞为副使，或改其语曰："便是中朝一汉儿。"盖京师人谓内侍养子不阉者为汉儿也。后知阁门事孟思恭亦使北，或又改曰："便是盐商孟客儿。"谓思恭之父为贩鹾巨贾也。

巫　山　云　雨

　　裴庆余尝同李北门游船，舟师误以篙水溅侍女衣上，李怒，裴解以诗云："满额鹅黄金缕衣，翠翘浮动玉钗垂。从教小溅罗裙湿，知道巫山云雨归。"北门笑而释之。

失　金　钗

欧阳文忠公任河南时,染一妓。时梅圣俞、谢希深、尹师鲁集宴后圃,而欧与妓俱不至,移时方来。在坐目视公,责妓云:"何来迟也?"妓曰:"中暑往凉堂睡着,觉而失金钗,犹未见。"梅曰:"若得欧阳一词,当偿钗。"文忠即云:"柳外轻雷池上雨,雨声滴碎荷声。小楼西角断虹明,阑干倚遍,待得月华生。　　燕子飞来栖画栋,玉钩垂下帘旌。凉波动簟纹平。水晶双枕,旁有堕钗横。"坐客大笑,命妓满酌劝欧阳,令公库偿钗。

旧　舞　衣

严续乞韩熙载撰父神道碑,珍赠外辍一姬为润笔。文成,但叙谱系、品秩、葬赠之典。续封还,求其改窜。熙载竟以原赠吐之。姬登车,书一绝于泥金双带云:"风柳摇摇无定枝,阳台云雨梦中归。他年蓬岛音尘断,留取尊前旧舞衣。"熙载笑,不为动。

阎　罗　见　缺

衢州王中甫介性轻率,每语言无伦,人谓有风疾。出守湖州,王介甫以诗送之云:"东吴太守美如何,柳恽诗才未足多。遥想郡人迎下幨,白蘋洲渚正沧波。"其意以水值风即起波也。介谕其意,遂和十篇,盛气而诵于介甫。其一曰:"吴兴太守美如何,太守从来恶祝鮀。生若不为上柱国,死时犹合代阎罗。"介甫笑曰:"阎罗见缺,请速赴任。"

到　京　探　事

任谷富经术,隐居于洛,以俟召命,而蒲轮未降,乃躬诣京访知己。有朝官戏赠曰："云间应讶鹤书迟，身到京中探事宜。从此见山须合眼，被山相赚已多时。"

腊　梨　赋

郑桐庵敷教先生《吾犹及》载：嘉定友人某作《腊梨赋》，亦有思致，可资谈笑。赋曰："葫芦之质，油灰之色。盔头以摆锡为装，灯笼以梅花为式。纤绒轻软，如千匕之初生；紫气光盈，若点卯之乍试。其骚也与胡子同称，其乖也与鹞鹰比德。官衔每自附于总兵，排行惯托名于五十。鲁智深。海鹤欲叫，岂无得意之秋；蝴蜂乱钉，正其被窘之刻。杀鸡尝自笑其刀钝，买油竟可赊以涂额。纷纷雪下，似花片之轻翻；熠熠红浮，若鬼火之腾出。何须对镜以临妆，不过盥洗而礼毕。乱曰：昼夜头光复面滑，做夫妻兮不结发。盐卤调来烟柜刮，疮未愈時先痛煞。悲夫！人间百病俱可医，切莫生来滴沥搭。"

幼时曾闻《腊梨歌》云："似梅花不香，似雪花不烊。似琉璃挂不得厅堂上，似油灰卖不得修船匠。娘谓何，我底头好似酱黄模样。"

蒸　猪　头

郁履行《谑浪编》：王中令尝入一村寺，主僧大醉箕踞。王需蔬食，僧曰："有肉无蔬。"馈蒸猪头甚美，王曰："止能饭酒食耶？"僧曰："能诗。"即令咏蒸豚，僧立就云："嘴长毛短浅含膘，久向山中食药苗。蒸处已将蕉叶裹，熟时兼用杏浆浇。红鲜雅称金盘钉，白软真堪玉箸挑。莫把氈疑作氃。根来比并，氈根自合吃藤条。"王大喜，与号紫衣。

杨　仲　举

吾郡杨仲举矗德冠一时，邻家构舍，其雨溜滴其庭，公不问。家人以为言，公曰："晴日多，雨日少。"或又侵其址，公有"普天之下皆王土,再过些儿也不妨"之句。

三　声

陆象山尝谓人家要有三声：读书声、孩儿声、纺织声。盖闻读书声觉圣贤在他口中，在我耳中，不觉神融；闻孩儿声或泣或笑，自然籁动天鸣，觉后来哀乐情致，较此殊远；闻纺织声则勤俭生涯，一室儿女，觉有《豳风·七月》景象。最可厌者，妇女诟骂声也，恶也；饮酒喧呶声也，狂也；街巷笑谈声也，谲也；妖冶歌唱声也，淫也。与其闻此，不若聆犬声于夜静，听鸡声于晨鸣，令人有清旷之思。

纩　衣　诗

开元中颁赐边军纩衣，制于宫中。有兵士于短袍中得诗曰："沙场征戍客，寒苦若为眠。战袍亲手作，知落阿谁边。蓄意多添线，含情更着绵。今生已过也，重结后身缘。"兵士以诗白于帅，帅进之。玄宗命以诗遍示六宫，曰："有作者勿隐。"一宫人自言万死。玄宗深悯之，遂以嫁得诗人，仍谓之曰："我与结今生缘。"边人皆感泣。

《玄散堂诗话》：缝衣诗自太宗宫人、孟浩然后，鲜睹佳者。近谢幼睿一首最工，不啻青出于蓝也。诗曰："懒向妆台理晓妆，为郎独自制衣裳。金针入处心俱痛，素线穿时恨共长。霜户敢辞纤手冷，芸窗思贴弱肌香。缝成不怪无鸿雁，赢得宵来覆妾床。"为一时传诵。

战　袍　金　锁

唐僖宗出袍千领赐塞外吏士，神策军马直于袍絮中得金锁，并诗云："玉烛制袍夜，金刀呵手裁。锁情寄千里，锁心终不开。"直闻，主将上奏,上以宫人赐得锁者。后帝幸蜀,马直前后捍御。

咏　松　石

秦时松封五大夫,李诚之咏云:"半依岩岫倚云端,独上亭亭耐岁寒。一事颇为清节累,秦时曾作大夫官。"陈朝石封三品,宋亦封石盘固侯,王介甫咏云:"草没苔侵弃道周,误恩三品竟何酬。国亡今日顽无耻,似为当年不与谋。"夫松石无知之物,一经名宠,不免讥弹,何士人而甘为权门鹰犬乎?

多　少　箴

《多少箴》其有理致,不知何人所作。其词云:"少饮酒,多啜粥。多茹菜,少食肉。少开口,多闭目。多梳头,少洗浴。少群居,多独宿。多收书,少积玉。少取名,多忍辱。多善行,少干禄。便宜勿再往,好事不如无。"

冯　千　秋

《闻见厄言》载:冯千秋,浙中名士。崇祯乙亥拔贡,颇以诗文擅长。家素封,因无子,买妾维扬,得小青,可谓佳人才子,两相遇合。后以妻之妒,置之别业,似亦处之得当。不意小青才隽而年殀,时人诗传、传奇、歌咏、赞叹,遂使人人有一小青在其意中。或以为小青无其人,寓言情字耳。而吴石渠炳之《疗妒羹》、朱价人京藩之《风流院》,易千秋为冯二官人冯致虚,直等之池同、颜麻子之流。以千秋之才,因小青而反没,不亦冤哉!

梦　征

金陵郑沙村河为秀才时,梦中得一绝句云:"城里青山城外楼,夜凉明月五更头。何时了却心头事,重把青蚨换酒筹。"后登嘉靖甲辰进士,授岳州府推官。到郡,见城里青山,城外楼阁,宛然梦中诗句景象,私心郁郁,未几卒于任。

悼 内 诗

于肃愍公悼夫人董氏诗十一首,中一诗云:"世缘情爱总成空,二十余年一梦中。疏广未能辞汉主,孟光先已弃梁鸿。灯昏罗幕通宵雨,花谢雕阑葇地风。欲觅音容在何处,九原无路辨西东。"又昆山张节之和,天顺间官浙江宪副,宠姜新亡,作诗悼之云:"桃叶歌残思不胜,西风吹泪结红冰。乐天老去风流减,子野归来感慨增。花逐水流春不管,雨随云散事难凭。夜来书馆寒威重,谁送薰香半臂绫。"二作皆脍炙于世,后作尤胜。

作 诗 寄 子

宋洪浩游太学十年不归,其父作诗寄浩曰:"太学何蕃且一归,十年甘旨误庭闱。休辞客路三千远,须念人生七十稀。腰下虽无季子印,箧中幸有老莱衣。归时定约春前后,免使高堂赋式微。"浩得诗即告归养。洪武中,钱塘吴愠官四川,其父敬夫思之,作诗云:"剑阁凌云鸟道边,路难闻说上青天。山川万里身如寄,鸿雁三秋信不传。落叶打窗风似雨,孤灯背壁夜如年。老怀一掬钟情泪,几度沾衣独泫然。"敬夫卒而愠始以丁忧还家。夫衔命千里,羁身官辙,犹曰"王事靡盬,不遑将母",今有舍垂白之亲而远游干谒,使其亲倚庐陟屺,目穷心折者,则前诗可念也。

阁 老 天 官

《桐下闲谈》载:嘉靖设朝,大学士严嵩、吏部尚书熊浃被召来迟,世庙因出对云:"阁老心高高似阁。"二臣惶悚伏地,不能对。世庙好言慰之，云：“朕为代对：天官胆大大如天。”

桑　寄　生　传

常熟萧观澜韶，字凤仪，因同邑有桑某，所行不谨，作《桑寄生传》以讥之，取药名成文，足称工巧。传云：桑寄生者，常山人也。为人厚朴，少有远志，读书数百部。长而益智不凡，雌黄今古，谈辞如玉屑。状貌瑰异，龙骨而虎睛，膂力绝人。运大戟八十斤，走及千里马。与刘寄奴为布衣交，刘即位，拜为将军，日含鸡舌侍左右，恩幸无比。荐其友周升、杜仲、马勃，上召见之，曰：“公等所谓参苓芝术，不可一日无者也。何相见之晚耶？”生即进曰：“士以类合，犹磁石取针，琥珀拾芥。若用小人而望其进贤，是犹求柴胡桔梗于菹泽也。”然颇好佛，与天竺黄道人、密陀僧交最善，从容言于上。上恶其异端，弗之用。木贼反，自号威灵仙，与辛夷、前胡相结连，犯天雄军。上谓生曰：“豺狼毒吾民，奈何？”生曰：“此小草寇，臣请折棰笞之。”上大喜，赐穿山甲、犀角带，问何时当归，对曰：“不过半夏。”遂帅兵往。乘海马攻贼，大战百合，流血余数里。令士卒负大黄，发赤箭，贼不能当，遂走，绊于铁蒺藜，或践滑石而踬，悉追斩之。惟先降者独活，以延胡索系之而归，获无名异宝不可胜计。或曰：“马援以薏苡兴谤，此不可留也。”俱籍献之。上迎劳生曰：“卿平贼如剪草，孙吴不能过也。”因呼为国老而不名。生益贵，赏赐日积，钟乳三千两，胡椒八百斛，以真珠买红娘子为妾。红娘子者，有美色，发如蜀漆，颜如丹砂，体白而乳香，生绝爱之，以为牡丹芍药不能与之争妍也。上闻，赐以金银花、玳瑁簪，月给胭脂胡粉之费。一日，上见生体羸，谓曰：“卿大腹顿减，非以好色故耶？宜戒淫欲，节五味以自养。”且令放远其妾。生不得已，赠以青箱子而遣之。然思之不置，遇秋风起，因取破故纸题诗以寄之曰：“牵牛织女别经年，安得鸾胶续断弦。云母帐空人不见，水沉香冷月娟娟。”“泽兰憔悴渚蒲黄，寒露初凝百草霜。不共玉人倾竹叶，茱萸甘菊自重阳。”妾答之曰：“菟丝曾附女萝枝，分手车前又几时。羞折黄花簪凤髻,懒将青黛扫蛾眉。丁香谩比愁肠结,豆蔻长含别泪垂。愿学云中双石燕,庭乌头白竟何迟。_{一作如}。""天门冬日晓苍凉,落叶愁惊满地黄。清泪暗消轻粉面,凝尘间锁郁金裳。石连未嚼心先苦,红豆相看恨更长。镜里孤鸾甘遂死,引年何用觅昌阳。"生得诗,情不自胜,乃言于上,召之使还。然生既溺于欲,又不能防风寒所侵,寝以成疾,面生青皮,两手如干姜,皤然白头翁也。上疏乞骸骨,王不留行,谕之曰:"吾曩者预知子之有今日矣。"赐神曲麹酒百斛,以皂角巾归第,养疾而卒。作史君子曰:桑氏出于秦大夫子桑,生盖桑白皮之后也。有名螵蛸者,亦其远族。生少孤茕,仅知母而不识父,卒能以才见于时,非所谓郄林之桂枝、沅江之鳖甲也与? 其后耽于女色,甘之如石蜜,而忘其苦于熊胆;美之如琅玕,而不知毒甚于乌蛇也。迷而不悟,卒以伤生。惜哉!

蜂 螫 诗

　　江道行夏日遭蜂螫之毒,检方无得,戏作药名诗曰:"蝉蜕连翘才半夏,柴胡逞毒肉从容。蒺藜刺若细辛箭,荆芥芒同大戟锋。独活急当归草果,苦生参还续断蜈蚣。破故纸同香白纸_芷,从今防己更防蜂_风。"

药 名 尺 牍

　　吴妓詹爱云寄所欢周心恒书云:"槟榔一去,已过半夏,更不当归耶? 盼望天南星,大腹皮忍冬藤矣。谁史君子,效寄生草,缠绕他枝,使故园芍药花无主耶? 妾盼不见白芷书,茹不尽黄连苦。古诗云:'豆蔻不消心上恨,丁香空结雨中愁。'奈何,奈何?"心恒答曰:"红娘子一别,桂枝香已凋谢矣。几思菊花茂盛,欲归紫苑,奈常山路远,滑石难行。况今木贼窃发,巴戟森森,岂不远志乎? 姑待从容耳。卿勿使急性子,骂我曰苍耳子狠心哉! 不至白头翁而亡,则不佞回乡时自有金银花相赠也。"

狎　娼

谢希孟好狎娼，陆象山责之曰："士君子朝夕与贱娼居，独不愧名教乎？"希孟敬谢，请后不敢。他日复为娼建鸳鸯楼，象山又以为言，谢曰："非特建楼，且为作记。"象山喜其文，不觉曰："楼记云何？"谢即朗诵首句云："自逊、抗、机、云之死，而天地英灵之气，不钟于世之男子，而钟于妇人。"象山默然。希孟一日忽起归兴，娼追送江浒，涕泣恋恋。希孟毅然书一词与之云："双桨浪花平，夹岸青山锁。你自归家我自归，说着如何过？　　我断不思量，你莫思量我。将你从前与我心，付与他人呵。"

陈谢交嘲

陈伯益面黑而狭，多髯，写真挂壁上。谢希孟见之，戏题云："伯益之面，大无两指，髭髯不仁，侵扰乎旁而不已。于是乎伯益之面，所存无几。"希孟后改名直，字古民。伯益咏其名曰："炊饼担头挑取去，白衣铺上喝将来。"伯益又写一真，衣皂道服，蹑僧鞋。希孟赞曰："禅鞋俗人须鬓，道服儒巾面皮。秋水长天一色，落霞孤鹜齐飞。"见者绝倒。

麻嗏直笼桶

王荆公《百家诗选》载唐李涉《题字秀才樱桃》诗云："风流莫占少年家，白发殷勤最恋花。今日颠狂君莫笑，趁愁得醉眼麻嗏。"今人欲睡，眼将合睫而缝细者，曰麻嗏，即此二字。又物之拥肿者俗曰直笼^{上声}桶，诗作"笼统"。韦安居《梅涧诗话》记郑安晓丞相未贵时，赋冬瓜诗云："剪剪黄花秋后春，霜皮露叶护长身。生来笼统君休笑，腹内能容数百人。"又唐人张打油《雪》诗云："江上一笼统，井上黑窟笼。黄狗身上白，白狗身上肿。"

邵　康　节

邵康节曾有四不赴，谓官府公会、不相识会、大众广会、劝酒醉会。又有四不出，谓大寒、大暑、大雨、大风。有五乐，谓乐生中国、乐为男子、乐为士人、乐见太平、乐闻道义。有五喜，谓喜见善人、喜见好事、喜见美物、喜见嘉景、喜见大礼。有四幸，谓幸长年为寿域、幸丰年为乐国、幸清闲为福德、幸安康为福力。有三惑，谓年老不歇为一惑，安而不乐为二惑，闲而不清为三惑。

常 省 元 题 契

赵尚书家与常省元园相近，赵百计谋之，省元立契，作诗于后曰："乾坤到处是吾亭，机械从来未必真。覆雨翻云成底事，清风明月冷闲人。兰亭禊事今非晋，桃洞神仙也笑秦。园是主人人是客，问君还有几年身。"尚书惭，归其券。

魏野诗呈王寇

宋王旦从东封回，过陕，魏野寄诗云："圣朝宰相年年出，君在中书十二秋。西祀东封俱已了，好来相伴赤松游。"旦袖此诗求退。寇准自永兴被召，野亦以诗送之云："好去上天辞富贵，却来平地作神仙。"准得诗不悦，后二年贬雷州，遂题前诗于窗，朝夕吟哦。

张公吃酒李公醉

郭景初夜出为醉人所诬，官召景初，诘其状。景初叹曰："谚云：张公吃酒李公醉。"官即命作赋。景初云："事有不可测，人当防未然。何张公之饮酒，乃李公之醉焉。清河丈人，方肆杯盘之乐；陇西公子，俄遭酩酊之愆。"官笑而释之。

月夜招邻僧闲话

《拊掌录》：许义方妻刘氏，端洁自许。义方出经年始归，语妻曰："独处无聊，亦与邻里亲戚姻家往还乎？"刘曰："自君之出，足未尝履阈。"义方咨叹不已。又问："何以自娱？"答曰："惟时作小诗以遣情耳。"义方欣然索诗稿观之，开卷第一题云："月夜招邻僧闲话。"

谷　谷　谷

华原令崔思海口吃，与表弟杜延业递相戏弄。杜尝语崔云："弟能遣兄作鸡鸣。但有所问，兄须即答。"旁人讶之，与杜私赌。杜将谷一把以示崔，问曰："此是何物？"崔曰："谷、谷、谷。"旁人大笑，输物与延业。

酬　嘲

唐方干瘦而唇缺，好侮人。尝与主簿李某同酌，李目有翳，干作一令曰："措大吃酒点盐，军将吃酒点酱。只见门外着篱，未见眼中安障。"李即答曰："措大吃酒点盐，下人吃酒点鲊。只见半臂著襕，未见口唇开袴。"又陈亚善滑稽，蔡君谟以其名戏之曰："陈亚有心绝是恶。"陈即复曰："蔡襄无口便成衰。"时人绝倒。侮人者定为人侮，可为轻噪之戒。

陈亚自为亚字谜曰："若教有口便哑，且要无心为恶。中间全没肚肠，外面任生棱角。"

使　宅　鱼

钱武肃时，西湖渔者日纳鱼数斤，谓之使宅鱼。有不及数者，必市以供，颇为民害。罗隐侍坐，壁间有《磻溪垂钓图》，武肃令隐咏之。

隐应声曰:"吕望当年展庙谟,直须钓国更谁如。若教生在西湖上,也是须供使宅鱼。"武肃大笑,遂蠲其例。

金鲤赋诗

弘治中,衢州邹德明月夜泊舟太湖椒山下,吟诗二绝云:"一湖烟水绿如罗,蓣藻凉风起白波。何处扁舟归去急,满篷残雨夕阳多。""浦口风回拍浪沙,天涯行客正思家。归舟疑是洪都晚,孤雁低飞带落霞。"俄闻溪上笑语声,见一美女。德明趋岸,揖而问之,女曰:"妾生长于斯,今当良夕,偶尔游行。"德明曰:"舟中无客,肯过访否?"女即携手同行,对酌篷窗下。女以浪花为题请联一律,德明曰:"不欲天边带露栽,只凭风信几番催。"女曰:"一枝才见透迤动,万朵俄惊顷刻开。"德明曰:"溢浦秋容和雨乱,镜湖春色逐人来。"女曰:"分明一幅西川锦,安得良工仔细裁。"诗成,鼓掌大笑。已而就寝,比明,女忽披襟投水中,视之,一金鲤悠然而游。

浪 花 诗

《夷坚志》:曹道冲售诗于京都,随所命题即就。群不逞欲苦之,乃求《浪花》绝句,且以"红"字为韵。曹谢不能,且语之曰:"菊坡王辅道学士能之。"群不逞曰:"彼在馆阁,吾侪小人岂容辄诣?"曹曰:"试赍佳纸笔往拜而求之。"于是相率修谒,下拜有请。王欣然捉笔书一绝云:"一江秋水浸寒空,渔笛无端弄晚风。万里波心谁折得,夕阳影里碎残红。"读者叹服。

诗僧噩梦堂

陆俨山《诗话》:国初,越中诗人刘孟熙、唐处敬辈,一日觅舟,游集曹娥祠。余姚诗僧噩梦堂附舟他往,敝衣坐船尾。众不识梦堂,以其貌寝易之。已而分韵赋诗,殊不之顾。梦堂不觉技痒,乃请曰:"诸公间有落韵,毋吝见施。"客曰:"若亦能诗乎?"以"蕉"字与之。俄顷诗成,梦堂以浙音诵之曰:"平明饮罢促高标,一作捎。撑出五云门外桥。离越王城一百里,到曹娥渡十分潮。白飘一作翻。晴雪杨花落,一作浪花舞。绿弄晚风蒲叶摇。西北阴沉天欲雨,卧听篷上学芭蕉。"此体宜浙音,且戏之。客询之,知为梦堂,众皆愧谢。

悼 陆 全 卿

吴人悼冢宰陆全卿完坐宸濠党诗曰:"子规声里夕阳微,何事先生懒见几。云梦竟成韩信缚,鲈鱼空待季鹰归。功名到此分成败,史笔凭谁定是非。寂寂朱门春去也,杨花燕子任争飞。"或谓唐伯虎作。又传全卿受贿,复宸濠护卫,濠败,吴人口号曰:"五钱九分六钱轻,陆全卿。做到天官弗肯行。受子宸濠三千两,合家老少上京城。"

妇 散 重 婚

吴士姜子奇娶妇三载,值淮张据吴,明兵临城下。子奇挟妻出避,怆惶间因失其妻,为领官兵携归京邸。子奇流落四方者数年,行乞至京。有高门一妇人,见之而泣,贻酒馔米囊,急使之去。子奇不敢仰视。翌日复乞于此,妇呼与语,又为主女所见,白母,令人追之。检其囊中,有金钗一支、书一封。因告其夫,启视之,则律诗一首云:"夫留吴越妻江东,三载恩情一旦空。葵藿有心终向日,杨花无力暂随风。两行珠泪孤灯下,千里家一作江。山一梦中。每怅妾身罹此难,相逢愧把姓名通。一作有书谁寄子奇翁。"官兵见诗怜之,即遣还,仍给钱米,以资其归。

蔺 节 妇

《辍耕录》:陈友谅部将邓平章陷江西诸郡,丰城汪某以千金赂邓之帅某,求免剿戮。帅闻其妻蔺氏色美,反奸其家,独生蔺及四岁婴，将纳之。妇曰："帅贵人也，妾事之无恨。但吾夫初丧，请持一月服，乃为帅妇未晚。"帅从之，移兵他郡，命二姬守之。越数日，蔺俟二姬熟睡，乃先杀婴，啮指血书壁曰："泾渭难分浊与清，此身不幸厄红巾。孤儿岂忍从他姓，烈妇何曾嫁两人。白刃自挥心似铁，黄泉欲到骨如银。荒村日落猿啼处，过客闻之亦惨神。"书毕自刎。邓闻之陈，陈罪帅而为蔺立庙。

凉 伞 诗

苏州一僧能诗，颇捷给善谑。当涂遇太守失避，守命赋《凉伞》诗，僧赋云："众骨攒来一柄收，黄罗银顶覆诸侯。当时撑向马前去，真个有天没日头。"守闻之色愧。

丙集卷之三

老　蛇　皮

王介甫_{安石}乃进贤饶氏之甥，锐志读书。舅党以介甫肤理如蛇皮，目之曰："行货亦欲求售耶？"介甫寻举进士，以诗寄之曰："世人莫笑老蛇皮，已化龙鳞衣锦归。传语进贤饶八舅，如今行货正当时。"

猪　嘴　关

元祐间，王景亮与仕族无名子结为一社，纪事嘲谑，士大夫无问贤愚，一经品题，即为不雅，号曰猪嘴关。吕惠卿察访京东，气质清瘦，语言之际，喜以双手指画，社人呼为说法猴狲。又凑为七字曰："说法猴狲为察访。"久不能对。一日，邵篪因上殿气泄，出知东平。邵高鼻卷髯，社人名为凑氛狮子。乃作对曰："凑氛狮子作知州。"

用　琵　琶　语

明华亭徐司空达斋_陟，文贞公_阶弟也。初官都下南归，张江陵为文贞门生，与诸公具酒饯之。临别而达斋醉甚，乃拊江陵背曰："去时还有张老来相送，来时不知张老死和存。"江陵衔之。

顾小川为徐文贞婿，谒松守方某，适有坐客问："此位何人？"方云："当朝宰相为岳丈。"

王元美为郎时，适有宴会，而严世蕃与焉。候久方至，众问来何迟，世蕃云："偶患伤风耳。"元美笑云："爹居相位，怎说出伤风？"众大笑。亦有为元美咋舌者。

金给谏士希本西域人，科中戏曰："贤哉回也。"失偶再娶，又相贺曰："这回好个风流婿。"四事皆用《琵琶记》语调谑，一时机锋到自难禁，未免贻轻诋之讥。

售 宅 赋 别

有人卖宅将行，赋诗志别云："只为青蚨不济身，故庐业已属东邻。可怜今夜犹为主，才到明朝便作宾。燕雀有情还恋旧，犬猫随我不知贫。殷勤嘱付门前柳，他日经过陌路人。"李戒庵云："不知何人所作。先君屡为儿辈诵之，将有警也。"识以备遗。

改题六如画扇

唐六如寅为一狎客画扇，作水墨桃杏二枝，欲作新词题之。其人持去，为狂生书诗于上。六如见之怒甚，取笔泚墨淋漓一抹，诗画尽墨。时杨五川仪在侧，方弱冠，以水洗涤新墨，诗迹几灭，计不能尽去，乃因字删改，遂填补成《长相思》一调云："桃花红，杏花红，两样春光便不同。各自逞娇容。　　倚东风，笑东风，绿叶青枝共一丛。静爱碧烟笼。"六如甚加叹赏。

东 坡 戏 妹

《女史》云：东坡有小妹善词赋，敏慧多辨。其额广而如凸，东坡尝戏之曰："莲步未离香阁下，梅妆先露画屏前。"妹即答云："欲扣齿牙无觅处，忽闻毛里有声传。"以东坡多须髯故也。《两山墨谈》所记相戏之语，又皆不同。坡戏妹曰："脚音皎。踪未出香房内，额头先到画堂前。"以其冲去声。额也。妹答坡云："去年一点相思泪，今日方流到嘴边。"以坡长面戏之。又云：苏小妹能诗，代婢作愁苦诗答秦少游。世传苏小妹为秦少游妻。《戒庵漫笔》云：考《淮海集》徐君主簿行状云：徐君女三人，尝叹曰："子当读书，女必嫁士人。"以文美妻余,如其志云。则少游之妻乃徐氏,非苏小妹也。

题 黄 鹤 楼

顾东桥璘抚楚,三司请游黄鹤楼,先磨一石,饮后乞公留诗。东桥在舆中已得"云荒赤壁周瑜垒,江绕青山夏禹祠"一联,遂援笔书石上云:"黄鹤仙人身姓谁,空传崔颢旧题诗。云荒赤壁周瑜垒,江绕青山夏禹祠。浮世古今空洒泪,高台歌舞几衔厄。天寒月白孤鸿远,徙倚阑干送目迟。"三司叹服,洗盏更酌。

对 语

永乐中,夏忠靖公偕给事周大有苏松治水。一日,同宿天宁寺。给事早如厕,行甚急,夏戏曰:"披衣鞁履而行,急事急事。"周应声曰:"弃甲曳兵而走,尝输尝输。"尝见陈刚中集有"二人土上坐,一月日边明"。杨东里集有"人从门内闪,公向水边沿"。又闻有"红荷花,白荷花,何荷花香;黑荸子,赤荸子,甚荸子甜"。"五行金木水火土,四位公侯伯子男"。一人诉于官云:"小人告大人。"官即令属对,应曰:"上士倍中士。"奇巧皆此类。

祝 词

《鹤林玉露》:宋孝宗御宇,高宗在德寿,光宗在青宫,宁宗在平阳邸,四世本支之盛,亘古未有。杨诚斋时为宫僚,贺光宗诞辰诗云:"祖尧父舜真千载,禹子汤孙更一家。"读者服其精切。又云:"天意分明昌火德,诞辰三世总丁年。"盖高宗生于丁亥,孝宗生于丁未,光宗生于丁卯。丁年见李陵书。

《三朝野史》载:四月八日,谢太后寿崇节,九日度宗乾会节。贾似道命司封郎中黄蜕作致语,中云:"圣母神子,万寿无疆,亦万寿无疆;昨日今朝,一佛出世,又一佛出世。"

前 辈 风 致

杨东里_{士奇}为相日，知陈司业_{敬宗}自南京考满来京，将至，先令其子迎于道，分赠黄封一壶，侑以诗云："请询陈司业，几月出南都。河上交冰未，江南下雪无。道途多跋涉，尘土着髭须。下马须煎涤，呼儿送一壶。"颔联自有相臣体，而友谊之隆，尤蔼然见于词表。读此可想见前辈之风致。

煮 粥 诗

《戒庵漫笔》：《煮粥诗》云："煮饭何如煮粥强，好同儿女熟商量。一升可作二升用，两日堪为六日粮。有客只须添水火，无钱不必问羹汤。莫言淡薄少滋味，淡薄之中滋味长。"诗亦淡而有味。

幼时曾闻《嘲薄粥》诗云："薄粥稀稀碗底沉，鼻风吹起浪千层。有时一粒浮汤面，野渡无人舟自横。"附录一笑。（此条据柏香书屋本补）

化 须 疏

沈石田有《化须疏》手卷，卷中所称赵、姚、周三人，盖当时与公相善友也，非托词如子虚、乌有之类。前有小引："兹有赵鸣玉，髡然无须，姚存道为之告助于周宗道者，惟其于思之间，分取十鬛，补之不足，请沈君启南作疏以劝之。"疏曰："伏以天阃之有刺，地角之不毛。须需同音，今其可索；有无以义，古所相通。非妄意以干，乃因人而举。康乐着舍施之迹，崔谌传插种之方。惟小子十茎之敢分，岂先生一毛之不拔。推有余以补也，宗道广及物之仁；乞诸邻而与之，存道有成人之美。使离离缘坡而饰我，当楮楮击地以拜君。对镜生欢，顿觉风标之异；临河照影，便看相貌之全。未容轻拂于染羹，岂敢易拈于觅句。感矣荷矣，珍之重之。谨疏。"

须　虱　颂

王介甫、王禹玉珪同侍朝,见虱自介甫襦领直缘其须,上顾之而笑,介甫不自知也。朝退,介甫问上笑之故,禹玉指以告。介甫命从者去之,禹玉曰:"未可轻去,愿颂一言。"介甫曰:"何如?"禹玉曰:"屡游相须,曾经御览。未可杀也,或曰放焉。"众大笑。

恒　　言

张磊塘善清言,一日赴徐文贞公席,食鲳鱼、蝗鱼,庖人误不置醋。张云:"仓皇失措。"文贞腰扪一虱,以齿毙之,血溅齿上。张云:"大率类此。"文贞亦解颐。

清客以齿毙虱有声,妓哂之。顷妓亦得虱,以添香置垆中而爆。客顾曰:"熟了。"妓曰:"愈于生吃。"

拾　遗　品　题

唐拾遗魏光乘,性诙谐,好品题朝士。兵部尚书姚元之长大行急,目为赶一作探。蛇鹳鹤。黄门侍郎卢怀慎好视地,目为觑鼠猫儿。殿中监姜皎肥而黑,目为饱椹母猪。紫薇舍人倪若水黑而无须鬓,目为醉部落精。舍人齐处冲好眇目视,目为暗烛底觅虱老妈。舍人吕延嗣长大少发,目为日本国使人。目舍人郑勉为醉高丽。目拾遗蔡孚为小州医博士,诈谙药性。殿中御史某短而丑,目为烟薰地术。目御史张孝嵩为小村方相。舍人杨伯一作仲。嗣躁率,目为热鏊上猢狲。目补阙袁辉为黄门下弹琴博士。目员外郎魏恬为祈雨婆罗门。目李全交为品官给使。目黄门侍郎李广为饱水虾蟆。余不能尽述。由此贬新州新兴县尉。

娄师德长大而黑,一足蹇,张元一目为失辙方相。天官侍郎吉顼长大,好昂头行,视高望远,元一目为望柳骆驼。元一亦腹组脚短,顼缩眼跌，吉项目为逆流虾蟆。

周　秀　才

《文酒清话》：东都周默未尝作东，一日请客，忽风雨交作。宋温戏曰："骄阳为虐已成灾，赖有开筵周秀才。莫道上天无感应，故教风雨一齐来。"

茄　字

世人诞罔，自诩博洽，谈事则议论凿凿，或揭其谬，屡迁其说以文之，吴谚谓之假在行。朱复绛云：一蒙师在馆中，偶与客小饮，食茄子。其徒忽问曰："茄字如何写？"师愕然未语。一客曰："草字头着加字。"师认为家字，毅然曰："要晓得茄字原出在《易经》，非我求童蒙，茄，下同。童蒙求我。"客曰："非此家字。"师复认为佳字，恍然曰："是已，《春秋》不云乎？'郑国多盗，取人于萑茄苻之泽'。"客曰："亦非也。草头下一勾一撇着口字。"师将指画作勹口字，喟然曰："忘之矣。《礼记》开卷即云'临财毋苟茄，下同。得，临难毋苟免'。"客曰："草头下一勾一撇，不是这样写。"师又凝思，复认为刀口字，因厉声曰："汝读《诗经》，如何不晓得《诗经》上有《苕茄之华》乎？"客曰："又误矣。只是草头下一个力字，一个口字耳。"师猛然想作立字，摇首瞪目，顾其徒而言曰："可见凡人不特五经当熟，即二典亦须博通。我每晨持诵《金刚经》，见有这个茄字，所云'须菩茄，下同。提于意云何，佛告须菩提'。至《梁皇忏》则云'南无读如字。菩萨摩诃萨'。"相与哄堂大笑。曾见《谑浪编》载：尚书赵从善之子希苍，官绍兴日，庖人请判食单。欲食烧茄，问吏茄字。吏曰："草头下着加字。"即授笔书蒙字。时人笑曰："烧蒙。"则知以蒙作茄，亦不始此西席也。

又《砚田诗笑》：蒙师夏月偶思食茄，因吟云："时新茄子满园间，不与先生当一餐。"其徒归述于母，遂朝夕以茄为供。先生又苦之，续云："谁料一茄茄到底，呼茄容易遣茄难。"此句俗谚用之恰当，是皆可助尊俎间掀髯捧腹也。

七夕古今无假

宋时行都节序皆有休假，惟七夕百司皆入局不准假。时相古村问堂吏云："七夕不作假，有何典故？"吏云："七夕古今无假。查柳永《七夕·二郎神》词云'须知此景，古今无价'也。"时相唯唯。

挽陈文诗

罗一峰伦以疏论李文达_贤夺情，谪市舶。未逾年，文达死。而当时为文达画策者，学士陈文也。文死，山阴薛御史_纲挽之曰："学士先生早盖棺，薤歌声里路人欢。填门客散名犹在，负郭田多死亦安。盐井已非今日利，冰山不似旧时寒。九原若见南阳李，为道罗伦已复官。"

诗有感发

《昨非庵日纂》有《闻丐诗》云："忽闻贫者乞声哀，风雨更深去复来。多少豪家方夜饮，贪欢未许暂停杯。"呜呼！富人一盘足供贫人数日粮者有矣，一宴足供穷人几岁食者有矣，念及此，何忍浪费。又寇莱公好歌，以绫帛赏歌者。侍儿蒨桃为诗呈公曰："一曲声歌一束绫，美人犹自意嫌轻。不知织女机窗下，几度抛梭织得成。"又："风劲衣单手屡呵，幽窗轧轧度寒梭。腊天日短不盈尺，何似妖姬一曲歌。"字字恺切，引而伸之，不特惜物，兼可约己施贫矣。

狂客索酒

《玄亭闲话》：狂客过豪家索酒，适见有馈鱼蟹者未出。客曰："孟尝门下，焉得无鱼；吏部盘中，定须有蟹。"一女奴速出，将母命答曰："主人不杀，已付校人畜去；上客先期，都为学士尝空。"

醉 客 赋 诗

淳熙中，德兴张德象字德章，省场失利，就太学补试。与二友夜诣市访卜，因入肆沽酒，对月清饮。俄有客落拓造前，曰："能与一杯否？"张见其已醉，取杯满酌置几上，戏之曰："观吾丈姿貌不凡，能赋一诗，然后尽此乎？"客诺之，且请韵。张欲困以险韵，笑曰："只用吞字。"客即高吟一绝云："行尽蓬莱弱水源，今朝忍渴过昆仑。兴来莫问酒中圣，且把金杯和月吞。"举杯一吸而尽。众方惊叹，迹之已无见矣。

题 汉 高 祖 庙

张文定安道未第时，题汉高祖庙、歌风台二绝句云："纵酒疏狂不治生，中阳有土不归耕。偶因世乱成功业，更向翁前与仲争。"又："落魄刘郎作帝归，樽前感慨大风诗。淮阴反接英彭族，更欲多求猛士为。"甚有意思。

窗 糊 张 睢 阳 传

有以张睢阳传糊窗者，一士见之，题一绝云："坐守睢阳当豹关，江淮赖此得全安。至今青史虽零落，犹障窗风一面寒。"

摩 爷 夫 人

《夷坚志》：王仲言有女为父母所怜爱，而所以恼其父者非一，人目为摩爷夫人。淳熙中，仲言为滁州来安令，一少年悖慢其兄，兄殴之至伤，诉于县。仲言诘其故，忽抚案大笑。吏卒皆莫能测，至久乃云："三十年寻一对，今日始得之。"呼兄前，语之曰："汝可谓岂弟君子,可与摩爷夫人作对。兄打弟,于法收罪亦轻,自今不得复尔。"即遣出。岂音恺,北俗称殴打为恺,故云。

题昭君图

唐王献《题昭君图》云:"莫怨宫人画丑身,莫嫌明主遣和亲。当时若不嫁胡虏,只是宫中一舞人。"明江阴一士子亦题其图云:"骊山举火因褒姒,蜀道蒙尘为太真。能使明妃嫁胡虏,画工应是汉忠臣。"二诗俱有意致。《戒庵漫笔》云:士子名时,成化时人,忘其姓。

夫妻互羡

宋曹侍郎咏妻厉硕人,始嫁曹秀才,与夫离异,乃更适咏。咏以秦桧姻党,骤擢显官。元夕张灯,曹秀才携母来观,见厉服用精丽,供侍尊严,叹谓其母曰:"渠合在此中居享,吾家岂能留?"后桧殂,咏贬新州而亡。厉同二子归丧,二子不肖,荡产至不能给朝脯,僦居亲旧。过故夫曹秀才家,门庭整洁,顾老婢曰:"我当时能安此,岂有今日?"因泣数行下。二十年间,夫妻更相悔羡若此。方咏盛时,戚属承附,独硕人之兄厉德斯不然,咏百端胁治,德斯卒不屈。及桧殂,遣介致诗于咏,启封乃《树倒猢狲散》赋一篇。洎咏贬新州,又以诗赠行云:"断尾雄鸡不畏牺,凭依掇祸复何疑。八千里路新烟瘴,归骨中原有几时。"莫谓风尘中无旷识也。

延和阁

高骈起延和阁于大厅之西,凡七间,高八丈,皆饰以珠玉,绮窗绣户,殆非人工。每旦焚香香列异宝,以祈王母之降。及毕师铎乱,人有登之者,于藻井垂莲之上,见二十八字云:"延和高阁上干云,小语犹传太乙闻。烧尽降真无一事,开门迎得毕将军。"人以为诗谣。

豆　　腐

豆腐起于汉淮南王刘安，朱文公诗曰："种豆豆苗稀，力竭心已苦。早知淮南术，安坐获泉布。"元江阴孙司业^{大雅}嫌豆腐之名不雅，改名菽乳，赋诗云："淮南信佳士，思仙筑高台。入老变童颜，鸿宝枕中开。异方营齐^{去声}味，数度见琦瑰。作羹传世人，令我忆蓬莱。茹荤厌葱韭，此物乃呈才。戎菽来南山，清漪浣浮埃。转身一旋磨，流膏入盆罍。大釜气浮浮，小眼汤洄洄。顷待晴浪翻，坐见雪华皑。青盐化液卤，绛蜡窜烟煤。霍霍磨昆吾，白玉大片裁。烹煎适吾口，不畏老齿摧。蒸豚亦何为，人乳圣所哀。万钱同一饱，斯言匪俳诙。"苏雪溪^平诗曰："传得淮南术最佳，皮肤褪尽见精华。一轮磨上流琼液，百沸汤中滚雪花。瓦缶浸来蟾有影，金刀剖破玉无瑕。个中滋味谁知得，多在僧家与道家。"

独　眼　龙

吴中小集有便宜行事之令，较拳高下，最后者为老儒，使之行酒。有行酒者方病目，一睛红赤，众以红字为韵赋诗。惟刘元声最胜，诗云："赢得人称独眼龙，怪来青白总非同。怜他满座能行酒，也算当场一点红。"

白县尹题壁

元嘉兴白县尹某得代过姚庄，访僧胜福州。闲游市井，间见妇人女子皆浓妆艳饰，因问从行者，答云："风俗使然。少艾者僧之宠，下此则皆道人所有。"白遂戏题一绝于壁云："红红白白好花枝，尽被山僧折取归。只有野薇颜色浅，也来勾惹道人衣。"胜见亟求去之，然已盛传矣。

屈原曾子

《鸿书》：有士人以非辜至讼庭，守不直之。士人愤懑，大声称屈。守怒曰:"若为士,乃敢尔。为我属对,不能且得罪。"因曰:"投水屈原真是屈。"士人应声曰:"杀人曾子又何曾。"守曰:"吾句有二屈字,而汝句尾乃曾字,汝之不学明矣,何所逃罪耶?"士人笑曰:"此乃使君不学尔。按屈姓俗皆呼如字,而屈到、屈原皆九勿切,<small>音摘。</small>使君尝研究否?"守惭而释之。

《姓谱》及《字汇》,屈并音橘。

颜 子 告 状

明正德辛未,礼闱校士,以"德行颜渊"一节为题,试录刊破云:"以圣门之四科,而系以圣门之十哲。"下第之士于是指瑕寻隙,争相排讪。忽一日,通政受状,发行庶府,遇一纸,阅录大笑,其词曰:"告状人颜渊,年三十二岁,系春秋时鲁国人。父颜路,师仲尼,地位越一间,仅名亚圣。吾道见卓尔,限于如愚,六籍有征,千载无易。后世庙廷之议,深系名教之伦。一代颁行,盟定山河之带砺;诸子侍坐,分齐冠履之森严。从游固有七十三千,位号则分四配十哲。四配列颜、曾而下四子,十哲居由、赐以后十人。配以耦圣而名,哲乃邻贤而著。庙议所在,优劣自明。岂期圣代求贤,礼闱试士。初场取义,题命四科;开榜程文,破列十哲。如渊庸陋素并曾、思,奈今主司降同求、我。昔不摈于孔席,何得罪于明儒? 一时遇难亦相从,四配除名真难忍。伏乞转行仪部,洗我文羞,配哲不讹,纲常是赖。有此具告。"通政即封礼部堂司,僚寀见之,且笑且怒,无可谁何。一时传播,都下哗然。

闵 子 骞 辞 费

王季重<small>思任</small>《谑庵文饭》有《闵子骞辞费启》云:"宠命惊临,盛心感切。但大夫图治,必当择人;在下士陈力,方可就列。费为何地,莽伏公山;宰属何官,责深民社。而<small>损</small>素不读书,愚更子羔之上;乐从风浴,狂尤曾点之前。既乏求才,又非由果。若使操刀必割,定当鸣鼓而攻。况<small>损</small>自幼衣寒,骨谢温饱之福;平生食旧,眉颦改作之烦。愿共颜贫,常往来于陋巷;时调冉疾,待诊视于孔门。获遂其私,不知所报。倘蒙严谴,亦必奔逃。或且恕及巢由,则亦何难屠狄。敬附殷勤之使,以抒委曲之忱。圆便一言,方将百拜。"

鹤 判

《文饭》:姻友陈仲公惠朱鱼数头,皆琼丙丹乙,贮之片壑,乔木清漪,容与唼喋,快甚。我亦鱼也,偶尔黑甜,长颈生突至,啖尽。日斜羁影,憾之。公将如棠,不见朱仪之熠煔;王立于沼,偶惊菁荇之纵横。急诘园丁,方知野鹤。此一鹤者,人谓败群。自标独立,包藏有祸。何称清迥,明心对客,无能传说,虸虸不舞。五亩之宅,只供蛤螺鳅鳝之餐;八口之家,难继稻粱蔬果之赋。久当削迹,瘗以焦山;只为寻声,还其晓月。岂其长恃弗悛,学阔有加。阑入清流,托狂翾于沐浴;衡穿华藻,害锦尾于临官。口甚苏张,攫金印如取寄;喙同勾践,吞文种以无余。恨切仇池,痛深丙穴。情当即行烹瀹,罪且不止樊笼。但念向未带牌,孤山失寻棹之教;今谋援缴,樵风无遗箭之宽。为我拔一毛,且寓摩顶之创;以杖叩其胫,勿婴断胫之悲。喈喈垂思,翘翘暂去。还顾出身,毋贻隐刺。

顾令却钱

吾郡顾澜居临顿里,受性介洁,不苟取予。宰山东淄川,入觐,父老为率邑民出数十缗以献。顾赋诗却之,云:"笑舒双手去朝天,荣辱升沉听自然。珍重淄人莫相赠,近来刘宠不收钱。"

戏 吴 主 事

弘治中,刑部主事德清吴从岷江差还,复命,鸿胪寺官语之曰:"正选通政,声音要洪大,起身不要背下。"至选日,吴果努力高声,又横走下御街。孝庙为之解颜。杨郎中茂仁作一对谑之云:"高叫数声,惊动两班文武;横行几步,笑回万乘君王。"

嫁女题石牛

正德中,江西士夫郭某有女善诗词。一日嫁女,过湖阻风于安仁铺。时都宪王守仁亦阻风于此,闲中以石牛为题,作一绝云:"安仁铺内倚阑干,遥望孤牛俯在山。"下句搜求,终不快意。问其处有文人才子能续者赏之。郭女闻之,即续云:"任是牧童鞭不起,田园荒尽至今闲。"时宸濠肆虐,百姓逃亡,田园多至荒芜者,故诗及之。守仁见诗大喜,仍命作石牛律诗云:"怪石崔嵬号石牛,江边独立几千秋。风吹遍体无毛动,雨洗浑身有汗流。嫩草平抽难下嘴,长鞭仍打不回头。至今鼻上无绳束,天地为栏夜不收。"守仁称赏,命备彩币,送过湖完亲。

《挑灯集异》亦载石牛山诗云:"一拳怪石老山巅,头角峥嵘几百年。毛长紫苔因夜雨,身藏青草夕阳天。通宵望月何时喘,镇日看云自在眠。恼杀牧童鞭不起,数声长笛思凄然。"

唐祝募缘

唐子畏、祝希哲浪游维扬,极声妓之乐,赀用乏绝,两公戏谓盐使者课税甚饶,乃伪作玄妙观募缘道士,诣台造请。盐使者大怒,咤之。两公对曰:"明公将以贫道为游食与? 贫道所与交皆天下贤豪长者,即如吾吴唐伯虎、祝枝山、文衡山辈,咸折节为友。明公不弃,请奏薄技,惟公所命。"御史霁威,随命赋《牛眠石》诗。两公立就一律云:"嵯峨怪石倚云间唐,抛掷于今定几年祝。苔藓作毛因雨长唐,藤萝穿鼻任风牵祝。从来不食溪边草唐,自古难耕陇上田祝。怪杀牧童鞭不起唐,笛声斜倚夕阳烟祝。"御史得诗,笑曰:"诗则佳矣,意欲何为?"两公曰:"明公轻财好施,天下莫不闻。今苏州玄妙观圮甚,明公倘能捐俸葺之,名且不朽。"御史即檄长、吴二邑资金五百为葺观费。两公得檄遂归,投檄二邑,更修刺往谒二尹,诈为道士关说,得金。二尹如其数付之，乃悉召诸妓女及所与游者，畅饮月余，而金悉尽。异日盐使者莅吴，肃仪谒观，见庙貌倾圮如故，责住持。住持茫然无对。召长、吴二令责之，令答曰："奉明公檄，适唐解元伯虎、祝京兆希哲云自维扬来，极道明公为此胜举，职即与金如数久矣。"盐使者怅然，心知两公，惜其才名，不问也。

桃石相嘲

石敢当仰视桃符而詈曰："汝何等草芥，辄居我上？"桃符俯而应曰："汝已半截入土，犹争高下乎？"石敢当怒，往复纷然不已。门神解之曰："吾辈不肖，傍人门户，何暇争闲气耶？"虽戏言，可发深省。

梅花下火文

《辍耕录》：周申父之翰寒夜拥炉爇火，见瓶内所插折枝梅花，冰冻而枯，因取投火中，戏作下火文云："寒勒铜瓶冻未开，南枝春断不归来。这回不入梨云梦，却抱芳心作死灰。恭惟地炉中处士梅公之灵，生自罗浮，派分庾岭。形若槁木，棱棱山泽之臞；肤如凝脂，凛凛雪霜之操。春魁占百花头上，岁寒居三友图中。玉堂茅舍总无心，金鼎商羹期结果。不料道人见挽，便离有色之根；夫何冰氏相凌，遽返华胥之国。玉骨拥炉烘不醒，冰魂剪纸命难招。纸帐夜长，犹作寻香之梦；筠窗月淡，尚疑弄影之时。虽宋广平铁石心肠，忘情未得；使华光老丹青手段，摸索难真。却愁零落一枝春，好与荼毗三昧火。惜花君子，还道这一点香魂，今在何处。咦！炯然不逐东风散，只在孤山水月中。"

十二辰诗

倪维绶辑《群谈采余》：宋黄山谷有二十八宿支干诗，朱文公乃云读十二辰诗卷，掇其余作此，聊奉一笑，曰："夜闻空箪啮饥鼠，晓驾羸牛耕废圃。时方虎圈听豪夸,旧业兔园嗟莽卤。君看蛰龙卧三冬,头角不与蛇争雄。毁车杀马罢驰逐,烹羊酤酒聊从容。手种猴桃垂架绿,养得鹍鸡鸣喔喔。客来犬吠催煮茶,不用东家买猪肉。"

葱 汤 麦 饭

朱晦庵访婿蔡沈不遇,其女出葱汤麦饭留之,意谓简亵,不安。晦庵题诗曰:"葱汤麦饭两相宜,葱补丹田麦疗饥。莫谓此中滋味薄,前村还有未炊时。"

玉 皇 绦 环

《金陵琐事》:守备太监刘琅,贪婪异常,造玉皇阁,延方士炼丹。一方士有瘦银法,琅有玉绦环,价值百镒,诳言丹成以谢玉皇,遂以法取去。时作诗嘲之云:"堆金积玉已如山,又向仙门学炼丹。巧里得来空里去,玉皇原不击绦环。"

删 太 白 诗 字

一富翁慕好客之名,而不甚设酒食。一日,诸词人杂坐,久之,惟具水浸藕两盘而已。诸人举手而尽。一客因诵"客到但知留一醉,盘中惟有水晶盐"之句,云:"太白此诗若删去四字,便合今日雅会矣。"一客问宜去何四字,答云:"客到但知留,盘中惟有水。"众皆大笑。

诗　　社

有一人目不识丁,好邀人结诗社,具饮食甚菲,而又愆期。人作诗嘲之,有"纽穿肠肚诗难就,叫破喉咙酒不来"之句,道其实也。然诗社不犹愈于斗鸡、呼卢之场乎?似未可过诮也。

剪　刀　诗

《升庵诗话补遗》云：李古廉时勉《咏剪刀》诗："吴绫剪处鱼吞浪，蜀锦裁时燕掠霞。深院响余一作传。春昼静，小楼工罢夕阳斜。"古廉之直节清声，而诗妩媚如此。

熨　斗　诗

《骖鸾录》钴鉧，火斗也，俗名熨斗。明瞿宗吉有诗云："有柄何曾挹酒浆，随时用舍属闺房。斡旋天上阳和气，平帖人间锦绣香。翠袖卷纱移玉钏，金簪分火近牙床。衣成还寄征夫去，印颗何时肘后黄。"

钓　鳌　客

唐张祐谒李绅，自谓"钓鳌客"。李怒曰："既解钓鳌，以何为竿？"曰："以虹为竿。""以何为钩？"曰："以日月为钩。""以何为饵？"曰："以短李相为饵。"绅默然，厚赠之。宋王严光有才不达，亦号钓鳌客，巡游都邑，求麻铁之资以造钓具。有不应者，辄录姓名置篑中，曰："下钓时取此等蒙汉为饵。"

千　字　文　题

明韩襄毅雍巡抚江西，下车观风，绳检颇严。吉水诸生相与诮曰："抚军不过《千字文》秀才，安得名邦观海耶？"韩闻之，即以《千字文》出题，策题"闰余成岁"，论题"律吕调阳"。其宿学仅得完篇，初学及肤浅错误者送学道严责。自此诸生悉遵约束。

南阳李文达公贤先任浙中学使，微行至余姚。有两生对弈，因曰："宗师至，尚弈乎？"两生曰："我何书不读，岂惮试？宗师能作百人名题目试我乎？"及试余姚，论题曰"用兵最精"，策题曰"孔门七十二贤，贤贤何德；云台二十八将，将将何功"。诸生茫然，齐起跪问。李曰："《千字文》且不能记，百人名亦不省，何谓读书？知汝辈今科无一举人在内。"余姚科举极多，是科果无一人得隽者。

拙　字

李郁一作都。为荆南从事，有亲识自京寄书，字体殊恶，李戏答以诗曰："华缄千里寄荆门，章草纵横任意论。应笑钟张虚用力，却教羲献枉劳魂。惟堪爱惜为珍宝，不敢留传误子孙。深荷故人相爱处，天行时气许教吞。"言其字堪作符箓也。闻之者无不绝倒。

题 扇 拒 客

金陵林奴儿号秋香，成化年间妓，风流姿色，冠于一时。兼善丹青，笔法清润。从良后，有旧知欲求一见，因画柳枝于扇，题诗云："昔日章台舞细腰，任君攀折嫩枝条。从今写入丹青里，不许东风再动摇。"

汪 海 云

休宁汪肇号海云，善画山水人物，出入于戴文进、吴小仙。曾至南京，误附贼舟，值祭江神，约夜间劫一太守舟，欲汪备数。汪不逆其意，自陈善画；开厢取扇以示无物，人各画一扇赠之。及饮酒，用鼻吸饮，又为戏事以娱劝之。贼首不觉沉醉，遂误其事。次日因舍舟从陆。常自负作画不用朽，饮又不用口云。

朱 斗 儿

金陵妓朱斗儿，号素娥，与陈鲁南沂联诗，有"芙蓉明玉沼，杨柳暗银堤"之句，人多诵之。送所欢于江干，题绝句云："扬子江头送玉郎，离思牵挽柳丝长。柳丝挽得吾郎住,再向江头种几行。"又托所欢买束腰,其人以书问尺寸,斗儿答之云:"既许红绫束,何须问短长。纤腰君抱过,寸尺自思量。"凤阳刘望岑尝访斗儿,斗儿不出,刘投一绝云:"曾是琼楼第一仙,旧陪鹤驾礼诸天。碧云缥缈罡风恶,吹落红尘四十年。"斗儿欣然见之。

硬 如 铁

佛印建方丈成,乞东坡颜额。东坡未暇,佛印自题曰"参禅谒"。东坡一日见之,戏续云"硬如铁",佛印接云"谁得知",东坡笑云"徒弟说"。鲁直在坐,绝倒。

戴 石 屏

元戴石屏_{复古}未遇时,流寓江右武宁。有富家翁爱其才,以女妻之。居二三年,忽欲作归计,妻问其故,告以曾娶,妻白之父。父怒,妻宛曲解释,尽以奁具赠夫,仍饯以词云:"惜多才,怜薄命,无计可留汝。揉碎花笺,忍写断肠句。道旁杨柳依依,千丝万缕,抵不住一分愁绪。　　捉月盟言,不是梦中语。后回君若重来,不相忘处,把杯酒浇奴坟土。"石屏既别妻遂赴水死。

武庙幸徐霖第

金陵徐子仁_霖,诗才笔阵,丹青乐府,独擅一时。好游狭斜,娼家皆崇奉之。文衡山赠之诗,有"乐府新传桃叶渡,彩毫遍写薛涛笺"之句。武庙南巡,以布衣召对,三幸其第。曾钓鱼于快园池中,失足落水,御衣尽湿,易衣复钓,得一金鱼,宦官高价争买之。园有宸幸堂、浴龙池,纪其实也。乃命召禁直,霖作诗纪之云:"久嗣《豳风》学老农,圣恩忽漫起疏慵。身离陆海三千里,目睹天门十二重。封禅无诗何献纳,清平有调尽遭逢。临流久洗巢由耳,也许来听长乐钟。"除夕应制,百韵立成,在帝左右,从容顾问,游从竟日夕,可谓不世之奇遇。辞官不拜,拂衣遂初,冥鸿高骞,弋人徒慕,又历二十余年,竟以隐终。

水　利

吴为泽国,湖荡水滨,编竹设簖,可专鱼蟹菱芡之利,惟有势力者可得之。西湖亦然。近见杭人谣曰:"十里湖光十里笆,编笆都是富豪家。待他十载功名尽,只见湖光不见笆。"

险　韵　诗

刘玉俦瑊在南京读书时,携酒邀沈惟申重巽、盛仲交时泰同游清凉寺。上环翠阁,睹壁间诸诗。玉俦因以"祥狂张藏尪"为韵苦仲交,仲交走笔书壁上曰:"三人阁下共徜徉,此日风流压楚狂。读书不数郑监税,任侠那夸许少张。风生虎向谷旁吼,雾尽豹岂田中藏。从来陆云最文弱,休笑形貌多羸尪。"诗成,二人吐舌相视。押韵虽妥,但失粘耳。

沈　宜　谦

吾郡沈硕,字宜谦,号龙江,流寓南京学画,三年不下楼。工于临摹。一女嫁杨伯海,亦善写生,工折枝花。黄姬水题其《杏花》云:"燕飞修阁帘栊静,纨扇新题春思长。妙绘一经仙媛手,海棠生艳复生香。"伯海尝诵《枯木》一联云:"有枝撑晓月,无叶响秋风。"句颇清致,惜不载为谁作。

衣　巾　生　员

金陵杨秀才榖字惟五,博学能诗。上元尹以苦役役其父兄,榖往诉之。尹以衣巾生员为题,令其作诗,盖轻之也。榖援笔成诗,尹见其"草中射虎心空在，天上屠龙事已非"之句，遂免其役。

造楼观塔灯

徐子仁快园落成，锦衣黄美之携酒饮于园中。一友人曰："此园正与长干浮图相对，惜为城隔。若起一楼对之，夜观塔灯，最是佳境。"美之曰："是不难。"诘旦送银二百两与子仁造楼。美之乃太监黄锦之侄，锦保养孝宗最有功，及登极，赐赉甚厚，世所传《陈琳妆盒记》，乃其事也。

丙集卷之四

茶 瓶 汤 候

《鹤林玉露》载：李南金《煮茶》诗云："砌虫唧唧万蝉催，忽有千车捆载来。听得松风并涧水，急呼缥色绿瓷杯。"其论固已精矣。然瀹茶之法，汤欲嫩而不欲老，盖汤嫩则茶味甘，老则过苦矣。若声如松风涧水，而遽瀹之，岂不过于老而苦哉！惟移瓶去火，少待其沸止而瀹之，然后汤适中而茶味甘，此南金之所未讲者也。因补以诗云："松风桧雨到来初，急引铜瓶离竹炉。待得声闻俱寂后，一瓯春雪胜醍醐。"

煎茶初滚曰蟹眼，渐大曰鱼眼。故俗以未滚者为盲汤。

戏 嘲 茶 马

龙图刘烨尝与刘筠聚会饮茗，问左右汤滚未，皆言已滚。筠曰："佥曰鲧哉！《书经》语。"烨曰："吾与点也。四书语。"一日连骑趋朝，筠马病足行迟，烨问马何迟，筠曰："只为五更三。"烨曰："何不七上八。"言马蹄即跕，该落步行。

飞 吟 亭 诗

世传吕洞宾唐进士也，诣京师应举，遇钟离翁于岳阳，授以仙诀，遂不复之京师。今岳阳飞吟亭，是其处也。后有人题诗于亭上云："觅官千里赴神京，钟老相传盖便倾。未必无心唐事业，金丹一粒误先生。"庐景纶酷爱其旨趣，盖夫子告沮、溺之意也。

牛　诗

李家明滑稽善讽，从后主登台，望牛山，见牛卧树阴下。后主曰："牛苦热矣。"家明上绝句云："曾遭宁戚鞭敲角，又被田单火燎身。闲背斜阳嚼枯草，向来问喘更无人。"

咏美人指甲

宋刘改之造词赡逸，赋《沁园春》以咏美人指甲与足曰："销薄春冰，碾轻寒玉，渐长渐弯。见凤鞋泥污，倩人强剔，龙涎香断，拨火轻翻。学抚瑶琴，时时欲勒，更掬水鱼鳞波底寒。纤柔处，试摘花香满，镂枣成斑。　　时将粉泪偷弹。记绾玉、曾教柳传看。算恩情想着，搔便玉体，归期暗数，画遍阑干。每到相思，沉吟静处，斜倚朱唇皓齿间。风流甚，把仙郎暗掐，莫放春闲。""洛浦凌波，为谁微步，轻尘暗生。记踏花芳径，乱红不损，步苔幽砌，嫩绿无痕。衬玉罗悭，销金样窄，载不起盈盈一段春。嬉游倦，笑教人款捻，微褪些根。　　有时自度歌声。悄不觉、微尖点拍频。忆金莲移换，文鸳得侣，绣茵催衮，舞凤轻分。懊恨深遮，牵情半露，出没风前烟缕裙。知何似，似一钩新月，浅碧笼云。"邵清溪亨贞嗣其体调以咏眉目曰："巧斗弯环，纤凝妩媚，明装未收。似江亭晓玩，遥山拂翠，宫帘暮卷，新月横钩。扫黛嫌浓，涂铅讶浅，能画张郎不自由。伤春倦，为敛多无力，翻做娇羞。　　填来不满横秋。料着得、人间多少愁。记鱼笺缄启，背人偷敛，雁钿胶并，运指轻揉。有喜先占，长颦难效，柳叶轻黄金在否。双尖锁，试临鸾一展，依旧风流。""漆点填眶，风稍侵鬓，天然俊生。记隔花瞥见，疏星炯炯，倚阑凝注，止水盈盈。端正窥帘，梦腾并枕，睥睨檀郎长是青。端相久，待嫣然一笑，密意将成。　　困酣曾被莺惊。强临镜、挪拏犹未醒。忆帐中亲见，似嫌罗密，尊前相顾，翻怕灯明。醉后看承，歌阑斗美，几度孜孜频送情。难忘处，是鲛绡揾透，别泪双零。"

紫 姑 咏 手

《夷坚志》：吉州一士邀紫姑神作诗，适姜某女在侧，因请咏手，即书曰："笑折樱桃力不禁，时攀杨柳弄春阴。管弦曲里传声慢，星月楼前敛拜深。绣幕偷回双舞袖，绿窗闲整小眉心。秋来几度挑花褥，_{一作罗袜。}为忆相思放却针。"信笔而成，颇有雅致。

苏 绣 鞋

苏平字秉衡，号雪溪道人，浙之海昌人。景泰、天顺中，以诗文游江湖。咏《绣鞋》诗得名，人目为苏绣鞋。诗云："几日深闺绣得成，着来便却可人情。半湾罗袜凌波小，两瓣金莲落地轻。南陌踏青春有迹，西厢立月夜无声。扫花偶湿苍苔露，晒向窗前趁晚晴。"苏正字秉桢号云塈，其同胞昆仲也。

《悬笥琐探》云：邹御史亮作《三夸诗》，谓苏平、汤胤绩、刘溥。

老 态 诗

萧山魏文靖骥，正统初为司训，臒然若不胜衣。一日，席间袁柳庄相之曰："公异日必至极品。"众皆掩口，自亦以袁为诮己。后以教导有功，升少卿，至吏部尚书。性好吟咏，不以工拙为计。有《老态诗》："渐觉年来老病磨，两肩酸痛脊梁驼。耳聋眼暗牙根蛀，腿软腰疼鼻泪多。脏毒头风时又举，痔疮疝气不能和。更兼酒积微微发，三岁孩童长若何。"诗虽俚鄙，曲尽老态。至九十有八而卒。后见《杂录》载赵松雪《老态》一诗甚佳："老态年来日日添，黑花飞眼雪生髯。扶衰每藉过眉杖，食肉先寻剔齿签。右臂拘挛巾不裹，中肠惨戚泪常淹。移床独坐南窗下，畏冷思亲爱日檐。"

衡 山 图 记

文衡山生年与灵均同，因取"唯庚寅吾以降"句为图书。有一守自北方来，闻知衡山善画，因问人曰："文先生前更有善画过之者乎？"或以唐伯虎对。又问伯虎何名，曰："唐寅。"守即跃起曰："文先生屈己尊人如此！"人问何故，曰："吾见文先生图书曰唯唐寅吾以降。"闻者喷饭。

惠 利 夫 人

《八闽志》：莘七娘，五代人，从夫征讨，夫没于明溪乡，七娘即居明溪，死后合葬于驿左。一夕，客假馆驿中，夜闻吟诗甚悲。达旦，客语邻，并书其词壁间。乡人构室墓前祀之，祷祀响应。寇至，乡人恳祷，即殄渠魁。端平间，调寨兵戍建康，告行时，闻庙中钲鼓喧腾。迨兵回，言是日与敌会战，有神兵阴助克之。于是上闻，赐庙额显应，封惠利夫人。文文山题诗曰："百万貔貅扫犬羊，家山万里受封疆。男儿若不平强寇，死愧明溪莘七娘。"

东 坡 巾

明苏郡守胡可泉缵宗，与客登虎丘，见戴角巾者三人，往来自如。可泉召而问之，答曰生员。以奚冠命题，各试一破，皆塞责应命。因问其所冠者何冠，答曰东坡巾。可泉曰："若等既知为东坡巾，然东坡何为用此巾？"三人相顾，无以对。客从旁解释，遣之。客亦不解，请其故。可泉曰："昔东坡被论坐，囹圄中所戴首服，则常服不可也，公服不可也，乃制此巾以自别，后人遂名曰东坡巾。"是乃东坡之囚巾耳。今但慕其名而不究其义，适为可笑。

集唐嘲续娶

有老夫娶少妇,期年而殒。管子宁先生熙集句嘲之:"一朵梨花压海棠,有时颠倒着衣裳。风尘荏苒音书绝,天上人间两渺茫。""一朵梨花压海棠,罗裙宜着绣鸳鸯。人生富贵须回首,魏国山河半夕阳。""纤纤初月上鸦黄,一朵梨花压海棠。旧枕未容春梦断,为郎憔悴却羞郎。""潘安惆怅满头霜,一朵梨花压海棠。去日渐多来日少,离人到此倍堪伤。""似说春风梦一场,江流曲似九回肠。却将此日思前日,一朵梨花压海棠。""万转千回懒下床,丁丁漏永夜何长。惊回一枕游仙梦,一朵梨花压海棠。"

余亦效颦,戏代少妇追思云:"一朵梨花压海棠,白头翁入少年场。主人非病常高卧,醉倒檐前白玉床。""一朵梨花压海棠,芸窗思贴弱肌香。谁知白发龙钟者,云雨巫山枉断肠。""数年尘面再新妆,一朵梨花压海棠。半夜灯前思旧事,满窗明月满帘霜。""此日思君恨更长,空余涕泪两三行。夜深忽梦少年事,一朵梨花压海棠。"

天 竺 观 音

宋孝宗时大旱,有诏迎天竺观音,就明庆寺请祷。或作诗云:"走杀东头供奉班,传宣圣旨到人间。太平宰相堂中坐,天竺观音却下山。"赵温叔雄由是免相。

左 国 玑

开封举人左国玑,李空同之舅。左有一妹嫁某,某不怜其妹,取妓以充后房。一日妓逃,左作诗嘲之云:"桃叶歌残事可伤,家池莫养野鸳鸯。闭门运目春容减,仍对无盐老孟光。"

虞伯生词

元柯敬仲九思际遇文宗，起家为奎章阁鉴书博士，以避言路居吴下。虞邵庵集赋《风入松》长短句寄之，云："画堂红袖倚清酣，华发不胜簪。几回晚直金銮殿，东风软，花里停骖。书诏许传宫烛，香罗初剪一作试。朝衫。　御沟冰泮水揉蓝，飞燕又呢喃。重重帘幕寒犹在，凭谁寄，锦字泥缄。报道先生归也，杏花春雨江南。"词翰兼美，脍炙一时。

妓出家

《能改斋漫录》：唐阳郇伯作妓人出家诗曰："尽出花钿与四邻，云鬟剪落向残春。暂惊风烛难留世，便是池莲不染身。贝叶欲翻迷锦字，梵声初落误梁尘。从今艳色归空后，湘浦应无解佩人。"《湘山野录》作陈彭年诗，误。又《辍耕录》：李当当，元教坊名妓，姿艺超出流辈。忽翻然有悟，遂着道士服。段吉甫天祐赠之以诗曰："歌舞当今第一流，洗妆拭面一作今日。别青楼。便随南岳夫人去，不为苏州刺史留。璚馆月明箫凤下，绮窗云散镜鸾收。却嫌痴绝浔阳妇，嫁得商人已白头。"

刺伯颜词

太师伯颜擅权戕杀士类，山东宪吏曹明善时在都下，作《岷江绿》二曲以风之，大书揭于午门之上。伯颜怒，令左右暗察得实，肖形捕之。明善出避吴中僧舍，居数年，伯颜败，方入京。其曲曰："长门柳丝千万缕，总是伤心处。行人折柔条，燕子衔芳絮，都不由凤城春做主。"又："长门柳丝千万结，风起花如雪。离别重离别，攀折复攀折，苦无多旧时枝叶。"又名《清江引》。

咏　瞽　者

《草木子》：元哑御史春日与瞽者并马出游晋阳，因赠以诗云：
"就鞍和袖缩丝缰，也逐王孙出晋阳。人笑但闻夸景物，风来应解识
笙簧。马蹄响处无芳草，莺舌调时有绿杨。休道不知春色好，东风桃
李一般香。"

帅　才　相　量

元伯颜丞相与张九元帅席上各作《喜春来》词，伯颜云："金鱼玉
带罗襕扣，皂盖朱幡列五侯。山河判断在俺笔尖头。得意秋，分破帝
王忧。"张九云："金装宝剑藏龙口，玉带红绒挂虎头。绿杨影里骤骅
骝。得志秋，名满凤凰楼。"帅才相量，各言其志。

诗　疑　吕　仙

虞伯生集幼年过苏门酒楼，题诗于壁，书连十八书。其诗曰："耳
目聪明一丈夫，飞行八极隘寰区。剑吹白雪妖邪灭，袖拂春风枯槁
苏。气集酒酣双国士，情如花拥万天姝。如今一去无消息，只有中天
月影孤。"时疑为吕洞宾所作，争传诵之。

又元白云平章求仙于燕京西山顶，一日偶出，滕玉霄访之不值，
因题诗于壁曰："西风短褐吹黄埃，何不从我游蓬莱？振衣长啸下山
去，后夜月明骑鹤来。"竟不留名。白云见之，疑吕仙所题，朝野辐凑，
宠赍山积。后知玉霄所题，白云厚赂之，戒以勿泄。

净　浴

苏东坡有《净浴·如梦令》词云："水垢何曾相受，细看两俱无有。
寄语揩背人，尽日劳君挥肘。轻手，轻手，居士本来无垢。"又云："自

净方能洗彼,我自汗流呀气。寄语澡浴人,且共肉身游戏。但洗,但洗,本为人间一切。"

吊伯颜诗

《辍耕录》:后至元间,太师秦王伯颜专权蠹政,贪恶无比,贬岭南,道江西,至隆兴卒,—作荐福寺。寄棺驿舍。有人题于壁曰:"百千万定犹嫌少,垛积金银北斗边。可惜太师无运智,不将些子到黄泉。"又《草木子》亦载吊伯颜一诗云:"人臣位极更封王,欲逞聪明乱旧章。一死有谁为孝子,九泉无面见先皇。辅秦应已如商鞅,辞汉终难及子房。虎视南人同草芥,天教遗臭在南荒。"盖尝出令北人殴打南人不许还报。

王 昭 仪

宋宫人王昭仪名清惠,字冲华。丙子北行,题《满江红》词于驿云:"太液芙蓉,浑不似旧时颜色。曾记春风雨露,玉楼—作阶。金阙。名播椒兰—作兰簪。妃后里,欢承笑语—作晕潮莲脸。君王侧。忽一朝—作听一声。鼙鼓揭天来,繁华歇。　龙虎散,风云灭。千古恨,凭谁说。—作铜驼恨,何堪说。对河山百二,泪沾襟血。驿馆夜惊尘土梦,宫车晓碾关山月。愿嫦娥相顾肯从容,随圆缺。"中原士人多诵之。昭仪后为女道士。

徐 君 宝 妻

岳州徐君宝妻某氏被掳至杭,主者数欲犯之,终以巧计脱。盖某有令姿,主者不欲遽逼之也。一旦得间,焚香再拜,题《满庭芳》词一阕于壁,投池中以死。词曰:"汉上繁华,江南人物,尚遗宣政风流。绿窗朱户,十里烂银钩。一旦刀兵齐举,旌旗拥百万貔貅。长驱入,歌楼舞榭,风卷落花愁。　清平三百载,典章文物,扫地俱休。幸此身未北,犹客南州。破鉴徐郎何在? 空惆怅,相见无由。从今后断魂千里,夜夜岳阳楼。"

尼觉清诗

湛甘泉与霍渭厓拆毁庵观淫祠,豹韬卫营中一庵亦在毁中。有尼觉清题诗于壁云:"慌忙收拾旧袈裟,检点行囊没一些。袖拂白云归洞口,肩挑明月绕天涯。可怜松顶新巢鹤,却负篱边旧种花。分付犬猫随我去,休教流落俗人家。"《尧山堂》作方献夫赐告里居,规僧房以益宅,僧作是诗。

胡御史张少傅

嘉靖壬辰,北直学院胡明善待士惨刻,庠序甚怨。以私取房山所窠石为碑,事发,拟侵盗园林树木,以石窠近皇陵故也。是年七月间,彗星见东井,自辛卯至是已三见。有旨令大臣自陈,张少傅孚敬遂致仕。或为句以纪其事云:"石取西山胡明善,殃从地起;星行东井张孚敬,祸自天来。"又曰:"彗字扫除无驻足,石碑压倒不翻身。"

楮衾

江西徐大山尹处州龙泉县,有一僧献一楮衾,并上以诗曰:"寒泉泻出剡溪藤,白胜秋霜冷若冰。愿比一廉清似水,梅花纸帐伴孤灯。"大山见之甚喜,因与之宴,令一婢隔壁而歌。僧闻其曲韵悠扬,因窥之,乃一老婢,天黥满面,丑不可状。因复作一诗云:"隔壁时闻一曲歌,浑疑七宝帐中花。瞥然一见翻成恨,元出卢仝处士家。"

食蕈

松阳诗人程渠南,滑稽士也。与僧觉隐《草木子》作信道元。同斋食蕈，觉隐请渠南赋蕈诗，应声作一绝句云："头子光光脚似丁，只宜豆腐与菠薐。释迦见了呵呵笑，煮杀许多行脚僧。"觉隐闻之亦喷饭。

邓　氏　诗

明宜山邓氏能诗，嫁同邑吴某，以罪被逮赴省。邓寄以衣而侑以一绝云："欲寄寒衣上帝都，连宵裁剪眼模糊。可怜宽窄无人试，泪逐东风洒去途。"又《题画菊》云："良工妙手恁安排，笔底移来纸上裁。叶绿花黄长自媚，等闲不许蝶蜂来。"

玄　兔

《治世正音》载：曾子启⊕应制《玄兔》诗云："月华星彩毓珍奇，两度西来贡玉池。八窍尽含苍露湿，一身浑是黑云垂。吐生定是从玄圃，渴饮多应向墨池。顿首天阶欣快睹，宛同神禹赐圭时。"后见《巢睫集·玄兔》诗云："传闻三穴久储精，日啖玄霜异质成。八窍总含苍雾湿，一身斜弹黑云轻。行来青琐应难觅，立向瑶阶却尽惊。自是太平多瑞物，愿随毛颖咏干城。"前诗盖应制之时仓卒而赋，集中所载不惟点窜章句，而原韵亦更。前人云诗不厌改，有是夫！

海　外　全　书

秦始皇二十八年，东行郡县，命方士徐福入海求仙。福将童男女各三千人，尽移宝玩书册，至海岛止而不归。始皇三十二年，始下焚书之令，则徐福所携之书皆未焚以前之全册也。五经应是孔子手定之书，史记应有子长未见之事，得睹此等全册，则汉儒诸家之争，晋魏诸人之讹，可以证之。汉成帝、隋炀帝、唐太宗、明高皇等重赏购书，何不搜求其地乎？海岛亦是人间，非如天上难至。嘉靖间，有人建言宜乘琉球日本封王之便，从东南诸外国求徐福所携书，其言不行，乃古今一大缺陷事也。

吊四状元诗

《辍耕录》载：平江驿有吊四状元诗曰："四榜状元逢此日，他年公论定难逃。空令太守提三尺，不见元戎用六韬。元举何如兼善死，公平争似子威高。世间多少偷生者，黄甲由来出俊髦。"元举王宗哲字，至正戊子科三元，时为湖广宪佥。兼善泰不花字，时为台州路达鲁花赤。公平李齐字，时为高邮府知府。子威李黼字，时为江州路总管。此四公者，或大亏臣节，或尽忠王事，或遇难而亡，故云若论其优劣则江州第一，台州次之，高邮又次之，宪佥不足道也。

胡王咏女史

明初海宁胡虚白奎号斗南，能诗。《七修类稿》载其《题杨妃教鹦鹉念心经》云："春寒卯酒睡初醒，笑倚东窗白玉屏。早悟眼前空是色，不教鹦鹉念《心经》。"《题绿珠坠楼》云："花飞金谷彩云空，玉笛吹残步障风。枉费明珠三百斛，荆钗那及嫁梁鸿。"后正统间钱塘王兰野致道亦以诗鸣于时，尝题杨妃云："禁苑养骄儿，儿骄母命危。褒斜山路险，不似在宫时。"题绿珠云："主难因妾起，妾心安肯违。身为金谷土，魂作彩云飞。"冲雅规刺，皆得风人余意。

虚白有《双孔笛》诗云："混沌难分浊与清，凿开空翠太分明。有声本自无声出，二气还从一气生。碧海夜寒龙并语，瑶台月白凤谐鸣。依稀黄鹤楼中听，吹落梅花雪满城。"《咏萍》云："重重叠叠砌鱼鳞，根蒂浑无半寸深。偏为太阳遮水面，不容明月印波心。千层浪打依然聚，几度风吹不肯沉。多少锦鳞藏叶底，教人无计下钩寻。"格律虽卑，亦亲切有蕴。

史公谨

太仓史公谨谨能诗，工绘事，赠吴羽士有"松下剪云缝鹤氅，花间摘露写鹅经"之句。《金陵琐事》载其诗甚多。弱冠从军滇阳，洪武末,有荐其才,授应天府推官。未几左迁湘阴县丞,遂流寓金陵,自号吴门野樵。长于寒林雪景,自题其画曰:"雨余山色翠如苔,树杪寒烟湿未开。童子无端扫红叶,隔林知有故人来。"

品　梅

杨用修、王元美品题梅花诗皆取杜少陵"幸不折来伤岁暮,若为看去乱乡愁",李义山"玉鳞寂寂飞斜月,素手停停待夕阳"。此论一出,却令淡烟疏影之句顿尔减价。金陵黄吏部首卿^甲有句云:"野客佩寒星欲堕,佳人钗暖日初融。"焦弱侯^竑有句云:"花开暮雪人归后,香满寒庭月上时。"一似义山,一似少陵。

佛龛弊纸诗

金陵盛仲交^{时泰}游祈泽寺,从佛龛中得弊纸,上书一律云:"研池满座落花香,墨透纤毫染汉章。静卧衲衣云似水,高悬纸帐月如霜。杯浮野渡鱼龙远,锡振空山虎豹藏。幸对炉烟坐终日,煮茶清话得徜徉。"后书:"友人褚偋呈雪庭法师座前清览,洪武辛亥暮春书于清隐小轩。"《金陵琐事》云偋字本中,惜不知何许人。

储静夫对

储静夫^瓘弱冠游庠,不循矩度。学官示以句曰:"赌钱吃酒养婆娘,三者备矣。"储应声曰:"齐家治国平天下,一以贯之。"学官谢之。成化癸卯举解元,甲辰会试亦第一。

朝　云

东坡侍妾朝云,尝令就秦少游乞词,少游赠云:"霭霭迷春态,英英媚晓光。不应容易下巫阳,只恐翰林前世是襄王。暂为清歌驻,还因暮雨忙。瞥然归去断人肠，空使兰台公子赋高唐。"东坡见而赏之。

题卧雪图

金陵金元善_璇号松居，精于医，旁及绘事。曾写《袁安卧雪图》，兄元玉_琮题云："一片坚贞天地知，甘贫岂但雪中饥。平生耻作干人态，纵使晴天也不宜。"元玉亦善画梅，有逃禅老人笔意。其《煮茶》诗有"细浪卷风生蟹眼，怒涛翻月起龙腥"之句。

张　　仙

世所传张仙像，乃《蜀王孟昶挟弹图》也。昶美丰姿，喜猎，善弹。乾德三年蜀亡，花蕊夫人随辇入宋，后心尝忆昶，因自画昶像以祀。艺祖见而问之，答曰："此我蜀中张仙神也。《贤奕》作灌口二郎神。祀之令人有子。"历言其成仙后之神异。故宫中多奉以求子，传于民间。郎仁宝云："张仙名远霄，五代时游青城山得道者。苏老泉曾梦之，挟二弹以为诞子之兆。老泉奉之，果得轼、辙。有赞，见集中。"人但知花蕊假托，不知真有张仙也。

赵墓严台

宋赵清献公墓在衢州城东，有题诗于地之驿曰："千夫荷担出山阿，膏血如何有许多。不若扁舟径归去，休从清献墓前过。"严子陵钓台在富阳江之涯，有过台而咏者曰："君为利名隐，我为利名来。羞见先生面，黄昏过钓台。"乘扁舟而过清献之墓，知为利名而夜过钓台，二人尚德之心深矣。

吊唐荆川

唐荆川_{顺之}罢官后，家居著书，颇自特立。因赵甬江_{文华}以逢合严介溪，遂得复职，升淮扬巡抚，殊失初心。乡人以诗吊之曰："海门潮涌清淮水,燕塞云埋白羽旄。子美文章空寄世,孔明事业等轻毛。避人焚草宁辞谏,策马先师不惮劳。莫讶今朝归未得,出山何似在山高。"又越中王龙溪送行诗云:"与君廿载卧云林,忽报征书思不禁。登阁固知非昔日,出山终是负初心。青春照眼行应好,黄鸟求朋意独深。默默囊琴且归去,古来流水几知音。"

神 仙 粥

神仙粥专治感冒、风寒、暑湿、头疼、骨痛并四时疫气流行等症。初得病两三日,服此即解。用糯米半合,生姜五大片,河水二碗,于沙锅内煮一二滚,次入带须大葱白五七介,煮至米熟,再加米醋小半盏入内和匀,乘热吃粥,或只吃粥汤,即于无风处睡,以出汗为度。此以糯米补养为君,姜葱发散为臣,一补一散,而又以酸醋敛之,甚有妙理,屡用屡验,非寻常发表之剂可比也。

霍 洞

《昨非庵日纂》:霍洞尝宿田舍,见吏催科,诗云:"北风吹晴屋满霜,翁儿赤体悲无裳。闺中幼妇饥欲泣,忍饥取麻灯下缉。一身勿暇私自怜,鸣机轧轧明窗前。织成五丈如霜布,翁作襕裙儿作裤。明朝官吏催租急,依然赤体当风立。"又值岁饥,洞见太守骑从出游,作诗云:"朝来五马去寻春,谁信家家甑有尘。枕席道旁宜细问,恐非芳草醉眠人。"守闻其诗,为之罢游。

和 尚 对

永乐时,尚书某题诗于寺,一僧和之。后尚书至寺诘究,曰:"我不即加汝罪,但出一对,能对恕之。"云:"和尚和尚书诗,因诗言寺。"僧不能对,候解缙入朝求救。缙曰:"候我回朝。"代对云:"上将上将军位,以位立人。"和尚回对,尚书已知其必解学士句也。

张　三　影

吴兴张先字子野,天圣八年进士,善诗词,人谓之张三中,盖能道心中事、眼中景、意中人也。子野谓人曰:"我张三影也。诗有'浮萍断处见山影',词有'帘幕卷花影'、'堕絮轻无影'。"《后山诗话》载其事。《高斋诗话》以子野诗句有三影者最佳,改后二影为"云破月来花弄影"、"隔墙送过秋千影",人目之为张三影。

又《石林诗话》云:子野能文章乐府,年八十五,犹蓄声妓。东坡作诗曰:"锦里先生自笑狂,莫欺九十鬓眉苍。诗人老去莺莺在,公子归来燕燕忙。柱下相君犹有齿,江南刺史已无肠。平生谬作安昌客,略遣彭宣到后堂。"《七修》云:全篇俱用张姓故事。诗人谓张君瑞与崔莺莺事。汉成帝尝微行过阳阿主作乐,见赵飞燕而悦之。先是,童谣曰:"燕燕尾涎涎,张公子,时相见。"盖帝微行,尝与张放俱,而称富平侯家,故曰张公子。又曰:燕燕,张祐妾。《尧山堂》云:诗人谓张籍,公子谓张祐,柱下谓张苍,安昌谓张禹,但江南刺史注系刘禹锡。然全篇皆用张姓事,不应此句独用刘事。或坡公用隐僻事,未之详考耳。

同时又有张子野,亦名先,博州人,天圣三年进士,欧阳文忠公志其墓。

吴　伯　通

明西蜀吴伯通淳为浙省学道,取士专看工夫。时初学作文多不根,取者甚少,乃群往御史台求试。御史复发吴,吴出题"鼋鼍蛟龙鱼鳖生焉"论题,乃一滚出来,文难措辞,而论又性理,终场者少,大为吴所辱。嘲之者曰:"三年王制选英才,督学无名告柏台。谁知又落吴公纲,鱼鳖鼋鼍滚出来。"

马　湘　兰

金陵名妓马守真,字湘兰,以豪侠得名,能诗,有"酒是消愁物,能消几个时"之句。有坐监举人请见,拒之。后中甲榜,授留都礼部主事。适有讼湘兰者,主事命拘之,众为居间,不听。既来见,怒曰:"人言马湘兰,徒虚名耳。"湘兰应曰:"惟其有昔日之虚名,所以有今日之实祸。"主事笑而释之。吴中王百毂稚登生日,湘兰造吴捧觞,诗酒唱和,穷山水之胜而返。湘兰死后,哀挽成帙。百毂有诗十二首,走金陵奠之。或谓张宾王榜曰:"闻君作湘兰祭文甚佳。"张曰:"我乃仿《赤壁赋》作者。"其人使诵之,张但举一语云:"此固一世之雌也,而今安在哉?"闻者绝倒。

蜜　翁　翁

《西堂记闻》云:"昨夜阴山贼吼风,帐中惊起黑髯翁。平明不待全师出,连把金鞭打铁骢。"此诗颇为边人传诵。有张师雄者居洛中,好以甘言媚人,洛人呼为蜜翁翁。会官塞上,一夕传敌犯边,师雄仓惶震恐,衣皮裘两重,伏土窟中。秦人呼土窟为土空,有人改前诗以嘲之曰:"昨夜阴山贼吼风,帐中惊起蜜翁翁。平明不待全师出,连着皮裘入土空。"

老 儒 被 辱

《戒庵漫笔》:东桥徐氏世敦礼让,后裔衰薄,有老儒邵梦严熊者,亦被其陵窘。邑人作诗喧之曰:"渔梁溪上水东之,鲁道于今一变齐。押阖场中多智伯,阳春调里少钟期。捐阶不是徐行日,仇饷浑非亚拜时。八十年来函丈老,月明无可一枝栖。"

孙 凤 洲 诗

长沙有朝士某,还乡意气盈满,宾至则鼓吹喧阗。有执友书孙凤洲赠欧阳圭斋诗于扇以嘲之,诗云:"圭斋还是旧圭斋,不带些儿官样回。若使他人居一作登。二品,门前箫鼓闹如雷。"朝士见诗大惭,即辍鼓吹。

打　夹　帐

凡交易事居间者索私赠为之后手，又名打夹帐。马仲良之骏督浒墅关，出羡余市田以赡学宫，其价稍厚。又捐俸禁灵岩山采石。一时居间者皆乘之要利。或作语嘲之曰："子路与申枨同坐，子路讥枨曰：'枨也，欲焉得刚。'枨遂曰：'由也，不得其死然。'子路大怒，诉之夫子。夫子曰：'罪在枨。'用牌书打申枨字送子夏。适子夏丧明，认字不真，惊曰：'谁人打甲帐？'"

杨　清　刘　浊

成化中，汝宁杨太守甚清，附郭汝阳刘知县甚贪。太守夜半微行，至一草舍，有老妪夜绩，呼其女曰："寒甚。"命取瓶中酒。酒将尽，女曰："此一杯是杨太守也。"复斟一杯，曰："此是刘太爷。"盖酒初倾则清者在前，后则浊矣。闻者赋诗曰："凭谁寄语临民者，莫作人间第二杯。"

《谈苑》云：有人问崇德县民，长官清否，答曰："浆水色。"言不清不浊也。

乩　咏　蚕　茧

郡有邀紫姑神者，一士请咏蚕茧，乩即书云："一窝春意自温纯，巧夺天工物象灵。抽吐丝纶三万丈，缠绵家国十千龄。始终有迹机云锦，端绪无穷补衮针。保障茧丝君自识，天花乱坠陋回文。"

却　金　堂　四　箴

张侗初萧云：吾家却金堂旧有四箴，先太史本其意而润饰之。箴曰："士大夫当为子孙造福，不当为子孙求福。谨家规，崇俭朴，训耕读,积阴功,此造福也。广田宅,结姻援,争什一,鬻功名,此求福也。造福者澹而长,求福者浓而短。士大夫当为此生惜名,不当为此生市名。敦诗书,尚气节,慎取与,谨威仪,此惜名也。竞标榜,邀津贵,骛矫激,习模棱,此市名也。惜名者静而休,市名者躁而拙。士大夫当为一身用财,不当为一家伤财。济宗党,广束修,救饥荒,助义举,此用财也。靡宫苑,教歌舞,奢宴会,聚宝玩,此伤财也。用财者损而盈,伤财者满而诎。士大夫当为天下养身,不当为天下惜身。省嗜欲,减思虑,戒忿怒,节饮食,此养身也。规利害,避劳怨,营窟宅,守妻子,此惜身也。养身者啬而大,惜身者膻而细。”

胡 澹 庵

宋胡澹庵_铨贬海外十年,北归日饮于湘潭胡氏园,喜侍姬黎倩,题诗一绝赠之,云:“君恩许归此一醉,旁有梨颊生微涡。”乃知情欲移人,贤者不免。厥后朱文公见之,题绝句以自警云:“十年浮海一身轻,归对梨涡_{一作梨姬}却有情。世上无如人欲险,几人到此误平生。”

尹 蓬 头

尹蓬头名从龙,华州人。囊有宋理宗时度牒。弘正间至金陵,成国朱公供养之甚虔,能出阳神,分身数处赴斋。朱公问尹曰:“我欲一见洞宾吕祖,可乎?”尹曰:“可。公于朔日出水西门外刘公庙拈香,当约洞宾来一会。”及拈香归,寂无所见。乃责尹以说谎,尹曰:“公曾见路上一道人醉枕酒瓶而睡者乎?”公曰:“有之。”尹曰:“道人枕瓶,两口相对,分明吕字也。公自不悟,那敢说谎?”复遣人四路觅之,皆云才去未远耳。一贵人闺女弱病,形容俱变,名医莫效。母愈怜爱之,邀尹视之,曰:“有痨虫,尚可医。”贵人请用何药,曰:“药力不能治,只消与我同宿一夜便好也。”贵人大怒,不许。后见女殊无生理,母又涕泣言之,贵人许可。尹令纸糊一室,不得留钱大一孔,设一榻,不用帐,令女去其袙衣,用手摩足心极热如火,抵女阴户,东西而睡,戒女云："喉中有虫出，可急叫我。"女不能合眼，而尹鼻息如雷。天将明，女报虫从口中飞出，尹起四顾，觅之不见，曰："从何处钻去？定要害一人也。"盖乳母不放心，因开一孔窥之，痨虫已入其腹矣。父母视之，女颜色已变。尹笑而去。后数月，女方择婿，而乳母已死矣。又一经纪家娶妇后，尹偶至，见妇急走，上前抱咬其颈。方咬两口，被舅姑隔开。尹且叹息曰："可恨只咬断两股，尚有一股未断，奈何？"皆不解为何说。后夫妇反目，遂自缢，三股绳仅有一股未断，遂死。方服其先见云。府厂见尹仙迹太露，恐惑乱人心，押使归华州。监押军人云："每押发皆有常例安家，今你料无银钱，妻子何以过活？"尹曰："汝家所需不过柴米，有何难办乎？与你两符，一贴灶上，一贴米桶，用时自足也。"后果然。及华州归，要用柴米俱不能得矣。蓬头住华州铁鹤观中，骑铁鹤飞升。

虾　助　诗

虾助，海错也，一名水母，即海蜇。其形一片如轮菌，无目，凡行，虾必附之，故云虾助。元萨天锡作诗云："层浪濡沫缀虾行，水母含秋孕地灵。海气冻成红玉脆，天风寒结紫云腥。霞衣褪色脂流滑，琼缕烹香酒力醒。疑是楚江萍实老，误随潮汐落沧溟。"

河　满　子

朱盛度以久任泣于上前，遂参知政事。王博文仿度泣，亦自龙图学士为枢密。萧定基为殿中侍御，亦泣上前。士人匿名以《河满子》嘲之。一日奏事，上曰："闻外有《河满子》。"定基曰："知之。时有谑曰：'殿院一声河满子，龙图双目泪君前。'"闻者笑之。

龟　鳖

高文虎作《西河放生池记》，有"鸟兽鱼鳖咸若"，本夏事，误引为商。太学诸生为谑词哂其误。陈晦行草制,以"舜卜禹用,昆命元龟"字,倪侍郎驳之,陈疏辨古今命相多用此语,陈遂擢台端,倪罢去。时嘲云:"舍人旧错商周鳖,御史新争舜禹龟。"时传以为笑。

匍 匐 图

福州陈烈,动遵古礼。蔡君谟居丧莆田,烈往吊之,将至境,语门人曰:"《诗》云:'凡民有丧,匍匐救之。'今将与二三子行此礼。"于是乌巾襕鞸,偕二十诸生望门以手据地,膝行号恸而入。妇人望之皆走。君谟匿笑受吊。李泰伯觏画《匍匐图》,争相传玩。

坚瓠丁集序

稼轩褚先生以坚瓠名其书，且不敢自比于庄叟五石之瓠，以示其无用。然人徒知有用之为用，而不知无用之为用，极之而《大易》所谓"潜龙勿用"，道家所谓外其身而身存，皆由此推焉耳。先生负俊才，历落不偶，无志用世，遂覃思撰述，而于有明一代纂辑特备，至昭代六十余年，耳目所及，尤不遗余力焉。大旨主于维风教，示劝惩，博物洽闻，阐幽探赜，下逮闾巷歌谣、闺阁怀思之细，无不取之秘笈，先后问世。其所锓初集，即以余灯谜诗列之卷首，方自惭雕虫小技，有乖大雅。后相晤吴门，倾盖定交，随出全集，属序。予以碌碌未遑报命。今春复相遇于武林，把臂谈心者累日，因即草数言以应。嗟乎，天下之无用，孰有过于余者乎？少年浮沉宦海，垂老无成，比来有志名山之业，而厄言靡当，徒为覆瓿之藉，是所谓系而不食者，惟鄙陋足以当之，而以序先生之书，其亦犹有蓬之心也夫。遂安年家弟毛际可撰。

序

　　以《尧典》、《舜典》之语,《清庙》、《生民》之诗,日诵之而哦之,而茫然不知其义,无补于家塾,不如樵歌牧唱,里巷室家日用饮食之内,偶然一二笑谑诙谐,可作晨钟一声,黄鹂一唤,当下或省或觉。况乎天地大矣,足之所涉,目之所寄,何处锦囊无诗料酒材。使骚雅取其山川,童蒙拾其香草,倘交臂失之,不亦断送风花多少。吾友褚子稼轩所以有《坚瓠集》之刻一集不已而二,二而三,三而四也。稼轩牢笼群彦,籍甚一时,虽名老墙东,而身仍砚北。吾尝与之上下今古,胸中博洽兼该,如薛稷之知集库,马怀素之知经库,沈佺期之知史库,武平一之知子库,一人而皆有之,乃旁及于稗官野乘,又如倚相之八索九丘,张华之千门万户,靡不足以助益。其才情之艳,顾余所自愧者。稼轩所集在刘氏《世说》、何氏《语林》之间,义庆幕府多贤为之佐吏,虽笔削自己,而袁淑、陆展、鲍照、何长瑜之徒,岂无赞扬润色。今稼轩书成,而余不能赞一词,其何以对稼轩乎哉?弁此聊志爱玩云。友弟刘蕃书于支硎草堂。

丁集卷之一

心　相

《灼艾集》吴处厚论心相有三十六善，与《扪虱新话》所载互有不同，撮其异者附见于下。焚香读书一也，有刚有柔二也，慕善近君子三也，安分知命有美食分人。四也，不近小人五也，委曲行阴德方便事六也，能治家七也，不厌人乞觅八也，能改过利人克己。九也，不逐恶贪杀十也，闻事不惊张十一也，与人期不失信十二也，不改行易操十三也，夜卧不便睡着、十四也。马上去不回头十五也。十四也，无作好作恶十五也，不谈乱人不憎怒。十六也，不谭闺阃事不文过饰非。十七也，作事周匝十八也，不忘人恩十九也，有大量二十也，扬善掩恶不欺善害恶。二十一也，急难中济人宽慰人二十二也，不助强欺弱二十三也，不忘故旧二十四也，为事与众用之二十五也，知人诈谝含容之不多言妄语。二十六也，得人物每事惭愧二十七也，语有序二十八也，当人语次不先起二十九也，喜言善事三十也，不嫌恶衣食三十一也，不面订人方圆随时。三十二也，省约惜福行善不倦。三十三也，知人饥渴劳苦三十四也，不念旧恶三十五也，常思退步结果竭力救难。三十六也。全者福禄令终，不全祸福半之。故相形不如相心，求人相不如自相。

宅　相

《戒庵漫笔》：空青先生《风水论》云：阳宅有三十六祥，居家尚理义一也，子孙耕读二也，俭勤三也，无峻宇雕墙四也，六婆不入门五也，无俊仆六也，每闻纺织声七也，能睦邻族八也，早完官税九也，庭除洒扫十也，门外多士君子十一也，闺门严肃十二也，尊师重医十三也，宴客有节无长夜之饮十四也，不延妓女至家十五也，不敢暴殄天物十六也，居丧循礼十七也，交易分明十八也，女人不登山入庙十九也，祭祀必恭必敬二十也，幼者举动必禀命于家长二十一也，故旧穷亲在座二十二也，阃人谦婉二十三也，家僮无鲜衣恶习二十四也，不喜争讼二十五也，不信祷赛二十六也，不听妇人言二十七也，寝兴以时二十八也，不闻嘻笑骂詈二十九也，婚娶不慕势利三十也，田宅不求方圆三十一也，主人有先幾远虑三十二也，务养元气三十三也，座右多格言庄语三十四也，能忍三十五也，常畏清议、畏法度、畏阴骘三十六也。三十六祥全者，鬼神福之，子孙保之，不则下手速修。所谓移门换向、趋吉避凶之真诀也。

风　水

宋倪思父云："住场好不如肚肠好，坟地好不如心地好。"又宋壶山谦父赠地理师云："世人尽知穴在山，岂知穴在方寸间。好山好水世不欠，苟非其人寻不见。我见富贵人家坟，往往葬时本贫贱。迨其富贵力可求，人事极时天理变。"前辈口占云："你也看，我也看，自有天然地一段。重重包裹在中间，不须钱买无人见。"钱水部仁夫诗云："寻山本不为亲谋，大半多因富贵求。肯信人间好风水，山头不在在心头。"

白　黑　豆

《性理》：古人澄治思虑，于坐处置两器，每起一善念则投白豆一粒于器中，每起一恶念则投黑豆一粒于器中。初时黑豆多白豆少，后白豆多黑豆少，后来遂不复有黑豆，最后虽白豆亦无之矣。

托　故　移　寓

太仓陆文量容，少美丰仪，天顺中应试金陵，馆人有女善吹箫，夜奔公寝。文量绐以疾，与期后夜，女退。文量作诗云："风清月白夜窗虚，有女来窥笑读书。欲把琴心通一语，十年前已薄相如。"迟明托故迁去。是秋领乡荐。

改 戒 石 铭

《韵语晨钟》：宋太宗书《戒石铭》示守令，后贪酷如故。有轻薄子附益之曰："尔俸尔禄，难厌难足。民膏民脂，转吃转肥。下民易虐，才捉便着。上天难欺，且待临时。"

吴 氏 女

宋湖州吴氏女，美慧能诗，坐奸系狱。时王龟龄为守，命以"冬木雪消春日且至"为题，作《长相思》令，女援笔立就，曰："烟霏霏，雪霏霏，雪向梅花枝上堆，春从何处回。　醉眼开，睡眼开，疏影横斜安在哉，从教塞管催。"龟龄赏叹而释之。

红 友

《鹤林玉露》：常州宜兴县黄土村，东坡南迁北归，与单秀才闲步至其地。地主携酒来饷，曰："此红友也。"坡曰："人知有红友而不知有黄封，可谓快活。"余尝因是言而推之：金貂紫绶诚不如黄帽青簑，朱毂绣鞍诚不如芒鞋藤杖，醇醪豢牛诚不如白酒黄鸡，玉户金铺诚不如松窗竹屋。无他，其天者全也。

吃 语 诗

《文海披沙》：东坡有吃语诗云："故居剑阁隔锦官，柑果姜桂交荆菅。奇孤甘挂汲古绠，侥觊敢揭钩金竿。已归耕稼供藁秸，公贵干蛊高巾冠。更改句格各謇吃，姑固狡狯加间关。"又《戏武昌王居士》

诗云：“江干高居坚关扃，犍耕躬稼用挂经。篙竿系舸菰荾隔，箫鼓过军鸡狗惊。解襟顾景各箕踞，击剑赓歌几举觥。荆笋供胳愧搅耽，干锅更戛甘瓜羹。”一友举孝廉，口吃，唯流音念不正。一日雨中与徐兴公各赋绝句，为吃人念不得诗以遗之。余得二首云：“绿柳龙楼老，林萝岭路凉。露来莲漏冷，两泪落刘郎。”又：“梨岭连连路，兰陵累累楼。琉璃怜冷落，郎辇懒来留。”兴公得一首云：“留恋兰陵令，淋漓两泪流。岭萝凉弄濑，路柳绿连楼。”

四 喜 添 字

《涌幢小品》：旧有《四喜诗》曰：“久旱逢甘雨，他乡遇故知。洞房花烛夜，金榜挂名时。”隆庆戊辰科，有以教官登第馆选者，山阴王对南<small>家屏</small>相戏曰：“四喜只五言，未足为喜，当添二字，曰：‘十年久旱逢甘雨，万里他乡遇故知。和尚洞房花烛夜。’”某公大笑曰：“莫说，莫说，是‘教官金榜挂名时’了。”闻者绝倒。万历壬辰科，闽县翁青阳<small>正春</small>以教官登第，赐第一甲第一名。同馆黄平倩<small>汝良</small>戏曰：“四喜七言犹未了当，当于后再添三字。”众问之，曰：“第一句添‘带珠子’，第二句曰‘旧可儿’，第三句‘选驸马’，第四句曰‘中状元’。”翁闻亦解颐。

《醒睡编》：又有《失意诗》曰：“寡妇携儿泣，将军被敌擒。失恩公主面，下第举人心。”

野 叟 献 诗

杨文懿<small>守陈</small>字维新，其先未有仕者，至文懿与弟<small>守阯</small>相继发解登第，守随、守隅暨子茂元、茂仁、茂义成进士，父子兄弟同朝七人，俱为显官，居第在县南镜川。有野叟献诗曰：“昔年曾向此中过，门巷幽深长薜萝。令祖先生方秉铎，贤孙学士未登科。将军曹氏坟连陇，卖酒王婆店隔河。今日重看新第宅，烟波缓棹听弦歌。”文懿叹赏，谓叟曰：“君诗诚吾家传也，当珍示后人云。”

贾巡按惩恶

常熟贾宗锡巡按江西,群豪屏迹。后少懈,学士张元祯以诗投之,曰:"禹门三级浪滔天,处处渔翁罢钓船。昨日邻家邀我饮,盘中依旧有鱼鲜。"贾谢教,竟穷恶党。

李西涯失朝

李西涯居翰林时,会失朝有罚。翰林旧有语曰:"一生事业惟公会,半世功名只早朝。"西涯改只为失,续两句云:"更有运灰并运炭,贵人身上不曾饶。"

进　药

嘉靖中,边警甚急,朱某方进长生药以希进用。或题诗驿壁云:"武将冒封文职死,都门牢闭九边开。满天驿路红尘起,又报朱郎进药来。"

无锡顾可学以两司考察罢归,乃从方士炼秋石,入京献之,云:"可却病延年。"时上方事长生之术,服之颇验。三四年间,超迁至礼部尚书。缙绅丑之,弗与交。惟分宜、华亭及羽流陶仲文等时时相聚,讲房中术而已。每行长安道上,氓隶辈竞观之,呼曰"顾尝尿来矣"。以音与"尚书"相似也。死谥荣僖,隆庆初削夺。

药山净瓶

《顶门针》:李翱仰慕药山,直造座前,药山端然不动。翱曰:"见面不如闻名。"拂衣便去。山召回云:"何得贵耳而贱目?"翱遂致拜,起问:"如何是道?"山上指天下指净瓶,问翱曰:"会么?"翱曰:"不会。"山曰:"云在青天水在瓶。"翱乃赠诗云:"炼得身心似鹤形,千株松下两函横。我来问道无余事，云在青天水在瓶。"

诗呈冢宰

正德间，朝议欲起三原王冢宰宗贯恕，汝南强景明寄诗云："八十耆年一品官，归来清节雪霜寒。虽然海内归心在，可奈君前下拜难。鸥鹭恐疑威凤起，风云长护老龙蟠。三公事业三槐传，留取完名久远看。"公得诗大悦，竟不起。年九十有三卒。

卖痴呆

苏州除夕小儿谣云："卖痴呆，千贯卖汝痴，万贯卖汝呆。现买尽多送，要赊随我来。"又范至能《卖痴呆》词："除夕更阑人不睡，厌禳钝滞迎新岁。小儿叫呼走长街，云有痴呆召人买。二物于人谁独无，就中吴人仍有余。巷南巷北卖不得，相逢大笑相揶揄。栎翁块坐重檐下，独要买添令问价。儿云翁买不须钱，奉赊痴呆千百年。"

打得好

姚园客《露书》：易公守莆田，一以宽厚为政。有夫殴妇者，甲见其已甚，为不平，殴其夫。妇见甲殴其夫，还同夫殴甲。甲言："为尔出气，反同殴我。"拉以见易。易批其词云："福州剪子云南刀，广东茶铫苏州绦。"掷示两造，两造不解。易复取足之云："打得好，打得好。"两造笑谢而去。

钱婆留

《湘山野录》：梁太祖即位，封钱武肃镠为吴越王。时有讽钱拒其命者，钱笑曰："吾岂失为孙仲谋耶？"遂杀之，改其乡临安县为锦衣军，省茔垄，延父老，旌铖鼓吹，振耀山谷，自昔钓游之所，尽蒙以锦绣,至树石或有封官爵者,旧贸盐肩担亦裁锦韬之。一邻媪九十余,携壶浆相迎于道,镠下车驱拜,媪抚其背呼其小字曰:"钱婆留,喜汝长成。"盖初生时光怪满室,父惧,将沉于了溪,此媪酷留之,遂字焉。为牛酒大醋以饮乡人,别张蜀锦为广幄,以饮乡妇。凡男女八十已上金尊,百岁已上玉尊,时黄发饮玉者十余人。镠起执爵,唱还乡曲以娱宾曰:"三郎还乡兮挂锦衣,吴越一王驷马归,临安道上列旌旗。碧天明兮爱日辉,父老远近来相随。家乡眷兮会时稀,斗牛光起天无欺。"时父老虽闻歌进酒,不晓其义。镠亦觉其欢意不甚浃洽,再酌酒高唱山歌以见意,词曰:"尔辈见侬底欢喜,别是一般滋味子,常在我侬心子里。"歌阕,合声赓赞,叫笑振席而别。

黄 花 女 儿

吴士召乩仙,署曰黄花女儿。问其氏族,曰:"金阊王氏,生时与黄生欢好,一生爱插黄花,人呼黄花女儿。"问:"卿是夭逝耶?"曰:"年十五而殒。"问:"黄生安在?"曰:"相继亡矣。今与同寝处,若人间伉俪也。"众乞诗,遂题数语云:"忘不了对拢双袖,忘不了佳期月下偷。忘不了柳遮花映黄昏后,忘不了罗帐绸缪。忘不了纱窗风雨清明候,忘不了多病心情懒下楼。"风流蕴藉,字有余香。

美 人 八 咏

陈克明有美人八咏,《春梦》云:"梨花云绕锦香亭,蝴蝶春融软玉屏,花外鸟啼三四声。梦初惊,一半儿昏迷一半儿醒。"《春困》云:"锁窗人静日初醺,宝鼎香销火尚温,斜倚绣床深闭门。眼昏昏,一半儿微开一半儿盹。"《春妆》云:"自将杨柳品题人,笑拈花枝比较春,输与海棠三四分。再偷匀,一半儿胭脂一半儿粉。"《春愁》云:"厌听野鹊语雕檐,怕见杨花扑绣帘,拈起绣针还倒拈。两眉尖,一半儿微舒一半儿敛。"《春醉》云:"海棠红晕润初妍,杨柳纤腰舞自偏,笑倚玉奴娇欲眠。粉郎前,一半儿支吾一半儿软。"《春绣》云:"绿窗时有唾茸粘,银甲频将彩线捫，绣到凤凰心自嫌。按春纤，一半儿端详一半儿掩。"《春夜》云："柳绵扑槛晚风轻，花影横窗淡月明，翠被麝兰薰梦醒。最关情，一半儿温和一半儿冷。"《春情》云："自调花露染霜毫，一种春心无处描，欲写乌笺三四遭。絮叨叨，一半儿连真一半儿草。"

秋 日 宫 词

张小山《秋日宫词》云："花边娇月静妆楼，叶底苍波冷翠沟，池上好风闲御舟。可怜秋，一半儿芙蓉一半儿柳。"《咏梅》云："枝横翠竹暮寒生，花淡纱窗残月明，人倚画楼羌笛声。恼诗情，一半儿清香一半儿影。"

关 汉 卿 春 情

关汉卿《春情》词云："云鬟雾鬓胜堆鸦，浅露金莲湿绛纱，不比等闲墙外花。骂你俏冤家，一半儿难当一半儿耍。""碧纱窗外静无人，跪在床前忙要亲，骂了个负心回转身。虽是话儿嗔，一半儿推辞一半儿肯。"

殿 帅 救 火

《临安志》：宋临安绍定辛卯之火，太庙俱灰，而史弥远府独全。或作韩侂胄，误。盖殿帅冯时力为扑护耳。洪舜俞诗云："殿前将军猛如虎，救得汾阳令公府。祖宗神灵飞上天，可怜九庙成焦土。"则权臣之威加天子一等矣。

张 小 舍

张小舍居维亭，世为公家弭盗，故吴谚有"天弗怕，地弗怕，只怕维亭张小舍"之语。按张小舍名浩，字彦广，号南坡，沈石田之外祖。

徐武功_{有贞}撰张处士墓志，石田乞之也。

曾 纯 甫 词

宋南渡后，汴京繁华鞠为烟草，曾纯甫奉使过汴，赋《金人捧露盘》词云："记神京，繁华地，旧游踪。正御沟春水溶溶。平康巷陌，绣鞍金勒跃青骢。解衣沽酒醉弦管，柳绿花红。　到如今，余霜鬓，嗟前事，梦魂中。但寒烟满目飞蓬。雕栏玉砌，空余三十六离宫。寒笳惊起暮天雁，寂寞东风。"

骊 山 碑 字

骊山下逍遥别业，盖韦嗣所建，中宗尝幸之，赋诗勒石在焉。一夕忽失碑字，换墨题云："晓星明灭，白露点秋风落叶。故址颓垣，冷烟衰草，前朝宫阙。　长安道上行客，依旧名深利切。改变容颜，消磨今古，陇头残月。"

滕 屠 郑 酤

王荆公素不乐滕元发、郑毅夫，目为滕屠、郑酤。二公性豪迈，不病其言。毅夫为相，偶送客出郊外，过朱亥冢，俗谓之屠儿原，作诗云："高论唐虞儒者事，卖交负国岂胜言。凭君莫笑夷门客，却是屠酤解报恩。"

晶 毳 饭

《语林》：苏东坡尝与刘贡父言："某与舍弟习制科时，日享三白，食之甚美，不复信人间有八珍也。"贡父问三白之说，坡言是一碟盐、一碟生萝卜、一碗饭。贡父大笑。久之，_{一作黄山谷。}以简招坡吃晶饭，坡不复省忆，比至赴食，见案上所设惟萝卜、盐、饭而已，始悟贡父以三白为晶，援箸食之几尽而去。后数日，东坡亦召贡父食毳饭。贡父虽知其戏,但不知所设何物。及往,谈论过午,并不设食。贡父饥甚,索饭,坡云:"少待。"如此再三,坡答如故。贡父曰:"饥不可忍矣。"坡徐曰:"盐也毛,萝卜也毛,饭也毛。盖蜀音谓无曰毛。非毳而何?"贡父捧腹曰:"固知君报东门之役,然虑不及此。"坡始命设馔,抵暮乃去。

太 冬 烘

郑侍郎薰主文衡,疑颜标是鲁公之后,即以标为状元。谢日问之,标曰:"寒进无此。"始知误取。时嘲之曰:"主司头脑太冬烘,错认颜标作鲁公。"按冬烘是不了了之语,蜀人多称之。

《避暑录话》:崇宁末,安国同为郎,成都詹某为谏官,以安国尝建言移寺省,上章击之,略云:"谨按某官,人材阘冗,临事冬烘。"以某蜀人也,安国性隐而口吃,每戟手跃于众曰:"吾不辞谴逐,但冬烘为何等语?"于是传之益广,遂目为冬烘公。

徐 文 贞 谕 仆

徐文贞阶归里,适海刚峰、蔡春台莅吴,按其事。乡人多登门骂詈,文贞谕仆云:"慎勿报复,譬之犬啮人,人亦啮犬耶?"口占云:"昔年天子每称卿,今日烦君骂姓名。呼马呼牛俱是幻,黄花白酒且陶情。"

华 容 令

郁勋弱冠为华容令,素善谑,作诗曰:"华容知县是区区,三甲多因不读书。县丞主簿皆僚友,通判同知总上司。忙里无心吞冷饭,闲中有口嚼干鱼。前世业缘今世苦,华容知县是区区。"

嘲 肥 矬

吴明卿国伦二子皆肥而矬,并饶才致,喜谭谑。尝往谒汪伯玉道昆,辞归索赠言,伯玉知其好诙谐,乃口占云:"泰伯由来有后昆,身如泥塑面如盆。喘月一双肥水特,拜风两个壮江豚。并肩尽教填深巷,独立还堪塞大门。"其弟自谓稍清于兄,乃启伯玉曰:"小侄不似家兄太胖,老伯何不少分别?"伯玉应声曰:"正无结句,只以兄此念足之:悬知裹娜无君分,不必争长踮脚跟。"

金 佛 还 寺

汴报国寺有金佛三尊,盖宋真宗所铸。后开封府主某入寺,至后殿,见门扃钥,疑僧所私在内,令开,见佛像光芒闪烁,问知金身。越数月,唤僧借一尊到衙求嗣,僧不与。府主怒,吏陶某献计,假僧之门徒请僧。僧至半途,一人邀入内奉茶,有众拿下,知是娼妇家,送府下狱。陶说之,私将金佛一尊暗送释僧。僧于佛前断小指焚香拜祝,郁郁而死。府主后将佛漆身送回家,果得一男,乳名佛生,左手无小指。弥月,府主饮酒间,一笑而死。后男长成,聪慧,家遭火焚,一贫如洗。佛生遂出家,扛抬漆佛,沿门募化,亦不知其为金也。后至汴寺,僧梦佛还乡,次日佛生抬佛进寺。僧见像语其故,佛生见与二尊相同,遂终止寺中。

诗 丐

《涌幢小品》:诗丐者,乐安人,李姓,名兴生。年六十七,患风痹,篷篆口箝,眼㖞手挛,欲食则仆卧于地,乃能下咽,欲言则画地作字,始达其意。然颇能诗。董时望未第时,遇丐,金令献董诗,丐首肯,须臾成句云:"雕鹗直翀霄汉远,龙泉高射斗牛光。清时早展为霖手,莫遣苍生望八荒。"成化甲辰,时望成进士,欲使养丐于官,辞以老母在,时望礼而厚遣之,为述其事。

弘光末,南京失守,一丐题诗武定桥上曰:"三百年来养士朝,如何文武尽皆逃。纲常留在卑田院,乞丐羞存命一条。"投秦淮河而死。食禄偷生,有愧此丐多矣。

楼 米

吴江一士扶乩，有神至，众未问而笑。乩曰："诸生何笑？"对曰："我笑汝未必神耳。"乩曰："诸生能解谜否？"哄且笑曰："能做文章，何况于谜。"乩曰："有二字作一谜曰：长十八，短八十，八个女儿低处立，混沌看来一个字，四面看来四个不。汝辈猜之。"众皆不解，乃曰："我辈只会文字，何暇及谜？"乩曰："尔说会做文字，如何考了四等第二？"盖为首者近考名数如此。于是众咸拜问谜是何字，乩云乃"楼米"二字也。

神 对

《涌幢小品》：刘珙少时谒梦于大乾惠应祠，金牌上有"曲巷勒回风"五字，未晓所以。迨登第，除诸王宫教授。一夕，上幸宫邸，问诸王何业，珙答以属对。时月照窗隙，上曰："可令对'斜窗抠明月'。"诸王方思索间，珙遽以"曲巷勒回风"上，曰："此神语也。"

老妓题诗

太平兴国寺牡丹盛开，冠盖骈集。僧舍有老妓题诗寺壁曰："曾趁东风看几巡，冒霜闲唤满城人。残枝剩粉怜犹在，欲向弥陀借小春。"见者称赏，遂复车马盈门。

剑池石扉

虎丘剑池云是阖闾埋玉处，一潭清冷，深不可测。宋绍定戊子忽干暵，中有石扉，游人见扉上二绝云："望月登楼海气昏，剑池无底浸云根。老僧只恐山携去，日暮先教锁寺门。""剑去池空一水寒，游人到此凭阑干。年来世事消磨尽，只有青山依旧看。"

鬼　诗

祝永清游湖湘间，泊舟沙际，夜闻哀吟。明日见沙上大书一律云："长鲸吹浪海天昏，兄弟同时吊屈平。千古不消鱼腹恨，一家谁识雁行冤。红妆少妇空临镜，白发慈亲尚倚门。最是五更凄绝处，一轮明月照双魂。"

乩　仙　题　词

唐时举子不第，耻归故里，就居寺刹，谓之过夏。有人请乩仙，飞笔题词曰："凄凉天气，凄凉院宇，凄凉时候。孤鸿叫斜月，寒灯伴残漏。落尽梧桐秋影瘦，鉴古画眉难就。重阳又近也，对黄花依旧。"后书"过夏子题"。此盖金台殒恨、玉楼赍志者也。

坠　马　伤　足

李西涯谑邵半江珪坠马伤足云："十年双足懒词场，我亦怜君坠后伤。历块敢夸千里骏，乘船翻笑四明狂。扶颠老仆空随路，学仆娇儿漫倚堂。应是崔家亭下鹭，独拳秋雨向寒塘。"

妻　妾　争　宠

有妻妾争宠者，夫不能调和，乃独眠一室，命婢伴宿。中夜吟诗云："两只船儿独自撑，一篙不到便相争。"下韵未续，婢忽叹气，夫遂得句云："丫环叹气因何故，野渡无人舟自横。"

抱　琴　访　友

雪庵和尚《题抱琴访友图》云："三尺焦桐七线琴，迢迢远远访知音。"题未毕,一道人过,足云:"不知谁是知音者,弹破乾坤万古心。"

古 琴 化 女

苏东坡宿灵隐山房,夜闻窗外有女子歌云:"音,音,音,你负心,真负心,辜负俺,到如今。记得当初低低唱,浅浅斟,一曲值千金。如今抛我在古墙阴,秋风荒草白云深,断桥流水何处寻。凄凄切切,冷冷清清。"东坡推窗即之,见女子冉冉没于墙下。明日掘取,得古琴一张。

东 坡 词

苏东坡述怀有《行香子》词云:"清夜无尘,月色如银,酒斟时须满十分。浮名浮利,休苦劳神。似隙中驹,石中火,梦中身。 虽抱文章,开口谁亲,且陶陶乐取天真。不如归去,作个闲人。背一张琴,一壶酒,一溪云。"

纽 扣 诗

解大绅见女人衣上用数重纽扣,作诗谑之曰:"一幅鲛绡剪素罗,美人体态胜姮娥。春心若肯牢关锁,纽扣何须用许多。"

题 路 程 图

绍兴间,西湖白塔桥印卖朝京路经,或题诗云:"白塔桥边卖地经,长亭短驿甚分明。如何只说临安路,不数中原有几程。"

丐 面 掌 痕

成化间,湖州凌汉章针术神灵,擅名吴浙。曾于市中见一丐,形

躯长大，貌凶恶，颊上天生一手掌痕，有十余丐从之。既去，汉章问于
市人，市人曰："此丐姓聂，父某为司务官。因早朝吏失携笏板，怒而
掌其面，仆地死。后妻有娠。聂一日忽见前吏入门，径入其室，遂生
一子，掌痕宛然在面。父心知之，始能言即有报仇之语。比长，日以
杀父为事，虽谨防之，几被其弑者屡矣。不得已逃避他乡，不知所往。
其子遂纵酒色，荡尽家业，至为丐。"汉章感其事，作诗记之曰："平生
不信有阴魂，丐面而今见掌痕。寄语世间君子道，莫教结怨种冤根。"

承 发 房 诗

《碧里杂存》：余于礼部承发房见壁间一诗曰："骨骼今年异，衣
裳昔日殊。读书须努力，写字莫胡涂。白水翻三峡，青山出两都。吾
衰竟何以，赖尔得相须。"不知何人作，亦无题，详味之，必蜀人有办事
者寄子之诗也。虽杂之少陵集中，亦不能辨。

偿 金 获 报

宋刘懋越乡授徒，岁暮归，道逢孕妇携儿欲赴水，询之，知为债所
迫，因倾囊中七金与之。归而妻询之，亦无愠色，笃酒炙虾为膳。因
口占云："虾小红炉炙，酒熟布裙笃。"岁旦开门，见续题云："门将金锁
锁，帘挂玉钩钩。"居数日，有以吉壤告者，曰金钩挂玉帘形也。懋以
葬母，遂生文简爁、文安炳。

明进贤舒翁以馆谷救途中投水妇，抵家无米，采苦菜食之。夜间
闻神语云："今宵食苦菜，明年产状元。"果生芬，正德丁丑魁天下。

狸 啮 鸡

《碧里杂存》：吴康斋与弼以司成之子，家贫绤绤御冬，躬耕食力，
人不能堪，而怡然终身。尝有诗曰："淡如秋水贫中味，和似春风静后
功。"家蓄一鸡司晨，为狸所啮，作诗焚于土谷神祠曰："吾家住在碧峦

山，养得雄鸡作凤看。却被野貍来啮去，恨无良犬可追还。甜株树下毛犹湿，苦竹丛头血未干。本欲将情诉上帝，题诗先告社公坛。"后一夕雷雨，天明，人见貍震死坛前。

和　盗　诗

《涌幢小品》：泰和邓学诗性至孝，元末，母子为盗所获。盗魁知其儒者且孝，哀之，与酒食，口占一诗，命之和，约和免死。盗诗曰："当此干戈际，负母沿街走。遇我慈悲人，与汝一杯酒。我亦有佳儿，雪色同冰藕。亦欲如汝贤，未知天从否。"邓和曰："铁马从西来，满城人惊走。我母年七十，两脚如醉酒。白刃加我身，一命悬丝藕。感公恩如天，未知能报否。"盗喜，道之出城，得远去。后以荐为教职考终。嗟嗟，此盗有人心，可令应举，或加纳授官，定为循良之吏。

游　客　酬　缣

唐末徐寅博学能文，善诗赋。谒朱全忠，误犯其讳，全忠色变，寅狼狈走出。未及门，全忠呼知客，将责以不先告语斩之。寅欲遁去，恐不得脱，乃作《过太原赋》以献，其略曰："千金汉将，感精魄以神交；一眼胡奴，望英风而胆落。"全忠读至此大喜，令军士诵之，救一字酬一缣，赠绢五百余匹。全忠尝自言梦淮阴侯授兵法，一眼胡奴指李克用也。

水　灯

俗传七月十五日为中元节，僧家建盂兰盆会，放灯西湖，谓之照冥。张伯雨集句云："共泛兰舟灯火闹，不知风露湿青冥。如今池底休铺锦，此夕槎头宜挂星。烂若金莲分夜炬，空于云母隔秋屏。却怜牛渚清狂甚，苦欲燃犀走百灵。"明刘邦彦亦有诗云："金莲万朵漾中流，疑是潘妃夜出游。光射鱼龙离窟宅，影摇鸿雁乱汀洲。凌波未必通银浦,趁月偏怜近彩舟。忽忆少年清泛处,满身风露独凭楼。"

扬　　州

隋唐以后之扬州,秦汉以前之邯郸,皆大贾走集、笙歌粉黛繁华之地。古语云"骑鹤上扬州",以骑鹤为神仙事,而扬州又人间佳丽地也。前人诗云:"一上维扬路觉遥,野塘烟柳认隋朝。美人南国生犹盛,芳草东风怨未消。"唐张祜诗云:"十里长街市井连,月明桥上有神仙。人生只合扬州死,禅智山光好墓田。"王建诗云:"夜市千灯照碧云,高楼红袖客纷纷。如今不是澄平日,犹自笙歌彻夜闻。"徐凝诗云:"天下三分明月夜,二分明月在扬州。"杜牧《寄扬州韩判官》诗:"二十四桥明月夜,玉人何处教吹箫。"

刘长生石像

莱州有神仙洞,郡人刘长生学仙处也。有石像卧榻,面有小窍,水出不涸。郡人云:旧有太守刘某,见石像面有赘疣,因命工削平,后刘面生一疮如削状,祭之方愈,故创处常有水出。陈尚书洪谟诗曰:"面带微痕泪若流,可怜太守过为谋。仙家惯说能尸解,一石缘何念不休?"

三　黜　说

崇祯甲戌会元乃金坛李竹君青,时艾千子南英不第,自刻遗墨,赘以题解,并摘元卷中疵语,欲揭之礼部。主司闻之大恐,谋于吕匪庵一经先生,以任礼部郎,磨勘乃其职也。匪庵曰:"溧阳陈百史尚未出都,速将百金构其文,代刻元稿传送,此事可解。"主司如言刻成。千子见之心服,急毁前文,其事乃寝。竹君尝著《三黜说》:鲁之季,三家擅命,以士师为爪牙,吏非其亲昵不授,受是职者皆奴隶使也。每三家飞片纸则盥手擎顶,若奉尺一之君令于上,曰:"臣谁敢不奉诏者?"时士师有"有肉无骨"之诮,党强锄弱,怨声塞路。迨孔子摄相,特简柳下惠为士师。其初视事也,即榜语于门曰:"舍狐狸问豺狼。"或曰:"此专为三家发也。"于是三家党羽皆屏息不敢咳唾,日畏柳士师。而一时磔黥小民,又微窥士师风旨,专候权门短长为巷议。三家衔之,召同党谋之野曰:"柳士师为我害,奈何? 有弹者吾予之金。"公伯寮胁肩谄笑,欣然以弹文献。问何为词,则指袒裼裸裎为词,谓士师民望也,亵官箴而狎比放诞,是教侮也,盍黜之? 鲁君犹豫,三家执奏,于是惠一黜。则有为辩者曰:"惠肃以居官,和以容众,何害?"三家曰:"一黜而惧,未可知也。姑复之。"惠执法如故。三家复集同类谋之朝曰:"柳士师仍为吾害,奈何? 有弹者吾进之官。"叔孙武叔颐指气使,跃然以弹文进,问何为词,则执伊弟盗跖为词,谓士师所以戢盗也,弟干禁而兄居显要,是翼恶也,必黜之。鲁君狐疑,三家固争,于是惠二黜。则又有为辩者曰:"兄兄弟弟,罪不相及,何害?"三家曰:"再黜而悔,未可知也。姑复之。"惠执法又如初。三家悍焉,谓柳士师终为予毒也。已夫坐以袒裼裸裎,薄惩耳;牵以盗跖,驾祸耳。莫若以暧昧隐罪,使自辩与代辩俱穷。时家臣阳货鼓掌献计曰:"请以坐怀一事为案。"其弹文出诸袖中,则云夫士师将以禁奸也,乃以暮夜潜奔之女而居然坐怀,毋乃淫而莫须有乎? 且安知非有约而投,以不乱自文也。闻是女先以许夫,因坐怀事离婚,畏其为士师也不举,黜之何如? 斯时也,三家以重怨积怒,持说甚坚,而蔽贤媚恶之臧文仲辈复从旁执奏,于是鲁君龟勉下令,曰:"柳下惠淫夫也,永不复用。"噫,此一事也,其说暮夜,其人女子,使自辩代辩,俱以事属暧昧,终难措喙,三黜后禁锢终身矣。

蔡　筝　娘

《夷坚志》:南城陈不矜^{光道}自桂林罢官归,过洞庭,梦彩衣童言,是洞中龙子,奉命告君勿食蒜韭及犬,后三年当有所遇。及期六月如商州,道经蓝田,宿于蓝桥驿。梦向童子执节而来曰:"仙子候君。"遂导以行峻崖峭壁,童以节扣石壁,闻铿然掣锁声。入内,栋宇华焕,金璧绚赫。进抵中堂，见一女方笄，姿态缥缈，隐几写书，顾客至，喜延对席，谈说如云。陈乘间调之曰："独居闷乎？"笑曰："神圣无闷。"既而置酒同饮。人间方酷暑，陈但觉清凉如深秋。因言："吾本蔡员外女，名嬿，字清娘，小名次心，幼时善秦筝，母更字曰筝娘。君仙材也，得与君遇幸矣。"因出白玉牌授之，请曰："君既游物外，不可无纪。"陈操成十绝句曰："玉貌青童洞里回，洞中仙子有书催。书词问我何多事，何不骖鸾早早来。一""长恐凡材不合仙，喜逢神女执因缘。云中隐隐开金锁，路入麻仙小有天。二""海石榴花映绮窗，碧芙蓉朵亚银塘。青鸾不舞苍虬卧，满院春风白日长。三""沉沉香雾映房栊，剪剪檐头尽日风。汗雨顿稀尘虑息，始知身在蕊珠宫。四""老聃西逝即浮屠，莫怪窗间贝叶书。长晒杨妃仙格势，却教鹦鹉念真如。五""常怪乐天长恨词，钗钿寄语大伤悲。于今始信蓬莱上，也忆人间有问时。六""得到仙都白玉堂，氤氲香泽满衣裳。非龙非麝非沉水，疑是诸天异国香。七""玉女倚天多喜笑，素娥如月与精神。假饶不许长年住，犹胜人间不遇人。八""琼浆饮罢日西沉，瞬息观游抵万金。尘累满怀那住得，凤箫休作别离音。九""玉水本流三岛上，蟠桃生在五云间。若非去处那真实，刘阮昏迷错往还。十"写毕，复饮，款洽终宵，曾不及乱。女命侍儿以箫度《离凤》之曲，曲终而寤。

长孙欧阳相嘲

《全唐诗话》：长孙无忌嘲欧阳询形状猥陋云："耸膊成山字，埋肩畏出头。谁令麟阁上，画此一猕猴。"询应声云："索头连背暖，漫裆畏肚寒。只缘心浑浑，所以面团团。"太宗笑曰："询殊不畏皇后耶？"

红　　线

《全唐诗话》：红线，潞州节度薛嵩青衣，善弹阮咸琴，手纹隐起如红线，因以名之。一日红线辞去，冷朝阳为诗曰："采菱歌怨木兰舟，送客魂销百尺楼。还似洛妃乘雾去，碧天无际水东流。"

丁集卷之二

风 雪 谈 经

《晁氏客语》：元祐间，吕原明侍讲大雪不罢讲，讲《孟子》有感哲庙一笑，喜为二绝云："水晶宫殿玉花零，点缀宫槐卧素屏。特敕下帘延墨客，不因风雪废谈经。""强记师承道古先，无穷新意出陈编。一言有补天颜动，全胜三军贺凯还。"

前 身 和 尚

梅溪王十朋祖母之兄严阇黎，字伯威，博学能文，戒行修饬，有声江浙间。亡后托梦于十朋之祖，手集众花为球，字祖而遗之曰："孝祖，君家令郎求此久矣。"是年十朋生。幼从学鹿岩，人曰："昔严阇黎眉浓黑而垂，目深而神藏，此子眉目似之，他日必能文也。"后十朋果以文名世。尝作《天台石梁》诗曰："石桥未到已先知，入眼端如入梦时。僧唤我为严首座，前身应写石桥碑。"

守 岁 词

《深雪偶谈》薛沂叔泳久客江湖，濒老怀归，客中作《守岁词》曰："一盘消夜江南果，吃栗看书只清坐，罪过梅花料理我。一年心事，半生牢苦，尽向今宵过。　　此身本是山中个，才出山来便带差，手种青松应是大。缚茅深处，抱琴归去，又是明年话。"

蛙　谜

《庐陵官下记》：唐曹著机辨，有客试之，因作蛙谜云："一物坐也坐，卧也坐，立也坐，行也坐。"著应声曰："在官地？在私地？"著亦作一谜曰："一物坐也卧，立也卧，行也卧，走也卧，卧也卧。"客不解，著曰："我谜吞得你谜。"客大惭。

得穷鬼力

《鹤林玉露》：齐景公有马千驷，死之日，民无得而称。伯夷、叔齐饿于首阳之下，民到于今称之。扬子云作《法言》，蜀之富人载钱五十万求书名其间，子云以富无仁义，正如圈鹿栏牛，不肯妄载。李仲元、郑子真不持钱，子云书之，至今与日月争光。观韩退之《送穷文》历述穷鬼之害，至末乃云："吾立子名，百世不磨。"是到底却得穷鬼力。夷、齐、李、郑亦所谓得穷鬼力者也。

杀人手段

宗杲论禅云："譬如人载一车兵器，弄了一件又取出一件来弄，便不是杀人手段。我则只有寸铁，便可杀人。"朱文公亦喜其说，盖自吾儒言之，若子贡之多闻，弄一车兵器者也；曾子之守约，寸铁杀人者也。

昭陵夫人诗

《紫薇杂记》：晁伯禹_载之学问精确，尝作《昭陵夫人》诗云："杀翁分我一杯羹，龙种由来事杳冥。安用生儿作刘季，暮年无骨葬昭陵。"

巴 家 富

《岩下放言》：李学卿_觉长女适巴长卿，巴氏贫甚，处之恬然。其妹适富家邹氏，尝笑之。长女作诗云："谁道巴家窘，一作邹家富。巴家十倍邹。池中罗水马，阶下列蜗牛。燕麦储无数，榆钱散不收。夜来添骤富，新月挂银钩。"

题 太 白 墓

《蓬轩吴记》：采石江头李太白墓在焉，往来诗人题咏不绝。有客诗一绝云："采石江边一抔土，李白诗名耀千古。来的去的写两行，鲁般门前掉大斧。"

铁 袈 裟 赞

《文海披沙》：灵岩有铁袈裟一具，形质奇古，有监司为赞数语，镌字其上，识者多为山灵懊恨。又《竹坡诗话》载：夔峡道中有杜少陵题诗，以天字为韵，榜之梁间，自唐至今无敢作者。一监司见而和韵，大书其侧，后人嘲之曰："想君吟咏挥毫日，四顾无人胆似天。"以古准今，其揆一也。

谢 氏 妇

陆诒孙《说听》：泖湖谢氏，松江右室也。明初被籍没坐诛，妇某有殊色，给配象奴。妇给奴曰："待我祭亡夫乃从尔。"奴信之。妇携一物至武定桥哭奠，赋诗云："不忍将身配象奴，自携麦饭祭亡夫。今朝武定桥头死，一剑清风满帝都。"遂伏剑死。

孟　淑　卿

《蓬轩吴记》：孟校官澄女字淑卿，色美能诗。尝过慧日庵访尼僧，书其亭曰："矮矮墙围小小亭，竹林深处昼冥冥。红尘不到无余事，一炷香消两卷经。"此诗殊雅。其集多桑间之咏，不足取也。

《说听》载：淑卿《咏杨妃菊》云："霓裳舞罢小腰肢，低首临风几许思。莫怪姿容太妖冶，半缘卯酒半胭脂。"《咏美人观莲图》云："绿槐蝉静日偏长，懒爇金炉百合香。莫摘池中莲子看，个中多半是空房。"《春归》云："落尽棠梨水拍堤，萋萋芳草望中迷。无情最是枝头鸟，不管人愁只管啼。"

雷震李林甫

《涌幢小品》：永乐间，云南赵州雷击死一夷人，朱判其背曰："木子唐朝一佞臣，罚他千劫在牛群。而今逃脱为夷士，霹雳来寻化作尘。"火烙字曰"李林甫"。

五　女　歌

河南许州离城东南四十里地名五女店，人居稠密，为往来孔道，仕商止宿之所。康熙戊辰秋，兰溪章立之礼过其地，因名询实，访之土人。相传昔有夫妇生五女而无男，五女渐长，父母欲以次许人，五女不从，齐告父母，愿侍父母终天，嫁亦未迟。及父母亡，五女殡葬周备，庐于墓侧者三载。服除，人嘉其孝行，争欲娶之。五女竟不字人，同日从容自缢。士人震悼，上闻，并筑五墓，分列亲墓之侧，号五女墩。惜不知五女为何代人，其父母何姓也。呜呼！五女以一介女流，性钟纯孝，因无兄弟，孺慕益坚，无心外嫁，不特以身依亲于生前，卒皆以身从亲于地下，求之须眉男子，尚不易遘，况闺帏弱植，能敦一本以终其身，宁非天地间一罕觏事哉！以其可以风世，故于景仰之余，作歌以扬之："人生天地间，父母最所重。但愧庸庸人，鲜能常敬奉。讵意弱息中，百世遗芳踪。同怀五姊妹，上下无弟兄。愿为代老儿，不愿为人妇。父母欲许人，婉语辞以故。云无弟与兄，膝下谁瞻顾。晨昏奉旨甘，左右不离步。待亲百年余，于归未云暮。五女金石心，懿性夙钟成。孝纯义更笃，五人如一人。亲存愿同事，亲没亦从亲。丧葬礼俱备，五女志已遂。相对各投缳，共随亲于隧。乡党皆震惊，佳名朝野闻。既为表其闾，复为筑其茔。君不见，许州城外五女墩，五墩旋绕二亲坟。此间黄土盖白璧，此中女魄胜男魂。又不见，往来多少须眉汉，几人孺慕终不变。闺中有此丈夫行，万年千载人争羡。"

戏　目　诗

《解人颐》有集戏目七言律诗四首云："瑞玉妆成翡翠钿，画中人去奈何天。焚香喜拜鸳鸯冢，投笔愁看燕子笺。一种情深万事足，二奇缘浅想当然。白罗衫染双红泪，水浒桃花笑独眠。一""红梨花发绾春园，拜月陈情只自言。喜庆有余惟异梦，怀香不断忆还魂。玉簪妆盒晨开匣，金锁幽闺晚闭门。弹罢琵琶检书读，翠屏山外四声猿。二""百花亭上占花魁，女状元推女秀才。疗妒羹休烹白兔，岁寒松已映红梅。懒收钗钏金钿盒，闲解连环玉镜台。四节何时开口笑，绣襦还带泪痕裁。三""检点南楼百宝箱，双珠犹在旧罗囊。君提宝剑清风寨，妾守荆钗洒雪堂。岭外惊鸿蕉帕系，池边跃鲤锦笺藏。西游塞上马陵道，东郭邯郸是故乡。四"辛未夏日，观女优演杂剧，亦集成四律："软蓝桥畔钓鱼船，贳酒旗亭小洞天。河上盟言题扇赠，眉山秀句彩毫传。龙膏能续情灯影，狮吼无惊画舫缘。开放春桃遍地锦，渔家乐事永团圆。""玉殿缘成天马媒，人中龙虎夺秋魁。珍珠衫映明珠树，碧玉串联双玉杯。宝鼎香浓红拂舞，银瓶酒满紫箫颓。风流院主风流配，罗帕题红莫浪猜。""金雀酬恩义侠奇，登科双捷报亲知。全家庆赐珊瑚玦，双合欢弹琥珀匙。折桂欣逢三桂候，衔环喜值玉环期。锦衣归第满床笏，吉庆图中五福滋。""金印双鱼腰下黄，宋人有腰下甚时黄及腰黄何日重之句。女开科第状元香。三星照户祥麟现，四喜临门鸣凤翔。题塔才名驰七国,埋轮功绩振三纲。儿孙福禄文章用,五代荣华百岁坊。"

结 草 障 面

《独异志》:宇宙初开之时,止女娲兄妹二人,在昆仑山,而天下未有人民。议以为夫妇,又自羞耻。兄与其妹上昆仑,咒曰:"天若遣我二人为夫妻,而烟悉合。若不,使烟散。"于是烟头悉合。其妹来就兄,乃结草为扇以障其面。今人娶妇用内外方巾花髻如扇,象其事也。

膻 根

《文海披沙》:唐薛昭纬遭黄巢乱,流离饥饿,遇旧识银工,延接饮馔甚丰。昭纬以诗谢之曰:"一碟膻根数十𥱧𦥑,盘中犹更有鲜鳞。早知文字多辛苦,悔不当初学冶银。"膻根,羊肉也。

各 赋 一 物

吴郡张纯少有清才,与同郡张俨、朱异往见骠骑将军朱据。据闻三人才名,欲试之,曰:"今三贤屈顾,老鄙渴甚矣。为吾各赋一物,然后就坐。"纯曰:"骡裹以迅骤为工,鹰隼以轻疾为妙。何必积思,请自立成。"据大悦。纯赋席曰:"席为冬设,簟为夏施。揖让而坐,君子攸宜。"俨赋犬曰:"守则有威,出则有获。韩卢宋鹊,名书竹帛。"异赋弩曰:"南岳之干,钟山之铜。应机命中,射隼高墉。"

傅 公 谋 词

傅公谋《水调歌头》词云:"草草三间屋,插槿旋添裁。碧纱窗户眼前,都是翠云堆。一月山翁高卧,踏雪前村清冷,木落远山开。惟有平安竹,留得伴寒梅。　　唤家僮,开门看,有谁来。相逢一笑,清话煮茗更传杯。有酒且添个月,有月且添个客,醉舞起徘徊。明日人间事,天自有安排。”

诗嘲杨文贞

庐陵杨文贞（士奇）为相日,乡人有贡入胄监,候选久不授官者,恳文贞开仕路。文贞不允,遂放还待取。因作诗云:“五十余年做秀才,故乡依旧布衣回。回家及早养儿子,报了贤良方正来。”盖讥文贞缘是科致显也。《水东日记》云:翰林尹凤岐好作诗讽切时事,时应诏举贤良方正,即得授八品官,简太学年五十以上者悉放归,尹作是诗以讥之云。

闽　谈

《石田杂记》:陈启东（震）谕学宁德,常作诗述闽人常谈云:“蛮音鴂舌语胡涂,雨落番将祸断呼。谁信挞挑原是要,怎知诈讲（吴人称说谎也。却云诬。）长公仔贬南瓜卖,（李剀屋也。犹言李家也。）门书老酒沽。昨听邻家骂新妇,声声明白唤狸奴。（其骂声云貌貌,即猫叫声,如吴人云杜货也。）”闽人闻之,亦为绝倒。

沈石田对

沈石田尝燕吴原博宅,与陈启东同席。启东强石田酒,石田不胜杯酌。启东云:“如辞饮,须对句可准。”时解元贺恩字其荣首席,启东云:“恩作解元,礼合贺其荣也。”次座为陈进士策字嘉谟,石田应声曰:“策登进士,职当陈嘉谟焉。”为之哄堂。

左布政对

成化十七年,浙藩左大参（赟）入觐,出京时,梦一人出对云:“参政布政,为黎庶之福星。”左问其姓氏,答曰:“某苏州贺恩,前科解元也。”

左随对云："解元会元，钟山灵之秀气。"至苏寻访贺其荣，一睹其容，俨如梦中所见云。

筑　长　城

《金罍子》：何燕泉谓杞殖字梁，春秋时齐人，去赵及秦筑长城时不啻数百年。而《列女传》及乐府注所谓城崩，乃杞都城，非长城也。秦、赵所筑长城，去杞都不啻数千里。唐僧贯休赋《杞梁妻》云："秦之无道兮四海枯，筑长城兮遮北胡。筑人筑土一万里，杞梁贞妇啼乌乌。"二事打合成调，不知何据。予按贯休赋杞梁妻事虽无据，而误亦有因。秦筑长城以拒胡，齐亦尝筑长城以备楚。《括地志》云："齐长城西北起济州平阴县，缘河历太山北冈上，经济州、淄州，即西南兖州博城县北，东至密州琅玡台入海。"而《齐纪》以为齐宣王所筑，《竹书纪年》曰齐闵王筑。未知孰是。但既曰备楚，则楚之抗衡中国，宜莫盛于春秋。盖杞梁妻哭而崩者，疑即齐所筑之长城，颟洞相传，世遂以为秦之长城。诗家不考所出，又未审杞梁何时何地人，死于何事，遽以梁为死于秦长城之役耳。今辽东前屯卫中所芝麻湾有石人立海澨，若世所谓望夫石者，而世又相传以为杞梁妻孟姜者，哭夫死，因葬于此。则影响附会，而形音逾远，逾失其本真者也。

梦　作　靴　铭

苏东坡倅杭时，梦仁宗召入禁中，宫女围侍，一红衣女童捧红靴一只，命为铭之，觉而记其一联云："寒女之丝铢积寸累，天步一作步武。所临云蒸霞起。"既毕进御，上极叹其敏，使宫女送出，睇视裙带间有六言诗一首云："百叠漪漪风绉，六铢纵纵云轻。植立含风广殿，微闻环珮摇声。"

冤　家

《苇航纪谈》：词人多用冤家，不知何所出。阅《烟花记》谓冤家之说有六。情深意浓,彼此牵系,宁有死耳,不怀异心,所谓冤家者一也。两情相系,阻隔万端,心想魂飞,寝食俱废,所谓冤家者二也。长亭短亭,临歧分袂,黯然消魂,悲泣良苦,所谓冤家者三也。山遥水远,鱼雁无凭,梦寐相思,柔肠寸断,所谓冤家者四也。怜新弃旧,辜恩负义,恨切惆怅,怨深刻骨,所谓冤家者五也。一生一死,触景悲伤,抱恨成疾,迨与俱逝,所谓冤家者六也。

《画墁录》:饶州彭汝砺,妻宁氏,熙宁中复纳宋养明。宋氏有姿色,彭委顺不暇,典九江,病革,索笔书曰:"宿世冤家,五年夫妇。从今而后,不打这鼓。"投笔而逝。

金文通息斋云:冤不簇不成眷属。可见六亲皆冤家聚会。今俗有《欢喜冤家》小说,始则两情眷恋,终或至于仇杀,真所谓不是冤家不聚头也。疾读一过,可当欲海晨钟。

俏　冤　家

《亦巢偶记》:俗呼薰猪耳为俏冤家,不知何所取意,里巷至今传之。一日予同一二友至虎丘游衍,久之思饮甚切,然所携杖头仅百文,因思猪耳价轻可口,令僮买之佐酒。久不至,一友忽歌时曲云:"俏冤家,何事还不到。"众大噱。

漂　母　图　诗

杭城一士家,壁挂《漂母图》,上有二绝云:"千金报德未为奇,阿母何须便怒为。若使王孙知此意,肯教怏怏受诛夷。""一饭常怀报德深,归来不负赠千金。岂知汉祖酬功日,不与王孙共此心。"二诗皆有深意。

地　　理

《尧山堂》:朱韦斋松,晦庵先生父也。酷信地理,尝招山人择地,问富贵何如,山人久之答曰:"富也只如此,贵也只如此,生个小孩儿,便是孔夫子。"后生晦庵,果为大儒。文公为同安主簿日,民以有力强得人善地者,索笔题曰:"此地不灵,是无地理。此地若灵,是无天理。"后得地之家不昌。

一　丈　红

成化甲午,倭人入贡,见蜀葵花不识,因问国人,绐之曰:"此一丈红也。"倭人以纸状其花,题云:"花于木槿花相似,叶与芙蓉叶一般。五尺栏干遮不尽,尚留一半与人看。"太守以其不诚于远人,杖而遣之。

占　米

陶渊明为彭泽令,公田悉令种秫稻,俗谓之糯米。《尔雅》注秫谓黏粟也。《说文》:秫稷之黏者也。《本草图经》:丹黍,米黏者为秫。今人谓糯米曰占米,或从黏字省文耳。《鸿书》云:占城稻成实早而粒稍细。《闻见厄言》谓占米之名始于宋真宗祥符五年,江淮水田不登,闻占城国稻早耐旱,遣使以珍货求其种,得万斛,散于民间,故名占米。今又谓之元米,未知何故。

诗非女子所宜

《墨客挥犀》毗陵士子李某,一女年方十六,颇能诗,甚有佳句。有《拾得破钱》诗云:"半轮残月掩尘埃,依稀犹有开元字。想见清光未破时,买尽人间不平事。"又有《弹琴》诗云:"昔年刚笑卓文君,岂信丝桐解误身。今日未弹心已乱,此心元自不由人。"虽有韵致,大非女子所宜。

措　大

《资暇录》:世称士流为醋大,言其峭醋而冠四民之首。一说衣冠俨然,黎庶望之有不可犯之色,如醋之酸而难饮也。故又谓之酸子。或云往有士人,贫居新郑之郊,以驴负醋,巡邑而卖。邑人指其醋驮而号之。新郑多衣冠所居,因总被斯号。又云郑有醋沟,其沟东尤多甲族,以甲乙叙之,故曰醋大。愚为四说皆非,醋宜作措,言其能举措大事也。因酸子误以为醋大耳。

妓 笑 贫 士

《郡阁雅言》:崔公佐牧名郡,日宴宾僚。有一客巾屦不完,衣破肘见,突筵而入。崔喜其来,令下牙筹,引满数觥,神色自若。妓骇其蓝缕,因大噱。客赋诗云:"破额幞头衫也穿,使君犹许对华筵。今朝幸倚文章守,遮莫青娥笑揭天。"崔令掩口,无嗤贤士。

御 书 钱

《侯鲭录》:前世钱文未有草书者,淳化中太宗始以宸翰为之,既成以赐近臣。崇宁大观御书钱,盖袭故事也。王元之禹偁谪商於,有诗云:"谪官无俸突无烟,唯拥琴书尽日眠。还有一般胜赵壹,囊中犹贮御书钱。"

吟 诗 止 娶

陆诒孙《说听》:嘉兴女子朱静庵,父亦士人,为教谕周汝航济之妻,能诗,多佳句。父执某有青衣曰寒梅,妻亡欲图再娶,萌开阁之意。青衣过静庵泣诉其情,静庵曰:"吾能止之。"因题一绝于扇,令人持视父执云:"一夜西风满地霜,粗粗麻布胜无裳。春来若睹桃花面,莫负寒梅旧日香。"父执见诗,感其意,不复再娶。

罢 耍 词

元人有《叨叨令带风入松》词云:"罢罢耍耍,花花世界尽宽大。

五斗米折不得彭泽腰，一碗饭受不得淮阴胯。种几亩邵平瓜，卜几文君平卦。快活心坎上无牵挂，耳边厢没嘈杂。世上人劳劳堪讶。你看那秦代长城替别人打，汉朝陵寝被偷儿扒，魏时铜雀台到于今没片瓦。哈哈。名利场，最兜搭。班定远玉门关枉白了青丝发，马新息铜柱标抵不得明珠价。哈哈。更有一般堪诧：动不动说什么玉堂金马，虚费了文园笔札，只恐怕渴死了汉相如，空落下文君再寡。罢罢耍耍，到头来都是假。凭你事业伊周，文章董贾，少不得北邙山下。俺归去也，身不关陶唐虞夏，梦不想争王定霸。容膝的竹篱茅舍，忙手的琴棋书画，忘机的鸥鱼凫鸭，适口的淡饭粗茶。槛外蔷薇高架，庭前兰蕙初卸。俺也不聋不哑，肯把韶光虚谢。闲时节从负郭问桑麻，遇邻翁数花甲。哈哈。铁笛儿在牛角上挂，酒瓢儿在鱼竿上插，诗囊儿在驴背上跨。眼底事抛却了万万千千，杯中物直饮到七七八八，醉中日月真无价。哈哈。要罢就罢，浓睡在十里松阴下，一任黄鹂骂。"

舟 人 请 仙

《蓬轩吴记》：有客行货金陵，舟人见客孤身，夜杀客而取其所有，遂富，弃舟不操。逾年生一子，甫弱冠，荡费家业。父或训戒，反被殴詈。邻有术士，召仙甚验，舟人往拜，冀其修改。仙附乩书曰："六月初三风雨恶，扬子江头一着错。汝儿便是搭船人，请君自把心头摸。"悚惧而退，不数日忧悸而死。

邺 侯 尚 仙

《贾氏谈录》：李邺侯泌好仙，虽为辅相，颇有灵异之事。吴人顾况师事邺侯，得服气之法，能终日不食。西游长安，邺侯一见如故相识，遂待以殊礼。及邺侯卒，况感其知遇，作《海鸥咏》以寄怀，大为权贵所嫉，贬饶州司户。诗曰："万里飞来为客鸟，曾蒙丹凤借枝柯。一朝凤去梧桐死，满目鸥鸦奈尔何。"

紫 姑 咏 笔

《齐东野语》载紫姑《咏笔》云:"系出中山骨欲仙,何人扶颖缚尖圆。狂僧堪笑堆成冢,豪客曾闻扫似椽。窗下玉蜍涵夜月,几间雪茧涌春泉。当时定远成何事,轻掷毛锥恐未然。"《闲居笔记》:解学士缙亦有《咏笔》诗云:"紫竹纤毫线扎成,如龙似虎伴书生。渴来玉砚池中饮,饱向花笺纸上行。写本告王臣宰惧,题书入庙鬼神惊。虽然不是龙泉剑,曾与君王定太平。"

黄 鹤 楼 诗

《毗陵闲笔》:宋广安游景仁佀,南渡四贤相之一也。《楚志》传其《黄鹤楼》诗云:"长江巨浪拍天浮,城郭参差万景收。汉水北吞云梦入,蜀江西带洞庭流。角声交送千家月,帆影中分两岸秋。黄鹤楼高人不见,却随鹦鹉过汀州。"

咏 残 荷

陈湖张浣心泠博学能诗。康熙丙辰,广德州学博沈韶九曾成汇集词客,出花草画册,拈幅题咏。浣心拈得残荷,检视画册乃荷叶黄落之状,浣心即席口占云:"水冷风凄气已凉,荷衣秋老不闻香。采莲人散歌声寂,明月还来照野塘。"一座称善。

王 越 诗

《石田杂记》:威宁伯王越在大同,见边事渐生,酝祸未测,情悰不怿,乃作诗云:"来去去来归去来,千金难买钓鱼台。已知世事只如此,借问古人安在哉。绿酒有情留客醉,黄花无主为谁开。忠君报国心如火,一夜秋风尽作灰。"时有和之者云:"那有伊周事业来,耻随郭隗上金台。权谋术数何深也，局量规模真小哉。半世功名如隙过，一场富贵似花开。于今门下三千士，一半寒心一半灰。"传闻天下，以为诛心之铁钺也。

水 仙 子 词

《耳谈》：苏州张伯雨罢官归，作《水仙子》词云："归来重整旧生涯，潇洒柴桑处士家。草庵儿不用高和大，会清标岂在繁华。纸糊窗，柏木榻，挂一幅单条画，供一枝得意花。自烧香，童子煎茶。"《解人颐》作杨南峰词。

清 江 引

明宋海翁_{登春}诗有天趣，兼善小词。作《清江引》词云："糯米酒儿鲜鱼鲊，还喜生姜辣。秋天不肯明，只把鸡儿骂。呼童儿点灯来花下耍。"晚年信口，渐入香山。

答 夷 使 对

祝枝山《猥谈》：弘治中，_{一作成化。}夷使入朝，以一偶语请馆伴对曰："朝无相，边无将，玉帛_{一作气数。}相将。"典客不能对，李西涯教以对曰："天难度，地难量，乾坤度量。"夷使愧服。

白 水 漈

《八闽志》：白水漈属上杭县，旧有题"白水漈头白屋，白鸡啼白昼"。未有对者。明潮阳林大钦修撰过此，问土得黄泥垅，因对曰："黄泥垅口黄家，黄犬吠黄昏。"

黄 巢 诗

黄巢既遁,祝发为僧,名道价,在西京龙门,号翠微禅师。后住雪窦,人称雪窦禅师。开宝中卒,年八十余。《挥麈录》载其诗云:"三十年前山上飞,铁衣着尽着僧衣。天津桥上无人问,独倚危楼看落晖。"《宾退录》云此乃元微之《赠智度师》诗,窜易磔裂,合二为一,元集可考。一云:"四十年前马上飞,功名藏尽拥禅衣。石榴园下擒生处,独自闲行独自归。"二云:"三陷思明三突围,铁衣抛尽纳禅衣。天津桥上无人识,闲凭阑干望落晖。"

赋 善 使 事

《萤雪丛说》:一士在场屋,赋"帝王之道出万全",绝无故实。问一老生,答云:"一举空朔庭,三箭定天山可用,要在人斡旋尔。"士谓此事乃人臣,非帝王也,疑诳之,不用。后见一人使得最妙,说题目甚透,曰:"一举朔庭空,窦宪受成于汉室;三箭天山定,薛侯禀命于唐宗。"真所谓九转丹砂,点铁成金者也。

徇 情 榜 诗

《明朝小史》:天顺初,会试考官多出权贵所荐,及揭晓,录文谬误,去取徇情,谤议汹汹,无名诗词,纷然杂出。有排律云:"圣主开科取俊良,主司迷谬更荒唐。薛瑄《性理》难包括,钱溥《春秋》没主张。吴节只知贪贿赂,孙贤全不晓文章。问仁既是无颜子,配祭如何有太王。告子冒名当问罪,周公系井亦非常。阁老贤郎真慷慨,总兵令侄独轩昂。榜上有名谁不羡,至公堂作至私堂。"盖许道中之子及石亨之侄皆以私取,而录文则《论》题起"克己复礼为仁"去颜子,《孟》题本公都子之言而云告子,故诗备言之。

破蚊阵露布

杨升庵戏作《破蚊阵露布》云："非烟女将，行烛姬兵，敬奉堂宣，式遵阃令。破蚊阵于乙夜，收鹣捷于寅筹。不惮宵征，即陈露布。窃惟蜎化之孽，元非贞虫之群。似鸭似鹅，久贻害于羊罗鼠夹；如虎如豹，曾媚虐于鼍社湖名。淮津。血国三千，睫巢亿万。饥方柳絮，妄学阿香之声；饱类樱桃，僭拟炎官之色。胄系子子，敢偷郁郁佳名；捷实茸茸，擅据阁阁要地。扰仙游之梦，栩栩难成；妒文苑之思，便便奚用。如花越女，鬐哦撩乱锦窗；似柳张郎，挫精僄豹。直灵殿。投间抵隙，乘暗幸昏。啑玉肌而咬花貌，犹作娇鸣；刻香骨而露芳筋，未偿奸志。率其不逞，实繁有徒。恶冠蚤蜂，尝药之经恐漏；罪浮蛙蝈，待旦之术已穷。夙稽诛于金神，不蚉降于青女。某等扫除贱役，箕帚微能。躬纠鱼贯，手勘蚊触。蠹。虽出火攻之下策，亦效羽被之先登。灰钉须臾，嗤负山之何力；格戟少选，谅游台之岂还。俾文人怡神丙枕，无展转反侧之虞；偕女君合樹音社，梦神。子宫，叶熊罴蛇虺之兆。好音时遣薰风送，忻忭曷胜；捷书夜奏清昼同，驰闻敢后。"

易彦章妻词

易彦章以优校为前廊，久不归。其妻作《一翦梅》词寄之云："染泪修书寄彦章，贪却前廊，忘却回廊。功名成就不还乡，石做心肠，铁做心肠。　红日三竿懒下床，虚度韶光，瘦损容光。思量何日得成双，羞对鸳鸯，懒对鸳鸯。"又作《长相思》词云："朝有时，暮有时，潮水犹知日两回。人生长别离。　来有时，去有时，燕子犹知社后归。君行无尽期。"

蔡京恩宠

《碧湖杂记》：宣政间，保和殿西南庑有玉真轩，轩内有玉华阁，即安妃妆阁也。妃姓刘,进位贵妃,林灵素以左道得幸,谓徽宗为长生帝君,妃为九华玉真安妃。每神降必别置妃位,画妃像于其中,每祀妃像,妃方寝而觉有酒容。群臣惟蔡元长最承恩遇,赋诗殿壁云:"琼瑶错落密成林,桧竹交加午有阴。恩许尘凡时纵步,不知身在五云深。"侍宴于保和殿,令妃见京,先有诗曰:"雅兴酒酣添逸兴,玉真轩内见安妃。"命京赓补成篇,京即题曰:"保和新殿丽秋晖,恩许尘凡到绣闱。"云云。须臾命京入轩,但见妃像。京诗又云:"玉真轩内暖如春,只见丹青未见人。月里嫦娥终有恨,鉴中姑射未应真。"已而至阁,妃出见京,劝酬至再,日暮而退。君门九重,乃令人臣纵步褻饮于其间,当时之恩幸可知,遂至酿成靖康之祸,可为万世君臣之戒。

京有保和殿、延福宫曲宴二记,纪其事也。

天 子 请 客

王岐公珪在翰苑时,中秋月色清美,上召入对饮。夜漏三鼓,令左右宫嫔各取领巾、裙带、围扇、手帕求诗。内侍举牙床,以金镶水晶砚、珊瑚笔格、玉管笔于公前,公略不停缀,人人得其欢心,悉以呈。上曰:"岂可虚辱,须与学士润笔。"各取头上珠花装公幞头,簪不尽者,悉纳公袖。月将西沉,命撤金莲烛,令内侍扶掖归院。都下盛传天子请客。明年中秋,公已参政,蔡确为学士,上讲故事,命宫嫔求诗。确奏才思短涩,酒再行而止,左右不悦,云:"这个学士何须钟爱。"

女 状 元

《玉溪编事》:五代王蜀时,临邛县送失火人黄崇嘏,才下狱,以诗上蜀相周庠曰:"偶离幽隐住临邛,行止坚贞比涧松。何事政清如水镜,绊他野鹤向深笼。"庠览诗召见,称乡贡进士,应对详敏,即命释之。后复献歌,荐摄府司户参军。明敏多才,胥吏畏服。庠欲妻以女,崇嘏以诗辞曰:"一辞拾翠碧江涯,一作湄。贫守蓬茅但赋诗。自服蓝衫居郡掾,永抛鸾镜画蛾眉。立身卓尔青松操,挺志坚然白璧姿。幕府若容为坦腹,愿天速变作男儿。"庠见诗大惊,问其本末,乃黄使君之女,幼失恃怙,与老姥同居,元未从人。庠益仰其贞洁。旋乞罢归临邛之旧隐,后莫知所终焉。《丹铅总录》作庠嫁之,传奇有《女状元春桃记》,即崇嘏也。

咏　纤　夫

陆式斋容咏纤夫诗云:"绿柳堤前雁鹜行,挽舟终日送官忙。舟中若载清官去,尽受辛勤也不妨。"此诗有关世道,宦者宜三复之。

李灌溪先生模亦有诗云:"舟行阅纤夫,来往纷如织。先后忽相逾,劳苦咸自力。交臂一已过,面目何曾识。如云信风驰,似鸟飞空急。但顾向前行,步步无踪迹。归家各稳坐,远近忘所历。若人能了此,一生参学毕。"

颠　不　剌

万历四年,张江陵当国,将南京内库高皇所藏宝玩尽取上京中。有颠不剌宝石一块,重七分,老米色,若照日,只见石光,所以为宝。此见《金陵琐事》。笺《西厢记》者以颠不剌为美好之称,不知何所据。

孙　汝　权

《南窗闲笔》云:钱玉莲,宋名妓,从孙汝权。某寺殿成,梁上题"信士孙汝权同妻钱玉莲喜舍"。

《听雨增记》:孙汝权乃宋朝名进士,有文集行世。玉莲则王十朋之女也。十朋劾史浩八罪,乃汝权嗾之,理宗虽不听,而史氏子姓怨两人刺骨,遂作《荆钗记》,以玉莲为十朋妻,而汝权有夺配事,其实不根之谤也。明丘文庄公之少也,其父为求配于土官黎氏,黎诮之曰:"是儿岂吾快婿耶?"不许。公作《钟情丽集》,言黎女失身辜辂。

辜辂,广人呼狗音。他日黎得之,以百金属书坊毁刻,而其本已遍传矣。

琵 琶 记 辨

《大圆索隐》云:元高东嘉则诚与王四友善,四以显达改操,遂弃其妻周氏,而坦腹于时相不华氏。东嘉挽救不得,作《琵琶记》以讽之。而托名蔡邕者,以王四少贱尝为人佣菜也;赵五娘者,以姓传自赵至周而数适五也;牛丞相者,以不花家居牛渚也;记以琵琶名者,以其中有四王字也;张大公者,东嘉盖自寓也。又《考真细录》云:明高皇见《琵琶记》廉知为王四而作,遂执四置之法。

《说郛》载唐人小说:唐有蔡节度者,微时与牛相国僧孺之子繁同学,邂逅文字交,寻同举进士,才蔡生,欲以女弟字蔡,蔡已有妻赵矣,力辞不得。既而牛能将顺于赵,赵亦无妨于牛,东嘉感其事而作此书。但则诚以元人而演唐事,何不直举其人,而故托之伯喈,以污蔑贤者耶?

按伯喈父名稜,字伯直,有清白行,谥贞定公。见《后汉》注,易名从简何意?

西 施

西施一名夷光,越之美女,欲见者先输金钱一文。见《孟子》注疏。昔人文辞载西施事,其说不一。《吴越春秋》云:吴亡,西子被杀。《墨子》云:越破吴,沉西施于江。似当时已死矣。宋之问诗:"一朝还旧都,靓妆寻若邪。鸟惊入松网,鱼畏沉荷花。"似复还旧都矣。《越绝书》云:吴亡后,西施复归范蠡,因泛五湖而去。杜牧诗:"西子下姑苏,一舸逐鸱夷。"则西子甘心于随蠡矣。及观东坡诗:"谁遣姑苏有麋鹿,更怜夫子得西施。"又,以蠡窃西施而随蠡者非其本心也。高季迪诗:"载去西施岂无意,恐留倾国更迷君。"是蠡另有一段苦心耳。

《丹铅总录》:《修文御览》引《吴越春秋》逸篇云:吴亡后,越浮西施于江,令随鸥夷以终浮沉也,反言耳。随鸥夷者,子胥之瘗死,西施有力焉。胥死盛以鸱夷。今沉西施,所以报子胥之忠,故云随鸱夷以终。范蠡去越,亦号鸱夷子。杜牧之遂以子胥鸱夷为范蠡之鸱夷,乃堕后人于疑网。

着　膊　着　肚

裴略宿卫考满,兵部试判,错一字落第。适温彦博与杜如晦共坐,略诉不行,略曰:"少小以来,自许明辩,至于通传言语,堪作通事舍人,解作文章,兼能嘲戏。"彦博令嘲厅前丛竹,略曰:"竹风吹,青肃肃。凌冬叶不凋,经春子不熟。虚心未能容国士,皮外何须生节目。"彦博喜曰:"既解通传言语,可传语与厅前屏墙。"略大声语曰:"方今圣上聪明,辟四门以待士,君是何物,久在此妨贤路?"彦博曰:"此意着博。"略曰:"非但着膊,亦乃着肚。"彦博、如晦俱大欢,即与以官。

丁集卷之三

蓬 山 不 远

宋仁宗朝,宋子京祁知成都,带修刻《唐书》。垂帘燃二椽烛,媵婢夹侍,和墨伸纸,人望之如神仙,皆知其修唐史也。子京尝过御街,逢内家车子,有褰帷者曰:"小宋也。"子京因赋《鹧鸪天》一曲,落句云:"刘郎已恨蓬山远,更隔蓬山千万重。"其词传达禁中,仁宗访知呼"小宋"者。后因与翰林语及宋词,祁惶恐,上曰:"蓬山不远。"遂以赠之。

大 谏 同 名

《宋史》载:韩侂胄有爱姬,小过被谴。钱塘令程松寿亟召女侩,以八百千市之,舍之中堂,旦夕夫妻上食,事之甚谨。姬惶恐,莫知所由。居数日,侂胄意解,复召之,知为松寿所市,大怒。松寿亟上谒,献之曰:"顷有郡守辞阙者将挟去外郡,某忝赤县,恐忤君颜,故匿之舍中耳。"侂胄意犹未平。姬既入,具言松寿谨待礼。侂胄大喜,即日躐除太府寺丞,迁监察御史,逾进右谏议大夫。犹怏怏不满,更市一美人,名曰松寿献之。侂胄问曰:"奈何与大谏同名?"答曰:"欲使贱名常达钧听耳。"侂胄怜之,即除同知枢密院事。

隶 人 扞 刃

裴度为御史中丞,武元衡遇害之日,度亦为人所刺,隶人王义扞刃而死,度由是获免,乃自为文以祭之,仍厚给其妻子。是岁进士撰《王义传》者十二三焉。出《国史补》。传奇称度为御史,请伐淮蔡,忤宰相李逢吉。逢吉夜遣人刺之，裴仆裴旺乃效陈婴代公死。不知何不用王义事。

游　嵩　顶

《玉海》：刘伯寿，洛阳九老中人，筑室嵩山下。每登嵩顶回，则于峻极中院记其岁月。捐馆之年记云：余今年若干，登顶七十四次。后王辅道与其孙之静共游，至峻极中院，作一绝云："烂红一点出浮沤，夜坐嵩峰顶上头。笑对松窗谈祖德，当年七十四回游。"

木　中　诗

《淅川县志》：金人伐宋时，伐香岩寺木造舟。木中有文成诗云："栽松种柏兴唐日，解板成舟破宋时。可惜香岩千载树，等闲零落岁寒枝。"时传以为奇异。

桑　犬　等　诗

于忠肃公《题桑》云："一年一度伐条柯，万木丛中苦最多。为国为民甘寂寞，一作皆是汝。却教桃李听笙歌。"唐末蒋密《咏桑》有"绮罗因片叶，桃李漫同时"句。于公又有《犬》诗云："护主有恩当食肉，却衔枯骨恼饥肠。于今多少闲狼虎，无益于民更食羊。"或云《犬》诗乃李古廉者。沈石田《咏蚕》云："衣被功深藏蠢动，碧筐火暖起眠时。愿言努力加飱叶，二月吴民要卖丝。"马清痴愈《题蚕豆》云："蚕忙时节豆离离，烂煮堪充老肚皮。却笑牡丹如斗大，可能结实济人饥。"此诗本宋王文康诗云："枣花至小能成实，桑叶虽柔解吐丝。堪笑牡丹如斗大，不成一事只空枝。"又王尚文《题棉花》云："采得西风雪满篮，御寒功在倍春蚕。世间多少闲花草，无补于人也自惭。"无锡秦廷韶《题菜》云："翠叶蒙茸塌地铺，晓炊初荐美如酥。世间此味人知少，乞报中州士大夫。"诸作皆非嘲风弄月之比，可献之采风者。

赤　壁　诗

《乌衣佳话》：杜公序庠号西湖醉老，以诗名永乐间。《过赤壁》诗云："水军东下本雄图，千里长江隘舳舻。诸葛心中空有汉，曹瞒眼底已无吴。兵消炬影东风猛，梦断萧声夜月孤。过此不堪回首处，荒矶鸥鸟满烟芜。"一时人皆传诵，谓之杜赤壁。又虚斋曹翰卿诗云："白石江头烈火红，千年遗事说东风。不知画史将何意，不画周郎画长公。"亦有意味。吴匏庵诗云："西飞孤鹤记何详，有客吹箫杨世昌。当日赋成谁与注，数行石刻旧曾藏。"世昌绵竹道士，与东坡同游赤壁，所谓客有吹洞箫者，即其人也。微匏庵表而出之，世昌几无闻矣。

鸦　卜

《潜居录》：巴陵鸦不畏人，除夕妇女各取一鸦，以米果食之，明旦以五色缕系于鸦颈放之，祝其方向，卜一岁吉凶。其占甚多，大略云："鸦子东，兴女红。鸦子西，喜事齐。鸦子南，利桑蚕。鸦子北，织作息。"甚验。又元旦梳头，先以栉理其毛羽，祝曰："愿我妇女，鬒发髟髟。音彪，发长垂貌。惟百斯年，似其羽毛。"故楚人谓女髻为鸦髻。今俗误为丫髻。

岩　老　好　睡

《百斛明珠》：南岳李岩老好睡，众人食罢下棋，岩老辄就枕。阅数局乃一展转，云："我始一局，公几局矣。"东坡曰："岩老常用四脚棋盘，只着一色黑子。昔与边韶敌手，今被陈抟饶先。着时自有输赢，着了全无一物。"永叔诗云："夜凉吹笛千山月，路暗迷人百种花。棋罢不知人世换，酒阑无奈客思家。"殆类是也。

搭　　题

顺治庚寅，郡守王光晋府试。时同知石映星摄长邑事，与之同试。出题，首题乃"雍也可使南面"、"仲弓问子桑伯子"，命吏书牌呈验。王见不写注字，曰："这许多何不写？"石曰："只要上下大字。"王曰："只要大字，何不竟写一行？"石曰："此是搭题。"王曰："石老爷考童生，竟出蛮子家题目罢了，何必要出搭题？"众闻之绝倒。于是次题出"至于治国家"。

秀 才 甲 天 下

《见闻搜玉》：太学生相聚，各言土产以相嘲难。东鲁生曰："一山一水一秀才，甲天下矣。"关中生曰："何山？"曰："泰山。"曰："只有天在上，更无山与齐。当在华山下矣。"又："何水？"曰："东海。"曰："黄河之水天上来，东流到海不复回。又属河之委矣。"又："秀才谁也？"曰："孔子。"曰："文王我师也。周公岂欺我哉？孔子文王之弟子也。"相与一笑，是称文谭。

睡　　诀

《鸿书》："花竹幽窗午梦长，此中与世暂相忘。华山处士陈抟如容见，不觅仙方觅睡方。"西山蔡季通有《睡诀》云："先睡心，后睡眼。"晦庵以为此古今未发之妙。然其语本《千金方》云："半醉酒，独自宿。软枕头，暖盖足。能息心，自瞑目。"此睡诀也。

贵 人 十 反

《经鉏堂》：贵人十反：夜当眠而饮宴；早当起而醉卧；心当逸而劳；身当劳而逸；吝束修不请师教子弟，而以大钱雇教声伎；药饵无病而服,有病不肯服;果蔬尚新不待熟;食物取细失正味;山水不喜真境而喜图画;器用不贵金银而贵铜瓷。

子 美 无 诗

《天中记》:少陵居蜀数年,吟咏殆遍,海棠奇艳而诗章独不一及。郑谷曰"浣花溪上堪惆怅,子美无情为发扬"是已。迨宋世,赋海棠者甚多,往往用此为实事。如石延年云:"杜甫句何略,薛能诗未工。"钱易云:"子美无情甚,都官着意频。"李定云:"不沾工部风骚力,犹沐勾芒造化权。"王荆公作梅花诗:"少陵为尔牵诗兴,可是无心赋海棠。"苏东坡赠妓李琪诗:"恰是西川杜工部,海棠虽好不留题。"亦点此意。又凌景阳一绝,末句云:"多谢许昌传雅释,蜀都曾未识诗人。"为不道破而不解其无诗之由。盖子美父名闲,母名海棠,故其吟咏无闲字而不赋海棠,固深有意,宋人未之考耳。

花 十 友

《万花谷》:曾端伯《花十友·调笑令》云:芳友者兰也,清友者梅也,奇友者腊梅也,殊友者瑞香也,净友者莲也,禅友者薝卜也,佳友者菊也,仙友者岩桂也,名友者海棠也,韵友者酴醾也。"仍有玉友,来奉佳宾",谓酒也。

花 客

《花谱》:牡丹为贵客,梅为清客,兰为幽客,桃为妖客,杏为艳客,莲为溪客,木樨为岩客,海棠为蜀客,踯躅为山客,梨为淡客,瑞香为闺客,菊为寿客,木芙蓉为醉客,酴醾为才客,腊梅为寒客,琼花为仙客,素馨为韵客,丁香为情客,葵为忠客,含笑为佞客,杨花为狂客,玫瑰为刺客,月季为痴客,木槿为时客,安石榴为村客,鼓子花为田客，棠棣为俗客，曼陀为心客，孤灯为穷客，棠梨为鬼客，茉梨为远客，芍药为近客。

援 引 士 类

《青琐诗话》：丞相吕夷简，一日有儒者张球献诗曰："近日厨中乏所供，孩儿啼哭饭箩空。母因低语告儿道，爹有新诗上相公。"公见诗甚悦，因以俸钱百缗遗之，又为引导贵官门馆，得依栖之。又韩魏公镇真定时，有门客彭知方为酒使，逾垣宿妓室。门吏报公，公不究，为《种竹》诗曰："殷勤洗濯加培壅，莫遣狂枝乱出墙。"彭见诗愧甚，乃和公诗云："主人若也怜高节，莫为狂枝赠一柯。"公特以百缗，遣一指使呼吏报都下市一女妓赠之。二公之援引士类如此。

神 泪

《夷坚志》：和州士人杜默，累举不成名，性英傥不羁。因过乌江谒项王庙，被酒沾醉，才炷香拜讫，径升偶坐，据神颈，拊其首而恸，大声语曰："大王有相亏者。英雄如大王而不能得天下，文章如杜默而进取不得官。"语毕又大恸，泪如迸泉。庙祝虑其获罪，强扶以下，掖之而出，犹回首嗟叹，不能自释。祝秉烛检视，神像亦垂泪未已。

岳 王 墓

岳王墓在西陵桥之右，墓上松柏枝皆南向。墓前有分尸桧，自根以上劈分为两，至稍全其生，中格以木，以示支解奸桧也。正统间，郡倅马伟为之。指挥李隆冶铁为桧及妻王氏、万俟卨三形，皆赤身反接跪墓前。万历中，巡道范涞又益铸张俊像，共四焉。游人拜墓后必以瓦砾敲掷之，咸溺其头，而抚摩王氏两乳，至精光可鉴。忠奸昧于一时,荣辱分于千载如此。李卓吾曰:"宜铸施全在旁作持刀杀桧状,更快。"

诗　鬼

韦彦温少不羁,落魄京师。偶闲步,见一宅楼上有女子,靓妆丽服,倚阑凝伫而歌。彦温屡见之,稍玩,乃逾垣而入。见门户四辟,寂无人迹。遂登其西楼,但见积尘满几,上有一幅纸,字墨尚新,题一词曰:"禁鼓初传时下打,虚过清风明月夜。眼如鱼目几时干,心似酒旗终日挂。　银汉低垂星斗斜,院宇空寥灯烛卸。西楼潇洒有谁知,独自上来独自下。"彦温出,问其邻,皆云此屋多祟,无人敢居,将百余年矣。彦温爱其词调,乃名之曰《倚西楼》云。

鸧鹠止妒

《文苑》:梁武平齐,获侍儿十余辈,颇娱于目,为郗后所拘,愤恚将成疹。左右识其情者进言曰:"臣尝读《山海经》,云以鸧鹠为膳,可以止妒。"梁武从之。郗茹之,后妒殆减半。帝神其事。左右复言曰:"愿陛下广为羞储,以遍赐群臣,使不才者无妒于才,挟私者不妒其奉公,浊者不妒其清,贪者不妒其廉,亦助化之一端也。"帝然其言,诏虞人广捕之。适崇佛戒杀,遂止。

跨　灶

子过其父,俗为跨灶,解者纷纷。王朗《杂箴》云:家人有严君焉,井灶之谓也。吴崇贺人生子曰:"寄语王浑防跨灶,阿戎清赏只须臾。"跨灶之说,竟无定论。及读《海客日谈》云:边徼中相马者言,马前蹄之上有两空处,名曰灶门。凡善走之马,前蹄之痕印地,则后蹄之痕反在前蹄之先,故军中谓之跨过灶门。夫跨从足,后步过前似后人追及前人之意,以拟父子,于义为协。

叶琼章授记

吴江叶氏琼章，月府侍书女也。卒后从泐大师授记，师曰："既愿皈依，必须审戒。我当一一审汝仙子。身三恶业，曾犯杀否？"对曰："曾呼小玉除花虱，尝遣轻纨坏蝶衣。""曾犯盗否？"对云："不知新绿谁家树，怪底清箫何处声。""曾犯淫否？"对云："晚镜偷窥眉曲曲，春裙新绣鸟双双。""口四恶业，曾妄言否？"对云："自谓生前欢喜地，诡云今世辨才天。""曾绮语否？"对曰："团香制就夫人字，镂雪裁成幼妇诗。""曾两舌否？"对云："对月意添愁喜句，拈诗评出短长谣。""曾恶口否？"对云："生怕帘开讥燕子，为怜花谢骂东风。""意三恶业，曾犯贪否？"对云："经营缃帙成千轴，辛苦莺花满一庭。""曾犯嗔否？"对云："怪他道蕴敲枯砚，薄彼崔徽扑玉钗。""曾犯痴否？"对云："勉弃珠环收汉玉，戏捐粉盒葬花魂。"泐大师遂授记。

嗜　饮

《夷门广牍》云：嗜饮者无早晚，无寒暑。乐固醉，愁亦如之。闲固醉，忙亦如之。肴核有无，醪醴善否，一不问。典当抽那，借贷赊荷，一不恤。日必饮，饮必醉，醉不厌病，贪不悔。俗号瓶盏病。遍揭《本草》，细检《素问》，只无此一种药。

儿　继

今小儿乳哺时，值母有孕，辄眉心青黑，泄泻羸瘦，俗谓之记。按《尔雅翼》言：伯劳能疗继病。继病者，母有娠而乳子，使子得疾如痁。《淮南鸿烈解》曰：男子植兰，美而不芳；继子得食，肥而不泽。盖情在腹中之子，故于所乳之子情不相与往来，所以病而不泽。此即继病。

金 带 围

《后山谈丛》：花之名天下者，洛阳牡丹、广陵芍药耳。牡丹中红瓣而黄腰者，号金带围。无种，有时而开，则城中当有宰相。韩魏公为守，一发四枝，公自当其一，选客具乐以当之。是时王岐公以高科为倅，王荆公以名士为属，皆在选，犹阙其一，花已欲放，公私念："今日有过客即使当之。"及暮报陈太博一作傅。升之来，亟使召之，乃秀公也。明日遂开宴，折花插赏。后四人皆为首相。

黄 杨

世重黄杨，以其无火。或曰以水试之，沉则无火。取此木必于阴晦夜，无一星，则伐之为枕不裂，为梳不积垢。

黄杨一年只长一寸，遇闰年退一寸。宋人闰月表："梧桐之叶十三，黄杨之厄一寸。"

予反其意云："敢期绿草逢春雨，惟冀黄杨长闰年。"

女 香 草

女香草甚繁绩，妇女佩之则香闻数里，男子佩之则臭。昔海上有丈夫拾得此香，嫌其臭，弃之。有女子拾去，其人迹之香甚，欲夺之。女子疾走，其人逐之不及，乃止。故曰："欲知女子强，转臭得成香。"《吕览》有海上逐臭之夫，疑即此事。

赋 清 庵

《楮记室》：有众饮清庵，翟钦甫至，众不之识，俾赋清庵。钦甫故为拙句云："为问清庵何以清。"众大笑。及赋"霜天明月照蓬瀛"，众失色。连赋"广寒宫里琴三弄，白玉楼头笛一声。金井玉壶秋水冷,石田茅屋暮云平。夜来一枕游仙梦,十二瑶台独自行"。众询知为钦甫,愧谢,延之上坐。

和 象 棋 诗

明仁庙在东宫时,尝观二内侍象弈,因命曾子棨赋诗云:"两军对敌立双营,坐运神机决死生。千里封疆驰铁马,一川波浪动金兵。虞姬歌舞悲垓下,汉将旌旗遏楚城。兴尽计穷征战罢,松阴花影满棋一^{作残}枰。"《琐缀录》载仁庙和诗云:"二国争强各用兵,摆成队伍定输赢。马行曲路当知道,将守深宫戒远征。乘险出车收败卒,隔河飞炮下重城。等闲识得军情事,一着功成见太平。"词意宏伟,似胜曾诗。

红 木 樨

谢无逸《咏木樨花》诗曰:"白雪凝酥点嫩黄。"于武陵曰:"夜揉黄雪作秋光。"杨诚斋曰:"雪花四出剪鹅黄。"皆言白蕊黄香。《小尔雅》有《丹桂话腴》,载宋高宗时,象山史本家木樨忽变红色,因献阙下。高宗图之扇面,作诗以赐从臣。诗云:"秋入幽岩桂影团,香深霏霏照林丹。应随王母瑶池宴,染得朝霞下广寒。"《七修》云:钱塘学中有大红木樨。《四明志》亦有大红木樨。志中载诗云:"月宫移就日宫栽,引得轻红入面来。好向烟霞承雨露,丹心一点为君开。"是诗《尧山堂》作明高皇诗,未知孰是。而《颜鲁公集》有谢人青桂花诗,尤为异事。

怕 考 判

督学将至,棚厂已具。有三秀才蕴药谋爇之,逻获验确,学使者发县王谑庵^{思任}判理。具申:一炬未成,三生有幸。欲有谋而几就,不待教而可诛。万一延烧,罪将何赎?须臾乞缓,心实堪哀。闻考即以命终,火攻乃出下策。各还初服,怡遂惊魂。

市　名

市井之区，交易之地，其名各省不同。南方谓之牙行。牙本作互，以交互为义。互字似牙，因讹为牙。牙音似衙，又讹为衙。昌黎广州诗云："衙时龙户集，上日马人来。"是也。北方谓之集。谓百货集于此也。声转亦谓之积。西蜀谓之疾，岂疾即集之误耶？或言欲其交易之疾速也。岭南谓之虚。柳子厚诗："青箬裹盐归峒客，绿荷包饭送虚人。"王临川云："花间人语趁朝虚。"黄山谷云："荷叶裹盐同趁虚。"义或取夫市朝满而夕虚也。一曰虚而往，实而归也。或谓古虚墟通用。又有谓之亥者。南昌有常州亥，则因亥日为市。元微之谪通州，白香山诗云："寅年篱下多逢虎，亥日沙头始卖鱼。"后人有《东市行》云："亥日饶虾蟹，寅年足虎狼。"张籍云："江村亥日常为市。"山谷亦有"鱼收亥日妻到市"之句。南中诸夷谓之场。每以丑卯酉日为市，故曰牛场、兔场、鸡场云。

石　敢　当

人家门户当巷陌桥梁之冲，则立小石将军，或植石碑，镌字曰石敢当，以压禳之，不知起于何时。按石敢当见史游《急就章》，颜师古注曰："卫、郑、周、齐皆有石氏，其后因以命族。敢当，所向无敌也。"据此，其名始于西汉。《五代史》载：刘知远为晋押衙，高祖与愍王议事，知远遣勇士石敢袖铁椎侍晋祖以虞变，敢与左右格斗而死。今立门首以为保障，似取五代之石敢。其曰当者，或为惟石敢之勇可当其冲也。否或因《急就章》之石敢当也。刘元卿《贤弈》、陈眉公《群碎录》俱以石敢当为五代时人，则误矣。

僧　还　俗

杭州径山寺僧至慧，铢积既充，欲还俗，乃作诗曰："少年不肯戴儒冠，强把身心赴戒坛。雪夜孤眠双足冷，霜天剃发满头寒。朱楼美酒应无分,红粉佳人不许看。死去定为惆怅鬼,西天依旧黑漫漫。"

顺治间,苏郡某寺僧某积赀既厚,忽蓄发还俗。花烛之夕,其师俨然受礼。友人作《黄莺儿》嘲之曰:"和尚讨家婆,脱褊衫,着绮罗。弥陀大笑金刚怒,撇了师徒,别了尼姑,绣房稳似禅床卧。喝兴波,堂前花烛,牵出老葫芦。"

长 洲 酷 令

康熙初,长洲县令彭某赋性贪酷,设立纸枷、纸半臂,使欠粮者衣而荷之,有损则加责罚。滑稽者改清明祭扫一诗黏于县墙云:"长邑低区多瘠田,经催粮长役纷然。纸枷扯作白蝴蝶,布裙染成红杜鹃。日落生员敲凳上,<small>时抚院朱国治奏销之后,辄以抗粮为名而扑责之。</small>夜归皂隶闹门前。人生有产须当卖,一粒何曾到口边。"百姓怨恨,为韩抚军所劾,羁栖听勘,死于花桥巷寓所。

梁 令 批 词

长洲令梁月台<small>廷桂</small>,贤父母也。其治吾邑,锄强有力,催科有法,惜为嘉定命案镌级调任。曾见其批词黏县墙云:"夫妻反目常事,两邻首告生事,捕衙申报多事,本县不准省事。"而予录之犹未免为好事也。

诗 讽 僧

江右聂大年教授于杭,时有二僧争住一院,聂招二僧饮酒,赠以诗云:"萧萧落日下荒基,古殿凄凉白塔低。燕子不知身是客,秋风犹恋旧巢泥。"二僧惭愧,让院不争。

吕 徽 之

元吕徽之安贫乐道,隐居逃名,以耕渔自给。一日诣富家易谷种，大雪立门下，闻阁中有吟哦声。乃一人分韵得滕字，吟苦弗就。吕不觉失笑。众诘其故，吕曰："我意欲举滕王蛱蝶事耳。"众始叹伏，以藤滕二字请吕足之，援笔书曰："天上九龙施法水，人间二鼠啮枯藤。鹙鹅声乱功收蔡，蝴蝶飞来妙过滕。"复请和昙字韵诗，随笔书云："万里关河冻欲含，浑如天地尚函三。桥边驴子诗何恶，帐底羔羊酒正酣。竹委长身寒郭索，松埋短发老瞿昙。不如乘此擒元济，一洗江南草木惭。"书毕即去，问其姓字，亦不答。众惊讶曰："尝闻吕处士名，欲一见而不能，先生岂其人耶？"曰："我农家，安知吕处士。"与之谷，怒曰："我岂取不义之财？"必易之，刺船而去。遣人遥尾其后，路甚僻远，识其所而返。雪晴往访，惟草屋一间，家徒壁立。值吕不在，忽米桶中有人，乃其妻也，因天寒无衣，故坐其中。

拆嘉靖字

徐文贞阶拆咏嘉靖二字云："士本朝堂一丈夫，口称万寿与三呼。一横直亘乾坤大，两竖斜飞社稷扶。加官加禄加爵位，立纲立纪立皇图。主人幸有千秋岁，明月当天照五湖。"

蚕食叶成字

《解人颐》有《咏蚕食叶成字》诗云："绿云稠叠满懿筐，绣口纷纷争唼忙。近听余声追笔阵，细看剩迹绍书香。丝纶未吐先施巧，籀篆无心每见长。鸟迹蝌文人竞赏，几曾问字向蚕房。"

原　　棋

棋有三：围棋，《博物志》曰尧作以教丹朱。夫子曰："不有博弈者乎？"而皮日休《原弈》则辩明始于战国。象棋，见于《太平御览》，为周武王所创，然其名曰象戏，其字又有日月星辰之名，非今之象棋。

《幽怪录》载：唐岑顺于陕州，夜见车马步卒之移，掘地得金象局并子。故唐以后方显。又《说苑》：雍门周谓孟尝君下燕则斗象棋。是以象为棋势，而分阵相斗。象棋之名，战国时已有之。弹棋，始于刘向。因汉成帝恶蹴鞠之劳，作以献之。其制义备于柳子厚序棋，今不传，所传者前之二种。虽一艺之微，皆有妙存其间，穷其趣者，终日不能完一二局。所谓"虎穴得子人皆惊，静算江山千里近"之妙。他如东坡、荆公性非不敏，亦不能造其极。东坡有"胜固欣然，败亦可喜"之语。《遁斋闲览》云：荆公棋将败，则随手敛之。尝作诗曰："莫将戏事扰真情，且可随缘道我赢。战罢两奁收黑白，一枰何处有亏成。"

《演繁露》云：今棋方十九道，合枰为棋子三百六十一枚。按李善注韦昭《博弈论》"枯棋三百"，引邯郸淳《艺经》曰"棋局纵横各十七道，合二百八十九格，白黑棋子各一百五十枚"为证。

五贯九百俸

《墨客挥犀》：一名公初任县尉，有举人投书索米，戏为诗答之曰："五贯五百九十俸，虚钱请作足钱用。妻儿尚未厌糟糠，僮仆未能免饥冻。赎典赎解不曾休，吃酒吃肉何曾梦。为报江南痴秀才，更来谒索觅甚瓮。"熙宁中，例增选人俸钱以为养廉隅之本，不复五贯九百俸矣。

双庙词

宋文文山《题张巡许远双庙·沁园春》词云："为子死孝，为臣死忠，死又何妨。自光岳气分，士无全节，君臣义缺，谁负纲常。骂贼睢阳，爱君许远，留得声名万古香。后来者，无二公之操，百炼之刚。　嗟哉，人生翕歘云亡，好轰轰烈烈做一场。使当时卖国，甘心降虏，受人唾骂，安得流芳。古庙幽沉，遗容俨雅，枯木寒鸦几夕阳。邮亭下，有奸雄过此，仔细思量。"

劝　学　词

余姚谢文正迁有《劝学词》云："闻得入试不得意，怒发冲冠欲成疾。余姚虽有好良医，相顾终朝不能治。我昔曾经害一场，传得千金不易方。因便抄录寄同志，倘若得效无相忘。洙泗鲁论语，齐梁邹孟子，曾参大学章，孔伋中庸理，加上本经只六味，更添子史十七粒。龙虎石砚香麻油，休歙烟墨湖州笔。顿在明窗净几中，煎熬昼夜莫停功。切忌阴人来相扰，不妨君子过相从。慢慢嚼，细细服，过三冬，颜如玉。可以平步上青云，可以坐享千钟粟。遗得渣滓莫轻弃，留与儿孙再煎服。此方累试累有效，我愿知音勿轻忽。"

三　字　诗

《尧山堂》有刘伯温《思美人》三字诗曰："雨欲来，风萧萧。披桂枝，拂陵苕。繁英陨，鲜叶飘。扬烟埃，靡招摇。激房帷，发绮绡。中发肤，愔寂寥。思美人，隔青霄。水渺茫，山岧峣。云中鸟，何翛翛。欲寄书，天路遥。东逝川，不可邀。芳兰花，日夜凋。掩瑶琴，闲玉箫。魂睘睘，心摇摇。望明月，歌且谣。聊逍遥，永今宵。"

除　夕　遗　俗

汉时，除夕人家祀先及百神，高架松柴焚之，谓之火爆。烟焰烛天，炮音聒耳。家庭举宴，长幼咸集，谓之合家欢。终夜不睡，谓之守岁。燃灯室中，谓之照虚耗。是日各家封井，不复汲水，至正月三日始开。而诸行亦罢市，往来邀饮，不问贫富，俱竞市什物以庆嘉节。先饰门户，男子衣帽、妇女钗环之属，更造一新，亦遗俗也。家苍书叔有《沁园春》词云："残腊云除，暗数居诸，都为去尘。笑逃台债缓，佣工休息，且教劳客，暂作闲人。尤屑丸丹，松薪燎火，齑菜堆盘簇五辛。围炉坐，喜分携岁酒，乐在天伦。　　痴呆卖却谁曾讶，如愿何须敲唤频。更图形驱魅，旎旆示武，通灵祀灶，饧粒迎新。筒竹雷轰，瓶梅冻解，待漏千门万户春。苍龙驾，便明年明日，已报东巡。"

通　判

有以知县转管粮通判者，一郎中作诗贺之云："最妙无如转判通，州官门报气何雄。班联喜得先推府，尊重何须羡老同。丞簿晚生今已矣，教官侍教且从容。更有一般堪羡处，下仓攒典列西东。"后郎中亦谪济南州判，先通判者官德州，其属吏也。方到任时，僚属满堂，即书此诗持轴贺之，及言其故，无不绝倒。

先 儒 成 语

陆通明世居洞庭，有吴某客于山，往来颇狎。一日，陆内人临蓐，吴讯曰："曾弄璋未？"陆曰："昨暮生一女，已溺之矣。"吴嘲其讳曰："先生极明，此事欠通了。"陆讶之，吴曰："岂不闻溺爱者不明耶？"

广 文 嘲 语

《解颐日抄》：广文先生之贫，自古记之。近日士风日趋于薄，有某学先生者，人馈之肉，乃瘟猪也。先生嘲之曰："秀才送礼，言之可羞。瘦肉一方，尧舜其犹。"又有以铜银为贽者，又嘲之曰："薄俗送礼，不过五分。启封视之，尧舜与人。"或作破云："教官之责门人也，言必称尧舜焉。"

先 生 提 举

浙江花提举与鄞县学官颜某交往，后花升金事，提举至鄞，以旧谊，戏出对云："鸡卵与鸭卵同窠，鸡卵先生？鸭卵先生？"颜应声曰："马儿与驴儿并走，马儿蹄举？驴儿蹄举？"

陆 伯 阳

潘沧浪邂逅一客,扣姓字,客曰:"姓陆,字伯阳。"潘笑曰:"齐景公有马千驷,民无得而称焉。六伯羊值甚的?"闻者大笑。

郑 玄 婢

郑玄家奴婢皆读书。尝怒一婢,曳着泥中,一婢问曰:"胡为乎泥中?"答曰:"薄言往诉,逢彼之怒。"

王 三 六 四

王三名观,恃才放诞。陆子履行四,性慎默,于事无所可否。观尝以直方少之,然二人极相善。观尝寝疾,子履往候之。观以方帽包裹坐复帐中,子履笑曰:"体中小不佳,何至是? 所谓王三惜命也。"观厉声曰:"王三惜命,何如六四括囊。"

钱 马 相 嘲

吴人马承学性好乘马,喜驰骤。同学钱同爱戏曰:"马承学学乘马,汲汲而来。"马即答曰:"钱同爱爱铜钱,孳孳为利。"

号 寒 虫

五台山有鸟名号寒虫,四足,有肉翅不能飞,其粪即五灵脂。当盛暑时,文采绚烂,常自鸣曰凤凰不如我。至深冬严寒之际,毛羽脱落,索然如毂,遂自鸣曰得过且过。噫! 世人中无所守者,不甘淡泊乡里中,必振拔自豪,求尺寸名便志得意满,及遇贬抑,遽若丧家之狗,摇尾乞怜,视号寒虫何异哉! 白香山有诗曰:"得过且过,饮啄随时度朝暮。得陇望蜀徒尔为，未知是福还是祸。得过且过。"《新知录》作张东海词，误。

儿　回　来

汴洛深山中多异鸟，其声多类人言。一鸟名儿回来，鸣曰："儿回来，娘家炒麻谁知来。"士人以为昔有继母偏爱己子，以生麻子授之，以熟麻子授前妻之子，嘱之曰："植麻生者得归家。"二子不知也。幼子嗜食熟麻子，遂彼此相易，由是其子误植熟麻子，不得归，母思之至死，化为此鸟，呼其子曰儿回来、儿回来。好事者记之以警世，亦如提葫芦、脱布裤之类。

禽　言

闽郑蒲涧有《三禽言》诗云："快快插禾，清明谷雨天气和。田中水满禾好插，转眼便是人催科。快快插禾。""子归，子归，胡不归？田园既芜屋成灰。迟迟吾行当诉谁？王门抱瑟不如抱竽吹。须发改，筋力衰。不归，不归，更何为？""提葫芦，沽美酒，三百青铜何处有。桃花落尽杏花残，十分春色今无九。纵遇采樵人，勒马空回首。况又多年失孟光，一斗凭谁为藏久？忍听提壶休饮酒。"殊警策可诵。

元庐陵邓光荐剡号中斋，宋亡，以义行，尝赋《鹧鸪》诗曰："行不得也哥哥，瘦妻弱子赢特驮，天长地阔多网罗。南音渐少北语多，肉飞不起可奈何。行不得也哥哥。"

江浦张瑄尝作《五禽言》诗，亦有意义："行不得哥哥，君意自不定，妾心靡有他。黄花九折坂，山水险恶多。山险不容幰，水险舟覆波。君心类此妾奈何。行不得哥哥。""子归，子归，高堂日将暮，故箧开彩衣。子不归，待何时？亲归子不归，欲养悔，何可追。""姑恶，姑恶，新妇何曾自认错，人家有姑无此恶。姑生女，作人妇，姑不恶，妇则乐。""提胡卢，提胡卢，不愁无酒卖，只虑无钱沽。但得有钱即沽酒，权贵门前懒趋走。君不见邻翁了却官家租，沽酒取乐一事无。""唤起，唤起，黑甜不及黄奶美。五更莫恨鸡声速，日出高人睡方足。人子孝，不色难，鸡鸣起，来问安，先盥洗。"林马公卿亦有《四禽言》诗，词亦可玩："呱呱呱，百鸟相随妇与夫。嗟我天阴便逐去，谁忍天晴尽日呼。""布谷，布谷，春风和，春雨足，此时不种那得熟。嗟我独催耕，群鸟亦啄粟。""八风八火，八山看火，尝恐火来烧杀我。燕雀尔何愚，栋焚不知祸。""瘦儿瘦儿，我自错，当怨谁？ 天长地远儿不归，啼声日夜无休期。吻中流血羽毛摧，人间后母不见之。"

寄衣侑诗

《辍耕录》：洞庭叶正甫，久客都门，其妻刘氏因寄寒衣，侑以诗云："情同牛女隔天河，又喜秋来得一过。岁岁寄郎身上服，丝丝是妾手中梭。剪声自觉和肠断，线脚那能抵泪多。长短只依先去一作旧时。样，不知肥瘦近如何。"

钟馗示梦

开元中，明皇讲武骊山，翠华还宫，因痁疾作，昼卧。梦一小鬼衣绛犊鼻，跣一足，履一足，腰悬一履，搢一笏扇，盗太真绣香囊及上玉笛绕殿奔戏。上叱问之，小鬼奏曰："臣乃虚耗也。"上曰："未闻虚耗之名。"小鬼奏曰："虚者望空中盗人物如戏，耗者耗人家喜事成忧。"上怒，欲呼武士。俄一大鬼顶乌帽、衣蓝袍、系角带、着朝靴，径捉小鬼，先刳其目，然后劈而啖之。上问之，奏曰："臣终南山进士钟馗也。因武德中应举不第，羞归故乡，触殿阶而死。奉旨赐绿袍以葬。感恩愿与我王除天下虚耗妖孽之事。"言讫梦觉，痁疾顿瘳。乃诏画工吴道子奉旨，恍若有睹，立笔成图，上视之，抚几曰："是卿与朕同梦。"赐以百金。

雒于仁四箴

万历中，三原雒于仁弹上以酒色财气自蛊，神庙大怒，几罹不测。

召元辅申瑶泉每事分辩，瑶泉委曲解救，得以免祸。后转大理寺评事，进酒色财气四箴。《酒箴》曰："酒为曲蘗，昕昕不辍。心志内暗，威仪外缺。神禹疏狄，发诏典隆。晋师衔杯，糟丘成风。进药陛下，酖醑勿祟。"《色箴》曰："艳彼妖冶，饮食在侧。启宠纳侮，争妍误国。成汤不迩，享有遐寿。汉成宠姬，享年不久。进药陛下，内嬖勿厚。"《财箴》曰："竞彼镠镽，锱铢不剩。公帑称赢，私家尘甑。武散鹿台，八百归心。隋炀剥利，大命难谌。进药陛下，货赂勿侵。"《气箴》曰："逞彼忿怒，恣性任情。法尚操切，政戾太平。大舜温恭，和以致祥。秦皇暴戾，群慝孔彰。进药陛下，旧怨勿藏。"

丁集卷之四

嘉　禾　行

　　《嘉禾行》，徐武子先生劝修先贤杨南峰遗冢而作。南峰名循吉，字君谦，成化甲辰进士，弱冠登科，年二十九而致仕。登甲榜者六十三年，八十有九而殁，葬于阊门外。洎乎后嗣湮没，丘垅荒芜。武子先生于先朝庚午辛未间倡议修之，不意鼎革之后，落于丐棍孙寿之手，毁域拔树，种菜浇秽，近且露其棺椁，行路伤心，而有力者不顾也。武子先生复欲起而修葺之，故作诗以告同志。云："当年偶踏嘉禾路，访友造门多不晤。皆云酿酒共登舟，去扫梅花道人墓。名流胜士无不然，如此一年还一度。我思道人诚足贤，迄今妙技尚争传。倘令有言兼有德，蒸尝丘垅犹周旋。吾吴君谦杨仪部，少登黄榜性嗜古。居曹矻矻惟读书，每当得意多狂舞。因是咸称主事颠，未满三旬归闭户。结庐支硎正南峰，经史浩瀚无不通。内典外典及稗乘，一一贯彻罗胸中。会求直言无可报，人所畏言偏入告。疏请复建文年号。武庙南巡试乐府，两番宣呼皆应诏。力辞官爵恳放归，贫困益深逾癖傲。缙绅达士皆慕名，望庐却步那敢造。落莫失意尤晚年，奇穷肮脏心还坚。自为生志发孤愤，平生怀抱聊披宣。将登九十乃辞世，著书种种留人间。吁嗟先生负奇癖，年犹未壮捐荣赫。立言立品不寻常，雅操孤高世难匹。景仰堪追旷逸风，岂徒一艺存陈迹。可怜遗冢仅存留，郭外荒凉土一抔。瓜菜圃人锄隧道，牛羊牧竖上坟丘。抛棺弃椁须臾事，男子有心宜好义。鄙夫目击为心伤，四十年前愿欲偿。修葺在崇祯庚午、辛未间，文相国题语如新，后以鼎革废。今日掉头无应者，漫问先生可姓杨。因思雅道嘉禾士，笔墨风流犹享祀。故冢安全数百年，拜扫于今还未止。文行高贤在里中，漠然弃置乃如此。自是堪嗟鄙俗肠，若见禾人定羞死。咄嗟人瘦尚可肥，果然士俗不可医。冥报相贻应不爽，勿随世俗见嗔痴。"武子先生名树丕，吴县诸生，善八分书，年八十有八而卒。

题 书 橱

杨君谦致仕归，读书支硎山南华寺。闻有奇籍，多方图致，手自抄录。尝题书橱云："吾家本市人，南濠居百年。自我始为士，家无一简编。辛勤一十载，购求心颇专。小者虽未备，大者亦略全。经史及子集，无非前古传。一一坚纸装，辛苦手自穿。当怒读则喜，当病读则痊。恃此用为命，纵横堆满前。当时作书者，非圣必大贤。岂待开卷看，抚弄亦欣然。奈何家人愚，心惟货财先。坠地不肯拾，坏烂无与怜。尽吾一生已，死不留一篇。朋友有读者，悉当相奉捐。胜遇不肖子，持去将鬻钱。"

行 乐 歌

《行乐歌》云："春台冉冉围青竹，春夜沉沉秉华烛。鹦鹉杯未停，琵琶声已续。君当为曲海上歌，妾当独唱江南曲。江南曲，声未足。池中鸳鸯两两栖，江头凫鸭双双宿。劝君莫待鬓边华，劝君莫负杯中醁。君不见紫萝山上月如珠，锦石屏前人似玉。人生年少须尽欢，莫待形骸空结束。空结束，慢蹉跎。青山碧草容易过，白发茫茫君奈何。"

郑 所 南

宋既亡，郑所南改名思肖，隐居长洲之承天寺，终身不娶，时时向南恸哭，爱作《心史》，沉于寺之狼山房井中。历四百余年，至崇祯戊寅仲冬，僧浚智井，而其书始出。铁函重匮，锢以垩灰，启之则楮墨犹新，有《咸淳》、《大义》、《中兴》等集，《久久书》及杂文。其《夏驾湖晚步》诗云："岂独吴王事可怜，人生回首总凄然。空嗟落日犹如梦，不记东风几换年。宝驾迹消前古地,菱歌声断晚来船。如今城郭多迁变,茅屋荒颓草积烟。"《春日登城》诗云:"城头啼鸟隔花鸣,城外游人傍水行。遥认孤帆何处去,柳塘烟重不分明。"《春词》云:"春气暄妍御夹纱,玉钗双袅绿云斜。倚阑看遍庭前树,尽是枝头结子花。"《怀友》云:"今日尊前忽忆君,为怜秋事又平分。坐来凝睇西风久,过尽天边数片云。"《春日游承天寺》云:"野梅香软雨初晴,来此闲听笑语声。不管少年人老去,春风岁岁阖闾城。"《闺怨》云:"画眉夫婿客游梁,独理瑶琴山水长。莫上翠楼凭槛望,陌头无数碧垂杨。"《睡觉有怀》云:"千古英雄人不见,一楼风雨梦初回。空中变化观龙见,世上凄凉误凤来。"又"凤凰身宇宙,麋鹿性山林"、"天下皆秋雨,山中自夕阳"等句,其感慨一寓之于诗。又有《隐居谣》曰:"布衣暖,菜羹香,诗书滋味长。"

焚 书 坑

唐章碣《题焚书坑》云:"竹帛烟销帝业虚,关河空锁祖龙居。坑灰未烬山东乱,刘项原来不读书。"陆文量容诗云:"焚书只是要人愚,人未愚时国已墟。惟有一人愚不得,又从黄石受兵书。"

七 贤 过 关 图

《七贤过关图》,姓名相传不一。元唐愚士诗云:"七骑从容出帝阍,蹇驴骢马杂山犉。瀛洲学士参差出,十八人中一半人。"《广川书传》谓七贤者李白、李颀、□之逊、孟浩然、綦毋潜、裴迪、司马承祯出关访王维。明初夏节暨姜南云:是开元间冬日,李白、李华、张说、张九龄、王维、郑虔、孟浩然出蓝田关游龙门寺遇雪,郑虔图之。槎溪张辂诗:"二李清狂狎二张,吟鞭遥指孟襄阳。郑虔笔底春风满,摩诘图中诗兴长。"盖指此也。虞邵庵集题孟像诗有"风雪堂中破帽温,七人图里一人存"之句。郎仁宝《七修》谓三说皆非。且云春秋有七人,建安有七子,唐有七爱,宋有七老,未尝称贤也。惟晋竹林七人称贤耳。

且王戎尝乘骡，山涛乘驴，刘伶乘鹿车，余则乘马，鹿车或误图为牛也。接䍦乌帽亦晋人所戴，唐则巾矣。元曹文贞伯启集有《七子图》诗云："清谭飘逸事凌迟，七子高风世所师。公室倾危无砥柱，服牛乘马欲何之。"此一证也。陆俨山《玉堂漫笔》云：七贤疑即竹林七贤耳。屡有人持其画索题，观其所画衣冠骑从，当是晋魏间人物，意态若将避地者。或云即《论语》"作者七人"像也。录之以俟博识。

退　圃

苏东坡为俞康直郎中作所居四咏，中有《退圃》诗一首云："百丈休牵上濑船，一钩归钓缩头鳊。园中草木知无数，独有黄杨厄闰年。"其于退字略不发明，而休牵上濑、归钓缩头、黄杨厄闰，则曲尽退字之妙，此咏题之三昧也。

旗　亭　小　饮

开元中，王昌龄、高适、王之涣齐名，时风尘未偶，而游处略同。一日天寒微雪，三人共诣旗亭贳酒小饮。有梨园伶官十余人会宴，三人因避席隈隅，拥炉火以观。俄有妙妓四辈续至，奢华艳曳，旋奏乐，皆当时名部也。昌龄等私相约曰："我辈各擅诗名，不自定甲乙，今密观诸伶所讴，诗多入歌者为优。"俄一伶拊节而歌曰："寒雨连江夜入吴，平明送客楚山孤。洛阳亲友如相问，一片冰心在玉壶。"昌龄引手画壁曰："一绝句。"寻又一伶讴曰："开箧泪沾臆，见君前日书。夜台何寂寞，犹是子云居。"适引手画壁曰："一绝句。"寻又一伶讴曰："奉帚平明金殿开，强将团扇共徘徊。玉颜不及寒鸦色，犹带昭阳日影来。"昌龄又画壁曰："一绝句。"之涣自以得名已久，因谓诸人曰："此辈皆巴人下俚词耳，阳春白雪俗物岂敢近哉！"指诸妓中最佳者曰："待此子所唱，如非吾诗，终身不敢与子辈争衡矣。"须臾双鬟发声，则歌："黄河远上白云间，一片孤城万仞山。羌笛何须怨杨柳，春风不度玉门关。"之涣即撽歈二子曰："田舍奴，我岂妄哉！"因大谐笑。诸伶不喻其故,皆起诣曰:"不知诸郎君何故欢噱?"昌龄等因话其事,诸伶竞拜,乞俯就筵席。三子从之,饮醉竟日。

桃暗李明

韩退之有诗云:"江陵城西二月尾,花不见桃惟见李。风揉白拣雪羞比,波浪翻空香无已。"诚斋诗序云:"桃李同时而退之诗云不见桃花,不可解。偶因晚眺,登碧落堂望隔江桃暗而李独明,乃悟其妙。"

赵子昂

赵孟頫以宋室贤才,失身北仕,扬州春市琵琶别调矣。然而哀音离黍,故国凄凉,未尝不缠绵四韵中也。尝作《闻捣衣》诗云:"露下碧梧秋满天,砧声不断思绵绵。北来风俗犹存古,南渡衣冠不及前。苜蓿总肥宛骎裹,琵琶曾没汉婵娟。人生俯仰成今昔,何待他年始惘然。"又作《绝句》云:"春寒恻恻掩重门,金鸭香残火尚温。燕子不来花又落,一庭风雨自黄昏。""梅花开尽雪飘零,杨柳青青春水生。一夜东风吹雁过,江南江北故乡情。"

落叶

《苕溪渔隐》载刘义《落叶》诗云:"返蚁难寻穴,归禽易见窝。满廊僧不厌,一个俗嫌多。"郑谷《咏柳》诗云:"半烟半雨溪头畔,间杏间桃山路中。会得离人无恨意,千丝万絮惹春风。"观此二诗,乃落叶及柳之谜语也。

五岳山人

钱塘田汝成记云:苏州黄勉之省曾风流儒雅,卓越罕群。嘉靖戊戌，当试春官，予过吴门，谈西湖之胜，便辍装不北上，来游西湖，盘桓累月。勉之自号五岳山人，其自称于人亦曰山人。予常戏之曰："子真山人也。癖耽山水，不顾功名，可谓山兴。瘦骨轻躯，乘危涉险，不烦筇策，上下如飞，可谓山足。目击清辉，便觉醉饱，饭才一溢，饮可旷旬，可谓山腹。谈说形胜，穷状奥妙，含腴咀隽，歌咏随之，若易牙调味，口欲流涎，可谓山舌。解意苍头，追随不倦，搜奇剔隐，以报主人，可谓山仆。备此五者而谓之山人，不亦宜乎？"

唐　六　如

唐子畏寅一字伯虎，号六如，谓取佛氏之说。乃苏门公啸有六如：一如深溪虎，一如大海龙，一如高柳蝉，一如巫峡猿，一如华丘鹤，一如潇湘雁。其说更脱洒有意趣。子畏既废弃，诗云："一失脚成千古笑，再回头是百年人。"又绝句云："五陵鞍马少时年，三策经纶圣主前。零落而今转萧索，月明胥口一蓑烟。"《寿王少傅》诗云："绿蓑烟雨江南客，白发文章阁下臣。同在太平天子世，一双空手掌丝纶。"所用石记曰"龙虎榜中名第一，烟花队里醉千场"，有《风流遁》一书，皆青楼中游戏语，惜不传。

《桐下听然》：华学士鸿山察舣舟吴门，见邻舟一人独设酒一壶，斟以巨觥，科头向之极骂。既而奋袂举觥作欲吸之状，辄攒眉置之，狂叫拍案，因中酒欲饮不能故也。鸿山注目良久曰："此定名士。"询之，乃唐解元子畏，喜甚，肃衣冠过谒。子畏科头相对，谈谑方洽，学士浮白属之，不觉尽一觞，因大笑极欢，日暮复大醉矣。当谈笑之际，华家小姬隔帘窥之而笑，子畏作《娇女篇》贻鸿山，鸿山作《中酒歌》答之。后人遂有佣书获配秋香之诬。袁中郎为之记，小说传奇遂成佳话。又子畏同祝京兆醉坐生公石，见可中亭有贵人分韵赋诗，乃衣蓝缕如乞儿倚柱而听，数刻未落一韵，格格苦思，句成，二人相视而哂。贵人怒曰："乞何为者？岂能诗耶？"对曰："能。"解元口吟，京兆操觚，须臾数百言，有"七里山塘迎晓骑，几番春雨湿征衫"之句。掷笔索酒,酣饮而去。贵人惊异,以为遇仙,对人艳称之。后知之惭恚,卒有棘闱之谮。

聂 寿 卿

临川聂寿卿_{大年},工诗词,书兼率更、承旨两家,以荐授长洲仁和教官。一目重瞳,_{沈石田谓聂眇一目。}长身紫髯,博通经史。秋闱考文,四省交聘,咸以病辞。景泰中,征修《通鉴纲目》,未入馆病卒。翰林诸公惜不获一见。时童大章在坐,素善滑稽,因曰:"不必识其人,彼但多一耳少一目而已。"众为哄然。盖聂姓三耳而寿卿眇一目也。其《醉后跌起口占》有"老我不胜金谷罚,旁人应笑玉山颓"之句。有词曰:"杨柳小蛮腰,惯逐东风舞。学得琵琶出教坊,不是商人妇。忙整玉搔头,春笋纤纤露。老却江南杜牧之,懒为秋娘赋。"又:"粉泪湿鲛绡,只恐郎情薄。梦到巫山第几峰,酒醒灯花落。 数日尚春寒,未把罗衣着。眉黛含颦为阿谁,但悔从前错。"又:"花压鬓云低,风透罗衫薄。残梦誊腾下翠楼,不觉金钗落。 几许别离愁,犹自思量着。欲寄萧郎一纸书,又怕归鸿错。"

半 夜 鸡

唐人以半夜鸡鸣为不祥,来鹏《晓鸡》诗云:"黯黯严城罢鼓鼙,数声相续出寒栖。不嫌惊破纱窗梦,却怕为妖半夜啼。"但寒鸡半夜则啼,今止以黄昏及雌鸡啼为不祥。

终 南 别 业

《碣石剩谈》:长安雍世隆_泰别业去终南不一舍,甚有幽致。有寻访留题壁间者云:"中丞别业压秦川,非郭非村小洞天。树底好山当屋上,源头活水过门前。吟边风月诗三百,静里乾坤寿八千。只恐春雷天外震,等闲惊起老龙眠。"未几有诏起复,亦诗谶也。

垢　仙

　　垢仙姓吴，吾苏市人也。生于万历甲申，二十以前，踪迹未定，每行市中，群儿嬲之，呼为狗仙。乙巳始赤身矣。人与之食，有享有不享，与钱亦然。享者受者其家必有吉祥善事。先依朱姓，后依王姓。席地趺坐，昼夜拥炉，酷暑无汗，暗坐无蚊，体不沐而无秽气，发成结而无蜡虱。腊月浴冰孔中，夏日炽炭逼身，远近观者络绎不绝。两耳中通，左右洞瞩，日则缄默，夜闻笑语。邻人云虚室若有往来者。不饮酒而茹荤。半幅围腰以蔽下体，人欲以新者易之，弗愿也。虞山顾宦北上，梦人语曰："郡中顾家桥有异人，宜问其行藏。受公礼此行如意，否则且无脂辖也。"顾访之，见其蓬首垢面，改为垢仙，赠之不受，叩之不答，顾脉脉去。入都，遂罹珰祸。又有浙宦携二子偕一客来访，各以百钱为寿。仙低个不视，强之仅取其子者各二十一枚，余皆峻却。宦与客怏怏而去。后则向人索钱矣。人皆曰："仙亦改其素乎？"或曰："此风会使然，彼不过游戏三昧耳。较之衣冠中白昼暮夜攫取无厌者，不仙凡哉！"而仙意不可，虽与之终不受也。顺治乙酉正月廿九日度世，年六十有二。金阊里人沈寄员名钟者笃信之，一日梦仙造其家，曰："吾今往。"醒而心动，越一日趋视，端坐尸解，颜色如生，觉口中有香气相袭。寄员不欲坏其真身，捐资买水银含殓，置龛坐之，倡率建庵以奉仙灵。今像在娄门内老君堂中。盖仙混迹人间，一旦厌五浊，恶世蝉蜕而去，岂因时移世换，顿超尘累凡缘乎？若寄员者可谓契合者也。

钱振之无题诗

　　钱振之尚濂有《无题》诗云："碧云飞处隔蓬莱，香径烟销种绿苔。梦里关山何日到，书中鸿雁几时来。团香和就相思泪，碾玉难成百艳胎。自是人间惆怅事，刘郎辛苦忆天台。""自来消息两茫然，画损雕阑掷破钱。秋雁书空还有泪，春蚕丝尽不禁眠。已无梧叶题长恨，空折梅花报可怜。一梦扬州成底事，挑灯谁话旧因缘。""悠悠鱼雁别经时，瘦尽江郎鬓里丝。天上有星临薄命，人间无药治相思。空余旧恨歌桃叶，谁识新词唱柳枝。十二峰前多少意，倩风吹与玉人知。""独立东风空自嗟，怅怅暗数昔年华。云鬟有恨终为石，萱草无欢不耐花。燕子自寻王谢垒，马蹄曾识茂陵家。苍茫望断归来路，一寸心中万里涯。""凡材何计合姻缘，误入三山小有天。赋就西厢飞白凤，梦来神女劚蓝田。看花和泪思长好，对月伤心说再圆。情绪近来言不得，夜深独自礼金仙。""浪说欢情不可寻，星桥拆处采云深。窥奁影断鸾分镜，腻枕香消玉堕簪。一尺难挨回首路，千金莫买隔帘心。何年再展双翩翼，飞上红楼倚碧琴。""浮沤聚散岂为期，零落花魂倦眼低。枕上三更销梦雨，灯前一折买愁诗。难将白雪调苏小，何用黄金铸牧之。二十四番风信急，雕梁春暗络尘丝。""襄王曾伴楚江云，花使无端惜离群。鸾凤笙中唤小玉，鸳鸯冢上哭双文。泪丝堪织流黄绮，雁字谁书白练裙。王粲登楼浑是病，暮烟何处问湘君。""肠断崔徽待月身，泪流清血自沾巾。娇多嗔爱情难测，忆久悲欢梦似真。萧史何年怜月姊，裴郎镇日酬冰人。惘然愁思浑无赖，一任桃花流水春。""临镜朝来不欲看，情禅何日出邯郸。西陵歌断莺花小，南国香消佩带寒。好梦迷天皆薄幸，侯门如海只悲酸。蒹葭莫问长干路，江上烟生白露团。""歌舞教成十载恩，今朝谁识旧王孙。五湖自载吴宫月，三峡空归蜀帝魂。芳草凄迷人事改，孤云明灭此心存。晓来染得相思字，半是芸香半泪痕。"

夜　雨　词

徐甜斋旅寄江湖，十年不归，尝作《夜雨》词云："一声梧叶一声秋，一点芭蕉一点愁，三更归梦三更后。落灯花棋未收，叹新丰孤馆人留。枕上十年事，江南万里忧，都到心头。"甜斋与贯酸斋同时齐名，世号酸甜乐府。

安　南　国　人

《桐下听然》：万历辛亥，温州盘石卫获得夷船二只，凡一百二十人，称是安南国，皆环目黑齿，被发，衣祜无幅，言语支离不通，而文字不异中国。相见以搓手为敬，吹箬叶作声，有清韵。编竹为舟，胶以木叶，舟软如纸可掬。其序立似有尊卑，魁然而红毗卢者酋长也。初见人惟痛哭，既而引见上官，庭下偶答他囚，相与惶骇股栗。官发置各僧寺十人为偶，以兵守之，未免饥困，水土不服，数日后有死者。酋长为诗云："微躯飘泊岂无家，只为蝇头一念差。昔日已曾朝北国，今朝焉得指南车。梦魂自信归乡国，骸骨谁怜没草沙。寄语妻儿休问卜，年年滴泪向中华。"上官见诗，稍怜之，为给廪饩。后因遣使封王，遂送归其国。

神 童 诗

宋鄞县汪洙，字德温，九岁善诗赋。牧鹅黉宫，见殿宇颓圮，心窃叹之，题曰："颜周夜夜观星象，夫子朝朝雨打头。万代公卿从此出，何人肯把俸钱修？"上官奇而召见。时衣短褐以进，问曰："神童衫子何短耶？"应声曰："神童衫子短，袖大惹春风。未去朝天子，先来谒相公。"世以其诗诠补成集训蒙，为汪神童诗。后登元符三年进士，仕至观文殿大学士，谥文庄。子思温、思齐，孙大猷，皆至大学士。

侍 婢 续 诗

宋赵葵尝避暑水亭，作诗云："水亭四面朱栏绕，簇簇游鱼戏萍藻。六龙畏热不敢行，海水煎彻蓬莱岛。身眠七尺白虾须，头枕一枝红玛瑙。"诗未成，葵即睡去。侍婢续云："公子犹嫌扇力微，行人正在红尘道。"

周 文 襄 赈 饥

景泰五年，遣周文襄忱赈饥。周进本作二诗致朝士云："萧萧匹马过长安，满目饥民不可看。十里路埋千百冢，一家人哭两三般。犬衔骸骨形将朽，鸦啄骷髅血未干。寄语当朝诸宰辅，铁人闻着也心酸。"

"艰难百姓实堪悲,大小人民总受饥。五日不烧三日火,十家关闭九家篱。只鹅只换三升谷,斗米能求八岁儿。更有两般堪叹处,地无青草树无皮。"不减流民图,读之酸鼻。

吟 诗 高 士

景泰中,吴郡大饥,有人题诗三清殿壁自缢,云:"我年七十遇三荒,惟有今年荒得荒。我今吊死三清殿,知道来年荒不荒。"至今观中大醮,必首荐吟诗高士云。

岁 交 黄 莺 儿

钱古民自号林屋道人,乙卯丙辰岁交,有《黄莺儿》词云:"除夜雨萧萧,掩双扉,叹寂寥。山肴野簌辛盘妙,把银烛高烧,把金尊满浇。殷殷忙礼毛锥道,祝来朝,砚田丰稔,大有胜今宵。""爆竹响连宵,庆丰年,贺岁朝。桃符新换千门晓,玉缀梅稍,金舒柳条。宜春接福窗前报,石灰描,平安吉庆,添个大元宝。"

王 雨 舟 宫 词

《夷白斋诗话》:吴兴王雨舟济,人物高远,奉养雅洁,刻意诗词。其所著有《宫词》一卷、《水南词》一卷、《谷应集》、《铁老吟余》。其宫词尤蕴藉可喜,姑举一二,染指可知鼎中之味矣。其词云:"驾幸长春二鼓时,提灯驰报疾如飞。上房供奉忙多少,才拭龙床布地衣。""昨夜闽中进荔枝,君王亲受幸龙池。先将并蒂盛金盒,密赐昭仪尽不知。""锦标夺得有谁争,跪向君王自报名。宣索宫花亲自插,连呼万岁两三声。"

应 制 词

宋有翰林直内宿,应制作宫娥新幸词:"黄金殿里,烛影双龙戏。劝得官家真个醉，进酒犹呼万岁。　　锦茵舞彻凉州，君恩与整搔头。一夜御前宣唤，六宫多少人愁。"后遂挂弹章，以词臣应制作狎语，不得入政府。景德中，早秋宴拱辰殿，酒酣宫人按舞，命中使诣翰林索新词。夏竦初授馆职，立进《喜迁莺》曰："霞散绮，月沉钩，帘卷未央楼。夜深河汉截天流，宫殿锁清秋。　　瑶阶曙，金茎露，凤髓香，和云雾。三千珠翠拥宸游，水殿按《凉州》。"上大喜，未几擢用。荣辱有命，信夫。

上糖多令

《山堂肆考》：宋史弥远尝作半闲亭，每治事毕即入亭中打坐。有佞人上《糖多令》词，大称其意。其词曰："天上摘星班，青牛度关。幻出蓬莱新院宇，花外竹，竹边山。　　轩冕倘来闲，人生闲最难。算真闲、不到人间。一半神仙先占取，留一半，与公闲。"

索宠姬

蔡元长南迁，中路有旨取其宠姬三人，以金人指名来索也。元长作诗赠别云："为爱桃花三树红，年年岁岁惹春风。如今去逐他人手，无复尊前念老翁。"

张芸叟

熙宁初，王荆公以经义取士，元祐后用诗赋，绍圣初复罢之。政和中，着令士庶传习诗赋者杖一百。张芸叟舜民赋诗曰："少年辛苦校虫鱼，晚岁雕虫耻壮夫。自是诸生犹习气，果然紫诏尽驱除。酒间李杜方投笔，地下班扬亦引车。唯有少陵顽钝叟，静中吟捻白髭须。"

王仲泽

宋王仲泽以才选行人，与金议和。比再至扬州，有题诗驿亭讥其和事不成云:"来往二年无一事,青山也应笑行人。"仲泽亦为诗解嘲云:"二年奔走道途间,知被青山笑往还。只向江南南岸老,行人因更笑青山。"

寄 文 恪 诗

沈启南居相城水乡,年八十余,病将危,相国王文恪公请告归,次日即遣僮赍书往候,石田赋寄一绝云:"勇退归来说宰公,此机超出万人中。门前车马多如许,那有心情问病翁。"字墨惨淡,遂为绝笔。

依 样 葫 芦

陶榖久在翰林,意希大用。其党因宣言榖宣力实多,艺祖曰:"翰林草制皆简前人旧本,俗所谓依样画葫芦耳,何宣力之有?"榖作诗云:"官职须由生处有,才能不管用时无。堪笑翰林陶学士,年年依样画葫芦。"

提 学 来 口 号

桑民怿悦口号云:"提学来,十字街头无秀才。提学去,满城群彦皆沉醉。青楼花映东坡巾,红灯夜照西厢记。"又敖静之云:"槐花黄,举子忙。闲时做下忙时用,管甚槐花黄不黄。"

咏 田 字

沈启南周咏田字云:"昔日田为富字足,今日田为累字头。拖下脚时成甲首,申出头来不自由。田安心上长思想,田在心中虑不休。当初只望田为福,谁料田多叠叠愁。"康熙初,吴中田产皆应其言。

批 夺 山 牍

《韵语晨钟》:黄岩有显者,夺民山,民讼之。时高材为令,批其牍曰："一片青山一片金,百年人有万年心。鸿沟未必常为限,倏忽浮云变古今。踏遍青山山转峨,问山不语奈山何。若无山下累累冢,料得争山人更多。"

玉 箫 宫 词

《双槐岁钞》:臞仙《宫词》云:"忽闻天外玉箫声,花底徐行独自听。三十六宫春一色,不知何处月偏明。"王司彩《宫词》云:"琼花移入大明宫,旖旎浓香韵晚风。赢得君王留步辇,玉箫辽亮月明中。"时贤妃权氏,朝鲜人,善吹玉箫,永乐八年侍上北征,还至临城薨,谥恭献。

白 捖 月 题 壁

吴门女子白捖月,题任丘旅店壁云:"妾白捖月,号莲仿,家住半塘。幼失双亲,寄养他姓。姿容略异,慧业不同。非敢擅秀闺中,愿效清风林下。岂意我生不辰,所适非偶。日弹琴之相对,百限缠绵;时卷幔以言征,一诗哽咽。余爱题之驿亭,人各怜之黄土可耳。"诗曰:"吴宫春深怨别离,风尘惨淡双蛾眉。鹃啼月落寸肠断,香消芍药空垂垂。流黄未工机上织,生小殷勤弄文笔。新诗和泪写邮亭,珍重寒宵谁面壁。康熙丙辰三月廿日。"商丘宋牧仲牵北上过此,挑灯细读,感慨系之,因檃栝原诗,为《调笑令》用贻好事云:"面壁泪痕湿,想见含毫灯下立。风鬟雨鬓吴宫隔,芍药香消堪惜。明妃远嫁归何日,一曲琵琶凄恻。"康熙戊辰,宋公为江苏藩宪,有惠政,升任江西巡抚。

张 璧 娘

张璧娘,闽县良家女也。归某半载而夫卒。光丽艳逸,妖美绝伦,少年慕而挑之者,无不见摈。独爱林子真之才,而越礼焉。所居楼上又有复阁,使侍婢引子真匿复阁中,往来甚秘。子真移家临清,就父公署，璧娘怀想寄诗："黄消鹅子翠消鸦，簟拂层冰帐九华。裙缕褪来腰束素，钏金松尽臂缠纱。床前弱态眠新柳，枕上回鬟压落花。不信登墙人似玉，断肠空盼宋东家。"子真览诗，淹留未归，璧娘感想而殁。子真闻之，有《感旧》诗云："梅花历乱奈愁何，梦里朱楼掩泪过。记得去年今夜月，美人吹入笛声多。"盖璧娘好音，尤善吹箫，尝潜诣子真乌石山房，倚梅花吹箫，故子真诗记其事。

绝 粮 无 裤

义兴储遇一日过金沙邓孺孝，邓为言绝粮状，因口占自宽云："有口无粮不用愁，有粮无口正须忧。真人解得其中意，烦恼坑中好出头。"储曰："余旧年贫无裤，亦有口号云：'西风吹雨声索索，这只大腿没下落。朝来出榜在街头，借与有裤人家着。'"坐中多贫士，为之大笑。

网 巾

贵池刘舆夫名廷銮，有《十二弃书》，其《咏网巾》云："结发前过十七春，凭兹弱冠说成人。蓬头宁敢加元冕，棋服曾看映角巾。万法羽衣称统一，大纲儒者著经纶。截流希解弥天网，散作烟波一钓缗。"

讥 袁 柳 庄

宁波曹孝廉某题诗讥相士袁柳庄曰："英雄老眼识英雄，我正怀疑欲问公。九尺曹交汤九尺，重瞳项羽舜重瞳。形容何乃一相似，功业如何两不同。须向此中明造化，莫将容易问穷通。"

讥 赵 师 睪

宋太学生以诗讥赵师睪云："堪笑明庭鸳鹭，甘作村庄犬鸡。一日冰山失势,汤剥镬煮刀刲。"及侂胄败,或又赠之曰:"侍郎自号东墙,曾学犬吠村庄。今日不须摇尾,且寻土窟深藏。"

题　祠　堂

会稽郡治有贤牧堂,赵师罜帅浙东,使门吏陈词乞增己像,两司徇从之。朱万年题诗于祠壁曰:"师罜使众作祠堂,要学朱张与郑王。大鹏飞上梧桐树,自有旁人说短长。"

曾　屈　相　谑

崇祯甲戌科,屈伸、曾亨应二人各以其姓举古人相谑,曾曰:"屈到屈原,都为他屈天屈地。"屈曰:"曾点曾西,好似你曾祖曾孙。"

梦　携　酒　楼

陈彦修有姬,一夕梦少年携上酒楼酣饮,少年执板歌以侑酒。觉犹记云:"人生开口笑难逢,富贵荣华总是空。惟有隋堤千树柳,滔滔依旧水流东。"

雪　和　尚

永乐中,京师大雪,军士于午门外将雪团一和尚。解缙见之,题诗曰:"此僧从未入娘胎,昨日天宫降下来。暂借午门投一宿,明朝日出往天台。"

题　纯　阳　像

《说听》:王文恪公济之,年十二能诗,有以《吕纯阳渡海像》求题,文恪援笔书云:"扇作帆兮剑作舟,飘然直渡海洋秋。饶他弱水三千里，终到蓬莱第一洲。"其大志已见矣。

李 陆 相 戏

陆式斋容在成化时，留滞郎署最久。其迁职方也，李西涯戏之曰："先生其知幾乎？曷为又入职方也？"式斋应声曰："太史非附热者，奈何只管翰林耶？"

犯 夜 赋 诗

宣德中，有浪游黄州者，以犯夜为太守究，因上诗曰："舟泊芦花浅水渚，故人邀我饮金卮。因歌赤壁两篇赋，不觉黄州半夜时。城上将军原有禁，江南游子本无知。黄堂若问真消息，旧有声名在凤池。"问其姓氏，终不答。守礼而释之。是必建文中行遁诸臣也。

祝 沈 对

祝枝山同沈石田出行，见尼姑收稻自挑。祝云："师姑田里挑禾上。和尚。"沈云："美女堂前抱绣裁。秀才。"

成 化 对

成化初登极，一士考选中书，上命对云："日又明，月又明，大明一统。"士应声云："华也化，夷也化，成化万年。"上悦。

古 人 对

陈洽八岁时与父同行，见两舟一迟一速，父因命对云："两船并行，橹速鲁肃。不如帆快。樊哙。"洽即云："八音齐奏，笛清狄青。难比箫和。萧何。"

四　时　四　方

有才士偶成一对云:"冬夜灯前,夏侯氏讲《春秋传》。"人未有对者。后请乩仙,以此问之,方对曰:"东门楼上,南京人唱《北西厢》。"

典　史　对

有两员吏候选典史,欲南者得北,欲北者得南,因相争。文选命对曰:"吏典争南北,南方之强与,北方之强与?"一典史对云:"相公要东西,东夷之人也,西夷之人也。"闻者绝倒。

杨　一　清

杨邃庵十二岁中举,至京,国公尚书同设席邀饮。尚书国公齐递酒两杯,因曰:"手执两杯文武酒,饮文乎,饮武乎?"杨曰:"胸藏万卷圣贤书,希圣也,希贤也。"

何　燕　泉

何燕泉孟春幼时同父乘凉,父命对曰:"蛙鼓萤灯蚯蚓笛,荒堂夜夜元宵。"即对曰:"莺簧蝶拍鹧鸪词,香陌年年上巳。"

刘　招　山　词

刘招山作《系裙腰》词云:"山儿矗矗水儿清,船儿似,叶儿轻。风儿更没人情。月儿明,厮合凑送人行。　　眼儿簌簌泪儿倾,灯儿更,冷清清。遭逢雁儿又没前程。一声声,怎生得梦儿成。"

心　字　香

蒋捷有《一剪梅》词云："一片春愁带酒浇，江上舟摇，楼上帘招。秋娘容与泰娘娇，风又飘飘，雨又潇潇。　　何日云帆卸浦桥，银字筝调，心字香烧。流光容易把人抛，红了樱桃，绿了芭蕉。"按心字香，外国以花酿香作心字焚之。

一　子　三　教

陈湖朱墅村陆天翼_{解升}幼聪颖，其父以资窘，欲送为僧，母欲送为道士，天翼志欲为儒。有人出句试之曰："一子难兼三教，儒释道，盍言尔志。"天翼即曰："七篇能中五魁，解会状，必得其名。"遂潜心肄业，后入吴县学，有声庠序。

日　影　诗

《耳谈》载：黄岩王仁甫_{古直}游京师，视乡人于刑狱被逮，并以置狱，甘侵辱，缄口不言，独暴立烈日中，不与众囚伍。刑曹主事李廷美异之，检其衣帽，得柯学士潜赠诗，因曰："尔能诗乎？"使赋日影。须臾诗成，曰："皓皓散阳晖，因物始成影。万象妍丑分，一见妖魑屏。瓦雀成驹驰，金乌异蝉冷。长夜照圜扉，冤累正延颈。"廷美见其诗，纵之归，长揖出狱，吏群而笑。古直名由此显。其诗亦可诵，较之曹景宗竞病句、陈思王萁豆诗，不啻过之。

历代笔记小说大观

坚瓠集

[清] 褚人获 辑撰　李梦生 校点

二

坚瓠戊集序

间读文文肃公《吴中名贤小志》，其所向往与其所寄托迥然时俗之外，窃叹吾吴自明盛以来，学士大夫风流弘长，沾溉所及，不胜残膏剩馥之慕。今而得稼轩褚先生，先民之遗，庶犹有存焉者乎？稼轩素以文行为乡间推重，觞咏多暇，读书等身，而生平写照，惟"得闲多事外，知足少年中"二语，殆欲参诸贤中恬雅一席。近纂《坚瓠》诸刻，或庄或谐，类能触目儆心，醒贪嗔而却愁疾，令阅几案间如对直谅多闻之友，其为裨益非浅浅也。因是而思稼轩之所向往与所寄托，诸贤且欣然愿相把臂入林者，而又何说铃书肆之足疑其汗漫云。锡山年家弟顾贞观拜识。

序

昔君家少孙于龙门著述多补遗之功，今其书并附龙门氏以传，然则褚氏固多善著书，稼轩乃其选也。稼轩淫于书，总括百家，驰骋千载，殆如古所谓崔之文林、梁之学府其人者，而雅善撰述，毛子越修称其有《续圣贤》、《群辅录》等著，悉秘不授梓，独出《坚瓠》小史公示同好，譬犹见豹一斑，未足以窥其全也。顾余受而读之，则已含今茹古，咀英嚼华，于书靡不取资，而绚烂之极，酷有裁制。陆机氏云："倾群言之沥液，漱六艺之芳润。"《抱朴子》又云："摘翡翠之藻羽，脱犀象之角牙。"二者稼轩之书备之矣。昔东京王仲任初著《论衡》，蔡伯喈以为度越诸子，恒资论说，诸儒亦慊购异书。今使持稼轩所著秘玩以为谈助，必有见之解颐而闻之绝倒者，其不出《论衡》下可知也。彼少孙续史，论者多所訾贬，读稼轩所著，以视古人，故当上之，岂独使见者叹褚先生复出而已哉！稼轩刻成五集，即属余为序。今始应其请。余固知不免疏懒之诮，至其集之所由名，则固有刘、蔡诸公之说在已。易亭杨无咎拜撰。（此篇据柏香书屋本补）

戊集卷之一

勉 学 歌

旧传《勉学歌》四章,惜不载谁作。其一云:"君不见东邻一出骑青骢,笑我徒步真孤穷。读书一旦登枢要,前遮后拥如云从。昔时孑身今富足,大纛高牙导前陆。始信出门莫恨无人随,书中车马多如簇。"其二云:"君不见西邻美妇巧画眉,笑我无妻谁娶之。读书一旦高及第,豪门争许成婚期。昔时孤房今花烛,孔雀屏开忻中目。始信娶妻莫恨无良媒,书中有女颜如玉。"其三云:"君不见南邻万顷业有余,笑我饥寒苦读书。读书一旦登云路,腰间紫袋悬金鱼。昔时箪瓢今粱肉,更是全家食天禄。始信富家不用买良田,书中自有千钟粟。"其四云:"君不见北邻飞宇耸云端,笑我屋漏门无关。读书一旦居相府,便有广厦千万间。昔时苇檐今梁木,画栋雕甍成突兀。始信安居不用架高堂,书中自有黄金屋。"

谕 俗 歌

鲁文恪公铎有《谕俗歌》云:"祖也善,孙也善,该有善报全不见,请君莫与天打算。此翁记得只性缓,积善之家终长远。""祖也恶,孙也恶,该有恶报全不觉,请君莫与天激聒。此翁性缓不曾错,积恶之家终灭没。""财也大,产也大,后来子孙祸也大。借问此理是如何,子孙财多胆也大,天来大事也不怕,不丧身家不肯罢。""财也小,产也小,后来子孙祸也小。借问此理是如何,子孙无财胆也小,些小生业知自保,俭使俭用也过了。"

谕 俗 箴

方正学孝孺有《谕俗》四箴,李密菴先生诗省补一箴,可翼明高皇六谕及圣谕十六条。"子孝宽父心,斯言诚为确。不患父不慈,子贤亲自乐。父母天地心,大小无厚薄。虞舜日夔夔,瞽瞍亦允若"。"兄须爱其弟,弟必恭其兄。勿以纤毫利,伤其骨肉情。周公赋棠棣,田氏感紫荆。连枝复同气,妇言慎勿听"。"夫以义为良,妇以顺为令。和乐祯祥来,乖戾灾祸应。举案必齐眉,如宾互相敬。牝鸡一晨鸣,三纲何由正"。"损友敬而远,益友宜相亲。所交在贤德,岂论富与贫。君子淡如水,岁久情愈真。小人口如蜜,转眼如仇人"。"君臣义最重,莫逃天地间。手足卫腹心,一体恒相关。政荒事或怠,职旷官乃鳏。一饭主恩深,朝野总一般。方氏阙此箴,毋乃殷民顽。我为补其亡,万古重于山"。

格 言 诗

陈眉公格言诗云:"过去事已过去了,未来不必预思量。只今只说只今话,一枕黄粱午梦长。"又:"不为谋生不读书,数竿修竹是吾庐。近来学得长生诀,卖尽呆呆又卖痴。"又云:"留七分正经以度生,留三分痴呆以防死。"

甀甀子教人养喜神,止庵子教人去杀机,能师二语,其福自厚。

邵 许 词

邵康节《听天吟》云:"上天生我,上天死我。一听于天,有何不可?"许鲁斋词云:"花谢花开,时去时来。福方慰眼,祸已成胎。得未足慕,失未足哀。得失在天,敬听天裁。"读此二诗,则躁进之心涣然冰释矣。

四 留 铭

《夷坚志》:王参政伯大号留耕,尝著《四留铭》于座右云:"留有余不尽之巧以还造化,留有余不尽之禄以还朝廷,留有余不尽之财以还百姓,留有余不尽之福以还子孙。"贴于壁间。忽一日云雾四起,霞光烛天,遂失书所在。《浩然斋视听抄》作马碧梧语。

卫邵格言

卫伯玉有言曰:"人有不及,可以情恕。非意相干,可以理遣。吾人处世,能以情恕,以理遣,可以远祸怨,可以添福寿。"邵康节诗云:"仁者难逢思有常,平居慎勿恃何妨。争先径路机关恶,退后语言滋味长。爽口味多终作疾,快心事过必为殃。与其病至求良药,不若病前能自防。"李密菴作陈莹中示侄胜柔。此诗与伯玉之言,俱当书之座右。

真 味 堂

李屏山纯甫《题真味堂》云:"问渠真味若为言,不著盐梅也自全。鼋鼎大夫徒染指,曲车公子枉流涎。胸中已有五千卷,徽外更听三两弦。此老清馋何所似,宦情嚼蜡已多年。"

易 足 斋

王元老寂《题易足斋》云:"吾爱吾庐事事幽,此生随分得优游。穷冬夜话蒲团暖,长夏朝眠竹簟秋。一榻蠹书闲处看,两盂薄粥饱时休。红旗黄纸非吾事,未羡元龙百尺楼。"

村 妇 艳 诗

泐大师现女人身说法者附乩作《村妇艳诗》云:"西施住尽黄金屋,泥壁蓬窗独剩侬。寄语梁间双燕子,天涯可有好房栊。"

祈 祷 警 句

《碣石剩谈》:景泰间,徐州马兰斋彦芳为汝宁教,精举业,尤长于诗，一时登科第者多出其门。时太守殷文扨在郡，每遇旱涝，祈祷辄应。以诗贺者甚众，惟兰斋一联擅场，云："祷雨雨随天外至，祈晴晴自望中开。"太守得诗大喜，谓其僚佐曰："兰斋开字韵可谓压倒元白矣。"

世 态 炎 凉

沈石田有《送归燕》诗云："送归燕，送归燕，秋社于今又一遍。明年春社是来时，隔不半年仍复见。送归燕，送归燕，似把人家作邮传。来时不是慕富贵，去日曾非弃贫贱。口喃喃，尾涎涎，意与主人相眷恋。对语殷勤杨柳楼，双飞再四梧桐院。楼中院中有宾客，主人日日开高宴。酒杯去手易肺肝，酒杯在手革颜面。若将燕子比人情，燕子年年情不变。"余向见其真迹题《杏花燕子》上，书画俱精。瞿稼轩《石田诗钞》不载。近见《碣石剩谈》，石田又有《新燕》篇云："今年见新燕，犹似去年见。主人头发白转多，只有乌衣不曾变。年去年来来不差，分明记得主人家。柴门大开风满屋，飞出飞入寻杨花。君不见相国门前车马塞，一朝去相车马寂。车马寂，草萋萋，燕子还来梁上栖。"二诗总喻世态炎凉。钱功甫《石田集》暨瞿本俱不载。丘琼山有《感事》诗云："白发年来也不公，春风亦与世情同。而今燕子如蝴蝶，不入寻常矮屋中。"戴石屏《诘燕篇》有："春风期汝一相顾，对语茅檐慰岑寂。如何今年来，于我绝踪迹。一贪帘幕画堂间，便视吾庐为弃物。"弃旧恋新，古今同慨。

候 潮 诗

建文初，舟山王永颐字崇正，状貌魁梧。未第时，游钱塘，值御史朱某泊诸司观潮，嗔王弗避，拘至。王意思安闲，御史试以《候潮》诗，援笔立就。云："大江东去接蓬莱，万里潮声两浙开。几度夜随明月上，有时风卷雪山颓。画船冲汛沙头立，白马凌空海上回。我欲乘槎访霄汉,清风不拟钓鱼台。"有金宪犹怒,复试之,有"分明一派长江水,做出许多声势来"之句,御史笑而释之。

玉 枕 山 诗

陈白沙应诏,道出南安,太守张弼大以白沙出山为非是,欲尼其行,白沙不可,制《玉台巾》诗,与汝弼往复,颇相讥讽。白沙作《玉枕山》诗云:"一枕秋横碧玉新,金鳌阁上见璘珣。使君得此全无用,卖与江门打睡人。"汝弼复之曰:"客囊羞涩客衣单,那有黄金买此山。多少高人眠不着,鸡鸣催人紫宸班。"白沙跋之曰:"东海白沙大家不睡,笑杀陈图南也。"详在《玉枕山诗话》中。

道 月 佛 力

《金山志》载:岳武穆班师过金山寺,禅师道月劝之勿赴阙,武穆不听。道月遗以诗云:"风波亭下水滔滔,千万坚心把柁牢。只恐同行人意歹,将身推落在深涛。"武穆至临安,被贼桧诬陷,系大理狱,有亭扁曰风波,始悟诗意,悔不从其言。武穆卒,桧闻前言,遣卒何立捕道月。道月方集众说法,何立伺之,道月忽说偈曰:"吾年四十九,是非日日有。不为自家身,只为多开口。何立从南来,我往西方走。不是佛力大,几乎落人手。"言讫,端坐而化。

祈 雨

有太守祈雨于龙潭,得小雨而未甚应,作一绝云:"祈雨精神尚未通,浮云开合有无中。神龙恐我羞归去,略洒些些表不空。"投诗潭中,大雨随足。

明末辛巳、壬午,吾苏亢旱,当事祈祷,不克默回天意,早需甘霖。滑稽者作对云:"妖道恶僧,念退风云雷雨;贪官污吏,拜出日月斗星。"为一时传诵。

题 松 雪 画

赵松雪孟頫以宋王孙仕元，后人每题其遗墨，以寓讥讽。如虞胜伯堪《题苕溪图》云："吴兴公子玉堂仙，写出苕溪胜辋川。两岸一作回首。青山红树下，一作多少地。岂无一亩种瓜田。"张来仪羽《题画兰》云："盈盈叶上露，似欲向人啼。"周良石良《题竹枝》云："中原日暮龙旌远，南国春深水殿寒。留得一枝烟雨里，又随人去报平安。"高季迪启《题画马》云："一归天厩嗟空老，立仗元来用不鸣。"沈石田周云："千金千里无人识，笑道胡儿买去骑。"又无名氏云："前代王孙今阁老，只画天闲八尺龙。"是可慨已。松雪尝临宋徽宗草虫，自题云："不假丹青笔，何人写远愁。露浓时菊晚，风紧候虫秋。"此可见松雪意也。杨孟载基次其韵以解云："王孙老去尚风流，画里新诗写淡愁。莫道吴宫与梁苑，露虫烟草一般秋。"又世祖命松雪作诗讽留梦炎，有"往事已非那可说，且将忠直报皇元"句，类唐太宗之评魏徵，正所以自状也。

《草木子》载：松雪子仲穆雍能作兰木竹石，道士张伯雨题其《墨兰》云："滋兰九畹空多种，何似墨池三两花。近日国香零落尽，王孙芳草遍天涯。"仲穆见而愧之，遂不作兰。

刘 改 之 诗 词

庐陵刘改之过以诗鸣江西，厄于韦布，放浪荆楚间。开禧乙丑过京口，岳珂为饷幕庚吏，因识焉。广汉章以初升之、东阳黄几叔机、敷原王安世遇、英伯迈皆寓是邦，暇日相与撷奇吊古，多见于诗。改之《咏多景楼》曰："金焦两山相对起，不尽中流大江水。一楼坐断天中央，收拾淮南数千里。西风把酒闲来游，木叶渐脱人间秋。关河景物异南北，神京不见双泪流。君不见王勃词华能盖世，当时未遇屠人耳。翩然落托豫章游，滕王阁中悲帝子。又不见李白才思真天人，时人不省为谪仙。一朝放迹金陵去，凤凰台上望长安。我今四海游将遍，东历苏杭西汉沔。第一江山最上头，天地无人独登览。楼高意远愁绪多，楼乎楼乎奈尔何。安得李白与王勃，名与此楼长突兀。"词翰俱卓荦可喜。嘉泰癸亥，改之在中都，时辛稼轩弃疾帅越，闻其名，遣介招之，以事不及行，因仿辛体，赋《沁园春》词并缄往。其词曰："斗酒彘肩，醉渡浙江，岂不快哉。被香山居士，约林和靖，与苏公等，驾勒吾回。坡谓西湖正如西子，浓抹淡妆临照台。诸人者都掉头不顾，只管传杯。　　白云天竺去来，图画里，峥嵘楼观开。看纵横一涧东西水，绕两山南北，高下云堆。逋曰不然，暗香疏影，只可孤山先探梅。蓬莱阁访稼轩未晚，且此徘徊。"辛得之大喜，致馈数百千，邀之去馆燕弥月，酬倡叠叠，语皆似辛，愈喜，垂别赒之千缗，曰："以是为求田资。"改之归，竟荡于酒。如昆山，某氏爱之，女焉。未几卒。以初来守九江，以忧免，至金陵亦卒。

赋诗去位

马端肃文升与刘文靖健、李文正东阳、谢文正迁，同受孝庙顾命，不三月间，端肃飘然而去，赋诗曰："朝罢归来恼一场，暗将心事诉穹苍。东风有意开桃李，鸿雁无心恋稻粱。天上阴云能蔽日，地间寒气已成霜。不如安乐窝中去，静听鹃声叫洛阳。"未几刘、谢相继去位，惟李独留柄政。

正德初，大臣议攻刘瑾，西涯俯首不语，盖与瑾厚也。后刘、谢同被斥回，西涯祖道噀吁，刘曰："当日出一语，何用今日泣也。"又吕仲木柟被斥，陆全卿完亦祖道相送，陆曰："公去矣，予亦将行。"吕曰："如真心去，我在三十里外相候。"刘言可谓刀剑，吕言可谓药石。

题卫辉驿壁

正德中，流贼赵风子与刘六七、齐彦名等倡乱内地。风子名鐩，霸州文安县学生，素有英声，推以为帅，各有名号，分二十八营以应列宿，置二金旗，上书："虎贲三千，直抵幽燕之地；龙飞九五，重开混沌之天。"破鹿邑，有陈翰者自称主事，伪署军咨祭酒，后被擒，过卫辉驿，题诗于壁一作赵风子题。曰："志气轩昂一作魏国英雄。今已休，伤心两眼泪横一作一场心事付东。流。秦庭无一作有。剑诛高鹿，一作马。汉室何一作无。人问丙牛。野鸟空啼千古恨，长江不尽一作难洗。百年愁。一作羞。西风动处一作吹散。多寥落，一作穷途客。一任魂飞到一作中夜游魂返。故丘。"又曰："碌碌男儿懒做官，赤眉混战黑羊山。闲来夜月敲金镫，多少英雄破胆寒。"攻河南时，揭一榜，有"能擒伊主者赏及累世，敌大军者罪及三族"之语。解至京师，皆剥皮西市。

刘海蟾歌

《碣石剩谈》载：刘海蟾歌云："余缘太岁生燕地，忆昔三光分秀气。丱贯圆明霜雪心，十六早登甲科第。纡朱怀紫金章贵，个个罗衣轻裰体。如今位极掌丝纶，忽忆从前春一寐。昨宵家宴至五更，儿女夫人并侍婢，被吾佯醉拨杯盘，击碎珊瑚真玉器。儿女嫌，夫人恶，忘却从前夜饮乐。来朝朝退怒犹存，些儿小过无推托。因此事，方顿悟，前有轮回谁救度。辞官纳印弃荣华，慷慨身心求出路。"按海蟾姓刘名矗，与喆同。渤海人。十六登甲科，仕金，五十至相位。朝退，有二异人坐道旁，延入谈修真之术。二人默然，但索金钱一文、鸡卵十枚，掷于案，以鸡卵累金钱上。矗傍视曰："危哉！"二人曰："君身尤危，何啻此卵。"矗遂悟，纳印，入终南山学道而仙。其歌意甚明白。今画蓬头跣足嘻笑之人，手持三足蟾弄之，曰此《刘海戏蟾图》也，直以刘海为名。举世无有知其名者，录之以资博识。

张跃川绝句

《碣石剩谈》：张跃川名文渊，仕正郎，弘治间有名士也。诗文多不传，近得其四绝句云："低低壁落偬偬柱，小小厅堂窄窄门。广厦广庭非不爱，欲留约束与儿孙。""老去不嫌粳米粥，饥来常吃菜馄饨。好饭好羹非不爱，欲留淡泊与儿孙。""来音去信常关念，嫁女婚男不出村。远眷远亲非不爱，欲留近便与儿孙。""凿开石窦通泉脉，插种梅花入瓦盆。深紫深红非不爱,欲留清白与儿孙。"此作法于凉以俭训子孙之意,试一玩味,宁独张氏子孙所宜守哉!

柳　毅　井

洞庭东山有井,云是当年柳毅时所凿。周回橘树参差,月夜常见龙女与毅双双出游。天启辛酉,田子艺与王子同游,酒酣赋诗云:"橘花垂荫碧阑干,此地曾经柳毅传。卿亦有书吾肯寄,辘轳肠断碧丝烟。"时林月渐明,隐隐见橘树中美人掩映,若隔烟雾,却前遥吟云:"橘花如雪晓风清,迢递关山春梦惊。明月一天凉似水,不堪重省旧时情。"

吕　真　人

吕真人一日游四明金鹅寺,顾方丈萧然,有童子出,吕问此何寥寥,童曰:"莫道寥寥,虚空也不着。"吕嘉其言,题诗于壁云:"方丈有门出不钥,见个山童露双脚。问伊方丈何寂寥,道是虚空也不着。闻此语,何欣欣,主人岂是寻常人。我来谒此不得见,渴心耿耿生埃尘。归去也,波浩渺,路入蓬莱山杳杳。相思一上石楼时,雪晴海阔千峰晓。"

张　君　寿

张君寿浪游江湖,八月十四夜,皓月澄空,忽见上流一舟如雀,一老翁荡桨歌云:"郎提密网截江围,妾把长竿守钓矶。满载鲂鱼都换酒,轻烟细雨又空归。"君寿异之,刺舟与语。翁又歌云:"蓼香月白醒时稀,潮去潮来自不知。除却醉眠无一事,东西南北任风吹。"

孟　鲤　诗

宋孟鲤有诗云:"匆匆杯酒又天涯,晴日墙东叫卖花。可惜同生不同死，漫随春色去谁家。"盖讥谢太后年已七十，不能死难，被掳北去而作也。

银　　床

《渔隐诗话》：嘉祐中，有渔人在江心网得片石，上有一绝云："雨滴空阶晓，无心换夕香。井枯花落尽，一半在银床。"注："银床，井栏也。"

卖　　诗

宋隆兴仇—作裴。万顷未达时，挈牌卖诗，每首三十文，停笔磨墨，罚钱十五。至一富家，方治棺，即以为题。书云："梓人斫削象纹杉，作就神仙换骨函。储向明窗三百日，这回抽出也心甘。"又妇人持白扇为题，仇方举笔，妇曰以红字为韵。遂书云："常在佳人掌握中，静时明月动时风。有时半掩佯羞面，微露胭脂一点红。"一妇以芦雁笺纸求诗，即以纸为题，书云："六七叶芦秋水里，两三个雁夕阳边。青天万里浑无碍，冲破寒潭一抹烟。"一妇方刺绣，以针为题，以羹字为韵，遂书云："一寸钢针铁制成，绮罗丛里度平生。若教稚子敲成钓，钓得鲜鱼便作羹。"

毛伯温咏萍

嘉靖中，都御史毛伯温征安南，夷主咏萍以夸云："锦鳞密密不容针，带叶连根定计深。常与白云争水面，岂容明月坠波心。千层浪打诚难破，万阵风颠永不沉。多少鱼龙藏里面，太公无计下钩寻。"与三焦胡虚白萍诗相似。伯温次韵和之云："随田逐水冒秧针，到底原来种不深。空有根苗空有叶，敢生枝节敢生心。宁知聚处焉知散，但识浮时不识沉。大抵中天风色恶，扫归湖海竟无寻。"国主见诗大惊，知讽己，由是贡服。

昔有乩仙咏萍,请用梁字韵,云:"点点青青浮野塘,不容明月照沧浪。风吹雨逐沙泥上,燕子衔来绕画梁。"

洛 阳 花 酒

《谈苑》:陈希元尧佐修《真宗实录》,特除知制诰。旧制,须召试,惟杨亿与尧佐不试而授,兄尧叟、弟尧咨皆举进士第一,时兄弟贵显,当世少比。希元退居郑圃,尤好诗赋,张士逊判西京,以牡丹花及酒遗之,希元答以诗曰:"有花无酒头慵举,有酒无花眼懒开。正向西园念萧索,洛阳花酒一时来。"

赏 花 钓 鱼

《渑水燕谈》:杨文公亿初为光禄丞,太宗颇爱其才。一日,后苑赏花宴词臣,公不得预,以诗贻诸馆阁曰:"闻戴宫花满鬓红,上林丝管侍重瞳。蓬莱咫尺无因到,始信仙凡迥不同。"诸臣不敢匿,以诗进呈。上诘有司何以不召,左右以未贴职例不得预。即命亿直集贤院,免谢,令预晚宴。时以为荣。

宋制,赏花钓鱼,二馆惟直馆预坐,校理而下赋诗而退。太宗时,李宗谔为校理,作诗云:"戴了宫花赋了诗,不容重见赭黄衣。无聊独出金门去,还似当年下第时。"上即令赴宴。自是校理而下皆与会也。

对 句

《桐下听然》:有自榷盐提举转金宪提学,戏为对云:"提举升提学,先管盐后管醋。"无人能对。

旧有句云:"雪铺满地,鸡犬踏成竹叶梅花。"康熙庚申岁,一年夹两春闰八月,人为句云:"一岁二春双八月,两度中秋。"并无能对者。

"河内荷花，和尚采来何处戴；寺中柿子，士人摘去自家尝。"

康熙壬申，上元张绪彦茂典作一对云："月月有月，无如上元月上，银灯映月月增光；更更点更，孰若长至更长，玉漏传更更递永。"

怜 马 卒

鲁振之铎为举人时，远行遇雪，夜宿旅店，怜马卒寒苦，令卧衾下。因赋诗云："半破青衫弱稚儿，马前怎得浪驱驰。凡由父母皆言子，小异闾阎我却谁。事在世情皆可笑，恩从吾幼未难推。泥涂还借来朝力，伸缩相加莫漫疑。"

吕 翁 梦

吕翁祠在邯郸县北二十里黄粱店。李长沙诗云："举世空中梦一场，功名无地不黄粱。凭君莫向痴人说，说与痴人梦转长。"端溪王崇庆诗云："曾闻世有卢生梦，只恐人传梦未真。一笑乾坤终有歇，吕翁亦是梦中人。"家苍书叔亦有诗云："白石清池仙观重，当年化度见遗踪。巾瓢散作云霞气，鸡犬曾为富贵容。磁枕暂休行客倦，黄粱未许宦情浓。人间大梦知多少，谁为浮生薄鼎钟。"又《题卢生石像》云："梦里公侯醒后仙，卢生乐事独千年。从来公案谁翻却，到此雄心自惘然。一片香台留悟石，几家茅店起炊烟。风尘依旧邯郸道，那有云房更作缘。"毗陵吕相国宫和苍叔诗有"抚石睡酣呼不起，停车炊熟梦无从"之句，惜全首不能记忆。

张 梦 晋

张灵字梦晋，吴中名士也。早岁功名未偶，落魄不羁，寄情诗酒间。临终之前三日，作诗云："一枚蝉蜕榻当中，命也难辞付大空。垂死尚思玄墓麓，满山寒雪一林松。"一日，又作诗云："仿佛飞魂乱哭声,多情于此转多情。欲将众泪浇心火,何日张家再托生。"二诗可以想见其风致。

六 岁 应 试

《桐下听然》:云间莫如忠,六岁应试,主司讶其小,面试一破,以"为政、八佾、里仁、公冶长"为题。莫应声云:"化隆于上而有僭非其礼者,俗美于下而有犯非其罪者。"主司叹赏。又以"子曰"二字为题,破云:"匹夫而为百世师,一言而为天下法。"遂入泮。

贫 士 征

《桐下听然》:有贫士征增减十一则:愁日增意气日减,药方日增酒量日减,奔走日增交游日减,子女日增婢仆日减,索债人日增借债人日减,典票日增质物日减,妻孥怨恨日增亲友奖誉日减,方外交日增帷榻情日减,市儿牙侩之秽语日增登临赏玩之清缘日减,厌态日增佳思日减,慈悲心日增计较心日减。

民 谣

嘉靖间,王联为县令,簠簋不饬,为部民所讼。时巡抚胡缵宗发兵备朱鸿渐鞫问,廉得其实,联毙于狱。时世庙幸楚,缵宗赋诗,有"穆王八骏空飞电,湘女娥英泪不磨"之句。联子仕痛父死狱,摘此为讥切朝政,因贺长至,混入午门,讦奏之。差锦衣校尉行提,鸿渐已致政归苏,四校尉驻坐行台,气焰可畏。民间谣云:"曾见不曾见,校尉坐书院。吓杀朱苦瓜,拿了朱鸿渐。常同知蹲做一堆,冷同知吓出热汗。"朱苦瓜即朱纨,时以郡宪遭谗得请归,闻校尉有捉拿朱姓之说,疑其逮己,仰药自杀。常二府名时平,冷二府名珂,不知圣旨云何,且校尉烜赫,故皆惴惴,人遂因其姓以成嘲叹耳。科道交章申救,仕虽坐诬,而缵宗杖三十,削籍。

弃旧恋新

《诗》云："不思旧姻，求我新特。"《诗》刺弃旧恋新，下一特字，注云："特，匹也。"殊浑融。《闻见厄言》云：特者独身而来，不以礼嫁也。嫁女多有媵妾，谓之备礼，天子以至士庶皆有之，但多寡不等耳。男不备礼而娶，女不备礼而嫁，一时仓猝成婚，无随从贯鱼之附，则特耳。今三吴所号为撞正者也。俗谓之两头大。弃旧恋新薄态，不谓三百篇时已先见之。

三　尸

道家言人身有尸虫三，谓之三彭。上尸彭踞，中尸彭踬，下尸彭蹻。每于庚申夜伺人昏睡，以其过恶陈于上帝，故学道者庚申夕不寐。三尸即谚所谓腹中回虫也。今人召乩仙所称回仙、回老、回道人者，即回虫，乩仙巫神赖此以知往也。道士程紫霄云："不守庚申亦不疑，此心常与道相依。玉皇已自知行止，任尔三彭说是非。"诵此则尸虫为上帝耳目，似上帝亦信任左右矣。

角　三　弄

《三余赘笔》：谯楼画角之曲有三弄，相传为曹子建作。其初弄曰："为君难，为臣亦难，难又难。"再弄曰："创业难，守成亦难，难又难。"三弄曰："起家难，保家亦难，难又难。"今角音呜呜者，皆难字之曳声耳。

梦宫女戏球

海州士人李慎言尝梦至一处水殿中，观宫女戏球，有《抛球曲》十余阕，词皆清婉。醒记二阕云："侍宴黄昏晓未休，玉阶夜色月如流。

朝来自觉承恩醉,笑倩旁人认绣球。"又:"堪恨隋家几帝王,舞裀揉尽绣鸳鸯。如今重到抛球处,不是金炉旧日香。"

遣 妓 诗

司空曙《病中遣妓》诗:"万事伤心在目前,一身憔悴对花眠。黄金用尽教歌舞,留与他人乐少年。"《唐诗纪事》作韩滉诗,题云《听歌怅然自述》,"万事伤心对管弦,一身含泪向春烟",后二句同。

蝶 粉 蜂 黄

《道藏》云:蝶交则粉退,蜂交则黄退。周美成"蝶粉蜂黄浑退了"用此。说者以为宫妆,改退为褪,误。

戒 好 色

司空图诗:"昨日流莺今日蝉,起来又是夕阳天。六龙飞辔长相窘,更忍乘危自着鞭。"吕纯阳诗:"精神卖与粉骷髅,却向人间觅秋石。"寒山诗:"人言是牡丹,佛说是花箭。射人入骨髓,死而不知怨。"陈眉公词:"红颜虽好,精气神三宝,都被野狐偷了。眉峰皱,腰肢袅,浓妆淡扫,弄得君枯槁。暗发一枝花箭,射英雄应弦倒。　病魔缠扰,空去寻医祷,房术误人不少。这烦恼,自家讨。填精补脑,下手应须早。快把凡心打叠,访仙翁,学不老。"杨诚斋戏好色者曰:"阎罗未尝相唤,子乃自求押到,何也?"即此诗词之意。但识得破时忍不过耳。

买 妾 行

汤沂乐沐释褐时见同年多娶妾者,作《买妾行》云:"东邻买妾费万钱,西邻亦不减十千。半为身衣置罗绮,半为首饰收花钿。归来妆束盛膏沐,夜夜欢声彻华屋。自言龙虎得同登,管取鸳鸯不孤宿。张姑李姊日来往，赍酒烹羔会亲党。不知荆布糟糠人，欲寄寒衣正补纫。"

赤　　壁

曹操入荆州，孙权遣周瑜与刘备并力逆操，遇于赤壁，操军大败。盖谓鄂州蒲圻县赤壁也。黄州亦有赤壁，但非周瑜所战之地。东坡赋曰："西望夏口，东望武昌，非孟德之困于周郎者乎？"盖亦疑之，故作长短句云："人道是、周郎赤壁。"谓之人道是，则心知其非矣。韩子苍知黄州日，闻贼起旁郡，作诗云："齐安城畔山危立，赤壁矶头水倒流。此地能令阿瞒走，小偷何敢下芦洲。"是直以齐安赤壁为周瑜所战之地，岂非因东坡之语耶？

山西霍州亦有赤壁。

四　威　仪

《闲居笔记》：有《山中四威仪》词，一云："行不与人共行，出门两足云生。为看千峰吐翠，踏翻古渡月明。"其二云："住不与人共住，茅屋松窗一副。庭前有鹤吟风，门外落花无数。"其三云："坐不与人共坐，婆娑影儿两个。雪花扑面飞来，笑我北窗纸破。"其四云："卧不与人共卧，葛被和云包裹。孤峰独宿无聊，明月梅花与我。"

隔　壁　笑

《挑灯集异》有《隔壁笑诀》：三人逢零七十稀。每三作一数，三数之余，或余一则作七十。余二则作一百四十，如无余不必论。五马沿盘廿一奇。一作五人折桂廿一枝。每五作一数，五数之余，或余一则作二十一，余二则作四十二，余仿此。七星约在元宵里。每七作一数，七数之余，或余一则作十五。一百零五定为除。盖前后总计积数若干，逢一百零五或二百十即除去，余所存数，即其手中所握之数也。

移 棋 相 间

幼时见友人胡砺之将黑白棋子各三枚,左右分列,三移则黑白相间。余因问曰:"多亦可移乎?"砺之曰:"自三以至于十外皆可移,多一子则多一移。"余归试之,自三以至于十,果相间不乱。今已三十余年,偶雨窗复试,忘其大半,因绎数四始得就,恐岁久复忘,作歌以纪之曰:"三子从根起,二三望前移。""四子根空一,从根还空位。二三复旧所,末子向前备。""五子前后各空一,黑白从中移向前。二三黑白还空位,根头二子自天然。""六子从根各空一,四五二马向前行。五六二子归空位,二三黑白望空存。""七子从根只空一,二移右起三四行。四子相连从中去,四移右数六七轮。五移邻子归空位,二三去兮末子登。""八子从根各空一,五六左右交互换。五移六七向前轮,六移七八补缺断。二三黑白归空处,就是儿童也不乱。""九子从根亦空一,二移左断四五通。三移六子从中去,四子相连亦去中。五移九十归空位,右一降兮左一逢,右一降兮左一逢。""十根空一前补后,三移五六向前通。四移六七归空位,五移四子去其中。六移九十还旧处,壁邻二子补其空。八移五六向后去,二三归空末子逢。"

八 不 就 诀

骨牌四副,《八不就诀》:"一天二地两人牌,二六长三五六来,三六四六五六六,一双蝶戏两和谐。拣出杂牌成四副,三十二扇各含胎。"后二句一作"四副共成八不就,杂牌八扇一齐搋"。

周 藩 宫 词

武功牛左史恒《周藩宫词》,序云:"王宫词旧无人作,予游梁数载,据所闻于梁人者,拟作数首。非云孤辟,借以存秘事尔。""春殿牙签万轴余,香匀风细绿窗虚。侍儿临罢诚斋帖,函出先呈女较书。""萧萧修竹映池寒,分汲银瓶灌牡丹。报道花朝开内宴,竞持金剪绕朱栏。""夜来行乐雁池头,侍女分行秉烛游。唱彻宪王新乐府,不知明月下樊楼。"栎下周元亮曰:"诗虽五章,可当《梦华录》数卷。"

刘庭信词

刘庭信有词云:"虾须帘卷紫铜钩,凤髓茶香碧玉瓯。龙涎香暖一泥金兽。绕雕阑,倚画楼,怕春归,绿惨红愁。雾濛濛丁香枝上,云淡淡桃花洞口,雨丝丝梅子墙头。"

_{作冷。}

谷靡靡

秦简夫号西溪老人,在上党公府,赋《谷靡靡》云:"谷靡靡,青割将来强半秕。急忙舂米送官仓,只恐秋风马尘起。官仓远在乔麦山,南梯直在青云间。梯危一上八九里,之字百折萦回环。凭谁说向监仓使,斛面莫教高一指。请君沿路看担夫,汗夥多于所担米。"

哈 打 打

吴中无赖为人代比较者,计笞数索钱,曰打钱。一人之妻稍积一二金,使银匠打造二簪,其工值亦曰打钱。无赖夸于妻曰:"我不打,尔那能打。"他日纵妻私于僧,俗谓之打和尚。事露,闻于官,并杖其夫。妻亦慰之曰:"我不打,尔那得打。"闻者大笑。无赖姓哈,人遂称为哈打打。

戏言召辱

《碣石剩谈》:永平乐工孟秋儿,善弹唱,为人滑稽。府学乡贤祠祭祀,一儒生指学中石碑龟头呼秋儿戏之曰:"兹非尔祖耶?"秋儿即向石龟四拜,厉声曰:"我祖宗,祖宗尔负此大物在身,几时出得学门。"儒生惭愧无词。

赵 秉 文 词

赵秉文《青杏儿》词云:"风雨替花愁,风雨罢花也应休。劝君莫惜花前醉,今年花谢,明年花谢,白了人头。　乘兴两三瓯,任溪山好处寻游。但教有酒身无事,有花也好,无花也好,选甚春秋。"

蛛 网 救 蝶

《闲居笔记》有《蛛网救蝶》诗:"躯命尔诚急,网罗真不仁。忽惊花翅乱,宁顾粉妆新。解释一时幸,翩翩何处春。蛛蜘无意绪,残缺再经纶。"

火 焚 米 商

《桐下听然》:万历己丑,新安商人自楚贩米至吴,值岁大旱,斗米百五十钱,计利已四倍,而意犹未惬。请道士降乩问米价,南极上帝附乩判云:"丰年积谷为凶年,一升米棗十升钱。天心若与人心合,头上苍苍不是天。"又判:"着火部施行。"道士未出门,庾火发,商人之米无遗粒。连栋百余仓,分毫不毁。

老 秀 才

《葵轩琐记》:近有学师以事怒一青衿,鸣鼓升堂,数其罪,将施夏楚,辞气甚厉。青衿略不致辨,徐进曰:"老师来科必中状元。"师犹怒骂,问其故。青衿曰:"若不是状元,如何发挥老秀才?"师不觉掩口而退。

戊集卷之二

屠　苏　酒

《四民月令》：元日饮屠苏酒，次第当从小起，以年少者起。后汉李膺、杜密以党人同系狱，值元日，于狱中饮酒，曰："元旦从小起。"《时镜新书》：晋海西令问董勋曰："正旦饮酒先从小者，何也？"勋曰："俗以少者得岁，先酒贺之，老者失岁，故后饮酒。"刘梦得、白乐天元日举酒赋诗，刘云："与君同甲子，寿酒让先杯。"白云："与君同甲子，岁酒合谁先。"白有《岁假内命酒》篇云："岁酒先拈辞不得，被君推作少年人。"顾况云："不觉老将春共至，更悲携手几人全。还丹寂寞羞明镜，手把屠苏让少年。"裴夷直云："自知年几偏应少，先把屠苏不让春。傥更数年逢此日，还应惆怅羡他人。"成文干云："戴星先捧祝尧觞，镜里堪惊两鬓霜。好是灯前偷失笑，屠苏应不得先尝。"方干云："才酌屠苏定年齿，坐中皆笑鬓毛斑。"东坡云："但把穷愁博长健，不辞最后饮屠苏。"

《七修》作屠苏。《四时纂要》：屠苏，孙思邈庵名。《天中记》：屠，割也。苏，腐也。

蓝　尾　酒

《容斋四笔》引白乐天《元日对酒》诗云："三杯蓝尾酒，一楪胶牙饧。"又："老过占他蓝尾酒，病余收得到头身。""岁盏后推蓝尾酒，春盘先劝胶牙饧。"《荆楚岁时记》云：胶牙者取其坚固如胶也。而蓝尾之义，殊不可晓。《河东记》载：申屠澄与路旁茅舍中老父妪及处女环火而坐，妪自外挈酒壶至，曰："以君冒寒，且进一杯。"澄因揖逊曰："始自主人。"翁即巡澄当婪尾。盖以蓝为婪，当婪尾者，谓最在后饮也。《石林燕语》云：唐人言蓝尾，蓝字多作啉婪，出于侯白《酒律》，谓酒巡匝末，连饮三杯为蓝尾。盖末坐远，酒行到常迟，连饮以慰之，故以啉为贪婪之意。《七修》云：蓝，淀电也。《说文》云：淀，滓垽也。滓垽者，浑浊也。据此则蓝尾酒乃酒之浊脚，如尽壶酒之类，故有尾字之义。知此则乐天之诗及少蕴所谓酒巡匝末俱通矣。

彩 燕 人 胜

《岁时记》：立春日剪彩为燕以戴之。郑毅夫诗云："汉殿斗簪双彩燕，始知春色上钗头。"又贴宜春于门，王沂公诗云："北陆凝寒尽，千门淑气新。年年金殿里，宝字贴宜春。"又人日剪彩胜为人形，帖帐中及屏风上，戴头鬓或以相遗。《景龙文馆记》：唐中宗时，人日赐王公以下彩缕人胜，令群臣赋诗。

风 流 帽

《桐下听然》：冯南谷，吴门博徒，善诙谐。尝负博钱十万，丐贷豪门。时王元美在坐，戏以优人风流帽袭其首曰："能诗当如所请。"冯即朗吟曰："天下风流少，区区帽上多。鬓边齐拍手，恰似按笙歌。"元美欣然赠十金。一时座客为充囊而去。明日访之，室如洗矣。

按风流帽亦称不伦围，如束帛，两旁白翅不摇而自动。惟《白兔记》李洪义、《八义记》乐人戴之。先大父言：张幼于门客某欲告贷于幼于，浼其兄伯起为言。幼于诺之，复曰："以不伦为题，吟诗一首，能则与之。"伯起复于客，客求伯起代作前诗。明日客见幼于，伯起已在坐。客言其情，幼于初命题，客毫不思索，随口吟诗。幼于曰："非汝所能。"几不与，伯起婉言，得如所请。

吴 评

吾苏辖一州七县，旧有评语曰：金太仓，银嘉定，铜常熟，铁崇明，豆腐吴江，叫化昆山，纸长洲，空心吴县。言金银富厚，铜臭，铁刚，豆腐淡，叫化龌龊，纸薄，空心虚伪也。

中涓产子女

后汉荀文若父绲为文若娶中常侍唐衡女。中官有女固奇，而文若为中官倩尤涅而不淄。

又宋靖康之乱，有中涓挈一宫人南奔，侨寓平江，称夫妇，潜蓄美男，饰以钗袿，佯为婢而进之，与宫人产子，四岁中涓死，宫人孀居，偕婢抚其子。他年宫人又产女，邻人闻于官，讯之吐实，以闻。上诏给配赐姓名宦成。宦成遂洗妆而衣冠为丈夫，其后更有二子，皆举进士。长者为奎章阁待制，父母荣封焉。待制常宴客，悬《三教图》，座客为对句云："夫子天尊大士，头上不同。"赵秘书彦中对曰："宫娥宦者官人，腰间各别。"举座匿笑。待制引满觞之曰："可谓一网打尽矣。"

参 幕 内 人

《桐下听然》：林文节镇并州，日与僚属唱和。参幕徐君内人能诗，每分韵，密遣人驰归。众方苦吟，内人诗已至矣。有《幕府客醉起舞和藜字》云："幕中舞客闻鸲鹆，帐下雄兵扫蒺藜。"又《送属官除监司》押僚字云："补衮自宜还旧物，绣衣先见冠同僚。"监司相国之后也，为一时赏冠。又陈述古女适李判官，题雁屏诗："沙淡芦歊曲水通，几双容与对西风。扁舟自向江乡去，却喜相逢一枕中。"又："曲屏谁画水潇湘，雁落秋风蓼半黄。云薄雨疏孤屿远，曾令清梦到高唐。"

不 识 一 丁

《野客丛书》：今文人多用不识一丁字，祖《唐书》"挽两石弓，不如识一丁字"出处，考之乃个字，非丁字。按《续世说》书此个字，盖个与丁相似,传写误尔。后观张翠微《考异》,亦谓个字。又观《蜀志》、《南史》皆有"所识不过十字"之语。《史通》谓王平所识仅通十字,恐是十字亦未可知。十与丁字又相似。此与《淮南子》言宋景公荧惑徙三舍之谬同,《史记》谓三度。

桑 落 酒

桑落酒,相传九月九日作,水米曲皆以三十为准,熟于桑落之辰,故名桑落。张伯起《谭辂》云:西羌有桑落河,出马乳酒,羌人兼葡萄压之。晋宣帝时常来献,九日赐百官饮之。则似桑落又地名,非时也。又见《杂记》载:河中桑落坊井,桑落时取其水酿酒甚佳。似又兼地与时矣。庾信《乞酒》诗:"蒲城桑落酒,灞岸菊花天。"又似出蒲州。

红 袖 拂 尘

寇莱公典陕日,与魏野同游僧寺。莱公旧日留题处皆用碧纱笼之,野诗则尘蒙其上。时从行官妓之黠慧者,以红袖拂之。野顾莱公,笑咏曰:"世情冷暖由分别,何必区区较异同。但得常将红袖拂,也应胜似碧纱笼。"

曲 水 园

曲水园有竹三十亩,为文潞公先得。贾文元题诗园壁云:"画船载酒及芳辰,丞相园林漷亦水滨。虎节麟符抛不得,却将清景付闲人。"潞公见诗,即以地券归贾,贾亦不复再至。

王卢溪送胡忠简

岳珂《桯史》:胡忠简铨乞斩秦桧,掇新州之祸,直声振天壤,士大夫畏罪箝舌，莫敢与立谈。独安福王卢溪廷珪字民瞻，以诗送之曰："囊封初上九重关，是日清都虎豹闲。百辟动容观奏牍，几人回首愧朝班。名高北斗星辰上，身堕南州瘴海间。岂待他年公论出，汉庭行召贾生还。""大厦元非一木支，欲将独立柱倾危。痴儿不了官中事，男子要为天下奇。当日奸谀皆胆落，平生忠义只心知。端能饱吃新州饭，在处江山足护持。"于是有以闻于朝者，桧怒，坐以谤讪，流夜郎，时年七十。既而桧死，寻许自便。孝宗初政，召对便殿，除官不受，再召再辞，年九十三卒。时朝士陈刚中、三山寓公张仲宗亦以作启与词为钱而得罪，桧之怒忠简，盖流贬不少置也。

王民瞻在辰阳谪所，郡守承风旨待以囚隶。桧死，随有自便之命。守张燕公堂以召之，卢溪题诗壁间云："辰州更在武陵西，每望长安信息稀。二十年兴缙绅祸，一朝终失相公威。外人初说哥奴病，远道俄闻逐客归。当日弄权谁敢指，如今忆得姓依希。"盖志喜也。

宣 和 御 画

康伯可与之在高宗朝以诗章应制，与左珰狎。适睿思殿有徽祖画扇，绘事卓绝，高宗时持玩，流涕以起羹墙之思。珰偶下直，窃携至家，而康适至，留之燕饮，漫出以示。康绐珰入取淆核，辄书一绝于上曰："玉辇宸游事已空，尚余奎藻绘春风。年年花鸟无穷恨，尽在苍梧夕照中。"珰出见之，大恐，而康已醉，无可奈何。明日伺间叩头请死，上大怒，亟取视之，天威顿霁，但一恸而已。

又王卢溪《题宣和殿双鹊图》曰："玉镵宫扉三十六，谁识连昌满宫竹。内苑寒梅欲放春，龙池水暖鸳鸯浴。宣和殿后新雨晴，两鹊董来东向鸣。人间画工貌不成，君王笔下春风生。长安老人眼曾见，万岁山头翠华转。恨臣不及宣政初，痛哭天涯观画图。"

明张来仪羽咏徽庙《折枝桂》云："玉色官瓶出内家，天香浓浸月中葩。六宫总爱清凉好，不道金风卷翠华。"夏原吉《咏墨竹》云："宝殿无心论治安，碧窗着意写琅玕。枝枝叶叶真潇洒，不道金人不爱看。"责其不能君也。又有《咏石榴》曰："金风吹绽绛纱囊，零落宣和御墨香。犹喜树头霜露少，南枝有子殿秋光。"此言南渡得人，有惜之之意。

王义丰诗

德安王阮仕至抚州守，尝从张紫微学诗。紫微罢荆州，侍总偕之游庐山。山南有万杉寺，本仁皇所建，奎章在焉。紫微大书二诗曰："老干参天一万枝，庐山佳处著浮图。只因买断山中景，破费神龙百斛珠。""庄田本是昭陵赐，更着官船载御书。今日山僧无饭吃，却催官欠意何如。"阮得诗独怃然不满意曰："先生气吞虹霓，今独少异之，何也？"紫微不复言，送之江津。别去才两旬，而得紫微河阴之讣，盖绝笔云。阮时亦有诗曰："昭陵龙去奎文在，万岁灵杉守百神。四十二年真雨露，山川草木至今春。"紫微击节，自以为不及。既而复过是寺，又题其碑阴曰："碧纱笼底墨才干，白玉楼中骨已寒。泪尽当时联骑客，黄花时节独来看。"阮诗亦纡余有味，号《义丰集》。

大 小 寒

庆元初韩平原侂胄为相，其弟仰胄为知阁门事，颇与密议，时人谓之大小韩，求捷径者争趋之。一日内宴优人有为衣冠到选者，自叙履历材艺应得美官，而留滞铨曹，自春徂冬，未有所拟。方徘徊浩叹，又为日者过其旁，遂邀使谈庚甲，问以得禄之期。日者推测曰："君命甚高，但五星局中财帛宫有耗破星，若欲通达，先到小寒，更望成事，必到大寒。"优盖以寒为韩，侍燕者皆缩颈匿笑。

祁 门 客 邸 诗

庆元己未，岳珂如中都，道徽之祁门。夜憩客邸，见壁间一诗曰："塞卫冲风怯晓寒，也随举子到长安。路人莫作亲王看，姓赵如今不似韩。"味其语意，乃天族之试南宫者。所作旁有细书八字云："霍氏之祸,萌于骖乘。"而侂冑懵然不少悟,以至于败。

淮 阴 庙

楚州淮阴夹漕河而邑于泽国,诸聚邑尤为荒凉。开禧北征,岳珂舟过其下,登楚王信庙,堂庑倾圮,几不庇风雨。两旁皆过客诗句,左厢高堵有杨诚斋诗二首,字迹潦草,亦舛笔画,不知何人所书。珂以意揣之曰:"来时月黑过淮阴,归路天花舞故城。一剑光寒千古泪,三家市出万人英。少年胯下安无忤,老父圯边愕不平。人物若非观岁暮,淮阴何必减文成。""鸿沟只道万夫雄,云梦何销武士功。九死不分天下鼎,一年还负室前钟。古来犬毙愁无盖,此后禽空悔作弓。兵火荒余非旧庙,三间破屋两株松。"音节悲壮,遍壁间殆无继者。

海 陵 诗 词

金完颜亮初封岐王,为平章政事,能书,好为诗词,语辄崛强,有不为人下之意。出使道驿,咏竹曰:"孤驿潇潇竹一丛,不同凡卉媚春风。我心正与君相似,只待云梢拂碧空。"又书壁述怀云:"蛟龙潜匿隐沧波,且与虾蟆作混和。等待一朝头角就,撼摇霹雳震山河。"过汝阴,复作诗曰:"门掩黄昏染绿苔,那回踪迹半尘埃。空亭日暮鸟争噪,幽径草深人未来。数仞假山当户牖,一池春水绕楼台。繁花不识兴亡地,犹倚阑干次第开。"一日,至卧内,见几上瓶中植岩桂,索笔赋云:"绿叶枝头金缕装,秋深自有别般香。一朝扬汝名天下,也学君王著赭黄。"又尝作雪词。已见二集。中秋待月不至,赋《鹊桥仙》曰:"停杯不举,停歌不发,等候银蟾出海。不知何处片云来,做许大通天障碍。 虬髯捻断,星眸睁裂,惟恨剑锋不快。一挥截断紫云腰,子细看嫦娥体态。"与《夷坚志》不同。味其词旨,已多圭角。又使画工图临安之城邑及吴山西湖之胜以归,睊然有垂涎杭越之想。而于吴山绝顶貌己之状,策马而立,题曰:"万里车书盍混同,江南岂有别疆封。提兵百万西湖上,立马吴山第一峰。"明年起兵下两淮。临发,赐所制《喜迁莺》词曰："旌麾初举,正驶骤力健,嘶风江渚。射虎将军,落雕都尉,绣帽锦袍翘楚。怒碟戟髦争奋,卷地一声鼙鼓。笑谈顷,指长江齐楚,六师飞渡。　　此去,无自堕,金印如斗,独在功名取。断锁机谋,垂鞭方略,人事本无今古。试展卧龙韬韫,果见成功旦暮。问江左,想云霓望切,玄黄迎路。"桀骜之气,溢于词表。

刘观堂读赦诗

绍兴己未,金人归我侵疆,曲赦新复州县,赦文曰:"上穹开悔祸之期,大金报许和之约。割河南之境土,归我舆图;戢宇内之干戈,用全民命。"兀尤读之,以为不归德其国,遂指为衅以起兵,复陷而有其地。后二年,和议成,秦桧惧当制者之不能说敌也,以孽子熺及其党程克俊改其文曰:"上穹悔祸,副生灵愿治之心;大国行仁,遂子道事亲之孝。可谓非常之盛事,敢忘莫报之深恩。而况申遣使䅿,许构一_{作光宗庙讳惇}盟好。来存殁者万余里,慰契阔者十六年。礼备送终天,启固陵之吉壤;志伸就养日,承长乐之慈颜。"于是邮传至四方,遗黎读之有泣者。蜀人刘望之作诗曰:"一纸盟书换战尘,万方呼舞泪沾巾。崇陵访沈空遗恨,郓国怜怀尚有人。收拾金缯烦庙算,安排钟鼎诵宗臣。小儒何敢知机事,终望君王赦奉春。"时语禁未严,无以为讽者。望之有集,自号观堂。他书多诮秦,所谓奉春竟不知指何人也。

墨杖二铭

张紫岩浚谪居十五年,忧国耿耿,不替昕夕。适权奸新毙,时宰恃敌好而不固圉,紫岩居母丧,上疏论事,上以为狂,诏居零陵。作几间丸墨并常支筇竹杖二铭以寓意。《墨铭》曰:"存身于昏昏,而天下之理因以昭昭,斯为潇湘之宝,予将与之归老。"而《逍遥杖铭》曰:"用则行,舍则藏,惟我与尔。危不持,颠不扶,则焉用彼。"或录以示当路,怒以为讽己,将奏之,会病卒不果。后陈正献俊卿为孝庙诵之,摘杖铭书于御杖焉。

何处难忘酒

白乐天始为《何处难忘酒》诗，后人多效之。宋王景文_质《雪斋集》隽放豪逸，岳珂《桯史》载其四篇，曰："何处难忘酒，荆蛮大不庭。有心扶白日，无力洗沧溟。豪杰将班白，功名未汗青。此时无一盏，壮气激雷霆。""何处难忘酒，奸邪大陆梁。腐儒空有郦，好汉总无张。曹赵扶开宝，王徐卖靖康。此时无一盏，泪与海茫茫。""何处难忘酒，英雄太屈蟠。时违聊置畚，运至即登坛。《梁父吟》声苦，干将宝气寒。此时无一盏，拍碎石阑干。""何处难忘酒，生民太困穷。百无一人饱，十有九家空。人说天方解，时和岁自丰。此时无一盏，入地诉英雄。"又王荆公《临川集》亦有二篇，其一篇特典重，曰："何处难忘酒，君臣会合时。深堂拱尧舜，密席坐皋夔。和气袭万物，欢声连四夷。此时无一盏，真负鹿鸣诗。"二公同一题，而喑呜叱咤，一转于俎豆间，便觉闲雅不佯矣。

东 坡 属 对

宋与辽欢盟，文禁甚宽，辂客往来，率以谈笑诗文相娱乐。元祐间，苏东坡尝膺是选。辽使数闻其名，思以奇困之。其国旧有对曰："三光日月星。"凡以数言者必犯其上一字，久无有能对者。首以请于坡，坡唯唯，谓其介曰："我能而君不能，非所以全大国之体。四始风雅颂，天生对也，盍先以此复之？"介如言。方共叹愕，坡徐对曰："四德元亨利。"使睢盱欲起辨，坡曰："尔谓我忘其一耶？谨阋两舌。两朝兄弟邦，卿为外臣，此固仁庙之讳也。"使出不意，遂骇服。

张幼于对"六脉寸关尺"，吴文之对"一阵风雷雨"，亦妙。

蚁 蝶 图

黄山谷居黔，有以屏图遗之者，绘双蝶翩舞，胃于蛛丝而坠，蚁憧憧其间,题六言于上曰:"蝴蝶双飞得意,偶然毕命网罗。群蚁争收坠翼,策勋归去南柯。"崇宁间,又迁于宜,图偶为人携入京,鬻于相国寺肆。蔡客得之,以示元长,元长大怒,将指为怨望,重其贬,会以讦奏,仅免。其在黔尝摘香山句为十诗,卒章曰:"病人多梦医,囚人多梦赦。如何春来梦,合眼在乡社。"一时网罗之味,盖可想见。

庆 元 公 议

赵忠定汝愚为韩侂胄所逐,至衡州暴卒,公论哗然。日有悬书北阙下者,捕莫知主名。太学生敖器之陶孙题壁云:"左手旋乾右转坤,群公相扇动一作如何群小恋。流言。狼胡无地归姬旦,鱼腹终天吊屈原。一死固知公所欠,一作不免。孤忠赖有史长存。九原若遇韩忠献,休说渠家末代孙。"都下竞传。平原知其出于器之,亦不之罪。

牧 牛 亭

金陵牧牛亭,秦桧丘陇在焉。有移忠旌忠寺,相去五里,金碧相照。杨诚斋过之,题诗壁间曰:"函关只有一穰侯,瀛馆宁无再帝丘。天极八重心未死,台星三点折方休。只看壁后新亭筑,恐作移音夷。中属国羞。今日牛羊上丘陇,不知丞相更嗔不。"自注其下曰:"秦暮年起大狱,必杀张德远浚、胡邦衡铨等五十余人。不知杀尽诸公将欲何为? 奏垂上而卒,故有新亭之句。然初节似苏子卿,而晚谬。"岳珂云:"桧在金不久即逃归,挞辣实纵之,不知何以似子卿也。"

李 白 竹 枝 词

绍圣二年,黄山谷以史事谪黔南,道间作《竹枝词》二篇题歌罗驿曰:"撑崖拄谷蝮蛇愁,入箐攀天猿掉头。鬼门关外莫言远,五十三驿是皇州。""浮云一百八盘萦,落日四十九渡明。鬼门关外莫言远,四海一家皆弟兄。"又自书其后曰:"古乐府有'巴东三峡巫峡长,猿鸣三声泪沾裳。'但以抑怨之音和为数叠,惜其声今不传。余自荆州上峡入黔中,备尝山川险阻,因作二叠,传与巴娘,令以《竹枝》歌之。前一叠可和云'鬼门关外莫言远,五十三驿是皇州',后一叠可和云'鬼门关外莫言远,四海一家皆弟兄'。或各用四句入《阳关》、《小秦王》,亦可歌也。是夜宿于驿,梦李白相见曰:'予往谪夜郎,于此闻杜鹃,作《竹枝词》三叠,世传之不子细,集中无有。'三诵而使之传焉。其辞曰:'一声望帝花片飞,万里明妃雪打围。马上胡儿那解听,琵琶应道不如归。''竹竿坡面蛇倒退,摩围山腰胡狲愁。杜鹃无血可续泪,何日金鸡赦九州。''命轻人鲊瓮头船,日瘦鬼门关外天。北人堕泪南人笑,青壁无梯闻杜鹃。'"《豫章集》所刊,自谓梦中语也。音响节奏似矣,而不能掩其真,亦寓言之流与?

味　谏　轩

戎州有蔡次律者,家于近郊。黄山谷尝过之,延以饮,有小轩极华洁,槛外植余甘子数株,因乞名焉。山谷题曰味谏。后王子予以橄榄遗山谷,有诗曰:"方怀味谏轩中果,忽见金盘橄榄来。想共余甘有瓜葛,苦中真味晚方回。"时盖徽祖始登极,国论稍还,是以有此句云。《桯史》。

蒋焘巧对

《挑灯集异》:我苏蒋焘幼聪慧,一日与父友武官者同游佛寺,指殿上佛出对曰:"三尊大佛,坐狮坐象坐莲花。"焘对曰:"一介书生,攀凤攀龙攀桂子。"出寺,武官部军牵焘衣问曰:"适对何句?"焘曰:"我对一个小军,偷狗偷猫偷芥菜。"其捷于调戏如此。一日,其祖携游佛殿,见焘跳下阶级,曰:"三跳跳下地。"对曰:"一飞飞上天。"又父客因坐久出曰:"冻雨洒窗,东二点西三点。"焘对曰:"切糕一作瓜。分客,一作片。上七刀下八刀。"《解人颐》作杨一清对。

钱李诔王刘

王振死土木，钱学士溥为撰葬铭，称其忠烈。陆式斋诗云："王阉素称彗，轻生忍如此。史官忠烈铭，千载孰非是。"刘瑾作玄明宫，李阁老东阳为作碑记，颂其功勋。李空同诗云："峨碑照辉颂何事。"一诔死后，一诔生时，同归谄附，其能免后世之诮乎？

施槃幼志

我苏洞庭施宗铭槃幼从父游淮扬，归舟泊河下送客，失足堕水，众掖登舟，乃长吟曰："脚踏船头船便开，天公为我洗尘埃。诸君莫笑衣衫湿，才向龙门跳出来。"与《万花金谷》所载卓沃诗相似。

《鼎甲考》：槃少落拓自负，常咏蝴蝶云："莫怪风前多落魄，三春应作探花郎。"年二十三大魁天下，皆以洛阳年少遇之。

石　僧

绍兴间，刘大中以兵部尚书出守处州，俄召还。上问丽水石僧之状若何。盖风门山东下为石僧山，山有一石状类瘿僧。大中以诗对曰："云作袈裟石作身，岩前独立几经春。有人问我西来意，默默无言总是真。"

猪脬油囊

靖难兵至淮，无舟可渡。有兵人于囊中取干猪脬十余，纳气其中，环系腰间，泅水而渡，夺南舟以济北军。《挑灯集异》载：汶上人用油涂生牛皮作囊，纳身其中，止露眼鼻，虽深亦不溺，登涯则解如蝉蜕，衣履不沾，卷囊而去。

倭 使 诗

是高皇欲征倭国，彼遣使嗐哩嘛哈奉表乞降。上问彼国风俗，嗐哩嘛哈以诗答曰："国比中原国，人同上古人。衣冠唐制度，礼乐汉君臣。银瓮笃新酒，金刀脍锦鳞。年年二三月，桃李一般春。"上初欲罪其不恭，徐乃贳之。

小 先 生

《菽园杂记》：山阴张倬，景泰初为昆山训导。年虽少，以聪敏闻。典史姜某尝戏倬曰："二十三岁小先生。"倬应声云："三五百斤肥典史。"

有黠僧对客云："儒学虽正，不如释学之博。如僧人多能读儒书，儒者不能通释典也。本朝儒释兼通者，宋景濂一人而已。"倬呵之曰："譬如饮食，人可食者狗亦能食之，狗所食者人决不食之矣。"此僧默然不能辨。

分 合 字 对

古对以文字分合者，如"锄麑触槐，甘作木边之鬼；豫让吞炭，终为山下之灰"，"奴手为拏，已后莫拏奴手；人言是信，从今休信人言"，"半夜生孩，子亥二时难定；百年匹配，已酉两命相当"，皆佳。近又有"人曾作僧，人弗可以为佛；女卑为婢，女又可以为奴"，亦喜其占对之妙。

洗 鸟 挑 土

御史职司风纪，中书舍人供奉丝纶，其任皆不薄也。成化戊戌，徽州倪进贤出入阁老万安之门，得庶吉士。安病阴痿，进贤自誉善医，具药沈为洗之，因改御史。翼圣夫人之侄季通以门荫官中舍，济宁某与通同僚友善，尝归省，以箧寄通，所封镝甚固。夫人素谙世故，命启视之，同僚固辞，夫人不许，乃强启之，箧中旧衣数件，下皆土墼。夫人大怒曰："他日欲诬我家耶?"命殴之。通跪请得免，乃命自担其箧去。时人为之语曰："洗鸟御史，挑土中书。"其辱败士风，同官为之丧气。

彩　　凤

成化中，言官言宫闱事受挫辱，自此噤不敢言。昆山徐生善写竹，游京师，吏科某请写竹于壁，欲题其上云"朝阳鸣凤"，或云恐被人议论，不若易以舞凤，或又以为不可，乃以彩凤题之。某从旁口占云："鸣也鸣不成，舞也舞不成，不如华彩服，摇摆过平生。"众为哄堂大笑。

一　个　波

莆田姚园客旅《露书》：商孟和父令西楚，自父任所携资入金陵，因游曲中，作《秦淮诗》二十首，甚丽。又赠妓诗有"可怜十二峰头雨，化作秦淮八月波"句。或戏改之云："可怜几两江西锞，买得秦淮一个波。"曲中谓不在行曰波老。

酒　三　平

吴兴沈太学某倅云间，令吏取酒三瓶，写作三平，吏曰："非此平字。"沈即将平字脚加一踢，曰："三乎也罢。"

等　一　等

成化丙戌，陈公甫宪章、庄孔旸昶、章德懋懋应试南宫。主试刘定之、万安相戒曰："场中有此三人，不可草率。"及填榜，章、庄高列，独不见陈卷。时题为"老者安之"三句，亟觅至，则陈破云："人各有其等，圣人等其等。"同考者业批其旁云:"若要中进士,还须等一等。"见者哄堂。

又《明季遗编》:南直李宗师岁考某县诸生,命"斯民也"一节题,一生文中有云"一代一代又一代",宗师批云:"二等二等再二等。"置之六等云。

腐　德

余宗汉谓豆腐有十德:水者,柔德;干者,刚德;无处无之,广德;水土不服,食之即愈和德;一钱可买,俭德;徽州一两一碗,贵德;食乳有补,厚德;可去垢,清德;投之污则不成,圣德;建宁糟者,隐德。

弈　僧

永嘉僧野雪以弈称。一日在许无念宅,与吴嗣仙对枰。嗣仙称第一手,沈思而后下一子。野雪殊不顾,对客闲谈,随后应敌,无不取胜。来子鱼赠以诗云:"蕉团坐隐静皈依,十九行中喻法微。慧眼欲生抛大劫,观心不定却斜飞。分先未许争先手,戒杀何堪露杀机。跳出刀山投铁网,与师一笑解重围。"

琵　琶　妓

仲宗约□宗候、□子斗、姚园客至家,听其妓弹琵琶。比入座,美人娇宠,不肯出弹。园客口号曰:"许听琵琶不与听,佳人无分见眉青。"方属落句,子斗遽续之曰:"不如且就藤床卧,犹见襄王梦里形。"

才　妇　择　婿

濮监丞妇邹赛真有才藻,工诗文。鹅湖费状元宏少随其父之太学,邹闻其奇,索见之,酒间试以对曰:"金杯春泛绿。"费应声云:"银烛夜摇红。"邹遂以女字之。其女亦能诗,为一品夫人。

十　忙

金陵有十忙：祝石林^{世禄}写字忙，何雪渔图书忙，魏考叔画画忙，汪尧卿代作忙，雪浪出家忙，马湘兰老妓忙，孟小儿行医忙，顾春桥合香忙，陆成叔讨债忙，程彦之无事忙。

金尚卿善仿祝无功书法，祝欲绳之，董玄宰^{其昌}笑谓祝曰："右军有灵，弟应下狱矣。"祝笑而释之。

道　中　栽　李

程仲权在武昌昵一妓，谓妓欲嫁之。俞羡长不信，也试调之，妓亦心动。羡长因作诗寄仲权曰："官道中间栽李树，一株开作两边花。"仲权心为之灰。

致　曲

王渼陂^{九思}好为词曲，有客曰："太上立德，其次立功，其次立言，公宜留心经世文章。"渼陂答曰："公独不闻其次致曲？"一作汪南溟。俱《露书》。

愚　蠢

《桐下听然》：严文靖讷柄政时，留故人饭。其人椎鲁村俗，故作谦退之状，避席请曰："须相公入内乃敢坐，某何人，敢当伴食宰相？"又一参幕索沈太史荐牍致御史，御史问太史近况，其人鞠躬对曰："太史近来无所不为。"盖其意本欲言无一事不佳也。御史大笑而起。

永　嘉　相　命

永嘉张萝峰^{孚敬}初名璁，久困礼闱，谒选于天曹。道遇山阴萧静庵鸣凤，萧素善星学，时以比部郎罢归，张使推己造，萧观之，叹曰："命不可凭，我今不复言矣。"张问故，萧曰："据子之造，八年后当大拜，今尚作孝廉，那得骤至相位？且如我命宜三品，今以比部郎罢归，宁望起复耶？"然决以台辅期张，力阻其意。正德庚辰，张复入试毕，题诗席舍曰："月色团团照举场，河光片片落天章。风云交会人初散，星斗寒芒夜未央。敢向人心论舍，直于吾道卜行藏。至公堂上焚香在，吾力犹能系纪纲。"是年果登第，后八年丁亥以议礼入相。因忆萧言，为起用，仕至方伯。

《涌幢小品》：光山王梦弼相为御史，有风力，屡劾钱宁、江彬，谪判高邮。素善相术，萝峰以落第候除，相一见奇之，谓曰："子有异相，他日所就奚止科第。"因厚贻之，劝勿就选。萝峰既贵，相已卒，上疏曰相以忠鲠蒙诬，宜恤。诏赠光禄少卿，谕祭。

葡　萄　说

岳季方正善画葡萄，尝作《葡萄说》云：其干臞者，廉也；节坚者，刚也；枝弱者，谦也；叶多而荫，仁也；蔓而不附，和也；实可啖，才也；味甘平无毒，入药力胜者，用也；屈伸以时，道也。其德之备如此。

蚕　有　六　德

杨廉夫尝论蚕有六德：衣被天下生灵，仁也；食其食，死其死以答主恩，义也；身不辞汤火之厄，忠也；必三眠三起而熟，信也；象物以成茧，色必尚黄素，智也；茧而蛹，蛹而蛾，蛾而卵，卵而复茧，神也。此六德也。

李　沅　南

万历中，桃源李沅南春熙八岁时骑竹马游市中，遇县丞问姓名，具举以对。丞曰："尔能联句乎？"曰："能。"丞曰："书生骑马街心走。"李曰："举子乘龙天上来。"丞大异之。年十八举于乡，赴公车，别所爱姬代诗云："宝马金鞭白玉鞍，藁砧明日上长安。夜深几点伤心泪，滴入红炉火亦寒。"嗜色病废，终万县令。

董　　生

董生十岁时，外祖熊博士举峰诞日，试对曰："六十八翁，有数十人，子妇女婿并外孙，称觞庆寿，便拚一醉何妨。"董对曰："百世一师，集三千士，颜曾闵冉及子夏，论道传经，继统万年无已。"又谢泉溪出对云："车马象士并卒炮，都来护卫将军。"董云："吏户刑工及礼兵，一齐辅弼圣主。"后果少年显达。

嫁　娶　谑　词

康熙壬申仲冬，讹传采选绣女，邑中愚民纷然嫁娶，花轿盈街，鼓吹聒耳。犹忆唐明皇词云："莫倚倾国貌，嫁取个有情郎，彼此当年少，休负好风光。"今事成俄倾，不无以倾城之貌而误适匪类。然年少有情则今古同揆也。滑稽生作《两同心》谑词云："天使遥临，小民惶惑。年庚帖才出寒门，花灯轿已来香陌。趁今宵日吉时良，嫁个娇客。　那管门楣非匹，便谐琴瑟。一枝花银烛摇红，三杯酒金尊凝碧。倩鳞鸿探问，梅香夜来消息。""宪示森严，民疑莫释。乏妆奁借口匆忙，无聘礼乘时仓猝。感皇恩女嫁男婚，向平累毕。　顿使皮箱净桶，价高什百。呼掌礼数遍追求，唤喜娘多方寻觅。看来年节届秋冬，稳婆忙迫。"

李　氏　女

洪武初，吴郡李氏女诗思敏捷，有集一卷，今不传。杨君谦《吴中故实》记载其警句曰："桃花一簇开无主，终不留题崔护诗。"

诗　讪

咸平中，洪州来鹄名振都下，然喜以诗讥讪当路，人恶之，卒不第。《金钱花》云："青帝若教花里用,牡丹应是得钱人。"《夏云》云：
"无限旱苗枯欲尽,悠悠间处作奇峰。"《偶题》云："可惜青天好雷电,
只能驱趁懒蛟龙。"语亦颇韵。

堠 子 诗

刘子仪与夏英公同在翰林,子仪推为先达。章献临朝,子仪主
文,在贡院闻英公为枢密副使,意颇不平,作《堠子》诗曰："空呈厚貌
临官道,更有人从捷径过。"

闭 门 弭 灾

唐景龙中,洛下霖雨百余日,宰相令闭坊市北门以弭之,卒无效,
滂沱益甚。人歌曰："礼贤不解开东阁,燮理惟能闭北门。"

费 鹅 湖 别 筑

费鹅湖构别筑,乃宋柴侍郎故居也。勤劳建造,有绛袍者题其柱
曰："我昔犹君昔,君今胜我今。盛衰皆有数,何必苦劳心。"

四 休

孙景初昉号四休居士,云："粗茶淡饭饱即休,补破遮寒暖即休,三
平四满过即休,不贪不妒老即休。"黄山谷曰："此安乐法也。"

叶 唐 夫

洪武中,叶唐夫筑茅屋于江村桥之松间,作诗云："家住夕阳江上
村,一湾流水绕柴门。种来松树高于屋,借与春禽养子孙。"

戊集卷之三

神 仙 太 守

成化中，华亭张东海弼为南安太守，律己爱物，大得民和。壮年休致，子皆成名，殊无一事累心。苏州别驾周德中目为神仙太守。汝弼草十绝以答之，见其无仙。又有长短句一篇，意尤高古。因录诗并歌云："归休太守似神仙，布被蒙头日夜眠。却怪门前来热客，马蹄踏破紫云烟。""古今何处有神仙，鹤驾鸾骖总浪传。莫信空同邹道士，刀圭入口亦徒然。""欧阳自号无仙子，卓识真知冠古今。弱水蓬莱在何处，愚夫白骨紫苔深。"歌曰："东海先生归也，南安太守新除。一挑行李两船书，被人笑道痴愚。书也书，寒不堪穿，饥不堪煮，收拾许多何用处？况而今白发苍颜，坐黄堂之署，乘五马之车，那得工夫？再看渠又将载到南安去，古人糟粕，谁味真腴。枉说道，黄卷中时与圣贤相对语。"又《寄内》诗云："四儿六岁五儿三，莫把肥甘习口馋。一作甜。清白传家无我愧，诗书事业要人担。三餐淡饭何须酒，一箸黄虀略用盐。闻说有人曾饿死，算来原不为官廉。"《诗振》作聂大年诗。又《除夕》诗云："酒冷香消梦不成，道人殊觉岁峥嵘。老如旧历浑无用，坐恋残灯亦暂明。雪霰已应随腊去，梅花聊复与春争。向来筋力虚名尽，白发无愁也自生。"

一 个 里 长

漳浦赵从谊知独山州，州极荒凉，因题柱曰："茅屋三间，坐由我，卧由我；里长一个，左是他，右是他。"

中　酒　诗

《老学庵笔记》载：宋太素尚书《中酒》诗云："中酒事俱妨，偷眠就黑房。静嫌鹦鹉闹，渴忆荔枝香。病与懒相续，心和梦尚狂。从今改题品，不号醉为乡。"放翁以为非真中酒者不能知此味。明浙中举子张子兴杰亦有《中酒》诗云："一枕春寒拥翠裘，试呼侍女为扶头。身如司马原非病，情比江淹不是愁。旧隶步兵今作敌，故交从事却成仇。淹淹细忆宵来事，记得归时月满楼。"比太素所作更详切有味。

沙　河　碑

娄门东北三十里沙湖，湖北为塘，巍然有碑，碑广四尺许，长四倍，四面如之，三面镌相视歌，歌有前后，皆筑塘时相劝劳之语也。今已剥落，不可辨。其东面记民谣曰："远挑新土才希罕，露尽黄泥始罢休。两岸马槽斜见底，中间水线直通头。"弘治丁巳督理浙西水利工部主事姚文灏立石。

父老尝言，有舟行者利其同伴之资，杀而瘗其旁，戏谓碑曰："你知我知，且勿语人。"碑忽应曰："我不语，恐尔自语。"其人惊骇而去。后与一少年甚昵，复过其地，共憩碑阴，告少年曰："是碑能作人言。"少年询其故，某以素昵，不觉倾吐。少年口应而心动，后偶乖隔，至相殴，诉之官，验视抵服。计少年之生即同伴死之日也。与《桐下听然》石虎事同。

努　头　放　衙

文潞公彦博为榆次县令，题鼓楼云："置向谯楼一任挝，挝多挝少不知他。如今幸有黄绸被，努出头来早放衙。"世传宋太祖谓县令曰："切勿于黄绸被里放衙。"

陈石泉南归

宋陈石泉南归,北人陈参政饯之,作《木兰花慢》云:"北归人未老,喜依旧,著南冠。正雪暗潢池,云迷芒砀,梦落邯郸。乡心日行万里,幸此身、生入玉门关。多少秦烟陇雾,西湖洗征衫。　燕山望不见,吴山回首一归难。慨故宫离黍,故家乔木,那忍重看。钧天紫薇何处问,瑶池八骏几时还。谁在天津桥上,杜鹃声里阑干。"

燕 京 酒 肆

金人徙徽宗至燕京,行至平顺州,止驿舍。时以七夕,官中于驿作酒肆,纵人会饮。帝于室中见一胡妇携数女子,皆俊目艳丽,或歌或舞,或吹笛持酒劝客,所得钱物,率归胡妇,稍不及,辄以杖击之。少顷官遣吏赍酒饮帝,胡妇不知为帝也,亦遣一横笛女子入室,对帝呜咽不成曲。帝问女子曰:"吾与汝为乡人,汝东京谁氏女也?"女顾胡妇稍远,乃曰:"我百王宫魏王女孙也。先嫁钦慈太后侄孙,京城陷,被掳至此,卖与豪门作婢,遭主母诟挞,转鬻于此,俾在此日夕求酒食钱物,若不及即以棰楚随之。"言讫问帝曰:"官人亦是东京人,想亦被掳来此也。"帝但泣下遣之。后此女流落至粘罕处,张纯孝在云中府于粘罕席上见之,不胜悲悼,作词云:"疏眉秀盼,向春风,犹是宣和妆束。贵气盈盈姿态巧,举止况非凡俗。宋室宗姬,秦王幼女,曾嫁钦慈族。干戈横荡,事随天地翻覆。　一笑邂逅相逢,劝人饮酒,旋旋吹横竹。流落天涯俱是客,何必平生相熟。旧日荣华,如今憔悴,付与杯中绿。兴亡休问,为伊且尽船玉。"

琵 琶 辞

杨用修慎少时善琵琶,每自为新声度之。及第后,犹于暑月夜,绾两角髻,着单纱半臂,背负琵琶,共二三骚人,携尊酒席地坐西长安街上，酒酣和歌，撮拨到晓。适李西涯早朝过之，闻其声异常流，令人往讯，则云杨公子修撰也。西涯为之下车，用修举卮饮西涯曰："朝尚早，愿为先生更弹。"弹罢而火城将熄，西涯入朝，用修亦易朝服而行。朝退进阁揖西涯及其尊人，西涯笑谓用修曰："公子韵度，自足千古，何必躬亲丝竹，乃擅风华。"自是长安一片月，绝不闻用修琵琶声矣。

陈贤德遇仙

太仓陈贤德尝游荆湖间，过岳阳楼，有篮缕道人，貌甚猥琐，亦来就坐。贤德前揖之，相与瞻眺湖山，谈笑良久。适槛外一虫蠕行瓦上，道人指示曰："此蜣螂虫也。"遂别去。后贤德东还，遇友人请仙，题诗云："十年不见陈贤德，今日相逢鬓已霜。记得岳阳楼上别，两人携手说蜣螂。"客都不解，独贤德恍然下拜，具话其事，幸其遇仙而自恨不识耳。一作常熟陈朝相遇吕纯阳事。

吴原博雪诗

吴原博宽诗格尚浑厚，琢句沉着，用事果切，无漫然嘲风弄月之语。有《雪后入朝》诗云："天门晴雪映朝冠，步涩频扶白玉阑。为语后人须把滑，正忧高处不胜寒。饥乌隔竹餐应尽，驯象当庭踏又残。莫向都人夸瑞兆，近郊或恐有袁安。"其爱君忧国、感时念物之情，蔼然可掬。至如古人随车缟素、灞桥驴背，自是闲话头。

萧　何　功

《韵语阳秋》：李义山诗云："本为留侯慕赤松，汉廷方识紫芝翁。萧何只解追韩信，岂得虚当第一功。"是以萧何功在张良下也。王元之诗云："纪信生降为沛公，草荒孤垒想英风。汉家青史缘何事，却道萧何第一功。"是以萧何功在纪信下也。愚为炎汉创业何为宗臣，高祖喻指踪之指尽之矣，他人岂容议耶？

酒　　色

酒有以绿为贵者,白乐天所谓"倾如竹叶盈尊绿"是也。有以黄为贵者,老杜所谓"鹅儿黄似酒"是也。有以白为贵者,乐天所谓"玉液黄金卮"是也。有以碧为贵者,少陵所谓"重碧酤新酒"是也。有以红为贵者,李长吉所谓"小糟夜滴珍珠红"是也。广中所酿酒谓之红酒,其色殆类胭脂。《酉阳杂俎》载贾墟家苍头能别水,常乘小艇于黄河中,以瓠匏接河源水以酿酒,经宿酒如绛,名为昆仑觞。是又红酒之尤者也。

汪　若　水

宋汪若水从三宫北去,留滞燕京。时有王清惠、张琼英,皆故宫人,善诗,相见辄涕泣。若水和清惠诗云:"愁到浓时酒自斟,挑灯看剑泪痕深。黄金台迥少知己,碧玉调高空好音。万叶秋声孤馆梦,一窗寒月故乡心。庭前昨夜梧桐雨,劲气萧萧入短襟。"后若水哀恳乞为黄冠,世皇许之,濒行,与故宫人十八人酾酒城隅,鼓琴叙别,不数声,哀音哽乱,泪下如雨。张琼英送之诗云:"客有黄金共璧怀,如何不肯赎奴回。今朝且尽穹庐酒,后夜相思无此杯。"

半　　歌

李密菴先生《歌振》有《半歌》云:"看破浮生过半,半之受用无边。半中岁月尽幽闲,半里乾坤宽展。半郭半乡村舍,半山半水田园。半耕半读半经廛,半士半民姻眷。半雅半粗器具,半华半实庭轩。衾裳半素半轻鲜,肴馔半丰半俭。童仆半能半拙,妻儿半朴半贤。心情半佛半神仙,姓字半藏半显。一半还之天地,让将一半人间。半思后代与沧田,半想阎罗怎见。酒饮半酣正好,花开半吐偏妍。帆张半扇免翻颠,马放半缰稳便。半少却饶滋味,半多反厌纠缠。百年苦乐半相参,会占便宜只半。"

高 丽 国

元丰初,高丽国遣使来朝,问其使,云:"国与契丹为邻,每因诛求不能堪。国主常诵《华严经》,祈生中国。一夕梦至京师,备见城邑宫阙之盛,觉而慕之,乃为诗以记之曰:'恶业因缘近契丹,一年朝贡几多般。移来忽到中华里,可惜中宵滴漏残。'"

题 驿 舍

靖康之变,有题关中驿舍云:"鼙鼓轰轰声彻天,中原庐井半萧然。莺花不管兴亡事,妆点春光似昔年。"又:"渭平沙浅雁来栖,渭涨沙深雁不归。江海一身多少事,清风明月泪沾衣。"

阳 春 曲

白仁甫《阳春曲》云:"笑将红袖遮银烛,不放才郎夜看书。相偎相抱取欢娱,止不过赶应举,及第待如何?"又:"百忙里铰甚鞋儿样,寂寞罗帏冷串香。向前搂定可憎娘,止不过赶嫁妆,误了又何妨?"

秋 兴

韩德温先生讳汝玉,予幼年受业师也。工书,尤善临摹。曾见贾人某求书曹操及苏子瞻古人诸名迹,装潢成卷,为泰兴巨公重价购去。昨检败箦,见先生《秋兴七绝》,已经四十余年,几残灭不可读。幸犹记忆,录之以志今昔之感云:"梧桐荫石绿生帘,正是池塘雨后天。读罢《南华》无一事,北窗支枕听秋蝉。一""辞柯黄叶拥柴关,野老前溪载菊还。莫谓地幽人不到,一尊风雨话寒山。二""一帘小雨绿如烟,茗熟欣逢未见篇。幽思只随池畔菊,寒香差胜落梅前。三""云阳驿畔草萧萧,晓骑嘶风客路遥。残月多情犹送我,一村烟火又河桥。四""偏爱时宜学母妆,贪簪茉莉鬓凝香。相逢亦有怜心者,何独怜予更断肠。五""舞衫歌扇动情多,称体新裁薄薄罗。更爱酒阑明月静,小窗低唱雪儿歌。六""庭花冻合净无尘,梦里行云觉未真。何至相逢频掩袂,想因羞见意中人。七"

曲 巷 垂 杨

吴耳渊,沈朗倩门人,有《杨柳词》云:"新调小马趁飞花,行到垂杨曲巷家。三扣玉扉人未起,忽闻鹦鹉唤烧茶。"又《贻所思》云:"曾骑竹马过君家,并坐牙床饮露茶。赠我金盆今尚在,何当重捣凤仙花。"

玉 牌 镌 词

梁溪杨仲弘载一日游凤凰山,过宋大内,独步微吟,寻香问玉,泫然兴感。至披香阁址,拾得玉牌一事,上有镌词云:"内人晓起怯春寒,轻揭珠帘看牡丹。一把柳丝收不得,和风搭在玉阑干。"杨为之怃然。

诗 讥 朱 希 真

《二老堂诗话》:洛阳朱希真,自靖康乱离,避迹山林。尝三召不起,高宗特补迪功郎。后赐出身,历浙东提刑,致仕居嘉禾。诗词独步一世,秦丞相欲令希真教秦伯阳作诗,遂落致仕,除鸿胪寺少卿。或作诗云:"少室山人久挂冠,不知何事到长安。如今纵插梅花醉,未必王侯着眼看。"盖希真旧有《鹧鸪天》云:"我是清都山水郎,天教懒慢带疏狂。曾批给露支风敕,累奏留云借月章。　诗万首,醉千场,几曾着眼看侯王?玉楼金阙懒归去,且插梅花住洛阳。"最脍炙人口,诗故以此讥之。

按希真名敦儒，宋东都名士，有《西江月》词云："世事短如春梦，人情薄似秋云。不须计较苦劳心，万事元来有命。　幸遇三杯酒美，况逢一朵花新。片时欢笑且相亲，明日阴晴未定。""日日深杯且醉，朝朝小圃花开。自歌自舞且开怀，且喜无拘无碍。　青史几番春梦，红尘多少奇才。不须计较与安排，领取而今见在。"江棻萝《雪涛小书》云：朱希真小字秋娘，商人徐必用妻。二词列之闺秀诗评中，未知何据。

解衣留镇山门

松江佘山慧日院佛像落成，徐文贞阶奉世庙钦赐蟒衣一袭付僧圆实，因赋一诗云："单衣露冷宿昙华，误绾宫袍傍帝车。拈向山门君莫笑，细看还是旧袈裟。"万历丁酉，陆文定树声年八十有九，亦以衲衣一袭付慧日院，手书偈于衲之表云："解组归来万虑捐，尽将身世付安禅。披来戒衲浑无事，不向歌姬为乞缘。"此二事与东坡解带留镇山门同一风流也。

诗意相类

《辍耕录》有诗云："天遣魔军杀不平，不平人杀不平人。不平人杀不平者，杀尽不平方太平。"又《唐诗节要》有诗云："中原不可生强盗，强盗才生不可除。一盗既除群盗起，功臣多是盗根株。"二诗语意相类，后义尤佳。郎仁宝云：前首第三句即第二句意，欲易"不平原是难平者"。后首第二句不可除皆理，欲易"强盗才生大盗俱"，尤觉精采。

作文别妻

《辍耕录》：钱塘道士洪丹谷与一妓通，因娶为室。病且革，顾谓洪曰："妾死在旦夕，卿须自执薪还，肯作一转语乎？夫妾歌儿也，卿能集曲调于妾未死时，使预闻之，虽死无憾矣。"洪固滑稽者，遂作文曰："二十年前我共伊，只因彼此太痴迷。忽然四大相离后，你是何人我是谁？恭惟某人，秀钟谷水，声遏楚云。玉交枝坚一片心，锦缠道余二十载。遽成如梦令，休忆少年游。哭相思两手托空，意难忘一笔勾断。且道如何是一笔勾断？孝顺歌终无孝顺，逍遥乐永遂逍遥。"听毕，一笑而卒。

教 谕 赋 诗

昔有举人任县学教谕，适察院按临，邑官各远迎，彼独后至。接见于郭外水次，按公心怪之，抵公署阅册曰："汝以举人作教，故傲我耶？且试汝诗，宁称我意否。"乃以水次桩子为题，盖讥其为朽木也。教谕吟诗云："独立污泥沙，今经几岁华。有心依古道，无意泛仙槎。春至萍为叶，风来浪作花。本来梁栋器，无奈用时差。"吟毕，按公称赏，明年果以教职会试，高占春榜。

七 人 同 舟 诗

宋徐遹秋闱中式，买舟抵都下。时同舟已集六人，乃陈、李、张、黄、周、苏姓也。徐遹亦登舟共济，陈姓者曰："舟中之人凡七，请以七人同舟联一律。"周姓者起曰："陈李张黄苏与周。"张姓者云："更添徐子分相投。"陈姓者云："竹林风月连三郡。"李姓者云："北宿光芒聚一舟。"苏姓者云："作者应知同议论。"黄姓者云："诤臣顿是合谋猷。"徐遹云："胸中各有平津策，此去知谁作状头。"及次年春榜，徐遂状元及第。

项 羽 庙

项羽庙在内黄乌江道中，岁时土人过客祀焉。一士游其庙，瞻像吁嗟，惜其不得秦鹿，命殒青锋，因题诗于庙云："楚水淋淋汉水波，楚山河属汉山河。范增有意空弹玦，项羽无谋为倒戈。子弟八千垓下散，佳人一曲帐中歌。今来欲问前朝事，莫也将军记得么？"诗成，大风西来，扬沙飘瓦，江涌汹涛，凛有喑哑叱咤之余威。士人曰："项将军英爽其未泯与？何闻诗而遽怒也。"复吟一绝以慰之曰："巍巍庙貌峙江滨，大将端为血食神。尊德不须怀旧恨，汉家今已属他人。"由是风恬浪息，天晶日曒如故。

朱 良 育 诗

闽中陈侍御琳典南畿学政，甚得士心。正德间，以谏去国，诸生皆作诗送之，独朱良育诗最为传诵。其诗云："春风露冕出郊原，落日停骖望国门。抗疏要谈天下事，谪官应过海南村。汤汤江汉羁人泪，纳纳乾坤圣主恩。历试古来名节士，为言身屈道尤尊。"识者以为不下李师中送唐御史也。

姓 名 诗

权德舆以古人姓名作诗云："藩宣秉戎寄，衡石崇位势。年纪信不留，弛张良自愧。樵苏则为惬，瓜李斯可畏。不顾荣宦尊，每陈农亩利。家林顾岩巘，负郭躬敛积。忌满宠生嫌，养蒙恬胜智。疏钟皓月晓，晚景丹霞异。涧谷永不薆，山梁冀无累。颇符生肇学，得展禽尚志。从此直不疑，支离疏世事。"

陆子玄采《声隽》：或取嘉靖初年大臣名为诗云："穆穆文孙交景运，端居乔宇抚清时。丝纶遥起山林俊，化雨重陶琰琬资。韶乐杨廷和舜吕，溪毛澄水荐先师。功如堕费宏谟远，寿比篯彭泽庆垂。共说天王守仁义，万年磐石瑶图维。"

口 吃 赞

《谈苑》：刘贡父敞性滑稽，喜嘲谑，与王彦祖汾同在馆中。汾病口吃,攽为之赞曰:"恐是昌家,又疑非类。未闻雄鸣,只有艾气。"周昌、韩非、扬雄、邓艾皆古之吃者也。

时马默为台官,弹攽轻薄,不当在文馆。攽曰:"既云马默,岂合驴鸣。"

打 爷 知 州

《谈苑》:王介知常州,刘贡父以语谑之,介曰:"贡父非岂弟君子乎?"贡父曰:"虽非岂弟君子,却是打爷知州。"常州风俗殴父,有桥名曰打爷桥。

石 曼 卿

《谈苑》:石曼卿中立初登第,有人讼科场,覆落数人,曼卿与焉。次日被黜者皆作三班借职,曼卿为诗曰:"无才且作三班借,请俸争如录事参。从此免称乡贡进,且须走马东北南。"

姓 名 谜

《夷坚志》:元祐间,士大夫好事者取达官姓名为诗谜,如"长空雪霁见虹蜺,行尽天涯遇帝畿,天子手中持玉简,秀才不肯著麻衣",谓韩绛、冯京、王珪、曾布也。又云:"人人皆戴子瞻帽,君实新来转一官,门状送还王介甫,潞公身上不曾寒。"谓仲长统、司马迁、谢安石、温彦博也。又《遁斋闲览》一诗谜云:"佳人佯醉索人扶,露出胸前似雪肤。走入绣帏寻不见,任他风雨满江湖。"乃贾岛、李白、罗隐、潘阆四诗人也。又《解人颐》一诗谜云:"强爷胜祖有施为,凿壁偷光夜读书,缝线路中尝忆母,老翁终日倚门间。"乃孙权、孔明、子思、太公望也。

曲 牌 名 谜

《解人颐》有曲牌名诗谜三首:"别来怀恨积奴肠系人心,刺凤描鸾罢绣筐绣停针。欲写衷肠无片纸意不尽，慵妆蛾黛少张郎懒画眉。""金屋婵娟影在东锦堂月，情人有约总成空误佳期。记得少年骑竹马耍孩儿，看看又是白头翁鲍老皤。""花落残红遍地鲜铺地锦，沉吟抱怨未成眠哭相思。镜鸾尘掩频频倚傍妆台，盼恨良人各一天望远行。"

药　名　谜

《解人颐》有药名诗谜三首："一幅花笺决不欺枳实，相烦寄与我亲儿附子。休图自己营生计独活，须念高堂白发稀知母。""医生铺里尽皆空没药，修寄家书无笔踪白芷。船行水急帆休挂防风，雨过街头跌老翁滑石。""江上乘骑赴早朝海马，不胜将军弃甲逃败酱。赤壁溪前栖过夜宿沙，晓来带露挂征袍砒霜。"

呼　名　相　谑

《豫章漫抄》云：《琐缀录》所载侣钟、强珍二公以名相谑事，固有偶然者。弘治乙丑内阁试庶吉士，以春阴为题，下注不拘体。同年王钦佩韦作歌行，为诸老所赏。太仆少卿储柴墟瓘读其稿至警句云"朱阑十二昼沉沉，画栋泥融燕初乳"，柴墟击节叹赏曰："绝似温、李。"予时在座，曰："本是王韦。"为一绝倒。盖取摩诘、苏州以指其名也。又吉水徐舜和穆为侍读，以诞日邀诸吉士会饮，凡同年皆聚齿，若在座主家，则门生逊一席。舜和分考《易》房，时徐子容经、穆伯潜孔晖皆出其门。舜和以次行酒，大声曰："徐、穆二生坐此。"而忘其名之自呼也。为之一笑。

京　官　用　伞

《卓异记》：明京官例不用伞，惟试官入场、状元归第乃用之。其后南京官稍稍用伞，虽跻高位，持两檐青伞而已。有南北两京官相戏，北曰："输我腰间三寸白。"言常朝官有牙牌也。南曰："多君头上两重青。"言出用伞也。又《玉堂漫笔》：刘瑾袭封诚意伯，有《华盖殿侍宴退朝》诗云："团团褐罗伞，被服金文章。"则明南京官僚已用之矣。

《戒庵漫笔》：外任官与京职官相遇，外任官曰："我爱京官有牙牌。"京官曰："我又爱外任有排衙。"盖朔望衙役齐集参谒，头踏舞蹈，谓之排衙。

眼 赤 腰 黄

《谈苑》：宋制，翰林学士佩金带，朱衣吏一人前导。两府则两人，笏头带佩鱼，曰重金。居两制久者则曰"眼前何日赤，腰下甚时黄"。处内庭久者则曰"眼赤何时两，腰黄甚日重"。

一 队 夷 齐

皇朝初定鼎，诸生有养高行遁者。顺治丙戌，再行乡试，其告病观望诸生，悉列名与考。滑稽者作诗刺之曰："圣朝特旨试贤良，一队夷齐下首阳。家里安排新雀帽，腹中打点旧文章。当年深自惭周粟，今日幡思吃国粮。非是一朝忽改节，西山薇蕨已精光。"闻者绝倒。

造 五 凤 楼

《谭苑》：韩浦、韩洎兄弟皆有文辞，洎常轻浦，语人曰："吾兄为文，譬如绳枢草舍，聊蔽风雨。予之为文，是造五凤楼手。"浦闻之，因亲知寄蜀笺题诗赠洎曰："十样鸾笺出蜀州，寄来新自浣溪头。老兄得此全无用，助尔添修五凤楼。"

嘲 薄 肉

董思白至友馆中，值中膳，见肉甚薄，因作诗云："主人之刀利如锋,主母之手轻且松。薄薄批来如纸同,轻轻装来无二重。忽然窗下起微风,飘飘吹入九霄中。急忙使人追其踪,已过巫山十二峰。"近又见一诗云:"薄薄批来浅浅铺,厨头娘子费工夫。等闲不敢开窗看,恐被风吹入太湖。"

吴朱喜得对句

吴处厚善属词,知汉阳军,谓鹦鹉州沔鄂佳处,欲赋诗未就。一日视事,纲吏告覆舟,吴问所在,吏曰:"在鸬鹚堰。"吴拊案大喜曰:"吾一年为鹦鹉洲寻一对不得,天俾汝也。"因得末减。王梅运勾骨立有风味,朋从目为风流骸骨。崇宁癸未,朱或在金陵,府集见官妓中有极瘦者,府尹朱世英谓或曰:"亦识生色骷髅否?"或欣然为王勾得对。

馆 师 叹

文衡山有《馆师叹》诗云:"暑往寒来春复秋,等闲白了少年头。半饥半饱清闲客,无锁无枷自在囚。课少父兄嫌懒惰,功多子弟结冤仇。何时得遂男儿志,解散胸中万斛愁。"予向有《砚田诗笑》一帙,计七言律四十首,上卷二十首,俱用先生笑话集成,下卷二十首,描写馆中苦况,大有思致。惜为人窃去,仅记三律云:"先生虚话说难全,实景描来更可怜。马眼榻横丘乙已,梅花笱倒去求仙。二厘一管羊毛笔,五个三张面袋帘。铁硬紫朱稀烂墨,乱批习字点而圈。""村馆从来说可伤,旧家风景更郎当。庭隅每泛浑尿桶,屏后常留宿浴汤。厚意凉拖一把扇,盛情白滚两条姜。岁终节物无多送,一块年糕又少糖。""馆童顽劣实堪羞,捉七游河踢石球。灯挂倏移油累帐,点心无剩碟忘收。窝茶乱塞尿臊被,添粥深抠黑指头。若更轻轻攒一记,是非搬坏不相留。"皆可喷饭,余惜忘之。近于友人案头见《嘲学究》三诗,又《诗笑》所未载,因录于左:"博得虚名叫相公,四时六节苦无穷。两盆臭菜朝朝罩,半注黄汤夜夜空。烧坏油灯无一足,跌残笔架缺三

峰。补顶帐子陈年絮,冷暖常教睡不浓。""一壶白水灌空心,六箸齐
攒四菜盆。三春不见河鲀面,八月空闻黄蟹名。萝葡旁边沾油腻,粉
皮头上带荤腥。惟有一爿黄草布,朝晨揩面夜揩臀。""劝人切莫做先
生,满肚糟气不平。一身羁绊如绳缚,两耳哜嘈似雀鸣。质笨但嫌
无教法,功多又说自聪明。更有一般堪恨处,束脩直欠到如今。"

弹　相　国

《林居漫录》:万历中,京师某中舍宴客,祗应中有善弹琵琶者。
一客问曰:"若会弹何故事?"曰:"会弹《萧相国月下追韩信》。"又问,
曰:"又会弹《赵相国雪夜迎宋祖》。"客复问,曰:"又会弹《秦相国东窗
定计》。"客曰:"你如今莫弹了,若再弹恐又弹出一个相国来。"盖以刺
晋江李九我延机也。中舍遽起掩客口,而余客皆去。明制:会推大臣,
凡干清议者不得列名。弹墨未干,枚卜已及,所以有歇后郑五之
刺也。

杀　风　景

《西清诗话》:李义山《杂纂》品目数十,盖以文滑稽者。其一曰
杀风景,谓清泉濯足,花下晒裈,背山起楼,烧琴煮鹤,对花啜茶,松下
喝道。庆历中,晏元献罢相守颍,以惠山泉烹日注,置酒赋诗云:"稽
山新茗绿如烟,静挈都监煮惠泉。未向人间杀风景,更持醪醑醉花
前。"又元丰末,王荆公居金陵,大漕蒋之奇夜谒公于蒋山,骈唱甚都,
公取花下喝道语作诗戏之曰:"扶衰南陌望长楸,灯火如星满地流。
但怪传呼杀风景,岂知禅客夜相投。"自是"杀风景"之语颇传于世。

望湖亭绝句

吴俗好游,遇春花秋月,名山胜景赏玩必至,四方辂轩君子过其
地者,无不游览。以故回廊粉壁,写怨抒怀,题咏殆遍。有善谑居士

题楞伽山殿壁二绝云："望湖亭在太湖西，多少游人胡乱题。我也胡题题一首，待他泥壁一齐泥。"又："多时不见诗人面，一见诗人丈二长。不是诗人长丈二，缘何放屁在高墙。"见者绝倒。

张 璁 方 犹

《挑灯集异》：嘉靖初，张璁以议礼得君，赐名孚敬，时有不平者，乃以其姓名为隐语曰："这长弓，心勿一，佐王不正。除非撇了头，夷三族，灭绝子孙，方泄万民之怨。亏了这篇歪文字，苟就了功名。"顺治丁酉，方犹典试江宁，贿赂公行，士子恨之，拆"方犹"二字，云"一万刀狗酉"。

诞 日 优 语

苏郡侯诞日，所属一州六县牧尹皆称贺在座矣，惟崇明尹后至，值闭门不得入。彷徨无计，乃密召一优，谓之曰："汝能使郡公延我入，必重赏。"优诺之，乃于筵前发科高吟曰："黄堂太守不是人。"座宾闻其所吟，俱失色。又一优问曰："是什么？"答曰："却是天上老寿星。"座宾皆解颐。优续吟曰："今日八仙来庆会，眼前只少吕洞宾。"一优答之曰："洞宾因在东海中采度索桃来献，故此来迟，如今已在门外了。"郡公闻而悟其意，亟启门延崇令入席，恰成八仙。郡公喜甚而厚赏之。盖崇明县治在海中，故优及之。

南 风

《书》曰："无比顽童。"《逸书》曰："美男破老。"男色所从来远矣。逮汉昵邓通，嬖闳孺，极而思让帝位，拟立男后，其流祸未有不浸淫乱及于内者。沿至于今，闽广两越尤甚。京师所聚小唱最多，官府每宴，辄夺其尤者侍酒以为盛事，俗呼为南风。《碣石剩谈》：有士夫狎一童，与之寝处，捐五金投之。童弗悦也。或戏之曰："此有成语，君未知耳。"士夫固问,或曰:"不闻右丞诗乎? 恶说南风五两轻。"众为之绝倒。

石 工 能 诗

一石工初不识字,后入山,遇异人授以术,便能作诗,随口应答。一人令以自身试作一诗,即答曰:"省事心常逸,无营机更忘。庸人多自扰,痴客为人忙。性癖交游少,疏狂兴趣长。日长无俗事,高枕乐羲皇。"适又有一人至,其人贫困不堪,令其即以为题。答曰:"最怪攒眉客,胸襟不放开。人生贵潇洒,天运任轮回。好景休孤负,黄金买不来。百年浑是梦,回首即尘埃。"

寒 山 寺

唐张继《枫桥夜泊》诗云:"月落乌啼霜满天,江枫渔火对愁眠。姑苏城外寒山寺,夜半钟声到客船。"世多传诵。近孙仲益《过枫桥寺》诗云:"白首重来一梦中,青山不改旧时容。乌啼月落桥边寺,欹枕犹闻半夜钟。"亦可谓鼓动前人之意矣。

雪 将 军

《闲居笔记》:毛贵《咏雪将军》诗云:"滕六来临拜将坛,五丁力士下云山。白头未得封侯印,皓首犹能御八蛮。月下冷披银锁甲,霜中独守玉门关。明朝应逐阳和散,留得英名万古传。"

读 书 无 油 歌

湛卢朱复之,冬夜读书无油,作歌云:"君不见莱公酣歌彻清晓,银烛成堆烧不了。又不见齐奴帐下还佳人,平生爨蜡不爨薪。南园花蝶巧心计,只为渠浓照珠翠。生憎诗客太寒酸,略不分光到文字。欲学凿壁衡，邻灯夜不明。欲学囊萤车，十月霜无萤。人生穷达真有命，大钧不须问。起来摩挲莲座真人图，还有青藜老杖照人无。"

莫 愁 湖

莫愁湖在秣陵城中三山门外，有妓卢莫愁家此，故名。江波叠柳，翠黛堆云，风鬟月镜，仿佛在朝烟暮雨中。郑谷过此，题诗云："石城昔为莫愁乡，莫愁魂散石城荒。帆来帆去江浩渺，花开花谢春悲凉。"

苎 萝 山

《山堂肆考》：郭素闻王轩游苎萝村，遇西子，亦从而游焉，留诗泉石间，寂无所遇。无名子作诗云："三春桃李本无言，却被斜阳鸟雀喧。借问东邻效西子，何如郭素学王轩。"

因 诗 免 役

唐筠州任涛，咸通进士，常侍李骘见其诗有"露浤沙鹤起，人卧钓船流"之句，特与免役。乡民讼之，骘判云："江西界内有诗似涛者，并与免役。"又辛元龙字庆甫，号松垣先生，有气节，以诗援任涛例求免税。丁太守判云："松垣笔力破沧溟，欲援任涛免税丁。一段风流好公案，锦江重写入围屏。"

秋 风

常州靖江县本江阴之马驮沙也，明天顺间始设县。知县郭某题谒客所送扇转赠之云："马驮沙上县新开，城郭民稀半草莱。寄语江南诸子弟，秋风切莫过江来。"今人干谒者谓之打秋风，故云。

垂鱼钓鳖

《泊宅编》：关子容解为推官，才俊而容止不扬。持服中过南徐，客次见一绯衣朝士倨坐，关揖而问之，朝士疑为攫徒，因谑关曰："太子洗马高垂鱼。"良久复询关，关答曰："某之官，皇帝骑牛低钓鳖。"朝士骇曰："是何官位？"关笑曰："且俗与君对偶亲切尔。"

言　志

有客各言其志，或欲多财宝，或欲为广陵刺史，或欲乘鸾上升。一人闻而笑曰："我殆欲兼之也。惟愿腰缠十万贯，骑鹤上扬州。"

张晋侯言：昔一人应受生，谓转轮王曰："要我为人，必依我愿方去。"王曰："云何？"对曰："父是尚书子状元，绕家千顷五升田。鱼池花果般般有，美妾娇妻个个贤。充栋金珠并米谷，盈箱罗绮及银钱。身居一品王侯位，安享荣华寿百年。"王曰："有此好处，我自去了，何待于汝？"予曰：人生在世，总无实事，既作妄想，何不再求跨鹤升仙，方为万全。

借　大　鹏

庐山道士体貌魁伟，饮酒啖肉。一日有鹤憩止于庭，道士喜谓当赴上帝之召，乃控而乘之。拟欲飞升，奈羽仪清弱，不胜其载而毙。次日驯养者知，诉于官，薄责示惩。处士陈沆作诗嘲之曰："啖肉先生欲上升，黄云踏破紫云崩。龙腰鹤背无多力，传语麻姑借大鹏。"

嘉善林知县

成化中，嘉善知县林某捶死一家十三人，郓城侣钟按浙，将穷治之。林厚赂镇守中官李文，使文宴侣以缓其事。侣知之，预令优人为滑稽语以拒之。因扮一官赏雪，作雪狮子，令藏阴处，以俟后赏。曰：
"何处可藏?"一卒曰："山阴可乎?"曰："不可。"卒又曰："江阴可乎?"
曰："不可。"其官高声曰："但藏在嘉善县可也。"卒云："此地无阴，何
以藏之?"官曰："汝不见嘉善林知县打杀一家非死罪十三人不偿命，
岂非有天无日头处?"一座皆惊，文亦不敢启齿。

戊集卷之四

雪 庵 和 尚

雪庵和尚名暨，不知其姓，亦不知何官。靖难时往来黔中，遇隐士杜景贤，留居白龙山之草庵。昕夕诵经，山中人不知书，谓诵佛经，不知其诵《易·乾卦》也。景贤恐有踪迹，又不欲拂其意，婉谓之曰："和尚释也，而诵儒乎？"和尚亦喻景贤意，遂置儒经不诵，诵《观音经》。又好观《楚辞》，时买楚骚乘小艇于中流读之，读一叶则沉一叶，读毕大叫恸哭。尝有诗云："年方十五去游方，终日修行学道忙。说我平生辛苦事，石人应下泪千行。""看了青灯梦不成，东风混雪落寒声。半生客里无穷恨，告诉梅花说到明。"死之日，其徒问曰："师死，宜铭何许人？"和尚瞪目曰："松阳。"问其姓名，终不答。卒后发其笥，止《百将传》一部、《大学衍义》一部，不知欲何为也。

或曰：和尚松阳郭希贤也。或又疑为连州郭节。《从亡随笔》及《拊膝录》雪庵事皆载《吴成学传》。成学浙江人，为翰林修撰，京师陷，削发为僧云。后进士窦翰题诗雪庵壁云："当初何不解渔樵，卜得龙门避世高。别有乾坤生昼夜，更无江海作波涛。持斋谅是惭周粟，说法惟闻诵楚骚。铁石心肠谁识得，岂知太史笔如刀。"可谓诗史。

鼠 须 笔

苏叔党《咏鼠须笔》云："太仓失陈红，狡穴得余腐。既兴丞相叹，又发廷尉怒。磔肉喂饿猫，分髯杂霜兔。插架刀槊健，落纸龙蛇骛。物理未易诘，时来即所遇。穿墉何卑微，托此得佳誉。"

翠 微 八 绝

僧冲邈有《翠微山居》八绝,超悟可诵。"闲来石上卧长松,百衲袈裟破又缝。今日不愁明日饭,生涯只在钵盂中"。"临溪草草结茅堂,静坐安然一炷香。不是息心除妄想,却缘无事可思量"。"老老山僧不下阶,双眉恰似雪分开。世人若问枯松树,我作沙弥亲手栽"。"幼入空门绝是非,老来学道转精微。钵中贫富千家饭,身上寒暄一衲衣"。"一池荷叶衣无尽,数亩松花食有余。刚被世人知住处,又移茅屋入深居"。"茅檐静坐千山月,竹户闲栖一片云。莫送往来名利客,阶前踏破绿苔纹"。"炉中无火已多时,畚起惟将一衲披。莫怪山僧尝冷淡,夜深懒去拾松枝"。"岂是栽松待伏苓,且图山色镇长青。他年行脚不将去,留与人间作画屏"。

咏 秋 柳

王与公咸《咏秋柳》云:"转眼风流半已摧,雨欺霜打暮江隈。小蛮腰瘦虽胜舞,张绪年衰岂见才。织断金衣眠不稳,吹残玉笛折堪哀。井梧莫道同摇落,曾拂龙舟汴水来。""日暮萧萧傍荜门,窥人名色笑空存。天寒早散鸣蜩影,雨湿还留系马痕。白发对堪怜顾况,金城栽更泣桓温。故园园畔知何似,一见霜条一断魂。"

讥 种 蔷 薇

贾岛狂狷行薄,执政恶之,故不与选。裴度于兴化建池亭,岛作诗讥之曰:"破却千家凿一池,不栽桃李种蔷薇。蔷薇花谢秋风起,荆棘满庭君始知。"人恶其不逊。然此句可以警世,但不当施之裴晋公辈。

书 　 规

《坚瓠集》成,呈教诸君子,顾笔堆见之曰:"好事还多事,索取应填门。"余曰:"古人有云:'只可自怡悦,不堪持赠君。'况大不盈掌,难以覆醅,安用此巾箱中物为也。"已果索者日至,案头告罄,戏拈壁曰:"每集三十钱,纸张刷印钱。诸公欲观者,请解杖头钱。"此语稍闻于人,尚有未谅者,为人攫取,向我求偿,迫促甚于逋负,何所取办以供人之娱玩,复口占以告曰:"《坚瓠》虽小集,艰难刷印资。选词诚费力,采藻亦萦思。持物当相赠,太史帝或书卷或异闻轶事,堪入集中者。空言或见辞。从君笑鄙吝,老拙已安之。"昔袁石公有《觞政》,王谑庵有《奕律》,余即以此为《书规》,敢告同人,聊破悭囊,用资笑柄,庶彼此各发欢喜心,不致我攒眉而已亦怅望也。

裴晋公赠马

《全唐诗话》:白乐天求马于裴晋公度,裴赠以马,因戏云:"君若有心求逸足,吾还留意在名姝。"引妾换马之事。乐天答曰:"安石风流无奈何,欲将赤骥换青娥。不辞便送东山去,临老何人与唱歌。"

弓手儿

汪圣锡应辰本玉山县弓手儿,喻子材樗为尉,尝授诸子学,有兵言汪兵子可学,喻呼视之,状貌奇伟,出对试之曰:"马蹄踏破青青草。"汪应声曰:"龙爪拿开白白云。"喻大惊异,曰:"他日必为伟器。"遂留授之学,且以女字之。绍兴五年,年十八魁天下,后为吏部尚书。

为御书监时,食罢会茶,一同舍就枕不起,或戏曰:"宰予昼寝,于予与何诛。"圣锡曰:"子贡方人,夫我则不暇。"合坐称善。

杜　鹃

杜鹃禽名,又花名,即今山石榴、映山红、红踯躅,皆名杜鹃。成干诗云："杜鹃花与鸟，怨艳两何赊。疑是口中血，滴成枝上花。"王建《宫词》云："大仪前日暖房来，嘱向昭阳乞药栽。敕赐一窠红踯躅，谢恩未了奏花开。"花在江南殆与榛莽相似，在宫禁珍重如此。

废纸秋葵诗

辛未秋，偶至虎丘佛慧庵，路旁拾一字纸，上有《咏秋葵花在美人蕉侧》诗云："还将娇色媚清秋，几朵轻盈也并头。体近美人应蓄妒，名非向日若含羞。朝开露浥新妆好，暮落风邀旧影留。最是花神轻薄处，故招双蝶惹人愁。"

对 花 有 感

宋陶商翁弼有文武材，工诗。神宗时守钦、顺二州，途次叶县，睹千叶桃花，有诗云："三月宫桃满上林，一花千萼费春心。叶公城外襄河北，一树无人色更深。"又《对花有感》云："得莫欣欣失莫悲，古今人事若花枝。桃红李白蔷薇紫，问着东君知不知？"

得 失 有 时

《萤雪丛说》：人之得失各自有时。一友试罢，闻望不着，遂欲舍书学剑。龙舒王先生奉一绝云："得则欣欣失则悲，桃红李白各随时。虽然属在东君手，问着东君也不知。"

功 名 早 暮

吾犹及云：许子明士扬万历癸卯乡荐，与云间张以诚同年。张有子安磐，丁卯乡荐，称许为年伯。许辛未成进士，与安磐子世雍同年，又称安磐为年伯。堤边杨柳篱边菊，春色秋香各有时，功名蚤暮不同如此。

盛 生 奇 遇

《桐下听然》：吴中盛生游侠青楼，一日闲行某庵。庵中老尼，生所善也。见生至，嘻笑不止，鼓掌谓生曰："两日作何好梦？令汝快活死。"生问故，尼曰："五日后可蚤来，幸秘勿泄。"生唯唯。至日凌晨，遣人邀生，至则鸣钟鼓，礼佛号，僧尼麕聚，几无容足处。生不知其意，稍坐即趋出。尼目之曰："且吃斋去。"生以尼意在求施，探金与之，尼捉生手而掐其指曰："大不晓事。"生犹未喻，徜徉日暮，欲俟间遁出。尼揣知其意，挽入一小房，桌上明烛，酒肴丰美，令生坐，扃门而出，微从门外呼曰："第啖酒，勿忧寂寞。"生遍视室中，设四榻，茵褥帷帐悉豪贵家物，每榻爇一炉香，气郁然。帐内先有三少年，各卧一榻，见生来，亦不惊异。生坐更余，闻笑语启钥，尼秉烛引四妇人来，皆冶妆淡服，见生而笑。生却避不敢前，尼引生袖付一少妇，睨生曰："男子汉反作态！"相顾各大笑。三少年亦自帐内出，妇人各挟其一，就坐酌酒，浪谑欢洽。尼起曰："老物且避。"诸妇亦笑而起，各拥少年入帐。盛生所主最少，尤妖艳，淫荡已极。四鼓，尼开帐进巵酒，门外舆从杂沓，灯火缤纷。各起整妆，少妇赠生金合子、玉鸳鸯，惜别登舆而去。生偃息至晓归家，竟不知谁家眷属。未几尼病死，无复后会。数年后，盛生疽发于项，叫号三日夜而死。

秋 千

黔俗好秋千，灯夕尤盛。岁初即于通衢架木，维以巨索，高三四丈。月色喜微，妇女连臂踏歌，抛掷至晓。有立有坐，有两人对抱，飘裾荡影，眇然飞入云际。自十五至十七，三日之内，倾城塞途，不复相禁，视宿昔欢慕者，任意拥抱归，父母舅姑了不为异。至十八日，始各寻访归家，此日已后，即称奸矣。万历戊申，朱季美寓黔，见钟家妇稍出鸡群，四少年嬲之，五六日始还，致讼。旋有亲党劝息，词云："元宵俗戏，不合十九夜放归。议四人合买黄牛一头，给前夫调理"等语。

长吏笑而释之。真蛮俗也。

男　女

女子十五至二十五,补阳和血美颜,色悦精神,节而行之,能成地仙。二十五至三十五,我施彼受,虽无裨亦无大损耗。四十已上能致疾。若天癸既绝,如枯枝吸水,不异鬼交,杀身而已。男子精血少如膏雨,壮如露零,枯嫩含滋,春芽吐润。老大如霜雪,使红颜萎黄凋谢耳。

书　斋　各　友

白乐天以诗、酒、琴为三友,作诗云:"今日北窗下,自问何所为。忻然得三友,三友者为谁? 琴罢辄举酒,酒罢辄吟诗。三友递相引,循环无已时。"江南李建勋榜竹轩曰四友,以琴为峄阳友,磬为泗滨友,《南华经》为心友,湘竹榻为梦友。张芝楷书斋七友,各有五言绝句,如意为直友,木榻为梦友,麈尾为谈友,剑为侠友,石磬为清友,琴为音友,酒铛为醉友。顾元庆有《山房十友谱》,各有赞语,石屏为端友,玉麈为谈友,鹭瓢为狎友,紫箫为节友,玉磬为清友,古陶器为陶友,湘竹榻为梦友,铁如意为直友,方竹杖为老友,银潢砚为默友。予草堂中亦有四友,书卷为益友,毛颖为健友,眼镜为明友,草花为趣友。莫逆于心,无时不接也。

乩　仙　咏　橹

《齐东野语》载:乩仙咏橹云:"寒崖雪压松枝折,斑斑剥尽青虬血。运斤巧匠斫削成,剑脊半开鱼尾裂。五湖仙子多奇志,欲驾扁舟探禹穴。碧云不动晓山横,数声摇落江天月。"《闲居笔记》亦有诗云:"谁倩公输巧作成,翩翩浑自逐风鹰。分开水面秋烟冷,斫破波心夜月明。船尾驾来三尺短,棹头摇去五铢轻。不堪声作《伊州》调,客里闻来倍惨情。"《尧山堂》作吴中杨文理诗。

老 翁 兴 叹

番禺举子李汇征客游闽越,驰车至循州,冒雨求宿。田翁指一草庄,庄有一老,杖履迎宾,年已八十,自称韦思明。因与谈论诸家诗歌,次第及李涉诗。老人酷称善,汇征因吟云:"远别秦城万里游,乱山高下出_{一作入}。商州。关门不锁寒溪水,一夜潺湲送客愁。"又:"滕王阁上唱《伊州》,三十年前向此游。半是半非君莫问,青山长在水长流。"老人凄然兴叹。汇征重咏《赠豪客》诗,叟愀然变色曰:"老身弱龄不肖,浪游江湖,为不平之事,及遇李博士,蒙束此诗,因而敛迹。李公待愚,拟陆士衡之荐戴若思,中心藏焉。远隐罗浮,经今一纪。李既云亡,不复再游秦楚。"追惋今昔,因乃潸然。或持觞而酬,反袂而歌云:"风雨潇潇江上村,绿林豪客夜知闻。相逢何用相违避,世上于今半是君。"

天 风 海 涛

赵汝愚《题福州鼓山寺》诗云:"几年奔走厌尘埃,此日登临亦快哉。江月不随流水去,天风常送海涛来。"朱晦翁摘诗中"天风海涛"四字刻于石。

汤 婆 子

古人以暖足瓶为汤婆,黄山谷名以脚婆,戏作诗云:"小姬暖足卧,或能起心兵。千金买脚婆,夜夜睡天明。"曾文清谓山谷改竹夫人为青奴,则脚婆当名锡奴,戏作一绝云:"雾帐桃笙昼寝余,此君那可一朝无。秋来冷落同班扇,岁晚温柔是锡奴。"单宇有诗云:"坎离陶铸布长安,不厌常情冷暖看。和气才蒸来足下,阳春便觉到人间。温柔异质通仙术,贞节同心傲岁寒。却胜少陵思广厦,能令贫士尽欢颜。"明吴匏庵宽有诗云:"笑汝旛然似一公,穷冬相伴胜房空。三缄口不思援上,九转肠应为热中。诗咏怀春同少女,礼云当夕称衰翁。平生知足浑无辱,不恨公孙布被蒙。"庚午冬夜寒甚,余亦戏成一律云:"倾倒灯前一醉哦,水交最喜所容多。床空聊结岁寒友,读罢欣逢春梦婆。早信括囊无口咎,未妨放脚引天和。青奴尔日休相妒,冷淡生涯奈若何。"

架 上 鹰

崔元略之子铉,为儿时随父访韩晋公滉,令咏架上鹰。铉曰:"天边心胆架头身,欲拟飞腾未有因。万里碧霄终一去,不知谁是解绦人。"滉曰:"此儿可谓前程万里也。"宝历三年登第,久居廊庙,三拥节麾,封魏国公。

补 湿 字

有书少陵"林花着雨胭脂湿"诗于壁,湿字为蜗蜒所蚀。苏子瞻、黄山谷、秦少游、佛印见之,都不记湿字,各思一字补之。子瞻云润字,山谷云老字,少游云嫩字,佛印云落字。觅集观之,乃湿字也。湿字出于自然,而四字遂分生、老、病、死之说。诗言志,信夫!

逊 秀 才

吉水东山修禅师讲义深邃,一日有逊秀才来谒,玄谈霏娓,题咏轩轾,盖山猿听讲,日久得悟者也。《题解空寺》云:"古塔凌空玉笋高,斜阳半压水嘈嘈。老禅掩却残经坐,静听松声沸海涛。"《书方丈》云:"几曲风琴响暗泉,乱红飞坠碧甃前。白云深护高僧榻,不许人间俗客眠。"《送僧》云:"松翠侵衣屐印苔,杖藜几度此徘徊。山僧忘却山中好,去入红尘不再来。"《咏鹤》云:"远辞华表傍禅关,别却浮丘伴懒残。金磬数声秋日晚,双飞带得白云还。"《赠僧》云:"一瓶一钵一袈裟,几卷《楞严》到处家。坐稳蒲团忘出定,满身香雪坠昙华。"《落叶》云:"万片霜红照日鲜,飞来阶下覆苔砖。等闲不遣僧童扫,借与山中麋鹿眠。"《春景》云:"门径苔深客到稀,游丝低逐软红飞。松梢零落飘金粉,童子枝头晒衲衣。"《夏景》云:"风敲窗竹惊僧定,鸟触残花坠涧香。《圆觉》半函看已了,纫针自补旧衣裳。"《秋景》云:"几点归鸦几杵钟,纷纷凉月在孤峰。清霜独染千林树,明月漫山一片红。"《冬景》云:"十笏房清百衲温,名香长是夜深焚。道人爱看梅梢月,分付山童莫掩门。"

隆 庆 寺 塔

吉州赵某尝于城外隆庆寺建塔十三层,规模壮丽,其聚敛以百万计。时有诗云:"仁山宝塔实崔嵬,那是君家把出来。百万贯钱民骨髓,十三层土祸胚胎。一堆空积无情木,万劫难销入己财。浪说天花谁得见,只闻平地一声雷。"咸淳庚午,塔为火所焚。文文山有诗,中一联云:"四城扶起吴胥眼,一柱燃成汉卓脐。"

鬼 唱

《桐下听然》:获鹿曹中丞家有空舍,每风雨凄其之夕,辄见数十无头鬼出自舍中,雁行序立厅事,齐声而唱云:"沈灶细柳两建旗,田有一竿下有日。暮雨只争三四点,遥望江南海潮汐。"其声悲惨,唱讫复以次入舍。未几中丞与其子孝廉某皆物故,中外构难,家业荡为乌有。此数十人者,岂冤鬼耶? 中丞初抚江南,再督河漕,或云"两建旗"也。前备兵苏松,驻札娄东,或所云"海潮汐"也。田有一竿为曲,合下日为曹字也。余俱不解。

少 林 寺

隋大业,天下乱,流贼万人将近少林寺。寺僧议散走,有火工老头陀云："尔等勿忧,老僧一棒扫尽。"众笑其妄。头陀即持短棍冲贼锋,当之者辟易,皆远避不敢入寺。遂选少壮僧人百余,授棍法而去。盖紧那罗佛现身也。至今拳法犹称少林云。

可 恃

恃贵则灭,恃富则败,恃势则蹶,恃力则危,恃聪明则塞,恃学问则荒,恃巧则疏,恃技则穷。天下无一可恃,惟贫贱可恃。故曰贫贱可以骄人,又曰贫贱而轻世肆志焉。贫贱人能读书,能炼性,胥天下恃我矣。

苏 黄 论 诗

东坡与小妹、黄山谷论诗,妹云："轻风细柳,淡月梅花。中要加一字作腰,成五言联句。"坡云："轻风摇细柳,淡月映梅花。"妹云："佳矣,未也。"黄云："轻风舞细柳,淡月隐梅花。"妹云："佳矣,犹未也。"坡云："然则妹将何说?"云："轻风扶细柳,淡月失梅花。"二人抚掌称善。

千 字 文

梁武帝集王右军千字,使散骑侍郎周兴嗣次韵为文,读之称善,赐金帛,即今《千字文》也。王凤洲称为绝妙文章,政谓局于有限之字而能条理贯穿,毫无舛错,如舞《霓裳》于寸木,抽长绪于乱丝,固自难展技耳。唐进士周逖更撰《天宝应道千字文》,将进之,请颁行天下。先呈宰执,右相陈希烈问曰："有添换乎?"逖曰："翻碎旧文,一无添换。"陈又问："翻碎尽乎?"逖曰："尽。"陈曰："枇杷二字如何翻碎?"逖曰："惟此二字依旧。"陈曰："若如此,还未尽。"逖逡巡不敢对。明吾吴陈雨泉鑋作《於赫混沌续千字文》以便训蒙,但字多隐僻,语又艰涩,不能家喻户晓。文见《桐下听然》中。

白 鸥 园

夏桂州言白鸥园改赐陶真人,闽人胡龙江题云:"相公御赐是何年,又见真人筑墓田。行过邻家乞新火,竹篱茅舍只依然。"

盛 孔 咏 雪

盛次仲、孔平仲同在馆中,雪夜论诗。平仲曰:"当作不经人道语。"孔云:"斜拖阙角龙千尺,淡抹墙腰月半棱。"次仲曰:"甚佳,惜未大也。"乃曰:"看来天地不知夜,飞入园林总是春。"平仲乃服。

夏 景

王逐客作《夏景·雨中花》词云:"百尺清泉声陆续,映潇湘、碧梧翠竹。面千步回廊,重重帘幕,小枕欹寒玉。 试展鲛绡看画轴,见一片潇湘凝绿。待玉漏穿花,银河垂地,月上阑干曲。"《温叟诗话》云:"不用浮李沉瓜事,而天然有尘外凉思,非触热者所知。"

祛 疟 鬼 咒

一日疟埋迦醯迦,二日疟坠帝药迦,三日疟怛唎帝药迦,四日疟者特托迦。不计数,不住口,持一昼夜,疟鬼远避一由旬。又云识人星可免疟。昔文潞公花押能愈疟,公女尝窃收以疗人。又人诵少陵"子璋髑髅血模糊,手提掷还崔大夫"句,疟亦顿愈。他如悬干蟹、门画狮,皆可愈疟,甚多。康熙初,予患疟十余日不止。一日正寒热交作,时族兄李君来问,将纸朱书数字折之,系于臂,渐觉轻可,嘱勿开看。至期仍系之,遂寂不作矣。后视之,上书"江西人讨木头钱,要紧,要紧"十一字而已。岂疟鬼不识字,遽以为天符律令而远遁云。

改 海 棠 诗

宋郑刚中之镇蜀也,眷妓阎玉。忽民间遗火,延烧所居富春坊。郑于火中获一旗,上有改东坡《海棠》诗云:"火星飞上富春坊,天恣风流此夜狂。只恐夜深花睡去,高烧银烛照红妆。"郑一见曰:"必道山公子也。"

榕　　城

宋熙宁中,闽越地多植榕树。其木拥肿,不中绳墨。郡守程师孟命闽人多植之,自为诗曰:"三楼相望枕城隅,临去重栽木万枝。试问国人行住处,不知还忆使君无。"至今目为榕城。

题 百 舌

百舌,鸟名。闽郑镗题诗云:"生来学得百般声,长向枝头弄五更。只恐春随流水去,绿阴深处听蝉鸣。"闽郑鹏题云:"追逐黄莺上苑游,穿花度柳亦风流。于今已是朱明景,莫弄东风巧舌头。"二诗必有所刺而作。

沈朗倩无题诗

沈朗倩颢《无题》诗云:"海底尘生晓未扬,三珠春影拂扶桑。安期手摘鸡心果,尊绿鬟输鹿角浆。花死不随明月葬,燕来密与好风商。依稀梦冷仙姝庙,袜底微闻带露香。"寓闽海乌石山房,卧病累月,赋《落花》诗四章:"劝罢长星酒未空,避风台畔月朦胧。鹃啼恨血飞秦苑,蝶化饥魂出楚宫。钗影似摇新步障,衣香疑卷旧薰笼。丽娘背指秋千笑,照破胭脂井底红。—""神女庙前春可怜,望夫台上杳如年。风刀急剪回文锦,月斧空修拾翠钿。倚破桃花逢半面,强抬柳眼足三眠。红绡拭透相思泪，夜拨琵琶诉别船。二""蕉鹿韶光恼梦牵，御风仙子几时还。胭脂愿葬长生地，风雨休啼薄命天。死不回头看汉主，去犹含泪缓胡鞭。谁将一滴浇青冢，啼杀枝头血杜鹃。三""十里梨花绉粉烟，收将羯鼓卸头缠。彩云狼藉霓裳后，落月依稀宝瑟前。命薄莺莺难再嫁，身轻燕燕不重还。樱桃正写天公疏，私乞风光续少年。四"

一 字 不 苟

高达夫适官两浙观察使，过杭之清风岭，即谢家东山景也。题诗云："绝岭秋风已自凉，鹤翻松露湿衣裳。前村月落一江水，僧在翠微开竹房。"厥后达夫阅稿，以月落时江水随潮退，止半江矣，思改一字为半字。巡至台州事竣，复登僧舍，索笔改前诗，僧云："前月有一官过，称此诗极佳，但一字不如半字，改易而去。"达夫惊问何人，僧曰："义乌骆宾王也。"古人一字斟酌不苟，但识见有迟速耳。

罗 江 怨

《罗江怨》词云："里亭月影斜，东方亮也，金鸡惊散枕边蝶。长亭十里，《阳关》三叠，相思相见何年月。泪流襟上血，愁穿心上结，鸳鸯被冷雕鞍热。""黄昏画角歇，南楼报也，迟迟更漏初长夜。茅檐滴溜，松梢霁雪，纸窗不定风如射。墙头月又斜，床头灯又灭，红炉火冷心头热。""青山隐隐遮，行人去也，羊肠鸟道几回折。雁声不到，马蹄又怯，恼人正是寒冬节。长空孤鸟灭，平湖远树接，倚楼偎得阑干热。""关山望转赊，程途倦也，愁人莫与愁人说。离乡背井，瞻天望阙，丹青难把衷肠写。炎方风景别，京华书信绝，世情休问凉和热。"《尧山堂》云杨用修作。

千 古 恨

李涉至扬州，遍历诸寺，于城外草庵中遇一女子，风鬟雾鬓，泣拜道左，乃故刘员外全白爱姬宋态也。李问行止，曰："飘泊耳。"李不胜悲悼，赠以诗云："长忆云仙至小时，芙蓉头上绾青丝。当时惊觉高唐梦，惟有如今宋玉知。""昭阳夜燕使君筵，解语花枝在眼前。自从明月西沉海，不见嫦娥二十年。"态亦为之悲恸。李因泣下，叹曰："白发有前后，青山无古今。我与卿今日结成千古之恨矣。"

李公昂恨词

李公昂恨词云："钗留去年约，恨易老娇莺，多误灵鹊。碧云杳杳天涯各，望不断芳草，絮香飘泊。回文强写字屡错，泪欲汪还阁。　　撩天去春脚，便采局谁欢，宝轸慵学。阶除拾取飞花嚼，是多少春恨，等闲吞却。猛拍阑干叹命薄，悔旧诺。"

金 锭

《桐下听然》：洞庭东山金驼子，背曲如弓，人称为金锭。人家有吉事，必邀金锭到门，以为佳谶。遇吉日，远近争致之，得者为幸。驼一一至其家，莫不奉金钱馈酒食，欣然醉饱盈袖而归。数年家渐裕，有田二十余亩，故膏壤，里中有力某者久欲之而未遂，一旦为驼所得，意甚恨，阴中驼役讼，倾其囊，田归于有力者。而驼遂贫，即有庆贺事亦无人延致矣。他日伛偻田所，见而兴嗟，锄于田者旧佃客也，相与语，因及役讼，谋自里中某源委甚悉。驼愤然归，磨利刃，出入挟之，思以报。一日侦知某饮于姻家，夜候道旁檐下。更余，驼忽念言："渠自昧心，贫我命也，何事更作恶？"掷刀于河，返走，暗中触桥柱而踣。卧地久之，徐起，觉腰背间有异，至家扣门，其妻见而讶之曰："尔何以颀然而亭亭然也。"惊笑闻于比邻，共走视，果无复拳局故态矣。远近传为异事，稍有周给之者，驼复小康。人问之，诡言得异方，深秘挟刃事。数月后，里中某忽至，馈遗殷勤，恳邀至家。初峻拒而请益力，不得已赴之。治具中堂，丰腆周洽，酒酣又延之别馆，把臂促膝而语。驼心疑之，不知何意。夜深欲别，方语曰："自君蠲除痼疾，深自欣慰。

仆不量，有恳于君，君其许我。"驼问所欲，某跪曰："鄙人年逾五十，只一子七龄，生而娟美，嬉于灯下，足挂屏风而仆，遂背曲难伸。母日夜怜念，思所以疗之，非君神方莫可，如肯援手，当奉百金为寿。"驼仰天直视，不言者久之。某笑曰："岂薄百金耶？不靳益也。"驼不觉慨然叹息，涕泗交颐。某怪问，驼乃罄吐详悉。计掷刀之时，正其子得疾之夜。某闻之恶然，且悚然亦泣，载驼之夫妇养于家，还其田。明年某复举一儿，而七龄者竟死。报施不爽如此。

作　　对

天启中，一巡按为逆珰造祠，楹柱题语云："至圣至神中乾坤而立极，允文允武并日月以常新。"因录其词以献。忠贤读之不解，问左右何事说黄阁老。盖立极黄阁老名。左右曰："某御史为爷作对。"忠贤艴然变色，取牍抵地曰："多大御史敢与我作对？"趣召缇帅，左右为之解析，始喜。时海寇纵横，有渠魁至补陀，设斋一月，手题大士殿云："自在自观观自在，如来如见见如来。"其对犹存，而御史之笔已归烈焰，且因媚而几获罪，曾寇盗之不若矣。悲夫！

诗 句 短 长

《桐下闲谈》：唐子畏谓祝枝山云："诗之二言始于黄帝《弹歌》'断竹，续竹，飞土，逐宍。古肉字。'三言始于《振鹭》之诗，四言始于《康衢》、《击壤》之谣，五言始于苏、李泣别之什，六言始于孺子《沧浪之歌》，七言始于汉武柏梁台之句，至李长吉'酒不到刘伶坟上土'，八言也。杜少陵'男儿生不成名身已老'，九言也。李太白'黄帝铸鼎于荆山炼丹砂，丹砂成骑龙飞上太清家'，十言也。苏子瞻'山中故人应有招我归来篇'，十一言也。"祝云："四十九言始自何人？"唐云："诗有四十九言耶？"祝曰："有。《新燕篇》末句云：'好像苏州城隍庙东大关帝庙内西廊下立着个提八十三斤铁柄大关刀黑面孔阿胡子周将军铁草鞋里伸出五个脚迹头。'"举座绝倒。

抢　　食

锡山华六麻者,善抢食。其兄长仁以诗嘲之云:"抢食无过华六麻,未曾坐席手先挝。横拖倒夹披坡卷,带汁连浆踢秃划。嚼快嘴边流白沫,吃光盆底露青花。隔盘骨骼多叉尽,闲坐无聊挖口丫。"华之抢食形容殆尽。而今之抢食者,几不能肖其状矣。

辞小鸡诗

绍兴王少翁者,为人素吝,将初出小鸡一只当年节礼馈先生。先生愧而不受,诗以致辞云:"昨日蒙君惠只鸡,可怜离母未多时。劝君莫把牛刀试,留取笼中作画眉。"

不　脱　俗

吏胥之子,人言文理粗通而不脱俗。父因试之,以月为题。其子吟曰:"凭甚文书来海外,一作离海峤。给何路引到天涯。更有一般违法处,夜深无故入人家。"其父怒曰:"果不脱俗。"又以庭前山茶为题,命其再咏。其子又吟云:"切照庭前一树茶,缘何违限不开花。信牌急仰东风去,火速明朝就发芽衙。"其父批云:"看得后诗愈加不法,深为发指,着尔速将诗内俗字一一开除,庶望有成。如敢仍前抗违,取究未便,慎之毋忽。"

黑鸬鹚

《秋水涉笔》:工部主事某奉差来苏烧砖,某内阁嘱求沈石田画。主事到苏,即出票拘之,石田到署,主事出红纸一张索画。石田盘膝坐地,磨浓墨,扯纸一半,团作一球,于砚上蘸墨,印下墨团三四,用笔勾作黑鸬鹚,题云:"青天一个大霹雳,千山万山无鸟迹。鸬鹚飞入破窑中，一身毛羽变成黑。"写毕遂拂袖而去。

采　桑　娘

《墨客挥犀》载：孔子去卫适陈一事，子贡、子路从，道逢采桑娘。夫子曰："南枝窈窕北枝长。"妇曰："夫子行陈必绝粮。"夫子不答而徐行。妇复曰："九曲明珠穿不过，回来问我采桑娘。"及至陈，果绝粮。陈侯以九曲明珠俾孔子穿之不得，谓妇有先见，使子贡反而询之。至采桑所，妇无觅矣，但见桑间聚泥一，逾尺许，又聚泥三。子贡曰："桑者木也，泥者土也，其杜姓耶？旁复有三，其三娘耶？"适樵者过，子贡问曰："前村可有杜三娘乎？"樵者曰："芦塘荻渚绕华屋，瑶草疏花傍粉墙。行过小桥流水北，其间便是杜家庄。"子贡如其言，获见三娘，具述前事。妇莞尔而笑曰："此无难。涂丝以脂，系蚁以要使徐徐而度，如不肯过，薰之以烟。"子贡得其术，以告夫子。夫子如其言得穿九曲之珠。此虽齐东之语，然亦人所未闻。而妇与樵皆作韵语，七言诗何必始自柏梁也。

草　鞋　词

俞君宣《挑灯集异》有《鹧鸪天·咏草鞋》云："少时青青老来黄，千枢万结得成双。甫能打就同心结，又被旁人说短长。云雨事，我承当，不曾移步到兰房。有朝一日肝肠断，弃旧怜新撇路旁。"

草鞋名绳菲，见《仪礼》。又名不借，汉文帝履不借以临朝，唐诗"游山双不借，取水一军持"，军持，僧家净瓶也。

批　改　嫁

《露书》：莆田一寡妇求批改嫁，太守易某问嫁谁，妇答嫁东邻裱褙陈二官。易戏批曰："批改嫁，批改嫁，嫁与东邻陈二官。春色恼人眠不得,月移花影上阑干。嫁,嫁,嫁。"

酉　斋

杨南峰为人聪刻,邻居有一铁匠,得财暴富,里中为之庆号,因请于杨。杨题云酉斋,人咸不解。或问何出,答曰:"横看是个风箱,竖看是个铁墩。"闻者绝倒。

有富翁乡居求南峰书门对,此翁之祖曾为人仆,南峰题云:"家居绿水青山畔,人在春风和气中。"上列"家人"二字,见者无不匿笑。

兰　玻

《耳谭》:青州东门皮工王芬,家渐裕,弃去故业,里人谋为赠号。芬喜,张乐设宴,一黠少题曰兰玻。众问其义,曰:"兰多芬,故号兰;玻,从名也。"芬大喜,厚酬之。识者曰:"汝试徐思,依然东门王皮也。"

比　玉　居

《谭概》:有王生行一者,美甚,人多嬖之。沈伯玉过其家,见斋额颜曰比玉居。伯玉曰:"此额殊有意,移比字易出居内之古,分明是屁古二字。玉字亦王一二字,分合言之,乃王一屁古四字也。"王亦不觉失笑。

倒　字　诗

景泰中有一荫生作苏州监郡,不甚晓文义。一日呼翁仲为仲翁,或作倒字诗诮之曰:"翁仲将来作仲翁,也缘书读少夫工。马金堂玉如何入,只好苏州作判通。"

一　字　破

《遣愁集》：明时一友才甚高，或戏曰："君能作四五字破否？"乃以"君命召"二句为题。应曰："王请度之。"一座称善。或又云："能复作一字破乎？"其人请题，适见一瘌痢过，即指示之。友应声曰："鞹。"众不解，争究其说。友曰："鞹，皮去毛者也。"

嘲　妓

冯犹龙有《嘲妓·黄莺儿》一卷。其《嘲长妓》云："仰面觑妖娆，出兰房，须曲腰。粉墙半露花容貌，也不是云妆鬓高，也不是绣鞋底高，拜如折竹因风倒。好姣姣，太湖石畔，有个女曹交。"《嘲麻妓》云："绣阁俏婵娟，恨朝朝，费粉钱。庞儿乱扑梨花片，千圈万圈，不方不圆，水沤满泛青波面。贴花钿，繁星拱照，点破镜中天。"

杨　蟠　无　齿

王介甫喜言农田水利，有献议梁山泺可涸之以为田，介甫欲行之，又念水无所归，以问刘贡父。贡父曰："此事杨蟠无齿。"贡父退，介甫思其说而不得，呼子雱问此语何意。雱亦不解，召贡父问之。贡父笑曰："此易晓耳。杨蟠杭人，善作诗，自号浩然居士，相公熟识之。今欲涸泺为田，须别穿一梁山泊置此水，恐此事浩然无涯也。"一时闻者绝倒。

黄　上　舍

宋理宗时，蔡公谟知某郡。黄上舍封状讼其妾以无子遣去，索元顾钱十千。蔡判云："实封状子判何难，试问因何诉小蛮。只为凤毛无所出，故论鹅眼不曾还。三年密意知多少，十索飞蚨亦等闲。寄语桃溪黄上舍,留些阴骘赴阎关。"

远 佞 人

　　王介甫初参大政,偶阅晏元献小词,因曰:"为相何须作词?"平甫曰:"偶然自喜而为,然顾其事业,亦不止此。"时吕惠卿为馆职在坐,遽曰:"为政必先放郑声,况自为之乎?"平甫正色曰:"放郑声不若远佞人。"吕大惭。

坚瓠己集序

　　刘子政号博极群书，所奏《七略》，有杂、小说二家，而推原其出于古之议官、稗官。乃余考其篇目，杂昉于黄帝史孔甲、盘盂，而小说则有尧《务成》、汤《伊尹》、文《鬻子说》等篇，若张平子所称"虞初九百"，又其后焉者也。吾郡褚子稼轩，好古多闻强识之士也。所著《坚瓠集》，次第锓板，流传人间久矣。兹复有全集之刻，而乞其序于予。褚子为吾友苍书氏犹子，苍书言语妙天下，业与诸公序作者之意及所以命名者，扬榷无余蕴矣。余特取其有合于古之议官、稗官，以为将来志艺文者告焉，或亦野史亭之一助云。东海一老徐柯题于三千六百钓台。

序

　　余居陈湖之□□□□勤稼穑数年来，有徙业而种瓜者，环湖不下数百家，悉为□□□□□矣。郡中稼轩褚先生者，筑四雪草堂□□□□□□□之外，树奇石怪，花笑鸟啼，稼轩匡坐其间，搜括群书，采撷名言佳话，小赋单词，汇萃成集，名曰《坚瓠》。瓠者瓜之属也，稼轩为稼而又欲为圃乎？一似湖氓见异而迁也。然湖氓之瓜，劳力而致之，细民之事也。稼轩之瓠，劳心而得之，大人之事而君子之学也。《豳风》之咏农圃也，其曰"八月断壶"。壶，瓠也。昔费长房为汝南市掾，有老翁卖药悬壶于肆，市罢辄入壶中，长房因拜奉酒脯，翁乃与俱入壶中，壶中别有天地，故人竞称之曰壶中仙。今稼轩拥书万卷，不羡南面百城，翻阅不休，所辑益富，若遇可悲可感，时吐激扬之辞。老翁之灵丹可卖也，稼轩之美言可市也。稼轩朝夕以坚瓠为业，出入其中，历数载而不倦，亦当称为壶中仙乎？余客岁祝稼轩六十诗云："一杖初携何处去，将游五岳觅仙乡。"今以其集言之，洞天福地，悉在草堂坚瓠中，不必策杖而游矣。康熙乙亥仲夏端五日，陈湖七十八叟张泠浣心氏拜撰。

序

　　岁甲戌夏五，余同年生孙太史松坪自吴门寓书于余，命作《冈陵图》，祝褚稼轩先生六十寿。且言近寓吴门，方咏摩诘"殷王解网罗"之句，曾不以为大快，而惟与二三知己，恣山水之登临，放歌上下，乃称快焉，然未若得交于稼轩先生为快甚也。盖先生以湖海之才，探酉山之秘，于书无所不窥，而独能不求闻达。所著书有数十卷行世，江左士咸识其品之高而学之富矣。松坪之遇先生，有古人倾盖之风，当松坪解职归里，虽凤昔知交士若将浼焉，而先生时过从，不避嫌也。迨事既白，其碌碌因人热者，不无世俗态，而先生独落落焉。松坪自此尤乐与先生游，遂侨寓于虎丘山寺。先生不时放棹，相与酌酒论诗，忘朝夕焉。松坪以为尤大快事。余虽素未识先生，然松坪之言岂妄哉？余访松坪于寓所，见其案头有《坚瓠集》若干卷，展读之，或庄或谑，可歌可泣，淳于髡之滑稽，东方曼倩之诙谐，庄生之放诞，腐迁之雄奇博大，殆兼之矣。余惊顾松坪曰："安所得此异书耶？"松坪曰："此即余曾属子绘图为寿褚稼轩先生所著书也。曩余与子献策金马门，共厕凤池之列，读天下奇书，识天下奇士，然如褚先生其人其书，类不数数见也。"余曰："斯集也，在先生不过游戏为之，宁足为先生重。虽然，重先生安得不重斯集耶？"是为序。年家眷弟华亭沈宗敬拜撰。（以上两篇据柏香书屋本补）

己集卷之一

翰　林　风　月

王梅溪云："翰林风月三千首，吏部文章二百年。老去自怜心尚在，后来谁与子争先。"此欧阳公赠王介甫诗也。介甫不敢为退之，故答诗云："他日略曾窥孟子，终身何敢望韩公。"第介甫与退之之优劣，必有能辨者。人谓欧阳公此诗移赠苏东坡，则赠者无失言，当者无愧色。

东　坡　带　笠

苏子瞻在儋耳，闻黎子云城南载酒堂颇佳。一日访之，午后回，遇雨，从农家借笠着屐，路旁小儿相随争笑，邑犬群吠，以为异人。竹坡周少隐诗云："持节休夸海上苏，前身应是牧羊奴。为嫌朱绂当年梦，故作黄冠一笑娱。遗迹与公归物外，清风为我袭衣襦。凭谁唤起王摩诘，画作东坡带笠图。"

春　梦　婆

《侯鲭录》：东坡在昌化，尝负大瓢行歌田亩间，所歌者盖隐词也。馌妇年七十，云"内翰昔日富贵，一场春梦"。坡然之，里人呼为春梦婆。一日坡被酒独行，遍至子云诸黎之舍，作诗云："符老风流可奈何，朱颜减尽鬓丝多。投梭每困东邻女，换扇惟逢春梦婆。"

董　恢　僦　屋

《山房随笔》至元戊寅、己卯间，江陵董恢居太原，任丁角酒税副使，傸屋以居。赋诗云："白发苍苍一腐儒，行无辙迹住无庐。邓林万顷青青木，肯为鹪鹩借一枝。""翠阁朱楼锁掩扉，寻常燕子不能归。落花吹泛东风面，绕遍芳檐无处依。"

锦　　城

孟蜀后主昶于罗城多种芙蓉花，开时四十里如铺锦绣，高下相照。张立作诗讽之曰："四十里城花发时，锦囊高下照坤维。虽妆蜀国三秋景，难入豳风七月诗。"及后朝政乱，立又为诗曰："去年今日到成都，城上芙蓉锦绣舒。今日重来旧游处，此花憔悴不如初。"能以诗讽谏者矣。《群谈采余》作三国蜀后主，误。

《天中记》：后主昶于成都城上种芙蓉，花开如锦，因名锦官城。一曰江山明媚如锦也。或曰锦官如铜官、盐官之类。范至能镇成都，有《锦官集》，少陵诗"花重锦宫城"，集中凡四见，蜀本作"锦官城"。

西　湖　词

钱塘瞿宗吉祐，学博才赡，风致俊朗。作《西湖四时·望江南》词云："西湖景，春日最宜晴。花底管弦公子宴，水边罗绮丽人行，十里按歌声。""西湖景，夏日正堪游。金勒马嘶垂柳岸，红妆人泛采莲舟，惊起水中鸥。""西湖景，秋日更宜观。桂子冈峦金粟富，芙蓉洲渚彩云间，爽气满前山。""西湖景，冬日转清奇。赏雪楼台评酒价，观梅园圃订春期，共醉太平时。"

小　甘　罗

《群谈采余》：温州任道逊，年十岁，以善书贡入京。明英宗令书"龙凤"二字甚工，乃出对曰："九重殿上书龙凤。"对曰："百尺楼头望斗牛。"上喜，赐予甚厚。时朝臣某足成一诗云："年比甘罗少二周，山川毓秀出温州。九重殿上书龙凤，百尺楼头望斗牛。金马玉堂身已贵,青灯黄卷业还修。他时大展经纶手,重沐恩波拜冕旒。"后仕至太常。

诗 赠 幼 妓

崇安翁仲和迈幼聪敏博记,能文。年十二,邑宰欧阳竦以对试之云:"笋出钻钻天。"迈应声曰:"簟生钉钉地。"宰大器之。郡守元晞以其幼不甚礼焉,扣之曰:"小解元所读何书?"迈答曰:"无书不读。日下所讲者《诗》之《相鼠》耳。"知其讥己,疑其未能文也,逮宴复命十二岁小妓乞诗。迈即题云:"年未十三四,娇羞懒举头。尔心还似我,全未识风流。"守大称赏。

题 柳

浦城练葆光亨甫,年八岁,侍伯父出游。葆光以手搔头,伯父戏之曰:"猴悲摸索头。"葆光应声曰:"虎怒纵横步。"又指道旁松曰:"乔松夭矫龙蛇势。"葆光曰:"怪石巉岩虎豹形。"年十四,以所业见王安石,王喜之,呼为小友,表除崇文馆说书。从高遵裕西征,途中题诗云:"灵州城下千株柳,忽被官军砍作薪。他日玉关归去后,将何攀折赠行人。"

朋 字 未 正

唐玄宗封泰山,刘晏年八岁,献颂行在。帝奇其幼,命张说试之,曰:"国瑞也。"授太子正字。上戏之曰:"汝为正字,正得几字?"晏对曰:"余字皆正,惟朋字未正。"晏坐贵妃膝上,亲为总髻,宫人遗花投果,公卿邀请旁午,名振一时。一日上御勤政楼,大张声乐。时教坊有王大娘,善戴百尺竿,上施木山,状瀛洲、方丈,令小儿持绛节出入其间,而舞不辍。命晏作诗,晏即吟曰:"楼头百戏竞争新,惟有长竿妙入神。谁谓绮罗翻有力,犹自嫌轻更着人。"上与妃及嫔御皆欢,因命牙笏纹袍赐之。

逸 少 联 句

苏州刘逸少，年十一，文辞精敏，有老成体。其师潘阆携见长洲宰王元之、吴县宰罗思纯，二公召试之，与之联句，略不淹思。罗曰："无风烟焰直。"刘曰："有月竹阴寒。"罗曰："日移竹影侵棋局。"刘曰："风递花香入酒樽。"王曰："风雨江城暮。"刘曰："波涛海寺秋。"王曰："一回酒渴思吞海。"刘曰："几度诗狂欲上天。"凡数十联，二公惊异，闻于朝，赐进士及第。

解 大 绅 诉 宰

解大绅缙七岁时，母孀居，苦于徭役。解具诉于县宰，并系以诗曰："母在家中守父忧，却教儿子诉原由。他年谅有相逢日，好把春风判笔头。"宰疑假手于人，复令赋堂下小松，缙应声曰："小小青松未出栏，枝枝叶叶耐霜寒。如今正好低头看，他日参天仰面难。"宰大奇之，遂蠲其税。

按缙第后，高皇亲拔为庶吉士，日侍左右，特被宠眷。沈缙、袁泰辈忌之者众，高皇虑缙少涵养，将为众所倾，召其父至，谕之归，期以十年后来朝，当大用。乃知前诗好事者所为也。

鼓 嘲

《南史》载：高爽题鼓嘲孙抃云："身有八尺围，腹内无寸肠。面皮如许厚，受打未渠央。"

又神仙伊用昌夫妇咏鼓词云："钉着不知侵骨髓，打来只是没心肝，空腹被人谩。"

闻 蝉

吴兴陆蒙老为晋陵宰，喜作诗。时州幕官有好谗谤同列者，一日同会,忽闻蝉声,幕官请陆咏之。陆即赋诗云:"绿阴深处汝行藏,风露从来是稻粱。莫向高枝纵繁响,也应回首顾螳螂。"其人愧悟。

员李幼颖

唐玄宗时,员俶年九岁,词辩注射,坐人皆惊。帝曰:"半千孙固当然。"因问俶:"岂有类若者?"俶跪曰:"臣舅子李泌年七岁,有书万轴,览过不忘。"帝即召至。方与张说观弈,使说试其能。说请赋《方圆动静》,泌曰:"愿闻其略。"说曰:"方若棋局,圆若棋子。动若棋生,静若棋死。"泌即答曰:"方若行义,圆若用智。动若骋材,静若得意。"说呼为小友,因贺帝得奇童。年九岁,赋长歌曰:"天覆吾,地载吾,天地生吾有意无。不然绝粒升天衢,不然鸣珂游帝都。焉能不贵复不去,空作昂藏一丈夫。平生志气多良图,请君看取百年事业就,扁舟泛五湖。"歌成传写,人皆称赏。

太公遇文王赞

王勃少能文,词章盖世。文中子命题《太公遇文王赞》,勃曰:"姬昌好德,吕望潜华。城阙虽近,风云尚赊。渔舟倚石,钓浦横沙。路幽山僻,溪深岸斜。豹韬攘恶,龙钤辟邪。虽逢切近,犹得安车。君王握手,何期晚耶?"

头插花枝

孙周翰自幼精敏,其父穆之携见郡侯。时值赏春,侯与座客簪花,因命周翰曰:"口吹杨柳成新曲。"翰曰:"头插花枝学后生。"侯笑曰:"何遽戏老夫。"

高明善对

瑞安高则诚明,少辩慧,善属对。年六岁,父会客,明从桌边窃食。

客曰:"令郎捷对,敢请试之。"曰:"小儿不识道理,上桌偷食。"明对曰:"村人有甚文章,中场出对。"客曰:"细颈壶头敢向腰间出嘴。"明曰:"平头锁子却从肚里生缰。"及长,下笔成章。

山 中 宰 相

宁宗朝,韩侂胄以定策功进位太师,威权隆重,天子拱手而已。一日过南园山庄,赵师睾偕行。至东村别墅,桑麻掩映,鸡犬相闻,一牧童骑犊,且行且歌曰:"朝出耕田暮饭牛,林皋风月两悠悠。九重虽窃阿衡贵,争得功名到白头。"师睾呵曰:"平章在此。"牧童笑曰:"但识山中宰相,安知朝内平章。"胄曰:"宰相何人? 奈未识荆。"童曰:"公如欲见,枉驾草庐。"至则竹篱茅舍,石磴藤床,屏间有二诗云:"病国妨贤主势孤,生民无计乐樵苏。伪名枉玷朱元晦,谋逆空污赵汝愚。羊质虎皮千载耻,民膏血脉一时枯。若知不可同安乐,早买扁舟客五湖。""定策微劳总是空,一时狐假虎威风。不知积下滔天罪,尚欲谋成盖世功。披露奸心愚幼主,彰闻恶德辱先公。玉津园内行天讨,怨血空流杜宇红。"胄勃然变色,方欲促驾,童曰:"主人至矣。"见一叟庞眉鹤发,深衣幅巾,扶筇而来,年可七八旬,态度闲雅,自称袁处士,揖胄进曰:"贵人光贲,有失祇迎,乞恕不恭。"揖逊而坐。胄徐曰:"屏间之诗何人所作?"处士答曰:"老朽写怀,不意见让于贵人也。"胄曰:"军国重事,谁敢私议?"处士笑曰:"太师挟振主之威,操不赏之权,群小盈朝,国事日非,土崩瓦解,可立而待,虽欲建恢复之功,诚恐北方未可图,而南方已骚动矣。愚意势倒冰山,危如朝露,诚孔子所谓不在颛臾而在萧墙之内也。太师其审图之。"胄面色如土。左右欲兵之,胄叹曰:"真谅士也。"扶而去之。后胄用师果无功效,未几祸作,为史弥远诛于玉津园。

格 天 阁 颂

秦桧当国,建一德格天之阁。有朝士贺以启云:"我闻在昔,惟伊尹格于皇天;民到于今,微管仲吾其左衽。"桧大喜,超擢之。又有选人投诗云:"多少儒生新及第,高烧银烛照蛾眉。格天阁上三更雨,犹诵车攻复古诗。"桧尤喜,即与改秩。

封 厨 娘

宋高宗宴大臣,见张循王俊持一扇,有玉孩儿扇坠,高宗识是十年前往四明误落于水,屡网不获,乃询于俊。俊对曰:"臣于清河坊铺家买得,说是候潮门陈宅厨娘破黄花鱼腹中得之。"高宗大悦,以为失物复得,二圣可还之兆,乃封厨娘。

烧 猪 肉

东坡喜食烧猪肉,佛印住金山时,每烧猪以待。一日为人窃食,坡至无矣。戏作诗曰:"远公沽酒饮陶潜,佛印烧猪待子瞻。采得百花成蜜后,不知辛苦为谁甜。"又在黄冈时戏作食肉诗云:"净洗铛,少着水,柴头罨烟焰不起。待他自熟莫催他,火候足时他自美。黄州好猪肉,价贱如泥土。贵者不肯吃,贫者不解煮。早晨起来打两碗,饱得自家君莫管。"此东坡以文滑稽。而《云仙散录》载黄升日食鹿肉二斤,自晨煮至午,则曰火候足矣。乃知坡老虽食肉亦用故事。

乩 赠 密 兰 沙

元至顺辛未间,福建廉访使密兰沙求仙,紫姑降笔云:"刀笔相从四十年,非非是是万千千。一家富贵千家怨,半世功名百世愆。牙笏紫袍今已矣,芒鞋竹杖任悠然。有人问我蓬莱事,云在青山水一作鹤。在天。"

饶 信 经 量

理宗淳祐壬子,饶信行经量鄱阳,以邑庠置局。有题诗云:"大成殿下水漫漫,堂上尽是经量官。孔子回头顾孟子,是你说出许多般。"
又有《沁园春》词云:"道过江南,泥墙粉壁,右具在前。述何县何乡
里,住何人地,佃何人田。气象萧条,生灵憔悴,经界从来未必然。惟
何甚,为官为己,不把人怜。 思量几许山川,况土地分张又百年。
四蜀巉岩,云迷鸟道,两淮清野,日警狼烟。宰相弄权,奸人冈上,谁
念干戈未息肩。大地何须经理,万取千焉。"

度宗咸淳甲子,又复经量湖南等处,时有诗云:"失淮失蜀失荆
襄,却把江南寸寸量。一寸纵教添一丈,也应不似旧封疆。"与首集讯贾
似道诗相似。又有《一剪梅》词云:"宰相巍巍坐庙堂,说着经量,便要经
量。那个臣僚上一章,头说经量,尾说经量。 轻狂太守在吾邦,
闻说经量,星夜经量。山东河北久抛荒,好去经量,胡不经量。"

翠　　妃

宸濠内宠甚盛,有紫妃者居紫竹宫,衣紫;素妃者居素英宫,素
妆;翠妃者居绿英宫,饰绿。翠能吟善书,尤被宠幸。宫四壁皆列巨
鉴,光莹晶明,每与宴狎,鉴中诸影,妖媚百出。又于阳春书院叠石成
山,掘地数十亩为大池,夏时芰荷芬馥,濠与诸妃尽日宴乐。宫娥靓
妆绡衣,浮小画艇歌《采莲曲》,沿池荡漾,时摘花果,进以侑酒。翠妃
尝咏梅花云:"绣针刺破纸糊窗,引透寒梅一线香。蝼蚁也知春色好,
倒拖花片上东墙。"甚为濠所赏。后事败,翠妃为一知县掠去。又有
趣妃为舒国裳岕所得。

袁长官女

孙恪游洛中,睹大第,叩扉,有女子摘萱草,吟云:"彼见是忘忧,
我见同萱草。青山与白云,方长我怀抱。"青衣曰故袁长官女,求适
人。恪遂纳为室,治家有法,生二子。恪为南海经略判官,至端州峡
山寺,袁氏欲至寺访旧识,若熟其道,径持碧玉环献僧曰:"此是院寺
旧物。"斋罢有猿数十下高松,袁氏恻然题壁曰:"无端造化几湮沉,冈

被恩情役此心。不如逐伴归山去，长啸一声烟雾深。"遂化为老猿，跃树而去。恪惊异，询僧，僧悟为沙弥时养一猿，高力士爱其黠慧，以束帛易之，献上阳宫，安史之乱，不知所之。碧玉环乃胡人所施，系于猿项者。

金 陵 养 闲

张忠定咏少时谒陈图南于华山，欲留同隐。图南曰："他人不可留，如公者吾当分半以相奉。但公方有官职，未可议此。其势如失火人家专待君救，岂可不赴?"赠以诗曰："自吴入蜀是寻常，歌舞筵中救火忙。乞得金陵养闲散，亦须多谢鬓边疮。"始皆不喻。后更镇杭，疮发于顶，遂自请得金陵医治。

虞 姬 庙 对

倪鸿宝元璐题上虞县虞姬庙对联云："今尚祀虞，汉世已无高后庙;斯真霸越，西施羞上范家船。"按光武时斥吕后而以文帝母薄太后配祀高帝。

戏 彩 堂

赵阅道抃致仕家居，子㠄倅温州，迎以就养，作戏彩堂，阅道题诗堂中云："我憩堂中乐可知，优游逾月意忘归。老莱不及吾儿少，且着朱衣胜彩衣。"

长 髯 客

嘉靖初，吴县殷秀才尝遇客道上，修髯过腹，余髭垂两颐拂唇而下者犹尺许。殷心念彼饮食作何状，遂前揖之，因叩姓名，邀入酒肆，设馔对酌。客出袖中小银钩络双耳而挂其须，食毕别去。殷特欲看其饮啖,初无意要结也。明年下第,自秣陵附商人舟南下,中流遇盗,皆跪伏不敢枝梧。盗忽问曰:"舟中是殷秀才否?"殷猝未应,睨视其人,即长髯客也。客大笑,握手请罪,邀入舟,供具甚丰。殷笑问:"银钩安在?"令二美女捧出,以金卮送酒,酬劝再三,谢殷曰:"此地不足久留,公行矣。"悉还其劫物,以十束藤为赠,即扬帆去。客德殷,复厚赠之。殷抵苏,发束内皆精金,盖劫他商物也。殷自是饶裕,入赀为郎,任光州丞。

君　　山

君山在澄江,春申君葬于此,故名。万历中,京山郝楚望_敬为宰,镌诗墓旁云:"有客画山赠我者,画出君山江之野。谓我狂歌似楚人,慷慨为问春申君。此山旧是君封邑,山色犹疑君在日。楚客登临忆楚山,丹青画出请君看。我笑不言心自语,世事何劳更仆数。昔我飘零卧空谷,一朝天子开黄屋。十年沦落老江干,白首空嗟行路难。百岁如今已强半,五十无闻我岂叹。由来富贵水东流,诒谋何必定封侯。笑君秘计托红粉,窃国无成身已刌。三千珠履安在哉,章华寥落只空台。只今黄山与黄水,貌君之名亦应悔。愿将此山与君分,山上我题诗,山下君埋坟。沧桑异日有升沉,我诗君骨总灰尘,千秋万岁后,谁辨我与君。"

题　纸　帐

永乐中胡克仁_{寿安}为新昌令,以古灵先生教民之言谕乡耆里甲,俾知亲睦安分之道,率皆从化克仁。性清介,不事奢侈,在官惟粗衣粝食。尝题所眠纸帐云:"紫丝步障最奢华,卧雪眠云自一家。雪又不寒云又暖,扶持清梦到梅花。"

却　金　亭

正统间,福建都司王胜博学能文,廉介自持,出巡则赍食自随,人呼为菜王。一日,有千户奉白金不受,命造亭卫北,名却金。明年胜到亭,题曰:"每因性褊遭弹劾,四十年过不动心。匣内惟存三尺剑,囊中肯受四知金?平生节操何曾改,半点秋毫孰敢侵。今对此亭堪驻马,仰天无愧发长吟。"时海道副使李颙曰:"孔子忍渴盗泉之水,曾子回车胜母之间,恶其名也。暮夜金不受,义也,何必求闻于人?"因题云:"怀金相送独能辞,高构华亭照路歧。不比当年胡刺史,胡威父。平生清节畏人知。"

中流砥柱赞

《中流砥柱赞》云:"此波不知东奔几千百里,此柱不知中立几千百世。非此波无以表此柱之壮,非此柱无以障此波之靡。其在人也,达而为抑洪水驱猛兽之大禹、周公,穷而为作《春秋》拒杨、墨之孔子、孟子,又达而为扫俗学挽正传之程子、朱子。其不幸也为二十四郡之斫舌渔阳,三百年之风沙燕市。呜呼!此其所以为中流砥柱也欤?"右赞见《西园杂记》中,语亦简炼可诵,惜不知何人所作。一云李西涯,一云杨邃庵,未知孰是。

艺祖属猪

周驸马张永德好延方士,尝有异人言:"天下将太平,真主已出。"永德问谁,答曰:"但睹紫黑色属猪人,宜善待之。"永德见艺祖勋位渐隆,识其英表,问其生年在亥,乃倾身亲附。宋初以旧恩礼貌,终艺祖世,莫之少替。潘紫南《题陈图南鼾睡图》云:"甲马营中紫气高,属猪人已着黄袍。此回天下都无事,可是山中睡得牢。"指此也。

汉书下酒

宋苏舜钦字子美,好饮酒,豪放不羁。客外舅杜祁公家,每夕读书,以斗酒为率。公疑,密觇之。子美读《汉书·张良传》,至良与客狙击秦始皇帝,抚掌曰:"惜乎,击之不中!"遂满饮一大卮。又读至良曰始臣起下邳,与上会于留,此天以授陛下,又抚案曰:"君臣相遇,其难如此!"复举一大卮。祁公笑曰:"有如此下酒物,一斗不足多也。"

小 孩 儿

陈峤字景山,暮年登第,还乡已耳顺矣。尝作《闲居》诗云:"小桥风月年年事,争奈潘安老去何。"后娶乡里儒家女,合卺之夕,文士竞集赋催妆诗,咸有枯杨生稊之讽。峤自作云:"彭祖尚闻年八百,陈峤犹是小孩儿。"客皆绝倒。

于 飞 乐

钱某者,衣冠之后,年四十余无室。后成婚有期,作《于飞乐》词云:"年少疏狂,北里平康,十年占断风光。似一场春梦,饮散高阳。如今休也,醉眼独自凄惶。　　但古人有无钱断酒,临老剃度何妨。散花红,顶花帽,作个新郎。低头失笑,几回浪子从良。"

让 墙 基

蜀杨尚书玢致仕归长安,旧居为人侵占,子弟欲白于官,以白于玢。玢批纸尾云:"四邻侵我我从伊,毕竟须思未有诗。试上含元殿基望,秋风秋草正离离。"

《韵语晨钟》:舒国裳芬在翰林日,其子数寄书云邻人岁占墙址不休。芬览书题其尾云:"纸纸家书只说墙,让渠径寸有何妨。秦皇枉作千年计,今见城墙不见王。"遂缄封却寄。子诵其诗,谓父驽下,不能助己泄愤,遂弃其书。邻人闻而觅得之,感其盛德,自毁其墙,任其筑取。已而两相让,各得其平,相安如旧。与吾乡杨仲举事同。事见三集。三公如此襟度,真八荒我闳,千古为侣,更何人已畛畦,足当一瞬。

山　庄　四　乐

宋舒城李公麟作《山庄四乐》诗："桃李花开春雨晴,声声布谷迎村鸣。家家场头酬酒觥,为告庄主东作兴,黄犊先破东南村。一""火云蔽日当空浮,田头耨草汗欲流。绿竹人寂鸟声休,暂来歇午乘清幽,山妻送饷扇遮头。二""黄云万里秋有成,村村酒熟家家迎。刲羊赛社人不醒,醉后鼓腹歌升平,欣然同乐满仓盈。三""寒风十月雪欲飞,居人木榻添纸帏。地炉活火酒频煨,瓦杯不脱羊羔肥,醉来曲肱歌声微。四"

端 明 不 爱 钱

司马君实置独乐园,春际草木秀茂,许人往观。游人以钱与园丁吕直,谓之茶汤钱,积至千而纳于公。公曰:"吾岂少此耶?"直曰:"天地间只端明不爱钱。"于是创一井亭,以便行客,直亦不私其钱。

陆　沧　浪

扬州陆沧浪,狂士也,好作俚语。正德间从戎京师,有"杨果不果,一清不清,朱安不安,朱宁不宁"等语。宁知而执之,问曰:"汝作诗时曾吃醉否?"陆正色曰:"我实不醉。"宁竟释其罪,仅调边方而去。时有投陆诗云:"落魄当年老陆郎,智囊今已作诗囊。醉中又复重来醉,狂里如何更着狂。逾海逾河何日了,奔南奔北自家忙。不如检点亲经史,一榻清风旧草堂。"或云即朱所作,以复其讽己也。

谢　蝴　蝶

宋谢无逸工诗,吟蝴蝶二百首,人呼为谢蝴蝶。佳句如:"飞随柳絮有时见,舞入梨花何处寻。"又:"江天春暖晚风细,相逐卖花人过桥。"又："身似何郎全傅粉,心如韩寿爱偷香。"古诗有"陌上斜飞去,花间到翅回",李义山诗"芦花惟有白,柳絮可能温",终不如谢意深远。后单菊坡有四绝云:"暖入名园万物芳,风情多半为春忙。偶然飞向花前过,惹得诗人讶窃香。""粉翅双翻大有情,海棠庭院往来轻。当时只羡滕王巧,一段风流画不成。""桃红李白一番新,对舞花前亦可人。绕过东来又西去,片时游遍满园春。""从知嗜欲损天真,不道人间别有春。何似桃源千万树,却来相逐卖花人。"

于少保口占

《西园杂记》:于少保遇难之时,从容口占一诗云:"庄椿居士老婆娑,成就人间好事多。正统再更新岁月,大明重整旧山河。功超吕望扶周室,德迈张良散楚歌。长叹一声归去也,白云堆里笑呵呵。"

章刘友善

章子厚与刘子先友善。子先守姑苏,以新酝洞庭春寄子厚,子厚答诗云:"洞霄宫里一闲人,东府西枢旧老臣。多谢姑苏贤太守,殷勤分送洞庭春。"后契阔十年,子厚拜相,亦不通问。子厚寄书言其相忘远引之意,子先以诗谢之曰:"故人天上有书来,责我疏愚唤不回。两处共瞻千里月,十年不寄一枝梅。尘泥自与云霄隔,驽马难追骥骤才。莫谓无心向门下,也曾终夕望三台。"子厚得书大喜,召为户部侍郎。

驿壁诗

梦笔驿乃江淹旧居,姚金声宏题一绝云:"一宵短梦惊流俗,千载高名挂里闾。遂使晚生矜此意,痴眠不读一行书。"建州崇安分水驿一绝云:"江南三月已闻鹃,麦熟梅黄茧作绵。料得故园烟雨里,轻寒犹作养花天。"又镇江丹阳玉乳泉壁间一绝云:"驿马出门三月暮,杨花无奈雪漫天。客情最苦夜难渡,宿处先寻无杜鹃。"诗有风人遗意,惜不知作者姓氏也。

滕王阁望湖亭

宋僧晦幾《滕王阁》诗云:"槛外长江去不回,槛前杨柳后人栽。当时惟有西山在,曾见滕王歌舞来。"首句长江去不回,往事不可问矣。次句槛前杨柳亦后人所栽,三四句谓当时曾见滕王歌舞者,惟有西山在矣。含蓄无穷,感慨系之。又苏子瞻《望湖亭》诗云:"黑云堆墨未遮山,白雨跳珠乱入船。蓦地风来忽吹散,望湖亭下水连天。"阴阳变化,开阖于俄顷之间,其气雄语壮,所谓吞云梦者,后人所作皆不能及。

造洛阳桥

吕洞宾入峨眉山采药,著诗云:"太乙宫前是我家,诗书万卷作生涯。春风醉酒不归去,落尽碧桃无限花。"五百年后当遭雷厄,洞宾化青蛇隐于泉州蔡襄炉内。襄熔炉读书,一夕雷震,判官云:"雷部速退,无惊宰相。"天乃开霁,洞宾出揖曰:"蒙君福荫,谢以笔墨。"泉人尝讥襄曰:"雨打衰鸡形。"襄即曰:"脚下有龙鳞。五更高声叫,惊起世间人。"后登科,仁宗朝为学士,出守泉州。造洛阳桥,以洞宾笔墨为檄,使隶之海若而告之。隶叹曰:"茫茫远海,何所投檄?"买酒酣饮,醉卧海涯,潮落而醒,则檄已易封矣。襄启阅之,惟一醋字。襄曰:"神示我矣。廿一日酉时兴工乎?"至期潮水果三昼夜不进。其日正犯九良星,襄策马当之曰:"你是九良星,我是蔡端平。相逢不下马,各自分前程。"遂兴作无忌。或上言擅开官库,襄谢恩诗云:"得饶人处且须饶,曾借龙王三日潮。十万贯钱常在世,我王恩在洛阳桥。"上许之。桥成时,人以诗颂之曰:"叠石为桥与路通,惠安之北晋江东。几时募化千家宝,一旦缘成万载功。五尺栏干遮巨浪,两头华表镇危峰。往来无限行人口，日月齐休诵蔡公。"

陶 縠 草 制

《玉堂嘉话》载：陶縠草范质拜相制，有云："十年居调燮之司，一旦得变通之术。"质得之，泣诉艺祖，由是薄之。然袖中禅文亦变通之尤者，縠可谓明于责人而不知自责矣。瞿宗吉《香台集》有诗云："受禅文成识变迁，闲情犹到煮茶边。可怜画尽葫芦样，不与鸾胶续断弦。"

未 生 保

正德壬申，流贼刘六辈大扰中原，直抵湖广，有司籍民兵捍御，率三丁抽一，名为骁勇，不盈其数，捶责里老将不成丁者填报。又不已，伪以虚名注册，曰未生保以塞责。各省皆然，楚城尤甚。金陵沈宝作诗曰："未生保，旧册新供查对了。宁死只愁官打拷，一丁已作三丁报。谁为里正谁屯老，过堂官怪成丁少。丁丁研审尽同名，此理看来有难晓。抱屈含啼向官道，但恨儿孙生不早。大半成丁犹襁褓，在腹名为未生保。膏血不充官一饱，春草殒霜还杀草。前年民户损七分，官廪何曾到流殍。"嗟乎！国家养兵，岁糜廪禄巨万万，至寇盗生发，则选民兵及调边军土军剿之，而总领者弗能钤制，任其劫掠屠戮，其害更甚于盗贼。今幸遇太平之世，又幸生苏杭福地，当力行善事，以报答天恩，免乱离之苦，幸甚。

闲 忙 令

宋真宗祥符中，命词臣撰《日本国祥光记》。当直者学不优，以张君房代笔，传宣甚急，而张适醉倒樊楼，促之不醒。紫薇大窘，杨大年、钱希白戏作《闲忙令》以诮之曰："世上何人号最闲，司监拂衣归华山。世上何人号最忙，紫薇失却张君房。"

赋　犬

《蹇斋琐缀录》：坐客偶谈，有人好食犬，主人知其意，命赋犬诗，以盐字为韵。客立就云："几年辛苦伴菹盐，长夜巡行护短檐。恋恋见人浑识旧，依依向主肯趋炎。卧从芳草苔痕破，立傍梅花雪片粘。曾向山中擒狡兔，拔毫制笔与君拈。"主人喜，杀犬食之。

诗　媒

赵德麟丧偶，欲得善配，未有。久之，王氏有老女未嫁，作诗云："白藕作花风已秋，不堪残睡更回头。晚云带雨归飞急，去作西窗一夜愁。"赵见诗，遂求婚焉。人以为二十八字媒也。又明初王旬字子宣，尝作《宫词》云："南风吹断采莲歌，夜雨新添太液波。水殿风—作云。廊三十六，不知何处晚凉多。"仁和会元俞友仁见而悦之，曰："此其得意句。"遂以妹妻之，与德麟事同。《列朝诗选》作黄鹤山樵王蒙事。

小　九

豫章洪玉父炎，黄山谷之甥，有侍儿小九，知书，能为玉父检阅，甚爱之。尝月夜携登滕王阁，玉父赋诗云："桃花乱打散花楼，南浦西山送客愁。为理《伊州》十二叠，缓歌声里看洪洲。"后因兵乱失之，玉父怅怅不已，又和前诗云："西江东畔见江楼，江月江风万斛愁。试问海潮应念我，为将双泪到南洲。"已而玉父复寻得之。

赵子昂词

赵松雪戏作小词赠管夫人云："我侬两个，忒煞多情。譬如将一块泥，捏一个你，塑一个我。忽然欢喜呵，将他来一齐都打破。重新下水,再团再炼再调和。重塑一个你,再捏一个我。那其间,那其间我的身子里有了你,你的身子里有了我。"

佛 印 书 壁

东坡挟妓登金山,以酒醉佛印,戏命妓同卧。佛印醒而书壁云:"夜来酒醉上床眠,不觉琵琶在枕边。传语翰林苏学士,不曾弹动一条弦。"

钱 神 论

《杨升庵集》:晋惠帝之时,贿赂公行,鲁褒所为作《钱神论》也。余观类文,同时綦母民、成公绥皆有《钱神论》各一篇。民之论略曰:"黄金为父,白银为母。铅为长男,锡为少妇。庚辛分土,诸国皆有,长沙越嶲,仆之所守。伊我初生,周末时也。景王伊世,大傅兹也。贪人见我,如病得医,饥享太牢,未足为饴。"绥之论略曰:"路中纷纷,行人悠悠。载驰载驱,惟钱是求。朱衣素带,当涂之士,执我之手,门常如市。"谚曰:"钱无耳,鬼可使。"岂虚也哉。幽求子云:"可以使鬼者,钱也;可以使人者,权也。"盖亦同时之语。

袁中郎《读钱神论》诗:"闲来偶读《钱神论》,始识人情今益古。古时孔方比阿兄,今日阿兄胜阿父。"李密庵先生诗云:"孔方久已谐公论,孟姑新号自蒙古。舜跖而今总混名,子舆得时跨尼父。"

顾元庆《檐曝偶谈》云:鲁褒《钱神论》,世多以为然,鄙者至以兄呼之,殊可令人羞。若事钱如事兄,其于父子兄弟、君臣朋友,几何不相戕贼矣。稽其为用,直人役耳。不问艰险污秽、清浊是非,转化奸回,善如人意,盖奴仆之超绝者也。古人以不言为高,太多为臭,君子不敢喻而天下日夜群趋之而不止,若复彰以兄名,其害将不胜言。名曰孔奴,于理为当。

或问伍蓉庵云:"钱神亦有不灵时否?"蓉庵曰:"钱神是淫昏之鬼,遇贪邪则灵,遇廉正则死。死则不灵。"

李 南 金 题 像

宋李南金登第后，画师以冠裳写其真，自题诗云："落魄江湖十二年，布衫阔袖裹风烟。如今各样新妆束，典却清狂卖却颠。"

张 胡 参 禅

《指归集》：宋状元张九成告归泉石，一日访参喜禅师，曰："汝来何故？"九成曰："打死心头火，特来参喜禅。"师以言探之曰："缘何起得早，妻被别人眠。"九成怒曰："无明真秃子，焉敢发此言。"师慰之曰："轻轻扑一扇，炉中便起烟。"九成惭愧不已，遂去发为僧，号无垢子，大开禅宗。

《挑灯集异》载：明初白云禅师，丽水人，道行高妙。将军胡深尝造之，曰："灭却心头火，特来参老禅。"白云续之曰："将军来太早，妻伴别人眠。"深怒，欲刃之。白云曰："心头火未灭，略拨即生烟。"深愧谢。白云曰："若问前程事，古月下西川。"后深果败死。所云古月，指其姓也。与九成事同。

古 今 相 较

《西园杂记》：今人于人之严肃难犯者，则称之曰包龙图。于人之清狷有守者，则称之曰赵清献。于人之秉礼嗜古者，则称之曰假司马温公，吾吴则曰朱文公。于人之唆来扇去、言行反覆者，则目之曰汤思退，吾吴则曰伯嚭。于人之瞒心昧己、挟诈欺人者，则目之曰贾似道，吾吴则曰秦桧。夫人立身于千载之前，而好恶定于千载之后，可不知所自处哉！

黄 陵 庙 诗

陆士规布衣工诗，秦桧喜之，尝挟桧书干临川守，馈遗不满意，升堂慢骂。守惧，以书白桧自解。桧怒陆，陆请见不出，然犹令小相见之，问陆近作。陆诵《黄陵庙》一绝云："东风吹草绿离离，路入黄陵古庙西。帝子不知春又去，乱山无主鹧鸪啼。"小相入诵之，桧吟咏再四，即命入见，待之如初。

己集卷之二

清 风 明 月

《经锄杂志》：李太白诗"清风明月不用一钱买"，东坡《赤壁赋》云："惟江上之清风，与山间之明月，耳得之而成声，目遇之而成色，取之无禁，用之不竭，是造物者之无尽藏也。"东坡之意盖自太白诗句中来。夫风月不用钱买而取之无禁，太白、东坡之言信矣。然而能知清风明月之可乐者，世无几人。清风明月一岁之间亦无几日，即使人知此乐，或为俗务牵夺，或为病苦妨碍，虽欲赏之，有不能者。然则闲居无事，遇此清风明月，既不用钱买，又取之无禁，而不知以为乐，是自生障碍也。

宴 会 老 堂

欧阳永叔致仕居颍，赵叔平_概居睢阳，来访。时吕晦叔_{公著}知颍，开宴，二公目为会老堂。永叔诗曰："欲知盛席继荀陈，请看当筵主与宾。金马玉堂三学士，清风明月两闲人。红芳已过莺犹啭，青杏初尝酒正醇。好景难逢良会少，欢时举白莫辞频。"《南史》传云：入吾室者，但有清风；对吾饮者，惟有明月。永叔文章固优，造语精致如此。

闻吴匏庵与某某友善，同至韦苏州_{应物}庙祈梦，梦韦公揖入中堂，见右扉开转，左扉上有句云："金马玉堂三学士。"觉而大喜。后匏庵联登会状，至礼部尚书。二人潦倒诸生，以为不验，复至韦公庙祈梦，梦至旧处，左扉已开，而右扉上有句云："清风明月两闲人。"觉而始爽然自失。偶阅《群谈采余》，知此二句乃永叔诗。

身 心 俱 闲

《群谈采余》：身闲可以养气，心闲可以养神，身心俱闲，与道合真。韩退之诗曰："断送一生惟有酒，寻思百计不如闲。"陶渊明曰："形迹凭化往，灵府独常闲。"朱晦翁曰："深源定是闲中得，妙用原从乐处生。"是闲一也，韩不如陶，陶不如朱。韩也放，陶也达；陶也虚，朱也实。罗念庵洪先曰："影满棠梨日正长，筠帘风细紫兰香。午窗睡醒无他事，胎息闲中有秘方。"可谓通于闲之旨趣者。

闲 居 同 志

《鹤林玉露》：自昔闲居之士，必有同志相与往还，故有以自乐。陶渊明云："昔欲居南村，非为卜其宅。闻多素心人，乐与数晨夕。"又："邻曲时来往，抗言谈在昔。奇文共欣赏，疑义相与析。"则南村之邻，岂庸庸之士哉！杜少陵在锦里，亦与南村朱山人往还，其诗云："锦里先生乌角巾，园收芋栗未全贫。惯看宾客儿童喜，得食阶除鸟雀驯。秋水才添四五尺，野航恰受两三人。白沙翠竹江村暮，相送柴门月色新。"又："相近竹参差，相过人不知。幽花欹满径，曲水细通池。归客村非远，残尊席更移。看君多道气，从此数追随。"则朱山人亦非常流矣。李太白寻鲁城北范居士，误落苍耳中，诗云："忽忆范野人，闲园养幽姿。"又："还倾四五酌，自咏猛虎词。近作十日欢，远为千岁期。风流自簸荡，谑浪偏相宜。"范野人者亦可人之流也。

余谓五伦之中，惟友为莫逆，以志同则合，情暌则散，闲居无事，与二三知己，晨集清谈，焚香煮茗，或博或弈，小酌半醺，相送而别，其乐殆未可以他端易也。

蒋 子 云 宫 词

嘉靖临御久，简于视朝，日居西宫奉道。初用邵真人，继用陶真人，官皆极品。后妃而下，法服以从。蒋子云《宫词》云："君王亲着紫衣裳，白玉冠簪八宝光。夜半碧坛星月冷，九天仙乐下鸾凰。""离宫复道接蓬莱，云绕千峰五色开。香辇无尘珠箔卷，后宫遥望一作从。上陵回。""小年选入蕊珠宫，紫阁玲珑十二重。日侍上真修法事，水晶盘捧玉芙蓉。""碧殿瑶坛礼上清，桂花冲露浸银屏。双双玉女扶青案，跪启琅函讽道经。"

范　夫　人

《西园杂记》：新淦赣。范氏，早寡，读书能诗。杨东里过淦村塾，见案上对语，一联云："墨落杯中，一片黑云浮琥珀；梳横枕上，半轮残月照琉璃。"问谁所对，学子不答。固诘之，乃曰："家母。"东里惊异。后朝廷欲选女学师，时文贞在馆阁，因荐之，召入禁中数年。一日题《老妇牧牛图》云："贵妃血溅马嵬坡，出塞昭君怨恨多。争似阿婆牛背稳，笛中吹出太平歌。"宣庙见之曰："彼不乐居此矣。"封为夫人，厚赍而遣归。千古奇闻。明高皇平陈友谅，顿兵康山，军士乏食，有一老妪骑牛吹笛，倾家助米。高皇定鼎后，绘其图，题前诗赠之。《尧山堂》作沈石田《题牧牛图》，《雪涛集》作李西涯《自题相业图》，未知孰是。

成　句　对　语

昔人以"成也萧何，败也萧何"对"一则仲父，再则仲父"。偶阅《万姓统谱》：毛弘为给事中，慷慨激烈，奏疏无虚日。英宗厌苦之，有"昨日毛弘，今日毛弘"语，以对仲父句更为切当。弘字士广，鄞县人，天顺丁丑进士。

咏　老　吏

刘后村咏十老，谓老僧、老道、老农、老医、老巫、老吏、老妓、老儒、老将、老马也。《老吏》诗云："少谙刀笔老尤工，旧贯新条问更通。

斗智固应雄鸷辈,论年亦合作狙公。孙魁明有堪瞒处,包老严犹在套中。只恐阎罗难抹过,铁鞭他日鬼臀红。"此诗痛快,铁鞭打鬼臀,乃章子厚语,移以用之,老吏奸谲,亦足以寒其胆也。

天 竺 寺 松

苏子瞻登天竺寺,佛印言窗前两松昨为大风吹折其一,老僧怅恨,成两句云:"龙枝已逐风来变,减却虚窗半夜凉。"子瞻续云:"天爱禅心圆似镜,故添明月伴清光。"

周 公 谨 好 睡

《癸辛杂识》:"饱食缓行初睡觉,一瓯新茗侍儿煎。脱巾斜倚绳床坐,风送水声来耳边。"裴晋公诗也。"细书妨老读,长簟惬悟眠。取簟且一息,抛书还少年"。半山翁诗也。"相对蒲团睡味长,主人与客两相忘。须臾客去主人睡,一半西窗无夕阳"。陆放翁诗也。"读书已觉眉棱重,就枕方欣骨节和。睡起不知天早晚,西窗残日已无多"。吴僧有规诗也。"老读文书兴已阑,须知养病不如闲。竹床瓦枕虚堂上,卧看江南雨后山"。吕荣阳诗也。"纸屏石枕竹方床,手倦抛书午梦长。睡起莞然成独笑,数声渔笛在沧浪"。蔡持正诗也。余习懒成癖,每暑昼必须偃息,客有嘲孝先者,辄哦此以自解。然每苦枕热,展转数四,后闻荆公嗜睡,夏月常用方枕,或问何意,公言睡久气蒸枕热,则转一方冷处,非真知睡味者,未易语此。

安 荣 美 人 行

安荣坊李氏女者,少姣好,瞿宗吉尝属意焉。及长,委身为小吏妻。一日与宗吉邂逅于吴山,凄然感旧,邀宗吉归,置酒叙话。宗吉为《安荣美人行》云:"吴山山下安荣里,陋巷穷居有西子。嫣然一笑坐生春,信是天人谪居此。相逢昔在十年前,双鬟未合貌如莲。学画蛾眉挥彩笔,偷传写字卜金钱。相逢今在十年后,鬓发如云眼光溜。风吹绣带露罗鞋,酒泛银杯沾翠袖。自言文史旧曾知,写景题诗事事宜。但传秦女吹箫谱,不咏湘灵鼓瑟辞。暮雨朝云容易度,野鸭家鸡竟相妒。当时目诧苑中花,今日翻成道旁树。我闻此语重悲伤,对景徘徊欲断肠。渭城杨柳歌三叠,溢水琵琶泣数行。相见出门留后约,暮天惨惨东风恶。醉归感旧赋新诗,重与佳人嗟命薄。"

邻 舟 行

太仓沈君烈承应试南畿,夜宿江头,作《邻舟行》云:"扬子江头秋夜宿,人语喁喁眠不熟。知是邻舟促膝声,起凿篷窗漏红烛。烛下摇摇一女郎,二八嗟浮二九傍。半臂薄施无褐袭,搔头斜堕不梳妆。上坐一妪口无齿,下坐一翁须半紫。妪似烟花旧主人,翁是江湖老商子。女郎侧面坐中边,乡音相通意不然。疑词欲答微挑发,残酒将拈又敛拳。衷肠吞吐声嘈杂,荻尾嘶风隔萍叶。依稀耳属半言清,宁及黄泉毋作妾。其他曲折不能猜,使我彷徨中夜来。天下梦缘随处妄,世间幽恨几人开。怜君未必君知觉,搅得无端痴泪落。鼓鸣解缆五更头,明夜沙滩月萧索。"

买 妾 卧 病

宋有士人买妾,既而卧病,汪彦章以诗讥之曰:"但知琼树斗清新,不道三彭接有神。处仲未闻开阁事,维摩空对问禅人。封侯燕颔何妨瘦,伐性蛾眉却怕觷。从此空花扫除尽,定须嚼蜡向横陈。""温柔乡里事还新,便拟尊前赋洛神。定向中年多作恶,非干尤物解移人。莫愁阿鹜烦君嫁,且学西施为我觷。争似农家无一事,从来婚嫁只朱陈。"

失 婢 诗

白乐天《失婢》诗云:"宅院小墙卑,坊门帖榜迟。旧恩惭自薄,前事悔难追。笼鸟无常主，风花不恋枝。今宵在何处，惟有月明知。"诗止罪己，而不责婢为淫奔，用意良厚，末句尤深，所谓"想应只在秋江上"，盖本此。刘禹锡和云："把镜朝犹在，添香夜不归。鸳鸯分瓦去，鹦鹉透笼飞。不逐张公子，即随刘武威。新知正相乐，从此脱青衣。"便觉描写发露矣。

背　面　宫　女

李伯时画背面宫女，韩子苍题诗云："睡起昭阳暗淡妆，不知缘底背斜阳。若教转盼一回首，三十六宫无粉光。"此用东坡《续丽人行》中语意，然不及坡之伟丽也。

半　截　美　人

唐子畏《题半截美人图》诗云："天姿袅娜十分娇，可惜风流半截腰。却恨画工无见识，动人情处不曾描。""谁家妙笔写风流，写到风流意便休。想是当年相见处，杏花村里短墙头。"第一首《群谈采余》作解缙诗，"千般体态百般娇，不画全身画半腰"，下同。

赵　十　朋

王梅溪云：黄岩赵十朋，贤士也。有诗云："四枚豚犬教知书，二顷良田尽有余。鲁酒三杯棋一局，客来浑不问亲疏。"予亦有东皋二顷，两子闻诗、闻礼，皆学读书，客至则弈棋饮酒，遂用赵君诗意，成一绝云："薄有田园种斗升，两儿传授读书灯。客来一局三杯酒，王十朋如赵十朋。"

赠　长　短　句

贾似道当国，行公田、关子两法，民间苦之。钱塘叶太白李上书力诋，且献钞式以代关子。似道怒，黥流岭南。及似道漳州之谪，李赦还,相值于途。李赠词讥之曰:"君来路,吾归路,来来去去何时住。公田关子竟何如,国事当时谁与误?雷司户,崔司户,人生会有相逢处。客中邂逅欠烝羊,聊赠一篇长短句。"雷、崔事,丁谓贬寇准雷州,后丁谓亦贬崖州。李仕元至中书左丞。

临 安 谣

嘉泰二年,临安谣曰:"满头青,都是假。这回来,不作耍。"其时女妆尚假玉,因以假为贾,喻似道专权,而景炎丙子之乱非复庚申之役也。后似道遭贬,人题壁讥之曰:"去年秋,今年秋,湖上人家乐复忧。西湖依旧流。　　吴循州,贾循州,十五年间一转头。人生放下休。"吴循州谓履斋之贬,似道挤之也。

附 学

旧制:学校生员,廪膳有额,增广无额,故名增广。明宣德四年,增广亦有额。至景泰元年,照旧无额。成化三年,又额。京师语曰:"和尚普度,秀才拘数,礼部姚夔,颠覆国祚。"夔请于朝,因立附学焉。

措 置 失 宜

靖康中,金人既出境,朝廷措置多不急之务,如复春秋科,大学生免解,改舒王从祀之类,时人语曰:"不管肃王,却管舒王。不管燕山,却管聂山。不管山东,却管陈东。不管东京,却管蔡京。不管河北界,却管秀才解。"道路之言,切中时病。

青 盖

嘉定癸酉,臣僚奏请禁止都城青盖,两学俱用皂盖,而天府又复禁止。有外郡学士入都,不知所禁,被获,士人供状书一诗曰:"冠盖相望古所然，易青为皂且从权。中原多少黄罗盖，何不多多出赏钱。"州府礼而遣之。

吴 仲 和 书 壁

侯官吴仲和^鏻举成化甲辰进士，宰揭阳。流寇陷治，谪南海卫幕。时陈白沙唱道东南，仲和往叩之。适送一阃帅出，遂投刺，陈以其卫幕也，竟拒之。仲和大书厅壁云："考亭亭下迹荒芜，野鸟庭中独自呼。欲向白沙问真处，越人曾笑楚人愚。"复见壁间悬《渔翁晒网图》，又题一绝云："扁舟一叶抵天涯，罢钓归来晒晚霞。莫道水村儿女拙，也曾梳洗插金花。"书毕而去。白沙见诗怅恨，追之不及。

杨 龟 山 庙

杨龟山庙祀在常州，有豪家欲夺其地者，郡守知之，行香日题诗壁间，豪家愧而寝焉。诗曰："瓣香觅路拜龟山，独立斜阳未忍还。庙貌俨如生气在，断碑惟见藓痕班。道传伊洛名千古，迹寄毗陵屋半间。黄鸟不知谁是主，隔林犹自语间关。"

张 章 入 相

景德五年张邓公^{士逊}与章郇公^{得象}同入相，张时年七十五，后数岁，西贼叛命，宝元、康定之间，措置乖方，物议交谪，张始引年，除太傅致仕，以小诗白郇公曰："颓案当衙并命时，兼葭衰朽倚璠枝。如今我得休官去，鸿入高冥凤在池。"廷臣咸和焉。当时有人改邓公诗云："颓案当衙并命时，与君两个没操持。如今我得休官去，一任夫君鹘露啼。"闻者大哂。

朱 张 二 海 运

明初朱、张二万户以通海运功为高皇所宠，诏赐印，令自造用，富倍王室。及事败，死于京。有僧以诗吊之曰："祸有胎兮福有基，谁人识破这危机。酒酣吴地花方笑，梦断燕山草正肥。敌国富来犹未足，全家破后始知非。春风只有门前柳，依旧双双燕子飞。"

《涌幢小品》：朱清、张瑄，太仓人，为元海运万户。后清、瑄以事死，而清子虎、瑄子文龙仍治海漕，给所没田宅。国初则朱寿、张赫，怀远人，亦以海运功封侯。何两人姓同、功同乃尔耶？

起 复 损 誉

明初一少年，官翰林，左迁，竟浮沉中外。尝作诗云："出门遇一妪，黑瘦如老鸦。自谓廿年前，面色欺桃花。"闻者怜之。嘉靖中，一词林以京考去官，养重山林者廿年。己未东南用兵，严嵩欲收人望，乃起用之。濒行，一士饯诗云："已卸烟花二十年，蓬头跣足实堪怜。而今嫁作商人妇，又抱琵琶过别船。"后竟损名誉，世以殷深源比之，与《戒庵漫笔》吊唐荆川诗同意。

文 留 两 相

三衢留中斋^{梦炎}，理宗甲辰大魁。庐陵文文山^{天祥}，理宗丙辰大魁。中斋作相，身享富贵三十年，仕元为尚书。文山初登第，丁父忧，仕途亦坎坷，乙亥义兵勤王，终以罔效，患难中倚之为重，虽名为相，黄扉之贵，万钟之奉，无有也。江西罗秋壶诗云："啮雪苏卿受苦辛，庾公甘作老朝臣。当年龙首黄扉客，同受皇恩一样人。"中斋闻之，将物色罗织，罗亟归而免。

周 芝 田

《山房随笔》：浙中周芝田，浪迹江湖，道冠野服，诗酒谐笑，略无拘检。时出小戏以悦人，不知其能琴与诗也。遇琴则弹一二曲，适兴则吟一二句，而不终篇。赋石上雨竹云："淋漓满腹藏春

雨,突兀半拳生晓云。"又:"草香花落后,云黑雨来时。"琴诗云:
"膝上横陈玉一枝,此音唯独此心知。夜深断送鹤先睡,弹到空山
月落时。"

题　风　筝

唐高骈镇蜀,南诏侵暴,筑罗城四十里,朝廷虽加恩赏,亦疑其跋
扈。一日闻奏乐声,知有改移,乃题《风筝》诗以寄意曰:"夜静弦声响
碧空,宫商信任往来风。依稀似曲才堪听,又被风吹别调中。"旬日移
镇渚宫。

讥　射　不　中

唐宋国公萧瑀不能射,太宗命射,俱不着垛。欧阳询以诗戏之
曰:"急风吹缓箭,弱臂驭强弓。欲高反覆下,应西还更东。十回俱着
地,两手并擎空。借问谁为此,多应是宋公。"后太宗见诗,谓萧瑀曰:
"此乃四十字章疏也。"由是与询有隙。

项 羽 庙 诗 词

《群谈采余》:项羽庙失火,有人题诗云:"嬴秦久矣酷斯民,羽入
关中又一秦。父老莫嗟遗庙毁,咸阳三月是何人?"又宋咸淳年间,南
剑州曹鲁肃谒制帅李庭芝于淮,题诗项羽庙云:"盖世英雄力拔山,楚
歌四面泪澜潺。江东父老如相问,子弟八千无一还。"《谰言长语》:
一士题《酹江月》词于项羽庙壁云:"鲍鱼腥断,楚将军、鞭虎驱龙而
起。空费咸阳三月火,铸就金刀神器。垓下兵稀,阴陵道狭,月暗云
如垒。楚歌哄发,山川都姓刘矣。　　悲泣呼醒虞姬,为伊死别,血
刃飞花碎。霸业休休雅不逝,英气乌江流水。古庙颓垣,斜阳红树,
遗恨鸦声里。兴亡休问,高陵秋草空翠。"一名《念奴娇》,一名《百字
令》,语句雄壮,惜不知谁作。

甘 露 祖 风

李卫公镇南徐，甘露寺僧有戒行，赠僧以方竹杖。方竹出大宛，李所珍也。及李再至，问杖无恙否，僧欣然曰："已规圆而漆之矣。"李叹惋弥日。后张表臣在沿江摄幕，暇与同僚游甘露寺，偶题《蓦山溪》词于壁云："楼横北固，尽日恹恹雨。欸乃数声歌，但渺漠、江上烟树。寂寥风物，三五过元宵，寻柳眼觅花英，春色知何处。　　落梅呜咽，吹彻江城暮。脉脉数飞鸿，杳归期，东风凝伫。长安不见，烽起夕阳间，魂欲断，酒初醒，独下危楼去。"其僧俗且聩，愀然谓同僚曰："方泥一堵好壁，又被写污了。"张知之，戏曰："近日和尚耳明否？"曰："背听如旧。"张曰："恐尊目亦自来不认得物事，壁间之题，谩圬墁之，便是甘露寺祖风也。"闻者大笑。

题 村 壁

《山房随笔》：李邦美过句容村乡，见酒肆粉壁明洁，题云："青裙白面闲挑菜，茅舍竹篱疏见梅。"未及后联，店翁怒曰："此壁向为人涂污，我方新之，今尔又作俑也。"遂不书。有客续至，问翁，翁悔之。后李又过，翁请足成。李笑取笔书云："春事隔年无信息，一声啼鸟唤将来。"往来观者皆爱之。

吴 履 斋 拜 相

姚橘洲尹临安时，吴履斋潜拜相，姚与诸客作启贺之，推敲起句。彭晋叟云："转鸿钧，运紫极，万化一新；自龙首，到黄扉，百年几见。"

理宗开庆之变，履斋再入相，四明士子上诗云："来则非耶抑是耶，缘堤何必更行沙。瑟当调处难胶柱，棋到危时见作家。公论有谁能着脚，事机至此转聱牙。不如叠嶂双溪下，行对青山坐看花。"言者附贾似道，描画弹劾，贬循州而殂。饶州熊某以诗吊之曰："近来西北有干戈,独立斜阳感慨多。雷为元城驱劫火,天胡丁谓活鲸波。九原难起先生问,万世其如公论何。道过雕峰休插竹,想逢宗老续长歌。”

贺移镇南昌启

元薛制机云:有贺自长沙移镇南昌者,启云:“夜醉长沙,晓行湘水,难教樯燕之留;用少陵诗。朝飞南浦,暮卷西山,来听鸣鸾之舞。用王勃文。”

又有除直秘阁,依旧沿江制置司干办公事,云:“望玉宇璃楼之邃,何似人间;从纶巾羽扇之游,依然江表。”上已请客云:“三月三日,长安水边多丽人;一觞一咏,会稽山阴修禊事。”又:“良辰美景,赏心乐事,四者难并;崇山峻岭,茂林修竹,群贤毕至。”

集　福　庵

苏城集福庵在尚书吴匏庵所居之北,知州施肤庵所居之西。弘治中,诏毁淫祠,有司欲为吴后圃。吴曰:“僧庵吾世邻也,不忍其毁,安忍为吾有耶?”有司复欲为施别业,施曰:“何不送匏庵而送予也?”有司述其言,施曰:“吾独不能为匏庵耶?”亦辞不受。其庵竟存。嘉靖初,又有诏毁,知府伍畴中用价承佃,都御史毛贞甫亦用价佃之。一则曰近吾家也,一则曰地旧吾家施也,竟成讼,且毛、伍新联姻。时人追思往事,因为谣曰:“昔日吴与施,官送犹逊辞。今日毛与伍,讦告到官府。”噫!人心不古,世道日趋,四公相去,奚啻天渊!

杨党题孔庙诗

元杨焕然号关西夫子,题孔子庙云:“会见春风入杏坛,奎文阁上独凭阑。渊源自古尊洙泗,祖述何人似孟坚。竹简不随秦火冷,楷林高倚鲁城寒。漂零踪迹千年后,无分东家记一箪。”金党怀英诗云:“鲁国遗踪随渺茫,独余林庙压城荒。梅梁分曙霞留影,松牖回春月转光。老桧曾沾周雨露，断碑犹是汉文章。不须更问传家久，泰岱参天汾水长。"怀英承安间人，工篆书，尝书"杏坛"二字列于祖庭。

冯兰题扇

弘治中，学宪余姚冯兰与同年侍郎嘉禾屠勋相遇于钱唐，屠谈往时与陈《七修》作东。郎中讦奏事，云："陈已死于军，妻子流落，予官尚未艾。"继而出弈图扇面索题，冯援笔曰："白云堆里四公亭，亭下只遗空石枰。相逢莫自夸高手，一遍输来一遍赢。"屠默然。

箕仙不可频召

《七修类稿》：金陵士人顾某数召箕，一日得诗云："天冷山城二鼓敲，雪迷洞口路迢迢。云窗童子烧松火，待我鸾舆下碧霄。"请书名，又书二诗云："古来花貌说仙娥，自是仙娥薄命多。一曲《霓裳》未终舞，金钿早委马嵬坡。""昔日长安一太真，君王一见笑倾城。洗儿故事今何在，只问蓬莱玉色人。"后累召累至，言情言貌，遂为所惑，恳一睹真形，以畅平生所慕。薄暮忽有妇人从空而下，生惧而惊走。明日方举念，妇人又至，无时宁息，遂丧厥心。后遇道人挽之远游，久而方绝。

贞伯反嘲

李西涯子名兆先，字贞伯，有一目数行之资，每厄于科场，主试者多注意寻取，或失或缺，竟弗能中。赍志而没，西涯绝嗣。《雪涛小书》云：兆先好声妓，西涯罪之，特书其精舍之门曰："今日柳巷，明日花街，继晷焚膏，一作诵诗读书。秀才，秀才。"贞伯见之，即续书曰："今日骤雨，明日狂风，燮理阴阳，相公，相公。"以此占之，宜其不贵而早夭也。

吏　娶　娼

吴门有吏娶一娼,燕客,歌舞彻旦。随犯事,决配九江,与妇泣别登舟。卢梅坡作诗云:"昨夜笙歌燕画楼,今朝忽泪送行舟。当初若嫁商人妇,无此江头一段愁。"

吏 部 三 尚 书

正德中,吏部三尚书张彩坐瑾党,陆完坐宸濠党,王琼坐奸党乱政,皆论死谪戍。石文隐瑶代晋溪,有匿名书帖吏部门曰:"莫做,莫做,莫贺,莫贺,十五年间,一连三个。"

诗 戒 子 孙

扬州陈少卿亚蓄书数千卷,名画数十幅。致政闲居,有华亭唳鹤一双,怪石一株,奇峭可爱,与异花数十本,列植于庭,为诗以戒子孙曰:"满室图书杂典坟,华亭仙客岱云根。他年若不和花卖,便是吾家好子孙。"后死未几,皆散落民间。

蔡 京 词 谶

《宣和遗事》:蔡京卒前月余,作《西江月》词云:"八十衰年初谢,三千里外无家。孤行骨肉各天涯,遥望神京泣下。　　金殿五曾拜相,玉堂十度宣麻。追思往日漫繁华,到此番成梦话。"未几卒。可谓谶也。

钵 中 片 纸

贾似道斋云游道人于西湖道堂。似道未至时,一妇人抱一子求斋,只候与一分持以与子,乃顿子于斋堂桌上,复入求斋。众虑似道将至,急取与之,而似道已至,众叱之去。妇人抱子趋避小阁,遗粪桌上,不暇揩拭,用钵盂盖覆。俟似道展拜后除之,举钵不起,妇人亦不见。众以白,似道命左右并力撤之,不可得,焚香设拜,钵乃举,得片纸,有诗二句云:"得好休时便好休,收花结子在绵州。"众勉其退闲,而不知绵州之义。后遭贬,为郑虎臣拉杀于漳州木绵庵。

林和靖书壁

林和靖书寿堂壁云:"湖外青山对结庐,坟前修竹亦萧疏。茂陵他日求遗稿,犹喜曾无封禅书。"和靖尝傲视许洞,洞作诗嘲之曰:"寺里掇斋饥老鼠,林间咳嗽老猕猴。豪民送物鹅伸颈,好客临门鳖缩头。"此诗妒贤嫉能,可谓谑之虐也,闻者足以戒云。

涕泣女吴

《林居漫录》:安肃郑范溪洛有女,国色也,选郎蒋遵箴请娶之,郑弗允。会郑求总督宣大,江陵许之,而蒋托故不推,乃强委禽焉,曰:"老先生欲掌北门之管,遵箴愿补东床之缺。"郑不得已从之。于归之日,郑与夫人咸抱其女而泣。江陵闻之曰:"范溪可谓涕泣而女于吴。"闻者绝倒。

作诗谬句

元吾子行《闲居录》:晚宋作诗者多谬句,出游必云策杖,门户必曰柴扉,结句多以梅花为说,尘腐可厌。余因聚其事为一绝云:"烹茶茅屋掩柴扉,双耸吟肩更捻须。策杖逋仙山下去,骚人正是兴来时。"或可为作者戒也。按子行名衍,鲁郡人,工篆隶,通音律。读《太玄经》,号贞白居士。

寻龙擒虎

绍兴乙卯,以旱祷雨。谏议大夫赵霈上言:"自来祈祷断屠,只禁猪羊,今请并禁鹅鸭。"胡致堂在西掖见之,笑曰:"可谓鹅鸭谏议乎?
闻庑中有龙虎大王,请以鹅鸭谏议当之。"明成化中,胡汝宁请禁食虾
蟆,时号虾蟆给事,更堪作对也。

嘉定中,察院罗相上言:"越州多虎,乞行下措置,多方捕杀。"正
言张次贤上言:"八盘岭乃禁中来龙,乞禁行人。"太学生有罗擒虎、张
寻龙之对。

给 相 门 事

《林居漫录》:给事钱梦皋,四明相公沈一贯入幕宾也。一日饮相
公酒,而山人某亦预焉。钱戏某曰:"昔之山人,山中野人。今之山
人,山外游人。"某即应云:"昔之给事,给黄门事。今之给事,给相门
事。"钱大惭。

烟 波 钓 叟

张志和以渔为业,号烟波钓叟。东坡志和渔父诗曰:"西塞
山边白鹭飞,桃花流水鳜鱼肥。自被一身青箬笠,斜风细雨不
须归。"

金 国 南 迁

金国南迁后浸弱不支,又迁睢阳,某后宁死于汴不肯迁。元遗山
诗云:"桃李深宫二十年,更将颜色向谁怜。人生只合汴京死,金水河
边好墓田。"

存 诚 诗

元晋陵蒋景裴洵尝诵存诚上人诗云:"别后尝游沧海东,忽携诗卷
到山中。立谈数语飘然去,满径松花落午风。"

禳虎青词

宝祐甲寅,江东多虎,有司行袚禳之典。青词末联云:"虽曰寅年之足,或有数存;去其乙字之威,尚祈神力。"盖古诗有"寅年足虎狼"句,传谓虎威如乙字,对属甚切。

道人书壁

常熟有暴富者,方交易买田,一道人来乞食。富者怒其扰聒,呵出之。道人书一绝于壁云:"多买庄田笑汝痴,解头粮长后边随。看他耕种几年去,交付儿孙卖与谁。"

祝　词

黄耕叟太史夫人诞日乃三月十四日,吴叔经祝寿词曰:"天边将满一轮月,世上还钟百岁人。"或谓十三日亦使得,不若云"犹欠一分"方见得十四日也。

赋　灯

崇安宋子飞_翔年七岁,刘子翚命赋灯诗,曰:"耿耿照幽房,荧荧鹤焰长。昔年江上女,曾到乞余光。"刘奇之。绍兴己未登进士。

书　门　符

昆山归元公_庄元旦书门符,左曰"福寿",注曰"南台御史大夫",右曰"平安",注曰"北平都督金事"。

袁箨庵_{于令}以荆州守罢归,流寓金陵,落魄不得意,大书门联云:"佛言不可说,不可说;子曰如之何,如之何。"

丧　天　真

《七修类稿》：刘知县敬宗，一日敝衣草履独行，遇诸途，予戏曰："衣者身之章，毋乃亵乎？"刘曰："子不知予当官时有不可对妻言者，此岂谓之无耻耶？汝真林下之人而任天真也。"予不觉悚然，敬其言之不欺。后见《乖崖集》有《寄陈抟》诗曰："世人大抵重官荣，见我西归夹路迎。应取华山高士笑，天真丧尽得浮名。"因忆张咏尚如此，则仕路之丧天真可知也。

幔　亭　仙

徐季暨弱冠有才华，倜傥好义，不能俯仰尘俗。尝游白门，会客长干寺。座有贵人，傲气凌人，一座皆寂。季心不能平，语稍侵之。客有善季者，目慑季，季益愤，见于色。酒半，客有语留侯事，贵人暗不发，季即席间草书《留侯世家》一通，笔势飞舞，无一字漏误。至椎击博浪沙，停笔引满，拟贵人。贵人瞠目，仰屋而嘻，默然者良久，念无以加于季，乃从容及长安大老。季笑曰："是龌龊者，何足污吾耳。若欲以腐鼠吓也。"拂袖出门，不及呼其仆马。时冬雪初晴，月起林际，向月而步，衣履沾濡，遥望白烟一缕起丛薄。又里许，诣一高门，双扉未阖，碧衣童子独枕门外，若有所俟。见季而笑，导之入堂，上列烛皎皎。一叟拥炉看书，起迎劳季，命童子为季更湿衣，擘鹿脯，捧酒一螺，酒甘冽非常有。叟曰："君子夜行良苦。"季称谢。叟曰："圯上纳履事，亦解此意耶？"季悚然，不觉避席。叟即持向看书示季，正季所草书也。大骇拜伏，不敢仰视。叟掖之曰："已识子心矣。第饮，毋多谭。"益进果核大嚼，叟挥铁如意，笑曰："酒兴方酣，可无侑席？"以如意击所坐绳床，俄而香风袭人，素绡女子嫣然拜灯下，手执红梅一枝，妖冶真国色。酒数行，叟顾谓季："佳客良夜，愿留霏玉。"以红梅为题，季应声曰："一自东风嫁海棠，全欺绛雪艳群芳。火齐夜照疏钟冷，锦瑟朝翻绣幕香。素质岂堪流血泪，纤肌故遣衬红裳。卷来衫袖燕支妒，惟有明霞映晓妆。"又绝句六首："芙蓉不耐九秋霜，菡萏趋炎怯晚妆。争似芳菲浣冰雪，忍教杜宇怨斜阳。"

"玉盏酡颜夜未央，染成殷腻晕檀郎。多情错认啼鹃泪，燃尽寒枝识暗香。""的的丹砂缀玉房，为要神女漱云浆。相逢月下惊娇艳，不是江妃旧日妆。""烧残绛蜡裹明光，午夜轻寒拥鹔鹴。不向晓风贪结子，愿将丹素对青皇。""棱棱玉骨倚长廊，照眼横斜月一方。闻道石家舒步障，珊瑚高处散清香。""玉辇承恩紫臂囊，自怜憨态拂银床。赐绯迎影开欢靥，不数姚家照殿黄。"诗成，杯酒未寒。叟掀髯称赏曰："寸晷立成，政自难得。第不免少年气耳。"令素绡按拍歌之，每歌一首，辄浮一大白。觥筹既深，笑语方洽，视庭中月痕如初时不移寸。谈及修炼，则笑而不答。逡巡欲叩姓名，叟赧然笑曰："徐子仙骨已具，但元精未充，愿以素绡奉侍君子。不闻霍将军之于宛若乎？"季作色怒曰："顷聆玄奥，实启迷衷。杯酒初衔，未倾肺腑，何至以淫亵相加？向以叟为玉府清都之上品，以今观之，直山魈野鬼伎俩耳。腰下恨少鱼肠，以案上如意碎君之首！"抵杯向地，声�“然，叟及屋宇俱无所见，身坐长林下，曙色熹微，啼鸟在树间而已。心惘然若梦，足蔂然若曳，彷徨行里许，闻车马喧驰，则其家人也。喜而慰问，相失已三日，此地去白门一百八十里，为云阳道中矣。昨夜寻至句曲逆旅，有老叟寄缄，具言郎君在此，星驰而来，果相遇也。话叟形貌，即季所见。发其缄，题"丁丑期我于幔亭之山"。遂南归。二年复入都，道出云阳，季留意物色之。会直指使者过，车骑塞途，舁夫迂道行，见短垣红英耀眼，命停舆入，有红梅玉干扶疏，荫亩许。时春暮，桃花落尽，此独含滋吐色，芬芳馥郁。季心异之，徘徊其下，见废址隐隐，颓壁半存。一村老策蹇来，询之，言是黄石公废祠。于是骇然肃衣冠而拜于草间，襟袖渍泥，低徊不忍去。同行者促之，乃行。自是栖心玄旨，深自韬晦。同人每夜半闻季室中语琅琅，窃视异光满室，旦而叩之，笑不应。其秋下第归，不复以功名为念，放情诗酒。丁丑以病酒卒。或言尸解而托于酒也。没十余年，闽人请仙，大书季姓名，言为仙官，治武夷之幔亭山。留诗十余首，有"寒流泻出松头月，晓鹤飞残岭上云"、"残棋屡换人间局，洒洒微添海上波"、"寂寂山腰间琥珀，年年洞口自桃花"等句。闽人游于吴，因道其事相契合。徐之苍头向随季行者，直走云阳，冀闻音响，杳无所见，红梅亦不知所在，痛哭而返。

己集卷之三

少 陵 诗 意

《鹤林玉露》：杜少陵诗："莫笑田家老瓦盆，自从盛酒长儿孙。倾银注玉惊人眼，共醉终同卧竹根。"盖言瓦盆盛酒与倾银壶而注玉杯者同一醉也。由是推之，蹇驴布鞲与骏马金鞍同一游，松床管簟与绣帷玉枕同一寝。知此则贫贱富贵可以一视矣。昔有仆嫌有妻之陋者，主人闻之，召仆至，以银杯、瓦盏各一酌酒饮仆，问曰："酒佳乎？"对曰："佳。"曰："银杯者佳乎？瓦盏者佳乎？"对曰："皆佳。"主人曰："杯有精粗，酒无分别。汝既知此，则无嫌于汝妻之陋矣。"仆悟，遂安其室。少陵诗意正如此。

戛 羹 图

元人《题戛羹图》诗云："妇人心计太奸深，冷饭残羹值万金。早识叔为天子贵，添盐添醋也甘心。"愚谓妇性悭吝，何足深责，而尘埃天子，物色实难。史称高帝豁达大度，顾以丘嫂羹尽辚釜之怨，而兄子信独不侯，太上皇以为言，始封为羹颉侯。皇帝带砺之词，而迁怒之迹存焉，独不畏太上皇缘此记分羹之语乎？

考《括地志》，羹颉山在妫州怀戎县东南十五里。

潮 鸣 寺

《山堂肆考》：宋高宗作诗赐统制刘汉臣云："野水参差落涨痕，疏林欹倒出霜根。扁舟一棹向何处，家在江南黄叶村。"勒石潮鸣寺中。寺在杭州庆春门外，高宗南渡，驻跸寺中，闻江涛声，以为金兵追至，骇之，已而问知其故，遂赐潮鸣寺。

瑶 华 洞 仙

洪武辛酉,福清林子羽鸿为将乐县训导,与客游玉华洞。酒酣,藉草而卧。梦入瑶华洞天,洞主之三女小字芸香,延入天葩轩。案有诗集,题曰"霞光"。女郎曰:"严君阶列地仙,职司文衡,凡文人才子之诗,皆录集中,以备上帝御览。妾见君诗数十首,至'一鸟镜天净,万花潭雨香'与'橄雨古坛暝,礼星寒殿开'之句,尤严君所称赏也。"因挥翰赋诗,留连而觉。翌日避客,独游梦径,宛然石壁阻绝,潭深莫测。鸿书一诗投之,如炊黍许,见蜡笺浮出,上有诗云:"天葩小院敞银屏,鹊散天河逗客星。欲识别来幽意苦,晚峰长想黛眉青。"鸿览毕,讽咏不置,循所得笺乃一黄叶,字亦随灭矣。子羽有记甚详。则是张红桥而外,又有此奇遇也。

徐 武 功

徐天全有贞自金齿回,放情山水,日与耆俊游乐。其游灵岩山,作《水龙吟慢》云:"佳丽地是吾乡,看东山更比西山好。有罨画楼台,金碧岩扉,仿佛十洲三岛。却也有风流安石,清真逸少。向西施洞口,望湖亭畔,对云影天光,上下相涵相照。似宝镜里翠娥妆晓。且登临,且谈笑,眼前世事几多堪吊。香径踪消,㡓廊声杳,麋鹿还游未了。　也莫管,吴越兴亡,为他烦恼。是非颠倒,叹宦海风波,几人归早。得在家中老,遇酒美花新,歌清舞妙,尽开怀抱。又何须较短论长,此生心应自有天知道。醉呼童更进余杯,便揸得到三更,乘月归仙棹。"词藻骏发,意气凌轹,至立朝经济,随试辄效,洵天才也。第於于忠肃事不能免于公议云。

张 翰 知 几

晋张翰仕齐王冏,不乐于官,一日见秋风忽起,作歌曰:"秋风起兮佳景时，吴江冷兮鲈正肥。三千里兮家未归，恨难得兮仰天悲。"遂弃官而归。宋王赟运使过吴江，有诗云："吴江秋水灌平湖，水阔烟深恨有余。因想季鹰当日事，归来未必为莼鲈。"谓翰度时不可为，飘然远去，非为鲈也。至东坡《三贤赞》则曰："浮世功名食与眠，季鹰真得水中仙。不须更说知几早，只为莼鲈也自贤。"其说又高一着矣。又尝见《蟫精隽》载一诗云："黄犬东门事已非，华亭鹤唳漫思归。直须死后方回首，谁肯生前便拂衣。此日区区求适志，他年往往见知几。不须更说莼鲈美，但在淞江水亦肥。"此过二诗而兼得之，惜不知谁作。

望　夫　石

湖广武昌山有石状如人，相传贞妇之夫远征，妻携其子登山望之，遂化为石。后人有诗曰："一上青山便化身，巍然翘首望江滨。古来节妇皆销朽，独尔不为泉下尘。"王建诗云："望夫处，江悠悠，化为石，不回头。山头日日风复雨，行人归来石应语。"刘禹锡诗云："终日望夫夫不归，化为孤石苦相思。望来已是几千载，只似当年初望时。"郭功甫诗云："杜鹃啼血春林碧，妾有离愁思今昔。上尽高山第一峰，目乱魂飞化为石。化为石，可奈何，泪悬白露衣薜萝。千古万古望夫恨，一江秋水寒蝉多。汉家天子点征役，良人荷戈归不得。此身未老将何从，不似山头化为石。"按望夫石在处有之，功甫一诗模写殆尽。

戒　杀　女　歌

苏东坡与宋鄂州书云："昨武昌王殿直天麟见过，言鄂岳间田野小人例只养二男一女，过此则杀之。尤讳养女，以故民多鳏夫。女初生辄以冷水浸杀之，其父母不忍，率闭目背面以手按之水盆中，咿嘤良久乃死。"此风天下有数处，闽之建阳、崇安尤甚，虽富家亦养二女为极。莆田周石梁《戒杀女歌》云："虎狼性至恶，犹知有父子。人为万物灵,奈何不如彼?生男与生女,怀抱一而已。生男则收养,生女顾不举。我闻杀女时,其苦状难比。胞血尚淋漓,有口不能语。咿嘤水盆中,良久乃得死。吁嗟父母心,残忍一至此!我因劝吾民,毋轻杀其女。荆钗与裙布,未必能贫汝。随分而嫁娶,男女两得所。此歌散民间,万姓当记取。"

遣 妾 追 送

元丰初,金人议地界,丞相韩玉汝縝自枢密院承旨出分画,将行,与爱妾刘氏饮宴通夕,且作乐府词留别。翌日神宗密知,中批步军遣人般家追送之。玉汝初莫测所因,久之方知自乐府发也。刘贡父玉汝姻党,寄诗戏之云:"骠姚不复顾家为,谁谓东山久不归。天听幸容携婉娈,皇华何啻有光辉。"玉汝之词由此亦盛传天下。

淬 铁

宋欧阳程,永州府营道人。少为郡吏,郡后有池,常淬铁为戎器,名铁作池,植亭其旁。一日太守于吏牍间得副纸,记池亭之胜,有"寒影倒吞凌汉树,冷光高浴半天星"之句,问知为程诗,大惊异之,与之金,使归为学。登进士第,累官屯田员外郎。

刑 戒

古语云:"教笞不可废于家,扑责不可弛于国。"奴仆有犯,除情重送官外,用小竹板扑之,勿脚踢乱打,而头目腰背要害之处,尤当禁忌。百姓有犯,除强盗人命外,用二号竹板责之,勿用夹棍极刑。如妇人不得已,止拶其手,勿决其臀。吕叔简有《刑戒》八章,一曰:"五不打:老不打,幼不打,病不打,衣食不继不打,人打我不打。"二曰:"五莫轻打:宗室莫轻打,官莫轻打,生员莫轻打,童生莫轻打,妇人莫轻打。"三曰:"五不就打:人急勿就打,人忿勿就打,人醉勿就打,人随远路勿就打，人跑来喘息勿就打。"四曰："五且缓打：我怒且缓打，我醉且缓打，我病且缓打，我见不真且缓打，我不能处分且缓打。"五曰："三莫又打：已拶莫又打，已夹莫又打，要枷莫又打。"六曰："三怜不打：严寒酷暑怜不打，佳节良辰怜不打，人方伤心怜不打。"七曰："三应打不打：尊长该打与卑幼讼不打，百姓该打与衙役讼不打，工役铺行该打为修理衙门及买办自用物不打。"八曰："三禁打：禁重杖打，禁从下打，禁佐贰非刑打。"仁人之言，性暴者宜书座右。

烧 梨 赐 泌

唐肃宗眷爱李泌，以泌绝粒，每烧梨以赐之。一日与诸王夜坐，自烧二梨与泌。诸王戏夺之，上止之曰："先生不食谷，汝何为也？"既而诸王请联句，以为他年胜事。颍王曰："先生年几许，颜色似童儿。"信王曰："夜抱九仙骨，朝披一品衣。"岐王曰："不食千钟粟，惟餐两颗梨。"请上成之，上曰："天生此间气，助我化无为。"

贤 女 庙

宋安军贤女庙，蔡氏女也。父母初许适萧氏，萧贫，再许陈，又贫，复他许。女遂抱石投水死，乡人立庙祀之。淳祐间，刘贤题诗悼之曰："赢得贤名万古称，痛怜此女太轻生。春风杨柳因谁舞，秋雨梧桐底事声。仿佛云鬟抛岸久，依稀月魄浸潭明。何如约我桃源去，免使双亲泪眼盈。"是夜梦女和其诗，觉而不能记忆矣。

朱 买 臣 庙

严州寿昌县道旁有朱买臣庙，宋朱谦之题诗云："贫贱难堪俗眼低，区区何事便云泥。会稽乞得无他念，只为归来诧故妻。"又："采薪行道自歌呼，越俗安知有丈夫。一见印章惊欲倒，相看方悔太模糊。"

羞 冢

宋会稽郡守周卯题朱买臣妇羞冢云："当年一弃会稽侯,野墓烟芜锁别愁。惆怅不逢郎衣锦,至今粉骨尚含羞。"又方孝孺题云："青草塘边土一丘,千年埋骨不埋羞。丁宁嘱付人间妇,自结糟糠合到头。"

董汤辞受

高宗绍兴二十六年,秦桧病笃,召参知政事董德元、金枢密院事汤思退至卧室,属以后事,各赠黄金千两。德元虑桧以为自外不敢辞,思退以为期其死不敢受。帝闻思退不受,以为非桧党,遂信任之,至左仆射侍御史。故古乐府云："相门深深夜不扃,百年恩重千金轻。二人辞受本同情,君王但赏辞金名。呜呼!一桧死,一桧生。君王孤立臣为朋,谁人更问胡邦衡。"时胡铨两论桧及思退主和误国之罪,言甚恺切。

石曼卿诗

《文公语录》云:石曼卿《题张氏园亭》云："亭馆连城敌谢家,四时园色斗明霞。窗迎西渭封侯竹,地接东邻隐士瓜。乐意相关禽对语,生香不断树交花。纵游会约无留事,醉待参横落日斜。"又《筹笔驿》诗云："意中流水远,愁外旧山青。"句极佳。曼卿为人豪放,胸次极高,而诗乃方严缜密如此。"乐意"二句,宋儒谓形得浩然之气。

江心寺火

张萝峰孚敬《吊江心寺火》诗云："愁见中川皆赤土,却留双塔自摩空。眼前杀尽千年景,江上无消半夜风。幻化物情今日极,浮沉天地有时穷。咸阳宫殿都休问,金谷铜驼也棘中。"此作气象,自与凡庸不同。

黄山谷弈棋

黄山谷《弈棋呈任公渐》诗云:"偶因无事客休时,席上谈兵象两棋。心似蜘丝游碧落,身如蜩甲化枯枝。湘东一目诚堪死,天下中分尚可持。谁谓吾徒犹爱日,参横月落不曾知。"方万里云:"山谷前诗云:'坐隐不知岩月乐,手谈胜与俗人言。'亦佳句。碧落枯枝,尽弈者用心忘身之态。至东坡则云:'胜固欣然,败亦可喜,优哉优哉,聊复尔耳。'盖东坡素不解棋,不究此味也。"

四　杰

唐卢、骆、王、杨四大家,作者闻之敛手,然犹互相讥诮。如宾王"汉宫三十六,秦关一百二",谓之算博士。盈川类取古人姓氏作句,号为点鬼簿。照邻多用金玉翡翠珠玑等字,谓之阳翟大贾。四杰作尚如此,况今未造其藩篱者哉?

虞伯生像

吴江虞拳家有邵庵三像,一素冠竹杖;一自书"邈乎千载"之赞;一《归休戴笠图》,自书四律。今《道园学古录》、《道园遗稿》皆不载。诗曰:"浮云满空无所依,高冈独立来者稀。仙人冉冉遗松老,鸣鹿呦呦生草肥。伐木远闻何处谷,倾筐近得故时薇。山中欲雨雾先合,此日先生戴笠归。""南园多竹暑气微,游来结屋相因依。挂巾石壁昼雾湿,沐发池水朝阳晞。频年车马践霜雪,六月裳衣无绤绤。邻翁问旧坐来久,此日先生戴笠归。""老去悬车百虑灰,西风独爱菊花开。田家酒熟邀皆去,茅屋诗成懒更裁。欲及天清餐沆瀣,要观日出上蓬莱。赤松有约应相待,此日先生戴笠来。""莫问乡人驷马车，此身全不要人扶。云霄一羽山头杜，风雨孤村海上苏。薄命长镵寻积雪，多情破帽落轻乌。莫围玉带垂朱绂，此是先生戴笠图。"

七里滩壁间词

朱文公云：顷年过七里滩，见壁间有胡明仲题词刻石，拈出子陵怀仁辅义之语，以励往来士大夫，为之摩挲太息。后舟过石不复存，或有恶闻而毁之也。独一老僧能诵其词，为予道之，俾书之册。词曰："不见严夫子，寂寞富春山。空留千丈危石，高出暮云端。想象羊裘披了，一笑两忘身世，来插钓竿寒。肯似林间翮，飞倦始知还。　　中兴主，功业就，鬓毛斑。驰驱一世，人物相与济时艰。独委狂奴心事，未羡痴儿鼎足，放去任疏顽。爽气动星斗，终古照林峦。"或云此词实先生所作也。

朱梦得静镇

《耳新》：信州朱梦得宝符性耿介，有识量。崇祯戊辰，舟过小孤，风涛大作。汪千顷诵观世音垂救，令朱亦诵，梦得谢不应。及大孤，风十倍前，更雨雹。千顷以梦得箧中有《楞严》，宜升之高处。梦得以死生有数为言。顷之风定，整帆达御儿港，焚香向水谢，口占一绝云："白头浪里此心闲，厌说存亡顷刻间。暗数平生才一遍，危舟已过大孤山。"

乌　衣　国

《渔隐丛话》：王、谢是二姓，王导、谢安之族，所居名乌衣巷。或引刘斧《摭遗》所载，唐王谢居金陵，以航海为业。一日遇风舟破，谢附一板抵一州，见翁媪，着皂服，曰："此吾主人郎也。"引至宫内，见王坐殿上。王怜其才，以女妻之。因问女曰："此何国？"女曰："乌衣国也。"经月余,谢思归,王设宴于宝墨殿以饯谢,命作诗,末句云:"恨不此身生羽翼。"王曰:"不能与君生羽翼,亦可与君跨烟雾。"遂命取飞云轩,乃墨毡轿子,令谢入其中,闭目,少息至家,视之,见梁上双燕呢喃下视,乃悟所至燕子国也。至秋燕去,谢乃附诗系燕尾云:"误到华胥国里来,主人终日独怜才。云轩一去无消息,泪洒春风几百回。"来春燕至,女答诗云:"昔日相逢冥数合,只今暌远是生离。来春纵有相思字,三月天南无雁飞。"来春燕果不来。

戎 昱 送 妓 诗

戎昱刺浙郡,郡有妓美艳善歌,昱钟爱之。一日韩晋公召置籍中,昱作诗送之云:"好去春风湖上亭,柳条藤蔓系人情。黄鹂久住浑相识,欲别频啼三两声。"

田　家　乐

《闲居笔记》:有《田家乐词》一书,云沈石田作。其语虽俚,然有帝力何有于我之意,录之:"田家快活没忧愁,门前稻子沓成楼。主人遇客先呼酒,童仆逢人便可留。雨落儿童拖草屦,晴乾嫂子戴乌兜。有时一曲才堪听,月子弯弯照九洲。""田家快活没嗟吁,数椽茅屋尽堪居。春养花蚕供衣服,夏日焚香检道书。秋畜黄鸡肥啄黍,冬春白米有盈余。朋友欢招堪置酒,山肴野蔌也相宜。""田家快乐真不俗,沉醉高歌自鼓腹。门前鸡犬乱纷纷,地上桑麻花碌碌。父慈子孝两心宽,兄友弟恭如手足。日高丈五睡正浓,占断人间天上福。""我见黎农三两人,勾肩搭背嬉笑行。山歌拍手更相和,傍花随柳过前村。""我见黎农快活因,自说村居不厌贫。自有宅边田数亩,不用低头俯仰人。虽无柏叶珍珠酒,也有浊醪三五斗。虽无海错美精肴,也有鱼虾供素口。虽无细果似榛松,也有莘荠共菱藕。虽无麻菰与香菌,也有疏菜与葱韭。虽无歌唱美女娘,也有村妇相伴守。虽无银钱多积蓄,不少饭兮不少粥。虽无翠饰与金珠,也有寻常粗布服。煎鳑皮,强似肉,乐有余,自知足。不能琴,听弹孝行也赏心。不能棋,五花六直惯能移。不能书,牛契田𮆊写有余。不能画,印板故事满壁挂。花朝节,年年赏花花不缺,花前不放酒杯歇。桃花尽尽开,菜花香又来。风雨时高歌,酌酒掩柴扉。牧童骑犊过村西,风吹箬笠横,无腔笛韵清。月明夜,清光澹澹茅檐射,有肴无酒邻家借。无板曲高歌,猜拳豁一壶。雪落天,江上渔翁钓罢还,火箱煨热坐团团,片片飘来不觉寒。四时快活容易过,饥来吃饭困来眠。米自舂,酒自做,纺棉花,织大布。野菜馄饨似肉香,秧芽搭饼甜酒浆,炒豆松甜儿叫娘。有时车田踧小溇,乌背鲫鱼大小有。软骨新鲜真个肥,胜似鲥鱼与石首。杜洗麸,爊葫芦,煸苋菜,糟落苏。蚬子清汤煮淡齑,葱花细切炙田鸡。难比羔羊珍羞味,时常也得口头肥。自说村居无限好,自有地段种瓜枣。自种槐花染淡黄,自种红花染红袄。自有菜油能照读,自有豆麦能罨酱。自拉小园种细茶,不用掂斤与播两。邻家过,说家务,不愿小小贵,不愿大大富。自有船,尽可渡,自有牛,不用雇。且吃荤,莫吃素。黄脚鸡,锅里熩。添些盐,用些醋。买斤肉,掘笋和,煨芋艿,煎豆腐,沉沉吃到日将暮。深缸汤,软草铺,且留一宿到明朝,田家快乐真好过。”

劝 农 诗

谢良斋有《劝农诗》云:“莫入州衙与县衙,劝君勤理作生涯。池塘多放旋添税,田地深耕足养家。教子教孙须教义,栽桑栽菜胜栽花。闲非闲是都休管,渴饮清泉困饮茶。”又云:“仕宦之人,南州北县。商贾之人,天涯海岸。争如农夫,六亲对面。夏绢新衣,秋米白饭。鹅鸭成群,猪羊满圈。官税早输,逍遥散诞。似此之人,值钱千万。”气象雍泰,时不易逢。若彼旱潦相仍,饥饿憔悴,如聂夷中所云,宁不恻然乎?

王元章《劝农诗》云:“云拥旌旗出翠微,劝农五马去归迟。年年只把亲耕语,说与山光水色知。”余介翁和云:“同井分田古意微,租庸遗法亦凌迟。欲耕多是无田者,试问使君知不知?”

退　隐

《自警编》云：诗人类以弃官归隐为高，而以轩冕荣贵为外物，然鲜有践其言者。唐僧灵彻泰酬韦丹诗云："相逢尽道休官去，林下何曾见一人。"白云秀云："住山人少说山多。"杜牧之云："尽道青山归去好，青山能有几人归。"口为怀山之言，行为媚灶之计，古人已然，何况今人哉！赵旸云："早晚粗酬身事了，水边归去一闲人。"若身事了则仕进之心益炽，愈无归期矣。王易简云："青山归去且得去，官职有来还自来。"是岂须臾忘情轩冕乎？张乖崖在蜀，有一幕官不为张所礼，献诗云："秋光都似宦情薄，山色不如归意浓。"张谢而留之。彼盖有激而云。《笔谈》言：有武人忽作诗云："人生本无累，何必买山钱。"遂弃官归。此最勇决者。尝于驿壁间见题句云："人生待足何时足，未老得闲方是闲。"非深得其味者，不能言也。

白香山罢郡诗

白乐天《喜罢郡》诗云："五年两郡亦堪嗟，偷出游山走看花。自此光阴为己有，从前日月属官家。樽前免被催迎使，枕上休闻报坐衙。睡到午时欢到夜，回看官职是泥沙。"久困仕宦，方味此诗之趣，真乐天哉。

山中宰相

梁陶弘景隐居华阳，绝意仕宦，人称山中宰相。武帝往见，问之曰："山中何所有？"弘景答曰："山中何所有，岭上多白云。但可自怡悦，不堪持赠君。"后屡聘不出。惟画两牛于壁，一牛散于水草之间，一牛着金笼头，有人执鞭以杖驱之。帝曰："此人欲效曳尾之龟，岂可致之？"

题陶渊明像

元邓善之《题陶渊明像》云:"诗中甲子《春秋》笔,篱下黄花雨露枝。便向斜川频载酒,风光不似义熙时。"又贡泰父诗云:"竹杖芒鞋白鹿裘,山中甲子几春秋。呼童点检门前柳,莫放飞花过石头。"明闽王典籍恭诗云:"束带何须见督邮,宁辞五斗便归休。秋风几度黄花酒,醉看飞鸿过石头。"彭学士华诗云:"解组归来雪鬓飘,呼儿滴露写前朝。丁宁莫取江头水,恐是金陵一夜潮。"沈石田诗云:"典午山河已莫支,先生归去自嫌迟。寄奴小草连天绿,刚剩黄花一两篱。"五诗皆有韵致。

车马惊猜

王荆公辞相位,退居金陵,日游钟山,脱去世故。然其诗曰:"穰侯老擅关中事,长恐诸侯客子来。我亦暮年专一壑,每逢车马便惊猜。"既以丘壑存心,则任其外物去来,何惊猜之有?是知此老胸中尚芥蒂也。如陶渊明则不然,曰:"结庐在人境,而无车马喧。问君何能尔,心远地自偏。"寄心于远,虽在人境,而车马不能喧之,心有芥蒂,则虽擅一壑,而逢车马亦不免惊猜也。

温 公 词

人传温公《西江月》词,流播已久。《群谈采余》又载《锦堂春》词云:"红日迟迟,虚廊转影,槐阴迤逦西斜。彩笔工夫,难状晚景烟霞。蝶尚不知春去,漫绕幽砌寻花。奈猛风过后,总有残红,飞向谁家? 始知青鬓无价。叹飘零官路,荏苒年华。今日笙歌丛里,特地咨嗟。席上青衫湿透,算感旧何止琵琶。怎不教人易老,多少离愁,散在天涯。"

广 寒 迁 客

顺治乙酉,杨维斗先生廷枢隐居光福,咏梅花十二韵,和者甚众。有女子自称广寒迁客,肩舆过门,亦投和章。急出询之,已远逝矣。其诗云:"栽遍山中不记年,却于松竹有深缘。寒香和月来窗外,疏影因风到水边。细雨微濛珠有泪,斜阳黯淡玉生烟。初无绿叶侵书幌,亦有红英入砚田。曾向罗浮寻旧约,会从姑射见余妍。千秋高洁凌瑶岛,一片空明漾碧川。玉貌瘦来骨更冷,冰魂断处梦初圆。心期澹静孤藜节,标格清癯处士禅。醉后漫将茶共嗅,吟余可与雪同咽。广寒桂树差堪侣,阆苑琼枝未是仙。楼上乍惊吹笛韵,囊中犹剩买花钱。呼童折向幽房去,纸帐三更照独眠。"先生以名解元隐迹山中,宜广寒仙子之下降也。

红 香 仙 子

一士召仙,有女鬼自称红香仙子,附乩作词云:"淅零零,一座芭蕉老。静沉沉,一带纱窗杳。惨离离,一阵鸿声悄。思量往事,件件都非了。不甘心,小轴画蛾眉,虫也欺人,蛛网重相扰。展长天,难打相思稿。拂浓云,难觅传书鸟。辟重壤,难种忘忧草。酒杯频劝,怎禁宽肠少。早知道,痴意与痴心,总不相干,只是无情好。"

狐 柳 妖

狐能幻化,往往变为女子,艳容巧慧,情爱惑人。楚士汪明遇曾遇之,一日泣别,赠诗云:"铅华久御向人间,相对铅华更惨然。纵有青青今夜月,何因重照旧云鬟。"

柳妖赠别诗:"仲冬二八是良时,江上多缘与子期。今日临歧一杯酒,共君千里远相思。"

刘山叟访女

后唐庄宗刘后，少困兵乱，与父相失。后贵宠，其父山叟，负药筐诣宫门请见。时诸嫔御争以门第相高，后恐为己辱，乃曰："我离家时父已亡矣，安得有是？"命驱出之。庄宗常于宫中敝服携筐，装刘山叟访女以为戏。瞿宗吉诗云："同光天子尚豪奢，后族多称富贵家。山叟不知人事改，摩娑老眼入京华。"

花样不同

卢仝下第出都，投逆旅，有人附火吟曰："学织锦绫工未多，乱投机杼错抛梭。若教宫锦行家见，把似文章笑杀他。"仝问之，答云："旧隶宫锦坊，近以薄技投本行云。如今花样不同，且东归也。"

下第集句

石曼卿下第，偶成集句曰："一生不得文章力，欲上青天未有因。圣主不劳千里召，姮娥可借一枝春。凤凰诏下虽沾命，豺虎丛中也立身。啼到血流无用处，着朱骑马是何人。"又集绝句云："年去年来来去忙，为他人作嫁衣裳。仰天大笑出门去，独对春风舞一场。"

人心难足

《葵轩琐记》：有《人心难足歌》云："终日奔波只为饥，才教食足又思衣。衣食若还多充足，洞房衾冷便思妻。娶得妻来鸳被暖，奈何送老恐无儿。有妻有子双双乐，终日思量屋舍低。起得高楼并大厦，又无官职受人欺。县丞主簿皆嫌小，欲去朝中挂紫衣。人心似海何时满，奈被阎罗下帖追。"此言虽俚，实切人情。

听　谗　诗

世传《听谗》诗云："谗言谨莫听，听之祸殃结。君德臣当诛，父听子当决。夫妻听之离，兄弟听之别。朋友听之疏，骨肉听之绝。堂堂八尺躯，莫听三寸舌。舌上有龙泉，杀人不见血。"不知何人所作，词意明切。

朝　鲜　国　人

《卓异记》：朝鲜国人遇风飘至通州，有司馆于守御所，讯之，乃其国差出主试者。因作诗云："白浪滔滔水接空，布帆十幅不禁风。此来若葬江鱼腹，万里孤臣一梦中。"又："迹殊溺海唐王勃，事异投江楚屈平。"后因进贡使之归国。

杨　诚　斋　诗

"《河图》三画已剩却，《尧典》万言犹欠着。向来潜圣天何言，六经非渠一手作。杏坛花下拨不开，天公更遣麒麟催。乾坤造化登青竹，洙泗光芒付绿苔。堂上书生真苦相，蠹简嚼穿浑不放。屋上架屋更屋上，后千万年作何样。华元夜登子反床，华镗晨趋孔子堂。当时浪说析骸骨，今日覃思雕肺肠。华君将身博冻馁，毛颖何罪终日忙。君不见，老农驱牛耕陇头，稻云割尽牛亦休。毛颖为君秃尽发，问君何时放渠歇，短檠青灯明复灭。"诗话云：华镗汉时秀才，作《六经解》，杨诚斋书长句于后，思致甚巧，末意黯然。

诚斋又有句云："书莫读，诗莫吟，读书两眼枯见骨，吟诗个字呕出心。人言读书乐，人言吟诗好。口吻长作秋虫声，只令君瘦令君老。何如闭目坐斋房，下帘扫地自焚香。听雨听风都有味，健来即行倦即睡。"句老而佳。

无 名 诗

《群谈采余》载二诗云:"浩如烟海积如山,纸上陈人叫不还。白首书生无事业,一生精力费窗间。""邻壁嘲啾诵学而,老人睡少听移时。他年慎勿如张禹,帝问床前谬不知。"二诗句意俱好。又古潭诗云:"诗书已后真多事,已矣洪蒙唤不回。荷蒉那知夫子意,夏苓曾笑伏羲来。先天一画无余卦,六籍千年有冷灰。岂是世间文字少,新编后传逐年开。"

诗 意 相 似

晁以道与陈叔易俱隐嵩山,叔易被召,以道作诗寓意云:"处士何人为作牙,尽携猿鹤上京华。故山岩壑应惆怅,六六峰前只一家。"绩溪胡原仲除正字,朱文公寄诗云:"先生去上芸香阁,阁老新峨豸角冠。留取幽人卧空谷,一川风月要人看。"二诗相似。

观 潮

昆山风俗以八月十八日为潮生日,合邑往东门观潮。弘治甲子,顾鼎臣观潮诗云:"海若鞭潮出海门,霆奔雪卷带灵氛。六鳌驾撼三山动,万马声传百谷闻。应谶更期人似玉,往观谁使女如云。傅岩舟楫真时用,康济功成日未曛。"乙丑大魁天下。

钉 诗

丁大全面篮色,开庆己未因貂联董宋臣得相,不惬人望。江西缪万年作《钉》诗刺之云:"顽矿非铜钢样坚,寒坑才热便趋炎。千来捶打方成器,一得人拈即逞尖。不怕斧敲惟要入,全凭钻引任教嫌。休言深久难抽拔,自有羊蹄与铁钳。"大全见之大怒,配缪化州。后大全窜新州,为监押者挤水死。

四　不　出

孔侍郎极朝回遇雨,避于一叟之庑下,延入厅事。叟乌衣纱巾,逢迎甚恭。因备酒馔,一一精好。孔公借油衣,叟曰:"某寒不出,热不出,风不出,雨不出,未尝置油衣也。"孔公不觉顿忘宦情。

登　涸　诗

《东轩笔记》:程师孟知洪州,于府中作静堂,自爱之,无日不到。题诗于石,有"每日更忙须一到,夜深常自点灯来"之句。李元规见而笑曰:"此无乃登涸诗乎?"

万　回　万　拜

《姑苏笔记》:薛昂赋蔡京君臣庆会阁诗云:"建时可会真千载,拜赐应须更万回。"时人谓之薛万回。贾似道柄国时,浙漕朱浚每有札子禀事,必称浚万拜,时人谓之朱万拜。浚乃晦翁曾孙,后元兵入建宁,浚被执不降,曰:"岂有晦翁孙而失节者乎?"遂自杀。

王　琪　张　亢

《渑水燕谈录》:王琪、张亢同在晏元献幕,亢肥大,琪以太牢目之,琪瘦小,亢以弥猴目之。一日,有米纲至八百里村,水浅当剥载。亢往督,琪曰:"所谓八百里剥也。"亢曰:"未若三千年精矣。"又琪尝嘲亢曰:"张亢触墙成八字。"亢应声曰:"王琪望月叫三声。"

鸦　且　打　凤

《今是堂手录》:杜大中自行伍为相,与物无情,西人呼为杜大虫。虽妻有过,亦杖之。有爱妾才色俱美,大中笺表皆其所为。一日大中方寝,妾见几间纸笔颇佳,因书《临江仙》一阕,有"彩凤随鸦"之语。大中觉而见之,云:"鸦且打凤。"于是掌其面,至项折而毙。

姓 伍 相 弄

《封氏闻见录》:杨伯博任山南县丞,其妻陆氏,名家女也。县令朱某,妇姓伍。偶诸官妇会席,既相见,县令妇问赞府夫人何姓,答曰:"姓陆。"次问主簿夫人,答曰:"姓戚。"县令妇勃然入内,诸夫人不知所以,欲回。朱闻之,入问其妇,妇曰:"赞府夫人云姓陆,主簿夫人姓云戚,以吾姓伍故相弄耳。其余夫人赖我不问,若问必曰姓八姓九矣。"朱大笑曰:"人各有姓,岂相弄耶?"令妇复出主宴。

罗 江 鸡 卵

《儒林公议》:庆历中,宋禧为侍御史,性廉介,乏才干。时亲事官谋乱,夜入禁中,几致不测。既而擒获,上惊悸,原饬宿卫。禧上言请多市罗江獠狗置内,以备守御。人传以为笑,目为罗江御史。

《林居漫录》:桐江宋应昌有口才,好术数。巡抚东省时,倭寇朝鲜,警报旁午。宋檄登莱两府各收鸡卵数十万,俟倭乘舟来,我以卵掷之,舟滑站立不住,悉成擒矣。闻者传以为笑,目为鸡卵巡抚。内阁赵志皋独奇之,擢为少司马,总督征倭军务。是以国事为戏也。禧与应昌二事略同,恰又同姓,更奇。

池 中 飞 来

《挥麈录》:毛泽民受知于曾子宣布,子宣南迁,泽民坐党与得罪,流落。久之,蔡元度镇润州,与泽民俱临川王氏婿,泽民倾心事之,一日家集,观池中鸳鸯,元度赋诗,末句云:"莫学饥鹰饱便飞。"泽民和之云:"贪恋恩波未肯飞。"元度夫人闻之,笑云:"岂非适从曾相公池中飞过来者耶?"泽民大惭,不能举首。

儒　匠

有木匠颇知通文,自称儒匠。常督工于道院,一道士戏曰:"匠称儒匠,君子儒,小人儒?"匠遽应曰:"人号道人,饿鬼道,畜生道?"

杨　銮　诗

《西清诗话》:南唐杨銮性诙谐,戏作诗云:"白日苍蝇满饭盘,夜间蚊子又成团。每到更深人静后,足来头上咬杨銮。"

残　羊　会　客

《青箱杂记》:彭齐未第时,常谒南丰宰,宰不喜士,平居未尝展礼。一夕虎入县廨,咥所畜羊,弃残而去。宰即以会客,彭亦预。翌日彭献诗谢曰:"昨日黄斑入县来,分明踪迹印苍苔。几多道德驱难去,些子猪羊引便来。令尹声声言有过,录公口口道无灾。思量也解开东阁,留取头蹄待秀才。"南方谓押司录事为录公。览者绝倒。

众 鸟 欣 有 托

《中兴间气集》:唐名妓李秀兰,善滑稽,尝与诸贤会乌程开元寺。知河间府刘长卿有阴疾,谓疝气。谓之曰:"山气日夕佳。"长卿曰:"众鸟欣有托。"举坐大笑。论者两美之。

草 明 堂 赦 文

《山堂肆考》:宋胡卫、卢举在翰林,草明堂赦文:"江淮尽扫于胡尘。"太学生嘲之曰:"胡尘已被江淮扫,却道江淮尽扫于。传语胡卢二学士,不如依样画葫芦。"

贫　家　壁

《清异录》:临川李善宁之子十岁能即席赋诗,人以贫家壁试之,略不构思,吟曰:"椒气何从得,灯光凿处分。拖涎来藻饰,惟有篆愁君。"按蜗牛一名篆愁君。

己集卷之四

宣 宗 诗 谶

唐宣宗微时，以武宗忌之，遁踪为僧。一日游方，遇黄檗禅师，同观瀑布。黄檗咏一联云："千岩万壑不辞劳，远看方知出处高。"下韵不接，宣宗续之曰："溪涧岂能留得住，终归大海作波涛。"后竟践大位。然自宣宗以后，接懿僖之世，寓内不靖，其作波涛之语，岂非谶耶？

用 舍 有 命

唐宣宗微行，卢渥遇于浐水逆旅。渥意贵人，敛身避之。帝呼与相见，自称进士卢渥，帝袖其诗卷而去。后对宰臣语及渥，令主司擢第。又贾岛为僧，居法乾寺。宣宗微行，取岛诗卷览之。岛攘臂夺去，帝惭，遂除岛长江簿。温庭筠亦遇宣宗于逆旅，不识龙颜，傲然诘之曰："公非长史司马之流？"帝曰："非也。"又曰："得非六参簿将之类？"帝曰："非也。"明日谪方城尉，制词有"徒负不羁之才，罕有适时之用"句，竟流落而死。三人皆遇宣宗，而用舍不一，虽云自取，天实为之也。

《梦蕉诗话》：孟浩然从王维入翰林院，适玄宗至，见之，询其所作，诵曰："不才明主弃，多病故人疏。"帝曰："卿自弃朕，朕何弃卿？"后孟贯见周世宗，询其所作，诵曰："不伐有巢树，多移无主花。"世宗曰："朕伐罪吊民，何谓有巢无主？"二子皆不蒙录用。王钦若少寒窘，依幕府，时章圣以寿王尹开封，晚过其家，见纸屏题诗一联云："龙带晚烟归洞府，雁拖秋色过衡阳。"甚爱之，曰："此语落落有贵气。"遂召见与语，后擢致相位。

留 赵 村

隋炀帝时,术者言睢阳有王气,五百年当有天子兴。后帝遣麻叔谋开汴河,至睢阳,民献三千金,乞护此城。叔谋自睢阳西穿渠,南北回屈,东行过留赵村,连延而去。后五百年,宋艺祖以归德节度使起为天子,与留赵之名相符矣。

徐 神 翁 诗

宋高宗在潜邸,遇道人徐神翁,甚礼敬之。神翁临别献诗曰:"牡蛎滩头一艇横,夕阳西去待潮生。与君不负登临约,同上金鳌背上行。"当时不解诗意。后避金人之难,将游于海,次章安镇,停舟滩上,以避晚潮。问舟人曰:"此何滩?"曰:"牡蛎滩。"遥见云木中有阁岿然,问居人曰:"此何阁?"曰:"金鳌阁。"高宗登焉,见壁间有神翁前诗在,墨迹犹新。

赤 脚 大 仙

宋真宗无子,尝于宫中祝天求嗣。上帝以问诸真,唯赤脚大仙一笑。既而宫人李氏诞生仁宗,既生,哭不止。真宗揭榜通衢,有能止太子啼哭者厚赏之。有道士至阙,言能止儿啼。真宗召入,以手抚之曰:"莫叫,莫叫,何似当初莫笑。"哭遂止。少时在宫中所着鞋袜悉去之,禁中皆呼为赤脚仙人。初帝生时,李后榻下生灵芝四十二叶,后享国四十二年,民安物阜,天下称治。每于进士闻喜宴必以诗赐之。景祐元年所赐诗末句云:"寒儒逢景运,报国合如何。"山东李庭臣尝见琼管夷人有持锦臂韝鬻于市者,上织诗一联,云:"恩袍草色动,仙籍桂香浮。"乃景祐五年赐进士诗也。庭臣以十金易之,作小屏几砚间云。

元　顺　帝

世传元顺帝为宋少帝㬐子，明宗乞为子，文宗崩得立。《水东日记》载诗云："皇宋第十六飞龙，元朝降封瀛国公。元君召公尚公主，时承赐宴明光宫。酒酣伸手扒金柱，化为龙爪惊天容。元君含笑语群臣，凤雏宁与凡禽同。侍臣献谋将见除，公主泣泪沾酥胸。幸脱虎口走方外，易名合尊沙漠中。是时明宗在沙漠，缔交合尊情颇浓。合尊之妻夜生子，明宗隔帐闻笙镛。乞归行宫养为嗣，皇考崩时年甫童。元君降诏移南海，五年乃归居九重。忆昔宋祖受周禅，仁义绰有三代风。至今儿孙主沙漠，吁嗟赵氏何其隆。"观此则顺帝为瀛国子无疑。但此诗沈石田为虞集作，而郎仁宝、钱牧斋皆以为余应作，未知孰是。

日　月　并　行

庚申君尝召术士问国祚修短，对云："国家千秋万岁，不必深虑，除是日月并行乃可忧耳。"至正戊申九月，高皇兵克通州，庚申君闻报，率后妃太子夜半开建德门北去，而元遂亡。日月并行，乃"明"字隐语也。

宋　元　帝　像

永乐间袁尚宝忠彻侍上看历代帝皇像，看到宋祖，上曰："果然面方耳大，英武之主。"至真宗而下，则曰："诸像清癯，如今时太医样一般。一作"皆是秀才皇帝"。"看元世祖，曰："北人南相。"至元列帝像，曰："皆是吃绵羊肉郎主。"及顺帝像，则曰："此又如太医样，何也？"袁不能对，乃备述于《符台外集》。后赐老归田，得观史传。暨虞集"第十六飞龙"之诗，始知容貌之相类，果符文皇之言。

续诗得官

《西园杂记》：明高皇定鼎后，时微行以察民情。一日登某寺楼，值雨，倚槛赋诗曰："微微细雨洒斑竹，阵阵轻风吹落花。"吟数次，欲结之，久未就。一士在旁续之曰："独倚阑干闲眺望，乾坤都属帝王家。"高皇大喜，问其履历，对曰："某下第举人也。"回宫即敕吏部官以要职，以试官遗才，悉夺聘礼而罪之。

四辅联诗

高皇游西苑，命四辅官杜敩、龚敩、赵民望、李祐、吴源侍宴，相与联句。高皇首唱云："踞盘龙虎肇豪英。"杜云："五色卿云炫日明。"吴云："王气莹然垂景象。"龚云："民风乐尔见升平。"赵云："山河百二金陵最。"李云："宇宙千秋帝业成。"高皇复云："暗忆六朝兴替事。"杜云："祯祥来尽又加祯。"此见《西园杂记》。末句意不相属，当用君臣交儆，以保有王业，接第七句，便有虞廷君臣交相责勉气象矣。

咏　雪

高皇未尝读书，而操笔成章。野史载《雪》诗云："腊前三日旷无涯，知是天公降六花。九曲河深凝底冻，张骞无处再乘槎。"其一统洪基兆此矣。又尝咏新雨云："片云风驾雨飞来，顷刻凭看遍九垓。槛外近聆新水响，遥空一碧见天开。"其维新之治，即此可见。

黄　衣　人

洪武三年，中书右丞王溥奏称，督采材木于建昌蛇古岩，见黄衣人歌曰："龙盘虎踞势岩峣，赤帝重兴胜六朝。八百年余王气复，重华从此继唐尧。"其声如钟，万众耸听。请宣付史馆，以彰符瑞。高皇以为不足信,视天书封禅者远矣。

醉 学 士 歌

　　高皇览川流之不息,陋尹程《秋水赋》言不契道,乃亲为赋,召群臣各撰赋以进。宋濂率同列铺叙成章,诣东阁投献。高皇亲览,评品高下。已而赐坐,敕大官进膳,内臣行觞。濂素寡饮,高皇强之至三觞,面如赪,神气遐漂,若行浮云中。高皇笑曰:"朕为卿赋醉歌。"侍御捧黄绫案,高皇挥洒如飞,成楚词一章曰:"西风飒飒兮金张,特会儒臣兮举觞。目苍柳兮袅娜,阅澄江兮水洋洋。为斯悦而再酌,弄清波兮永光。玉海盈而馨透,泛琼斝兮银浆。宋生微饮兮且醉,忽周旋兮步骤跄跄。美秋景兮共乐,但有益于彼兮何伤。洪武八年八月七日甲午午时书。"复命濂自述一诗,濂既醉,勉缀五韵,字不成行列。高皇命编修朱佑重书,以遗濂曰:"卿藏之以示子孙,见一时君臣契合,共乐太平之盛。"濂拜谢。高皇更敕侍臣应制,赋《醉学士歌》者四人,考功监丞华克勤、给事中宋善、方徵、彭通闻,而续赋者五人,秦府长史林温、太子正字桂彦良、翰林编修王琏、张唯、典籍孙蒉云。

金 陵 殿 基

　　高皇建都金陵,命刘诚意相地筑前湖为正殿基,业已植桩水中。上嫌其逼,少徙于后。诚意见之默然。上问之,对曰:"如此亦好,但后不免迁都之举。"时金陵城告完,高皇与诚意视之,曰:"城高若此,谁能逾之?"诚意曰:"除非燕子能飞入耳。"其意盖谓燕王也。高皇又问诚意国祚短长,诚意曰:"国祚悠久,万子万孙方尽。"后泰昌万历子,天启、崇祯、弘光皆万历孙也,果符其谶。

勋 臣 谮 语

　　海内既平,高皇向意文士,诸勋臣不平,上语之曰:"世乱用武,世治宜文，非偏也。"勋臣进曰："是固然，但此辈善讥讪，初不自觉。且如张九四厚礼文儒，及请其名，则曰士诚。"上曰："此名甚美。"答曰："《孟子》云：士诚小人也。"高皇由此览天下所进表章，而祸起矣。

门 贴 福 字

高皇尝于上元夜微行，时俗好为隐语相猜以为戏乐，乃画一妇赤脚怀西瓜，众哗然。高皇就观，心已谕之，曰："是谓淮西妇人好大脚也。"于是使人以福字私贴守分之门，明日召军士大戮其无福字者。盖马后淮西人，故云。至今除夕犹以福字贴门。

象 鼻 岩

天台陶中立凯陪便殿，高皇从容问居地形势，凯以象鼻岩对，且曰："臣乡人张竹屋题云：'曾入苍舒万斛舟，至今鼻准醮清流。君王玉辂催行驾，安得身闲伴白鸥。'"一日高皇御五凤楼，工部进吞船之技，群臣侍观，皆以见吞对。凯见独不然。高皇问之，凯曰："臣惟见绕船走耳。"高皇疑之。凯后致仕，自称耐久道人。高皇曰："何自贱也？"寻坐罪赐死。

好 汉 把 门

《孤树裒谈》：南京孝陵城西，孙权墓在焉。当筑城时，有司奏欲去之，高皇曰："孙权也是一好汉子，且留他来把门。"遂得不毁。

《戒庵漫笔》：凤阳皇陵初建时，量度界限，所司奏民家坟墓在旁者当外徙。高皇曰："此坟墓皆吾家旧邻里，不必外徙。如在陵域者，春秋祭扫，听民出入无禁。"

顺 帝 答 诗

至正二十二年，顺帝一夕梦大豕决都城而覆，因禁军民蓄猪。比明兵至下林，顺帝召百官议战守计。忽有二狐自内殿出，顺帝叹息，即开建德门北去。驻应昌，高皇驰书开示祸福，顺帝因答诗云："金陵使者渡江来，漠漠风烟一道开。旺气有时还自息，皇恩何处不昭回。信知海内皆王土，亦喜江南有俊才。归去诚心烦为说，春风先到凤凰台。"

千　里　草

高皇初作孝陵于钟山之阳，因山多鹿，禁人捕猎，设孝陵卫于山下，置牧马千户所，盖取义鹿马，欲其蕃息耳。所既置矣，尚虚典守之职。偶因微行至陵所，归途遇雨，憩于民家，问其姓名，曰："董茂。"圣意遂注曰："千里草，马鹿所宜。"即拜为千户，以典斯牧，子孙世掌所印，门墙每坏，官府为之修茸。

广　业　堂

大学之制，广业堂最在后，监生出入，走班在六堂诸生之后，遂有"朝朝满背日，夜夜一头霜"之嘲。后有解嘲者，大书于壁曰："勋业重开靖远伯，甲科累出状元郎。尝闻圣祖遗言在，有福儿郎到此堂。"相传高皇至广业堂，见学制宏丽，叹曰："有福儿郎，应得居此。"后居此堂者多得魁选，跻贵要。

僧　附　舟

刘诚意基至京朝谒，一僧求附舟。时方作表，有句未就，多所沉思。僧曰："有何事在念?"基曰："表中蹉跎岁月，六十有三，未有对。"僧随答曰："何不言补报朝廷，万分无一。"刘惊起曰："和尚非高峰乎?"笑语移日，别去。

家 字 从 豕

高皇微行,见一民妇饲猪,上微笑。内竖误以上悦此妇,及入宫,孝慈问驾所经,内竖述其事,孝慈以金帛赐其夫,取妇侍上。上屡目之曰:"此妇似曾见之。"孝慈曰:"即前日某街饲猪者。妾以圣情所悦,故令入侍。"上笑曰:"误矣! 我见此妇饲猪,因悟古人制字之意。家字从宀、从豕,言无豕不成家也。不觉有契于心,故笑,非为此妇也。"厚赐遣归。

江 东 签

高皇初起兵渡江,偶尔桅折,见江东神庙石固,秦人。有木可伐,将伐之。庙祝言神签颇灵,可问之,高皇从其请,得签曰:"世间万物皆有主,非义一毫君莫取。总然豪杰自天生,也须步步循规矩。"遂不伐。《明朝小史》云:高皇怒其不许,乃取其诀本送关圣掌之。至今关帝江东签比本签诀更灵。

豫 题 一 诗

高皇欲文臣优礼武臣,一日将宴百官,豫题一诗,命武臣习之。至日,群臣应制作诗,而武臣遂首倡云:"皇帝一十八年冬,百官筵宴正阳宫。大明日出照天下,五湖四海春融融。"群臣知上意,皆谢不能。

河 北 童 谣

河北童谣云:"塔儿黑,北人作主南人客。塔儿红,朱衣人作主人公。"洪武戊申六月,彰德路天宁寺塔忽变红色,自顶至踵,表里透彻,如锻铁初出于炉,有光,三日乃止。

命 不 如 他

高皇至太学，厨人进茶称旨，诏赐冠带。一老生遂吟曰："十载寒窗下，何如一盏茶。"上闻之，谓曰："他才不如你，你命不如他。"

建 文 云 游

宣德壬子，建文云游至公安，宿萧寺佛堂之左。顷一道者来，与帝不接一语，止堂之右。复一道者来，睨帝而至西偏，见先来道者，因拊掌曰："尔在此。"遂共坐。夜漏将三鼓，但闻语声，不知所言何事，言罢继之以泣。晨起俱去。帝悔未询其故，见地上遗纸有郭良、梁中节字。帝因作《萧寺黄冠夜泣》诗："壬子春正十三日，寺遇黄冠不相识。结蒲炷杖坐西偏，低头不语意自闲。亡何一人复冠箪，发黄面皱多愁颜。拊掌遽惊还叹息，漏分但闻声唧唧。似怀万斛愁难倾，哀猿夜叫寒鸦泣。余肠萦结讵堪言，布衾湿透皆泪痕。晨兴往探询其苦，两公踪迹云无根。空余蟫断字数个，依稀恍是亡臣名。我欲把毫悉胸臆，冰冻笔花写不得。"

武 庙 凯 歌

武宗尝自易名为寿，命所司给御马监太监天字一号牙牌与之。正德戊寅二月巡边，选文武官具阵词以迎，其文曰："恭惟总督军务威武大将军朱，负出类之奇才，抱超群之绝艺。以圣贤之德，专将相之权。时因小丑跳梁，遂率大军征讨。深思远虑，后殿前驱。阵方布于疆场，贼已落于陷阱。上以安乎社稷，下以慰乎臣民。操御之精，汤武与之同烈；战攻之妙，孙吴为之下风。福及当年，庆流后裔。班师有待，观示无疆。某等欲馨愚心，同呈俚语。词曰：晓来听得平胡报，工贾士农开口笑。一鞭倾倒虎狼巢，万骑踏平荆楚道。旌旗旋，边奏缴，凯歌回，光九庙。将军福力重如山，万国千邦人倚靠。"右调寄《玉楼春》。

宣 德 对 句

永乐时,端午节,车驾幸东苑观击球射柳。自皇孙诸王及四夷朝使,以次击射。太孙年十二,连发皆中。上喜,劳之曰:"今日华夷毕集,朕出一对,汝辈对之:万方玉帛风云会。"太孙对曰:"一统山河日月明。"上大喜,赐予甚厚。

文 班 十 玉

景泰初,九列皆加太子少保,而盐山王翱、泰和王真并为吏书。时有"满朝皆少保,一部两尚书"之语。

旧制,文班玉带不过五条,六卿罕腰玉者。正德二年八月十四日,加恩诸元老,内阁则李少师东阳,焦芳、王鏊二少傅,六部则冢宰许进、司徒顾佐、宗伯李杰、司马刘宇、司寇屠勋、司空李鐩、屠滽以吏书起复兼左都御史,皆赐玉带,文班遂至十玉。陆俨山云:"李、焦以吏书居内阁,许掌部事,屠兼左都,可谓'六卿皆玉带,吏部四尚书'矣。"

黄 老 白 丁

旧制,翰林院学士惟一人,多或三五人。弘治壬戌,刘文靖健欲示德,因修会典成,一时升学士者十人。又礼部尚书一时有六人。谢迁以礼书居内阁,张升为礼书掌部事,元守真以礼书掌通政事,贾斌以礼书掌鸿胪事,崔志端以礼书掌太常事,并南京礼书王宗彝六人。崔起神乐观道士,京师语曰:"礼部六尚书,一员黄老。"志端疑此语出自翰林,乃对曰:"翰林十学士,五个白丁。"盖倪进贤等五人,成化戊戌,万安以私意选为庶吉士,在翰林未尝读书,馆课诗文,一出人手,以故人共嗤之。

兄　弟　友　爱

　　唐陇西冯用和二子，长友仁，次友义，读书明理。友义，继室陈氏出也，兄弟睦若同母所生。陈氏分爱憎，屡肆长舌。一日谓用和曰："二子不知稼穑，可会治生?"用和召二子谕曰："仁贸易天涯，义董治家事。"仁卜日启行，乃吟一绝别弟云："十里河桥蔓草青，片帆瞬息短长亭。不禁又作天涯客，愁睹郊原有鹡鸰。"义亦吟云："手足分携肠断时，关山千里共相思。此行愿促归鞭早，莫待枝头叫子规。"仁经商数月归，见弟甚欢。自是连年营获，悉归父箧。母欲分爨，仁泣曰："父母俱存，兄弟无故，何忍析居?"陈氏厉声曰："汝私藏不分，必欲困乏其弟也。"义泣谏不从。仁知不可夺，乃罄身逃去，题诗壁上云："呼号三谏信言难，义利分明一念间。莫谓求名沽世誉，清风千古首阳山。"义见诗呜咽，遍访无踪。数日，仁又寄一律云："义心既重利心轻，分异何乖手足情。糗饭自饴虞舜乐，采薇独守伯夷清。析居不忍从亲令，退逊甘当矫世名。贤弟晨昏勤定省，莫因流落念而兄。"义愈感伤，踵韵和云："势利鸿毛眼底轻，异居忍背雁行情。薛包让德千年烈，太伯存仁万古清。弃礼乱伦趋薄俗，分门割户总浮名。悬悬早发归家念，并奏埙篪乐弟兄。"义思之至忘寝食，徒步寻觅，得于华山白云庵，见兄泣拜，百计劝解。仁曰："父母恩同天地，吾负罪在逃，本非矫世，亦望亲心感悟耳。"始归。用和知二子义让，深咎陈氏。陈氏曰："友仁恐发私藏，盍检点之?"用和搜其箧笥皆书卷，无他物也。用和悔悟，陈氏亦感化焉。

东　坡　文　字

　　《镜古录》：宣和间，申禁东坡文字甚严。有士人窃携东坡文集出城，为阍者所获，执送有司，见集后有一诗云："文星落处天地泣，此老已亡吾道穷。才力漫超生仲达，功名犹忌死姚崇。人间便觉无清气，海内何曾识古风。平日万篇谁爱惜，六丁收拾上瑶宫。"京尹义其人,且畏累己,乃阴纵之。

王阳明幼颖

王阳明守仁,字伯安,年十一时,过金山寺。海日与客酒酣赋诗未成,阳明从旁曰:"金山一点大如拳,打破维扬水底天。醉倚妙高楼上月,玉箫吹彻洞龙眠。"客大惊异,复使赋蔽月山房诗,随应曰:"山近月远觉月小,便道此山大于月。若人有眼大如天,还见山小月更阔。"益奇。

阳明遇仙

王伯安初授刑部主事,博学有文,好谈神仙。后改兵部,正德丁卯,抗疏救言官戴铣等忤瑾,拜杖,谪贵州龙场驿丞。行至钱塘,憩胜果寺,梦使者持书二缄,启之,一书"沧浪之水清兮"二句,并伍员名;一画水上覆一舟,题屈平字。觉而未喻。越三日,有二军校至,言有旨赐汝死。伯安告校曰:"少缓须臾,留诗于世。"乃以纸展几上,题二律云:"学道无成岁月虚,天乎致此意何如。身曾许国惭无补,死不忘亲恨有余。自信孤忠悬日月,岂论—作知。遗骨葬江鱼。百年臣子悲何极,夜听涛声泣子胥。""敢将世道一身担,显被生刑万死甘。满腹文章方有用,百年臣子独无惭。涓流归海今真见,片雪填沟旧亦谈。昔代衣冠谁上品,状元门第好奇男。"更有告终词一篇,不录。二校缚至江边,投于水。伯安初入水,即得覆舟负之不溺,凡七昼夜,所见皆如梦中。舟偶及岸,见一老人率四卒来,云:"汝何致此?"解缚登岸,伯安拜谢,且问老人此是何处。老人曰:"福建界也。"伯安欲老人送至福建,老人曰:"此去福建尚远,当送君往广信。"乃命四卒舁之共往,不半日已至广信矣。诣一僧寺,僧闻其名,延款甚恭。伯安嘱僧先饭四卒,且请老人来。僧觅之皆不见,询之,知自岸至此,倾刻已千里,始信为神祐也。食罢,僧达郡邑,皆馆谷之,遂赴龙场。瑾败,升庐陵知县,仕至赣州巡抚,以讨宸濠功,封新建伯。

《西樵野记》云：伯安题诗毕，即赴水。俄二童子维掖以行，须臾至一洞口，卷珊瑚帘，有二叟对弈，驺从女乐及明珠白璧，皆平生所未睹。与叟对弈联句，浃句而别。入武夷山，遇一道者，自称旧识，邀至中和堂主人处，盘桓数日。主人乃仙翁也，临行作诗送之云："十五年前始识荆，此来消息最先闻。君将性命轻毫发，谁把纲常重一分。寰海已知夸令德，皇天终不丧斯文。武夷山下经行处，好把清尊对夕曛。"

女 鬼 歌 词

《吴中旧事》：雍熙寺中月夜常有妇人往来廊庑间，歌《浣溪纱》词，且哭且叹，闻者就之辄不见。好事者录其词云："满目江山忆旧游，汀花汀草弄春柔。长亭舣住木兰舟。　好梦易随流水去，芳心空逐晓云愁。行人莫上望京楼。"士子慕容岩卿见之，惊曰："此余亡妻所作，人无知者，君何从得之？"客告之故，岩卿悲叹曰："此寺盖其旅榇所在也。"

六 尺 五 尺

《焦氏笔乘》：《周礼》卿大夫之职，国中自七尺以及六十，野自六尺以至六十有五，皆征之。《韩诗外传》：国中二十行役。则七尺者，二十也。其升降皆五年，则《论语》托六尺之孤，十五也。《孟子》五尺之童，乃十岁。

《春风堂随笔》：仲尼之门，五尺童子羞称五霸。古以二岁半为一尺，五尺是十二岁以上，十五岁则称六尺。与焦说小异。若晏婴身不满三尺，是以律起尺矣。周尺准今八寸，二尺四五寸，岂成形体？当是极言其短耳。曹交九尺四寸，以长准今七尺五寸余。

长 年 三 老

《宾退录》：陆放翁《入蜀记》载其父入沌，见舟人焚香祈神云：

"告红头，须小使头长年三老，莫令错呼错唤。"问何谓长年三老，云梢工是也。长上声。按少陵诗"长年三老歌声里"及"长年三老遥怜汝"，则是唐已言之矣。

按蔡梦弼云：峡中以舟师为长年，柁工为三老。《鼠璞》云：海壖以篙师为长年。《今古诗话》：川陕以篙手为三老。《辍耕录》：海舶中以司柁者曰大翁，总推一船之最尊者言之耳。今吴中谓之驾长。

三 姑 六 婆

《辍耕录》：三姑者，尼姑、道姑、卦姑也。六婆者，牙婆、媒婆、师婆、虔婆、药婆、稳婆也。按卦姑，今看水碗、遣乌龟算命之类。师婆，今师娘，即女巫也。药婆，今捉牙虫、卖安胎堕胎药之类。但虔婆未知何所指。魏仲雪释《西厢》，亦不载。后见沈留侯年伯《称号篇》：方言谓贼为虔，虔婆犹言贼婆也。人家有此必为奸盗之招，故比之三刑六害，不许入门。

吟 诗 被 遣

洪武间，临安钱宰被征至京纂修《尚书》，会选《孟子》节文，暇日微吟曰："四鼓冬冬起着衣，午门朝见尚嫌迟。何时得遂田园志，睡到人间饭熟时。"察者以闻。明日文华殿燕毕，帝进诸儒，谕曰："昨日好诗，然曷尝嫌汝？何不用忧字？"宰等惊悚谢罪，未几皆遣还。

写 桂 花

瞿宗吉少不为父所知，乡人章彦复自福建检校回，瞿翁设鸡酒待之。宗吉年十四，自学舍归，彦复指鸡为题，宗吉应声云："处宗窗下对谈高，五德声名五彩毛。自是范张情义重，割烹何必用牛刀。"彦复称赏，手写桂花一枝，题诗其上："瞿君有子早能诗，风采英英兰玉姿。天上麒麟元有种，定应高折广寒枝。"赠之。瞿翁遂构传桂堂。

东　道　主

世称主人为东道者,盖本郑人谓秦"盍舍郑以为东道主",以郑在秦之东也。又王僧辨讨侯景,晋州刺史鲁广达出境迎接,资奉军储,僧辨谓沈炯曰:"鲁晋州亦是王师东道主人。"又汉光武时,常山太守邓晨请从击邯郸,光武曰:"伟卿以一身从我,不如以一郡从我,为我北道主人。"他日又指耿弇曰:"是我北道主人也。"又彭宠反,朱浮对光武曰:"大王倚彭宠为北道主人,今既不然。"《北史》:魏孝武谓成阳王曰:"昨得汝主簿为南道主人。"唐郑余庆为岭南节度,与罗让善。郑还朝荐让,让至谒郑,郑指让语座客曰:"此吾南道主人。"史传之间,独未闻西道主人之说耳。今人但知有东道主,而鲜知有北道、南道主者。

酒　保

《鹖冠子》曰:"伊尹酒保,立为世师。"酒保之名,始见于此。亦犹韩非目伊尹为庖宰也。

客作客支

吾乡骂奴曰客作,曰客猪,初不省其义。读《西京杂记》:康衡勤学,邑有大姓,家富书籍,衡乃与客作,得书遍读之。又《魏略》:焦光饥则为人客作,饱食而已,不取其直。乃知俗语所自。客猪无所出,偶见山东州县册籍,土著人丁之外另有客支一项,谓客居附籍者。疑误而为客猪也。

鼻

《余氏辨林》:吴俗讳奴为鼻,解者曰:"妆门面耳。"或曰:象鼻能触人，猪鼻善掘地，义取生事云。皆臆说也。按契丹骂汉儿作十里鼻，犹言奴仆也。目奴为鼻，当起于此。

丫头

《留青日札》：今呼侍婢曰丫头，言头上方梳双髻，未成人之时，即汉所谓偏髾^茅也。刘宾客诗："花面丫头十三四，春来绰约向人时。"为白香山小樊而作。花面者，未开脸也。

女客

《桐薪》：吴俗称妇人为女客，盖有自来。宋玉《高唐赋》：昔者先王游高唐，怠而昼寝，梦一妇人曰："妾巫山之女也，为高唐之客。"

乖角

俗美听慧小儿曰乖角。《菽园杂记》：世称警悟有局干人曰乖角。于兵部奏内常用之，然未见所出。宋朱彧《可谈》载：都下市井谓不循理者为乖角。《七修类稿》：乖角，不晓事意。引韩退之"亲朋顿乖角"为证。古与今意正相反，未识何故。

滞货

《阅耕余录》：俗谓不合时宜者曰滞货，出《世说》注：谢安乡人有罢中宿县者，安问其归资，曰："岭南凋弊，惟有五万蒲葵扇，又以非时为滞货。"安乃取其中者捉之，于是士庶竞慕，价增数倍。俗作迟货。

夫兄

《容斋三笔》：妇人呼夫之兄为伯，于书无所载。予顷奉使金国时，辟景孙弟辅行。弟妇在家，许斋醮。及还家赛愿，予为作《青词》云："顷因兄伯出使，夫婿从行。"虽借用《陈平传》兄伯之语，而自不以为然。偶忆《尔雅·释亲》篇曰："妇称夫之兄为兄公，夫之弟为叔。"于是改兄伯字为兄公。《玉篇》妐字音中，注云："夫之兄也。"然于训义不若前语。按《五代史补》：李涛弟澣娶妇窦氏，出参，涛答拜，澣曰："新妇参阿伯，岂有答礼？"则是唐末已有此称。容斋谓书无所载，岂以稗官小说为不足征信耶？

妐字，《搜采异闻录》作公字。

布　代

《潜居录》：冯布少时绝有才干，赘于孙氏。其外父有烦琐事，辄曰："畀布代之。"至今吴中谓赘婿为布代。又《猗觉寮》：世称赘婿为布袋，谓如身入布袋，气不得出也。或云人家有女无子，恐世代自此而绝，不肯出嫁，招婿以补其世代。

俗又呼补代为野猫，谓衔妻而去也。疑作野冒，即补代之意。

檀　郎

顾茂伦有孝曰："诗词中多用檀郎字，不知所谓。"解者曰："檀喻其香也。"后阅曾子谦益《李长吉诗注》云：潘安小字檀奴，故妇人呼所欢为檀郎。然未知何据。

乡　里　夫　妻

俗语云："乡里夫妻，步步相随。"言乡不离里，如夫不离妻也。《西溪丛话》云：古人称妻曰乡里。沈休文《山阴柳家女》诗云："还家问乡里，讵堪持作夫。"乡里谓妻也。《南史·张彪传》："我不忍令乡里落他处。"

弄　参　军

《复斋漫录》：薛能赠吴姬诗："楼台重叠满天云，殷殷鸣鼍世上闻。此日杨花初一作飞。似雪，女儿弦管弄参军。"又本朝张景，景德三年以交通曹人赵谏升为房州参军，景为屋壁记，略曰："近制州县参军无员数，无职守，悉以旷官败事，违戾政教者为之。凡朔望飨宴，使与焉。若人见之，必指曰参军也。尝为其罪矣。至于倡优为戏，亦假为之以资玩笑，况真为者乎？宜为人之轻视而狎侮也。"按段安节《乐府杂录》：戏弄参军始自后汉，馆陶令石耽有赃犯，和帝惜其才，免罪，每宴乐，令衣白夹衫，命优伶戏弄辱之，经年乃放。后为参军掾。唐开元中，有李仙鹤善此戏。明年特授韶州司正参军。又五代王建时，王宗侃谪维州司户参军，曰："要我头时断去，谁能作此措大官，俳优弄参军。"

《戏瑕》：唐肃宗宴于宫中，女优弄假戏，有绿衣秉简为参军者。天宝末，蕃将阿布恩伏法，其妻配入掖庭，因隶乐工，令为参军之戏。公主谏以为不可，遂罢戏而免阿布恩之妻。《因话录》所载甚详，薛能诗可证，女优妆束矣。《辍耕录》直以参军为后世副净，云开元中黄幡绰、张野狐善弄参军。然则戏中孤酸皆可名参军也，岂必副净为之哉！

优　伶　子　弟

角戏有生、旦、净、丑之名者。《乐记》注谓俳优杂戏，如猕猴之状，乃知生，狌也，猩猩也。旦，狙也，猵狙也。《庄子》"猨猵狙以为雌。"净，狰也。《广韵》："似豹，一角五尾。"丑，狃也。《广韵》："犬，性骄。"谓俳优如四兽，所谓犹杂子女也。末，犹末厥之末。外，犹员外之外。

胡氏《笔丛》：凡传奇以戏为称，无往而非戏也。故其事欲悠谬而无根，其名欲颠倒而无实，故曲欲熟而命以生也，妇宜夜而命以旦也，开场始事而命以末也，涂污不洁而命以净也。凡此咸以颠倒其名也。中郎之耳顺而婿卓也，相国之绝交而娶崔也，《荆钗》之诡而夫也，《香囊》之幻而弟也，凡此咸以悠谬其事也。由胜国而迄国初一辙，近为传奇者，若良史焉，古意微矣。

恶　客

《留青日札》：黄山谷以不饮酒者为恶客，故云："破卯扶头把一杯，灯前风味唤仍回。高阳社里如相访，不用闲携恶客来。"元次山亦云："将船何处去，送客小回南。有时逢恶客，还家亦小酣。"盖以败人清兴故也。

《群碎录》：元结以不饮者为恶客，后以痛饮者为恶客。

骨　董

《留青日札》：杂玩宝货肆曰骨董铺。《仇池笔记》：陆道士诗："投醪骨董羹锅内，掘窖盘游饭碗中。"盖罗浮颖老取饮食杂烹之，名骨董羹。《晦庵语类》作汩董，今称古董。

又称人之出身好者曰骨董。唐天宝初，玄宗游华清宫，有刘朝霞者献《驾幸甘泉赋》，有"骨懂虽短，伎艺能长"，则又当为骨懂矣。

偻　偻

楼罗，干事之称。苏鹗《演义》曰："人能楼榄罗绾谓之楼罗。"楼字从手，作搂。《尔雅》云："搂，聚也，义通。"但《酉阳杂俎》：天宝中，进士有东西棚，各有声势，梢伦者多会于酒楼，食毕罗，故有楼罗之号。然梁元帝《风入松》辞云："城头网雀，楼罗人着。"一云："城头网张雀，楼罗会人着。"及《南史·项欢传》："蹲夷之仪，楼罗之辨。"则知楼罗之言非始于唐。又《谈苑》载：朱贞白诗有太楼罗。并用楼罗字。惟《五代史》：汉刘铢恶史弘肇、杨邠，于是李业谮二人于帝而杀之。铢喜谓业曰："君可谓偻㑏儿矣。"《鹤林玉露》：偻罗，俗言猾也。欧公《五代史》间书俗语，甚奇。

《湘烟录》：刘铢在国，春深，令官人斗花。凌晨开后苑，各任采择。少顷敕还宫，锁花门，膳讫普集，角胜负于殿中。宦士抱关，宫人出入皆搜怀袖，置楼罗历以验姓名，法制甚严，时号花禁。负者献耍金耍银买燕。

好 汉 汉 子

《询刍录》：汉武帝征伐匈奴二十余年，马畜孕重堕殒罢极，闻汉兵莫不畏者，称为汉儿，又曰好汉。

《老学庵笔记》：今谓贱丈夫曰汉子，盖始于五胡乱华时。北齐魏恺自散骑常侍迁青州长史，固辞。文宣帝怒曰："何物汉子，与官不就！"此其证也。

劙 䂮

今人谓人作事不中道理者曰劙䂮。劙，郎假切。䂮，音鲊。《黄山谷集》"劙䂮泥不熟也"。中州人谓蜀人不循轨辙者曰川劙䂮。考韵书无劙䂮，有劙䃴。劙，卢下切，读作喇。䃴，除瓦切，音鲊。

坚瓠庚集序

余闻先生名，蓄于中而冀得一见者十有余年矣。先生不求闻达，于书无所不窥，而雅好著述。凡事有不经见可资谈笑者，往往笔之于书，时复自出己意，以褒贬论定之。范蔚宗所云"有事外远致"者，大率类此也。戊寅春，于友人案头得观先生所著《坚瓠集》，见所录忠孝廉节有关风化者，知先生秉性过人，乐善无穷也。见所录箴铭规戒有资家国者，知先生经济素优，抱负非常也。见所录风俗之好尚，里巷之传闻，知先生通达时务，搜讨靡遗也。见所录滑稽之雄辩，曼倩之诙谐，知先生襟怀旷达，光风霁月也。其他方言谚语，谑谈轶事，无不登载，以资赏识。夫先生之才富而学博如此，幸而见用，方将折衷历代之史，勒为一书，以与司马、班、范之徒齐驱并驾亦可无愧，乃仅闲居涉猎，随采随录，以消磨岁月，是可悲也。虽然，书而志怪，言涉浮夸，集号买愁，语亦靡曼，不若此书之令人忧者乐，怒者喜，迂者达，愚者慧，空疏者博雅，木讷者敏辩，是诚抱有用之才，积有用之学，著有用之书，而作者命名乃自托于濩落无庸者之所为。余将登先生之堂，聆先生之教，以慰十年之思而请解所以为坚瓠者。年家眷侄徐琛拜题。

庚集卷之一

科 名 前 定

长洲令遂宁李如石先生讳实，贤父母也。甲申变后，隐于上清江，教授生徒，躬耕自给。村人管某子世俊，方弱冠，造先生受业焉。一日世俊对先生长公子静先生大笑，先生问故，世俊曰："我夜梦大哥中榜眼，我中状元，故笑。"先生大加劝勉。未几世俊死，以为前梦不验。顺治辛卯，子静举于乡。又十年辛丑成进士，廷试果第二，是科状元乃溧阳马世俊。既而管某来贺，先生言及前梦，管曰："亡子原系马姓，随母来者。"先生益异之。不三四年，而溧阳马公亦死。

大 士 判 功 名

郭青螺子章与刘淳寰同官闽中，为左右方伯。刘梦郭汾阳、李邺侯引谒观音大士，因问郭功名，大士命取黄绢一幅题云："仗钺终为夏地游，长城大解圣人忧。若期八座还京国，暂为冯唐渤海留。"刘云不解。大士复批云："问郭生自知之。"次日语郭，亦莫知也。郭寻督抚贵州。贵州属伪夏明王珍，非夏地游乎？后平播乱，解圣忧也。加右都，则官八座矣。又在贵州十年，岂非京国难期，龚遂留渤海之验哉？

似 画 似 真

杨升庵幼时作《拟古战场文》，有"青楼断红粉之魂，白日昭苍苔之骨"，为父所赏。一日石斋同弟观画，问曰："景之美者人曰似画，画之佳者人曰似真，孰为正？"升庵曰："会心山水真如画，妙手丹青画似真。梦觉难分列御寇，影形相赠晋诗人。"

咏笔贾祸

宋番阳张彦实、掌制诰杨原仲并居西掖，诰诏多彦实与之润色。草命余闲，戏成《毫笔》一绝云："包羞曾借虎皮蒙，笔阵仍推兔作锋。未用吹毛强分别，即今同受管城封。"原仲以为诮己，大怒，诉于秦桧，桧讽言官弹之，彦实罢为宫祠。

簪 白 柰

宋宁德皇后从徽宗蒙尘，绍兴五年，讣音自北庭来，徽州守唐辉使休宁尉陈之茂撰疏文，有云："十年罹难，终弗返于苍梧；万国衔冤，人尽簪乎白柰。"白柰见晋史，成帝时三吴女子相与簪白花，望之如素柰。传言天宫织女死，为之着服。已而杜后崩。唐窦叔向上正懿皇后哀挽诗，有"命妇羞蘋叶，都人插柰花"之句。陈词祖此。

吴 阿 憦

《菽园杂记》：憦，丁来切。注云：失志貌。苏州人谓无智术者为呆，杭州人为之憦。同年钱塘吴时用俊美姿容，而不苟小节，杭人呼为吴阿憦。尝自云："我死大书一石于墓前，云大明吴阿憦时用之墓。若书官位便俗矣。"惜乎韵无憦字，人亦多不识。偶检《韵海》得此而记之。

吟 诗 自 宽

元横山丘履常一中能文章，有声望，任江州倅，为闽帅汪紫源所知。一中闲居，薪米不继，戏作诗自宽云："仙都有敕到林泉，谁信祠官乏俸钱。陶醉犹能麾客去，颜饥何至乞人怜。鹿蕉已是今无梦，枸杞曾传昔有仙。饿死亦堪垂不朽,无缘个个珥貂蝉。"吴师道称其诗多清警可爱。

庸　峭

齐魏间以人之有仪矩可喜者谓之庸峭。韵书庸音通,屋上平也。《集韵》:庸,屋不平也。今造屋形势曲折曰庸峭,俗转语为波峭。

《湘烟录》:魏收有庸峭难为之语,人多不解其义。文潞公以问苏子容,子容曰:"向闻之宋元宪,云事见《木经》,盖梁上小柱取其有曲折之势耳。"乃用此事作诗为谢曰:"自知伯起魏收字。难庸峭,不及淳于善滑稽。"

撑犁孤涂

《湘素杂记》:欧阳永叔《代王状元谢启》:"陆机阅史,尚靡识于撑犁;枚皋属文,徒自成于觟觚。音委皮。"沈元用启:"读撑犁而靡识,敢谓知书;问《祈招》而不知,尚惭寡学。"陆机不识撑犁事,不知载何书。《野客丛书》云:此见《玄晏春秋》曰:予读《匈奴传》,不识撑犁孤涂之事。有胡奴执灯,顾而问之,奴曰:"撑犁,天子也。匈奴号撑犁,犹汉人称天子也。"于是旷然发寤。其事并见《艺文类聚》、《类要》诸书。则是不识撑犁者乃皇甫谧,非陆机也。欧公谓陆机,必别有所据。

按杜氏《通典》云:匈奴谓天为撑犁,子为孤涂。然则谓撑犁为天子者,犹未深考也。

两　意　对

苏东坡与小妹同食爆栗,妹谓坡曰:"栗破凤凰见。"言壳破黄见。坡思天下未尝无对,数日竟未能。佛印来访,问有何著述,坡曰:"欲作一对未能。"因举前事。佛印应声曰:"藕断鹭鸶飞。"言节断丝飞。

佛印复曰："正如无山得似巫山耸,此亦同音两意。"坡即对曰："何叶能如荷叶圆。"子由曰："不若云何水能如河水清。"以水对山,最为的对。

富　贵　语

《归田录》云:晏元献喜评诗,尝曰:"'老觉腰金重,慵便玉枕凉'未是富贵语,不如'笙歌归院落,灯火下楼台'为善言富贵。江为诗云:'吟登萧寺旃檀阁,醉倚王家玳瑁筵。'又:'轴装曲谱金书字,树记名花玉篆牌。'乃乞儿相,未尝识富贵者。"元献言富贵不及金玉锦绣,惟说气象,若"梨花院落溶溶月,柳絮池塘淡淡风"及"楼台侧畔杨花过,帘幕中间燕子飞"之类,元献尝以此句语人,曰:"穷人家有此景否?"《后山诗话》云:白香山"笙歌归院落,灯火下楼台",《山堂肆考》作石曼卿诗。又"归来未放笙歌散,画戟门前蜡烛红",非富贵语,看人富贵者。黄山谷谓不如杜子美"落花游丝白日静,鸣鸠乳燕青春深"也。或以此二句恐亦僧堂道院之所有,仍取元献"梨花"二句。至于"舞低杨柳楼心月,歌罢桃花扇底风",富贵气象,形容尽矣。

驾　霄　亭

张功甫镃,循王诸孙,园池声妓,丽甲天下。作驾霄亭于四古松间,以巨铁絙悬之半空,当风清月夜,与客梯登之,飘摇云表。王简卿侍郎尝赴其牡丹会,云众宾既集,坐一虚堂,寂无所有。俄问左右云:"香已发未?"答云:"已发。"命卷帘,则异香自内出,郁然满坐。群妓以酒肴丝管次第而至,别有名姬十辈,皆衣白,首饰衣服皆牡丹,首带照殿红。一妓执板奏歌侑觞,歌罢乐作,乃退,复垂帘谈论自如。良久香起,卷帘如前,十姬易服与花而出。大抵簪白花则衣紫,紫花则衣鹅黄,黄花则衣红,衣与花凡十易,所讴者皆前辈牡丹词。酒竟而散。

三 保 太 监

《七修类稿》：永乐丁亥，命太监郑和、王景弘、侯显三人往东南诸国，赏赐宣谕。郑和旧名三保，故云三保太监下西洋。《碣石剩谈》云：三宝太监者，云南人也。相传下海时，一人忽癞，乃弃于岸侧。其人夜见大蛇下岸饮水，恐为所伤，削竹置所经处，蛇腹裂死。因饥斫树为柴，烹蛇而食。其柴每烟起则九鹭飞翔，遂藏之不焚，癞亦因食蛇而愈。蛇溃得珠数斛，中有夜明珠。后太监回，其人呼与共载，乃献夜明珠、九鹭香，并太监所得一宝，共为三宝云。

成化中，中官献议，欲遣使通西洋。旨下部查西洋水程，本兵项忠遣吏检旧案于库中，三日无所得。时刘忠宣大夏为兵部司官，已先检得，藏其籍。会言官交章谏阻，事亦寝。

梧 竹 轩

瞿存斋《诗话》：丁鹤年《题凤浦方氏梧竹轩》云："鸣凤当年此地过，至今梧竹满山阿。曾闻剪叶书周史，却恨翻枝入楚歌。金井月明秋影薄，玉坛风静夜凉多。中郎去后知音少，共负奇才奈老何。"时作者已满卷，此诗一出，皆为敛衽。《远峰闻略》载此诗为龚天然作。

举 朝 皆 妇 人

海刚峰巡抚应天，矫激之过，令人不堪。言官劾之，刚峰辩疏有"举朝柔懦无为皆妇人"之语。李石麓春芳朝回，值扬州贡士某曾同笔砚者来访，石麓曰："适见海刚峰疏，谓举朝皆妇人，我非一老妪乎？惶恐惶恐。"贡士曰："只此惶恐尚有丈夫气。"石麓默然者久之。

海刚峰清苦

海刚峰掌院留都，政尚严峻，大僚及郎丞无不股栗奉法。御史陈海楼用红票买米，减市半价，盖积弊然也，民怒而不敢言。值经纪家有秀才何敬卿，持其票击都察院鼓告状。刚峰集诸御史执高皇帝律，欲加惩治，赖诸御史恳求得免，仍责皂隶三十板，革其役，枷号于陈之衙前以辱之。海楼官箴有亏，恨之入骨。及刚峰死，宪副王用汲同海楼诸御史入视，见葛帏敝衾，检其宦囊，止俸金八两，葛布一端，旧衣数件，其清苦有寒士所不能堪者。海楼乃曰："回吾怨恨之心矣。"死之日，民为罢市。丧出江上，士民送者，两岸无隙地，沿途祭奠，数百里不绝。苏人朱良育吊以诗曰："批鳞直夺比干志，苦节还同孤竹清。龙隐海天云万里，鹤归华表月三更。萧条棺外无余物，冷落灵前有菜羹。说与旁人浑不信，野夫亲见泪如倾。"

王凤洲评之云："不怕死，不爱钱，不立党。"此九字断尽海公生平，即千万语诔之，岂能加于此评乎？

批　执　照

何敬卿既告陈海楼，又恐诸御史以他事中伤之，复诉于海刚峰，求批一执照。刚峰大笑曰："御史视朝廷明旨尚为虚文，海刚峰一纸执照，有何用处？我见汝有些胆气，原来畏首畏尾，岂能做事？"遂叱去。

宦官重谏臣

嘉靖末年，南京皇城守门宦官高刚堂中帖春联云："海无波涛，海瑞之功不浅；林有梁栋，林润之泽居多。"高意重刚峰、念堂二公之能谏云。

丈 夫 化 女 子

隆庆二年，山西李良甫侨寓京师，元宵夜看灯，夜静，见一女子靓妆而来，侍儿提灯前导。良甫就戏之，偕至寓留宿，化为白鸽飞去。良甫腹痛，至四月中，肾囊退缩，化为妇人。王凤洲、徐声远有诗以记其事，王云："世事反覆那足数，山西丈夫作女子。朝生暮死不自知，雌伏雄飞定谁是。谢豹谁闻受朝谒，于菟亦会谈名理。至今龌龊不肯去，羞向人间唤丈夫。"徐云："山西丈夫化女子，此事平常何足奇。仪衍从来是妾妇，须眉空自称男儿。司马仲达太畏蜀，奸雄甘受巾帼辱。丈夫意气不慷慨，任尔雄飞是雌伏。请看风俗太委靡，天下何人不女子。"

诗 吊 伪 太 常

《甲申忠逆志》：崇祯甲申三月十九日，闯贼李自成破京师，怀宗殉社稷。朝臣范质公景文、马素修世奇、倪鸿宝元璐等，及士民闻变死节者，罄竹难书。一时稽首贼廷，腼颜事仇者，亦指不胜屈。武林毕在公寓维扬，读《国变忠奸实录》诗，吊伪太常寺丞某曰："痛愤山河半陆沉，争先从贼让词林。贪天欲醢豺狼肉，卖国甘摅犬马心。只此抗颜夸管仲，便应传首效王琳。堪羞步武牛丞相，伪相牛金星。断送腰缠十万金。"《国变录》云：黎志升为贼心腹，荐某可大拜。某即倡言于众曰："大丈夫名节既不全，当立盖世功名，如管仲、魏徵可也。"及授太常，意气沮丧。奉伪命祀泰山，驰驿过山东，闻天朝兵至，闯贼遁走，始变服还乡。又云：时某入礼闱，维扬之士有以资数万托其夤缘鼎甲，至是皆为闯贼所得，故诗亦及之。

金 人 碎 鼎

王安石死后，门生子婿蔡氏父子相继得政，铸宝鼎，列元祐诸贤司马光而下姓名于其上，以安石比禹稷，而以司马光诸公为魑魅。及金人入汴，见铸鼎，怒而击碎之，卒致戎马南惊，赤县丘墟，虽后汉、晚唐，祸不若是烈也。宋子虚咏安石诗云："投老归耕白下田，青苗犹未罢民钱。半山春色多桃李，无奈花飞怨杜鹃。"刘文靖亦云："当年一线系匏穿，直到横流破国年。草满金陵谁下种，天津桥上听啼鹃。"皆云宋祚之亡，由于安石。二诗含蓄不露，可谓诗史。

吊 王 安 石 墓

四明李照以诗吊王安石墓云："天津桥上鹃声急，已卜先生相本朝。百世雄文凌白日，千年新法苦青苗。富韩国老缘谁去，汴宋基图自此摇。荒冢卧麟寒食后，东风不见纸钱飘。"

党 人 碑

元祐党人碑，首列文臣曾任执政司马光等二十七人，次列曾任待制以上苏轼等四十九人，三列余官秦国等一百七十七人，四列武臣张巽等二十五人，五列内臣梁惟简等二十九人，后列为臣不忠曾任宰臣王珪、章惇二人，共三百九人。徽宗亲书一通立于文德殿门之东壁，州县厅事则蔡京笔也。时永嘉林灵素以方术幸，徽宗赐号金门羽客。一日侍宴太清楼下，见碑稽首。徽宗怪问，灵素对曰："碑上姓名皆天上星宿，臣敢不稽首？"因为诗曰："苏黄不作文章客，童蔡翻为社稷臣。三十年来无定论，不知奸党是何人。"后因星变毁之。

梁师成附苏东坡

梁师成自言为苏轼所生，以翰墨为己任，四方名士，必招致门下。时禁诵苏文，其碑文尺牍在人间者毁削殆尽。师成诉于帝曰："先臣何罪，而禁锢其文词？"帝怜之，自是轼之文乃稍出。

徽宗尝亲临宝箓宫醮筵，道士拜章伏地，久之方起。上诘其故，对曰:"适至上帝所,值奎宿奏事,良久始能上其章故也。"上问奎宿何神,所奏何事,对云:"所奏不可知,但此宿乃本朝苏轼也。"上大惊,遂弛其禁,且玩其文词墨刻。光尧太上皇崩,尽复轼官职,擢其孙符自小官至尚书。安知道士此言非师成授之意耶?

嘲晁以道

梁师成以翰墨为己任,四方俊秀名士,必招致门下,往往遭点污。晁以道说之亦附之。有人以诗嘲曰:"早赴朱张饭,随赓蔡子诗。此回休崛强,凡事且从宜。"

再 配 驵 侩

《渔隐丛话》:赵明诚,清献公阅道抃子,妻清照,号易安居士,济南李格非之女,工诗词,有《漱玉集》三卷行世。明诚卒,再适张汝舟,未几反目。易安与綦汝厚启,有"猥以桑榆之晚景,配兹驵侩之下材",传者笑之。按《氏族大全》亦以明诚为清献子。观东坡《清献公神道碑》载二子曰岆、曰屼,并无明诚。叶文庄盛《水东日记》:明诚,赵挺之子。曹以宁安《谰言长语》:易安,赵挺之子德夫之内。《尧山堂》:抃谥清献,挺之亦谥清宪,故有此误。传挺之附媚蔡京,致位权要,或有此失节之妇。若为清献子妇,岂宜以桑榆晚景再适非类,为天下笑耶?

曹 州 更 楼

成化中,吏部尚书许进巡按山东。时曹州知州某任久不升,愤而造楼于州前,名曰更楼,玩月饮酒所也。知州恃才,不得于学校,有生员王某因许观风来曹,遂讦知州之过,并言楼事。许因盘州库藏,致诘更楼,拆改为库楼,见有巨砖,上书:"许吏部,许吏部,拆了更楼造楼库。气杀了某知州,喜杀了王知固。"因问何人所书,匠以当时有疯道人来写者，许愕然。后果为大冢宰，而王生员为固安知县，进子崧皋赞又为冢宰，岂非二吏部乎？

蝗　识　人

毛君玉国华为于潜令，有德政。苏子瞻捕蝗至其邑，作诗戏之曰："诗翁憔悴老一官，厌见苜蓿堆青盘。"又曰："宦游逢此岁年恶，飞蝗来时蔽天黑。羡君对境稻如云，蝗自识人人不识。"

罗向随僧饭

唐庐州罗向少贫困，常投福泉寺随僧饭。二十年后持节归乡，题僧壁曰："二十年来此布衣，鹿鸣西上虎符归。故时宾从追前事，到处松杉长旧围。野老共遮官路拜，沙鸥遥认隼旗飞。春风一宿琉璃殿，惟有泉声惬素机。"

佳　对

东坡与子由夜雨对床，子由曰："尝见鬻术者云'课卖六爻，内卦三爻，外卦三爻'，思之未易对之。"一日同出，坡见戏场有以棒呈戏者云："棒长八尺，随身四尺，离身四尺。"坡曰："此语正可还前日枕上之对。"子由曰："触机而发，诚佳对也。"

范　增　石　像

天福中，有巧工来自雪川，见石浮于水，叹曰："石岂能浮哉？必神使之然也。"夜梦一老人揖而告曰："吾楚历阳侯范增也。大功不成，抑郁而死，未有主我祠者，附石以告君，能留意，必有以报。"工取石以为像，奉香火惟虔。烟随风飞，直至兰溪县，止于芑峰之巅。邦人归向，聚木石而成庙，题曰福祐。括苍王淮诗云："关中失鹿人争逐,一去鸿门不可寻。千古英雄死遗恨,封侯庙食更何心。"

钱舜举咏范增云:"暴羽天资本不仁,岂堪亚父作谋臣。鸿门若遂尊前计,又一商君又一秦。"

陈刚中_孚题其墓云:"七十衰翁两鬓霜,西来一火笑咸阳。生平奇计无他事,只劝鸿门杀汉王。"二绝可谓诗史。

浣 纱 女

伍子胥父兄被杀,逃奔他国,遇女子浣纱问路,恐后人追之,告女子曰:"后有追者,慎勿言。"女即抱石自殒,令员勿疑。后人为之立庙。瞿宗吉诗云:"偶尔相逢试问途,此情彼意两俱无。何须草草捐身命,不念双亲体发肤。"

子胥至吴中,道乞食,遇女子于溧_{一作濑}。水之上,长跪而进食。胥行反顾,女子已自投于水矣。李白云:"女子溧阳黄山里史氏女也。"

放 生 获 隽

《林下诗谈》:贞元中,周存性喜放生,尝放一鲤鱼,因戏为诗极佳,陆贽称之。结句云:"倘若成龙去,还施润物功。"后入试,试题为"白云向空尽",诗既成,苦于无结,忽忆鲤鱼诗,因改"成"字为"从"字云:"倘若从龙去,还施润物功。"主司大赏,遂得通籍。

留 石 塔 疏

苏东坡镇维扬,幕下皆奇豪。一日石塔长老遣侍者投牒求解院,东坡问长老欲何往,对曰:"归西湖旧庐。"东坡即将僚佐同至石塔,令击鼓,大众聚观,袖中出疏,使晁无咎读之,其词曰:"大士何曾出世,谁作金毛之声。众生各自开堂,何关石塔之事。去作无相,住亦随缘。戒公长老,开不二门,施无尽藏。念西湖之久别,亦是偶然;为东坡而少留，无不可者。一时稽首，重听白槌。渡口船回，依旧云山之色，秋来雨过，一新钟鼓之声。"以文为戏，一时咸慕其风。

乐 平 鹅 塘

乐平鹅塘在潭水滨，其地万山壁立，五水环聚，遇晚舟楫皆泊其前，如戈戟然。廖金精瑀有记云："龙尾扫天上，龙头水底眠。有人能葬此，山河属半边。"宋度宗时丞相马翔仲廷鸾卜以葬母，请乩仙，降笔云："我是鹅塘真土地，丞相请我来问地。识地之人未曾生，得地之人未了未。"翔仲犹欲留以自葬，神复书云："丞相好生多事，吾去矣。"翔仲遂不敢用其地。未了者，疑以未字上一画加了字则成李字也，未者言识地得地者时尚未生也。

巫 山 神 女

宋长汀吴若讷简言过巫山神女庙，题诗云："惆怅巫娥事不平，当时一梦是空成。只因宋玉闲唇吻，流尽巴江洗不清。"是夜梦神女来谢。

蜀有请仙者，书巫山神女降。或戏问曰："闻仙娥与楚襄王有情，是否？"仙书曰："妾与襄王岂有情，襄王春兴梦魂轻。只缘宋玉多谗谤，流尽巫江洗不清。"

赠 鲁 生 句

韩康公绛谢事后，自颍入京，看灯上元，至十六日，私第会从官九人，如傅钦之、胡宽夫、钱穆父、苏子瞻、刘贡父、顾子敦辈，皆门生故吏，一时名德，出家妓十余人侍宴。有新宠鲁生者，舞罢为游蜂所螫，公意不喜，久之，呼出，以白团扇从子瞻乞诗。子瞻书一绝云："窗摇细浪鱼吹日，手弄黄花蝶透衣。不觉春风吹酒醒，空教明月伴人归。"上句咏其姓，下句记其事。康公大喜。

书斋题句

宋崇安彭应期止自号漫者，所为诗皆清丽典雅，有《刻鹄集》。尝谒辛稼轩，值其昼寝，题一绝于书斋云："棋子声干案接尘，午窗诗梦暖于春。清风不动阶前竹，谁道今朝有故人。"稼轩觉而遣人追之，去已远矣。

塔 灯 诗

元攸州冯海粟子振有文名，每临文时，命侍史二三人润笔以俟。海粟酒酣耳热，据案疾书，随纸数多寡，顷刻而毕。有《塔灯》诗云："擎天一柱碍云低，破暗功同日月齐。半夜火龙翻地轴，八方星象下天梯。光摇滟滪沿珠蚌，影落沧溟照水犀。文焰逼人高万丈，倒提铁笔向空题。"

谢 郎 中 女

谢郎中女能诗，嫁王元甫。元甫调官京师，送别云："此去惟宜早早还，休教重起望夫山。君看湘水祠前竹，岂是男儿泪染斑。"

四 知 台

杨震四知台在昌邑县，薛文清瑄题诗云："人间无处不天公，却笑黄金馈夜中。千载四知台下过，马头犹自起清风。"

富 翁 语

东旸陈同父言：有一士贫而屡空，邻于富家，每羡其邻之乐，旦日肃衣冠谒而诘焉。富翁告曰："致富不易也。子归斋三日后，予当告子。"士人如言复谒,富翁设高几,坐而进之曰:"大凡致富之道,当先去其五贼。五贼不除,富不可致。"士人诘问其目,富翁曰:"即世儒之所谓仁、义、礼、智、信是也。"士人胡卢而退,辄掀髯曰:"吾儒不为五者所制,当成何等人耶?"

王　元　之

王元之禹偁幼能文,五岁,太守赏白莲,倅言于守,召元之吟诗,云:"昨夜三更里,嫦娥坠玉簪。冯夷不敢受,捧出碧波心。"又:"佳人方素面,对镜理新妆。"守喜曰:"天授也。"七岁,毕文简为郡从事,知之,问其家,以磨面为生,令作磨诗。元之即吟曰:"但存心里正,何愁眼下迟。得人轻借力,便是转身时。"以磨喻己也。文简大奇之,留与子弟讲学。偶有郡守席上出"鹦鹉能言难似凤"句,坐客未有对,文简写之屏间,元之云:"蜘蛛虽巧不如蚕。"文简叹息曰:"经纶材也。"后加以衣冠,呼为小友。迨文简入相,元之已掌书命矣。

孟子父母名姓

王山史《山志》载:孟子之父孟孙激公宜。孟孙姓,激公字,宜名。或曰名激,字公宜。《仙里麈谈》载:孟子之母姓仉,音掌。齐后也。仉掌通用,晋有琅玡掌同,前凉有掌㩉,宋有掌禹锡,修《本草》者即同。《太平清话》云:孟母并人,其地有三徙乡。《山志》又载孟子子名睪。按谱即孟仲子也。集注以孟仲子为孟子从昆弟,不知何据。

施　宜　生

建阳施必达名逵,少负才名。建炎年间,擢上第,为颍州教官。秩满还家,值范汝为叛,据建阳,执逵胁写旗帜,遂陷贼党。韩世忠破贼,捕逵,以属吏得旨编隶河外。与妻泣诀,度无生还理,嘱其改适。妻悲不自胜,尽鬻食具以给行囊。逵买一婢自随,纵与防送卒通。所至宿舍多市酒肉,共酗洽。既数日,度二卒不为备,且醉拥婢高卧,遂拔刃刺二卒及婢,乃易服变姓名,窜走淮滁间。朝廷设赏格图形购之甚亟,遂自髡为头陀,入界山寺。主僧异其状,试令供役,役惟谨。益察其非常人,深夜屏人叩之。遂未敢深言,僧怒曰:"捕吏且至,深累老僧,欲为汝觅一生路,犹嗫嚅作儿女子态。行缚汝送官矣。"遂涕泣吐实,僧曰:"子虽不言,吾已知之。吾卧内有密缄并一袱子,取来。"缄致房中之某僧,袱内衣一袭、白金数两。遂感激拜谢,即夜走六七十里,昼则伏深草中,十余日乃达寺。僧见之甚喜,使掌经典。遂于暇日习举子业,易名宜生,举进士。金主亮临轩试《天子日射三十六熊赋》,宜生云:"圣天子内敷文德,外扬武功。云屯一百万骑,日射三十六熊。"遂冠榜首,入翰林,至中书舍人。绍兴庚辰,亮谋南犯,先遣宜生为贺正使。凭狐倨慢,意气研研。朝廷遣人为访故妻,复相完好。馆伴使尚书张焘屡为言首丘桑梓,略不介意,出橐中千金驰赠界山寺老僧。僧闻宜生入境,已避匿,留书劝宜生归顺。宜生览书笑而已。乃贮金为葺寺,临别顾为张曰:"北风甚竞。"张因奏为备。《万姓统谱》以金科第列入宋下,误。

书　厨

　　汉世目郑康成为经神,何休为学海。晋杜预有《左氏》癖,人目之曰武库,言其胸中无所不有也。江祐目许懋为经史笥。梁世目任昉为五经笥。褚遂良目谷那律为九经库,又目虞世南为行秘书,皆美其淹识群书也。至晋傅迪好读书而不解其义,刘柳惟读《老子》,迪每轻之,柳曰:"卿读书虽多,而无所解,可谓书簏矣。"唐李善淹贯古今,不能属辞,人号书簏。齐陆澄世称硕学,读《易》三年不解文义,欲撰《宋书》不就,王俭戏之曰:"陆公书厨也。"似犹有讽焉。他如朱宜黄、李郢文学浩博,人号为书厨。福清郑格博闻强记,时亦号书厨。莆田李纲通诸史百家,人亦目为书厨。通州张大中,群经百氏,一览不忘,人目为黑漆书厨。邛州吴时敏于为文,未尝属稿,人目为立地书厨。明武进陈济,六经子史无不究竟,时称为两脚书厨。南海唐奎遍览诸书,称唐书柜。或有过誉,要皆美词也。

文 选 苏 文

宋初尚《文选》,士子专意此书,至为之语曰:"《文选》烂,秀才半。"见陆务观《老学庵笔记》。又云:"《文选》熟,秀才绿。"谓脱白着绿也。建炎以后,尚苏氏文章,而蜀尤甚,亦有语曰:"苏文熟,吃羊肉;苏文生,吃菜羹。"

鲁 望 腹 稿

吾郡甪里白莲花寺,乃陆鲁望故宅。后有祠堂,塑像腹中皆其平生诗文稿。咸淳间,为盛氏子醉仆其像于水,郡守倪普怒责之,而更塑其像。虽少雪天随之怒辱,而当时之腹稿惜无存矣。

天 妃 签

嘉靖乙酉夏,顺天固安高澄同友周应龙、王仲锦、高进小试于通州。偶游天妃庙,见有跪而求签者,周曰:"即以此决吾侪中否。"视之乃十六签,曰:"久困鸡窗下,于今始一鸣。不过三月内,虎榜看联名。"是秋四人果同登。九月往谢,又卜春榜,签曰:"开花虽共日,结果自殊时。寄语乘槎客,危当为汝持。"己丑三人俱登第,仲锦除知州,进除知县,澄除行人,独应龙下第,以举人选太原通判。结果自殊。逾年,澄被使琉璃,皆以地险为忧,澄往返安宁,应后二句。

张 百 杯

建安张端公伯玉字公达,范文正公客也,时号张百杯,又曰张百篇,言一饮酒百杯,一扫诗百篇,名重当世。有士人强记,自负饮酒鲜双,求朝士书牍为先容,持谒公达。公达启缄喜曰:"君果多闻,又能敌吾饮。吾老久无对，不意君肯辱命也。"共酌三十余，士人雄辩风生。又酌少许，辞以醉。公达笑曰："量止此乎？老夫当为君满引矣。"遂自数十举，以手指四柜书曰："吾衰病不如昔，所能记忆者独此，君试探一卷，吾为子诵之。"士人即柜中偶探得《仪礼》，公达语士人试举首语，士人如其言，公达琅然背诵，不遗一字。士人骇服，再拜称谢。

学 钟 学 李

《无拂集》：一士子求仙问功名，时钟伯敬、李九我在坐，仙书云："学钟先生。"钟逊李曰："大仙还是学李先生。"士以二人皆显宦，大喜。后士以贡为国子助教，未几贬州学正。乃知仙所云则学中先生、学里先生也。

金 陵 图

唐韦庄《金陵图》诗："江雨霏霏江草齐，六朝如梦鸟空啼。无情最是台城柳，依旧烟笼十里堤。"谢叠山云："台城，梁武饿死之地，国亡身灭，陵谷变迁，惟草木无情，只如前日。'无情'、'依旧'四字最妙。"端平中，北使王楫诗："到处江山是战场，淮民依旧说耕桑。梅花不识兴亡恨，犹向东风笑夕阳。"讥本朝臣子不知边事之危急。景定间，北将胡谘议留江州诗："寂寞武矶山上庙，萧条罗伏水中船。垂杨不管兴亡事，依旧青青两岸边。"亦讥本朝将相不知国家将亡，犹随时取乐，如平安无事时。皆从前诗变化来。

林 康 惜 别 词

林和靖有《惜别·长相思》词云："吴山青，越山青，两岸青山相送迎，谁知离别情。　　君泪盈，妾泪盈，罗带同心结未成，江头潮已平。"康伯可亦有词云："南高峰，北高峰，一片湖光烟霭中，春来怨杀依。　　郎意浓，妾意浓，油壁车轻郎马骢，相逢九里松。"二词皆艳丽。

马子严闺思

建安马子严_{庄父}博涉经史，工诗文，尤长于词。有《闺思·鹧鸪天》云："睡鸭徘徊烟缕长，日高春困不成妆。步欹草色金莲润，捻断花须玉笋香。　　轻洛浦，笑巫阳，锦衣亲织寄檀郎。儿家闭户藏春色，戏蝶游蜂不敢狂。"

杨妃妙舞图

明苏郡徐用理_庸《题杨妃妙舞图》云："曲按《霓裳》舞翠盘，满身香汗怯衣单。凌波步小弓三寸，倾国貌娇花一团。杨柳欲眠风不定，海棠无力露初干。风流自古迷心目，莫怪三郎倚醉看。"

田子艺召乩

钱塘田子艺_{艺衡}召乩，洞宾书《踏莎行》词云："轻挥羽扇，平分湘水，烟雾泉石为佳侣。清风两袖胆气粗，洞庭飞过经千里。　　饱嚼瑶花，醉斟玉瀣，乾坤收拾葫芦里。一声长啸海空秋，数着残棋山月起。"书罢，子艺请作《西湖赋》，运乩如飞，笔不停缀，有"攀碧落之两峰，卧白云于三竺。六桥流水鱼与俱，四贤堂寂鹿独宿"，真佳句也。客有戏之者曰："仙姑何在？"书云："阆苑蓬莱自可人，东山人驻几千春。要知古女真消息，碧汉青天月一轮。"子艺曰："书藏何仙姑三字也。"乩又书曰："至矣，至矣。"客又戏曰："适见洞宾否？"乩忽怒突者久之，复书曰："仙友从来有洞宾，尔今问我是何因？婉妗自许逢周穆，姜女谁知与乱臣。烈火真金应不铄，苍蝇白璧未尝磷。道心清静浑如水，不似凡间犬豕人。"按洞宾初名绍先，后名嵒，何仙姑广东增城人，为人饭妪，故肩捎笊篱。

子艺又尝召乩,一日降坛,势甚猛,书云:"威镇华夷,义勇三分。四海才兼文武,英雄千古一人。"子艺曰:"公乃武安王耶?闻公之灵誓不入吴,何以至此?"书曰:"赤兔腾霜汗雨零,青龙偃月血风腥。晓来飞渡乌江上,始信天亡最有灵。"客皆愕然。盖不独公之英灵千古不昧,而非战之罪,隐然自寓于言表矣。

醉 翁 图 赞

黄贞父汝亨《醉翁图赞》曰:"酒,好友,闭而眼,扪而口。潦倒衣冠,模糊好丑。多不辞一石,少不辞五斗。提携域外乾坤,断送人间卯酉。破除万事总皆非,沉冥一念夫何有。盖东坡为无漏之仙,而吾呼之为独醒之友。"

挽 衣 共 饮

《何氏语林》:张丞相商英字天觉,召自荆湖,适刘跛子与客饮市桥,闻车骑甚都,起观之。跛子挽丞相衣,使且共饮,因作诗曰:"迁客湖湘召赴京,车蹄迎迓一何荣。争如与子市桥饮,且免人间宠辱惊。"时赏其俊爽。

跛子青州人,拄一拐,每岁至洛阳范家园看花,为人噱谈有味。大范与二十金,曰:"跛子吃半角。"小范与十金,曰:"吃碗羹。"刘诗谢曰:"人生四海皆兄弟,酒肉林中过一生。"

诗 贺 兄 嫂

杨汝士以尚书出镇东川,白乐天是尚书妹婿,时以太子少傅分洛。乐天戏代内子作诗贺兄嫂曰:"刘纲与妇共登仙,弄玉随夫亦上天。何似沙哥汝士小字。领崔嫂,碧油幢引向东川。"又曰:"金花银碗饶兄用,罨画罗裙任嫂裁。嫁得黔娄为夫婿,可能空寄蜀茶来?"

牛秀才赋

《吴中旧事》：孙实字若虚，少负俊声，壮游乡校，同舍多出田里家富，以孙之贫不甚加礼，而一牛姓者尤所侮玩。若虚因作《牛秀才赋》嘲云："腰带垂绅，尚有田单之火；头巾触地，犹闻宁戚之歌。致庄周太庙之嗟，来丙吉途中之问。"闻者争相传诵。

静　卧

陈眉公曰：日月如惊丸，可谓浮生矣，惟静卧是小延年；人事如飞尘，可谓浮生矣，惟静卧是小自在；朝鱼暮肉，可谓腥秽矣，惟静卧是小斋戒；智战力争，可谓险恶矣，惟静卧是小三代。至于寝梦之中，见闻新，游览广，无足而行，不翼而飞，又是小冲举。

庚集卷之二

蔡天启题画

丹阳蔡天启^肇性高俊，偶于尺素作平冈老木，极有清致，因授李伯时，令于余地加远水归雁，作扁舟以载，天启自题曰："鸿雁归时水拍天，平冈老木尚寒烟。付君余地安渔艇，乞我寒江听雨眠。"伯时懒不能竟，他日王彦舟取去，以示宗子戬，即取笔点染如诗中意。天启见之，爱其佳。后泛舟宿横塘，遇雨闭篷而卧，夜不能寐，闻归雁声，复为诗云："半野风烟入梦思，殷勤作画更题诗。扁舟卧听横塘雨，恰遇江南归雁时。"又见其《题三茅风雨图》云："笔间云气生毫末，纸上风声听有无。收得三茅风雨样，高堂六月是冰壶。"亦琅然可讽也。

三 豪

石守道尝作《三豪诗》，谓石曼卿豪于诗，欧阳永叔豪于文，杜默豪于歌。默有送守道赴太学六字歌，其豪句云："头角惊杀虾蟹，学海波中老龙。爪距逐出狐兔，圣人门前大虫。推倒杨朱墨翟，扶起仲尼周公。一条路出瓮口，几程身在云中。水浸山影倒碧，春着花梢半红。"默濮州人，因此歌得在"三豪"之列。

吊 妓 苏 哥

颍妓刘苏哥与悦己者密约相从，而其母禁之至苦，不胜郁悒。以盛春美景，邀同韵者联骑出城，登高冢相对恸哭，遂卒。晏元献戏题绝句吊之云："苏哥风味逼天真，恐是文君向上人。何日九原芳草绿，一杯絮酒哭青春。"

诗 祸 得 释

熙宁中，郑侠上书事作下狱，悉治平时所往还厚善者，晏叔原几道亦在数中。侠家搜得叔原与侠诗云："小白长红又满枝，筑球场外独支颐。春风自是人间客，主管繁华得几时。"神宗见诗，即令释出。

九 日 题 糕

刘梦得作九日诗，欲用糕字，以五经中无之，辍不复为。宋子京以为不然，九日食糕，有诗云："飙馆轻霜拂曙袍，糗糍花饮斗分曹。刘郎不敢题糕字，空负诗中一世豪。"遂为古今绝唱。

取 伤 廉

绍兴初，临安学帑被盗，逻者夜搜沟中，所盗金在焉。时府学生黄某立于旁，遂录送府。录事参军强敩，引滕元发偷狗作赋故事，乞俾之试。府主张澄许之，以"取伤廉"为题，黄仓卒不能成文，强潜代为之。其一联云："门人窃屦，何伤孟子之贤；同舍诬金，始见直生之量。"张见之喜，遂置不问。

魂 归 赋 诗

史弥远死已久，一夕闻叩门声曰："丞相归。"举家骇匿，比入门，灯火彩舆，升堂即席，子妇皆出罗拜，讯慰平生，历历嘱家事。索纸笔题诗云："冥路茫茫万里云，妻孥无复旧为群。早知泡影须臾事，悔把恩仇抵死分。"

传 家 清 白

宋陈蒙家世清白，有布衣持纸扇来谒，上诗云出韵不驻思。蒙以酸字为韵，令赋梅花诗，谒者辄应声曰："影摇溪脚月犹冷，香满枝头雪未干。只为传家太清白，致令生子亦辛酸。"蒙大悦，留款而厚赠之。

和香方

范蔚宗晔撰《和香方》，其序云："麝本多忌，过分必害。沉实易和，盈斤无伤。零藿虚燥，詹唐粘湿。甘松苏合，安息郁金，捺多和罗之属，并被珍于外国，无取于中土。及枣膏昏钝，甲煎浅俗，非惟无助于馨烈，乃当弥增于尤疾。"此序所言，悉以比类朝士。麝本多忌，比庾炳之。零藿虚燥，比何尚之。詹唐粘湿，比沈演之。枣膏昏钝，比羊玄保。甲煎浅俗，比徐湛之。甘松苏合，比慧琳道人。沉实易和，以自况也。

明目方

范武子宁尝患目痛，就张处度湛求方。处度因嘲之曰："古方，宋阳里子少得其术，以授鲁东门伯，东门伯以授左丘明。及汉杜子夏、郑康成，魏高堂隆，晋左太冲，凡此诸贤，并有目疾。相传此方用损读书一，减恶虑二，专内视三，简外观四，旦晚起五，夜早眠六。凡六物，熬以神火，下以气簁，蕴于胸中七日，然后纳诸方寸，修之一时。近能数其目睫，远视尺捶之余。长服不已，洞见墙壁之外。非但明目，亦能延年。"

禽兽决录

卞田居彬，宋高帝时为平越长史，险拔有才，而与人多忤，数年不得仕进。尝为枯鱼、蚤虱、蜗虫、虾蟆等赋以喻意。赋虾蟆云："纡青拖紫，名为蛤鱼，世以比令仆也。科斗唯唯，群浮暗水，维朝继夕，役使如鬼，比令史咨事也。"又目禽兽云："羊性淫而狠，猪性卑而率，鹅性顽而傲,狗性险而出。"皆指斥贵势。羊淫狠谓吕文显,猪卑率谓朱隆之,鹅顽傲谓潘敞,狗险出谓文度。其险傲如此。

大 都 供 奉 女

《平江纪事》:致和改元七月之望,士子杨彦采、陆升之载酒游莲塘。舟泊横塘桥下,月色明霁,酒各半酣,闻邻船有琵琶声,意其歌姬也,蹑而窥之。见灯下一姬,自弄弦索。二人往见,询其所由,曰:"妾大都乐籍供奉女也,以事至江南。"二人命取舟中肴核就灯同酌,求歌以侑觞,则曰:"妾近冒风失音,不能奉命。"强之乃曰:"近日游访西子陈迹,得古歌数首,敢奉清尘,凡一歌侑饮一觞。"歌曰:"风动荷花水殿香,姑苏台上宴吴王。西施醉舞娇无力,笑倚东窗白玉床。"又歌:"吴王旧国水烟空,香径无人兰叶红。春色似怜歌舞地,年年先发馆娃宫。"又:"馆娃宫外似苏台,郁郁芊芊草不开。无风日偃君知否,西施裙裾拂过来。"又:"半夜娃宫作战场,血腥犹杂宴时香。西施不及烧残蜡,尤为君王泣数行。"又:"春入长洲草又生,鹧鸪飞起少年行。年深不辨娃宫处,夜夜苏台空月明。"又:"几多云树倚青冥,越焰烧来一片平。此地最应沾恨血,至今青草不匀生。"又:"旧苑荒台杨柳新,菱歌清唱不胜春。只今惟有西江月,曾照吴王宫里人。"彦采曰:"歌韵悠柔,含悲耸怆,固云美矣。第西施乃亡人家国,妖艳之流,不足道也。愿更他曲。"姬更歌曰:"家国兴亡来有以,吴人何苦怨西施。西施若解亡人国,越国亡来又是谁?"彦采曰:"此言固是。然皆古人陈言,有何新声,倾耳一听。"又歌曰:"家是红罗亭上仙,谪来尘世已多年。君心既逐东流水,错把无缘当有缘。"歌竟,掀篷揽衣,跃入水中。彦采惊窹,升之醉眠脚后。翌日,事传吴下。

虞 邵 庵 词

《辍耕录》:虞伯生在翰苑时,宴散散学士家。歌儿郭氏顺时秀,唱今乐府,其《折桂令》起句云:"博山铜细袅香风。"一句两韵,名曰短柱,极不易作。伯生爱其新奇,席上偶谈蜀汉事,因命纸笔,赋一曲云:"銮舆三顾茅庐,汉祚难扶,日暮桑榆。深渡南泸,长驱西蜀,力拒东吴。美乎周瑜妙术,悲夫关羽云殂。天数盈虚,造物乘除,问汝何如,早赋归与。"盖两字一韵,比之一句两韵者为尤难云。

诗 触 御 史

嘉靖中,闽张嘉猷字献叔,嗜酒能诗,有晋人风致。其俊句如"独怜芳草别,共醉菊花杯"。"坐地流花气,征鞍拂柳丝"。俊雅可诵。为龙泉教谕,同乡王应箕巡按浙中,至处州,张欲王以出格之礼相待,而王倨甚,合府县学官而试之。张勉强就试,王以"秋江晚霁"命题,张落句云:"芙蓉最是无情物,又向前溪作晚阴。"王览之大怒,痛恨入骨。盖王未遇时,其母改节适人前溪,故张辱之也。张竟署最下考,左迁。

谢 方 石 程 课

谢方石铎在翰林学诗,自立程课,限一月为一体,如此月读古诗,凡官课及应答诸作皆古体也。李西涯尝为《崖山》诗,内一联谢意不满,西涯以为更无可易,谢笑曰:"观子胸中似不止此。"最后曰:"庙堂遗恨和戎策,宗社深恩养士年。"谢笑曰:"微我子不到此。"西涯又为《端礼门》古乐府,谢以为末句未尽善,往复再四,最后乃曰:"碑可毁,亦可建,盖棺事,久乃见。不见奸党碑,但见奸臣传。"谢不待词毕,跃然而起。

懒 云 窝

阿里西瑛,耀卿学士之子,有居号懒云窝,用《殿前欢》调歌以自述云:"懒云窝,醒时诗酒醉时歌。瑶琴不理抛书卧,无梦南柯,得清闲尽快活。日月如撺梭过,富贵比花开落。青春去也,不乐如何。"贯酸斋和云："懒云窝,阳台谁与送巫娥。蟾光一任来穿破,遁迹由他。蔽一天星斗多,分半榻蒲团坐。万里鹏程挫,向烟霞笑傲,任世事蹉跎。"乔梦符、卫中立皆和之。

洞 花 幽 草

洞花、幽草,贯酸斋二妾名。临终有辞世诗,张小山伯远字可久,为酸斋解嘲曰："君王曾赐琼林宴,三斗始朝天,文章懒入编修院。红锦笺,白纻篇,黄柑传学会神仙。参透诗禅,厌尘嚣,绝名利,逸林泉。天台洞口,地肺山前,学炼丹,同货墨,共谈玄。兴飘然,酒家眠。洞花幽草结因缘,被我瞒他四十年,海天秋月一般圆。"

皆 梦 轩

陈汝嘉扁其所居轩曰皆梦,索陶九成宗仪题,为赋诗云："北窗高卧羲皇上,不比南柯太守衙。尘世蕉阴方覆鹿,山童竹叶自敲茶。黄粱旅邸空仙枕,春草池塘即谢家。万事转头同一幻,怪来筠管忽生花。"

又《谰言长语》:梦轩一联云:"谢家兄弟池塘草,商室君臣鼎鼐梅。"

对 弈 图

赋比兴为诗之正体,古人多有作比诗者。元进士德兴董仲可《题明皇贵妃对弈图》云："内计纵横势已危,三郎何事不知机。只应一子参差久,费尽神谋为解围。"

香 奁 八 咏

杨廉夫过杭,访瞿士衡。时士衡从侄宗吉尚少,廉夫示以所作《香奁八咏》,宗吉乃悉和之。其《花尘春迹》云："燕尾点波微有晕,凤头踏月悄无声。"《黛眉颦色》云："恨从张敞毫边起,春向梁鸿案上生。"《金钱卜欢》云："织锦轩窗闻笑语,采蘋洲渚听愁吁。"《香颊啼痕》云："斑斑湘竹非因雨,点点杨花不是春。"廉夫叹服曰："此瞿家千里驹也。"

鞋　杯　词

瞿士衡饮杨廉夫以鞋杯,廉夫命宗吉咏之,即作《沁园春》词云："一掬娇春,弓样新裁,莲步未移。笑书生量窄,爱渠尽小,主人情重,酌我休迟。酝酿朝云,斟量暮雨,能使曲生风味奇。何须去,向花尘留迹,月地偷期。　　风流到手偏宜,便豪吸雄吞不用辞。任凌波南浦,惟夸罗袜,赏花上苑,只劝金卮。罗帕高擎,银瓶低注,绝胜翠裙深掩时。华筵散,奈此心先醉,此恨谁知。"以呈,廉夫大喜,命侍妓歌以侑觞。

山 歌 翻 词

瞿宗吉听妓"月子弯弯"之歌,遂翻为词云："帘卷水西楼,一曲新腔唱打油。宿雨眠云年少梦,休讴,且尽生前酒一瓯。　　明日又登舟,却指今宵是旧游。同是他乡沦落客,休愁,月子弯弯照几州。"

立春清江引

贯酸斋赴所亲宴,时正立春,坐客以《清江引》请赋,且限以"金木水火土"五字冠于每句之首,句各用春字。酸斋即题云："金钗影摇春燕斜,木杪生春叶。水塘春始波,火候春初热。土牛儿载将春到也。"满座叹服。

林 坡 诗 讽

黎林坡真,明初名儒。尝以非罪谪戍辽左,同里马某与焉。黎蒙恩放回,而马独不与。马之兄一日盛席邀黎,侑觞之妓皆绝色,黎闻之不往,遗以诗曰:"锦瑟银筝白玉厄,赏音元自有钟期。可怜孤雁长城外,叫断南云总不知。"其兄得诗,为之堕泪罢宴。

邸　间　对

永乐中,江南一太学需选京师,见邸壁题云:"客眠孤馆,梦魂常到故乡来。"一日阁中传旨云:"人上断桥,形影不随流水去。有能对者赏。"生忽悟壁间之句,即以奏对,得授右秩。

色 难 容 易

文皇尝谓解学士曰:"有一书句甚难其对,曰色难。"解应声曰:"容易。"文皇不悟,顾谓解曰:"既云易矣,何久不对?"解曰:"适已对矣。"文皇始悟色对容、难对易,为之大笑。

风 流 学 士

解学士访某驸马不值,公主闻其名,欲观之,隔帘使人留茶。解索笔题曰:"锦衣公子未还家,红粉佳人叫赐茶。内院深沉人不见,隔帘闲却一团花。"公主怒其谑己,遂奏闻。文皇曰:"此风流学士,见他做甚?"

乩 书 四 喜 诗

松江守私廨失金首饰,召仙问之,则书"久旱逢甘雨"诗。求识其意,不答。请书名,乃书曰:"江阴周岐凤。"守不悦,以为鬼语不足凭。间为一学官言之,对曰:"此世俗所传《四喜诗》耳。"守愕然曰:"吾家有女奴名四喜,得无是乎?"执而讯之,果为所窃,犹藏廨后灰中,乃悟其仙。

赋 诗 赠 妓

江阴卞华伯_荣未第时，过常熟，闻钱允晖_晔诗名，往谒之。谓阍者曰：“可语汝主，诗人卞华伯相访。”钱讶何人自负如此，适宴客，有妓，令仆出语之曰：“赋赠妓诗一绝方接见。”仍以“艎降湘”为韵。卞不构思，一挥而就。诗曰：“琵琶斜抱出艅艎，貌与荷花两不降。今夜彩云何处宿，空留明月照潇湘。”允晖见诗叹服，倒屣迎入，遂定交焉。

梅 柳 争 春

仁和凌云翰字彦翀，元末领乡荐，明初任成都府学教授。尝作梅词《霜天晓角》一百首、柳词《柳梢青》一百首，号“梅柳争春”。见人家昆季以阋墙析居者，作《沁园春》词以嘲之曰：“树上凌霄，堂前紫荆，秋来尚芳。奈牝鸡晨语，鹡鸰憔悴，妖狐昼啸，鸿雁分行。仁智非周，喜忧非舜，一旦天伦忍遂忘。如何好，望松楸感泣，桑梓悲伤。
古今祸起专房，总一国犹然况一乡。家有妇人，岂无长舌，世无男子，谁有刚肠。树大枝分，瓜熟蒂落，此语应非是义方。聊书此，要惩鉴戒，不在文章。”

行 舟 八 咏

《尧山堂外纪》：杨文理，吴中纨绮子也。侈靡善吟，中岁贫甚，与杜公序友善。杜为攸令，杨欲往谒之，道里费趑趄久之。楚有商于吴者，难杨曰：“为我作舟行八咏，即载以往。”题曰篷、樯、篙、橹、锚、缆、舵、跳。杨一挥而就，其咏篷警句有“数叶饱风淮浦晚，一绳拖雨洞庭秋”。咏橹警句有“分开水面秋烟冷，斫破波心夜月明”。楚商读之，跃然起敬，与之同往，且厚赠之。

花　影　集

马鹤窗浩澜著《花影集》。花影者，月下灯前，无中生有，以为假则真，谓为实犹涉虚也。其《中秋·鹊桥仙》云："不寒不暑，无风无雨，秋色平分佳节。桂花香散夜凉生，小楼上帘儿高揭。　　多愁多病，闲忧闲闷，绿鬓纷纷成雪。平生不作负恩人，惟负了今宵明月。"又《落花·满庭芳》云："春老园林，雨余庭院，偏惹蝶骇莺猜。蔫红皱白，狼藉满苍苔。正是愁肠欲断，朱箔外，点点飘来。分明似，身轻飞燕，扶下避风台。　　当初珍重意，金钱竞买，玉砌新栽。更翠屏遮护，羯鼓催开。谁道天机绣锦，都化作，紫陌尘埃。纱窗里，有人怜惜，无语托香腮。"

王　雪　村

王雪村澄字天碧，幼攻诗，与马鹤窗为诗友，书有赵法。里甲报吏名于有司，拨授处州府架阁库役。一日题马一绝云："一日行千里，曾施汗血劳。不知天厩外，谁是九方皋。"书府门罘罳间。守召而询曰："汝曾为弟子员耶？"对以农民。守奇之，复试以"南山晴雪"题，雪村信笔呈云："雪霁南山正坐衙，莹然相对两无瑕。瑞光晓布三千里，和气春生百万家。未可拥炉倾竹叶，且须呵笔咏梅花。丰年有象皆侯德，五袴歌谣遍海涯。"守大喜，遂集府佐诸子弟而馆之，命人代其吏事。一日太守至馆，见课簿有对云："三个半钟钟半酒，一边双陆陆双星。"因击节叹曰："有才如此，不获时位，岂非命乎？"日得亲幸，名闻士夫。逮役满归杭，杭运使闻而请代文移，视太守尤敬爱之。雪村坚辞以疾，日与文士往来于湖山云。

桃　花　仕　女

《西樵野记》：景泰中，绍兴上舍葛棠，博学能文，性豪放，筑亭于圃,扁曰"风月平分",旦夕浩歌,纵酒自适。壁挂《桃花仕女图》,棠戏曰:"诚得是女捧觞,岂吝千金?"夜饮半酣,见一姬进曰:"久识上舍词章之雅,日间重辱垂念,请歌诗以侑觞。"棠曰:"吾欲一杯一咏。"姬乃连咏百绝,棠沉醉而卧,晓视画上,不见仕女,少焉复在。棠异而裂之,因录所记忆者八首,余皆忘之矣。"梳成松鬓出帘迟,折得桃花三两枝。欲插上头还在手,遍从人问可相宜"。"恹恹欹枕卷纱衾,玉腕斜笼一串金。梦里自家搔鬓发,索郎抽落凤凰簪"。"家住东吴白石矶,门前流水浣罗衣。朝来系着木兰棹,闲看鸳鸯作对飞"。"石头城外是江滩,滩上行舟多少难。潮信有时还又至,郎舟一去几时还"。"浔阳南上不通潮,却算游程岁月遥。明月断魂清霭霭,玉人何处教吹箫"。"山桃花开红更红,朝朝愁雨又愁风。花开花谢难相见,懊恨无边总是空"。"西湖荷叶绿盈盈,露重风多荡漾轻。倒折荷枝丝不断,露珠易散似郎情"。"芙蓉肌肉绿云鬟,几许幽情欲话难。闻说春来倍惆怅,莫教长袖倚栏杆"。

真 个 销 魂

故宋驸马杨震有十姬,皆绝色,名粉儿者尤胜。一日招詹天游玉宴,尽出诸姬佐觞。天游属意于粉儿,口占一词云:"淡淡青山两点春,娇羞一点口儿樱,一梭儿玉一窝云。 白藕香中见西子,玉梅花下遇昭君,不曾真个也销魂。"杨遂以粉儿赠之,曰:"请天游真个销魂也。"

出 题 有 碍

安福张石磐鳌山为南直提学,按试庐州,《孟子》题出"不受于褐宽博,亦不受于万乘之君,视刺万乘之君若刺褐夫"。后与宸濠往还,械系北上。庐江知县刘梦熊,其同年也,因前为属官,处非其礼,乘间嘲之曰:"公素有无君之心,得此非诬。"张讶之,刘曰:"公考庐州,出刺万乘之君可验矣。"张不觉愧屈。尝有诗云:"没马淤泥路转赊,看山好与湿云遮。僧房春尽浑无主,开遍庭前木槿花。"后事败,以为诗谶。

国 学 送 胙

旧制,国学春秋二祭,各衙门胙肉皆国子生押送。正德中,崔来凤桐以岁贡卒业南雍,值送太常寺,太常卿忽不相接,崔投以韵语曰:"吾闻千里能相见,一见如何反拒之。国子使非蓬玉使,太常辞岂孺悲辞。七科不第天留意,四十无闻我自知。不屑教中承教诲,退而修省是吾师。"太常卿得诗,亟延款之。

假 髻 篇

张东海弼作《假髻篇》,讽刺时事,词曰:"东家女儿发委地,日日高楼理高髻。西家女儿发垂肩,买妆假髻亦峨然。金钗宝钿围珠翠,眼底谁能辨真伪。夭桃窗下来春风,假髻美人先入宫。"当路衔之,出为南安太守。

六 同 诗 话

王景明之南京,张东海赠之诗曰:"谷阳城外送离船,矫首南都思惘然。一语烦君三致意,同乡同志及同年。"冬官王伟以为未尽交游者,乃益之曰:"同官同事同游者,问及都将此意传。"因著《六同诗话》。

花 朝

花朝本二月十二日,杭俗以二月十五日为花朝节,园丁竞以名花荷担叫鬻,音中律吕。黄子常《卖花声》词曰:"人过天街,晓色担头红紫,满筠筐、浮花浪蕊。画楼睡醒,正眼横秋水,听新腔、一回催起。　　吟红叫白，报得蜂儿知未，隔东西、余音软美。迎门争买，早斜簪云髻，助春娇、粉香帘底。"乔梦符吉和词云："侵晓园丁，叫道嫩红娇紫，巧工夫、攒枝饲蕊。行歌伫立，洒洗妆新水，卷香风、看街帘起。　　深深巷陌，有个重门开未，忽惊他、寻春梦美。穿窗透阁，便凭伊唤取，惜花人、在谁眼底？"

郎瑛题芙蓉

嘉靖初，郎瑛将游南都，有事于学宫。适教谕叶相至，召而言曰："汝能作诗则行。"指亭前芙蓉为题。瑛书一绝云："名花不斗艳阳妆，自向儒宫傍晚凉。莫道秋容颜色淡，野梅凌雪有天香。"叶知有为，故曰："我欲题折枝者。"瑛愤而口占曰："天香国色美丰姿，只是西风飐坠枝。今日悲秋人见汝，有何奇句动吾师。"叶笑而放之。逾二年，其子索题芙蓉扇面，瑛感前事，书曰："莫向芙蓉怨不平，风尘自古困儒生。当年错怪淮阴少，自是王孙未有名。"他日叶见之，谓瑛曰："汝尚记忆前事耶？"因出酒命酌，痛饮而别。

解大绅对

南京金水河玉阑干诸胜概处，解大绅八岁时慨然有观光之意，胡子祺乃命对曰："金水河边金线柳，金线柳穿金鱼口。"大绅应云："玉阑干外玉簪花，玉簪花插玉人头。"众大奇之。

雪村召箕

王雪村善召箕仙，每吟咏有窘阻则叩仙续之。一日与马鹤窗泛湖，鹤窗因请召之，箕既动，鹤窗问仙何名，即书曰："有事但问，问毕告名。"鹤窗曰："有句云'捧瑶觞，南国佳人一双玉手'，久未有对。"箕即书云："跌宝座，西方大佛丈六金身。"箕运如飞，复成一律云："此地曾经歌舞来，风流回首即尘埃。王孙芳草为谁绿，寒食梨花无主开。

郎去排云叫阊阖,妾今行雨在阳台。衷情诉与辽东鹤,松柏西陵正可哀。"后书:"钱塘苏小小敬和鹤窗畴昔湖桥首唱。"已而寂然不动。二人称赏久之。

咏　　愁

洪武间,张彦伦有《咏愁》诗,警策可诵:"来何容易去何迟,半在胸中半在眉。门掩落花春去后,窗含残月酒醒时。浓如野外连天草,乱似空中惹地丝。除却五侯歌舞地,人间无处不相随。"又成化中侯官林粹夫廷玉有《咏愁·塞鸿秋》词云:"妒离情辗转相迤逗,惹羁怀来往闲交构,对菱花怕照容颜瘦,数归鸿难展眉峰皱。秋风叶落时,夜雨灯昏候,那其间泪湿香罗袖。"

太 初 咏 沙

郭功甫祥正在王荆公坐,有一人展刺云"诗人龙太初"。功甫曰:"相公前敢称诗人,不识去就如此。"荆公曰:"请来相见。"既坐,功甫曰:"贤道能诗,只从相公请题。"是时有老兵以沙擦铜器,荆公曰:"可作沙诗。"太初不移刻间诵曰:"茫茫黄出塞,渺渺白铺汀。鸟过迹平篆,潮回日射星。"功甫遂阁笔。太初由此知名东南。

元 末 红 军

中原红军初起,旗上一联云:"虎贲三千,直抵幽燕之地;龙飞九五,重开大宋之天。"其后毛贵等横行山东,侵犯畿甸,驾幸滦京,贼势猖獗,无异唐末。张仲举在都寄浙省参政周玉坡伯琦云:"天子临轩授钺频,东南无地不红巾。铁衣远道三军老,白骨中原万鬼新。豪士精灵虹贯日,仙家谈笑海扬尘。都将两眼凄凉泪,哭尽平生几故人。"

韩　信　有　后

《樵书》载：广南有韦土官者，韩信之后也。当淮阴钟室难作之时，有客匿其孤求抚于萧相国，相国作书致南粤尉佗。佗素重信，又怜其冤，慨然受托，姓以韦者，去其韩之半也。孤后有武功，世长海壖，受铁券。萧相国与尉佗书至今尚勒鼎彝，昭然可考。

鼠　　妖

成化二年，长乐士人陈丰独坐山斋，见梁上二鼠相斗，忽坠地，为二老翁，长可五六寸，对坐剧饮，声如小儿。既而有二女子歌舞劝酬，其歌曰："天地小如喉，红轮自吞吐。多少世间人，都被红轮误。"酒既阑，乃合为一大鼠，向陈作拱揖状而去。又歌曰："去，去，去，此间不是留侬处。侬住三十三天天外天，玉皇为我养男女。"

倭　子　能　诗

万历甲戌三月，倭子三人随破船漂至登州。其一能诗，是日雨雪，登守就以为题，倭即书"一夜东风胜北风，鹅毛飞乱满长空。梨花树上白加白，桃杏枝头红不红。莺问几时能出谷，燕愁何日化泥营。寒冰锁住秋千架，路阻行人去不通"。

周　文　安　前　身

长宁周尧佐洪谟，正统甲子发解，赴公车，舟泊邗江，夜梦一人谓曰："吾乃子前身也。前程万里，终身清要。"周问："子何人？"曰："吾友鹤山人也。姓丁，家维扬。"乙丑，周榜眼及第后官南京翰林，以诗谒维扬太守三原王恕曰："生死轮回事杳冥，前身幻出鹤仙灵。当年一觉扬州梦，华表归来又姓丁。"王得诗甚讶，集郡中耆老询之，罗文节曰："友鹤山人名鹤年，吾友丁宗启之父，官武昌，遂家焉。伯氏登进士者三人，友鹤独恬然布素，以诗名家。元末隐居，建文中没于成都。"王以复周，世以为异，如羊祜、房琯之事云。

三 杰 四 杰

世知张良、萧何、韩信为三杰，而不知诸葛亮、关羽、张飞亦号三杰。唐丞相宋璟、张说、太子少傅源乾曜同日拜官，明皇赐《三杰诗》，时号三杰。宋程颢为鄠县簿，张正甫为武功簿，朱光庭为万年簿，关中号为三杰。明刘基、徐达、李善长亦号三杰。又谢员为临洮府史，潘吉为西宁行太仆寺史，皆善诗文，时解缙亦谪河州卫史，关中因称史中三杰。世知王勃、杨炯、卢照邻、骆宾王为四杰，而不知宋韩琦、范仲淹、富弼、欧阳修亦号四杰，明高启、杨基、张羽、徐贲亦号四杰。吴人张习曰：国初以高、杨、张、徐比唐之四杰，故老言不惟文才之似，而其攸终亦不相远。眉庵基、盈川令终如一，太史启之毙同于宾王。北郭贲虽不溺海，卒于狱户，而非首丘。来仪羽投龙江，与照邻无异。死生有命，今古一辙。又北地李梦阳、济南边贡、姑苏徐祯卿、信阳何景明，世亦称四杰。

化 建 室 疏

明钱塘张天锡锡，居室为回禄所毁，作四六短疏以干知识，有云："秃和尚只化凡夫，老痴儒惟求达士。曾闻晋将军为戴逵造室，颇极富饶；宋丞相为康节买居，务期宽广。何昔贤之好事，岂今日之无人。敢希轮奂之维新，聊冀土茨之苟合。使我春诵夏弦，胜彼朝钟暮鼓。贮清风明月于无穷，藏奇书异画以不朽。是所望也，惟善图之。"不数月而新室落成。

白 练 裙

南城郑应尼之文公车下第，薄游长干曲中。马湘兰负盛名，与王百穀诸公为文字饮，颇不礼应尼。应尼与吴非熊辈作《白练裙》杂剧，极为讥调，聚优唱演，召湘兰观之，微笑而已。时定襄傅司业某清严训士，召应尼跪庑下，出一编掷地，数之曰："举子故当为轻蛱蝶耶?"收以夏楚。钱蒙叟云：应尼成进士，傅公为北祭酒，介予往谢过。崇祯末，余作长歌寄应尼，有"子弟犹歌《白练裙》，行人尚酹湘兰墓"，应尼亦次韵却寄。

周张文画厄

　　周东村臣精绘事，严介溪为南吏部，索画多不能应，属抚臣行遣，几有银铛之厄，恳要人居间稍解，犹追至南京，作两月画，委顿而归。孙滁阳为河南宪，怒张平山路不时见，至诱之入，拶其左指，以右手画钟馗。适左辖侯孙恳之，始解。张感左辖恩，殚力作四画酬之。文征仲在史馆，姚涞、杨惟聪丐画不以礼，文弗应，辄流言曰："文某当从西殿供事，奈何辱我翰林为?"三公皆因画厄，不特巧者拙奴而已。

江湖巨盗

　　《尧山堂外纪》：嘉靖甲辰，有方士居万安太平寺中，短发束铁圈，跛足，执拐以行，不言姓名，能画山水人物，类吴小仙。书《除夕》诗于壁曰："长竿火炬照田间，山寨归来兴未阑。稚子送穷惊爆竹，老妻学富出椒盘。江湖朋旧皆为鬼，乡里儿童半是官。少日壮心犹尚在，唾壶敲碎烛花残。"观诗意斯人固尝朋巨盗而亡命者也。

悼张士诚

　　明兵破姑苏，张士诚就擒。其妻刘氏率姬妾登齐云楼自焚，党与无死难者。有人赋绝句云："虎斗龙争既不能，鸡鸣狗盗亦何曾。陈平韩信皆归汉，只欠彭城老范增。"

诗 却 侍 姬

元统三年,新喻傅与砺若金奉使安南,宿天使馆中。其国王以侍姬荐寝,与砺以诗却之曰:"夜宿安南天使馆,玉人供帐烂相辉。宝香烬起风过席,银烛花偏月照帏。王母谩劳青鸟至,文箫先放彩鸾归。书生自是心如铁,莫遣行云乱湿衣。"

活 死 人 窝

鄱阳道士胡道玄,以一舟往来洪之东湖,扁曰"活死人窝"。芜城成元章廷珪为赋诗曰:"一住行窝几十年,蓬头长日走如颠。海棠亭下重阳子,莲叶舟中太乙仙。无物可离虚壳外,有人能悟未生前。出门一笑无拘碍,云在东湖月在天。"虞伯生亦赋诗曰:"大海何曾着死人,纵饶得活也逡巡。中黄土底埋焦谷,太白星前扫幻尘。银汉槎头成恍惚,布帆船子弄精神。太平歌里无生灭,惟有胡笳拍拍真。"

王 威 宁 诗 词

王威宁越诗粗豪震荡,《雁门纪事》曰:"雁门关外野人家,不养丝蚕不种麻。百里全无桑柘树,三春那见杏桃花。檐前雨过皆成雪,塞上风来总是沙。说与江南人不信,只穿皮袄不穿纱。"人谓曲尽大同风景。

威宁尤善词曲,偶遣怀作《朝天子》云:"烧萝卜下茶,宰鸳鸯剁鲊,到惹得旁人骂。人人骂我是老庄家,我就里乾坤大。万古千秋,一场闲话,说英雄是假。你就笑我刺麻,你说我哈沓,我做个没用的神仙也罢。"

中 原 音 韵

泰定甲子秋,高安周德清号挺斋,著《中原音韵》并起例以遗青原萧存。存未几访西域友人琐复初非。同志罗宗信见饷，复初举觞，命讴者歌乐府《四块玉》，至"彩扇歌，青楼饮"，宗信止其音而言曰："彩字对青字，而歌青字为晴，吾揣其音，此字合用平字声，必欲扬其音，而青字乃抑之，非也。"复初因驱红袖而自用调歌曰："买笑金，缠头锦，得遇知音，可人心。怕逢狂客天生沁，纽死鹤，劈碎琴，不害碜。"德清闻歌大喜曰："予作乐府三十年，未有如今日之遇二公知某曲之非、某曲之是也。"遂捧巨觞，口占《折桂令》一阕曰："宰金头黑脚天鹅，客有钟期，座有韩娥。吟既能吟，听还能听，歌也能歌。和《白雪》新来较可，放行云飞去如何。醉睹银河，灿灿蟾孤，点点星多。"歌毕，相与痛饮而罢。

神童咏担

脱脱当国，有神童来谒，自言能诗。脱脱令赋担诗，即成绝句："分得两头轻与重，世间何事不担当。"盖讽之也。

海棠上杜工部书

新安张山来潮《心斋聊复集》中多游戏文章，其代海棠上杜工部书云：某顿首上书于工部执事：某闻之，暗芳疏影，悲见弃于三闾；国色天香，怅左迁于武后。词人动为扼腕，逸士每与颦眉。盖空山摇曳，芬芳虽至千秋；而名士品题，声价顿高十倍。故我辈素以得诗为幸，同侪皆以见赏称荣。恭惟执事，桂林一枝，槐庭三树。忠孝溢于篇章，共拟葵心之向日；词华贯于今古，群钦梅萼之先春。笔花烂熳，语必惊人。文彩纵横，才疑天落。人间异卉，多被揄扬；世上名葩，遍蒙题咏。独某未遭奖誉，有外栽培。对众品以无颜，向群芳而自愧。切念某蓬蒿陋质，蒲柳凡姿。无香致恨于渊材，晚聘见伤于黎举。然而春睡方酣，怜生帝子；晓妆正懒，爱出才人。新红涂抹，自矜花里神仙；香雾空濛，不愧曾家名友。春敷华而秋逞媚，敢云志在春秋；夜烧烛而日烘裳，不谓荣沾日夜。高低千点，赤焕若霞城；深浅半开，红烂

同云锦。袅袅垂丝，不类颠狂柳絮；亭亭贴梗，肯随轻薄桃花。闺郎
对景，夕阳吟谢却之篇；思妇怀人，秋日堕断肠之泪。昌州独馥，羡他
彩凤宿深枝；蜀地偏多，任尔畸人巢铁干。屡辱群公之赐咏，顿令弱
植以生辉。虽执事不过一日之偶忘，而世人遂谓名公之见外。是以
特操木笔，仰诉薇郎。伏乞询于刍荛，采其葑菲，赐以生花之笔，加以
剪彩之工。则雨露均沾，不啻金钱厚赉；而袭藏益敬，敢惜薇露名香。
某顿首谨上。

庚集卷之三

烛 花 呈 瑞

绍兴间，洪景卢迈在临安试词科，三场毕，与五友同过抱剑街孙氏小楼。夜月如昼，临窗小酌，两烛结花灿然若连珠。孙娼黠慧，白坐中曰："今夕桂魄皎洁，烛花呈祥。五君较艺兰省，高捷无疑，请各赋一词，为他日佳话。"何自明即操笔作《浣溪纱》一阕曰："草草觅盘访玉人，灯花呈喜坐添春。邀郎觅句更奇新。　黛浅波娇情脉脉，云轻柳弱意真真。从今风月属闲人。"众传观叹赏，独恨末句失意。景卢续《临江仙》曰："绮席留欢欢正洽，高楼佳气重重，钗头小篆菊花红，直须将喜事，来报主人公。　桂月十分春正半，广寒宫殿葱葱。姮娥相对曲栏东，云梯知不远，平步蹑东风。"孙满酌一觥相劝曰："学士必高中，此瑞殆为君设也。"已而景卢果奏名赐第，余皆不偶。

冷 香 联 句

苏老泉一日家集，举香、冷二字一联为令，倡云："水向石边流出冷，风从花里过来香。"东坡云："拂石坐来衣带冷，踏花归去马蹄香。"颍滨云："□□□□□□冷，梅花弹遍指头香。"小妹云："叫月杜鹃喉舌冷，宿花蝴蝶梦魂香。"

赋　藕

胡致隆号萧滩居士，与黄山谷往来，坐上分题，胡得藕，遂赋云："平生冰雪姿，七星罗心胸。岂无有丝毫，上裨天子聪。而不自荐达，胡为乎泥中。沉疴正无赖，安得君从容。其子亦可怜，风味如乃翁。"

于 国 宝 词

乾道、淳熙间，寿皇以天下养，往往修旧京金明池故事，以安太上之心。湖上御园南有聚景、真珠、南屏，北有集芳、延祥、玉壶，然多幸聚景。一日御舟经过断桥，旁有酒肆颇洁雅，中饰素屏，书《风入松》词于上。光尧停目称赏久之，宣问何人所作，对曰："太学生于国宝醉笔也。"其词云："一春尝费买花钱，日日醉湖边。玉骢惯识西湖路，骄嘶过沽酒楼前。红杏香中歌舞，绿杨影里秋千。　　暖风十里丽人天，花压鬓云偏。画船载得春归去，余情付湖水湖烟。明日重携残酒，来寻陌上花钿。"光尧笑曰："此词甚好，但重携残酒，未免寒酸。"因改为"明日重扶残醉"，即日宣命解褐云。

画 鹊

宣和初，何文缜桌为中书舍人，道君皇帝以御画双鹊赐之。韩子苍驹时为校书郎，赋诗二章曰："君王妙画出神机，弱羽争巢并占时。想见春风鸸鹊观，一双飞上万年枝。"又："舍人簪笔上蓬山，辇路春风从驾还。天上飞来两鸟鹊，为传喜色到人间。"

宣 和 词 谶

宣和四年，预借元宵，有谑词云："太平无事，四边宁静狼烟渺。国泰民安，谩说尧舜禹汤好。万民翘望彩都门，龙灯凤烛相照。只听得教坊杂剧，欢笑美人巧。　　宝箓宫前，咒水书符断妖。更梦近竹林深处，胜蓬岛。笙歌闹，奈吾皇、不待元宵，景色来到。只恐后月，阴晴未保。"中秋帝在苑中，赋晚景一联云："日映晚霞金世界，月临天宇玉乾坤。"宰臣皆称贺。次年，金人犯顺，二帝北狩。

黄 衣 少 年

明郑翰卿客西宁侯邸第,昼寝,梦一黄衣少年邀至左庑下共饮。呼一丽人至,靓妆绝代。少年自起舞,歌《春游》之曲曰:"芳草多情,王孙未归。迟我良朋,东风吹衣。"丽人作迎风之舞,歌《春愁》之曲曰:"老莺巧妇送春愁,几度留春更不留。昨日漫天吹柳絮,玉人从此懒登楼。"郑正欢适,少年曰:"文羌校尉来矣。"见一人绿袍危冠,踉跄而至,罢席而瘗。起视庭中,牡丹一花,映日婉媚,一黄蝶翩翩未去,乃花神与少年耳。绿叶上一螳螂,长二寸许,则文羌校尉也。其年西宁薨,翰卿遄归。

琵 琶 亭

明吴江沈韶,年弱冠,美姿容,尝和萨天锡韵。题吴中二首,为时辈所称。洪武初避征辟,泛舟游襄汉。次九江,登琵琶亭,月下仿佛闻歌声,有司马青衫之感。明日复往,徙倚亭中。有丽人冉冉而来,呼韶同茵而坐,曰:"妾伪汉陈主婕好郑婉娥也。年二十而死,殡于亭侧。"命侍儿钿蝉设酒肴,歌《念奴娇》二阕,曰:"昨夕郎所闻也。"口占一律赠韶曰:"凤舰龙舟事已空,银屏金屋梦魂中。黄芦晚日空残垒,碧草寒烟锁故宫。隧道鱼灯油欲烬,妆台鸾镜匣长封。凭君莫话兴亡事,泪湿胭脂损旧容。"韶答诗云:"结绮临春万户空,几番挥泪夕阳中。唐环不见新留袜,汉燕犹余旧守宫。别苑秋深黄叶坠,寝园春尽碧苔封。自惭不是牛僧孺,也向云阶拜玉容。"韶与留连半载,谈元末群雄兴废及伪汉宫中事,历历可记。临别以金条脱为赠。同游梁生作《琵琶佳遇歌》。

龙 祠 题 叶

张士杰客寿阳,被酒历淮阳滨,入龙祠,见后帐龙女塑像甚美,取桐叶题诗云：“我是梦中传彩笔，书于叶上寄朝云。”投帐中，顷之，恍惚如闻帐内微吟云：“落帆且泊小沙滩，霜月无波淮上寒。若向江湖得消息，为传风水到长安。”士杰沉醉既醒，孤坐庙门，忽睹一女奴谓之曰：“娘子传语，还君桐叶，勿复置念。”遂冉冉而没。

金 华 神 女

汴梁吴某以事过钱塘，道出晋陵，舣舟望亭，月朗风清，危坐舷上。见有绯衣，披发持两炬自竹林间出，后一女子年十八九，冠凤玉冠，曳鲛鮹文锦之衣，颜色甚丽。吴见而惊，顷至岸侧，回叱绯衣者曰：“可去矣，无久留也。”于是灭炬而去。女子登舟，谓吴曰：“顷见绯衣者乎？此君之夙仇也。索君且数十年矣，今方得之。第以我故得免，否则君当死其手。”生闻之益惊骇。女子笑曰：“君怯耶？吾盖金华神也。过去生中与君为姻好，窃知君将有不济，故相救耳。今事已矣，我亦当去君矣。”遂去，不复返顾。吴目送至林中，不见。将掩关，忽见女子坐其后。吴大惊，女子曰：“知君怯，故相戏，安有数十年睽索，一得邂逅而遽往者耶？”遂入舟中，取酒共饮，语言谐谑，悉如常人。天将明，谓吴曰：“舟楫已有晓色，势不能久留，当与君子诀矣。后十年，君游华山日，多置脂粉于路隅梧桐下扬之，或可得一会也。”因索笔题诗一绝赠之曰：“罗袜香消九九秋，泪痕空对月明流。尘埃不见金华路，满目西风总是愁。”相与流涕，歔欷而去。

洞 庭 诗 鬼

正德末，洞庭包山茹家园中有鬼能诗，自称终南山道人，俗呼为风流神。鬼与人饮酒，酬酢谐谑，无所不佳。其诗曰：“自入空山历岁华，几经叶落几经花。诸君问我原踪迹，太华峰头第一家。”“洞庭秋水碧玻璃，日浸东方月浸西。万里红尘浑不到，可能着我道人栖。”“暝烟一抹起山城，返照林间石壁晴。多少楼台衔倒景，独容仙客看分明。”岁余别去。《留青别札》载诗甚多。

洛 阳 花 神

洛阳李中书暎居郊外,流水溪桥,广植花卉。偶秋雨乍晴,轻凉袭袂,闲步门外,见双鬟冉冉而来,高髻靓妆,色甚殊艳,迎谓暎曰:"娘子传语郎君,特来相候。"俄而青衣持茵席帷帐陈设堂中,珠玉辉映,异香满室。暎愕然,忽绣车一乘,一美人年可十六七,丰姿绰约,降车入门,与暎相见。暎甚疑惧,美人遽命从者设馔陈杯皿,食物皆非人世所有。酒再行,语稍欢洽。暎因问女郎何来,美人笑不答。固请之,曰:"吾洛阳花神耳。谒紫宸妃归,见此地多名花,欲与君作半日清玩耳。当此雅叙,何惜一诗。"命双鬟进碧罗笺,暎即赋曰:"花深竹坞傍幽蹊,叶上秋光湿露低。歌舞留人天半月,玉真何事楚云归。"美人咏曰:"金谯漏尽玉楼开,舞罢霓裳下楚台。更忆人间秋色好,五云缥缈一重来。"诗毕,美人顾暎叹曰:"良会未几,后期无日,人天路殊,暌隔何似。今兹一见,固是夙缘,无烦想念也。"遂命引烛升车,暎送至门,未数十步,车舆人物恍惚而没。暎玩其诗,出以示人,未尝不嗟愧云。

老 妓 联 句

江阴卞郎中华伯荣,与嘉善姚御史绶皆正统中诗人,尝集古句联《老妓》诗云:"天涯归计欲如何,记得云间第一歌。气力已无心尚在,鬓毛白尽兴还多。池边命酒怜风雨,洞口经春长薜萝。留得旧时残锦在,往来星骑一相过。"

持 节 和 戎

《汉书·西域传》:"冯夫人名嫽,汉宫人也。善史书,习政事。尝锦车持节和戎,外国敬信之,号曰冯夫人。"杨升庵云:此事甚奇,而六朝唐人无入篇咏者。惟刘孝威有"锦车劳远驾"句,骆宾王"锦车朝促候,刁斗夜传呼",徐坚诗"云摇锦车节,月照角端弓",仅一句一联而已。此事可画可歌,胜于咏明妃之失节、文姬之伤化多矣。

落 籍 从 良

元祐中,苏东坡自钱塘被召,过京口。时林子中作守,郡有宴会,坐中营妓出牒:"郑容求落籍,高莹求从良。"子中命呈东坡,东坡索笔为《减字木兰花》书牒后云:"郑庄好客,容我尊前时坠帻。落笔风生,籍籍声名满帝京。 高山白早,莹骨冰肌那解老。从此南徐,良夜清风月满湖。"盖句端有"郑容落籍,高莹从良"八字云。

春 风 柳 絮

王荆公题江宁道中驿舍一联云:"茅舍沧洲一酒旗,午烟孤起隔林炊。"王介见而鄙之,书其后云:"金陵村里王夫子,可是能吟富贵诗。"荆公见之,亦不屑意,乃续之云:"江晴日暖芦花起,恰似春风柳絮时。"末句盖讥介之轻狂也。

严 陵 祠

范文正公过严陵祠,会吴俗岁祀,里巫迎神,但歌《满江红》,有"湘江好,洲漠漠,波似染,山如削。绕严陵滩畔,鹭飞鱼跃"之句。公曰:"吾不善音律,撰一绝送神。"曰:"汉包六合网英豪,一个冥鸿惜羽毛。世祖功臣三十六,云台争似钓台高。"吴俗遂因而歌之。

二 宋 落 花 诗

宋郊、宋祁初未有名,夏竦谪守安州,二人以布衣游学,席上命作《落花》诗。公序赋云:"一夜东风拂苑墙,归来何处剩凄凉。汉皋珮冷临江失,金谷楼危到地香。泪脸补痕烦獭髓,舞台收影费鸾肠。南朝乐府休赓曲,桃叶桃根尽可伤。"子京赋云:"坠叶翻红各自伤,青楼烟雨忍相忘。欲飞更作回风舞,已落犹成半面妆。沧海客归珠迸泪,章台人去骨遗香。可怜无意传双蝶,尽委花心与蜜房。"诗成,竦惊叹曰:"咏落花而不言落,大宋须状元宰辅,小宋非所及,然亦登严近。"终皆如其言。

唐 子 西 题 梅

丹棱唐子西庚尝见桃李盛开而梅尚存数株,因作诗云:"桃花能红李能白,春深无处无颜色。不应尚有数株梅,可是东君苦留客。""向来开处当严冬,桃李未在交游中。只今已是丈人行,勿与年少争春风。"张无尽见之,大加称赏。

莫 恼 翁 曲

王通叟观尝作《莫恼翁》曲云:"谷垂干穗豆垂角,两足平登不胜乐。乌巾紫领银须长,白酒满杯翁自酌。翁醉不知秋色凉,儿捋翁须孙撼床。莫恼翁,翁年已高百事慵。"

题 僧 窗

范尧夫纯仁帅陕府日,有属县令偶至村寺少憩,既饭,步行廊庑间,见一僧房雅洁,寂无人声,案有酒一瓢,令戏书一绝于窗纸云:"尔非慧远我非陶,何事窗间酒一瓢。僧野避人聊自醉,卧看风竹影萧萧。"不知其僧俗家先有事坐罪,僧乃截取窗字黏于状前诉府,谓有银杯为厅吏所匿,今为施主迫取,伏乞追鞫。尧夫曰:"尔为僧法当饮乎?"乃杖而遣之。其失物令施主来申理,持其状付之火。后县令闻之,修书致谢,尧夫曰:"不记有此事。"乃还其书。

同 名 诗

王履道安中初为东坡门下士,颇有文名。后附蔡京,遂叛东坡。

安中在京师见人家亭上题字,笔势洒落,不著姓而其名则安中也。王惊问何人所书,守者曰:"此河朔何安中也。"王恐人莫之辨,戏书一诗于后云:"蜀客更名缘好尚,汉臣书姓为同官。孟公自合名惊座,子夏尤宜辨小冠。益号文章因二李,翊书制诰有双韩。两玄各自分南北,付与时人子细看。"终篇皆用同名事。

孙 巨 源 恨 词

孙巨源洙在翰林日,与李端愿太尉往来尤数。会一日锁院,宣召者至其家,则出数十辈踪迹之,得于李氏第。时李新纳妾,能琵琶,孙饮不肯去,而迫于宣命,入院几二鼓矣。遂草三制罢,复作《菩萨蛮》词以记别恨,迟明遣示李。其词曰:"楼头尚有三通鼓,何须抵死催人去。上马苦匆匆,琵琶曲未终。　　回头凝望处,那更廉纤雨。谩道玉为堂,玉堂今夜长。"

中 兴 野 人

高宗南渡,有称中兴野人和东坡《念奴娇》词题吴江桥上。车驾巡师江表,过而睹之,诏物色其人,不复见矣。"炎精中否,叹人才委靡,都无英物。胡骑长驱三犯阙,谁作长城坚壁。万国奔腾,两宫幽陷,此恨何时雪。草庐三顾,岂无高卧贤杰。　　天意眷我中兴,吾皇神武。踵曾孙周发,河海封疆俱效顺,狂敌何劳灰灭。翠羽南巡,扣关无路,徒有冲冠发。孤忠耿耿,剑铓冷浸秋月"。

鱼 篮 观 音

寿涯禅师《咏鱼篮观音·渔家傲》词云:"深愿弘慈无缝罅,乘时走入众生界。窈窕丰姿都没赛,提鱼卖,堪笑马郎来纳败。　　清冷露湿金襕坏,茜裙不把珠璎盖。特地掀来呈捏怪,牵人爱,还尽几多菩萨债。"

卢秉题诗

元丰初,卢秉为江南郡掾,题诗传舍云:"青衫白发病参军,旋粜黄粱置酒樽。但得有钱留客醉,也胜骑马傍人门。"王介甫见而称之,力荐于朝,数年登卿贰。

梅　词

宋齐愈字退翁,徽宗一日召谓曰:"卿文章新奇,可作梅词,须是不经人道语。"齐愈立进《眼儿媚》词曰:"霏霏疏影转征鸿,人语暗香中。小桥斜渡,曲屏深院,水月濛濛。　　人间不是藏春处,玉笛晓霜空。江南处处,黄垂密雨,绿涨薰风。"帝称善。次日谕近臣曰:"宋齐愈梅词非惟不经人道,且自开花说至结子黄熟,并天色言之,可谓尽之矣。"后建炎初,治借逆罪,而齐愈实书张邦昌名以示众者,遂弃市。

梦　游　玉　京

宋王尚书素,旦之子。一日欲作疏论事,方据几秉笔,忽瞑目,梦至一所,若琼瑶世界。殿上有绀服翠冠者,曰:"吾东门侍郎,公则西门侍郎。昔以奏牍玉帝,语伤鲠讦,暂谪人间。今公作奏论事,有大利害,更审之而后诤也。"公曰:"诺。"寤已三鼓矣。乃索笔书一绝于窗曰:"似至华胥国里来,云霞深处见楼台。月光冷射鸡鸣急,惊觉游仙梦一回。"晚岁复思玉京之梦,又赋诗曰:"虚碧中藏白玉京,梦魂飞入凤凰城。何时再步云霞外,皓齿青童已扫厅。"

赏　心　亭

丁晋公谓建赏心亭于金陵,以家藏《袁安卧雪图》张于其屏。图乃唐周昉笔，经十四守，无敢觊觎者。后为太守某窃去，以凡笔画芦雁易之。王君玉琪来作守，登临赋诗曰："千里秦淮在玉壶，江山清丽壮吴都。昔人已化辽天鹤，旧画难寻《卧雪图》。冉冉流年去京国，萧萧华发老江湖。残蝉不会登临意，又噪西风入座隅。"

懿卿善笛

岭南太守闾丘公显居姑苏，东坡每过必留连。尝言过姑苏不游虎丘，不谒闾丘，乃二欠事。一日出后房佐酒，有懿卿者善吹笛，坡作《水龙吟》赠云："楚山修竹如云，异材秀出千林表。龙须半剪，凤唇微涨，玉肌匀绕。木落淮南，雨晴云梦，月明风袅。自中郎不见，桓伊去后，知孤负，秋多少。　闻道岭南太守，后堂深绿珠娇小。绮窗学弄，《梁州》初遍，《霓裳》未了。嚼徵含宫，泛商流羽，一声云杪。为使君洗尽，蛮风瘴雨，作江天晓。"

渔 家 傲

范希文经略西边日，作《渔家傲》乐府数阕，皆以"塞下秋来"为首句。其一云："塞下秋来风景异，衡阳雁去无留意。四面边声连角起，千嶂里，长烟落日孤城闭。　浊酒一杯家万里，燕然未勒归无计。羌管悠悠霜满地。人不寐，将军白发征夫泪。"欧阳永叔见之，呼为穷塞主之词。及尚书王素守平凉，永叔亦作《渔家傲》词送之，其断章曰："战胜归来飞捷奏，倾贺酒，玉阶遥献南山寿。"且谓王尚书曰："此真元帅事也。"

魏 公 清 望

庆历末，韩魏公琦镇大名，郡有圃号众春。会岁饥，涉春未尝一游。陈鬲在幕府，以诗请公云："水底鱼龙思鼓吹，沙头鸥鹭望旌旗。"公亟答之云："细民沟壑方援手，别馆莺花任送春。"在镇五年，政声流播天下，属以为相。

题 诗 占 度

熙宁初，韩魏公罢相，留守北京，新进多凌慢之，公郁郁不得志。尝为诗云："花去晓丛蜂蝶乱，雨余春圃桔槔闲。"时人服其微婉。公又尝言："人生保初节易，保晚节难。"在北门九日燕诸曹，有诗曰："莫羞老圃秋容淡，要看黄花晚节香。"李彦平深敬此语，大书于壁。

题 诗 斋 宫

宋制，太社二祭多差近臣。王禹玉珪为翰林学士，典内外制十八年，屡被遣，乃题诗于斋宫云："邻鸡未唱晓骖催，又向灵台饮福杯。自笑治聋知不足，明年强健更重来。"帝闻而怜之，遂拜参知政事。

荐 福 碑

饶州荐福山有唐欧阳询所书《荐福寺碑》，颜鲁公真卿尝覆以亭，后人因名鲁公亭。范希文镇鄱阳日，有书生献诗甚工，希文颇优礼之。书生自言天下至寒饿者，无在某右。时盛重欧阳《荐福寺碑》，墨本直千钱。希文欲为打千本使售于京师，纸墨已具，一夕雷击碎其碑。时人为之语曰："有客打碑来荐福，无人骑鹤上扬州。"又曰："时来风送滕王阁，运退雷轰荐福碑。"苏东坡作《穷措大诗》，有"一夕雷轰荐福碑"句，本此。

歌 词 感 德

皇祐中，吕申公夷简乞致仕，仁宗因问："卿去谁可代者？"夷简以陈尧佐对，上遂召还大拜。尧佐极感荐引之德，作《踏莎行》词，携酒过之。申公因使之歌曰："二社良辰，千家庭院，翩翩又睹双飞燕。凤凰巢稳许为邻，潇湘烟暝来何晚。　　乱入红楼，低飞绿岸，画梁轻拂歌尘转。为谁归去为谁来，主人恩重珠帘卷。"申公闻歌笑曰："自恨卷帘人已老，莫愁调鼎子无功。"

春 月 胜 秋

苏子瞻既召还，除翰林承旨，数月以弟嫌请郡，复以旧职知颍州。七年正月，州堂前梅花盛开，月色鲜霁。王夫人曰："春月色胜如秋月色，秋月色令人惨凄，春月色令人和悦。可召赵德麟辈来饮此花下。"子瞻大喜曰："吾不知子能诗耶？此真诗家语耳。"遂召赵饮，用是语作《减字木兰花》云："春庭月午，摇落春醪光欲舞。步转回廊，半落梅花婉娩香。　　轻风薄雾，都是少年行乐处。不似秋光，只与离人照断肠。"

赋 假 山

锁懋坚，其先本西域人，扈宋南渡，遂为杭人。代有诗名，懋坚尤善吟写。成化间游苕城，朱文理座间索赋其家假山，懋坚赋《沉醉东风》一阕云："风过处香生院宇，雨收时翠湿琴书。移来小朵峰，幻出天然趣。倚阑干尽日披图，谩说蓬莱恐是虚，只此是神仙洞府。"为一时所称。

钱 参 政 梦

成弘间，临海钱参政某为诸生时，尝梦月夜泛舟中流，赋诗一联曰："夜色一篷月，江声两岸潮。"后二十年，自岭南谢事归，带月行舟，潮声初至，恍然如见往时梦中之景。感叹人生行止，似不偶然，因惨然不乐，至五鼓不疾而终。

体 方 奇 遇

陈体方以诗名吴中，有妓黄秀云好诗，谬谓陈曰："吾必嫁君，然君家贫，肯为诗百首赠我以为聘资乎？"体方信之，为赋至六十余篇，情致清婉，传诵词林。秀云性黠慧，利于得诗，本无意于体方也。人笑其老耄被绐，而体方欣然以为奇遇。

五 月 菊

康熙壬申夏，黄菊盛开，传为洋菊。考《容斋随笔》载：桐城朱新仲塑《五月菊》词云："玉台金盏对炎光，全似去年香。有意庄严端午，不应忘却重阳。　菖蒲九节，金英满把，同泛瑶觞。旧日东篱陶令，北窗高卧羲皇。"《尧山堂》作张小山词。又《诗益嘉话》载赵伯琳诗："为嫌陶令醉，来伴屈原醒。"陈白沙集有《正月菊》二绝、《五月菊》三绝，《农丈人集》有《六月菊》诗，云惟杭新城有之。考之《菊谱》，不独新城有也。

九 字 诗

中峰和尚有九字《梅花诗》云："昨夜西风吹折千林梢，渡口小艇滚入沙滩坳。野寺古梅独卧寒屋角，疏影横斜暗上书窗敲。"卢赞元有《酴醿花》诗云："天将花王国艳殿春色，酴醿洗妆素颊相追陪。绝胜浓英缀枝不韵李，堪友横斜照水先搀梅。"两诗非不佳，然自一画以至四言、五言、六言、七言极矣，又复九之，必且十一、十三以至于无穷，如吴中之急口、山歌而后已，故录之以为文胜之戒。

诗 呈 关 吏

武进顾霞山明坐事亡命，过浒墅关，关吏呵止之。顾献诗曰："落魄江湖过浒头，潇潇行李一扁舟。撑肠拄腹三千卷，尽欲输君助国谋。"主事见诗亟延接之，厚赠而去。

沈 石 田

沈石田尝寓西湖宝石峰僧舍，为求画者所窘。刘邦彦英嘲之云：

"送纸敲门索画频,僧楼无处避红尘。东归要了南游债,须化金仙百亿身。"

咏　　酒

林粹夫廷玉《咏酒·塞鸿秋》词云:"米明王原掌奇门印,曲将军会摆迷魂阵。水中郎稳坐云安镇,柴令公传示兰陵信。祭遵壶矢威,李白蛮书令,那愁城攻破莫逃命。"

击 鼓 催 花

李西涯赴吴原博饮,席上用击鼓催花令,戏成一律曰:"击鼓当筵四座惊,花枝落绎往来轻。鼓翻急雨山头脚,花闹狂蜂叶底声。上苑枯荣元有数,东风去住本无情。未夸刻烛多才思,一遍须教八韵成。"

韩 汝 节 题 松

朝邑韩汝节邦奇居官廉劲自持,宸濠令一士诈为羽客往说汝节,以所绘松请题。韩题云:"劲节贞心本自奇,四时常见绿猗猗。笑他江上桃花树,为放春光三两枝。"士喻意,不敢言而退。

《尧山堂》载:朝邑刘太守伟死已廿年,汝节复见之,与之饮食,亦不敢问其何来。此事甚异。

韩 汝 庆 词

韩邦靖字汝庆,汝节弟,同科进士,为山西参政。养病回,书《山坡羊》于驿壁曰:"肯排山南山北偃,肯倒海东海西翻。我如今心儿里不紧,意儿里有些懒。如今一个个平步里上青天,一个个日日近龙颜。青山绿水,且让我闲游玩。明月清风,你要忙时我要闲。严潭,你会钓鱼谁不会把竿;陈抟,你会睡时谁不会眠。"

濯 足 图

天顺初,岳季方_正自翰林入阁,英庙深所眷注,为曹石所倾,谪钦州同知。成化初,部院大臣荐正宜大用,有忌正者伪为正劾内阁李贤疏草,贤衔之,假历练之说票旨升知兴化府。适有以《濯足图》求题者,正感而有作曰:"踏遍天涯两足存,西驰未定又南奔。人间有水皆堪濯,何必沧浪一段浑。"

五 指 山

琼州定安县南五指山,即黎母山,琼崖之望也。丘文庄濬少时咏诗曰:"五峰如指翠相连,撑起炎州半壁天。夜盥银河摘星斗,朝探碧落弄云烟。雨余玉笋空中见,月出明珠掌上悬。岂是巨灵伸一臂,遥从海外数中原。"识者知其异日必贵。

代 试

弘治中,南京龙霓精于文义,中壬子《书》魁。乙卯代都御史金泽子逵入试浙场,又中第八。及会试,复代作,同中甲科。人有诗嘲之曰:"阿翁一自转都堂,百计千方干入场。金泽财多儿子劣,龙霓家窘试文长。有钱使得鬼推磨,无学却教人顶缸。寄与两京言路者,好排闉阖说弹章。"其诗盛传,二人皆不容于清议。一止浙金,一止太仆丞。今科场令批首立贡院门内,辨阅同试者面貌方入,盖由此始。

万历丙辰,吴江沈同和倩同邑赵鸣阳代笔,沈中会元,赵中第六,为言者所劾,逮问,褫革。有"丙辰会录,断么绝六"之谣。

无 眼 无 头

万历丁丑,张太岳子嗣修榜眼及第,庚辰,懋修复登鼎元。有无名子揭诗于朝门曰："状元榜眼姓俱张，未必文星照楚邦。若是相公坚不去，六郎还作探花郎。"后俱削籍，故又语曰："丁丑无眼，庚辰无头。"

俗谚题破

孔退之幼在金陵郡庠，从戴表元游。表元因暇每以俗谚作题，令诸生破如经义法。一日命破楼字，退之曰："因地之不足，取天之有余。"表元大喜。又命以谚云："宁可死，莫与秀才担担子。肚里饥，打火又无米。"破曰："小人无知，不肯竭力以事君子；君子有义，不能求食以养小人。"

明蒋焘，徐武功甥，幼聪颖，尝游市中，值内迫，出于旁舍。主人偶见，不及拭而去。主人知为焘，追及，以此为题，令破。涛应声云："内有所迫，不择地而施；外有所遗，不洁身而去。"

宋人戏破

宋末人戏作破题，古曲题云："看看月上葡萄架，那人应是不来也。最苦是一双凤枕，闲在绣帏下。"破云："时至人未至，君子不能无疑心；物偶人未偶，君子不能无感心。"吴歌题云："月子弯弯照九州，几家欢乐几家愁。几家夫妇同罗帐，几家漂散在他州。"破云："运于上者无远近之殊，形于下者有悲欢之异。"小曲题云："妈妈只要光光馒，我苦何曾管。雪下去当官，卖酒轮番，几曾得免怎容懒，有客教奴伴。"破云："吾亲徇利而忘义，既不能以忧人之忧；吾身徇公而忘私，又强欲以乐人之乐。"

仲默善破

何仲默_{景明}少能文，善于破冒，见者疑之。因出《梁惠王》章句上一句命破，即应声曰："以一国僭窃之主，冠七篇仁义之书。"尝遇端午,邻家相馈角黍,号羊角粽,有出以为题曰:"羊角粽,东家送了西家送。"破曰:"以物之象象乎物,以人之惠惠乎人。"又有出其乡谚为题曰:"张豆腐,李豆腐,一夜思量千百计,明朝依旧卖豆腐。"破曰:"姓虽异而业则同,心无穷而分有限。"年十七举于乡,北上,同会试者闻善破名,因出小车题求破。乃举成语应之曰:"任重而道远,待人而后行。"同侪相与敬服。

江 王 对 句

嘉靖戊戌,行人江鲲素有心疾,忧贫雠经。御史王弘道以小事拂意自刭。夏文愍即事为对曰:"自经沟渎,其何以行之哉;执其鸾刀,不可以入道也。"人以为警切。不逾十年,文愍身首异处于都市,世事难料如此。

相 国 寺 僧

瞿宗吉尝与黄体方过汴梁相国寺,谓有南方花木之胜、香茗之供,而鄙俗殊甚,僧皆毡帽皮靴,发长过寸,言貌粗俗。体方呼为恶僧,口占云:"步入空门见恶僧,红毡被体发髯鬒。"宗吉续之曰:"一言能得君王意,安得当年老赞宁。"

软 红 尘

汴梁为宋东京,即今开封府,士人宦游者少得清暇,以遂宴赏之乐。当时有"卖花担上观桃李,拍酒楼头听管弦"之句,黄体方续之云:"雨后淤泥填紫陌,风前尘土障青天。"盖行道无沟渠,又不用砖石甃砌,雨过则行潦纵横,而地迫黄河,风起则尘沙蔽日,不可开目。尝集体仁门,体方戏语同列曰:"此所谓东华软红尘也。"

改 观 为 寺

至元中，杨琏真伽恢复佛寺三十余所，时弃道为僧者七八百人，皆挂冠于上永福寺帝师殿梁间，飞来峰石壁皆镌佛像。会稽王元章冕诗云："白石皆成佛，苍头半是僧。"鉴湖天长观有道士为僧者，献观于总统云："是贺知章倚托史弥远声势，将寺改观，乞复原寺额。"杨髡从其语，时传以为笑。

喇 叭 曲

正德间，阉寺当权，往来河下者无虚日，每到辄吹号头齐集丁夫，民不堪命。高邮王鸿渐磐号西楼，有《咏喇叭·朝天子》词云："喇叭，锁哪，曲儿小腔儿大。官船来往乱如麻，全仗您抬声价。军听了军愁，民听了民怕，那里去辨什么真共假。眼见的吹翻了这家，吹伤了那家，只吹的水净鹅飞罢。"

十 二 时 颂

《罗湖野录》载：宝峰湛堂准有《十二时颂》曰："鸡鸣丑，念佛起来懒开口。上楼敲磬两三声，惊散飞禽方丈后。""平旦寅，当人有道事须亲。曾闻先圣有慈训，莫认痴狂作近邻。""日出卯，大道分明莫外讨。日用纵横在目前，逢原左右拈来早。""食时辰，更无一法可当情。千里出山云有色，一源投涧水无声。""禺中巳，龙象须观第一义。若向其中觅是非，见解何曾有李二。""日南午，理事相谙更相互。三门拈向灯笼头，休问他家觅归路。""日昳未，法身清净绝方比。乾坤迢迢尽东西，千山万山翠相倚。""晡时申，由来大道绝疏亲。阳和九月百花发，须信壶中别有春。""日入酉，净室焚香孤坐久。忽然月上满东窗，照我床头瑞香斗。""黄昏戌，楼上鸣钟已落日。行人旅店宿长途，花上游蜂罢采蜜。""人定亥，老鼠此时正无碍。忽然灯灭寝堂前,床头咬我靸鞋袋。""半夜子,梦里分明被人使。连宵合药到天光,起来何处有白芷。"

　　吾郡李晹庵先生名炳,字文中,亦有《十二时歌》云:"平旦寅,日出扶桑万象呈。欲了此生难了事,为图生计事还生。才举足,向前程,也须步步有回身。康衢只在能知止,莫就巉岩仄径行。平,平,平。""日出卯,自家消息自家讨。直心实行是修持,不用思量与计较。作业苦,作善好,四圣六凡方寸造。些微报应影随形,将来一一还天道。巧,巧,巧。""食时辰,家家担米釜添薪。医满饥疮才觉可,可曾回顾本来身。随喜笑,放颦呻,世情多假不多真。但着声形浑是梦,梦中人语梦中人。醒,醒,醒。""禺中巳,是非非是非非是。颠倒之中更颠倒,五色迷离谁是主。失莫悲,得莫喜,贵贱穷通不是你。自有衣中无价珠,旧日与君君不记。取,取,取。""日南午,黄粱梦断人今古。扫空世界道心生,道在不闻与不睹。既非聋,又非瞽,本无生死休吞吐。只图外景强营为,要紧之中无寸补。苦,苦,苦。""日昳未,劳生逐境频来去。咸淡酸甜苦辣辛,道味不尝尝世味。财和色,酒共气,药弩飞枪要会避。猛然勘破此机关,面对神仙撮把戏。屁,屁,屁。""晡时申,趋炎附势总无情。几叶风凉扫蚊蚋,一朝树倒散猢狲。好乖觉,弄聪明,诈伪虚华何处行。实实平平忠信理,炼成一字入人深。真,真,真。""日入酉,得歇手时须歇手。世情蜡淡事花空,死往生来人某某。鲁阳戈,夸父走,到此也应多气吼。神销力尽强撑持,只为争前忘背后。守,守,守。""黄昏戌,前途事暗如黑漆。只教点得一心灯,保你游行无跌失。鱼少水,驹过隙,但念无常莫放逸。悠悠忽忽过时光,天岂虚生我这日。惜,惜,惜。""人定亥,装箱叠笼收傀儡。劝君妄想且休休,枕上思多不自在,毋为福,毋为罪,真空便是真主宰。一场忙乱事临头,不可势兮不可赇。乃,乃,乃。""半夜子,天道人心周复始。炼性修真要此时,自强不息真君子。劳我生,逸则死,面壁经行为何事。倒身神识便昏迷,兽人但别心横竖。起,起,起。""鸡鸣丑,孳孳舜跖同途走。不分义利各争先,只望他无我独有。人然然,天否否,从来何事能长久。积得多金高得官,临行撒却双空手。丑,丑,丑。"

庚集卷之四

题　　鸠

成化中，万安子翼登进士，官至侍郎。翼子弘璧，成化丁未复幸隽，麻城李文祥为其同榜，负才名，将对大廷，安欲以弘璧托之，因许及第，使延别馆致款，属题画鸠。文祥奋笔题诗，有"春来风雨寻常事，莫把天恩作己恩"句，安衔之。弘治初，有媒孽文祥者，谪隆兴卫经历。李西涯赠诗："戒酒不从花底醉，爱舟多在水中居。"后文祥被酒过河，冰陷溺死，人以为谶。

杨　邃　庵　词

杨邃庵致政后，赋《雁儿落》词曰："俺也曾握虎符镇塞垣，俺也曾假黄钺诛叛乱，俺也曾掌天曹统百官，俺也曾草黄麻代主言。念鸾凤胜鹰鹯，怕蒿艾混芝兰。小人哉多行险，君子兮不素餐。清闲，不知机心怎闲，平也么安，不知足心怎安。"

月　色　无　私

正德中，倭人入贡，舣舟定海通津桥。时防闲之法颇严，使者赋绝句云："弃子抛妻到大唐，将军何事苦相防。通津桥上团团月，天地无私一样光。"

丘　琼　山　对

丘仲深学博貌古，心术不可知。尝与刘吉不协，刘作一对书其门曰："貌如卢杞心尤险，学比荆公性更偏。"时论颇以为然。

日月乾坤

陈白沙宪章作诗多用日月，庄孔旸昶多用乾坤，时有嘲者曰："公甫朝朝吟日月，定山日日弄乾坤。"

鬼　对

余干胡敬斋居仁尝夜行山曲间，后有鬼呼胡先生数声，胡若不闻。鬼复曰："吾有一对，请先生对：风急有舟人莫渡。"胡亦不答。鬼复笑曰："我代先生对之：月明无伴路休行。"胡前行不顾，鬼遂不见。

白鹊表诗

成祖北巡，有白鹊之瑞。仁宗监国，命赞善某作贺表以示杨士奇，改二联云："望金门而送喜，驯彤陛以有仪。"又："与凤同类，跄跄于虞舜之廷；如玉其辉，皜皜在文王之囿。"仁宗喜曰："此方是帝王家白鹊。"

汤东谷为杨帅作《白鹊》诗，刘草窗溥见之，以为不佳，乃自吟曰："早随金印出边州，晚送欢声入御楼。剪取白罗飞绣幕，旗竿十丈挂旄头。"谓汤曰："此真边将《白鹊》诗。"汤亦屈服。

弈棋图

丘彦能文雅好古，所藏图画非遇赏鉴者不出示。尝以《唐三学士弈棋图》索瞿存斋题，瞿赋一绝云："三人当局各藏机，思入幽玄下子迟。毕竟是谁高一着，风檐日影静中移。"彦能叹赏曰："不辱吾卷矣。"

折 枝 木 樨

张来仪咏宣和画瓶中木樨诗，_{见五集。}莫士安每为瞿存斋称诵之。存斋拟作一首曰："金沟水活玉瓶宽，分得天葩下广寒。可惜秋香容易落，不如留向月中看。"士安称善。

染 指 甲

瞿宗吉《染指甲》诗："金盆玉露捣仙葩，解使纤纤玉有瑕。一点愁凝鹦鹉啄，十分春上牡丹芽。娇弹粉泪抛红豆，戏掐花枝镂绛霞。女伴相逢频借问，几回错认守宫砂。"

陆 张 相 戏

陆式斋一日与张给事宴，投壶中耳，给事曰："信是陆兵曹，开手便中帖木耳。"式斋答云："可惜张给事，闭口尝学磨兜坚。"给事有惭色。

梦 拊 石 琴

陈白沙尝梦拊石琴，见一伟人笑谓曰："八音中惟石音难谐，今谐若是，子异日得道乎？"因别号石斋。

陈 也 罢

莆田陈师召_{音擢}南京太常，门生会钱，有垂泪者。李西涯大学士戏曰："师弟重分离，不升他太常卿也罢。"师召应声曰："君臣际会难，便除我大学士何妨。"一座绝倒。

陈性宽坦，在翰林时，夫人尝试之，会客至呼茶，曰："未煮。"师召曰："也罢。"又呼干茶,曰："未买。"师召曰："也罢。"客为捧腹,时遂呼为陈也罢。

程篁墩对

程篁墩_{敏政}以神童至京,李学士贤许妻以女,因留饭。李指席间果出一对曰："因荷何而得藕偶。"程应声曰："有杏幸不须梅媒。"李大奇之。

程李联句

李西涯与程篁墩过采石,李得句云："五风十雨梅黄节。"程即应曰："二水三山李白诗。"时服其巧丽。

题太真图

钱塘花纶《题杨太真图·水仙子》词云："海棠风梧桐月荔枝尘,霓裳舞翠盘娇绣岭春,锦棚嬉金钗信香囊恨。痴三郎泥太真,马嵬坡血污游魂。杨柳眉青鬈黛损,芙蓉面零脂落粉,牡丹芽剪草除根。"

归省养病

李西涯当国时,门生满朝。西涯性喜延纳奖拔,故门生朝罢群集其家,讲艺谈文,率以为常。一日有一门生告归省兼养病还家,西涯集同门饯之,即席赋诗为赠。汪石潭_俊诗先成,中一联云："千年芝草供灵药,五色流泉洗道机。"诸人传玩,以为绝唱,呈稿西涯。西涯抹后一句,令石潭重改,众愕然。石潭思之,亦不能复缀,众请于西涯曰："吾辈以为抑之此诗绝佳,不知何故犹未善?"西涯曰："归省与养病是二事,今单说养病,不及归省,便是合盘。"众请西涯续之,西涯即援笔曰："五色宫袍当舞衣。"众叹服。

飞　来　峰

钱塘湖山之胜,以飞来峰为最。马鹤窗所居去飞来峰不十里,以贫累,不能数往,因题诗曰:"飞来峰在脚跟头,十五年间两度游。说与山灵应笑我,先生忙到几时休。"

金　树　儿

万历中,桃源有妓名金树儿,病初起,九日宴集,唱歌侑酒。印少鹤口占一绝云:"九日佳人病起时,当筵歌舞不胜衣。可怜颜色黄如菊,不枉名呼金树儿。"

纸　鸢　词

太虚上人索王西楼磐题纸鸢,王作《红绣鞋》词云:"平地上白云一片,驾东风飞上青天,任儿童牵引且随缘。你道是闲游戏,我道是小登仙,有一日断尘根归阆苑。"

徐　孺　子　祠

胡敬斋尝过徐孺子祠,题诗曰:"汉竖纷纷不可为,先生明哲已先知。如何不把幾微事,说与陈蕃下榻时。"

三　言　诗

三言诗,刘伯温有《思美人》古风。罗明仲璟尝谓三言亦可为体,拈"树处"二韵迫西涯题扇,西涯援笔书云:"扬风帆,出江树。家遥遥,在何处?"又因围棋,出"端观"二韵,西涯又曰:"胜与负,相为端。我因君,得大观。"

醉 杨 妃 菊

李西涯次张亨父泰韵题醉杨妃菊云："谁采繁花席上题，偶将名姓托唐妃。日烘花萼醺时面，雨换华清浴后衣。隔座似邀秦国语，挥毫不放谪仙归。欲从颜色窥生相，已落诗家第二机。"

燃 絮 代 烛

李西涯与客联句，值烛尽，尝拆敝褥中故絮以代。其《次白洲留别》诗有"看花不厌伤多酒，燃絮犹供未了诗"，盖纪其实也。

洞 宾 淬 镜

宋尚书郎贾师雄得一古铁镜，尝欲淬磨，一道人自负其能，笥中取药置镜上曰："药少，归取之。"去久不至，遣人求得所止佛庐，扉上有一绝云："手内青蛇凌白日，洞中仙果艳长春。须知物外烟霞客，不是尘中磨镜人。"师雄得诗，知为洞宾，视镜上药已飞去，一点通明如玉。

袖 拂 殿 柱

宣和间，徽宗设斋一千，赴者阙一名，有风癫道人求斋，监门官拒之。时徽宗与林灵素在便殿谈论，而癫道人在阶下，亟遣赴斋。道人以袍袖在殿柱一抹，徽宗起观，柱上有诗云："高谈阔论若无人，可惜明君不遇真。陛下问臣来日事，请看午未丙丁春。"后靖康丙午、丁未，二帝北行。

陈 启 东 对

长洲陈启东震善属对，训导分水，一人题桥云："分水桥边分水吃，分分分开。"启东过而见之，续曰："看花亭下看花回，看看看到。"分水、看花皆其地邑名也。

翰林旧有句云："宾之李西涯字。访东之，江朝宗字。东之宾之。"无能对者。适启东谒选至京，吴文定即以扣之，答曰："回也待由也，由也回也。"西涯为之击节。又思对"的颈葫芦"四字未就，方浴，而得"空心萝卜"，天生对也，喜而跃，浴盘顿破。

唐守之对

唐状元皋出使朝鲜，其主出对命属云："琴瑟琵琶，八大王一般头面。"守之对云："魑魅魍魉，四小鬼各样肚肠。"朝鲜主骇服。

绝句无对

古有绝对，如"烟锁池塘柳"，及"雪铺满地，鸡犬踏成竹叶梅花"，又"一张琴上七条弦，弹出五音六律"等句，虽解大绅亦不能对。近又闻叠字对云"贡禹人名。贡禹贡书名。"暨"书生书生问先生，先生先生"，无能对者。

对　句

唐诗曰："二十四考中书令，"谓郭汾阳也，而无其对。或以问王平甫安国，平甫曰："万八千户冠军侯。谓霍去病。"

苏东坡尝云："为我周旋宁作我，真一好句，只是难对。"王平甫在坐，应声曰："因郎憔悴却羞郎。"众为击节。

曲牌名诗

进贤舒状元芬用曲牌名作诗曰："惟爱宜春令去游，风光犹胜小梁州。黄莺儿唱今朝事，香柳娘牵旧日愁。三棒鼓催花下酒，一江风送渡头舟。嗟予沉醉东风里,笑剔银灯上小楼。"

与妓下火文

昆山周妓系籍部中,张子韶趚为守,适娟亡,道川来访,命作下火文云:"可惜可惜许! 大家且说道,可惜个什么? 可惜巫山一段云,眼如新水点绛唇。昔年绣阁迎仙客,今日桃源忆故人。休记丑奴儿敛子,便须抖擞好精神。南柯梦断如何也,一曲离愁别是春。大众还知周娘向什么处去? 这里分明会得:蓦山溪畔,头头尽是喜相逢;芳草渡头,处处六么花十八。其或未然,更听下句。咦! 与君一把无明火,烧尽千愁万恨心。"

与情妓书

薛楚望与情妓书:"菊花新处轻别虞美人,今已小桃红,无日不望江南也。每忆多娇,泪珠儿滚作江儿水,不知好姐姐曾为倘秀才亦意难忘否? 昨上小楼,见雁儿落,不见一封书,曷胜节节高之恨。何日与卿解香罗带,脱布衫,入销金帐,快活三直至五更转乎? 侬欲反舟拨棹,待鹊桥仙会合之后,更与卿共看江头金桂也。"

妓复书云:"自蕉叶落后,送郎往小梁州,今芍药花已开矣。妾见粉蝶儿绕绕,黄莺儿关关,安得不骂玉郎早作思归引也。妾近来绣带儿宽褪,傍妆台更懒画眉,剔银灯夜坐,不觉哭相思。郎何日趁一江风,棹夜行船归来,作调笑令而同赏锦堂月乎? 不然忍憔悴一枝花,冷落三学士矣。"

佳人集曲名

尤悔庵先生有《菩萨蛮》词咏佳人云:"步摇颗颗珠环小,裙拖滴滴金泥巧。早起旁妆台,笑兜红绣鞋。　　名香罗带染,碧玉钩帘卷。度曲喜双声,呼郎并合笙。"

梅嘉庆传

明张王宾《梅嘉庆传》用曲牌名点缀成文，足称工巧。传曰：嘉庆子者，临江梅氏，父为东瓯令，早卒，母虞美人，孀居纺绩以教子。年十二时，从四门子学，好与少年游。素集贤宾，南乡子、生查子、江城子皆相友焉。长而自负甚高，号曰临江仙。尝作《快活三》诗云："汉宫春暖满庭芳，沉醉东风戏舞狂。月上海棠疏影动，梅花引入梦魂香。""一剪梅开半作诗，亭前柳色尽蛾眉。玉交枝上莺啼序，紫苑玲珑粉蝶儿。""月中丹桂谁先折，且醉花阴卧片时。一唱太平天下乐，谩随玉女步云梯。"世人迂之，目为山花子之流，而子固释然。时沽美酒痛饮，饮辄醉扶归，母怒，责之曰："丑奴儿不思步蟾宫而学醉翁子也。"子悟，掷金钱为誓曰："吾不能折桂令使人称好孩儿者，有如此钱！"遂读书高阳台，庭植万卉以娱目。然而素忆秦娥。娥者邻女也，年甫十五而有丽色，子闻而慕之，无由面也。适后庭花发，娥上小楼望之，若窣地锦也，而独爱山桃红，方欲隔垣折之，窥见庆子据青玉案，披皂罗袍，状貌魁杰，音中黄钟，暗忖曰："真出队子也！"不觉有流连意。而子见花枝频动，偶一举目，则惊疑以为鹊桥仙也。熟玩之，方识其为娥，叹曰："美哉，美哉！当令雁儿落也，当令月儿高也。"遂潜出，折一枝花以赠曰："是玉连环也。"娥娇羞无语，而秋波转盼，百媚俱生。适婢金菊香至，戏曰："姐见蝶恋花也。"娥掩面疾走，而子见其步步娇，因赋一词，名曰《浣溪沙》："粉面娇娥点绛唇，木兰花底笑颜生，小桃红处暗香闻。　　罗带飘飘金络索，绣鞋隐隐踏莎行，一团风趣玉楼春。"思之不置，又赋诗云："夜深懒去剪银灯，为忆多娇醉落魂。何日鱼游春水底，欢欣一夕解三酲。"时春日正妍，黄莺儿报晓，娥早起，旁妆台不能自遣，作《画眉序》曰："举目园林好，凭阑懒画眉。怀愁如梦令，魂逐驻云飞。"一日，娥告父母以踏青游，乃令婢秋香引道。子知之，遂潜步芳尘，见其入一寺，问婢曰："此间何神？"婢曰："菩萨蛮大和佛也。"娥即向前暗祷曰："妾若得与阮郎归，当以金钱花烧赠。"及出而遇子于门，子徐曰："卿卿不思张生莺莺事耶？"娥佯问其婢而意实答生曰："此不是路也。"子细绎之，叹曰："真好姐姐也。"乃怅然去。娥亦归，而其婢曰："今日若非秋香，几为双鸂鶒也。"娥笑曰："谁愿成双也。"然而两同心郁郁成疾。父母揣其花心动，乃嘱香柳娘为择配。娥知之，令幼婢赛红娘者，以一封书寄子，且赠一诗曰："此身恰似孤飞雁，独对凄凉一盏灯。懒看画楼秋夜月，厌听街市卖花声。只因上苑迎仙客，却使幽闺忆故人。惟愿侍君双劝酒，相逢一一诉衷情。"子得书甚喜，遂以赂遗柳娘而求通婚。柳娘以婚事达其父母，父母怒曰："汝欲以吾金蕉叶弃与啄木儿也?"子闻之不乐，乃作《江头送别》诗，令苍头滴溜子寄娥曰："一江风雨苦匆匆，害煞鸳鸯西复东。恨入几川拨棹子，愁埋两地玉芙蓉。许多心事江儿水，万斛相思刮地风。为我暗传言玉女，诗成血泪满江红。"娥览诗嗟叹不已。时将秋闱，梁州序举子以试，子欲别母而行。母曰："儿此去如浪淘沙，且恐无益也。"子曰："倘一旦得赏宫花以显亲扬名，使天下作孝顺歌，奚不可者?"邀其友倘秀才、滚秀才，使朱奴儿唤夜行船以往。出门见鹊踏枝而噪，声如碧玉箫，令卜算子号山麻客者卜之吉，乃就试。试毕，主师三学士鲍老催、金字经、东原乐俱赏子之文，评曰："气雄如下山虎，声弘如水龙吟，盖字字锦也。"遂首擢子。子因马上作诗曰："深锁寒窗几度秋，而今始得锦缠头。桂枝香惹轻罗透，锦上花开两鬓悠。白屋来时宝鼎现，清江引出绿波流。当时惆怅西江月，今夜姮娥绕地游。"捷报乡间，邻翁甚悔之，娥亦恨曰："我父母自误佳期，令人长相思耳。"因吟一绝曰："雁过南楼远，惊闻瑞鹧鸪。瑶台月移去，懊恨扑灯蛾。"生谢主师后，衣锦还乡，邻翁以姻事谋于豹子令，令曰："试往言之。"翁乃以锦铛引进，欲以女奉箕帚。子佯言："自始弃我，而今复我，翁其耍孩儿乎?"翁曰："焉知今日锦衣香也。"子曰："然姑待北朝天子而归议之。"翁诺。娥闻子北上，恻然曰："郎今舍我望远行，必将另娶水仙子也。"于是病甚，而服紫苏丸，不知庆子实意难忘也。子诣京谒金门，朝天子，天子命为新水令，为政称人心，邑人编排歌以颂其德。自是而爵位节节高矣。一日西番齐天乐者自称圣药王激变，遣其将秃厮儿、麻郎儿、番鼓儿、竹马儿、雪狮儿、皂角儿、忒忒令七兄弟者侵扰浆水令油葫芦谷，过牧羊关，边将混江龙、金珑璁战俱不利，响应天长，中都骚然。时宰相贤奏曰："梅嘉庆有韬略，足定西番。"天子征至，问曰："寇至奈何？"对曰："水底鱼儿，臣当一网尽耳。"天子喜，赐皂皮靴、骏甲马及剑器，令簇御林军万人往。生下令曰："凡我诸军，闻大迓鼓则进，重叠金则退，望采旗儿为号。"乃押蛮牌令统七贤过关，与贼斗宝蟾，又斗黑麻，连胜，军威所振，如白鹤冲天。复率众暗渡灞陵桥，使福马郎、旋风子伏兵金娥曲，而令破阵子挽弓弩前破齐阵，贼披靡，惊愕相顾曰："梅二郎神也。"悉遁。余兵死者几半，其遁者中途伏发，降其将黄龙锁窗郎，擒十五郎，悬蛮首于槊，作雁儿舞，马驱逐北，若斗鹌鹑然。蛮王遁迹，番兵皆光光乍矣。子乃下得胜令，整兵还，与诸军会河阳，军中齐唱《甘州歌》焉。子亦作《晓行序》："霜天晓角响，一马归朝欢。雁过沙满地，腊梅花影寒。"时道经临江，子归拜母，乃穿大红袍，系绣带儿，驻马厅前。娥闻之曰："玉郎归，好事近也。"翁复求联姻，子以告其母，母命娶之。生备雁鱼锦三段子、四块玉及山坡羊、梅花酒聘焉。娥因归子，同会销金帐。子欲脱布衫，娥曰："君毋绵搭絮也。"子曰："卿卿今尚可锁南枝不放花乎？"强逼之而戏曰："金井水红花放矣。"娥曰："檀郎不惜奴娇也。"相与温存万状。早起，备上京马，载娥同行至京。暮夜游朝，玉漏迟迟，及晓，进见天子，拜舞殿前欢甚。百官共贺太平，天子乐，令设宴，珍羞错集，如大河蟹、白鹤子者咸备焉。奏大圣乐以慰劳之，赐一斛珠、缕缕金、五样锦、天净纱。闻其已娶，复赐红衲袄、女冠子，使从御街行以出。一夕娥谓子曰："人生若雨中花、寄生草耳。君虽富贵，不如渔家傲也。且堂上有老姑，不免缺五供养。君不闻乌夜啼有反哺意耶？"子乃屡疏乞归。天子不得已许之，赐宫女吴织机、醉娘儿、似娘儿、梨花儿为婢，命翰林风流子、唐多令草诰以封之，曰："始守新水，行太平令；继收江南，平定西番，四边静，皆卿之力。册封太师引，妻封国夫人。赠封其父母如子官。"子受封归。时夏初临，途中作《虾蟆序》、《狮子序》，大抵言其碌碌，无异一撮棹也。及归，为母上寿，开宴昼锦堂，娥曰："不图今日有此相见欢也。"遂倾杯序旧情，因赓相作歌。子云："当年一盆花际立，凄凉只有猴山月。忆君颜色胜如花，教人常对榴花泣。愁云遍送风入松，怨雨洒向梧桐叶。今朝何

幸朱履回，泣颜回转欢声集。紫燕归梁相对语，双双蝴蝶常徘徊。章
台柳赛西地锦，幽庭疑似小蓬莱。但愿千秋岁无限，嘯欢时把玉山
颓。"娥云："落梅风里骂玉郎，绣球怕滚东家墙。相思琵琶拨不尽，画
堂春色空悲伤。烧夜香时心欲裂，五更转转烦愁肠。今宵相与庆宣和，
菊花新处秋风过。石竹花开并头蕊，锦堂月下同婆娑。洞仙歌出双声
子，香罗带结牵情多。与君占尽普天乐，何须重唱朝元歌。"母初不知其
情，及听其词，笑谓娥曰："吾子以汝貌赛观音，当欲作探春令，以吾思
之，若非江头金桂发，安能沉醉海棠红也。"复谓子曰："儿今纵醉归迟，
不尔责矣。今而后子与我两休休焉，不为爵禄名位所绊也。"三台令、胡
捣练闻之，亦作歌以赠曰："君家想是江神子，逍遥乐在闲庭里。辞印归
来醉太平，为惜黄花怕无主。""立朝列位冠三台，还家欸饮络索杯。芳
名已标凤凰阁，清风应振古轮台。"后庆子作本序，即以前腔作尾声。君
子曰：嘉庆子岂不毅然一丈夫哉！感皇恩则思报君，贺圣朝则愿归养。
不以贵忘娥，非薄幸也。必以礼娶娥，非苟合也。其立身、其行己可谓
端正好矣，岂与昔日忆莺儿者一样腔耶？余故笔之，以成余文。

三　友　传

　　李卓吾有黄莺燕子喜鹊《三友传》，亦用曲牌名成文。传曰：维
暮之春，百花开妍，千枝添绿，满庭芳草，忽报东风第一，而点缀园林
好景者，嘤嘤鸟鸣也。时则黄莺儿间关上下，见簇御林中花柳分春，
金蕉展叶，乃拂翎而作声曰："时哉，时哉，收江南春色而醉花阴者，非
吾徒哉？"于是取亭前柳以构室，玉交枝以缭垣，绵蛮簧语，载好其音，
而俯仰之间晏如也。然性好友，每唤友于黄蔷薇架上，见祝英台双蝴
蝶三三五五纷飞昼锦堂前，或恋金钱花，或翻红芍药，翩跹相逐，低度
粉墙而去。黄莺儿曰："此辈止可妆成一种绛都春耳，非吾友也。"正
寻思间，忽遇双双燕儿舞于桃李下，莺儿佯叱曰："汝何物也？敢与桃
李争春耶？"燕儿呢喃答曰："我燕也。秋去春来，有年于兹矣。子未
识我乎？"莺儿曰："姑戏子耳，毋相讶。倘子不弃，愿为子友。"燕儿许
诺。因造莺居则见落梅风起，杨柳摇金，前有梨花儿、青杏儿，后有小

桃红、缠枝花、三月海棠,蓁蓁夭夭,四望极目。燕儿叹曰:"真锦上花也。"莺儿曰:"闻有胡燕,有越燕子,何所产?"燕儿曰:"胡越一家耳,俱产乌衣国也。"莺儿曰:"今尔居安在?"燕儿曰:"昔拓拔氏涂脑中原,曾徙于簇玉林中,被朱奴儿、卜算子屡害我雏。复巢王、谢堂前,盖谢之妾即乌衣国王女,我旧姻族也,故往依之。今又移居上小楼,与三学士为邻矣。"莺儿戏问曰:"子居尘土中,宁如我有此风光好乎?"燕儿曰:"子知海棠春,岂知玉楼春也,子何夸焉。"已而烟锁南枝,西江月上,燕儿衔花掠水而归。莺儿穿一丛花,见月挂玉钩,四边静悄,香柳娘、虞美人、红娘子剔银灯烛影摇红,纵步观后庭花。或整红衫儿舞霓裳,或排青玉案烧夜香。不知霜天晓角,已三更转五更转,而铜龙将报天曙矣。已而有夜飞鹊踏南枝,翩跹舞蹈。莺儿询其故,答曰:"我鹊也,能报吉兆祥,人称喜鹊。今见古轮台畔露逼牡丹盛开,欲为少年游子寄一佳信耳。"莺儿诮之曰:"吾闻公输子削竹木成鹊,飞三日不下。汝非竹木为者乎?"鹊曰:"今天下无公输子,谩劳尔流莺调舌也。"莺儿延入丛中,相结为友。鹊曰:"我喜迁乔久矣,何幸今日共赏宫花也。"莺儿曰:"昔王荆公见啄木儿即自解衣上树,以探汝巢,汝其殆哉。"鹊曰:"彼所谓缘木求鱼、守株待免者也,安能害我。"已而莺儿垂首低尾,若有所思。鹊问之,莺儿曰:"唐明皇时,我集禁苑中沉香亭上,明皇乘珍珠马,穿皂罗袍,过而见之,呼为金衣公子,后人误称锦衣公子。今东园乐事,不减明皇,而时移世改,可以长相思也。"鹊亦曰:"牛郎织女为银河阻隔,若非鹊桥夜渡,终身不得效于飞乐也。人故以鹊桥仙目我。今石榴花放,七夕又将至矣,彼宁无再团圆之望乎?"莺儿曰:"吾友来矣。"鹊视之,乃燕儿舞也。鹊曰:"燕燕于飞,差池其羽。子其是耶?"燕儿曰:"月明星稀,乌鹊南飞。非子也耶?"于是三友相接甚欢,锦缠枝,踏花翻。嗣后卯而聚,酉而散,十二时每过半焉。不觉春去夏徂,又早桂殿秋贺新凉也。一日同上小梁州,立于桥顶,遂名三仙桥。莺儿曰:"我在高阳台见粉蝶儿恋一枝花,彼自以为与世无求,而与人无争矣。不知耍孩儿嗤其不见而扑之,为蝼蚁食也。"燕儿曰:"夫粉蝶儿其小者也。吾衔泥浣溪沙头,见水底鱼儿乘长风破万里浪,彼自以为与人无争矣,不知水仙子渔家傲方将持竿摄纶而川拨棹以钓取之。昼游乎江湖,夕调乎鼎鼐，虽吞舟之鳣鲔，不能活此于江儿水中也。"鹊曰："夫水底鱼，其小者也。我过小重山，见一行斜飞插天而下，仡视之乃雁儿落也。芦花为伴，明月为友，飘飘乎高翔，彼亦自以为与人无争矣，不知福马郎、山麻客方将关乌号之雕弓，挟夏服之劲箭，引微缴凌清风加己于千仞之上，而身为俎醢也。"莺儿闻之怆然曰："悲哉雁也！曷为蒙此祸也。昔苏子卿在匈奴牧山坡羊，倘孤飞雁不寄一封书，则子卿不得归朝欢矣。彼且弗免，岂非命哉！我与尔夷游乎天地之间，缯缴不及，弧矢不加，正所谓飞鸟依人人自怜之，岂不为天下乐耶？"顷之，鹊忽曰："刮地风寒，又早飘金井梧桐矣。"莺儿亦曰："江头金桂又早开遍也。"燕儿曰："然则豆叶黄，楚江秋到矣。吾非薄幸，欲辞君去，返乌衣国也。"于是莺儿与鹊至江头送别，燕儿曰："黄花满目，可惜分飞，唱还乡曲踏莎行也。"莺儿与鹊同应曰："愿子毋忘赏花时。春从天上来，再得庆东园，诉衷情也。"燕儿遂翻波戏浪而渡，黄莺与鹊目送之，望远行不见，将返则桂枝香满，菊花新放，柳叶儿、梧叶儿、金井水红花俱已黄落，而两岸玉芙蓉又老矣。莺儿乃戚然曰："一江风景好伤感也。啭林莺声声慢，不是路矣。"遂深藏不出。惟鹊不避岁寒，挺然与风入松、腊梅花竞节。暨风和景明，则群聚如故，而相期为千秋岁万年欢云。野史氏曰：黄莺儿春鸟也，一名鸧鹒，一名黄鹂，一名栗留，性喜春生恶秋杀，且善唤友而复不苟合。吾观燕也，去来以信，鹊也，吉凶前知，则知莺之能择友矣。间亦杂以诙谐，而声应气求，终始不逾，未尝至于相仵。《诗》云："善戏谑兮，不为虐兮。"黄莺有焉。况夫知几知命，嚣然自得，玩其言又可想见，盖不啻出幽迁乔知其所止而已也。噫嘻！争地之蜗，为利而斗，刳肠之龟，因智而死。孰若莺之群聚嬉嬉，付身世于两忘，而人莫敢侮也耶？莺乎，莺乎，其禀性天之灵乎？友乎，友乎，可以人而不如鸟乎？

一　枝　梅

交趾国王原姓陈氏，后有江西黎季厘幼时商贩其国，登岸时见沙上有句云："广寒宫里一枝梅。"厘后夤缘得官，一日陈王避暑于清暑殿，庭有桂千树，王出对曰："清暑殿前千树桂。"群臣皆未对，厘忆沙上所见,遂以对之。王大惊曰:"子何以知我宫中事?"厘以实告。王曰:"此天数也。"盖王有女名一枝梅,建广寒宫以处之也。遂配之。

题　西　湖

交趾使人游西湖,赋一绝云:"一株杨柳几株花,醉饮西湖卖酒家。我国繁华不如此,春来遍地是桑麻。"

正德间,日本使者经西湖,题诗云:"昔年曾见此湖图,不信人间有此湖。今日打从湖上过,画工还欠着工夫。"

依　旧　管

辛稼轩宁、理两朝拥节钺,奉身勇退,以家事付儿曹,作《西江月》词云:"万事云烟忽过,一身蒲柳先衰。而今何事最相宜,宜醉宜游宜睡。　早起催科了办,更量出入收支。乃翁依旧管些儿,管竹管山管水。"

了　不　了　语

孔毅甫^{平仲}了语诗云:"涷欲成,忽覆鼎,银瓶汲绝还沉井。乳虎咆哮落深阱,青萍一挥断人颈。"不了语诗:"无言以手寻珮环,寒暑迭运雕朱颜。八骏踏地几时遍,六龙驾日何年闲。"

判　词

逆濠有鹤悬牌者,为民犬啮伤。濠牒府欲捕民抵罪,南昌守祝瀚批曰:"鹤虽带牌,犬不识字。禽兽相争,何干人事?"濠无以难。

软　金　杯

金明昌初有劈橙为软金杯者,章宗赋《生查子》词曰:"风流紫府郎,痛饮乌纱岸。柔软九回肠,冷怯玻璃碗。　　纤纤白玉葱,分破黄金弹。借取洞庭春,飞上桃花面。"

醉 经 斋

明昌中,虞乡麻氏构小斋,题曰"醉经"。周德卿昂题绝句云:"诗书读破自融神,不羡云安曲米春。黄卷至今真味在,莫将糟粕待前人。"

驯 鹤 图

临颖张伯玉毅家藏《慎宫人驯鹤图》,以手整钗,一鹤随后。伯玉请王南云赋诗,苦其不用韵,限"钗来苔"三字。南云援笔曰:"寝处妆铅未卷钗,孤云花带月边来。六宫帘幕金鸾冷,露湿晨烟啄翠苔。"

管 宁 濯 足 图

元杨焕然奂号紫阳,《题管宁濯足图》云:"踏遍辽东未是痴,藜床欲穴只心知。好留一掬黄泥水,墁却曹郎受禅碑。"

汉 魏 正 闰

杨紫阳读《通鉴》至论汉魏正闰,大不平之,遂修《汉书》,驳正其事,因作诗云:"风烟惨淡驻三巴,汉烬将燃蜀妇髽。欲起温公问书法,武侯入寇寇谁家?"后攻宋军回,见《通鉴纲目》,其书乃寝。

博 浪 沙

台州陈刚中孚题《博浪沙》云:"一击车中胆气高,祖龙社稷已惊摇。如何十二金人外,犹有民间铁未销。"

马 嵬 坡

马嵬坡题咏甚多，武功杜真卿_佺一诗极为婉丽："杨柳依依水拍堤，春城茅屋燕争泥。海棠正好东风恶，狼藉残红衬马蹄。"又遂城高德卿_{有邻}诗曰："事去君王可奈何，荒坟三尺马嵬坡。归来枉为香囊泣，不道生灵泪更多。"金章宗诏录马嵬诗得五百余首，付词臣品第，真卿诗在高等。

竹 衫

乔梦符_吉《咏竹衫》小令云："并刀剪龙须为寸，玉丝穿龟背成文。襟袖清凉不沾尘。汗香晴带雨，肩瘦冷搜云，是玲珑剔透人。"

鼠 须 笔

元金陵谢宗可《咏鼠须笔》云："夜逐虚星上月宫，奋髯夺得管城公。橐中不搅吟窗梦，指下先收翰苑功。莫笑砚池濡醉墨，绝胜仓廪饱陈红。平生啮尽诗书字，散作龙蛇落纸中。"

刮 字 治 病

宿州天庆观，雍熙中回道人访观主不遇，题二诗于门。其一云："肘传丹篆十年术，口诵《黄庭》两卷经。鹤观古坛槐影里，悄无人迹户长扃。"乃玉柱篆，往往为人刮去煎汤治病，而字迹复生。

郭 从 周 善 卜

何中正初及第，闻郭从周精于卜，求占终身。从周赠诗云："三字来时月正圆，一麾从此出秦关。钱塘春色浓如酒，贪醉花间卧不还。"后中正以八月十五日改知制诰出秦关，至杭州卒。

老子出关图

宋钱勰待制尹府日，遇诞辰，僚属尽以乌龟、白鹤为献，用表祝寿之意，独杨次公杰以《老子出关图》题诗云："秘藏函谷关中子，将献蓬莱阁上仙。愿得须眉如此老，却教龟鹤羡长年。"钱大喜。

拜　石

米元章平生好石，守濡须日，闻有怪石在河壖，命移至州治，设席下拜曰："吾欲见石兄二十年矣。"言者坐是为罪，罢去。竹坡周少隐过郡见石，感而赋诗，其略曰："唤钱作兄真可怜，唤石作兄无乃贤。望尘雅拜良可笑，米公拜石不同调。"

守　宫

汤胤绩字公让，一字东谷，东欧王诸孙，能诗。尝赋《守宫》云："谁解秦宫一粒丹，记时容易守时难。鸳鸯梦冷肠堪断，蜥蜴魂消血未干。榴子色分金钏晓，茜花光映玉構寒。何时试卷香罗袖，笑语东君仔细看。"为时所赏，云不减李商隐也。

狂　吟

长洲陈湖碛砂寺僧魁天纪，读儒家书，尤工于诗。元初高安僧天隐与友善，赠诗云："拈笔诗成首首新，兴来豪叫欲攀云。难医最是狂吟病，我病才痊又到君。"

四皓弈棋图

王威宁《题四皓弈棋图》云："暴楚强秦一局收，不应末着又安刘。

就中诸吕真劲敌，赖得旁观有绛侯。"朱克粹亦有一绝云："一局残棋尚未终，白头何事到青宫。不应千里冥飞翼，却堕留侯智网中。"

泥　　窗

薛许昌《宫词》："画烛烧阑暖复迷，殿帷深密下银泥。开门欲作侵晨散，已是明朝日向西。"此即长夜之饮，非止达旦也。

蜀谓糊窗为泥窗，花蕊《宫词》："红锦泥窗绕四廊。"

七　姊　妹

杨孟载基谓人身五官皆有所司，独眉无用，自号眉庵。《咏七姊妹花》诗："红罗斗结同心小，七蕊参差弄春晓。尽是东风儿女魂，蛾眉一样青螺扫。三妹娉婷四妹娇，绿窗虚度可怜宵。八姨秦虢休相妒，肠断江东大小乔。"七姊妹花似蔷薇而七朵连缀。

放　鸭　船

钱塘叶景修森家藏王右军《笼鹅帖》石刻，诚为妙品，但妇女颇不洁。张伯雨贻诗有"家藏逸少《笼鹅帖》，门系龟蒙放鸭船"句，世以鸭喻苏五奴，故云。

扬　子　云

刘后村《咏扬雄》云："执戟浮沉亦未迁，无端著论美新都。白头所得能多少，冈被人称莽大夫。"

坚 瓠 辛 集 序

　　客有喜谈犹龙氏者，谓其片纸尺幅，无不令人解颐。余因出稼翁所著《坚瓠集》示之，曰：均小史也，犹龙之作浓而纤，稼翁之作淡而雅。犹龙之作盖志乎此，而好弄其笔墨者也；稼翁之作则非其志乎此，聊借此以自写其闲适者也。稼翁当年少气盛时，于书无不窥，西山之富，包罗于胸，固将为泽之菱、野之苹，岂其匏系云尔乎？既乃谢去雕虫之业，犹搜录秦汉以来遗书，广求故明一代轶事，下逮括帖，其小品未经人识者，亦复次其卷帙，藏之篋笥，曰："吾以留儿读也。"是岂喜为游谈而不要诸根柢者哉！只以温温无所试，徒家居而坐糜廪食，将自比伐檀之君子，犹疑素餐，欲学考槃之诗人，空之癙宿。闲情缕缕，触绪纷来，寓之短札，不觉日累而多耳。客曰：然则子何以知稼翁之志乎？曰：于其名是集即知之矣。不见屈瑴之语田仲者耶？夫瓠可以盛物，可以割而斟，固宜有用于世，顾自甘于坚石而无窍。盖曰人固有不仰食于人，而亦不必皇皇于世用者，类此瓠也。其诸稼翁之所以自况也与？通家小弟汤传櫗子方氏拜题。

辛集卷之一

物　幻　诗

吴梅村先生有《物幻八诗》，咏《茧虎》云："南山五日镜奁开，彩索春葱缚轶材。奇物巧从蚕馆制，内家亲见豹房来。越巫辟恶镂金胜，汉将擒生画玉台。最是茧丝添虎翼，难将续命诉牛哀。"《茄牛》云："击鼓喧阗笑未休，泥车瓦狗出同游。生成岂比东邻犊，觳觫何来孺子牛。老圃盘餐夸特杀，太牢滋味入常羞。看他诸葛贪游戏，苦斗儿曹巧运筹。"《鲞鹤》云："丁令归来寄素书，羽毛零落待何如。云霄岂有饷糟计，饮啄宁关逐臭余。雪比撒盐堆劲翮，蚁旋封垤附专车。秦皇跨鹤思仙去，死骨何因葬鲍鱼。"《蝉猴》云："仙蜕谁传不死方，最高枝处忆同行。移将吸露迎风意，做就轻躯细骨妆。薄鬓影如逢越女，断肠声岂怨齐王。内家近作通侯相，赐出貂蝉傲粉郎。"《芦笔》云："采箬编蒲课笔耕，织帘居士擅书名。扫来鲁壁枯难用，焚就秦灰制不成。飞白夜窗花入梦，草《玄》秋阁雁衔横。中山本是卢郎宅，错认移封号管城。"《橘灯》云："掩映兰膏叶底寻，玉盘纤手出无心。花开槐市枝枝火，霜满江潭树树金。绣佛传灯珠错落，洞仙争弈漏深沉。饶他丁缓施工巧，不及生成在上林。"《桃核船》云："汉家水战习昆明，曼倩偷来下濑横。三士漫成齐相计，五湖好载越姝行。桑田核种千年久，河渚槎浮一叶轻。从此武陵渔问渡，胡麻饭里棹歌声。"《莲蓬人》云："独立平生重此翁，反裘双袖倚东风。残身颠倒凭谁戏，乱服粗疏耻便工。共结苦心诸子散，早拈香粉美人空。莫嫌到老丝难断，总在污泥不染中。"先生八诗随物肖形，丽而不纤，久已脍炙人口。近于友人处复得前题八咏，亦巢先生所作，今录于左："故事良辰讵可违，巧装新样出闺闱。剪将筐上飞蛾蜕，制就钗头猛虎威。缕缕丝皆同豹饰，斑斑文遍缀蚕衣。形摹毒势真能肖，缚艾徒传挂户扉。""置

尾装头老㹩成，戏牵几案作春耕。耳因露润真能湿，色自天生却类
驿。弃入高厨如觳觫，蒸为清供即牺牲。夜来鼫鼠防侵食，干蒂犹看
两角横。""俄将枯质化胎仙，双翅翩翩自俨然。血肉尽除惟有骨，尘
氛未脱尚留膻。匕箸弃余真像
出，薛公图画不须传。""出土凌高蜕壳新，山公形态拟来真。转丸智
更能升木，齐女名应唤楚人。噪柳竟成啼峡状，绿藤全失吸风神。危
机幸免螳螂捕，犹作惊弓抱树身。""折取汀芦搦管宜，戏将挥洒效临
池。雁衔好作天边字，虫蚀曾题叶上诗。猎向中山当渚上，退为高冢
是霜时。断帘败笔皆堪用，藩溷还教置不遗。""大颗匀圆选最良，明
灯巧制照闺房。摘来园叟千头盛，造出佳人十指香。燃火赤皮同映
日，添膏朱实类含浆。缀珠剪彩悬花果，何似天成不待装。""规模渺
小体仍全，剞木依稀古圣传。择取岂留天上种，造来疑泛水中仙。绝
胜缩地寰瀛竹，堪拟随波太乙莲。安得时时多载酒，奇珍妙手制青
田。""手劈房空未弃捐，人形制就态翩然。精魂岂转三生石，胎孕真
从九品莲。绀色衣疑裁縠缕，清香身似染炉烟。长裙曳地腰肢束，有
恨无情自可怜。"

物　幻　词

　　吴梅村先生《物幻八诗》颇极巧妙，尤悔庵先生谓其题近于词，为
《西江月》小调足之。《茧虎》云："五道蚕丛初辟，三盆虎圈俄修。采
桑秦女自风流，翻学下车冯妇。　　　　浴罢恰如得子，缫成便可封侯。
彩丝束缚挂钗头，傍向盘龙欲斗。"《茄牛》云："小菜放于牧野，太牢
起自田家。樊迟老圃大排衙，演出伯牛司马。　　　　入瓮莫愁觳觫，
着鞭却喜丫叉。儿童牵线笑喧哗，唱道夕阳来下。"《鲞鹤》云："闻
说枯鱼欲泣，何为化鹤来归。霓裳玉珮自清晖，入肆终惭形秽。
北海已成速朽，南山几见高飞。鲲鹏变化是耶非，小作逍遥游
戏。"《蝉猴》云："齐女一朝怨死，王孙再世嬉游。三声哀叫断肠秋，
却恨当年无口。　　　　跳掷不忧螳臂，沸羹早兆羊头。从来蝉冕拜
通侯，问是沐猴冠否。"《芦笔》云："书带草生笔冢，墨池人在芦中。

白头翁变黑头公,夜夜飞花入梦。　　画荻教成孺子,编蒲学近儒宗。雁行衔去向江东,写出锦书珍重。"《橘灯》云:"金颗千头火树,玉荷四照霜花。书生怀袖向窗纱,长伴红衣不夜。　　心事任教分剖,风光尚费周遮。美人对影暗嗟呀,决意为郎吹罢。"《桃核船》云:"种自玄都道士,载从渡口渔翁。小儿偷出碧云宫,顷刻帆樯飞动。　　芦苇似来江上,竹枝疑泛图中。桃根桃叶棹歌同,两桨春风吹送。"《莲蓬人》云:"妾比芙蓉解语,郎如碧藕多思。个人憔悴倒悬时,知道无心怜子。　　空洞此中无物,崛强犹昔孤支。乱头粗服貌如斯,未必六郎相似。"

十　空　曲

尤悔庵先生《驻云飞·十空曲》:"一国三公,车马长安殿阁中。鼎爵分班奉,金印轮流弄。嗏,白首恋鸣钟,青山木拱。华表铭旌,断送黄粱梦。君看盖世功名总是空。""万贯千钟,箧蠹青蚨仓朽红。合药烧丹汞,掘土埋银瓮。嗏,金穴与陵铜,化成泥冢。虽有钱神,难买南柯梦。君看敌国资财总是空。""北苑南宫,万户千门拟九重。金屋阿房弄,金谷天台洞。嗏,台榭土花封,牛羊丘垄。绮阁迷楼,也等华胥梦。君看甲第田园总是空。""翠翠红红,十二金钗列小童。绮席云鬟拥,锦帐花心动。嗏,脂粉髑髅工,狐精卖弄。雨散云收,想断巫山梦。君看绝世红颜总是空。""弦索叮咚,绛蜡烧残曲未终。鼓叠江南弄,箫吹秦楼凤。嗏,转盼白杨风,挽歌相送。子弟梨园,同入钧天梦。君看大地音声总是空。""熊掌驼峰,下箸千钱未足供。美酒金尊送,肥肉台盘捧。嗏,杀气满喉咙,请公入瓮。逐鹿烹羔,变作芭蕉梦。君看饮食因缘总是空。""青母黄公,嫁女婚男风俗通。交颈鸳衾共,绕膝乌衣从。嗏,分手各西东,主人翁仲。打散鸳鸯,惊破熊罴梦。君看眷属团圞总是空。""绣虎雕龙,彩笔吟成万卷工。献赋长杨重,问字玄亭众。嗏,何处哭秋风,凄凉文冢。一部《南华》,不过庄周梦。君看锦绣文章总是空。""竖子英雄,触哄蛮争蜗角中。一饭丘山重,睚眦刀兵痛。嗏,世路石尤风,移山何用。飘瓦虚舟,不碍松风梦。君看尔我恩仇总是空。""扰扰匆匆,遮莫晨鸡与暮钟。梵策无须哗,公案何劳颂。嗦。早觅主人公,风幡不动。放下机关,圆破蒲团梦。君看万法无常总是空。"

咏　针

郡有一士,游花街见妓女刺绣帐前,妓曰:"汝能吟咏,以针为题。"士曰:"一寸坚钢铁作针,绮罗丛里度芳春。若教玉手抽来急,挑得花心片片新。"妓为之契合。

缄 默 无 事

"广知世事休开口,纵会人前只点头。假若连头都不点,也无烦恼也无愁。"又题无事人云:"独坐清寮绝点尘,也无挠杂扰闲身。逢人不说人间事,便是人间无事人。"

遇 吕 纯 阳

明全州蒋晖仕至太守,言曾遇吕纯阳于某观,徘徊相接,题诗云:"宴罢归来海上山,月飘承露浴金丹。夜深鹤透秋空碧,万里西风一剑寒。"是奇绝不凡语,未容轻拟。

佛 印 见 东 坡

贾进士晚年削发为僧,名佛印,住持虎丘山寺,贯穿六经,旁通奥义。东坡新任苏州,极恶僧释,佛印竟至府门求见。卒入报,坡曰:"好生与他说,府尊火正红。"卒传命,印曰:"门外一块铁。"卒再入报,坡命之进,印立丹墀下,放杖作揖。坡曰:"山僧如何揖公侯?"印曰:"大海终当纳细流。昨夜虎丘山上望,一轮明月照苏州。"坡大喜,以府堂正对吴山,以吴山为题,命印作诗。印曰:"和尚说,老爷请提笔。"坡许之。印立成曰："吴山突兀势峥嵘,险阻崎岖径路横。猛虎出林风激聒,老龙入洞雨汀泙。槎牙古树离斜倒,拉挞高岩屈窍生。对景颠纤吟不就,静听流水响嘤泓。"中有难字,遽未能写,阁笔久思,又恐失体,询知是佛印,遂与之定交。

两 朝 甲 子 歌

王东尹先生讳宋,生于万历壬寅,越康熙甲子年八十有二,作《两朝甲子歌》曰："粤稽太古轩辕时,爰命大挠作甲子。方山薛氏编成年,古今治乱森如指。天启四载甲子冬,忆余新婚夜雪浓。见此粲者邂逅耳,锦衾未暖妆台空。其年便患洪涛灾,官有祸水没蒿莱。河北贼与朝中党,相继绵延丧乱来。甲申闻变真断肠,抱窜呱呱声恐扬。气节文章不复道,魂游柴市魄沉湘。奏销令下暴如雷,书卷徒为浩劫灰。若使中年身便死,潦倒名场实可哀。何幸假年登耄耋,以远颜斋志不辍。伏羲四图《易》之纲,不炉不扇真人杰。紫阙但用黄金涂,石渠虎观真模糊。借兹一编悬日月,皇极象数理不虚。拟之议之如有神,仁义本为阴阳根。推验家门否之泰,生婚死葬安我心。大抵吉凶半由己,天时人事相表里。安乐窝中一部书,奉以蓍龟吾老矣。吁嗟乎,从来世运转如轮,岁除甲子又阳春。上元星辰尽朝拱,且与穷黎宴太平。歌曰:天开甲子兮人学羲皇,寿命孔长兮好《易》无荒。骨肉复聚兮少长咸康,惜硕果之饱系兮誓艺兰九畹集芬芳。"

尤 悔 庵 词

尤悔庵先生《闺词》调寄《卜算子》："整日数归期,数了回头数。不信朝朝暮暮思,历本看掀破。 特地倚门妆,依旧空床卧。多分宵来梦不应,今夜拼重做。"又《偶感》调《丑奴儿令》:"春来秋去何时了,昨日阴山,今日阳关,白发黄鸡弹指间。 只求梦里流年好,今夜邯郸,明夜巫山,睡过三生亦喜欢。"

改 题 见 用

万历壬子，苏郡侯鄞县赵世禄录科，试题出《康诰》曰"如保赤子"节。一书吏某禀曰："今日录科，题有不中字，请一改易。"赵然之，易"夫人不言，言必有中"。后赵信任某吏，遂得大用，秋榜发，郡士得隽者三十二人，周忠介顺昌、姚文毅希孟、王遵义仲圣、沈应明、陆康稷、熊秉鑑皆是科所取士也，家叔祖香茀公承慈亦与焉。明三百年得士之盛，未有如此科者也。

先严七预棘闱，皆以数奇不偶。崇祯丙子七月赴省乡试，外叔祖王养和公设饯，客卜色，欲以元魁送先君，偶差一点，客惜之。外叔祖云："虽不中，不远矣。"既而自悔失言。闱中卷受知于公安袁特丘彭年先生，取冠本房，与主司王锡衮争元。王以麟经为辞，先生坚请，言语少龃，遂抑置副榜，竟成语谶。

易 题 致 富

天启中，崔、魏用事，争传其有不轨之志。北直学使者考校宛平童子，题出"忠矣至清矣"，牌已书就，命教官传谕。一教官请曰："此题还求大宗师更易。"学使者声色俱厉曰："尔以是题为不佳乎？"教官从容对曰："题甚佳，但其中包崔子弑君一段。不见高启愚舜亦以命禹题为南台抨击乎？"学使者改容谢之。嗣后凡事与商，致富不赀。

三 生 公 案 图

《金陵琐事》：西虹太守有无住庵主画圆泽三生公案卷，笔法高古，宋元名公题诗甚多。赵子昂绝句云："川上清风非有着，松间明月本无尘。不知二子缘何事，苦恋前身与后身。"识见超脱，过人甚远。

张 仲 宗 词

张仲宗《夜游宫》辞云："半吐寒梅未拆,双鱼洗、冰澌初结。户外明帘风任揭,拥红炉,洒窗间穄雪。　　比目去年时节,这心事、有人欢悦。斗帐重薰鸳被叠,酒微醺,管灯花今夜别。"双鱼洗盥手之器,见《博古图》。穄雪,霰也,形如米粒,能穿瓦透窗,见《毛诗》疏。

刘 叔 安 词

刘叔安名镇,号随如,《元夕·庆春泽》一首入《草堂选》。又有《阮郎归》云："寒阴漠漠夜来霜,阶庭枫叶黄。归鸦数点带斜阳,谁家砧杵忙。　　灯弄幌,月侵廊,熏笼添宝香。小屏低枕怯更长,和云入醉乡。"亦清丽可诵。

借 尸 还 魂

《石溪闲笔》载:王坦之与竺法师相厚,约先死者以冥事之有无相质。后法师先死十余年,一旦来见坦之,告以幽冥之事皆有,唯当修德以臻福地。未几坦之卒。近日轮回颇有奇异,果有借尸还魂者。吾苏旧学前徐挑花女,年及笄,许字金阊王某。康熙丁巳六月十八日,忽为神所凭依,祷祀无效,至十月十九日而卒,父母哀之。越二日而女复苏,见父母茫然不识,声音笑貌与平日绝异。怪而问之,乃云:"吾是震泽镇王某女,名秀兰,年十有七,六月十三日为上方山三相公拘去,后欲放还,尸已烧化,令我到此守候,今汝女去才放我回耳。"言其族属里居甚悉。初还魂时,邑人无不往观,予家童亦目睹。数日后,秀兰忽若梦魇之状,少顷女归,与父母问讯,言词宛然。且云:"秀兰与王某亦有姻缘之分,宜早归之。"今已嫁去。乃知《齐谐》、《夷坚》所载未尽诬也。

晨 昏 钟 鼓

天下晨昏钟声之数，叩一百八声者，一岁之义也。盖年有十二月，有二十四气，又有七十二候，正得其数。但声之缓急节奏，各处不同。吾苏歌曰："紧十八，慢十八，中间十八徐徐发，两度辏成一百八。"杭州歌曰："前发三十六，后发三十六，中发三十六声急，通共一百八声息。"越州歌曰："紧十八，缓十八，六遍凑成一百八。"台州歌曰："前击七，后击八，中间十八徐徐发。更兼临后击三声，三通凑成一百八。"禁鼓一千二百三十声为一通，三千六百九十声为三通。在外更鼓三百三十挝为一通，千挝为三通。

释氏念珠，亦取一岁之义。

风　　水

《七修类稿》：徐州不打春，邳州无东门。若使打春与开门，蝎子咬杀人。《文海披沙》：东昌有谚曰："夏津不撞钟，高唐无北门。撞钟人头痛，北门生蝗虫。"相沿至今不敢易也。《涌幢小品》：萧县亦不撞钟，撞之则水至。

白 雄 鸡

六月二十四日为清源妙道真君诞辰，吴人祀之，必用白雄鸡，相传已久，不解其故。及阅陈藏器《本草拾遗》云："白雄鸡生三年者能为鬼神所役使，吴人用祀真君。"或亦山川不舍骍角之意。

日 午 牡 丹

昔人画牡丹一枝盛开，旁蹲一猫，其睛如线，识者曰："此日午牡丹也。"盖猫睛可以验时。语曰："子午如线卯酉圆，寅申巳亥似牛尖,辰戌丑未如杏圃,此法千金总莫传。"凡花盛开于午,午猫拟其盛也。

高 凤 善 卜

　　闽县高凤善卜,遇物辄以意推,不专用《易》。弘治己酉,福州傅用养鼎求占科名,凤曰:"君第一人也。"既而果然。或问其故,凤曰:"吾适剖椰子而用养至,其象解圆,当为解元。"弘治戊午秋试,前镇守内臣书一"兴"字令凤占解元在何府。凤曰:"尊意得无在兴化乎?但所书兴字从俗省书,其人在中而八府俱下,必闽城矣。"及揭晓,乃侯官林克仁±元。凤尝语人:"卜若可信,凤以儒学吏当至五品京职,不知何从得之。"弘治中召入宫中占验,恩授工部郎中。

大 光 禄 牌 坊

　　予家西白塔巷祖居东首有大光禄牌坊,乃嘉靖间苏州知府温景葵为房师章茂实焕所建。东曰大中丞,西曰大光禄,欲于中间起第,不意建坊甫竟,茂实以事被逮遣戍。时有口号曰:"大中丞完子就问军,大光禄烧得光秃秃。"问军之谣已验。康熙己未十月晦日,予家人不戒于火,焚毁门屋及坊,合里震惊,幸而获息。烧光之言,至百有二十余年始验。

莎 衣 真 人

　　莎衣真人姓何,淮阳朐山人,后居平江。身衣白襕衫,昼则沿门乞食,夜则宿天庆观。久而衣敝,以莎缉之。人无贵贱,问以休咎,无不奇中。宋孝宗闻而召之,不至,赐号通神先生。有《警世词》云:"在世为仙须有分,不须食素持斋。寸丝不着挂形骸,蓑衣为伴侣,箬笠作家怀。　行满三千上界,奉敕宣至金台。传言问汝有何裁,人生长富贵,阴骘种将来。"后无疾而化。今像在蓑衣殿中。

许 志 仁 奇 遇

宋蜀士许志仁赴临安觅差遣,在袁家汤店止泊,淹留数年,囊篋殆尽。每见士大夫则鞠躬相揖,人悯其穷,必少赠之。一夕孝宗与曾参政从龙微行,入袁店吃汤,志仁揖之甚恭。孝宗念此人何敬如此,故遗一扇与之,志仁即赶逐奉还。孝宗问:"汝何处人,在此何为?"志仁言:"某蜀人,在此待差遣,日久穷困。"又问年月日时,适与上合。孝宗曰:"曾参政说欠阆州太守,明日以书荐汝去受差辟。"又付黄金二十两作裹囊归乡,志仁大感。孝宗复以其命与人推算,星翁云:"此是主上命。"孝宗曰:"此蜀中士许姓命。"星翁曰:"若果然则目下亦遇大贵超升。"孝宗归,御笔令志仁交阆州知州事,复以金二十两,令曾参政密封与之。志仁不之知,携归,见阆州守,守拆开,见是御笔:"前守改除利州西路提刑。"俱各谢恩任事。

茶 肆 短 鬼

范质未贵时,过茶肆,见人状貌怪陋,前揖曰:"兵戈至,相公无虑。"范所执扇书"大暑去酷吏,清风来故人"句,人曰:"世之酷吏何止如大暑也。公他日当究此弊。"因携扇去。范惘然。后至伏庙,一土木短鬼貌肖茶肆所见,扇亦在手,范心异之。果大贵,封鲁公。

急 力 执 伞

抚州晏文正在太学时,出市遇骤雨,忽一人擎黄伞覆之,曰:"送相公回学。"晏恐犯法,却之。其人曰:"无忧也。"晏疾行回学,令候于门取钱谢之,人忽不见。时市人见晏冒雨不沾体,怪之。至宝历间宰长沙,至一庙,则一急足擎黄伞,俨然当日执盖者也。

食置肉笑靥

秦桧末年大诛杀以胁善类,逮赵忠简之子汾下狱。汾就逮,自分必死,因嘱其家曰:"此行无全理,脱幸有恩言,当于馈食中置肉笑靥一以为信,毋忘。"既入狱月余,无所闻。狱卒日施惨酷,奄奄待尽。忽外致食,满橐皆笑靥,汾泣曰:"吾约以一而今乃多如是,殆绐我。"既而狱吏皆来贺,始知桧已死,狱事得解。汾即日脱械出。

非 非 子

《金陵琐事》:徐天赐魏国公第宅在大功坊内,基与府学相接,不能扩充尺寸地。因谋于府尹蒋、督学赵,复赂武断生员任芳等,约以尊经阁后民间之地易学宫右边空地。生员周膏作《非非子》一篇粘于学壁,极言夫子贫厄,门人售地,语侵上官,督学闻之,畏公议不容,遂已其事。膏乃刑书周瑄之子,高才博学,此举人多义之。

瓶 梅

郡有豪仆倚财放恣,谑侮西席,春日折梅佐酒,置诸瓶,戏谓师曰:"以此赋诗。"师即口占曰:"瓶养梅花供岁新,此中那得斗芳春。有香有色皆因水,无叶无根难保身。竹松不与为三友,风月何曾作两邻。看来总是无成局,休倚东风冷笑人。"时称萝卜丝师。

扇 板 题 诗

宋景定间,清河坊扇店有道人来补扇,店主与一新扇,道人于扇板题诗曰:"一轮明月四时新,一握清风煞可人。明月清风年年有,人世炎凉知几尘。"题毕而去,墨迹直透板背,观者纷纷,利市比常十倍,致富不赀。后道人来,以袖拂之,字遂不见。

保 和 真 人

潼州王藻为府狱吏,每日暮归,必持金钱与妻。妻疑其鬻狱所得。尝遣婢馈食,藻归,妻问曰:"适馔猪蹄甚美,故悉送十三脔,能尽食否?"藻曰:"止得十脔耳。"妻佯怒曰:"此必婢窃食,或与他人。"藻缚婢鞫讯,不胜楚痛,遂引伏,欲杖逐之。妻始言曰:"君为推司久,日持钱归,我疑锻炼成狱,姑以婢事试汝,安有是哉!自今以往,愿勿以不义之钱来。"藻矍然大悟,取笔题壁曰:"枷拷追求只为金,转增冤债几何深。从今不愿顾刀笔,放下归来游翠林。"即辞役弃家学道,后飞升,赐号保和真人。

礼 闱 唱 酬

至和、嘉祐间,举子作文尚奇涩,读或不能成句。欧阳永叔力革其弊,既知贡举,凡涉雕刻者皆黜落。时范景仁、王禹玉、梅公仪等同事,而梅圣俞为参详官。未引试前,唱酬诗句颇多。欧公"无哗战士衔枚勇,下笔春蚕食叶声"句,最为警策。圣俞"万蚁战时春日暖,五星明处夜堂深"句,亦为诸公所赏。及放榜,平日有声如刘几辈皆不预选,士论汹汹,哄然以为主司耽于唱酬,不暇详考校,且以五星自比,而待我曹如蚕蚁。因造为丑语,并作《醉蓬莱》词以讥。欧公自是礼闱不敢作诗矣。

直 言 得 罪

宋徽宗即位,下诏求直言,及上书与廷试直言者俱得罪。时有谑词云:"当初新下求言诏,引得都来胡道。人人招是骆宾王,并洛阳年少。 自讼监宫并岳庙,都教一时闲了。误人多是误人,多误了人多少。"

十 遇 词

《嘉言随笔》:顾稻生有《十遇词》云:"遇友且谑谑,遇酒且酌酌。

遇诗且作作,遇棋且着着。遇美人且绰绰,遇好景求醲醲。遇新闻但博博,遇争是非但嗅嗅。遇俗务则却却,遇谈人过则略略。老至病来不用药,生无愧兮死无怍。宇宙旷兮天地壑,遇兮遇兮胡不乐。"十遇中五且、二则,二但、一求。客有问于先生者,先生曰:"且者遇,则为不遇,亦不敢必。则者必然之词,但者率然之意。惟求则必欲如此,不得放过也。"

阳 关 三 叠

唐人钱别多唱《渭城》,即王右丞"渭城朝雨浥轻尘"诗也。每句皆再唱,而第一句不叠,故曰《阳关三叠》。白香山诗云:"相逢且莫推辞醉,听唱《阳关》第四声。"注云:"第四声,'劝君更尽一杯酒'也。"若《秋涧集》所云:"就中尽是销魂处,不待听歌第四声。"乃"西出阳关无故人"句也。

陶 泉 明

《海录碎事》谓陶渊明一字泉明,唐诗多用之。耿纬云:"何事学泉明。"韩翃云:"闻道泉明居止近。"不知称渊明为泉明者,盖避唐高祖讳耳,犹杨渊之称杨泉,非一字泉明也。

行 情

商贾贸易,物价贵贱曰行情,不曰理与势者,可见不能使价之画一,悉随时为低昂,故曰情。昔赵清献知越州,两浙旱蝗,米价腾贵,诸州皆禁增价,公独榜通衢有米者增价粜之。于是商贾辐辏,价遂顿减,民赖以安。若以势禁之,则商贾裹足,米愈少,必至于乱。当事者不可不知也。

何 鼎

弘治中,内臣何鼎性俭素,好读书,见张后兄弟出入宫中,心甚忿之。一日孝宗与张饮,偶起如厕,除御冠,张戏戴之,又带酒污宫人。鼎遂持瓜候宫门,欲击之。李广、传露得脱,明日上疏,鼎被张后杖死。时翰林某有诗曰:"外戚擅权天下有,内臣抗疏古今无。道合比干惟异世,心如巷伯却同符。"

闽 人 抗 宋

韩世忠扬子江之战,兀术破胆,几成擒矣。闽人王某教以土实舟、射火箭,遂得脱去。德祐降表,无人肯任,闽人刘褒然为之。继此行省称贺表文,实难措笔,亦闽人陆威作之。文曰:"禹贡之别九州,冀为中国;春秋之大一统,宋亦称臣。"辞若可听,意则有乖。何闽人之抗宋而甘心于臣敌也?

物　　异

物之瘦者蜈蚣,轻者蝴蝶,小者蜘蛛。《岭南异物志》:人于海中见有物如帆过海,将到舟,竞以物击,破碎堕下,乃蝴蝶也。去其翅足,得肉八十斤,啖之极肥。元中统初,燕市一蝴蝶甚大,大名王和卿赋《醉中天》词云:"挣破庄周梦,两翅驾东风。三百处名园一采一个空。难道风流种,唬杀寻芳蜜蜂。轻轻的飞动,卖花人扇过墙东。"葛洪《遐观赋》:蜈蚣大者长百步,头如车箱,肉白如瓠。《南越志》:大者皮可鞔鼓,肉作脯,美于牛肉。《酉阳杂俎》:蜘蛛大者如车轮。《双槐岁抄》:蓟州盘山有蜘蛛与龙斗,为龙所毙。人献其皮,如车轮,中有大珠,光采夺目。《广野语》:海蜘蛛巨若车轮,虎豹麋鹿间触其网,卒不可脱,俟毙乃食之。诸书所载,或未尽诬。

鹦　　鹉

宋高宗喜养鹦鹉,能言语。高宗一日问曰:"思乡否?"应曰:"思乡。"遣中使送还陇山。后数年有使臣过,鹦鹉问何处来,使臣曰:"自杭州来。"又问上皇安否,使臣曰:"上皇崩矣。"鹦鹉皆悲鸣不已。使臣赋诗悼之曰:"陇口山深草似荒,行人到此断肝肠。耳边不忍听鹦鹉,犹在枝头说上皇。"

野　宾

宋王仁裕养一猿名曰野宾,久而思去,作诗放之云:"放汝叮咛复故林,旧时侣伴好相寻。耐寒不惮霜中宿,隐迹从教雾里深。归去免劳青嶂梦,跻攀应恰白云心。三秋果熟松梢健,任抱高枝彻晓吟。"后仁裕入蜀,适墦冢祠前,汉阴之滨,群猿连臂下饮,一巨猿独跃而前。从仆指曰野宾,呼之即应,哀鸣不忍去。仁裕作诗伤之曰:"墦冢祠前汉水滨,山猿连臂下嶙峋。渐来子细觅前客,认得依稀似野宾。""月宿免劳羁绁梦,松栖那复稻粱身。数声肠断连云叫,知是当时旧主人。"

猈�犭屈

南荒有兽名曰猈狷,见人衣冠鲜丽,辄跪拜而随之,虽驱击不去。身有奇臭,惟膝骨脆美,谓之媚骨,土人以为珍馔。则世之善谄者皆有媚骨者也,是亦人之猈狷矣。

犬

世呼媚权攻人者曰犬。但犬有至性,家虽贫弗嫌也,邻虽富弗趋也,遇非其主则吠之,夜则触邪防奸,盖义兽也。若奸邪小人,担谁之爵,析谁之圭,享谁之禄,而甘为权门出死力、戕善类之人也,犬且羞之矣。

咏　猫

古人咏猫绝句甚多,而用意各别。黄山谷《乞猫》诗云:"秋来鼠辈欺猫死,窥瓮翻盆搅夜眠。闻道狸奴将数子,买鱼穿柳聘衔蝉。猫名。"喻小人得志,冀用君子之意。刘子亨云:"口角风来薄荷香,绿阴庭院醉斜阳。向人只作狰狞势,不管黄昏鼠辈忙。"语涉讪刺。刘潜夫云:"古人养客乏车鱼,今尔何功客不如。食有溪鱼眠有毯,忍教鼠啮案头书。"语稍含蓄,而督责亦露。陆务观云:"裹盐迎得小狸奴,尽护山房万卷书。惭愧家贫策勋薄,寒无毡坐食无鱼。"庶乎厚施薄责,而报者自愧。惟刘伯温云:"碧眼乌圆食有鱼,仰看蝴蝶坐阶除。春风漾漾吹花影,一任东风鼠化䲡。"真豁达涵容,法禁不施,奸宄自化,信王佐才也。

猫　捕　鼠

《鹤林玉露》:武则天断王后、萧妃手足,置酒瓮中,曰:"使二妪骨醉。"萧妃临死曰:"愿武为鼠,吾为猫,生生世世扼其喉。"每见猫捕鼠,未尝不称快。因作诗云:"陋室偏遭黠鼠欺,狸奴虽小策勋奇。扼喉莫道无余力,应认常年骨醉时。"

金圣叹曰:空斋独坐,正思夜来床头鼠耗可恼,不知其戛戛者损我何器,嗤嗤者裂我何书。中心回惑,忽见一俊猫注目摇尾,似有所观,敛声屏息,少复待之,则疾趋如风,㪉然一声,而此物竟去矣,不亦快哉!

酒　狂

唐许碏登楼饮酒,题诗于壁曰:"阆苑花前是醉乡,误翻王母九霞觞。群仙拍手嫌轻薄,谪向人间作酒狂。"题毕乘云而去。

杨 文 忠 对

杨廷和七岁时,父月夜宴客,一客云:"有一更矣。"一客云:"半夜矣。"一客云:"五更有一半矣。"时公在坐侧,客出对云:"一夜五更,半夜五更之半。"公对云:"三秋八月,中秋八月之中。"后十二举于乡,十九登进士,历官少师。

游 佛 寺 对

王彝同友人游佛寺,友出对云:"弥勒放下布袋,释迦难陀。"王应声曰:"观音失却净瓶,寒山拾得。"

百日红万年青

松江吏书徐某之子幼聪慧,其邻顾友试之曰:"花无百日红,紫薇独占。"对曰:"松有万年青,罗汉常尊。"顾大惊。

刘 贡 父

刘贡父至一友人家,见群鸡啄食,友云:"鸡饥吃食,呼童拾石逐饥鸡。"刘对云:"鹤渴抢浆,命仆将枪惊渴鹤。"

白 圻

白圻数岁时,师见雷电交作,命对云:"电掣云边,火焰拽开金络索。"白圻对云:"月沉海底,碧波涌出水晶球。"

董 文 玉

董文玉兒八岁时,一御史闻其名,招至舟中,曰:"久慕汝神童也,今试一对,果佳当奏知朝廷。"命对曰:"船载石头,石重船轻轻载重。"董应声曰:"杖量地面,地长杖短短量长。"御史大赏,奏之朝,赐入太学,后榜眼及第。

顾 未 斋

顾九和鼎臣同尊人观新柳啼莺，父命对曰："柳线莺梭，织就江南三月锦。"公云："云笺雁字，传来塞北九秋书。"后至状元宰辅。

王 汝 玉

王汝玉九岁时，值寒食节，师出对云："冢上烧钱，灰逐微风成粉蝶。"王对曰："池边洗砚，墨随流水化乌龙。"后发渐解，以翰林编修，丹青书法双绝。

铁 冠 道 人

铁冠道人张景和，江右方士，结庐钟山下。梁国公蓝玉携酒访之，道人野服出迎，玉以其轻己，不悦。酒行，戏曰："吾有一语，请先生属对。"云："脚穿芒履迎宾，足下无礼。"道人指玉所持椰杯复之曰："手执椰瓢作盏，尊前不忠。"后玉竟以逆诛。

一 韵 对

边尚书贡继妻胡氏，能通书义。廷实多侍姬，胡尝反目。一日宴客，客举令曰："讨小老嫂恼。"廷实不能对，胡以片纸书"想娘狂郎忙"，云："何不以此对之？"坐客大笑。

徐尚书晞为郡吏日，偶随守步庭墀中，见一鹿伏地，守得句云："屋北鹿独宿。"思无以对。晞即对曰："溪西鸡齐啼。"守大惊异，遂不以常礼待之。

董 通 判 对

常州府同知吴、通判董至无锡，饮红白酒而醉。吴出对云："红白相兼,醉后不知南北。"董云:"青黄不接,贫来卖了东西。"

云　蓝　纸

段成式与温庭筠云蓝纸诗,序曰:"予在九江,出意造云蓝纸,辄分送五十枚。"其诗曰:"三十六鳞充使时,数番犹得表相思。"盖龙八十一鳞,鲤三十六鳞也。至宋景文诗云:"君轩恋结萧萧马,尺素愁凭六六鱼。"又使六六三十六也。

竹　夫　人　词

"从别楚山,谁怜寂寞。冰玉相看忍抛却。当初不解郎心冷,而今把妾空担阁。晚风轻,午梦清,思量着。"

"冰肌玉骨最轻盈,每结同心托此人。不与等闲成匹偶,思量要嫁翰林人。"

桐城钱如畿诗云:"肌骨清奇气味真,藤床当暑不辞频。秋风一夜恩先断,始信人情太不仁。"

墨　词

"记当初剔银灯重把眉儿扫,那其间似漆投胶。可怜自落烟花套,这磨头多应是奴命招。全躯恐难保,香肌越消耗,看看捱个今年捱不过明年了。寄语儿曹,好把芳魂纸上描。"

幽　欢　词

《支颐集》有《幽欢词》调寄《点绛唇》云:"殢雨尤云,靠人紧把腰儿贴。颤声不彻,肯放郎教歇。　　檀口微微,笑吐丁香舌。喷龙麝,被郎轻啮却,更嗔郎劣。"又调寄《鬓云松》二词曰:"洞房幽,平径绝。拂袖出门,踏破花心月。钟鼓楼中声乐歇,欢娱佳境,闯入何曾怯。　　拥香衾,情两结。覆雨翻云,暗把春偷设。苦良宵容易别,试听紫燕深深说。""漏声沉,人影绝。素手相携,转过花阴月。莲步轻移娇又歇,怕人瞧见,欲进羞还怯。　　口脂香,罗带结。誓海盟山,尽向枕边设。可恨鸡声催晓别,临行犹自低低说。"

灯　　花

文衡山《灯花》诗云:"金茎吐蕙粟累累,火树腾辉影陆离。紫晕凝芝春见跋,绛痕消蜡夜敲棋。心憎积雨何当霁,事卜明朝喜可知。一笑自开还自乐,居然不受晓风吹。"

辛集卷之二

饶 州 府 学

饶州府学基,古报恩寺,即今天宁寺也。元时寺僧游湘蜀间,抄化巨木创治之。绀宇雄伟,但未设佛像耳。大明兵至,凡文庙不毁,僧假宣圣牌位置苑中,得免。后生徒遂以为郡庠。宣德中有僧书对于方丈云:"万间广厦归寒士,一榻闲云卧老僧。"有士人以"文"字易"寒"字云。

车 盘 驿

弘治中,闽中许启衷_{天锡}初在词林,以能诗为李长沙所知。尝题诗车盘驿丹青阁上云:"青山当面似无路,黄犊出林还有村。"郑继之_{善夫}题其后云:"风流不见许黄门,文字丹青阁尚存。最怜佳句车盘驿,黄犊青山何处村。"

壶 山 居 士

宋南昌宋谦父_{自逊}号壶山居士,词笔绝高。尝作《蓦山溪·自述》云:"壶山居士,未老心先懒。爱学道人家,办竹几、蒲团茗碗。青山可买,小结屋三间,开一径,俯清溪,修竹栽教满。　　客来便请,随分家常饭。若肯小留连,更薄酒、三尊两盏。吟诗度曲,风月任招呼,身外事,不相关,自有天公管。"

蛮 布 弓 衣

苏子瞻尝于涪井监得西南夷人所卖蛮布弓衣,上有织成文云:

"朔风三月暗吹沙,蛟龙卷起喷成花。花飞万里夺晓月,白石烂堆愁女娲。"乃梅圣俞《春雪》诗也。子瞻以遗欧阳公,公家旧蓄古琴,乃宝庆三年雷会所斫,遂以此布更为琴囊云。

留　余

洪自诚云:天地有无穷的力量,然一日才到午后,便急忙晦冥,以蓄来日之光华,一年才到秋来,便急忙收敛,以养来年之发育。人生才力几何,分量几何,而事必欲做尽,福必欲享尽,智巧必欲用尽,是焚林而狩,竭泽而渔矣,如明年之无兽无鱼何?

炎凉异态

饥附饱飏,燠趋寒弃,古今通患。唐诗云:"花开蝶满枝,花谢蝶依稀。惟有旧巢燕,主人贫亦归。"又:"谷口春残黄鸟稀,辛夷花尽杏花飞。始怜幽竹山窗下,不改清阴待我归。"诵二诗,令人不胜炎凉之感。安得旧巢之燕、山窗之竹,与之缔贫交而共岁寒哉!

书　怀

沈君烈《书怀》诗云:"闲将生计逐年盘,尽兴飘篷海一般。支命只亏肩骨老,包愁还仗肚皮宽。贪场淡笑如贪宝,做板奇文抵做官。随意吃斋清坐坐,不妨略被世尊瞒。"

闲　适

发短心长,生人通患,石火易阴,河清难俟。如欲住世出世,须是知机息机。造化权还之造化,儿孙福付之儿孙。寻花问月两两三三,置酒焚香鱼鱼雅雅。诗不必工,弈不必胜。凡事只求日减,此心直与天游。不守庚申,都忘甲子。此亦尘世丹丘,震旦净土。

一　团　冰

诗云:"兴为半年愁病减,囊因一片热肠贫。"不知愁病正为热肠而来。昔有人游寺,见一佛腹甚巨,或指之曰:"此中何物?"一人应曰:"是一团冰耳。"曰:"如此冷人,何以济世?"应曰:"政此一团冰,才救得千坑火也。"

白　香　山　语

白乐天云:"十亩之宅,五亩之园,有水一池,有竹千竿。勿谓土狭,勿谓地偏,足以容膝,足以息肩。有堂有庭,有桥有船,有书有酒,有歌有弦。有叟在中,白发飘然,识分知足,外无求焉。如鸟择木,姑务巢安,如龟居坎,不知海宽。灵鹤怪石,紫菱白莲,皆我所好,尽在吾前。时饮一杯,或吟一篇。妻孥熙熙,鸡犬闲闲。优哉游哉,吾将终老于其间。"

西　湖　词

绵州文及翁时学号本心,登第后宴集西湖,一同年戏之曰:"西蜀有此景否?"及翁即席赋《贺新郎》词云:"一勺西湖水,渡江来、百年歌舞,百年醋醉。回首洛阳花世界,烟渺黍离之地。更不复、新亭堕泪。簇乐红妆摇画舫,问中流、击楫何人是?千古恨,几时洗。　　余生自负澄清志,更有谁、磻溪未遇,傅岩未起。国事如今谁倚伏,衣带一江而已。便都道、波神堪恃。借问孤山林处士,但掉头、笑指梅花蕊。天下事,可知矣。"

汪　彦　章　词

汪彦章藻舟行汴中,岸旁画舫有映帘而观者,见其额,赋《醉落魄》词云:"小舟帘隙,佳人半露梅妆额。绿云低映花如刻,恰似秋宵,一半银蟾白。　　结儿捎朵红香扚,钿蝉隐隐摇金碧。春山秋水浑无迹。不露墙头，些子真消息。"

油 污 衣

衢州白沙渡酒馆败壁间有人题油污衣诗曰："一点清油污白衣，斑斑驳驳使人疑。纵饶洗遍千江水，争似当初不污时。"味其语意盖感人之失节而云然。

止 酒

辛幼安居山日，尝欲止酒，赋《沁园春》云："杯汝来前，老子今朝，点检形骸。甚长年抱渴，咽如焦釜；于今苦眩，气似奔雷。漫说刘伶，古今达者，醉后何妨死便埋。浑如此，叹汝于知己，真少恩哉。更凭歌舞为媒，算合作平居鸩毒猜。况怨无大小，生于所爱；物无美恶，过则为灾。与汝成言，勿留亟去，吾力犹能肆汝杯。杯再拜道，麾之即去，招则须来。"一日，友人载酒入山，幼安不得以止酒为解，遂破戒一醉，再韵前调云："杯汝知乎，酒泉罢侯，鸱夷乞骸。更高阳入谒，都称齑臼；杜康初筮，正得云雷。细数从前，不堪余恨，岁月都将曲糵埋。君诗好，似提壶却劝，沽酒何哉。　　君言病岂无媒，似壁上雕弓蛇暗猜。记醉眠陶令，终全至乐；独醒屈子，未免沉灾。欲听公言，惭非勇者，司马家儿解覆杯。还堪笑借，今宵一醉，为故人来。"

反 止 酒

尤悔庵先生有反止酒词，云："辛稼轩有止酒词，然吾辈酒狂也，又当此时此中雅宜此君，岂忍囚酒星于天狱，焚醉口于秦坑哉！"词曰："陆醑前来，枚卜功臣，众口交推。彼从事齐州，清为圣德；督邮鬲县，浊亦贤才。尧舜千钟，仲尼百觚，子路宁辞十榼陪。髡一石，更先生五斗，学士三杯。　　尝闻上顿长斋，即乘马骑驴事尽佳。况卓家少妇，为君涤器；杨家妃子，为我持罍。山带兰陵，水连桑落，曲部分茅议允谐。咨汝醋伊，俾侯醴泉郡，曰往钦哉。”

罪　酒

悔庵先生云：“余既反止酒，数与醋往来，称肚膈友。已而病愈，呕出心血，医者曰：‘是酒之罪也。天有酒星，故倾于西北；地有酒泉，故缺于东南；人有酒肠，故伤于中心。若婉彼药狂，亦如刘将军负锸从之耳。’予惕然。吾待醋不薄，奈何负我，请绝交。于是复召陆生而告之曰：‘醋若毋声，以酒为名，乃罪之魁。算持蟹螯者，瓮中就缚；吹龙笛者，水底长埋。金盏才擎，玉山便倒，玩我真如儿戏哉。腐肠药，甚良醪可恋，心腹当灾。　今朝焚了糟台，又何问莲花白玉杯。倘君将伐狄，臣当执御；人能击杜，我愿持锤。草夺黄封，驱除绿蚁，主爵壶商赐自裁。醋不道，削汝懿侯职，以警将来。’”

清　狂　白　痴

汉昌邑王贺清狂不惠，注：“如今白痴也。”《希通录》谓以清狂对白痴，亦新。读《左传》成十八年，周兄无慧。盖世所谓白痴，则知师古之注，本于杜预。惠、慧字异而义同。

谕　鸬　鹚

辛稼轩园池中畜鱼，有鸬鹚群集其上，赋《鹊桥仙》谕之曰：“溪边白鹭，来吾告汝。溪内鱼儿堪数。主怜汝，汝怜鱼，要物我欣然一处。　白沙远浦，青泥别渚，剩有虾跳鳅舞。听君飞去饱时来，看头上风吹一缕。”

五　仄　诗

晏同叔守汝阴，梅圣俞往见之。将行，同叔置酒颍河上，因言古人章句中全用平声，制字稳帖，如“枯桑知天风”是也，恨未见仄字诗耳。圣俞引舟，遂作五仄诗寄之曰："月出断岸口，影照别舸背。且独与妇饮，颇胜俗客对。月渐上我席，暝色亦稍退。岂必在秉烛，此景亦可爱。"

代婉仪词

王婉仪题驿《满江红》词，见三集。传播中原，文文山读至"嫦娥相顾肯从容，随圆缺"句，叹曰："惜哉，夫人于此少商量矣。"因为代作一篇云："试问琵琶，胡沙外怎生风色。最苦是姚黄一朵，移根仙阙。王母欢阑琼宴罢，仙人泪满金盘侧。听行宫半夜雨淋铃，声声歇。

彩云散，香尘灭；铜驼恨，那堪说。想男儿慷慨，嚼穿龈血。回首昭阳离落日，伤心铜雀迎新月。算妾身不愿似天家，金瓯缺。"又和词云："燕子楼中，又捱过几番秋色。相思处青年如梦，乘鸾仙阙。肌玉暗消衣带缓，泪珠斜透花钿侧。最无端蕉影上窗纱，青灯歇。　　曲池合，高台灭；人间事，何堪说。向南阳阡上，满襟清血。世态便如翻覆雨，妾身元是分明月。笑乐昌一段好风流，菱花缺。"

黄冠归故乡

汪大有元量号水云，从谢后北迁，教瀛国为诗，老宫人王清惠辈能诗者皆其指教。元世祖闻水云善琴，召入侍，鼓一再行，骎骎有渐离之志，无便可乘，遂哀恳乞为黄冠。世皇许之，得还钱塘，往来彭蠡间，风踪云影，人莫测其去留之迹，相传以为仙，多画像祀之。有诗一帙，皆叙宋亡事，如云："乱点传筹杀六更，风吹庭燎灭还明。侍臣奏罢降元表，臣妾签名谢道清。"余诗大抵类是。元马易之题其帙后云："三日钱塘海不波，子婴系组纳山河。兵临鲁国犹弦诵，客过商墟独啸歌。铁马渡江功赫奕，铜人辞汉泪滂沱。知章喜得黄冠赐，野水闲云一钓蓑。"

谢叠山诗

谢枋得字君直，因苏东坡有"溪上青山三百叠"之句，故号叠山。

德祐丙子,元师入信州,枋得变姓名入建宁山。至元中,御史程文海等交荐,累召不赴,行省参政魏天祐复被旨集守令戒将迫蹙上道,临行以诗别亲知曰:"雪中松柏愈青青,扶植纲常在此行。天下岂无龚胜洁,人间何独伯夷清。义高便觉生堪舍,礼重方知死甚轻。南八男儿终不屈,皇天上帝眼分明。"士友和诗盈几。张叔仁诗云:"打硬修行三十年,如今证验作儒仙。人皆屈膝甘为下,公独高声骂向前。此去好凭三寸舌,再来不值一文钱。到头毕竟全清节,留取芳名万古传。"枋得会其意,甚称之,至燕不食而死。

碧　　芦

并门自古无竹,李文饶尝一植之,历宋数百年,寺僧日为平安之报。大定间,蔡正甫珪由礼部郎出守潍州,于官舍东堂种碧芦以寄意,因作长短句曰:"青君那肯顾寒乡,试着葭芦拟汶篁。有若何堪比夫子,虎贲犹想见中郎。色添新雨帘栊好,声入微风枕簟凉。他日东堂惭政拙,只将此物当甘棠。"

风 情 不 薄

司马温公尝即席赋《西江月》词云:"宝髻松松绾就,铅华淡淡妆成。红楼紫雾罩轻盈,飞絮游丝无定。　　相见争如不见,有情还似无情。笙歌散后酒微醒,深院月明人静。"杨元素云:"温公刚风劲节,耸动朝野,宜其金心铁意,不善吐媚软语。近得其席上小词,雅亦风情不薄也。"

吴 琚 词

淳熙九年八月十八日,驾诣德寿宫,奉迎上皇观潮,百戏撮弄,各呈技艺,上皇喜曰:"钱塘形胜,天下所无。"上起奏曰:"江潮亦天下所独。"宣谕侍臣各赋《酹江月》一曲。至晚呈上,以吴琚为第一。其词曰："玉虹遥挂，望青山、隐隐如一抹。忽觉天风吹海立，好似春霆初发。白马凌空，琼鳌驾水，日夜朝天阙。飞龙舞凤，郁葱环拱吴越。　　此景天下应无，东南形胜，伟观真奇绝。好是吴儿飞彩帜，蹴起一江秋雪。黄屋天临，水犀云拥，看击中流楫。晚来波静，海门飞上明月。"两宫赏赐无限，至月上始还。

燕 山 驿 壁

吴彦高激号东山，题《风流子》词于燕山驿壁曰："书剑忆游梁，当时事、底处不堪伤。兰楫嫩漪，向吴南浦，杏花微雨，窥宋东墙。凤城外，燕随青步障，丝惹紫游缰。曲水古今，禁烟前后，暮云楼阁，春草池塘，回首断人肠。　　年芳但如雾，镜发成霜。独有蚁尊陶写，蝶梦悠扬。听出塞琵琶，风沙淅沥，寄书鸿雁，烟月微茫。不似海门潮信，能到浔阳。"

琵 琶 词

吴彦高在会宁府遇老姬，善琵琶，自言梨园旧籍，因有感，赋《春从天上来》词曰："海角飘零，叹汉苑秦宫，坠露飞萤。梦回天上，金屋银屏，歌吹竞举青冥。问当时遗谱，有绝艺，鼓瑟湘灵。促哀弹，似林莺呖呖，山溜泠泠。　　梨园太平乐府，醉几度春风。鬓发星星，舞彻中原，尘飞沧海，风雪万里龙庭。写胡笳幽怨，人憔悴、不似丹青。酒微醒，一轩凉月，灯火青荧。"此词皆用琵琶故实。

豪 放 贾 祸

万历乙未，吴人以关白未靖，在位者皆谨备之。王凤洲仲子士骕、延陵秦方伯燿弟灯、云间乔宪长敬懋子相，俱自负贵介。士骕能文章，灯善谈，相善书翰，各有时名，互相往来，出入狭邪。适遇海警，尽攘臂起，若将曰："我且制倭，我且立无前功者。"时奸人赵州平窜身诸公子间，引以自重，每佩剑游酒楼博场，皆与诸公子俱，一时无不知有赵州平也。乃泛泛投刺富人曰："吾曹欲首事靖海岛寇，贷君家千金为饷。"富人惧焉，或贷之百金，或数十金，不则辄目慑曰："尔为我守金，不久我且提兵剿汝矣。"盖意在得金，姑为大言恐之。诸富人见其交诸公子，又常佩剑出入，以为必且率其党夺我金也，轰言赵州平、王、秦、乔诸公子将为乱。巡抚朱鑑塘^{洪谟}檄有司擒治之，以事闻于朝，疏载反诗，有"君实有心追季布，蓬门无计作朱家"句，下兵部议。伍宁方^㻞言于本兵石星，此二句乃《幽闺记》中语，何得为证。下抚按勘问，鞫之无实，其后论州平及灯死，士骕戍，相配，人咸以为冤，成疑狱，久系。凤洲有奴胡忠者，善说平话，酒酣辄命说列传，解客颐。每说唐明皇、宋艺祖、明武宗，辄自称朕、称寡人，称人曰卿等，自古已然。士骕携忠至酒楼说书侑酒，而间阎乍闻者辄曰："彼且天子自为。"以是并为士骕罪，目之为叛，不亦过乎？然亦由士骕等自恃高门大阀，交游非类，以至于此。若能如马援所云无效季良，柳玭所云毋恃门第，兢兢自守，杜门谢客，图史自娱，宁至有杀身之祸，以贻父母之忧哉！

古 人 好 尚

唐李洞爱贾岛诗，铜铸岛像，事之如神。尝念贾岛佛。又南唐孙晟少为道士，居庐山简寂观，亦画岛像于壁，朝夕礼拜。宋张功父好白香山诗文，建景白轩，置香山画像并文字。宋刘子仪为诗宗尚李义山，画其像，写其诗句，供列左右。四人好尚如此。

王 陆 无 忌 惮

王弼注《易》，刻木偶为郑玄像，见有所误，辄呵叱之。陆居仁读《论》、《孟》，刻朱晦庵像，见注有纰谬则击像一下，宅之即代为对曰："朱熹误矣。"两人之无忌惮若此。

鬼憎人学问

仓颉作书而鬼夜哭。扬子云作《太玄》,有鬼语之曰:"无为自苦,玄故难传。"王远知作《易总》,雷电中一老人取去。是鬼常憎人学问也。彼教长卿作《大人赋》,燃藜天禄阁上,及赠王肃墨,逼退之吞篆文者,定奇鬼也。

王 梦 泽

黄冈王梦泽廷陈性放诞,官翰林时,题诗馆壁曰:"几年不到梅山上,只道梅山都是梅。今日梅山一回首,野花荆棘两相随。"盖讥同辈无才也。因之左迁知豫州,复忤御史,罢官归。

子 厚 小 儿

常熟桑民悦怿以才自负,居成均时,为丘仲深所黜。后就教职,书对于明伦堂云:"文章高似翰林院,法度严于按察司。"及学使行部,诸校官进见,皆林立堂左,民悦倚柱,脱靴搔痒。学使闻其名,亦不较。后转柳州别驾,不肯往。或问之,答曰:"子厚小儿久擅此州,恐到彼将为我所掩。"

李后主去国词

《东坡志林》载:李后主去国之词曰:"二十余年家国,数千里地山河,几曾惯干戈。一旦归为臣虏,沉腰潘鬓消磨。最是仓皇辞庙日,教坊犹奏别离歌,挥泪对宫娥。"东坡谓后主当恸哭于九庙之下,谢其民而后行,顾乃挥泪对宫娥。其词凄怆,与项羽拔山之歌同出一揆。然羽为差胜,悲歌慷慨,犹有喑呜叱咤之气。后主浑是养成儿女之态。至梁武帝稔侯景之祸,毒流江左,乃曰:"自我得之,自我失之,亦复何恨!"直如穷儿呼卢,骤胜骤负,无所爱惜,特付之一拼耳。

西 湖 胜 景

西湖之胜有十里湖光,六桥风月,三竺烟霞,昔人题咏甚多。曾见一《折桂令》云:"苏公堤上今古堪夸,春夏秋冬四季奢华。潋滟湖光,溟濛山色,掩映朝霞。紫陌上垂杨系马,断桥边流水人家。画舫撑来,翠袖罗裳,韵悠悠笙歌嘹亮,醉醺醺笑语喧哗。"

张 华

方秋厓咏张华云:"堪笑张华死不休,徒精象纬古无俦。中台星折何曾识,只识龙泉动斗牛。"可谓诗史。

题 壁

旅馆寺壁多有佳句,不遇采录,遂致湮没。见一诗云:"谩夸李白与刘伶,荷锸骑鲸得令名。肯许二翁偏好酒,只缘世事不宜醒。"

玉 簪 花

翟宗吉《咏玉簪花》:"白露初凝气候凉,花神献宝助新妆。移来银色三千界,压尽金钗十二行。秋水为神冰琢骨,新涎作炷麝传香。不须石上忧磨折,长在佳人鬓髻旁。"

葛 将 军

万历辛丑,内监孙隆以织造至苏,颇老成,敬礼士大夫,刁民借以作奸。六门设税吏,担负出入必税钱数文,闾阎扰动。吴人葛诚义愤所激,以蕉扇招市人杀其参随,隆走杭得免。诚诣官待罪,当道以乱民不宜名诚，改为贤。疏闻，后以赦得出，又十余年以疾终。吴人义之，呼为葛将军。诚未死时，江淮间客舟祭赛之，辄有验。死葬虎丘五人之墓侧，文文肃公题其碑曰"有吴葛贤之墓"。钱蒙叟有《葛将军歌》曰："葛将军，万夫雄，我昔遇之娄水东。魋颜虎鼻眉目古，蕉扇飒拉吹秋蓬。死骨穿近五人冢，生魄啸动五两风。葛将军，今死矣，权奇倜傥谁与拟。生惜不逢汉武帝，鸿渐之翼困间里。犬台宫中应召见，上林牧羊蹑草履。君不见，车丞相，宫殿出入乘小车，亦是上书一男子。"康熙癸丑春，予过虎丘，于其犹子处得瞻将军遗像，稍帽戎装，腰间插一蕉扇，犹凛凛有生气，上有吴因之、文文肃诸先辈题赞云。

刘 东 山

华容刘东山大夏，以户部致仕，构东山草堂。后起中丞，督两广军务。乡人严仲宏永濬赠诗云："公去青松护短墙，归时定见鹤翎长。野人不解山灵意，只恐移文到草堂。"盖讽之也。正德初，以兵书致仕，究为焦芳、刘宇所构，遣戍肃州。临行，故旧无敢会者，独仲宏赋诗赠答。东山过六盘山，诗寄李西涯，有"寄谢同年老知己，天涯孤客几时还"句。归自六盘，和前韵云："凭谁寄语中州子，前度刘郎今已还。"中州子指芳、宇也。

张右侯降乩

康对山海叩乩仙，忽一神降书曰："吾张右侯也。"对山问何时人，曰："子不读《晋书》乎？吾石氏辅臣张宾也。少有大志，韬略自期，为真主定天下，不意值乱世，失身伪朝，虽言听计从，称为右侯，而以功论之，曾不如管、乐。尝与横林子相对而叹，中夜感激，未尝不血泪交流也。吾子生盛世，魁多士，虽曰不显，愈于鄙人远矣。"对山又问横林子为谁，曰："苻坚相王猛是也。与余皆事房主，各怀不满，至今郁郁在鬼录云。"掷笔而退。

彭　解　元

清江彭纲字性仁，成化戊子秋试前，里中有病者祈仙，降笔云："天上名将就，蟾宫桂已香。吟成二十字，相赠绿衣郎。可送彭解元，病当愈。"纲因与友人祈梦于玉笥山神，殿庑为众所占，宿于牡丹亭下，达曙无梦。俄一人曰："梦神歌云'牡丹亭下百花魁'，岂亭下有人耶？"纲闻之，即振衣去。是年果发解，乙未成进士。

复 南 顿 田 租

光武复南顿田租一岁，父老愿复十年，帝曰："天下重器常恐不任，安敢远期十年乎？"吏民又言："陛下实惜之，何言谦也。"光武大笑，复增一岁。此如家人父子相唯诺，足想当时中兴气象。史称文叔少时与人不款曲，岂信然哉！

醒　世　词

诗余云：钟送黄昏鸡报晓，昏晓相催，世事何时了。万苦千愁人自老，春来依旧生芳草。　　忙处人多闲处少，闲处光阴，几个人知道。独上小楼云杳杳，天涯一点青山小。

泡　　灯

上元节，京师烧糯汁，为瓶贮水蓄鱼，旁映屏烛，通明可爱，俗呼泡灯。黄岩王古直佐买置于馆，日玩弄为戏。李西涯以诗嘲之曰："置得长安市上春，玉壶清水贮金鳞。却看尘土疑无地，未掣波涛亦有神。眼底功名聊此幻，杖头风月且教贫。西堂灯火元宵夜，又向东风作旅人。"一日误触碎之，怫然不乐曰："吾平生家计在此，今荡尽矣。"西涯复叠前韵慰之曰："白发华灯一夜春，江南江北两穷鳞。飞腾有地归尘土,诃护无钱役鬼神。物以泡名终合尽,家随身在更何贫。清诗素壁犹堪玩,休羡扬州鹤上人。"

盲马售钱

莆田陈师召音号愧斋,有盲马售钱六百,李西涯谂之,以诗戏曰:"六百青蚨十里才,忍将筋骨付尘埃。惊魂已脱池边险,往事无劳塞上猜。师召已连失二马。斗酒杜陵堪再醉,用三百青铜语。千金郭隗幸重来。知公自是忘机者,一笑能令万事该。"

西涯尝得良马以赠师召,师召骑入朝,归至门,成诗二章,怪而还其马。西涯问故,师召曰:"吾旧所乘马,朝回必成六诗,今马止成二诗,非良也。"西涯笑曰:"马以善走为良,此固非良耶?"师召唯唯,复骑而去。

除夕绝粮

吴县都玄敬穆最善济人之急,尤爱食客,所有辄尽,尽则解衣为质。一岁除夕绝粮,作诗寄故人朱尧民曰:"岁云暮矣室潇然,牢落生涯只旧毡。君肯太仓分一粟,免教人笑灶无烟。"尧民储钱千文为新岁之用,遂分半赠之。

游藏春坞

徐都尉于西山辟一花园,广植奇花异果,名曰藏春坞。时值芳春,名花竞秀,苏东坡同佛印访之。值都尉他出,洞门锁钥,无得启扃,遥见楼头有一女子,美貌,凭阑凝望。东坡遂索笔题诗于门曰:"我来亭馆寂寥寥,镇锁朱扉不敢敲。一点好春藏不得,楼头半露杏花梢。"佛印亦和云:"门掩青春春自饶,未容取次老僧敲。输他蜂蝶无情物,相逐偷香过柳梢。"题毕而去。都尉回见诗,明日乃约二人宴会,久而不至,用前韵自题云:"藏春日日春如许,门掩应防俗客敲。准拟款为花下饮,莫教明月上花梢。"又以事他出。俄而佛印、东坡至,出家姬侍宴,遍赏红紫。酒半酣,坡咏《殢人娇》词赠姬云:"满院桃花,尽是刘郎未见。于中更、一枝纤软。仙家日月,笑人间春晚。浓醉起、惊落乱红千片。　　密意难窥,羞容易见。平白地、为伊肠断。问君终日,怎安排心眼。须信道、司空自来见惯。"都尉归见词,即和云:"小苑藏春,信道游人未见。花脸嫩、柳腰娇软。停觞缓引,正夕阳将晚。莺误入、蹴损海棠花片。　　只怅春心,当时露见。小楼外、曾劳目断。灯前料想,也饥心饱眼。从此去、萦心有人可惯。"命姬歌词以劝,坡大醉而别。

韩忠献喜雨诗

韩忠献公在相府作《久旱喜雨》诗云:"何暇嗔雷击怒桴,默然嘉泽浃民区。经时亢旱群心骇,数月焦熬一阵苏。已发宋苗安在揠,再生庄鲋不虞枯。须臾慰满三农望,却敛神功寂若无。"言云行雨施,群心安而神功敛,相业相度,即此可见。

炀 帝 闻 歌

隋炀帝幸维扬,后宫随行,帝御龙舟,夜半闻歌声甚悲。词曰:"我兄御辽东,饿死青山下。今我挽龙舟,又困隋堤道。方今天下饥,路粮无些少。前去三千程,此身安可保。寒骨枕荒沙,幽魂泣烟草。悲损门内妻,望断吾家老。安得义男儿,焚此无主尸。引其孤魂回,负其白骨归。"帝遣人求歌者不得。

大 业 童 谣

大业九年,炀帝将再幸江都迷楼,宫人抗声歌曰:"河阳杨柳谢,河北李花荣。杨花飞去落何处,李花结果自然成。"帝闻歌,披衣起听,召宫女问曰:"孰使汝歌也?"宫女曰:"臣弟在民间得此歌于道涂儿童。"帝默然久之,曰:"天启之也。"因索酒自歌曰:"宫水阴浓燕子飞,兴衰自古漫成悲。他日迷楼更好景,宫中吐艳恋红辉。"歌竟,不胜其悲。近侍奏问,帝曰:"休问,他日自知。"后唐兵入京,见迷楼,太宗曰:"此皆民之膏血。"令焚之,应宫中吐艳之谶。

臻 蓬 蓬

宣和初,收复燕山以归,宋金民来居京师,其俗有《臻蓬蓬》,歌民每扣鼓和"臻蓬蓬"之音为节而舞,人无不喜闻其声而效之。其歌曰:"臻蓬蓬,外头花花里头空。但看明年正二月,满城不见主人翁。"此本金谶。次年正月,徽宗南幸。次年,二圣北狩。又有伎者以数丈长竿系椅于杪,伎者坐椅上,少顷,下投小棘坑中,无偏颇之失。未投时,念诗曰:"百尺竿头望九州,前人田土后人收。后人收得休欢喜,更有收人在后头。"此亦金谶,而北祸可怪。

木 生 奇 遇

《高坡异纂》:木生泾字元经,洪武初以乡荐诣业太学。尝登泰山观日出,夜宿泰观峰,梦一老妇携女子出见甚欢,遗一诗扇,展诵未终,钟鸣惊寤,梦中经行道路第宅,历历可忆。明年入都,道出武清,散步柳阴,拾一遗扇,上有诗云:"烟中芍药朦胧睡,雨底梨花浅淡妆。小院黄昏人定后,隔墙遥辨麝兰香。"仿佛是梦中所见者。行未几,遥见一女郎从二女侍迤逦而来,时春雨新霁,微风扇暖,女郎徐穿别径而去。生伫立转盼,但见带袂飘举,环珮锵然,遂以所佩错刀削树题一绝云:"隔江遥望绿杨斜,联袂女郎歌落花。风定细声听不见,茜裙红入那人家。"前宿野店问之,曰:"此去里许,有田将军园宅也。"生明日往树下,竟日无所遇。又题于树曰:"异鸟娇花不奈愁,湘帘初卷月沉钩。人间三月无红叶,却放桃花逐水流。"因见溪水中落花流出而感兴也。此后惟将遗扇爱玩不绝而已。后成祖嗣统,龚谨荐生于上为工部郎。休沐之日,偕僚友同出土桥看牡丹,偶憩田家,邻翁熟视其扇,问生曰:"此吾甥女手书,何从得之?"生曰:"三年前过武清所拾者。"翁曰："乃吾寡妹所居。萍梗相逢，事固有出于偶然者。"更引入一曲室，帏幄鲜丽，金玉烂然，几榻整洁，琴瑟静好。一老妇出拜，言："姓钱氏，先夫田忠义，官至上轻车都尉。往岁扈从西征，为流矢所中，舆疾归武清，今亡三载。小女娟娟，偶过溪桥遗一扇，不意入君之手。当时寻扇，见溪边树上二绝，朝夕讽咏，得非君作乎？"生曰："此我所题。"老妇因命娟娟出见，至则玉姿芳润，内美难征，俨然梦中相逢者也。生因述前梦，共相嗟异。久之，遂命为夫妇。娟娟妙解音律，贯通经史，凡诸戏博杂艺，无不精晓。阅月，生督皇木潞河，南行，娟母又暂至武清，室内无人，因锁院而去。娟娟寄生诗曰："闻郎夜上木兰舟，不数归期只数愁。半幅御罗题锦字，隔墙裹赠玉搔头。"生还赠之曰："碧窗无主月纤纤，桂影扶疏玉漏严。秋浦芙蓉倚丛叶，半妆斜倚水晶帘。"娟以诗慰生曰："碧玉杯中琥珀光，灯前把劝阮家郎。不须更忆人间世，万树桃花即故乡。"至冬，生以母忧去职，娟抱病留武清。明年春，娟病转剧，以诗寄生曰："楚天风雨绕阳台，百种名花次第开。谁遣一番寒食信，合欢廊下长莓苔。"自是不起。比生遣使相迎，娟已亡矣。

奴　　根

杜荀鹤云："势败奴欺主，年衰鬼弄人。"奴之欺主，自唐已然。近见一揭云："项羽有拔山之力，而不能拔奴根于一纸；扁鹊有拔疗之散，而不能拔奴根于数世。王彦章铁篙可拔，奴根何能唾手而使出；鲁智深垂杨可拔，奴根恐难奋臂以驱除。"虽戏言，实至理。必也修德以俟，越境或免，斯亦不拔之拔也。若徒倚势以凌人，挥金以贿宦，拔之愈力，则粘之弥坚。《大易》所云"确乎其不可拔"者，类此根也，噫！

破　　瓜

破瓜者，谓二八也。盖以瓜剖四界，其形如两八字。故女子初破体曰破瓜，年当二八也。吕洞宾赠张泊诗云："功成当在破瓜年。"盖二八，八八六十四也。泊以六十四卒。

士籍书历

御史陈伯大坚奏立士籍，贾似道毅然行之，凡应举及免举人，州县给历一道，亲书年貌世系及所肄业于历首，执以赴举，过省参对笔迹异同，以防伪滥。时人有诗讥之云："戎马掀天动地来，襄阳几处哭声哀。平章束手全无策，却把科场恼秀才。"又有《沁园春》词云："士籍令行，条件分明，逐一排连。问子孙何习，父兄何业；明经词赋，右具如前。最是中间，娶妻某氏，试问于妻何与焉。乡保举，那当着押，开口论钱。　祖宗立法于前，又何必，更张万万千。算行关改会，限田放籴，生民凋瘁，膏血俱朘。只有士心，仅存一脉，今又艰难最可怜。谁作俑，陈坚伯大，附势专权。"

《癸辛杂识》又载《沁园春》词曰："国步多艰，民心靡定，诚吾隐忧。叹浙民转徙，怨寒嗟暑；荆襄死守，阅岁经秋。敌未易支，人将相食，识者深为社稷羞。当今亟出陈大谏，箸借留侯。　迂阔为谋，天下士如何可籍收。况君能尧舜，臣皆稷契；世逢汤武，业比伊周。政不必新，贯宜仍旧，莫与秀才做尽休。吾元老，广四门贤路，一柱中流。"后似道溃师，台中首劾陈伯大等。

题倚屏美人

王仲房寅貌最寝，一日游妓馆，妓轻薄不为礼。时室中悬《倚屏美人图》，寅题其上云："肯笑笑价值千金，无语无言，恼恨何人。我这里，锦重重，香馥馥，凤枕鸳衾。恁那里，冷清清，孤另另，独倚围屏。搀你又不行，抱你又不能。我也怜香，我也惜玉，我也知音。你若活动些儿，我也自会温存。"妓方惊异，遂加礼焉。

道开

广生庵莲社已七十余年，苍书叔少时过庵，见道开师卧室粘《燕子楼》诗,因笑谓曰:"此岂禅室语,欲效临去秋波耶?"道公曰:"见说白杨堪作柱,怎教红粉不成灰。"此亦说法也。道开名自扃,能诗善书画,去世已四十余年,为之怃然。

听 雨 读 离 骚

兴州刘之昂鼎《山中听雨》诗曰:"嵩高山下逢秋雨,破帽遮头水没腰。此景此时谁会得,清如窗下听芭蕉。"祝枝山诵此诗,哂其上下淋漓,清在何处。又海盐沈某因诵《离骚》而得二句曰:"丛兰芳芷满东皋,闲步春风读楚骚。"下韵不接,因久思,误坠崖下。人方惊扶,乃曰:"好也,好也。"遂吟曰:"忽忆灵均发忧愤,坠崖几折沈郎腰。"因思古今未尝无对,坠崖伤体,宁无楚痛,尚曰好耶?

索 笺 留 带

邓志宏肃号栟楠,与朱韦斋交好。一日,韦斋觞客,志宏以冠带寓之。韦斋戏留以质纸笔,明日如约,韦斋受其笔还冠,而以纸小留带,且曰:"倘无千幅竟不还也。"志宏为寄一诗云:"归帽纳毫真得策,索笺留带计还疏。公如买菜苦求益,我已忘腰何用渠。闭户羽衣聊自适,推窗柿叶对人书。帝都声价君知否,寄付新传折槛朱。"古人风流调笑,蔼蔼若此。

三 角 亭

宋吴兴俞退翁汝尚有诗名,《题三角亭》云:"奇哉山中人,来此池上宇。蕙径斜映带,林烟尽吞吐。春无四面花,夜欠一檐雨。寄傲足有余,何须存广庑。"

辛集卷之三

李无竞遇仙

李无竞入都调官,至朱仙镇,见二丐争于道。老妪曰:"我终年丐乞,聚钱数百,此子将去半载不偿。"无竞取缗如所逋与之。丐者谢曰:"吾实逋其钱,君行路人,偿之以解吾斗。家在隆和曲,筠栅青帘乃吾居也,子能访我,当有厚酬。"无竞异其言。后入隆和,果有帘栅,入门见数丐者地炉共火,堂上冠带者乃向丐也。揖无竞坐曰:"可小酌御寒。"无竞疑甚,逊辞。其人勤劝,但濡唇而已。时方大寒,盘中皆夏果,取小桃三枚,丐者作诗曰:"君子多疑即多误,世人无信即无诚。吾家径路平如砥,何事夫君不肯行。"无竞至邸,视桃乃紫金,因大悔恨,再访之,已不见,询问皆无有知者。无竞琢其金为饮器,年七十余,面色红润,岂酒濡唇之力乎?

睹蛙求学

松陵俞羡长_{安期},农家子也。幼时父令送秧,踏死一蛙,告其父曰:"我不拔秧矣。"父叩其故,答曰:"顷踏死一蛙,挺身于道,恍如人状。因想人死亦犹蛙耳,欲求为出类之人,惟有读书做官,死后不至如蛙之湮没无闻也。"父异其言,而无力延师,遂游衍于村塾,听其句读。一日,忽动游学之念,纵步而往,直至太仓州,入一高门。阍人问之,云:"欲借书读。"阍人以其村童拒之。适主人送客出,询知其故,遂留而俾师教之,乃王凤洲也。后学业日进,携至都中。一日虞人获一麑,诸大老竞咏之,凤洲诗先成,结句苦不佳,改削再四,终不恰意。羡长曰:"余有二语似可用。"凤洲未之许,诸老使吟之,羡长曰:"虽无头角异,不与犬羊同。"众共称赏。

小 半 斤 谣

某善治生,间市肉,不得逾四两,名小半斤,人遂以"小半斤"呼之。黄九烟周星曰:"此盛德事也。"因为长谣纪之:"市肉市肉,震惊神人。乃公终身不饮酒,穷年不茹荤。今朝胡为忽市肉,咄咄怪事,畴可比伦? 一解。市肉市肉,爰聚童仆。左手提衡,右手启椟。有铜如金,有钱如琛。把授童仆,不觉掩泪酸心。二解。童仆受钱,愕眙相视。长跪请命,市肉宁几。童曰一斤,公怒欲捶。仆曰半斤,怒犹不已。童仆皇恐,莫测公旨。三解。匍匐再请,听公何云。徐伸四指,曰小半斤。小半斤者,半斤之半。半而又半,禄已逾算。四解。仆乃前行,公尾其后。侧身蹑足,潜伏闾右。仆诣肉肆,钱付屠手。屠方鼓刀,公突而前,曰我市肉,尔为我添。一增再增,肉重于权。名小半斤,不啻六两。公挟仆归,大喜过望。五解。肉已至家,仆欲持去。公曰无遽,谈何容易。此肉我当细区分,安得怆惶暴殄等儿戏。为我呼爨婢,此肉谨付汝,汝其善煎烹。一为干豆荐祖考,二为宾客饷师生。三为君庖餍我口,饫我腹,我与妻妾子女共咀唼,下及汝曹俱彭亨。猫鼠不得窃,犬豕不得争。余渖满注缶轹釜,须用戛戛鸣珍重。小半斤,此肉良匪轻。六解。市肉市肉,震惊神人。咄咄怪事,畴可比伦。我闻东海有麒麟,麻姑擘脯世莫陈,公之啖肉毋乃啖麒麟。吁嗟乎,小半斤。七解。我闻古有豢龙人,飂叔潜醢飨夏君。公之啖肉毋乃脍龙肝,披龙鳞。吁嗟乎,小半斤。八解。我闻天厨内有熊蹯豹胎猩猩唇,惟辟列食罗八珍。公之啖肉毋乃啖熊蹯豹胎猩猩唇。吁嗟乎,小半斤。九解。"

江 斗 奴

齐亚秀者,京师名娼。尝侍长陵宴,出语人曰:"知音天子也。每唱到关目处,即为举卮。"晚年有目疾,女曰江斗奴,以色艺擅声。宣德间,海内清谧,上下皆以声妓自娱。英公张辅尤奢泰。尝延三杨饮，命斗奴佐觞。二杨颇降词色，西杨俨然。南杨乃举令，各取古诗句有月字在下者，云："梨花院落溶溶月。"东杨云："舞低杨柳楼心月。"西杨云："金铃犬吠梧桐月。"斗奴跪而请曰："妾亦得句，敢言乎？"英公咄咄曰："汝当歌各月，毋徒诵也。"斗奴歌曰："梨花院落光如雪，犬吠梧桐夜。佳人杨柳楼，舞罢银蟾灭。者春月，者夏月，者秋月，总不如俺寻常一样窗前月。"诸公称赏。西杨亦剧饮，东杨至拥之膝，连沃数觥。杯覆，斗奴以罗裙拭之，云："血色罗裙翻酒污。"英公叱曰："总为母狗害事。"斗奴应曰："妾所接皆公猴耳。"众人大噱。明旦，三公皆以绯罗赠之。西杨曰："吾辈老矣，犹为尤物所动，况少年乎？"即奏禁百官宿娼者除名。

《尧山堂》：三杨与一兵官会饮，文定唱令，各诵诗一句月分四时者。令毕，文定指席中侍妓曰："不可谓秦无人。"一妓遽成小词，捧琵琶歌曰："到春来，梨花院落溶溶月。文定句。到夏来，舞低杨柳楼心月。文敏句。到秋来，金铃犬吠梧桐月。兵官句。到冬来，清香暗渡梅稍月。文贞句。呀，好也么月，总不如俺寻常一样窗前月。"诸公剧饮，夜分而散。

瞽 识 王 教 师

江斗奴演《西厢记》于勾栏，有江西人观之三日，登场呼斗奴曰："汝虚得名耳。"指其曲谬误并科段不合者数处。斗奴恚，留之，乃约明旦当来。而斗奴不测，以告其母。明旦，亚秀设酒俟其来，延坐告之曰："小女艺劣，劳长者赐教。恨老妾瞽，不及望见光仪。虽然，尚有耳在，愿望高唱以破衰愁。"客乃抱琵琶而歌，方吐一声，亚秀即曰："乞食汉非齐宁王教师耶？何以给我？"顾斗奴曰："宜女不及也。"客亦大笑。命斗奴拜之，留连旬月，尽其艺而去。

观 物 吟

永乐初，道士邓青阳羽隐居武当山之南岩。自言居武林时，忘情消白日,高卧看青山,动落花流水之机,适闲云幽鸟之趣,遂成意外不期然而然之句,初无意于诗也。有《观物吟》一卷,中一绝云:"人生天地常如客,何独乡关定是家。争似区区随所遇,年年处处看梅花。"其中所存,可概见已。

娶　九　姨

汉刘晔未第时,娶赵冕长女,早亡。有二妹复欲妻之,晔曰:"若是武有之德,固不敢求;如言禹别之州,庶可从命。"盖不欲七姨而欲九姨也。或曰:"谚云薄饼从上揭,刘郎才及第,岂得便拣点人家女子耶?"晔曰:"非敢有择,七姨骨相寒薄,不可为婚。"遂娶九姨,生七子,皆致贵显。

傅　大　士

凡寺中有轮藏者,必供一傅大士。问之僧众,皆妄言无稽。《谰言长语》载一诗云:"袈裟新补片云寒,足蹑儒鞋戴道冠。欲把三家归一辙,捏沙终是不成团。"盖讥之也。俗云其云"道冠儒履释袈裟",正此。而《搜神记》谓其名翕,义乌人,幼通三教书,自号善慧大士。此又不知何据。

济　颠　赞

元僧道济,风狂不饰细行,饮酒食肉,与市井浮沉,人咸以济颠称之。始出家灵隐寺,僧厌之,为人诵经,累有果证,年七十三,端坐而逝。人为赞曰:"非俗非僧,非凡非仙。打开荆棘林,透过金刚圈。眉毛厮结,鼻孔撩天。烧了护身符,落纸如云烟。有时结茅宴坐荒土颠,有时长安市上酒家眠。气吞九州,囊无一钱。时节到来,奄如脱蝉。涌出利市八万四千,称叹不尽而说偈言。呜呼,此所以为济颠。"

陈　图　南

《群谈采余》：陈图南莫知所出，有渔人举网得物甚巨，裹以紫衣，如肉球状，携以还家，溉釜爇薪，将煮食之。暨水初热，俄雷电绕室大震，渔人惶骇，取出掷地，衣裂儿生，乃从渔人姓陈，名抟。后艺祖召至阙，问天下始终事，抟对曰："一汴二杭三闽四广。"再问，对曰："非臣之所知也。"明郑镗题诗曰："驴背无心大笑还，壶中有药卧空山。三闽四广英雄恨，都付先生一梦间。"

徐　仙

徐仙不知何代人，常于萍乡郭西山间炼药。有黄犬回旋于丹鼎之旁，往返率以为常，徐异之，以红线系其颈，视其所之。至桐坡枸杞丛中，隐而不见，但余红线在外。即掘其丛，得根如黄犬状，持归蒸之，芬香满室。徐食之，由此仙去。今山上有徐仙亭，题咏甚多。县丞卓津题《卜算子》词云："流水小湾西，晚坐孤亭静。不见高人跨鹤归，风水摇清影。　往古与来今，休用重重省。十里梅花雪正晴，孤月摇山冷。"

朱　明

春秋时刺客朱明，幼丧父，膂力绝人，使气好斗，母挞之即止。临终，将所服之祆所持之杖遗媳，语明曰："我死之后，尔或刚狠生事，尔妻穿此祆，持此杖来谏，即同母也，毋逆我。"明受教。后每与人竞，妻穿衣持杖前喝曰："毋得起祸。"明遂纳气而归。虽挫于人，不较也。今人不学朱明之孝，而徒妇言是听，惜哉！

扑　满

扑满即今小儿积受罐，以土为之，蓄钱之具，可入不可出，满则扑之。有聚而不能散者，致有扑满之败，可不戒哉！邹长倩赠公孙弘扑满一枚。元艾性夫有《扑满吟》云："区区小器安足怜，黄金塞坞脐亦燃。"宋景濂有《扑满说》，意皆诮此。

钓　　台

题严子陵钓台诗甚多，有无名氏一诗云："范蠡忘名载西子，介推逃难累山焚。先生正尔无多事，聊把渔竿坐小村。"

改　　姓

严子陵本姓庄，避显宗讳改姓严。子俞子诗云："千古英风想子陵，钓台缘此几人登。谁知避讳更严氏，滩与州名总误称。"

天　目　山

郭璞《钱塘天目山》诗云："天目山前两乳长，龙飞凤舞到钱塘。海门一点巽风起，五百年间出帝王。"及高宗中兴，建都天目，及主龙山，至度宗甲戌山崩，京城骚动，时有建迁跸之议者，未几宗鼎遂移。有人作诗云："天目山前水啮矶，天心地脉露危机。西周浸冷觚棱月，未必迁岐说果非。"

谢叠山却衣

谢叠山被难北行，刘洞斋华父送以寒衣不受，曰："罝罗纳阱，何损麒麟，反君事仇，忍为狗彘？凡劝吾入燕吐胸中不平而后死者，皆非忠于谋人者也。宁作男儿死尔，不可为不义屈。岂敢曰将以有为乎？平生学问，到此时要见分明。辱惠寒衣，义不当受。大颠果聪明识道理，胸中无滞碍，何必受昌黎先生衣服为别耶？小诗写心，谩发一笑：'平生爱读龚胜传，进退存亡断得明。范叔绨袍虽见意，大颠衣服莫留行。此时要看英雄样，好汉应无儿女情。只愿诸贤扶世教，饿夫含笑死犹生。'"

李 方 山

万历中，湖广桃源李方山相自负能诗，每与箕仙斗捷，不能胜，因限"曾登能"韵索诗于仙。仙即题曰："为报西楼灭扫曾，谪仙还向此中登。百篇斗酒聊乘兴，借问方山能不能？"李始屈服。

杨妃上马娇图

元陈伯敷绎曾《题杨妃上马娇图》云："此索《清平调》词赴沉香亭时耶？抑闻渔阳鼙鼓声赴马嵬坡时耶？上马固相似，情状大不同，观者当审诸。"明桃源李沅南春熙十岁时题其图云："未上先愁坠，方行遽欲还。如何生畏马，死葬马嵬山。"

洞 庭 闺 怨

吴俗洞庭凡闺中稿砧，半作浮梁荡子。吴耳渊作《闺怨》云："征人别我去荆都，为道春来便返吴。昨见陌头桃已发，不知春亦到荆无？"又："宝镜春寒掩不开，漫山红紫乱成堆。征人不及梁间燕，落尽杨花未肯回。"

韩 信 岭

韩苑洛有《韩信岭·踏莎行》云："高岭连云，寒烟带雨，长杨满路悲风起。将军墓上草萧萧，荒祠白日眠狐鼠。　九里山前，未央宫里，凄凉往事烦胸臆。乌江邻水两悠悠，东流不尽英雄泪。"且云："欲吊淮阴，而原忠之诗甚婉，乃制小词：淮阴欲吊思迟迟，已有原忠壁上诗。黄鹤楼前无李白，西风惆怅写新词。"又御史杨受堂诗云："将军传首日,高帝击豨年。天下谁为定,英雄不自全。固知儿女诈,岂识赤松贤。古庙重经处,伤心狗兔篇。"斛山杨爵诗:"遥忆当年拒蒯生,将军心事自分明。可怜宇宙无穷恨,尽在中宵悲树声。"秋斋周宣诗:"虎斗龙争日扰攘,英雄堪羡亦堪伤。项亡毕竟无他志,齐破何疑作假王。自是龙颜似乌喙,几曾鸟尽必弓藏。荒岩一点凄凉月,夜夜移光到寝堂。"庙中题咏甚多,或咎淮阴不能如赤松,或谓不当假王以启疑,或云迟疑以招祸,不知天下已定,勇略震主,高帝盖无一日能忘情于淮阴,不至身首异处不已也,呜呼!淮阴之心则如青天白日云。

李昇咏灯

徐州李昇,杨行密养为子。九岁时在徐温家,令咏灯,昇云:"一点分明值万金,开时谁怕晚风侵。主公若也勤挑拨,敢向尊前不尽心。"由是不以常儿待之。长乞温冒姓名为徐知诰,代温秉政,受杨禅,僭帝号。

蠹　鱼

读书不识文理,为蠹而已。明郭登《咏蠹鱼》云:"琐琐如何也赋形,虽无鳞甲有鱼名。元来全不知文义,枉向书中过一生。"

踏　灾　行

袁介字可潜,有《踏灾行》云:"有一老翁如病起,破衲褴毵瘦如鬼。晓来扶向官道旁,哀告行人乞钱米。时予捧檄离江城,邂逅一见怜其贫。倒囊赠与五升米,试问何故为穷民。老翁答言听我语,我是东乡李福五。我家无本为经商,只种官田三十亩。延祐七年三月初,卖衣买得犁与锄。朝耕暮耘受辛苦,要还私债输官租。谁知六月至七月,雨水绝无潮又竭。饮求一点半点水,却比农夫眼中血。滔滔黄浦如沟渠,农家争水如争珠。数车相接接不到,稻田一旦成沙涂。官司八月受灾状,我恐征粮吃官棒。相随邻里去告灾,十石官粮望全放。当年隔岸分吉凶,高田尽荒低田丰。县官不见高田旱,将谓亦与低田同。文字下乡如火速,逼我将田都首伏。只因嗔我不肯首,却把我田批作熟。太平九月开旱仓,主首贫乏无可偿。男名阿孙女阿惜,逼我嫁卖陪官粮。阿孙卖与运粮户,即日不知在何处。可怜阿惜犹未笄,嫁向湖州山里去。我今年已七十奇,饥无口食寒无衣。东求西乞度残喘,无因早向黄泉归。旋言旋拭腮边泪,我忽惊惭汗浃背。老翁老翁复勿言,我是今年检田吏。"

总　兵　对

一总兵门对:"门迎珠履三千客,户拥貔貅百万兵。"一人云:"总兵出征必输。人在内者少在外者多。改'户拥貔貅兵百万,门迎珠履客三千'方善。"湖广一总兵得胜回,彩旗迎者千百,一教官有"天下有名真宰相,世间无比大将军",总兵大喜,赠二婢。

募修五脏庙疏

张山来《募修五脏庙疏文》云:盖闻神即吾心,必敬神神斯如在;命为尔主,能顺命命乃克昌。欲祈庙食之不穷,端赖人缘之毕集。兹有五脏神庙一所,形居腹地,势近灵台。厥义配乎五行,水火木金并依夫土;其地分为五位,上下左右悉拥夫中。得之则生,而不得则死,讵宜鄙作淫祠;饥来斯食,而不平斯鸣,岂可称曰左道。神奇化为臭腐,妙用无穷;耕助以供粢盛,礼仪卒度。万方共赖,百姓咸依。巍巍殿宇,创自人生于寅之年;赫赫威灵,坏于山上呼庚之日。六根欠净,一双耳枉听晨钟;四大皆空,九回肠徒鸣法鼓。吸露餐风,闻之流涕;蒙袂辑屦,见者伤心。盖庙存则神有所附,而人似花容;庙圮则神无所凭,而民多菜色。用是益深畏惧,亟望重修。但臣饥欲死,难逢雨粟之天;米贵如珠,愧乏饭蜂之术。

叩告诸方檀越,敢希共赐慈悲。随缘多寡,即一粒大并须弥;任意精粗,在十方皆堪供养。敢期见于面而盎于背,庶几目有见而耳有闻。从此撑肠作柱,群瞻美奂而美轮;煮石为梁,曾见攸宁而攸芋。半亩荒园,更可植钻篱之菜;两旁隙地,还堪种梭水之花。定然腹有攸归,岂止神其不吐。

邻 女 吹 笛

高宾王观国闻邻女吹笛,赋《风入松》词曰:"粉娇曾隔翠帘看,横玉声寒。夜深不管柔荑冷,樱朱度香喷云鬟。霜月摇摇吹落,梅花簌簌惊残。　萧郎且放凤箫闲,何处停鸾。静听三弄《霓裳》罢,魂飞断愁里关山。三十六宫天近,念奴却在人间。"

美 女 烧 香

李在躬《万花金谷集》有《美女烧香》诗:"三寸弓鞋步翠苔,想应天竺爇香来。眸凝秋水波初动,掌合金莲花未开。腰细谩摇春日柳,脸红犹带雪天梅。不知暗祝缘何事,斜把金钗插一作拨。冷灰。"

美 人 踢 球

蹴踘当场二月天,香风吹下两婵娟。汗沾粉面花含露,尘拂蛾眉柳带烟。翠袖低垂笼玉笋,红裙曳起露金莲。几回踢罢娇无力,恨杀长安美少年。

美 人 春 睡

象牙筊簟碧纱笼,绰约佳人睡正浓。半抹晓烟笼芍药,一泓秋水浸芙蓉。神游蓬岛三千界,梦绕巫山十二峰。谁把棋声惊觉后,起来香汗湿酥胸。

美 人 濯 足

宸濠《咏宫妃濯足》："濯罢银盆雪欲飘,横耽膝上束鲛绡。匜来玉笋纤纤嫩,放下金莲步步娇。踢碎香风抛玉燕,踏残花月上琼瑶。五更索向鸳鸯枕,勾引郎官去早朝。"

美 女 折 花

《谰言长语》有《美女折花》诗云："梳罢云鬟出户来,轻移莲步海棠阶。临风折处香生手,对日看时影在怀。蜂簇露华凝翠钿,蝶随春色上金钗。曲阑干外苔痕湿,归去多应换绣鞋。"

美 人 骑 马

王西楼以乐府擅名,如《拟美人骑马》云："露玉笋丝缰软把,衬金莲宝镫轻踏。裙拖翡翠纱,扇掩泥金画。似比昭君只少面琵琶。天宝年间若有他,却不把三郎爱杀。"

女 儿 港 诗

鲁学士棠《巢睫集》绝似唐。曹以宁校文江西,舟回泊鄱阳湖女儿港,舟人问曹读何书,曹呵之。舟人曰："予少从鲁学士泊此港,有诗甚佳。"曹索一诵,舟人即诵。曹书之《谰言长语》中,诗云："彭蠡湖边女儿港,秋水未干湖水长。女儿一去今几秋,时有行人来系舟。岸柳汀花湿红翠,柳如颦眉花溅泪。茅屋参差石径斜,港口人烟凡几家。当初知是谁家女,后来嫁作谁家妇。嫁时湖上堕弓鞋,至今尚想凌波步。我欲回头问小姑,小姑迢迢隔重湖。我欲从前大姑问,大姑默默凝新恨。红颜薄命真堪惜,女儿名姓无人识。年去年来湖水春,空使行人吊陈迹。君不见古来大丈夫,老死湖山名亦无。"此诗《巢睫集》中不载,岂非沧海遗珠。

箕　仙

一人请箕仙，仙至自云何仙姑。一顽童戏问曰："洞宾先生安在?"箕即题云："开口何须问洞宾，洞宾与我却无情。是非吹入凡人耳，万丈长河洗不清。"其敏捷如此。

伏　波　祠

明辰阳挥使彭飞能诗，《题桃源伏波祠》云："岳王庭下鞭秦桧，千古人思武穆忠。今日拜公江上庙，愿将顽铁铸梁松。"结语甚有思致。

对　启　佳　句

黄梦炎十一岁，乡先生出一对云："小甘罗之一岁，早已能文。"对云："加孔子之数年，可以学《易》。"

黄炳辞武举启云："举子忙，槐花黄，早已觉壮心之动；时文熟，秀才绿，要须取本色而归。"

杜　鹃

吴康齐_{与弼}作。诗学性理，唯《杜鹃》诗有情景。诗云："西川如景自忘归，啼到江南意却悲。古树淡烟残月晓，落花疏雨暮春时。空遗蜀帝千年恨，谁读唐人再拜诗。欲向青山一相问，数声不尽又何之。"

辞　职　自　遣

刘伯温《辞职自遣作》诗云："买个黄牛学种田，结间茅屋傍林泉。因思老去无多日，且向山中过几年。为吏为官皆是梦，能诗能酒总神仙。世间百事都增价，老了文章不值钱。"

邵 康 节 诗

邵康节诗云:"老年躯体索温存,安乐窝中别有春。万事去心闲偃仰,四肢由我任舒伸。庭花盛处凉铺簟,檐雪飞时软布裯。谁道山翁拙于用,也能康济自家身。"

杨 妃 罗 袜

《群谈采余》有《杨妃罗袜》诗:"仙子凌波去不还,独留尘袜马嵬山。可怜一掬无三寸,踏尽中原万里翻。"

杨 妃 病 齿

吴草庐《题杨妃病齿图》云:"齿痛自颦眉,君王亦不怡。此疾如早割,何待马嵬时。"又冯海粟子振云:"华清宫,一齿痛,马嵬坡,一身痛。渔阳鼙鼓动地来,天下痛。"

镊 白 发

蒋复轩《镊白发》诗:"劝君休镊鬓毛斑,鬓到斑时亦自难。多少朱门年少子,业—作朔。风吹上北邙山。"—作张注诗。又宁王诗云:"黑发丛中白数茎,几番镊尽白还生。而今白也由他白,那得闲工与白争。"

阿 呀 歌

客持玉簪示村妪,李暘庵从旁戏曰:"妪可得之以饰首。"妪惊耸移时,敛手告曰:"此美质重器,维供压云鬓、伴翠钿,非娇姿妙丽莫敢御。然或稍失检点,玎然堕地,不复瓦全,此阿呀簪也,何以见给?"感其言足以警世,作《阿呀歌》以广之,如苏学士之遇春梦婆云。"坐上客,莫喧哗,停尊静听歌阿呀。秋江渺渺悲迁客,青衫枉泪湿琵琶。
曾传落雁啼乌曲,战马空嘶关塞笳。回首奸雄如梦散,当筵勿进渔阳
挝。阿呀二字鞭心处,利爪当胸着痒爬。好个囫囵囵混沌,忽朝凿破
血虾蟆。阿呀!南倾北陷难修补,却仗娉婷一女娲。阿呀!揖让征诛乖
样子,千王万帝竞如麻。阿呀!周公拮据鸮戕室,尼父栖遑狗丧家。阿
呀!此望长生彼解脱,青牛过了白牛车。阿呀!长条直路平坦坦,跌脚
尿泥贪径邪。阿呀!逆子乱臣失节妇,止缘一个念头差。阿呀!剖心割
股忠和孝,挖肉成疮也有疤。阿呀!你道恩情权宠盛,看来带锁重披
枷。阿呀!平添白发三眠柳,吹落红颜半夜花。阿呀!电闪光中营利
禄,爆声撒处逞荣华。阿呀!彩云虹散终成雨,白玉蝇来便是瑕。阿呀!
坐上客,莫喧哗,烧银蜡,进流霞。老去固可惜,少年不须夸。富贵何
足羡,贫贱勿咨嗟。青青庭下草,犹自有根芽。你看何物为长久,你
能不死你奢遮。劝君早把灵台照,莫待临行唤阿呀。"

营 寿 藏

范石湖重九日行营寿藏之地,赋诗曰:"家山随处可松楸,荷锸携
壶似醉刘。纵有千年铁门限,终须一个土馒头。"

惠 柔 侍 儿

何文缜_桌任馆阁,饮于贵戚家。侍儿惠柔丽而黠,慕何风姿,密解
手帕为赠,约牡丹开时再集。何感其意,归赋《虞美人》曲,隐其小名
以寓缱绻云:"分香帕子揉蓝腻,欲去殷勤惠。重来直到牡丹时,只恐
花枝知后故开迟。　　别来看尽闲桃李,日日阑干倚。催花无计问
东风,梦作一双蝴蝶绕芳丛。"

咏 豆 癍

唐陈黯甫十岁能诗,年十三,袖诗谒郡牧,其首篇咏河阳花。时

面豆新愈,牧戏令自咏,即云:"玳瑁应难比,斑犀定不如。天嫌未端正,满面与妆花。"由是名振州里。

感　遇

尤悔庵先生感遇词调寄《满江红》:"我醉欲眠,且收了、眼光青白。分付与、死便埋我,陶家之侧。天下山川吞八九,腹中人物容千百。任诸君拍手笑狂生,乾坤窄。　　破面鬼,焦头客,福建子,山东贼。问何人请剑,何人投笔。我梦化为蝴蝶舞,醉来敲破珊瑚玦。叹一腔热血洒何时,青衫湿。"

铭　心　训

张亦山《铭心训》云:"人求我非土却是土,我求人非金胜是金。人求我势急如星火,我求人热面冷如冰。人求我他苦即我苦,我求人我亲他不亲。人求我时刻要结果,我求人终岁不能成。人求我大事当小做,我求人小事大人情。人求我朝成暮不顾,我求人猫狗是天尊。人何人兮我何我,人皆伶俐我独鲁。我何我兮人何人,何不将心去比心。千变万化凭他做,到头各自有调停。占尽便宜同一死,留个惺惺教子孙。"

祭　半　齿

俞君宣琬纶齿虫啮去半齿,埋之王园梅花下,因摘花祭之,泣而告曰:三十年辛苦尔噤之,二十年酸味尔嚼之,千万斛愁惨尔啮而忍之。徒有饮声,不识笑口,尔固贱骨也。贱愈可怜,贱莫如马,马骨犹埋,矧尔乎?卜花下少行人处埋尔。邻尔以花本,覆尔以花瓣,沁尔以花露,护尔以花神。蚓窟为斧,蚁穴为堂,草雨为芳醪,蜂蝶为死友。使寒微片骨,虽贱能香。复忓来生,毋堕业躯也。

忆惟吾生三十有四,此日何日,齿落之始。毛骨无恙,半齿已死。

人间烟火，尔先获洗。言语凶咎，尔先谢委。舌本滋毒，七神所忌。半远舌者，俾先脱秽。半近舌者，堕业未已。若有深意，微示众齿。半虽未已，方众则迓。零丁摇动，旋将继此。谁料一齿，瘗之二地。况本分者，是恶足倚。

病　　齿

沈君烈承《咏病齿》云："三日对书不能读，支颐摇首双闭目。半口无骨微觉肉，涎流于面下及腹。老大不好作儿哭，回声强笑吻角缩。欲设痛喻无其族，略似钝斧斫湿木。嗟乎此牙咬菜啖豆粥，世间残颊学不熟。贵人名字呼奴仆，得毋以此消齿福，所以齿中有鬼伏。"

无　梦　诗

僧无梦游方抄化，手持大木牌，题诗二绝曰："心为车兮身为轼，车动轼随何意息。交梨火枣是谁无，自是不为荆与棘。""身为客兮心为主，主人和平客安堵。若还客主不康宁，精神必定随君去。"正心养生之道，不过如此，可为终身诵之。

足　　说

金长文昌号蓬园，有《足说》云："脚者却也，谓却而勿前也。跟者艮也，谓艮而勿动也。趾者止也，谓止而勿行也。腿者退也，谓退而勿进也。步之为言近于骤，而文则从止也。履之为用贵于屦，而义则从复也。先启予手，后启予足者，志存于临深履薄也。既洗足已敷座而坐者，道尽于着衣持钵也。"

朱　文　公　足　疾

朱晦翁有足疾，得程道人针之而愈，戏赠以诗云："十载扶行持短筇，一针相值有奇功。出门放步人争看，不是前来勃窣翁。"旋而足疾复作，遣人追之，曰："某非惜所谢之财，第恐以此诗而误他人也。"

社 酒 治 聋

世言社日饮酒治聋，不知何据。《石林燕语》载：五代李涛春社从李昉求酒诗云："社公今日没心情，为乞治聋酒一瓶。恼乱玉堂将欲遍，依稀巡到第三厅。"时昉为翰林学士，有月给内库酒，故涛从乞之。

湘 东 一 目

颍川王伟有才学，为侯景左仆射。景败见禽，上五百字诗于元帝，帝爱其才，欲舍之。朝士多忌，请视伟檄文云："项羽重瞳，尚有乌江之败；湘东帝初封湘东王。一目，宁为赤县所归。"帝见大怒，钉伟舌于柱而杀之。

眼 谜

魏咸阳王元禧谋反遁走，左右惟尹龙虎从之。禧昧不知所为，谓龙虎曰："吾瞆瞆不能堪，试作一谜，当思解之。"尹疑，忆旧谜云："眠则俱眠，起则俱起，贪如豺狼，赃不入己。"禧不以为讽己，因解之曰："此是眼也。"

忏 目

沈君烈《忏目文》云：癸亥之春，沈子迎暄立于庭前。是日风作有声，翼然触尘而斗扑于睫间。初灭没而无端，渐狰狞而活焉。啄睛欲破，摩眶欲阽。瞬和窗电，泪如乳泉。垢蒙败棘之絮，气吞湿突之烟。凡旬有五日，而不得愈。乃为文而告之于天。其辞曰：臣目无良，游于臣面。目罪山积，臣实不见。荷降之罚，省其一线。比日以来，偶观房稿，毕竟以此，开罪不小。臣今求哀忏悔，数其罪而请祷。房稿之中，皆新贵名，臣目何为，辄敢注睛；房稿之文，纸皆五色，臣目何为，辄分青白。其有巍科卓冠群雄，目或鄙夷，不抵枝葱；其有虚誉盛传俗下，目或嬉笑，酷于怒骂。出子入史，钱所万选，目或裂眦，斥为花脸；离经叛注，犬所吠日，目或刮膜，揖为上客。长才累牍，目送而去，或疵其篇，或驳其句；高言共赏，目摄而忘，或弃为灰，或淡为汤。或按书旨抹笔如矢，或按题神惜圈如珍。或所看法但法先辈不知变通，与时俱醉；或所识字但识古初，不知权宜，依样胡卢。或信耳鼻应作是观，目乃擅权，别用自专。或相皮毛既竭尔力，目乃遁精，别具一只。诸如此类，不可擢发。无光不出，无钉不拔。此皆臣有以养成其骄气，而目亦无以自解于薄罚。自今忏悔，而后愿一心皈命于遮眼之菩萨，誓不敢较长量短，激浊扬清。惟国门一字之为贵，而名经千佛之为尊。抑或不然，将起而讶其生平乎？红粉之妆，靓衪之饰，有目以来，未蒙拂拭也，或于梦游稍感其魄；曲槛之迷，珠帘之映，有目以来，未蒙申敬也，或于凭高稍荡其性。青铜之腥，黄金之气，有目以来，未经受记也，或于市廛稍薰其涕；名山异水之观，奇花珍木之蓄，有目以来未经干渎也，或于卷编稍消其福。苟其以此而坐目以罪状，求目以深文，臣固知天之不忍也，臣之目亦且泣下如雨而不知所云。

染　须　发

刘禹锡云："近来年少轻前辈，好染髭须作后生。"则是染须自唐已然。至元史天泽则涅白发为乌，世宗讶之，天泽曰："臣览镜见须发顿白，恐报国之心自以老怠，故药之使不异于少壮，庶此心之犹竞耳。"杜牧之云："公道世间惟白发，贵人头上不曾饶。"天泽又矫揉而使之黑，以固其宠绥，则白发亦无如天泽何矣。

罚　饮

　　罚饮从古有之。《周礼》"觥其不敬者"。觥,罚爵也。《檀弓》："杜蒉扬觯而酌师旷"。李调注:"觯,罚爵也。"《说苑》:魏文侯与大夫饮,使公乘不仁为觞政,曰:"饮不嚼者浮以大白。"及举白浮君。注白:罚爵之名。浮,罚也。一说谓罚爵之盈满而浮泛也。白者举觞告白之意。陈后主令张贵妃等预制五言诗,令孔范等十客一时继和,迟则罚酒。诸书所载罚饮之说甚多,不能悉举。然罚饮之数多限以三,吴谚谓"客来迟,罚三钟",未始无本。韩安国作《几赋》不成,罚三升。兰亭之会,王子敬诗不成,罚三觥。景龙《文馆记御诗序》云:"人题四韵,后者罚三杯。"又郝隆不能诗,罚依金谷酒数。是三斗。至杜少陵"百罚深杯亦不辞"特极言之耳。注引桑乂在江总席上曰"虽深杯百罚,吾亦不辞"为证。

辛集卷之四

韩　蕲　王

韩蕲王世忠生长兵间，未尝知书。晚岁忽若有悟，能作字及小词。偶至香林园，苏仲虎尚书方宴客，王径造之，宾主欢甚，尽醉而归。明日王饷以羊羔，且手书二词遗之。其《临江仙》云："冬日青山潇洒静，春来山暖花浓。少年衰老与山同。世间名利客，富贵与贫穷。荣华不是长生药，清闲不是死门风。劝君识取主人公。单方只一味，尽在不言中。"

武　穆　降　乩

岳武穆死后，临安西溪寨军将请紫姑神，武穆降乩，书一绝云："经略中原二十秋，功多过少未全酬。丹心似石凭谁诉，空有游魂遍九州。"秦桧闻而恶之，擒治其徒，流窜异域。

周　益　公

周必大自德寿宫后垣趋传法寺，望见一楼岩然。朝士云太上名曰聚远，而自题其额，仍于屏间书东坡诗云："赖有高楼能聚远，一时收拾与闲人。"又过冷泉亭徘徊久之，后作端午帖子云："聚远楼头面面风，冷泉亭下水溶溶。人间炎热何由到，真是瑶台第一重。"

红　玉　杯

元扬州陈新甫生日出红玉杯饮客，莆田陈众仲旅赋诗云："昆仑东阿含海日，石中玉子如日赤。神工夜发昆吾刀，剜作双杯盛酒吃。蟠桃初开媄母家，丹露滴入芙蓉花。广陵公子酒如海，年年颜色衬朝霞。"

鲁 文 斐

江箓萝《诗评》云：桃川宫道士姓曾号种桃，能诗。比其没也，邑中博士鲁文斐以诗吊之曰："种桃道士归何处，曾种溪桃作主来。今日有桃君不见，桃开依旧待君回。"博士素无诗名，此章何减"人面桃花"之句。

关 夫 子 祠

桃源印鹤田能诗，中乡试，仕成都别驾。题关云长祠云："赤面长髯国士风，解围尽在笑谈中。三分天下凭羸马，八阵风云听卧龙。长剑倚天秋气冷，空堂闭月夜灯红。细谈炎祚丁奇运，翻恨将军失阿蒙。"词政雄浑，与题相称。

岳 武 穆 祠

万历中，辰阳唐侍御万阳题岳阳武穆祠云："武穆祠堂楚水涯，短墙疏草映残花。奸谀何代无秦相，忠孝谁人是岳家？风静鱼龙吹细浪，月明鸥鹭宿平沙。遥怜古墓西湖上，万树南枝日欲斜。"此诗不减李崆峒"水庙飞沙"之句。

平 山 堂

欧阳永叔守维扬日，于城西北大明寺侧建平山堂，颇得游观之胜。后刘原父出守扬州，永叔作《朝中措》饯之，云："平山栏槛倚晴空，山色有无中。手种堂前杨柳，别来几度春风。　文章太守，挥毫万字，一饮千钟。行乐直须年少，尊前看取衰翁。"后东坡亦守是邦，登平山堂有感，而赋《西江月》词云："三过平山堂下，半生弹指声中。十年不见老仙翁,壁上龙蛇飞动。　　欲吊文章太守,仍歌杨柳春风。休言万事转头空,未转头时皆梦。"

姜尧章度曲

陈眉公《辟寒》载:小红,顺阳公青衣也,有色艺。顺阳公请老,姜尧章诣之,一日授简征新声,尧章制《暗香》、《疏影》两曲,公使二妓肄习之,音节清婉。尧章归吴兴,公以小红赠之。其夕大雪,过垂虹,赋诗曰:"自谱新词韵最娇,小红低唱我吹箫。曲终过尽松陵路,回首烟波十里桥。"尧章喜自度曲吹洞箫,小红辄歌而和之。

咏　轿

高竹屋《咏轿·御街行》词:"藤筊巧织,花纹细称,稳步如流水。踏青陌上雨初晴,嫌怕湿文鸳双履。要人送上,逢花须住,才过处香风起。　　裙儿挂在帘儿里,更不把窗儿闭。红红白白簇花枝,恰称得寻春芳意。归来时晚,纱笼引道,扶下人微醉。"

鹦鹉作偈

唐武后畜白鹦鹉,名雪衣,性灵慧,能诵《心经》,后爱之,贮以金丝笼,不离左右。一日戏曰:"能作偈求解脱,当放出笼。"雪衣喜跃,须臾则吟曰:"憔悴秋翎似秃衿,别来陇树岁时深。开笼若放雪衣女,常念南无观世音。"后喜,即为启笼,居数日,立化于玉球纽上。后悲恸,以紫檀作棺,葬之后苑。

醉　翁　亭

庆历间,欧阳公谪守滁阳,筑醒心、醉翁两亭于琅玡幽谷,令幕官谢希深绛杂植花卉。谢以状问名品,公批纸尾云:"浅红深白宜相间,先后仍须次第栽。我欲四时携酒去,莫教一日不花开。"未几徙扬州,别滁诗云:"花光浓郁柳轻明,酌酒花前送我行。我亦宜如常日醉,莫教弦管作离声。"

别　妾

王正之特起有《别妾·喜迁莺》词云:"玉楼欢宴,记遗簪绮席,题诗罗扇。月枕双欹,云窗同梦,相伴小花深院。旧欢顿成陈迹,翻作一番新怨。素秋晚,听阳关三叠,一尊相饯。　留恋。情缱绻,红泪洗妆,雨湿梨花面。雁底关山,马头星月,西去一程程远。但愿此情如旧,天也不违人愿。再相见,老生涯分付,药炉经卷。""雁底关山",元人词多用之,谚所谓"雁飞不到处"也。

瘦　马　吟

明滁阳朱椿工诗,有《瘦马吟》曰:"历尽风霜古战场,骨高毛耸减精光。枥间斗粟何由饱,市上千金未许偿。恋主肯辞劳汗血,逢人多是计骊黄。天寒岁晚燕台下,鸣向孙阳也自伤。"

双　双　燕

宋史邦卿达祖有《双双燕》词,姜尧章极称之,谓曲尽形容之妙。词曰:"过春社了,度帘幕中间,去年尘冷。差池欲住,试入旧巢相并。还相雕梁藻井,又软语商量不定。飘然快拂花梢,翠尾分开红影。　芳径,芹泥雨润。爱贴地争飞,竞夸轻俊。红楼归晚,看足柳昏花暝。应是栖香正稳,便忘了天涯芳信。愁损翠黛双蛾,日日画栏独凭。"

雪　中　干　令

宋浦江梅和胜执礼未冠时,家贫亲老,无以为养。大雪中以诗谒邑宰,有"有令可干难闭户,无人堪访懒移舟"。邑令延之训其子弟。方应举未捷,有诗自遣云:"天之未丧斯文也,吾亦何为不豫哉。"一时传诵。后登进士,终户部尚书,死靖康之难。

踏　青　词

王通叟观踏青词调寄《庆清朝慢》:"调雨为酥,催冰做水,东君分付春还。何人便将轻暖,点破残寒。结伴踏青去好,平头鞋子小双鸾。烟柳外,望中秀色,如有无间。　　晴则个,阴则个,饾饤得天气,有许多般。须教撩花拨柳,争要先看。不道吴绫绣袜,香泥斜沁几行斑。东风巧,尽收翠绿,吹在眉山。"

琵　琶　亭

洪容斋《随笔》:江州琵琶亭,下临江津,国朝以来,题咏甚多。淳熙乙酉,蜀士郭明复中元日至亭,赋古风一章,前云:"白乐天流落浔浦,作《琵琶行》,其放怀适意,视忧患死生、祸福得丧为何物,非深于道者能之乎? 贾傅谪长沙,抑郁致死。陆相窜南滨,屏绝人事,至从狗窦中度饮食。两公有累于世,未能如乐天逍遥自得也。"又云:"乐天《琵琶行》盖在浔阳江上为商人妇而作,商乃买茶于浮梁,妇对客奏曲,乐天移船夜登其舟与饮,了无所忌,岂非以其长安故娼女,不以为嫌耶? 乐天集又有《夜闻歌者》一篇,时自京城谪浔阳,宿于鄂州,又在《琵琶行》之前。其诗云:'夜泊鹦鹉洲,秋江月澄澈。邻船有歌者,发调堪愁绝。歌罢继以泣,泣声通复咽。寻声见其人,有妇颜如雪。独倚帆樯立,娉婷十七八。夜泪如珍珠,双双堕明月。借问谁家妇,歌泣何凄切。一问一沾襟,低眉终不说。'陈鸿《长恨传序》云:'乐天深于诗多于情者也。'故所遇必寄之吟咏,非有意于渔色。然鄂州所见亦一女子独处,相造与语,瓜田李下之疑,唐人不讥,或亦取《离骚》女媭等意,未必实有是事也。"

李理

《资暇录》：李字除果名、地名、人姓之外，更无他训义也。杜预注《左传》，不研穷意理，谓行李使人也。故今见远行束装，谓之行李。按古文使字作岑，岑与李相似，传写之误尔。愚按古文李理二字通用。《左》僖三十年“行李之往来，供其乏困”，襄八年“亦不使一介行李告于寡人”，用此李字。昭十三年“行理之命，无月不至”，《国语》“行理以节逆之”，用此理字。骑官左角曰理。《史记·天官书》曰：“荧惑为李。”徐广注云：“外则理兵，内则理政。”又黄帝有《李法》一篇，颜师古曰：“李者，法官之号，总兵刑，故名李法。”《北史》叙传：李氏先为尧之理官，因为氏，后改曰李。《管子》书大理皆作李。

法常嗜酒

释法常性嗜酒，无寒暑风雨，常醉，醉即熟寝，觉即朗吟，谓人曰：“酒天虚无，酒地绵邈。酒国安恬，无君臣贵贱之拘，无财利之图，无刑罚之避。陶陶焉，荡荡焉，乐其可得而量哉！转而入于飞蝶都，则又蒙腾浩渺而不思觉也。”

天聋地哑

文昌帝君从者曰天聋、地哑。盖帝君不欲人之聪明尽用，故假聋哑以寓意。夫天地岂可以聋哑哉！

“不聪不明，不能为王。不瞽不聋，不能为公。”钟伯敬云：“上二句大作用，下二句大受用。”

手心足心

《蠡海录》：人之手心抓而不痒，足心抓之则痒者，何也？盖手心通心气,心属火,喜动,故不痒。足心通贤气,肾属水,喜静,故痒。

黄 鹤 楼

　　黄鹤楼踞蛇山,俯鹄矶,汉江绕其前,鹦鹉洲横其下,三楚雄概,此楼第一。崔颢"晴川芳草"句,真堪与楼争雄。相传唐时吕纯阳尝客兹地,倦寓酒家,日饮酒数壶,累至数百,不偿值,复索饮,主人供给无倦色。纯阳喜之,适啖西瓜,遂以瓜皮画一鹤于壁上。始色瓜皮青,久之变黄,遂为黄鹤。纯阳又教酒家童子唱道词,自敲板为节,已而唱时,鹤辄从壁间飞下,婆娑翔舞,观玩饮酒者日数千人。凡阅数月,酒家得钱数百万,骤富,以钱酬纯阳,纯阳不受,遂构此楼志感,故名黄鹤楼。

释 教

　　宋艺祖始受命,欲废释教。偶日暮微行,徐入大相国寺,至一小院,户旁见一髡大醉,吐秽于道。艺祖阴怒,适从旁过,竟为醉髡拦胸抱定,曰:"莫发恶心,且夜矣,惧有人害汝,汝宜归内。可亟去!"艺祖心动,以手加额礼焉。髡乃舍之去。还内,密遣忠谨小珰:"尔往观此髡在否,且以其所吐物来。"及至,髡已不见,因爬取地上所吐狼藉至御前,视之悉御香也。释氏教因不废。明高皇亦欲废释教,取恶僧埋而铲之,为铲头会。一僧屡铲而头屡生,高皇异之,遂不废释氏。

陆五台释冤狱

　　平湖陆五台光祖初为滁令。滁有富民,枉坐重辟,数十年相沿,以其富不敢为之白。陆至,访实,即日破械出之,然后闻于台使者。使者曰:"此人富有声。"陆曰:"但当问其枉不枉,不当问其富不富。果不枉,夷齐无生理;果枉,陶朱无死法。"台使者甚器之。

律　令

符祝之类，末句"急急如律令"者，人皆以为如饮酒之律，令速去不得滞也。一说汉时行下文书，皆云"如律令"，言非律非令之文书行下，当亦如律令。《资暇录》云：律令之令，宜平声，读为零。律令是雷边捷鬼，此鬼善走，与雷相疾速，故云如律令之疾走也。

蛉　穷

《淮南子》云：昌阳去蚤虱而来蛉穷，去害小而来患大。蛉穷即蜓蚰也。闻人发脂油香，则入人耳及诸窍中。昌阳香酷，能召是物，故《淮南子》以为喻。蛉穷好濡，升高则焦死，故曰蛉穷，一曰陵穷，言乘陵则穷也。《宋史》讥小人居高位者亦目为蛉穷。

偏　提

酌酒器古名注子，唐仇士良恶其名同郑注，乃去柄安系，名曰偏提，犹今酒鳖也。和靖《送李山人》诗有"马前长带古偏提"句。

今酒注去柄安提梁，如茶壶式，始于祖道台泽深，名自斟壶。

上 距 下 嘴

鸡寒上树，鸭寒下水。此谚语也，验之皆不然。一老媪曰："鸡寒上距，鸭寒下嘴。"上距谓缩一足，下嘴谓藏其味于翼间。

子 母 男 女 钱

《淮南子》名钱曰青蚨。青蚨者水虫，如蝉，杀其母子，取血各涂八十一钱，凡市物，或先用子，或先用母，皆飞归，循环无已。

梁时铸四铢半钱，谓之男钱，云佩之即生男也。又别铸除其肉郭，谓之公式女钱，径一寸。钱既有子母，安得无男女？今人一例奉以为兄，则爱生于敬耳。

觅句营生

倪文节《经锄堂杂志》记苦乐一段甚佳，云："赋诗可乐而有觅句之苦，营生虽乐而有多怨之苦。"谢在杭以为未然，觅句虽苦而实非苦事，如食者必咀嚼，游者必行步，若果苦之，当弃而不为矣。营生原非乐事，无论聚怨，即忻然奉之，亦必持筹会计，憧憧往来，至寝食不得宁处，不亦天下之最苦者哉？因改之曰："觅句虽苦而有得意之乐，多财虽乐而有营生之苦。"

苏东坡命相

苏东坡云："退之以磨蝎为命宫，而仆以磨蝎为身宫，故虽有文章，而多小人之谤。"又自谪海南归，人有问迁谪之苦者，坡云："此是骨相所招。"少时入京师，相者云："一双学士眼，半个配军头。异日文章显，当知名，然有迁谪不测之祸。"坡又赠善相者程杰诗云："火色上腾虽有数，急流勇退岂无人。"亦似相其不寿而欲以早休当之，故又曰："我似乐天君记取，华巅赏遍洛阳春。"然坡生平居官起而复踬，未得遂急流勇退之愿，而卒于毗陵，年仅六十有六，未尝一日享林下之乐。则命与相者之言悉验。

瘅说

宋梅挚官岭表，著《瘅说》，其略曰：仕有五瘅。急催暴敛，剥下奉上，此租税之瘅也。深文以逞，良恶不白，此刑狱之瘅也。晨昏酺宴，弛废王事，此饮食之瘅也。侵牟民利，以实私储，此货财之瘅也。盛拣姬妾，以娱声色，此帷簿之瘅也。有一于此，民怨神怒，安者必疾,疾者必殒。虽在辇下亦不能免,何但远方而已,仕者不知而归土瘴,不亦谬乎?

盛　教　授　启

《群谈采余》:盛教授《请除土地夫人书》曰:"伏睹本学重建地灵祠于戟门之外,其神本无有也。使诚有之,是岂不知廉耻者哉!今肖像之设,夫妇偶坐,楚楚裙钗之饰,盈盈朱粉之施,侍从旁立,男女杂处。《礼》曰:男子居外,女子居内。又曰:女子出门必拥蔽其面。虽近世风俗之弊,亦未尝无男女之别。至于闾阎细民,客或过之,其妻犹避而不出。岂有身为神明,妻乃不知内外之分,呈身露面,据案并食,以饗士大夫笾豆之荐,反不若闾阎匹妇乎?幽明虽殊,礼制则一。司世道者宜亟去之。"此书可为各乡本境土神之笑。

佛　米　赞

宋饶次守节少年投书于曾子宣,论新法不合弃去。令其仆守舍,归见其占对异常,怪而问之,仆曰:"邻寺白崖长老有道器,往请一转语,忽尔觉悟。"次守慨然,径往白崖问道,八日而悟,与其仆祝发为浮屠,名如璧,字德操,号倚松道人。仆名如琳。德操长于诗,尤善作赞铭。有武将念佛,以米记数,得三升。德操赞曰:"时平主圣,万国自靖。不杀而武,不征而正。矫矫虎臣,无所用命。移将东南,介我佛会。久闻我曹,念佛三昧。喑呜叱咤,化为佛声。三令五申,易为佛名。一佛一米,为米三升。自升而斗,自斗而斛。念之无穷,太仓不足。"

白　樱　桃

樱桃有白者,唐韦庄诗云:"王母阶前种九株,水晶帘外看如无。

只应汉武金盘上,写得珊瑚白露珠。"

耻 入 乡 贤

乡贤名宦祠,不惟有司不当私其人,虽子孙亦不当私其祖父。成
化中,给事王徽,刚直有大节,论宦官牛玉言甚激烈,诸宦官谀上,欲
加以极刑。李文达维持,谪普安州判。将卒,屡戒其子钦佩曰:"乡贤
祠甚杂乱,吾耻居其中,切不可入。"又弘治中,刘健为相。时河南有
司欲以其封翁入乡贤,刘谢曰:"吾郡乡贤祠有二程夫子在,吾父何敢
并焉。"夫祖父无明德而强列俎豆,以来訾垢,是辱之,非荣之也。近
日士夫及封翁无一不入乡贤,木主委积,列之案下,此乡官祠,非乡贤
祠矣。

刘 公 旦

吾郡刘公旦先生讳曙,游庠甫十三龄。其《咏梅》有"众香国里小
诸侯"之句,遂得奇童之誉。每试辄前,尝请箕仙问功名,判曰:"桂子
开时黄榜发,长安道上不长安。"众初不解。崇祯壬午,先生登贤书,
癸未以逆贼李自成之乱,至八月会试,遂登第,始应其判。

赭 丹

《七修类稿》:药铺医者但知牛黄、羊哀、狗宝,而不知马黑、羊哀
治翻胃,牛黄、狗宝治惊痫。羊哀形如湿茅纸,时或用之。狗宝见者
亦罕有,人得之于狗胞中,其形质如鹅卵,色白,碎之内有文理数十
层。考之《本草》未收,不知何人用以治疾。又《冀越集》云:马有马
黑,在肾。此尤不特罕见亦罕闻者,不知何所用。沈石田《客坐新闻》
亦云:马有赭丹。凡番兵事急,能致风雨突围而走者,盖有赭丹随身
耳。赭丹者,马腹中所产之物,用之念咒即致风雨。岂即所谓马
黑与?

炭　颂

范石湖成大字至能，作《炭颂》云：予病衰，大冬非附火不暖。既铭被炉，又作炭颂："礴木不灰，化为精坚。是衷至阳，维火之传。雪霾六虚，冰寒九渊。环堵之室，天不能寒。有赫神物，干流化甄。尺璧寸金，罔功汗颜。我惟德之，莫之名言。既燠且安，与之穷年。"

石炭麸炭

北方多石炭，即今所烧之煤是也。熙宁间，东坡初到京师，作《石炭行》，有"岂料山中有遗宝，磊落如盘万车炭"句，言以冶铁作兵器甚精，不言始于何时。观《前汉·地理志》：豫章郡出石，可燃为薪。隋王邵论火事中有石炭字。则知为用已久。南方多用木炭，而蜀又有竹炭。烧巨竹为之，易燃无烟，且耐久。陈无己托酒务官买浮炭，今人谓之麸炭。白香山诗："日暮半炉麸炭火。"宋人诗："一炉麸炭火初温。"则"麸炭"二字非俗语也。

咏　炭

元郭矮梅《咏炭》诗云："樵青黎面学昆仑，斫月烧云树欲髡。万灶黑烟灰出劫，一星红焰火还魂。污身若有仙翁幻，报国今无义士吞。曾似茅斋风雪夜，地炉榾柮暖温温。"

明滁阳朱椿《谢张公惠炭》诗："谩讶生红好，那知守黑安。宁论炙手热，应解裂肤寒。性伏犹余烈，心灰未化丹。何如在山日，曾作美材看。"

猢　狲　王

秦桧微时，善干鄙事，同舍号为秦长脚。曾为童子师，仰束脩自给，有"若得水田三百亩，这番不做猢狲王"之句。后为相，以中王致仕。申猴属也。牟隆山以为诗谶。

毁淫祠

苏俗酷尚五通神，供之家堂，楞伽山鼓乐演唱，日无虚刻。河南汤公抚吴，严为禁止。乙丑九月，公往淮上，值神诞，画船箫鼓，祭赛更甚于昔。公归闻之，立拘僧至，将神像沉于河，茶筵款待，一概禁绝。

《挑灯集异》载：弘治间，郡守曹凤禁五通神，庙像拆毁无遗。一爱妾忽得奇疾，良医环榻，莫能奏绩。妾忽张目谵语，谓曹曰："吾乃五通神，民间敬信，汝今禁吾，汝之高曾祖考某某等吾俱追至，今当拘妾及汝矣。"曹虽不为所惑，然能呼祖考之名，亦心疑之，且恐丧厥爱，忧懑不知所出。或荐医士王贯，曹即延之。贯诊视，进药二剂令速服之，神思顿清，再服二剂，疾顿愈矣。昨之乱言，俱属乌有。岂医书所云痰迷心窍、智过鬼神者与？

师娘

汤公毁淫祠，为狄梁公后一人。然鬼昏淫人诳惑，恐唐世尚不至此。吴中称巫为师娘，装束不男不女，情状不梦不醒，语言不蛮不直，其黠悍正在村蠢不根之中。蛊惑愚民，吓骗妇女，诡诈百出，若有征而可信。故淫祠既毁，犹藏头露尾，舞爪张牙。若得如西门豹手段，取数十人投之石湖深渊，尤为痛快耳。噫，何吴中鸟男女之纷纷也！

串字

《志怪录》：有叩试事者，书一"串"字，测字者曰："不特乡闱得隽，即南宫亦应高捷。"以寓二"中"字故也。一士在旁亦书"串"字，术者谓曰："君不特不预宾兴，当更得疾。"生询其故，曰："彼无心故当如字,君有心,串下加心,乃患字耳。"已而皆验。

会节先生

洛水张起宗以训蒙为生,居会节园侧,年四十余。一日见西来行李甚盛,问之,曰:"文枢密知成都回也。"张叹曰:"我亦丙午生,相远如此。"旁有瞽者辄曰:"我与秀才算命。"因与借地,卜者出算子百余布地上,几长丈余,阅两时,曰:"好笑,诸事不同,但三十年后某星临某所两人皆同,当并案而食者九个月。"后张年七十余,潞公亦居洛,张视其交游皆贵显,辄自疑曰:"安得并案而食乎?"一日,公游会节园,问曰:"闻园侧教学者甚人?"对曰:"老张先生。"公曰:"请来。"及见大喜,询其甲子又同,呼为会节先生,公每宴客,必预召赴,人约无先生则不往。并案而食者将及九月,公之子及甫知河阳府,公往视之。自后公归洛,不复召之矣。

双木不如姚

慈溪姚仲升堂守苏郡,被谗调镇江,代之者为黄岩林一鹗鹗。徐武功送姚解任诗:"神归白璧原无玷,移去寒梅不改香。"童谣亦有"双木撑篙,不如一姚"之句。

诗 索 酒

苏郡刘钦谟昌在史馆时,日请良酝一斗,然饮少,多有藏者。汤东谷胤绩以诗索之曰:"兼旬无酒饮,诗腹半焦枯。闻有黄封在,何劳市上沽。"钦谟悉其所藏与之。

佛 郎 机

莆田林待用俊闻宸濠反,即范锡为佛郎机铳式,并火药方遣人间道遗王伯安。书至，王已擒濠，因作《佛郎机行》，见《王文成集》。有云：
"佛郎机，谁所为，截取比干肠，裹以鸱夷皮。老臣忠愤寄所泄，震惊
百里贼胆披。"

禁 缠 足 表

　　毛稚宾番《禁女子缠足表》云：王猷纯素，聿怀矩步之思；帝治正
中，爰徵异趋之习。道以牵真为贵，无用矫揉；化以返朴为隆，何须曲
折。形体各有自然，物情无由强拂。发肤至细，总为父母所遗；手足
虽微，亦分天地之质。自淳初渐远，乃奇巧日增。朱丝斜系双行缠，
见之诗章；白雪微凝夜度娘，征之乐府。春娇一掬，矜韶媚于纤纤；月
露半弯，羡轻盈于窄窄。屑香尘以徐动，描弓样以新裁。试娇态于凌
波，魂消洛浦；含柔姿于贴地，宠冠齐宫。芳径踏花，惊乱红之不损；
玉阶褰草，睹嫩绿之无痕。倩侍婢以相扶，尚虑苔纹之滑；望郎君而
伫立，翻嫌石砌之寒。偶尔牵怀，不妨微露；若其懊恨，还用深遮。缘
秋千而云衬笋尖，因蹰躅而花沾藕覆。微尖点拍，为按新声；纤趾轻
移，偶怀春色。印香泥则文鸳得侣，践绣茵则彩凤平分。遂使金谷园
中，共欲争其一斛；以致马嵬道上，不复爱其百钱。凡此淫靡，在所当
禁。某垂情绣阁，留意金闺。念四肢本有全形，即一身总无异用。若
使以直为曲，终非体备之初；倘令借屈为伸，恐失本来之理。念娇姿
之婀娜，何敢毁伤；彼玉趾之纤柔，如将戕贼。潘妃妖冶，矜冉冉于金
莲；赵后淫靡，羡飞飞于舞燕。不思拂人之性，是奚足哉；即或斫而小
之，则何益矣。东郊挈伴，徒劳荡子之心；南陌寻芳，空伫骚人之慕。
爰行严禁，庶令无伤。沽村酿于市中，无妨令质；撷园蔬于雨里，岂损
柔情。从此山谷跛奚，皆助诗人之兴；欧阳赤脚，亦供高士之求。六
宫无用踟躇，四海不胜踊跃。

祭妒妇津神文

　　沈去矜谦《拟美人祭妒妇津神文》曰：闺阁愁人，津梁过客某氏，

谨以亶爱之兽，仓庚之鸟，桃花之酸，敛祍含釐，致祭于妒妇津神刘夫人段氏之灵曰：呜呼！举世无不妒也，夫人独神，岂夫人神于妒耶？抑有功于妒而神夫人耶？妾思妇人之妒，不过逐裙带之欢，争帷帐之宠，至为眇少。乃夫人闻贵夫诵洛神之美而自沉，妒古人也；覆游女之舟而抒忿，妒今人也。古人往矣，今人方来，宜无罪于夫人，而身死不惜，杀人于数千载之后不止，当时之妒复何如也。故足长职此水，独称神焉。然美人何恨，渡者几何，能尽歼乎？倾国难求，昔所悲叹，忍摧折乎？况天生奇色，必生一奇妒以祸之，又堪夫人之狼藉者乎？夫人熟审之。妾今假涂津口，敛趾不前。虽乏毛、施之美，终存邢、尹之见。谨随众毁妆，停桡展敬。乱头粗服，当荷优容。然窃有疑者。武氏至淫姣也，尝惕心于介女之祠，洒道清尘，六飞无恙，岂亦有所震悚耶？妾意夫人之职，正为夏妹、殷妲、汉燕、唐环辈耳。今乃致恨于贞姬，恐非上天相命之本意也。惟夫人鉴妾微忱，为后来乞命。始则入宫不让，继则我见犹怜。清流惠风，波浪永绝。妾辈当赓《樛木》之诗，移享夫人于后妃之庙，岂不美哉！尚飨。

别　妾　词

刘改之赴试别妾，作词云："别妾醺醺浑易醉，回过头来三十里。马儿不住去如飞，行一憩来牵一憩。断送杀人山共水。是则功名终可喜，不道恩情抛得未。梅村雪店酒旗斜，去也是，住也是，烦恼自家烦恼你。"

跳　月　记

钱塘陆云士次云先生《跳月记》：苗人之婚礼曰跳月。跳月者，及春时而跳舞求偶也。载阳展候，杏花柳秭，庶蛰蠕蠕，箐处穴居者蒸然蠢动。其父母各率子择佳地而为跳月之会。父母群处于平原之上，子与子左、女与女右分列于广隰之下。原之上，相宴乐，烧生兽而啖焉，操匕不以箸也，漉哇酒而饮焉，吸管不以杯也。原之下，男则椎髻当前，缠以苗帨，袄不迨腰，裈不迨膝，裈袄之际，锦带束焉。植鸡

羽于髻巅,飘飘然当风而颤。执芦笙,笙六管,长二尺,盖有六律无六
同者焉。女亦植鸡羽于髻如男,尺簪寸环,衫襟领袖悉锦为缘。其锦
藻绘逊中国,而古纹异致,无近态焉。联珠以为缨,珠累累绕两鬟。
缀贝以为络,贝摇摇翻两肩。裙细摺如蝶版。男反裤不裙,女反裙不
裤,裙衫之际亦锦带束焉。执绣笼,编竹为之,饰以缯,即彩球是焉,而
妍与媸杂然于其中矣。女执笼未歌也,原上者语之歌而无不歌。男执
笙未吹也,原上者语以吹而无不吹。其歌哀艳,每尽一韵,三叠曼音以
缭绕之,而笙节参差,与为缥缈而相赴。吹且歌,手则翔矣,足则扬矣,
膝转肢回,首旋神荡矣。初则欲接还离,少且酣飞畅舞,交驰迅逐矣。
是时也,有男近女而女去之者,有女近男而男去之者,有数女争近一男
而男不知所择者,有数男竞趋一女而女不知所避者,有相近复相舍、相
舍复相盼者,目许心成,笼来笙往。忽焉挽结,于是妍者负妍者,媸者负
媸者,媸与媸不为人负,不得已而后相负者,媸复见媸,终无所负,涕洟
以归,羞愧于得负者。彼负而去矣,渡涧越溪,选幽而合,解锦带而互系
焉。相携以还于跳月之所,各随父母以返,返而后议聘。聘以牛,牛必
双;以羊,羊必偶。先野合而后俪皮,循蚩氏之风与?呜呼苗矣。

溪 峒 歌 谣

《相思曲》云:"妹相思,不作相思到几时。只见风吹花落地,不见风
吹花上枝。""妹相思,妹有真心弟也知。蜘蛛结网三江口,水推不断是
真丝。"按溪峒初不知歌,有刘三妹游戏得道,侏僞之音,无不通晓,就其
声作歌,为谐婚跳月之辞,苗人奉以为式。同时有白鹤秀才,亦善歌,与
三妹登七星岩绝顶相倡和,音如鸾凤,流连往复,听者忘返。已而歌声
寂然,两人亭亭相对,则已化为石矣。诸苗遂祀三妹于峒中勿替。

方 滋 馈 烛

秦桧当国,四方馈遗日至。方务德滋帅广东,为蜡炬,以众香实其
中,遣驿卒持诣相府,厚赂主藏吏,期必达桧前。吏使俟命。一日宴

客,吏曰:"烛尽,适广东方经略送烛,未敢启用。"桧命点来。俄而异香满室,察之则自烛中出。亟命藏其余,枚数之,适得四十九。呼驶问故,曰:"经略专造此烛供献,仅五十枝,既成,恐不佳,试其一,不敢以他烛充数。"桧大喜,以为奉己之专,待之益厚。时胡澹庵谪岭南,桧党多凌蔑之,独务德待之有加礼。后桧败,党皆逐,务德入京谋一差遣不可得,栖栖旅馆。澹庵与王梅溪语及其事,梅溪曰:"此君子也。"遂揄扬其美,率馆中诸公访之,务德遂得晋用。

陈谔诙谐

正统初,中官阮巨队奉命至广征虎豹。陈谔宦其地,从阮饮,求虎皮以归。明日草奏言阮多用肥壮者宴客,徒贡瘠虎使毙诸途。阮大恐,置酒谢谔。谔酣,谓阮曰:"闻子非阉者,近娶美妾,其事然否?"阮请阅诸室。谔见群罐,知为金珠,佯问中有何物,阮曰:"酒也。"谔笑曰:"吾来正索此。"遂令人扛去。阮哀祈,得留其半。

魏忠贤祠

毛一鹭建魏忠贤祠于虎丘,赐名普惠。后有旨拆毁。有一人当先入,劈碎魏忠贤首,持之而欲去。众阻之,其人曰:"吾生不能啖其肉寝其皮,今将沉香首细细劈开,燃向周蓼洲诸忠臣面前,庶快人心。"数语亦饰说得好,恐其实不过为此一段沉香可爱耳。逆祠基今五人之墓是。

改任福州

周忠介蓼洲先生初释褐选杭州司李,杭人在都者置酒相贺,演岳武穆事,至奸相东窗设计,先生不胜愤怒,将优人捶打而去,举坐惊愕,疑有所开罪。明日托友人问故,先生曰:"昨偶不平,打秦桧耳。"时叶台山为相,闻而异之,谓吾邑刁顽难治,改任福州。先生还过吴门,抚公徐民式,福州人,其子以杀人系狱。徐至先生家,卑词下礼,求先生释罪。先生曰："假则自当立释，若真，官可弃，招不可开。"徐惶遽而别。先生即日束装行，至湖州，徐命中军赍书与金馈先生。先生怒，将中军呼斥而并责徐，徐亦无可如何。先生到任，首问此事，徐子问成大辟。徐怒甚，日夜欲伺先生短，思中伤之。先生在任廉明清正，竟无由也。

击旂始末

崔、魏擅权，毒害朝士。丙寅春，缇骑四出，周蓼洲先生亦在逮中。吴邑侯陈文瑞捧檄至其家，先生整衣拜别家祠，索笔书龙树庵僧所求一扇一匾额，投笔出门，号冤拥送者不下数千人。抚宪毛一鹭自度不协舆情，谕郡侯寇慎安置先生于公馆，时三月十五日也。阅三日，至西察院开读，观者万计。诸生王节等虑有他变，泣诉毛公，祈为申救。毛流汗被面，未能应一语。而旂尉势若虎狼，自内持械挥众，凌辱诸生。吴民赴义，颜佩韦等奋身拳殴官旂文之炳，堂下从者夺其械奋击。诸尉久骄横，愕出不意，二十余校为之齑粉，其一死焉。寇公再三晓谕乃止。时逮高景逸、黄真长，诸旂闻苏激变，稍为敛戢。至逮李仲达，校尉以驾帖投于府而去。先生至京，下镇抚司，极刑棰楚，竟惨死于狱卒颜紫之手。毛公题疏告变，苏城几有屠戮之祸，赖徐念阳如珂先生任通政司，先上按臣徐吉疏，奉旨将诸生王节、刘羽仪、王景皋、殷献臣、沙舜臣等退黜，而戮颜佩韦、杨念如、沈相、马杰、周文元于市。及毛疏入，批已有旨不行。后阉败，节等皆复廪于庠。节中己卯举人。逆祠奉旨拆去，而葬五人于上，碑曰五人之墓。松柏蔚然，过其地者，无不钦其义烈云。

十孩儿

魏忠贤有十孩儿，号五虎、五彪。五虎皆文臣，崔呈秀、吴淳夫、倪文焕、田吉、李夔龙。五彪皆武弁，田尔耕、许显纯、崔应元、杨寰、孙云鹤。他谄附之者如相臣顾秉谦、魏广微而外甚众，皆在庶子末孙之列耳。

历代笔记小说大观

坚瓠集

[清] 褚人获 辑撰　李梦生 校点

三

坚瓠壬集序

扬子云："好书而不要之仲尼书肆也，好说而不见之仲尼说铃也。"则似经史外不应妄有著述。然古今事类实繁，道理无乎不寓，识大识小，正以互见为能，博闻强记之中，多有怡情悦性之事，谈道者所弗訾也。侄稼轩湛于经术，辨论异同，而才情博达，尤好搜扬轶事。于群书中钞撮靡遗，诸凡闻见所及，可以挥麈尾佐浮白者，无不以三寸之管属辞而揾撼之，其将续杂俎之编而筑野史之亭乎？《坚瓠》之集虽属小言，而杂而不越，纤而不诡，笔歌墨舞，事足以垂鉴，语足以解颐，宜其引人入胜，令观之者应接不暇也。其命名则何居？《离骚》喻幽人于草木，《连珠》比贞士于匏瓜，是不谓然。侄初就家塾，吾兄名之曰获，有树谷树人之思。迩年来自伤困顿，不能为得时之稼，达其甘芳，遂惧溁落无庸，故寓意于书，以示慨焉。因之一刻再刻，纸墨遂多，谓是绵绵瓜瓞，将引蔓以长养之，日新而月异，庶屈毂之瓠不终为田仲所弃矣乎？康熙壬申夏四月朔吉旦，松吟老人苍书篆漫笔。

子 瞻 前 后 身

袁伯修云：“苏子瞻前身为五祖戒，后身为径山果。”董遐周云：“按子瞻辛巳岁殁延陵，而妙喜实以己巳生，岂先十余年子瞻已托识他所耶？总是一个大苏，沙门扯他做妙喜老人，道家又道渠是奎宿。”及阅《长公外纪》云：在宋为苏轼，逆数前十三世在汉为邹阳。子瞻入寿星寺语客曰：“某前是此寺僧，山下至忏堂有九十二级。其薨也，吾郡莫君濛复有紫府押衙之梦。”余戏为语曰：“大苏死去忙不彻，三教九流都扯拽。”纵好事者为之，亦词场好话柄也。

市 语

《委巷丛谈》：杭人三百六十行各有市语，不相通用，仓猝聆之，多不能解。又有四平市语：一为忆多娇，二为耳边风，三为散秋香，四为思乡马，五为误佳期，六为柳摇金，七为砌花台，八为霸陵桥，九为救情郎，十为舍利子。小为消黎花，大为朵朵云，老为落梅风。然义意全无，徒乱观听，不若吾乡市语有文理也。一为旦底，二为断工，三为横川，四为侧目，五为缺丑，六为撒大，七为毛根，一作皂脚。八为入开，九为未丸，十为田心。

开 恩 止 谤

《委巷丛谈》：钱武肃王开国日，频役士卒，怨讟兴焉。或夜书其门曰：“没了期，没了期，修城才了又开池。”武肃出见之，命书其旁云：“没了期，没了期，春衣才罢又冬衣。”士卒见之，嗟怨顿息。盖以恩典发其感激之心也。亦应变之智云。

感 古 篇

元末越人王绖有《感古篇》，可称史笔。其词云："吁嗟乎！元季祸乱相纠缠，群雄竞角力，干戈易麾拳。妖徒白莲社，僭号于其间。韩山童子林儿僭号龙凤，居亳州。奔走无定在，不啻风巢悬。天假京都城，累表请伊迁。高皇定鼎金陵，遣廖永忠奉表请林儿迁都。舟沉瓜埠水，魂应随杜鹃。林儿舟至瓜步，永忠凿舟，家属溺死。宜兴杨统制，名兴国。其义亦堪怜。兴言感龙凤，连贬弗自全。兴国闻舟沉，叹言当存林儿后，贬景东千户，饮药死。永忠肇此图，伯温炳几先。谓彼牧竖子，宝历当圣传。大事从此定，皇心良皦然。寻赐永忠死，而杨蒙赏延。复兴国之后。圣神本天授，草昧久迍邅。依郭起灵迹，归韩亦从权。吴元改洪武，龙飞遂统天。阳升爝火熄，神光照八埏。纲常一以正，天风扫敌膻。于兹圣继圣，于昭亿万年。"

圣 主 异 征

《龙兴慈记》：高皇初诞，屋上红光烛天。皇觉寺僧望见之，惊疑回禄也。明发扣问，告以诞，请长从僧游。幼时与群牧儿戏，以车辐版作平天冠，以碎版作笏，令群儿朝之，俨然王者气象。杀小犊煮食之，插犊尾于地，诳主者曰裂地陷去矣。主者拽尾，转入地中，以为真陷也。后在寺时扫梵宇，以帚击伽蓝像，令缩足起，待我扫，足即起。鼠伤灯烛，责伽蓝不管，书其背曰："发去三千里。"其晚僧梦伽蓝辞行，曰："当今世主遣发三千里矣。"明早僧视伽蓝背有字，追问之，高皇曰："戏耳，今释之。"晚又梦伽蓝来谢。主僧禁缚之阶下，高皇口占一诗曰："天为罗帐地为毡，日月星辰伴我眠。夜间不敢长伸脚，恐蹈山河社稷穿。"

诡 谲 秀 才

崇仁吴彻字文通，雅善吟咏，为陈友谅所得，置诸亲密，屡欲官之，辞曰："愿就宾师之位。"友谅呼以先生。及高皇讨友谅，友谅遣彻间行觇我，有缚以献者。高皇素闻彻名，令题《天闲百马图》，彻上诗云："问渠何日渡江来，百骑如云画鼓催。九十九中皆汗血，当头一个是龙媒。"彻虽为友谅所遣，及瞻天表，知天命有归，故为是言。高皇度其不为我用，欲间疏其君臣，乃刺"诡谲秀才"四字于彻面遣还。友谅果恶之，曰："安有如此形容而可为我宾师者乎？"彻遂棹小舟而遁。后友谅败死，子理奔武昌，高皇忿其城不下，将屠之。军门外有自称诡谲秀才求见，召入语良久，复命题《西山夜雨》，彻复进曰："莫厌西山夜雨多，也应添起洞庭波。东风肯与周郎便，直上金陵奏凯歌。"高皇会其意，即下令还建康。初，吴人将乘虚入寇，至是其谋乃寝。

元 宫 女

《逐鹿记》：元宫人至京，令给后宫。一女不屈，高皇言："尔即守节，何不死于元亡时？"女曰："愿明一言而死，为有名鬼耳。"高皇给笔砚，女书云："君王慧性被奸迷，妾曾三谏触阁犀。不能死守身先遁，致令钟移社稷墟。"掷笔触石而死。高皇为之改容。

偷 桃

《金台纪闻》：偷桃事有两：一说王母献桃于武帝，东方朔窃食之。王母曰："此儿已三度偷吾桃矣。"一说武帝时，东方之国贡小人至，使朔辨之。朔曰："王母种桃，三千岁一结子，此儿已三度偷桃矣。"未知孰是。

贤 人 心 肝

《碧里杂存》：明高皇初造宝钞，屡不成，将戮工匠。匠惧，乃妄奏云："前代造钞皆用贤人心肝然后成。"高皇将信之，入以语高皇后，欲于文臣内从事。后启曰："以妾观之，今秀才们所作文章即是贤人心肝,用之足矣,焉用杀为?"高皇大悦,乃于国子监取而用之,钞遂成。故监生常课之外,别有进呈文字,谓之进呈册,置尚宝司室中,永为定例。仁人之言,其利溥哉!

金 肚 皮

金大节者,海盐澉浦镇人也。洪武初为乡老人。明初重老人之选,必推年高有行者为之,天下官员,三年朝觐,则老人亦与焉。大节之往觐也,侵晓出门,行里许,欲登厕,有鬼自厕中出,指大节曰:"此行好一个金肚皮。"言毕不见。大节忧怖曰:"此行必腰斩矣。"既入朝,上问曰:"今天下盗贼平否?"耆民无敢答者。独大节抗声曰:"捕获已尽,惟恐复生。"高皇异之,擢为知府,果腰金云。

李 邓 感 叹

芝麻李既遁,髡发为僧。天下已定,游徐之永固河留连亭,题诗云:"忆昔曾为海上豪,胭脂马上赤连刀。此地斩分陈总管,彼时斫断莫军曹。固知今日由天定,方信当年漫自劳。英雄每每无常在,战袍着尽又方袍。"投笔三叹。有一翁以舟舣岸,见李问故,李泣下曰:"我萧县李二也。起兵时自谓天下可得,今乃匿迹缁流,暂免锋镝,为可悲耳。"翁亦流涕不止,自言所谓湘乡贼邓文元也,避难隐名,作渡于此。二人沽酒酌之,思昔强梁,伤今狼狈。闻者感叹。

黄 毛 野 人

方谷珍起兵时,造天台隐士周必达问计。周曰:"天下虽乱,君举义为天子除道,斯名正言顺,富贵可致,余非我所知也。"谷珍不别而去。周意珍复来,题诗扉上云:"海角愚夫不自斟,妄起关中逐鹿心。命运由来非力致,项羽英雄亦就擒。"携妻子入山谷中。明日珍果来,见诗恨不杀之。及事不成,方悔曰:"黄毛野人能料事至此。"乃投水死。

遮　阳　帽

明制：士子入胄监满日，许戴遮阳大帽，即古笠。又唐时所谓席帽也。吴文定公未及第时，久困科场，作诗咏之，有"似伞难遮雨，如铙却畏风"之句。唐解元遗像亦戴之。

戴　巾　之　滥

《语窥今古》：晋汉唐之巾，儒者之冠。明兴，科甲监儒兼而用之，非真斯文尽戴小帽。其后渐至业铅椠赋诗章者戴矣。迩来一介小民，未闻登两榜而入黉宫，一丁不识，骤获资财，巍然峨其冠，翩然大其袖，扬扬平康曲里，此何巾哉！曰银招牌也。否则曰省钱帽也。一人侥幸科第，宗族姻亲，尽换儒巾，曰荫袭巾也。谚有"满城文运转，遍地是方巾"之诮，安得科道一疏厘而正之？不然朝廷差巡巾御史揽辔中原，遇则杖而裂之，不亦快哉！

崇祯末有一人卖丝而业医，家富饶，遂戴巾，人谓之药师巾。

航　　船

《客座新闻》：题夜航船诗云："两浙无车马，乘船便当街。浑身着木屐，未死入棺材。退壳钻篷出，撑梭下堰来。夜深相并处，尔拢我侬开。"

浙　将　纳　妾

《碣石剩谈》：倭寇浙，某参将统兵驻海隅一巨室。主人年五十余，止一女，日夜惧倭至，幸大军驻此，可恃无恐，因延将于家，令女出拜为义父。时部下有人见女极美，诱将纳为副室。主人不肯，延及三日。夜二更忽传倭至,将统兵急去,至三鼓,见军马无数,将村中房屋烧毁殆尽,巨室夫妇俱死,惟存此女。将遂纳为妾,竟未见一倭云。

滑 氏 构 第

《涉异志》:明南司寇余姚滑南廓浩,营第邑之南隅。夜半将上梁,木工报以未及吉时。滑冠带坐俟,少假寐,梦群龙旋绕梁栋间,觉而私喜。未几子孙零替,将宅转售同邑少司空龚啸斋。后有人作诗云:"司寇绯衣坐室中,忽梦栋梁飞龙丛。不识共龙成一字,转眼卖与龚司空。"

僧 母 有 悟

《吹景集》:闽某寺僧某母年老,窭无所归,日止于寺之天王庙,从其子乞食。其子与约云:每食时唤母一声,须母应乃下食。又须日织一草屦。如是者三年。一日织屦次,闻唤云阿娘来,忽随口出偈云:"叫一声来应一声,应的就是本来人。如今不用频相唤,万丈寒潭彻底清。"顾谓其子曰:"无复须汝粥饭矣。"遂伽趺而逝。

杨 梦 羽 词

《水南翰记》:常熟杨梦羽仪有《拨不断》词:"菊苗肥,菖蒲瘦,生涯此外吾何有。竹影闲侵枕畔书,花香自入杯中酒,玉楼春昼。心无綦,眉无皱,今朝过也明朝又。屋外江山是主宾,窗前乌兔从飞走,青毡依旧。"

周 公 如 斗

嘉靖甲寅,倭寇浙直,农民大半窜去。比其还,逾夏矣,岁大饥。中丞周石厓、直指周观所如斗交章奏请尽蠲百姓租税,诏从之。

是岁民粮先输者悉以还民，旷荡之恩，百世未有。吴中谣曰："苏州一只斗，救了万民口。"谓周公如斗也。按此可为上官处兵荒善后之法。

喝　潮　王

嘉靖中，宝带桥海潮突至，散入同里，潮渐衰，如是者三日。江豚数百枚随潮上下，耆幼皆异之。相传此水故与海接，潮汐如娄江，陈黄门侍郎顾野王见潮至，一喝而却，是后潮竟不至，土人称为喝潮王，祀之庞山湖。潮骤来，倭寇之征。平望殊胜寺嘉靖初殿壁最高处忽有诗云："我在蓬山跨鹤来，老僧不在却空回。凡夫欲问菩提记，三十余年化作灰。"字画奇险，寺僧怪之。及甲寅寇至，寺焚，独壁上诗字迹如新。

疫鬼避大冢宰

《碣石剩谈》：正统中，丰城李裕为诸生时，落魄不羁。时当春月，偶至外家。会其家大疫，妇翁卧病在床，梦中闻数鬼私相告曰："明日有吏部尚书至，吾曹可谨避之。"一鬼曰："试往厨下空坛中少避可耳。"翁觉而异之。次早会李候疾造其家，顾李素贫窭，外家多不为礼，此日闻其来，翁亟请入卧内，不言所以，第令书吏部尚书封条数张。李愕然不知其故，强之再四，乃如命书就，令将厨下空坛重重封讫，抛弃野间，李亦别去。妇家疾疫遂退，翁亦就痊。后李果登景泰甲戌进士，成化中仕至吏部尚书。

黄　子　野

《榕阴新检》：唐黄子野字仲，侯官人。父周行贾于杭，子野年十三，从之。父就他郡，以子野守舍。适王伾微时覆舟于罗刹江，子野见之，奋臂呼曰："能生得人者予百金。"于是渔者得伾，子野即与以舍中装直百金。父归大异之。子野曰："身得其名，乃令父丧赢，非孝也。"遂去为人仆赁。主人微闻救伍事，义其为人，阴倍其偿，乃为小贾之息，久之既蓄藏，以其半为亲甘毳费，以其半散贫交昆弟。乃折节读书，治《左氏春秋》。无何客有劝之仕者，子野不答。因自见知于人，遂变姓名，焚毫素耕于方山。后伍为散骑常侍，使人召之，则亡。令福州观察使物色之，得之岐阳江上，一男子扁舟披蓑，独卧雪中，忽扣舷歌曰："早潮初上海门开，漠漠彤云雪作堆。一百六峰都掩尽，不知何处有僧来。"俄而又歌曰："几日江头醉不醒，满天风雪卧沧溟。定知酒伴无寻处，门外松涛坐独听。"使者疑为子野，遥呼之曰："仲无恙乎?"子野曰："唯唯。"于是遂达伍命，随子野至青山中，家徒壁立，几上唯《周易》一卷。子野佯喜，设脱粟之食，与之约旦日雪霁会传舍。旦日传舍长展车待客，夕时子野不至，使者驰至其家，则书币封识如故，子野已遁去矣。

沈 石 田 诗

沈石田诗云："挥金买笑逞豪英，自愧当初欠老成。脂粉两般迷眼药，笙歌一派败家声。风中柳絮狂心性，镜里桃花假面情。识破这条真线索，等闲趯倒戏儿棚。"此诗足为少年荡子之戒。

甘 贫 啜 粥

《宦游纪闻》：解大绅官词苑，食天厨，未至于屡空也。第水旱频仍，岁遭荒歉，每甘贫而歠粥。一日有《感咏》诗云："水旱年来稻不收，至今煮粥未曾稠。人言箸插东西倒，我道匙挑前后流。捧出堂前风起浪，将来庭下月沉钩。早间不用青铜照，眉目分明在里头。"纨袴之子不识岁之凶荒，而惟欲饱食终日者，可以省矣。

《戒庵漫笔》载《煮粥》诗云："煮饭何如煮粥强，好同儿女熟商量。一升可作二升用，两日堪为六日粮。有客只须添水火，无钱不必问羹汤。莫言淡薄少滋味，淡薄之中滋味长。"诗亦淡而有味。

一书作沈石田诗。近闻嘲薄粥诗云：“薄粥稀稀水面浮，鼻风吹起浪波秋。看来好似西湖景，只少渔翁下钓钩。”“薄粥稀稀碗底沉，鼻风吹动浪千层。有时一粒浮汤面，野渡无人舟自横。”似从解学士诗中来。

盗 发 秽 冢

《辍筑录》：秦桧墓在建康，岁久榛芜。成化乙巳秋，被盗发，获金银器具巨万。盗被执赴部鞫，末减其罪，恶桧也。司寇余姚滑浩、大理姑苏蔡西圃昂作诗快之曰：“权奸构陷孤忠残，二帝中原不复还。恨无英主即显戮，至今遗臭江皋间。当时徇葬多奇宝，玉簪金绳恣工巧。荒榛无主野人耕，狐兔为群石羊倒。一朝被发无全躯，若假盗手行天诛。於戏浙上鄂王墓，松柏森森天壤俱。”

征 途 药 石

记得离家日，尊亲嘱付，言“逢桥须下马，过渡莫争先，雨宿宜防夜，鸡鸣更相天”，若能依此语行路，免迍邅。此征途药石之言。

丘 琼 山

《震泽纪闻》：丘仲深淹博群书，而好为诡辨。其论宋朝人物，首推秦桧，云宋至是亦不得不与和，南宋再造，桧之力也。论范文正则以为生事，论岳武穆则以为未必能恢复，其意见皆类此。后见《西园杂记》载琼山《吊岳武穆》乐府云：“臣飞死，臣俊喜，臣浚无言世忠靡。臣桧夜报四太子，臣构称臣自此始。”词严而义正，与前论大不相同，允称史笔。

弘治初，孝庙内宴，丘琼山以内阁兼礼书、王三原以冢宰各执己见论坐，遂不相协。适御医刘文泰援例求进，王不许，刘遂疏王短事，时论以丘嗾之。丘亦目王为好名，王遂自疏求去，物论哗然。有揭诗于午门曰："秦桧当年陷岳飞,宋家宗社竟衰微。如今丘濬排王恕,明主须当早见几。"后丘卒,文泰往吊,夫人叱之出曰:"使我相公齮王公,负不义名于天下,非若也耶?何用吊为?"则丘之诋抑善类可见矣。

翻 韵 诗

《谐语麻衣》:黎瑾,南海狂士也,游漳州,频于席上喧酗。乡饮日,诸宾悉赴客司,独不召瑾。瑾作翻韵诗赠崔使君,坐中大笑,驰骑迎之。诗曰:"惯向溪边折柳杨,因循行客到州漳。无端忤触王衙押,不得今朝看饮乡。"

陶 真

世之瞽者多学琵琶,演唱古今小说,以觅衣食,谓之陶真,盖汴京遗俗也。瞿存斋《过汴》诗云:"歌舞楼台事可夸,昔年曾此擅豪华。尚余艮岳排苍昊,那得神霄隔紫霞。废苑草荒堪牧马,长沟柳老不藏鸦。陌头盲女无愁恨,犹拨琵琶说赵家。"

五 色 五 味

新安张山来潮《五色连珠》青云:"眉扫文君之黛,色过远山;眼回阮籍之嗔,神同秋水。"赤云:"忠闻鼎峙之朝,心如其面;车上寒山之径,叶胜于花。"黄云:"彭泽归来,三径犹存秋菊;上林飞去,一群雅号金衣。"白云:"渊明乞食之时,逢人送酒;陶榖居家之日,唤妾煎茶。"黑云:"坡仙写貌,不必觅其齿牙;季子还乡,或且憎其面目。"又《五味连珠》酸云:"魏武行军,望梅林而止渴;王维觅句,走醋瓮以沉思。"苦云:"越勾践之沼吴,日惟尝胆;柳夫人之教子,夜必丸熊。"甘云:"如食榄者久咀,味回齿颊;若有人兮得道,趣在中边。"辛云:"曹娥碑畔字,成虀臼之文;子固诗终句,有捣姜之气。"咸云:"留客有水晶盘,差堪一醉;引车惟青竹叶,竞洒终朝。"

楮 先 生 传

张山来有《楮先生传》:会稽楮先生者,上世不知何许人,亦不传其名氏。为人柔和端整,有方洁称。善属文,识卷舒之义。不欲受污流俗,高隐会稽剡溪间,自号楮先生,人因以是呼之云。幼时师事蔡伦,其所造就为多。居常与歙州罗文、绛人陈玄、中山毛颖相友善,其出处必偕,而与颖尤莫逆,间有任使,随所指画,莫不帖然从。即玄欲有所致于楮,亦必藉颖为介绍。独于文为稍疏。后三人咸贵显,罗封万石君,毛授中书令,陈拜墨卿,独楮未尝以尺寸长干谒于上,盖自分草木同朽腐焉。一日上欲下求贤诏,命毛颖草创,陈玄琢磨,罗文润色。三人辞以"臣等虽蒙任使,然三臣所为,不能行之四方。臣友楮先生者工于典籍,又能铺集众长,得若共事,臣等可藉以施功矣"。上乃敕侍臣征之会稽。楮方托体林麓间,与木石居游,自以樗栎余材,辞不就诏。郡县敦迫,絷维登车,至乃衣素衣,磬折见上。上以其朴素,顾而喜,拜尚书令,且笑之曰:"白衣昔有宰相,今复有白衣尚书乎?"解黄袍衣之,"尔其体朕意,为求贤诏"。楮谢受命,即展己之长,集数子所为者加以叙次,皆成文章,上甚嘉焉。会远方寇起,武臣咸议兴兵,或谓兴兵则多费,楮生善于辞命,使说之必降。上亦知先生能办贼,趣之行。先生至,为之陈说利害,寇果延颈受命。报捷,上喜曰:"楮生此行贤于十万师远矣。"嗣是四人以知旧同朝,戮力秉政,凡策文诏诰之属,必佥谋始各奏其能,而楮常沐异宠,名之曰柔翰,召见呼楮卿。顾性畏风,遇微飔辄战栗,举体摇动,不能自持。上怜而佩之玉以为镇。不数月,中书令以老疐谢政,墨卿又才尽寿终,逾年万石君亦以阙失斥归,惟楮校书中秘,纂录无遗,上时加眷顾。然文等已去,孤处无援,且有蠹国鼠窃之臣,嫉其才能,日揭短长缺损于上前。上见楮体日薄,考之小事,渐复糊涂,乃令休致,以子领其职,亦克继父绩。而其族缘以宦显者甚众,衣朱紫者不可胜计,自学士大夫以至诸子百家,皆与之游处,不能一日无之。盖其柔和端整,犹具有乃祖风焉。

外史氏曰:楮氏之先不知其所自出,自先生以柔翰显于世,子孙遂尔繁衍,间亦有逃禅者,隐居金粟山,声价尤贵。一支远在高丽,以时入中国。其族大抵多寿,辄有数千岁,少亦数百岁云。

毛 颖 后 传

广平申和孟涵光作《毛颖后传》,微有寄托,亦滑稽之笔,可与前人江瑶柱、罗文诸传相比。其略曰:颖以老病谢中书事归,而往来研山、甬上,爱防风山水,遂移居焉。是时陈玄隐天都,楮先生在剡,陶泓迁于端州,时时相遇,为方外交。适有人自长安来,言沛公入关时,萧何尽收丞相御史律令图书,乃叹谓玄等曰:“吾辈竭生平纂录,将与竹帛垂无穷,今遂为他人有耶?”因欷歔不自胜,遂发狂,常科头散发,不与士大夫相见,士大夫亦厌之,掷不复顾。饼师、酒媪或见而呼之,命登记所业籍,欣然为书。然书又潦倒,不称人意。其后颖死而子孙繁衍,日益盛,皆能文工书画。乌衣象服,珮玉袭紫,绮裘照耀,江左四方达者闻之,争聘掌书记。先是颖惩己孤立被废,命子孙十人为曹,所至递用事,故宠任久不衰。四方黠者亦拂饰冒颖支庶,识者辄能辨之。于是中山之族微,而防风甲天下。

史氏曰:自楚汉递兴,能者皆起效一技,而颖独以老病自全,挺立不屈,岂慕孤竹之遗风欤?然身晦而子孙用,使富贵不绝,可谓善处名实者矣。

歌 词

《闲居笔记》有歌云:“水花儿聚了还散,蛛网儿到处去牵,锦缆儿与你暂时牵绊。风筝儿线断了,匾担儿担不起你不要担。正月半的花灯,也亮不上三五晚。同心带结就了割做两段,双飞燕遭弹打怎得成双,并头莲才放开被风儿吹断。青鸾音信杳,红叶御沟干。交颈的鸳鸯,也被钓鱼人来赶。"

铁 树 开 花

星家年月支干谓之六十花甲子者,以铁树开花得名。此树必遇甲子年方开花结实。《碧里杂存》载:正德中,湖州王雨舟济云于书中曾睹此说,后官横州别驾,亲见此树在一指挥人家圃中。其人言在我明洪武十七年、正统九年、弘治十七年三开花矣,今当于嘉靖四十三年再花。信书中所载不诬,惜不记所睹者何书。按铁树即红豆树,我郡东禅寺中有之。天启甲子开否,无从考究。康熙二十三年甲子,其花盛开,结实累累。《七修》云铁树遇丁卯年则花开。

海 红 花

《七修类稿》:俗以纷纭不靖为海红花。按海红花即山茶也,朵小而花瓣不大放开,自冬开至春,其叶与花丛杂蓬松,不见枝干,故谓纷纭不靖也。刘菊庄诗云:"小院犹寒未暖时,海红花发昼迟迟。半深半浅东风里,好似徐熙带雪枝。"又《古山茶诗》:"浅为玉茗深都胜,大曰山茶小海红。"则知玉茗即杨妃山茶,粉红色。都胜乃宝珠花,极红而叶绿。大朵为山茶,小朵为海红矣。近又见白宝珠山茶花最大,洁白可爱,父老云即古所谓菱花也。

返 璧

今人于所馈遗有不受者,书帖曰璧谢,盖本《左传》晋公子重耳至曹,曹公不礼,僖负羁馈盘飧,其妻寘璧焉,公子受飧返璧,故书帖曰返璧。或者新其词曰完璧,曰归璧,甚至曰归赵,则用蔺相如事矣。夫秦恃强诈而取赵璧,相如以死争,怀璧归,此何等事,乃施于和好之交际,不亦悖哉!

西 施 有 施

范少伯扁舟五湖,为千古风流谈柄。《鸿烈解》云:汤败桀于历山,桀与妹喜同舟浮江,奔南巢。则是扁舟丽人,少伯已落第二着矣。乌程董遐周斯张戏成一绝云:"湖上桃花艳一枝,黄金铸后杳何之。君王不比鸱夷子,载得西施笑有施。"按《国语》云:桀伐有施,有施氏以妹喜女焉。西子姓施,而妹喜亦施姓,皆扁舟远遁,古今事之巧合若此。使后之亡国者,若陈、李后主诸公早办此同舟之策,可无入景阳井与宋宫矣。

梅 香 苦

《群谈采余》载:李一松《婢妾》诗云:"梅香苦,梅香之苦凭谁诉? 赤脚蓬头年复年,青春渐渐忙中过。汲水昏随虎队行,拾薪晓踏鸡声破。夜绩无更身上衣,采桑空望蚕丝吐。剪烛成灰恨怎消,见花血泪盈盈堕。饮食烹调戒弗尝,不谙食性频遭怒。昏倦欲眠不得眠,事冗日长半饥饿。勤家未必主翁怜,淡妆亦被娇娘妒。纤毫有犯罪莫逃,毒手老拳不知数。罗帏内外冷暖分,咫尺风光相辜负。残灯明灭更漏长,破絮无温片板卧。开眼他乡无六亲,自悲自泣忧满肚。"

胡 梅 林 对

胡梅林宗宪在浙,招致诸名士,如徐文长辈皆在幕中。一日胡与一尊官周姓者饮于舟中,执壶者偶失手倾其酒。周忽出对云:"瓶倒壶胡撒尿。"盖胡素有失溺之疾,故嘲之。胡一时无以复,左右急传入幕中,即对就,私达于胡。及发船,故令舟人以柁作声,胡乃曰:"吾有对矣:柁转舟周放屁。"对既工,适足答其侮也。

伍　像

《麈余》：盘门伍相祠，旧本立像，知府况伯律钟入庙，见之曰："不可使神久立。"遂易坐像。既而毁旧像，中有石刻字云："若要子胥坐，除非二兄过。"二兄谓况也。

吴　淞　江

《见闻录》：吴淞江久湮，童谣云："要开吴淞江，须湮海龙王。"人谓其工难成。隆庆中，巡抚海瑞倡议开浚，董其事者松江府同知黄成乐、苏州府推官龙宗武也。时两月不雨，即日奏功，其谣始验。

要　离　墓　碑

要离墓在吴县西四里阊门南城内。《吴地记》云：在泰伯庙南三百五十步。《府志》云：相传在今梵门桥西城下。先时有童谣云："要离高出城，天下动刀兵。"万历间，有高兵备名出，见古迹不可无以表之，遂立一碑"古要离墓"，后书"东海高出题"。南濠一带皆望见此碑，且姓名巧合，而流贼渐起，亦异哉。

纸　箫

汪钝翁《说铃》：闽人有卷纸为箫者，周侍郎亮工得之，色如黄玉，扣之铿然，以试善箫者，无不称善。或题之曰："外不泽，中不干，受气独全，其音不窒不浮，品在佳竹之上。"后以赠刘公勇，公勇为赋《纸箫》诗。

四　美

四美，人皆知《滕王阁记》"四美具"，谓良辰、美景、赏心、乐事也。

刘越石诗"之子之往，四美不臻"，谓音以赏奏，味以殊珍，文以明言，言以畅神。又韩退之《赠别元十八协律》诗："子今四美具。"谓读书患不多，思议患不明，患足已不学，既学患不行也。

先 贤 击 奸

郑龙如《耳新》：天启间，监生陆万龄请祀魏忠贤于国学。及忠贤败，万龄解刑部，过圣庙，日将暝，见瀹台灭明及周、程二夫子。子羽指万龄詈曰："女侮先圣，倡邪议，建逆祠，峙圣庙，致各省闻风效尤，吾党木主半在泥坪。我抱千金之璧，不惧蛟龙，何有于尔辈及魏忠贤哉！尔辈自有王法，我君子不与小人斗力，明珠不与瓦砾相触。"从者但见万龄匍匐请罪，形像不见，遥望惟紫云瑞霞而已。又《史略》：监生张某疏请以忠贤尊并孔子，一日入国学，骤病，自言为子路所击，遽反，死于途。

戒 子 诗

《驹阴冗记》：有张总戎，善吟诗，尝作《诫子》一章，人颇传诵："银灯剔尽自咨嗟，富贵荣华有几家。红日难消头上雪，黄金都是眼前花。时来言语风行草，运去田园水抟沙。寄语儿曹须勉力，各人寻个活生涯。"

罗 罗

隋炀帝醉游诸宫，偶戏宫婢罗罗。罗罗畏萧妃，不敢迎帝。帝乃嘲之曰："个人无赖是横波，黛染隆颅簇小娥。幸好留侬伴成梦，不留侬住意如何。"

胡 可 泉 门 联

《逌旃琐言》：胡可泉知苏州日，揭一联于门外云："相面者，算命者,打抽丰者,各请免见;撑厅者,铺堂者,撞太岁者,俱听访拿。"

尘 劳 诗

《驹阴冗记》:饶有省祭官,京居日苦尘劳,作绝句云:"碌碌庸庸立世间,朝来直到睡时闲。谁知梦里犹辛苦,千里家山一夜还。"

嘲北地巷曲中

《长安客话》:金陵陈大声铎嘲北地巷曲中曰:"门前一陈骡车过,灰扬,那里有踏花归去马蹄香。绵袄绵裙绵裤子,膀胀,那里有春风初试薄罗裳。生葱生蒜生韭菜,腌脏,那里有夜深私语口脂香。开口便唱冤家的,歪腔,那里有春风一曲杜韦娘。举杯定吃烧刀子,难当,那里有兰陵美酒郁金香。头上髟髻高尺二,蛮娘,那里有高髻云鬟宫样妆。行云行雨在何方,土坑,那里有鸳鸯夜宿销金帐。五钱一两等头昂,便忘,那里有嫁得刘郎胜阮郎。"

刘 祭 酒

《谐语》载:明英庙大猎,从官皆戎服弓矢以护跸,应制赋诗,刘祭酒某误以雕弓为弓雕,太学生贴诗于监门云:"猎羽杨长共友僚,雕弓诗倒作弓雕。祭酒如今为酒祭,衔官何以达廷朝。"广东举人王佐复上诗于刘云:"乐羊终是愧巴西,许下维闻哭习脂。岂是先生无好句,弓雕何愧古人诗。"以为能得司成之喜。刘览之愈怒。后王佐刻桐乡诗,具载此首,遂大传其事。

给 事 尚 书

《墨庄漫录》:胡成公世将为中书舍人兼权给事中,与张子公焘同事。一日胡将上马,忽内逼,乃解衣趋厕。张戏之曰:"解衣脱冕而行，舍人给事。"取急同音。久之未有其对。后李似矩^{弥大}自尚书知平江府，似矩常为宣抚使，为贼所窘。赵次张^{九龄}忽云："子公之句，吾有对矣。可对：弃甲曳兵而走，宣抚尚书。"取常输同音。闻者莫不大笑，且以为的对。明夏、周二公谑语本此。

白 土 书 门

《暖姝由笔》：今人访友偶无名帖及乏纸笔，辄取土墼或石灰书其家壁板"某人来拜"，此俗事耳。吾子行《闲居录》云：蒋泊字景裴，居葛岭宝胜寺东庑，名公士夫多器之。每一入城终日，归而白土书门者又满矣。

喜 事

今妇女裙带忽脱者俗谓之腰欢喜，与灯花、鹊噪、蜘蛛垂丝坠人衣巾俱有喜事。唐权德舆玉台体诗云："昨夜裙带解，今朝蟢子飞。铅华不可弃，莫是藁砧归。"则知相传已久。

史 馆 赋 诗

《蒹葭堂杂抄》：徐武功在史馆修何尚书文渊事，赋诗云："温州太守重来归，昔何廉退今何违。却金馆在已如扫，掩月堂寒空掩扉。人间固有假仁义，天下岂无公是非。老夫忝秉《春秋》笔，不作谀词取世讥。"

高 唐 云 雨

《戏瑕》：高唐云雨是先王楚怀事，楚襄虽梦神女而赋中不言云雨也。乃唐人诗如"倾国倾城汉武帝，为云为雨楚襄王"、"云雨无情难管领，任他别嫁楚襄王"、"料得也应怜宋玉，只应无奈楚襄王"、"今来云雨知何处，重上襄王璚瑁筵"，此类甚多，相沿不改，遂为填词家借资。然使正讹而作怀王，恐不成佳话矣。

爱 闲

《春风堂随笔》：宋吕文靖题镜湖天花寺一绝云："贺家湖上天花寺，一一轩窗向水开。不是闭门防俗客，爱闲能有几人来。"因取爱闲二字署山居一轩。

鬼 观 戏

《西樵野记》：弘治癸丑，湖州俞氏梨园一日抵暮有人持灯至，曰："吾乃严尚书府中，召汝今夕演戏。"随出白金半锭授之。诸优如召从至一大厦，雕梁画栋，席间章缝毕集，命演赵盾故事，直未许鸣金。戏毕天明，乃一古庙，间之土人，云是国初严尚书旧游地也。

顺治戊子，有呼优人往乡演戏者，至其地已昏黄矣。座上宾主七人，皆峨冠博带，非时服式。上坐者为杨解元廷枢、徐翰林汧，而主席则上方五通神也。为次者将纳宠而宴客，坐次谈及其事，杨公正言力阻。长者云："舍弟敢不从命。"即谕从人唤回迎亲人役，不必到某家去矣。其始众皆昏迷，后乃大鸣金锣，宫室人物皆不见，箱在旷野中。急收拾而归，迹至其家，女方大病而忽愈。优人告之故，其家感极，备礼往谢，杨仲子震伯以事之不经，拒而不见。

诗 似 吃 语

《封中录》：有一诗似吃语："贵馆居金谷，关扃隔藁街。冀君见果顾，郊间光景佳。高阶既激涧，广阁更交柯。葛巾久乖角，菊径简经过。"

以 姓 相 嘲

《谐语》：万历中，詹御史世讲入朝，时未辨色，工部苏主事雨随后至,苏问左右曰:"前骑为谁?"对曰:"道里詹爷。"苏微语曰:"詹之在前。"詹微闻之,亦问左右曰:"后骑为谁?"对曰:"工部苏爷。"詹使人讯曰:"后来其苏。"

泰和曾给事前川忭与郭工部恺会饮,曾嘲郭曰:"女犬羊之鞞乎?虎豹之鞞乎?"郭应声曰:"尔何曾比予于是。"

壬集卷之二

张 元 鉴

《亦巢偶记》：张元鉴名国经，本嘉定娄塘人，少任侠好拳勇，皆称娄塘张二。偶为某青衿所叱辱，遂专心时艺，得补弟子员，与少年名士交，仍以拳棍侠气著名。《西楼记》中胥长公即其人也。后以疑事系狱，久而得出，年七十余，将死，口占一诗曰："学书学剑两茫茫，六十年来十万觞。龙战未休骑鹤去，且从冥漠看沧桑。"时在鼎革初也。此诗气概划足，副其生平。

慈仁寺绝句

慈仁寺东廊下有无名氏两绝句："故宫高与碧山齐，无数垂杨接御堤。玉辇不来花落尽，晾鹰台上鸟空啼。""新甃汤泉咽不流，缭垣欹侧野棠秋。月明深锁长生殿，夜半无人誓斗牛。"词意凄恻，真杰作也。

清凉寺壁诗

金陵清凉寺壁上有诗，乃题赠一僧名扫叶者。其诗云："拈花久碍人天眼，扫叶犹留解脱心。何似无花并无叶，千山明月一空林。"颇于宗门有会，不知谁作也。

青 雀 诗

夏子乔竦幼学于姚铉，使为《水赋》，限以万字。竦作三千字呈铉，铉怒不视，曰："汝何不于水之前后左右广言之？"竦益之得六千字，铉喜曰："可教矣。"后善属文,为时所称。擢制科,除馆职,数为御史纠劾。竦疑时宰讽旨,作《青雀》诗寄谏院张升云："弱羽伤弓尚未完,孤飞谁敢拟鸳鸯。明珠自有千金价,莫与他人作弹丸。"

黄叶桐花

《说铃》:崔孝廉尝得句云："黄叶声多酒不辞。"王阮亭赏之,目为崔黄叶。阮亭有和李易安韵《蝶恋花》词,长安士大夫称王桐花,固不可无崔黄叶作配。词曰："凉夜沉沉花漏冻,欹枕无眠,渐听荒鸡动。此际闲愁郎不共,月移窗罅春寒重。　忆共衾裯无半缝,郎似桐花,妾似桐花风。往事迢迢徒入梦,银筝断绝连珠弄。"

唐词无换头

南唐张泌有《江城子》二阕:"碧阑干外小中庭,雨初晴,晓莺声。飞絮落花,时节近清明。睡起卷帘无一事,匀面了,没心情。"又:"浣花溪上见卿卿,眼波明,黛眉轻。高绾绿云,低簇小蜻蜓。好是问他来得么,和笑道,莫多情。"黄叔旸云:"唐词多无换头,如此词是两首,故两押明字、情字,今合为一则误矣。"

鞋袜称两

《升庵词品》:高文惠妻与夫书曰:"今奉织成袜一量,愿着之动与福并。"量当作两,《诗》"葛屦五两"是也。无名氏《踏莎行》词_{按词调寄《步蟾宫》}。末云:"夜深着辆小鞋儿,靠着屏风立地。"辆、纳、两,古今字也。小词用《毛诗》字亦奇。

巡抚题署

明鄱阳刘芝阳_{应麒}巡抚吴中,告终养归,临发题诗署中曰:"来时行李去时装，午夜青天一炷香。描得海图留幕府，不将山水带还乡。"
可谓清风两袖者矣。

二乔观兵书

《雪涛诗评》有《题二乔观兵书图》云："香肩并倚读兵书，韬略原
非中馈宜。千古周南风化本，晚凉何不读《关雎》。"亦雅致可喜。

观　潮

《熙朝乐事》：杭人观潮自八月十一日为始，至十八日最盛。因
宋时以是日教阅水军，倾城往看，非谓江潮特大于十八日也。是日郡
守以牲醴致祭于潮神，而士女云集，傺情幕次，罗绮塞途，十余里间，
地无寸隙。伺潮上海门，则泅儿数十，执彩旗，树画伞，踏浪翻涛，腾
跃百变，以逞材能。豪民富客，争赏财物。优人百戏，击球斗扑，鱼鼓
弹词，声音鼎沸。瞿宗吉《看潮词》云："嘉会门边翠柳垂，海鲜桥上赤
栏欹。行人指点山前石，曾刻先朝御制诗。""出郭游人不待招，相逢
都道看江潮。今年秋暑何曾减，映日争将画扇摇。""一线初看出海
迟，司封祠下立多时。须臾金鼓连天震，忙杀中流踏浪儿。""垆头酒
美劝人尝，紫蟹初肥绿橘香。店妇也知非俗客，奚奴背上有诗囊。"
"沙河塘上路歧赊，扶醉归来日已斜。怪底香风来不断，担头插得木
樨花。""步入重门小院偏，金猊飞袅夜香烟。家人笑问归何晚，已备
中秋赏月筵。"

酒　评

袁中郎既为《觞政》，复与方子公辈以饮户相角，因为《酒评》：
刘元定如雨后鸣泉，一往可观，苦其易竟。陶孝若如俊鹰猎兔，击
搏有时。方子公如游鱼呷浪，喁喁终日。丘长孺如吴牛啮草，不大
利快，容受颇多。胡仲修如徐娘风情，追念其盛时。刘元质如蜀

后主思乡，非其本情。袁平子如五陵少年说剑，未识战场。龙君超如德山未遇龙潭时，自着胜地。袁小修如狄青破昆仑关，以奇服众。

鬼　吟　诗

大中丞商丘宋公荦《筠廊偶笔》载：闯贼陷京师，有中州士人被掠者，言昔破某邑，与一士人共住一大家楼下。时当暮春，雨中对酒联句，其人首倡云："风风雨雨送春归。"忽闻楼上续一句："无雨无风春亦归。"两人默然拱听，徐云："蜀鸟啼残花影散，吴蚕食罢柘阴稀。嘴边黄浅莺儿嫩，额下红深燕子肥。独有道人归不得，杖头长挂一蓑衣。"两人登楼视之，绝无人踪，惟飞尘盈寸而已。《列朝诗》亦载是作，与此小异。

杨　妃　袜

顾侠君秀野草堂诗社有《分和元人咏物》题，内杨铁崖《咏杨妃袜》云："天宝年来窄袎留，几随锦被暖香篝。月生帘影初弦夜，水浸莲花一瓣秋。尘点翠盘思乱滚，香拈金镫忆微兜。悬知赐浴华清日，花底绷儿碧眼偷。"余叔苍书曰："杨妃袜以马嵬遗事传，不得作宫中淫亵语。"因为诗云："马嵬遗袜窄勾传，莲瓣轻红尚宛然。天子蒙尘曾共走，诸姨堕翠不同怜。空悲只锦难寻对，剩有多情为奉钱。一自乱离收拾得，再回宫寝是何年。"侠君大为叹服。

《尧山堂》载：越中诗社铁崖《题杨妃袜》有"安危岂料关天步，生死犹能系俗情"之句，诗集不载。

轻　云　余　发

《谢氏诗源》：轻云鬓发如漆而长，每梳头，立于榻上，发犹拂地。

已绾髻,左右余发各粗一指,结束作同心带垂于两肩,以珠翠饰之,谓之流苏髻。于是女子多以红青丝效其制。少陵赠美人诗曰:"笛唇杨拆柳,衣发挂流苏。"

濯手倚松

《碣石剩谈》:浙省城南班巷,徽商吴某寓焉。商止一女,及笄,择配未谐所愿。万历乙酉仲秋望后,梦龙戏爪水中。次日姚江徐应登以儒士应试毕,偕友过商门。友指谓徐曰:"此家赀财巨万,有女求配,意得佳士,不言贫富也。兄纵未第,应试入学,非佳士乎?我素识其人,请为作伐,兄少俟。"遂入言于商。商虽口诺而意未允,其友曰:"此儿在外,试一觇之。"送及门,徐适濯手水瓮中,商以符所梦,欣然许之,遂请友玉成。友语徐,徐欲俟归,具礼聘之。商乃出金使质焉。及放榜果中式十一名,辛丑成进士。

万历中,安庆刘尚志以方伯告归,适同年某督学政,两子皆置劣等,刘不能平,使人让之。督学送卷于刘,且云:"年兄在家何所事而不训子?"刘见卷大怒,遂萌蓄妾生子之念。薄游扬州,偶至一所,见池上苍松可爱,倚松盘桓。主人出见大惊,讯知其意,遂以爱女许为妾。盖夜适梦龙倚苍松也。生子若宰,戊辰魁天下;若宜,丁丑成进士。

百岁坊

侯官林德敷春泽,正德甲戌进士,户部主事迁员外郎,疏谏南巡,出守南安。生于成化庚子,至万历己卯一百岁。刘中丞、商御史为建人瑞坊,德敷谢诗云:"翠旗谷口万松风,喘息犹存一老翁。讵意夔龙黄阁上,尚怜园绮白云中。擎天华表三山壮,醉日桑榆百岁红。愿借末光垂晚照,康衢朝暮颂华封。"又四年卒。子应亮,嘉靖乙未进士,以户部侍郎侍养,年亦八十六卒。孙如楚,嘉靖乙丑进士,工部侍郎,卒年八十二。

袁时两先生

我郡袁玄海一鲸、时庐山道濂两先生皆道学士，万历中，与先大父交最厚。一日，袁忽曰："吾生平所不能及者一人。"时问何人，袁曰："范文正公读书醴泉寺中，啜齑粥，见藏金覆而不取，若予则不免动心矣。"时曰："此事余犹能之，余所不能及者亦一人。"袁问何人，时曰："司马温公夜坐读书，侍婢捧茶至，问公曰相公读何书，公正襟对曰《汉书》，此则余所不能也。"财色移人如此。

板　　隶

《蓉塘诗话》：宣德中，全椒章惠知温州平阳县，奉公爱民，理繁就简，凡百公务，不差隶卒勾摄，止用粉板，背绘刻隶卒，甲乙为次，传递勾摄，题其板曰："不贪不食，与民有益。人随牌至，庶免谴责。"人咸信服，不敢稽违。由是案牍清简，囹圄空虚。今纸皂虽设，而隶卒之需索如故，名存而实亡矣。

陈　通　判

杭州陈履信信任大理寺评事，升我郡通判，在任二年，有惠政，廉而公直。正统十六年，年六十六乞致仕，囊橐萧然。某以重贶追送，毫无所取。郡人杜璠以诗送之曰："公辞荣禄赋归田，又却苏民馈贶钱。一任此生贫到骨，只留清节与人传。"

历日后甲子

宋至道二年，司天杨文镒言：历日后六十甲子之外更留二十年。太宗以为当存两周甲子，共成上寿之数，使期颐之人犹见所生年号。司天奉旨，遂为定式。不知何时又止留六十也。但年过六十，不见所生便觉凄然有物化之感，太宗虑深矣。

土 神 作 伐

兴化李石麓春芳，幼时初上村塾。一负薪者偶憩于土地祠门阈上，忽闻庙中语曰："今日李状元上学，当扫除街道。"负薪者起视，庙中寂无人，遂复坐。顷之又闻神语曰："李宰相来矣，可速扫除。"俄而疾风吹卷，街衢洁净。负薪者异之，因坐候，见一人携一童捧书包而至，遂同送至学中，问其年庚，深相结纳，不告以故，以女许字之。后县中缺门子，人以李名报，遂点入，师以其聪俊，言于县令，令留与儿子伴读，应试入泮。人有讽其解负薪之姻者，石麓坚拒之。未几登魁选，入宰辅，并不置妾媵。今子孙济济，科第不绝，皆负薪女之所自出也。

功 名 预 定

吾郡周子静名荃，天启末父以吏员为某县典史。衙署有大树，仆偶溺其上，树神附其身，大怒曰："何为污我？当杀之！"典史具公服拜求之，神曰："尔小官，谁理汝？"时长子子丹名葵，年逾弱冠，已游庠，荃亦总角，乃试令二子拜求，神曰："既宪副公拜恳，姑恕之。"仆遂无恙。葵意宪副谓己，甚自矜诩。及鼎革时，金陵失守，荃安抚苏州有功，命为开封守，升青州兵备，竟符宪副之称。

雷 震 谯 楼

万历乙未三月廿九日，雷震阊门谯楼西南螭首，劈碎柱石。适是日吴邑侯袁中郎宏道上任。先是，民间谣曰："吴县知县到，霹雳震得暴。分付阊门人，家家有响报。"岂郎官上应列宿，天戒以示警与？然在任二年，寄情诗酒，吴中名胜，题咏殆遍。改任顺天府学教授，升吏部郎中。

木牛流马

武侯居隆中,客至,命妻黄氏具面。顷之面至,侯怪其速。后潜窥之,见数木人斫麦运磨。拜求其术,变其制为木牛流马云。

星　变

万历丁丑十月,有星孛西南,历箕尾,光芒亘天,状若练,气成白虹。星家占言不一。适张江陵闻父讣不奔丧,请留京守制,台省及翰林交章刻奏,江陵讽中贵捏旨杖戍吴中行等。人情汹汹,且有榜帖揭之通衢云:"居正身不正,用贤相不贤。检讨赵用贤。思孝忠当尽,刑部主政沈思孝。中行道始全。编修吴中行。蓄艾能医病,刑部员外艾穆。元标欲转天。进士邹元标。五贤一不肖,千载定须传。"风闻宫掖,始知江陵之奸。未几居正死,籍没其家,长子礼部自杀,赦宥谪戍诸臣,复其官,星异遂灭。

官禁妇女烧香

康熙庚戌之春,巡抚马公严禁妇女烧香。朱望子先生戏作《竹枝词》云:"城中名胜路非遥,北寺玄都尽寂寥。灌口二郎任土地,一时香火半萧条。""大家行径不寻常,游伴尼姑定一行。只此三春坐闺阁,庵中闲杀女陪堂。""巧将时服斗新装,一任裁缝索价昂。可惜月华裙制就,空教摺叠贮衣箱。""高头争刷牡丹奇,时尚高髻名牡丹头。粘腻穷搜草木脂。料得葵枝与桐树,今年多剩梗和皮。""虎阜春残闹未阑,山僧日逐丽人看。而今无复撩双眼,入夜应教睡梦安。""施主佳人女奉陪,驱除先怕令如雷。四宜堂后青帘内,游客休将首更回。玄墓四宜堂侧,内眷及尼留宿处。""古刹名山尽寂然,画船闲泊市湖边。天公似解闺中闷,积雨春光已半捐。"

神 女 赠 诗

盛弘之《荆州记》：宫亭湖庙神甚灵，涂旅行过，无不祈祷，能使湖中分风而帆。秦少游宿湖边惜竹轩，梦神女赠诗云："不知水宿分风浦，何似秋眠惜竹轩。闻道文章妙天下，庐山对面可无言。"

方 干 旧 隐

浙江桐庐县西有白云村，唐方干故居，子孙至宋犹盛。范文正公诗："风雅先生旧隐存，子陵台下白云村。唐朝三百年冠盖，谁聚诗书到子孙。"

李 霜 涯

《委巷丛谈》：杭城西湖遇旱亦尝龟坼，宋嘉熙庚子，西湖水涸，茂草生焉。官司祈雨无应，李霜涯戏作一词云："平湖千顷生芳草，芙蓉不照红颠倒。东坡道：波光潋滟晴偏好。"逻者廉捕之，遁迹不知所往。

诗 刺 贪 徒

《客座新闻》：富阳俞克明既宦，而邻家有田与他塍相连，每岁令人侵其畔，乡民苦之。族人俞古章赋诗一绝云："一年一寸苦相侵，一尺元来十度春。若使百年侵一丈，世间那有万年人。"

斗 草

《熙朝乐事》：杭城春日妇女喜斗草之戏，黄子常《绮罗香》词云："绡帕藏春，罗裙点露，相约莺花丛里。翠袖拈芳，香沁笋芽纤指。偷摘遍,绿径烟霏;悄攀下,画栏红紫。扫花阶褥展芙蓉,瑶台十二降仙子。　　芳园清昼乍永,亭上吟吟笑语,妒秾夸丽。夺取筹多,赢得玉铛瑜珥。凝素靥,香粉添娇;映黛眉,淡黄生喜。绾胸带空系宜男,情郎归也未?"

打　　行

《亦巢偶记》:打行闻兴于万历间,至崇祯时尤盛,有上中下三等。上者即秀才,贵介亦有之。中者为行业身家之子弟。下者则游手负担、里巷无赖耳。三种皆有头目,人家有斗殴或讼事对簿,欲用以为卫,则先嘱头目,顷之齐集,后以银钱付头目散之,而头目另有谢仪,散银钱复有扣头,如牙侩然,故曰行也。鼎革以来,官府不知其说,而吏胥又不晓文义,改作降字。但此辈惟得钱为人效力耳,何尝欲人之降? 此予少时所亲见,今此字久而不变,故记之。

脉　　望

《原化记》:建中末,书生何讽买得黄纸古书一卷,读之,卷中得发卷,规四寸,如环无端。讽因绝之,断处两头滴水升余,烧之作发气。讽言于道者,道者叹曰:"君固俗骨,遇此不能羽化,命也。仙经云:蠹鱼三食神仙字则化为规,名曰脉望。夜以规望当中天星,星使立降,可求还丹,取此水和而服之,即时换骨上升。"因取古书阅之,蠹漏数处,寻义读之,皆神仙字。讽乃叹服。

三　西　湖

苏东坡连守颍、杭二州,皆有西湖。其初得颍也,有颍人在坐云:"内翰只消游湖中,便可了郡事。"及守杭,秦观有诗云:"十里薰风菡萏初,我公所至有西湖。却将公事湖中了,见说官闲事也无。"后谪惠州,亦有西湖。

买 愁 村

买愁村在琼州府临高县,南宋胡邦衡有"北往常思闻喜县,南来怕入买愁村。区区万里天涯路,野草荒烟正断魂"。

珮 袋

《窥天外乘》:玎珰玉珮之制,原无纱袋。嘉靖中,世庙升殿,尚宝司卿谢敏行捧宝,玉珮飘飖与上珮勾连不脱,敏行皇怖跪,上命中官为之解,而敏行跪不能起,又命中官掖之,赦其罪。因诏中外官俱制珮袋以防勾结,缙绅便之。独太常寺官以骏奔郊庙,取铿锵声,不袋如故。

官 司 俚 语

今世官司各有俚语,以寓讥评。如唐校书与正字俸禄微少,皆孤寒英杰居之,至骑驴入省。而太祝奉礼,月请明衣绢布及胙肉,俸禄倍多,乃公卿子弟居之,衣马比校正颇轻肥。时有语曰:"正字校书,咏诗骑驴。奉礼太祝,轻裘肥肉。"又《春风堂随笔》:兵部四司曰:"武选武选,多恩多怨。职方职方,最穷最忙。车驾车驾,不上不下。武库武库,又闲又富。"他衙门尚多,惜不得其详。盖自宋即有之。元丰时语曰:"吏勋封考,笔头不倒。户度金仓,日夜穷忙。礼祠主膳,不识砚判。兵职驾库,典了被裤。刑都北门,总是冤魂。工屯虞水,白日见鬼。"南渡后,时事不同,又为语曰:"吏勋封考,三婆三嫂。户度金仓,细酒肥羊。礼祠主膳,啖齑吃面。兵职驾库,咬姜呷醋。刑都北门,人肉馄饨。工屯虞水,生成饿鬼。"

国子监自祖宗来,例不刷卷,故谚曰:"金祭酒,银典簿。"正德戊寅,陆俨山转司业,适祭酒缺,得旨署印。稽考钱粮,其实空虚,典簿厅至起息揭债。陆问前祭酒石熊峰,云自来如此。陆遂举劾典簿王勤,黜之。适送供堂皂隶银至,色如黑铜,俨山笑曰:"正好谓之铜司业。"闻之绝倒。

陈 谔 解 由

《癸辛杂识》:陈古直谔号野水,为越学正,任满往婺之廉司取解由。归途偶憩山家,有长髯野叟方捣柏子作油,见客至,遂少憩,相问劳曰:"君亦儒者耶?"持茶饮之,问:"今将何往?"对以学正满替,欲倒解由,别注他缺。叟忽作色而起曰:"子自倒解由,我自捣柏油。"遂操杵曰,不复交谈。陈异而询于邻人,云:"此傅秀才,隐者也。恶君言进取事耳。"陈心愧之,因赋诗云:"忽遇溪山避世翁,居然沮溺古人风。老来一出为身计,不满先生一笑中。"

活 取 心 肝

宋太宗时,一宫女逾垣潜出捕获,太宗迟违不欲杀之,然恐无所惩。皇城使刘承规会其意,奏曰:"法不可容。臣须是活取心肝进呈。"即时领出,潜纳尼寺中,远嫁之。旋取猪心肝一具,盒子贮来,六宫围而哭之。良久,密揭以慰太宗。由是宫掖肃然。

斤 九 梨

《豫章漫抄》:吾乡谚云:"斤九厘,斤八厘。"以目时人之精慧者,言其思算无遗也。不知所本。弋阳德兴产梨,最大者有至一斤九两者,土人谓之斤九梨。斤八梨,以类言之也。

千 家 诗 谑 语

崇祯中,朱望子先生馆荨溪陆氏,鼎革后,亦时往,陆必留饮。一日,从陆归,途遇一友,问先生何来,先生曰:"陆家留酌而来。"先生亦问何往,友曰:"今夕舍甥女出阁,往家姊处送亲耳。"先生曰:"然则予与兄合《千家诗》两句。予则'一水护田将绿_{陆绕扰}',君则'两山排闼送青_{亲来}'也。"相与抚掌大笑。

嘲王安国

《青箱杂记》:王安国俊迈而貌陋黑肥,熙宁中与吴处厚同官洛下,尝谓吴曰:"子可作诗赠我。"吴援笔戏之曰:"飞卿昔号温钟夔,思道通俯还魁肥。江淹善啖笔五色,庾信能文腰十围。只知外貌乏粉泽,谁料满腹填珠玑。相逢把酒洛阳社,不管淋漓身上衣。"安国见诗不悦。

常 处 士

《墨客挥犀》:欧阳永叔在政府,将求引去,作诗寄颍阴隐士常秩,其略曰:"笑杀汝阴常处士,十年骑马听朝鸡。"及致仕还颍,又赠秩曰:"赖有东邻常处士,扱蓑带笠伴春锄。"既而王介甫秉政,遂以右正言直史馆召秩,秩遂起。先是欧公既致政,凡宾客上谒,率以道服华阳巾便坐延见。秩授官来谢,公乃披衣束带,正寝见之。明年秩拜侍讲,判国子监。有无名子改前诗作秩寄欧公曰:"笑杀汝阴欧少保,新来处士听朝鸡。"又曰:"昔日颍阴常处士,却来马上听朝鸡。"

改 清 明 诗

顺治乙酉,夏秋之交,人家皆避居山野,塾师尽失馆。有人改《千家诗》云:"清明时节乱纷纷,城里先生欲断魂。借问主人何处去,馆童遥指在乡村。"诗亦自然,无少勉强。且清明二字,适符国号为更合也。

太 监 吟 诗

嘉隆间,内官薛某采办江南,喜言诗,因与士绅款洽。临行,诸公以诗酒饯别,薛连道:"你也做诗送老薛,我也做诗送老薛。"众揶揄之而止。将解维,众促吟毕,乃云:"溪塘两岸蓼花红,尽是离人眼中血。"众乃叹服。

慧业先生志铭

鹦鹉生年不可考,范长公子范以庚寅秋得之海上,其卒则壬辰冬长至前之九日也。长公精庐一椽,陈设图史,茶铛酒灶,无所不具。旁置鹦鹉,每宾客满座,或吐佳言如屑,或歌名章丽语,鹦鹉即从旁婉转唱和,若会心者。性尤喜雨,时或霖霖一襄,佐以凄飑,梨花寂寞,炉烟欲死,辄昂首鼓翅而舞,翠鬣低回,不啻玉人一部《霓裳羽衣》,钗横髻堕也。若深更沉籁,明月窥人,或鸣短琴,或吹紫箫,复出其长音余弄,与焦桐枯竹相应,能令羁客掭心,孀姬饮血。长公绝爱重之,一时雅游,无不知长公家有鹦鹉者,等于处宗之鸡、逸少之鹅、元康之燕、龟蒙之凫矣。一日鹦鹉忽无疾而死。长公悼怅,几废寝食,因检开元时华清进御有白鹦鹉,上与玉妃呼为雪衣娘,寻为苍隼所毙,玉妃伤之,赐瘗苑中,名鹦鹉冢,长公谋所以附丽其事于华清者。园亭有隙地,择竹间一隅,垒石玲珑,名花如绣,芳草如茵,盛以漆棺文绸。宾客黄君骏等咸白衣冠而葬之。长公复怜其生平以多慧自取羁绁,与同人为之谥曰慧业先生。呜呼,先生至是可谓不负其明慧善聪矣!既葬,坐客有夸余以《瘗鹤铭》者,因即冢边残石系其事而勒之铭。余铭不知视华阳真逸孰为后先,然千古山阴墨妙,于今绝矣。华表游魂,不笑鹦鹉为季之所得孰与仲多乎?并为鹦鹉一慨。铭曰:"汝舌如簧,而不免于银铛。汝身如绮,曾不得山居而巢处。吾葬汝以盈尺之棺,一坏之土。令汝差胜乎朝负青云,夕调鼎俎。虽未永年,宛得其所。"

大 兰 王

宋袁淑《排谐集》《隋·艺文志》作《俳谐》。有《大兰王九锡文》:大亥十年九月乙亥朔，十三日丁亥，北燕伯使使者豪豨册命大兰王曰：咨惟君禀大阴之沉精，标群形于元质。体肥腯而洪茂，长无心以游逸。资豢养于人主，虽无爵而有秩。此君之纯也。君昔封国殷商，号曰豕氏。叶隆当时，名垂后世。此君之美也。白蹢彰于周诗，涉波应乎隆象。歌咏垂于人口，经千载而流响。此君之德也。君相与野游，唯君为雄，顾群数百，自西徂东。俯歠沫则成雾，仰奋鬣则生风。猛毒必噬，有敌必攻。长驱直突，阵无全锋。此君之勇也。兹以覃恩，锡之册命。世长辽东，永镇亥市。

一名鲁津伯，见《梦燕相事》。一名乌将军，乡人岁为将军娶妇，有传。又名长喙将军。

册　虎　文

王元美戏为册虎文制语：丞相白额侯斑勇，惟乃祖乃父，叔皮仲升，文武交畅，世济其美，以光有汉。君金天降岳，枢星散精。少负雄气，长炳文理。帝赉予以右弼，使媲于青龙氏。彼不宁乃职，以干予之罚。君孜孜夙夜，秉德陪佐。出张爪牙，入干股肱。祈父召叔，惟君一人。今将奉君之烈，扬于大庭，其敬听予命。君昔守宣城，黔首饱于刍豢，不克树义。乃改张旧服，闾右削迹。使君之懿称，定被遐迩。君之功德一也。泰山之傍，民迫苛政，聿来胥宇，君以法刑其三世，依依不舍。昔华旦秉宪，鲧解伏诛，夷吾启封，伯氏没齿。君之功德二也。梁益之间，倮虫为灾。娄如剪刈，道绝行李。君之功德三也。东海黄公，诡妖挟诈。君神武逆折，赤刀不行，凶渠授首。君之功德四也。晋守至忠，衷甲粟马，冀逞其欲。君挟秘计，以授九尾之校，使巽二嘘噫，滕六降祥。逆折厥谋，种类还定。君之功德五也。复有畸畯单豹，盗太乙之宝，君回照奋威，罪人斯得，阳货之诛，光于前鲁。君之功德六也。度索之山，郁垒神荼，禀服大教，执除妖鬼，以供扫除之役。洞幽达遐，无所不麾。君之功德七也。君有七德，功实配焉。章以般般，视之耽耽，又笃启象贤之麌，奔走御侮，九有之内，羽毛齿革，辐辏阛阓，凡有血气，莫不神明，岂唯予一人是效。昔尚父非熊，在毫鹰扬，繁缨垂露，革履彤弓，以大表东海，世世子孙咸血食也。君之威烈，视彼有光，而封号不加，无以称予一人之意。今遣御史大夫宋鹊、侍中胡紫敬奉册封君为南山公，进号素威上将，比于天子。扶桑之西，葱岭之东，雁门之南，象郡之北，诸非国家汤沐者，悉以统君食邑。诸少牖具赐冠邑，食有差，有司毋得检问。仍遗君养牛千头，上尊粮糒五日，尚方致异味。予有不令之臣曰神羊，恃其惠文，以阳排触，君悉付之理。君其安意，摄精神，加饭食，以佐予不逮。

龙图学士

《泊宅编》：旧制，直龙图阁谓之假龙，龙图阁待制谓之小龙，龙图直学士谓之大龙，龙图学士谓之老龙。然带此职，例呼龙图，本阁学士，朝廷尤重，少除授，授此职者，遂呼龙图。近除直秘阁者尤多。两浙市舶张苑进笃禄香得之，号笃禄学士。运判蒋彝应副朱冲葬事得之，号仵作学士。越州通判魏崇志获盗黄乌觜得之，号贼学士。

岁考生童

吴复庵《咏岁考生童·驻云飞》："志气轩昂，忽听呼名直上堂。行走真舒畅，答应偏清亮。嗏，花朵白银妆，红绫飘扬。鼓乐喧天，皂隶都称奖，童仆跟随也有光。"一等。"心下踌躇，名姓才呼意稍舒。如插双飞翅，也有三分趣。嗏，领赏向前趋，绒花齐树。鼓吹低声，送出仪门去，比上不足下有余。"二等。"焦躁忧疑，两脚高抬望眼迷。叫的无阳气，应的无佳味。嗏，高下总休提，过庭而已。鼓乐无声，空把丝绦系，无辱无荣寂寞归。"三等。"真个蹊跷，新进高年各讨饶。文字原颠倒，疾病应昏耄。嗏，自古法难逃，用扑作教。虽不伤臀，示辱还堪恼，掩耳吞声忍这遭。"四等。"到此难提，失志消魂落水鸡。求打声如沸，赐打甘如醴。嗏，那肯听凭伊，从无此例。卸下衣巾，乌帽青衫，已半在黉宫半社里。"五等。"短叹长吁，今日头巾是了期。戴你曾欢喜，别你何容易。嗏，老大总伤悲，原无意味。增廪多年，落得添双翅，出学归田任所之。"六等。"据状申文,勉纳银钱出学门。冠带无风韵,名色无凭准。喋,赢得好传神,乌纱白鬓。头角峥嵘,孙子应难认,问道尊官是怹人。"援例。"年老家贫,志气难伸命又屯。要中身难进,要退心难忍。喋,仔细自评论,这条路稳。完节全名,免得亲朋哂,也不生员也不民。"告衣巾。"新进儒童,文字粗知运偶通。彩帐街前拥,盘盒门前送。喋,气象忒英雄,价高声重。且请从容,休得齐喧哄,多少穷酸没此中。"新进。"到底成空,枉却钻谋嘱托功。贵的书争送,富的银争用。喋,两考兴匆匆,一场春梦。说嘴挥拳,前日何其勇,今日里抑尾垂头不见踪。"童生。

西 湖 冰 合

《委巷丛谈》:元至正间,西湖冰合。张仲举赋诗云:"西湖雪厚冰彻底,行人径渡如长川。风吹盐池结阴卤,日射玉田生暖烟。鱼龙穴里寒更缩,鸥鹭沙头饥可怜。安得长冰通沧海,我欲三岛求神仙。"

看 花 谕

田子艺于花开日大书纷牌,悬诸花间,曰:名花犹美人也,可玩而不可亵,可赏而不可折。撷叶一片者,是裂美人之裳也。掐花一痕者,是挠美人之肤也。拗花一枝者,是折美人之肱也。以酒喷花者,是唾美人之面也。以香触花者,是薰美人之目也。解衣对花、狼藉可厌者,是与裸裎相逐也。近而觑者谓之盲,屈而嗅者谓之魖。语曰:"宁逢恶圹,无杀风景。"谕而不省,誓不再请。

翰 林 谚 嘲

《客座新闻》:河东邢祭酒让以钱粮累罢官,翰林诸公因作谚语嘲之曰:"邢先生初入翰林,梦其乡土神贺曰:'玉皇若问人间事,只说文章不值钱。'及官太学,复梦土神贺曰:'喜中青钱选,才高压俊英。'迨录事,又梦云:'清风明月不用一钱买,玉山自倒非人推。'"皆用钱字,邢甚衔之。

徐 渊 子 词

《癸辛杂识》：天台徐渊子 似道，初官户曹，其长方以道学自高，每以轻锐目渊子。渊子积不能堪，适其长丁母忧去，渊子赋《一剪梅》云："道学从来不则声，行也东铭，坐也西铭。爷娘死后更伶仃，也不看经，也不斋僧。　　却言渊子大狂生，行也轻轻，坐也轻轻。他年青史总无名，我也能亨，你也能亨。方言也。"

撒 酒 风 诗

友人传撒酒风诗，俗作杀，朱望子先生云合作撒。言母舅撒酒风事，可佐一噱。诗云："娘舅常常撒酒风，今朝撒得介恁凶。蹋翻两个糖攒盒，踏破一双银酒钟。面孔红来干急进，俗音博亮切。髭须白得航窍。鬖松。傍人问道像何物，好似跳条。神马阿公。"

三 不 要

《筼廊偶笔》载：一年老令君大书县治之前曰三不要，注之曰："一不要钱，二不要官，三不要命。"次蚤视之，每行下添二字，不要钱曰嫌少，不要官曰嫌小，不要命曰嫌老。见者绝倒。

高 丽 诗

《渑水燕谈》：元丰中，高丽使朴寅亮至明州，象山尉张中以诗送之，寅亮答诗，序有"花面艳吹，愧邻妇青唇之动；桑间陌曲，续郢中《白雪》之音"句。有司劾中小官不当外交使客。神宗顾问左右青唇何事，皆不能对，问赵元老，元老奏："不经之语，不敢以闻。"神宗再谕之，元老诵《太平广记》云："有睹邻夫见妇吹火，赠诗云：'吹火朱唇动,添薪玉腕斜。遥看烟里面,恰似雾中花。'邻妻告夫曰:'君岂不能学也?'夫曰:'汝试吹之。'乃为诗曰:'吹火青唇动,添薪黑腕斜。遥看烟里面,恰似鸠槃茶。'"神宗大笑,喜其赅博。

势 利 诗

朱望子《势利》诗云:"看他势利状如何,谄笑腰弯与背驼。佳节大盘并大盒,良宵高宴又高歌。穷来即便交情绝,事到依然谢礼多。更有一般无用处,难将书帖送阎罗。"不独可资一噱,亦可唤醒愚夫矣。

乞 巧

《代醉篇》:七夕乞巧,其来已久。《续博物志》:山东风俗,正月取五姓女,年十余岁,共卧一榻,覆之以衾,以箕扇之,良久如梦寐。或欲刺文绣,事笔砚,理管弦,俄顷乃寤,谓之扇天卜,以乞巧。是正月亦有乞巧事,然不如七夕瓜果陈列、穿针弄丝为有风致。

郑唐诙谑

《驹阴冗记》:三山士人郑唐有逸才,好讥谑。一老写真乞题,唐题曰:"精神炯炯,老貌堂堂。乌巾白发,龟鹤呈祥。"老人大喜。后有读之者曰:"横读则精老乌龟也。"老人毁之。有隶卒乞书门联,唐书其左曰"英雄",右曰"豪杰"。卒喜,具饮馔,乞足成之。遂书曰:"英雄手执苗竹片,豪杰头簪野雉毛。"卒含怒。后以诙谑黜儒为吏,口占曰:"生员黜罢去充吏,不怨他人只怨自。丝绦员领都一般,只是头巾添两翅。"闻者绝倒。

贺启草诏

《文酒清语》:李源作四厢太保贺启云:"伏惟太保,才离五都之中,便转四厢之职。紫袍窣地,牙笏当胸。手持金骨之朵,身坐银交之椅。旧时椛马,只是一个;如今喝道,约勾十人。据此威风,下稍须为太尉;亦宜念旧,第一莫打长行。"

宋王德僭窃,执一士作诏云:"两条胫脡,马赶不前;一部髭须,蛇钻不入。身坐银交之椅,手执铜锤之鈒。翡翠帘前,好似汉高之祖;鸳鸯殿上,浑如秦始之皇。一应文武百官,不许着草履上殿。"德被擒,士此以诏得免。又《甲乙剩言》载,某贺翰林启云:"通籍玉堂,帝亦呼庶吉之士;校书天禄,人皆称刘更之生。"俱堪捧腹。

壬集卷之三

王　春　脚

兰阳王王屋初名泽，字春脚，后更名斤。天启辛酉举于乡，壬戌下第，戊辰计偕，度己文必入縠。某公分较《春秋》，向与珰洽，不欲出其门，论中故为诙语，论鬼神处突云"如以为无，则慧娘之敲裴生之门也，丽娘之入柳生之室也"。撤棘后，阅落卷，则某果已魁，公阅所为论，始有"病狂丧心"之评。及珰败，某果斥。辛未闱中为我乡陈文庄芝，台所拔，遂获隽。

刘　楚　先　母

明刘宗伯楚先母素能文，一日其子偕童子四五自学中归，夫人见筑墙者五人，命诸子为破题。众皆不能，请曰："母试为之。"母即应声曰："人数比于舜臣，职业同于傅相。"

宁　波　地　名　对

花宗师岁考宁波，尝出一对以试士曰："赭山湾上浪高低，鲁般鲁肃。"士莫能对，因自对曰："白塔洋前风缓急，樊哙樊迟。"又尝出对曰："一点胭脂，俨是桃花渡口。"亦自对曰："数茎白发，浑如藕缆桥头。"

萧　汉　冲

万历庚辰会元汉阳萧汉冲良有，年十五发科，榜眼及第，仕至祭酒。性夙慧，七八龄时入官舫谒一贵官，出句命对曰："官舫夜光明，两轮玉烛。"萧对曰:"皇都春富贵,万里金城。"贵官适有他遣,语去使曰:"尔去即来,廿四弗来廿五来,廿五弗来廿六来。"汉冲误疑出对,即曰:"静极而动,一爻不动二爻动,二爻不动三爻动。"贵官颇叹赏。

茶 比 佳 人

茶比佳人,未经人道,惟东坡有诗曰:"仙山灵雨湿行云,洗遍香肌粉未匀。明月来投玉川子,清风吹破武陵春。要知玉雪心肠好,不是膏油首面新。戏作小诗君一笑,从来佳茗似佳人。"曾茶山亦有"移人尤物众谈夸"句。此论虽妙,但恐不宜山林间。若欲称之山林,当如毛女、麻姑,自然仙风道骨,不涴烟霞,彼桃脸柳腰,宜呕屏之销金帐中,无俗我泉石也。

贫 家 婢 自 诉

《一夕话》:有贫家婢自诉诗云:"贫家一婢任驱驰,不说旁人怎得知。壁脚风多寒彻骨,厨头柴湿泪抛珠。梳妆娘子嫌汤冷,上学书生骂饭迟。打扫堂前犹未了,房中又唤抱孩儿。"曲尽婢女苦况。

妓 诱 曹 翰

《江南野史》:曹翰使江南,惟事严重,累日不谈笑。后主无以为计,韩熙载因使官妓徐翠筠为民间妆饰,红丝标杖,引弄花猫以诱之。翰见果问主邮者:"此女为谁?"伪对曰:"娼家。"翰因命之至,且去与金帛,一无所受,曰:"止愿天使一词,以为世宝。"翰不得已,撰《春光好》词遗之。及翰入谢,因留宴,使妓歌此词。翰知见欺,乃痛饮,月余而返。

书 粮

《独异志》:柳德封积勤苦为学,夜燃木叶以代灯火。中夕窗外有呼者，积出见之，见五六丈夫各负一囊，倾于屋下，如榆荚，语积曰：
"与君为书粮，勿忧业不成。"明日起视，皆汉时古钱，计一百二十千。
终其业，明帝时官至东宫舍人。

猫　说

松陵朱长孺鹤龄有《猫说》，借贪猫以喻墨吏，亦有激之言。说曰：
余家多鼠患，藏书多被啮蚀。邻家有猫，乞得之，形魁然大，爪牙甚
钴。始至，群鼠屏息穴中，私喜鼠患自此弭矣。迨月余，患复作，终夜
咋咂有声。余怪而伺之，则猫与鼠甚比同寝处，若倡和然。诇其故，
猫性贪嗜鲍鱼腥，中厨所庋，见必窃食。鼠觉其然，凡猫之所嗜，鼠必
预储以遗之，猫啖而德之，遂一任所为。鼠始以形之大也而畏猫，既
以所嗜尝猫，终则狎猫、豢猫，利有猫，其出而为患也益无忌。余乃叹
曰：甚哉，贪之毒也！使猫无所窃，鼠其敢尝之耶？猫既先鼠为窃，
其能禁鼠之群窃耶？畜猫本以捕鼠，而今反以导鼠，且昵之为一，是
鼠魁也，曷若去鼠魁而群鼠之患犹或少弭耶？乃命童子锁其项，絷其
足，数而抶之，沉之于交衢之潦。

猪齿臼化佛

崇宁间，衡州护喜县民职氏杀猪祭神，而刘氏猎犬得其弃首骨，
衔之狷狷，四日不食。刘使其子析之，其左牡齿臼中得肉如拇，色醂
酶如醉玉。谛视之，如来像也。发有珠如粟，绀目，跏趺，瞳子隐然，
庄严毕具，观者万人。晁补之从弟目睹其事，记于石，以示补之，补之
为之赞。

蜂为孔升翁

《酉阳杂俎》：龙门寺多古桐，有异蜂，音如吟咏，僧异之，网一枚
置笼中。翌日大蜂寻至笼边，谓曰："孔升翁为篛不祥，颇记否？然吾

已除死籍，何患？余与青桐君弈，胜获琅玕纸，君出为我写星子词。"僧密听，畏而放之。

獬豸讨中山狼露布

李笠翁渔戏代獬豸讨中山狼露布：盖闻毒莫如蛇，犹效珠衔之报；暴宁如虎，曾酬蒉掩之仁。是类俱带人心，伊谁独仍兽行。如中山狼食恩人一事：其出山逢敌，知九死之难逃；负箭投林，庶一生之幸免。踉跄遇客，安知非收利渔翁；悠忽行人，强使为放生居士。俯首酷邻狐媚，依人绝类猫柔。某断不胜慈，翻怪杀蛇太甚；仁能昏智，漫言养虎何妨。拔矢簇于肋边，心伤奇痛；拭疮痕于血底，手带余腥。营兔窟以埋藏，解鹑衣而掩覆。迨至败军大索，几为从井之两伤；犹赖诡语弥缝，始脱重围而再造。此诚起死而肉骨，所当矢报于糜身。奈何创血未干，饱德之盟已背；酬私未效，饥肠之饵先充。剚忠信之穷奇，闻而未睹；卑德行之混沌，怪也难经。食人间断不可食之人，自贻伊戚；犯罪中万无可赦之罪，国有常刑。豸赋性触邪，备员治狱。叹孽畜顿忘其义，悯善士几丧其生。檄辞上告于狮王，定使山崩雷吼；罪状风闻于狗监，须教爪嗛牙吞。象应逞鼻卷之威，牛亦鼓角挑之勇。无劳虎卜，深山奋玄豹之韬；焉用狐疑，尚方请白猿之剑。麋鹿有败群之触，兕犀怀后至之诛。并讨助虐之豺，兼歼辅行之狈。剚心竿末，负恩之戎首伏辜；食肉寝皮，戴义之舆情始洽。悯入怀而活穷愗，还须引手于人；不识字而触忠良，无许冒名为我。

讨蜂檄

曹绿岩垂燦《讨蜂檄》：汝性生游冶，秽乱花宫。以钻刺当生涯，借偷香为活计。负虫作子，轻传尾上之针；拥土成媒，暗植腹中之剑。挤飞莫莘，飘忽如狂。曜五色于吴明，碗盛白玉；集一隅于兰若，奕话青桐。自夸金翼蜜官，人比玉腰花贼。游陈主之后庭，罔知顾曲；值隋宫之剪彩，犹逞相思。瑶阶碧砌，无非游衍之场；绮牖琼窗，都属沉醋之圃。致河阳县里，莫保红英；金谷园中，难留绿萼。输将脾室，富上国之资粮；托体毗耶，夺洪钧之亭毒。非仙翁何须化饭，岂楚王肯爱细腰。虽繁布金房，见于景纯之赋；而醴甘玉露，征诸万里之诗。然不是渔郎，辄向桃源问渡；非同贡士，偏从杏苑传芳。申生以此蒙冤，严薄因之进谏。是罪过蚊蝇而莫赦，岂声如鸾凤以姑原。某去暴除残，誓无留种。搜房破阵，靡有孑遗。庶花铃永护芳心，羯鼓频催花蕊。奴移莲步，绉飞燕之榴裙；蛮舞柳腰，映寿阳之梅额矣。此檄。

讨 蚊 檄

　　杨升庵《破蚊阵露布》已见四集。近得董文友以宁《讨蚊檄》，复载于左：蚊本草泽细流，浮沉等辈。飞鸣无日，宛在水中，趋避甚工，善伺人意。不料潢池赤子，羽翼已成；顿使四海苍生，手足无措。遇明时而敛晦，当午夜而横行。暗室潜踪，布满卢家刺客；华檐列阵，悉怀毛遂囊锥。时而露宿草行，无不长嘘短吸。为鬼为蜮，如虎如鹰。试看高卧北窗人，孰使裸衣邀月；且问倦眠西阁者，谁能露体迎风。联床语不休，已饱樱桃之色；歌袴来何暮，非仍柳絮之轻。相与引类呼朋，因而负山奋翮。高邮女子，恐失节而露筋；南国吴郎，惧伤亲而启帐。纵舍人之哑谜，难安东方；宁齐主之开帱，还怜白鸟。屏风无障，未能欺我孙康；帷薄不修，自应入侍武曌。夜深灭烛，竟作椒房之戚乎？风动帐开，果为入幕之宾否？肆其利口，聚此恔人。使书生之白面堪怜，致少妇之红颜可惜。自当尽除若辈，何不扑杀此獠。兹者梭眉士子，执烛姬兵。咸思手刃白徒，各欲扇挥青子。栖栖六月，顿兴入卫之师；烈烈三军，暗听隔纱之令。烟腾隙口，策在火攻；网结空中，竞投辕帐。剪除荆棘，彼无巢穴堪栖；荡拂尘埃，人知鼾睡可乐。制敌如燎毛之易，撅师有退舍之能。问尔漏尽钟鸣，何颜复见天日；看彼蜂屯蚁聚，应同零落晨星。庶豹角乘群，不得乘吾中夏；黍民哄斗，莫能哄我房州。斯民有衽席之安，老弱皆高枕而卧。嗟嗟！肤受何甘，共悼肉刑之惨；血流已遍，难逃赤族之诛。行将露布宵闻，先此羽书辰告。檄移中夏，咸使闻知。

除蠹鱼露布

《怡庵杂录》载《除蠹鱼露布》云：铜焦不击，辟邪奏薰，攻讨蠹鱼，坚垒东壁。代狼烟以芸气，净微腥于墨华。露布传闻，扫清戮力。窃惟犬牙相制，九天动夜战之鼓鼙；狐鼠作奸，千灯举秋明之烽火。非氛起鬼方之膻国，则兵销武库之阴风。乃有非羽非虫，蜿蜒若长蛇列阵；出经入史，奔驰隐战马挑锋。贪神仙之画而五色为肠，蚀贤圣之精而千秋晦迹。杀字如草，假道犹龙。令鸟迹蝌蚪之奇痕，恣如蚕食；取石鼓彝鼎之遗谱，怒愈鲸吞。暗伏潜埋，不畏十万铁甲；阴行诡道，时穿百二书城。因雕弓宝剑之难加，致断简残编之莫救。钻琅函而侵锦字，邺架甚危；啑秘帙而阙宝符，天渠受毒。古人之糟粕几尽，文章之神骨半埋。恨血盈篇，冤声震册。即蜂铓螳臂，莫喻横行；虽倒穴覆巢，终无严律。某等谈兵驱祛，贮药辟除。以笔花充剑花，开卷拂拭；假书草为檄草，泼墨清销。藜光岂下乘之火攻，犀照固奇计之水战。剥肤锤髓，彼何力之能支；薰骨腐肠，悔惜书之已晚。俾学士冥心考古，睹风云月露之全；令娜嬛着意藏奇，无蹢躅艽残之恨。捷书时发，驰报宵征。

讨 鼠 檄

新安张山来潮《心斋聊复集·讨鼠檄》云：盖闻啮衣筐簏，策咒起于仙郎；盗肉长安，劾罪严于老吏。蜡祭有迎猫之典，《魏风》垂去女之篇。倘擒捕之令不严，斯窃偷之风弥甚。蠢兹鼠辈，敢肆鸱张。无小无大，托城社以栖迟；宜室宜家，借厕仓为逋薮。毒敷宇内，害遍宫中。遗刀不畏，空传却鼠之名；露手无惊，枉作朱书之字。穴素壁以为门，群称有体；啮朱栏而作祟，谁谓无牙。只善两端，空余五技。毒甚蠹鱼，不仅食神仙之字；壮同燕雀，竟公分米粟之储。处橐中而诈毙，黠脱坡公；缘器上以难投，忌生贾傅。曰鼩曰鼹，名称非一；为鼬为鼪，种类繁多。伤郊牛之一角，获罪于天；终永某之生平，尽归乃腹。兰匪当门，辄欲锄其紫畹；梅方有实，每思芟彼青丸。郐侯万轴，手未触而常污；弥勒三车，藏虽缄而莫固。壁悬焦尾，群惊谁断七弦；案置楸枰，忽讶何亡四角。虽决东海之涛，难清其秽；罄南山之竹，莫尽其辜者也。爰草一篇，檄兹群丑，倘能速离营窟，远遁山林。穴同鸟以无妨，渴饮河而莫忌。若其怙终不畏，安处无闻，必敕有苗，大彰天罚。执尔朋侪，岂滋他族处此；捣其巢穴，无俾遗种于兹。拔其毛而扼其吭，泣血谁怜；食其肉而寝其皮，抱头难窜。空遗后悔，莫赎前愆。此檄。

讨 蜘 蛛 檄

张山来《讨蜘蛛檄》云：罗箝吉网，奸人酷吏联翩；里断汤开，圣主贤臣辉映。守一见而必毁，龚舍感而思归。苟无穴氏屯兵，曷使昆虫咸若。蠢尔蜘蛛，机巧为心，贪残作性。睹其形状，居然公子无肠；考厥简编，仅见蟏蛸在户。廓垂天之网，不须轧轧鸣机；布络地之绳，亦且丝丝入扣。空中楼阁，妄夸经纬之奇；花底樊笼，漫拟丝纶之妙。风雨飘摇而不畏，罪可弥天；雷霆震撼而莫惊，奸能漏网。萤飞蝶舞，驱而纳诸罟获之中；蛾赴蝇投，罗而致之口牙之内。凶真似虎，偏能以逸待劳；巧不如蚕，辄欲倚强欺弱。深居织室，高坐绳床。千丝万缕，无非戕害生灵；七纵八横，总为伤残物命。机心叵测，细比牛毛；私恶虽彰，形同马迹。一网打尽，罔怜翅胃须缠；几度绞成，谁与解粘释缚。或投法网，欣从壁上而观；偶触情丝，密坐檐前以待。又况花间叶底，阻我徘徊；槛际栏前，妨予游衍。挂户当门，如入无人之室；盈窗绕屋，几同乏仆之家。甚至半丝入目，顿类左盲；数网悬空，疑同北阮。方忧旱魃，傍屋角以添丝；正苦淫霖，垂中霤而戏水。东西遥度，恍如罗计经天；左右频穿，俨似妇姑织锦。苟不急为除捕，安能久任猖狂。爰征破竹之军，并集揭竿之卒。杀一命以安万命，蠕动欢呼；去毒虫以保佳虫，蛸翘感戴。断肱截足，难希三面齐开；剖腹抽肠，务使寸丝不挂。此檄。

虱 弹 蚊 封 事

嘉善龚肇权廷钧戏为《虱弹蚊封事》：褐衣小臣虱谨顿首上言：臣起自单寒，托身垢腻。本无尺寸之能，谬列冠裳之内。甘心韦布，名存《抱朴》之书；矢志青毡，解读《阿房》之赋。虽族出虮臣，行同佛子。景略挟之谈兵，纪昌因而中的。若乃藏龙图之袖，感遇非常；缘宰相之须，恩加有数。常游步兵之室，俨然入幕嘉宾；时进昭侯之廷，恒托股肱内郡。是用温饱一方，安享半生者也。今有夏国蚊中子者，乘暗幸昏，因时干进。恃钻刺为生涯，广布虚声于长夏；借弥缝为利薮，遂贻实祸于人间。五月五日，据臣要地，夺我膏腴。骋其负山之力，横逆有加；施其訿謷之谋，征求无厌。芒刺蜂针，血产徒供其醉饱；云屯乌阵，肉食莫餍其诛求。而且娇鸣不已，惊翻被底之鸳鸯；奸志难偿，扰乱枕中之蝴蝶。臣自揣愚钝，不能奋飞。故亡命于布衣，且隐身于败絮。一生温饱，顿为饫盗之资；半世脂膏，忽作餍蹊之祸。彼谓炎威之势，何妨率兽而食人；当兹白帝乘权，岂容寝皮而剸肉。臣久逐遐方，不能进御，蚊罪恶已著，讵忍无言。利口已盈于众口，宜挥帐下之青锋；贪心不直于人心，难免淮阴之赤族。臣不得不据实以闻。

虱　　表

董文友《虱表》云：禁中获钝贼虱，命汤泉郡侯族烹之。虱恐，上表曰：血溅御衣，嵇绍非无丹悃；腹垂过膝，禄山自有赤心。既蒙豢养而肥，岂真肉食者鄙。临刑伏诉，望阙求怜。臣本处裈微命，敛迹细流。庇查道之衲衣，比翰林之供帐。肤受之诉，虽见斥于苏卿；世事之谈，亦见誉于王猛。报薛嵩之德，为彼捐躯；感顺帝之仁，宁甘饿死。悬氂而贯纪昌之箭，乃试才长；入朝而缘介甫之须，曾经御览。悚惶致敬，擎曲潜居。但因驽钝之微材，罔答圣明之覆育。窃谓钩深索隐，王法有所不容；吹毛求疵，微生难以立命。用是瘝忧思愤，因而奔窜仓皇。幼子已经手刃，豚妻亦被肉刑。乃大索十日以来，欲尽烹三族无赦。一从吏议,谁寻绵里于江郎;久被幽居,安问龙图之待制。重负君亲之德,蹙蹙其何之? 长违毛里之情,迟迟我行也。伏愿挟纩常温,解衣有泽。知臣犹出于曲谨,思臣未至于跳梁。洗千古黑冤,怜此黑头之丑,念无知赤子,封还赤族之书。则虽敝垢为居,亦将没齿无怨。不胜待命之至。

鲄 表

《锦绣万花谷》:梁韦琳滑稽,作《鲄表》以刺时人曰:"臣鲄言:伏睹除书,以臣为糁缶将军、油蒸校尉、曜州刺史。臣闻高沙老妪,非有意于绮罗;白鲔女儿,岂留心于珠翠。常恐鮥朘之讥,惧贻鳖岩之诮。"注:"高沙、白鲔,并江陵武南地名,中多鱼。鲄,与鳝同。"

龟 宝

《金华子》:徐太尉彦若赴广南,将渡小海,从者于浅中得一琉璃瓶,中有一龟,长可以寸,旋转不停,而瓶顶极细,不知何自而入。取置舟中。其夕忽觉舟偏重,视之则众龟层叠就船而上,其人惧,取瓶投之水,众龟遂散。既而海舶胡人闻之,曰:"此龟宝也。稀世之灵物,得而藏于家,何虑宝藏之不丰哉!"惜其福薄,遇而不能有也,惋叹久之。

募造银河渡船疏

龚肇权戏为天孙募造银河渡船疏:天潢绝汉,析木流津。万里无云,宛转艮坤之域;七襄终日,昭回箕斗之躔。海客浮槎,取道识牵牛之渚;河源载石,还家访卖卜之人。既显晦以含星,亦纵横而绕塞。乃盈盈一水,相去几何;而渺渺经秋,别离可奈。轺车有路,嗟欲济以无梁;绣幄空悬,望所欢兮莫渡。伤心托鸳鸯,机上夜夜千愁;良晤当乌鹊,桥边年年一度。彼长生殿私语中宵,而百子池为欢永夕。人间七日，方彩阁以流连；天上双星，独横波而迢递。缘溪寂处，帝女岂谓无郎；远道相思，河鼓依然有妇。然双情一意，行行自怯于褰裳；使万古千秋，去去长怜于濡轨。汲浣沙之水，不能照妾真心；分织锦之丝，何处绣郎娇面。会稀别远，既蛱蝶以成灰；室迩人遐，抚氍毹而自惜。固怀私愿，敢告仁人。沙棠产自昆仑，工能择木；莲叶携来太乙，我欲乘槎。共输点雪之金，爰制凌风之舸。将使缑岭神仙，谢鹤翎而击楫；庶几瑶池王母，偕鸟使以刺舟。九华悬汉帝之灯，辉生桂櫂；百斛置方平之酒，泛彼兰桡。共庆良辰，齐观佳会。相依锦缆，饮牛口于上流；还傍牙樯，濯鲛绡于巨潴。仙侣永谐百岁，伊人无隔三秋。

腐侯传

台腐时称佳味，寒山椒子作记撰诰，命曰腐侯，宠爱备矣。独其世次未详，何以传？孙执升琼作《腐侯传》：腐侯，梅岭人也，菽豆氏之后。其祖员时往来于谷城、麦城之间，生二子液、滓。滓粗鄙不为人齿，液稍流滥，亦生二子。长轻薄且甚谢，次醇粹如玉，人称腐儒，是为侯。幼而脆弱，长渐博硕。与石氏友善，为如水交，切磋丽泽，石氏功多焉。时淮南王安新得国，招致贤良方技之士，盛谈神仙黄白之术，宾至如归，以故侯父子得为布衣交，天下由是稍稍知侯名，愿一见为乐。然侯素居里巷，性迂疏，淡泊以明志，不乐见富贵人，喜与樵夫牧子、山僧措大相周旋，婚祀宴会，未尝一预。间与曲秀才遇，爱其蕴藉，约为忘形之友。迨萧氏有天下，天监、大通间，天子用释氏法，行清净长斋，所食惟菜羹粥饭，亲幸同泰寺，讲说涅槃三慧，名僧硕学，四方观听尝万余人。先是，秀才为青州从事；时入为光禄，乃疏荐侯曰："臣不肖曾厕喉舌之班，未贡沃心之益。臣友菽豆氏，清心白意，一片腐忠，愿为皇上借箸，其试之。"疏上，召见，与语大悦，必共晨夕。谓曲生曰："与此君对，如进我于元羹醴酒，不复信有膏粱之艳也。"初授照磨，即迁典膳，累拜光禄大夫。于是侯名益著。上闻之曰："卿门何如市也？"侯笑曰："臣心固如水耳。"上由是益眷注不衰，侯老而不怠。友人为诗歌以美之曰："如切如磋，如琢如磨。"以比卫武云。久之，上疑其耄倦勤，乃赐以汤沐，命以土田，食万户，爵腐侯，令归老焉。侯曰："我以清白贻子孙，不愿是也。"时方宠，固辞而不得。世袭其荫，至今尤盛。

腐史氏曰："侯与曲生，其族皆满天下，而建宁一支与生尤为莫逆交，以其水乳相得也。乃清圣浊贤之品，生藉刘伶辈以不朽，而举世食侯之德，仅以腐儒称之，非有幸有不幸耶？使非生汲引，侯以席上珍终耳，乌能世享侯爵于素封哉！"

甘 雨 闲 田

《渑水燕谈》：夏文庄景初年十七，侍其父监通州狼山盐场。《渡口》诗曰："渡口无人黯翠烟，登临尤喜夕阳天。残云若倚维扬树，远水难回建业船。山引乱猿啼古寺，电驱甘雨过闲田。季鹰死后无归客，江上鲈鱼不值钱。"后之题诗无出其右。识者以谓甘雨过闲田，虽有为霖之志，而终无济物之功。

上 虞 上 海

上虞颜峰皋，以进士令上海，自言善属对。华亭张喻斋谓曰："生上虞，知上海，生而知之者上也。请年兄对之。"颜思良久，无以应。

诸 大 绶

诸大绶幼敏捷，一日师出对云："泾渭同流，清斯濯缨，浊斯濯足。"大绶对曰："炎寒异态，夏则饮水，冬则饮汤。"后魁天下。

银 笔 雪 儿

韩定辞为镇州王镕书记，聘燕帅刘仁恭。刘命幕客马彧延接，或赠诗云："遂林芳草绵绵思，尽日相携陟丽谯。别后巏嶅山上望，羡君时复见王乔。"韩酬之曰："崇霞台上神仙客,学辨痴龙艺最多。盛德好将银笔述,丽词堪与雪儿歌。"客疑银笔雪儿之事。后或答聘,常山王命定辞接于公馆。或因问银笔雪儿何出,韩曰："昔湘东王好学,笔有三品,忠孝全者用金管,德行清粹者用银管,文章赡丽者以斑竹管书之。雪儿,李密之爱姬,能歌舞,见宾寮文章奇丽者,付雪儿叶律歌之。"又问痴龙事,曰："洛下有洞穴,曾有人误堕穴中,行数里,渐见明旷,有宫殿人物凡九处。又见大羊髯有珠,取而食之。及出,以问张华,华曰:'此地仙九馆也。大羊名痴龙。'"定辞亦问罐螯山在何处,或曰："此隋郡之故事,何谦光而下问耶?"

乐 官 山 诗

《宋史》称曹彬下江南,不妄杀一人为盛德事。《梅磵诗话》载:曹景建《金陵乐官山序》云："南唐初下时,诸将置酒,乐人大恸,杀之聚瘗,此山因得名。"诗云："城破辕门宴赏频,伶伦执乐泪沾巾。骈头就死缘家国,愧死南归结绶人。"以名山诗意观之,果不妄杀耶?

灯 谜

康熙乙亥,新正雨雪连句,元宵后重整花灯,灯谜盈壁,采其佳句,如故退之曰："韩文公死了,遇丈人曰阿伯那里去。"吴中婿称妻父曰阿伯。又有人名诗："古洞雪消春水溅,满园红白斗芳姿。亚父细柳皆英俊,卫国夫人脂粉施。"隐窦融、花荣、杨雄、南容也。

占 风 听 角

钱武肃王门下叶简善占筮,一日旋风南来,绕案而转,召简问之,曰："此淮南杨渥已薨,须亟遣使吊祭去。"王曰："生辰使方去,岂可便伸吊祭?"简曰："但速发,彼若问如何得知,但云贵国动静,本国悉预知之。"王因遣使。生辰使先一日到,渥已薨,次日吊祭使至,杨氏大惊。先是渥欲取钱塘，密遣人往听鼓角，听者回告渥曰："钱塘鼓角子子孙孙王爵不绝，不可轻动。"两人占验亦神矣。

笔冢

古人重笔，用败则瘗，今人委之粪土，似非雅厚。赵光逢薄游襄汉，濯足溪流，见一方砖，积有苔痕，上题云："髠友退锋郎，功成鬓发霜。冢头封马鬣，不敢负恩光。"后书独孤贞节立。此盖好事者瘗笔之所。

裹毡

陈删诗："食雪天山近，恩归海路长。"王维诗："路绕天山雪，家临海树秋。"温庭筠诗："红泪文姬洛水春，白头苏武天山雪。"三诗皆用苏武事，而庭筠末句尤奇。按武在匈奴，卫律绝其饮食，至啮雪吞毡，其号寒之苦，人所共知。若《新序》所载卫律于大暑中以毡裹武暴之日中三日，此苦人多未知。

啮镞

《朝野金载》：隋末嚼君谟善闭目而射，志其目则中目，志其口则中口。有王灵智者学射于君谟，久之，曲尽其妙。欲射杀君谟，独擅其美。君谟时无弓矢，执一短刀，箭来刀辄截之。末后一矢，君谟张口承之，遂啮其镝，于是笑曰："汝学射三年，尚未教汝啮镞法耳。"是逢蒙之后更有灵智也。

咏箸

朱淑真能诗，一方伯延入衙，以妾陪之，嘱饭时令题箸。朱应声云："两家娘子小身材，捏着腰儿脚便开。若要尝中滋味好，除非伸出舌头来。"双关妙句,聪颖可人。

网 巾 诗

乌纱未解涤尘祥,一网清风两鬓寒。筛影细分云缕滑,棋纹斜界雪丝干。不须渔父灯前结,且向诗翁镜里看。头上受渠笼络尽,有时怒发亦冲冠。

小 碧 笺 题 诗

《侯鲭录》:长安南山下有书生作小圃,莳花木。一日有金犊车从数女奴,皆艳丽,下饮于庭,邀生同坐,酌酒甚款洽。将别,出小碧笺题诗曰:"相思无路莫相思,风里杨花只片时。惆怅深闺独归处,晓莺啼断绿杨枝。"

蔡 真 人 词

《夷坚志》:靖康间,陈东饮于京师酒楼,有娼打坐而歌,东不顾。娼乃去,倚栏独立,歌《望江南》词,音调清越,东不觉倾听。视其衣服皆敝,时以手揭衣爬搔,肌肤绰约如雪。乃呼使前再歌之,其词曰:"阑干曲,红飏绣帘旌。花嫩不禁纤手捻,被风吹去意还惊。眉黛蹙山青。 铿铁板,闲引步虚声。尘世无人知此曲,却骑黄鹤上瑶京。风冷月华清。"东问何人所制,娼曰:"上清蔡真人词也。"歌罢,得钱即下楼,亟遣仆追之,已失矣。

楚 明 光

吴宁野从先《小窗清纪》:王彦伯至吴邮亭,维舟理琴,见一女子披帷而进,取琴调之,声甚哀。彦伯问何曲,答曰:《楚明光》也。唯嵇叔夜能焉。"彦伯请受,女曰:"此非艳俗所宜,唯岩栖谷隐可以自娱尔。"鼓琴且歌,止于东榻,迟明辞去。

谐声桂枝香

《一夕话》有《题昆仑奴传·桂枝香》词,每句首尾谐平入二声,大有思致。其词云:"娇娃低叫,萧郎含笑。映窗纱体态轻盈,描不就形容奇妙。想牵情这厢,想钟情那厢,撩人猜,料朝来心照。巧推敲,原非紫玉藏春院,盗取红绡黉夜逃。"

孙 伯 华

崇祯中,我郡孙伯华,面黄而胖,绰号糟萝卜。一日与人斗口,为仇家灌粪。友人作诗嘲之曰:"先生雅号是萝卜,浓粪淋漓不甚差。众皆掩鼻趋而避,君独甘心踱到家。两鬓尽垂金络索,满头俱戴木樨花。人人道是糟奇物,洗出方知孙伯华。"

双 鲫 化 女

《青田志》:谢康乐灵运守永嘉,游石门洞,入沐鸡溪,见二女浣纱,颜貌娟秀,非尘俗态,以诗嘲之曰:"我是谢康乐,一箭射双鹤。试问浣纱娘,箭从何处落?"二女邈然不顾。又嘲之曰:"浣纱谁氏女,香汗湿新雨。对人默无言,何事甘良苦。"二女微吟曰:"我是潭中鲫,暂出溪头食。食罢自还潭,去踪何处觅。"吟罢不见。

和 神 国

《小窗清纪》:和神国地产大瓠,瓠中盛五谷,不种而实。水泉如美酒,饮多致醉。气候常如深春,树叶皆彩丝,可为衣。真仙境也。可谓不耕而食,不织而衣,不酿而饮者。人从此国中来,切莫语懒人,误他饥寒大事。

虞 美 人 草

雅州有虞美人草，闻行人唱《虞美人》曲，则两叶摇动，按拍而舞。或唱他辞，则寂然不动，人谓英灵附物使然。卓左车云："虞美人草犹湘妃竹也。但竹闻《湘妃怨》未必无风自舞耳。"及读《吊虞姬诗》"精魂夜逐剑花飞，英气化为原上草"，草为虞妃所化，亦有据。

花 醒 睡

何仙郎伟然语吴允兆曰："凡花值日如睡，清露明月之下才见醒态。"允兆因欲颜其斋曰醒花。吴宁野戏曰："只恐夜深花睡去。"

作 诗 求 砚

《百家诗》：钱次权以墨四丸、笔五枝赐杨时可，杨戏曰："安得砚乎？"次权曰："欲砚须一诗。"杨作绝句曰："尖头奴有五兄弟，十八公生四客卿。过我书斋无一事，似应终日待陶泓。"

洪驹父有《陶泓传》。

丁 字 直 下

《留青日札》：天水姜平子仕苻坚，坚宴群臣赋诗，平子诗有"丁字直而不屈"。坚怪问，平子对曰："屈下者不正之物，未足以献。"坚悦，擢上第。夫丁字直下不屈，乃古下字也。下古作"丅"，上古作"丄"，坚盖粗人，正所谓目不识丁者耶？《庄子》云"丁字有尾"是也。

店 字 可 入 诗

钱塘田子艺艺衡好游，寄息野店中，得句云："酒香人欲歇，野店日初斜。"因思店字可入诗料，如韦应物"楚山明月满，淮店夜钟微"，岑参"野店临官路，重城压御堤"，温庭筠"鸡声茅店月，人迹板桥霜"，陈羽"都门雨歇愁分处，山店灯残梦到时"，韦庄"明日五更孤店里，醉醒何处各沾巾"，皆佳句也。至东坡"默数来时店"，真担夫语耳。

卢丞相题诗

《渑水燕谈录》：卢丞相多逊谪死朱崖，旅殡海上。天庆观道士练维一夜闻窗外有人读书，审其声韵，有类多逊。明日有诗题窗间曰："南斗微茫北斗横，喜闻窗下读书声。孤魂千里不归去，辜负洛阳花满城。"明年归葬洛。

《砚北杂存》：赵普以私憾谪卢多逊于崖州，病卒，许归葬。子察护丧，权厝襄阳佛寺，将易以巨椁，乃启，其尸不坏，俨然如生。逐时易衣，至祥符中亦然。若释氏得之，当张大其事，即今所称无量寿佛矣。

不 久 诗

浮云易散琉璃脆，此喻不久也。又水中之泡，风中之烛，亦未切当。近有一诗云："老健春寒秋后热，半夜残灯天晓月。草头露水板桥霜，水上浮沤山顶雪。"更一字不可移。

蚊 词

有以蚊比妓，咏《黄莺儿》云："名贱且身轻，遇炎凉，起爱憎。尖尖小口如锋刃，叮能痛人，叮能痒人。娇声夜摆迷魂阵，好无情，偷精吮血，犹自假惺惺。"

鞋　　杯

许少华《鞋杯》词云："借足下权为季雅，向尊前满注流霞。沾唇分外香，入掌些儿大。鹦鹉鸬鹚总让他，把一个知味人儿醉杀。"

佳 人 出 浴

有作《佳人出浴·黄莺儿》云："衣褪自藏羞，似芙蓉，映素秋。胸酥香润兰汤透，金莲两钩，玉山汗流。起来漫倚栏杆后。粉痕收，乌云半軃，懒上晚妆楼。"

相　思　词

徐甜斋《咏相思·清江引》云："相思有如少债的，每日相催逼。常挑着一担愁，准不了三分息，这本钱儿见他时方算得。"又有《春情·折桂令》云："平生不会相思，才会相思，便害相思。身似浮云，心如飞絮，气若游丝。空一缕余香在此，盼千金游子何之？证候来时，正是何时，灯未昏时，月半明时。"其得相思三昧者与？

你　你　你

三人同在妓馆，戏问妓何所留宿，妓云："你，你，你，都在我心肝里。吃一杯品字茶，叹一口川儿气。恨不得化个姦字身儿，陪着个你，你，你。"

秦　　字

大宗伯于公，夫人姓秦，有二媵，或作秦字诗嘲曰："二大能将二小容，三人齐把小于攻。若把小于攻出去，三人无日不春风。"

嘲　秃

陈介《嘲秃子·雁儿落》云：“似胡芦怎解瓢，似汤旋，似银铫。簪不得道士冠，宜戴顶僧伽帽。呀！头发遍周遭，远看像个尿胞。如芋苗经霜打，比冬瓜雪未消。有些儿腥臊，又惹得苍蝇闹鏖糟，只落得不梳头闲到老。”

遗　溺

陈全《嘲遗溺·水仙子》词：“佳人一貌不寻常，流出桃花赚阮郎。身躯儿须在阳台上，蓝桥水淹得茫茫。二三更泄漏春光，锦被里翻红浪，绣帏中波液长，一对戏水的鸳鸯。”

癫　子

《嘲癫子·驻云飞》云：“癫子希奇，不长头发只长皮。裹不得天罗地，挽不得风流髻。喙！帽子扯齐眉鬓犹露体，走向人前一阵干虾气，两手搔头似雪飞。”

饮 器 便 壶

卞焕若多胡，坐间有一尹生者，卞乃戏出对曰：“尹巽之杯，宁为饮器。”宋徽之对曰：“何充之宅，果在河冲。”尹生曰：“卞胡之嘴，实是便壶。”一座绝倒。

冯 驯 伊 尹

有一童善对，一客指知府冯驯语之曰：“冯二马，驯三马，冯驯五马诸侯。”童对曰：“伊有人，尹无人，伊尹一人元宰。”

党姬匹美蕹使

窥主之隐莫如伯玉家使，恨无女子匹美。读野史见陶穀有妾自党进家来者，一日雪下，穀命取雪水烹茶，问曰："党家有此景否?"曰："彼粗人，安识此景? 但能于销金帐下，浅斟低唱，饮羊羔美酒耳。"亦可谓得主之神，恰好配此使乎?

壬集卷之四

吴李斑般韵诗

《戒庵漫笔》：吴匏庵书体学大苏，李西涯试效其体，作斑般韵律诗相戏，诗引有"勿怪搀夺苏家行市"之语。匏庵答之，往复各五首，中多警句。西涯斑字曰："心同好古生差晚，力欲追君髯恐斑。""搨遍吴笺犹送锦，搦残湘管半无斑。""换羊价重街头帖，画虎心劳纸上斑。""云间天马谁争步，水底山鸡自照斑。"匏庵斑字曰："砚照百波空对影，管城一孔但窥斑。""长爱弱毫能瘦硬，戏将浓墨故斓斑。""马形始悟当书尾，羊鞭何劳强索斑。""寒蛩入户声初咽，拙鸟成巢羽独斑。"西涯般字曰："聊以师模归有若，敢将交行比颜般。""郑师乍许三降楚，墨守终能九却般。""文心捧处惭施女，笔阵围时困楚般。"匏庵般字曰："临摹恶札劳唐纸，结构奇材得鲁般。""屡出汉庭陪绛灌，远输齐粟荷姚般。""廉颇谢罪宜先蔺，赵鞅行军已殿般。""聊复据鞍如马援，不因夺邑愠刘般。"西涯诸联已自载于诗话中，兹则并载匏庵句，以见二公之竞藻于一时如此。

童 言 成 谶

历城殷士儋，嘉靖丁未进士，选庶吉士，任编修，在内书堂充教读。一日如厕，将冠带卸于几。学生姜淮冠其纱帽，束其银带，如先生摇摆状。殷猝至，淮急除冠解带，折断带簧，畏殷责，跪曰："先生免责，后日当以玉带赔偿。"殷喜而释之。淮意渠祖有玉带可赔也。后隆庆四年，殷果入相，赐玉带。文官赐玉为殊恩，童言竟成佳谶。

御 屏 十 联

《渑水燕谈》：侍读杨徽之以能诗闻于朝，太宗索其所著，以百篇献上，卒章曰："少年牢落今何幸，叨遇君王问姓名。"太宗和赐，选十联写于御屏。《江行》云："犬吠竹篱沽酒客，鹤随苔岸洗衣僧。"《寒食》云："天寒酒薄难成醉，地迥楼高易断魂。"《塞上》云："戍楼烟自直，战地雨长腥。"《嘉阳川》云："青帝已教春不老，素娥何惜月长圆。"又："浮花水入瞿江峡，带雨云归越隽州。"《哭江为》云："废宅寒塘水，荒坟宿草烟。"《元夜》云："春归万年树，月满九重城。"《僧舍》云："偶题岩石云生笔，闲绕庭松露湿衣。"《湘江舟行》云："新霜染枫叶，皓月借芦花。"《宿东林》云："开尽菊花秋色老，落迟梧叶雨声寒。"梁周翰诗云："谁似金华杨学士，十联诗在御屏风。"盖纪实也。

月 舟 索 衣

《广莫野语》：吴郡诗僧月舟居祇园庵，贫而好客，士大夫喜与之游。一日以诗简春官颜宝之索衣云："西风吹破木棉裘，彻骨春寒似水流。摘取芙蕖难御腊，制来荷芰不禁秋。朝阳空补千层衲，载月常虚一个舟。寄语故人颜户部，朝衣肯为大颠留。"宝之见诗，赠衣一袭。

诗 僧 定 交

《客窗随笔》：永乐中，汝南杨季学为成都府判，年甫三十三。尝莅新繁，过一寺，其长老据座弗为礼。杨怒，呼从者执之下，将加挞焉。有学谕赵弼大呼曰："判府莫草草，渠乃诗僧也。"杨命和吟字韵，僧即应声云："敲动禅关惊鹤梦，彻开经藏听龙吟。"杨乃大惊，遂与定为方外交。

化 绵 衣 疏

丰城吴天祐,寄食于杭陈廷彩家。冬无衣絮,陈子蒙调之曰:"能作疏文,当为化主。"吴援笔书云:"伏以捉襟露肘,谁怜原宪之贫;冬暖号寒,难免昌黎之叹。含羞在己,贻笑于人。切念天祐,半生若蚁,一拙如鸠。身常苦饥寒,颇类吟诗之贾岛;志不在温饱,愧非及第之王曾。虽字颇能识,而书颇能读,然寒不能衣,而饥不能食。灞桥踏雪,难堪手足之凌兢;剡水乘舟,无奈身心之颤掉。邺侯万卷亦徒耳,范叔一寒如此哉!幸托身依桑柘之乡,而长者擅丝绵之利。深筐大箔,价轻千镒之黄金;温茧柔绵,色润三冬之白雪。眼见之而忽热,心欲之而难言。既民胞物与之同然,岂推食解衣之不可。惠而好我,实为道义之交;勉尔求人,不觉言辞之拙。分我一团和气,耐他千载岁寒。高谊难忘,服之于膺而佩之于背;众擎易举,与不伤惠而取不伤廉。袁安免僵卧于洛阳,师道不忽寒于郊祀。若肯结缘秀士,也胜布施山僧。十谒朱门,何畏满头之风雪;一吹邹律,顿回幽谷之阳春。遍告斯文,图成善事。谨疏。"陈氏父子劝习举业,占籍仁和,膺正统甲子乡荐。而陈氏之门自是无天祐之迹矣。

门 字 无 勾

《马氏日抄》:"門"字两户相向,本无勾踢。宋都临安玉牒殿灾,延及殿门,宰臣以门字有勾脚带火笔,故招火厄,遂撤额投火中,乃息。后书门额者多不勾脚。我朝南京宫城门额皆詹孟举所书,北京大明门等额皆朱孔易所书,门字俱无勾脚。

慧 空 胜 迹

《绿天脞说》:太平周怡号都峰,任吏科给事中,素慕禅学。有名僧慧空者,自武夷来朝九华,还过太平,息肩三峰庵。庵僧曰:"周公慕重禅教,请师访之。"师往不遇而归,题诗于石壁上:"停宿禅居石涧边,三峰长与白云眠。溪声唤出波心月,竹影摇沉水底天。野鸟树头传祖意,山花香里送真传。古今话到无心处,话到无心道自然。"题毕即行。周归闻之,多方寻觅,竟不得。所题诗句,日炙雨侵,墨迹更现,今勒碑作胜迹焉。

陈立兴孝感

吾郡蠡口陈立兴,家贫笃孝,母病,爱食城中王家糕,每旦入城买以奉母,七年无间。一日路逢道士云:"我母亦有疾,思食此,能见予否?"陈即与之,复入城买,比还则道士已持糕奉其母食之,病寻愈。立兴夜梦道士授以药瓢济人,旦起几上有瓢及一诗云:"蓬莱仙境几千春,四海逍遥不染尘。胜地偶然闲一玩,无端不见本来人。"陈以其方济人,果获效,远近神之。及卒,乡人立祠祀之。永乐中诏访天下灵迹,瓢遂归天府。

乡饮滥觞

明高皇五年,颁乡饮读律仪式,访年高有德众所推服者,礼迎上座,不赴者以违制论,如有过而为人讦发,即于席上击去其齿,从桌下蛇行而出,诚崇其礼而严其防也。年来不尚齿德,专取温饱者以充饮,并不必赴,止设扁筵,遣官赍送,以应故事。所以有乡饮始末大宾实录之刻。请自今以后遇宾筵大典必延至明伦堂,分宾抗礼,则举者不敢滥而任者恐无有矣。

诗人志向不同

诗人志向各自不同,如题渔父有美其山水之乐者,有悯其风波之苦者。陆鲁望云:"一艇轻桦看晚涛,接䍦抛下漉春醪。相逢便倚蒹葭浦,更唱菱歌劈蟹螯。"郑谷云:"白头波上白头翁,家逐船移浦浦风。一尺鲈鱼新钓得,呼儿吹火荻花中。"明卞荣云:"天外闲云物外情,功名真似一丝轻。浪花深处船如舞,只为心安不受惊。"祝希哲云:"荻花风紧水生鳞,山色浮空淡抹银。总道江南好风景,从前都属打鱼人。"是皆羡其乐也。李西涯云:"渔家生事苦难胜,尽日江头未满罾。回首不知天已暮,晚风吹浪湿髯鬐。"唐伯虎云:"朱门公子馔鲜鳞,争诧金盘一尺银。谁信深深狼虎里,满身风雨是渔人。"文衡山云:"小舟生长五湖滨,雨笠风蓑不去身。三尺银鳊数斤鲤,长年辛苦只供人。"是皆怜其苦也。属意虽不同,写景咏物,各极其妙。

木　屐

东方朔《琐语》载:木屐起于晋文公,介子推从亡归国,逃禄隐迹绵上,抱树烧死。文公拊木哀叹,伐以制屐,每怀推从亡之功,辄俯视其屐曰:"悲乎,足下!"足下之称始此。

按推姓王名光,字推,介休人,故称介子推。

倪　王　齐　名

吴兴王叔明蒙号黄鹤山樵,赵文敏甥也。能诗善画,与倪云林齐名。元镇寄诗云:"几梦山阴王右军,笔精墨妙最能文。每怜竹影摇秋月,更爱山居写白云。秘笈封题饶古迹,雅怀萧散逸人群。今年七月闻多事,曝画翻书到夕曛。"

杨升庵逸词

杨升庵在滇中,歌楼妓馆题咏殆遍。《广莫野语》载王行甫得其题妓逸词四阕,云:"酝造一场烦恼,只因些子恩情。阳台春梦不曾成,枉度雨云朝暝。　　燕子那知我意,莺儿似唤他名。消除只有话无生,除去心头重省。""倚醉深关朱户,佯羞怕捧金觥。背人弹泪绕花行,唱尽新词懒听。　　本是为郎调护,当初枉道无情。英雄摩勒肯重生,赎取佳人薄命。"自有嫩枝柔叶,何须补柳添花。低声昵语似雏鸦,肠断东桥月下。　　香雾清晖何处,春风今夜谁家。五花娇马七香车,趁此小乔未嫁。""玉指管生弦涩,朱唇语颤声羞。动人一味是温柔,为甚两眉长皱。　　不惯秋娘渡口,乍离阿母池头。临邛太守最风流,肯许凤求凰否?"

李 空 同 词

李空同文章巨手,不屑小制。《客窗随笔》载《如梦令》二词云:"昨夜洞房春暖,烛尽琵琶声缓。闲步倚阑干,人在天涯近远。影转,影转,月压海棠枝软。""不信园林春蚤,一夜遍生芳草。说与小童知,池上落红休扫。休扫,休扫,花外斜阳更好。"词亦风雅有致,惜本集不载。

文衡山茶酒诗

《广莫野语》载文衡山茶酒二诗,真率可诵。《咏茶》云:"绢封阳羡月,瓦缶惠山泉。至味心难忘,闲情手自煎。地炉残雪后,禅榻晚风前。为问贫陶毂,何如病玉川。"《咏酒》云:"晚得酒中趣,三杯时畅然。难忘是花下,何物胜尊前。世事有千变,人生无百年。还应骑马客,输我北窗眠。"

葛 道 人

《竹坡诗话》:钱塘葛道人,无他技能,以业屦为生,得金即沽酒自饮,往来湖上,人无知之者。一日为僧修履,口中微有声,状若吟诗者。僧怪而问之,葛笑曰:"偶得句耳。"问之,乃曰:"百啭已休莺哺子,三眠初罢柳飞花。"自是士人始知其为诗人矣。

念 佛 智 慧

《竹坡诗话》:钱塘关子东言:熙宁中有长老重喜,会稽人。少以捕鱼为生，不识字，日诵观世音菩萨不少休。一日辄能书，又能作偈。尝作偈曰："地炉无火一囊空，雪似杨花落岁穷。乞得苎麻缝败衲，不知身在寂寥中。"此岂捕鱼者之所能哉？盖得观音智慧力而解悟者也。

一 破 得 士

《闻见尼言》：顺治中，浙江巡按掖县王旸谷_{元曦}观风杭郡，海昌童子张仲张_英求试，王以不考童生辞之。张固请命题，适所坐案桌攲侧，吏拾瓦片垫之，王即以垫桌为题，命作一破。张应声曰："平其不平者，而天下无不平矣。"王大悦，即送学道，时已发案，附于社生例，得随例岁试。康熙己酉中浙省魁，癸丑成进士。

冷 官 争 雪

《客窗随笔》：庆阳迤北水皆咸苦，不能饮。土人每遇雨雪则贮之土窖，以足岁用。环县有二教官，相约有雪则均分之。一日西斋者偶侵多，东斋不平，二教官遂哄于堂。诸生闻之，有嘲以诗者云："边城瑞雪满瑶空，或在西阶或在东。两个教官争不了，如何弟子坐春风？"

检 尸 篇

大司寇长兴顾箸溪_{应祥}，弘治中为江西刑官，著《检尸篇》云："检尸复检尸，检尸何其多。一月三两次，击鼓复鸣锣。委官下乡村，绛衣列干戈。大户困供给，宰杀猪鸡鹅。下箸动盈百，一似蝗食禾。少有不遂意，平地起风波。临场备百物，东移复西挪。不论是与非，先打血滂沱。吏胥张馋吻，只索孔方哥。仵作更要紧，轻重由他呼。明明杀人者，钱多许私和。但涉疑似间，严刑巧织罗。爪牙猛如虎，证佐佞于蛇。有口莫能辩，如鱼入汤锅。幸而得解脱，所费恒沙河。问官以为德，罚取颜不酡。某处金若干，某处米几驮。我今贷汝死，汝办莫蹉跎。田园卖已尽，卖牛及马骡。设官本为民，如此反为魔。缅想祖宗法，政令无烦苛。人命须勘实，请格验真讹。原告苟不实，抵罪追教唆。所以民乐生，刑罚无偏颇。今也则不然，作聪明太过。事事必转委，上下相沿拖。官更事忽变，堆案山嵯峨。更仆不能究，翻阅头欲皤。深入书上考，平反造谴诃。网密靡不举，节外又生柯。富者已累贫，贫者将奈何。不思古先训，罪疑惟轻科。安得由也果，执法持太阿。坐令民不冤，荡荡乐尧波。"顾公此篇，盖感人命之至重，而叹司刑者之勿慎也。置一篇于公座右，吏治民生，未必无补。

字 带 刀 锋

马仲履大壮《天都载》：桃源县三义庙在河岸，夏文愍言赴召，舣舟瞻谒，手书"天地正气"一扁，又书联曰："王业于今非蜀土，英灵到处是桃源。"刻于庙中。后一御史见之，惊曰："字带刀锋，公殆不免乎？"未几果被刑。

铁 椎 铭

宋翰林学士王德耀文炳，为王千户著撰《铁椎铭》："朱亥贡金，张良受之。合以忠义，锻成此椎。铜山可破，椎不可缺。金埒可碎，椎不可折。噫！乱臣滔滔，四海嗷嗷。长蛇其毒，封豕其饕。上帝愤之，以椎畀著。椎不自奋，假手于汝。数未莫先，时来敢后。曾不一挥，元凶碎首。匪椎之重，唯义之勇。虽椎之功，唯人之忠。长仅数尺，重才数斤。物小用大，策此奇勋。椎在人亡，再用者谁。藏之武库，永镇奸回。"

韩 彭 报 施

《通鉴博论》：汉高祖取天下，皆功臣谋士之力。天下既定，吕后

杀韩信、彭越、英布等，夷其族而绝其祀。传至献帝，曹操执柄，遂杀
伏后而灭其族。或谓献帝即高祖也，伏后即吕后也，曹操即韩信也，
刘备即彭越也，孙权即英布也，故三分天下而绝汉。虽穿凿疑似之
说，然于报施之理，似亦不爽。

馒　　头

《事物纪原》：孔明征孟获，人曰蛮地多邪术，须祷于神，假阴兵
以助之，必以人首设祭，神则享之，为出兵也。孔明杂用羊豕之肉而
包之以面，像人头以祀，神亦享之，为出兵。后人由此为馒头。

《因话录》云：馒字不知常时音义如何，适与欺瞒同音。孔明与
马谡诚有神妙之谋，非列寓言也。

成　语　破

浙江陈炜字木叔，更名函辉，甲戌进士。时艺脍炙一时。曾记"入云则
入，坐云则坐，食云则食，虽蔬食菜羹"破题云："三命滋益恭，二簋可
用享。"用二成语皆切当。闻鼎革时，不食而死。

解　鸟　兽　语

博识得于闳览，此理之常。至如《论语》疏公冶长辨鸟雀语，《史
记》秦仲知百鸟之音与鸟语皆应，《论衡》广汉杨翁伟能听百鸟音，《后
汉书》太史魏尚晓鸟语，《魏志》管辂知鹊鸣，《北齐书》张子信、《宋史》
孙守荣、《敦煌实录》侯子瑜瑾、《东谷赘言》阴子春、《桂阳先贤画赞》成
武丁，皆晓鸟语。《益都耆旧传》杨宣闻雀鸣知前有覆车之粟。《地理
志》伯益知禽兽言语。《翰府名谈》白龟年晓鸟兽语。和荿有《鸟鸣
书》，王乔有《解鸟语》。郑龙如《偶记》：明闽中陈国华能别禽音。又，
丽江麦宗幼入玉龙山，饮石碗中水，遂知禽鸟之语，而百蛮诸夷之言，无
不通晓。《左传》介葛卢解兽语。《论衡》詹何闻牛鸣而知黑白。《抱朴

子》李南解赤马之言。《梁典》：廷尉沈僧昭闻南山虎啸知国有边事，当选人丁。《辽史》：神速姑能知蛇语。《东城老父传》：神鸡童解鸡语。

画 学 考 试

政和中，建设画学，用太学法补试四方画士，以古人诗句命题。尝试"竹锁桥边卖酒家"，人皆向酒家上著工夫，唯一人但于桥头竹外挂一酒帘，已见酒家在竹内也。又试"踏花归去马蹄香"，众皆束手。一人但扫数蝴蝶飞逐马后，香意表出，皆中魁选。又试"蝴蝶梦中家万里"，戴德淳画苏武牧羊卧草中，蝶舞其旁。皆良工苦心也。

贡 土 水 冰

《前汉书》：徐州牧岁贡五色土各一斗。《南部新书》：天下贡赋，惟长安县贡土，万年县贡水。《唐阙史》载：蓝田县贡冰，常在冬杪，如蓝水不冰，主吏宣命以祭，一夕而成冰。

镜 中 形

人之吉凶形于梦兆，犹是精神相感，乃有镜中现形者。如宋璟未第时，每镜中见形成相字，故以相业自负。又嘉靖中，杭州举人张洽一日照镜，见镜中之貌另是一人，口云："有你有我，无你无我。"惊以语人，莫晓其故。明年辛丑计偕，途遇一人，与镜中者相似，问之乃会稽张洽，姓名又同，言前事，二人以中否必同。及发榜，果皆登第。杭者选南部主事，会稽选北道。不二年杭者死于任，会稽者死于家。其应不爽。

听 声 揣 骨

瞽者听声揣骨，知吉凶贵贱，犹有声可解，骨可摸。至《北史》载卢大翼幼称神童，后目盲，以手摸书而能诵。《癸辛杂志》：张五星瞽而慧,善辨宝玉,能别妇女媸妍。尤不可晓。

衣 中 出 火

《晋·五行记》曰:惠帝纳后羊氏,将入宫,衣中忽有火,众咸怪之。其后后竟坐废。明曾中丞铣被逮日,衣上火出,竟陷大辟。《物象通占》曰:"衣服出火,主凶信矣。"《天都载》:王司马崇古腰玉日,衣上出火,扑之不灭。又万历戊戌进士穆天颜未登第前,火星常出其袖,几欲焚衣。二事又为吉征,不可概论也。

孕 球 心 画

隆庆中,武林妇人柳凝翠爱游西湖,遂穷其胜。归而有孕,后产一球,坚不可破。家人怪之,悬之檐前。适有安南国人过,见以厚价鬻之,随以锯分作数片,视之,皆西湖景也。

《桐下闲谈》:梁溪一女与某士有私,久之,士不至,女思之成疾死。后焚之,心坚不化,碎之,中有男女交媾状,如春画然。

猴 种

陆子玄《声隽》:宋鄞人王某以贩马为业,畜一猕猴。其妻夏日醉卧,适猴在侧,因据腹而合焉。妻以为夫,不之拒,及醒乃大恚,捶杀之,埋于屋后。自是有娠,生二子,即应麟、应龙也,厥状肖焉。长而精敏好学,不获登第。一夕二子梦白衣老父谓曰:"尔父葬处甚佳,能移上丈许,立至富贵。"二子以父尚在,不解其旨,以告其母。母夜半潜移其穴,如言葬之,未几并登科,仕通显,为名臣。

查 名

《葵轩琐记》:万历癸卯,慈溪杨克之守勤赴京会试,道出维扬。因行李匮乏，适一同窗友作县，遂投刺告假资斧。友批"查名"二字，杨遂狼狈而去。来春揭榜，联魁天下，因作诗贻友云："萧萧行李上长安，此际谁怜范叔寒。寄语江南贤令尹，查名须向榜头看。"尹得诗大惭。然杨之气量亦浅矣。

乌龙是贼

《砚北杂存》：周延儒幼时有神童之称，而性顽劣，师以石砚盛水顶之而跪。有友雷一声谒师，见之，劝师放起。一声曰："欲汝作一文。"延儒请题，一声曰："即以顶砚为题。"延儒曰："一片石，一勺水，压住乌龙难摆尾。今朝幸遇一声雷，扶摇直上九万里。"一声曰："此乃大贵之才。"师曰："贵则贵矣，但奸人耳。"一声曰："何也？"师曰："乌龙乃贼龙也，何不言人龙？"果联登会状，后相烈宗，以奸败赐死。

怕读书

有人讥怕读书者曰："春天岂是读书天，夏日炎炎正好眠。夏去秋来冬又到，且将收拾过残年。"可谓切中事情。

七七

《论衡·订鬼篇》：鬼者甲乙之神。甲乙者，天之别气，人死甲乙之鬼至矣。然而杀鬼之至者，又庚辛之神。何以验之？如人甲乙日病者，死期常在庚辛日，以是推七七之说，不过五行相克之理。《怡庵杂录》云：佛老有地府十王之说，盖即十干之义。其五殿称阎罗，最尊者，以位配戊己居中故也。其有七七之名者，盖取十干循流至七则克制，如甲子至第七日庚午，甲遇庚克制，庚子至第七日丙午，庚遇丙克制。更以十二支论之，一日子至第七日遇午为冲，一日丑至第七日遇未为冲，以其相克相冲，故作善事为之禳解。《易》卦七日来复，亦此义也。

道 家 五 炁

道家有五炁,东方九炁,木德星君,西方七炁,金德星君,南方三炁,火德星君,北方五炁,水德星君,中央一炁,土德星君。《七修类稿》云:此庚子数也。以纳音五行之子就天干上数起,遇庚字在第几,即其位也。如壬子桑柘木,自壬至庚数第九,故东方九炁也。甲子海中金,自甲至庚数第七,故西方七炁也。戊子霹雳火,自戊至庚数第三,故南方三炁也。丙子涧下水,自丙至庚数第五,故北方五炁也。庚子壁上土,数第一,故中央一炁也。盖庚为金,金为受气之始,故五方之炁以数加焉。

天 气 地 味

《七修类稿》:天以五气生万物,气无臭味,故风雨霜露自天降者,皆无味也。地以五味养万物,味具形质,故地生者皆有味焉。然雨淡,霜露甘甜,亦有形质,不可谓无味。

陈 眉 公

《砚北杂存》:陈眉公在王荆石家遇一宦,宦问荆石曰:"此位何人?"荆石曰:"山人。"宦曰:"既是山人,何不到山里去?"讥其在门下也。既而就席,宦出令曰:"首要鸟名,中要四书两句,末要曲一句,合意。令曰:十姊妹嫁了八哥儿,八口之家可以无饥矣,只是二女将谁靠。"他客不克续,眉公曰:"画眉儿嫁了白头公,吾老矣不能用也,辜负了青春年少。"举座称赏,宦遂订交焉。

驸 驴 侍 狗

《说听》:崔副使允,京山侯元之弟。初登第时,偕同年王侍郎寅之子允修谒王之乡某前辈,其人问崔何人,王云:"崔驸马弟,乃兄驸马,此为驸驴。"崔答云:"即王侍郎儿,乃父侍狼,此为侍狗。"闻者绝倒。

花　酒

郡中有人欠某缎银十两,准酒三十坛,俱酸而花者。时值端午,某治具邀客,斟此酒以酌原介绍者。客见而讶之,作诗曰:"四时佳兴又端阳,竞渡争看筵席张。岂意流霞成五色,似难邀月进千觞。客疑良药攒眉饮,主若琼浆笑脸尝。汲尽必须洗盏酌,杯中凝滞似糖霜。"

四书陈二

明末吾郡有妓曰陈二,四书最熟,人称四书陈二。一日,与诸名士同饮,共说口令,欲言有此语无此事者。众皆引俗谚,二云:"缘木求鱼。"众称赏。一少年故折之曰:"乡人守簖者皆植木于河中,而栖身于上以拽罾。岂非有是事乎?"罚二酒。二饮讫,复云:"挟泰山以超北海。"众竞叹赏之,少年卒无以难。

食薇衣葛

《韩子通解》及《列士传》:武王伐纣,伯夷、叔齐叩马而谏,不从遂去,隐于首阳山,不食周粟,采薇而食,采葛为衣。时王摩子入山,难之曰:"君不食周粟,而隐周山,食周薇,奈何?"二人遂不食薇。经七日,天遣白鹿乳之。复得数日,夷、齐思念此鹿肉食之必美,鹿知其意,不复来,二子遂饿而死。夫夷、齐采薇而食,人所知也。若食鹿乳及采葛以为衣,人罕知者。

又刘孝标《辩命论》:夷、齐毙淑媛之言。按《古史考》:夷、齐采薇而食,野有妇人谓之曰:"子义不食周粟,此亦周之草木也。"于是饿死。

上大人

小儿初习字，必令书"上大人，丘乙己，化三千，七十士，尔小生，八九子，佳作仁，可知礼也"，天下同，然不知何起。《水东日记》言：宋学士晚年喜写此，必知所自。又《说郛》中亦记之，大抵取笔画稀少，童子易于识认耳。祝枝山《猥谈》云：此孔子上其父书也。"上大人"为一句，"丘"为一句，乃孔子名也。"乙己化三千七十士尔"为一句，乙一通，言一身所化士有如此。"小生八九子佳"为一句，盖八九乃七十二也，言三千中七十二人更佳。"作仁可知礼也"为一句，作犹为也，仁礼相为用，七十子善为仁，其于礼可知也。

萤囊

沈存中《清夜录》：丁朱崖败，有司籍其家，有绛纱笼数十，大率如灯笼。询其家，曰："聚萤囊也。有火之用，无火之热。"亦已巧矣。然隋炀帝尝为大囊照耀山谷，丁制盖具体而微，则囊萤不独车胤也。

巧对

朱亦巢先生髫年善作对，所居相近田中，有巨石名石牛，旁有僧庵曰石牛庵。偶同父执某步至庵，某出对曰："石牛庵畔石牛蹲，耕得石田收几石。"先生对曰："金鸡墩上金鸡宿，衔来金弹俗作蛋。值千金。"某称赏。因论向传巧对有"猢狲上栗树，吃栗壳落"。某曰："螃蟹入菱窠，擒菱钳连。但四字俗语所无，不佳，今改'山童采栗用箱承，劈栗扑箩'。"先生思之未就，适童提菱一篮入，遂应声曰："野老买菱将担倒，倾菱空笼。"大加叹赏。

数　目　谜

幼闻一至十数目谜云："百万军中卷白旗，天边豪富少人知。秦王斩了余元帅，辱骂将军失马骑。吾被人言欠口信，辛苦无干枉自嗟。毛女受刑腰际斩，分尸不得带刀归。一丸妙药无人点，千载终须一撇离。"近又见一谜云："灯儿下金钱卜落，这苦心一一谁知道。到春来人日俱抛，欲罢时何能自了。吾心正焦，有口向谁告。好相交，有上稍来没下稍。既皂难留白，少不得中间分一刀。从今休把仇人靠，千思万想，不如撇去了好。"

王　子　玠

优人王子玠，鼎革之初，名噪一时。辛卯入都门，钱牧斋辈赠之诗歌，遂游公卿间。陈溧阳、龚合肥辈置之座上。或以优贱为言，陈云："爱听高柳新蝉，当不计其转丸时也。"后归里门，益骄奢淫纵。巡方东莱李公<small>森先</small>廉得其状，捕而杖之，与僧三遮立械毙于阊门，号令三日，大快人心。合肥闻之，作王生挽歌五首，极其哀悼。

杨　妃　小　字

玉环，杨妃小字。李商隐诗云："十八年来堕世间，瑶池归梦碧桃闲。如何汉殿穿针夜，又向窗前觑阿环。"可证。《杨妃外传》及诸书皆曰玉环，而《鹤林玉露》载唐狄昌诗曰："马嵬烟柳正依依，又见鸾舆幸蜀归。地下阿蛮应有语，这回休更怨杨妃。"阿蛮又似妃之小字。狄昌唐人，必有所据而云然。

四　乳

文王四乳，见《淮南子》。又《杂记》载：范镇兄镃卒，有遗腹子在外，镇求之两蜀，二年得之，曰："吾兄异于人，体有四乳。是儿亦然。"
验之果四乳。《闻见厄言》载：浙中一女亦四乳，上两乳略开，下两乳
略近，如两服两骖，齐首如手状。上者房小，下者房大，乳子亦仅用下
两房。殊形异体，不可谓世间无有也。

冯犹龙抑少年

　　冯犹龙先生偶与诸少年会饮，少年自恃英俊，傲气凌人。犹龙
觉之，掷色，每人请量，俱云不饮。犹龙饮大觥曰："取全色。"连饮
数觥，曰："全色难得。"改取五子一色。又饮数觥，曰："诸兄俱不
饮，学生已醉。"请用饭而别。诸少年衔恨，策曰："做就险令二联，
俟某作东，犹龙居第三位，出以难之。"令要花名人名回文，曰："十
姊妹，十姊妹，二八佳人多姊妹，多姊妹，十姊妹。"过盆曰行不出，
罚三大觥。次位曰："佛见笑，佛见笑，二八佳人开口笑，开口笑，佛
见笑。"过犹龙，犹龙曰："月月红，月月红，二八佳人经水通，经水
通，月月红。"诸少年为法自毙，俱三大觥。收令亦无，犹龙曰："学
生代收之。"曰："并头莲，并头莲，二八佳人共枕眠，共枕眠，并头
莲。"诸少年佩服。

鳖　　仙

　　世传鳖与蛇相为牝牡，相为生化。有人发沙穴，见鳖与蛇俱，鳖
暮出取食，迹在沙上，蛇辄出灭之。鳖遗子，蛇嘘之始成蛇，久复为
鳖。鳖三足者为能，音耐。食之杀人。冯元成云：能音台，天文斗奎下
六星两两而比者曰三能。鼎三足，能亦三足，二在旁，一在腹中。甲
虫之有神者，人食之化为水。陆子余《庚巳编》载：太仓州民食三足
鳖，身体化尽，止存毛发。其妻为邻里所告，狱久不决。知州莆田黄
廷之鞫之，令渔人捕三足鳖，出妇烹治，使重囚食之，有顷亦化。又郭
相奎嗜鳖，行部泸州，吏以鳖进，郭验之三足，乃投之江，作《活能说》。
冯元成亦有《戒鳖记》。

王行甫《耳谈》：万历己卯，严州建德县渔人获一鳖，重八斤。酒家买置室中，夜半作人声，明晨剖视，腹有老人，长六寸许，首戴皮帽，毫发逼真。又颍川王户部某在通州，一日庖人烹鳖，中有官，旁列鬼判各一，朱发蓝面，皂帽绿袍，左执簿，右执笔。户部遂戒此味。康熙壬子夏，顾小谢家中烹一鳖，剖之，中有仙人，长二寸许，五官毕具，首如裹帛，观者甚众。一人云若能生得之，纳于臂中，能知过去未来事。但血为彼食三年后，往往致死。此说未知然否。

朝 庙 享 祭

《稗史志异》：道州有舜祠，凡遇岁首，山狙群众祠旁，跳踉奋掷，狂奔疾走者五日而后去。次猿亦如之，三日乃去。土神谓之狙猿朝庙。又《夷坚杂录》：梁山有汉武帝庙，祭时有蝴蝶一二百飞集享祭，近之不惊，彻馔然后去。云是武帝侍从，捉之者病。

妇 人 奇 相

《闻见厄言》：嘉靖中，仁和一女子饮食异量，日以斗粟为率。闾里惊异，无人敢聘。学究钟某家贫未娶，女父母怜其孤独，许字之。钟于是年发科，娶焉，成进士，开府粤中。钟亦善啖，到任日，所属供下马饭，即坐驿中徐徐独酌，肴馔尽百余器。夷民观者咸畏服以为神，终其任不敢蠢动。

又嘉兴大家一女奇丑，面麻，眼损，足跛，头秃，人无娶者。慈溪赵文华娶焉。戊子、己丑联捷，严嵩倚为心腹，擢显职。后因倭乱持节开府浙中，移镇嘉兴，声势赫奕，所为颇不循理，赖丑妇贤明，时为劝解。有奇相者必有奇福，以是知红颜薄命，信夫。

墓 中 异 物

黄巢乱，太白山人谒金州刺史崔尧封云："掘破牛山，贼当自败。"

崔发卒掘之,得一石桶,中有黄腰兽一,剑一。兽见剑自扑而死。巢未几果败,削发而逃。宋张邦昌、刘豫俱山东人,金人立为伪帝,人凿其祖墓,各有异物飞出,二人遂不终。明李自成作乱,米脂令任丘边长白大绶为自成发其祖墓,遍访自成祖墓不得,下令查凡姓李墓掘之,乃有言自成祖墓者。掘得一物,鳞甲满身,醢而灰之,自成遂败死于罗公山下。

插 秧 妇

戴九灵《插秧妇》诗云:"青袱蒙头作野妆,轻移莲步水云乡。裙翻蛱蝶随风舞,手学蜻蜓点水忙。紧束暖烟青满把,细分春雨绿成行。村歌欲和声难调,羞杀扬鞭马上郎。"江北妇女皆务农,其夫反讴歌击鼓,风俗与江南不同如此。

承 天 府 碑

《历志》:万历甲辰,承天府辟土得一碑,光泽照见人影甚多,簇拥一伟人,骑白马上升,俄而天门开,一人衮冕迎入。比明,碑上有字云:"北伐随明主,南征拜上公。黄龙已尽醉,长侍大明宫。"俄雷震,大雨洗去。

鱼 王 石

《莘野纂闻》云:余家灵鹫寺桥旁,相传桥东陆氏濒湖石岸有鱼王石在焉。遇桃花水发,鲤鱼千百为群来朝,居民设网辄得鱼。此水浅渚细流,不邻江湖,而鱼又应候群至,不无灵异。后陆以坎筑冰窖,重甃石岸,得一石,半枕于河,长圆类鹅卵,殆所谓鱼王石也。泄其灵,鱼之朝宗遂绝。

余居后门在桥之西,耆老为予言,嘉靖中尚有巨鱼应候群至。与伍公所言合。

蚁　食　银

晋库中金化为蝶，载之《杂志》。马仲履《天都载》云：银有物食之者。易惟效在郎署，晤杨嵝山，云："银一百五十两，为白蚁所食。蚁死，投炉中煎化，仍得银一百五十两。"皆群然笑之。越三年出守衢州，晤余泗泉，云："陆致斋按粤时，有一库吏失银三千两，亦于库窖内掘出死白蚁数石，煎化得银一千五百两。"此惟效亲语人者。

屠　都　曹　抚

嘉靖甲寅，倭犯浙直，督抚一筹莫展。如屠中丞某，寇抵城下，焚劫殊酷，犹高会丽谯，谈笑宴如。苏人语曰："徒多为人所憎恶耳。"吴语多为都，徒多云屠都也。又曹邦辅先去为民望，乡先生留之，曰："身在井上，乃可救井中人。"江南有屠、曹，可为节钺之羞。

坚瓠癸集序

　　余自辛未岁归里，留寓海涌峰，岑寂无赖，辱褚先生稼轩携屐过访，相见恨晚，余亦时往过从。稼轩意气豪迈，跌荡声酒，谢安石之丝竹，孔文举之壶觞，致足乐也。年少时与诸名士较胜文坛，誉日益起，既乃有子云之悔，益肆志于前代之载，二酉四库之藏，靡不博览而究心焉。发为诗古文辞，类足以度越流俗，追复正始，而间以其暇搜录秦汉以迄故明历代轶事，并访诸故老之旧闻，摘其佳事佳话之尤者，次为一编，命之曰《坚瓠集》。余伏而读之，恍乎见所未见。又别有意致可风，不独以赜隐见奇也。昔龙门氏博综载籍，又穷极河岳之观，发挥制作，成诸史之冠。刘宋临川王义庆采辑典午一代微言，旁及汉魏谈论隽永可味者，集为《世说》。今稼轩所著，其信古传述之功则龙门也，而词旨雅驯成一家言则兼有临川之长矣。因稼轩之持以示余，而并以序属之余也，为聊缀数语如此。康熙乙亥首夏望后十日，年家同学弟孙致弥松坪漫题。

序

　　余自都下初抵吴门，次日即登虎丘浮图之绝顶，纵目远瞩，洞庭缥缈之孤标，三江五湖之浩荡，以及云蒸霞霁，快哉大观，知其中多异人，必有文学如言偃，高蹈如角里先生者，代为继起，盖不独拖青纡紫、科名甲天下已也。旋即闻有稼轩褚先生者，雄才伟略，经术湛深，顾乃高尚其志，不屑求闻达于当世。家居自文酒而外，不与一事，唯日拥书万卷，不啻南面百城。余私心向往而未敢遽也。因徐子南漪获交待诏文先生之贤裔崧颐，一日崧颐袖《坚瓠》十集相示，且言欲问序于予。予曰：嘻，是即余私心向往之褚先生集哉！何相慕之深而相需之殷也。是夜即篝灯披读，庄处如几杖箴铭，谐处往往令人解颐，古致纷披，如得柳州小品，知其学殖富，意匠深衔华佩，实彬彬乎大雅君子也。越日乃偕诸同人逍遥屧步于四雪草堂中，怪石嵌嵌，修竹磊落，奇花异卉，掩映书幌间。主人方峨冠博带，出相视，莫逆若平昔交。既乃为设醴尽欢。入暮而还，次晨乃尽将初集至九集者手授焉。余随盥手焚香卒业，喜窥全豹。余惟昔人名山著作，体格不一，而总之以有功于名教，有裨于学业而止。譬之置玉于左，置珠于右也。珠与玉质之大小其相去远甚，然古今来必无因玉而弃珠者，珠固不与玉较大小于尺寸之间也。兹集所纂撰古今轶事骈词，猛喝则当头一棒，冷唤则清夜闻钟，而且靡所不贯，览者如入五都之市，剑气夜光，骇心眩目，又如放楫于沧瀛巨渤间，五两御风，随其所适，其为功于名教，裨益于学业也，岂浅鲜哉，而宁得以稗官野乘而忽之。顾先生之名其集曰《坚瓠》，而自疏其意曰：以无用为有用，乃得受用。知言哉，此善藏其用，得老氏之三宝,具武城之文学,而高商山采芝之节者,非青紫之士所可窥测也。昔人谓立德、立功、立言,并称三不朽。则是集也,诚不朽之盛事也。不朽者坚故也,瓠云乎哉。时康熙岁在戊寅长至,岭南刘云汉虚舟氏拜题。

序

　　曹子建云：街谈巷说，必有可采，击辕之歌，有应风雅，匹夫之思，未易轻弃也。自刘向《七略》即有小说之名，《世说》以下，递相仿效，唐宋之间，极于滥觞矣。厥后复有《说海》、《说郛》，前后八十余家，何其夥也。殆有甚焉。今之小说布满市肆，大抵搜神志怪，子虚亡是之流，浸淫至于闺房秽亵，不堪涕唾，斯乃虞初之下乘，艳异之彼家，曷足道哉！同里褚子稼轩，垂老闲居，尝采古今异闻，集为《坚瓠》一书，积成四十卷，间以示予。予受而阅之，嘻笑怒骂，无所不有。时方苦热，开卷泠然如置身风露玉壶间，不知赵盾之逼人也。予最喜坡公强闲人说鬼，曰子姑妄言之，我姑妄听之。夫妄言尚可，况有真语不妄者，岂不足供平子三倒乎？虽然，此未可作小说观也。太史公《史记》，一代奇文，而《日者》、《龟策》诸传，皆出褚先生手。然则稼轩《坚瓠》其即今日之褚先生乎？西堂九九老人尤侗漫题。（以上二篇据柏香书屋本补）

癸集卷之一

还　金

崇祯辛巳，郑母姨有粤西之行，以一箧寄先孺人，约值千金，为表姊归时遣嫁之资。甲申岁，先孺人弃世，值国变，举家出避，中更武人据屋，流离播迁，几至破家。先君防护惟谨，幸而获全。吴粤兵阻，音问不通者十余年。迨车书混一，陆起顽先生自粤中归，询知母姨已弃世，表姊亦有所适，远去不归，乃约郑调甫先生同子坚表兄照母姨亲笔单点还。子坚初不知是事，喜出望外。先君谓之曰："为汝看守十余年，今幸完璧归赵，吾心始安矣。"此事在古人中亦为难得，先君于流离播迁之际，护持不失为尤难，其所以遗吾子孙者厚矣。凡吾子孙，皆当勉旃。

无 庵 赞 颂

《涌幢小品》：孟无庵琪任荆湖制帅，创书院以处流寓之士。每日见客，虽数十百人，一一接谈，凡有投献，并入袖中。客退，以所受文书令馆客逐一朗诵而谛听之，可行者付出，不可行者焚之行。尝自作《无庵赞》云："老拙爱游戏，忙里放痴憨。正当任么时，无处见无庵。混沌庵之基，太朴庵之梁。太始庵之柱，太极庵之坊。两仪庵之户，三才庵之房。四象庵之壁，八卦庵之窗。白云庵之顶，清风庵之墙。谁人运斤斧，大匠曰羲皇。明月为伴侣，万古其如常。欲知吾富贵，秋水共天长。水云不到处，一片玉壶光。"临终又有颂曰："有生必有灭，无庵无可说。踢倒玉昆仑，夜半红日出。"

银　　童

《闻见厄言》：秀水贾人黄豫松，买舟至嘉兴籴米，值疾作，拥衾而卧，舣舟于岸。一童求附舟，舟人坚拒之。童竟突入舱中，黄疾甚，不知也。舟人疑为黄所留矣。明日黄见之，问而知其无所归，乃携至家，入门仆地，惊视之，乃白银铸成人也。秘藏别室，香火奉祀，家遂富。后黄之子亵慢童，童遂去，家亦渐落。

银　　精

《碣石剩谈》：一宅每多鬼怪，有人买之，夜宿其中，遥闻嘈嘈人语，起听在西壁下，其语谓："吾辈主来矣。"似庆贺者。顷之又闻愁叹声，谓："相聚多年，今将分离矣。"主人暗喜，冀有所见。忽见一白衣老人至曰："吾乃银精也，壁下有银若干，待公久矣，任君掘出营运。惟吾银精不可凿，亦不可熔化。倘得存守，且能增益多金。"次日果于壁下掘银若干锭，内一锭晶光夺目，识为银精，谨藏笥中，焚香祝拜。或杂之群银中，则倍增益。

讨 论 滥 赏 词

绍兴初，范觉民为相，悉革崇宁以来创立滥赏官职，自后应补选官，每事各为一项，建议讨论，并取朝廷指挥，虽公论当然，而失职者谤议蜂起。有改东坡《行香子》词云："清要无因，举选艰辛，系书钱、须足十分。浮名浮利，虚苦劳神。叹旅中愁，心中闷，部中身。
虽抱文章，苦苦推寻，更休说、谁假谁真。不如归去，作个齐民。免一回来，一回讨，一回论。"大书粘于内前墙上。逻者得之以闻。时刘豫方据河南，朝论虑摇人心，亟罢讨论之举。觉民为台谏所攻，竟去相位云。

龙　九　子

　　龙生九子不成龙，各有所好。明孝宗书小帖以问内阁李西涯，西涯不能悉，乃据罗圭峰玘、刘芦泉绩之言具疏以闻。西涯言于杨升庵，升庵为西涯承上问而不蔽下臣之美，贤相之盛，节录于集中。一曰赑屃避戏，形似龟，好负重，今石碑下龟趺是也。二曰螭吻，形似兽，性好望，今殿脊兽头是也。三曰蒲牢，形似龙，性好叫吼，今钟上兽纽是也。四曰狴犴，形似虎，有威力，故立于狱门。五曰饕餮，好饮食，故立于鼎盖。六曰蚣蝮，性好水，故立于桥柱。七曰睚眦，性好杀，故立于刀环。八曰金猊，形似狮，性好烟火，故立于香炉。九曰椒图，形似螺蚌，性好闭，故立于门铺首。又有金吾，似美人，首尾似鱼，有两翼，性通灵不寐，故用警巡。然升庵无所引证，且与金吾而为十矣。胡承之侍《真珠船》亦有龙九子，并载西涯事，其名不同。一曰囚牛，好音乐，胡琴上所刻是。二曰睚眦，刀柄龙吞头是。三曰嘲风，性好险，殿角走兽是。四曰蒲牢，好鸣，钟上兽纽是。五曰狻酸猊，好坐，佛座狮子是。六曰霸下，好负重，碑座兽是。七曰狴犴，好讼，狱门所画兽是。八曰赑屃，好文，石碑两旁所画龙是。九曰蚩吻，好吞，殿脊兽头是。各有引证，以为其说不经，援史传"睚眦必报"等语以证睚眦之非。蒲牢，海边兽名。班固《东都赋》注："海中有大鱼曰鲸，蒲牢畏鲸，鲸击蒲牢辄大鸣。凡钟欲令声大，故作蒲牢于上，而刻鲸形以撞之。"狻猊，穆天子马，日走五百里。《尔雅》云："狻麑如虦㹮猫，食虎豹。"郭璞注："即狮子也，出西域。"狴犴，《韵会》曰："犴，犬子也。犬所以守，故谓狱为犴。"《字林》云："犴豻同，胡地野狗，似狐，黑喙。"《周官》"士射豻侯"注："豻，胡犬，其守在夷，士以能胜四夷之守为善，故射之。"《埤雅》云："豻善守，故狱曰豻。"赑屃，《西京赋》"巨灵赑屃"注："壮大貌。"《吴都赋》"巨鳌赑屃"注："用力貌。"蚩吻，当作鸱尾，王子年《拾遗记》：鲧沉羽渊，化为玄鱼。后人修玄鱼祠以祀之。见其浮跃出水，长百尺，喷水激浪，必降大雨。汉世越巫请以鸱鱼尾厌火灾，今之兽头鸱尾是也。《唐会要》："汉武柏梁台灾，越巫言海中有鱼名虬,其尾似鸱,激浪则降雨,遂作其形,置于殿脊以厌火。"《南史》:"萧摩诃诏其厅事寝堂并置鸱尾。"诸书并不见有龙子之说。囚牛、霸下、嘲风俱无考证。刘调父元卿《贤奕》亦载诸物名,云见《山海经》、《博物志》,亦无龙九子之说。其赑屃、蒲牢、金猊、椒图、螭吻、金吾说与升庵同。他如宪章形似兽,有威,性好囚,立于狱门。蜥蜴形似兽,鬼头性好腥,立于刀柄。蛮蛇形似龙,性好风雨,立于殿脊。螭虎形似龙,性好文采,立于石碑两旁。蚧蛴刀哲形似龙而小,性好险,故立护朽上。鳌鱼形似龙,好吞火,故立于屋脊。兽吻形似狮子,性好食阴邪,故立门镮上。饕餮性好水,立于桥柱。按饕餮《韵汇》等书作贪食貌,升庵"好饮食立鼎盖"之说为是,好水未识何据。升庵以蚣蝮为好水,而陆俨山《金台纪闻》又以蚊蝮为好饮。云鸱鸮氏生三子,长曰蒲牢,次曰鸱吻,说亦与升庵同,三曰蚊蝮,好饮,即今闸口闸暂字入声。所置是也。闸口上以石凿兽置两旁,状似蜥蜴,首下尾上,名曰蚊蝮。诸说各异,备书之,以俟博物君子订正焉。

俚 诗 有 本

茅鹿门先生文章擅海内,尤工叙事,志铭为明代大家。晚喜作诗,自称半路修行,语多率易。次子国缙登第,喜而口占曰:"堂前正索千金赏,门外高悬五丈旗。"闻者皆笑。然唐黄滔已先之矣。滔放榜诗云:"白马嘶风三十辔,朱门秉烛一千家。"御试曰:"九华灯作三条烛,万乘君悬四首旗。"以古准今,如出一手,则先生亦未可笑也。

令 喻 意

云间一绅与吾郡某生为戚属而有隙,延至家饮食款待,严其出入,思以计中伤。某孝廉知之,席间设令喻意曰:"波涛遄逃。"言风波既起,宜逃遁也。生佯曰:"壶觞何伤。"一日生素厚某宦之仆,见县盗案,审生名欲捕,归告其主,统众往救。生已逸出,买舟潜置他所得免,彼此讦告不已。

作　志

正德中,杭州金编修美之璐为外家张氏作墓志,谨依金石例,不书妇姓。妇家乃俗人也,意美之轻己,而出言诋之。张教谕子兴口占长短句嘲曰:"张翁墓志,金生执笔,不书姓氏,妇家称屈。金生自谓能文字,才动笔时便忍气。韩退之,柳柳州,苏东坡,欧阳修,当时墓志做多少,毕竟门前骂不休。"

冤　忏

《冤忏》载诗云:"自古文章推李杜,如今李杜忒稀奇。叶公蒙懂遭蛇吓,冯妇龙钟被狗欺。杂辏零辩璇玉赋,失粘走韵省耕诗。若教修史真羞死,胜国君臣也皱眉。"雪颠子题其揭曰:"是是非非何日休,序班诗伯两绸缪。前生必有因缘在,不是冤家不聚头。"

叶　子

叶子不知所起,其式必须官样。我苏桃花坞、太仓卫前、昆山司马桥为牌数,以夹青纯绵纸者为上。按《文献通考》有《叶子格戏》,晁氏云不著撰人。世传叶子晚唐时妇人也,撰此戏。李节之《艺林累百》云:唐太宗问一行世数,一行制叶子格以进。叶子言二十世李也。其式亦不传,不知何时改用宋江等名。潘之恒《叶子谱》云:叶子始于昆山,用《水浒传》中人名为角抵戏耳。黎遂球《运掌经》云:署之以宋江之徒者,必勇敢忠义然后可胜,而又非徒读书者所能知,故署之以不知书之人。其法分立四门,自相统辖,由空罄至九为钱,累钱为百,累百为万,累万为十万,以至万万。万胜千,千胜百,百胜钱。钱数贱九而贵空,殊倒置有味,戏百出而不穷,用数多而尚变。野史赞曰:"履其成,无忘其空。空以基之,成以息之。叶子之所由作也。"又曰:"闻宾四门,所以礼贤。不闻积聚,而工数钱。故愚称守,运之有神。能积能散，存乎其人。空不居其歉，万不履其盈。崔符之辈，若宋公明，亦足为世所程，谁曰不经。"

古惟扯张斗虎，至冯犹龙始为马吊，谓马四足，失一不可行，故分四垒，各执其八，而虚八为中营，主将护之，以纪殿最，定赏罚。无掉者谓之赤足，部中惟百万簪花，上国之将相也。犹齐之管、晏，郑之侨、胖，魏之信陵，虽臣而威震主矣，故其赏独专。胜亦得，败亦得，或倍之以胜倍也，或三之，以自出师而捷故三也。主将得百万，无尊无捷而亦胜矣。四尊部中之最尊者也。军罢而稽程，倘不得其俦，虽尊而不胜。兼者尊之第二叶也。倘逢其尊，虽兼亦胜。极者部中之最卑者也，倘四极并临，或更逢百万，是匹夫而称雄，虽极亦有时而独尊，军司马纪录可也。

纸　牌　说

李东琪式玉《纸牌说》：纸牌四十页，始乎钱，继以索，再继以贯。盖散钱就绪始可以贯计，而极乎数之盛也。然则曷始乎空没文？此如汉高祖微时，实不能办一钱也。钱无以半计者，而今有半钱，何也？盖善权子母者，虽半不遗，而后可以累万也。由一钱至九钱而止，竟不满十，盖盈数天地所忌，即十文亦难骤至也。继之一索至九索而止，一贯至九贯而止，俱不满十，义盖同之耳。然何以至一贯始作人形？前此钱未盈贯，几不得比于人数，今累累然其万矣，皂隶升为衣冠，铜臭立致公卿，必然之势，无足怪也。自二十万以至万万，数极矣。有其资者势拟乎封君，而事可以帝制，故尊之以宋江也。或曰大万不易致，此其人必有狙诈之谋，而参以残刻之行，盗固有道焉。富人类然矣。乃钱索二十页内独空没文，亦具人状，何也？盖能为极有者固人，万万贯是也；能为极无者亦人，空没文是也。顾安知万万贯之不即为空没文，如邓通钱布天下，而其后不能名一钱；空没文之或可为万万贯，如鲁顿贫不免饥寒，而其后富雄猗氏乎？聚散倚伏之道于数纸内诞告焉，而特微其旨耳。独是年来马吊风驰，几遍天下，不知其法创自谁何。然循其名，角其实，抑亦世变风会使然，有识者惧之耳。

戒　角　文

苏人好角,人有招之而即趋赴者。毛序始先生仿制义体集四书句作《戒角篇》曰:贼夫人之子,角招是也。甚矣,若崩奔厥角,不待其招而往,自贼者也。二三子又从而招之,是诚何心哉? 戒之曰:昔者窃闻之,当在宋也,贼民兴北方之强也。今用之,凡四等三十二章张,三子者出,于己取之,其下八章,若合符节,战必胜矣。是道也,众皆悦之,君子不由也。夫人岂以不胜为患哉? 其虑患也深,弗为耳。于此有人焉,狎于不顺,非其罪也。损者三友,善诱人,则引之而已矣。引而不发,是难能也。上士一位,我为我,无所苟而已矣。夫召我虽多,知其非义,违之何如? 有复我者,请辞。辞曰:闻戒戒之在斗,既富矣,财不可胜用也。出内之吝,一介不以与人。公输子虽万镒,君无尤焉。曰姑舍是,何足算也。分人以财,欲罢不能,无处而馈之,是亦不可以已乎? 苟完矣,则犹可及止也。韫椟而藏,亦欲无加诸人。止于赢,虽闭户,人其舍诸,曰:“某在斯,为可继也。”他人有心,不夺不餍,不善则失之,则将反诸其人乎? 或相什伯,或相千万,不为不多矣。苟为无本请复之,殆不可复,空乏其身,可立而待也。一朝而获十,终日不获一,难乎有恒矣。以若所为,虽得之不可必得,亦悖而出,可坐而致也。呜呼! 劳其筋骨,饿其体肤,孰乐? 吾不与也。夜以继日,坐以待旦,无益,不如学也。已而已而,往者不可谏;戒之戒之,来者犹可追。而今而后,有同室之人斗者,则已垂涕泣而道之可也。乡邻有斗者,趋而避之可也。何也? 为其贼道也。于宋率西水浒,强者居之,今之君子,无若宋人然。

周　铁　墩　传

郑桐庵先生尝作《周铁墩传》:吴中故相国申文定公家所习梨园,为江南称首,铁墩者又梨园称首也。姓周氏,魁岸趫雄,平颅广颡,方面矬项,身短而肥,自顶至踵,广狭方圆略称,人呼铁墩铁墩云。当场而立,木强迟重,方其蹋蹴、超距,角牴、趫跃,虽俊鹘飞隼莫能过也。数岁时,侍相国所,相国目之曰:"此童子当有异。"教之歌歌,教之泣泣,教之官官,教之乞乞。昼忖宵摩,滑稽敏给,罔不形容曲中,极于自然。时复援引古今,以佐口吻、资谈笑于相国左右。余素不耐观剧,然不厌观申氏家剧。每坐间,辄自提掇,毋踦跛,毋弇鄙,毋轻薄歌呼、谑浪谐调,毋以道学示严重,毋以气节示凌踔,惧供铁墩揣摩去也。观者入其云雾中,啼笑悲欢,动心失志,而铁墩冷眼看人,四筵之情性毕见,擅名梨园四十年。遭逢时变,暴富之客将奄致之,铁墩蹙然曰:"承事相国以至今日,乃反颜面事趑趄儿,吾宁甘乎?"遂绝群而往,不复出。逾三四年,相国之后稍稍整顿旧观,乐承平故事,铁墩始复出。吾闻其事甚感叹之。盖自四公子而后,暨田、窦、卫、霍之家所养客,亡不聪明才辨,衔恩知己。及考其聚散离合之行,曾铁墩之不若。而析圭儋爵,北面事人,未有能眷恋旧恩如若人者。岂所谓有心玩世之流,托伶伦以讽者欤?抑何其铮铮也。《北史》称江东天子傅粉宫中,群臣口脂面药,搔头弄姿,以为君臣相说如此,使当日辇上诸君,以铁墩为师,尽其技,讵不足貌优孟之长宠,冠貂蝉之幕也哉?

食　异

昌歜、羊枣、鳜鮬、腹鱼虽稍与人殊,然亦口食所不废也。鲜于叔明之嗜臭虫,权长孺之嗜人爪,刘邕之嗜疮痂,唐舒州刺史张怀肃、左司郎中任正名、李栋之服人精,《唐书·高仙芝传》载贺兰进明好啖狗粪,明初僧宗泐嗜粪浸芝麻杂米和粥,驸马都尉赵辉喜食女人阴津月水,南京祭酒刘俊喜食蚯蚓,《二酉委谭》载吴江妇人喜食死尸肠胃,似为奇疾,口有同嗜,岂非虚语。

洗　笔　池

潭州某邑有唐褚河南洗笔池,至宋邑令赵必穆于池中得一断碑,上刻先生《湘潭偶题》诗云:"远山嶻嶭翠凝烟,烂漫桐花二月天。游遍九衢灯火夜,归来月挂海棠前。"诗笔兼妙,几致湮没。

甘 泉 寺

鼎州甘泉寺介官道之侧,嘉泉便于漱酌,行客未有不停车者。始寇莱公南迁日,题于东槛曰:"平仲酌泉经此,回望北阙,黯然而行。"未几,丁晋公过之,复题西槛曰:"谓之酌泉,礼佛而去。"后范补之讽安抚湖南,留诗于寺云:"平仲酌泉回北望,谓之礼佛向南行。烟岚翠锁门前路,转使高僧厌宠荣。"

妓 缀 巾 带

黄山谷弟元明宰庐陵县,赴郡会,座上巾带偶脱。太守谕妓缀之,既毕,俾元明撰词,曰:"银烛画堂明如昼,见林宗巾垫羞蓬首。斜插花枝,线賸罗袖,须臾两带还依旧。　倒带休今后,也不须更漉渊明酒。宝箧深藏,浓香薰透,为经十指如葱手。"盖调寄《七娘子》也。

召 乩 演 戏

乩仙大约文人才士精灵之所托。有金某通其术,诡称一陈夫人,号曰慈月智朗,与生有婚姻之缘,请之即来,长篇大章,滔滔汩汩,缙绅先生亦惑其说。又有召鬼演戏,以数岁小儿为之,啼笑悲欢,手舞足蹈。一童自称西楚霸王,持巨木而舞,不知其重。适嘉兴一士在旁,谓曰:"吾有一对,请鲁公对之:'西水驿西,三塔寺前三座塔。'"驿与寺皆在嘉兴。童忽仆地,迟久复起,乃大言曰:"北京城北,五台山上五层台。"众称善,复曰:"吾为此对,几游遍天下矣。"半饷乃苏。

合 肥 知 县

昔有"翰林学士浑身湿,兵部尚书彻骨寒"之句,以为佳对。偶有合肥知县,瘦且骨立,直指戏曰:"合肥知县因何瘦?"一时未有佳对。适芜湖典史以解务至，其人多须，尹一见即云："芜湖典史怎多须。"直指笑而赏之。

门　神　赞

祝枝山一日谒某巡按，茶罢叙礼而退。巡按送至门，祝见门神甚工，极口称赏。巡按曰："请留一赞。"祝云："手持板斧面朝天，随你新鲜只一年。"巡按曰："某请续之：'厉鬼邪魔俱敛迹，岂容小丑倚门边。'"相与大笑而别。

王　好　战

天启中，昆山顾秉谦为相，附媚魏珰，声势赫奕，凡令尹过其门，必下轿徒行。时山阴王忠陛为令，以事出行，每迁其涂而过之。时有作四书文以讥之者，玉峰张中来尝诵其破承云："王好战，固过相师之道也。夫道若大路然，焉用战，谓其为相与？"惜其文不传。

三　朝　建　言

成化间，一御史建言顺适物情，云："近京地方，行役车辆骡驴相杂。骡性快力强，驴性缓力小，今并一处驱驰，物情不便。乞要分别改正。"弘治初，一给事建言处置军国事云："京中士人好着马尾衬裙，因此官马被人偷拔鬃尾，有误军国大计，乞要禁革。"嘉靖初，一员外建言崇节俭以变风俗，专论各处茶食铺店所造看桌，糖饼大者省功而费料，小者省料而费功，乞要擘画定式，功料之间，务在减省，使风俗归厚。极小事体，生扭在极大题目上，肉食者鄙，信然。

嘲　窃　句

陈亚卿窃古人诗句，或嘲以诗云："昔贤自是堪加罪，非敢言君爱窃词。匪奈古人无意智，预先偷子一联诗。"

判　鼠

嘉靖间,一御史某蜀人,有口才,中贵某欲讥御史,乃缚一鼠虫_地讳四川曰鼠。曰:"此鼠咬毁余衣服,请御史判罪。"御史判曰:"此鼠若问答杖徒流太轻,问凌迟绞斩太重,下他腐刑。"中贵知其讥己,然亦服其判断之捷。

戏 台 对 联

康熙癸酉春,苏城搭台演戏,几无隙地,妇女有抢去首饰者,有被人奸骗者,无赖生事,起衅不一,当事不为严禁,至四月犹未止。予从石湖归,见彩云桥北演戏,登岸往观,见台上对语云:"六礼未成,顷刻洞房花烛;五经不读,霎时金榜题名。"甚为切当。犹忆幼时见一联云:"逢场作戏,把往事今朝重提起;及时行乐,破工夫明日早些来。"四句皆成语,确是戏台对联,移他处不得。

佛　汗

北魏孝昌三年二月,洛阳平等寺金身两目垂泪,遍体俱湿,三日乃止。时人称为佛汗。明年尔朱荣入洛,诛戮百官殆尽。宋靖康元年立春前一日,太史局勾芒神流泪滴襟袖,是年徽、钦被掳。元至正末,吾苏承天寺佛像亦垂泪,僧拭之复出,淮张据吴,占寺为宫,有"暂借承天住十年"句。

圣 人 前 知

夫子生于鲁,其神灵尤显于鲁。如汉时修夫子宅,钟离意得壁之语,虽为不经,然未必无其事。正德中,刘六七攻山东,夫子像面汗出如雨。其孙衍圣公以布拭之,拭而复出。后贼至,尽掳每朝所赐。崇祯十四年,曲阜县夫子庙有见夫子下殿抚几而哭,泪下点点成血。未几国祚遂移。此亦泣麟之余悲,反袂掩泪之至痛耶!

牛角山河

右相李纲方经理两河,以图复中原。黄潜善、汪伯彦力排去之,车驾遂车幸,两河郡县相继沦陷,金人南侵,高宗奔杭州,而国不可为矣。有人题诗于吴山子胥祠曰:"和战无成数戒严,中原民苦望熙恬。迁杭不已思闽广,牛角山河日入尖。"

嘲王禹玉

王禹玉丞相既亡,有人作诗嘲之曰:"太师因被子孙煎,身后无名只有钱。喏喏佞翻王介甫,奇奇歆杀宋昭宣。尝言井口难为戏,独坐中书不计年。东府自来无土地,便应正授不须权。"其家经府指言张山人作,府尹追张至,张曰:"某自来只作十六、十七字诗,七言律某吟不得。"府尹笑而遣之。

壁虎鼋冤

祷雨用蜥蜴,以其能致雨也。宋熙宁间旱,令捕蜥蜴,一时无获,多以壁虎代送官府。民谣有"壁虎壁虎,你好吃苦"之说。明初大江之岸常崩,人言其下有猪婆龙,一时恐犯国姓,只言有鼋。高皇恶与元同音,捕之殆尽。时亦有"癞鼋癞鼋,何不称冤"之谣。世之受诬而被害者,宁止壁虎与癞鼋哉!

放生池记

庆元初,赵师罜为临安尹,请以西湖为放生池,作亭池上,命国子司业高炳如文虎为记。高故博洽,疾时文浮诞,痛抑士子,遂失众心,会记有"鸟兽鱼鳖，咸若商历以兴"，已镌之石，始觉其误，改商为夏，痕刻犹存。轻薄子作词谑之云："高文虎，称伶俐，万苦千辛，作个放生亭记。从头无一句说着官家，尽把太师归美。这老子忒无廉耻，不知润笔能几。夏王却作商王，只怕伏生是你。"

龙 虎 对

度宗龙飞榜，兴化陈文龙为状元，胡跃龙为省元。时范文虎为殿帅，孙虎臣为步帅。有人对云："龙飞策士，状元龙，省元龙；虎帐得人，殿帅虎，步帅虎。"

是 他 家 属

唐冯衮牧苏州，江外优伏，暇日多纵饮博。因会宾僚掷卢，冯突胜，以所得均遗一座，乃吟曰："八尺台盘照面新，千金一掷斗精神。合是赌时须赌取，不妨回首乞闲人。"尝因饮醋戏妓，而军倅留情，索然无绪，冯盼之曰："老夫过戏，无能为也。"倅抠衣而谢，冯因吟曰："醉眼从伊百度斜，是他家属是他家。低声向道人知也，隔坐刚抛豆蔻花。"

李 杨 相 谑

杨邃庵冬天气盛，而李西涯怯寒。二公并坐，西涯屡以足顿地作声，邃庵曰："地冻马蹄声得得。"西涯见其吐气如蒸，遽云："天寒驴嘴一作象鼻。气腾腾。"盖云贵有象蛮之诮，邃庵原籍云南故也。

严 高 相 谑

常熟严相国讷面麻，新郑高相国拱作文，常用腹稿。二相退食相遇，高戏严曰："公豆在面上。"俚语诮苏人曰盐豆儿。严答曰："公草在腹中。"盖河南曰驴也。一时捧腹。

改 劝 学 诗

《劝学诗》有"少小须勤学，文章可立身，满朝朱紫贵，尽是读书人"。成化间，冯御史徽以事谪戍，易前诗云："少小休勤学，文章误了身。辽东三万卫，尽是读书人。"

张 陆 题 句

昆山陆静逸钛对景题句云："杨柳花飞平地上，滚将春去。"张亨父泰应声曰："梧桐叶落半空中，撇下秋来。"

状 元 宰 相

卞荣在万阁老安坐，适报廷试，曾彦首选。安曰："状元却是瞌睡汉。"时彦年已六十矣。卞答云："宰相须用读书人。"

叉 袋 谜

祝枝山学佛语作叉袋谜云："无佛物不开口，开口便成佛。盛物。盘多罗诘结，多罗破多刹撤，多佛物多难咤驼。"

萝 峰 去 位

张萝峰陛辞之日，有人粘诗于吏科门上云："大通桥下鹧鸪鸣，宝锤三千又送行。归路若逢徐少宰，入山相伴采黄精。"

嘲 续 弦

闽中陈成玉瓒善谑，友人周行可续弦，谑以诗云："十分春色海棠开,云雨漫天暗里来。可是东君勤爱惜,烟蓑乘夜护花台。"行可多须,故嘲之云。

晚 婚

正德中,孙太初—元初谈导引,人疑其仙。晚婚吴兴施氏,妻妹李空同以诗嘲之曰:"范子无端出五湖,西施并载有耶无?诗人只合莺莺伴,施家今是大姨夫。""见说仙人萼绿华,晋升平中,萼绿华降羊权家。麻姑亦降蔡经家。须防狮子河中吼,背痒无言爪得爬。"

持 水 上 寿

一士家贫,欲与其友上寿,无从得酒,但持水一瓶称觞。时谓友人曰:"请以歇后语为寿。"曰:"君子之交淡如。"友应声曰:"醉翁之意不在。"

即 事 对

嘉靖庚寅,夏言为兵科都给事中,以议郊礼,加翰林学士掌科事,又服四品服色。许诰指其事为对曰:"七品衙门五品官,四品服色。"以学士五品,给事七品也。无有能对。

诗 投 司 徒

嘉靖二年,天下大灾,明年春无雨,江浙蝗尤甚,未有蠲租之诏。罗柔投诗于大司徒孙交曰:"春雪消时木尚枯,一诗持赠大司徒。汉文皇帝龙飞日,不遇灾荒也赐租。"

西 涯 撰 诰 文

李西涯撰刘瑾父封都督诰曰:"积善以贻子孙,尝闻其语;扬名以显父母,今见其人。"又:"号令风行乎天下,威名雷动于八方。"为京师传笑。

别　号

昔子思、孟子称孔子亦曰仲尼,未闻有别号也。近世鲰生小吏亦各以别号标致,谄谀之徒不敢称其字,况有一命者乎?旧有诗云:"孟子名轲字未言,如今道号却纷然。子规本是名阳鸟,又要人称作杜鹃。"

御史口吃

明宣、正间,御史茂彪舌秃言涩,侍西班。有东班御史误入西班,彪乃面纠曰:"臣是西班御史茂彪,有东班御史不合走入西班。"然彪言为包,班言为邦。滑稽者因其言为一绝曰:"闾阖门开紫气高,含香尝得近神尧。东邦莫入西邦去,从此人人惮茂包。"

张幼于谜

吾郡张幼于使才好奇,日有阅食者,佯作一谜粘门云:"射中许入。"谜云:"老不老,小不小,羞不羞,好不好。"无有中者。王百穀稚登射云:"太公八十遇文王,老不老;甘罗十二为丞相,小不小;闭了门儿独自吞,羞不羞;开了门儿大家吃,好不好?"

解跌

解大绅四岁出游市中,失足偶跌,众笑之,解吟曰:"细雨落绸缪,街坊滑似油。凤凰跌在地,笑杀一群牛。"

壁间对句

《侯鲭录》:学士院壁间旧有题云:"李阳生指李树为姓,生而知之。"久无对者。杨大年为学士,乃对云:"马援死以马革裹尸,死而后已。"

《葵轩琐记》:邗江旅壁有对云:"邹孟子,吴孟子,寺人孟子,一男一女,一非男非女;周宣王,齐宣王,司马宣王,一君一臣,一不君不臣。"亦堪解颐。

许子不惮烦

《耕余博览》:虞集未遇时,为许衡门客。虞有所私,午后辄出馆,许每往不遇,病之,因书于简云:"夜夜出游,知虞公之不可谏。"虞即对云:"时时来聒,何许子之不惮烦?"

一 节 三 分

《雪涛谐史》:一生员送广文节仪,只用三分银子。广文出对曰:"竹笋出墙,一节须高一节。"生即对曰:"梅花逊雪,三分只是三分。"

字　　谜

《鸡肋编》:王介甫"俭"字谜云:"兄弟四人,两人大,一人立地,三人坐家中。更有一两口,便是凶年也好过。"又有字点谜云:"寒则重重叠叠,热则四散分流。四个在县,三个在州。在村里只在村里,在市头只在市头。"杨南丰有"门"字谜云:"倚阑干东君去也,霎时间红日西沉。灯闪闪人儿不见,闷恹恹少个知心。"近有人作"德"字谜云:"吴江人,七条心,如今两个人,合得一个心。仔细看看,原是两个吴江人。"以中有十四字也。盖谚有"吴江人七条肠"之语,故云。他如"秦"字云:"两画大,两画小。""孕"字云:"先写了一撇,后写了一画。""他"字云:"问管仲。"俱有思致。

十　可　笑

嘉靖戊子,张桂当路,有书十可笑帖于朝房者,东厂受旨缉访,逻者分群四出,乃得席瑶等十余人,皆传诵者,实非其编造也。张桂发怒,欲以妖言律当之,刑部胡端敏公_{世宁}奏瑶辈因闻编捏笑言,敢于互相传诵,罪止杖徒云。

《戒庵漫笔》:世宗一日御朝,见殿中一物行动,命内竖取视之,乃是蟹,背有朱书"张璁"二字,言其横行也。

肉　　事

肉林,纣事也。肉翅者,魏铃下登凌风台如履平地也。肉磨者,晋世祖某宦者善哦,谓胸有肉磨也。肉飞仙者,沈光也。_{见《北史》}。肉鼓吹者,李匡远也。肉手炉者,唐岐王于美婢怀中暖手也。肉几者,明皇凭黄翩儿肩以行也。肉屏风者,杨国忠及杭州别驾杜驯选肥婢遮风也。肉杖、肉阵、肉障者,亦国忠也。肉腰刀,李林甫也。肉台盘者,孙晟、杨国忠也。肉雷者,来绍也。肉谱者,李守素也。肉疾者,申王也。肉唾盂者,严世蕃以美女受唾,方咳嗽,美女以口受之也。肉双陆者,王天华杲媚世蕃,织成地衣,令美女三十二人,红素各半,闻掷点该移某位,则趋以待也。《水浒传》鲁达打郑屠,以所切碎肉洒空中,似下一阵肉雨。"肉雨"二字更新。

隐　军　字

袁箨庵先生自金陵来吴过访,适有以事系臬司狱者。因问某应得何罪,先生戏曰:"帽儿盖在车头上。"余曰:"此先生《调笑令》中词料也。"先生遂成《黄莺儿》曰:"运退走他方,诨失言,辉少光,浑家汲水都倾荡。裈兮衣藏,葷兮草藏,帽儿盖在车头上。郓邑亡,指挥才少，勾补子孙当。"举坐绝倒。近见《一夕话》载：某军官持画像求先生作赞，即题曰："挥无手，辉欠光，裈去衣无恙，运退走他方。浑家携水泼道旁。休猜是太上老，原来是铁甲将，把一个大帽儿盖在车头上。"因知先生久有"军"字隐语也。又闻先生在武昌时，某巡道谓曰："闻贵府衙中有二声：棋子声，唱曲声。"先生对曰："老大人也有二声：天平声，竹爿声。"某默然。未几先生遂挂弹章。

蒙 古 出 对

元时一蒙古人为宰，莅任行香，出对曰："孟孙问孝于我我。"众皆哂之。一生对曰："赐也何敢望回回。"宰大喜，厚赏之。

崇祯末，有以夤缘补廪者，冯犹龙谑之云："夫子绝粮于陈，命颜回往回回国借粮，以名与国号相同，冀以感动。比往通谒，大怒曰：'孔子要攘夷狄，怪俺回回，常说回之为人也择贼乎？粮断不与。'颜子怏怏而归。子贡请往，既至，自称平昔奉承，常曰赐也何敢望回回。群回大喜，以白粮一担，先令携归，许以陆续送用。子贡归述于夫子，夫子攒眉曰：'粮便骗了一担，只是文理不通。'"闻者绝倒。

事 物 自 然 对

江陵劳劳亭，都人送别之所，可对适适圃，吾吴申相国园名。陶穀化化笺，以粗纸供溷一化也，取溷纸复抄二化也。可对《奇奇集》，贾似道萃古人用兵以寡击众，如淝水、赤壁之类，自诧援鄂之功。明徐祯卿有《叹叹集》，皆消遣悲伤之作。世号棋为木野狐，以其媚溺人心，可对纸老虎。亦以纸牌能耗人财也。唐茶禁太严，人畏之，号草大虫。可对火花娘，炼丹甚于溺色，故有此名。洪州有娉婷市，五代钟传侍儿所居。可对温柔乡。峨嵋山有不到寺，可对无定河。谢无逸以咏蝴蝶得名，人称谢蝴蝶。可对郑鹧鸪、雍鹭鸶，盖郑谷、雍陶亦以二诗得名也。

人　以　虫　名

元末吴人呼秀才为米虫，近呼执丧事者为桑虫，以丧桑同音也。交易居间者为白蚂蚁，差人为饿皮虬，仓夫为仓老鼠，惯预外事者为酱里虫，讨闲者为蛀虫。

癸集卷之二

折 柳 桥

《唐诗纪事》：雍陶典安阳，送客至情尽桥，问左右，曰："送迎之地止此，故桥名情尽。"陶属笔题其柱曰"折柳桥"，自后送别必吟其诗曰："从来只有情难尽，何事名为情尽桥。自此改名为折柳，任他离恨一条条。"

新 嫁 娘 词

尤悔庵侗先生有《新嫁娘》词，调寄《西江月》："月下云翘早卸，灯前罗帐眠迟。今宵犹是女孩儿，明日居然娘子。 小婢偷翻翠被，新郎初试蛾眉。最怜妆罢见人时，尽道一声恭喜。"

代 妓 詈 所 欢

袁仲子有《代妓詈所欢》诗曰："寻觅如同夜不收，问人知在十间楼。谁家歪货留他往，那得闲钱恁你丢。旧日顽皮犹怕打，只今饿脸不知羞。便须剥去嫖衣服，锁向空房做缩头。"

泥 美 人 词

尤悔庵先生《泥美人》词调寄《好女儿》："彼美人兮，半面风姿。谁向妆台描五色，有顾恺传神，何郎傅粉，张敞修眉。 可惜红颜黄土，立而望、是耶非。问若个、小名君识否，是罢舞西施，停歌子夜，不笑褒姬。"

临　终　词

　　四明倪君奭，临终赋《夜行船》词云："年少疏狂今已老，筵席散，杂剧才了。生向空来，死从空去，有何喜有何烦恼？说与无常二鬼道：福亦不作，祸亦不造，地狱阎王，天堂玉帝，看你去那里押到。"

田　　说

　　论田之名，士庶为恒产；揆田之实，利害亦兼呈。民以食为天，故田如两日之并育；食以田为本，故田如四口之相仍。君王非田则禄米无资，故田以二王为象；户口非田则生养不遂，故田以十口为文。山川非田则秀气不贯，故旷野错综如四山之环抱，平畴绵亘似两川之纵横。然而地辟于丑，田之在地，本为不满之数；人生于寅，田属于人，已有仕宦之形。昔为富终无田不成家业，今为累始有田易犯罪名。熟可抛荒，所患丁男乏力；荒能起熟，最喜承佃有人。东作之艰，艰在水旺而土克；夏畦之病，病于田亏而土盈。远虑则以田结人心，故蒙蠲恤之典；论理则以田皆王土，难免粟米之征。人有一日之田，遂烦会计；禾播千家之土，也待种成。田按里而册籍可稽，虽尺土莫逃乎税敛；田有疆而高低不一，惟步弓可定其纷纭。仁政必先经界，辨田界者，还须一介不苟；良苗漫说怀新，植田苗者，务使寸草不生。黄壤为上上之丘，尝共丘而判肥瘠；黑坟为下下之地，恒赤地而叹灾裖。畏赋畏徭，只为顶上的田难脱卸；当差当役，止因脚下的田是祸根。田少则一日出头，叹由来之有限；田多则两边应役，将申诉以何门。苟其善计无人，安得田完国课；若还作弊有吏，又见田多变更。急公的一番出兑一番愁，常恐浪费米粒；抗粮的既思拖欠又思赦，枉自用尽心机。盖田绊乡绅之身，直与细民同类而等视；若田饱卫军之腹，徒使运户奔走而趋承。畎从犬畎从人，充贱役者果然半是人兮半是犬；铦从千铺从寸，垦土谷者岂真一寸田为千寸金。田赋重重，未必取十千而税十一；良田叠叠，还恐宜于古而不宜今。做鬼常将顶在头，方能祭礶；入甲还如生了脚，即难转移。思服先畴，谁能必得其寿；尔田彼畋，畋佃同，《周书》"畋尔田"。遂致文不在兹。将田授与儿曹，顿教童子有立锥之土；傍田而起房屋，务使栋梁须林木之材。岁纳田中禾稼，大有仓囷之积；倘犯田间人命，难免困厄之侵。番烧饼者犹为无米思爨，帮私训者直是人面兽心。畊者必有井焉，相与争田，甘作背井之客；氓之为言盲也，收其田里，遂有逃亡之民。故愿用之者舒田之所生，如川流之不息，倘若曲为过费，田之所入必二十而取盈。此其大略也，盍各言之，亦有异闻乎？堪与共耳。

一 字 一 文 钱

《秋水涉笔》：有善诗者出一帖云："求诗者一文作一字。"一妓将十七文求诗，遂吟曰："美貌一佳人，妖娆体态新。调脂并傅粉，观音。"有一和尚见而以十六钱求诗，亦吟曰："和尚剃光头，葫芦安个柄，睡到五更时，硬。"

侍 郎 巡 按

正统中，侍郎焦宏与都御史王文会饮，适有犬绕桌行，左右叱之。宏曰："休叱他，他在这里巡按。"文曰："你看他是狗，却是如狼。"

兵 刑 侍 郎 谑

景泰中，兵刑二部僚佐会坐。时于谦为兵书，俞士悦为刑书，刑侍郎某戏为兵侍郎项文曜曰："于公为大司马，公非少司驴乎？"项即应之曰："俞公为大司寇，公非少司贼乎？"一座绝倒。

真 若 虚 传

濠城有先生姓真名实，字若虚，别号竹心。少年业举子，博识洽闻，游黉校，好侠，多盍簪，颇有季良之风。然性拙且疏懒，值数奇，家遂落。亲友无可附者，乃训蒙为糊口计。尝作诗寄慨云："衰年底事入书囚，赢得萧萧两鬓秋。名利竟成蕉下鹿，生涯何异雨中鸥。茑萝落落情难系，禾黍离离恨未休。回首桑榆犹未晚，不妨再整旧风流。"其为师也不外饰，不徼名，不事宴游事以称食，务期无愧于心，虽岁杪犹夫春初，一有恒而已。先生赋性耿介，不能容物，以故每见礼于士君子而不满于匪人，先生亦初不以为意也。鹪鹩一枝，鼹鼠满腹，怡然自得，暇则托诸吟咏。曾有"夕阳回首连锥尽，一点灵台自有天"之句。一日有感，作诗自嘲曰："二三童子苦相依，鸟入樊笼不得飞。精力一生徒自费，脩仪卒岁亦云微。盘中苜蓿常时见，门外风光总不知。世上万般皆上品，看来惟有训蒙低。"节届清明，出郊散步，花柳争妍，禽鸟和鸣，见二童子肩挑野菜，行歌互答，先生叹曰："吾弗如也。"口占一律云："花雨初晴淡淡风，寻芳曳杖画桥东。韶华几度尘嚣里，事业平生煨烬中。举目忽惊春水绿，伤心忍睹夕阳红。年来两足多胃索，争似行歌卖菜佣。"前望曲堤流水，半掩柴扉，有一美人，轻盈弱质，俊雅芳姿，倚门而望，先生至则迎而拜之曰："相公何来？"若素相识者。先生询之，乃一妓者，姓何名韫玉。邀入兰房，粉黛极其精丽，图书四壁，皆名人笔也。先之以苦茗，继之以香醪，山珍海错，纷然胪列。其为人温润而栗，可爱可亲，不啻刘阮之入天台也。先生赠之以诗云："流水桥边半掩扉，有人如玉自含辉。笑看明月为歌扇，醉倚闲云作舞衣。金谷潜随珠比绿，昭阳不与燕争飞。悬知善价还须待，此日何妨识者稀。"与之谈论，深谙文墨。先生羡曰："人生世间，如轻尘弱草，不过欲图快乐耳。如卿者朝寒食，夜元宵，一生受用不尽。"韫玉愀然答曰："侬家道路下贱，非巧言令色不足以动人，非贪昧隐忍不足以容人，非随波逐流不足以羁縻人。吾性质直，与此相反，是以不免鞍马冷落耳。"先生首肯者数四，因赋诗曰："自分荒斋一角巾，也于佳节作游人。关情月上河桥柳，拂面风来紫陌尘。白发何妨悲蹇拙，红颜却亦叹沉沦。天涯流落知多少，司马青衫湿泪痕。"韫玉始知先生，乃讶曰："吾闻为师者开绛帐，坐皋比，立雪坐春风者敬之若神，今何为发此叹也？"先生曰："不然，师有大小，时有遇不遇，余岂若是俦哉？集生徒数十辈，多幼小无知、冥顽不灵者。记曰：善学者师逸而功倍，不善学者师勤而功半。功倍者不以为多，功半者辄以为少。莫知子恶而亦不自揆其既廪之不称也。"韫玉曰："如公言，何不舍之而他适耶？"先生又以内顾为忧，不能涉远为辞。韫玉亦作诗以慰之云："伏生垂白尚穷经，芸馆优游莫厌贫。俗子胸中三窟计，达人身外一毛轻。借巢鸠亦常嫌拙，近寺人多弗信僧。君去思君应不少，当年何武未知名。"先生改容谢之，相与携手同行。遥望前溪，忽见画船箫鼓，泊于绿柳阴中，一人冠裳甚伟，纵步前来，值先生，且喜且愕，乃与先生同笔砚者，姓白名造，号空庵，作倅饶州而回。先生与叙寒暄，洗盏更酌，因备述感伤之故。空庵曰："天下事率多类此。吾以直道不容于时，故弃官归隐耳。"亦赋一律云："灰心不复羡浮云，解组归来日未曛。自分国谋非肉食，由来身累叹红裙。交情久为风尘隔，邂逅相亲笑语温。薄有砚田君莫恨，行看桃李遍河汾。"先生笑曰："只恐多栽荆棘，桃李不能滋长耳。"坐中咸为之抚掌。又有一客，乃空庵内弟，随伴而来者，叹曰："有是哉，子之言也！吾乃接商者流耳。客有尊卑，货有美恶，每将高以就低，吞声而忍气，稍有不顺，则将转而之他矣。"先生默然者久之。又曰："余未馆时，尝静养僧房，闲游道院，慕其清逸绝尘，今曰公殆未之知乎为僧道清苦莫甚，且非小心谨慎，不足以安其身。自今观之，清苦同而逍遥拘束不同，小心同而幽闲烦剧不同，谨慎同而一安乐一受气又为不同。为僧道者所谓出家在家，为师者所谓在家出家者乎？"空庵叹曰："如子言，信知天下事不平者不少也。"先生又口占一绝云："乘暇携笻一赏春，相逢尽是不平人。浮云世事多翻覆，一笑何须认假真。"吟罢，屈伸一觉，乃是南柯一梦。东方既白，恍然笑曰："兹非昼之所为有感而然乎？"霍索披衣，仍入书馆，甘心无悔焉。庭前值佳卉数种，可为玩物适情之一助。至晚，生徒散去，主人进酒夜坐，先生三杯后又成一律，朗吟曰："日把诗书训尔曹，中心乐此不为劳。间来庭下怡佳卉，兴到窗前赋彩毫。自揣此生无俗累，更多向晚有香醪。农工商贾皆辛苦，还算教书一着高。"

试 题 作 诗

康熙己酉简公上督学江南，初试江北诸郡，案出，舆论哗然。士子即以试题作诗云："才难自古信其然，知我何须更问天。断断不能容一技，优优还要礼三千。贫而乐者甘从井，富可求兮愿执鞭。夫子宫墙高数仞，故人乐有父兄贤。"遐迩遍传。简公知之，逐出阅文者某某，而所取皆孤寒士矣。及试吾郡，特拔唐廷异于大收之中，知其贫而未娶，助银百两以完花烛，此亦亘古奇遇，士林以为美谈。

歇 后 诗

云间求忠书院，为方正学建也。一日巡按观风，有儒童告考，张郡侯命学博往书院试之，缄二题，一曰"人力所通"，一曰"鼻之于臭也"。时人为之语曰："贡院求忠书，监场有考儒。不见人力所，但闻鼻之于。"

赴 试 词

宋秀州褚复生《赴试·青玉案》词曰："钉鞋踏破祥符路，似白鹭，纷纷去。试蓦幞头谁与度，八厢貌事，两员直殿，怀挟无藏处。时辰报尽天将暮，把笔胡填备员句。试问闲愁知几许，两条脂烛，半盂馊饭，一阵黄昏雨。"

下 第 词

董参政举场不利，作《柳梢青》词曰："满腹文章，满头霜雪，满面埃尘。直至如今，别无收拾，只有清贫。　　功名已是因循，最懊恨、张巡李巡。几个明年，几番好运，只是瞒人。"

题格子屏风

朱贞白尝谒贵人不礼,题诗于堂中格子屏风曰:"道格何曾格,言糊又不糊。浑身都是眼,还是识人无?"

药名闺词

陈亚药名诗,见初集。又有《闺情》三首,调寄《生查子》曰:"相思意已深薏苡仁,白纸芷诗难足。字字苦参商,故要檀郎读狼毒。 分明记得约,当归远至志樱桃熟。何事菊花时,犹未回乡茴香曲。""小院雨余凉禹余粮,石竹风生砌。罢扇尽从容,半下夏纱厨睡。 起来闲坐北庭中,滴尽珍珠泪。为念婿细辛勤,去折蟾宫桂。""浪荡去未来,踯躅花频换。可惜石榴裙,兰麝香消半。 琵琶闲抱理相思,必拨朱弦断。拟续断来弦,待这冤家看。"

病集药名

尤悔庵先生有药名《南乡子》词云:"弱骨怯天冬,满地黄花憔悴同。云母屏边休仁立,防风,乌头却似白头翁。 自笑寄生穷,愁脉难将草木通。泉石膏肓甘遂老,从容,领取云山药饵功。"

山居即事

李在躬《支颐集》有《山居即事》排律隐药名云:"三径慵锄芜荑编,生地。数株榴火自鲜妍。红花。露滋时滴岩中乳,石膏。雨过长流涧底泉。泽泻。闲草文词成小帙,稿本。静披经传见名贤。史君子。渴呼童子烹新茗,小儿茶。倦倚薰笼炷篆烟。安息香。硃为多研常讶减,缩砂。窗因懒补半嫌穿。破故纸。欲医衰病求方少,没药。未就残诗得句连。续断。为爱沈潦千顷碧,空青。频频搔首向遥天。连翘。"又《闺思·黄莺儿》词曰："满院发榴葵，_{红花。}订回期，_{当归。}端午时。_{半夏。}奴如孀守空闺里，_{独活。}飘零不归，浪荡子。相思怎医。没药。心心念念人千里，_{远志。}自追思，_{细辛。}云鬟雨鬓，_{乌头。}一半变霜丝。_{斑毛。}"

童 生 府 试

浙直童子试，府取最难，非大分上，即晁、董不自必。湖州一士，妻舅乃显者，又一士脱细君簪珥营之，俱获进院入泮。长兴吴生戏为令曰："湖州有一舅，乌程添一秀。舅与秀，人生怎能勾。"一人曰："佳人头上金，才子头上巾。金与巾，世间有几人。"一人曰："外面无贵舅，家中无富婆。舅与婆，命也如之何？"

尹 山 猛 将 会

长洲尹山乡人酿金祭赛猛将，三年一大会，装演故事，遍走村坊，众竞往观，男女若狂。蠡墅严用三作《竹枝词》曰："竞看赛会棹扁舟，村俏成群意气浮。桃柳风翻裙褶乱，歪斜吹散牡丹头。""髻少乌云步少莲，布衫浆簇靛痕鲜。青团黄粽争相买，挖出荷包尽白钱。""朝来挈伴过河东，为助神前花供工。每分三星须白镪，胎缨凉履各称雄。""会毕分班上快船，腿酸脚软急呼烟。面觥蔬菜新煎酒，醉饱归来就凳眠。"

梅 生 宿 薛 姬

有梅生者眷一薛姬，友人戏改旧句嘲之曰："梅薛争春未肯降，帮闲弄笔费评章。梅须逊薛三分阔，薛却输梅一段长。""有梅无薛不成亲，有薛无钱也不成。日暮将钱交与薛，与梅并作十分春。"

广 文 带 杀

吴某选广文，相士曰："君目光带杀，不宜为此官。"吴曰："噫，刑官一岁之内杀人几何？教官二仲之中杀猪无数。苫藉斋头，非杀星旺者不能到。"既而之官，门生各赍一分五厘为贽。吴署其门曰："即使梅须逊雪，也该三分；唯其青出于蓝，故减一半。"

鹬蚌相持

有朱、顾二生失杯酒之欢，相讼于县。县令解之，对曰："今日之事，鹬蚌相持，虽欲自释，不可得矣。"令曰："二生即以鹬蚌相持为诗，若善当有赏。"二生遂联句曰："老蚌亲旸出浅滩，野禽何事妄相干。身离海底珠胎损，脚傍溪头翠羽残。开口不如缄口稳，入头方见出头难。早知尽落渔翁手，云水飞潜各自安。"县令称善，赏而释之。

嘲热客

魏程季明_晓嘲热客诗曰："平生三伏时，道路无行车。闭门避暑卧，出入不相过。今代褦襶子，触热到人家。主人闻客来，颦蹙奈此何。谓当起行去，安坐正咨嗟。所说无一急，嗒嗒吟何多。摇扇腕中疼，流汗正滂沱。莫谓为小事，亦是人一瑕。传诫诸朋友，热行宜见呵。"

谢乞醯不与启

严忍公乞醯于闻子有，闻许而不与。严作启谢之曰："不肖穷不能炊，痴犹乞菜。仅祈醯酱之末，敢冀涓滴之资。知时值饥荒，情当窨惜。第概语醋而可求也，岂逆计闻不在兹乎。乃承子谓吾家少有，将遗与汝加餐？何期鞠穷弓之呼，但得毳饭之报。名为措大，本色原不可以假人；孤必无邻，直道自宜行于答我。君虽虚季布之诺，我实深鲍叔之知。欲破愁肠，念兹折腹。未尝上口，先致攒眉。己不欲而勿施，客复廉而无取。应讶毕吏部，与酒俱干；切怪石女郎，为风所阻。且醋有错音，错误偶然，特前言之戏；又醋同酢也，酬酢劳矣，恐后事之多。兹洵若水之淡交，愈感薄尝之高谊。谨谢。"

遗 臭 文 词

顺治甲午春，郡中陇西翁与太原君有虞芮之讼，乡之大夫群起而左祖太原君。或进陇西翁以范少伯之策，翁笑而领之。于是所谓累累若若者，皆斟酌饱满而去。滑稽者乃序其事而次之，开场始末一折，四书文义五篇，《黄莺儿》十曲，绝句二十余首，翁汇而寿之梓，颜曰《遗臭文词》，予藏之弄中。近与《砚田诗笑》俱为人窃去，始末、绝句犹能记忆一二，云："越国开科取士，贤才中式，顾、陆、管、汤。题目百亩之粪，诸子咀嚼精详。陆子搭来就做，果然其味深长。顾子从容正席，嚼出丹桂花芳。管氏吾党小子，黄口胜是坑缸。汤道粪是吾家旧物，今番异样馨香。诸公回味再思量，喜得有吃有剩。"绝句云："向县干求只为财，酪浆分自上方来。满城异味都尝遍，此物奚宜忽至哉。""滋培灌溉岂无端，何忽携来膳大官。过饱不须愁内热，群然努力逼加餐。""非禾非黍亦非瓜，百亩之资浪掷差。黑白颠毛一时染，群拖辫子是黄麻。""当今显者实堪夸，上客相逢弗用茶。陇畔调羹洵妙手，野人芹献不争差。""争看皇路喜翱翔，干谒非公不自量。岂是诸君交臭味，龙涎不及粪渣香。""黑貂暖帽胜乌纱，丧尽良心实可嗟。攘臂群然掀落帽，满头戴了木樨花。""别船群喜抱琵琶，曲直无分路已差。马勃牛溲君受用，何须开口出而哇。""何劳鼠雀讼烦兴，虞芮当年自质成。亦是佛头浇却粪，相看淋漓各沾巾。""乞怜情面亦何堪，大奋秦椎不少宽。洒润飞甘一时者，尝来可似蔗浆寒。"

读 书 讳 父 名

王彧子绚，年六岁读《论语》，至"周监于二代"，外祖何偃曰："可改爷爷乎文哉。"以彧郁同音，吴蜀间呼父为爷也。绚曰："尊者之名安可戏？宁可云草翁之风必舅。"偃父尚之，绚之外祖翁也。

梅西野尝与邑大夫会饮，论及时事，云先时百姓称官长止云某老爷，今则不问尊卑，俱呼爷爷矣。因言吾乡有赵良臣者，延一西宾教子。其宾避主人讳，至《孟子》"我能辟土地"章，改良臣二字为爷爷，命其子读云："今之所谓爷爷，古之所谓民贼也。"闻者鼓掌。

诗　不　成　解

《支颐集》：长山王子凉^{屾生}为诗好为謷牙诘屈之语，多不自解。尝为《潜岳解》，出正陈大士^{际泰}。大士语周栎园^{亮工}曰："子凉昨以《潜岳解》示余，久之不得其解。又有五言古诗，必数五字读之始得其韵，若稍失一字，即须从头读起。"栎园曰："予读子凉诗乃捷于先生。子凉诗凡七百五十字，竟作七百五十句读之，入手即了矣。"大士大笑。

赵　管　唱　和

赵松雪欲置妾，以小词调管夫人曰："我为学士，你做夫人。岂不闻陶学士有桃叶桃根，苏学士有朝云暮云。我便多娶几个吴姬越女何过了，你年纪已过四旬，只管占住玉堂春。"管夫人答云："你侬我侬，忒煞情多。情多处热如火，把一块泥捻一个你，塑一个我。将咱两个一齐打破，用水调和。再捏一个你，再塑一个我。我泥中有你，你泥中有我。与你生同一个衾，死同一个椁。"^{后词一作赵子昂赠管夫人词，略异，见六集。}

生铁椎熟铜罐

《玉堂闲话》：天成中，卢文进镇邓川。因出城，宾从偕至。舍人韦吉亦被召，年老无力控驭，既醉，马逸，东西驰桑林中，横枝冒挂巾冠，露秃而奔突，仆夫执从，则已坠矣。旧患肺风，鼻上瘾疹而黑，卧于道旁，幕客无不笑者。左司郎中李任、祠部员外任瑶各占一韵以赋之，略云："当其厅子潜窥，衙官共看。喧呼于麦陇之东，偃仆于桑林之畔。蓝挽鼻孔，真同生铁之椎；脑甸骷髅，宛是熟铜之罐。"闻者解颐。

方 口 尖 口

《善谑集》：唐进士有姓單者，就试有司。有司误书为单，單诉云："虽则陋宗，然姓氏不欲为人所转易，乞改正之。"有司曰："方口尖口，亦何足辨？"單曰："若不足辨，则台州吴儿县，改作吕州矣儿县可乎？"主司无以应。

饿 夜 叉

《朝野金载》：唐王熊为泽州都督府法曹，断略粮贼惟各决杖一百。通判问熊曰："总略几人？"熊曰："略七人，合决七百。"法曹曲断，府司罪科，时人哂之。前都督尹正义公平，后熊来代，百姓歌曰："前得尹佛子，后得王癫獭。判事驴咬瓜，唤人牛嚼铁。见钱满面喜，无锱从头喝。常逢饿夜叉，百姓不可活。"

政和景泰二榜

政和间状元何桌、榜眼潘良贵皆少年，美丰姿。探花郭孝友，貌古怪。时曰："状元真何郎，榜眼真潘郎，探花真郭郎也。"傀儡号郭郎。

景泰五年甲戌科状元河南孙贤，面黑，榜眼宜兴徐溥，面白，探花武进徐镕，面黄。时谓铁状元、银榜眼、金探花云。

县 官 生 日

《该闻录》：开宝中，神泉县令张某，外以廉洁自矜，内则贪黩自奉。一日榜县曰：某月某日是本县生日，谕门外与给使诸色人等，不得辄有献送。一曹吏与众议曰："宰君明言生辰，意令我辈知，言不献送，谦也。"众然之。至日，各持缣献之，命曰续寿衣，宰一无所拒，咸颔之而已。复谕之曰："后月某日是县君生日,更莫将来。"时王嵒以《鸬鹚》诗讽之云:"飞来疑是鹤,下处欲寻鱼。"

贫　娼

吴生恋一娼,其家甚贫,友人李云卿赋其事曰:"可笑梨园地,翻为寂寞场。当街为客座,隔壁是厨房。屋柱悬灯挂,泥坯甃火厢。殷殷三幅幔,旧旧一张床。草鞯累堆厚,棉衾襁褓胖。竹竿衣架短,麻布手巾长。双陆无全马,棋盘少二将。恐惶之茂甚,不可也之当。"

打 牛 李 杜

施半村有诗二卷,皆打油体,传播人口。其《重阳风雨》云:"满城风雨度重阳,辜负南山落帽狂。打饼秃驴空买面,卖茶营狗枉烧汤。沈川村店。抱膝长吁气,高琐村妓。垂头懒下床。更有清源董道士,倚门只眼泪汪汪。一眼只。"时人目为打牛李杜云。

昔有赵姓者,打油为业,终日吟诗,粗鄙可笑,故嘲诗之浅薄者曰打油,人误以为打牛云。

此 房 实 卖

《筠廊偶笔》载:商丘安舜庭先生世凤童子时,向郡守求试。郡守见路旁门上粘"此房实卖"字,即指为题,令作破。安云:"旷安宅而弗居,求善价而沽诸。"郡守首拔之。

嘲　钱

杜少陵云:"恰有三百青铜钱。"钱之贵青,自古已然。近来作伪者众,宪禁愈严而私铸愈多,以其贱也,不胫而走四方。贯以粗绳,悬之市肆,非不楚楚可观,及其零用,则恶薄不堪交易,顿使青钱之选,日为人所弃掷。戏嘲之曰："笑汝行藏亦可怜，纸糊鹅眼古来传。操戈漫道金为靠，满贯还须索作缘。空有文明夸圣代，毫无大体益人间。乘权使鬼何多事，赢得人称作孽钱。""小穿恶薄实堪怜，铅锡成形摈不传。不识一文真可毁，少陵三百漫无缘。急当鼓铸鼎炉内，莫使流行天地间。空涩行囊儒者事，何须铜臭恶渣钱。"苏人谓私铸者曰薄小穿，又曰恶渣。

夸　食　品

吴中某富翁自夸食品之妙，历举数物，友人即以其言作诗嘲之曰："秋白烧鳗世所稀，鳜鱼哪哼剩粟。瓜韲。剃光黄蟹常吞蛋，渴极团鱼时饮醨。醋灌鸭肠卵如卵，火蒸鹅掌脆还肥。久烹着甲能销骨，浸透银鱼定出蛆。虾米数宵难剩肉，海参七日不留皮。易牙自古称知味，不道兄翁味更奇。"盖言雄蟹剃去螯毛以甜酒调蛋灌之，则蟹黄满腹凝结如膏。置鳖鱼于温汤中，渴极伸头，则以葱椒酒娘饮之，味尤奇美。着甲久煮，脆骨如腐。银鱼、虾米、海参必以久浸为贵，故诗言及之。

嘲　酸　酒

《醒睡编》：酸酒诗："隔壁人家酿酒浆，钻人鼻孔折人肠。宾朋对坐攒眉饮，妯娌相邀闭眼尝。宜煮虾鱼宜拌肉，好烧羊芳好藏姜。劝君收向厨中去，莫把区区作醋缸。"

失　婢　榜

唐人有《诮失婢榜》诗云："抚养在香闺，娇痴教不依。总然桃叶宠，打得柳花飞。晓露空调粉，春罗枉赐衣。内家方妒杀，好处任从归。""偷锁出深闺，风花何所依。想应乘月去，难道绰天飞。烛暗新垂泪，香凝旧舞衣。恩情如不断，还向梦中归。""揭榜讳因依，千声叫不归。头盘红缕髻，身着紫罗衣。夹带无金玉，窝藏有是非。请君看赏格，惆怅信音稀。"白乐天云："旧恩惭自薄，前事悔难追。"有忠厚之意。刘宾客和云："新知正相乐，从此脱青衣。"难乎其为情矣。二诗见六集。

一 东 韵 秀 才

康熙中，苏常道刘公观风，值宜兴某春元谒见，欲聘阅文。一士介人往见，求其前拔，自夸是一东韵秀才。予异而问之，答曰："弟又穷又通，若得前列，此案一发，人必称公。"予笑曰："一东不足以尽兄，要兼二冬。"问其故，予戏曰："以兄之文必定高标，而又嘱托，亦觉忒凶，且来科必中，尊翁指日受封，故曰一东而兼二冬也。"友人闻此语，作诗戏之曰："膏腴二顷岂云穷，握管操觚便号通。望火日游多巧术，居然名士傲诸公。"某士闻之亦大笑。

手 白 打 米

袁叔明名尚统，以丹青著名，而书法诗句不甚佳。善滑稽，尝题壁云："有钱但写画，无物必题诗。"又咏无锡人手白云："年来守旧手白。亦称公，俗呼曰工。背上常驼板木钟。终日街坊闲闯走，片时主顾唤停春。一天有雪衣还脱，四面无朋手自恭。满体鏖糟难摆去，两钱直向混堂中。"

姓 名 谑

郭忠恕嘲司业聂崇义云："近贵全为聘，攀龙只是聋。虽然三个耳，其奈不成聪。"聂应声曰："莫笑有三耳，何如蓄二心。"

王 卢

北齐徐之才善谑，常嘲王昕姓云："有言则訧，近犬则狂。加颈足以为马,施角尾而成羊。"嘲卢元明云:"卿姓在亡为虐,在丘为虚,生男为虏,配马成驴。"

汤余相戏

明余进士田与汤进士日新相善,余戏曰:"汤之盘铭曰苟者,君乎?"汤即复曰:"卿以下必有圭者,君也。"

远阿叔

明陆楚生名远,系进士陆大成从堂叔。远每对人呼大成舍侄,人多厌之。时王弇州在座,谑曰:"当不得他还一句远阿叔也。"众为捧腹。

崔陈问答

冀州崔季珪琰九岁应秀才举,时陈元方为州刺史,嫌其幼,琰曰:"昔项橐八岁为孔子师,今自恨年已过之。"元方戏之曰:"卿宗与崔杼近远?"琰曰:"如明公之与陈恒。"

上达下达

明达毅、王达同为郎中,一日签公移,王戏曰:"每书衔名,但以公上为我之下。"毅应曰:"君子上达,小人下达。"

箕仙

有请箕仙者,仙至,自云何仙姑。一顽童戏之,于掌心书一卯字,问姑曰:"此何字?"箕遂判云:"似卯原非卯,如邘不是邘。仙家无用处,转赠与尊堂。"

负 固 不 服

常熟魏仲雪_{浣初}督学广东,试士次题"杀三苗于三危"。一人问同坐曰:"三苗何为而杀之?"同坐者曰:"注是负固不服。"其人误以负固为父故,又问曰:"父故不戴孝,何为杀之?"同坐者怪其不通,绐之曰:"爷死不丁忧,是大不孝,当问死罪。"其人信之,竟坐黜。

通 文

崇祯戊辰,北直陈保泰督学江南,试某县,题"有友五人焉"。一士失记正文,遂私问同坐者曰:"五人姓名敢望指教。"友曰:"下文是乐正裘牧仲。"其人屈指急曰:"还有三人,并祈指点。"友徐诵曰:"其三人则予忘之矣。"其人恚曰:"如此时节,还有工夫通文。"

作 要

一士试"三年有成"句,私问同坐者下文云何,同坐者曰:"无矣。"又问上文,对云:"苟有用我者,期月而已可也。"又问上文,对曰:"子曰。"又问"子曰"上文,同坐者以指作一圈示之。其人怒曰:"学生虚心请教,却如此作要。"

头 鸣 取 谶

崇祯壬申,四川甘学阔按临昆邑,待士严毅。时有谣曰:"秀才街上踱,撞着甘提学。老个告衣巾,小个重上学。"有一黠生入场时,置一蝉于儒巾内,顷之蝉鸣,同坐者闻其声自儒巾中出,无不大笑。甘以犯规拿至,究其笑之故,皆云某号生员儒巾中有声,故笑。甘呼黠生至,欲责之。黠生大声疾呼曰:"今早生员入场,被父亲唤住,将一物置于巾内,爬跳难忍。生员以父命不敢掷去。"甘怒问其置之之故,黠生云："取头名之谶。"甘亦不觉失笑。

尧舜与人同耳

一士试"尧舜与人同耳"题，以尧眉八彩、舜目重瞳作柱主，中言眉目虽异而耳则同也。文宗亦为之喷饭。

宋宗室诗

哲宗朝，有宗子好为诗而鄙俚可笑。常作《即事》诗云："日暖看三织，风高斗两厢。蛙翻白出阔，蚓死紫之长。泼听琵琶凤，馒抛接建章。归来屋里坐，打杀又何妨。"人问其意，答曰："始见三蜘蛛织网于檐前，又见二雀斗于两厢廊，有死蛙翻腹似出字，死蚓如之字。方吃泼饭，闻邻家作《凤栖梧》。食馒头未毕，阍人报建安章秀才上谒。接章既归，见内门上画钟馗击小鬼，故云打杀又何妨。"哲宗方欲灼艾，有小内侍诵此诗，大笑，遂罢灸。

滔　大　使

宋宗室有滔大使者，善作俳笑诗。哲宗末年多躁怒不怡，左右无以娱悦，尝往来大使家求诗。一日雪作，问有何句，大使遂吟云："谁把鹅毛满处挥，玉皇大帝贩私盐。归来紧把门儿闭，一个开封拖面煎。"急持以奏，哲宗大笑。

大　葫　芦　种

《宋稗类钞》载：相士黄生见黄山谷，求数字荐扬，为游谒之资。山谷大书遗之曰："黄生相余官为两制，寿至八十，是所谓大葫芦种也，一笑。"黄生得之，欣然往来士夫间。众皆莫解，因问山谷，笑曰："一时戏谑耳。某顷年见京师相国寺中有人悬一葫芦甚大，卖其种一粒数百钱,人竞买,至春种秋结,仍是瓠尔。"盖讥黄生相术之难信也。

反乞巧文

张山来《反乞巧文》云:"辛酉之秋,七日之夕。星河正渡,天巧群乞。心斋居士下土微臣,匍匐敛衽,告我天孙。自古以来,谁不思巧?不如拙者,优游终老。状杜林甫,伏猎泉之,累累若若,那藉文辞。膏粱素封,粟红贯朽,问以十字,不识八九。戚施纨袴,惯买名花,羊羔美酒,彩凤随鸦。忧是何形,愁为何物,一总不知,翻多奇福。微臣命薄,忧愁作胎,双眉常锁,无计能开。臣亦愚人,何敢言巧,多此知识,便饶烦恼。甫离苦海,即入愁城,揶揄有鬼,慰藉无人。思患豫防,绸缪未雨,身在康庄,心羁囹圄。气蹙三叹,肠轮九回,泪从心滴,怨向容堆。我祝天孙,赐我以拙,塞我灵明,增其鹘突。其卧徐徐,其觉于于,醉生梦死,蠢尔如愚。罔测天高,谁量地厚,无将无迎,无誉无咎。安此大拙,终其天年,痴人痴福,混沌神仙。乞巧诚难,乞拙甚易,再拜双星,愿如我意。"

荒 年 谣

嘉靖乙巳,天下十荒八九,百物腾贵,饮啖颇艰。杭人金玉泉删除夕戏作诗曰:"年去年来来去忙,不饮千觞与百觞。今年若还要酒吃,除却酒边酉字旁。"言饮水也。又:"年去年来来去忙,不杀鹅时也杀羊。今年若要杀鹅吃,除却鹅边鸟字旁。"言杀我也。

李 廷 彦

李廷彦献百韵诗于上官,中一联云:"舍弟江南没,家兄塞北亡。"上官恻然曰:"君家凶祸,一至于此!"廷彦曰:"实无此事,图对偶亲切耳。"一客谑云:"何不言'爱妾眠僧舍,娇妻宿道房',犹得保全兄弟。"

癸集卷之三

触 导 属 对

万历中，太监孙隆织造来苏，甚作威福，仪卫严肃。一日出行，一生从小巷出，误触前导，执之以归。讯知生员，无可如何，令其属对云："手执夏扇，身着冬衣，不识春秋。"生即对曰："口食南禄，心怀北阙，少件东西。"隆因不敢轻待，遂成相知，甚得其济助。

金 用 元 对

苏士金用元善戏谑，诗歌俳语，顷刻立就。一日在文衡山斋中宴集，语侵蒙师潘某，潘愠，谓曰："吾有一语，能对甘侮。"因曰："王大夫昆季筑墙，一土蔽三人之体。"用元即曰："潘先生父子沐发，番水灌两牛之头。"满座大笑。

岳 石 帆

万历中，岳石帆元声本姓乐，欲附武穆，改岳姓。昆仲三人皆登两榜，其一密友戏云："汝祀武穆应不享。"石帆惊问，友曰："金是武穆对头。石钟名金声，由金而推之，元谅亦武穆所不乐者也。兄名元声。至于武穆一生心事，只为不肯和，石梁却名和声。昆仲名字专与武穆作对，安望其来享也。"石帆亦不觉失笑。时石帆、石梁已登仕籍，金声遂改骏声，登万历庚戌进士。

山东无好人

　　弘治间,长洲县丞鲁聪以事忤御史意,被笞,御史怒犹未息,问曰:"汝何处人?"聪曰:"山东人。"御史曰:"可知愚骏如此,山东何曾有好人?"聪应声曰:"山东信无好人,只有一孔夫子耳。"闻者绝倒。

迎 春 歌

　　吴郡迎春,士女竞看土牛。袁中郎《迎春歌》:"东风吹暖娄江树,三衢九陌凝晓雾。白马如龙破雪飞,犊车碾水穿香度。铙吹拍拍走烟尘,炫服靓妆十万人。罗额鲜明梦彩胜,社歌缭绕簇芒神。绯衣金带印如斗,前列长官后太守。乌纱新缕汉宫花,青奴跪进屠苏酒。采莲舟上玉作幢,歌童毛女白双双。梨园旧乐三千部,苏州新谱十三腔。假面胡头跳如虎,窄衫绣裤捶大鼓。金蟒缠身神鬼妆,白衣合掌观音舞。观者如山锦相属,杂沓谁分丝与肉。一络香风吹笑声,千里红纱遮醉玉。青莲衫子藕荷裳,透额垂鬌淡淡妆。拾得春条夸姊妹,袖来瓜子掷儿郎。急管繁弦又一时,千门杨柳破青枝。独有闭门袁大令,尘拥书床生网丝。"

串 月

　　吴中楞伽山八月十八夜看串月,或云从宝带桥外出,数有七十二,此横说也。或云蔚关外极饶溪港,光影相接,望如塔灯,此竖说也。然亦如阿闷佛国,才一现耳。丙子秋,徐元叹见之,作诗云:"山亭露坐天如幕,待月不出资谐谑。轻风似欲扫浮云,将以所见证所闻。纤微吞吐诚非易,光影飞沉无定位。真月犹未现全身,先见第三与第二。一溪一月非无因,于月不知谁疏亲。孤魄渐离烟雾窟,众壑写尽琉璃轮。金光激射难可拟,玉塔倒悬聊近似。塔颠一月犹分明,千百化身从此止。忽堕云中不可呼,余光散入澹台湖。烛灰神醉庙门闭,露冷林昏人尽去。年年此夜幸相思,月出未尝离此处。"土人云二月十八夜亦见串月。

登 高 词

《北墅绪言》：明末武林沈孚中嵊恃才纵酒，不以功名介意，日走马苏、白两堤。值九日，携酒持螯，独上巾子峰头，高吟浮白。有僧濡笔记其一聊云："有情花笑无情客，得意山看失意人。"为之叫绝，拉归精舍，痛饮达旦。家人觅赴邑试，扶醉入场，则几席纵横，置足无地。嵊乃积墨广砚，立身高级，书登高词于壁。其首阕云："万峰顶上，险韵独拈糕。撑傲骨，与秋鏖。天涯谁是酒同僚，面皮虽老，尽生平受不起青山笑。难道他辟英雄一纸贤书，到做了禁登高三寸封条。"题毕而下。有拍其肩狂叫者曰："我得一佳士矣。"嵊视之，乃县令宋兆和也。宋字禧公，云间名士，谓之曰："君异才如此，我与君拈是题填散曲志奇遇乎？"嵊曰："善。"宋未成，而嵊脱稿，击节称赏，擢之冠军，荐之学使者，补弟子员，声誉大起。

折 葵 榴 榜

王忘庵武偶以养病禁足，限一月一放关。时葵榴肆发，蒲艾争荣，午日子侄辈结队入关，恣其攀折。戏作榜文以揭于关曰："岁惟辛亥，节届天中。群儿啸聚，乘皋比之无人；小子猖狂，恃雁行之有党。逾关突户，据桌缘梯。矫亲旨以摘花，百般莫状；藐予言而上树，一恸无端。甚至剪伐我春芳，蹂躏我秋色。临池剩蕊，伤心漂杵之流；满地残英，触目涂肝之痛。而乃葵心如割，露浥啼痕；榴火不燃，丝难续命。太阳当午而晦，二竖抚景以悲。实命不犹，于斯为甚。合先责夫保媪，嗣当诉尔严师。轻示蒲鞭，重将艾灸。须至榜者。"

卷 堂 文

蒙求子《卷堂文》云："学以治生为先，不可无谋食之计；师以淑人为贵，尤当严卫道之防。慨自世降而风微，遂致道衰而日甚。倚门糊口，效弹铗之冯骥；寄食资身，同垂钓之韩信。一金虽甚薄，俯首于浊富之门；百里敢辞劳，委身于不亲之地。视生徒犹骨肉，遂弃子与抛妻；以馆舍为福堂，遽离乡而背井。坐时动经累月，不道归迟；去时未及半旬，却嫌久滞。无枷无锁，实为自在之囚；不哑不聋，化作痴呆之汉。东人事机浑未解，遽称为圣为贤；书生文理但粗通。包渠发魁发解。毛锥将安用，直须曲意徇人；文章难疗饥，只得垂头丧气。事非由我，辜负雪月风花；身属他人，受尽咸酸冷淡。幽暗岩崖生鬼魅，灯火未来时；凄凉境界忆家乡，书生归去后。浓霜染鬓，韶华多向苦中过；烈火烧心，家事尽从忙里办。行坐皆在人前，分明是上宾模样；志气落于人后，毕竟是末等生涯。总觅得一两伍钱，怎填补千疮百空。徒使斯文扫地，岂知富贵在天。几番欲发愤辞归，当不得婉言留住。馆童落落，似朝星半明半灭；门弟悠悠，似夏燕自去自来。谁人效立雪杨游，何处寻浴沂童冠。雨洒书窗声淅沥，打破愁心；风吹纸帐影翩翩，惊回旅梦。算功课论长说短，欲诉无门；讨束修指东话西，要归不得。农工商贾莫非人，奚必教书为业；城市乡村皆有利，何须处馆营生。从今奋翼，定令飞过愁山；及早回头，还好脱离苦海。且去乘龙朝帝阙，莫教骑马傍人门。勉作卷堂之文，永白为师之戒。"

辞馆歌

王文恪公《辞馆歌》云："月落更残漏声续，心事经心眠不熟。仰月望天天未明，侧耳听鸡鸡正宿。新愁旧恨不可禁，起剔银灯诉衷曲。少年胸襟天地宽，一心痴想超凡俗。百工技艺不肯为，万卷诗书勤苦读。读书望登天子堂，谁知读书成劳碌。连年流落在江湖，江湖生意多萧索。一生去住由主人，三餐迟早由奴仆。放狂又恐玷儒风，已把身心频检束。悄然孤枕梦魂多，冷落书斋形影独。俨如有罪人，坐在无罪狱。利觅蝇头且莫言，弟子愚顽难教育。教育规矩严，护短不容加鞭朴。教育无功程，又责先生才不足。此情此情诉向谁，长叹一声自藏蓄。我思家有数亩田，勤耕可以供饘粥。我思家有数枝桑，养蚕足以供衣服。有池可养化龙鱼，有地可栽栖凤竹。庭前数茎濂溪草，雨中叶茂齐腰绿。墙东一枝林逋梅，雪里开花香馥郁。夏有六郎莲，秋有渊明菊。还有一斗破书房，更余两间小茅屋。堂上双亲寿可祝，室中有妻颜如玉。愁中酒一壶，闲来棋一局。坐卧得自由，进退无拘束。恣意风情纵心欲，不管天翻与地覆。散诞散诞过一生，何必衣紫腰金食天禄。嗟吾功名心性酷，未肯飘然退林麓。丈夫有志事竟成，频频莫把眉头蹙。天生我才终有用，穷达何必吞声哭。苏秦未受封，先受妻嫂辱。大舜未登庸，深山伴麋鹿。曾闻韩吕俦，出入身为仆。又闻百里奚，将身自秦鬻。我有笔通天，我有书满腹。文章压倒吕东莱，诗名不下黄山谷。子子兽中麟，朗朗玉中璞。海底神龙不久潜，厩中良马岂长伏。冯驩长铗不须弹，郭隗三台终见筑。兴来飞翰写长歌，扫尽如天纸一幅。我作长歌非逞才，吐出胸中愁万斛。长歌赋罢胆气豪，叮咛重为主人嘱。主人为我嘱叮咛，古来穷达如转毂。及第传胪第一名，天下英才始刮目。"

诗语旷达

《西园杂记》载：一诗甚为旷达，惜不知谁作。"坐对湖山酒一觞，醒时歌饮醉时狂。丹砂不是千年药，白日难消两鬓霜。身后碑铭空自好，眼前傀儡为谁忙。得些好处且为乐，光景无多易散场。"又沈石田诗："忙忙展枕逐鸡栖，碌碌梳头鸡又啼。傀儡不曾知自假，髑髅方始笑人迷。昨朝清鬓今朝雪，满眼黄金转眼泥。输我一尊酬见在，有诗还向醉时题。"二诗格调相同。

鬼方记

钱塘李考叔颖有《续南华》一书，其《鬼方记》云：高宗伐鬼方，三年克之，乃分其地为郡县，升鬼谷先生为鬼方令。先生捧檄喜，其祖母鬼婆泫然流涕曰："只恐你做官来吾做鬼。"先生以王命为重，勿顾也，即日促装，兼程而进。过罗刹鬼国，入鬼门关，从者执鬼头刀、张鬼凉伞，行旌所至，鬼必腼之。先生初下鬼车，宿鬼庙，门吏开门齐声喝鬼皂隶排衙，满堂逐鬼。随有乡绅、鬼仙、鬼判进贺，优孟衣冠，举止皆鬼形鬼势，相貌皆鬼头鬼脑，抵掌而谈，句句鬼话，所送贺礼币帛皆冥衣，金银皆纸锞，一味捣鬼而已。其旧主焦面鬼王与丞相蓝面鬼不理政事，终日鬼打诨，至今大鬼上天，小鬼落地，鬼闹鬼炒，而王法不及也。三日放告，适有二鬼争环，五鬼闹判，进状，状上皆鬼名词语，只图哄鬼。先生准之，金牌差鬼嘴二万贯领牌捉鬼，顷刻拿到，一系追命鬼，一系讨债鬼，鞠之，皆鬼叫。先生知原差之弄鬼也，各加鬼责，断以鬼薪。其县僻处荒陬，所居皆鬼巷，所开皆鬼店，所卖皆鬼食，所做皆鬼市。其俗不尚礼义，喜则鬼啸，怒则鬼哭。世情嚣薄，是人是鬼，皆取绰号。贫而无钱曰穷鬼，壮而有力曰强鬼，规模狭隘曰酸鬼，局量偏浅曰馊鬼，壮而无夫谓之鬼妻，艾而无子谓之鬼老，筹画计议谓之鬼谋，田地花分谓之鬼寄。更有衣衫褴缕者谓之邋遢鬼，作事迟钝者谓之摸索鬼，饿狼形势者谓之偷饭鬼，贪觅弄盏者谓之活酒鬼，搽脂抹粉者谓之妖娆鬼，呆头搭脑者谓之厄忒鬼。恃财妄作之徒，有钱使得鬼推磨，奸诈盗伪之人，踢杀猘狲弄杀鬼。从色名者五：青面鬼、黄胖鬼、赤发鬼、黑心鬼、白日鬼；从体名者亦五：大头鬼、撒发鬼、硬颈鬼、破面鬼、轻脚鬼。又有不从正路之鬼过关，不务正事之鬼打墙，不近正人之鬼打伴，不为正气之鬼说合。凡日用之物，亦不轻放。不明不暗之鬼火也，作灾作难之鬼箭也，案上障面之鬼背也，门上暗锁之鬼闩也。且四方之广，实繁有徒，伎俩有限之山鬼也，孤魂无主之野鬼也，乘潮破浪之落水鬼也，灰飞烟灭之杀火鬼也，总无一处不出鬼，无一日不见鬼。先生与鬼为邻，终日点鬼簿而已。合县之中，鬼神撩乱，四郊之内，神鬼皆惊。公堂之上见神见鬼，私衙之中捏神捏鬼。夫人亲操井臼，忙得蓬头赛鬼。先生焦心劳思，忧得愁魔病鬼。城社难保，时怀鬼胎，乃北面稽首再拜曰："臣力竭矣，愿为厉鬼以杀贼。"贼闻，退三舍。先生恍然曰："鬼神之为德，其盛矣乎！吾未能事神，焉能事鬼也。"即日挂冠归鬼谷，将其事登之鬼箓。适遭祖龙之焰，化为鬼火。苏东坡厌闻世事，令人说鬼，其门人刘打鬼言之凿凿，众鬼闻之，揶揄不止也。

杀风景诗

会稽天依寺有半月泉，泉隐岩下，虽月圆满池中只见其半，最为妙处，有僧凿开岩名满月，殊可笑。杨升庵因题一绝云："磨墨浓填蝉翅帖，开半月岩为满月。富翁漆却断纹琴，老僧削圆方竹节。"唐人韦鹏翼亦有《杀风景》诗云："岂肯闲寻竹径行，却嫌弦管好蛙声。自从煮鹤烧琴后，背却青山卧月明。"亦有致。

封孟劳渔阳伯制

李亮采煜拟将军孟劳封渔阳伯制曰：朕惟将军身经百炼，气壮千秋。文士谈锋，逊其利达；书生笔阵，未可等夷。龙雀大环，久著赫连之幕；青犊漏影，常随文帝之车。白鹿之象堪惊，金马之形足羡。鸣凤宠荣于汉武，灵宝恩渥于魏文。秋水寒生，落雁翎于碧浦；平江枫振，长鹍尾于黄沙。入林甫之容，人惊其笑；补张仪之舌，客遁于言。磨砺以须，汝无让也；图穷而见，尔何咎焉。既搏犀象于南山，旋截鲸鲵于东海。武城小试，彰化理于烹鲜；赤壁鏖征，肇雄图于奋击。以备无患，用戒不虞。出樊哙之门，豺狼共惧；入庖丁之手，虎豹不全。卿材自利，朕典宜优，封将军伯渔阳。逐北追亡，已遂从龙之志；韬光敛锐，尚期买犊之风。钦哉！

檄霸王

《朝野佥载》：唐垂拱四年，安抚大使狄仁杰檄告西楚霸王项君将校等，略曰：鸿名不可以谬假，神器不可以力争。应天者膺乐推之名，背时者非见几之主。自祖龙御宇，横噬诸侯。任赵高以当轴，弃蒙恬而齿剑。沙丘作祸于前，望夷覆灭于后。七庙堕圮，万姓屠原。鸟思静于飞陈，一作尘。鱼岂安于沸水。赫矣皇汉，受命玄穹。膺赤帝之祯祥，当素灵之缺运。俯张地纽，彰风举之符；仰缉天纲，郁龙兴之兆。而君潜游泽国，啸聚水乡。矜扛鼎之雄，逞拔山之力。莫测天符之所会，不知历数之有归。遂奋关中之翼，竟垂垓下之翅。盖实由于人事，焉有属于天亡。虽驱百万之兵，终弃八千之众。以为殷鉴，岂不惜哉！固当匿魄东峰，收魂北极；岂合虚承庙食，广费牲牢。仁杰受命方隅，循革攸寄。今遣焚燎祠宇，削平台室。使蕙燎销尽，羽帐随烟。君宜速迁，勿为人患。檄到如律令。

黄 司 理 判

奸徒王某扮尼募饭，肆宣巨室，事发，司理黄图判云：王某三吴无赖，奸宄异常。倡白莲以惑黔首，祝青发以涸朱颜。教祖沙门，本是出游和尚；娇藏金屋，改为入幕观音。抽玉笋合掌禅堂，孰辨为尼为尚；脱金莲展馆绣榻，谁知是女是男。譬之鹳入凤巢，谁禁关雎之好；蛇游龙窟，岂无云雨之私。明月本无心，照媚闺而寡居不寡；清风原有意，入朱户而孤女不孤。废其书，火其居，方足以灭其迹；剖其心，刳其腹，不足以尽其奸。

姑 嫂 成 婚

《暇弋篇》：有刘璞者，其妹已许裴九之子裴政矣。璞所聘孙氏，其弟润亦已聘徐雅之女。而璞以抱疴，俗有冲喜之说，父母择吉完姻。妇翁以婿方病，润以少俊，乃饰为女妆，代姊过门，将以为旬日计。草率成礼，父母谓子病不当近色，命其幼女伴嫂，而二人竟私为夫妇。逾月，子病惭瘳，女家恐事败，绐以他故，邀假女去。事寂无知者。因女有娠，父母穷问得之，讼之官。官乃使孙刘为配，而以孙所聘徐氏偿裴。具判牒云："弟代姊嫁，姑伴嫂眠。爱女爱子，情在理中；一雌一雄，变出意外。移干柴近烈火，无怪其燃；以美玉配明珠，适获其偶。孙氏子因姊而得妇，搂处子不用逾墙；刘氏女因嫂而得夫，怀吉士初非衒玉。相悦为婚，礼以义起。所厚者薄，事可权宜。使徐雅别婿裴九之儿，许裴政改娶孙郎之配。夺人妇人亦夺其妇，两家恩怨总息风波；独乐乐不若与人乐,三对夫妻各谐鱼水。人虽兑换,十六两原只一斤;亲是交门,五百年必非错配。以爱及爱,伊父母自作冰人;非亲是亲,我官长权为月老。已经明断,各赴良期。"命黄堂舆从,送归私第。

分 娩 口 号

《狂言别集》:袁中郎分娩口号云:"嫂姑成行言笑喜,忽然抚腹疼不已。起身忙步归帏中,颦眉款摆胜西子。丈夫见说喜且惊,奔走丫鬟若流水。阿翁不好进房门,堂前往来私相语。囡歪去声,一作夯。地一声见天日,娘身欲死千万楚。阿姑一心要孙子,先扯稳婆问男女。"

卢 延 让 诗

《北梦琐言》:卢延让业诗,二十举方登第,卷中有"狐冲官道过,狗触石门开"之句。租庸使张濬亲见此事,甚称赏之。又有"饿猫临鼠穴,馋犬舐鱼砧"句,为中书令成汭所赏。又有"栗爆烧毡破,猫跳触鼎翻",为蜀王建所赏。有人曰:"平生投谒公卿,不意得力于猫儿狗子也。"人闻而笑之。

悼 诗

谢方石铎口吃,自为诗曰:"心自分明口不明,向人堪笑亦堪惊。可应黑白令难辨,天遣模糊过此生。"于甲寅岁失诗一册,追念不已,因成一律:"肷篚分明奈尔何,鹤声一一已无多。朱弦自爱齐门瑟,白雪谁酬郢上歌。好事定应供覆缶,苦心谁复念填波。也知不是丰城剑,敢望神明有护呵。"

方 池 诗

钱昭度咏方池云:"东道主人心匠巧,凿开方石贮连漪。夜深若被寒星映,恰似仙翁一局棋。"人嘲之曰:"正所谓一局黑全输也。"

嘲 僧

苏子由见白足妇洗衣,作诗嘲佛印云:"玉箸插银河,红裙蘸碧波。再行三五步,浸入老僧窠。"

有僧诵经至"无眼耳鼻舌身意",黄紫芝曰:"焉用诵此,僧秃其头,而无眼耳鼻舌,更成何物?"僧亦不觉大笑。

慰 童 仆

韦庄穷困时,赖内外童仆之用,作诗慰之,有曰:"努力且为田舍客,他年为尔觅金鱼。"又曰:"他年待我门如市,报尔千金与万金。"其言虽俚,其事难期,而其情则可悲。后唐亡,入蜀为平章,不知能报此奴仆否。

焦芳像驴

焦阁老芳面黑而长如驴,尝谓李西涯曰:"君善相,烦一看。"李久之乃曰:"左相像马尚书,右相像卢侍郎,必至此地位。"时河南有偷驴贼之号,马与卢合乃一驴字,始知其戏。一日西涯与焦芳及礼书新淦傅瀚早朝,见校尉有露卧者,焦戏傅云:"晓日斜穿校尉头。"与二集焦芳戏西涯语略同。时有江西校尉之号,故也。傅不能答,李颐指焦耳,傅遽悟云:"秋风正贯先生耳。"俗有"秋风贯驴耳"之说。

林南涧词

林粹夫廷玉醉中戏作《清江引·慨世》曰:"世上人心真个歹,牵鬼街头卖。哄了白尚书,瞒过陈员外。汉钟离看见通不睬。""没嘴葫芦就地滚,好歹休相问。花妆扮戏棚,纸做盛钱囤。陈抟华山闲打盹。"

"春花正红春酒美,多少蟠桃会。休做看财奴,枉着金银累。死到黄泉才是悔。""胜水名山和我好,每日相顽笑。人情上苑花,世事襄阳炮。霎时间虚飘飘多过了。"

拽轿行

陕西车御史梁按部某州,见一拽轿小童,欲私之。至州,命易门子。吏目以无应,车曰:"即途中拽轿小童亦可。"吏目又以小童乃递运所夫。有驿丞喻其意,进言曰:"小童曾供役上官。"乃易之。强景明晟戏作《拽轿行》云:"拽轿拽轿,彼狡童兮大人要。"末句云:"可惜吏目却不知,好个驿丞到知道。"

叶韵

《湖海搜奇》:谢兵马之妻为墙压死,杨天锡往吊。谢泣曰:"寒荆有孕,今死不成尸,奈何?"杨曰:"此所谓虽不成尸诗,压孕叶韵而已。"

迁神祠

汤藿林宾尹祖墓右有神祠,堪舆家必欲迁于左,藿林另建一庙,极其巍焕,择吉奉牲醴以告。方下拜,油灯堕其身,公服淋漓,从者惊愕。藿林急卸下覆于神首,厉声曰:"今日油得我,由不得你了。"令人舁之新庙,拆去旧祠。

丹成两剖

有术士见唐六如,极言修炼之妙。唐曰:"如此妙术,何不自为之?"答曰:"恨我福浅。见君仙风道骨,故敢请尔。"唐曰:"我但出仙福,有空房在城北僻处,君试居之,炼成两剖。"术士不悟,出扇求书。

唐题云："破布巾衫破布裙，逢人便说会烧银。君何不自烧些用，担水河头卖与人。"

咏 葫 芦

钱塘释明本号中峰，博学而好滑稽。尝咏葫芦云："秀结团圞带晚秋，偏从根本易绸缪。墙头仿佛悬明月，架上依稀缀碧旒。明引神仙三岛饭，稳乘罗汉五湖游。将来剖破成双器，半赠颜回半许由。"

僧 奸 判

关西有伍氏名爱卿，为邻僧圆茂所奸。里人知其状，捕而白于官。时张钦为令，审得其情，因判之云："僧圆茂既已脱障入空门，只合木鱼敲夜月。伍爱卿本欲媚居标苦节，缘何锦帐作朝云。红粉多娇，谩学墙花委砌；缁衣秃子，竟同野蝶寻香。一节不终，浪谓空即是色；五除未戒，谁云色即是空。爱卿着另配良人，奸僧宜追牒问罪。庶几氏作闺中妇，永谐琴瑟之欢；免得僧敲月下门，长堕轮回之苦。"

吴 歌

吴歌惟苏州为佳，往往得诗人之体。如"月子弯弯"之歌，瞿宗吉采以为词，叶文庄载之《水东日记》。他如"送郎八月到扬州，长夜孤眠在画楼。女子折开不成好，秋心合着却成愁"，此贱体也。而黄山谷之词先有之："你共人女边着子，争知我门里挑心。"又："约郎约到月上时，看看等到月蹉西。不知奴处山低月出早，还是郎处山高月下迟。"此词虽属淫奔，然怨而不怒，愈于《郑风》狂童之讪。又："你在东时我在西，你无男子我无妻。我无妻时犹闲可，你无男子好孤凄。"此赋体也。又："树头挂网枉求虾，泥里无金空拨沙。刺澡树边栽狗橘，几时开得牡丹花。"此比体也，有守一而终之意。

山　歌　第　一

吴中乡村唱山歌，大率多道男女情致而已。惟一歌云："南山脚下一缸油，姑嫂两个赌梳头。姑娘梳做盘龙髻，嫂嫂梳做羊兰头。"不知何意。朱廷评树之以问陆式斋，陆思之云："得非言人之所业本同厥初，惟其心之趋向稍异，则其成就遂大不同。此歌作如是观可乎？"树之云："君之颖悟过我矣。作如是观，此山歌第一曲也。"

黄　雀　银　鱼

云南巡抚傅习于少保桂萼为同乡，傅在滇时，以金石二罐通于桂，标题云"黄雀银鱼"。桂受而语仆曰："语尔主，此处来不得，南京去罢。"逾月遂擢南京大理寺卿，行至镇远而亡。士有纪以一绝云："黄雀银鱼各一罂，长安陌上肆公行。若教冢宰持公道，安得南京大理卿。"

函　首　求　和

开禧间，韩侂胄以用兵起衅，中外忧患。史弥远定计，拥至玉津园侧，击杀之，命临安府函其首诣金求和。建阳刘淮为诗云："宝莲山下韩王府，郁郁沉沉深几许。主人飞头去和敌，绿户雕窗锁风雨。九世卿家一朝覆，太师宜诛魏公辱。后车不悟有前车，兀突眼中观此屋。"高九万诗云："拂晓官家簿录时，未曾吹彻玉参差。旁人不忍听鹦鹉，犹向金笼唤太师。"

觉　长　老　转　世

史丞相浩与觉长老善。一日，浩坐厅上，俨然见觉突入堂中，使人往寺廉之，则报觉死矣。茶顷，浩后院弄璋。浩默然知为觉也，遂以觉为小名。及长，名之曰弥远。后相两朝二十六年，权震海内。时有作诗规之者曰："前身元是觉阇黎，业障纷华总不迷。到此更须睁只眼，好将慧力运金鎞。"

晓 鸦 啼

汪彦章在翰苑，屡致言者，作《点绛唇》词云："永夜厌厌，画帘低月山衔斗。起来搔首，梅影横窗瘦。 好个霜天，闲却传杯手。君知否，晓鸦啼后，归梦浓如酒。"或问曰："归梦浓如酒，何以在晓鸦啼后？"汪曰："无奈这一队畜生聒噪不已也。"

驱 蝗

米元章令雍丘，邻县蝗大起，尉司禁瘗，后仍滋蔓，责保正捕除。或言尽缘雍丘驱逐过此，尉移文载语牒行雍丘，请勿以邻国为壑。元章视牒大笑，题纸尾答云："蝗虫原是飞空物，天遣来为百姓灾。本县若还驱得去，贵司却请打回来。"传者绝倒。

厕 上 扁 对

郡中某明勋臣之后门首有扁曰"大参戎第"。一日，偶会饮客，谓余曰："子构求琐言杂说，曾见咄咄夫《一夕话》乎？"余曰："慕之而未见。"客曰："集中载厕事甚多，《如意厕赋》语繁不复记，其题圂门对云：'古人欲惜金如此，庄子曾云道在斯。'又：'虎子难同器，龙涎不及香。'又：'莫道轮回输五谷，可储笔札赋三都。'又：'纳垢含污知大度，仙风道骨验方肠。'又：'为文自昔称三上，作赋于中可十年。'又，抚署圂门曰：'但愿生民无殿屎，不惭宰相受堂餐。'又：'官司不令多中饱，燕饮应知无后艰。'皆贴切不可移易。"余曰："既有对，不可无扁。"客曰有，余问云何，客曰："大参戎第。"坐客无不抚掌，主人亦不觉失笑。

大 小 蜈 蚣

吴履斋为人豪隽，在相位日，其兄弟多以附丽登庸。贾似道与隙，遂为飞谣闻于上曰："大蜈蚣，小蜈蚣，尽是人间业毒虫。夤缘攀附百虫丛，若使飞天能食龙。"语闻，谪循州，中毒死。

起 复 援 例

淳祐间，史嵩之入相，以二亲年耄，虑有不测，预为起复之计。时马光祖未卒哭起为淮东总领，许堪未终丧制起为镇江守臣。里巷为十七字谣曰："光祖做总领，许堪为节制，丞相要起复，援例。"

房 租 判

宝祐间，马光祖尹临安，不畏贵戚豪强，庭无留讼。福王府讼民不输赁房钱，民云屋漏，光祖判云："晴则鸡卵鸭卵，雨则盆满钵满。福王若要房钱，直待光祖任满。"

麻 糊

贾似道当国时，行公田、关子两法，民间苦之。叶太白李时为太学生，上书力诋，似道怒嗾林德夫告叶泥金饰斋扁不法，令狱吏鞫之，云："只要你做一个麻糊。"叶即口占一诗曰："如今便一似麻糊，也是人间大丈夫。笔里无时那解有，命中有处未应无。百千万世传名节，二十三年非故居。寄语长安朱紫客，尽心好上帝王书。"遂遭黜，流岭南，及似道败放还。

贾 刘 献 佞

贾余庆、刘岊相继降元，一日留远亭夜集，北人燃火亭前，聚诸公列坐行酒。余庆有名风子，满口骂坐，毁宋人物无遗，以此献佞，北人惟嚻嚻笑。昺数以淫亵奉，北人专以为笑具，于舟中取一村妇至亭，使荐刘寝，据刘交坐，北人又唤妇抱刘为戏。文文山不胜悲愤，口占刺余庆云：“甘心卖国罪滔天，酒后猖狂诈作颠。把酒逢迎酋长笑，从头骂坐数时贤。”刺昺云：“落得称呼浪子刘，尊前百媚佞旖裘。当年鲍老不如此，留远亭前犬也羞。”

誉 桧

建炎中，高宗驾驻维扬，康伯可与之上《中兴十策》，名振一时。后秦桧当国，伯可乃附桧求进，桧荐之，擢为台郎。桧生日，伯可寿以《喜迁莺》词，中有“文章孔孟，勋庸周召”语，极其献誉。伯可尝与桧对局格天阁下，桧戏曰：“此卒渡河，是尔将军之疥癞。”伯可徐曰：“今皇御极，视公宰相如腹心。”桧大喜，撤棋酣饮终日而罢。伯可有《顺庵词》一卷，中多誉桧语。

土 地 夫 人

正德中，顾东桥璘知台州府。有土地祠设夫人像，顾曰：“土地岂有夫人？”命撤去之。郡人告曰：“府前庙神缺夫人，请移土地夫人配之。”顾令卜于神，神许，遂移夫人像入庙。时为语曰：“土地夫人嫁庙神，庙神欢喜土神嗔。”明年，郡人复曰：“夫人入配一年，当有子。”复卜于神，神又许之，遂设太子像。时又语曰：“期年入配今生子，明岁更教令爱生。”顾既撤夫人像，又听其入配塑子，益见民之易惑而神不足信也。

正 好 掉 头

绍兴辛巳，金遣使修好，命洪景卢迈往报之。与其伴使约用敌国礼，沿路表章皆用在京旧式。未几乃尽却回，使依近例，景卢不可，遂扃驿门，绝供馈不得食者。一日景卢惧留，乃易表章授之，供馈乃如礼。景卢素有风疾,头常掉,时人为之语曰:"一日之饥禁不得,苏武当年十九秋。寄语天朝洪奉使,好掉头时不掉头。"太学诸生衍作《南乡子》词曰:"洪迈被拘留,稽首垂哀告彼酋。一日忍饥犹不耐,堪羞,苏武争禁十九秋?　厥父既无谋,厥子安能解国忧。万里归来夸舌辨,村牛,好摆头时便摆头。"

嫁 妾 非 偶

荆渚田氏侍儿名国香,黄山谷自南溪召为吏部员外郎,留荆州,乞守当涂,待报,所居与此女为邻。山谷偶见之,以为幽闲姝美,目所未睹。后田某以嫁下里贫民,山谷因赋《水仙花》寓意云:"淤泥解作白莲藕,粪壤能开黄玉花。可惜国香天不管,随缘流落小民家。"

烛

《支颐集》:《咏烛·江儿水》云:"一自交游后,其中欲火燃。对天结个丹心愿,无多光景难留恋。明心不昧,有神灵鉴。白日青天不便,要逞风流,约定在黄昏夜半。"

抹 布

《抹布·黄莺儿》云:"尊相犯水星,湿淋淋,过一生。昔日华靡今休论,喜混浊同尘。更相寻无憎,半生薄禄多余沈。没收成,楷台抹桌,即此是终身。"

木 套

《木套·黄莺儿》云:"足下属阴形,主用事,是水星。半生劳碌奔波命,长颈把头伸。红光满面生,不无折挫须防慎。待时临,太阳部位,方许得安宁。"

毽 踢

《毽踢·黄莺儿》云:"只为两文钱,做虚头,一线穿。浑身装裹些花毛片,撇人在眼前,卖俏在脚尖。翻来覆去,一似风前燕。这身边,方才着脚,又到那身边。"

纸 鸢

孩儿意只为功名半张纸,临行时慈母手中线费几许。只要去,扯不住。不愁你下第,只愁你际风云肠断天涯何处。

伞

徐文长伞谜云:"开如轮,敛如槊,剪纸调胶护新竹。日中荷盖影亭亭,雨里芭蕉声籁籁。晴天则阴阴则晴,晴阴之说诚分明。安得大柄居吾手,去覆东西南北之人行。"

榨 石

生长山冈为糟糠,来到街坊,被牵连缧绁难释放。他那里泪汪汪,空教我悬悬望。

咏 秃

元王和卿《咏秃·天净沙》词云:"笠儿深掩过双肩,头巾牢抹到眉边。款款的把笠檐儿试掀。连荒道一句,君子人不见头面。"

从 嫁 婢

元关汉卿尝见一从嫁媵婢,作小令云:"鬓鸦,脸霞,屈杀了将陪嫁。规摹全似大人家，不在红娘下。巧笑迎人，文谈回话，真如解语花。若咱得他，倒了蒲桃架。"

指　甲

元人有《咏指甲·得胜令》词云："宜将斗草寻，宜把花枝浸。宜将绣线匀，宜把金钗纤。宜操七弦琴，宜结两同心。宜托腮边玉，宜圈鞋上金。难禁得一掐通身沁，知音，治相思十个针。"

脸 上 黑 痣

白仁甫有《醉中天》词赋佳人脸上黑痣云："疑是杨妃在，逃脱马嵬灾，曾与明皇捧砚来。美脸风流杀，叵耐挥毫李白，觑着娇态，洒松烟点破桃腮。"或云杜遵礼作。

阿　珍

睢阳滕玉霄宾工词曲，《赠歌童阿珍·瑞鹧鸪》云："分桃断袖绝嫌猜，翠被红裩兴不乖。洛浦乍阳新燕尔，巫山行雨左风怀。　手携襄野便娟合，背抱齐宫婉娈偕。玉树庭前千载曲，隔江唱罢月笼阶。"阿珍盖郑樱桃、解红儿之流也。

嘲 惧 内

尤悔庵先生《戏嘲惧内·黄莺儿》曰："何事犯娘行，跪妆台，一炷香。风流罪过难轻放，笞之太强，杀之过伤。参详，惟有宫刑当。好关防，如何黑夜越狱上牙床。"

癸集卷之四

册 封 牡 丹 诏

张山来潮《册封牡丹为花王诏》曰：剖竹分藩，首重英华之选；剪桐封国，聿先富贵之家。欲拜爵以酬庸，必颁符而锡命。咨尔牡丹，金枝玉叶，国色天香。肇迹洛阳，得天地中和之气；敷华春夏，钟乾坤光霁之祥。化工赖以昭宣，皇猷资其黼黻。德足润身，晬于面而盎于背；姿尤迈种，望如日而就如云。巍巍郁郁，焕乎其有文章；肃肃雍雍，允矣如闻色笑。图奇形于麟阁，名买胭脂；赍良相于江都，赠之芍药。威仪棣棣，尤堪粉饰太平；气象堂堂，无难役使草木。位居元首之尊，羊叔子乱头亦好；言多药石之益，王怀祖掇皮皆真。沉香亭北，君王垂带笑之眸；群玉山头，供奉草《清平》之调。焕旌旗之五色，竹木皆兵；舞干羽于两阶，芝兰作佩。锦心绣口，簇簇能新；霞蔚云蒸，多多益辨。接一枝于椿杪，恍如天半朱霞；伴两口于瑶池，俨似云中白鹤。重华协于蒂，人夸台阁层层；广誉施于身，共羡声名藉藉。如远客如近客，如仙客如野客，公门桃李，咸拜下风；若清友若雅友，若名友若艳友，属国刍荛，同瞻化日。展矣功高累叶，诚哉德冠群芳。兹以覃恩，特封尔为花王，锡之册命。呜呼！阳春有脚，奕叶为光；天地无私，本支百世。山河带砺，惟此一拳一勺之多；冠冕巍峨，应加五服五章之采。建邦设都，永固屏藩之位；诛茅裂土，附之姚魏之家。尔其克沃乃心，以蕃王室。毋效倾城之笑，益彰华国之猷。钦哉！

金 陆 相 嘲

太仓陆孟昭昶为刑部郎中，尝往一朝士家，驾牛投刺，不书名，惟云“东海钓鳌客过”。朝士见之，知为昶也，亦递一帖云“西番进象人来"。盖孟昭面黑齿白,人皆嘲为象奴云。孟昭与丽水金文皆景泰辛未进士,相善,性好戏谑。文尝嘲昶曰:"黑象口中含玉齿。"昶应声曰:"乌龟背上嵌金文。"

诗 怒 当 事

陆孟昭自以历任年深,当有不次之擢,道逢刑部尚书陆瑜、大理寺卿王概乘肩舆来,因避马,即为口号云:"陆老前头去,王翁逐后来。明年二三月,也有轿儿抬。"诸公闻而恶之,遂有福建参政之拟。孟昭临行,寮采饯之,对众朗吟云:"非是区区欲大参,奈因两鬓雪毵毵。诸公侧耳朝端听,一道清风振斗南。"任后又寄诗京师诸故旧云:"再三上覆众哥哥,人事无多没奈何。只有新书并手帕,并无段匹与绫罗。"闻者益怒,遂不复进用云。

雨 淋 鹤 形

至正初,张仲举翥为集庆路学训导。御史下学点视廪膳,邻斋出对云:"豸冠点馔。"是日适用驴肉,仲举戏续云:"驴肉作羹。"御史盖河南人,闻之大怒,欲逮治之,仲举乘夜逃奔扬州。时扬州方全盛,众素闻仲举名,皆延致之。仲举肢体昂藏,行则偏竦一肩,韩介玉以诗嘲之云:"垂柳阴阴翠拂檐,倚阑红袖玉纤纤。先生掉臂长街上,十里珠楼尽下帘。"坐中皆笑。或曰:"仲举病鹤形也。"时有相士在坐,曰:"不然,此雨淋鹤形也。雨霁则翀霄矣。"后入大都,果致位贵显。

一 联 构 讼

《庐山杂记》:南唐孟归唐能诗,肄业庐山国学,尝得《瀑布》诗:"练色有穷处,寒声无尽时。"邻居生亦得此联,遂交争之,助教不能辨,讼于江州,各以全篇意格定之,而归唐为胜。后归京师,累迁大理丞,江州群吏来京,犹指曰:"讼诗生也。"又《刘贡父诗话》:豁达老人喜为诗，所至辄自题写。尝书人新粉墙，主人憾怒，诉于官，杖之，使市石灰更圬墁讫，告官，乃得纵舍。一联构讼，题壁被笞，大堪捧腹。今盗句疥壁者实繁有徒，请自收敛，勿遭毒棒。

文劣不能妄诤

《虞山诗人传》：嘉靖中，刘子威凤好为聱牙诘屈之文，吴人推服之。袁景休字孟逸，每向人抉摘其字句钩棘、文义纰缪者以为姗笑。子威闻之大怒，诉于邑尉，摄而笞之。尉数之曰："若复敢姗笑刘侍御文章耶？"孟逸仰而对曰："民宁再受笞数十，终不能改口沓舌妄诤刘侍御诗文也。"尉笑而遣之。

高塘馆高唐生

濠州西有高塘馆，附近淮水，御史阎敬爱宿此馆，题诗于壁曰："借问襄王安在哉？山川此地胜阳台。今朝寓宿高塘馆，神女何曾入梦来。"轺轩往来，莫不吟讽言佳。有李和风者至，题于旁曰："高唐不是这高塘，淮畔川南各一方。若向此中求荐枕，参差笑杀楚襄王。"见者鼓掌。

康熙丁卯，南场第二道策问经学中引高堂生事，题纸误刊高唐生。一士改前诗于席舍曰："高堂不是这高唐，旅馆人名两不当。若向此中穷讨论，定应急杀楚襄王。"遂哄传白下。

钻 燧 改

杨一清为冢宰日，有设为选官求改事为口实者，曰："有选人既注官，意弗慊，思改，将决于神签。其妻曰：'君儒人，当听命于儒之灵者。'选人于是祷于仲尼，既至庙，乃先诣从配诸贤。首至闵子，曰：'某欲改官，何从而可？'闵子曰：'何必改？'问颜子，颜子曰：'也不改。'问宰予，宰予曰：'于予改。'问其何自，则曰：'钻燧改。'"杨号邃庵,其所注除迁擢皆由贿赂钻刺而得,故云。

咏 杨 花

刘绩《咏杨花》诗云:"点鬓萦眉西复东,悠扬无力任春风。谢家拟雪真儿女,到处生虫不杀虫。"《尧山堂》云讥邃庵而作。

诗 用 青 韵

李西涯在翰林时,诸翰林斋居闭户作诗,僮仆窥之,见其面目皆作青色。彭敷五教以青字韵嘲之,几致勃蹊。西涯为诗解之,有"拟向麻池争白战,瘦来鸡肋岂胜拳",闻者绝倒。

检 讨 讨 夫 马

弘治中,某检讨讨里河之夫,驿丞不接,某不平。或谓之曰:"驿丞不知检讨何官,只称翰林学士。"次日果称学士,仍前不出。乃赋诗云:"翰林检讨被人轻,却冒瀛洲学士名。依旧驿丞全不理,由来知要不知清。"

诗 讥 冢 宰

嘉靖辛亥,有无名子揭诗于朝堂曰:"侍郎一载擢天官,蹿等超升固有缘。属下晚生门簿写,部前严示众人看。曾嗔厨役捶三十,为谢当涂借八千。反覆小人逢敌手,始援终陷势应然。"一书云盖指李默也。

两 渊 进 颂

嘉靖丙戌,天台县起复知县潘渊进《嘉靖龙飞颂》,内外六十四围,五百段,一万二千章,效苏蕙织锦回文体。世庙以其文纵横不可辨识,使开写正文以进。又监生王渊请建世室,其事既行,渊谒选得主簿，为上官所答，上书自言，擢上林苑右监丞，进《嘉靖颂》。京师为之语曰："两渊有两口，口阔大如斗。笑杀张萝峰，引出一群狗。"

又《皇明续纪》：光禄署丞何渊上疏请立世室，崇祀皇考，下部会议。何其名之适合耶？

秦 屠 出 入

宁国屠枰石_{羲英}督学浙中，持法严毅，竿牍俱绝。先任为无锡秦鸿洲_梁，以太仆少卿调补，最宽，青衿居间可以券取。时有"秦晋屠出"之谣。万历初，屠升南太常少卿，江陵柄政，改祭酒，待士一如督学时。无锡周敬庵_{子义}为司业，和厚得士心，又有"屠毒周旋"之谣，至形奏疏。屠寻转太常卿。

子 与 好 客

嘉靖中，长兴徐子与_{中行}好客，尤好少年美丽者。一客丑甚，自负能诗，介蔡子木_{汝楠}荐之子与。子木作书，盛言客可喜状，以家人将之，恐客之窥书而求易也。子与得书大欢，亟延入，既见，子与愕然，笑哑哑不止，赠以诗，有"自信金声能掷地，谁知玉貌不如人"之句。客犹得意，传示为重。

奏 对 雅 语

明世庙政暇使侍臣各道邑里人物，及丰城大宗伯李玑，应声曰："乡有长安长乐，里有凤舞鸾歌。人有张华雷焕，物有龙渊太阿。"世庙嘉其敏括。

江 陵 胜 景

宋公安张景隐居不仕，仁宗召见，问曰："卿在江陵，地有何景？"

景对曰:"两岸绿杨遮虎渡,一湾芳草护龙洲。"上曰:"所食何物?"对曰:"新粟米炊鱼子饭,嫩冬瓜煮鳖裙羹。"

洪 周 对 语

洪容斋、周益公尝侍寿皇宴,因谈肴核,上问容斋卿乡里所产。容斋番阳人也,对曰:"沙地马蹄鳖,雪天牛尾狸。"又问益公,益公庐陵人也,对曰:"金柑玉版笋,银杏水精葱。"上吟赏。又问一侍从某,浙人也,对曰:"螺头新妇臂,龟甲老婆牙。"四者皆海鲜也,上为之一笑。

梦 鳝

南京王祭酒尝私一监生,其人忽梦鳝出胯下,以语人。人因为句曰:"某人一梦甚跷蹊,黄鳝钻臀事可疑。想是翰林王学士,夜深来访旧相知。"闻者鼓掌。

也 不 碍

宋时吏部一胥好滑稽,有董公迈参选失去官诰,但存纸印,遂投状给据。一日侍郎问胥曰:"此事无碍否?"胥曰:"朝士大夫董公迈,失一官诰纸印在,也不碍。"侍郎觉其谑侮,杖一百,罢之。盖俗有舞十般癞云:"一般癞来一般癞,浑身烂了肚皮在,也不碍。"如是凡十首,语言相类,故应声为戏云。

徐 白 二 珪

徐侍郎如珪谪外,复以廷评入,不欲忘旧衔,投台中刺曰"台末",他僚刺曰"台驾"。太常寺少卿白若珪,性谦下,投诸权贵曰"渺渺小学生"。好事者作句曰:"台末台驾,渺渺小学,同是一珪,徐如白若。"

闻者绝倒。

祭 金 鱼 文

新安张山来潮《祭金鱼文》:"丙辰重五日,心斋居士以瓣花卮酒奠金鱼之魂,而告之曰:惟尔朱涂粉傅,玉质金相。买归盆盎,少则洋洋。诞置闲庭,居然发发。文成五彩,夺水族之精英;体具三停,傲龙孙之美丽。讵识红颜薄命,无能世上常存;野客缘悭,不获人间近玩。倏尔其休,未入牧人之梦;悠然而逝,无殊郑校之烹。渔非竭泽,奚为靡有孑遗;泣甚过河,乃至无能漏网。见其生旋见其死,难言太上忘情;瘗尔魄又招尔魂,乃见吾侪博爱。"

新 春 雨 雪

康熙癸酉,新春连日雨雪,予偶出见一老吟云:"今年春比去年春,何必衣冠簇簇新。惟有天公知此意,故将雨雪洒行程。"

谚 语 皆 诗

今人谚语多古人诗,"瓜田不纳履,李下不整冠",曹子建诗。"晚饭少吃口,活到九十九",古乐府句。"待予心肯日,是汝命通时",唐太宗诗。"何人更向死前休",韩退之诗。"公道世间惟白发,贵人头上不曾饶",杜牧之诗。"事向无心得",章碣诗。"世乱奴欺主,年衰鬼弄人"、"海枯终见底,人死不知心",杜荀鹤诗。"一朝权入手,看取令行时",朱湾诗。"自己情虽切,他人未肯忙",裴说诗。"日出事还生",武元衡诗。"难将一人手,掩得天下目",曹邺咏李斯诗。"终日醉醺醺",张籍登金山寺诗。"林下何曾见一人",灵彻诗。"忍事敌灾星",司空图诗。"但有路在上,更高人也行",龚霖诗。"长安有贫者,为瑞不宜多",罗隐诗。"但知行好事,莫要问前程",冯道诗。"在家贫亦好",戎昱诗。"大树大皮裹,小树小皮缠,庭前紫荆树,无皮也过年",宋僧行持诗。"但存方寸地,留与子孙耕",贺仙翁句。"此去好凭三寸舌,再来不值半文钱",张叔仁送谢叠山入燕诗。

谚　语　对

谚语对多可采者,如"板板六十四,捵捵么二三","猫口里挖鳅,虎头上做窠","钟馗捉小鬼,善才参观音","捏鼻头做梦,挖耳朵当招"之类,已见《谭概》。近又得"手弗动念四,背起打十三"句。客言"范长白吃白肠饭"无可对,予侄庭嘉曰:"卢河生着生湖罗。"亦堪解颐。

水　饭　词

《夷坚志》有《水饭》词云:"水饭恶冤家,些小姜瓜。尊前正欲饮流霞,却被伊来刚打住,好闷人那,不免着匙爬,一似吞沙。主人若也要矜夸,莫惜更搀三五盏,锦上添花。"

妓募缘疏

元妓连枝秀姓孙,后为女道士,浪游江湖,欲造庵于松江。陆宅之为疏曰:"京师第一部教坊,占排场曾使万人喝采;《道德》五千言公案,抽锁钥只因片语投机。向林下得大道高风,指云间问前缘福地。一跳身才离了百戏棚中圈子,双摆手便做个三清门下闲人。识尽悲欢离合幻,打开老病死生关。交媾功成,阴阳炭烧空欲海;修持行满,雌雄剑劈破愁城。七星冠刚替下凤头钗,合欢带生扭做鹿皮袋。空非空,色非色,色即是空;道可道,名可名,强名曰道。往常时红裙翠袖生绡帐,猛可里草履芒鞋匾皂绦。销金帐冷落风情,养丹炉消磨火性。半世连枝带叶,算从前历尽虚花;一朝划草除根,到此地方成结果。牢着眼,有乌飞兔走;急回头,怕鹤怨猿啼。五陵人买笑追欢,掉头不顾;三岛客谈玄论道,稽首相迎。大都来几个知音,多管是前生有分。玉楼花下千钟酒,几番歌《白苎》遏行云;纸帐梅边一炷香,从此诵《黄庭》消永日。桃花扇深藏明月影,椰子瓢长醉白云乡。皓齿细腰,打叠少年歌舞;锦心绣腹,宣扬老子经文。烧夜香非寻佳偶,披鹤氅星月下,礼拜茅君;登春台不望远人,驾鸾车云霄上,追寻萧史。只此清茶谈话,胜他浊酒狂歌。净洗胭脂,见全真本来面目;轻敲檀板,听步虚别是宫商。人尽夸七真堂上添个小仙姑,我只见五城山下册立新王母。不比寻常钩子,曾经老大箝锤。百炼不回,万夫莫敌。畴昔微通一笑,白面郎争与缠头;如今顿悟三生,青眼客便当抬手。既不作入梦朝云暮雨,也须撇等闲秋月春风。若加了蒲团上工夫,便可到蓬壶中境界。肯庄严一处,千年香火;是成就到头,陆地神仙。金银钞等物,恳求大块子舍来;福禄寿利钱,拟定加倍儿还你。得道者多助,看琳宫宝殿,日月交辉;爱人者必亲,仗玉磬金钟,晨昏报德。"秀以疏语多寓讥讪,遂飘然入吴,遇医人李恕斋,复寻旧好,筑室偕老焉。

罔 两 鸭

元仇远《稗史》:上虞郑宰治邑有声,及去任,邑人作旗帐饯之,中有:"郑君制锦天下无,一封紫诰觐皇都。邑人借留不肯住,谁能举网获双凫。"郑喜,每宴集必出示人。其弟亦作宰归,无饯辞,颇以为耻,谓曰:"此非颂兄之美,乃讥兄也。网即罔,双即两,凫即鸭,其意以兄为罔两鸭也。"兄怒而焚之。

刘 沈 好 夸

刘菊庄与夏少卿善,人有问其姓字者,则曰:"夏少卿之好友。"更不言己姓。同时有沈循与都宪钱钺有属,人询其姓,亦曰:"钱员外是我外兄。"好事者为之语曰:"沈循只说钱员外,刘泰常称夏少卿。"时传以为笑。

鸣 玉 遣 戍

钱塘俞鸣玉珩，杭州前卫军余也。善诗字，多辩才，然性狙狯。弘治初，投为镇守内官张庆掾吏，遂虎而翼，起家巨富。其未为吏时，亦欲如富贵相，张海观作诗讥云："轻罗细葛称身裁，今恐无凭换得来。莫道此人穷尽了，出门还要轿儿抬。"及庆死，外台治珩罪，谪戍岭南。

初珩至海宁，有人为子行贿得中乡试者，会试卒于道，珩为诗吊之云："门外长幡百尺高，昔人曾此逞英豪。黄金散尽买科举，不见贤郎着紫袍。"

枣 谣

武进翟海槎永龄与陆廉伯简并以才学驰名。成化乙酉，陆发解，而翟名最后。以书柬所亲曰："至矣尽矣，方知小子之名；颠之倒之，反在诸公之上。"盖以自嘲，因嘲陆云。

翟赴南京，患无赀，买枣数十斤，每至市墟，呼群儿至，每儿与枣一掬，教之曰："不要轻，不要轻，今年解元翟永龄。"一路童谣载道，闻者争觅其旅邸访之，大获赆利。

海 槎 诗 联

靖江本江阴之马驮沙，人言语俗谓之沙骨碌。翟海槎诗云："马驮风景亦不俗，依旧桃红并柳绿。林间好鸟树头啼，声声只叫骨碌碌。"

有髹匠求翟书春联，翟改"阳春"句云："阳春生德泽，万物布光辉。"

方 棠 陵 翻 案

西湖飞来峰石上佛像，元杨琏僧伽雕琢所成。下天竺后壁画，王叔明笔，其剥落处孙宰子补之。开化方棠陵豪为秋官，虑囚江南，见而题曰："飞来峰，天奇也，自杨总统琢之，天奇损矣。叔明画，人奇也，自孙宰子补之，人奇索矣。二者乃山中不平之疑案，予法官也，不翻是案，何以服人？"众传为笑谈。

西 湖 观 梅

番阳张彦实兄楚材为秘书监，约彦实观梅西湖。彦实作诗云："天上新骖宝辂回，看花仍趁雪霁开。折归忍负金蕉叶，笑插新临玉镜台。女堞未须翻角调，锦囊先喜助诗材。少蓬自是调羹手，叶底应寻好句来。"时楚材再婚刘氏，故及玉镜台事。秦桧见诗喜之，遂擢左史。

张 于 湖 咏 雨

张安国孝祥号于湖，由乡荐得试集英，文墨精妙，考官媚桧，取秦埙为冠，置孝祥第二。孝宗览之，擢孝祥首选。有《咏雨·满江红》词曰："斗帐高眠，窗寒静、潇潇雨意。南楼近、更移三鼓，漏传一水。点点不离杨柳外，声声只在芭蕉里。也不管、滴破故乡心，愁人耳。　　无似有，游丝细。聚复散，真珠碎。天应分付与，别离滋味。破我一窗蝴蝶梦，输他双枕鸳鸯睡。向此际、别有好思量，人千里。"

侍 儿 代 书

严州乌石寺在山上，有岳武穆、张循王、刘太尉题名，光世不能书，令侍儿代书。姜尧章题诗云："诸老凋零极可哀，尚留名姓压崔巍。刘郎可是疏文墨，几点燕支浣绿苔。"

迎 春 召 对

弘治改元，莆田迎春，戴大宾尚幼，父兄抱看。有指谓守曰："神童也。"守以"龙飞"二字令属对,戴见春牛,对曰:"牛舞。"守不然之,戴曰:"百兽率舞,牛宁不舞乎?"守称善。又以"虎皮褥盖学士椅"令对,戴曰:"兔毫笔写状元坊。"守厚赏之。年十三,魁天下。考科举时,同辈见其年少,谓曰:"小朋友就要做官,做到何官?"答曰:"阁老。"众戏出对云:"未老思阁老。"应声云:"无才做秀才。"众哄笑,知反为所伤也。

梁　赵　调　谑

唐梁宝好嘲戏,因公事至贝州,憩客馆中,问贝州佐吏云:"闻此州有赵神德,能嘲谑。"即令召之。宝色甚黑,凭案以待。须臾神德入,两眼俱赤,至阶前。梁宝即云:"赵神德,天上既无云,闪电何以无准则。"神德答云:"向者入门来,案后唯见一挺黑。"宝又云:"官里料朱砂,半眼供一国。"神德答云:"磨公小拇指,涂得大社北。"宝无以难,愧谢遣之。

优　人　谐　戏

《群居解颐》:优人李可及善谐戏,尝因延庆节,缁黄讲诵毕,次及优倡为戏。可及褒衣博带,摄斋升座,称三教论衡。一人问曰:"既言博通三教,释迦如来是何人?"对曰:"妇人。"问者惊曰:"何也?"曰:"《金刚经》云:'跌坐而坐。'非妇人何须夫坐然后儿坐也。"又问:"太上老君何人?"对曰:"亦妇人。"问者曰:"何也?"曰:"《道德经》云:'吾所大患以吾有身,及吾无身,吾有何患?'非妇人何患于有娠乎?"又问:"文宣王是何人?"曰:"亦妇人也。"问者曰:"何也?"曰:"《论语》云:'沽之哉,沽之哉,我待贾者也。'非妇人奚待嫁为?"上大笑,厚赐之。

临　安　道　人

绍兴中,临安有老道人,尝以冬日在三省门外空地聚众觅钱,用湿纸裹黄泥,向日,少时即干成坚丸。因白众曰:"有小术呈献,觅钱沽酒。"乃随五方书金木水火土五字,各拈一泥丸,包以湿纸,就日色晒之。少顷去纸,东方者色青如靛,南方则赤如丹,西方则白如珠,北方则黑如墨,中央如黄蜡然。人皆相顾叹异,竞与之钱。其人发黄面鬒,虽冬月只着单衣,必有道者也。

食 蛊 蟆

漳州一士,负气壮猛,同数友出,次村落,见地上精帛包物,皆莫敢取。士独笑曰:"吾正贫,取之何害?"对众启之,绢数匹中贮白金三大笏,一虫如虾蟆,祝之曰:"汝蛊毒自去。"持银绢归,举家皆惧祸至。士人是夜升榻,有二青蟆大如周岁儿,先踞席上。正念无以侑酒,即敲杀之。家人益惧,士人割而煮食之,乃就寝,醉境晏然。明夜又有蟆十余枚小于前,复烹食之。明夜又得数十枚。夕夕增多,而益以减小。最后遂满屋充塞,不可胜食。士人胆气益振,一月后乃绝,举家亦无他异。

开 州 铜 铫

淳熙中,天台陈达善知开州,得一铜铫,阔径则三寸,下列三足,上有盖,其薄如纸,不知其为何用。或告之曰:"投食物于中,燃纸炬燎之即可熟。"陈试取猪肝,使庖人如常法治之,渍以盐酒,仍满注水,并一石子,自持一炬燎其腹。俄闻铫中汩汩有声,及炬尽,盖石子已糜熟。自是每夙兴用此法治食,食毕乃出视事。

楚 娘 悔 嫁

开封葛楚娘颇有姿色,矜己择人,议亲皆不允。一日,有村夫谋于媒媪曰:"闻楚娘有色,能为我得之,当谢子以千金。"媒媪往绐楚娘,夸其富比石崇,貌胜潘安。楚娘许之。及嫁,乃一村夫,须胡满面难寻口,眉目巉岏不似人。楚娘不悦,有少年嘲之曰:"堪怜白米掺稗子,可惜羊肉拌冬瓜。恼煞冰人忒说谎,泥中淹郁一丛花。"楚娘闻之,怨恨求去。其夫诣府陈状,判曰:"夫有出妻之条,妻无退夫之理。糟糠古不下堂,买臣之妻可耻;妍媸本系前定,媒妁合当掌嘴。且饶根究私情,二人押还乡里。"

天 怕 老 婆

《尚书》:"星有好风,星有好雨。"古注云:"箕星,东方宿也。东木克北土,以土为妻,土好雨,故箕星从妻所好而多雨也。毕星,西方宿也。西金克东木,以木为妻,木好风,故毕宿从妻所好而多风也。"由此推之,北宫好燠,南宫好旸,中央四季好寒,皆以所克为妻而从妻所好。偶述此义,有善谑者应声曰:"则是天上星宿亦怕老婆矣。"一座哄笑。

束 像 归 山

宋杨伯子为潮州守,治声赫然为三辅冠,士民相与肖像祠于学宫,与工部尚书戴少望并祠。伯子意不悦,会除浙东庾节,将行,辞先圣礼毕,与诸生坐于讲堂,命取所祠像来,题诗其上云:"面有忧民色,天知报国心。三年风月少,两鬓雪霜侵。更莫留形迹,何须问古今。不如随我去,相伴老山林。"遂卷藏而行。时有戏缀其尾云:"可怜戴工部,独树不成林。"（以上三则据柏香书屋本补）

无 边 風 月

《葵轩琐记》:唐伯虎《支颐集》作钱鹤滩。题妓湘英家匾云"風月无边",见者皆赞美,祝枝山见之曰:"此嘲汝辈为虫二也。"湘英问其义,枝山曰:"風月字无边,非虫二乎?"湘英终以为美,不之易。

又伯虎对门一富翁之母七十寿诞,求诗于伯虎,伯虎援笔书曰:"对门老妇不是人。"富翁见书而惊,又书曰:"好是南山观世音。"意稍释。第三句曰："两个儿子都是贼。"见之又不觉失色,续更书曰："偷得蟠桃献母亲。"富翁怏怏,持之而去。

驼 子 诗

《月下闲谈》有《驼子诗》云："哀哉驼背翁,行步甚龙钟。遇客先施礼,无人亦打恭。有心寻地孔,何面见苍穹。仰卧头难着,俯眠腹又空。虾身窘且缩,鼋背耸还丰。雨不沾怀内,臀常晒日中。娶妻须凸肚,搂妾怎偎胸。划石差堪拟,断环略可同。小桥称雅绰,新月肖尊容。赴水如垂钓,悬梁似挂弓。生前偏局蹐,死去也谦恭。"

予旧藏沈君玉橄榄核雕驼子一枚,棕帽胡须直身,肩有补顶,手持一扇,扇有诗四句云："一世无骄色,常年只鞠躬。对人能委曲,随处笑春风。"君玉图书一方。又有杨梅核雕猢狲一枚,眉口毕具,惜失之矣。

揽 田

崇明佃户揽田,先以鸡鸭送业主,此通例也。有张三者向施氏揽田,施曰："此田不与张三种。"既而张三取鸡馈之,施转语曰："不与张三却与谁?"张三曰："施相公如何顷刻间两样说话?"施曰:"方才这句话时无稽_鸡之谈,此刻这句话倒是见机_鸡而作。"

吴 王 相 谑

吾郡吴原墅面麻而须胡,莆田王玉峰口歪而牙豹。二人同部,王戏云："麻脸胡须,羊肚石倒栽蒲草。"吴应云："豹牙歪嘴,螺壳杯斜嵌蚌珠。"闻者鼓掌。江蓁萝作桃源李源野方伯、曹前阳金宪事。

冯 妇 解

《尧山堂外纪》:安福张鳌山督学江北,一门生往见,问:"老师试士中有俚文可作话柄者乎？”张曰：“吾在徐州，以冯妇善搏虎为题，一生云：‘嗟乎，冯妇一妇人也，而能搏虎。不惟搏也，而又善搏焉。夫搏虎者何？扼其吭，斩其头，剥其皮，投于五味之中而食之也，岂不美哉！’”士为之绝倒。

崇祯中，吕匪庵督学河南，试某县，以“汤使遗之牛羊”一段为题。一生云：“牛羊满阶，不以享亲之腹，而以实自己之喉咙，使其亲眼饱肚中饥也，不亦恨乎？”又为“渊驱鱼”文：“一鱼曰獭来矣，众鱼皆曰獭来矣。”沈伯叙先生从中州归，传述甚多，皆可喷饭，惜不能记忆也。曾见“吾于武成”二句文，一士云：“夫武城小邑也，而取二三策，则其书不亦多乎？”又陆介绥言一士作“夫妇之愚”两节文，篇中有云：“夫至大也，而妇能载之；妇至小也，而夫能破之。夫者上察下也，妇者下察上也。上察下察，鸢飞鱼跃之象也。”见者绝倒。

犬吠张三嫂

《青箱杂记》：郎中曹琰滑稽辩捷，一僧以诗卷投献，琰阅其首篇《登润州甘露阁》云“下观扬子小”，琰曰：“何不道卑吠狗儿肥？”次又阅《送僧之楚》云“猿啼旅思凄”，琰曰：“何不道犬吠张三嫂？”

阿婆脸不搽

嘉兴林叔大铺为江浙行省掾，贪墨鄙吝，颇交名流以沽美誉。其于达官显宦则品馔丰美，若高人胜士，不过汤饼而已。偶延黄子久公望作画，多士毕集，复以素点供客，诸士讥讪交作。叔大赧甚，揖潘子素纯题其画。子素援笔书一绝云：“阿翁作画如说法，信手拈来种种佳。好水好山涂抹尽，阿婆脸上不曾搽。”子久笑语曰：“好山好水谓达官显宦，阿婆脸不搽言素面也。”言未已，子素复加一句云：“诸佛菩萨摩诃萨。”众不解其意，子素曰：“此即僧家忏悔也。”哄堂大笑而散。叔大数日不见客。

愧　作　梁　山

《国史补》：李涛为弟瀚娶礼部尚书窦宁国之女，年甲稍高。花烛之夕，窦氏出参，涛辄望尘下拜。瀚惊曰："大哥风狂邪？新妇参阿伯，岂有答礼？"涛曰："我不风，误谓亲家母。"瀚惭。既坐，窦氏复拜，涛叉手当胸作歇后语曰："惭无窦建德，愧作梁山伯，喏喏。"闻者莫不绝倒。

化　妒　神　咒

扈统妻荀氏性妒悍，一日统梦神谓曰："天上有《化妒神咒经》一卷，自孔门三出妻之后，此经不行人间，今授汝，汝当谛听。"乃开缄展宝藏，朗诵。统俯伏听受，即能默记，每日清晨奉持。三日后，荀氏渐觉温柔，四十九日，荀氏病，口吐一物，黑如漆，似蛇两头，似蝎两尾。统不解何物，夜复梦神曰："此是汝妻妒根，今为佛力拔去，永无妒心矣。"妻病亦愈。

向年张浣心曾示一抄本，有《佛说怕老婆经》，今问之，亦不复记忆矣。

十　胡　子　语

冯犹龙先生有十胡子语，各引四书中哉字一句结之，录之以资谈笑。"胡子一，我未冠时你先出，是天下莫蚤于一胡子。一胡子曰：时哉时哉！""胡子二，一逢考试预先剃，是天下莫诈于二胡子。二胡子曰：岂予所欲哉！""胡子三，炒黑芝麻满面摊，是天下莫秽于三胡子。三胡子曰：此物奚宜至哉！""胡子四，拍子辫子无意思，是天下莫劳于四胡子。四胡子曰：予岂好辨哉！""胡子五，风吹倒卷如老虎，是天下莫猛于五胡子。五胡子曰：彼乌敢当我哉！""胡子六，朝朝夜夜防火烛，是天下莫险于六胡子。六胡子曰：水哉水哉！""胡子七,未曾吃粥你先湿,是天下莫累于七胡子。七胡子曰:尔焉能浼我哉!""胡子八,一场相打连根拔,是天下莫痛于八胡子。八胡子曰:是何伤哉!""胡子九,阴阳二毛称好友,是天下莫尊于九胡子。九胡子曰:焉得有其一以慢其二哉!""胡子十,下颏眶当摸弗出,是天下莫藏于十胡子。十胡子曰:且君之欲见之也何为也哉!"

短 而 伛

武德中,崔善为历尚书左丞,甚得时誉。诸曹恶其聪察,因其身短而伛,嘲之曰:"崔子曲如钩,随例得封侯。膊上全无项,胸前别有头。"

赵 璘 短 小

唐赵璘仪质琐陋,成名始婚,薛能为傧相,谑以诗,略云:"巡关每傍樗蒲局,望月还登乞巧楼。第一莫教娇太过,缘人衣带上人头。"又:"不知元在鞍鞯里,将谓空驮席帽归。"又:"火炉床上平身立,恰与夫人作镜台。"

任 佃 移 文

正德间,南充任佃以御史谪江陵知县。或有公移与邻县知县,辄称即将某人如何,某事如何。同僚不堪,因署其公移尾答之曰:"即将即将又即将,即将二字好难当。寄语江陵任大尹,如今不是绣衣郎。"佃见之默然。闻者为解颐。

村 学 传 误

曹元宠《题村学堂图》云:"此老方扪虱,众雏争附火。想当训诲间,都都平丈我。"语虽可笑,而曲尽社师之状。杭谚言社师读《论语》

"郁郁乎文哉"为"都都平丈我",委巷之言,习而不悟。一日宿儒到社中,为正其讹,学童皆骇散。时人为之语曰:"都都平丈我,学生满堂坐。郁郁乎文哉,学生都不来。"曹诗盖取此也。

點鬼赚牛头

《捧腹编》:艾子病热,稍昏,神游阴府,见阎罗升殿治事。有数鬼拥一人至,吏前白曰:"此人合以五百亿万斤柴于镬汤中煮讫放去。"王可之,令付狱。一牛头捽执之去。其人私谓牛头曰:"君之豹皮裈何敝若此?"牛头曰:"冥中无此皮,若阳人焚化方得。"其鬼又曰:"家中此皮甚多,若蒙狱主见悯,少减柴数,早得还乡,当焚十皮为狱主作裈。"牛头喜曰:"为女去亿万二字,则速得还,兼免沸煮之苦矣。"于是又入镬煮之,牛头时来相问,小鬼遂报柴足。既出镬,引见,阎罗释放,将行,牛头嘱曰:"勿忘皮也。"其人乃回顾曰:"有诗一首奉赠:牛头狱主要知闻,权在阎王不在君。减刻官柴犹自可,更求枉法豹皮裈。"牛头大怒,业已复王,无可奈何矣。

嘲续娶

陈鹿友起莘久馆常熟祝氏,会述常邑老儒某晚年再娶,钱蒙叟诸先生辈皆有诗文称贺。时孙扶桑先生承恩年十四,故作鄙俗七言一律曰:"寡妇今朝嫁寡公,生涯重整兴葱葱。竹床破箪咿哑响,旧灶新泥踢秃春。开口蛤蜊宽定宕,垂头麻雀瘆丁东。掀帷忽见窗楞白,勉强支腰又一通。"见者绝倒。顺治戊戌,先生遂魁天下。

表子及老

俗谓娼曰表子,嫖客曰及孤老。表对里之称,表子犹言外妇,及老犹言客人。秦以市贩多得为及,盖贩负之徒要雅作姻嫪。

私娼曰私科子,鸡雏所乳曰窠,即科也。《晏子春秋》:"杀科雉者不出三月。"盖言官妓出科,私娼不出科,如鸡雉之恋窠也。一作私货子,亦通。又名半瓶醋。

妓 家 祝 献 文

李卓吾《山中一夕话》载妓家祝献文曰:"伏以香焚宝鼎,烛插银缸,奉请勾栏土地、教坊大王、烟花使者、脂粉仙娘:弟子生长九江之上,侨居圣帝之旁。因无生理,买良为娼。今遇七夕令节,启建荤素道场。拜献本司圣众,愿祈如意吉祥。大姑常接有钱夃老,二姐广招多钞财郎。三姐房中时时舞弄狮子,四姐床上夜夜捉对鸳鸯。五姐忙兜兜迎新送旧,六姐急忙忙脱裤宽裳。七姐盐商包定,八姐木客连桩。九姐愿得富翁梳弄,十姐只求财主成双。厨厦春梅秋菊,常接个帮闲落剩之客;走动张三李四,频烧些净脚洗手之汤。合家利市,永保安康。谨疏。"形容鸨儿爱钞,曲尽其情。

方 士 大 言

一方士好大言,或问曰:"先生寿几何?"方士哑然曰:"余亦忘之矣。忆昔女娲之世,天倾西北,地陷东南,余尚童稚,居中央平稳之处,两不能害。因与群儿看伏羲,画八卦,见其蛇身人首,得惊痫,几不起,赖神农以草头药治余,幸不死。蚩尤犯余以五兵,因举一指击伤其额,流血被面而遁。苍氏子不识字,来求教,为其愚甚不屑也。庆都十四月而生,尧延余作汤饼会,余赠以生肖钱。舜为父母所虐,号泣于旻天,手为拭泪,劝勉再三,遂以孝闻。禹治水过余门,劳而觞之,力辞不饮。孔甲赠余龙醢,余误尝之,口腥臭,因辟谷。成汤开一面之网以罗禽兽,尝面笑其不能忘情于野味。商纣强余牛饮不从,置余炮烙之刑,七昼夜而言笑自若,妲己以为异而释之。姜家小儿钓得鲜鱼,时时相饷,余以饲山中黄鹤。后见夷齐饿于首阳,以麻姑所赠交梨、火枣并鱼遗之。穆天子瑶池之宴,让余首坐。徐偃称兵,天子乘八骏而返,阿母留余终席,饮桑落之酒过多,赖董双成、萼绿华两个丫头扶我归舍,沉醉不起。被楚汉争锋,咸阳三月火,杀声震天,以致惊醒。吕后害韩、彭诸将,余力谏不从。卒至三国分汉,南北两朝,上下佞佛,余言不入,与陶弘景辈隐居华阳,称山中宰相。唐明皇欲游月宫,召见便殿,适贵妃与安禄山洗儿钱,取视之,即余向所赠尧者也。陈桥兵变,太祖自立而还,大宴功臣,欲以杯酒释兵权,命余往说石守信等,弃职归山,觥筹交错,至今尚在醉乡。山中无历日,不知世上是何甲子也。"

坚瓠续集序

稼轩著《坚瓠》小史成四十卷，于古今轶见异闻事，所载略备。今复得续集四卷，何其才之不尽耶？盖书之有续，不自稼轩始也。《史记》、《三皇本纪》、《龟策传》皆续也。班氏《前汉书》亦以续而成。仲长统之《昌言》、桓君山之《新论》，又皆有为之续之者，谁曰不可哉？且夫续子长之书者出于君家少孙，续孟坚之书者为其兄女曹大家，续长统之《昌言》与君山之《新论》者一为董袭，其一即为孟坚，皆由他人踵而成之。而当子长、孟坚诸人之时，盖若有待而未遑者。独今日稼轩之书续之者即出自稼轩一人之手，此乃子长、孟坚诸人所深羡而未之有逮者也。因侍从过吴，稼轩出以相示，为续题其端如此。年家眷小弟孙致弥拜题。

续集卷之一

钻 燧 木

钻燧改火,四时而五木,盖先王取火法五行也。春属木,榆柳色青,以象木也。木生火,夏属火,枣杏色赤,以象火也。火生土,季夏属土,桑柘色黄,以象土也。土生金,秋属金,槐檀色白,以象金也。金生水,冬属水,柞楢色玄,以象水也。四时平分而土位在中宫,寄旺于四时。季夏者土之中位,故《月令》于仲夏之后则中央土,《素问》谓之长夏也。愚谓一岁统之为四时,分之为五行,五行各七十二日。土分王于四时之末,各分十八日,合之亦七十二日。总五行之七十二日合为三百六十日,而成一岁,乃所钻木色各从其时也。火久有毒,故四时改火。

上任忌正五九月

人家移居及官府上任每忌正、五、九月,远见《南史》,不知何解。《菽园杂记》云:宋尚道教,正、五、九月禁屠宰,新官上任祭告,应祀郊坛,必用宰杀,故忌之。贤奕载《释氏智论》:天帝释以大宝镜照四大神州,每月一移,察人善恶。正、五、九月照南赡部州,唐人于此三月不宰杀,不行刑,谓之断屠月。郎仁宝云:正、五、九月建乃寅午戌也,寅午戌属火臣,音为商,商属金,恐火之克于金,故忌之。

月 忌

每月初五、十四、二十三为月忌,凡事必避之。卫道夫云:闻前辈谓此三日即河图数之中宫五数耳。五为君象,故庶民不敢用。阴阳家书云月忌是廉贞值日,即独火星也,故忌之。

金　生　水

五行之生皆有至理,惟金生水为难明。《草木子》云:金者石中之精液,水出石中,故曰金生水也。《素问枢式》曰:水自西而东流,西金位也,故曰金生水。郎仁宝云:金为气母,在天为星,在地为石。星为气之精,石为气之形。水生于气之聚也,天地之气交则石生云而星降雨矣。按《天文志》以星动摇而为风雨之候,石津润而为雨下之征。此非金生水而气化之义钦?五行以气为主,故五行之序以金为首也。

五　弧

今人知桑弧而不知五方之弧。东方之弧以梧,其牲以鸡;南方之弧以柳,其牲以狗;中央之弧以桑,其牲以牛;西方之弧以棘,其牲以羊;北方之弧以枣,其牲以彘。见《新书》。

池　鱼　考

《风俗通》曰:"城门失火,祸及池鱼。"旧说:池仲鱼,人姓名也。居宋城门,城门失火,延及其家,仲鱼烧死。又云:宋城门失火,人汲取池中水以沃灌之,池中空竭,鱼悉露死,喻恶之滋并伤良善也。二说未知孰是。

十　贫　十　富

《支颐集》有十贫十富语:一要贫,学烧银。二要贫,学空门。当易买前程。三要贫,好相论。当易讼事兴。四要贫,好移坟。五要贫,置宠人。六要贫,陪女门。七要贫,宅舍新。八要贫,嫖赌频。九要贫,宴贵宾。十要贫,好赛神。

一可富,孝亲族。二可富,少奴仆。三可富,省追逐。四可富,效勤苦。五可富,守旧屋。六可富,长忍辱。七可富,粗衣服。八可富,养六畜。九可富,多粪土。十可富,没名目。旨哉斯言!

五　马

汉制,公卿皆驷马。《遁斋闲览》云:出为太守,增一马,故云五马。又《汉官仪》云:汉制,九卿二千石亦右骖,太守驷马而已。其加秩二千石,乃右骖,故云五马。陈眉公《群碎录》云:王羲之为永嘉太守,庭列五马,后人效之,遂以五马为太守美称。而《墨客挥犀》引"素丝组之,良马五之"为证,恐非。或云北齐柳元伯五子同时领郡,时称五马。恐亦非。

坐 地 席 上

古无凳椅,席地而坐,故坐字从土。《乡党》记夫子席不正不坐,齐景公问晏子曰"寡人坐地,二三子皆坐地,君子独塞草而坐"是也。古无桌,燕饮即设于席上。席上即地上之席也。至于祭先则置之豆间之地。今饮以桌而称坐地、席上,皆原于古之意欤?

梦 笔 生 花

梦笔生花,人知江淹梦得五色笔,由是文藻日新,不知先有晋王珣梦人授以如椽大笔,梁纪少瑜亦梦陆倕授以一束青镂管笔。唐李峤儿时亦梦人授以双笔,自是藻彩溢发;李太白亦梦笔生花,自是文章盖天下;五代马裔孙梦神手授二笔。

饮　墨

梁试进士,不中程者饮墨水一斗。北齐策秀才,书有滥劣者,饮墨水一斗。东坡《监试呈诸试官》:"麻衣如再着,墨水真可饮。"山谷云:"睥睨纨绔儿,可饮三斗墨。"此言胸中无墨,故以墨为罚。又《题子瞻画竹石》云:"东坡老人翰林翁,醉时吐出胸中墨。"王勃每属文,先磨墨汁数升,酣饮,引被覆面而卧,及寤,援笔成篇,不改一字,人谓勃为腹稿。

阑 干 十 二

《闻见厄言》载:南诏苗獠不解营宫室,倚树架木以居,四周用长木横阑之,每面各三,禁猛兽不得越而入,夜则驱合家男女偃息于其中。此所谓阑干十二也。后人唐人诗料,遂与流苏珠箔相附而行,谓是富贵家长物,岂复识为蛮獠荒陋之用乎?

阑 干 三 训

阑干有三义,如李太白诗:"沉香亭北倚阑干。"及诗中朱阑画楯,此木阑干,人人所知。若曹子建诗曰:"月落参横,北斗阑干。"注:"阑干,横斜貌也。"又薛令之诗:"盘中何所有,苜蓿长阑干。"阑干当作纵横意,长宜音常,今读掌音,直作木阑干矣,盘中字无着落。至《长恨歌》曰:"玉容寂寞泪阑干。"此阑干谓眼眶也。阅《韵会》等书,阑干有眼眶之训。

荒 亲

世俗以父母死不得成亲,而于垂死之日先行亲迎之礼,谓之冲喜。迨已死而娶,谓之乘凶,谓之荒亲。荒俗读作入声。然犹曰父母死娶妇以主中馈也。近有阀阅之家,父死七中停丧,忍痛出赘外家,居然衣锦食稻,其良心丧尽,为何似也。史称石勒禁在丧嫁娶,历代贤君反不禁止,何哉?

羊　沟

《荀子》"入其央渎",注:"中渎也。"谓今出水沟。今人称出水窦曰央沟,亦有本。《太平御览》引《庄子》逸篇"羊沟之鸡",羊沟不知何解。及读郎仁宝《七修》引《中华古今注》,谓羊喜抵触垣墙,为沟以隔之,故曰羊沟。然俗以暗者为阴沟,则明者为阳沟,更觉明白晓畅,但未见所出耳。

关 圣 庙 联

商丘宋文康公权过蒲州谒关侯庙,见一联云:"怒同文武,道即圣贤。"公以对句不工,思有以易之。偶午睡,梦侯告之曰:"何不云志在春秋?"公醒而书送侯庙。又广济张长人仁熙于他处侯庙见集唐一联云:"三分割据纡筹策,万国衣冠拜冕旒。"又京口三义阁一联云:"若傅粉若涂垩若点漆,谁谓心之不同如其面;忽朋友忽兄弟忽君臣,信乎圣不可知之谓神。"皆佳。又山西一友言侯庙中有一对:"赤面禀赤心,乘赤兔追风,间关中无忘赤帝;青巾对青史,仗青风偃月,隐微处无愧青天。"

巾字不若灯字。

公 不 如 卿

宋陈仆射俊卿谒九仙祠问功名,梦仙曰:"前程在黄公度口。"陈过黄,语其故,黄曰:"我状元,子榜眼。"陈曰:"君何尊己而卑人?"黄曰:"然则状元尔,榜眼我。"绍兴八年廷试,黄果状元,陈榜眼。及谒御,高宗问曰:"卿土何奇,辄生二卿?"黄曰:"披绵黄雀美,通印子鱼肥。"陈曰:"地瘦栽松柏,家贫子读书。"高宗曰:"公不如卿。"即改俊卿为状元。

观 音 像

《夷坚志》载:淳熙元年,吴江长桥侧居民郑媪,年八十余,独处茅檐之下，日丐于市，人颇怜之。敝衣粝食之外，蓄其剩余，藏于瓶，欲以画观音像。夏四月邻火延烧，所积一空。明日泣理故处，于烬中得瓶，略无损缺，而钱自熔成宝像，高一尺许，冠衣璎珞，杨枝净瓶，皆具工制巧妙，塑匠惊叹，以为莫能及。巨室王氏取去，营室严奉，留媪事香火，寿过百岁，绍熙中媪犹存。

白 血 无 血

人言白血无血，盖戏言尔。然史书实载其事：石广斩李子扬颈，无血，十余日而面色无异于生。见《石季龙传》。景僧录受刑无血。宋景平元年，魏陷虎牢，人被杀者不出血。并见《通鉴》。黄巢杀周朴，涌白乳尺五寸，巢又以剑斫懒安塔，亦涌白乳三尺。见《八闽志》。孙琳杀徐光而无血。见《搜神记》。宋建炎间，荆州长阳民妇向氏为贼皮仲所执，不受辱被杀，白乳自吭流至踵。《荆州记》。宋李廷芝死节，血无一点。见《韦居听舆》。汉军执一僧，取其银，复斩其首，白乳涌出。孔平仲《谈苑》。至正九年，王伯颜为福宁州户，被贼王善所执，叱降不屈，颈断，白乳如液。后以阴兵助元灭贼。见《元史》。元山东宣慰使董抟霄与毛贵战被杀，不见血，惟白气冲天。见《从信录》。正德七年，流贼陷上蔡，知县霍恩被执，骂贼见杀，颈断无血，白气缕缕若腾龙然。见《七修》。岂皆英烈忠贞而有此异耶？

三 步 五 步

人知曹子建七步成诗，不知更有三步、五步者。史载柳公权应诏赋《边城赐衣》，适时之作，无复停思，文宗曰："子建诗成七步，尔乃三焉。"又开元中史育上书自荐，谓子建七步，臣五步之内可塞明诏。明皇试以《除夕》、《上元》等题，育应口而成。《除夕》云："今岁今宵尽，明年明日来。寒随一夜去，春逐五更回。气色空中改，容颜暗里催。风光人不觉，移入后园梅。"明皇称赏，授左监门卫将军。时温庭筠才思敏捷，每入试，八叉手而八韵成。又《文笔襟喉》载：有人谒李贺，但见贺久而不言，唾地者三，而文已成三篇。其视三步、五步，则又间矣。

赤 口 煞

赤口，小煞耳。人或忤之，率多斗讼，至值寅、巳、酉、戌，断不可用，余亦无害。盖四位所属皆能以口伤物，其煞他位值之不必尽避。愚以为值子、申二辰亦宜忌。

替 代

今人患病笃延道士作醮祈禳，以纸印人形伏于胸间，名为替身，鄙俚之极。《闲窗括异志》载：荆南都头李遇病困，魂至阴司，有一相识先死者曰："常侍安得来此？"遇具道所以。俄又有一人曰："追到李遇。"遇遂苏，见妻子环泣，身下卧一画人，号为替代云。乃知此事已久，各处皆然，不独吾苏也。

养 公 嘱 蜂

郑龙如《耳新》曰：云严僧贮蜂三年不出蜜，养公至，见而问曰："蜂蓄几何年？收几何蜜？"僧曰："三年无半点。"养公乃嘱蜂曰："蜡可燃灯，蜜可供佛。代尔忏悔，无妨少出。"是年出蜜不下五六十斤，自是生生不绝。

窑 变 佛 像

《筠廊偶笔》：常熟窑变罗汉，在方塔寺内，高五六寸，瘦甚，跣足趺坐，顶上骨缝隐然，两齿出唇外，如生人，慈悲之意可掬。长安慈仁寺窑变观音以庄严妙丽胜，此以奇古胜。寺内青魃菩萨，即睢阳张公巡，赤发蓝面，口衔巨蛇，如夜叉像，视之不可解。或曰公自矢死为厉鬼杀贼，此盖厉鬼像云。

鹁　梧　丁

《玉照新志》载：宋太学生张行简醉卧西湖，为女怪所迷，要与入城，妇曰："可寻鹁梧丁二枚，贴于钱塘门，则吾得入矣。"张问何物，曰："杖疮膏药也。"如言贴之，遂偕入城。

独　妇　山

《越绝书》载：独妇山去会稽四十里，勾践将伐吴，徙寡妇至独山者，以为死士，示得专一也。《吴越春秋》作独女山，云勾践以诸寡妇淫泆过犯，皆输山上。士有忧思者，令游山上，以喜其意。此说近是。

女　　闾

《齐记》载：管子治齐，置女闾七百，征其夜合之赀，以充国用。此即教坊花粉钱之始也。又《论语》有"归女乐"之文，亦出于齐，其女闾之余乎？管仲相桓公，匡天下，而立女闾之法，宜为圣门之童所羞称也。

上　　巳

三月上巳，采兰水上，祓除不祥，载于《后汉书》。周草窗曰：上巳当作十干之己，盖古人用日例以十干，如上辛、上戊之类，无用支者。若首午尾卯、首未尾辰，则上旬无巳矣。故王季夷嵋《上巳》词云"曲水溅裙三月二"者可证。

吴中以上巳蛙鸣则无水患，故谚曰："三月三个虾蟆，禁口难开。"范大成诗云："薄暮蛙声连晚闹，今年田稻十分收。"

九　　福

天下有九福，京师钱福、眼福、屏帏福，吴越口福，洛阳花福，蜀川药福，秦陇鞍马福，燕赵衣裳福、美女福。《珍珠船》云："不到长安辜负眼，不到两浙辜负口。"又云："江陵号衣冠薮，人言琵琶多于饭甑，措大多于鲫鱼。"

成都十二月市

《成都记》：正月灯市，二月花市，三月蚕市，四月锦市，五月扇市，六月香市，七月七宝市，八月桂市，九月药市，十月酒市，十一月梅市，十二月桃符市。

女　　须

《鸡肋编》载：唐李光弼之母有须数十，长五寸许。《宋史》载：都下朱节妻须长尺许，徽宗赐为女冠。《七修》载：洪武初，南京齐化门东街达达妇人有髭须，长尺许。《庚巳编》载：弘治末，应山县女子生须，长三寸余，见邸报。予里人卓四者商於郑阳，见主家一妇美色，颔下有须三缕，长数寸，人目为三须娘。《开州志》载：正德十三年，临河城靳氏女将笄忽生须，长四寸许，剪之复出。

腹　裂　生　子

《夷坚志》载：淳熙中，建康杜屠妇于左胁下裂腹生子。《客座新闻》载：成化辛丑，祝枝山作甲午。凤阳宿州张珍妻王氏有孕，当产，脐下右侧痛不可忍，一日忽裂，生男。御史周蕃闻于朝，官为给养。《从信录》载：嘉靖辛酉，真定民妇于右胁下产一男。马弦庵《闻见录》：万历癸巳，吴中李翰林大武家杨文妻裂腹下右里股，生一男子，母亦无恙。《异苑》载：晋义熙中，魏兴李宣妻樊氏怀妊，过期不孕，而额上有疮，儿穿之以出，名胡儿，长为将。

人 与 物 交

《文海披沙》：槃瓠之妻与狗交。汉广川王裸宫人与羝羊交。灵帝于西园弄狗以配人。真宁一妇与羊交。沛县磨妇与驴交。杜修妻薛氏与犬交。宋文帝时，吴兴孟慧度婢与狗交。利州妇与虎交。宜黄袁氏女与蛇交。临海鳏寡与鱼交。章安史悝女与鹅交。突厥先人与狼交。卫罗国女配瑛与凤交。陕右贩妇与马交。宋王氏妇与猴交。《耳谈》：临安有妇与狗奸。京师有妇与驴淫。荆楚妇人与狐交。乃知宇宙之大，何所不有。

天 干 地 支 谜

甲集得《颠倒不自由天干谜》，戏作《闺情地支》以配之。辛未夏，见赵恬养《解人颐》已有《闺情地支》，喜其先得我心，附录于左。"实指望百年好事成姻眷，谁知儿女缘悭缺半边子。纽丝儿不觉和肠断丑，待要卜金钱演卦前川，只恐水儿流不到砚池边寅。忽听柳阴中聒噪新蝉，又被伐木丁丁响小园卯。黑漫漫一声霹雳空中震，霎时间云收雨散辰。抽身起，独自走，只见绿遍山原巳。也曾许我急整归鞭，到于今抛却前言午。昧心人那管红日西沉，孤灯闪闪未。本待向神明将他埋怨，且卸衣衫一晌眠申。直等到酒阑人倦，泪珠儿滚滚似水如泉酉。梦魂中，越音倏。地里走向阳台戌。骇得人纵辔扬鞭，猛可里急忙忙马儿都不见亥。"用骨牌名隐天干云："一枝花，卑人一点不容夸甲。梅梢月，似钩空把郎心挂乙。火烧眉，一人在内恨冤家丙。蝶恋花，向短亭闲耍丁。鱼游春水，茂林芳草不须加戊。锦屏风，将杨妃半遮己。满堂红，照不到高唐脚下庚。槅子眼里盼伊家，可立在十字街儿上辛。踏梯望月，瞥见士头差壬。倘得个将军挂印，奴自揆才情少，恐难配着他癸。"用曲牌名隐地支云："好事近，半夜女儿生子。更漏子，听鸡鸣丑。下山虎，伏神光退寅。香柳娘，抛闪木兰亭卯。点绛唇，掩却樱桃小口辰。十二时，刚轮一半，夏初临拨草来寻巳。朱奴儿，藏头不见人儿面午。珍珠帘，将玉人半掩形和影未。二郎神，告退衣巾申。沽美酒，点水无存酉。越恁好，走向花丛觅弹子戌。耍孩儿，半刻须分亥。"近得毛序始天干地支谜四则，天干谜一拟命书，一拟课引。其命书云："此造天干不杂，五行相称。四时之气咸备，可谓十全之格。细推运道，向如身处匣中，颠倒不得自由，今交申运，方是出头之日甲。逢九之年，防有失脱，必撇得去方妥乙。然赖内助有人，一无所损丙。将来添人进口，何所不可丁。家事草创，到头来自然茂盛戊。交酉运帮身，金土配合己。得水为助，岂止小康而已庚。为人能自立，作事胜人十倍辛。却肯代人任劳壬，但未必名登科第。欲求发达，须去持弓挟矢，当有天然遇合癸。"其课引云："此卦本属乾天，变成坤体，首爻落空，不但有土崩之势甲，且有瓦解之疑乙。内中一人丙，切不可与角口丁。事在欲成未成之间戊。只恐巴不就己，终属荒唐，若无闲口舌，亦可望八分庚。辞不得劳苦做去辛，莫信任旁人壬。倘发始之初，有二人相助，便可邀天之幸，其事十全矣癸。"地支谜云："学向上，近孔孟子。何事非君，偏不学伊尹丑。穴居亦如宇宙大寅。遁去田间不留影卯，欲振衰微恐无才辰。尾大不掉已难正巳，许人以身且莫言午。一木岂能胜大任未。东方无一人着脚申，不如高卧西山稳酉。只嫌茂草多点污戌，顷刻将刀芟除尽亥。"又："孤男苦无女，好事终难就子。五体原来阙不全，笑君无脚又无口丑。家下有八人，田产止一亩寅。仰求于人被抛撇卯，人当厄时己怎救辰。且顾己之前，莫管己之后巳。呼我以牛应以马午，本来面目还辨否未。未能事人以求伸申，焉能事鬼以露丑酉。操戈待卜功不成戌，小人假充不能久亥。"

嫁　祸

明初金陵上清河一带善崩，高皇患之。人言猪婆龙窟其下，故尔为患。时工部欲闻于上，又疑猪犯国姓，辄称大鼋为害。高皇恶其同元字，命渔人捕之，杀鼋殆尽。先是渔人用香饵引鼋，鼋凡数百斤，一受钓，以前两爪据沙，深八尺许，百人引之不能出。一老渔谙鼋性，命于受钓时用穿底缸从纶贯下覆鼋首，鼋用前爪抵缸，不复据沙，引之遂出。金陵人语曰："猪婆龙为殃，癞头鼋顶缸。"言嫁祸也。

钟 祥 淘 河

《异识资谐》：钟祥令某观运石砌堤岸，以尺量地，诸青衿在侧，令命对曰："尺量地面，地长尺短短量长。"青衿沉吟不就。有一肿颈舟子抵前，对曰："船载石头，石重船轻轻载重。"令嘉而问之，恍惚化一淘河飞去。

桤 木

四川有木名桤，其华可爱。王守溪一日问蜀士曰："桤木韵书音楷，而王荆公则曰音欹，当何从？"士曰："当从欹。庶人皆识之。"因举荆公诗曰："濯锦江边木有桤，野园封植仁华滋。地偏幸免桓魋伐，岁晚还同庾信移。"守溪悦服。

员 音 运

陆鲁望诗："赖得伍员骚思少，夫差刚免似荆怀。"宋人小说谓陆之博学而误呼伍员名，岂趁韵耶？杨升庵谓员音运，本无前训。惟唐员半千本刘凝之十世孙，因齐受禅奔元魏，自比伍员，改姓员，名半千。唐世谣曰："令公四俊，苗吕崔员。"以后证先，知员之音运也。愚按《左传》伍员音云，陆诗似未误。

白 起 蜈 蚣

《辍耕录》载：元时凤翔王皮冥中证白起坑赵降卒事甚悉，朝廷闻之，差进士卨哲督察。九成书之，以著为将嗜杀之戒。《武林纪事》

载：洪武己酉，杭吴山三茅观雷击白蜈蚣一条，长尺许，广二寸，身有殷色楷书"秦将白起"四字。又《金陵琐事》载：正德庚辰，守备大监富紫泉屠一猪，猪腹上有"秦将白起"四红字。富曰："此白将军也。"遂命埋之。为将嗜杀，可不戒哉！

李 林 甫 奸 报

《文海披沙》载：元和中，惠州震死一娼，朱书其胁"奸相李林甫"。又宋绍兴元年，汉阳蔡氏女被雷震死，背有文曰"唐相李林甫"。《涌幢小品》载：永乐中，云南赵州雷震一夷人，朱判其背曰："木子唐朝一佞臣，罚他千劫在牛群。而今逃脱为夷卒，霹雳来寻化作尘。"火烙字曰"李林甫"。又《七修》载：杭城陆允诚烹鸡，而鸡背宛然有"李林甫"三字。

秦 桧 猪 牛

《异识资谐》载：万历丙子，京口邹汝璧游于杭，见屠猪者去毛尽，猪腹有五字曰"秦桧十世身"。又万历戊戌，凤阳城三十里外朱家村雷震死一白牛，火燎毛尽，背有"秦桧"二字，深入皮中。又康熙中，震泽某同友游武陵，适屠家宰一猪，蹄上有"秦桧"字，并肺管上亦有其名。众竞往观，无敢买者。某毅然买之，同行者皆窃笑，彼乃令仆煮蹄及肺熟，携至岳王庙，率众罗拜，对神祷祝，祝毕，恣啖。闻者大快。夫桧误国陷忠，六七百年，犹受豕戮雷诛。阳罪止于一时，阴罪乃至千百载，可不畏哉！

长 生 草

长生草生墙垣上，结红果，治喉病神效，名金锁匙。永嘉张璁以世庙病喉，累日不语，诸医奏药不效，忧思不寝，绕庭独步。有里人以解粮至京，与奴有识，因宿相府，窥见，问得之，曰："小人能治。"张曰："当用何药？"曰："玉喉须用金锁匙始开。"张曰："安得此嘉语？殆天启之也。"即令治药而以奏御。药进稍解，旋进旋效，官太医吏目，赐钞二锭。始来受朴于邑令，及还抗礼于庭矣。又吕文安本里居亦病喉绝粒，有樵人过门，闻其故，自陈能治，其家皆笑。相闻唤入，饮药立解，即前草也。吕大喜，令其子中舍葵阳拜之曰："是生汝父也。"问有家否，曰："有老母，恃柴旦暮耳。"给田一区。问有妇否，曰："母且不能赡，安能增口。"因出诸婢使择，谬指一婢，乃吕所悦者，遂具装奁与之。先是遇相人曰："汝三日后当得贵人大财，且得美妇。"后果然。

水 神 求 物

吕端奉使高丽，过洋祝曰："回日无虞，当以金书《维摩经》为谢。"比回，风涛辄作，遂取经沉之，闻丝竹之声起于舟下。陈尧咨泊舟三山矶下，梦一老叟曰："来日当覆舟，公慎勿渡。"翌日果然。夜复梦曰："我江中游奕神也。公当大贵，故来相报。愿求《金光明经》一部。"公与之，叟拜谢。王荣老过扬子江，风涛暴作，投玉麈、端砚、虎帐诸物，皆不应。王视黄山谷书、韦应物诗曰："我尚不识，鬼宁识之耶？"取以投之，香火未收，水光如镜。嘉祐中，一贵人携韩幹画马渡采石，风涛大作，数日不得行。祷于水神，梦神求画，献之，风乃止。水神亦好古董，政可发一笑也。

御 史 河

松江由嘉定入海，江口淤塞百年，民受其患。吉水龙遵叙以御史左迁嘉定尹，到官叹曰："事孰有甚于此者。"即日亲莅其地，召父老讲求水利。逾月，尽疏通之。复开支河五百余所，利及旁县，民号御史河。时掘得碑长尺余，上曰："得一龙，江水通。"

飞 来 佛 寺

杭州飞来峰，人所共知，不知佛与寺亦有飞来者。《碣石剩谈》

载：兴国大乘寺有石佛，俗相传为飞来佛。清远县峡山有飞来寺，相传寺自舒州飞至此者。

银 河 使 者

《异识资谐》：嘉靖初选妃，中选者群入官舍，而王都堂徐夫人与焉。是夜徐梦天神谓曰："吾遣银河使者引汝归家，汝夫婿二品，何为居此？"既觉晨起，忽鹊啄其额，血流痛不可忍，遂得送出，归家血痛顿已。后归王而封二品夫人。

金 陵 铜 陵

万历中，时贤共会滕王阁。客问费文孙："贵郡有铅山，又有玉山，铅与玉政何以别？"费未及答，时曾端甫在坐，应声曰："天下有金陵，亦有铜陵，请问金与铜之所以分。"众大笑，称其敏捷。

散 粥 施 药

嘉靖甲辰，朝廷于京师每岁一月日散粥米二百石，施药六千囊。粥则人给一杓，可三五口供也。药则衣金者百丸，并符篆汤方各一纸，以白绫作袋，上刻印板云"凝道雷轩施"，内贮银五分、铜钱十五文，计价二钱。惠下之心至矣。雷轩盖世宗道号也。

桐 收 汗

唐兴善寺素和尚院有紫桐，素手植也。至夏有汗污人衣，不可浣。元和中，郑相国与公卿数人避暑于院，恶其汗，谓素曰："伐此桐，植一松可也。"及暮，素祝桐曰："我种汝二十余年，汝以汗为人所恶，今若复汗，必伐汝为薪。"后遂无汗。素不出院，转《法华经》三万七十部，夜常有貉子栖桐上听经。有僧玄幽题曰："三万莲经三十春，半生不踏院门尘。孤桐信祝收残汗，野貉听经得化乘。"

桐花凤

成都夹岷江矶岸多植紫桐，每春暮，有灵禽五采，小于燕，来集桐花，以饮朝露，俗名收香倒挂鸟。李之仪咏《阮郎归》词曰："朱唇玉羽下蓬莱，佳时近早梅。探花情味久安排，枝头开未开。　芳魂欲断恨难裁，香心休见猜。果如何逊是仙才，何妨如梦来。"又《隐蛮》诗云："五色丰衣比凤雏，深丛花里只如无。美人买得偏怜惜，移向金钗重几铢。"盖此鸟以十二月至，牲极驯，好集美人钗上，宴客终席不去，人爱之无所害。

杜鹃考

古来诗人皆传杜鹃为蜀望帝魂所化，左太冲《蜀都赋》云："鸟生望帝之魂。"杜宇者，望帝名也。杜少陵亦云："古时杜宇称望帝，魂化杜鹃何微细。"又："我见常再拜，重是古帝魂。"及观《华阳蜀志》云：蜀王杜宇号望帝，好稼穑，治郫城。会国有水灾，其相开明决玉垒山以除水患，帝遂禅位于开明，升西山隐焉。时适三月，蜀人悲之，闻子规之鸣，即曰望帝，遂号子规为杜鹃。盖鹃为捐弃之意也。其实非魂化之谓。

喜鹊恼鸦

世人喜鹊而恶鸦，故称鹊曰喜鹊，鸦曰恼鸦。不知鸦亦兆祥，鹊亦致祸。明兴献帝适郢邸，抵潞河，鸣鸦蔽野，世庙卒，继大统。已载《兴志》。《异识资谐》载：鄱阳舒春芳，嘉靖甲辰春闱榜发，其家老鸦数百扛其屋角兽起，复置故处，如此数次。明日泥金报至。祝珵美言：康熙癸卯八月十三，先君诞辰，余在闱中，家人具果馔供星君，祝寿，忽有二鹊飞入中堂，各衔一烛而去。人咸为子登科之兆，孰知先君十二月十三日无疾而逝。康熙甲子,沈韩倬太史家日有喜鹊数十,飞集庭中,攫所晒物,至拔其盆兰殆尽。未几太史遂卒。

华阳王味一云:老鸦当作恼鸦,对喜鹊而言。杨椒山以鹊报喜为佞,鸦报凶为忠,故喜鹊而恶鹊,殊有理。

青 田 核

乌孙国有青田核,如五六升瓠,空之盛水,俄而成酒。宋有刘章者得二枚,集宾设之,一核才尽,一核又熟,可供二十客。又谢端遇天汉素女,遗以螺壳,贮米常不乏。又《代醉编》载:巴东下岩院主僧于水际得一青磁碗,折花供佛前,花满其中,更置少米,经宿亦满,钱及金银皆然。僧恐孙徒益增罪庈,携弃江中。

酴 醾 露

酴醾海国所产为盛,出大西洋国者,花如中州之牡丹。蛮中遇天气凄寒,零露凝结,着他草木乃冰澌木稼,殊无香韵,惟酴醾花上琼瑶晶莹,芬芳袭人,若甘露焉。夷女以泽体腻发,香味经月不灭。国人贮以铅瓶,行贩他国。

蚌 珍

《异识资谐》:大观中,吴兴邵崇益剖一大蚌,中有一罗汉像,偏袒右肩,矫首左顾,衣杖毕具,僧俗创见,遂奉以归孝感寺。寺临清流,游客传玩之余,不觉跃入水中。亟祷佛求之,烟波渺茫之中,一索而获。叶少蕴、曾公衮有诗以纪其异,公卿和者甚多。又郑龙如《隽区》载:天启丙寅,乌程双林镇蚌忽出珍,人剖一蚌,内有珍珠八仙及珍珠寿星。又一人持二蚌出水,将及岸,忽坠其一,再觅不得。取所存剖视,有珍珠象棋十六枚,与坠水者必一副也。其人累岁求之,终不能得。

《筠廊偶笔》载：归州香溪多五色石子，有宦其地者，于溪中得一石子，大如斗，内隐然有物，剖之得石鸳鸯雌者一枚。三年后又渡此溪，随手取一石，与前石子略相似，剖之则雄鸳鸯在焉。因琢为双杯，宝用之。

羿 射 九 乌

《异识资谐》：乌最难射，羿一日射落九乌，言射之捷也。后世不得其说，乃言羿射日落九乌，遂以为十日并出，羿射落其九。流俗好奇而传怪，文士循名而袭谬，自昔已然。

香 猪

袁小修《珂雪斋柿肺录》载：万历庚戌冬，比邻邓星得偿债猪一口，数日不食，方砺刃欲杀之，忽异香满室，遍觅之无有，细闻乃从猪身出也，耳目口三处尤香。小修闻而惊异，往视之，猪适在门，殊驯扰，以手摸之，香气酷烈，若零陵香然，手至次早香犹馥郁。感而作《香猪赞》。香猪至甲寅十月中死，荼毗之异香远闻云。

物 现 佛 身

鳖中有仙，前集载之备矣。万历丁未，遂昌县民宋甲剖鳖，中有比丘，端坐握摩尼珠，衫履斩然。《酉阳杂俎》载：隋炀帝嗜蛤，蛤中有一佛二菩萨像。又唐文帝蛤中有观音大士像，送兴善寺。《续夷坚志》载：史丞相蛤中有二佛相，螺髻璎珞，足踏莲花。史饰以金玉，送入佛寺。《异识资谐》载：邵崇益剖蚌中有罗汉像。《隽区》载：双林镇蚌中有八仙及寿星像。《夷坚丙志》载：郑伯膺监楚州盐场，于蚌内得观音像，姿相端严，珠琲璎珞，杨枝净瓶，无不具备。又于蟹圈内有鬼判，毛发森立，怪恶可畏。郑皆藏之。又载：余干谭曾家蚕茧中有小佛像，状似入定观音。《杂记》载：唐询家鸡卵中有菩萨像，坐莲花。弘治末,崇明县民鸡卵中有猕猴,更奇。

神 鹰 录

嘉禾守杨公继宗为人端庄勇决,爱民礼士。会郡饥荒,死者相踵,公悯念既深,不及关白司道,发仓赈之,全活万计。仇家以事上司道,以擅支仓库少给多侵为辞,行文按公。及展牍,狂风起庭中,有群鹰数十丛集,嘬牍飞上,或爪或喙,牍纸纷然碎矣。司道怒曰:"鹰亦忤我乎?"遂白抚院,方下舟,群鹰复至,怒睛奋翅,驰逐飞鸣,若詈辱之状。司道怒,命卒缯猎之。弩者弹,弓者箭,网者丝,用物虽多,而罗绕益众,卒莫能退。中一老鹰迅掷而下,司道急以手蔽,而竟攫其纱帽而去。众鹰亦复爪喙申文,又纷然碎矣。司道骇异返驾,事遂得寝。公在郡九年,风雨调和,祯祥叠见。及满去,七邑男女攀车挽留,士夫为制《神鹰录》以传其德政。

临 江 狐

景泰中,临江富人陈崇古有果园,委一人守之,贩鬻利息,皆由其手。其人年可三十许,颇修整,独处园中。一夕有美姬来,自言能索酒食共酌,且求欢。其人疑而扣其居止姓名。终不答,但曰:"与君有缘,故相从耳。"遂与狎,每夜必至,情密如夫妇,亦不问其从来也。邻人怪其居常有人声,窥见以告崇古。崇古以其费财也责之,其人抵讳,因请崇古算计,曾无亏漏,更加诘问,乃吐实。崇古亦任之。是夜姬来曰:"汝主人谓吾诱汝财耶?"因言:"吾非祸君者。今世上如吾者无虑千数,皆修仙道,吾事将就,特借汝阳气助耳。更数日,缘分满足,吾亦不复留此矣。"他日来,痛饮致醉,谈谑益甚,其人挑之曰:"子于世间亦有所畏乎?"姬以醉望情,且以交久无复防虞,答曰:"吾无所畏,惟吾睡时有光绕身,人欲不利于吾者,一蹴此光,吾已惊觉,终不能有所加也。所可畏者,人若远立,以口承其光而徐吸之,则彼得寿而吾祸矣。"其人唯唯。俟其去,逆而从之,遥见其跄仆田中,往就视,姬睡正熟，果有光照如日。其人依言吸之，觉胸臆隐隐热下，光尽乃归。明日往视，乃有老狐死焉。其人年百二十余尚在。

翠　碧

江东有小鸟，色青似翠，能入水取鱼，谓之水狗，亦名翠碧。陆鲁望诗曰："红襟翠翰两参差，径拂烟华上细枝。春水渐生鱼易得，不辞风雨坐多时。"《石林诗话》又名鱼虎，崔德符诗曰："翠裘锦帽初相识，鱼虎弯环掠岸飞。"今惟莫愁湖中有之。

续集卷之二

十 二 生 肖

地支属十二物，人言取其不全者，然庶物岂止十二不全哉！郎仁宝云：地支在下，各取其足爪于阴阳上分之。如子虽属阳，上四刻乃昨夜之阴，下四刻今日之阳；鼠前足四爪象阴，后足五爪象阳也。丑属阴，牛蹄分也。寅属阳，虎五爪。卯属阴，兔四爪，且无唇也。辰属阳，龙五爪。巳属阴，蛇舌分且无足也。午属火，马蹄圆。未属阴，羊蹄分也。申猴五爪，酉鸡四爪也。戌狗五爪，亥猪蹄分也。又云：子为阴极，幽潜隐晦，以鼠配之，鼠藏迹也。午为阳极，显明刚健，以马配之，马快行也。丑为阴也，俯而慈爱生焉，以牛配之，牛有舐犊。未为阳也，仰而秉礼行焉，以羊配之，羊有跪乳。寅为三阳，阳胜则暴，以虎配之，虎性暴也。申为三阴，阴胜则黠，以猴配之，猴性黠也。日生东而有西酉之鸡，月生西而有东卯之兔，此阴阳交感之义，故曰卯酉为日月之私门。辰巳阳起而动作，龙为盛，蛇次之，故龙蛇配焉，龙蛇变化之物也。戌亥阴敛而潜寂，狗司夜，猪镇静，故狗猪配焉，狗猪持守之物也。又《戴冠笔记》：浙江参政左赞曰："十二生肖俱以足上趾爪奇耦分配，或以子肖鼠，鼠足爪前耦后奇，何也？"予曰："可见取象极精。盖子乃阴极生阳，又在夜半，万物皆息之时，惟鼠独动，若阴中有阳，静中有动。丑牛，牛蹄分为耦。寅虎，虎五爪为奇。余无不然。独巳肖蛇，蛇固无足，又何取义？盖巳在月乃纯阳之月，在时乃纯阳之时，故用蛇以象之。蛇乃阴物，且舌分，不用其足，而象已著。《易》曰：'乾为马，坤为牛'马蹄圆，牛蹄拆。亦此义也。"

六 神 考

朱雀、玄武、青龙、白虎之名，见于《曲礼》。其云前后左右，则黄帝布阵画诸旗帜以指挥兵士,究其义指四方星宿之形似而言也。盖以翼井为冠,轸如项下之嗉,南方火,其色红,故谓之朱鸟。乃玄武则以虚危如龟,而腾蛇在虚危度之下,位西北。其色玄,神有鳞甲,见武象焉,故谓之玄武。宋真宗避祖讳改玄为真,名曰真武。世所奉真武像,实北方玄冥水神也。而以角为角,以心为心,以尾为尾,东方木,其色青,故谓之青龙。以参有四足如虎,西方金,其色白,故谓之白虎。

六壬甲乙青龙,丙丁朱雀,戊己勾陈,庚辛白虎,壬癸腾蛇。玄武盖壬癸北方,兼龟蛇二象。卜者以腾蛇无位,遂分戊为勾陈,己为腾蛇。不知戊己为中央土,必属勾陈,若强分腾蛇于己,是以中央为北矣。一说壬起腾蛇,癸起玄武。盖壬为阳水,以腾蛇之雄配。癸为阴水,以玄武之雌配。不易之道也。但勾陈不知何物,宋仁宗以麒麟为勾陈。一云勾陈天马也,一云勾陈天上神兽,鹿头龙身。《乐书》云:枳之色有五,东青龙,西白虎,南赤凤,北玄龟,中央画黄螾。螾,蚯蚓也。未知孰是。

二 十 八 宿

二十八宿,《史记·律书》宿有秀、肃二音,考之《释名》云:"宿,宿也,言星宿各止其所也。"《说苑·辨物》云:"二十八星所谓宿者,日月五星之所宿也。"王充《论衡》云:"二十八宿为日月舍,犹地有邮亭为长吏廨矣。"《晋·天文志》云:"四布于方各七,为二十八舍。舍者,有止宿之意。"观此则宿字止当读如本音,今乃音秀,此何理也? 又《懒真子》:《尔雅》云:"寿星,角亢也。"注云:"数起角亢,列宿之长。故有高抗之义。俗音刚,非也。""天根,氐也。"注云:"角亢下系于氐,若木之有根,其义如《周礼》'四圭有邸',《汉书》'诸侯王邸'之邸。今音低,亦非。"西方白虎而觜参为虎首,故有嘴之义,今音訾,误矣,当以本字呼之。

历 中 九 宫

历中九宫,天蓬星太乙,坎水白;天内星摄提,坤土黑;天衡星轩辕,震木碧;天辅星招摇,巽木绿;天禽星天符,中土黄;天心星青龙,乾金白;天柱星咸池,兑金赤;天任星太阴,艮土白;天英星天乙,离火紫。见《唐会要》。九宫七色之说,出于《乾凿度》,云伏羲时龙马出河,戴九腹一,左三右七,二四为肩,六八为膝,五居其中,谓之九宫。其色则一六八为白,二黑,三碧,四绿,五黄,七赤,九紫。今历中每月列于下方,谓之飞九宫。

人　日

《北史》:魏帝宴百僚,问:"正月七日,何故名人日?"众不能对。魏收曰:"晋议郎董勋曰正月一日为鸡,二日为猪,三日为羊,四日为狗,五日为牛,六日为马,七日为人。时邢劭在坐,亦甚恶焉。"按东方朔《占年书》谓其日晴则所生之物育,阴则灾。杜少陵诗:"元日至人日,未有不阴时。"用此。又八日为谷,关系尤重,而人罕及之。

古人人日贴人形于帐,亦登高。晋李充正月七日有登郊山寺诗,桓温参军张望有七日登高诗,元魏东平王翕七日登寿张县安仁山刻铭于壁。

四 时 皆 迎

古者迎春与出土牛原是二事,迎春以迎阳气,出土牛以送阴气,迎春在立春之日,出土牛在季冬,与傩同时。合而为一,不知起于何时。

古人四时皆迎,春则迎春于东郊,夏则迎夏于南郊,秋则迎秋于西郊,冬则迎冬于北郊,《月令》可见。今止迎春,则夏、秋、冬之迎,又不知废于何时也。

古者诸侯迎春东郊,齐曰放春,见《管子》。楚曰发春。见楚词。《汉书》:太守有行春、班春之文。

元 夕 灯 火

元夕灯火,例止三夜。《西都》:京城有金吾,晓夜传呼以禁夜行,惟正月十五敕许金吾弛禁,前后各一日,灯明若昼。《侯鲭录》:京师上元放灯三夕,钱氏纳土,进钱买两夜,今十七、十八是也。宋王咏《贻谋录》载:乾德五年正月,诏曰:"朝廷无事,区宇乂安,方当年谷之丰登,宜纵士民之行乐。其令开封府更放十七、十八两夜灯。"及考《开元传信录》:明皇御勤政楼大酺,纵士庶观看,人物喧填,终五日宴酺。则十七、十八盖唐故事,亦非始宋乾德中也。又故事,三元皆张灯,太宗淳化元年诏罢中元、下元灯。

耗　磨　放　偷

正月十六日古谓之耗磨日,官私不开仓库。唐张说诗云:"上月今朝减,流传耗磨辰。还将不事事,同醉俗中人。"金与元国俗正月十六日谓之放偷,契丹呼为鹘里叵,华言偷时也。是日各家皆严备,遇偷至则笑而遣之,虽妻女车马宝货为人所窃,即获得亦不加罪。闻今扬州及黔中尚然。而燕地正月十六夜之走街,恐亦遗俗也。

送　　穷

高阳子衣敝食糜,正月晦日巷死,世于是日作糜,弃破衣,祝于巷口,名送穷除贫鬼。

唐人以正月下旬送穷,姚合诗云:"万户千门看,无人不送穷。"韩退之《送穷文》亦云:"正月乙丑晦,主人使奴星结柳作车,缚草为船,载糗与粮,三揖穷鬼而告之。"至今池阳风俗,以正月二十九日为穷九,扫除屋室尘秽,投之水中,谓之送穷。

寒　食　禁　火

清明前禁火,谓之寒食。苍龙大火,司令惧火旺,故禁火以抑之。隋李崇嗣有"普天皆灭焰,匝地尽藏烟"句。元稹《连昌宫词》自注:"京师寒食火禁,以鸡羽入灰,焦者罪之。"《周礼·司烜氏》:"仲春,以木铎修火禁于国中。"《礼记·郊特牲》:"季春出火为禁火。"禁火之义,昭然可征。俗以介推为据。按《左传》、《史记》并无子推被焚事,惟《周举传》太原士民冬辄寒食一月,则似子推寒食乃在于冬。又并州俗以子推五月五日焚死,乃不举饷寒食,则似子推焚死又在于夏。两者未知孰是。

扫　墓

祭扫之仪,因于《礼记》,宗子在他国,庶子无庙,孔子许望墓为坛,以时祭祀。此其本也。吴中于清明前后率子女长幼持牲醴楮钱祭扫坟墓,虽至贫之,亦备壶醪豆豕。间有族人祭无嗣孤冢,女夫祭外父母者。纸灰满谷,哭声哀戚,有古淳俗之风。洞庭山又以馂余燕诸族人,亲友互相庀具,壶觞腾涌,欢呼鼓腹,祭先睦俗之诚,又他乡之所不及。

唐明皇诏:寒食上墓,《礼经》无文,近代相承,浸以成俗,编入五礼,永为定式。

修　禊

禊有春禊、秋禊,王逸少兰亭修禊,此春禊也。刘桢《鲁都赋》:"素秋二七,天汉指隅,人胥祓禳,国子水嬉。"用七月十四日。《汉书》:"八月祓于灞上。"盖秋禊也。又《西京杂记》载:高祖与戚夫人正月上辰出百子池边灌濯,食蓬饵,以祓邪。三月上巳,张乐于流水。则汉正月已有修禊事。《隋志》:北齐正月晦日,中书舍人奏祓除泛舟。皇帝乘舆,与王公登舟置酒,士女悉临河解除,湔裳裙,酬酒于水湄。唐景龙四年正月晦,上幸沪水,宗楚客应制诗:"御辇出明光,乘流泛羽觞。"则正月祓除亦泛觞,与上巳同,春盖两禊也。

大 尽 小 尽

月满三十日为大尽,少一日为小尽。月之尽日,犹年之除夜也。宋朱希真避地广中,作《小尽》诗:"藤州三月作小尽,梧州三月作大尽。哀哉官历今不颁,忆昔升平泪成阵。我今何异桃源人,落叶为秋花作春。但恨未能与世隔,时闻丧乱空伤神。"又宋人以腊月二十四日为小节夜,三十日为大节夜。今称小年夜、大年夜,古今语大略相同。

浴　　佛

佛以周昭王二十四年甲寅四月八日生于母之右胁,十九岁于四月八日夜半逾城往雪山入道,又六年四月八日成佛。

《岁时记》:荆楚诸寺四月八日设斋为龙华会,以都梁香为青色水,郁金香为赤色水,丘隆香为白色水,附子香为黄色水,安息香为黑色水,以灌佛顶。大慧禅师浴佛上堂语云:"今朝正是四月八,净饭王宫生悉达。吐水九龙天外来,捧足七莲从地发。"

僧　尼　结　夏

《岁时记》:四月十五日,天下僧尼就禅刹挂褡,谓之结夏,又谓结制。盖夏乃长养之节,在外行恐伤昆虫草木,故九十日安居。《什苑宗规》云:"祝融在候,炎帝司方,当法王禁足之辰,是什子护生之日。"至七月十五日,应禅寺挂褡僧尼皆散去,谓之解夏、解制。内典云:西方结夏时以蜡为人,其轻重相等,解夏之后,以蜡人为验,轻重不差,则为定念而无妄想,否则血气耗散,必轻于蜡人,故谓之戒蜡。

端　　五

《广莫野语》:鸿胪高少卿五月四日寿辰,其子棠折束相订,笺尾曰"端四日具"。因晓之曰:"五日谓之端午,四日亦可称端耶?事涉俗传而无根由者,不可形之纸笔。"又比类谆谆者数事,因其从余门也。后见《武林旧事》载端午一条:先日命学士院进帖子如春日,内禁排当,例于朔日,谓之端一。据此则端四亦未必无凭。默愧者久之。《天中记》：仲夏端五，烹鹜角黍。端，初也，谓五月初五日。

洪容斋《随笔》：唐玄宗以八月五日为千秋节，宋璟表云："月惟仲秋，日在端午。"张说上《大衍历》，序云："谨以开元十六年八月端午献之。"则似凡月五日皆可称端午也。

角　　黍

以屈原五月五日投汨罗江而死，裹饭祀之。《风土记》：端午日以菰叶裹粘米、栗枣、灰汁煮熟，谓之粽。一说开元宫中造粉团及粽，以小角弓射之，中者方食，故曰角黍。宋以菖蒲或缕或屑泛酒，章简公端午帖子云："菖花泛酒尧尊绿，菰叶萦丝楚粽香。"

天 地 合 日

道家以五月十六日夜子时为天地合日，夫妇当异寝，违犯者必死。故世以为忌。《老学庵笔记》云：元祐七年，哲庙立后。太史以人主与后犹天地也，特用五月十六，法驾出宣德门行亲迎之礼。将降诏矣，皇太妃持以为不可，上亦疑之。宣仁以为此语俗忌耳，非典礼所载，遂用之。后诏狱既兴，宦者遂请废后以弭此祸，上意亦不可回矣。

伏

《历忌释》曰：伏者，何也？金气伏藏之日也。四时代谢，皆以相生，立春木代水，水生木，立夏火代木，木生火，立冬水代金，金生水，惟立秋以金代火，金畏火，故至庚日必伏，庚者金也。从夏至后第三庚为初伏，第四庚为中伏，立秋后初庚为末伏，谓之三伏。

盂 兰 盆

七月十五日，僧尼道俗诸寺院为盂兰盆会，皆主佛经目莲救母于是日，以百味著盆中供佛，但不解何谓盂兰盆。《释氏要览》云：盂兰犹华言解倒悬。似有救母之说，而盆字无着落。后见《老学庵笔记》云：故都于中元具素馔享先，织竹为盆盂状，贮纸钱于中，承之以竹，迨焚倒，以视方隅而占冬之寒暖。向北则寒，向南则温，向东西则寒温得中。谚云："盂兰盆倒则寒来矣。"晏元献诗云："家人愁潦暑，计日望盂兰。"乃知盂兰盆本风俗祀先，全无佛氏之意。《梦华录》亦云：以竹斫成三脚，上织灯窝，谓之盂兰盆。买素食擦米饭享先以告，报秋成。则盂兰盆实起于风俗，而目莲救母之事或符是日，遂讹而为目莲事，亦未可知。

落　　帽

孟嘉为桓温参军，九日温宴龙山，僚佐毕集，风吹嘉帽落地，嘉不觉，温戒左右勿言。嘉良久如厕，温令取还之，命孙盛作文嘲焉。

登高落帽事，不独孟嘉。《泰和山志》载：有落帽峰，汉神仙戴孟于此飞升，落帽于上。下有石桥。

小 至 小 岁

淮人岁暮，家人宴集，曰泼散，韦苏州曰："田妇有佳献，泼散新岁余。"杜少陵有《小至》诗，说者谓冬至前一日为小至。《周甸》曰："冬至阴极，故曰小至。"陆务观《笔记》云："冬至前一日亦可称除夕。"《岁时杂咏》：卢照邻《元日述怀》云："人歌小岁酒，花舞大唐春。"是以元日为小岁。

《西域诸国志》：天竺以十一月十六日为冬至。

傩

傩系古礼，夫子见之犹致敬焉。后汉季冬先腊一日大傩，谓之逐疫。其仪选中黄门子弟年十岁以上、十二岁以下百二十人为侲子,又二为傩公、傩母,皆赤帻皂服,黄金四目,蒙熊虎皮,执戈扬盾。中黄门行之,仆射将之,以逐恶鬼。于禁中寝殿前燃蜡烛,燎沉檀,荧煌如昼。上与后妃观之,赏赐甚多。

《东都赋》:"卒岁大傩,驱除群厉。"吕览注曰:"大傩,逐尽阴气,为阳导也。"《建康记》:岁除行傩,结党连群,通夜达晓,家至户到,责其迎送。孙兴公尝戏为傩,至桓宣武家乞酒食以为戏。宣武见其应对不凡,推问之,知是兴公,众为绝倒。《梁书》:傩谓之野雩。曹景宗尝为野雩戏。今吴中以腊月一日行傩,至二十四止。丐者为之,谓之跳灶王。

草青为岁

《松漠纪闻》:女直旧绝小,正朔不及,其民皆不知纪年,问之则曰:"我见草青几度矣。"盖以草一青为一岁也。《蒙古录》:彼国初无庚甲,其俗每以草青为一岁。人问其年,则曰几草青矣。见月圆为一月。若见草青迟迟,方知是岁有闰也。又记其年,春秋则曰草青草枯,记其月,朔望则曰月满月缺。

《传灯录》:二十二祖摩拏罗至月氏国,鹤勒那问祖,曰:"我止林间已经九白。"印度以一年为一白,九白盖言九年也。

月满为一月

《代醉编》:中国以月晦为一月,而天竺以月满为一月。《唐西域记》:月生至满谓之白月,月亏至晦谓之黑月。又十二月所建,各以所宜二十八宿名之,如中国建寅建卯之类。故夏三月自四月十六日至五月十五日为额沙茶月,即鬼宿之星名也。自五月十六日至六月十五日谓之室罗代拿月,即柳星名也。自六月十六日至七月十五日谓之婆逵罗钵陀月,即翼星名也。黑月或十四日,或十五日,月有大小故也。

十 四 十 九 月

《代醉编》：商雒鼎十有四月，蔡君谟以问刘原父，原父不能对。《吕氏考古图》器铭有十三月、十九月，敦牧铭惟王十年十有三月，《卮言》云十三月或是闰月。按《史·历书》注岁十有二月有闰则云十三月，其说亦通。若十四月、十九月无所考。或谓嗣王逾年未改元，故以十四、十九月数耶？

《穀梁传》注："闰月为丛残之数。"又郑龙如《耳新》：历家以闰月为天纵。

木 工 禄 寿

《皇明通纪》载：成化十七年三月，工部左侍郎食一品俸蒯祥卒。祥，吴县人，木工也。父福能，大营缮，永乐中为木工首，以老告退，祥代之，营建北京宫殿。正统中，重建三殿。天顺末，作裕陵。成化间委任尤专，自工部营缮所丞累升至前官，复加禄至从一品，赠祖父母，荫二子，一为锦衣千户，一为国子监生。卒年八十有四。王元美《异典述》载文臣异途有工部左侍郎蒯义、右侍郎蒯钢、蔡信、郭文英，俱以木工，工部左侍郎陆祥以石工，而无蒯祥名，岂偶遗之耶？

蜈 蚣 入 腹

蜈蚣入腹最难出。叶继熙《临桂杂志》：一人夜炊火，有蜈蚣在吹筒中，惊窜入喉，渐下胸膈，用生鸡血灌之，更饮菜油盏许，以蜈蚣畏油故也。遂恶心，蜈蚣并油血吐下，续服雄黄水，获安。昔吾郡张冲虚医多奇效，有道人炊，误吸火筒中蜈蚣入腹，痛不可忍。张命碎生鸡子数枚，取其白啜之，良久，问其痛稍定，复啖生油，须臾大吐，则鸡白与蜈蚣缠束而下。盖二物气类相制，入腹则合为一也。人服其得医意云。

蚰蜒入耳

北方有虫名蚰蜒，类蜈蚣而细，好入人耳，食人脑髓。一人昼卧，蚰蜒入耳，初无所苦，久之觉脑痛，莫可为计。偶据案熟睡，家人具餐，有炙鸡，梦中忽喷嚏，觉鼻中有物出，视之，见蚰蜒在鸡上。除之，脑不复痛。张子和《十形三疗方》：蚰蜒入耳，用猫尿灌之立出。取猫尿用生姜擦猫耳即得。一人枕桃叶，有虫自鼻出，形如瓮嘴，人皆莫识。

嫁　杏

宋李冠卿家有杏树，花多不实。一媒姥见而笑曰："来春与嫁此杏。"冬至，媒姥忽携酒一尊过云："是婚家撞门酒。"索处子一裙腰系杏树，祝曰："青阳司令，庶汇惟新。木德属仁，更旺于春。森森柯干，簇簇繁阴。我今嫁汝，万亿子孙。"祝毕，奠酒而拜。来春结子果多。圃人于元旦日初出时，反斧班驳锤枣树数下，祝曰："汝若不实，我必伐汝。"名曰嫁枣。又有嫁李法。于元旦五更将火把四面照看，以小石镇于枝间，亦名嫁李。江淮间又有嫁橘法，但其说不传。

草木得四时气

《近峰闻略》载：枇杷秋而萌，冬而花，春而实，夏而熟，得四时之气，他物无与类者。近观《易统通卦验》云：苦菜生于秋，更冬历春，至夏乃成。又麦亦秋种夏熟，备四时之气。是又未尝无类也。又荞麦叶青花白，茎赤子黑，根黄，具五方之色。又周公墓有模木，其叶四时代色，春青夏赤，秋白冬黑，色得其正。孔子墓上有五味木，以其木具五味也。又《酉阳杂俎》载：祁连山有如何树，亦四味。其实如枣，以竹刀剖则苦，以木刀剖则酸，以芦刀剖则辛，以金刀剖则甘。此即仙家所谓火枣也。

淮 水 神 猴

《水经》载：禹治水至淮，淮神出，见形一猕猴，爪地成水。禹命庚辰执之，遂锁于龟山之下，淮水乃平。至明高皇帝过龟山，令力士起而视之，因曳铁索盈两舟，而千人拔之起，仅一老猴，毛长盖体，大吼一声，突入水底。高皇帝急令羊豕祭之，亦无他患。

表 逸

书传中有载其事而轶其名者甚多，如达巷党人乃项橐，见《汉书》注。毁即墨与阿大夫者乃佞臣周破胡，见《烈女传》。馈食子胥，胥行反顾投水而死者，乃溧阳黄山里史氏女，见《李太白集》。楚庄王绝缨之会，牵美人衣裙者乃蒋雄，见《群谈采余》。都督阎公之婿会滕王阁欲作赋者，乃吴子章，见《摭言》。《赤壁赋》客有吹洞箫者，乃绵竹道士杨世昌，见吴匏庵诗。他如鲁两生、田横客名，湮没而不彰者，正多也。

李 杜 齐 名

李、杜齐名有六，汉李固、杜乔，李云、杜众，李膺、杜密，唐李峤、杜审言，李白、杜甫，李商隐、杜牧。少陵诗"李杜齐名真忝窃"，用范滂母"汝今得与李、杜齐名，吾复何恨"语，范母特指膺、密，少陵则借以自寓己与太白也。洪容斋《四笔》载四李、杜，而不及峤、审言。郑龙如载五李、杜，而不及云、众，岂偶遗之耶？

仙 白 蝠

叶法善谓张果老为上古蝙蝠之精。《仙家纪源》云：千岁蝙蝠，血肉皆白，得而食之，形神不灭。唐李泌从肃宗之蜀，于梓潼境获一白蝠，大如苍鹰，蒸食之，遂能辟谷。后泌竟以此仙去。又曰蝙蝠千年能变化，不为鬼神制缚。昔有为蝙蝠说者曰：凤凰生日，群鸟悉贺，惟蝠不至。凤讯之，蝠曰："我有足能走，兽也，不为羽族寿。"麒麟生日，群兽皆贺，蝠亦不至。麟讯之，蝠曰："我有翼能飞，禽也，不为毛虫寿。"迨麟凤会，间言及蝙蝠，相与叹曰："世上那有这等躲避奸滑的禽兽！"此虽善谑，亦足警矣。

愈骨鲠咒

凡骨鲠者，用碗水虚空以手指写"天上金鸡叫，地下草鸡啼，两鸡并一鸡，九龙下海，喉咙化如沧海"二十五字，口诵七遍，饮此水愈骨鲠。又书"鸟飞龙下，鱼化丹丘"八字亦佳。此见《二酉谈余》，试之果效。

治汤火咒

《夷坚志》载：俚巫蹈汤火者多持咒语，其咒云："龙树王如来，授吾行持北方壬癸禁火大法。龙树王如来，吾是北方壬癸水，收斩天下火星辰。千里火星辰必降，急急如律令。"咒毕，手握真武印吹之，用少许冷水洗，虽火烧坏或疮亦可疗，为人拯治辄效。

咒　语

山行念"仪方"二字可却蛇虫，念"仪康"二字可却狼虎，念"林兵"二字可却百邪。夜行念主夜神咒曰"婆珊婆演帝"，可避恶梦。赌博时念"伊谛弥谛弥羯罗谛"万遍，则赌博必胜。又渡江河者朱书"禹"字佩之，免风涛。

漳河曹操墓

国朝鼎革时，漳河水涸，有捕鱼者见河中有大石板，旁有一隙，窥之黝然，疑其中多鱼聚，乃由隙入，数十步，得一石门，心怪之，出招诸捕鱼者入。初启门，见其中尽美女，或坐或卧，或倚，分列两行，有顷俱化为灰委地上。有石床，床上卧一人，冠服俨如王者。中立一碑，渔人中有识字者就之，则曹操也。众人因跪而斩之，磔裂其尸。诸美人盖生而殉葬者，地气凝结，故如生人，既而门启，漏泄其气，故俱成灰。独操以水银敛，其肌肤尚不朽腐。故云疑冢之外尚有一冢，藏君尸也。

澄 心 堂 纸

建业澄心堂，即今内桥中兵马司遗址也。李后主时制纸极光润滑腻，古人书画多藉之，故刘贡父诗云："后人闻名宁复得，就今得之当不识。"梅圣俞诗云："静几铺写无尘埃。"又云："堪入右军迹，惭无幼妇词。"刘原父云："断水折圭作宫纸。"王文正公云："鱼涸肯数荆州池。"王元祯尝散步月下，至内桥，因诵诸诗，想见此纸之妙。

黄 堂

世传苏州与开封、河南三府俱称黄堂，余则否。盖以河南为中都帝畿，开封则封疆广大，苏州则赋税甲于天下，故各得以黄堂称。不知天下郡治皆名黄堂。《湘素杂记》："天子曰黄闼，三公曰黄阁，太守曰黄堂。"又《后汉书》注云："黄堂乃太守之厅事。"据此则黄堂为太守厅事之通称也明甚。且俗又云：苏郡府堂以数失火，涂以雄黄，故云。

灯 婢 烛 奴

唐宁王夜于帐前列木刻矮婢，各执华灯，自昏达旦，目为灯婢。申王每夜聚宴，香刻童子，绿衣束带，使执画烛，目为烛奴。二王同时，行事如此，殊觉风雅。然传记载之，以为奢侈。严分宜父子溺器皆用金银铸成妇人而空其中，粉面彩衣，以阴受溺，甚矣！

妒 虐 之 报

《缥囊杂志》载：吕后死而为母鸡。《文海披沙》：赵飞燕死而为鼋。贾南风死而为蝎。梁郗后死而为蟒。李蛰宠姬化为斑蛇。武则天死后，纳于大瓮，万蝎螫之，后化为鼠。宋李后死，雷火焚其殡宫。椒房妒虐之报如此，何况民间。

一 至 十 字

今官私文书，一至十字用同音画多者。盖明高皇时，开济在户部所定，以防奸胥改窜之弊。壹、贰字音义俱同，肆、伍、陆、玖、拾字音同义异。叁字字书所无，盖以参字微变之。然古语勿贰以二，勿参以三。《考工记》"参分其股"，《汉志》"参分横一"，则参可作三也。柒亦无字。按束皙赋"朝列九鼎之奉，夕宿柒娥之房"。枀古七字，《太玄》七政亦作枀，何不用枀而用柒乎？捌字见《急就章》，农器也。

神 荼 郁 垒

今俗元旦置桃符于门，左书神荼，右书郁垒，所以辟祟也。按《风俗通》：黄帝时有神荼、郁垒兄弟二人，性能执鬼。则神荼当左，郁垒当右。《东京赋》云："守以郁垒，神荼副焉。"则似郁垒当左，神荼当右。《括地图》曰："度朔山尖桃树下有二神，一名郁，一名攊。"高诱注《战国策》又曰："一名余舆，一名郁雷。"为说不一，备书之以俟博识者。

李太守烛奸

松江太守李某性廉明，发奸如神。有妇人讦其夫通海作乱，李问妇与夫为结发否,妇言:"夫虽结发,然谋反事大,恐害及妻孥,故来出首。"李曰:"当即拘究。"妇出,李乃判状封付吏曰:"状虽准,且莫行牌,三日内有人来探问此事,即拘来见我。"至三日果有人来问前日妇人首夫事,状已面准,何不行拘。吏绐之曰:"牌已送签,少待即当领出。"其人果留。吏入白守,守命拿其人,令吏持所封状来,使之自开。状中判曰:"妇告夫,世所无。来问者,是奸夫。"其人见之失色。守严讯之,果与妇奸而诬陷其夫者,遂并妇正法。

石匣双鸭

《异识资谐》:江右邓某好青乌术,卜一吉地,乃在豪家池中,度不可得,因画策收布数千匹往鬻他郡,故若跌者,尽坠池中,诣豪家乞地晒布。复属贮之,久不往,而豪家渐贫,布皆耗废。度其尽,始往索,则无可偿,因下说词,以池归己为灌圃资。券成辄<small>斗忽</small>与。水,深数尺,见一石匣,中有二鸭,一飞去,一为掘者折足。即葬匣中,实土成坟,邓遂贵显,第每代有一跛者,至今称双鸭邓家。

六燕乙鸿

《九章算术》:五雀六燕,飞集于衡,衡适平。一雀一燕而异处两端,则雀重而燕轻。又张献曰:鸿飞天首,辽远难明。越人以为乙,楚人以为鸿。故陆佃《谢吏部尚书表》有云:"六燕相停,试铨衡其轻重;乙鸿辽远,欲审别其飞翔。"

肉 芝

长洲漕河之滨有农妇治田,见湖滩一物,白如雪,趋视之,乃一小儿手,连臂约长丈余,惊走报其夫。夫往看,怪而挜之,根不可穷,乃折而弃之湖。尝读《神仙感遇传》曰:兰陵萧静之掘地得物,类人手,肥润而红,烹而食之,逾月发再生,力壮貌少。值道士顾静之曰:"神气如此，必尝仙药。"指其脉曰："所食者必肉芝也，寿等龟鹤矣。"

葫 芦 仙

王疎庵以少司徒罢归，一日其媵剖葫芦，中有一仙人，长寸许，衣冠伟然，其家争问以休咎，及疎庵出处。曰："公后当作大司徒，迁冢宰，勋名两茂，一代柱石。"忽失所在。公因祀之，家绘葫芦仙图。其后登迁果然。

简 板 尺 牍

古人与朋侪往来，以漆板代书帖，又苦其漏泄，遂作二板相合，以片纸封其际，故曰简板，或云尺牍。

上古结绳而治，二帝以来，始有简策，以竹为之，而书以漆。或用版以铅画之。故有刀笔铅椠之说。刀笔者，记事于简，误则以刀削除之也。

古者以三尺竹简书法律于上，所谓刑书也，故曰三尺法。桓宽《盐铁论》有二尺四寸之律，意同。

尧 民 击 壤

尧民击壤，壤以木为之，前广后锐，长四寸，阔三寸，其形如履。将戏，先侧一壤于远三四十步，以手中壤击之，中地上壤为胜。盖古戏也。

腊 忌

人之初生，以七日为腊。人之初死，以七日为忌。一腊而一魄成，故七七四十九日而七魄具。一忌而一魂散，故七七四十九日而七魂泯。《易》曰："精气为神，游魂为变。"

纸 锭 化 真 金

郑龙如《偶记》：南州有兄弟二人，贫窘日甚，闻人谭天雨金事，乃日夜作痴想。邻有轻儇子厌其状，造一大纸锭，夜静携置其门，急敲数下而去。弟启户出视，寂无人，见有物朗然耀目，举之不能动，急呼其兄起，共舁以入，至明视之，则真金，家遂富裕。

指 甲 珊 瑚

《异识资谐》：浙有士人，一指忽痛不可忍，其中指甲间生一珊瑚，高二寸，血色，气缕成海市，人物城郭戈矛，人与己皆见。其人嗜饮烧酒，医家谓火所吐幻景，服以大黄稍减，久服遂绝。

放 生

放生之说，不独禅家，吾儒亦有之。下车泣罪，大禹之放生也。网开三面，成汤之放生也。钓不网，弋不射宿，宣尼之放生也。此皆仁心为质，随触而见，若有意以出之，便与本体无涉矣。今之俗禅不达禅理，谓多买鱼鸟放生，便可证佛。捕者希重直益肆渔猎，适以滋物之扰。何如海阔从鱼跃，天高任鸟飞，至仁无仁之为得也。《北史》李谐之对梁武曰："不取亦不放。"斯真善放生者矣。

海 南 鬼

海南有鬼，兽种人形，黧色，长不满三尺，解人言，不食烟火，入山能取琪南异香及诸珍宝。海南人多购而蓄之。欲购者必先令其相，果有分得宝，鬼则抱其膝首肯，约指相随几年，不则摇手去之。人得之，择日始遣，置小锯斧与之，啖以果食尽饱，携斧锯去。或经年，或数月，或旬日，以取果之多寡为去时之久近。返则导主人往其处，奇香异宝,无所不有。约满更依他人,留之不得。

西　楼　记

袁韫玉《西楼记》初成,往就正于冯犹龙。冯览毕,置案头,不致可否。袁惘然不测所以而别。时冯方绝粮,室人以告,冯曰:"无忧,袁大今夕馈我百金矣。"乃诫阍人勿闭门,袁相公馈银来,必在更余,可径引至书室也。家人皆以为诞。袁归,踌躇至夜,忽呼灯,持百金就冯。及至,见门尚洞开,问其故,曰:"主方秉烛在书室相待。"惊趋而入,冯曰:"吾固料子必至也。词曲俱佳,尚少一出,今已为增入矣。"乃《错梦》也。袁不胜折服。是记大行,《错梦》尤脍炙人口。

方　正　学

成祖靖难后,命方正学^{孝孺}草诏。正学麻衣陛见,执笔书一"篡"字曰:"万世后脱不得此字。"成祖犹好言慰之曰:"此吾家事。"正学骂不绝口。成祖曰:"汝不怕夷九族耶?"正学曰:"即夷十族何妨?"命逮其亲族至,缚而戮之。正学面不动色,唯骂詈而已。至缚其弟孝友,正学乃泪下。孝友作诗曰:"吾兄何必泪潸潸,取义成仁在此间。华表柱头千载鹤,旅魂依旧到家山。"遂夷其九族,而夷师友一族以足十族之数,谓之瓜蔓抄。

贿　中　为　猪

太仓顾宁人言:一夕梦入文庙,见猪一队,数几及千,押之者乌纱大衣,若广文先生也。中有一猪独人面未改,近视则其故姐夫孝廉刘某。骇问何以致此,泣曰:"生前因行贿得中,累罚为猪以祀先圣。凡累累同行者,皆吾等辈耳。"噫,欺圣盗名,罚固允当,但目前营营苟得者不少,恐先圣亦不可胜食也!

鼻 孔 蟢 蛛 蜂

楚京山令家儿妇,忽感异疾,鼻孔流蟢蛛无数,肤内隐隐百虫蠕动,如蜻蜓、蝴蝶之类,究不知何疾。逾半岁乃愈。或谓其家宅地故饶乔木,因建宅伐去,多伤鹊巢蚁穴,是其为祟也。又一大贵夫人,鼻准上生一瘤,大如龙眼,有细声,治疗莫效。一日忽破血流,飞出一花细腰蜂,绕窗而去,其瘤遂落,亦无他恙。又一僧膝间生一疮,痛刺不可忍,以为热毒,内外攻治,百方不效。一医窥内有蜈蜂,用细钳拔出旋愈。夫蜂螫入则肿,而兹乃于人为巢,不亦异乎?

续集卷之三

寓 简 论 易

宋沈作喆著《寓简》十卷，其论《易》多佳语，如极否时能约己厚下，则否倾为益。取否上一爻而益其下，非益乎？交泰时或剥下奉上，则泰过为损。取泰下一爻而益其上，非损乎？虽益䷆也，损下而益上，斯为否䷋矣。虽损䷨也，损上而益下，斯为泰䷊矣。盖天下治乱，戒其损益而已。

未 见 录

《天都载》载：屈谏著《未见录》，中多佳语。如泰太也，世治太甚而将反也，故圣人处泰而益惧。又曰：《唐·五行志》云：取财过度则阴失其节而水溢，母气虚则子气泄也。又曰：五行之气，其一旺者其一衰，故土木之工兴而金必竭，况一衰而二旺乎？谏又著《答客问》一书，其中商确时务，亦多可采。是必留心经世者，惜不载其何时何地人。

朝 鲜 试 文

马仲履曾见朝鲜试文，其二论，一谓汉高祖置太公于俎上而不顾，而乃为义帝发丧，是岂移孝为忠之道？一谓韩退之不得遂行道之志，故感二鸟而作赋，初非有羡光荣之心。二说皆可味。

食 枣 齿 黄

《养生论》："齿居晋而黄。"注不能解。近观《医说》引《遁斋闲览》

云：倪彦及宦太原，云土人喜枣，贵贱老少尝置枣于怀袖间，等闲探取食之。缘食枣故齿多黄，叔夜所谓"齿居晋而黄"是也。吾子行曰：晋人喜食枣，若粤人之啖槟榔，味甘伤脾，故齿黄也。

文士苦心

司马长卿作赋，意思萧散，不复与外事相接。沈约有攒心之僻，曹植有呕反之论。任末削荆为笔，克树汁为墨，夜依林木，望月映星。左太冲门庭溷厕皆置笔砚。周大朴作诗，属思不续，坠落坑堑不觉。朱詹吞纸实腹，抱犬而卧。孙敬折柳写经，睡则悬头于梁。郑灼患热，以瓜镇心，便起诵读。崔浩留心经术，至梦与鬼争议。崔融为文，下直，马过其门而不觉。孟浩然终日苦吟，眉毫尽去。贾岛马上推敲，误冲京兆节而不知。王摩诘苦吟，至走入醋瓮。是皆文士苦心，犹云夫子发愤忘食之意。至扬子云赋《甘泉》，研精殚思，梦肠出而殢。郭路定旧说，绝于灯下。李广勤学，使心过度，心神辞去而没。郑樵依阳道州读书月余，与论《国风》，傥不能往复一辞，遂缢。陶冶性灵，何至以身殉之。风云月露，幻出一座北邙山，诸公直是痴汉，宜乎梅圣俞羡老兵醉卧为快活，老兵不识字为更快活也。

文公好学

杨诚斋贻朱晦庵书曰："得书知股肱之疾移及腹心，是在医法，顾不察耳。脏神不曰孰使我饥渴之不恤者，非书耶？孰使我劀目镂心、椎胸搯肾者，非书耶？某屡陈囊砚椟笔之方，而以水投石，谂知酷嗜在此。"又戏跋晦庵《楚词解》云："注《易》笺《诗》解《鲁论》，一帆径度浴沂天。无端又被湘累—作灵。唤，去看西川竞渡船。"按《传灯录》：大耳三藏，具他心通。南阳忠国师欲验之，三藏云："国师是大善知识，何得在西川看竞渡？"诚斋用此以戏之。

文 信 国

文信国_{天祥}既赴义,是日大风扬沙,天地尽晦,咫尺不辨。自后连日阴晦,宫中皆秉烛,群臣入朝亦列炬前导。世祖悔之,赠公太保、中书平章事、庐陵郡公,随设坛致祭。丞相字罗行初奠礼,忽狂飙旋地起,吹沙滚石,不能启目,俄卷其神主于空中,隐隐雷鸣,如闻怒声,天色愈暗。乃奏改前宋少保、右丞相、信国公,天复开霁。此事甚奇,见郑龙如《偶记》,而正史及公集皆不载。

谒 寿 星

《偶记》载:巴陵老人年百八十岁时,觞客举乐。毛侍御过其地,闻之,乃屏骑往观。见阶前数人,皓首苍颜,年可百岁,不知孰为老人也。问之,则皆老人子。老人后出,问客何姓名,侍御云:"姓毛名伯温,特来谒寿星耳。"老人愕然良久,曰:"是矣。"侍御问所以,老人曰:"某幼时遇刘伯温相,言汝当百八十岁后,有客与我同名者来,汝逝不远矣。"觞毕客散,老人果沐浴而卒。

毛 老 人

明初朝觐,凡州县老人亦与焉。高皇因问老人曰:"朕筑室后湖,藏天下黄册,当作何向?"一人曰:"当东西相向。早晚日晒,庶无湿润。"高皇大喜,问姓名,对曰毛某。高皇赐酒饭,曰:"汝言有理,浼汝守之,俾无鼠患。"遂引至后湖埋之,故虽有鼠而黄册无恙。弘治间,户部郎中东莞邓琛尝坐后湖厅事,见一老人揖曰:"吾为朝廷守册百四十余年,一册不为鼠伤,未蒙管册诸公只鸡斗酒之赐,恐非所以待有功也。"言讫不见。邓具牲醴祀之,后以为常。或曰老人新会人也。

忍 为 通 宝

忍之一字,天下之通宝也。如与人相辩是非,这其间着个忍字,省了多少口舌。如与美女同眠,这其间着个忍字,养了多少精神。如宫室车马衣服,这其间着个忍字,节了多少财物。凡世间种种有为,才动念头,便惺然着忍,如马欲逸,应手加鞭,则省事多矣。但忍中有真丹,又是和之一字。以和运忍,如刀割水,曾无所伤。和者众人见以为狂风骤雨,我见以为春风和气,众人见以为怒涛,我见以为平地。乃谓之和耳。

田 畯 醉 归

人得优游田亩,身心无累,把盏即酣,诚生人之佳趣,高蹈之雅致也。若丰筵礼席,注玉倾银,左顾右盼,终日拘挛,惟恐有言语之失,拱揖之误,此则所谓囚饮。张亨父泰《题田畯醉归图》云:"村酒香甜鱼稻肥,几家留醉到斜晖。牧奴拽背黄牛载,儿子旁扶阿父归。鬓短何妨花插帽,身强不厌布为衣。天宽帝力知何有,但觉丰年醒日稀。"读之令人有物外想。

孝 童

《樵书》:顺治癸巳四月,泰安州守策马泰山下,仰视天岭交气,尺五相悬。忽见一片白云自山巅摇曳而下,中有一人端然正立,守以为仙也,停骖道左,与从者望云罗拜。飘然坠地,一童子也,总角卯兮,翩然如画。守惊问之,童曰:"儿姓孔,闻之母氏,儿之祖是圣人。儿十龄矣,母病不可起,私祝泰山,愿陨身续母寿。母幸愈,故赴舍身岩上以践夙言,不意其至此也。"守敬异之,以所乘舆载童子,并与粟肉,资送以归。

物 作 人 言

　　鹦鹉、鸲鹆、秦吉了皆能人言，角端、猩猩能人言。晋惠时，江夏张骋所乘牛人言，犬人言。《夷坚志》：鄱阳汪三宰牛，牛亦人言。又石门羊屠家羊人言。《金楼子》载：西周之犬能言。朱休之、宗楚客、余三乙、张林家犬皆人言。又严遵美猫犬相对人言。鄱阳龚纪猫人立而言。荆南之虎人言。卢传素马人言。唐路岩马亦人言。梦泽之鹿人言。南唐苑中鹿亦人言。于阗野豕人言。渭南主人猪亦人言。驼坊使臣橐驼相对偶语。周南家鼠人言。晋安鼠能咏诗。孙吴时永康龟人言。嘉靖间枫桥疡医龚家大龟亦人言。《耳谈》载：严州鳖人言。宋处宗、罗含鸡皆能人言。绍兴时亳州魏翁鸡能人言，有人鸡墓。万历初，史文学家母鸡作人言。宋乾道初，虎丘之鹊人言。华表之鹤人言。东都龙门僧桐华上蜂作人言，相慰勉。天宝间，宜城刘成舟中蟹呼佛。当涂李晖舟中鱼群呼佛至。扬州苏隐虱能读《阿房宫赋》，更奇。

物 有 人 心

　　鹦鹉能问上皇，野宾能识仁裕，乌龙知噬逆仆，燕子独伴孀妻，骏马终殉名将，吉了不愿入夷里，乌报效孝子，白龟脱难酬恩，舞马不顺禄山供奉，跳击朱温，崖上白鹇悲号坠水，元季五象不拜明太祖。下至蝼蛄蝇蚁，皆能感不杀之恩，出垂死之地。物类之有人心者，可以愧天下无义气丈夫。

　　《万花金谷》载：明广西有象封，定南公吴三桂入横，欲将象解京，象昂首直触，象奴百计劝勉，终不服。三桂大怒，刀矢不能伤，以火炮攻毙之。此可与唐、元义象并传。

紫 泥 封

　　汉诏书多称紫泥封。武帝元封中，浮忻国贡兰金之泥。此金出汤泉,盛夏之时水常沸涌,有若汤火,飞鸟不敢过。有人冶此金为器皿,金状混混若泥,如紫磨之色,其金百铸色变白,有光如银,即银烛也。帝以此泥封诸函匣及诸宫门,鬼魅不敢干。当上将出征及使绝域,多以此泥为玺封。苏武、卫青等之使,皆受金泥之玺封也。武帝崩,此泥乃绝。

《陇右记》:紫泥出阶州武都郡。

牢　　丸

《丹铅录》引束皙《饼赋》有牢丸之目,盖食具名也。东坡以牢九具对真一酒,偶语虽工,然不知牢九具为何物。后见《酉阳杂俎》引《伊尹书》有笼上牢丸,汤中牢丸,注云:"牢丸,今汤饼也。"并无牢丸具,贪奇趁韵,虽东坡亦不免。考《归田录》引《饼赋》有馒头、薄持、起溲、牢久之号。薄持,荀氏谓之薄夜。起溲、牢久皆莫晓为何物。又见一书引《饼赋》"终岁饱施,惟牢九乎",观此则牢九未尝无本,久或误为九,九或误为丸,亦未可知。

寒具,寒食具也。楚词所谓"饣长饣皇"及"粔妆蜜饵",即今烧饼与油馃之类,《齐民要术》作"环饼"。

露　　布

《隋·礼仪志》:后魏每攻战克捷,欲天下知闻,乃书帛建于漆竿,名露布。其后因之。按汉桓帝时,五侯贪纵,李云露布上书。贾洪为马超伐曹操,作露布。桓温北征,袁虎倚马撰露布。盖古者文书不封而应告中外者,皆曰露布。自元魏以来,专为捷书,写以练帛,建于凉竿。是露布前此已有之,书帛揭竿始于后魏。

戊　辰　榜

《弇州外纪》:正统戊辰榜中,四阁老、二冢宰,以为盛事。然而阁中有万安,遂使一榜无色。未若隆庆戊辰,四百人之内,揆席七人、八座十五人,卿贰三十八人,开府二十人,方伯十九人,其余衣绯悬金者一百五十余人。自有制料已来,未有拟其盛矣。正统为彭少傅时、刘少保吉、刘少傅珝及安,王尚书恕、尹尚书旻。隆庆为沈少傅一贯、朱少保赓、赵少师志皋、张少保位、于少保慎行、王东阁家屏、陈少保于陛。

孝 庙 人 材

弘治间西曹有对云:"一双探花父,两个状元儿。"时张宗伯升己丑状元,子恩,王礼侍华辛丑状元,子守仁,俱兵部主事。又户部郎中刘凤仪则己未探花龙之父,兵部员外李瓒则壬戌探花廷相之父。又壬戌鲁铎榜,复有永平鲁铎,有两朱衮,一美貌,一貌不扬,时有对曰:"鲁铎分南北,朱衮别妍媸。"又弘治丙辰科进士有孟春、季春、夏鼎、周鼎,李西涯即席出对云:"孟仲季春惟少仲。"诸进士无能属者。西涯复云:"夏商周鼎独无商。"是虽资谑,而一时人材之众,科第之盛,朝廷雍熙之象,于斯可见。

诗 夸 家 世

祝理美言其尊人曾手录一诗,盛夸家世之赫奕,官职皆系明代,然状元不及百人,三代同朝者绝少,作者姓名终未能得也。诗云:"特报黄堂太守知,小儿今忝状元回。家兄御史山东道,舍弟郎中福建司。伯父旧年升冢宰,严亲今岁转尚书。不才久已叨黄甲,愿假人天一片时。"

步　　舆

张江陵再起时,所过州邑邮传,牙盘上食,水陆过百品,江陵犹以为无下箸处。至真定,太守钱普,无锡人,能为吴馔,江陵甘之,曰:"吾行路至此,仅得一饱餐。"此语一闻,诸郡县转相效尤,吴中之善庖召募殆尽。普又创步舆供奉,前为重轩,后为寝室,以便偃息。旁翼两庑,庑左右各令一童子侍,为挥箑注香,用卒三十二人舁之。

陈 仲 子 墓

郑龙如《隽区》载:长山古於陵地,志称仲子墓在焉,岁久无踪。张明府文龙遍迹之,于西市居民圃中得一坏垒,询父老暨文学缙绅,皆指为是,乃捐俸易地,垒土置碑,题曰於陵仲子之墓,建祠墓侧。旧未有祠仲子者,张既辑祠,欲岁时享祀之,思仲子廉且不受餐于母兄,安得伯夷之粟粟之,乃以岁时文庙祭享,撤所献孔子大羹一盂,佐以李栗,释奠如礼,著为令,春秋无改焉。

雨 鱼

《汉书》:鸿嘉四年,雨鱼于信都,长五寸许。《唐书》:元和十四年二月,昼有鱼陨于郓州。《述异记》:雍州雨鱼,长八寸许。《庚申外史》:至正二十五年六月,大都雨鱼,长尺许,人皆取食之。明嘉靖壬戌三月二十三日,山东德州雨鱼三日。《辍耕录》:志云:天雨鱼,人民失所之象。《天都载》载:万历丁酉,楚王府后有长春寺,绕以澄湖。湖与外河通,寺前莲台忽龙起莲叶间,雨如倾,鱼皆乘水上升,从云中散落,百里内家家获鱼。少陵诗"骤雨落河鱼",此诚理所有者。但正史所载天雨鱼甚多,未可概视为河鱼散落也。

雨 异

雨金、雨粟、雨稻、雨米、雨麦、雨黑黍、雨红豆、雨鱼、雨枣、雨灰、雨尘、雨沙、雨土、雨毛、雨血,史书所载异矣。汉成帝时,宫中雨苍鹿,杀而食之,味甚美。永光二年,天雨草,而叶相樛结。王莽时,宫中雨五铢钱,坠地悉为龟。后汉建和三年七月,北地雨肉,似羊肋。刘聪时,平阳雨肉,广二十七步。魏文帝时,安阳殿前雨朱李,人唼之,数日不思食。河间王子元家雨小儿八九枚,坠地皆长六七寸。晋张仲舒在广,雨罗笺甚多。梁武帝时,殿前雨杂色宝珠。唐贞元中,雨木于陈留,长五寸许。乾符中,洛阳雨一物坠地如杀羊。宋绍兴中,汴京雨水龟数十里,大小皆具首足卦文。明弘治庚戌三月,庆阳雨石无数,能作人言,听之历历可辩。见奏疏。

雨　　钱

《漱石闲谈》:嘉靖六年六月十九日,京师雨钱,惟军职官屋上为多。成化丁酉六月九日,京师大雨,雨中往往得钱,钱皆侧倚瓦际,王文恪公有诗纪其事云:"苍天似悯斯人困,故向云中撒与钱。钱若了时民又困,何如只赐与丰年。"诵此诗,亦少陵"安得广厦千万间,大庇天下寒士俱欢颜"之意。

火浣布不朽木

《说圃识余》:广东林习孔曾示一衣,云是火浣布,乃火山之鼠毛织成者,秽则以火煅之,秽去而衣不焚。蜀中有不朽木,出建昌道。彼中守巡入省则持以馈僚友,云出于火山。好事者取其木作炉,或以皮揉作绳,虽经烈火,毫无损焉。然以水濡之则易腐。正所谓利于火者不利于水也。

拟　人　圣　贤

人称黄宪曰:"子国有颜子。"称谢尚曰:"此儿一座之颜回。"人称张华为当今之颜子。郭奕称羊祜为今日之颜子。周续之通五经并纬候,亦有颜子之号。梁主以伏挺为颜子。陈惠云法师以徐悛为颜子。汉人称张霸为张曾子。梁人称滕昙恭为曾子。隋人称裴叔卿为裴曾子。王衍自比子贡,而谯周门人称罗宪为子贡,文立为颜回,陈寿、李密为游、夏。虽当否未可知,而语皆相类。至唐文宗诏画王起像于便殿,号当世仲尼,恐誉之太过矣。

陈希夷对御歌

陈希夷挢居云台观日,多闭门独卧,累月不起。周世宗召入禁中,扃户试之,月余始开,挢熟睡如故。对御歌云:"臣爱睡,臣爱睡,不卧毡,不盖被。片石枕头,蓑衣铺地。震雷掣电鬼神惊,臣当其时正鼾睡。闲思张良,闷想范蠡,说甚孟德,休言刘备。三四君子只是争些闲气,怎如臣向青山顶上,白云堆里,展开眉头,解放肚皮,且一觉睡。管甚玉兔东升,红轮西坠。"

阿　滥　堆

骊山有鸟名阿滥堆,唐明皇御玉笛,将其声翻为曲,名为"阿滥堆",左右皆能传唱。故张祜诗云:"红叶萧萧阁未开,玉皇曾幸此宫来。至今风俗骊山下,村笛犹吹《阿滥堆》。"明皇骄淫侈靡,耽嗜歌曲,以至于乱世。代虽异,声音犹存,诗人怀古,乃有犹吹之句,而此鸟之名,殆将与世不朽。又贺方回长短句亦云:"待月上潮平波艳,塞管孤吹新阿滥。"

项　氏　语　谶

项水心煜初进徐氏华居,畜贺礼中鹅群于池。一日偶暇,凭阑闲玩,见游泳自得,谓其子某曰:"畅哉,鹅群如人之初居华屋也。"乃子素性骏戆,矢口答曰:"末后一刀,亦是其受用。"闻者相传为笑,岂知竟成语谶。又进屋时待匠,匠恨其苛刻,祝曰:"兴国同休。"似祝而实诅。鼎革时,乡人付之烈炬。

鬼　畏　正　人

史称县令方正,县妖破胆,至相率远徙。《广异记》载:晁良正掘地得太岁，鞭之三日，而不敢祸。《文海披沙》载：王老福盛，鞭太岁数百而不仇报。江泾顾老犷悍粗豪，金神七煞被其触伤，至盗寺油涂疮，而不敢犯。《声隽》载：吴县钱翁横福正盛，取七煞钉椽上，而不敢殛。相传昆山无七煞，为顾文康公母戏植椿击灭。洞庭山无青神，为王文恪公所驱除。乃知福禄盛者，鬼神皆畏之。

河　　神

金龙大王系浙江山阴诸生，姓谢名绪，太傅后裔。元兵入临安，谢愤主蒙难，赴江死，尸僵不坏。乡人义而葬之，数有灵异，誓必灭贼。众卜何征，乩曰："以河逆流为信。"明高皇伐元，与元左丞战吕梁洪，河水果逆流，见空中有神兵助战。高皇遂建祠洪上。永乐间凿会通河，舟楫过者，祷无不应。隆庆间，潘季驯治漕河，河塞不流，为文责之，数日河流，漕舟赖以安行者三百余年。顺治间，金华朱公之锡为总河，正直慈惠，闻殁后为河神。行舟水手时见公戎服，红灯侍从往来河上。其灵应亦复如谢。幽冥事不可知，亦如阳官之升迁调易欤？

文昌经治疫鬼

天启中，蜀明时举为庐陵令。值邑中疫大作，明刻一经条似封条样，上写《玉清文昌大洞仙经》，取道士印钤于上，散病人家贴门上，病者即愈，未病者不染。有三家同居，左右皆病，居中者贴经条得免。已而乡村中疫，得经条贴门香供者皆免。人咸异之，问于明，明曰："文昌父母皆死于疫，及得道，乃法治疫鬼。鬼名元伯，伏罪曰：'下方人有罪业，上帝命阎君与元伯等奉行，请毋灭我，愿听约束，但有经号在门，即不敢入，已入即出。'"然则《文昌经》洵当奉持也。

太　守　执　柯

吴中汤来倩先生_{逢元}乃翁家贫，以老诸生僦居学舍。来倩幼而好学,万历乙卯,年十八,以童子试受知于郡守陈莲湖讦谟。时有归寡妇与弱女同居,族有猾者,肆虐于寡,欲以其女为太仆吴因之先生默小星,女不从,迎女者已在门,遂至成讼。守廉得其情,呼问寡妇:"若既不愿以女为宦家侧室,我为若执柯配一士子,使女他年受冠帔可乎?"妇诺之。守取俸银六两,内衙出币二端为聘,随召来倩至,合卺成礼,撤黄堂仪从,鼓乐喧阗,送归学舍,广文君咸出高灯迎之。明年补邑庠生。郡人传为嘉话。

人 皮 鼓 坐 褥

《涌幢小品》载:北固山佛院有人皮鼓,世庙时汤都督沂东克宽戮海寇王艮皮鞔之,其声比他鼓稍不扬。盖人皮视牛革理厚而坚,故声不如他鼓也。又《皇明杂记》载:韩观提督两广,杀人甚多,以人皮为坐褥,耳目口鼻显然,发散垂褥首,披椅后。

戚 继 光 猴

《异识资谐》:正德间,山东有仙降某家,为人谈休咎甚验,而未尝示形,自名为毛仙云。戚大将军继光父某与之游甚狎。忽一夕去,更二十日乃来,问之,答曰:"圣天子将南幸,先期金甲神为清道。是神严厉,吾曹遇之无生理,故暂避之。"问避何所,对曰:"匿泰山某岩石底耳。"后二年,武宗果南巡。继光父与言:"吾与若好密,胡不示吾形?"似羞忸不肯,固强之,仅示一手,毛长如许,盖白猴也。已而叹曰:"公知我矣,我数已尽,且将长别。"继光父悔,乃曰:"我终不能离公家。"未几而继光生,有膂力而臂多毛,始知为毛仙所托胎也。李如樟为记其事。

菩 萨 蛇

京师西山寺有二青蛇,大者长五丈余,小者长四丈余。有人至寺,僧必呼蛇,以酒肉饲之,二蛇辄唼,略不畏人。僧令人绕蛇身一过,谓之不绝人身,号曰菩萨蛇。万历初年,太仓王相公女号昙阳子,亦有巨蛇随之,名曰护龙。王凤洲有《昙阳子传》。

闽三平寺乃大颠法师阐教之地,有大蛇不伤人,名曰蛇侍者。凡有祭赛。布金不至,蛇侍者诣其家索之,度市越津,一无畏避。

蚕　　神

蚕家所祀先蚕之神,实马头娘也。高辛时,蜀有夫在外久不归,妻誓曰:"得夫归者以女妻之。"家有一马,闻而跃去,数日,夫乘马归,马嘶不已。夫审其故,曰:"人岂与马配耶?"杀马曝皮于庭。女过皮旁,皮忽卷女飞去,挂于桑上,遂化为蚕,食桑叶,作一茧,大如瓮。后人塑女像为马头娘,以祈蚕焉。

宫巷濂溪坊塔

郡中宫巷有塔高丈余,合围约七八尺。塔顶乃铁铸者,然两三人于下摇之则摆动,如树木然,铃铎自鸣。盖其下必有机轴,而神匠之所遗巧也。又濂溪坊有小塔,正与宫巷口相对。故老曰昔年烟雾中以红绿线在塔之半截处,两人拽之,横牵可过,并无窒碍。后有异人识破,不复可牵矣。

异　　镜

《金陵琐事》载:驯象门外操军某,耕田得镜半面,照之能见地中物,持之偷坟掘埋,无有不获。后以事犯,镜没入应天府库中。又大中桥陈某修理墙垣,得一木匣,中藏长柄小镜,照面则头奇痛。遍与人照,无有不痛者。以为妖物,举而碎之。《文海披沙》载:秦始皇镜照见人心胆。嘉陵渔人网得一镜,照人悉见五脏,见者辄呕吐。王度有镜照见精魅。徐铉得一镜,照人只见一眼。宗寿有古铁镜,照见青衣小儿坐酒楼上。谢在杭之彭城，逢市上鬻一镜，面照如常，背照人影倒见，颐颏向上，当时传观惊骇。此无他异，盖镜背必凹，凹则人面倒见也。

唐　文　襄

兰溪唐文襄龙建花园于东门外，自为记，末云："有吾与点也之意。"后园为柳宪副希点所得，园丁每称有冠服贵人现形作祟，希点心知之。一日至园，闻唐在空中，厉声曰："此园吾大费经营，何物后进，乃欺予孤见夺耶？"希点揖而言曰："所以敢市此园者，亦以公有遗言在尔。"唐问何言，希点曰："公忘却记中有吾与点也之句乎？"唐俯首灭形，后不复现。

八　岁　善　对

《广莫野语》载：待诏周清诚，八岁时邻人见晒曲屋上者，出对曰："屋上直晒三行曲。"诚应曰："门前低叫一声糕。"适卖糕者过也。又姨夫与父游山下船，二人齐脱衣，出对曰："两个姨夫齐脱衣，想是连襟。"诚即对曰："一双女婿各拜节，果然另坦。"

陈　杜　拾　遗

陈子昂阆州人，阆州有陈拾遗庙，讹为十姨，遂更庙貌为妇人像，崇奉甚严。温州有杜拾遗庙，后亦讹为杜十姨，塑妇人像，里人以五髭须相公无妇，移以配之。五髭须者，即伍子胥也。拾遗之官误人身后如此。

捋　须　刺　眉

《墨客挥犀》：宋彭渊材见范文正公画像，惊喜再拜，称"新昌布衣彭几幸获拜谒"。熟视曰："有奇德者必有奇形。"乃引镜自照，又捋其须曰："大略似之矣，但无耳毫数茎耳。年大当十相具足也。"他日至庐山太平观，见狄梁公像，又前再拜，赞曰："宋进士彭几谨拜谒。"复熟视久之，见其眉目入鬓，呼刀镊者使刺其眉尾，令作卓枝入鬓之状。家人辈望见惊笑，渊材怒曰："何笑？我前见范文正公，恨无耳毫，今见狄梁公，不敢不刺眉，何笑之有？"

秀　才　张　妓

秀才张者，教坊妓也。颇能引文调词，而举止亦闲雅，遂获此号。尝至琴川，钱方伯馆之。北至锡山，秦封君亦属意焉。一日秦公燕客，戏之曰："汝往来琴川、锡山，于钱、秦二公之间，事齐乎，事楚乎？"张方举鱼，笑曰："鱼我所欲也，熊掌亦我所欲也。"一座称赏。

杨　李　潘　治　第

丁谓治第京师，巨丽无比。军卒杨呆宗者，躬畚锸之役，劳苦万状。后呆宗以外戚起家，晋公贬崖州，即以其第赐之。明嘉靖间，大金吾陆炳于京师起第，军人李伟亲负土石。不二十年，炳败，籍其居入官，而伟女入宫封贵妃，万历即位，尊为慈圣皇太后，亦以炳宅赐伟。明末，予亲潘先辈治第，规模宏敞，有张某者日鬻鱼于潘以供匠作之需，暇则佐工，因进言某处应若何宽转，某处应若何曲折，潘颇纳之。入国朝，潘日贫，张日富，而屋归于张。三事合若符契。

试　院　鹤　啄　封

万历辛卯，江西乡试，监临已入院，为八月六日，而陈幼良与同舍友二人皆在遗弃，束装欲归。幼良因臀疮未即发，犹跛曳同游院前，以不得与试，至泣下。适院门正送水菜毕，从内封锸，胥吏三封，而庭鹤三啄去。监临诧曰："岂外有遗珠乎？"命启门视，得幼良三人，试之皆佳,即属藩司给卷,并入试。榜发,幼良解元,一人第三,一人第七十,则鹤啄封之力也。

冰 雷 绘 梅

顺治癸巳,家苍叔同雄县赵卧斋年伯按闽。正月十六过邯郸,途人哄然云看梅花,赵使问花在何处,云在吕公祠池中。叔父同众往观,见祠中左右两池皆坚冰凝结,右池冰上绘成老梅一本,花朵茂盛,枝干扶疏,殆若古树。后见《异识资谐》载:姑苏韩某,暑月坐堂中,命梳工理发,忽雷电绕柱,奋击迟回,数刻始去。某惊死复活,见堂中石砌上绘梅花一枝,纹理精妍,久而不灭。

石 中 物

坚莫如石,宜物无能入者。《稽神录》载:王文秉祖剖石球,内得蛴螬。《云林石谱》:杜绾剖石镇纸,内得小鱼。陶穀破李后主研上圆石,内亦有小鱼。《夷坚志》:桂阳温恭剖石,中有龟。《传信记》载:天宝中,河北县开河,石中得古铁铲,有平陆字。命改河北县为平陆县。明孙克弘守汉阳,石中得白龟。济宁人剖石得小鹅。嘉靖间,苕溪渔人水中得石如鹅子,扣之有声,剖之得铜牌一方,刻宣圣二字。郿县河滩上有乱石,随手碎之,中有鱼长二三寸。冯犹龙《谭概》载:成化间,澧河筑堤,一石中断,中有男女二人作交媾状,长仅三寸,手足肢体皆具,若雕刻而成者。高邮卫指挥某得之,以献平江伯陈锐,锐珍藏之。

雷 乌 雷 神

袁小修《随笔》载:崔封公本智住牛头里,一日天雨,落一乌鸦于墀间。童子以鸡笼罩之,俄而雷电绕室,吼怒不已。崔曰:"此必雷乌也。"急招道士跪雨中祷告,手捧其乌,已而大雷一声,遂失所在,雷鸣亦息。

康熙乙卯闰五月二十日，雷震城隍庙树。有一刷经老人在旁，见雷神形与所塑像无异，惊死，逾时乃苏。

玉脂灯台

正德初，琉球进玉脂灯台，每油两许，可照十夜，光焰鉴人毛发，风雨不以侵。刘瑾窃以自照，灯忽发花，作人面，耳目口鼻皆具。瑾有逆谋，以为己祥，乃祝曰："大事若成，当封若。"花忽凋萎，作咤噫声，越数尺，飞溅瑾衣，油晕数处，气腥如血，满室晦暗。瑾大怒，拔金如意碎之。逆谋因之迟回，遂至诛灭。

阴德不在远

明长兴顾公某，宦成无子，娶家姬十五人。一日与内君酌，诸姬皆侍。公叹曰："我平生事皆阴德，何以绝我嗣乎？"一姬曰："阴德不在远。"公悟曰："我今日行阴德，当嫁汝辈。"姬曰："我岂自言，理固如是。我死从夫子耳。"公尽嫁十余人，已而生三子，母即言死从者。

孔孟所使

御史吴时来劾奏严分宜父子奸贪误国，语太激，世庙大怒，廷鞫问是谁所使。吴曰："为孔子、孟子所使。"又问此是何语，曰："孔、孟教臣为臣当忠，此是其所使也。"天颜少霁，得释戍边，已而诏复职。

棋力酒量

白鹤外史盛大有年，吴下弈手第一。游毗陵，有扶乩请仙者，仙至，盛请对弈，局未半，仙云："我已负一子半，子弈诚高，我将往邀仙辈中更高者来。"乩即寂然。盛乃率己意填补，果已胜一子半。少顷又一仙来对弈,弈毕,盛负一子半。仙称盛弈人间第三手也。盛问仙是天上第几手,仙曰:"犹是第七手耳。"问何仙最高,曰:"惟有南极仙翁,天上无对。"

《杂记》载:南极仙翁曾在宋元祐时降灵汴京酒肆,与人豪饮,酒量无敌,是仙翁棋力酒量两擅其胜矣。

兄 弟 别 号

《亦巢偶记》:无锡有兄弟三人,长以援例得官,遂别号鹅湖。两弟皆在庠,文宗岁试,一考三等将终,一考四等。人乃呼其兄曰鸡湖,言几乎劣等也。弟曰鸭湖。阿呜,吴人呼痛声,言四等当责也。时传以为笑。

人 腹 鼠 蟹

《漱石闲谈》:金坛邓某以素封冠其乡,善饮啖,每饭米五升、豚肉一肘,鹅鸡鸭各一只,杂俎与酒不计。大约一饭须数十斤,日必重餐。遇逋负者,能具丰馔享之,辄焚其券。有佃户负其租数多,治具召之,鹅为猫所食,即杀猫以充杂俎。邓以为甘而食之,此后即不能多食矣。识者谓其腹有肉鼠,鼠见猫即死,故不能多食也。常闻能饮者腹有酒蟹,则善啖者有肉鼠,亦无足异。肉鼠、酒蟹,可为的对。

吴 中 异 人

郡昔有人双目皆瞽,以推命为生。旁无相者,日走苏城之内外,不失尺寸,街坊巷陌,无不知之。又一人眉目鼻耳俱无,面如被剥,止有口且小。日于阊门市中吹笛乞钱度日。一人一足不伸,一足履地,雀跃而行,日走二三十里。一妇只手无十指,在机房缲丝,极便捷。一人两手俱无,以足指与人搏钱,收钱时虽疾手者不若也。

圆　珠　壳

《说圃识余》：昆山田妪家传一簸箕，大如五斗盎，日以播米，轻而质坚，如牛皮然，有耳目形，罔知何物。有一商见之，以银一星欲买，妪不可曰："此吾家传六七世，不忍弃之。"商乃酬米一石，得之熟玩，以为虾蟆壳，终不知其所用。至陕西秦王府求售，秦王大惊，即许千金。商高其价，乃至五千金，秦王笑曰："尔虽得我厚价，知其何宝乎？"商叩头谢曰："不知。"王曰："此壳能圆珠。珠之凹凸不正者，一经壳中滚之，则其形圆如茨粒。此不世奇珍也。尔何从得之？"商乃悉其故。

杨　铁　崖

杨铁崖云：吾未七十，休官在九峰三泖间且二十年，优游光景，过于乐天。有李峰、张句曲、周易痴、钱思复为倡和友，桃叶、柳枝、琼花、翠羽为歌歈妓。第池台花月主者乏晋公耳。然东诸侯如李越州、张吴兴、韩松江、钟海盐，声伎高宴，余未尝不居其右席，则池台主者，未尝乏也。风日好时，驾春水宅，先生舫名。赴吴越间，好事者招致，效昔人水仙舫故事，荡漾湖光岛翠，望之呼铁龙仙伯，顾未知香山老人有此无也。客有小海生，贺公为江山风月福人，且貌公老像，以八字字之，又赋诗其上曰："二十四考中书令，三百六字太师衔。不如八字神仙福，风月湖山一担担。"

盆　景

虎丘张豫园善艺，植一盆景剔牙松。结构古雅。昆山张维惠见之，议百金易得。交既成，将移松登舟，张老泫然泪下曰："培护几十年，今永别矣。"维惠慰之曰："痴老子，汝若思松，玉峰一棹可达也。"持归，以人参汁溉之，稍黄萎，建醮篆以祈佑。虽传笑一时，然清狂可以不朽。

石　号

郑龙如《偶记》：四川南江县自建邑来无乡举者，嘉靖末，堪舆家以前山巨石为崇，令凿去之。鸠工殚日，石屹不动。其夜石号曰："邑无佳士，迟二十年，有可当贤书者，我方自去，人力其若我何？"诘朝视之，复如故，遂罢工。至万历壬午，诸生岳虞诩始举乡荐。前一夕，石复语曰："今有人，我须去矣。"翌日，石自陨，捷音果至。虞诩后举壬辰进士。

古　稀

人生七十古来稀，当是少陵偶然欣幸之词。上世人多寿，岂真七十者少哉？嘉靖中，海虞严养斋封翁书堂联云："有子万事足，子官居一品，足而又足；七十古来稀，我年登大耋，稀而更稀。"故以之自称则可，称人寿而曰古稀，则非致祝之意。若云七十已稀，又安望其八十、九十以至百龄哉？故知寻常措辞，不可不慎。

戴文进画

《金陵琐事》：永乐中，钱塘戴文进初到南京，将入水西门，转盼之际，一肩行李被脚夫挑去，莫知所之。文进虽暂识其人，然已得其面目之大概，遂向酒家借纸笔画其像，聚众脚夫认之。众一见即曰："此某人也。"同往其家，因得其行李。

邹　远　之

金陵邹远之，家贫，资画以养母。一日两青衣至，云主人商于芜湖，特请画围屏，先奉白金五两，权办薪水安家。远之持以问母，母令之去。遂别母,同两人登舟。行三日,远之忽疑曰:"吾闻芜湖风便半日可到,那得有三日程乎?"两人曰:"实不敢诳,主人家在鄱阳湖,恐以路远不行,故托言芜湖耳。"远之业已在路,无可奈何。至湖,又陆行数里,始至。主人相见,礼意殷勤,饮食丰洁,令四童伴之一室。作画数日,偶闲步,窥其厅事,见主人金冠红袍,收诸豪客货物,乃知为绿林长。因速画完,以情告归。主人曰:"汝贫人,留此亦不恶。"远之对以家有老母欲归,慰倚门之望。遂厚赠之,遣人送至上新河。远之归家,对母痛哭述其事。(以上三则据柏香书屋本补)

续集卷之四

沈 约 滥 得 名

屠纬真隆云：天下事有最侥幸而不可解者，沈约《韵书》是也。东冬、鱼虞等诸韵，向俱通用，孔子作经及汉、魏古诗皆斑斑可考，岂其尽属讹谬，至约而始改正耶？约吴兴人，局于方言蛮语，不审宫商，而敢背越圣贤，变乱千古，后世遵之如圣经，百代不敢易，此甚不可晓也。约本齐臣，更事梁武，禅代之诏出其手，后梦齐和帝引刀断其舌，乃上章于天，谓禅代之事不由己出，欺天乎，欺人乎？古文人之最滥得名者，此人也。

中 孚 取 象

《徐氏易通》云：《中孚》九二"我有好爵"，盖鸟爵也。《中孚》卦爻皆取象于禽兽，"豚鱼吉"，"有他不燕"，"鸣鹤在阴"，"我有好爵"，"马匹亡"，"翰音登于天"。

按吴草庐云：豚鱼乃泽中之物，似猪，俗谓之江豚，泽将风则浮出水面，舟人称为风信，故《中孚》取象焉。言能信如豚鱼，则诚能动物，吉之道也。

谦 卦

《周易》六十四卦，爻爻俱有吉凶，虽《乾》、《坤》二卦亦不能免，独于《谦》卦六爻俱无凶咎，可见谦之美德也。许多大事俱从傲满失之，亦从谦谨得之，可不戒哉！

六 籍 皆 诗

张维城《西园诗麈》：《易》象幽微，法邻比兴。《书》词敷畅，式用赋物。《春秋》借徼，义本讽刺。三《礼》庄鸿，体类雅颂。非谓六籍同归于《诗》，止缘六义触处皆是，今诗家不先穷经，而辄以别才别趣之说自盖，究于此道何涉。

平 仲 君 迁

《文选·蜀都》平仲、君迁，皆木名，注缺。《暇弋编》：平本作枰。《上林赋》"华枫平栌"，其木理平，可为棋局，故棋盘曰枰。唐诗"方春平仲绿，清夜子规啼"是也。君迁本作裙櫩，出交趾。刘成注云："平仲之木实如白银，君迁之树子如瓠形。"司马温公名苑云君迁。子如马奶，俗云牛奶柿是也。今造扇与伞用此柿为油。

投 子

《列子》：博者射明琼以中庱。《史记》：蔡泽说范雎曰："博者或欲大投。"李洞诗："六赤重新掷印成。"明琼、六赤皆古投子。名投子，取投掷之义。今或言骨所成，作头字，非也。有作骰字者。按诸家韵书骰即股字，不音投，则知以玉石为投掷之义，安有头、骰之理哉？

《戒庵漫笔》：顾英玉璘知许州，地中掘得窑烧投子一窖，约两三石，每以六枚作小匣置之，归遗亲友。《七修类稿》亦载有某宦筑魏州城，得窑烧投子数十，询之士夫，莫识其故。予意投子乃陈思王所制，子建当时正都于许，恐后世之莫传，故埋之以需人间玩弄，不意博具易于溺人而自足传远。地藏投子，两见于书，古人用心如此。

轻容方空

《齐东野语》曰:"纱之至薄者曰轻容。"《唐类苑》:"轻容,无花薄纱也。"即今银条纱之类。王建《宫词》:"嫌罗不着爱轻容。"李贺诗:"蜀烟飞重锦,峡雨测轻容。"元微之有寄白乐天轻容诗"方空亦薄纱",言纱薄如空也。王荆公诗:"春衫犹未着方空。"汉史齐王服官有轻绡冰纨、吹纶之名,皆纱之轻细者。

杜　撰

今人讥作文无所考据者曰杜撰,不知所出。一说杜默为诗,多不合律,世目为杜撰。一说汉田何善《易》,言《易》者皆本田何。何为齐宗,诸田居临淄,何徙杜陵,其著述人谓之杜撰。一说《道藏》经五千余卷,惟《道德经》二卷为真,系太上所著,余皆蜀道士杜光庭所撰,故曰杜撰。

蛙鸣喜怒

昔人以蛙当一部鼓吹,而《周礼》蝈氏掌去蛙黾,焚牡菊以杀之。蛙亦何害而为之禁,岂恶其声欤? 宋有令禁捕蛙,以其有食蝗功也。阅稗记,某所泮池有蛙不鸣则已,鸣则是庠必发科甲,闻者群相庆贺,等于鹭鸶鸾凰。夫蛙一也,在周则怒,在宋则喜,或患其鸣,或患其不鸣,物之遇不遇有然。

五谷树

《异识资谐》:金陵有丞相府,明初胡惟庸所居。园有五谷树,一树而兼五种,为五谷丰歉之征。如其年麦熟,则树发麦叶,黍熟则发黍叶,五谷皆然。闻惟庸造逆,树发豆,豆皆人面,忽尽落,未期,族灭。树盖得气之先者也。《筠廊偶笔》作树在金陵禁中。

猴　弈

《说圃识余》：西番有二仙弈于山中树下，一老猴于树上日窥其运子致思之法，因得其玄秘。国人闻而往观，仙者遁去，猴即下与人弈，遍国中莫能胜。国王以为奇，进于中国，诏举朝能弈者与较，又求四方有高手名者敌之，皆败。或言杨靖善弈，时靖以事系狱，诏释出之。靖请以盘满贮桃实于前而弈，猴心牵于桃，遂连败，诏椎杀之。

仙女教弈

明季襄王善弈，率三百金一局。吴中某国手自负其能，谓可探囊取。束装游楚，与之对局，竟负半子。心实不甘，从交游借贷，复请对局，又失一子。不胜惶，亟返吴，百计搜索，得一局之需，至楚，请复。下子百余，默数之，局终又将负半子，汗手沉吟，思一胜着挽回，卒不可得。日午至日晡不决。王笑曰："俟明日决此局何如？"唯唯而出。抵寓秉烛思索，终不可得。忽闻叩门声，启户视之，则翩然一美女，手持宫灯而入，谓曰："今日与王对弈，将负半子，中止乎？"曰："然。"乃指其意中所拟曰："下此一着，局终必负半子。姑置此处而于别处先下一子，保为终局胜半子也。"复持灯而去。试从其言布局下子，果胜半子矣。喜极，待旦，请王终局。甫落此子，王讶曰："此着非尔所能到，必有教导者，为我言之，当返子金。"初犹抵讳，穷诘再四，始吐其情，曰："系宫中人所指教也。"王细询其服饰容貌，乃释然曰："吾今使尔见昨夜教子者。"引入宫，登一绮楼，四面皆棋势，中画二仙女对弈，恰与昨局相同，仙女手拈一子将落，正所教妙着也。王曰："此非夜来教汝者乎？"弈者惊异，亟顿首以谢。王曰："尔能感仙女解围，亦有福禄，当尽返尔所负也。"复留之对弈数日，厚赠而归。

李 德 裕 后

《漱石闲谈》载：李赞皇之南迁也，卒于崖州，子孙遂为獠俗，数百人自相婚配。正德间，吴人顾朝楚为儋州同知，以事至崖，召见其族，状与苗獠无异，耳缀银环，索垂至地，言语亦不相通，德裕诰敕尚存。

九 棘 三 槐

周建外朝之法，左九棘，孤卿大夫位焉，群士在其后。右九棘，公侯伯子男位焉，群吏在其后。面三槐，三公位焉，州长众庶在其后。夫树棘取其心赤而外刺，树槐怀也，言怀来人也。古人植木具有深意，如唐之"退朝花底散，归院柳边迷"，徒为佳丽耳。

竹 实

李畋《该闻集》：旧称竹实为鸾凤所食，花开如枣，结实如麦，号为竹米，以为荒年之兆，其竹即死。陆鲁望诗："青覆未成孤凤饿。"唐诗："老屋茅生菌，饥年竹有花。"非但鸾凤之食也。有余干人言：彼有竹实大如鸡子，竹叶层层包裹，味甘胜蜜，食之令人心肺清凉。生深林茂密处，顷曾得之，虽日久干枯而味常存。乃知鸾凤所食，必非常物。

孙 膑 黥 布

齐将孙膑，名逸不可考，膑非名也。孙足为庞涓所断，故称为孙膑。膑乃肉刑去膝盖骨之名。明世宗时，有裨将名孙继膑，又有名孙希膑者，甚为可笑。汉淮南王黥布姓英，黥非姓也。布尝坐法黥，故人称曰黥布。黥乃墨刑在面之名，《韵会》以黥为姓，误矣。

朱徐改名

嘉靖中，浙人徐学诗极论严嵩去职。苏之嘉定有同姓名者，亟呈礼部，改诗为谟，遂登显要矣。《挥麈前录》载：元祐名卿朱绂者，君子人也，绍兴初不幸坐党锢。崇宁间亦有朱绂者，平江人，初登第，欲希晋用，上疏自陈与奸人同姓名，恐天下后世以为疑，遂易名谔。蔡京果大喜，不次擢用。何两人皆吴人，前后一辙如此也。

渭塘芦蓼

青浦周士亨、江有年相友善。时维九月，偕往渭塘。舟次塘东，泊一楼下。楼不甚高，上有二女，一白面，一红颜，倚窗笑语。周、江仰视间，漫赋一诗曰："凤有烟霞癖，翛然兴不群。秋声飞过雁，水面洞行云。逸思乘时发，诗名到处闻。扁舟涉芳沚，更喜挹清芬。"盖直写心怀，初不谓二女也。楼上二女曰："舟中有诗，楼上岂无诗乎？"遂郎吟二韵，周、江侧耳听之。一女吟曰："湖天秋色物凋残，花吐黄竿叶未干。夜月一滩霜皎皎，西风双岸雪漫漫。为毡却羡渔翁乐，充絮谁怜孝子单。忘在孤舟丛里宿，晓来误作玉涛看。"一女吟曰："金茎棱棱泽国秋，马兰花发满汀洲。富春山下连渔屋，采石江头映酒楼。夜月光蒙银露浴，夕阳阴暗锦鳞浮。王孙醉起应声怪，铺着红丝毯不收。"吟毕共笑，乃以莲房藕稍俯掷生舟。两生共起，上岸大呼，欲登楼蹑之，恍惚间不见。两生大骇，返舟四顾，但见芦花白、蓼花红耳。士亨遂号芦汀渔叟，有年号蓼塘居士，以识其异。

月下葡萄

吴中沈万三藏古今书画无算，有玛瑙壶，通明类水晶，面有葡萄一枝，如墨点，名月下葡萄。万三死，转入数巨家，后莫知所归。天顺间，嘉兴李铭为童子师，一日舟行，见河滨有光，扑之不灭，因觅得之，壶也，以售人，不过酬米百石。有知府刘侃语之曰："此异宝，以献镇淮贵珰张公，谋金嘉兴盐钞，所得不赀。"从之，果得所愿。侃因分其利。铭领钞过江，舟覆，钞皆湿。嘉兴守杨公继宗追补前钞，铭死狱中，侃亦破产与偿。

十 字 罪

康熙初，常熟数士赴京应试。行至中途，一士忽堕骑，闷绝于地。诸友因停骖，舁至旅中，越日而苏。云被二卒拘至一处，殿宇宏敞，言是东岳殿。庭遇一故友，惊问汝何故来此，对以被卒拘至。友即查检其禄寿尚多，慰之曰："俟圣帝审事毕，当为奏释。"顷之岳帝御殿，所审皆常邑事。士观之凛然。审毕，友禀明释放，送之前行。士曰："某平生未曾作歹事，何以被拘？"友曰："汝犯十字罪。"士问何十字，友曰："睚眦生恶念，邂逅起邪心。"士忽惊寤。此十字人人皆犯，时时易犯，当书之绅，常存警惕，或可少免。

行 幸 不 拜

《青琐高议》：宋艺祖初幸相国寺，至佛像前焚香，问当拜与不拜，僧录赞宁曰："不当拜。"问其何故，对曰："见在佛不拜过去佛。"适会上意，遂微笑颔之，因以为定制。至今行幸焚香皆不拜，议者以为得体。

盗 常 住 钱

庄椿云：盗常住一文钱，一日一夜长三分七厘利，第二日夜利上又长利，来世作马牛偿之。所以云作一生之容易，为万劫之艰难。若舍一文钱入常住，一日一夜长福亦尔。

藏经云：牛日还八文，马日还七文。

佛入中国

世传汉明帝时佛始入中国,非也。《列子》曰：西极之国有化人来,穆王事之,作中天之台,其高千仞。及秦时,沙门室利房等至,始皇以为异,囚之,夜有金人破户以出。又霍去病过焉耆山,得休屠王祭天金人。以是考之,周、秦、西汉佛化流中国久矣。

寺名原始

僧居称寺,盖九寺之列也。汉明帝时佛法初至,迦叶摩腾、竺法兰以沙门服谒见,馆于鸿胪寺。次年敕洛阳城西雍门外立白马寺,以鸿胪非久居之馆,故别建以处之。以僧为西方之客,若待以宾礼,因其以白马负经而来,马死葬此,故以名寺。后世僧居称寺,始此。

《高僧传》：天竺国有伽蓝名招提,大富有,恶国王利其财,将毁之。一白马绕塔悲鸣,即停毁。自后改招提为白马,多取此名焉。

无官御史

《鹤林玉露》：太学古语云："有发头陀寺,无官御史台。"言清苦而鲠亮也。宋嘉定间,余在太学,同舍言乾淳中斋舍质素,饮器尚陶瓦,栋宇无设饰。近时诸斋亭榭帘幕,竞为靡丽,每一会饮,黄白错落,非头陀寺比矣。国有大事,谠论间发,言侍从之所不敢言,攻台谏之所不敢攻,由昔迄今,伟节相望。近世以来,非无直言,或阳为矫激,或阴有附丽,未能纯然如古之真御史矣。余谓必甘清苦如老头陀,乃能摅鲠亮如真御史。

孔公报德

侍郎孔镛字韶文,为长洲庠生时,家贫,饔飧不给。每诣学,则买二饼充饥。五圣阁道媪见其旦夕经门，一日迎入问故，公以实对。媪心怜之，谓曰："吾神前昼则有斋，夜则有灯，秀才肯侨居此乎？"公从之，遂得肆志于学。后举进士归，媪已卒，公服斩衰冠送葬焉。媪之济孔公，恩深于漂母。淮阴赠生义重千金，韶文事死礼齐丧妣，古今英雄，报德之隆如此。

前　　身

轮回之事，正史载羊祜前身为李氏子。他如蔡邕是张衡后身。《商芸小说》。顾总是刘桢。《玄怪录》。边镐是谢灵运。《玉壶清话》。侯景是齐东昏侯。《朝野佥载》。岳阳王萧察是许玄度询。《寓简》。严武是诸葛武侯，《代醉编》。韦皋亦是武侯。《宣室记》。房琯是永禅师。《东坡诗序》。韩滉是仲由。《神仙感遇集》。宋太祖是定光佛。《曲洧余闻》。仁宗是赤脚大仙。《杂记》。冯京是五台僧。《孙公谈圃》。苏子瞻是五戒和尚。《扪虱新话》。又是邹阳。《春渚纪闻》。范祖禹是邓禹。《家传》。刘沆是牛僧孺。《事文类聚》。张方平是琅玡寺僧。《冷斋夜话》。黄山谷是涪阳诵《法华经》女子。《春渚录》。王安石是秦王。《贵耳集》。宋高宗是钱镠，赵鼎是李德裕。《坦斋笔衡》。王十朋是严伯威。《梅溪文集》。真西山是草庵和尚。《癸辛杂识》。史浩是文潞公。《雨航杂记》。史弥远是觉阇黎。《隆山杂志》。陆游是秦少游。《七修类稿》。袁滋是西华坐禅和尚。《逸史》。徐知威是徐陵，潘佑是颜延之，武夷君再世为杨大年，玉京之为王素，马北平之为马仁裕，刘公幹为昏愚小吏，泽公为浣衣李氏子。俱《文海披沙》。明胡尚书濙是天池僧。《天都载》。周文襄忱是滕懋德尚书。《声隽》。王尚书琼幼年能诵番经，恍然悟前生为西僧。周文安洪谟前生为友鹤山人丁逢。俱《双槐岁抄》。王新建伯守仁是入定僧。《鸿书》。杨忠愍继盛是二郎神托生。《尧山堂外纪》。徐国公鹏举为岳忠武后身。冯宗伯琦为韩忠献后身。《野乘》。海盐郑尚书晓是海宁寺盲道人。《桐下听然》。万历甲戌状元孙继皋是正德甲戌状元唐皋后身。《状元考》。本朝丁亥探花金坛蒋超是峨嵋山伏虎寺僧。《闻见卮言》。大学士余诠庐国柱前生为吴中积善庵僧，闻其图记有积善桥边过客。

草　异

《文海披沙》：伏羲文王墓前独有蓍草，季子挂剑台下独生挂剑草，郑康成读书山侧独生书带草，皆他处所无。孔林不生荆棘，严陵独生白茅，孝女拖笆草皆偃仆，汉王牧马草有啮痕。人既出类，草亦独异。又汉未央宫斩韩信地，其草色独亦。匈奴地草色皆白，惟昭君墓上草独青。《闻见厄言》：束鹿县西有唐裨将张兴墓，兴效忠杀身，血濡染草皆红，今所生草色殷然犹如血渍，人呼红草坡。自汉唐至今几千百年矣，而勋臣侠女，含冤不变乃尔。

妇　人　幽　闭

《碣石剩谈》载：妇人椓窍，椓字出《吕刑》，似与《舜典》宫刑相同。男子去势，妇人幽闭是也。昔遇刑部员外许公，因言宫刑，许曰："五刑除大辟外，其四皆侵损其身，而身犹得以自便，亲属相聚也。况妇人课罪每轻宥于男子，若以幽闭禁其终身，则反苦毒于男子矣。椓窍之法，用木槌击妇人胸腹，即有一物坠而掩闭其牝户，止能溺便，而人道永废矣。"是幽闭之说也。今妇人有患阴㿗病者，亦有物闭之，甚则露出于外，谓之㿗葫芦，终身与夫异榻。似得于许说。

鸡　犬　鸣　吠

鸡司晨，犬司夜，皆气机相感。《大观本草》云：巽为鸡，鸡鸣于五更者，日将至巽位，感动其气而鸣也。薛文清《读书录》云：丑时鸡先鸣者，阳气动也。午时鸡亦鸣者，阴气动也。禽鸟得气之先如此。沈石田《杂记》曰：犬之肝如泥土色，臭味亦然。其警夜，人在土上走，则其肝动，气所感也，故吠。

传 席 撒 帐

撒帐始于汉武帝李夫人初至，坐七宝流苏辇，幛凤羽长生扇，帝迎入帐中共坐，饮合卺酒，预戒宫人遥撒五色同心花果，帝与夫人以衣裾盛之，云得多得子多也。又女初至门，婿迎之，相者授以红绿连理之锦，各持一头，然后入，谓之通心锦，又谓合欢梁。三日后，命工分作二裤，夫妇各穿其一，谓之永谐裤。俱见《戊辰杂抄》。又新妇入门不踏光地，必传席始行，唐人呼为转席。白香山《春深娶妇》诗云："青衣转去声。毡褥，锦绣一条斜。"

六 朝 金 粉 赋

唐子畏侨居留都日，尝宴徐国公家，即席为《六朝金粉赋》。时文士云集，子畏赋先成，其警句云："一顾倾城兮再倾国，胡然而帝也胡然天。"徐大加称赏。前句出李延年歌，后句出《诗·君子偕老》篇，由是其名愈著。

石 城 怀 果

《楮记室》：有士郁郁不得志，丐梦灵山神，示以"石城怀果对清明"之句，莫知所谓。越十余年成进士，谒选得石城令，单车造之。及县界，宿一寺中，是夜四山灯火磷磷然，顾问僧曰："是磷磷者为何？"曰："清明祭墓者。"问寺何名，曰："怀果。"令默理前梦皆合，借其句成诗曰："眼前儿女莫关情，春若来时草自青。梦即是真真是梦，石城怀果对清明。"

梭 服

西洋人以鸟氄毛染之织成缎匹，光采夺目，虽垢腻亦莫入，名曰梭服。明初贡之天府，颁赐大臣，甚珍重也。近则骈集广中，仕者多购之以馈要津。

古 来 刺 客

鉏麑不杀赵盾，梁王刺客不杀袁盎，隗嚣刺客杨贤不杀杜林，杨琳刺客不杀蔡邑，刘平刺客不杀刘玄德，晋刘裕刺客沐谦不杀司马楚之，殷浩刺客不杀姚襄，齐东昏刺客郑植不杀梁高祖，唐太子承乾刺客不杀于志宁，故囚刺客不杀李勉，五代葛从简刺客不杀许州富人，淮南张颢刺客不杀严可求，西夏刺客不杀韩魏公，苗、刘刺客不杀张魏公。孰谓盗贼无义士乎！

仆 隶 中 义 士

王振之释薛瑄，振之老奴救之，此人所知也。刘瑾之释李梦阳，人知康海之数言得释，而不知瑾之家人老姜实救之，曰："昔年不得志时，李主事管昌平仓，曾容吾家纳米领价，得志乃忘之乎？"瑾乃释梦阳，仍赠以物。孰谓仆隶中无义士哉！

奴 隶 中 可 人

唐萧颖士有仆杜亮，颖士鞭挞甚酷，人劝其他适，答曰："非不能去，但爱其才学博奥耳。"甄琛好弈，通宵令奴秉烛，睡则加挞。奴曰："郎君辞父母至京邸，若为读书执烛，不辞获罪。今乃以围棋故横加鞭杖，不亦非理。"琛惭而悔，遂折节读书。奴隶中信亦有可人者。

秦 桧 后 裔

陆诒孙《说听》载：嘉靖初，秦桧裔孙某宰汤阴，绰有政声。每欲谒岳忠武庙，逡巡弗果。将及瓜，谓同僚曰："岳少保虽与先世有恶，岂在后嗣耶？且吾守官无愧神明，往谒何伤？"遂为文祭之，拜不能起，呕血数升，扶出庙门即死。

关　圣　免　军

《耳谈》：万历间，解州俞保补戍腾越，妻王氏将粒米作信香，日夕恳祷关圣祠。岁余，保在伍梦关圣呼曰："尔妇为汝虔祷，故来视尔。尔欲归乎？"保伏地愿归，已不觉随其马蹄驰行，猎猎猛风，吹送有声，已落平沙柳林中，识是解州城外，因抵家扣门。王氏始疑，保具道所以，方启户相抱痛哭，随诣庙谢。明日复诣州言状，移文腾越察之，称保离伍仅一日，而军籍复有"关圣免勾"四字，保遂得免。王氏有诗曰："信香一粒米，客路万重山。一香一点泪，流恨入萧关。"

明　日　来

明宣正间，松江太守赵豫居官慈惠，每见讼者，非急事则谕之曰明日来。始皆笑之，遂有"松江太守明日来"之谣。不知讼者乘一时之忿，经宿气平，或众为劝解，因而获息者甚多，比之钩钜致人而自名英察者，其所存何啻霄壤。

山　鸟　报　更

陈眉公曰：山鸟五更喧起，谓之报更。盖山中真率漏声也。余居小昆山下，时梅雨初霁，座客飞觞，适闻庭蛙，请以节饮，因题一联云："花枝送客蛙催鼓，竹籁喧林鸟报更。"可谓山史实录。

染　须

刘禹锡诗："近来年少轻前辈，好染髭须作后生。"或嘲之曰："自是刘郎爱春色，非关前为少年轻。"明陆文量寓京时，客有授乌须方者,文量口占一诗答之曰:"染将纷白媚娇红,只畏痴心笑老翁。五色任生当顺受,二毛何况世人同。"闻者以为旷达。

身 具 二 形

《玉历通志》载:心房二宿具男女二形,妇人感之而孕,所生亦具二形。《晋史》:惠怀之世,京洛有兼男女体者,能两用人道。《七修》载:杭友苏民词娶一妾,下半月女形,上半月则阴户出阳势矣。《杂记》载成化中山西桑冲,《碣石剩谈》载嘉靖中瑞州蓝道婆,皆身具男女二形,假女红奸人妇女,事露刑死。《闻见厄言》载:禾郡城隍庙道童阴囊之后谷道之前又具女形,年长而美,两乳亦发。

人 生 尾

《独异志》载:大历中,洛阳尉苗登有尾长二尺余。《夷坚丙志》载:临安米市桥旁卖蕲豆者,腰间生尾,长四尺余,每出必用绳索缠缚数匝,犹为小儿窘逐求观。又一丐亦有之,然仅长数寸,阅者必施一文钱。

食 人

隋麻叔谋、朱粲常蒸小儿以为膳。唐高瓒蒸妾食之。薛震、独孤庄、张茂昭、五代苌从简、赵思绾、宋王继勋、林千之;《草木子》载元刘太保以人为粮,明两广提督韩观,皆嗜食人。然皆菹醢而食,未有生啖者。《三国志》载吴将高沛好饮人血。《文海披沙》:梁羊道生见罪人被缚,拔刀刳其睛吞之。宋王彦升俘获胡人,置酒宴饮,手裂其耳咀嚼。俘者痛楚号叫,而彦升谈笑自若。前后凡啖数百人,即虎狼不若也。

云 雨 雷 可 食

《文海披沙》:霍山南岳有云师、雨虎。云师如蚕,长六七寸,似兔。雨虎如蛹,长七八寸,似蛭,味甘,可熟而食。岭南有雷公,秋冬则蛰地中,状如彘,人掘取便击杀,烹而食之。

十 八 般 武 艺

矛、锤、弓、弩、铳、鞭、简、剑、链、挝、斧、钺,并戈、戟、牌、棒、与枪、杴,此十八般武艺也。近见《马氏日抄》:嘉靖己巳,边庭多事,官司招募勇敢,无一人应。山西李通行教京师,遂应募为第一,较其武艺,十八事皆能,一弓、二弩、三枪、四刀、五剑、六矛、七盾、八斧、九钺、十戟、十一鞭、十二简、十三挝、十四殳、十五叉、十六爬头、十七绵绳套索、十八白打。

气 象

《说圃识余》:徐中行朔参政广西,行出象州,计此必多象,问之舟人,云此绝无象,中行心疑其何以得此名。明旦早行,见山崖水次,象以千数,或饮或食,或趋或卧,其状不一。中行诘舟人曰:"你谓无象,此为何物?"舟人曰:"此山气所结,日高当不见。"中行不信,至日出,象渐散灭,无一存者。乃知古人以其气名之。然山无象而气乃尔,不可晓也。

古 屠 苏

《挑灯集异》:山东一民家共爨二百余年,食指五百余口,并不染疫疠。其家每年以三伏日收苦草,日一束,阴干,至冬至日杵为末,每岁正旦五更用蜜调,每人服一匕。此即古屠苏意也。

张 成 善 走

成化中,临清张成以善走得名,日行五百里。上官命入京师,往返仅七日,善马弗能逮。足有长毫,夜宿圆器中,每走势发,足不得住,抱树乃止。吴有举人过临清,知州与有旧,留之宿。举人求萧县大梨,知州召成往市,明旦已持梨来,疑其近处得之,使人往验,果然。盖百余里路,仅一昏时也。

帝王异号

三家三皇。 五泰五帝。 紫庭真人夏禹。 西明仙公文王。 祖龙秦始皇。 灞上真人汉高祖。 刘氏祭酒吴王濞。 茂陵秋风客汉武帝。 张公子汉成帝。 铜马帝 白水真人汉光武。 跃马皇帝 井中蛙公孙述。 圣刘天王 陈圣刘太平皇帝汉哀帝。 紫髯将军 鼠子孙权。 大耳儿 大耳龙蜀先主。 瞎儿天子晋赵王伦。 庶人天王晋燕王盛。 壮烈天王苻坚。 黄口小儿文襄帝。 黄须天子魏仁成咸王。 麟奴宋武帝。 秃疮天子赵光远。 萧闲大夫刘铢。 无愁天子北齐后主。 解事天子梁师都。 髭圣 天可汗 扫国真人唐太宗。 鬼婆 金轮皇帝武则天。 应天皇帝 和事天子唐中宗。 快活三郎 孔升真人唐明皇。 玉环天子杨贵妃。 文佳皇帝唐女子陈硕真。 儋耳龙唐德宗。 兵丹上圣唐宪宗。 乡贡进士 小太宗唐宣宗。 李天下唐庄宗。 潞州别驾唐明宗。 花项天子 独眼龙李克用。 白马三郎闽王审知。 儿皇帝石敬瑭。 天上大仙 郭雀儿郭威。 莲峰居士南唐李后主。 香孩儿 田舍奴翁宋太祖。 太平天子宋太宗。 来和天尊宋真宗。 赤脚大仙宋仁宗。 女中尧舜高太后。 浪子皇帝 教主道君皇帝宋徽宗。 捉鸡汉宋光宗。 北方小尧舜金主璟。 太师威武大将军 大圣法王明武宗。 天河钓叟明世宗。

人臣异称

闻编仙人庄周。 五羖大夫百里奚。 三闾大夫屈原。 好事儒者褚少孙。 一钱太守刘宠。 清白吏 关西夫子杨震。 小车宰相田千秋。 五日京兆张敞。 飞将军李广。 骢马御史桓典。 大树将军冯异。　矍铄翁　伏波将军马援。　香尉汉雍仲。　跋扈将军梁冀。　白衣尚书郑均。　贾父贾彪。　召父召信臣。　杜母杜诗。　乳虎甫成。　苍鹰郅都。　屠伯严延年。　伏龙　卧龙诸葛亮、李崇。　雏凤徐庶。　伏鸾邓艾。　隐鹄陆云。　痴虎许褚。　杜武库杜预。　折臂三公羊祜。　风流宰相谢安。　江右夷吾王导。　白马将军庞德。　髯参军郗超。　短主簿王珣。　三语掾谢瞻。　折臂太守刘之遴。　皮里阳秋褚裒。　五柳先生陶潜。　山中宰相陶弘景。　奶母何承天。　萧娘梁王宏。　吕姥吕僧珍。　韦虎梁韦叡。　瞎虎谷楷。　黑头三公诸葛恪。　黄颔少师　桃弓仆射齐郭祚。　陈姥隋陈棱。　段姥段达。　十钱主簿魏元庆智。　射雕都尉秦王斡。　圣小儿祖莹。　宇宙大将军侯景。　笔公　尖头奴古弼。　癫儿刺史魏崔暹。　赤牛中尉元仲景。　落雕都尉耶律光。　惊蝴蝶魏收。　细眼奴房玄龄。　三旨宰相王珪。　羊鼻公魏徵。　金牛刺史严升期。　人头罗刹　鬼面夜叉李全交。　四时仕宦傅游艺。　铜山大贼李义府。　李猫上、南唐李德来。　救时宰相姚崇。　牛头阿婆周兴。　行秘书虞世南。　两脚狐杨再思。　有脚阳春宋璟。　文场元帅张九龄。　肉腰刀　索斗鸡李林甫。　伏猎侍郎萧炅。　斫窗舍人杨滔。　缩葱御史侯思止。　多思翁卢从愿。　跛宰相裴度。　万羊宰相李德裕。　伴食宰相卢怀慎。　青钱学士张鷟。　白蜡侍郎董方。　瘦羊博士甄宗。　小笏学士杨纬。　斗酒学士王绩。　八砖学士李程。　四其御史郭弘霸。　呷醋节度使李景略。　紫袍主事韦君素。　捉船使君郭某。　伪荆卿甄戈。　不利市秀才夏侯孜。　补唇先生方干。　地藏菩萨李光弼、史思明。　驱驴宰相王及善。　软饼中丞韦庄。　猢狲待制王闶孚。　浪子宰相李邦彦。　拗木枕措大崔积由。　七松处士郑薰。　当世仲尼王起。　落雕御史高驻。　解事舍人齐瀚。　了了令史戴法兴。　苏扛佛失名。　苏模棱苏味道。　入铁主簿许慎。　八挞将军裴聿。　四明狂客贺知章。　水晶灯笼张中庸、刘随。　水月观音蒋疑。　判诗博士　枯松太保王仁裕。　醉士　间气布衣皮日休。　醉尹白乐天。　癖王卢仝。　白身判官令狐楚。　蓝面鬼卢杞。　玉界尺赵光逢。　歇后宰相郑綮。　着脚琉璃甄和。　五总龟殷践猷。　九尾狐陈彭年。　痴顽老子　长乐老冯道。　率土大将军　通天大将军黄巢。　鸦军李克用。　余佛余崇龟。　曲子相公和凝、夏言。　粥饭僧李愚。　边菩萨　边和尚南唐边镐。　照天蜡烛田元均。　一路福星鲜于优。　鱼头参政鲁宗道。　黑王相公尹缠伦、武茶。　铁面御史赵抃、吴中复。　髯将军杨沂中。　夜叉王德用。　清白宰相杜衍。　五分宰相赵鼎。　屈膝执政　由窦尚书许及之。　折竿主簿程颢。　喜鹊窦申。　孟爷爷孟宗政。　啼哭郎君曲端。　秦长脚秦桧。　怪魁陆游。　埋羹太守王琏。　邋遢翰林山字太守何瑭。　四铁御史冯思。　严氏二妾徐某、吕某。　清客宰相来宗道。

鸟　谕

顺治初，苏郡某为某省督学，颇有墨声。一日以公事谒抚院，众僚毕集，留饭抚院，预觅一异鸟，笼之檐前，时加顾盼，戒谕下人善为喂养。一人问："此鸟从何处得来？大老爷恁般珍爱。"抚院曰："此鸟从京师得来，一飞冲霄，可以直达天听。你看秀才头上一丢丢儿锡的，也值三百两，难道吾这里不该五六万？"某闻之失色，即托亲信馈送，所费不赀，得以安全。

金 陵 词 客

金陵一词客，侨寓吴门，家蓄粉头为业，俗名养瘦马。门上春联书杜工部"岂有文章惊海内，漫劳车马驻江干"句。偶开罪于一士，改为"岂有红颜惊海内，漫劳白镪贮门庭"粘于上，见者绝倒。

陈 刘 相 业

《复斋日记》：庐陵陈阁老文，簠簋不饬。其门下士有善滑稽者，谓人曰："昨夕有二夜叉来取文，一夜叉挽之，文不肯去。一曰：'彼将望升太师柱国，如何舍得去？'挽之者曰：'他此去即为阎王，何恶也？'文喜曰：'如何便得为阎罗王？'夜叉曰：'公有淮盐十余万，非盐王而何?'"闻者绝倒。后永新刘定之继入阁,尤不惬于众望。或述《辍耕录》载人讥史帅语意曰:"昨新阁老入阁,吏请循故事祀皋、夔、稷、契,刘曰:'陈先生不祭,我也不祭济。'"传以为笑。

八 人 同 席

泾阳赵念堂先生濬,以名进士宰常熟,有惠政,邑人德之。一日席间诵一诗云:"二八佳宾两桌开,五荤三素一齐来。仔细看从肩上过,急忙酒向耳边催。可怜短臂当隅位,最恨肥躯占半台。更有客来骑马坐,主人站立遥相陪。"众为绝倒。

诗 讥 子

《漱石闲谈》:长洲相城有一翁,雅善诗,年老子孙颇怠于奉养,翁意郁郁不乐。一日大书一诗于堂壁云:"人生七十强支持,帘卷西风烛半枝。传语儿孙好看待,眼前光景不多时。"其二子方以文学有时名,大惧,托所亲恳请,得涤去,然其诗已遍传矣。

杨 文 贞 戒 子

杨文贞士奇子稷为横乡里,密友自楚中来者,每以其恶款述之文贞,文贞常戒之。一日书一联曰:"不畏官司千状纸,只怕乡民三寸刀。"而稷毫不知改,卒以杀人伏法。文贞二语可为巨族药石。

插 不 腊

顺治初,吴中初设织造局,其督理张某,满人也,其髯甚修。同寮侯姓者,子患痘,延医李含章视之。李亦长髯,坐间张忽持李须曰:"好个插不腊。"李谓美其须也,答云:"医生全亏此插不腊。"指张曰:"老爷的插不腊更好。"张默然。及出,其吏云:"满语以脬子为插不腊,彼可以侮尔,尔何得以此答之?"李大骇,更入泥首谢罪,张笑而遣之。

芋 芳 韧

杭人有作县广东者,其夫人美而艳,舆夫在轿后数言芋芳韧,此浪语也。夫人怪之,入衙述之于令。令询于门子,门子亦不以正对。时适天雨,曰:"此间土音言天雨耳。"一日理事,有妇人跪雨中,令忽忆前语,乃召妇人跪上来芋芳韧。满堂书吏掩口而笑。令怪而问之,吏云:"此间以厥物硬为芋芳韧耳。"令大惭,追责门子并舆夫焉。

刘 方 燕 巢

刘方,方姓女也,年十三,伪为男子,从父扶母丧还乡。父死于河西刘叟家,叟无子,遂为之子,曰刘方。后叟复收一人为长子,亦避难来从者,曰刘奇。已而叟死议婚,方不从,奇为燕诗以悟弟曰:"营巢燕,双双雄,辛苦营巢巢始容。若不寻雌寄壳卵,巢成毕竟巢还空。"方和曰:"营巢燕,双双飞,天设雌雄事有期。雌兮得雄愿已足,雄兮得雌胡不知。"奇见诗大疑,方以实告,始知是女,便为合婚。方曰:"虽自为配,亦天缘,须告之坟,会亲友,庶不为野合。"奇从之。后成巨族,号奇方二义云。事见《明诗正声》。刘方能诗,且淑慎,非若艳而冶者人可挑也。

坚瓠广集序

尝览颜鲁公文集,见宋文贞公广平神道碑,言其雅善戏谑,不常矜庄,每有谈谐,人辄疏取。然则端人巨公,立朝大节,表表当世,而亦不废调笑,至于或资博赡,或寓规箴,历代以来,高流名彦,纪艳纪异,不可枚举。其所采辑,咸足佐清谈而供考据,迄今传之不替。盖圣经贤传自为吾侪之所尊奉,然泥之者未免流于适莫适莫之弊,遂为偏党。世之方幅规步,谓不读非圣之书,而出言不苟者,乃有所论列,如拟苏子瞻为蔡京,比荀文若于秦桧,往往不满于后人,吾所不解也。讲诵不废丝竹,笑骂皆成文章,其风流不坠,反似有可取耳。褚子学稼,予忝世讲,一门之内,少长皆有文端雅之士。而学稼尤博涉古今,哀其余绪,以为挥麈解颐之助,命之曰《坚瓠》,谓其不适于用也。其集至再至三四而犹未已,广闻见,悉远迩,鼓舞悦豫,开抒沉郁,端足赖焉其用,曷可以一端尽之。若夫拘挛局促,只掇拾糟粕之余,如李太白所谓"白发死章句"者,吾不知其所用何等也。通家弟朱陵漫题于亦巢。

序

　　尝读眉公《秘笈》，见其于经史子集之外，另辟蚕丛，别开雁宕，心甚乐之。乃正集未已而续集，续集未已而广集，开拓心胸，未始不殊志满登山而情盈观水也。眉公去今六十余年，求之坊梓，欲得领异标新如《秘笈》一书者，杳不可得，窃叹斯人不作，令我目枯。乃今忽得石农先生《坚瓠》一书，是凤雏始翔，伏龙继蛰，眉公之后又一眉公矣。先生之书人不叙时，事不区类，意之所及，信手拈来，可兴可观，可法可戒，或且可喜可愕，可以挥泪，可以解颐。义缘六籍，非经而经，遗拾历朝，不史而史。绳之理学，杂以诙谐，目为稗官，准乎典则。既成正集四十卷矣，因一时纸贵，问继刻者甚殷，又从而续焉。续之未已，又从而广焉。何异《秘笈》先后一辙乎？信乎眉公之后又有眉公矣。或曰眉公之为人，文采外彰，而石农敛华不露；眉公交游满天下，石农落落数晨夕者惟素心数人；眉公间有公卿下问，抵掌而谈天下之务，石农理乱不闻如瓶守口：眉公之与石农可比而同之乎？余曰：人或以眉公与石农谓之将无同者，余亦从同同；人或以谓之道不同者，余曰何必同。同与不同，自有能辨之者，余不必论也。独是眉公以《秘笈》名书，见其公溥之心，秘而不秘；石农以《坚瓠》名书，表其确然之守坚而益坚，而其有善不藏，有美必著之意一也。是则笈也瓠也，以之当夜警之钟，春巡之铎可也。或曰是小品也，詹詹之言，子何誉之深也？余曰：子不闻芥子之中可纳须弥，一滴水具沧海味乎？读季野之《春秋》，作如是观焉可也。康熙己卯孟冬望日，钱塘眷同学弟陆次云顿首拜撰。（此篇据柏香书屋本补）

广集卷之一

道 学 风 月

祝理美曰:儒者谈道学,必厉齿严牙,着不得一毫戏谑,此甚腐也。先儒如子舆氏,诙谐甚多,不可殚述。至若述圣曾子,学主慎独,一生战战兢兢,不敢些子放肆,乃讲到心诚求之句,便譬喻到学养子而后嫁,这是不板腐的样子。又谢上蔡欲试教官,请于程子,程子曰:"吾党有求贞妇者,聘一女,先欲试之。其母怒而弗许,曰:'吾女非可试者也。'子求为人师而试之,必为此媪笑也。"程子此语从学养子脱胎出来,却又阐发太过。可见谑词何害道学。前代议论以欧阳文忠好作风月小词,至靳之于从祀之列,鄙见哉!

古 人 称 先 生

古人称先生,尊词也。称父兄亦曰先生。故朱子曰:"先生,父兄也。"汉人单称先,亦尊辞也。颜师古曰:"先犹言先生也。"故《梅福传》曰"叔孙先",非不忠也。汉人单称生,亦尊辞也。颜师古曰:"生犹言先生也。"如贾生、董生、伏生之类是也。宋人称先生加老焉,尤尊辞也。如刘元城称司马温公是也。其笔之于书,亦自元城《语录》始也。

为 善 望 报

吕叔简曰:一里人事专利己,屡为训说不从。后颇作善,好施贫救难。余喜之,称曰:"君近日作事,每每在天理上留心,何所感悟而然?"答曰:"近日读司马温公语,有云不如积阴德于冥冥之中,以为子孙长久之计。"余笑曰:"君依旧是利心,子孙安得受福?"

激　祸

历代缙绅之祸,多肇于语言文字之微。是故诽谤激坑儒之祸,清议激党锢之祸,清流激白马之祸,台谏激新法之祸,东林激逆阉之祸。祸生于激,何代不然。其始也,一人倡之,群众从而和之,不求是非之归,而欢狂到底,牢不可破,其卒也不可收拾,则所伤多矣。

书 劝 门 人

丁清惠公宾最宽厚,有一门生好以刻薄谋产,公贻书戒之曰:"产业将贻之子孙,须得之光明,待之仁厚,斯可垂之永久。若以产业为冤业,非惟为子孙作马牛,直为子孙作蛇蝎耳。戒之,戒之!"又以扇写古诗云:"一派青山景色幽,前人田土后人收。后人收得休欢喜,还有收人在后头。"门生大惭,不敢复横。

刘 时 卿 语

刘时卿曰:近世讲学者开口便教人抛弃功名富贵,此大害事。古之圣贤于功名富贵,何尝生一重心,亦何尝生一轻心,惟以无心应之。时而我用也,累裀列鼎不为侈,时而我舍也,枕流嗽石不为枯。如是而已耳。

汤 东 谷 语

《挥麈谈》:汤东谷语人曰:学者居中等屋,衣下等衣,食上等食。何者?茅茨土阶非今所宜,瓦屋八九间,仅藏图书足矣,故曰中等屋。

衣不必绫罗锦绣,得夏葛冬裘,仅适寒暑足矣,故曰下等衣。至于饮食则当远求名胜之物,山珍海错,名茶法酒,物物皆备,庶不为凡流俗士,故曰上等食。

苏 黄 门 语

苏黄门曰:人生逐日胸次须出一好议论,若饱食暖衣,惟利欲是念,何以自别于为兽? 余归蜀,当杜门著书,不令废日,只效温公《通鉴》样作议论,商略古人,岁久成书,自足垂世也。

伍 蓉 庵 语

《林居漫录》:缙绅之家婢妾多,足以渔色而不足以养寿命之源。仆隶多,足以张威而不足以贻安静之福。田宅多,足以示侈而不足以杜势家侵夺、子孙倾覆之祸。是故武侯之丑妇,荆公之蹇驴,萧相国之不治垣屋,质诸前哲,无非轨仪,凡百君子,何莫由斯。

又云:古训但言贪利,而王子晋独言贪祸;但言求福,而孟子兼言求祸。人即至愚,祸岂有爱焉而贪之求之? 曰彼倚冰向火,蝇趋蚁附之辈,利方在门,兵已在颈,非贪之求之耶?

又云:人有恒言,皆曰义利。利紧跟义,则是义能生利也。又皆曰利害。害紧跟利,则是利能为害也。知义之在先,害之在后,则熙熙攘攘,亦可以少息矣。

又言:王少湖先生敬臣云:有一先辈揭《千字文》二句于壁,而各加注焉。“罔谈彼短”之下注:“我亦有短。”“靡恃己长”之下注:“人各有长。”此语吾人皆当书之座右。

又云:地上有门曰祸门,而作恶者自投之。地下有门曰鬼门,而好色者自趋之。此二门者皆一入而不可出,可无惧哉。故人能谨身守法,则祸门常杜;能清心寡欲,则鬼门永塞。

又云:杨东里、丘琼山、李西涯虽云博学,皆不识字。东里不识节义二字,琼山不识止足二字,西涯不识端方二字。

荒　政

嘉靖中,广东佥事林希元《荒政丛言》:救荒有二难,曰得人难、审户难。有三便,曰极贫民便、赈米次贫民便、赈钱稍贫民便。赈货有五急,曰垂死贫民急粥饭,疾病贫民急医药,既死贫民急瘗埋,遗弃小儿急收养,轻重系囚急宽恤。有三权,曰借官钱以籴粜、兴工作以助赈、贷牛种以通变。有六禁,曰禁侵渔、禁攘盗、禁遏粜、禁抑价、禁宰牛、禁度僧。有三戒,曰戒迟缓、戒拘文、戒遣使。

治　本

方逊志云:贫国有四而荒凶不与焉。聚敛之臣贵则国贫,勋戚任事则国贫,上好征伐则国贫,贿赂行于下则国贫。富国有四而理财不与焉。政平、刑简、民乐、地辟,上下相亲,昭俭尚德,此富国之本。

祝　由　科

《黄帝素问·移精变气论》有祝由科,谓人病不用针石药饵,可祝而愈。《南史》:刘宋时薛伯宗善徙痈疽,公孙泰患背疽,薛为气封之,徙置斋前柳树背,疽遂消,树便起一瘤如拳。二十余日,瘤长脓烂,出汁斗余,树遂痿损。又《夷坚志》载:溧阳巫能治骨鲠。长巷村人王四,食鹅遭鲠,三日不能食,且死,遣子请巫。巫于灶内取灰筛布地上,炷香焚纸钱,诵咒召神结印,次以苇筒作小犁状耕灰中,云骨甚劲。凡一至再,筒中忽微有声,巫倾注水碗中,乃鹅翅骨也。巫所居距长巷四十里,王子至家,父已平复半日。此即上古祝由之术也。世之巫觋运神摄气,书符咒水,劾召鬼神,自有此理,天地间何往而非一气之流行,一心之运用哉。

燕 二 十 八 宿

明高皇欲燕二十八宿,问刑部尚书开济,燕用何品。济曰:"昂、奎用酪,毕用鹿肉,觜用根及果,参、牛用醍醐,斗、井、鬼用糠米华和蜜,柳用乳糜,星用糠米乌麻作粥,张用毗罗婆果,翼用煮熟青黑豆,轸用莠稗饭,角、氐用诸华饭,亢用蜜煮绿豆,房用酒肉,心、危用糠米粥,尾用诸果根作食,箕用尼拘陀皮汁,女用鸟肉,虚用乌豆汁,室用肉血,壁用肉,娄用大麦饭并肉,胃用糠米乌麻野枣,列于二十八张金桌上。"曰:"何以知其至否也?"济曰:"二十八把金椅,用二十八犷红绵剖松椅上,至则芒头倒,不至则芒头不倒。"如济言燕之,二十六椅芒头倒,二椅芒头不倒。问曰:"二宿何以不至?"济曰:"一宿陛下,一宿臣。"高皇疑济要做朕,不难以事见法。问曰:"卿聪明绝世,锦心绣腹。吾闻人心有七窍,可见乎?"济曰:"先剖腹,风入无见也。先斩后剖,五内宛然。"如言剖之,无见也。高皇叹曰:"济死且诱朕,真聪明也。"

牛 羊 狐 眠

人知陶侃葬母之地,为老人所指牛眠处,不知又有羊眠、狐眠者。宋章得象之母陈氏,尝活建州一城之命,子孙衣冠相继。世传曰"羊眠处,鹧鸪啼",章家坟是也。明李东阳父淳操小舟为业,遇贫者多不索钱,人咸德之。一日遇一老叟曰:"尔有阴德,吾告尔善地瘗亲,当食厚报。"遂指一穴曰:"此狐眠处,甚佳。"淳如所指,见一狐稳卧,惊而去之,以营圹葬。乃谢老叟,叟曰:"不当惊狐,俟其自起,乃更吉。尔后当中衰,然尔子不失三公矣。"弘、正间,西涯果为首相。

丁 谓 才 智

丁谓有才智,尝倾意以媚寇莱公,冀得大拜。性尚机祥,每晨占鸣鹊，夜看灯花，虽出门归邸，亦必窃听人语，用卜吉兆。时有无赖于庆，贫寒不立，计且死冻馁，谋于一老儒，老儒曰："汝欲自振，必更姓名，后得志，毋相忘。"庆拜听指挥。老儒命改于为丁，名宜禄，使投身于谓。谓果大喜，收之门下，不旬月而谓入相，宜禄遂宠冠纪纲，虽大僚节使，倚藉关说，不逾年而家资巨万矣。老儒亦蒙宜禄引见，得教授大郡。按沈休文《宋书》，宰相苍头呼为宜禄，且复姓丁，愈惬所望，莫谓晋公不读书也。

东 坡 游 西 湖

《宋稗类钞》：姚舜明延辉知杭州，有老姥自言故娼也，逮事东坡先生。言东坡春时每遇休暇，必约客湖上早食，于山水佳处饭毕，每客一舟，令队长一人，各领数妓，任其所适，晡后鸣锣以集之，复会望湖楼，或竹阁之间，极欢而罢。至一二鼓，夜市犹未散，列烛以归，城中士女云集，夹道以观千骑之还。实一时之胜事也。

郑 仰 田 拆 字

《字触》载：上虞倪公元璐为祭酒时，与温辅体仁忤，将请告。惠安郑仰田者善拆字，遇于同官席上，初未通名，取投子中以绯饰四者予卜。郑曰："京官四品而掌印者惟祭酒，公其祭酒倪公耶？"公颔之，曰："公必与当事忤，姓名中带骨字者，其人也。盖投子骨所成而四面棱角，不能刓圆，以是知不合也。"又曰："公意欲图归乎？必得请矣。投体方类口，四亦类口，乃回字也。"后果然。

竹　　米

竹结实如麦则见于晋元康、宋乾兴之时，如米则见于唐开成、宋咸平之时，然不言其色与味也。《七修》载：嘉靖二十年，杭州昌化县长亘五十里竹叶间苞络成毯而实焉，采而春之，则黑色碎米，炊而食之,味少涩而饱,和饴为饼饵最佳。其地遂就丰熟。又《真珠船》载:嘉靖丁未、戊申,商、洛、汉、沔大饥,竹遍生实,又多竹鼠,饥民甚赖之。又见传云:"竹实如鸡子味,食之清凉满口,故谓凤凰食也。"

神　石　度　饥

人遭水旱频仍,草木树皮可入口者皆无遗类。然天不忍使民困绝,必生异物以济之。《历志》载:宋真宗时,慈州山生石脂如面,可为饼饵。又泰州生圣米,大如芡实。苏、秀二州湖中生圣米。《闻见厄言》载:崇祯中,杭湖山间忽生异石,色白微赤,体软质细,状如茯苓,研之可作粉面,民竞取,杂糠核为饼,食之得活者甚众,俗号观音粉。迨岁有收,此石乃坚不可复捣,捣亦不可复食矣。

《文苑英华》载:唐玄宗时,王俛奏武威郡天宝山周回五六里石化为面,村人取食,甘美益人。孙逖表云:"岂来蒸之足喻,何雨粟之能方。"

京　师　十　可　笑

《戴斗夜谈》载:京师相传有十可笑:光禄寺茶汤,太医院药方,神乐观祈禳,武库司刀枪,营缮司作场,养济院衣粮,教坊司婆娘,都察院宪纲,国子监学堂,翰林院文章。犹汉世谚称"举秀才不知书,察孝廉父别居"之谓也。

二　十　四　气

天启中,都下造《天鉴录》、《点将录》,崔呈秀密付魏忠贤,流入宫禁,按籍以罪诸人。崇祯中枚卜阁臣,一时大僚及台谏相构不休,其不得与会推者,因造二十四气之目,以摇惑中外。目曰:"杀气吴甡,棍气孙晋,戾气金光宸,阴气章正宸,妖气吴昌时,淫气倪元璐,瘴气王锡衮,时气黄景昉,膻气马嘉植,贼气杨枝起,悔气王士镕,霸气倪仁桢，疝气周仲琏，粪气房之骐，痰气沈维炳，毒气姚思孝，逆气贺王盛，臭气房可壮，望气吴伟业，杂气冯元飚，浊气袁恺，油气徐沔，秽气瞿式耜，尸气钱元悫。"各有诨号，中间贤不肖参杂。其指为淫气、逆气、油气、秽气者，后皆死国难。《天鉴》、《点将》二录，传抄者众，故不具录，录此以备野史之阙云。

铁 冶 厂

遵化铁冶厂炉神，元之炉长康侯也。元遵化县民康小二为官铸铁，当炉四十日，铁不熔，费薪炭无数。主者将治之，欲自尽。康有二女劝止之，又恐父获罪，俱祝天投入冶，铁应时熔。众见二女上升飞腾，光焰中若有龙随之而起。事闻，封其父为崇宁侯，二女敕为金、火二仙姑，至今铁冶祀之。盖其地有龙潜于炉下，故铁不倾，二女投下，龙惊而起焚其尾，时有秃龙见焉。

长 卿 简 子

萧子云赋："长卿晚翠，简子秋红。"杨升庵云：徐长卿药名。《堤疾恒谈》云：草中有徐长卿，木中有无患子，并可辟鬼。《齐民要术》：简子藤生缘树木，实如梨，赤如鸡冠，核如鱼鳞，取生食，淡泊甘苦，《广志》谓之侯骚。

李 后 主 转 世

山阴金雪洲先生初生，祖楚畹先生兰命名曰煜。有异人善扶乩，能降神，言："是儿前身，乃南唐李后主煜也。后主读马太君词而喜之，愿为之儿。得乎戌，失乎戌，志之，志之。"又书一词，有"天津桥上望归舟，又是黄花水落秣陵秋"句。考陆游《南唐书》：后主以建隆三年壬戌即位，至开宝七年甲戌宋师下江南，南唐遂亡。雪洲先生以戌戌通籍，令郏城，庚戌去官，殁于天津，亦在甲戌，又同客死于他乡，且一目皆重瞳子，始终若合符契，亦异已。康熙戊寅春，遇先生令子衍孙墟于钱唐，出毛会侯先生传志示予，故知之详焉。马太君词有《遂闲堂集》行世。

李钱二王生卒

南唐李后主煜以七月七日生，以七月七日死。吴越王俶以天成四年八月二十四日生，以宋太宗端拱元年八月二十四日死，刚一甲子。然后主以"故国不堪回首"句及徐铉所探赐肌牵药而死，忠懿荷礼最优，宜无他者。顾二王皆以生辰死者，盖衔忌未消，各借生辰赐酒，阴毙之也。

黄　袱　谶　语

《青燐屑》载：崇祯元年，五凤楼前获一黄袱，内袭小函一卷，题曰："天启七，崇祯十七，还有福王一。"内侍晨捡得，奏御前，思陵传巡视皇城各官，究所从来。袁槐眉给谏奏曰："此事不经，何由得至大内？且臣等巡视，俱各未见，而内臣特奏之，安知非奸人所为。如一追究，将来必有造言簧惑圣听者矣。"上可其奏，立命火之。至甲申、乙酉国亡，竟符其数。

文　士　润　笔

以财乞文，俗谓润笔之资。隋郑译拜爵沛国公，位上柱国，高颎为制，戏曰："笔干。"答曰："出为方伯，杖策言归，不得一文，何以润笔？"唐柳批善书，东川节度使顾彦珲请书德政碑，批曰："若以润笔为赠，即不敢从命。"《容斋随笔》谓文字润笔自晋宋以来有之，至唐始盛。李邕作文，受纳馈遗至巨万。皇甫湜为裴度作福先寺碑，度赠车马彩缯甚厚，湜犹以为薄。度又酬绢九千匹。白居易作元稹墓志，谢以鞍马、绫帛、玉带，价逾六七十万。裴均死，其子持万缣诣韦贯之求铭。刘禹锡《祭韩昌黎文》云："公鼎侯铭，志隧表阡，一字之价，辇金如山。"自宋以后，此风衰息矣。王弇州云：饶介之仕伪吴，求时彦作《醉樵歌》，以张仲简作为第一，高季迪次之。介之赠仲简黄金十两，季迪白金三斤。后承平日久，张修撰洪每为人作一文，仅得钱五百文，尚未慊意也。《戒庵漫笔》云：有人求文于桑思玄悦，托以亲昵，无润笔。思玄曰："吾平生未尝白作文字，可暂将白银一锭置吾案间，鼓吾兴致，待文作完，并银送还可也。"唐子畏寅有一巨本，录记所作文字，簿面题"利市"二字。都南濠穆生平至不苟取，尝有疾，以帕裹头，强起坐书室中。人有请其休息者，答曰："若不如此，则无人来求文字，索润笔矣。"马怀祖尝为人求文字于祝枝山允明，枝山问曰："是现精神否？"俗以银钱为精神也。马曰："然。"祝则欣然捉笔。又《南窗闲笔》载：陈白沙善画梅，求之者众。白沙戏题坐侧曰："鸟音人又来。"人不解，问之，白沙曰："白画，白画。"众为绝倒。

明皇遇贵妃

唐明皇于开元二十六年冬取杨玉环于寿邸，度为女道士，住内太真宫，时明皇年已五十三矣。至天宝四载，册为贵妃，宠冠后宫。考前后凡十八年。至天宝十五载，贵妃年三十有八，缢死于马嵬坡之佛堂。明皇日夜追思，又七年始卒。以老年遇爱姬，又加韩、虢、秦三姨环侍左右，昼夜游戏，观《开天遗事》可见，而卒享二十余年之乐。使其恬淡寡欲，其寿又岂止于七十八哉！

吏三十六子

《近事存疑》载：康熙中，江南某府吏郑某，立心忠朴，为郡守所信任，分外厚遇。一日升堂呼之，见其衣服破弊，因叱之曰："我另眼看你，你为何袍子不做，装穷如此？"吏云："吏乃真穷，非诈也。"守叩问所以穷之故，吏云："小吏养子三十六人，只吃饭着衣，也要穷死。"守笑问曰："如何婢妾之多？"吏云："小吏只夫妇两口子，皆妻子所生。"守又笑问："你年纪不上四十,难道三、四岁就养儿子么?"云："小吏十八岁完娶,一年一胎,子皆双生,所以今年三十六岁,有子三十六人。"守问皆存活否,云："皆现在。"守命领来看。吏归,使大儿抱幼儿,中儿携小儿,拥挤一堂,守笑不止,取库银百两赏之,申文报司抚。司抚异之,各有所赠。张文玖述此,真异事云。

奸 僧 燃 指

祝枝山《前闻》载奸僧割妇人乳头以为炼指之用,盖割妇人乳头之皮包于指上,复加药件和牢,然后烧之,则内肉了不痛也。凡燃指、炼顶、烧臂、刺血之类,必皆有术,而此事亦可备讯鞫者之一知也。

笼 灯 传 送

《四友斋丛说》:明孝宗尝问内侍云："在京各衙门官,每日早起朝参,日间坐衙治事,其同年同僚与故乡亲旧亦须宴会,那得工夫?"内侍答云："惟是夜间饮酒。"孝宗曰："各衙门差遣缺人,若是夜间饮酒,骑马醉归,何处觅灯烛?今后各官饮酒回家,逐铺皆要笼灯传送。"自是两京皆然,虽风雪寒凛之夕,夜半呼灯,未尝缺乏。

妓 女 叶 子

潘之恒《亘史》:万历丁酉,冰华梅史以燕都妓女四十人配叶子,以代觞筹。东院十九人,郝筠、魏寄、李夜珠、杨娟娟、魏道蕴、郝长、王文兰、李月仙、郭子夜、崔琼、崔新莺、张燕燕、崔妆、李昭、崔长卿、陈雪筝、崔子羽、焦燕如、李十一。西院四人,李燕容、屈慧若、屈文若、柳五。本司五人,陈桂、王寿、段素如、王燕如、郭狄。前门十二人,田瑶生、刘越西、左翠、冯丑、冯巧、孙真真、田文舒、刘宛宛、董双成、吴文玉、王良、张六。梅史者,浙沈水部所托名也。闻京师妓女王雪箫为最,而薛素素才伎过之,梅史不之及,未识何故。

记　里　鼓

记里鼓又名记里车，车上有二层，皆有木人，每行一里，下层木人击鼓一槌，行十里，上层木人击镯一槌。郎仁宝《七修》言：正德中学使尝出以试士，举场皆不知始于何时，创自何人。杨铁崖有《记里鼓赋》，亦无时与人。而《三朝志》载：记里车，唐元和间金忠义所作。宋天圣间，内侍卢道隆又造之。及阅陈眉公《书蕉》载：记里鼓，刘宋高祖平姚泓所得。则知又不始于唐末矣。

宣武门书院

万历中，宪长吉水邹南皋先生元标、副都三原冯少墟先生从吾，各以建言予杖去，里居讲学四十年，泰昌初征入。掌宪公暇辄会讲城隍庙，佥议建书院宣武门。内城御史周公宗建董之，讲堂三楹，后堂三楹，供先圣，陈经史典律。以天启二年十一月开讲，至四年六月罢讲。御史倪文焕等诋为伪学，疏曰：“聚不三不四之人，说不痛不痒之话，作不浅不深之揖，啖不冷不热之饼。”乃碎碑暴于门外，毁先圣木主，焚弃经史典律于堂中。院且拆矣，崇祯初，文焕等伏法，院遂以存。后礼部尚书徐光启率西洋人汤若望借院修历，署曰历局。

毁　碑

杨琏真伽，元僧秃贼也，毁碑刻以为浮图，万世唾骂。《渑水燕谈录》载：景祐中，姜遵守永兴，奉太后旨，悉取长安汉唐碑石以代砖甓为浮图。此中国读儒书者，虽有太后旨，未闻谏止而辄奉之，与秃贼何异。又《水经》：洛阳天渊池有魏文帝九花楼，殿基悉是洛中故碑累之。又闻父老言，南京街中亦半是六朝旧碑。又予亲见长洲露台西阶石是萧景睥仗义英风之碑。

宋 江 毕 四

宋徽宗时，山东贼宋江等三十六人聚众横行，官军莫敢撄其锋。周公谨载其名赞于《癸辛杂志》。又元顺帝时，花山贼毕四等亦三十六人，聚集茅山，出没无忌，官军不能收捕。二贼相类，又皆三十六人。宋江中有一丈青花和尚，而毕四中亦有一妇一僧，最勇健，岂真上合天罡之数耶？

京 师 四 多

《五杂组》载：京师阉竖多于缙绅，妇女多于男子，倡伎多于良家，乞丐多于商贾。谚曰："天无时不风，地无处不尘，物无所不有，人无所不为。"盖尽人间不美之俗，不良之辈，而京师皆有之，殆古之所谓陆海者。或谓不如是不足为京都，斯言亦近之。

芦 沟 斗 城

《破梦间谈》："芦沟晓月"为畿辅八景之一。崇祯三年后，风景萧条，议者谓此畿辅咽喉，宜设兵防守，又须筑城以卫兵。于是当桥之北规里许为斗城，局制虽小，而崇墉百雉，俨若雄关。城名拱北，二门南曰永昌，北曰顺治。创于崇祯丁丑，特设参将控制之。

娼 家 魇 术

娼家魇术在在有之，北方尤甚。《客座新闻》载：妓家必供白眉神，又名袄轩神。朝夕祷之，至朔望日用手帕蒙神首，刺神面，视子弟奸猾者佯怒之，撒帕着子弟面，将坠于地，令拾之，则悦而无他意矣。祝枝山《志怪录》载：一少年狎一娼，娼以其年少又美，且富也，趋奉甚谨。少年惑之，留其家已经岁。一日偶倚楼闲望，见娼自携一鱼以入,私念何不使婢辈而必自持,因密察之。娟持鱼径入厕中,少年益怪焉,谛窥之,见娟置鱼于空溺器中,顷之又将一器物注溺器中,若水而色赤。亟前视之,乃月水也。乃大恨而别。按《博物志》云:"月布在户,妇人留连。"注谓以月布埋户限下,妇女入户则自淹留不肯去。是女可以此留男,男亦可以此留女也。又闻娟不欲接其人,则撒盐入水,投火中,其人便焦急而去矣。

刘 良 女

明武宗西幸,悦乐妓刘良女,遂载以归,号曰夫人,居腾禧殿,覆以黑琉璃瓦,俗呼为黑老婆殿。《日下旧闻》云:康陵南巡日,与夫人期以中途召之,夫人脱簪于帝以示信。帝骑过芦沟亡之,大索不得。行至临清,念夫人,召之,夫人以不见簪不往。帝不获已,兼程抵潞河,载夫人偕南。寺观旛幢,列镇国公号,复系以名,夫人每得并书。嘉靖初,纳南京给事中王纪之言,俾尽撤去。然夫人在途常谏帝游猎,非专以色固宠者。

官 司 谚 语

《宙载》载都下谚语云:"吏科官,户科饭,刑科纸,工科炭,兵科皂隶,礼科看。"《说听》载:工部居六曹后,仕进者冷局视之。嘉靖间兴大工,添设部官,比曩时数倍,营缮司尤盛,郎中多至十余员,得骤升京堂,或有先赐四品服者,人始慕之,而为语云:"马前双,马后方,督工郎。"马前双者棍,马后方者杌也。兵部四司谚语,见壬集二卷。

都 下 谚

《宙载》载成化间都下谚云:"韦英房,梁芳马,尚铭银子似砖瓦。"嘉靖间,都下又有谚云:"滕太监房,麦太监马,高太监金银似砖瓦。"滕名祥,御用监。麦名福,掌团营。高名忠,内官监监督诸工者。

平　江　伯

《金台纪闻》：平江伯陈睿好饮凉酒，京师为之语曰："平江不饮热酒怕火筛。"适弘治庚申，火筛兵势颇张，孝庙遣平江御之。临轩挂印，平江畏怯失措，跌而失印，孝庙不乐，寻竟以逗留削爵。

看　果　楮　锭

今士庶有丧，灵座前皆设看果，或土或木，而饰以色。其祭享则必焚楮钱，及金银楮锭。陶毂《清异录》载：周祖灵前看果，皆雕香为之，形色如真。则看果五代时已有之矣。唐王玙传载：汉以来皆有瘗钱，后里俗稍以纸寓钱，玙以用之祭祀。则祭祀之焚楮钱，盖始于玙。《清异录》又载：周世宗发引之日，金银钱宝皆寓以形，而楮钱大若盏口，其印文黄曰泉台上宝，白曰冥游亚宝。则金银楮锭及钱始于唐而盛行于五代矣。

返　魂　香

《客座新闻》载：太仓刘家河天妃僧自外归，见锅中汤沸，揭而视之，见二卵煮将熟，询之，言行童于鹳巢中取者。僧命还之巢中，仆曰："卵已熟矣，还之无生理。"僧曰："吾岂望其生，但免鹳之悲鸣而已。"后数日，忽出二雏，僧异之，令仆探其巢，见一木尺许，五彩错杂成文，香气馥郁，持以与僧，供之佛前，亦未之识也。后有入贡倭人见而欲售之，僧绐之曰："此香乃三宝太监舍供天妃者，岂敢卖钱？"倭强以五百金易去。后倭复入贡，来访老僧，已故矣。其徒询所取之香何物也，倭曰："此聚窟州所出返魂香，焚之，死人之魂复返矣。"

戒　指

俗用金银为镮，贯于指间，谓之戒指。按《诗》注，古者后妃群妾以礼进御于君，女史书其月日，授之以镮，以进退之，生子月辰，以金镮退之，当御者以银镮进之，着于左手，既御者着于右手，又谓之手记。事无大小，记以成法。则戒指手记之名，其来久矣。

戴文进画厄

明宣庙喜绘事，一时待诏有谢廷循、倪端、石锐、李在，皆有名。戴文进入京，众工嫉之。一日在仁智殿呈画，文进以得意之笔上进，第一幅是《秋江独钓图》，画一红袍人，垂钓于水次。画家惟红色最难着，文进独得古法入妙，宣庙阅之大喜。廷循从旁奏曰："此画甚好，但大红是朝廷品官服色，却穿此去钓鱼，甚失大体。"宣庙颔之，遂挥去，其余幅不复视。

买 东 西

《兔园册》：崇祯中，思陵设游艺堂为涉览文史地，有所疑辄使中官问之词臣。一日忽命中官问词臣曰："今市肆交易，止言买东西而不及南北，何也？"词臣猝无以对。辅臣周延儒曰："南方火，北方水，昏暮叩人之门户求水火，无肯与者，此不待交易，故惟言买东西。"中官以其言入奏，思陵善之。愚意东主生发，西主收敛，或取东作西成之意，书之以俟博识。

山 海 经

汉武帝时，外域献独足鹤，人以为怪。东方朔曰："此《山海经》所谓毕方鸟也。"验之果是，因敕廷臣皆习《山海经》。按《山海经》伯翳著，盖随禹治水，撮山海之异而成书也。郭弘农注解，刘向编次作序。

娶 妇 用 鞍

唐突厥默啜请尚公主，诏送金缕具鞍。默啜以鞍乃涂金，非天子意,请罢和亲。鸿胪卿知逢尧曰:"汉法重女婿,而送鞍欲安且久,不以金为贵。"默啜从之。今人家娶妇皆用鞍与宝瓶,取平安之意,其来久矣。

女　官

女子为女官者,女侍中,后魏元又妻胡氏,一作女常侍。齐高岳母山氏,赵彦深母傅氏,南汉宫人卢琼仙、黄琼芝。女尚书,魏明帝选知书女子为之,使典外奏。女学士,陈后主时宫人袁大舍等,唐德宗朝,贝州宋延芳五女若莘,一作萃。若昭、若华、若伦、若宪,明孝宗朝沈琼莲。女博士,宋孝武朝吴郡韩兰英。女进士,宋孝宗时林幼玉,明武宗时林妙玉,皆以女童应试,诏赐女进士。女山人,孟光。明初女官亦有名号,《识小编》载:洪武元年冬,封范氏谨真为孺人,与六品诰命。

女　将　军

女子为将军者:晋琅琊王廞起兵,以己女为贞烈将军,悉以女人为官属,以顾琛母孔氏为军司马,时年已百余,尚能执坚破阵。又唐行营节度许叔冀以卫州女子侯氏、滑州女子唐氏、青州女子王氏歃血赴义,奏授为果毅将军。陈女白颈鸦为契丹怀化将军,侍夫数十人。《金史》载:绣旗女将与李全战者。明嘉靖中,广西女土官瓦氏率兵来吴援倭寇。天启中石砫土司女官秦良玉勤王。他如柴绍妻平阳公主,崔宁妾浣花任夫人,又不足异也。

诈　为　男　子

女子诈为男子而有官位者:南齐时东阳娄逞,能棋解文义,变丈夫服,仕至扬州议曹录事。商丘木兰代父从征,以功还,除尚书,不受。唐昭义军兵马使国子祭酒石氏,张察妻。朔方兵马使御史大夫孟氏。蜀女状元司户参军黄崇嘏。明初保宁韩氏,从征云南,往返七年,人无知者。

六 十 生 子

《真珠船》载：隰宁张娟之女，十二岁而得男。长安刘氏之妇，六十二而育女。是坏胎之结，亦有不假天癸者，见者以为其说似诞。近闻扬州某商老而乏嗣，妻年六十而生一子，族人争疑之，讼于郡守。守廷鞫之，商言可据，当堂滴血验，果系真，众议方息。又见《金史》载：金之始祖函普，初从高丽来，年已六十余矣，居完颜部。部有贤女，年六十而未嫁，部人以贤女许始祖，始祖乃以青牛为聘礼而纳之。后生二男，长曰乌鲁，次曰斡鲁，一女曰注思板。是六十生子，古亦有之，未尽诬也。

启 棺 出 女

毛鹤舫先生言：康熙戊寅八月初六，杭城北关门外枯树湾有钟姓者，婢产一女而母即死，家人以无人乳育，并纳棺中而殓，权厝郊外。至十二日，农人锄地其旁，闻啼声，初疑为鬼，伫听久之，乃知为婴儿，归告其同里，闻于官，命启棺出女，抱置城中育婴堂，传为异闻。乃知《搜神记》所载汉哀帝建平四年，方与女子生儿不举，葬之陌上，后三日有人过，闻儿啼声，报其母掘出收养之，非诬也。

南 无

《听雨纪谈》：释氏称佛名号皆冠以南无二字，宋叶少蕴云：夷狄谓拜为膜，《穆天子传》"膜拜而受"，已有此称。若云居南方而拜耳。既讹为谟，又因之为南无、南摩。予闻之一老儒云：佛居西方，西方金也。至南方而无火克金也。又云释氏称比丘、比丘尼者，皆冒吾先圣名字耳。说亦有理。

美 髯

世传美髯者多不得其死。云长、茂先，往往而验。谢灵运临刑，舍其须装瓦棺寺维摩诘像。王僧辨子颁为父报仇，发陈武帝陵，戮其尸，见须皆不落，其本出自骨中。岂须美者殁犹为祟耶？

盘 饤 山 水

《紫桃轩杂缀》：唐有净尼，出奇思以盘饤簇成山水，每器占辋川图中一景，人多爱玩，至腐臭不忍食。又吴越戚里孙承祐者，豪奢炫俗，用龙脑煎酥制小样骊山，水竹屋宇，桥梁人物，纤悉具备。戊寅春，鹤舞桥赛神，以甘蔗一百二十余根垒成山水，以粉为人物，仿常遇春夺采石矶，高七八尺，贮大铜炉中，远近聚观，以为莫及。已卯春，圣驾临吴，有人以剥白胡桃垒成假山一座，路径曲折，人物参差，刻冰镂脂之技，至此而无出其右矣。

离 地 草

《记事珠》载：兔床国有离地草，人以藉足，不步而行。达摩见梁武，去来自由，以有此草也。其叶如芦，故传踏芦渡江。

酒 筹

古人饮酒击博，其箭以牙为之，长五寸，箭头刻鹤形，谓之六鹤齐飞。今牙筹亦其遗意。唐人诗云：“城头稚子传花枝，席上抟拳握松子。”则今人催花、猜拳，唐时已有之矣。

优 钵 罗 花

《紫桃轩又缀》：北京礼部仪制司有优钵罗花，即金莲花，开时适四月八日，至冬结实如鬼莲蓬，脱去其衣，中有金色佛一尊。唐岑嘉州有《优钵罗花歌》。

广集卷之二

天 府 陆 海

《淮南子》注：神农明堂曰天府，谓可以建都之地也。《战国策》：苏秦说燕文侯曰："燕地方千里，带甲数十万。南有碣石雁门之饶，北有枣栗之利。此所谓天府也。"《三国志》：诸葛亮云："蜀沃野千里，天府之土。"《南阳志》：邓州舟车辏泊，地称陆海。然则称天府、陆海者，不独关中也。

吏 员 跻 仕

《真珠船》载：国朝由吏员跻跣仕者，若靖安况钟，苏州知府；南昌熊尚初，泉州知府；高安贾信，廉州知府；吴县平思忠，陕西参政；江西杨时习，交趾按察使；肃宁刘敏，刑部侍郎；江阴刘本道，户部侍郎；凤阳单安仁、清苑李友直，并工部尚书；德庆李质，刑部尚书；吴县滕德懋、江阴徐晞，并兵部尚书；南昌万祺，工部尚书、太子少保。刀笔之流，孰谓无人。

朝邑蔚能，光禄寺卿；闽县吴复，工部尚书。

木 球 使 者

《渌水亭杂识》载：京师功德寺有木球使者。按宋张世南《宦游纪闻》载：雪峰寺僧义存于唐懿宗咸通十一年开山创寺，乾符二年赐号真觉禅师。寺有木球，相传受真觉役使，呼仆延客，球自往来。嘉泰间，寺灾，球滚入池中，得不坏。又《帝京景物略》载：功德寺止存破屋数间，供一木球，施以丹垩。相传寺初兴时，板庵禅师能役是球。

球大如斗,不胫而走,逢人跃击如首稽叩,入侯门戚里募金,无不立应。人目为木球使者。

须 龙

《异识资谐》:关云长公美髭髯,内一须长二尺余,色如漆,索而劲,若自震动,必有大征战。公在襄阳时,夜梦一青衣神辞曰:"我乌龙也。久附君身,以壮威武,今君事去矣,我先往。"语毕,化为乌龙,驾云而去。公寤而怪之。夜走麦城,与吴兵对,天曙捋须,失其长者。公始悟前梦辞去者是须也。未几遂有临沮之变。至晋太始元年,樊城大旱,祈雨无效。有司梦黑衣神自称须龙,"能为我立庙,当致雨以救民"。有司焚香告许,至午果雨,雨霁,淡云中乌龙现身。有司遂为创祠,掘土得一长须,意即龙也,因以塑于龙神颈中,题其庙曰须龙庙。

银 化 鹤

《金陵琐事》:洪武乙卯,南畿御库银每锭重数百斤,忽三锭化三白鹤,穿库飞出,莫知所在。有一书生见一白鹤飞入地中,异焉,标记其地而去。明早寻标,掘土尺余,见白金一锭,大不能举,约十八人并力举之,上有广积字。众分不得,以闻于官。官以上闻,上曰:"此银已失三块,此块天赐儒生者也。"即命赐之,其同掘者命给佣雇钱而已。

钱 临 江 断 鹅

万历中,钱若赓守临江,多异政。有乡人持鹅入市,寄店中他往,还索鹅,店主赖之,云:"群鹅我鹅耳。"乡人讼于郡,公令人取店中鹅计四只,各以一纸,给笔砚,分四处,令其供状。人无不惊讶。已退食,使人问鹅供状否,答曰:"未。"少顷出,下堂视之,曰:"状已供矣。"

因指一鹅曰："此乡人鹅。"盖乡人鹅食野草，粪色青，店鹅食谷粟，粪色黄。店主伏罪。

王觉斯前因

顺治辛卯春，宋既是先生_{实颖}初入都门，海宁陈宗伯_{之遴}延请署中。适是日为王文安公_铎饯行，文安仪表俊伟，学问灏博，座中如孙北海_{承泽}、陈百史_{名夏}先生皆以前辈礼事之。文安因自言：吾五百年前身为宋蔡忠惠公_襄，与欧阳文忠公最契，颇以文章自砺。止以生前得罪英宗，死后冥司罚为饿鬼道中五百年，并无拘禁，只是眼不见物。一日遍地光明，饮食饱满，则阳世高僧放水灯功德也。入明朝二百余年，始降生河南王氏。因饥饿日久，故饮食滔滔，乐不可言。倘赴人宴会，物品无不啖尽。今虽老矣，食量尚能兼数十人也。凡门生出仕，必嘱其建焰口一筵，以资冥福。

头飞鼻饮

古赋有"鼻饮头飞之国"句。又元诗人陈孚留使安南，其纪事诗曰："鼻饮如瓴甋，头飞似辘轳。"盖言土人能鼻饮者，有头能夜飞于海食鱼，晓复归身者。又《裸虫集》载：老挝国人鼻饮水浆，头飞食鱼。鼻饮，《七修》载：汪海云《亦巢偶记》载一讲经僧能之。头飞则怪也。《星槎胜览》云占城国有之，皆妇人也，以无瞳神，为是必须报官。睡熟则其头飞去食人粪，不动其身，至晓则飞归，与颈吻合如故。若人固封其项或移其身则死矣。此亦天地间至怪之事，而竟有之，乃有少所见多所怪者，亦可鄙矣。

鸡鸣度关

《博物志》：燕太子丹质于秦，遁到关，关门不开。丹为鸡鸣，于是众鸡悉鸣，遂开关，丹遂归。今人但知孟尝君事，故录之。

通州异卵

《说圃识余》：嘉靖六年，通州西北海啸，平地水高丈余，漂没不可胜计。三日水退，海滨遗一卵甚巨，乡民朱鹤等曳之上岸，坚滑如玉，令石工剖之，厚尺二，黄白与鸡卵同。其狼藉者尚得一二担，以油煮之，味甚美。知州某取其壳以盛水，泛至壳口而不溢。一壳在朱鹤家，后鬻于山西盐商，得银半镒，终不识为何物。

打 花 轿

康熙壬寅，毗陵南门内诸生蒋某，于二月上旬为子娶妇。忽有闾里恶少数人，群拥入堂，欲看新人。主人拒之，即掀翻花轿，打散灯火，并碎器皿什物。举家惊骇，惟有护视轿中新人而已。明日呈于府，群少呕来输服，主人唯唯。城中缙绅以群凶惊绣幕之红丝，闹洞房之花烛，不逞之风，渐不可长，公请府公痛惩之。

五 色 盐

郭璞《盐赋》曰："烂然若霞。"红盐也。蔡邕曰："江南有胜雪白盐。"淮浙食盐是也。太白、少陵诗称水晶盐，今环庆之间盐池所产如骰子块，莹然明彻，盖水晶盐也。药中所用青盐，《续汉书》云："天竺国产黄盐、黑盐。"道书又有紫盐，谓戎盐也。甘肃宁夏有青、黄、红三种，生池中。高昌有赤盐。安息国出五色盐。

四 后 杀 韩

汉韩信为吕后所杀，周韩通为宋杜后所杀，韩侂胄为杨后所杀，韩震为谢后所杀。四人皆将相，而皆死于妇人之手。然而侂胄宜杀也，惟韩信之死最冤，故未央宫中草至后尚有血色，亦以表异也。

举 人 服 阕

《漱石闲谈》：长洲皇甫录号近峰，仕礼部仪制司正郎。弘治壬戌会试，将入帘，有江西举人王萱者到部投牒。皇甫问其来迟之故，王曰："举人以服阕之故来迟耳。"阕误作癸。皇甫笑曰："尔字尚不识，何以会试为哉？"王惭沮而出。及揭晓，而王竟登第，除授黄门。皇甫升顺庆太守，王适差按其地，相见间即曰："我固不识字之举人也。"于是摭拾其过而劾之，皇甫竟致仕归。

吏 以 恩 酬 怨

昔有御史以事责罚一吏，吏告免，偶曰："人生何处不相逢。"御史怒曰："是何言之不伦耶？我之于尔悬犹天壤，何以相逢为哉？"重加责决。后御史得罪，缧绁于镇抚司狱，一吏日具酒肴奉款，礼貌甚恭，问之则微笑而已，又曰："人生何处不相逢。"御史偶省前吏所言，扣之即其人也，于是惭谢悔恨，遂成莫逆。后御史超迁，吏适为其属官，多所倚仗云。

悔 失 两 元

钟伯敬先生尊人在毗陵作教，往省之。陈伯玉先生组绶慕其名，往谒请教，伯敬待之礼仪简略。去后，伯敬曰："秀才宜闭户读书，钻刺何为？"及到吴门，文启美震亨有诗名，伯敬往拜之。启美开宴邀酌，文肃公在座奉陪。时文起以孝廉九次会试矣，席间亦以文请教，云："尚可侥幸否？"伯敬唯唯勉对，退谓人曰："如此老举人，尚何所望，选一官以终其身可也。"既而伯玉辛酉冠南都，文起壬戌魁天下，伯敬始悔至江南轻慢两元，惭悔不安。人之不可傲慢如此。

韦 驮 显 圣

德藏寺僧真谛，人戆骏而恪守戒律，第为寺中樵汲。杨连真伽来寓寺中,声言发天女等墓,意在云间陆左丞爱女及朱提举夫人,皆以美色夭死,用水银殓。下令及二墓,五鼓肩舆发众出寺。真谛怒,忽起掣韦驮木杵奋击,杨命擒之。众虽数百,披荡不能拒。真谛于众中超跃逾寻丈,若隼撤虎腾,飞捷非人力可到,一时灯炬皆灭,穰锄畚锸皆为段坏。杨大惧,谓是韦驮显圣,遂不敢往发,鼓柁率众而去,亦不敢问谁僧。后二年,真谛行脚峨嵋,不知所在。

神 救 贤 绅

太仓张受先先生采,平日最怒佛,成进士,令临川有声,其治行为先帝所知,以复社不复起用。太仓之俗,豪奴皆为衙役,表里横行。每州守至,受先率诸乡绅辄告以严束衙役,为若辈所积恨。鼎革时,诸人擒入教场,毒殴而毙。人散去,一僧负之入庵,卧于韦驮之前,多方救之,得苏,藏之庵中,久得遁去。平日怒佛而救其命者乃一僧,岂非先生正直有以感之欤? 先是,娄东有降箕者,忽书云:"后日贤绅被难,须着城隍救护。"是日受先被殴时,见有朱衣者以一网覆身,毙而得以复苏,亦异事也。

猫 牛 画 眉 忌

北人云猫不过扬子江,言猫过金山则不复捕鼠。厌者至金山,剪一纸猫投水,则不忌。南人云牛不可过嘉兴金牛桥,过者即死。厌者牵之涉水而渡,则不忌。又画眉不可从平望画眉桥下过,过则不复鸣。厌者必提笼从桥上过,则不忌。

饮 酒 有 定 数

酒有别肠,非可演习而能。传记载元载闻酒即醉,一人取针挑载鼻间,出一小虫,曰:"此酒魔也,出之能饮。"试之,果饮至二斗。《七修》载:南阳胡长子素不能饮,梦神授以酒药一丸,吞之,遂日饮数百杯不醉。又《学圃识余》载：浙有儒生夜宿神庙，神留饮，生辞以素性不饮。神乃命吏取生文簿验之，果无酒肠，取朱笔于簿所图形像，为画酒肠一条，命第饮此。生在席饮至一壶不醉，后遂能饮。乃知酒量实天所定，不可强也。

酒 乃 天 禄

《石林燕语》载：王审琦微时，与宋艺祖善，后以佐命功，情好尤密。性不能饮，每会燕，太祖举杯祝曰："审琦布衣之好，方共享富贵，酒乃天禄，何惜不赐饮耶？"祝毕，顾审琦曰："弟试饮之。"审琦不得已饮尽，无苦。自是侍宴即能饮，退还私第则如初矣。

曾 陈 侁 善 饮

永乐朝有夷使善饮，举朝无能胜者。或言曾学士棨，成祖遂召与饮竟日，夷使已醉，而棨穆然无酒容。成祖闻之曰："只这酒量，亦堪作我朝状元。"《七修》载：宁波陈敬宗性善饮，一日召宴，预使内侍铸铜人如公躯干，虽指爪中皆空虚者，如其饮注铜人中。内侍报曰铜人已满，遂使归，令内侍随其后以观。至家散堂，复与内侍饮焉。又孝宗朝蓝州侁武人，输粟入京师。时西陵侯称善饮，人有言武人可以为敌，遂召与饮。初冬新醅方熟，共有二缸，对饮一缸尽，西陵不复知人事矣。武人畅怀自酌，复罄一缸。真可谓酒有别肠者也。

人 为 物 精

人有为物之精者，妲己雉精，郭璞鼍精，杜元凯、李公垂、蔡君谟、陈升之、米元章皆蛇精。至升之产时，母于卧具下得大蜕一条为尤异。《集异记》载：隋炀帝为鼠精。《北梦琐言》载：归尚书登为龟精，浴时人见巨龟沫水。又载郑愚为猪精。《千秋金鉴录》载安禄山，《夷坚志》载岳武穆，皆猪精。叶法善谓张果老为蝙蝠精。《宋稗类钞》载盛勋为鲤鱼精。又载杨戬为虾蟆精。《闻见厄言》载嘉靖中内臣王升亦虾蟆精。《金鉴录》又载史思明为翩乌精，杨贵妃为白鹇精，指爪纯赤。《宋高僧传》载李克用黑龙精。《孙公谈圃》载郑獬亦龙精。《杂记》载朱全忠青鞮白额虎精，韩世忠亦虎精，王建白兔精。《吴越备史》：钱武肃王蜥蜴精，湖州牧高澧夜叉精。

皋　比

《乐记》：倒载干戈，包以虎皮，名曰建橐。字或作建皋。《左传》庄公十年："公子偃自雩门蒙皋比而犯。"注："皋比，虎皮也。"《宋名臣言行录》：张横渠先生在京，坐虎皮说《易》。盖以虎皮为讲席也。二程至先生撤去虎皮，朱晦翁赞之曰："勇撤皋比，一变至道。"按唐戴叔伦《禅寺读书》诗："猊座翻萧索，皋比喜接连。"则以皋比为讲席，唐世已然矣。比，频脂切。

胡　颜

曹子建《上责躬诗表》："忍垢苟全，则犯诗人胡颜之讥。"李善注："即胡不遄死之义。"《尚书》传：胡，何也。《毛诗》曰"何颜而不速死"也。殷仲文表："臣亦胡颜之厚。"《北史》论："茂正表动不由仁，胡颜之甚。"杜少陵诗："胡颜入筐篚。"黄滔《景阳井赋》："诚乖驭朽，攀素绠以胡颜。"

章礼冒籍

稽山章礼始为诸生，后弃之走燕，得入试。主司甫阅卷，有巨蟹鼓甲而前，主司异之，遂置第一。众以章冒籍，交攻之。事闻，世庙问珰何谓冒籍，珰对曰："各省士子以顺天籍获隽者名为冒。"世庙曰："普天下都是我的秀才，何得言冒？"是年试题"舜有臣五人而天下治"，世庙阅章卷，诘主司曰："此卷何以宜冠多士？"对曰："各卷但言五人之贤，惟此卷先发大圣如舜，原足治天下，而又得五臣，所以天下益归于治，深得尊君之意，允宜首荐。"世庙大喜，冒禁遂寝。

太　子　庙

《真珠船》载：陕西会城糖方街有太子庙，所祀乃唐张巡。庙碑谓唐尝赠巡为通真三太子。考之《唐书》及他传记，咸无其说。且人臣未闻以太子为赠者。本传巡开元末擢进士，由太子通事舍人出为清河令，意者因衔中太子字遂讹有兹称。

断　田　归　岳

《翰山日记》：辛元龙尉京邑时，万俟卨之孙与岳武穆家争田，岁久不决。府委元龙断，积案如山，元龙并不省视，即判云："岳武穆一代忠臣，万俟卨助桧逆贼，虽籍其家不足以谢天下，尚敢与岳氏争田乎？田归于岳，券畀于火。"合邑称快。

人　鸟　同　情

世道青天白日，和风庆云，不特人多喜色，即鸟鹊亦多好音。若暴风怒雨，疾雷闪电，人皆闭户，鸟亦投林，乖戾之感，至于如此。故君子处世当以太和元气为主，不可过于严刻也。

萤　火

或问汪上辑先生："萤何以能明？"答曰："此火之类也。夫能明于天地间者，日与火而已。日明于昼，火明于夜。日与火之外，其自为光而能明者，惟萤，其他皆假光于日者也。月假光于日，故有盈亏。星假光于日，故不昼见。诸物类若镜若水，亦假光于日者，故置之暗室而不能自见。而萤独不然，以是知为火之类也。盖火生于木，先王钻燧以取之。草亦木之属也，其质微，不能胜钻，而有火之性。当其腐也，质尽而火性则存，故化而为萤也。以其为火之类，故亦明于夜乎？今夫天地之有日与火也，人身亦然。有君火焉，有相火焉。君火旺于昼，相火旺于夜，理亦如是耳。"

白　　鸟

　　云南谓蚊为白鸟。环湖多蚊，而宝珠寺独无。梁元帝《金楼子》云：荆州高斋无白鸟。盖谓荆州李姥浦无蚊也。吾苏沙盆潭亦无蚊。扬州广陵驿对岸一店，屋三间，绝无蚊，而屋外天井不胜其多。祝珵美言海昌泮宫前亦无蚊。

　　李肇《国史补》：江南有蚊母鸟，夏月夜鸣，吐蚊于丛苇间。《天都载》：江东有蚊母鸟，生池泽芦中，形类鹢而大，黄白杂文，鸣如鸽。每鸣吐蚊一二升。《杨升庵集》云：滇南有蚊母鸟，即鹈鸟，吐蚊特多，因作逐鹈文。此禽化也。《宋景濂集》云：江南有孑，生洿水中，好屈伸水上，见人泳去，久则变为蚊。此虫化也。塞北有蚊母草，草茂而蚊变。岭南有蚊子木，实为卢橘，熟则皮绽，蚊出实空。《桐下听然》：江南有蚊树，类枇杷，皮裂，蚊从中出。此草木化也。

天 眼 地 皮

　　洪武中，福建按察陶铸字垕仲，清介自律。时布政薛大方贪暴自肆，垕仲劾之，大方词连垕仲，至京事既白，大方得罪，垕仲还官。闽人语曰："垕仲再来天有眼，大方不去地无皮。"成弘间，黄州知府卢濬字希哲，守己爱民，得罪上司去职。曹濂继之，贪暴自恣，两经考察，皆得斡全。时有"卢濬不来天没眼，曹濂重到地无皮"之谣。吾苏祖将军回旗，韩抚久任，有改前句者云："祖将撤回天有眼，韩都久任地无皮。"则天眼地皮之对，古今已三见矣。然吾苏当南北冲要，大兵往来，日无宁宇，韩公在任，过往兵丁不至骚扰，即祖将在苏三年，兵亦不敢放恣，至撤回日，人民忧惧，而两三日间安然启行，不可谓非韩公之力也。

周白地马踏荒

正统初,周文襄忱初抚南畿,美化未孚,岁适不登,人讥之曰"周白地"。文襄闻之笑曰:"今年叫我周白地,明年教汝米铺地。"治未逾年,粟米盈羡,价止二钱一担。康熙庚戌,马公祜巡抚吴地,诸事休息,人蒙其福。但七年之间,五遭水旱虫灾,人以"马踏荒"讥之。丙辰六月二十三日卒于任,今庙祀之。

蚌 生 眼

《戒庵漫笔》载:正统中,江西童谣云:"若要江西反,除非蚌生眼。"后城中小儿以蚌壳磨穿贯指为戏,虽官府禁之不止,果有宸濠之乱。又濠举逆日,霹雳大震,苍蝇无数集其头上。行至江中,见风不利,欲回舟,问此何地,舟人对曰:"黄石矶。"濠听之,以音协王失机,怒斩舟人,未几即被擒。

面 肉 酒 树

面树则南中栟榈也。栟榈树大者出面百斛。又交趾望县㯕树皮中有如白米屑者,似面可作饼。又《蜀志》:莎木峰头生叶出面,一树可得石许。今蕨草亦有粉,可作饼饵。肉树出五台山,其形如桃,质如玉,煮一滚压去水食之,味如猪肉。又端溪亦有肉树。酒树则椰也。椰似酒味甘而薄。枸楼国仙浆亦取之树腹中。又青田核,以水贮之,少顷成酒,乃真酒树也。

盘 石 异 影

《狮山掌录》:元和中,内库一盘,四周物象逐时变更。如辰时花草间皆龙戏,已则为蛇,午则成马,滚者立者,尽态极妍。他物亦然,号十二时盘。《天都载》：祁门谢方伯莹得一石，子时则中现鼠形，历十二时变现不爽。

男子乳生潼

后汉李善，本南阳李元苍头。元家疾疫，相继死，惟有孤儿续始生数旬，奴婢欲杀续分财，善潜负续逃，亲自哺养，乳为生潼。唐元德秀兄子襁褓丧亲，无资得乳媪，乃自乳之，数日潼流，能食乃绝。《后山谈丛》：寿之善乡吏垂乳流潼如乳妇。

顾　姑　冠

《蒙古备录》：凡诸臣正室则有顾姑冠，用铁丝结成，如竹夫人，长三寸许，饰以红青锦绣或珠玉。《草木子》云：元朝后妃及大臣之妻皆带姑姑，高圆二尺许，用红罗，盖唐金步摇冠之遗制。《辍耕录》：翰林学士承旨阿目茄八剌带罟罟，娘子十五人。聂碧窗《胡妇》诗有"争卷珠帘看固姑"句。诗见乙集。顾姑、姑姑、罟罟、固姑，盖其音，无定字，实一物也。

虎变美妇

《潞安志》载：崞县崔韬之任祥符，道过襥亭，夜宿孤馆。见一虎入门，韬潜避梁上。虎脱皮变美妇，即枕皮睡。韬下取皮投井中，妇醒失皮，向韬索之，韬佯不知也，因纳为妻。抵任生二子一女。及官满复过襥亭，谈及往事，妇问皮安在，韬从井中取出，妇披之复成虎，咆哮而去。钱唐瞿祐有诗云："旅馆相逢不偶然，人间自有恶姻缘。书生耽色何轻命，四载真成抱虎眠。"

人　形　参

隋时上党某宅后夜有呼声，索之不见。去家里许，得人参一株，根如人形，掘之，其声遂绝。或以为瑞，或为草妖。栗金宪应麟曰："《春秋运斗枢》：摇光散为人参。《图经》云：参如人形，阳道皆具，能作儿啼。则有形有声亦参之常，不可为妖，亦不得为瑞。"故老言得参如人形者食之顷刻飞升，但不易得耳。

五　曲　江

枚乘《七发》："观涛乎广陵之曲江。"今陕西会城东南有曲江，乃司马相如赋所谓"临曲江之隑州"者也。广东韶州府城北亦有曲江，因以名县。唐张九龄为县人，故称张曲江。又江西丰城县东北十里、云南临安府东北九十里，亦皆有曲江。

浮　筠

《礼记》言玉之德曰"孚尹旁达"。杨升庵云：古注孚尹者浮筠也，言玉之泽如竹膜之腻，如女肤之滑也。与今注不同。元稹《出门行》咏商人采玉事，"求之果如言，剖则浮筠腻"，"骐骥千万双，鸳鸯七十二"。浮筠用古注也。古注今废不用，故罕知之。

口　戏

俞君宣先生琬纶《挑灯集异》载：万历乙卯夏，于京师与客夜坐，仆子呼一口戏者至。顷之，忽闻壁后鼓乐喧奏，俄而微闻犬吠声，由远渐近。须臾众犬争食，厨人呼叱之状。又顷则鸡鸣声，渐且晓鸡乱唱，主人开笼，宛然母鸡呼子，雌雄相引。已而忽鹅鸭惊鸣，与鸡声闹和，恍如从蔡州城下过也。顷之又闻三四月小儿啼声，父呼其母令乳之，儿复含乳而啼，已而呃呃作吸乳声。闻者无不绝倒。予师周德新先生善于屏后演操，自抚军初下教场放炮，至比试武艺，杀倭献俘，放炮起身，各人声音，无不酷肖。近陆瑞白亦能口戏，善作钉碗声及群猪夺食，又善作僧道水陆道场，钹声大铙小铙，杂以螺鼓，无不合节，听者忘倦。

虫　戏

《尚书故实》载：有术者以二刺猬对打，既合节奏，又中章程。《辍耕录》载：杭州有弄百禽者，蓄龟七枚，大小凡七等，置龟几上，击鼓以使之，则最大者先至几心伏定，第二等者从而登其背，直至第七等最小者登第六等之背，乃竖身，直伸其尾向上，宛如小塔状，谓之乌龟叠塔。又见术者蓄虾蟆九枚，先置小椅桌于席中，最大者乃踞坐之，余八小者乃左右对列。大者作一声，众亦作一声。大者作数声，众亦作数声。既而小者一一至大者前点首作声，如作礼状而退。谓之虾蟆说法。又王兆云《湖海搜奇》载：京师教坊有以赤黑蚁子列阵，能合鼓进金退之节，无一混淆者。乃知鸟衔牌蓬、乌龟算命、鼠跳圈、猴做戏，又不足异也。

刹

刹，《韵会》以为佛寺。《真珠船》引王简栖《头陀寺碑》"列刹相望"李周翰注："列刹，佛塔也。"又"崇基表刹"刘良注："刹，塔也。"《南史·虞愿传》：以孝武庄严刹七层，帝欲起十层不可，立分为两刹，各五层。刘孝仪《平等刹下铭》："惟兹宝塔，妙迹可传。"又云："岂如神刹，耿介凌烟。"梁简文帝《答同泰寺立刹启》："宝塔天飞。"宋之问《登慈恩寺浮图》诗："凤刹侵云半。"历详前说，刹为佛塔无疑。《说文》又解为柱。《释氏要览》："刹，梵云刹瑟，此云竿，即幡柱也。沙门得道者便当建幡告四远。"

腋　气

洪刍《香谱·金碑香》：《洞冥记》：金日䃅入侍，欲衣服香洁，变胡虏之气，自合此香。则知今谓腋气为狐臭，狐当作胡。故《千金方论》云：有天生胡臭，有为人所染臭者。《教坊记》：范汉女大娘子亦是竿木家。开元二十一年出内,有姿媚而微愠羝。愠羝,腋气也。《奇效良方》:治腋气用蒸饼一枚,劈作两片,糁蜜陀僧细末一钱许,急挟在腋下,略睡少时,候冷弃之。如一腋止用一半。《真珠船》云:叶元方平生苦此疾,偶得此方,用一次,遂绝根,录之以传,顾天下人绝此病根。

雍 门

《战国策》:孙子谓田忌曰:"使轻车锐骑冲雍门。"注:"雍,去声,齐西门。"桓谭《新论》:雍门周鼓琴,孟尝君欷歔而就之。《博物志》:韩娥东之齐,过雍门鬻歌假食而去,余响绕梁,三日不绝。故雍门人至今善歌。《长安志》:长安故城西面三门,北曰雍门。是齐、秦皆有雍门。又为人姓。今读雍字为平声,非也。

狗 脚 猪 肠

洪容斋《铜雀瓦砚铭》曰:"元魏之东,狗脚于邺。吁其瓦存,亦禅千劫。"按高澄侍宴,以大觞属孝静帝,帝不胜忿曰:"自古无不亡之国,朕亦何用生为?"澄怒曰:"朕朕,狗脚朕,狗脚朕!"可对猪肠儿。侯景骂韩轨啖猪肠儿。

铜 雀 台 瓦

铜雀砚,曹操台瓦。杨升庵云:铜雀台瓦不可得,宋人所收乃高欢避暑宫冰井台香姜阁瓦也。洪容斋铭可证。余得一瓦,砚上有香姜字。又见京师人家藏一瓦,有元象字。元象,北魏孝静帝年号也。

诸 于 绣 镼

《后汉书·光武纪》:更始诸将服妇人衣诸于绣镼。注:诸于,太掖衣也。绣镼,半臂也。镼,《续汉书》作裾。其物反。杨升庵云:《酉阳杂俎·盗侠类》有单练鬣之说。练鬣与绣鸓同一类也。鸓疑半臂羽衣,故字从髟。《汉书》作鸓,《酉阳杂俎》作鬣,写有繁省也。

中 裙 厕 牏

《汉书·石奋传》:取亲中裙厕牏,身自浣洒。苏林云:牏音投。晋灼云:世谓反门小袖衫为侯牏。颜师古云:中裙若今中衣,厕牏若今汗衫也。胡承之按:贾逵解《周官》云:牏,行清也。孟康云:厕,行清;牏,中受粪函者也。贾、孟皆在晋前,去班固为近,说必有受,且详"厕牏"字义,必非衣服类。《青箱杂记》亦以牏为涸。

祭 赛

《晋书》:庾亮病大困,戴泮曰:"昔苏峻时,公于白石祠中祈福许赛其羊,至今未偿,故为此鬼所苦。"亮曰:"有之。君是神人也。"因知今人许赛猪羊,其来久矣。

秀 才 襕 衫

明初秀才襕衫,前后用飞鱼补。骑驴有伞,绢用青色,止一围,门斗随之后。因秀才醉卧道旁,高皇见之大怒,曰:"此命服也,污渎如此。今以后秀才居常出入不用襕衫,止许常服。"

秀 才 儒 巾

秀才儒巾,高皇欲制一雅式者为令,屡进其式,俱不当意,遂挥之地,跌瘪。马皇后曰:"如此正好。"高皇因依此样颁天下。居常则戴方巾,名四方平定巾。嘉靖初作青罗巾,称程子玉台巾制。桑悦作诗云:"一幅青罗四褶成,无因长冒玉台名。若从白七群中过,只少三根孔雀翎。"盖皂隶帽插孔雀尾,故云。明季复社滥觞,方巾甚高,人口号曰:"头顶一个书橱,手带一串念珠。台摆一部四书,口内只说天如。"天如,张溥号。

三 孟 三 白

吾郡先达顾岩叟先生_{宗孟}、姚现闻先生_{希孟}、文湛持先生_{震孟},皆以文章节义,砥砺一时。又范长白先生_{允临}、陈古白先生_{元素}及云间董思白先生_{其昌},皆工临池艺,著名于世。崇祯中诸先生相继死亡,惟范长白先生独存。时为对曰:"顾宗孟,姚希孟,文震孟,三孟俱亡,莫非命也;董思白,陈古白,范长白,一白虽存,亦曰殆哉。"

题 诗 宽 比

兰溪章某以拖欠钱粮为县令所拘系,夜不能寐,题诗狱壁曰:"静数谯楼鼓,一二三四五。惟有狱中人,声声听得苦。"后为县令所见,问而知章所题,且知其为文懿公之后,即日破械出之,宽其追比。

花 蕊 夫 人

诸书所载花蕊夫人有三,一为蜀王建妾。建纳徐耕二女,长为翊圣淑妃,次为顺圣贤妃。淑妃号花蕊夫人,贤妃生衍。二徐皆能诗。在衍时,坐游燕污乱亡国。庄宗平蜀,二徐随衍入唐,半途遇害。及孟氏有蜀,传至昶,则又有花蕊夫人,作《宫词》者。《辍耕录》云:夫人徐匡璋女,昶拜贵妃。或以为费氏,则误矣。《诗人玉屑》等书俱云姓费,蜀之青城人。以才色事昶,号花蕊夫人。宋下西蜀,而夫人随昶归中国。入汴时,题葭萌驿壁云:"初离蜀道心将碎,离恨绵绵。春日如年,马上时时闻杜鹃。"调《丑奴儿令》也。书未毕,军骑催行,遂止半阕。后有人续之云:"三千宫女皆花貌,妾最婵娟。此去朝天,只恐君王宠爱偏。"昶至宋,召夫人入宫,而昶遂死。太祖以蜀亡问,夫人答诗云:"君王城上竖降旗,妾在深宫那得知。十四万人齐解甲,更无一个是男儿。"太祖宠爱之。夫人心尝忆昶，因自画昶像以祀。太祖见讯，诡称张仙，后输织室，以罪赐死。《铁围山丛谈》云：夫人入宫，昌陵惑之，尝造毒，屡为患，不能遂。太宗在晋邸时数谏昌陵，而未克去。一日从上猎苑中，夫人在侧。晋邸方调弓矢，引满拟走兽，忽回射夫人而死。一为南唐李煜之妃，闽人王某女。煜降宋，妃入宫，太祖嬖之，号为小花蕊。一日游苑中，使奉晋王酒，晋王故不饮，曰："必得夫人手摘一花来乃饮。"太祖命之，甫至树下，晋王从后射杀之，太祖欢饮如故。《菽园杂记》云：小花蕊，南唐宫人，墓在闽之崇安。但既入宋，死后未必发葬闽地，恐崇安之墓，陆公或讹传耳。

妓 女 慧 口

吴妓张好儿，婉丽且慧。一日，人挟之游。客杜君者见即诮曰："他老便老，也是个小娘。"杜本无籍，借太医院籍入赀为吏目。张应声曰："你小便小，也是个老爷。"众皆鼓掌。

钱牧斋初娶柳如是，谓之曰："吾爱你乌个头发，白个肉。"柳如是曰："吾亦爱你。"牧斋曰："爱吾什么？"柳如是曰："吾爱你白个头发，黑个肉。"众为之绝倒。

妒 妇 戒

明东卫刘指挥疾卒，无子，其妻陈请乞照例给养。高皇问曰："汝夫死年几何？"曰："五十。"又问："有妾否？"对曰："无。"高皇怒曰："汝夫以百战得官，欲以富贵贻后人，年至五十，尚不蓄妾，非由汝妒而何？朕本欲斩汝，念汝夫之功劳，着光禄寺给漆碗木杖，日令乞丐于功臣之家，以为妒妇之戒。"又《艺林学山》载：开平王常遇春妻甚妒，高皇赐侍女，开平悦其手，妻即断之。开平愤且惧，入朝而色不怡。高皇诘之再三，始具对。高皇笑曰："此小事耳，再赐何妨？且饮酒宽怀。"密令校尉至开平第诛其妻，支解之，各以一胔赐群臣，题曰悍妇之肉。开平大惊谢归，怖惋累日。更赐美女数人。此事比前更快。

永　嘉　虎

《异识资谐》：永嘉山下有虎逐人，其人登大树，而虎守其下。忽张文忠^{孚敬}母，腹怀文忠自母家归，天微雨，憩坐虎脊上，复取履在虎皮上擦泥。树上人见之胆落。已而人群至，虎去，其人始下，追问张母何由坐虎脊。张母曰："巨石也。"次日属人察树下何巨石之有。已而生文忠，后相世庙。

指　环　篇

永春潘英奴，美如仙姝，父母择配未谐。同安苗德纯贩苎，主潘家。生美姿容，已娶二年，嫌妻貌丑，诈言未配。英奴窥之，时露半面或全身。一日折纸方寸，外包油纸置饭中，苗得之，开视，有诗曰："天生一对两嫣然，司马文君宿世缘。欲遣中书传好信，几回未易到君边。"是夜潜至卧邸，告以宜遂琴瑟。苗魂飞神荡，以求欢合。英奴坚拒曰："聘币未将，不可苟就。"以金指环与生，嘱曰："幸勿爽约，凭此为信。"礼拜而退。苗还出妻，欲聘英奴，无媒未果，迁延半载，父命发布凤阳。时沙县邓茂七扰乱，苗四载不得归。景泰三年，道路始通，苗归，抵潘家，英奴已嫁林氏矣。苗以货丝为由，访宿林家。英奴潜书《鹧鸪天》贻生云："欲待鸳帏奉枕衾，谁知薄幸苦相侵。移花却向他人主，狂蝶无情莫再寻。　　君负信，妾伤心，鱼沉雁杳悄无音。如今追忆前时话，剩得潸然泪满襟。"苗见之，郁郁而归。及再娶姚氏，容貌更不如前妻，想念益深。友人为作《指环篇》以讥之曰："金指环，金指环，看汝徒辛酸。犹记相携处，罗带结同欢。态浓语巧美无极，未行云雨情先密。好怀豁然开，蓦地迢亲觅。撩人娇思拨不平，一团和气迥春晴。广寒嫦娥初会遇，又如君瑞见莺莺。自别佳人冰雪面，癔思痳想深相恋。千山万水阻尘氛，归鸿难托张生怨。指环本黄金，解赠注意深。安知物理多迁变，似此坚圆能倍心。因叙指环事，劝人夫与妇，赤绳系足亲，何必轻抛负。苗生本期得芳妍，岂知再娶不如前。我闻在德不在色，请君读此指环篇。"

广集卷之三

六经三传之失

《家语》云：《诗》之失愚，《书》之失诬，《乐》之失奢，《易》之失贼，《礼》之失烦，《春秋》之失乱。《淮南子》云：《易》之失鬼，《乐》之失淫，《诗》之失愚，《书》之失拘，《礼》之失忮，《春秋》之失訾。六者圣人兼用而裁制之。

《穀梁》序云：《左氏》艳而富，其失也诬。《穀梁》清而婉，其失也短。《公羊》辩而裁，其失也俗。

隐　　说

《楮记室》：隐，一也，昔之人谓有天隐，有地隐，有人隐，有名隐，又有所谓充隐、通隐、仕隐，其说各异。天隐者无往而不适，如严子陵之类是也。地隐者避地而隐，如伯夷、太公之类是也。人隐者诡迹混俗，不异众人，如东方朔之类是也。名隐者不求名而隐，如刘遗民之类是也。他如晋皇甫希之，人称充隐。梁何点，人称通隐。唐唐畅为西川从事，不亲公务，人称仕隐。观白乐天诗云："大隐住朝市，小隐住丘樊。不如作中隐，隐在留司间。"则隐又有三者之不同矣。

长沙邓粲与南阳刘骥之、南郡刘尚公友善，并以高洁著名。后粲应桓冲聘，二刘非之。粲曰："足下可谓有志于隐而未知隐。夫隐之为道，朝亦可隐，市亦可隐，隐初在我，不在于物。"二刘无以难之，而粲亦名誉减半矣。

食 物 馂 女

《邵氏闻见录》：嫁女后送食曰馂女。宋景文纳子妇，其父馈食，移书云"以食物暖女"。公曰："暖字错用，从食从而从大。"其子退检字书，"馈"字注："女嫁三日，饷食为馈女。"

万 寿 寺

伍寄庵《耳剽集》载：万寿寺药丸和尚建船坊十数间，直通僧室，聚徒三十余，皆美少年，以卖药为由，妇女无子者多托疾求治，与诸僧通，致富巨万。嘉靖间，御史舒汀将建为长洲县学，令推官陈一德率众毁之，而门役豫露其事。一德亟驰封锁船坊，以卒百人守之。有数妇惊惶登舟，欲出不得。僧以白金二千而托门役赂陈，乃纵妇去。后舒公知其事而劾之，一德罢官。

倭 患

三吴承平日久，民不知兵。嘉靖壬子，忽有倭寇据上海之柘林为巢穴，遣众四出。癸丑至苏，啸聚甫里，郡守林懋举束手无策。或以月空和尚知兵荐，遂令率僧兵二百人御倭，豫备军饷火器，置娄门外接待寺，懋举舣舟而伺。亡何兵败，贼遂长驱而来。吏请举火，懋举不可，望风先遁。方解维而贼已入寺，见积聚争取之，而懋举得脱归。贼至城下放火劫掠，凡六昼夜，居民被杀者无算。时甲寅六月十二日也。财帛妇女满载四十余艘，沿绕城河鼓吹而行，抚按官兵登城楼观望而已。独苏州府同知潞安任复庵环躬甲胄，率民兵策马力战，遇于横塘，而军门令牌收兵，一日三至，任公愤愤而回。时吴江水兵布列湖中，贼委辎重以饵之，得以乘间逸去。懋举惧，潜以黄金二千两托教授阴凤麟馈赵文华，得弥缝其事。环治兵日夜暴露草野中，与士卒同寝食，士乐为死，屡败倭，斩获甚众。以金事备兵太仓，又进副使，赐金绮，予世荫。丁母忧，起复，倭平，乞终制，报可。升参政卒。

张 丐 儿

《倭变录》：丐者张二，莫知所自出，善伏水中，能月余不食。又跷捷,善走死地。嘉靖甲寅,倭乱应募。方太守令诇贼,数挟利器,泗水遇贼舟,凿其底沉之。又时入倭巢,侦其情形,斩倭首以献,太守颁银牌犒之,不受,犒之以酒则受。贼平论功,应袭百户,郡县加以章服,却之,惟愿乞食,夜则卧岳庙中,嬉嬉无愁色,竟莫解其谁何人也。夫出万死之中,排大难,成大事,而长啸谢富贵弗居,岂东海贫儿中亦有鲁连先生其人耶?

海　　人

《褚记室》载:海商言:南海时有海人出,形如僧人,颇小,登舟而坐,戒舟人寂然不动,少顷复沉于水,否则大风翻舟。又《代醉编》载:海人须眉皆具,特手指相连,略如凫爪。西域曾捕得之,进于国王,不言不笑。王以为不可狎而豢也,纵之于海。其人转盼视人,合掌低头如叩谢状,继又鼓掌大笑,放步踏波而去。元时又有一人泛海,忽见一稚子自水中出,坐于船头。舟人不敢惊,良久入水而去。又金时龙见于燕京旧塘涿,手托一婴儿,如少年中官状,红袍玉带,略无怖畏之容,经三时始没。由此观之,水中亦自有人类,但幽冥相隔,不可相知耳。观温太真牛渚燃犀事可见。

海　　女

《松漠纪闻》载:噶兰达地有人于海中获一女子,口不能言,与之饮辄饮,与之食辄食,久乃为人役。使其见神像亦知拜伏。身上有皮下垂,宛如衣服,被于四肢,但着体而生,不可脱卸耳。

牝狸佑忠

《关西故实》载:雁门关外有苏武庙,其大窨则今陕西镇番卫。当其啮雪吞毡之日,子卿厌厌待毙,天哀其忠贞,遣牝狸与之作伴。日则觅食哺之,赖以不死。武感其义,遂与为偶,因生一子。李陵致书云:"足下胤子无恙。"即狸之所生也。并无胡妇生子事。后还中国,妻已去帏,汉武求其后人不可得,遣人入胡迎嗣子归朝,荫之以官,得以继续。使此事果真,则牝狸之功莫大焉。

昭 君 非 真

《葭鸥杂识》:单于求娶昭君,汉成帝吝而不与,取宫人近似其貌者以往,单于宠之。后成帝欲杀毛延寿,延寿逃出关,单于用之,予以近职。后侍宴,昭君出幕行酒,延寿进言曰:"此昭君非真,汉帝尝令臣图其容,腮间有一红痣,今则无之,其伪显然。今何不勒兵前去,必欲得真昭君,其美更胜于此。"单于大怒,骂汉人欺我若此,立将假昭君赐死,使延寿图形入汉,必欲得真者始和亲退师。汉王无计,乃出真昭君,容华固称绝代也。昭君入胡之后,不肯为婚,单于逼之,遂自经死。故胡地多白草,而昭君墓草独青,则一心不肯背汉,昭君真千古之烈女。荆公乃云"汉恩自浅胡自深",不亦冤哉!

王昭君墓在今山西大同府。

牛 金 失 考

晋宣帝因以牛继马之谶,深忌牛姓者,乃为二榼共一口以贮酒。宣帝先饮其佳者,而以鸩酒毒死其将牛金。迨恭王妃夏侯氏私通小吏牛某,生元帝,非牛金也。《通鉴》失考,误书牛金,遂成千古之枉。

叙 齿

《听雨纪谈》:乡人叙坐以齿,虽贵为卿大夫,居乡亦皆谦退,曰乡党莫如齿。考之《礼》,一命齿于乡,再命齿于族,三命则不齿于族,此贵贵之义也。予尝谓乡之荐绅同辈而叙齿可也,苟非其人,而亦以齿尊之,不几于失礼乎?蓝田吕氏《乡约》曰:"非士类者不以齿。"斯言为得之矣。

《弹园杂志》云：前辈居乡，惟以齿德相让，而后稍凌夷，始重爵位矣。申少师瑶泉致政归，拜少湖王先生_{敬臣}，投刺称晚生。此古大臣折节高风，今世希觏者也。

金 陵 陈 遇

明高皇定鼎金陵，首召元儒备顾问。以秦元之荐，召见金陵陈中行遇，与语大悦，称先生而不名，三幸其第。与官辄辞不就，除礼部尚书者再，遇固辞，乃不复强之以职，然数谕之曰："卿老既不欲仕，有子可令入侍。"遇叩头以子幼辞。盖净默恬退，始终如一。年七十有二卒，人称为静诚先生。

元 儒 不 受 明 职

孙退谷_{承泽}《益智录》：元儒受事而不受职者，如杨维桢、汪克宽、赵汸等，聘修《元史》，史成不受职而去。又沈梦麟为元武康令，入明，五主闽浙乡试，又同会试。滕克恭为元学士，入明主河南乡试，皆不受职，以旧衔从事。沈寿九十三，滕寿百有十岁，尤异也。

万 安 贪 财

《耳剽集》载：眉山万阁老罢归住省城，专一请托。或问安何不归故乡，答曰："我在内阁止有银十八万，待足二十万便回也。"由后时相君观之，万安可谓廉吏也矣。

啜 茶 之 始

五经无茶字，或曰"谁谓荼苦"，荼即茶也。古人以饮茶始于三国时。按《吴志·韦曜传》：孙皓每饮群臣酒，率以七升为限。曜饮不过二升，或为裁减，或赐茶茗以当酒。据此为饮茶之证。及阅《赵飞燕别传》：成帝崩后，后一夕寝中惊啼甚久，侍者呼问方觉。乃言曰：
"吾梦中见帝，帝赐我坐，命进茶。左右奏帝曰：'向者侍帝不谨，不合
啜此茶。'"则西汉时已有啜茶之说矣，非始于吴时也。

书 手 门 子

《辍耕录》：世称乡胥为书手。《报应记》：宋衍，江淮人。应明经
举。元和初至河阴县，因疾病废业，为盐铁院书手。盖唐时已有此
名。今侍官府之美童曰门子。《道山清话》载：都下有一卖药翁，自
言少为尚书省门子。盖宋时已有此名。书手、门子之名，其来久矣。

皇 陵 悬 牌

中都皇陵初建时，量度界限，将筑周垣。所司奏民家坟墓在旁者
当外徙，高皇曰："此坟墓皆吾家旧邻里，不必外徙。"及成，皇陵四门
悬金字牌各一，其文云："民间先世如有坟墓在陵域者，春秋祭扫听民
出入无禁，不许把门官军刁蹬，如违以违制论。"此大圣至公至仁之
心，周文王不得专美矣。

禁 放 炮

《耳剽集》载：明制，朝廷每端午日迎母后幸内治，看划龙船，炮
声不绝。盖宣德以来故事也。万历丙戌，炮声无闻，人疑之。后闻供
奉者云："是日内官奏放炮，神宗止之，云酸子闻之便有许多议论也。"
神宗之顾恤人言如此，可以仰见圣德矣。

包 孝 廉

《北墅手述》：顺治辛卯，浙闱中钱塘包棻，年逾不惑，长不满三
尺，宛然稚子也。撤棘，主司见之，询诸人曰："其貌不扬，不知其何修

得此。"有知之者曰："此天报之也。"王师破绍兴时，或诬绅衿三十余家叛逆，密揭贝勒。贝勒缄发抚军张存仁，揭偶堕地，荣为记室，拾而火之。张问荣，荣曰："火之矣。"张大惊，荣请自解贝勒请死。荣又自作解文，言童子包荣不识字，误焚文书，请治罪。贝勒见其茧收猬缩，以为果小孩也，笑作国语，译者曰："果孩子，饶了罢。"竟放归。三十余家得以保全不究，咸荣之阴德所致也。

张　夫　子

《客窗涉笔》：明崇祯初，永平兵备道张春，陕西孝廉也，我师攻城，春出战力屈被执，见太宗皇帝不屈，众欲杀之。上不欲，偕至阙廷，高其忠义，命旂下从张公学。公亦不辞，教以道义，咸敬事之，称张夫子，坐必南向，终不剃发。上曲从之，语臣下曰："真忠义人也，当学之。"及卒，上深叹息，旂下学者以楮奠之，曰不敢有污清德。定鼎后，世祖章皇帝入御燕都，语侍臣曰："卿等昔日亦知有张夫子乎？南国有此一人，乃无有识之者耶？"因得悉其行事。

人　大　萝　卜

《北墅手述》：崇祯时，钱塘梵村范老人，生平诚信，无诳语。偶自太湖归，向人云见一人大萝卜，闻者笑之。范自咎言之无征，积悔成疾。其子日祷于天，愿释父意。一日锄地，忽得一人大萝卜，须长尺余，蒂亦拱把，两人肩荷，遍走示人，人皆钦叹，父疾旋愈。

顶　上　千　拜

正德中，河南按察使华亭朱恩与刘瑾有旧，事瑾极恭，凡拜帖写顶上。超升至南京礼部尚书。按暹罗国，凡臣下见其君，先扪其足者三，复自扪其首者三，谓之顶上，恩取诸此。又《弹园杂志》载：嘉靖中，一进士谒诸相国，刺云"眇眇小学生某人顿首千拜"。先见贵溪，膝行而前,贵溪怒叱出之。次见分宜,分宜喜曰:"后生辈当如是。"遂引入幕为干儿。又宋朱浚谄事贾似道,每札子必书"浚万拜"。小人无耻,一至于此。

讥 不 肖 子

《野记》载:一士赴考,其父充役为贴书,勉其子登第则可免。子方浪游都城,需银资用,即答曰:"大人欲某勉力就试,则宜多给其费,否则至场中定藏行也。"弈者以不露机为藏行云。又有士,父使从学,月与油烛一千,其子请益不可,子以书白云:"所谓焚膏继晷者,非为身谋,正为门户计。且异日恩封,庶几及父母耳。有如吝小费,则大人承事,娘子孺人,辽乎邈哉。"闻者绝倒。

明 友 治 妒

《菽园杂记》载:高文义公榖无子,置一妾。夫人素妒悍,每间之不得近。一日陈学士循过焉,留酌聚话及此。夫人于屏后闻之,即出诟骂。陈公掀案作怒而起,以一棒扑夫人仆地,至不能兴。高力劝乃止。陈数之曰:"汝无子,法当去汝而置妾,汝复间之,是欲绝其后也。汝不改,吾当奏闻朝廷,置汝于法不贷也。"自是妒亦少衰。生中书舍人岷,陈公一怒之力也。妒妇之见于纪载者多矣,朋友治妒真新闻也。

徙 处 五 溪

刘禹锡《曲江序》云:张九龄为宰相,建言放臣不宜与善地,悉徙处五不毛溪。然九龄自内职出始安,有瘴疠之叹;罢政守荆州,有拘囚之思。身处遐陬,一夫意不能堪,矧华人士族,必致丑地然后快意哉!议者以为开元良臣而卒无嗣,岂忮心失恕,阴责最大,虽他美莫赎耶?

炼 石 补 天

《碣石剩谈》：女娲炼五色石以补天漏，人多置疑。予见道家祈雨有斩虹之事，念咒作法，麾剑于下而虹即断于天，即此则知女娲非亲升天隙以石补之也。观炼字之义，想以火炼石于下，而天遂合隙于上，即如斩虹。又或如救护日食月食之说欤？即此而观，则古之奇迹亦皆常理，又何异焉？

郁 火 烧 棺

《耳剽集》载：凡酒皆火，而烧酒之害尤烈。正德乙亥，吴江知县周秀卿伟尤所耽嗜，终日昏睡，行事颠冈可笑，人目之曰周烧酒。逾年病卒，其父移柩至葑门，设奠焚楮钱，灰飞着棺，棺中火遂大发，亟救乃熄，而其尸已烬矣。盖酒毒郁蒸于柩中，偶得火气，内外相应，便为焰发也。

孝 经 问 题

《楮记室》：钱塘叶生为太学官，无学识。有学生假作叶策题云："《孝经》一序，义亦难明。且如昭韦王是何代之主，先儒领是何处之山。孔子之志四时常有也，何以独言吾志在春。孔子之孝四时常行也，何以独言秋行在孝。既曰夫子没而又何以鲤趋而过庭。尔多士其详言之。"

夬 聻 镇 怪

《太平清话》：浯溪旁旧有神怪，宋熙宁中，永州判官柳应辰维舟岩下，僧以有怪告之。夜午怪果登舟，伸手入窗。应辰书一夬字，叱而挥之。诘朝登岸索之，夬字缀于崖上，知石为怪也。既而解维放舟，僧追告以溪山震响,应辰书一聱字与镇之,其怪遂泯。石刻碑字存焉。

欧 阳 绍

《广异记》:唐欧阳绍,雷州郡将,所居有池,常能为怪。绍决其水,雷电大起,雷神持兵相向。绍与力战,衣体俱焦,贾勇愈倍,神负而隐。池水尽涸,见一无首之蛇,斫刺不伤,熔铁灌之方死。人号欧阳为忽雷。

鹤 山 虾 蟆

《楮记室》:魏鹤山为参政,一日,留客馆中,自入内。忽有两丫鬟秉烛出迎,云:"参政有请。"史教授随入。众客怪之,有顷鹤山出,不见史君。众以招入为对,鹤山惊曰:"安有此?"令左右遍寻,见史在塘中,半身没水,扶上灸苏,问其故,则曰:丫鬟引至一大屋,见绿衣人指小女与汝为妻,今夕成礼,不知身在水中。次日令戽干塘,有一虾蟆大如斗,小者四五而已。

村 社 判 官

《耳新》:嘉靖中,南京朱某妻顾氏,每夜有巨人来共寝,日渐羸惫。人语妇曰:"取其佩戴之物,可知何怪矣。"妇俟与交时,拔其头上一物,藏于席下。明旦视之,乃纱帽翅也。朱寻至土地庙,见判官失左翅,具报兵马司,问判官杖罪一百,拽像中衢,挞而碎之,血水流出。陆俨山肄业南雍,亲见之者。

石 中 涵 水

《耳谭》载:世庙末,涿州楼桑庙旁农人王某,场间石磙,传自上世。有贾胡过视,许以十金,王疑不与。既去,兄弟以失价相诟,斧破之,中空,涵水一盂而已,清冽异常,不省所用,置之神堂。婢窃饮之,数日肤润面腴,发黑如漆,通知未来事。其姑家相距百里,曰姑家火发,已及奥堂,又曰家牛生犊,母子当弗活,已而果然。声闻于外,远近填门,部使者表闻,中使下迎,婢忽不见。

梁 间 老 叟

《怪山谈录》:崇祯中,慈仁寺僧坐毗卢阁下,闻楹间有人语渐哗,蹑梯窥之,有男女数人,长止尺许。一老叟出,谓僧曰:"吾辈本居深山,思睹帝里之胜,携家而来,暂栖于此。师毋见迫,不久当去,师勿露,必有以报也。"居数日,僧复闻哗如前。又问之,叟曰:"吾归矣。师可俟我于郭外某处。"僧如言候之,不见,倦卧于道左,觉而探怀中得千钱焉。昔金之将南迁也,有狐舞于宣华殿。元将亡,狐从端明殿出。此殆其类乎?

鸡 妖

《绥寇纪略》载:崇祯丁丑,京师宣武门外斜街民家白鸡,羽毛鲜洁,喙距纯赤,重四十斤。慈溪应孝廉廷吉见之,愀然曰:"此鹜也。所见之处国亡。"又《耳剽集》载:嘉靖五年十月,长垣王宪家鸡抱卵,内成人形,五官皆具。弘治甲子,崇明顾氏鸡卵育猕猴,尤异。

虫 妖

《绥寇纪略》:神庙好用商人采办,每进黄封御箱,内有八宝嵌成虾蟆、蚱蜢等物,箱开则藏机发,跳跃满地。上大笑,赏赉不赀。

讨 钱 名 目

《楮记室》:治天下者不使利遗一孔,亦必致败,岂惟名爵独然。末流之竭,当穷其源,枝叶之枯,必在根本。元朝末年,官贪吏污,因蒙古色目人罔然不知廉耻之为何物。其间人讨钱，各有名目。所属始参曰拜见钱，今谓之见面钱。无事白要曰撒花钱，逢节曰追节钱，生辰曰生日钱，管事而索曰常例钱，送迎曰人情钱，勾追曰赍发钱，论诉曰公事钱，到任始要钱曰开手，觅得钱多曰得手。除得州美曰好地分，补得职近曰窠窟。漫不知忠君爱民之为何事也。

邪 不 干 正

《菽园杂记》：吴中有鬼善淫，俗名上方五圣。凡怀春之女多被污之，与之善者，金帛首饰皆为盗致。吾昆真义民家一女将被污，女曰：“泾西某家女貌美，何不往彼而来此？”鬼云：“彼女心正。”女怒曰：“吾心独不正耶？”遂去，更不复来。乃知邪不干正之说有以也。

避 祸 难 逃

《绿雪亭杂言》：正德中，锦衣指挥杨玉附逆瑾势害人，瑾败，玉伏诛，家口没入为奴。有爱妾携少女匿民间得免。此女长甚美，妾鉴前祸，誓不婚京师权贵家。李白洲都宪荫子纳之，后宁庶人干纪，李坐党被法，此女入浣衣局。噫，有数焉无所逃也已。

判 斩 妖 尼

《楮记室》：彭节斋为江西经略使，有人招一尼，教女刺绣。女忽有娠，父母究问，云是尼也。告官屡验，皆是女形。有人教以猪脂油涂其阴，令犬舐之，已而阴中果露男形，再舐阳物顿出。彭判是为妖物，奏闻斩之。

泥 像 生 痈

《夷坚志》：建宁府建阳县宝山乃南岳忠静王行宫，香火甚盛，士大夫祈灵乞梦,殆无虚日。后宫装塑宫娥从者,未得其貌。偶邵郡一富妇来庙献香,匠即塑其貌,妇不之知。后偶患脑疮,百药不效。偶一医者曰:"宝山有一宫娥,状貌宛如判阃,今为雨漏湿像之首,不曾修整。"富家异其言,亟遣人往视之,果然,即命匠者修治之,疮遂愈。

徽 钦 啜 茶

《楮记室》载:徽、钦二帝北狩,至一寺,有石金刚二,一胡僧出入其中。问徽、钦二帝何来,钦宗以南来为对。僧呼童子点茶,味甚香美。茶毕而退。帝再索之,则僧皆不出。入视之,悄无一人,止竹间一小室有石刻胡僧及二童子,宛然似献茶者。

羊 狗 肠 弦

房千里《大唐杂录》载:春州土人弹小琵琶,以狗肠为弦,声甚凄楚。《紫桃轩杂缀》载:杭州贫人妇女日夜槌羊肠作弹絮弓弦售人。盖由羊狗肠俱劲韧可用耳。

金 茎 花

《杜阳杂编》载:隋大业中,元藏幾为过海使。风飘一洲名曰沧洲,人多不死。上有金池,水石泥沙皆如金色。有金茎花如蝶,人多带之,曰:"不带金茎花,不得到仙家。"今人但知目铜掌承露为金茎。

高 骈 凿 海

《北梦琐言》:交趾以北距南海有水路,多覆巨舟。高骈往视之,乃有横石隐然在水中,因奏以开凿海道之利。有诏听之。乃召工者啖以厚利,竟去其石,民至今赖之。

咒 状 元

《朱平涵集》载：云间张状元以诚宦京师，其家侵暴邻里，里人不堪，赴京诉于张。君一心知里人之冤，而难禁制父兄，语其人曰："汝回家只管咒，咒杀了张状元，他何处倚势耶？"不数年，君一果卒。又《闻见厄言》载：余姚韩状元应龙欺占邻产，势不能抗。适有江西堪舆人善魇魅术，其邻许以百金，结坛烧符，念咒七日夜，将桃木七寸刻作人形，书其生辰甲子植地上，每夜念咒毕，敲木人下地一寸。至第七夜，桃人没地。时韩在京，健旺无疾，晚与夫人对酌，戏触其怒。夫人将汝化面悉行爪破，血痕如珠帘密布，次早不能上朝，是夜缢死。后数日闻讣，邻人大喜，堪舆者取金而去。故乡绅当自好，偶见二书所载，录之以为戒焉。

上 天 取 仙 桃

《耳谭》载：嘉靖戊子，鄂城有人自河洛来，善幻术。妇击金谓其夫曰："可上天取仙桃与众看官吃。"其夫将所负绳抛之，绳直立如木，天忽开一门，晴霞绚云，闪灼拥簇，绳与门接，其夫缘绳而上，从天宫掷桃下，叶犹带露。人皆遍食之，甘美异于常桃。久之，忽闻天上作喧诟声，忽掷其夫之首足肢体，片段而下，鲜血淋漓。妇伏地大哭，曰："频年作法，不逢天怒，今日乃为天狗所伤，亦是众官所使。事关人命，本不敢仇怨，但求舍钱治棺殓可去也。"众皆大惊，醵金一两余给之。妇合肢体成人形，盛以篨簏，嘱肢体曰："可起矣。"肢体应声曰："钱足否？"妇曰："足。"其夫忽起，收拾其绳毕，仍负之而去。人皆绝倒。王行甫所亲见者。

金 优

海盐有优童金凤，少以色幸于分宜严东楼。东楼昼非金不食，夜非金不寝。金既色衰，食贫里居。比东楼败，王凤洲《鸣凤记》行，而金复涂粉墨身扮东楼。以其熟习，举动酷肖，复名噪一时，向日之恩情，置勿问也。

朱　　雪

《见只编》载：王荆石相国为南祭酒，范屏麓太史过王，语良久，欲别。王曰："幸少坐，小女谓今日当雨朱雪，果尔，当烦作韵语纪异，否则共以一笑解之。"屏麓意谓必妄。食顷，须臾作雪，他处皆白，惟庭中色若胭脂和云母，照耀人面，晕若桃花。屏麓咏诗纪异，中有"少女风前吹绛渚，太史庭下布丹砂"之句。此昙阳事也。王弇州有《昙阳传》，不及此事。

保 定 名 捕

《见只编》载：金坛王伯毅，万历丙午计偕至德州，见道旁捕快与州解相噪，问之，云放马贼昼劫上供银，追之则死贼箭，不追则死官刑，各相向呼天泣。然贼马尘起，尤目力可望也。忽有夫妇二骑从北来，诸捕咸惊，相庆曰："保定名捕至矣。"诸捕控名捕马，问从何来，名捕言进香泰山耳。然名捕病甚，俯首鞍上。其妻一短小妇人，以皂罗覆面，手抱婴儿。诸捕告之故，哀乞相助。名捕曰："贼几人？"曰："五人。"曰："余病甚，吾妇往足矣。"妇摇手对不耐烦。名捕嗔骂曰："懒媳妇，今日不出手，只会火炕上搏老公乎？"妇面发赤，便下马抱儿与夫，更束马肚，结缚裙靴，攘臂抽刀，长三尺许，光若镜。夫言："将我箭去。"妻曰："吾弹故自胜箭。"言未讫，身已在马上，绝尘而去。诸捕皆奔马随之。须臾追及贼骑，妇大呼贼曰："我保定名捕某妻，为此官银，故来相索。宜急置，无尝我丸也。"贼言："丈夫平平，牝猪敢尔！"贼发五弓射妇，妇以弹弓拨箭，箭悉落地。急发一弹，杀一人。四人拔刀拟妇，妇接战，挥斥如意，复斫杀一人。三人惧，稍却，妇曰："急置银界两尸去，俱死无益也。"三人下马乞命，置银，以二尸缚马上而逸。俟诸捕至，畀银而还。此妇犹旖旎寻常，善刀藏之，下马拜诸捕曰："妮子着力不健，纵此三虏，要是裙钗伎俩耳。"州守为治酒宴，劳五日而去。

燕 玉

古诗："燕赵多佳人，美者颜如玉。"杜少陵诗："暖老须燕玉。"《留青日札》："燕玉，谓燕赵美妇人如玉也。"此言云思得暖玉之杯也。

男 子 双 名

盘盘扶南国王，见《梁书》。　赫连勃勃夏主。　乞藏遮遮吐蕃将。殷七七名文祥，唐人，能顷刻开花。　罗黑黑唐太宗琵琶客。　精精、空空俱剑客。陶八八颜真卿所遇异人。　燕八八李怀光外孙。　纪孩孩唐乐工。　尚婢婢吐蕃节度使。　仲小小唐乾宁中猎人。　仆仆开元时人，苏东坡有赞。　飞飞见《酉阳》。　和和唐异僧。　尚陆陆长庆时人，善爆栗。　落落李克用子，见梁祖传。　许闲闲见张天觉诗。　陈豆豆元祐时人。　张无无见《夷坚志》。　时春春、时住住、徐胜胜、朱安安、陈伴伴、余元元、王斤斤俱南宋殿前供奉人。散散、嶙嶙、马马俱元学士。　回回元平章。　咬咬元枢密院。　定定元中丞。　雪雪元人。　吴闲闲元真人。　吴借借元人，见《代醉编》。　冯存存元山人。脱脱元丞相。又元末遗孽，明太宗封忠顺王，居哈密。又世宗时俺答义子。　王保保元太傅。　赵闲闲名秉文，金学士。　张玄玄即张三丰。　陈荇荇、洪煮煮、史浩浩见《名臣奏议》。　唐瞿瞿名阶泰，吴江人。　阎古古名尔梅，徐州孝廉。　余生生名肃，成都人。

美 人 双 名

双名美人，备录于左：娟娟楚国汉津吏女。　宠宠朱起所遇。　施施汉宣帝女馆陶公主。　紫紫古淫妇，后化为狐。　罗罗、昔昔隋宫美人。　亭亭庐江王瑗姬。　苏简简即小小，南齐钱塘妓。　罗爱爱隋妓，能诗。　杨爱爱钱塘妓。

崔莺莺唐美人。　李莺莺与张浩私者。　范莺莺、范燕燕俱范十郎女。　燕燕张祜妾。　张燕燕明京师妓。　真真画屏美人。　沈真真唐柳将军妾，赠郑还古者。　谢真真与韩真卿通者。　班真真元名妓。　赵真真元冯蛮子妻。又元妓。　高妹妹唐高彦昭女，七岁死难，德宗谥曰愍。　赛赛唐武氏妓。小小王缙妓。　薛琼琼开元中宫姬。　马琼琼朱端朝妻。　关盼盼张建封妾。　费盼盼宋妓，黄山谷赠诗者。　于盼盼元名妓。　张好好杜牧之所狎妓。　谢好好元稹所狎妓。　张红红韦青婢，即记曲娘子。　青青翟素婢。　卿卿唐妓，仲蔚有别卿卿诗。　吴盈盈与王山善者。又锦城官妓。　达奚盈盈天宝中贵人妾。　李当当唐名妓。又元名妓。　和当当元名妓。　灼灼锦城妓。　香香泰州妓。　宠宠朱虞部姬。　美美唐刘立女。　七七李汧公妾。　英英杨师皋姬。又张虞卿姬。又元顺帝才人名，起采芳馆以居之。　王英英唐楚州妓。　卓英英唐名妓。　曹保保、郑举举、王苏苏、王莲莲、张住住俱唐名妓。见《北里志》。　李端端唐名妓。　钱端端宋钱肃之妾。见《夷坚志》。　寄寄李商隐侄女。　李童童唐名妓。　翘翘刘讽所遇鬼仙。又宋理宗官人。　沈翘翘唐文宗官人。即吴元济女。　东东唐名妓。石醋醋榴花女。　转转韩定辞歌妓。　星星唐进士崔曙女。　吴倩倩唐末妓。　皎皎阿软女，白香山名皎皎。　楚楚、崔崖古美人，见《天都载》。　凤凤南唐张泌所通浣衣婢。　滔滔宋宣仁太后小名。　艳艳宋任才仲妻，善画。　赵鸾鸾宋妓，作《闺房谑咏》。　温超超温都监女，欲嫁东坡者。　李师师宋徽宗所幸妓。　许冬冬宋宫姬。见汪水云集。　毛惜惜宋高邮妓，荣全叛，惜惜骂贼而死。　罗惜惜张王谦妻。李惜惜明景皇帝所幸妓。　怜怜宋荆门金判赵不用妾。　丁怜怜湖州妓。又成都妓。　汪怜怜元妓。　娉娉晁无咎歌姬。　马娉娉钱塘妓。贾娉娉元魏鹏妻。　关关与俞本明通者。　福福贾娉娉侍女。　吴庆庆宋孝宗内夫人。　唐安安宋妓，理宗尝召入禁中。　余安安元余忠宣公女，同母死于井。　妠妠缙云朱伪妾。见《夷坚志》。　田田、钱钱俱辛稼轩妾。　翠翠古美人。　李翠翠明金陵妓，能诗。　薛翠翠明京师妓。　陈柔柔宋欧阳梦桂妾，郑所南有传。　荆坚坚、李心心、于心心、冯六六、顾山山、孙秀秀、刘关关、魏道道、刘匾匾、刘宝宝俱元名妓。见《青楼集》。　田娟娟木元经所遇。　薛素素明京师妓，人称薛校书。见《甲乙乘言》。　柳依依明扬州妓。　景翩翩字三昧，建昌妓，能诗。　徐翩翩明南京妓。见《金陵琐事》。　杨采采元吴中女，能诗。　玄玄小青名。　陈玄玄明末金阊妓，陆云士有传。　刘宛宛、杨娟娟、孙真真燕都妓。 张倩倩吴江沈君庸夫人，能诗。 叶纨纨吴江人，工部主事叶绍袁之女，高安知县袁俨之媳。 元元纨纨侍女，又名红于。 姗姗钱塘卢生爱婢。 陈素素杨州妓，姜生所遇。

国 双 名

外国双名者：回回，蠕蠕，丹丹，鄯鄯，佛佛。贵州夷人一曰罗罗。见一统旧志。西伯昌灭阢阢音耆。国。见《史记·宋世家》。突厥灭茹茹之后，尽有塞表之地。见《后周书·外戚传》。 海外有汶汶国。见《代醉编》。

神 双 名

人身中神双名者六：心中神衣赤衣，长九寸，冠九德之冠，着绿玽之帻，名曰呴呴音虚。肝中神衣青衣，长八寸，名曰蓝蓝。胆中神衣白衣，长三寸，名曰护护。脾中神衣黄衣，长六寸，名曰裨裨。胃中神衣赤衣，长五寸，名曰旦旦。肾中神衣黑衣，长四寸，名曰漂漂。见《太清真人络命诀》。林林、央央，俱山神名。

鸟 双 名

鸟双名者：青丘灌灌，崇吾蛮蛮，药山罗罗。又行扈啃啃，借。宵扈啧啧。按灌灌或作濩濩，状如鸠，佩之不惑。蛮蛮状如凫，一翼一目，相得乃飞。《尔雅》作鹣鹣。《禽经》载：鹳鹳之智不如鸾，周周之智不如鸿。又凤名足足，见薛道衡文。鶡鴠旦。谓之鸮鸮，见《方言》。泆泆寇雉，即鷚鸠也。秩秩海雉，如雉而黑，见《尔雅》。燕燕，玄鸟也，见《诗》注。老扈鷃鷃，见《左传》注。来来，即鹭也。李归唐诗"惜养来来岁月深"。鶙鶙，音施。鸷也，见《诗韵音释》。狭狭，乌郎切。貉属也，见《诗》注疏。咭咭，音号。鹄名，见《尔雅翼》，一作鹤也。兜兜，形似鸲鹆，见《五色线》。双双，鸟名，见《公羊》注。甲甲，鸟名，见《玄亭闲话》。

兽 双 名

兽双名者：招摇狌狌，姑逢獭獭，音敝。空桑轮轮，泰山狪狪，音同。泰献狦狦，音东。霍山䍶䍶，音窀。放一作牧，一作效。皋文文，南海猩猩，北海蛮蛮。又有青兽曰罗罗，云南人呼虎亦曰罗罗。见《天中记》。麟曰般般，见薛道衡文。谯明山有兽曰榴榴，枸状山有兽曰从从，碈音真。山有兽曰祓祓，音攸。蚼音母。偶山有兽曰精精，南海外有兽曰双双，叔猷音独。国有墨虫如熊曰猎猎。音鹊。狒狒，《王会图》作费费，又作髴髴、阒阒，音吠。见《本草》。禺禺，音取。猴属，又名霄霄，亦猴属。

鱼 双 名

鱼双名者：刚山蛮蛮，洛水庸庸，一作食水鳙鳙。扬州禺禺。《山海经》载：涿光山鳛鳛音褶。之鱼，少咸山𩾰𩾰音沛。之鱼，跂踵山鮯鮯音阁。之鱼。又庾氏穴池养鱼，以木为凭栏，登之者凭栏投饵，其声堂堂，鱼必踊跃而出。辛氏之池不必投饵，但闻策策之声，鱼亦出。是庾氏之鱼可名堂堂，辛氏之鱼可名策策。见《化书》。

虫 双 名

虫双名者：蓁名蜻蜻，见《诗经》注。螳螂谓之蚨蚨。见《方言》。蛋蛋，音薛。虫名，各有两首。见《山海经》。队队形如壁虱，生有定偶，斯须不离，西南夷及缅甸诸国多有之，夷妇有不得于夫者，饲于枕中，则其情自洽合，土官目把及富夷之妻不吝金珠易之。见《游宦余谈》。

俗 言 出 处

里巷长谈本于史书者甚多。俗言不中用，出《史记》，秦始皇闻卢生窃议亡去，大怒曰："吾前收天下书，不中用者尽去之。"酒阑歌罢，酒阑见《汉·高祖本纪》。阑谓希也，言饮酒者半去半在也。又一败涂地及无赖俱见《高祖纪》中，高祖为太上皇寿曰："始大人常以臣亡赖。"不能为人出《史记》，樊哙子荒侯市人病不能为人。瓜分天下及吹毛求疵俱见《前汉书》。骂人曰老狗，出《汉武故事》，上常语栗姬怒弗肯膺，又骂上老狗，上心嗛之未发也。遗腹子见《前汉·昭帝纪》。鄙人之庸贱者曰小家子，出《霍光传》。四分五裂见《张仪传》。如坐针毡见《晋书·杜锡传》。不痴不聋不成姑公，见《宋书》。又唐代宗答郭子仪语。不长进见《宋书·前废帝传》。人面兽心见《宋·明帝纪》。相打见《宋·黄回传》，回于宣阳门与人相打。不耐烦见《宋·庾炳之传》。又五代唐明宗将立后，曹氏谓王淑妃曰："我素多病，性不耐烦，妹当代我。"三十六策走为上策见《齐书·王敬则传》。傥来之物见《梁书》。一劳永逸见北魏诏。有疾曰不快，见《华佗传》。不快活，桑维翰曰："居宰相如着新鞋袜，外面好看，其中不快活也。"不作好事，唐明宗责王建曰："汝为节度使，不作做好事。"远水不救近火出《韩非子》。骂人曰杂种，出《前燕载记》，赞曰："蠢兹杂种。"没奈何，张循王银铸球名。金逆亮制尖靴极长，取于便蹬，足底处不及指，谓之不到头。又制短鞭，谓之没下稍。宣和间，妇人鞋底以二色帛合而成之，名错到底。又人回赎田产转售曰翻烧饼，见《麈史》。打草惊蛇，南唐当涂令王鲁事。

广集卷之四

天 下 中

洛阳为天下中,此古中国也。刘舍人《史通》谓荆州为天下中,颇有论列,此今中国也。《山海经》云:诸书为昆仑为天下中。此盖言其大,所谓天地之外复有天地也。《吕氏春秋》曰:白人之南,建木之下,日中无影,盖天地之中也。皆不可辨。

都 鄙

铅椠云都者美也,鄙者陋也。《诗》云:"彼都人士。"《史记》云:五羖大夫,荆之鄙人也。以帝王所居,文物整齐,士女闲雅,皆可美者,故其处曰都,民士亦曰都人。以边陲郊野风俗疏略,人物丑陋,皆可鄙厌,故其处曰鄙,民士亦曰鄙人。《左传》:子产治郑,都鄙有章。

海 龙 王 宅

《录异记》:海龙王宅在苏州东,入海五六日程,小岛之前,阔百余里。四面海水粘浊,此水清,无风而浪高数丈,舟船不敢辄近。每大潮水漫没其上,不见此浪,船则得过。夜中远望,见此水上红光如日,方百余里,上与天连。船人相传龙王宫在其下。

五 明 囊

《续齐谐记》:邓绍以八月一日入华山,见一童子,执五彩囊,盛柏叶上露。绍问之,答曰:"赤松先生取以明眼。"梁简文帝云:妇人于八月旦，多以锦翠为眼明囊，凌晨取露拭目。《鸡跖集》：人于八月一日作五明囊，盛百草露以洗眼。

《荆楚岁时记》：楚俗以八月一日，以露研朱墨点小儿额为天灸，以压疾病。今吴俗谓之天救。

任公示儿书

潞安任复庵环，以同知御倭，昼夜力战，遍身书姓名，曰："死绥职也，为二亲记此发肤。"尝见其示儿书云："儿辈莫愁，人生自有定数，恶滋味尝些也有受用，苦海中未必不是极乐国也。读书孝亲，无遗父母之忧，便是常常聚首矣，何必一堂亲人。我儿千言万语，絮絮叨叨，只是教我回衙，何风云气少，儿女情多。倭贼流毒，多少百姓不得安家，尔老子领兵，不能诛讨，啮毡裹革，此其时也，安能作楚囚对尔等相泣闹阋间耶？此后时事不知如何，幸而承平，父子享太平之乐，期做好人。不幸而有意外之变，只有臣死忠，妻死节，子死孝，咬定牙关，大家成就一个是而已。汝母可以此言告之，不必多话。四月廿四日，太仓城西伏枕书。"

徐佩死难

《长洲野志》：徐佩以厨役事任大夫环，大夫亦以厨役字之，初不异且厚，又焉望其出死力。及倭寇犯吴淞，大夫追至海上，地曰四团。晨食，大夫整旅出遏，佩从之。众咸阻曰："尔馆夫，何乃从征？"佩应曰："吾主官于苏而追贼外境，知有君也。吾事吾主而不与俱，安乎？"乃持刃先倡，旅有不进者，挥刃促之。大夫善射多中，贼佯缩，殆矢尽，纵横举箭，期在必杀大夫，更以利刃攒逼。佩意大夫不免，独殿后，以手搏贼，贼执而杀之，以是大夫得免。大夫祭佩文云："呜呼佩也！生也食予，死也卫予。奇怀异抱，而孰能如。桓桓者夫，食焉避难，视尔之归，颜有余汗。英魂已矣，正气不磨。当为厉鬼，杀此群倭。旷野悲风，胥江落日。老泪如泉，匪私尔泣。"

王 夏 两 相 国

古称刑不上大夫，而明乃诛两相国。人知王文东市之诛由于徐有贞，而不知实始于易储。人知夏言西市之戮由于严嵩，而不知实始于立后。世宗既废张后，属意于方妃，而意莫决。密问于言，言对曰："臣请为陛下贺。夫天员而地方者也。"世宗喜，遂立方妃为后。世宗待宫人严，宫人怨，谋弑逆。壬寅某夕，所幸曹妃及宁嫔王氏侍寝，寝熟，官婢杨金英、张金莲等以组缢上项，钗股刺其囊。组误为死结不殊，金莲恐，走告后，后驰至，解帝组，帝乃苏。趣捕金英讯之，辞首王宁嫔，且曰："曹妃虽不与，亦知是谋。"时上病悸不能语，后以上命曹妃及金英等十余人磔于市，并收斩其族属。上愈，曰："曹妃我所爱，岂敢生此心？"冤之。上德后之功，进封其父为侯，然终念曹妃之冤，恨后之妒，而并追当日误听夏言之言，欲杀之。至二十六年冬，宫中火，中官请救皇后，上不应，后焚死，言亦伏诛。

宦 告 妒 妻

《学圃识余》：正统间，吴郡练从道纲按闽。时有致仕郡守投刺晋谒，问其来意，曰："某妻妒悍，自始成婚至今，被渠凌辱万端。某诚无如之何，故以诉公求治。"纲曰："此公家事，我何敢与知？"某复恳不已。纲沉思良久，遣吏至其家，请夫人来。吏至，其妇已知，厉声曰："彼固朝廷命官，我独非命妇乎？"取命服服之，舁至察院。纲据案治事，其妇随步而入。纲呼卒褫其服，呼其夫出，授以杖。其人持杖绕阶捶击，妇通体无完肤，泣拜恳免。纲令具供放之，自后无复故态矣。

丘 鹏 妻 妒

《耳剽集》载：吏部主事丘鹏妻杨氏，性妒多智，鹏畏之。谒告归吴，母以未有孙谋蓄妾，杨不可，母与鹏愤郁而死。御史尚维持闻之，遣吴同知令杨自尽。杨凤冠霞服,手执敕命而出,问曰:"奉旨来乎?"
曰:"非也。御史有后命。"杨笑谓曰:"妾六品命妇,御史七品官耳,敢
擅杀人?妾死不难,恐先生亦不得辞其责矣。"同知唯唯而退,白御史
止之。

女 侠 止 妒

《广莫野语》载:一富宦无子,妻极悍,笞死婢妾数人。一邻家颇
殷实,有女白父,愿嫁此宦。父曰:"渠妻凶恶,梃死妾甚多,汝何寻
死?"女固请,父因达宦妾之。至第三日,妾方梳洗,妻言起迟,上楼梯
口,喃喃骂。妾觑其将至,用脚一踢,倒撞梯下,随下楼坐其身上,捶
打骂詈,且言:"我年少女子,家颇富厚,岂嫁此老人?只是一大宦家,
因你绝了他后。我今打死你,替你偿命,着他另娶。"言毕又打。妇求
饶命,且发誓任从再娶,宦亦恳求放起。后女生二男,一登甲榜,一乡
魁云。

刘 尹 断 奸

《葭鸥杂识》:长洲三尹刘公,为吏通脱,夫人性尤敏辨。一日发
审奸情事,夫人自内觇之。刘责治奸夫事毕退堂,夫人谓之曰:"才所
决事系女之惑男,非男子之咎,汝何苛责为?"刘与抵辩。夫人曰:"此
事难以口舌争。"夜饮后,夫人赚刘出房外,闭户拒之,不许入宿。刘
徘徊户外,欲设法诱而启之,而卒不能。天明始启户,谓之曰:"大抵
女子立志不移,男子自无由近之,即此以推,可证昨夕之谬断矣。"刘
服其明智,遂反招焉。

韩 城 召 衅

《益智录》:崇祯丁丑,韩城薛国观由金都擢入内阁。时帝以国
计不足,与国观密议,国观对以外则乡绅,内则戚畹。在乡绅者臣等

任之,在戚畹者非出自独断不可。因以李戚畹为言。遂传密旨,借银四十万,冉、万二驸马各一万金,而周、田近戚不与焉。李氏父子相继死,追比甚力。李氏尽鬻所有,至折卖所居房。其亲中书杨馀洪、周国兴教李氏云:"有形之产既尽,即不上纳,将如之何?"国观以其语密闻,年终甄别,遂劾二中书闲住,有旨各廷杖六十,二人即日死。国观夜归下舆,见二中书在门内,怖甚。是时戚畹人人自危,后因皇五子病呕,见慈圣李太后来,甚怪帝不念懿亲,如不改过,将汝诸子都要唤去。皆诸人撰造,传报于帝。帝大恐,于是停止追比,复李戚畹侯爵,而皇五子竟薨。帝遂心恨国观,欲杀之以谢太后。后给事中袁恺以受贿事列款纠之,有旨勒自尽。时辛巳八月事也。

老叟百子

《广莫野语》载:成化时,福建光泽县民某,妻妾十一人,生百子,多寡不等。后叟故,诸子争产,告县,有告随母分者,有告随子分者。令惊异,判云:妻有大小,子无嫡庶,皆照子分给。人生多男,或以十计,或以数十计,业已为奇,况至于百。且百子俱全,诚宇内希、觏事,虽河洛周王,曾生百子,然王之妃嫔颇多,其请名受册封者止五六十人,余皆花生寄生,不足比数。今闽人乃寻常编氓之家,而生百子,且森然无恙,非独擅昭代之奇,即求之古昔亦未前闻。

刘魏合辙

魏忠贤之凶暴甚于刘瑾,而其岁月事迹略相类。瑾以正德元年逐萧敬入司礼监,五年八月伏诛。忠贤以天启元年杀王安入司礼监,七年十月投缳,而其事败实在八月。瑾赃元宝五百万锭,忠贤赃七百万锭。瑾之初逮,发凤阳司香,犹自喜不失作富太监。忠贤亦发凤阳,犹以千辆自随。瑾欲以八月十五日谋逆,忠贤亦欲以八月十四日谋逆。瑾年六十,忠贤亦年六十。瑾之鹰犬张彩,庚戌进士,由选郎一再迁至吏部尚书。忠贤之鹰犬崔呈秀,癸丑进士,由褫职御史骤列宫保、兵部尚书。瑾死时言张彩误我,瑾欲自立,彩谋立宗室幼弱也。忠贤出都门,亦言崔家儿子误我,呈秀以兵饷未集,缓十四日之谋也。瑾凌迟于生前,忠贤凌迟于死后。自正德庚午迄天启丁卯,相去一百十七年,奸宄合辙如此。

罢　镇

明武宗朝,命宦者出镇各省,刺史以下皆伏谒,得便宜劾奏府县非法事,气焰纵横可畏。世庙即位,年才十六。时永嘉骤相,君臣相得,每上殿,辄赐绣墩命坐。一宦者过殿下,永嘉故改容起立。世庙注视良久,明日竟罢镇,曰:"张先生犹畏此辈,况其他乎?"万历二十六年,有诏加税诸省府,黄头使者旁午于道。武康太守孙宝秀为中使诬奏,槛征京师,其妻怖死,宝秀以科臣申救获免。吾苏监税宦者某,于六门设税吏,凡负担出入,必税几文,至葛诚以蕉扇一挥,击杀其监随小阉,税乃得罢。故世称阉监之祸如毒药猛兽,惟恐遇之者然。

顾　道　民

张元长先生大复《笔谈》载:江上顾道民,往来常润间。与一人面善,见其子母相抱哭甚哀,道民问其故,人曰:"吾父小逐什一于下邳,有传言父卒死,而家窘甚,不能遂赴所在,故悲耳。"道民慰之曰:"姑自宽,明日当有的耗。"后日道民来报汝父无恙,又出其父手书,款慰而去。道民日行六百里,顷刻能啖百器,又能数日不食,其异如此。

郑桐庵先生尝为余言:虞山顾道民遇异人授一小铁船、一咒,能日行三千里,每摘生荔枝啖钱牧斋、陆孟凫,后以贪心为人诱去其船,然咒术尚可行数百里。崇祯己巳,京都有警,抚军曹文衡檄兵宪钱继登勤王。抚军开门使道民赍文往娄东,门未关,回文已到矣。此桐庵先生辈所目睹也。

羊　　车

史称晋武帝平吴之后,荒于游幸,宫中乘羊车,任其所适,宫人望幸者以盐汁洒地,竹叶插户,冀欲引羊。然羊性狠劣,实不能驾车。考《隋·舆服志》：羊车一名辇车。护军羊琇私乘之,司隶刘毅劾其罪。其制如轺车,金宝饰,紫锦幰,朱丝网,驭童二十人,皆两鬟髻,服青衣,取年十四五者,谓之羊车小史,驾以果下马,其大如羊。武帝所乘实此车,非真以羊驾车也。插竹洒盐,殊为傅会。

牧羊处昭君墓

汉时苏武牧羝处则今陕西镇番卫也,山因以苏武名,庙在雁门关之外。王昭君嫁匈奴,其墓所则今山西大同也。李陵台乃在今昌平州。然则古所云绝域,今皆在版图,为衣冠往来之冲要,不亦盛乎？

奎　基　法　师

李君实曰华《紫桃轩杂缀》载：海上老僧号休如者与余言：奎基法师,尉迟敬德之子。年十八,有绝力,每出以三车自随,一载醇酒精馔,一载女乐十余人,一载兵器,而自与壮士锦袍花帽以骑从。遇所欲留处,纵饮至醉,拥女乐遍幸之,而后与壮士运矛挺槊,搏刺自快,率以为常。玄奘法师自西域取经回,欲立贤首宗旨,而难其堪授者。一日请于唐文皇曰："大唐国中能承我法嗣者尉迟子耳。"帝命敬德令玄奘剃度,奘为开示数语,即尽弃其习,而精研宗乘。然性廓落,不知有戒律,饥则恣飧,饱则鼾睡而已。一日行脚,买牛肉啖之,而挂其余于锡端。至一刹,乃宣律师所住也,留之三宿别去。宣律平日受天供,不御人间食,至是天供三日不至。奎师行,天人复来,宣律曰："日来为粗行者腥秽所触耶？"天人曰："不然,我辈岳渎小圣耳,两日闻本刹有大乘菩萨,四洲大力神王、色欲界主咸在拥护,故不敢唐突。今幸其行,始得修敬也。"宣律为之三叹。此一段话,未知出藏经何函何典。

折　　柳

天下万木莫不本于大造,而柳独列于二十八宿者,盖柳寄根于天,倒插枝栽,无不可活。其絮飞漫天,着沙土亦无不生,即浮水亦化为萍。是得木精之盛,而到处畅遂其生理者也。其光芒安得不透着天汉,列于维垣哉!送行之人岂无他枝可折而必于柳者,非谓津亭所便,亦以人之去乡,正如木之离土,望其随处皆安,一如柳之随地可活,为之祝愿耳。

日　出　海　门

崇祯壬午,常熟孙光甫先生^{朝让}备兵闽中。一日,郑芝龙治醵相招为长夜之饮。至夜半,郑曰:"大人欲观海中日出乎?"孙诺之,遂引至舟中,连舸结舫,如履平地。揖登小阁中,设一桌二椅,旁仅可容童子五六人,供斟酒歌唱。久而忽闻海中沸然有声,一童曰:"日将升矣。"郑命启窗,嘱孙只可视上。孙遥望见水天一色,日初出海门时甚大,而色赤,隐然有人头顶日轮而上。日渐高,人渐小,迨东方将白,回视其阁,已离舟四五丈,缀于桅竿之末。及至下阁,梯亦不过五六层。阁之攀缘升降,人不及知,其轻捷若此。

《符瑞图》云:日有二黄人守者。宋景文诗"青帝回风还习习,黄人捧日故迟迟",以证所见,非虚语也。

天　　关

康熙戊寅春,治平寺僧欲建大殿,邀游僧恒益立关于宫巷内,诸乡绅为之护法。妇人竖子翕然喜舍,拔钉书簿者日累累,数虽足而银未集。己卯八月初,缀一小阁于木杪,恒益偃息其中,名曰天关,饮食便溺皆从一绳上下。倾城士女往观，煽惑殊甚。郡侯石公^{文焯}檄长邑侯祖公^{兴乾}擒之，并擒住持十洲，责治枷示，限圆满日放，邑人大快。时八月初九日事也。

撒　花

宋时三佛齐注辇国来朝贡，即请绕殿撒花。初撒金莲花，次撒真珠、龙脑，布于御座，所携顷刻俱尽。盖胡人至重礼也。后金兵犯阙，索民财与之，亦谓撒花钱，以重礼媚胡耳。今人谓善费者亦曰撒花，义本此。

舜妃兄妹

舜娶尧二女娥皇、女英，世所习闻也。《礼记》云：舜崩于苍梧之野。盖三妃未之从也。《大戴礼·帝系篇》云：舜娶帝尧之子，谓之女匽。注者以娥皇、女英、女匽为三妃。《汉·地理志》云：陈仓有上公明星，黄帝孙舜妻育冢祠。则舜有四妻矣。《山海经》云：舜娶葵^{一作登}。比氏，生宵明、烛光。则舜又有一妻矣。《列子》云：舜弟妹之所不亲也，父母之所不安也。《纲目》注：舜妹名夥手。《列女传》云：瞽叟欲杀舜，女弟系怜之，与二嫂谐。则是舜有二妹矣。《越绝书》云：舜父顽母嚚，兄狂弟傲。是舜又有兄，惜其名不传。

《路史》载：湘神为舜二女宵明、烛光，非尧二女也。

火　灵　库

《天都载》载：韩昌黎晚年颇亲脂粉，因用硫黄末搅粥饭以啖雄鸡，不使与牝交，千日后烹之，名火灵库。昌黎间时进一只，始亦见功，终致绝命。又退之子昶亦登第，昶改金根车为金银车，贻笑于世，见《语林》。昶二子绾、衮俱擢弟，衮为状元。退之名若山斗，而不闻唐世有状元衮者。又何孟春《余冬叙录》云：退之孙承状元及第，为时闻人。二事人鲜知者，因录之。

黄罗成蝶

宋庆历中，有张九哥者，混迹市丐中。燕王呼而赐之酒，因请以技悦王。乃乞黄罗一端，金剪一具，叠罗而碎剪之，俄成蜂蝶无数，或集王襟袖，或栖宫人发鬓。九哥复呼之，一一来集，复成一匹罗。中有一空如一蝶之痕，乃宫人偶捕损之耳。王曰："此蝶可复完罗否？"九哥曰："不必，姑留以表异。"

人 化 蝶

《癸辛杂识》载人化蝶一事：杨昊妻江氏少艾，连岁得子。昊出外，竟客死。死之明日，有蝴蝶大如掌，徘徊江氏之旁，竟日乃去。及闻讣聚哭，蝶复来绕江氏。李商作诗吊之曰："碧梧翠竹名家儿，今作翩翩蝴蝶飞。山川阻深罗网密，君从何处化飞归？"又李铎知凤翔，既卒，有蝴蝶万数，自殡所以至府宇，蔽映无下足处。府官吊奠，挥之不去，践踏成泥，大者如扇，逾月方散。又杨大芳婆谢氏。谢亡未敛，有扇大一蝶，色紫褐，翩翩自帐中出，徘徊飞集，终日而去。周公谨有诗云："帐中蝶化真成梦，镜里鸾孤枉断肠。吹彻玉箫人不见，世间难觅返魂香。"又宋高宗绍兴中，有班直官崔羽，弃职游罗浮学道。一日坐化，众焚于紫霞亭，烈焰中有蝴蝶径尺，腾空而去。

履化凫燕鹤犬

人知叶令王乔之舄为双凫，不知晋南海太守鲍靓之履为双燕。按靓为南海时，葛稚川隐罗浮，靓每密过之，谈论达旦始去。人讶其往来之频，而不见其车马，使人密伺之，但见双燕飞至，网之得双履。又《太平御览》载：治中卢耽之履化为鹤。《仙传拾遗》载：苏秦、张仪辞其师鬼谷先生，先生与之履各一，化为犬。甚矣，履之能化物也！

妾 化 鹤

《楮记室》：元张主簿，邵武人，有宿疾。于临安得一妾，欲犯之则不从。凡五六年，有一贫士至，能造墨，张舍之，令造。一夕闻其在妾卧室谈笑，张亟入，见二鹤冲霄而去，止留造墨余汁。张吸之，旧疾顿脱。

卵 生 人

顾太初起元《杂志》载：人亦有湿生、卵生者。湿生人如搰罗婆利劫，初生时人皆化生，女顶上生转轮圣王。卵生人如毗舍佉母，生三十二卵，卵剖生三十二男。按古史，徐偃王亦卵生。又秦非子为马卵所生。唐陆鸿渐，江流鸟卵所出，有僧闻啼声收之，既长，筮之得“鸿渐于陆”，乃姓陆而名鸿渐。又汪可孙《云宫法语》载：宋杨文公之祖梦武夷君托化，及大年生，母产一鹤卵形，剖之紫毛被体，怪而弃之江滨。其叔父异之，追至于江，化为婴儿，收养之，后为光禄丞。又《紫桃轩杂缀》载：广州官库每交割，出陈异卵一枚，大逾斗，云部民陈鸾凤之胞也。则卵之生人非尽诬也。

郑龙如《偶记》载：曾见驴生卵。

市 井

《学斋呫哔》：今人恒言市井，盖出于《后汉·酷吏传》中云“白首不入市井”。注言因井为市，交易而退，故称市井也。俗言市井小人，非贬词，即孟子所谓市井之臣也。宋元英因读《风俗通》，曰井亦谓之井市，言入至市有鬻卖者，当于井上洗濯令香，然后到市。颜师古曰：凡言市井者，市交易之处，井共汲之所，总而言其处为市井也。

钟离汉寿

钟离云房自称天下都散汉钟离权，世人误以汉字属下，作汉钟离，而遗其名矣。关公在曹时，操表封公为汉寿亭侯。汉寿本亭名，在犍为，即今叙州府也。世又误以汉为国号，止称寿亭侯。同一汉字，属上属下，皆成误谬。

扫雪拣花

《野获编》载：明制，大内每雪后于京营内拨三千名入内庭扫雪，轮番出入，每岁俱然。亦有游闲年少代充其役，以观禁掖宫殿者。又南京旧制，有拣花舍人，额设五百名。盖当年供宗庙荐新及玉食糖糫之用。五百拣花，三千扫雪，亦两都佳话也。

鸟 塑 像

齐云岩在徽州，上奉玄武像。相传百鸟衔泥塑成，尚余一趾未就。或言像初成时，有人穴门窥视，群鸟散去，遂缺一指，他工补之，终不合也。传闻甚着灵异，进香者虔心顶礼，方得瞻仰金容，否则毫无所睹，惟见素壁而已。

花 姑 坛 碑

《紫桃轩杂缀》：人知抚州有颜鲁公楷书《麻姑坛记碑》，而不知抚州又有鲁公书《花姑坛碑》。花姑者，女道士黄《五色线》作董。灵微也。年八十而有少容，一日为野象拔箭，嗣后斋时，象每衔莲藕以献。宿于林莽，神灵卫之，人无敢犯者。化于唐睿宗朝，所葬处惟空棺。开元中，立仙坛院，选高行女冠黎琼仙等七人居之，鲁公为刺史，记其事焉。

《耕余杂录》云：黎琼仙，唐时所放宫人，即麻姑也。岂《麻姑碑》即《花姑碑》，李君实或误为两碑耶？抑《耕余录》误以黎琼仙为麻姑耶？而王方平、蔡经事，又似汉已前人。

戏 白 牡 丹

《紫桃轩杂缀》：俗传洞宾戏妓女白牡丹，乃宋方士颜洞宾，非纯阳吕祖。盖三峰内御之术，其源出于老狐。假令精之正安，足齿天曹之剑，恶可污我上圣耶？

任 牛 行 止

宋刘伯寿幾为耆英九老中人，居玉华峰，即以名庵。有二姜名萱草、芳草，皆秀丽而善音律。伯寿出入乘牛，吹铁笛，二姜乘驴在后，以竹笛和之，声满山谷。出门不言所之，牛行即行，牛止即止。其行也必引觞尽醉，人以为仙。

马 粪 诸 王

苏子瞻子过尝读《南史》，子瞻卧听之。因语过曰："王僧虔居建康马粪巷，子孙贤实谦和，时人称马粪诸王为长者。《东汉》赞论李固云：'观胡广、赵戒如粪土。'粪之秽也，一经僧虔，便为佳号，而以比胡、赵则粪有时而不幸，汝可不知乎？然粪土之墙，夫子先以警宰我矣。"

邢 布 衣

成化中，邢布衣量隐居莘门之东，以医卜自给，足迹不出闾里。金宪陈永锡与量同里居，素刚介少容，独加敬重，旦则挟册就质疑难，常至昏暮乃返。又吴匏庵以少宰归家，往叩其门，量曰："吾方躬爨，无五尺应门，奈何？"匏庵曰："姑徐徐。"借邻家胡床坐门外，良久，候其食已进,方相与清谈,抵暮而别。然量终岁未尝至两公之第也。

杯 屐 异 名

《紫桃轩杂缀》:古人以杯为不落,取其常饮则昏醉之流也。以面裹为不托,以其躬造致精则饕餮之首也。以屐为不借,以其各自适用则鄙靳之渐也。余欲以不落名笔,以不托名著,以不借名书,庶于吾辈雅有实际云。

按不借乃草鞋,非屐也。笔又名不律,杯又名凿落。

团 茶 充 贡

世言团茶始于丁晋公,前此未有也。庆历中,蔡君谟为福建漕使,更制小团,以充岁贡。元丰初下建州,又制密云龙以献,其品高于小团,而制益精矣。曾文昭诗云:"莆阳学士蓬莱仙,制成月团飞上天。"又云:"密云新样真可喜,名出元丰圣天子。"论者谓君谟学行政事高出一世,独贡茶一事,比于宦官宫妾之爱君,而闽人岁劳费于茶,贻祸无穷。苏长公亦以进茶讥君谟,有"前丁后蔡"之言云。

茶 具

长沙茶品精妙甲天下,每副用白银三百星,或五百星,茶之具悉备,外则以大银罍贮之。赵南仲丞相帅潭日,尝以黄金千两为之,以进上方,穆陵大喜,盖内院之工所不能为也。昔司马公与范蜀公游嵩山,各携茶以往。温公以纸为贴,蜀公盛以小黑盒,温公见之曰:"景仁乃有茶器耶?"蜀公闻之,因留盒与寺僧而归。

食 糠 而 肥

《史记》:陈平家贫,为人长美色。或谓平贫何食而肥若是,其嫂嫉平之不视家生产，曰："亦食糠核耳。有叔如此，不如无有。"朱季美《桐下听然》云：钱功父允治《食物注·谷部·糠》云：陈平食之而肥。窃意亦食糠核是其嫂一时蹲沓之语，糠亦何能肥人？功父引之以为证，似乎失当。及看《本草》糠令人肥，又《晋书》王戎子万有美名，少而大肥，戎令食糠，而肥愈甚。又医方妇人发黄以糠捣油傅之即黑。则糠之能肥人，历有所据，功父非漫言也。

舜　　井

《楮记室》：《史记·舜纪》：瞽叟使舜浚井，舜穿井为匿空旁出。论史者多讥其鄙诞。按《渑水燕谈》：河中府舜泉坊二井相通，匿空旁出者也。宋真宗祀汾阴，车驾临观，赐泉名广孝，坊名舜泉，御制赞以记之。是穿空事有迹可凭，岂真舜世之遗耶？抑好事者缘迁语而赝为之耶？

萱

《覆瓿集》：萱，草名也。《诗》曰："焉得谖草，言树之背。"谖与萱同音，谖之义为忘，故萱草亦取其能忘忧。北堂谓之背，妇洗在北堂，见于婚礼之文。而萱草忘忧，出于嵇叔夜之论，后世相承，以北堂谓母，而有萱堂之称，不知其何所据。若唐人堂阶萱草之诗，乃谓母思其子，有忧而无欢，虽有忘忧之草，亦如不见，非以萱比母也。又按医书，萱草一名宜男，以萱谕母，义或本此。

王朗与魏太子书云："萱草忘忧，皋苏释劳，无以加也。"皋苏草名，能释人之劳，犹萱草能忘忧也。

三　灾　石

《紫桃轩杂缀》：萧功曹见李仓曹家古砚颇良，语人曰："此三灾石也。"人问之，曰："字法不奇，砚一灾；文词不赡，砚二灾；窗几狼藉，砚三灾。"好事者竞蓄佳砚,不知能免几灾也。

金 叵 罗

《桐下听然》载:明某某二相公侍讲筵,咨询既久,上顾小黄门:"先生们甚劳。"命赐酒。内侍出二金叵罗,甚大,杯中镌字云门下晚生某进。某者相公名,盖以媚巨珰没入之物也。二相惭惧,叩头趋出,上目之而笑。未数日予告。亦愧于金钱辱于挞市矣。

亲 家

世俗凡男女缔姻者,两家相谓曰亲家。此二字见《唐书·萧嵩传》。嵩子衡尚新昌公主,嵩妻入谒,帝呼为亲家。北方以亲字为去声,卢纶作王驸马花烛诗:"人主人臣是亲家。"又称亲家翁。《避暑漫抄》:萧瑀自称唐朝左仆射、天子亲家翁。《五代史》:刘昫与冯道为姻家而同为相,道罢,李愚代之。愚素恶道之为人,凡事有稽失者,愚必指以诮昫曰:"此公亲家翁所为。"《苏氏闲谈录》:冯道与赵凤同在中书,凤有女适道仲子,以饮食不中,为道夫人谴骂。赵令婢长号,知院者来,诉凡数百言,道都不答。及去,但云:"传语亲家翁,今日好雪人。"称亲家翁亦有所本。

恶 人 受 报

顺治甲午,李按院森先访拿三折和尚及优人王子嘉,立枷于阊门,三日而死。后一人自北濠归家,闻水滨有二人清谈云:"恶人受报不爽。三折和尚死后仍问斩罪,王子嘉死后又问徒罪。"一人问:"斩罪若何?"答云:"斩罪变成鸡鸭之类,世世受断头之报。徒罪变成马骡之类,日日受负重行远之报。"互相叹息。其人驻足审视,二人豁然入水而去,方知为落水鬼也。

岳坟灵异

《葭鸥杂识》：康熙丙子春，浙抚王嵋谷维珍到西湖岳坟，礼拜武穆毕，顾瞻墓前铁铸秦桧、王氏等跪于前，游人必笪扑之，恻然悯焉，默念此事已远，欲撤而去之，然未出于口也。忽觉背上若有人鞭之者，悚然而退，途中即病，进署昏然，百方祈祷不愈而殂。武穆在天之灵，可不畏哉！

钱　陌

梁时用钱，自破岭以东八十为陌，名曰东钱，江郢以上七十为陌，名曰西钱，京师以九十为陌，名曰长钱。中大同元年，武帝乃诏通用足陌，诏下而人不从，钱陌益少，至于末年，遂以三十五为陌。今民间通用以九十八为陌，京师赏赉以三十为陌。吾乡以纸裹赉人者，多寡随意，大约以四十为陌，较梁时陌法不甚相远。

风　筝

风筝一名纸鸢，吴中小儿好弄之。然当其抟风而上，盖亦得时则驾者欤？张元长《笔谈》载：梁伯龙戏以彩缯作凤凰，吹入云端，有异鸟百十拱之，观者大骇。

近又作女人形，粉面黑鬓，红衣白裙，入于云霄，袅娜莫状，悬丝鞭于上，辄作悦耳之音。且昔惟春日则放，以春之风自下而上，纸鸢因之而起，夏日则风横行空中，故有"清明放断鹞"之谚，今则四时皆可放矣。

绛　帐

汉马融讲授，前列生徒，后蓄女妓，因施绛纱帐。又苻秦韦逞之母文宣君，年八十，奉命传《周官》学，亦施绛纱帐。皆所以限隔男女也。今词家以例绛帐归师道，何其谬也。

甘蔗宜儿食

甘蔗小儿宜食，虽患痘疹，食之无禁。群医相争，一曰性热，所以发疹，一曰性寒，所以解毒，一曰性温平，所以无害。李君实检方书，则曰蔗能节腹中蛔蛔，多者减之，少者益之。盖蛔多则伤人，少则谷不消，惟蛔得其中则小儿无病，所以宜儿，岂在寒热温平间哉？

织 女 降 临

宋黄伯思《东观余论》：郭令公初从军，至沙漠，见左右皆赤光，仰视空中，见辎车自天而下。令公祝曰："今七月七日，必是织女降临，愿赐富贵寿考。"神笑曰："大富贵亦寿考。"冉冉升天，而至云际。此最为七夕佳话，胜蛛丝针镂多矣。

管 城 子

《紫桃轩杂缀》：人知《毛颖传》有管城子，为昌黎所托，而不知实有仙人管城子。晋武帝时，尹虔子、张石生、李方白咸师事之，得其蒸丹饵术法，以升云天。虔子在玄洲为高真，张石生为东源伯。

水 能 辟 邪

五行各有利用，而水更能辟邪。如人出行，舟楫及旅店中，夜卧贮清水一盆，则闷香无效。又闻狐狸亦畏水，不能越水而渡。若疫气侵延，遇大雷雨，亦可消止。吾郡尤定中何康熙乙卯孝廉，选神水县令。一日审一道士奸状，极其刑讯，了不知痛。一吏教以清水贮前，喷道士身，出县印照之，一讯吐实。书之以备延鞫者之一助。

黄 六 王 八

《疑耀》载：京师勾栏中诨语谓绐人者曰黄六，盖言黄巢兄弟六人，巢行第六而多诈，故诈骗人者詈为黄六也。又《七修》载：詈人曰王八。盖后五代王建行八，素无赖，盗驴马，贩私盐，故人詈曰王八贼。今俗误为王霸。闻之故老曰："忘八盖忘孝、弟、忠、信、礼、义、廉、耻也。"又闻一人为一绅对曰："一二三四五六七，孝弟忠信礼义廉。"众初不解，询之知为詈语，忘八无耻也。

只 孙

元亲王及功臣侍宴者别赐冠衣，制饰如一，谓之只孙。赵廉访家传御赐金文只孙一袭是也。明高皇定鼎，令值驾校尉服之。仪从所服团花只孙是也。《霏雪录》载：徐秋云《宫词》"红锦只孙团晚风"，是误以只孙为织成帷幪之类耳。

石 中 异 马

《耳新》载：粤中有老人业屦者，坐旁置一大石。一日有收宝者见之，欲出厚值售其石，老人不省所以，坚不与，自后因藏其石。已而悔之。阅数月，收宝者复至，乃出以观，冀得厚价。其人连称可惜，老人问故，答曰："石中有异马，无价之宝。以子日对之业屦，有草以为养，故得活。今藏之，已馁死矣。"老人不信，剖视之，中果有死马。

祷 祝 有 灵

《吾犹及》载：万历中，吴门陆氏称盛。有时遇者，兄弟间其名稍逊。岁考牌至，日谒拜郡庙，祈梦中预告试题。其兄时选、时宾窃笑之，于按临前戏书"如有周公之才之美"一节题，暗置郡庙炉下。时遇祷祝得之,喜不自胜。两兄复叩之,曰:"祷拜有灵否?"时遇秘而不泄,集名人社课,录其佳者,熟读之。迨入试,果出此题,遂冠一军,食廪多年。

　　兰溪童茂才,平时不肯志学。衡文者将至,乃晨起于至圣前焚香虔祷,且取四书展开,凭手所指,得"臧武仲以防求为后于鲁"节。次早复虔祷,又拈得前题。随遍觅此题佳文熟读,此外茫然一无所记也。试日进号坐,不胜枵腹之惧,惟默念"臧武仲老大人保佑"至再至三,题出,果然,遂得高等。

广集卷之五

朋友不通财

《子庵杂录》：或慨朋友通财之难，以为圣门诸贤惟颜渊、原思为最贫，子贡结驷连骑，子华乘肥衣轻，可云富矣，当时不闻分给二子使不至困乏，可见通财之义，贤者犹难之。愚谓颜子屡空不改其乐，原思则夫子与粟犹且辞却，二子岂望人周急者。人之相知，贵相知心，彼不轻与二子通财，正深知其心者也。不然贤如子贡、子华，宁亦如世俗人之吝于财者也。

易色

"贤贤易色"，注云："易其好色之心。"是矣，然与下文竭力致身语意不类。盖易者改也，遇贤人必改容以敬之，色指礼貌言，如其次避色，亦指礼貌衰也。色力身信皆自己身上事，语意一串。此论殊佳，出《徐氏经臆》。

大归

《翰山日记》：古人以去妇为大归，夫人姜氏归于齐，大归也。王景兴与钟元常书：近闻室人孙氏归曰大归也，共经忧乐既久矣，曷为一旦离析，以至于归而不反乎？据此则世俗归宁辄曰大归，岂我思肥泉之义哉？言出不祥，所宜亟正。

青云

京房《易占》："青云所覆，其下有贤人隐。"《续逸民传》："嵇康蚤有青云之志。"梁袁豪赠隐士庾易诗曰:"白日清明,青云辽亮。"阮籍诗:"抗身青云中,网罗孰能施。"李太白诗:"所有青云人,高歌在岩户。"皆言隐者高洁之意。后世乃移以咏入仕登名之士,似误。

蒲　卢

《诗疏广要》等书皆以蒲卢为果裸,似蜂而细腰,俗呼为蠮螉。又《夏小正》:十月玄雉入于淮为蜃。蜃者,蒲卢也。唐敬括《蒲卢赋》云:"负么么之异族,能教诲而知变。"韩致光诗:"案头筮管长蒲卢。"皆以为虫,引《中庸》之蒲卢为变化以证。敏政朱子独引沈括以为蒲苇。愚谓若从虫之说,与敏树语不合矣。

束　修

束修二字,自朱子以束脯言,人知为弟子馈师之礼。不知《汉书·邓后纪》云:"故能束修,不触罗网。"注以"约束修整"言之。又郑均束修安贫,恭俭节整。《冯衍传》:"圭洁其行,束修其心。"又刘般束修至行。杜诗荐伏湛云:"自行束修,讫无毁玷。"延笃云:"吾自束修以来,为臣子忠孝,交不诣渎。"《盐铁论》桑弘羊曰:"臣结发束修得宿卫。"梁商曰:"王公束修厉节。"晋荀羡擒贾坚,坚曰:"吾束修自立,君何谓降耶?"嵇中散集云:"全束修无玷之称。"皆检束修饰之义。可见自行束修以上,夫子言能饰躬者皆可教也,未尝言及礼物。朱子以礼物言者,本《檀弓》曰:"古之大夫,束修之问不出境。"《少仪》曰:"其以乘壶酒束修一犬赐人,若献人则陈酒执修以将命,亦曰乘壶酒束修一犬。"《穀梁传》曰:束修之问,不行境中。故云束修至薄者。

鸡　口　牛　后

苏秦说韩宣惠王曰:"宁为鸡口,毋为牛后。"注云:"鸡口虽小,所以进食,牛后虽大,所以出溲。"旧本《战国策》作鸡尸牛从,安延笃音义云:"尸鸡中之主,从牛之子。"颜之推、沈存中皆取其说,未知孰是。

碧　　葬

偃师苌弘事周灵王,竭忠尽谏,为王所戮,国人哀之,为藏其血,三年而化成碧。葬于邑中,所葬之地,数里皆成碧色。故蜀中有青泥坊。见《小窗别记》。苌弘之血化为碧,人所知也,而所葬之地数里皆碧,或未尽知,故特表之。

《耳谈》:新都段司徒家掘地得古冢,冢砖长五寸许,皆有字,云"歙东萧司马碧葬"。不知碧葬之义,以问汪伯玉。伯玉云:"凡死忠而不得尸者,得血以葬,曰碧葬。本弘血化碧之义。"

万　　石

汉宣帝时,冯扬为弘农太守,有八子,皆为二千石,号万石君。茂陵秦袭与群从五人同时为二千石,亦号万石秦氏。唐武城张文瓘四子皆至三品,号万石张家。宋顺昌廖刚四子迟、过、遂、蘧皆秉麾节,号万石廖氏。今人但知石奋及四子连、甲、乙、庆皆二千石,时人尊宠,号奋为万石君。

饮　　器

《史记》:赵襄子杀智伯,漆其头以为饮器。读者谓头骨不可为器以饮,故注者多谓溲便器,如虎子之属。惟刘氏注云酒器。《集览正误》以为非。按《吕氏春秋》:襄子与魏桓、韩康期而击智伯,断其头以为觞。谓之觞,非酒器而何?又《汉书·匈奴传》:单于以老上单于所破月支王头为饮器者,共饮血盟。若溲便器,则不可盛血饮矣。

《晋书》:姚方成漆徐嵩头为便器,汉曰虎子。《西京杂记》以玉为虎子。又汉广铸铜写虎形为溲器。又唐人文集溺器曰夜潜。蜀孟昶有宝装溺器。

　　道书：溺曰"房中弱水"。

乘　　槎

　　乘槎事，古来诗人皆以为张骞。杜少陵亦有"乘槎消息近，无处问张骞"之句。按骞本传止云汉使穷河源而已，未尝言乘槎也。张华《博物志》云：旧说天河与海通。有人赍粮乘槎而去，十余月，至一处，有织女及丈夫饮牛于渚。因问此是何处，答曰："君还至蜀，问严君平则知之。"还问君平，曰："某年月日有客星犯牵牛宿。"然亦未尝指为张骞也。及梁宗懔作《荆楚岁时记》，乃言武帝使张骞使大夏，寻河源，乘槎见所谓织女、牵牛。不知懔何所据而云。又王子年《拾遗记》云：尧时有巨槎浮于西海，槎上有光若星月，夜明昼灭，十二年周天而更始，名贯月槎、挂星槎，羽仙栖息其上。则自尧时已有此槎矣。

青　泥　印

　　《拾遗记》：禹导川夷岳而玄龟负青泥于后。玄龟者，河精之使者也。龟额下有印文，皆古篆字，作九州山川之字。禹所穿凿处以青泥封记其所，使玄龟印其上。盖青泥与汉武兰金紫泥同类耳。梁简文与萧临川书："必迟青泥之封。"后人直以青泥为墨矣。

鱼　腹　中　玉

　　《挑灯集异》：太仓有渔人网得一大鱼，腹有白玉，长寸许，上有篆文曰"江山袖换"四字。渔人不识，以为石也，持之换酒。酒主亦不纳，渔人持归，道经傅军士之门。傅老见之，以粟一斗易之。见其莹洁，珍藏于家。后傅之孙曰东沧者登进士，授兵部主事。此玉偶为本兵公所见，意甚欲之，傅不得已献焉。惜不知此为何物也。

游　月　宫

　　唐明皇游月宫事，所出数处，记载不一。《异闻录》云：开元中，明皇与申天师、洪都客夜游月中，见所谓广寒清虚之府。下视王城嵯峨，若万顷琉璃田，翠色冷光，相射炫目。素娥十余，舞于广庭，音乐清丽，遂归制《霓裳羽衣》之曲。《唐逸史》则以为罗公远，而有掷杖成桥之事。《集异记》则以为叶法善，而有潞州城奏玉笛投金钱之事。《幽怪录》则以为游广陵。要之皆荒唐之说，不足问也。

神　　画

　　润州兴国寺苦鸠鸽栖梁上，秽污佛像，张僧繇乃于东壁画一鹰，西壁画一鹞，皆侧首向檐外，鸠鸽不敢复入。罗隐寓晋江玉髻峰，为土人所侮，隐画一马于石，每夜马出食人禾，追之则马复入石。人因礼而谢之，隐乃画桩系马，夜方不出。《天都载》：遂昌广仁院佛殿，邑人毛会一作绘。潜画一妇乳儿于壁，夜遂有儿啼声。众怪之。一日会至，院僧语及之，会笑曰："若欲止啼甚易。"乃以笔添乳入口，自后啼声遂绝。会名顿起。

李　博　士

　　《耳谈》：黄冈学博寿州李某自言：居家时为鬼摄去，因问鬼："许大世界，岂无有人逸脱者。倘肯为我谋，愿饶焚钱以报。"鬼曰："可姑为谋之掌判者。"许诺，于是死去复生，广为焚钱。后鬼岁必一至索钱转限。及来黄邑，意谓得脱，与诸生候大吏于河浒，忽堕马舁归，言："前鬼复至，摄我去，幸尚许我转限。"即设酒肴，对鬼拱揖而饶焚楮钱，果愈。自是又数岁，鬼必岁至，如在家时。一日鬼至云："今后焚钱亦无益矣。"辞任归家，遂卒。

玉　　环

　　杨太真小字玉环，故古今诗人多以阿环称之。李义山诗云："十八年来堕世间，瑶池归梦碧桃闲。如何汉殿穿针夜，又向窗前觑阿环。"可证。玄虚子《仙志》载：太真生而有玉环在左臂，环上有八分"太真"二字。而《鹤林玉露》载：唐狄昌诗："马嵬烟柳正依依，又见銮舆幸蜀归。地下阿蛮应有语，这回休更怨杨妃。"阿蛮又似杨妃小字。昌亦唐人，必有所据而云然。

　　《癸辛杂识》：王荆公诗云："瑶池森漫阿环家。"又云："且当呼阿环，乘兴弄溟池。"是以西王母为阿环也。按西王母降汉庭，遣使女与上元夫人答云："阿环再拜上问起居。"则上元夫人亦名阿环耳。

破　天　荒

　　破天荒之语，盖自宋时已有之，似为郡县初发科者而言。荆南岁解举人，多不成名，至刘蜕始及第，号为破天荒。开禧初，南溪登第者由史子申始，人谓之破天荒。又播州冉从周举进士，时亦呼为破天荒。

人血愈鹤伤

　　李卫公游嵩山，闻呻吟声，视之乃一病鹤，见李作人言曰："我被樵者伤脚，得人血则愈。但人血不易得。"鹤拔眼睫毛曰："持此照之即知矣。"李自照乃马头也，至途中所遇，照之皆犬豕驴马之类，惟一老翁是人。李以鹤故告，翁针臂出血，李受之往濡鹤伤处。鹤谢曰："公当为宰相，后当鹤升。"语毕乃冲天而去。又固州司马裴沆于郑州道左见病鹤呻吟，有老人曰："得三世人血涂之则能飞矣。惟洛中葫芦生三世人也。"裴访生授针，针臂得血涂之，而鹤飞去。

梨　　酒

《癸辛杂识》：李仲宾家有梨园，树之大者，每株收梨二车。一岁盛生，数倍常年，无人求售，甚至用以饲猪。有所谓山梨者，味极佳，意颇惜之，用大瓮储数百枚，以缶盖而泥其口，意欲久藏取食。既而忘之，及半岁后，因至园中，忽闻酒气，疑守舍者酿熟，索之无有。因启观所藏梨，则化为水，清泠可爱，湛然甘美，真佳酝也，饮之辄醉。回回国葡萄酒，止用葡萄酿之，初不杂以他物。始知梨可酿酒也。

引　光　奴

《辍耕录》：杭人削松木为小片，其薄如纸，熔硫黄涂其锐，名曰发烛，又曰焠儿。今声讹为火寸，盖以发火及代灯烛用也。史载周建德六年，齐后妃贫者以发烛为业。岂即杭人之所制欤？陶毂《清异录》云：夜有急苦于作灯之缓，批杉条染硫黄，遇火即发焰，呼为引光奴。今遂有货者。其名颇新。

盘　捧　小　人

《耳谈》：嘉靖乙卯，何仁仲赴试鄂城，见一丐者，以茶盘捧一小人，云自江干拾得。长尺余，如猴状，面上五官毕具，鬓发半白，手足衣裙与人无二，朝夕饮水食菜与饭，惟声似鸟雀，未之能辩。岂小人国之遗耶？

猪　　金

万历初，浒墅关王序三家豢一猪，已二载。一日，衔其主衣行，异之，随其所往。以嘴掀土，出瘗金千两，取之，家遂饶。自是德猪，饲以香饭，澡以净泉，衣棉藉毡，十年，大可比牛，远近来观。后死，棺殓祭奠，一如人礼。近闻塘墅李某亦获猪圈中金，家亦大富。

浑　　脱

朱秉器《漫纪》：舞有浑脱舞，初不解所谓。考之前纪，唐长孙无忌以乌羊毛为浑脱毡帽，人效之，号赵公浑脱。亦不解所名。万历癸未四月，以役三关，行次太子滩，隔岸群虏来见，乱流而渡。有骑一物浮于水面，曰浑脱也。盖取羊皮，去其骨肉缝制，令不透水，以气管吹之，宛然羊也。虏人乘以渡水，不忧沉溺。盖浑脱其骨肉而制就，故以为名。长孙浑脱乌羊之毛以为帽，故名亦云。

传　　鼓

苏俗有丧事，吊客至则传鼓为信。按吴隐之早年丁父忧，事母孝敬，执丧哀毁太过。家贫乏人鸣鼓，每至吊客哭临之时，恒有双鹤警叫。祥练之夕，有众雁群集，人以为孝感所致。乃知传鼓晋已来即有之。

手　　熟

《金坡遗事》载：陈康肃公善射，尝射于家圃，有一卖油翁释担而睨之，发矢十中八九，谓之曰："吾射不亦善乎？"翁曰："无他，但手熟耳。"康肃忿然曰："何以知之？"翁曰："以我酌油知之。"乃取一葫芦置于地，以钱覆其口，徐徐以杓酌油，沥沥自钱孔入而钱不湿。因曰："我亦无他，惟手熟耳。"

调　水　符

苏长公爱玉女洞水。洞在鳌屋县西南，洞门崇四尺，阔三尺，旁有飞泉，味甚甘冽，饮之能愈疾。长公至其处，爱此水，自致两瓶，欲后取，恐为使者见绐，乃破竹为契，令寺僧藏其一以为信，号调水符。如取水往来，更换执之，以为验耳。沈石田诗"未传卢氏煎茶法，先得苏公调水符"，谓此。

天 涯 海 角

《蜀中诗话》：宾王《畴昔篇》曰："地角天涯渺难测。"成都有此二石也。阅志图，天涯石在中兴寺，耆老传云：人坐其上则脚肿不能行，至今人不敢践履。又有天涯石庙，在大东门，对昭觉寺。石高六七尺。今石入汤家园。朱秉器《漫纪》：石在蜀城东隅，高二丈许，厚仅半尺，瘗根土中，曳之若摇动可引，撼之则根不可穷。地角石庙在罗城内西北角，高三尺余。王均之乱，为守城者所坏，今不复存矣。

彭秤翁言：广东琼州海边有一白石大牌坊，上书"天涯海角"四字。

猪 羊 荡

《挑灯集异》：宁国府城外地名猪羊荡，野中有黑白二石各数亩余，黑者为黑，白者为白，各聚一处，绝不间乱。土人云：昔传有一人驱羊豕各一群行至此地，道旁一人见之，疑而问曰："尔莫不是神佛化身，何故徒行管摄许多猪羊？"其人闻言忽不见，猪羊悉化为石矣。至今石尚存，色不改。

石 牛 石 羊

《涌幢小品》：昔有神人驱石之海，祝曰："苍苍为牛，凿凿为羊。牛羊来斯，共骤同骧。"石皆奔逸。见老姥，曰："见吾羊否？见吾牛否？"姥曰："惟见奔石，牛羊不见。"神曰："惜为道破。"悉化为石。

石 化 物

《录异记》：进士李眺于江干偶拾得一小石，青黑平正，温滑可玩，抚摩揩拭，用为书镇。偶有蝇集其上，驱之不去，顷视之，已化为石。因求他虫试之，随亦化焉。壳落坚重，与石无异。

林 方 伯 妾

《八闽志》：莆田林氏有方伯公秀，五旬无子，娶十四妾，皆以妻妒死。后致仕，诸同年虑其乏嗣，醵金八十，为购妾。里人避妒，莫有许者。适督邮有女逾二旬，罢官贫甚，母利金欲与，而父难之。女曰："两亲无归，女安得惜身？但当善事之耳。"遂成购。不三日，挞几死。明日又挞，女曰："受挞惟此一次，明日不能受矣。"妻大怒，明日又挞，女归房，妻亦逐入，女忽闭门，加刃于妻颈曰："吾为十四命报冤杀汝。"反棒挞之无算。妻急呼方伯救解，且矢天日，再不挞女，始解。由是两相欢。女生七子，三甲榜四孝廉，簪笏胕韨不绝。

王 复 斋 子

《耳谈》：王侍御复斋有妾困于妒妻，王出按时，妻幽闭妾楼上，饿且死。妻之子毓俊甫八龄，绐母曰："饿死人人谓不贤，不如日食以粥汤一盂，令其徐徐自毙，可缓谤也。"母从之。俊阴以小布袋藏面食鱼肉，乘进粥时食之，得不死。逾年生一子，侍御潜育之他所。及侍御卒，俊抚爱特至，得以成立。

堕 崖 女

《拙庵杂组》：嘉靖中，有宦而川游者，过险道，女自舆堕崖下。崖逼溪流，深黯莫测，以为必死，痛哭而去。后任满还过其地，将为招魂之奠。

土人谓年来见一仙女,飞憩亭上,旋复飞去。宦游者曰:"有是哉?"停骖俟之,果见飞至,视之乃其女也。父母齐出抱女,女亦以父母故止,曰:"儿在此甚乐,不愿归也。"强之归,问何以得生,曰:"堕时即止崖石上,饥则食树子,久而身轻能飞。儿亦不自省。"自火食后,身不能轻,还其故步矣。

丐 儿 还 金

《白醉琐言》:袁忠彻致政归四明,某大参来贺,以年耄,令一童掖扶以进。儿约十二三,衣缦缕,貌古怪,立于侧。坐定,袁视久之。参政曰:"尚宝之注目,殆入相乎?"袁曰:"以余观此儿,他日之贵显,当轩轾于公。"参政曰:"公误矣。此儿素无赖,贵从何至?"袁曰:"但取其相,他非所论。"后儿在参政家,大肆不良,逐出,丐食于岳庙。一日有妇人挈包而进祷岳神前,礼拜甚久,忘包而出。儿取视,皆黄白也。儿藏包以俟,见妇人悲号来觅,儿即还之。妇人以银一锭酬之,儿曰:"母误矣。欲得之,不罄所有乎?"妇曰:"儿何所依?"儿曰:"无依,故丐耳。"妇即携之之北京,为夫诉屈。夫盖四明指挥使也,以冤滞狱,得财始释。指挥无嗣,亦乏支庶,竟以此儿承袭祖荫。

司 帑 有 识

《子庵杂录》:杨和王沂中闲居时,携杖微行郊外。遇一相字者,王以所携杖大书地作一画,相者起拜曰:"土上加一画,王字也。阁下其膺王爵者乎?何微行至此,宜自爱重。"王笑,索纸笔手批赏钱一百千,令于明日诣府向司帑者支取。明日相者持帖往,司帑佯不认,叱曰:"汝何人,敢以赝帖来脱钱?"相者具言其故,且大声称屈。于是司谒者与同辈醵钱五千与之,相者泣詈而去。王闻之,召司帑问曰:"此真吾所批,汝岂不识耶?"司帑顿首曰:"固识之。但彼艺术者流,一言偶中,即获厚赏,倘向人夸诩,更添胡说,则吾王将滋谤矣。且吾王已居王爵,何所复用相为?"王大悦,抚其背曰:"尔言是也。"即以赏相者钱赏之。此司帑姓名惜不传。

神　　针

《西斋话记》：陇州道士曹若虚，精于医，尤精于针砭之术。里有寡妇再适人，遇疾且死，经日而心胸尚温。家人亟延若虚视之，若虚曰："是可生也。"引针刺之，即时而苏，良久乃能语，云初遇故夫，相携出城外，远历郊野，复入林莽中，展转不相舍。既而故夫忽若为一物刺中其足，不能举步，由是独行，遂如梦觉耳。若虚叹曰："吾适所针乃黄帝针入邪穴也。"

妒　　报

《乘异录》：刘道芳为蓬溪令，秩满归京，夜宿县界富民秦氏家。恍惚见一红衣妇人，泣告曰："妾乃秦家子妇，因妒鞭死夫所幸婢，婢诉于冥司，追摄妾魂，已偿其命。余辜罚作牝羊，现在秦氏之阑，今将烹以享客，幸为一言生我。"明晨道芳语主人曰："私忌不食荤血，勿宰羊。"主人云："适已烹矣。"道芳咤讶，告以夜来之梦，秦氏举家感伤，遂瘗之。

定　　数

有老翁精数学。一日，有一道者来问数，坐其竹床，床遽坏。道者欲偿其值，老翁笑曰："成败有数，何偿为？"遂取床足示之，有字一行云："此床某年月日有仙翁来坐，床不能载，数当坏。"因谓道者曰："子必仙人也。"道者愕然曰："神仙亦莫逃乎数耶？"言讫不见。

庐　　山

周武王时，方辅先生与李老君跨白驴入山炼丹，得道仙去，惟庐存，故名庐山。或云周威烈王以安车迎匡续，续仙去，止存一庐，因名其山曰庐山。又以先生之姓呼匡山，亦曰匡庐，亦云匡阜。

还 银 得 子

《挥麈新谭》：京师数贫人贷银十两为托卖烧鹅之计，道旁有倾银店，共假其锥凿剖之。忽一块爆起不见，约计八钱，觅之不得。众大相咎，至有欲毕命者。明日又哄于楼下，上有监生讯之，告以故，曰："我昨夜归，于楼门槛得银一块，当是汝物。"出银还之，果是。众感其意，分半酬之。生固辞曰："我欲银，匿不言矣。尔辈借贷所得，吾安忍分？"众益感德，思有以报。他日得利颇厚，见一人鬻小儿于道，索钱五百文。众议以三百钱得之，送监生为仆。同至旅次，小儿一见便呼爹爹，大哭。生亦哭，乃在张家湾所失子也，年八岁，登车时为奸人抱去，三月余矣。父子感众意，又出银以谢之。乃知一事之善，遂使父子完聚，造物报施之巧如此。

思 屯 乾 道 人

《耳谭》：金陵万镒适方外谈长生，为人箕卜，请则吕仙必至。一日箕语有客至，其人业卜，可咨之。故又善卜，以是糊口。隆庆庚午，镒得风疾，左臂不仁，出必以杖。忽逢一道者，亦名镒，镒柱杖与语甚悉。道者曰："吾能愈尔疾。"因令镒疾行。镒曰不能，道者略引以手，便能行。又以手扪衣内，宿苦顿除。镒大感悦，拜问姓名住居，曰："汝向清元观问思屯乾道人便是。"镒归，遇友毛俦于门，惊问其故，镒具道所以。俦贺曰："公遇仙矣。思者系也，系屯纯也，乾者阳也，乃是纯阳吕祖也。"至清元谒塑像，正与所见合。言吕祖年若四十余，白皙长髯，青唐巾，玉色道袍，袍有二绽处，暗寓吕字。手常扠而不放，置向胸前后，亦是吕字意。

明 初 异 擢

洪武初，徐兴祖、井泉俱以厨役授光禄卿，杜安道、洪观俱以栉工官太常卿、礼部左侍郎，蔡春、王兴宗俱以皂隶官布政使。他如李孜省、邓常恩、赵王芝、凌中俱以方术进，顾珏由巫师，俱官太常卿。金忠以卜术官至兵部尚书，赠少师。袁珙以相术官太常寺丞，赠少卿。子忠彻官至尚宝少卿。蒯祥、蒯义、蒯钢、蔡信、郭文英俱以木工官至工部左右侍郎，陆祥以石工官至工部左侍郎，许绅以医官至太子太保、礼部尚书，蒋宗武以医官通政司通政使，施钦仲、兰奈、宗周、张銮、徐伟俱以医得官礼部，左侍郎汤序，右侍郎康永韶，俱以天文生授。

元 功 不 利

明五元功皆不利。高皇开国元功韩国公李善长，以嫌赐死。成祖靖难元功淇国公丘福，井径败削爵，全家谪海南。景皇御敌元功兵部尚书于谦，被谗弃市。英庙复辟元功忠国公石亨，下狱论斩，武功伯徐有贞下狱流金齿。世宗入继大统元功大学士杨廷和，夺官。

锥 土 嗅 物

《耳谈》：成安亢老家裕止一子，礼度如长者，然有时持刃杀父。众闻于令，令拘问之，曰："民知法者，安忍为此？特持刃时不自知耳。"令大悟，问亢老曰："汝何业？"曰："少业邸店。"曰："屋几进？"曰："四进。"时有业锥者，锥土中而嗅之即知土中物，因命遍锥其家，得四尸，盖业邸店时所杀，取财而瘗之也。亢老服罪。然儿莫知父尸，为四冢，皆厚葬之，而有其财四之一焉，曰："多取非福也。"儿亦贤矣。

刘 忠 宣 镇 定

《天都载》：弘治壬子，浙江乡试日，大雨如注，号舍漂流，诸生避雨，拥挤公堂。按察某令逐之，诸生哄然，击以瓦砾。监临大惧，欲易日再试。刘忠宣大夏曰："非制，且雨势骤，必晚霁。"令武弁立案上传呼诸生自度试文,可决第者留,否则纵出。诸生如忠宣言,出者云涌。监临惧其尽出,及雨止晚霁,请烛者尚有八百余人。众皆大喜。及揭榜,得新建王文成_{守仁}、副都御史孙忠烈_燧、按察副使胡端敏_{世宁}。忠宣处事,镇定如此。

《耳谈》:弘治壬子,浙闱试日,空中有为大声者曰:"三人做得好事!"莫测其故。后宁藩之变,胡公发其谋,孙公殉其节,王公成其功,始知空中之言为宁藩发也。

娶 巫 女

《谭辂》载:浚逎县祠唐后二山,众巫每岁取民女为公妪,有妨嫁娶,前后守令莫敢禁。宋均命今后为山娶者皆娶巫家女,勿扰良民,其事遂绝。较之西门豹投巫之事更不恶而严,从政者所当知。

宗 子 相 女

《耳谈》:兴化宗子相_臣生一女,十余岁,巧慧识字,绝怜爱之。以病卒,嘱曰勿去腕上金镯,从之。后为吏部郎,春日郊游,憩一废庙,见一女神尘泥积满,貌类其女,拂其腕,金镯在焉。谛视是女物,大怒,撼泥取镯,并语礼曹,令以淫祠焚之。自是频梦其女索镯索居,语甚愤激,宗不为动。及入闽振文铎,梦更频。宗以敏才,二三日雌黄千卷,文理批评,皆能口诵。女至昼见,常淆乱之,或加涂抹,宗无能为计,年三十六,竟以闷死。

闻 太 宰 封 翁

成化末,宁波闻某,商也。始无子,尽以腴产给婿,因家焉。稚甥呼公,闻应之,甥曰:"呼我公也。"闻不悦。岁除,步至庄家,乃故役者也,方设俎焚楮,享其先甚虔,已出馂荐闻。闻涕下沾襟,曰:"甥情见于稚,我身后畴享我如汝者,其若莫敖鬼乎?"愧见其甥,遂留宿不归。

而庄客有女,以禄命不利人,故久不字。闻见之,属媒纳为媵,时年六十四矣。未破腊而梦兰,次年生太宰渊,八十五以子贵受封,又十年卒。《耳谭》作梁太宰,误。

煞　神

《耳谭》:鄂城之俗,于新丧避煞最严。楚王孙尚良素负气,矫厉不信。当兄丧煞回,独入坐灵旁,将几筵肴酒,自啖自酌。至夜半,见群鬼如氲氤之气,绕室而过,叱之,忽有雄鸡,巨如鹤,钩喙怒目,飞立棺上。尚良发上指,直前擒之,左手持鸡,右手把觞,怒而责之曰:"汝是杀神乎? 何不畏我?"门外窃听者闻之,皆为股栗。已释鸡出,而金铁之声大作,至明毁瓦破梲,器物皆尽。后尚良独享高寿。闻宋太祖微时入人家,其家以避煞出,有鸡在庭,杀而烹之,未荐而出。其家归,釜中乃是人头,信其神为鸡矣。

食　杏　仁

孟蜀翰林学士辛寅逊,居青城山。一夕梦神谓曰:"汝可食杏仁,令汝聪明,老而强壮,资于年寿。"辛拜请食法,云:"以杏仁七粒纳口中,久之则尽去其皮,逡巡嚼烂,和津液如乳顿咽。日日如法食之,一年必换血,令人强健康。"泰辛依方久服,年跻大耋,轻健如童。要之寡欲守真,静摄养生为上。

玄　坛　神

《耳谭》:嘉靖末,宜兴染坊孀妇陈氏有容色,一木客见而悦之,故以染屡过其家,诱饵百端,凛不可犯。为谋者密以数物夜掷其家,明日以盗闻于官,又赂胥隶系累窘辱,以冀其从。妇益怒,惟日夜祷于玄坛神曰:"我家敬事尊神最久,独不能为我佑乎?"是夜梦神语曰:"已命黑虎矣。"木客闻之,犹骂痴妇。不旬日,与六七客往山贩木,丛柯间黑虎果出，隔越数人，衔之而去。

钟馗

高邮李毛保母为五通所据，屡治不能，然家渐裕。一日欲得金首饰，五通曰："向见姑苏徐守家姬所戴首饰颇珍异，往可得也。"已跛赛而返，曰："首饰已得，过堂西小楼，遇黑脸丑恶胡子，击我一铁简，伤左股，投于井而遁。为汝几丧我命。"毛保闻之，欲察其所惧，因假卖卜抵徐守家，果以失首饰为问，疑其奴婢。毛保布卦成，曰："物在井中。"徐命捞取，果得，诧以为神，婢奴德之尤甚。延款西小楼，见所供钟馗像，正如五通所谈，绐之曰："恶神不宜以镇宅，我为汝家移祀庙中。"其家许之，即携归，置堂中，五通避不敢入，遥属耳于毛保母曰："此神正向击我者。我以汝故窃物得祸，又向所遗物无算，今反毒治我，汝家祸不远矣。"因去不复至。

手批控马奴

《耳谈》：临邑察院署旧有怪，过者不敢停骖。薛文清公瑄督学山东，竟憩焉。夜半有黑衣而立，薛不为意，已而渐近，手批其首。旦视之，得泥兜鍪，命隶迹之，为城隍庙控马奴。因易其像，祟遂绝。今塑像仍露其顶。

产异

妇人孪生，已为异事，有一产而三至四、五、六、七者，诸书所载，备录于左。《天都载》：宋自建康至天禧中，产两男一女者三。石勒时，堂阳陈猪妻，汉隐帝时，内黄武生妻，俱一产三男。天圣至治平，一产三男者四十有四。《从信录》：永乐戊子，灵丘李天秀妻米氏。《仙里尘谈》：嘉靖初，京师米鉴妻，香山莲塘郑七仔妻，广州黄世纲妻，俱一产三男。《续巳编》：汝宁燕秀才妻，一产三男，光州民妇，一胎三女,光州知州陆人杰钟见而异之,配为夫妇。万历中,高平县吴守仓妻牛氏,松江有民妻,俱一胎三子。康熙癸丑,黄州卫生员李宏妻张氏,乙丑五月,诸暨张茂妻李氏,俱一产三男,抚臣疏请,部议给布六匹、米五石。《濯缨亭笔记》:成化间,嘉善县邹亮妻初乳生三子,再乳生四子,三乳生六子。汉永宁中,南昌有妇人一产四子。宋建康中,一胎四男者三,一男三女者二。石勒时,黎阳陈武妻一产三男一女。北魏延兴三年,秀容郡今太原府忻州。有妇人一产四男,四产十六男。大同有妇人一产四男。治平中,一胎四男者二。万历戊申,福州苏九妻邓氏一产两男两女。《庚巳编》:正德中,长洲吴奇妻一产四男,武进张麻妻一产五男。《西樵野记》:天顺中,扬州有民妇一产五男。《耳谈》:万历庚寅,南宿州有民妇一产七子,肤发红白黑青各异,以为妖,属一人瘗之江浒。是夜里有长者梦神谓曰:“明日有七将军在厄,过尔门,尔救之当获福佑。”长者起觇之,果见有人携一筐,以衣覆其上,发视之,果七儿,因以钱劳之,留育于家。

人 物 同 胞

人有与物同产者:汉窦武母产武时并产一蛇一鹤,蛇、鹤送之林中。后母卒,有大蛇与鹤径至丧所。晋怀帝永嘉五年,抱罕令严根妓产一女一龙一鹅。丹阳张庆妇产一男一虎一狸。刘毅妻郭氏产一男一鼠,毅怒杀儿,鼠走逸。后郭病死方敛,鼠来跳入棺中。刘聪刘后产一蛇一虎。万历丁巳,广宁一妇产一蛇一猴二角,已为异事。《群谈采余》:崇宁元年六月,西京民家猪生二男一女一猪,则尤异也。

男 人 生 子

《庚巳编》:齐门临殿寺一僧,年少美姿容,病死,其师建斋会众茶毗。忽爆响腹开,中有一胞,胞内一小儿长数寸,面目眉发俱具,众所共见。又嘉靖四年乙酉正月,吴县民孔方腹痛,谷道出血,产下一胞。妻沈氏割开,有一男,长一尺,发长二寸,五官俱全。邻里惊报,府县申详,巡按朱实昌具本奏闻,以为人异。乃知史载牝马生驹未足异也。

土　龙

晋义熙中,江陵赵姥以酤酒为业。居室内地忽自隆起,姥察为异,日以酒酧之。有一物出,头似驴,而地无孔穴。及姥死,人闻土下有声如哭,人掘地,见一异物,蠢蠢而动,不测大小,须臾失之。俗谓之土龙。

黄　河　清

人知黄河清圣人出,不知清后仍五色呈祥。《易·乾凿度》云:"帝王将起,河水先清,清变白,白变赤,赤变黑,黑变黄,各以三日。"《皇明通纪》:正德七年正月,黄河清五日,肃皇帝发藩陟帝之符。至九年又清。

柳　鸾　英

《湖海搜奇》:莱州阎澜与柳某善,有腹婚之约。及诞,阎得男曰自珍,柳得女曰鸾英,遂结凤契。柳登进士,仕至布政,而澜止岁贡得教职以死,家贫不能娶。柳欲背盟,鸾英泣告其母曰:"身虽未往,心已相诺。他面之事,有死而已。"母白于父,父佯应之。鸾英度父终渝此盟,乃密恳邻媪往告自珍:"妾有私蓄,请以某日至后圃持归,姻事可成,迟而为他人先矣。"自珍闻之喜甚,遂与其师之子刘江、刘海言之。江、海设酒贺珍,醉阎于学舍。兄弟如期诣柳氏,鸾英倚圃门以望,以物付之,而小婢识非自珍,曰:"此刘氏子也。"鸾英詈曰:"狗奴何以诈取吾财? 速还则已,否则告官。"江、海恐事泄,遂杀鸾英及婢而去。自珍夜半醉醒,悔失约,急诣柳园,黑夜直入圃中,践血尸而踬,嗅之腥气,惧而归,衣履沾血。达曙,柳氏觉女被杀而不知主名,官为遍询,邻媪遂首女约自珍至,血衣尚在,不容置辩,论死。会御史许公出巡至郡,梦一无首女子泣曰:"妾柳鸾英,身为贼刘江、刘海所杀,反坐吾夫,幸公哀辨此狱,妾死不朽。"因觉,明旦召问自珍,自珍具述江、海留饮事。许公即捕二凶讯之,叩头具服,诛于市,而释自珍,为女建坊以表之。自珍后登乡荐,人作《钗钏》传奇。

翻　烧　饼

今人以田产回赎转售曰翻烧饼,不知所起。后见《麈史》载:永熙既下并州,欲乘胜收复蓟门,咨于众。参知政事赵昌言曰:"自此取幽州犹热鏊翻饼耳。"呼延赞争曰:"书生之言,不足尽信,此饼难翻。"后卒如赞言。

广集卷之六

宠　　礼

宋代之君崇礼儒臣过于汉、唐，正史所遗有二。其一真宗临杨砺之丧，降辇步吊；其一富弼之母卒，仁宗为之罢春宴。虽三代令主，远不能及。其后徽宗之待蔡京、王黼，南渡之待秦桧、贾似道，恩礼更隆。然前之如荡子之交狎客，后之如弱主之畏豪奴，书之只遗辱耳。

岳　武　穆

王文禄《述略》：罗汝楫附秦桧意劾岳武穆而狱成，汝楫之子愿知鄂州，入武穆庙，遽卒像前。崇祯中，金陵秦某，桧之后裔，偶入岳庙，双睛堕出，遂以瞽废。又嘉靖初，钱宁死后，魂至崔驸马家作声曰："我问凌迟七次，今三世矣。因秦桧欲杀岳飞，不合助言，故冥司拟此罪。天律重主使也。"问："汝是宋时何人？岂万俟卨耶？"鬼不言而去。

岳武穆死，狱卒隗顺负其尸逾城葬于北山。后朝廷购求葬处，顺之子以告。及启棺，颜色如生，乃以礼服敛焉。隗顺史失载。

杨　椒　山

《客窗涉笔》：杨椒山先生下狱，刑部尚书何鳌承严嵩意锻炼成狱，嘱西部刘槚绝杨饮食。忠愍以血指题壁曰："杀我者严嵩，绝我饮食者刘槚也。"槚见公书，命削去之，其字浸入壁砖，不能没。公之精诚不可灭也。后鳌白昼见公直入其庭，捽其魄去。康熙初，杭城板儿巷林姓老儒，女忽病，语父曰："我前生西曹刘槚也。为继盛事久未结，今冥司立拘往质，罪不可逭矣。"遂卒。

谷

谷之种不一，有言三谷，为粱、稻、菽者。有言五谷，为稻、黍、稷、麦、菽者。郑玄云：麻、黍、稷、麦、豆为五谷。有言六谷，为稻、黍、稷、粱、麦、瓜者。有言九谷，为稷、秫、黍、稻、麻、大小豆、大小麦者。有言百谷，为稻、粱、菽各二十种为六十，疏果之实助谷者各二十种为四十，共名百谷。此见杨泉《物理论》。诗书所云百谷，非漫无所指，而《四书考》不注百谷，未识何故。

大　谷

郑龙如《偶记》：始兴令柳州杨应隆之祖，掘地种竹，忽地中铿然有声，得一石瓮，发之，有物数百，长三寸余，见其上下肤如谷形。去肤熟之，真是大米，香美异常，食者寿皆百二三十岁，饮其汁者寿亦八九十。尝闻藏经云：太古之世，谷长五六寸，人寿皆数百岁。又《图经》称昆仑之墟有木禾，食者得上寿。瓮中之谷，岂其余粒耶？

《挑灯集异》载：万历辛卯，温州平阳县农民同时插秧，一农田三亩勃然奋发，五日即结谷收成。县尹以为佳谷先登，丰年大瑞，达府转申各宪，故知而笔之。

杨妃入月痕

《高坡异纂》：正德辛巳，洛阳李惟大茂元登进士，拜行人，使陕。浴于故华清宫温泉，池中石座上有红斑，俗传为杨妃入月痕。茂元见之心动，浴罢登舆，幨帷外有妇人掩映。夜宿公馆，一妇人至，容貌绝世，而肌肉颇丰，自称太真，言："君一念所及，幽明相感，不能忘情。"遂惑之。自是辙迹所历必至，百方遣之不去，必志丧乱，以疾告归，久之方绝。后历南京户部郎，终陕西佥事。

太仓门卒金祥

武昌大中丞熊元乘桴始守太仓，以倭乱罢，继奉旨讨贼自效。忽战败，兵卒皆鸟兽散，有门卒金祥独不去。熊曰："我死国分也，尔何为乎？"祥曰："公死国，小人死公亦分也。"竟殿公后。熊过桥而寇亦登，祥奋死下桥，肩而摧之，桥坏，寇堕水死者六人，熊得免。已以屡捷，晋熊郡丞，讨贼如故。一日熊与侪辈酌于郊寺，祥忽大呼曰："寇至矣！"盖其坌气见也。时骑从皆失，忽有乘马过者，祥推堕其人，以马乘熊，而亲执其衔，从间道以归，故得免。又一日传飧舟中，熊忽心动，曰："寇至矣。"祥佐熊登小舟走，未交睫而大舟寇据矣。祥又以识地得免。熊在海上大小三十余战，斩倭首三千二百有奇，祥未尝不在左右，屡经险得脱，祥力居多。寇平，晋熊苏松兵备，以祥为郡掾。熊仕至岭南大中丞。事见《耳谈》。金祥堪与任公厨役徐佩并传，而《苏州府志》未之载，故记于此。

楠 木 大 王

黄郡侯卢某尝行江中，会颠风起，舟师危之，频呼楠木大王。卢问故，对曰："此地有楠木精，往往鼓弄风波，破舟损命。"卢归撰文牒报水府，略曰：象穷魍魉，转深铸鼎之思；诚格神明，欲下燃犀之照。虽川灵之失纲，故令尾大者不掉。彼风师亦助虐，其与首恶者何殊。仍期三日以木来。届期，命驾诣江上，大集人夫缚木，众皆匿笑。不逾时，忽一木自樊口昂首奔至，卢命缚之登岸。时正葺郡学，曰："吾不能作旌阳锁尔铁树，且用尔作明伦堂柱。"万历丙辰学宫灾，儿童口语犹有楠木大王之称云。

宗 三 秀 才

《双槐岁钞》：高皇鏖战鄱湖，时有棕毛巨缆分判为三，岁久化为蛟龙，宗一、宗二飞腾而去，独其季淹留彭蠡湖，每蜿蜒波涛中，舟人称宗三秀才，经其地者具牲醴求福，稍不修敬，辄有祸患。或化为人，题诗作谶，无不应验。景泰中，苏郡孔韶文_镛知都昌，值岁旱，闻其出没，乃往验之。凭一巨木，水草交结，真若鳞鬣。孔笑谓曰："宗三秀才乃汝耶？"命左右秉炬焚之，了无他异，患遂息。又《卓异记》：南郡邵某性素廉洁，有冰蘗声。后至湖，忽一赭面金神自称宗三秀才，登舟大怒，簸布风浪，邵屹立不动，赋诗曰："来时此行李，去时此行李。葬我此江中，不负此江水。"吟毕，风恬浪静，神亦不见。

玟璏报恩

熊元乘_桴御倭海上，有玟璏巨鱼随潮至滩，胶于沙际。总戎杨某取置天妃宫，命匠度视作带。熊见鱼口中气蠢蠢成云，异之，曰："是神物，安可杀害？"劝杨令送海口，其地去城四十里，熊必自往。总戎置酒舟中，共见鱼悠然而逝。时风浪大作，鱼尚回首作朝拜者三。月余，与倭接战，见前鱼出没风涛中，偃贼船下风，而我据风力，得累捷。

白玉笙箫

《癸辛杂识》：张循王府有献白玉箫，管长二尺者，中空而莹薄。又韩蕲王府有献白玉笙一攒，其薄如鹅管，其声清越。此二物云在军中得之北方，盖宣和故物，皆希世之珍也。又李龟溪之子娶韩平原君之女，奁具中有白玉出香狮子，高二尺五寸，精妙无比，真可玩也。后闻归之福邸云。

地羊驿幻术

《耳谈》：贵州地羊驿夷人多幻术，能以木易人之足。万历初，郡丞某过其地，记室二人游于淫地。一人与淫，其夫怨，易其一足。一人不与淫，妇怨，易其一足。明日彳亍于庭，丞见骇问，知其故，逮二家至,曰:"汝能复其旧则已,否则关白诸司,治汝以采生赤族之罪。"二家各邀其人至,作法,足果复旧。及丞还,复过其地,二人复至二家,其淫不与淫犹昔,然与淫者两足皆易,久之展转死。不与淫者冥然且受妇法,忽有鬼物阴教之,藉手即以其法制妇,妇两足皆自易焉。是人得归,后享高寿,子登癸未进士。

箕　盛　儿

下邳朱讽赴试,路逢执卦影者,卜之,遇"益"之"姤",其象画一猴子上亭望,一人着金紫执笏若进揖状,一妇以箕盛婴儿于前。卜者曰:"公此行必登高第,仕亦大显。但箕盛儿不省。"至京登第、入仕皆如卜者言。先是入棘日,仆送讽返,天未明,过曲巷,闻沟中有初生儿啼。仆知是不夫而孕者所弃,念主人尚未有子,拾之归邸,属主家妪哺之。讽归亦自喜,已知所得处乃簸箕巷,正合卦影,因名儿曰箕郎。

竹间头地中手

《庚巳编》:沙湖朱氏后圃竹间忽生物如人,形体俱具,首如戴席帽,断之,微有血。《耳谈》:庆历之间,自昆山至太仓,竹节多生小人头。又简村一妇至圃中撷蔬,地中忽出一手,长三尺许,手背绿色,手心纯红,牵妇衣。妇大呼,众争以锄击之,得解。迨救妇苏,即失手所在。未几简村罹大水,民多漂死。

物　吼

物有不应鸣而鸣曰吼,皆非吉兆。吴俗有吼神、吼鬼之谚,所谓枢有声如牛之类。《癸辛杂识》载:甲戌岁,越中荣邸两舫舟忽有声如牛吼,移时方止,俗谓之船吟。未几有透渡之祸。庚寅渡口之舟复吼,德祐国将亡之际,所乘大舟若牛鸣者三。又载北方有大铁锅,可作数百人食,一夕忽有声如牛吼,晓而视之,镬已破矣。又《碣石剩谈》载:罗田胡正衢锅啸,镬中水溅数尺高,后家业渐废。又罗田西门外一人家水缸中作小鸡叫,打破此缸,片片作鸡声,竟遭水厄。

釜鸣亦有兆吉者。《挥麈后录》:淮水李元量家世业儒,其母怀娠,诞弥之日,晨起庖下,釜鸣可畏,声绝免身,父名之曰釜。长负才名,建中靖国龙飞,遂魁天下。

天启乙丑闱中得华琪芳文,置几案,有声如风筝从卷中出,展读之,大加叹赏,举南宫第一。

进 士 除 知 州

《高坡异纂》:正统初,常熟杨浩然集为县学生,赍诏至福山巡司,例有款赠银五两。同行二人皆高年庠友,尽取之,止以款筵食品送杨。杨以其前辈,心虽不平而无言,径向江滨独步而去。二人疑有后言,徐蹑听之。杨适濯手于江,笑曰:"巡司赍诏岂志哉!愿此辈常享例赠也。"二人闻之,从后推杨入水。杨两手下拒入沙中,持一物起,视之,乃银一锭。银为波浪洗啮,光润莹白,适与巡司馈礼轻重相符。二人骇异,洒酒临江,欢燕而别。杨后以景泰五年会魁,观政兵部,上书救章纶钟,同进一级,除安州知州。我朝进士除知州,自杨集始。

墓 中 灵 物

黄巢祖墓在陕西金州。巢乱,崔尧封发卒掘之,得一石桶,中有黄腰兽一,剑一。兽见剑自扑而死。巢至秋果败。宋张邦昌、刘豫俱山东人,金人立为伪帝,其祖墓同在一山。人凿其山,飞出异物,二人遂不终。元末徐寿辉先墓在湖广之某县,敌人潜往发之,有赤帻大蝇万万飞去,寿辉不久被杀。张士诚先墓有沟环之,水中一鲇鱼,长六七尺,时出游行,人不能捕。及士诚败,鲇鱼死浮水面。米脂令任丘边长白遍访李自成祖墓，掘之，得一物，鳞甲满身，醢而灰之，自成遂败死于罗公山下。《学圃识余》：金侍郎庠之父戍死，函骨云南石崖上。及贵移之，函中一血色蜘蛛走去，后亦不振。大抵山川灵秀，融聚成形，泄之非所宜也。

马封翁盛德

《厚德编》：嘉靖末，怀安大司徒马森父某年四十始得一子，五六岁眉目如画，夫妇阿保若拱璧。一日婢抱出门，从高阶上失手，跌破左额死。父见之，即呼婢奔逸去，自抱死子归，曰："我跌死儿也。"妇惊痛撞夫倒者数次，寻婢挞之，已为巫臣之逃矣。婢归匿母家，言其故，父母感泣，日夜吁天，愿公早生贵子。次年果生子，左额宛然赤痕，即司徒也。是时马公不伤子死嗣绝，而忧婢恐毙杖下，何其慈爱也。贵子重生，有由哉！

天相人相

袁忠彻二婿，一为盗死于狱，一覆舟死于水，二女皆寡于家。忠彻每为人谈相，妻必叱云："相婿之目何在？"忠彻曰："吾能人相，不能天相。"言数之不可强免如此。

虱代薛嵩

魏生《禁杀录》：薛嵩性慈戒杀，即微细如虱亦不害之。一夕梦多虱缘被上，渐变为人，长寸许，谓嵩曰："受君之睨非一日矣。今君有急，正吾侪报命之秋。"遂列行于被上，须臾皆殒。嵩惊觉，灯火尚明，呼侍儿视之，被上有血痕横广尺余，乃死虱也。嵩痛惜久之。盖有刺客为主所属来刺嵩，古剑利甚，着处必破，见血立死。是夜剑一下即见血，以为死矣，归报其主，相对欢甚。明日遣人瞯之无恙也，访得虱事，始知其梦。

生 啖 鳆 鳀

《录异记》：鳆鳀鱼文斑如虎，俗名河魨，煮不熟食之必死。饶州有吴生者，家盛丰足，夫妇和睦，曾无嫌隙。一夕吴生醉归，投身床上，妻为整衣解履，扶异其足。醉者运动，误中妻之心胸，蹶然而死，醉者不知也。妻族挟为殴击致毙，狱讼经年，皆以为实，繫系狴牢，以俟王命。吴生亲族惧敕命一到，必正典刑，因饷生鳆鳀鲙以啖之，冀其自毙。吴生食之无苦，如此数四，竟不能害，益加充裕。会赦获免，还家之后，胤嗣繁衍，年洎八十，竟以寿终。

鱼 僧

《耳谈》：天长刘万以打雁为业，人呼刘雁。然秋冬打雁，而春夏则取鱼。其取鱼也，以芦竹为箔而发视，谓之起簖。忽有僧到门乞施食，纤白异常，适厨中碎米饭熟，因与餐，既去，语刘曰："君起簖必得大鱼，慎不可奏刀。君不闻白龙而鱼服乎？"已而起簖，果得大鱼。刘不能舍，剖之，腹内犹是前碎米饭，盖是僧所化也。刘自是一家病死。

斫 石 人

邯郸道旁有石碣，云汉光武斩石人处，今石人犹在，首足异处，真似刀斫者然，未悉其故。后阅《北辕录》载：赵州南光武庙有二石人，首横于路，俗传光武欲渡河，二人致饷，虑泄其踪，乃除之。又《赵州志》云：光武夜至赵州南迷路，闻人语，问之弗应。见二人旁立，怒斩之。其人急走，熟视之，乃石也。

锅 精

《耳谈》：蕲水刘元载掘塘至深，忽见大锅，再深掘之，已若可得，忽自跃出，入他水中，捞摝不得。后数年大雨塘溢，锅高出水上，破塍顺流而去，经二十里入大河，又三十里入大江，不知所往。盖其地有宝陀山寨，乃前人筑以避乱者，寨破居人被杀，此锅必寨中所用者，久乃为祟耳。

腹　　宝

郑龙如《偶记》：京师一人寓有小儿病黄瘦，诸医莫效。一夷使见之，请以重价贾去，其人不允。夷使曰："儿且死，见鬻尚有生理，否则必难免矣。"其人终不与。逾年儿果死。后夷使再至，闻儿死顿足。其人问故，夷使曰："是儿腹有异宝，取出则生，死则宝随气散矣。"怅惋而去。

玉　龙　膏

《西溪丛语》：昔有人奉使外国，见夷人以水银煎作白银用，海洋船来中国贸易，多用此银，其药物必需彼处所产玉龙膏，中国所无。一老人曰："是术第可行之此中，若移至中国，必有奇祸。"有人不信，竟移玉龙膏归，煎水银成白银使用，不年余，果以族人谋逆事发，亦被逮诛。

汪懋功被魇

《耳谈》：歙县汪懋功为诸生时，为仇家诅魇，建坛书其名并其母、妻名于桃符咒之，母、妻相继死。懋功亦恍惚困殆，疑以问一道士，道士曰："公可建坛，吾从幽求之。"得一鬼，即仇家亡仆名发财，曰："吾为神所役，职在守坛，不得脱离，伤害汪公非吾意也。"道士问坛在何处，曰："在里许一大冢上。"引至，掘土尺许，果见桃符，弃之。鬼曰："失坛我亦从此亡矣。愿饱餐我。"懋功食之，鬼故业鼓吹者，因持笛三弄而去，懋功霍然。万历戊子成贤书。又沈殿元君典懋学亦尝为仇所魇，三纳之瓮而瓮三破。信乎贵人不死也。

金　银　山

《挑灯集异》：吴有富室陆东皋，黄白盈溢，乃铸成人形，藏密室中，名金银山，取其厚重，非人力所胜，盖以绝梁上君子之睥睨也。一日二人忽不见，陆怪之，密访不能得。他日有渡子与陆索渡镪，陆怪而问之，渡子曰："云是君家仆，自某处趁船至此。"陆询诸仆，俱不承诺。陆谓其妄，渡子怒曰："适二人一穿白一穿黄，入门未久，何谓我妄？"陆闻黄白说顿悟，以镪与之。启室审视，则二山宛然在也。陆笑谓之曰："汝出外原来无容得汝的人家。"乃取斧凿其趾，后不复出。

再　　生

《耳谈》：全州舒弘志，年十九中万历丙戌探花，授官编修。卒时省军人家生子，腹上有三肉字，红色隆起，乃探花名姓。守公某闻，验视果然，即遣急足报其尊人兵部尚书应龙，正忧丧子嗣绝，即往购得抱归，属探花妇鞠之以为孙。自是肉字渐消灭。

蝗

《续夷坚志》载：□□戊戌七月，武城蝗自北来，蔽映天日。有崔四者行田而仆，其子寻访，但见蝗聚如堆阜，拨视之，见父卧地上，为蝗所埋，须发皆被啮尽，衣服碎为筛网。驱之，有顷方苏。晋天福中，蝗食猪。平原一小儿为蝗所食吮血，惟余空皮裹骨耳。康熙丁卯，江宁乡试，初八日飞蝗丛集贡院，进场士子须发亦有被啮者。

徐　神　翁

《宋世旧闻》：蔡京自少好方士之说，言尝遇异人。及作相，为徽宗言道士徐神翁能知未来事，曾云苏轼当坠地狱，祸及七祖。彼方外士而能嫉元祐党人，所宜褒显。其可笑如此。又言哲宗曾遣人密问圣嗣，神翁云："吉人君子。"吉人者，上名也。于是帝喜，召至都，依太宗见陈抟故事，御绦褐，就便殿以宾礼接之，赐予甚厚。未几以恶疾死。

王 老 至

蔡京微时又尝师事道人王老至，谓京必贵极人臣。既贵，物色得之，馆之别宅。言于徽宗，召见便殿。老至遽云："陛下颇识老臣否？"帝亦恍记尝梦游上帝所，从旁赞礼者绝似老至，于是礼遇尤厚。老至又自称是钟离权高弟。忽一夕踵叩蔡京门，告京曰："钟离公怒我欺诳，属冥司追我。君禄亦不永矣。"遂力请还山，死于道。

艺 祖 圣 度

宋太祖初即位，驾偶出，忽有飞矢至辇前，几为所中。众皆惊愕，请急索捕。太祖不许，但举首四望，徐曰："即使射杀我，亦未见得便是你做。"其圣度如此。

买 地 券

《癸辛杂识》：今人造墓，必用买地券，以梓木为之，朱书云"用钱九万九千九百九十九文，买到某县某都某山某圩地"云云。此堪舆风俗如此，以为可笑。及观元遗山《续夷坚志》载：曲阳燕川青阳坝有人起墓，得铁券，刻金字云："敕葬忠臣王处存赐钱九万九千九百九十九贯九百九十九文。"此唐哀宗时事也。然则此事由来久矣。

棺 中 悬 镜

世人大殓用镜悬棺前以照尸者，谓取光明破暗之义。周公谨按

《汉书·霍光传》"光之丧,赐东园温明",服虔曰:"东园处此器,以镜悬盖上。"则是棺中悬镜,其来尚矣。

胎　　妖

《琐钞》:河南开封府有丹客之妻怀孕,腹甚巨,动跃间似双胎也。丹客私语其妻曰:"若产两男,当名虎四儿、虎五儿。"一日欲出,天若雨状,谓妻曰:"当携雨具行乎?"妻未及答,腹中朗应云:"天不雨。"丹客惊问曰:"汝何人?"曰:"虎四儿也。"忽又闻声云:"今日虽不雨,亦有几点。"问:"汝又何人?"曰:"虎五儿也。"自后凡有言无不验。乃教丹客以炼丹之法,谓如何是小点化,如何是大点化。丹客如其言行之,火燃硫黄,适有客至门,室既不深广,客又不即去,妻与二儿俱云:"黄气逼人,奈何?"至夜俱被熏死。至今传小点化之术云。

张　探　花

丰城张探花仁甫_春,莫知所生。其父辰出见树上筐盛一小儿,时正无子,遂抱归以为子。后中嘉靖丁未探花,官至礼部侍郎,生九子一女,科第不绝。

骡　女　配　人

《挥麈新谭》:麻城刘大司马采为户部郎中时,仲兄一女携之往京养育。将及笄,已聘儒生熊应渭。渭忽梦在周道中逢一女,肩舆仆从甚盛,遣一婢召熊曰:"请来一语。我本汝聘者,今为某官取去,不复与汝结缘矣。汝勿远去,伺其官到衙门遣人相邀。"俄而冥官至,与熊语云:"君所聘者与君无缘,已为吾妻。汝欲娶,吾与汝一配。"牵一骡至,熊泣曰:"人而可以偶非类乎?"官曰:"无患,当为汝复人身。"须臾化为一女,年可十七八,即里中李珪之女也。及觉,京中果有信至,刘女已物故矣。随访李,果有女,求婚得之。

张　小　鬼

《白醉琐言》：江西有谣："金鹅头向天，代代出神仙。金鹅头向水，代代出神鬼。"龙虎山头向上，真人子孙相继膺封。赣州张氏山头向下，世出一人与冥道相通，每岁为阴府行疫于四方。其将往也，蹶死于榻，从者马匹继之，事毕而苏，手握甲马一纸，云行瘟至某地止，某当活，某当亡，此天神命，不能违也。已而果然。其魂至民家下马入门，人亦延拜祭享。见其举箸不异恒人，但回时乘马一顾，则不复见。至今号张小鬼家。

邓　氏　白　犬

《白醉琐言》：疡医邓橘泉与刘某居相对，邓有白犬，畜之年久。万历庚子冬，刘氏一婢出外，为邓犬衔其裙，即觉昏迷。少顷，犬变为人，头带孝巾，身衣白，与婢交，往来不能禁。其夫与邓言之，邓锁其犬，婢即无所感。放之，婢被迷如前矣。凡物纯白者，年久多成精，即白鸡、白鼠亦无不然。

物　　异

康熙己巳三月，杭州城外有大虾蟆一只，状如箅，小者数万。大者行，小者群随而往，大者止，小者则环聚而拥护之。如是者三日，游行诸门殆遍。庚午三月，吾苏荃墩湖中有水蜈蚣数万，游行水中，撩置岸上则软而无用矣。此两事皆书中所未见者，故特笔之。

感　　孕

《搜神记》：汉末，零陵太守史满女悦一书佐，使婢取盥手残水饮之，遂有娠生子，至能行。太守抱儿，使求其父，儿直入书佐怀中。书佐推儿仆地，化为水，具省前事。太守以女归吏。《耳谈》：成化初，上元民女张妙清与兄嫂陈氏居壁相连。一日兄与嫂狎，女窥见心动，俟兄出，呼嫂同寝，问状，且效为之，遂有孕。其夫家以闻于官，验之，仍是处女。及生子，官令嫂育之，女仍归夫。又鄞县民某出贾久不归，妻见夫兄，私心慕之，成疾贻危。家人知所以，怜之，计无所出，强伯氏从帷外以手少拊其腹，遂有感成孕，及产惟一掌焉。

续　断　指

　　《耳谈》：黄陂江尉解银赴京，遇盗截去二指，抵京已五日矣，延医但求已痛。有仇总戎门下医人曰："是可续也。"断指幸为从人拾得，即取合之，层层涂药，仍夹以薄板，戒三七日勿近水。及期果合，屈伸如故，但有红线痕。倾囊得三十金酬之，兼有其方，用片脑、象牙末、降香诸料。

　　又一人因奸被啮其舌，有人教以针刺舌断处，急剪狗舌，乘热接之即合，但语常期期，不如其旧。

物　搏　虎

　　《马氏日抄》：宣德中，尝斗牛虎于禁苑西海子旁。牛值虎踞立，俯首至地以伺之。虎怒甚，始三扑之不得，复三攫而力遂惫。牛直迎抵其腹，虎遂腹决而毙。又云御马监有骠马，高五六尺，询之圉人，云斗虎骠也。斗时常占虎前，以尻向虎，俟虎扑至，举蹄蹄之。虎三扑，马三蹄，而虎亦败。《天都载》：成化中，内官刘马于西番买一黑驴以进，日行千里，善斗虎。上取虎城一牝虎与斗，一蹄而虎毙。又斗一牝虎，三蹄而虎亦毙。后与狮斗，被狮折其脊而死。是驴能敌虎也。《虎荟》：辽兴宗猎于秋山，遇三虎，纵犬获之。是犬亦能搏虎也。《挑灯集异》：湖广一里长坚辞一甲首杀鸡而去，途遇虎，方肆虐，忽一鸡向虎面目乱扑噉之，虎目为所伤，鸡亦力尽而毙。特因里长一时不杀之仁，便尽舍生报德之义，故能捐躯以敌虎也。《埤雅》：蟹长尺余,两螯至强能与虎斗,虎不如。

眼 观 六 只

谚有"眼观六只"之言,未知所指。康熙庚辰夏,往乡间,泊舟河滨,见鸭每队百只外为群,而雄者寥寥。因曰:"一人而管许多,能无遗失乎?"答曰:"予只看定六雄,而雌者自无他适。故云眼观六只。"后问看鸭者云皆然。

马 伯 六

俗呼撮合者曰马伯六,不解其义。偶见《群碎录》:北地马群每一牡将十余牝而行,牝皆随牡,不入他群,故称妇曰妈妈。愚合计之,亦每伯牝马用牡马六匹,故称马伯六耶? 一说马交必人举其肾纳于牝马阴中,故云马伯六。

蚁亦不入他群,故曰马蚁。

奇 丝 夫 人

《耳谈》:河南固始奇丝村,即孙叔敖故里。有狐毛三姑常魔昧人。一日忽谓人曰:"今上帝命我为东岳行宫夫人,倘能庙祀我,当岁时庇佑汝等。"里人庙祀之,称岳王夫人,亦曰奇丝夫人,大著灵显,祈祷问疑,肩摩而入。数岁,姑忽着绯乘马行道上,遇西晋二客,见是美妇独行,相盼以目。姑亦微睇而过,入一村林樾僻地,系马而卧,乃是狐身。二客不能舍,迹至见之,共相殴击。狐醒,变身不完,曰:"我是东岳夫人,既为公等看破,倘能释我,当以二十金相报。"二客许之,拥至庙。天已曙,问金何在,曰:"但少坐即有。"顷之一人匿金于炉,复一人随至,与相搏,乃是亡金者。共相发诟,搜其身无金,俱去。姑谓二客曰:"炉中金可拾也。"二客拾金,果二十两,致谢而去。自是祈祷不应,香火寝息,而为厉弥甚。里人邀法师治之,纳姑瓮中,号泣有声，埋置街心，压以大石，符咒固之。数年有木匠坐石上，姑忽语地中曰："公发我覆，能振公贫，且再不扰村中矣。"木匠发之得出，为其小妻，所欲立致，遂小康。

巡　河　神

广济寇淑，为耆民稜仲子，行多长者，以藩司掾之京。忽有沈某来，必欲与淑偕行。问其故，曰："我欲适京，梦神语曰：'汝此行不得龙江寇公相救不免。'必公也。"遂与偕渡黄河，风浪大作，舟且覆。忽一人拉沈坐，命勿惧，熟视之，乃淑之故父稜。势方急，沈不敢问，抵岸忽失所在。询之舟人，皆谓无所见。神所谓寇公，乃稜也，救子兼及沈矣。后淑梦稜谓上帝以己忠直，命为巡河神。

瑞　　卜

唐中宗为武后废于房州，仰天而叹，心祝之，因抛一石于空中曰："我得复帝，此石不落。"其石遂为树枝勾挂，后果复辟。《挥麈后录》：高宗南归，显仁后在北，未知即位于临安。尝用象戏局子裹以黄罗，书康王字贴于将上，焚香祷曰："今三十二子俱掷于局，若康王字入九宫，必得天位。"一掷，其将字一子果入九宫，他子皆不近。后以手加额喜甚，即具奏，徽庙大喜。又《碣石剩谈》：劳堪参部苍瓯，时偶欲拂衣，以箸盏抛出窗外曰："吾当去，其盏无恙。"盏坠石阶，宛然不损，众目骇视，果得告。瑞卜昭应，其异如此。

给　　水

《录异记》：咸通末，洛城徽安门有李生者，不知何许人。居甚贫，有学童十数辈，日不暇给。一夕诣北邙山与契真先生李义范别，拥炉夜话，问其将安适耶，生曰："某受命于冥曹，主给一城内户口逐日所用之水。今月限既毕，从此辞世，非远适也。"因曰："人世用水不过日用三五升，过此极有减福折算，切宜慎之。"可见人生自有定限，故宜惜福，即水亦不得过用，况其他乎？

义　　猫

陆墓一民负官租，空室出避，家独一猫，催租者持去，卖于阊门徽铺。徽客颇爱玩之，已年余。一日民过其地，人丛嘈杂中，猫忽跃入其怀，为铺中人见，夺之而去。猫辄悲鸣，顾视不已。民夜卧舟中，闻板上有声，视之猫也，口衔一绫帨，帨有银五两余。民贫甚，得银大喜，明晨见有卖鱼者，买鱼饲之，饲不已，猫遂伤腹死。民哀泣而埋之。

海上探珠人

《耳谈》：嘉靖中，金陵杨参以参藩镇广南。一日大雷雨，忽一物如球自天堕于讼庭，皆海波所成，拆之得人，若且瞑。汤饮之活，曰："我某郡民，与某某业探珠海蚌中，我下而二人秉绳其上，忽得三珠，一夜明最大，两手握之上，复下取二珠，绳忽断，随流堕潭中。潭中龙所蟠处反无水，跨其背如马。觉腹饥，因龙自舐其胁涎，亦舐之，遂不饥，但澜漪味苦甚。而缚裹其身成球，迷闷且死。雷动龙起，扬舞青冥间，身随之，故堕此。"杨急捕之，某某与大珠俱在。盖恐探者上当得大珠而二人分得小者也，以是断绳，一讯吐实，二人抵死，而大珠还探者。

神　　丹

《高坡异纂》：江阴米商黄钟有女美容姿，年及笄，忽为神物所凭。一日以一物遗女，其质类石而圆如弹丸，谓女曰："此神丹也。人死之，熨胸腹间，当即复生，宜宝之，以济汝危急，虽父母死勿妄用也。"女收藏之。会其伯母卒病死，女以丹试置尸上，即蹶然复生，若梦觉然。神至，怒责女曰："语汝云何？而乃妄用之！"遂夺丹去，神亦绝响。

鲁 公 断 奸

《耳谈》：成都守蕲水鲁永清，决讼如流。门外架屋数椽，锅灶皆备，讼者至寓居之，一见即决，饭未尝再炊，有"鲁不解担"之谣。适有以奸讼者，一曰和奸，一曰强奸，皋长不能决，以属鲁，盖欲试其决也。鲁令隶有力者去妇衣，诸衣皆去，独里衣妇以死自持，隶无如之何。鲁曰："妇苟守贞，衣且不能去，况可他犯？"即供作和奸，讼遂决。

张 居 士

《耳谈》：永州张居士，始业屠，性强直不欺，割肉惟心计多寡，一刀则已，不肯屑屑锱铢增损，称张一刀。每日宰猪，听邻寺晓钟声发为度。一日钟无声，误宰，走问僧何故，僧曰："夜梦十二人跪阶下乞命，谓但不鸣钟，则度厄矣。以是罢击。"张归，见所欲宰猪生十一子，感悟轮回因果，遂弃屠皈依佛法。梵诵专恪，心镜明彻，能知来去事，定死期坐化。里人神之，以其肉体塑像，蒙被锦绣，称张居士，建庵祀之，祷卜响应。地与广右瑶寇密迩，寇至屡佐我兵，预报吉凶及兵事机宜，寇苦之，剖其腹脏，自是祷卜无应。

灯 中 犬 嗥

《挑灯集异》：万历中，无锡王养醇问卿性嗜犬肉，每食必供。丙戌岁除，仆曰："明日岁朝，市无犬肉，家中老犬不任事矣，盍杀之以供明旦用？"王曰："善。"乃命杀犬。其犬被絷，大声哀号，既杀而号不绝，血尽气没，其声乃在篝灯中嗥焉，久而不止。众惊报于夫人，夫人亲听之，惊告问卿。问卿不信，至厨下试听之，号声果从灯中出，问卿始惑焉。夫人追咎其平日嗜此味也，今如是，宜急解禳之。问卿终不以为然。及病痊,起复登途,竟不得其死。与《问羊集》载宣城某方伯事同,但方伯闻声遂不复食。

鹦 鹉 山 茶

《庚巳编》:正德己巳春,都元翁与友游青山寺。僧房中山茶甚开,僧出一花示客,其状宛如鹦鹉,二瓣左右互掩为翼,二瓣合为腹,二须垂为足,而蒂横生为头,两旁复有黑点如目。僧云:"即此树间所开花也。"

积 物 发 火

《绿雪亭杂言》:敖东谷在京师,见马草堆中火发。在陈留县,见油篓中火发。在泰州,见干蝗堆中火发。在剑州,见积聚油纸中火发。皆湿热遏蒸于内,不得发越,故郁攸不成,其来有渐。

《博物志》:积油满万石,则自然生火。武帝泰始中,武库火,积油所致。《邵氏后录》曰:油绢纸、石灰、麦糠、马畜本草,皆能出火。此皆物理自然,非怪异也。

闻 子 中 还 魂

《挑灯集异》:嘉靖初,三原李镇师事云岩先生,通史籍。晚年生子良心,课其学业,日以显扬期之。值大比,良心往应乡试,镇病笃,及放榜日,镇已属纩,绝气一二日矣。报捷者造门云李良心中若干名,镇忽惊起而问之。乃复生三年。

借 目 光

《帝京景物略》:英宗杀于忠肃公,阴霾翳天,行路悲叹。夫人流山海关,梦公曰:"吾形殊而魂不乱,独目无光,借汝眼见形于帝。"翌

日夫人丧明。奉天门灾，英宗临视，见公卓立于烈焰之中，悯其冤，贷
公夫人归。又梦公还目，而夫人之目复明矣。

书　诰

唐制诰必属能书者，或得自书如颜鲁公，既书请玺即盖，自足垂
远。宋则当制者所书，其书半杂行草，亦洒洒有致，若出欧、苏、米、蔡
手，遂成异宝矣。明制务遵洪武正韵，必属之诰敕房中舍，整栗有余，
风轨绝少。《紫桃轩》载：穆庙时司马王崇古金书封诰，请玺被纠，不
许盖，恩许别书。当力购善书名家，正不必以泥金为炫也。

坚瓠集

四

[清]褚人获 辑撰 李梦生 校点

坚瓠补集序

遂安毛鹤舫先生归自吴门，出褚子稼轩《坚瓠全集》示余，且索余序其《补集》。余受而循览之，叹褚子好学不倦至于如此，而留心世道抑何深且笃。嗟夫！今天下文人不为少矣，其立言著书，大约以名心客气中之，故奋其笔舌，指瑕索瘢，甚至古先贤亦在所不免，开人心狙诈之端，启风俗陵傲之习，不至于畔道离经不止。余览其书不终卷，而奋袂长叹以起，复继之以怃然惧、愀然悲焉。今褚子之宅心也醇厚，其立言也和平，大要关于名教者，凡惓惓加意焉。一编之中，轶事微词，诙谐谑浪，虽复时时及之，不有博弈者乎，为之犹贤乎已，亦何损于大雅耶？尝谓明代诗文，病在模拟剽窃，制艺擅场而外，惟丛书为最。以其笔情冷俊，有颜上三毛之致。余浪游十余年，以客座所闻，亦欲笔之成帙，而性懒善忘，忽忽暮年，迄无就绪，而益服膺褚子用心之勤也。兹《补集》所载，专收有韵之文，较之前集为尤备。自兹以往，无毫发之遗憾，可云完书。独是余无用于世，以《稗畦》名集，而褚子以《坚瓠》名其书，不知余之取稗、褚子之名瓠，其寄托同异何如。他日过吴门，与褚子相遇，或有相视而笑、莫逆于心者乎？归而讯之毛先生，其亦以余为知言否？钱唐洪升昉思撰。

补集卷之一

关　社　引

顺治乙酉五月,王师下江南,吾苏帖然顺从。六月十三,忽有湖寇揭竿杀安抚黄家肃,城中鼎沸,举家出避,赖大兵继至,得以宁定。至八月中始归,庐舍安然,人口无伤。里中诸君子感关圣覆庇之恩,举会以祀之。先府君为之引曰:"鬼神如在,居高而听则卑;覆载无私,作善乃降之福。人不可以无家,恩莫深于再造。维兹六月,忽有斩竿揭木之事;嗟彼四民,尽怀破巢取卵之忧。控弦鸣镝,鸟将死以知哀;命贱威尊,草隰霜而必杀。何幸上帝监观,熄自焚之火;下民永命,回有脚之春。男有室而女有家,风雨从好;寒者衣而饥者食,丝粒皆恩。帝力高深,能生人于既死;民生欢忭,在已危而得安。爰纠同志,用答弘施。顺时成祭,曰祠曰禴,曰尝曰烝,迨其吉兮;图像拜扬,乃圣乃神,乃文乃武,如将见之。但神立三才,聪明正直,宁望下土粢醍之报;帝锡五福,豆登醴酪,答以细民饮食之情。然而一诚可格,既衅既沐,明德馨而黍稷皆馨;伏愿万国攸同,如几如式,吴民安而天下举安。"

募修三清殿疏

先府君有募修白鹤观三清殿疏文:今施舍之喜而勇者,选佛场也。金布双林,银函狮座,即维摩室中,宝座三千可成。黄冠挟册执其裾而告之,望望然去矣。瞿昙氏曰土木而金碧之,丹灶无烟,金碧者土木之而后已。虽两圣人不加损益,而人情有不当然者。予里白鹤观,昔年月鼎祖师飞升之所也。躯三清于广殿,范真武于前楹。龙虎交参,雷霆在手。岂今日菌芝生栋,溜雨驳床。诸天几负墙而忧,如外腴中稿之人，具体恢然，寒热偶侵，百病具起，颓焉归于尽而已。住持王绍武仰屋而叹。盖叹瓦不胎生，木不鬼运，道人不生点金之指，而借予数行文墨为鼋勉求之之语，作开口告人之人。此亦苦心积虑而势有不得不出于此者也。愿布金长者，悭囊勇破，甃之垣之，栋宇之闳闳之。富者出巨资，贫者抖纸角之星银，积斗余之数粒，尽曰檀施，是皆烧闲时之香火，非暗坐油钱也。独念此一仙都也，风雨漂摇，壁陷榱崩，亦乡人之耻也。居其乡者贫莫能助，而使他方君子为之施金度木，以成鸟革翚飞之绛殿，抑又乡人之耻也。噫，吾由未免为乡人也。

吴 楚 娶 妇

《七修类稿》载：吴人娶妇欲长，美观瞻也。楚人欲矮，善哺佣工也。地脉相接而风俗不同，吴奢楚俭，故致如此。王荫伯戏作娶妇词云："楚人娶妇何喧喧，高堂十日排酒筵。亲戚回头小姑起，传道新人短而喜。低小腰身解哺儿，春粮担水不知疲。西家老翁长吴塞，吴人娶妇长者爱。花灯前引扶入门，新人长大媒人尊。金马丁东步摇转，春风袅袅花枝颤。可怜吴楚地不同，新人长短为枯荣。若使吴人生落楚，一生丑恶何其苦。乃知长短亦有命，不系生身系生土。"及读《汉书》，冯勤祖偃长不满七尺，自耻短陋，恐子孙似己，为子伉娶长妇。伉生勤，长八尺三寸，仕尚书，迁司徒。乃知娶妇欲长，不特吴人，亦非徒美观瞻已也。

琉 璃 肺

元人咏物诗有琉璃肺题。琉璃肺者，以猪肺注水拍白如琉璃也。王秋润诗不佳，朱望子先生一律云："烹调肺品属卑之，拍就琉璃独出奇。紫润本来如琢石，白腴今更类凝脂。如霜肤理人应羡，似雪中怀兽亦宜。常品豪门何足慕，只须作馔供期颐。"

金钗剪烛

　　苍书叔《金钗剪烛》诗:"绛台流蜡晕生花,剪剔须教映碧纱。夜静已无刀尺响,妆残才挂掠梳斜。玉虫缀处红脂落,金错拈来凤尾叉。最是侍儿能护惜,烬煤恐涴鬓如鸦。"朱望子先生诗:"良夜华堂列绮筵,美人侍立态婳娟。为嫌远照昏檠上,特拔斜簪出鬓边。红蜡一枝沾绿腻,黄金双股带青烟。当时韵事群欢笑,遂共题诗擘绛笺。"

代毛延寿解语

　　《唐文粹》载程晏设为毛延寿自解语云:帝见王嫱美,召延寿责之曰:"汝何欺我之甚也!"延寿曰:"臣以为宫中之美者可以乱人之国,臣欲宫中之美者迁于虏庭,是臣使乱国之物不遗于汉而移于胡也。昔闳夭献美女于纣而免西伯,齐遗女乐于鲁而孔子行,秦遗女乐于戎而间由余。是岂曰选其恶者遗之、美者留之耶? 陛下以为美者,是能乱陛下之德也,臣欲去之,将静我而乱彼;陛下不以为美者,是不能乱陛下之德也,安能乱彼谋哉! 臣闻太上无乱,其次去乱,其次迁乱。今国家不能无乱,陛下不能去乱,臣为陛下迁乱耳,恶可以为美为彼得乎?"帝不能省。君子曰:"良画工也,孰诬其货哉!"

曲巷高门行

　　顺治初,周宗之者,长洲猾吏,暴横一时,直指张慎学访拿杖毙,大快人意。门上春联书"曲巷幽人宅,高门大士家"句。胡溯翁作歌云:"城南曲巷宗之宅,大士高门自标额。华堂丽宇初构成,粉壁磨砖净如拭。侧闻其内加精妍,洞房绮疏屈曲连。朝恩室中鱼藻洞,格天阁上簇花毡。百凡器皿皆精绝,花梨梓椅来滇粤。锦帐一床六十金,他物称是何须说。前列优俳后罗绮,食客平原无愧矣。势能炙手气熏天,忘却由来吏委琐。嗟嗟小吏何能为,泥沙漏卮安从来。考课不明铨选杂,前后作令皆驽骀。钱谷讼狱懵无识，上下其手听出入。哆口嚼民如寇仇，官取其十吏取百。满堂知县人哄传，宗之相公阁老权。片言能合宰公意，只字可发官帑钱。涂脂衅膏曾未已，御史风雷申法纪。窗户青黄犹带湿，主人骨肉飞红雨。廷中呼暴渐无闻，室内丁丁才住声。斥卖屋居偿帑值，两妻削发投空门。人言宅兆凶有由，前伤沈胥今损周。骤然兴废同一辙，官府估价何人酬。吾谓此言犹耳食，人凶宅兆何由吉。鞭挞民髓供藻饰，筑愁府怨居安得。伏阙难留直指公，长悬秦镜照吴中。神奸敛迹吏道肃，比屋城南尽可封，曲巷之宅谁云凶。”

冷　香　韵

《小窗清纪》和冷香韵句：“幽人到处烟霞冷，仙子来时云雨香。”“霜封夜瓦鸳鸯冷，花拂春帘翡翠香。”“妆临水镜花俱冷，曲奏《霓裳》月亦香。”“雪罥层峦山骨冷，花随飞浪水痕香。”“夷光出浦轻纱冷，洛妃凌波罗袜香。”

画　状　元

江夏吴小仙伟字鲁夫，一字次翁，幼寓金陵，工山水人物。荐入仁智殿供奉，孝庙赐画状元印。一作宣庙。一日饮友人家，酒阑请作画。小仙将莲房濡墨印纸上数处，皆莫测其意。少顷，纵笔挥洒成《捕蟹图》，最为神妙。

金陵李潜夫著号墨湖，学画于沈启南。学成更仿次翁，造其堂奥。谢子象承举题其画云：“银河无路泛仙槎，一舸空江此是家。残月照人秋睡稳，不知清梦在芦花。”

阎　古　古

崇祯庚午孝廉徐州阎尔梅，字用卿，又字古古。恃才傲睨，交游不轻许可。遇溧阳陈百史名夏于虎丘，独许其必发巍科，癸未果以会元榜眼及第。鼎革后，百史入内阁，在汉人中最用事。古古奔走于外，当事物色之，祸将及，乃入都与百史相闻。一日，百史令亲信至阁寓，谓如肯会试，当以会元相赠。古古笑而不答。其人屡促回音，古古令伸掌书一"吓"字于上，云："以此复之。"盖以鹓雏得腐鼠喻陈，而以鹓雏自喻也。其诗有"谁无生死终难必，各有行藏两不如"，亦上百史句也。百史见之，不敢复言。

即事成语对

《夷坚志》：汪仲嘉谪南康，尝招郡僚宴集，营妓咸至。有姓杨及李者，色艺颇佳。理掾主李，户掾主杨，席间时相嘲戏。理掾顾谓户曰："尔爱其羊杨，我爱其礼李，载之《鲁论》，无相笑也。"众大笑，而求所以为对者。时敩用卿麇与汪对弈，麇争劫思行，星子沈令从旁呫嗫，汪曰："我已有对矣：旁观者审沈，当局者迷麇。"众击节叹赏。

李 丐 诗

毛鹤舫先生际可有《李丐传》。丐江西人，往来江汉三十余年，遇纸笔即书字如符篆，皆不知其为诗。先生始物色得之。附录二十余首诗，似深山高衲，不与佯狂玩世者比。其诗云："瀑泉今古说庐台，须向云居绝顶来。潭逼五龙时怒吼，势摧三峡更喧豗。横奔月窟千堆雪，倒泻银河万道雷。锁断鸥峰悬白练，遥看蛛网挂层台。""激滟湖光数顷浮，谁知曲涌万峰头。豁开古殿当前月，散作空山不尽流。金壁影摇冰镜里，鱼龙深在广寒秋。一轮直接曹溪路，白浪家风遍太洲。""何年鞭月架长虹，碧落无门却许通。曾是御风人去后，故留鸟道碍虚空。""山色溪光明祖意，鸟啼花笑语机缘。有时独坐台盘上，午夜无云月一天。"

毛序始猫弹鼠文

臣猫言：臣以贾皇之同姓，为章惇之后身。蒙被私恩，获居禁近。鼾睡卧榻之侧，独肯见容；高踞华屋之巅，初不为怪。甚且引登席上，援置台中。食必分肥，坐或加膝。搏击毙能言之鸟，竟免诋诃；盘旋乱将覆之棋，辄承嘉悦。凡诸异数，超越同侪。臣何敢辞口舌之劳，致有负爪牙之任。故常效张汤之磔，不欲如义府之柔。务俾么麽之党类尽除，方保公家之器物无损。岂彼自矜五技，讫持两端，啧啧者不厌烦，訑訑焉且惑听。臣请暴其鬼蜮之状，绝此侏俪之声。谨按搜粟都尉兼掠剩使袭封同穴侯，鼠子，本系小丑之尤，冒称诸虫之老。于辰支虽居首，在物类为最微。赋形既消沮不扬，禀性复狡狯莫比。光天化日之下，暂尔潜踪；暗室屋漏之中，公然逞恶。营窟穴以藏匿，时为兔脱之谋；畏首尾而伏行，更甚狗偷之态。漫云有体，谁谓无牙。速讼遂已穿墉，钻隙何曾忘壁。甚至伤牺牛之角，不顾卜郊；学城狐之奸，遽思凭社。粪污蜂蜜，实助黄门之赞言；齿啮马鞍，幸赖苍舒之善解。尤可耻者，从乞儿以游戏都市，巧取金钱；见士人而拱揖庭阶，故为妖妄。或渡河而衔尾，奚堪倡江渚之鱼虾；至坠地而屠肠，讵能及淮南之鸡犬。纵教幻化，谁复肯为其肝；相彼贪饕，何时可满其腹。恶难悉数，罪不容诛。非断以老吏之狱辞，曷歼夫若辈之族属。是使食苗食黍，终致叹于《魏风》，而在厕在仓，恒兴嗟于秦相也。伏惟箝斯甘口，烛其黠心，敕付臣猫追捕如律。庶皇甫击杨麽之首，谴责无逃，萧妃扼武曌之喉，报施不爽。臣愚莽干冒威严，仰候指挥。制曰：尔猫名虽不列地支，种实传来天竺。念尔祖崇祀于八蜡，既与虎而同迎；乃嗣孙奋迹于三危，尝以狮而为号。惟兹鼠耗，叵耐鸱张；孰曰苗顽，正资鹯逐。尔昨暂出，彼即肆凶。窥瓮翻床，任疾呼而不止；啮书遗矢，欲安寝而无从。尔无忌器不投，定须闻声即捕。尚防抱头而窜，勿容泣血以思。用假便宜，恪共常职。

行　乐　图

郡有少年画行乐图，蟒衣带剑，仿凌烟阁长孙顺德像，自云乃其后身也，向家苍叔父索题。苍叔题曰："为儒尚侠少年游，往往丹青寄虎头。凌烟阁像公与侯，君何为者思其俦。于今风尘靖九州，事业须凭万卷求。何必长孙服兜鍪,袨衣缓带殊风流。"

王勤中题画

王勤中武题画扇云:"百合有二种,白香者为良,其色如虎皮者,人皆深恶之。至于向日葵,花大如盘,正黄色,随太阳俯仰,晷刻不渝,则其性为可嘉也,而世厌恶尤甚。噫,二花之不合乎时,岂以其忠孝性成,而其文炳著也耶?"家苍书叔戏缀以诗云:"无香百合向阳花,劣得忘庵笔墨夸。浪酒闲茶曾莫赏,荒园败砌忽增华。止愁积毁难消枉,犹恐新知似狎邪。休道一经题品后,便堪移植贵豪家。"

神鬼吟诗

《夷坚志》载:乐平钟彦昭炤之长于词赋。绍兴己卯,春夜读窗下,过三鼓,闻窗外有吟哦诗句者,曰:"霖作商岩雨,熏来舜殿风。"惊听之,复诵至再,启户视之,无人焉。以为神物所告,谨志于策,秘不语人。秋试,以"膏泽为丰年"为诗题,钟押丰字韵,用前两句入第五联。考官读之,击节称赏,批曰:"形容得膏泽好。"竟置之首选。与唐钱起夜闻"曲终人不见,江上数峰青"句,及就试作《湘灵鼓瑟》诗,用为末联,礼部侍郎李麟一作昉。读之,叹为绝唱,遂擢第甚相类。

赏菊贾祸

菊花近来异种迭出,争妍竞艳。曾见一种,大红而中有黄线一条,谓之绛袍金带。胡溯翁言:曾于汪均万先生斋头见锦花楼,花大逾碗,古色可爱,咏一绝云:"金缕沉香相间稠,花中鲜少锦中求。天孙昨夜呈新样,绝胜春风醉玉楼。"未几汪以赏菊醉后为机匠所构,所费不资,明岁遂绝东篱之兴。人谓溯翁"天孙锦样"几于诗谶矣。

沈山人飞霞

万历初，江阴沈飞霞善诗赋，工临池，艺重名雅，望公卿多下之，吏部柏潭孙公继皋尤为莫逆交。一日宴集，值庭前虞美人花正开，索咏，沈立就，曰："妆残幕下霸图空，颜色如花旧楚宫。忍就鱼肠三尺雪，染成腥血一枝红。微香敛萼春心飐，广袖翻阶舞态工。应怅拔山人不见，托根芳草到江东。"孙公叹赏。

巧　　对

一举子在旅店中闻楼下一人出对云："鼠偷蚕茧，浑如狮子抛球。"思之不能对，至成心疾而死。魂常往来楼中，时诵此对，人不敢上。后一举子强欲上楼，夜中果闻有诵此对者。举子乃对曰："蟹八渔罾，却似蛛蜘结网。"鬼遂长啸而去，怪亦绝响。

琪　　树

《山海经》云：昆仑之北有琪树。诗家多用之，如"桂宫露冷鹤归早，琪树风清鸾去迟"，又"琪树年年玉蕊新，洞宫长闭彩霞春"句，是以为仙家所种，人间无此树也。而《六朝事迹》载宝林寺法堂前有琪树，梅挚咏之曰："影借金田润，香随璧月流。远疑元帝植，近想志公游。"是实树矣。

隐焦字词

毛鹤舫先生赋《满庭芳》赠女郎隐焦字云："半截佳人，双双跌迹，何当美目偷瞧。采樵　仙侣，木叶正飘摇。只愿鹪鹩可寄，又谁知鸟去空巢。还堪叹，从无人影，漫道是僬侥。　　萧条。芳草歇，霏微余绿，犹映芭蕉。怪啁噍、谣诼众口谁调。脉脉无言情绪，枉教人听彻更谯。如何好，因他憔悴，心去总难招。"

承天寺产芝

承天废寺以金粟房为惠药局，忽产灵芝数茎，时竞作歌异之。家苍叔独有感焉，为之歌曰："明季频年遭祲凶，承天僧富愁剽攻。吁情官府案捕急，饥民骈首悬街东。弭乱固宜用重典，奈何冤杀贡子洪。子洪句容人，来寓伊叔面店。闻乱往观，亦遭捕捉，以为乱首，枭于寺。五十余年留怨血，鬼语岂无谋社宫。天道沉沦有反复，特来洪姓中丞公。止以一僧犯淫网，尽驱合寺缁流空。千年大刹一朝毁，如遇浩劫毗蓝风。龙象悲愁窜无所，蹲踞却有鸠盘同。重楼复阁议间架，公私计算收租庸。金粟房为惠药局，忽生芝草珊瑚红。古来妖祥不一理，譬如获麟伤道穷。史书孝标三百本，圣王止贵时和丰。征祥难问陆卫尉，舍宅为寺者。作歌予愧商山翁。废兴因果眼前事，芝房究系何神功。"

孝　梅

白鹤外史龙广寒，江湖异人也。事母至孝。六月一日，其母寿诞，方启北牖，举寿觞，忽梅花一枝入牖，香色绝佳，人遂以孝梅称之。士大夫题诗甚多，张存菊诗最佳。诗云："南风吹南枝，一白照万绿。岁寒谁知心，孟宗林下竹。"厥后孝梅年百有五岁，犹童颜鹤发，人以为孝感所致。

女仙赋诗

《齐东野语》载女仙降乩诗："柳条金嫩不胜鸦，青粉墙边道韫家。燕子未归春寂寂，小窗和雨梦梨花。""松影侵坛琳观静，桃花流水石桥寒。东风吹过双蝴蝶，人倚危楼第几栏。""屈曲阑干月半规，藕花香淡水漪漪。分明一夜文姬梦，只有青团扇子知。"

双　投　桥

杭州西湖南入路曰长桥，宋志俗名双投桥。《西湖竹枝集》载元富春冯士颐有词曰："与郎情重得郎容，南北相看只两峰。请看双投桥下水，新开双朵玉芙蓉。"注云："常有情人双投于水，故俗名双投。"

苏 长 公 墨 竹

郑龙如《耳新》：费茂才家藏苏长公墨竹，老干突兀，枝叶离披，偃仰屈伸，曲尽其妙。卷末有诗云："黄陵庙前春雨足，湖皋烟树锦模糊。恸天大叹苦无语，二女祠中叫鹧鸪。"作者姓氏，朦胧莫辨，而书法委蛇有姿态，要亦元宋间物也。

吴　氏　儿

《耳新》载：贵溪吴氏一儿聪慧过人，数岁能诗。父母弄以竹马，有客呼曰："红孩儿骑马游街。"即应声曰："赤帝子斩蛇当道。"后与群儿嬉，误堕水中几死，援出良久乃苏。嗣是茫然无所知识，为农夫以终。

王　古　渔

江阴王古渔授字子予，送常熟李瑞卿诗："柳暗花明春雨天，鹁鸠声里一归船。重游已是十年后，为问人生几十年。"本顾况"一别二十年，人生几回别"句，亦自有味。

后　懊　鸟

汪钝翁《说铃》载：揩九弟琰以博雅自许，游中州还，见示一绝云："汝水东流马向西，仙翁峰畔蹑云梯。丹泉汲罢枫林晚，乱听深山后懊啼。"虽二十八字,隽永可味。后懊鸟类杜宇,鄢陵以西有之。予旧寄揩九一绝句:"梁公祠畔草萋萋,王霸城边日又西。后懊不知行客恨,隔花犹学子规啼。"

西湖竹枝词

西湖有《竹枝词》一帙,《七修》载其二章:"春晖堂上挽郎衣,别郎问郎何日归。黄金台高倘回首,南高峰顶白云飞。"又:"官河绕湖湖绕城,河水不如湖水清。不用千金酬一笑,郎恩才重妾身轻。"前首乃丹丘李介石字守道作,后首乃富春吴复字见心作。

容膝斋铭

《七修》载:钱塘徐延之伯龄《容膝斋铭》曰:"粤惟文命,土阶茅庭。顾彼受辛,琼台摘星。兹室斗许,仅容膝肱。既非藻棁,庸使丹楹。形无劳役,耳无哇声。心远境静,气和神宁。日对典坟,颐吾德馨。噫!金谷平泉,匪吾之行。广厦万间,付之公卿。慎勖终始,敢识斯铭。"

天香国色

牡丹世称花王,吟咏必须"天香国色"四字,唐人多用之,后人不复再用,不知非四字不能称此花。嘉靖中,杭州金茂之珊有二联云:"色疑倾国罕,香忆自天来。"又:"信知国内真无色,浪说天边别有香。"可谓善用四字者也。王伯穀亦有"色借相公袍上紫,香分天子殿中烟"之句,亦佳。

钦天监对

《天都载》载:万历辛丑九日,焦弱侯先生邀登谢公楼。一友曰:"曾见钦天监柱联云:夏至酉逢三伏热,重阳戊遇一冬晴。今谚云夏至有风,重阳无雨,皆讹传耳。"

渔 阳 掺 挝 挝音散。

魏武召祢衡为鼓吏，着岑牟单绞之衣，为《渔阳掺挝》暇弋篇。《渔阳掺挝》，曲名。掺，击鼓法。挝，击鼓槌。《杨文公说苑》载：祢衡鼓歌曰："边城晏开《渔阳掺》，黄尘萧萧白日暗。"

西 涯 待 友

弘治初，湖广彭民望任教职，有学而老贫，谒故友于京，不遇回。李西涯以诗寄云："斫地哀歌兴未阑，归来长铗尚须弹。秋风布褐衣犹短，夜雨江湖梦亦寒。木叶下时惊岁晚，人情阅尽见交难。长安旅食淹留地，惭愧先生苜蓿盘。"彭读之潸然泪下。西涯身处禁院，不能厚待一友，反诗激之，何哉？

迎 月 楼 春 联

赵子昂过扬州迎月楼赵家，其主求作春联。子昂题曰："春风阆苑三千客，明月扬州第一楼。"主人大喜，以紫金壶奉酬。

王 玉 涧 降 乩

天顺五年，长洲王元禹扶鸾扣祸福，忽从父玉涧公降乩书一律曰："一别三年未得归，田园今与昔时非。眼前零落儿孙少，乡里萧条故旧稀。忙处我能留客醉，凶年谁肯赈民饥？含愁欲说胸中事，只恐西山又落晖。"盖其生平爱客，尤喜施与也。

前 辈 风 致

《碣石剩谈》：成化初，李方伯正芳继自山西南归，先公约李饭。明将陈设，李已有柬促之云："昨日分明约午餐，今朝红日已三竿。主翁被酒浑忘却，客里谁知忍饿难。"先公得诗，遽遣邀之，李已造门矣。又固始李郎中瀚自留都致仕来访，先公亦设宴待之。郎中即席有诗云："高楼开宴锦云香，数遣佳人劝玉觞。三纪相逢才一醉，浮生能得几星霜。"又麻城周宪使鉴自江西致仕后来相访，先公又设宴待之，周亦有诗云："与公正统属同时，万里鸿泥两地思。四十年来浑似梦，一尊相对几茎丝。"

鸳鸯栗子

席上偶得鸳鸯栗子，或云此可为诗题。朱望子先生因赋二律云："一双相结自天成，山果因加水鸟名。房罅恰窥同宿意，壳分尤见共飞情。收藏喜作眠鸥侣，剥击愁为打鸭惊。连理枝头还并偶，韩朋遗恨想难平。""异形佳实缀良材，匹鸟依稀共一胎。并宿久藏如未起，双飞远饷却齐来。合欢被掩苞方固，颠倒书分罅乍开。奇术若教能射覆，水禽山果定兼猜。"

紫姑赋牡丹

《夷坚志》：乾道中，吴兴周巽伯权知衢州。西安县通判方棸宴客，就周借妓。周适邀仙，因求赋一词往侑席。仙乞题，周指瓶内一捻红牡丹。又乞词名及韵，令作《瑞鹤仙》，用"捻"字为韵，意欲因险困之。仙不思而就，云："睹娇红细捻，是西子、当日留心千叶。西都竞栽接，赏园林台榭，何妨日涉。轻罗慢褶，费多少、阳和调燮。向晓来、露浥芳苞一点，醉红潮颊。 双厣姚黄国艳，魏紫天香，倚风羞怯。云鬟试插，早引动，狂蜂蝶。况东君开宴，赏心乐事莫惜。献酬频叠，看相将红药翻阶，尚余侍妾。"

速客词

里中有饮社，或角或弈，为竟日欢。先公序言，有"聚三姓之君子,忘形且曰忘年;积十日之相思,一斗亦能一石"句。康熙癸卯初夏,值胡溯翁治醾,以客屡速不至,作《踏莎行》词曰:"花瓣粘春,莺簧诉夏,飞先顷刻无停驾。恰思小饮觅同人,风流有客春归午。　　冰鳞玉净,朱樱唇诧,酝酿初笤浮伯雅。只今便过莫迟迟,红尖小印牌新砑。"

女 冠 还 俗

《诗盆嘉言》:宋孙花翁咏女冠还俗云:"叠却霞绡上醮衣,女童鬓髻绿丝垂。重调蛾黛为眉浅,再试弓鞋举步迟。紫府烟花莺唤醒,仙房云雨鹤通知。帘低红杏春风暖,清梦应曾见旧师。"

史君实赠女冠还俗诗云:"脱却罗裙着绣裙,仙凡从此路歧分。蛾眉再画当时绿,蝉鬓重梳昔日云。玉貌缓将鸾镜照,锦衣徐把麝香熏。屏帏乍得辉光宠,更没心情恋老君。"

歌妓为尼还俗

唐有歌妓祝发为尼,后又还俗,吴融作诗戏之曰:"柳眉梅额倩妆新,笑脱袈裟得旧身。三峡重为行雨客,九天曾是散花人。空门付与悠悠梦,宝帐迎回黯黯春。寄语江南徐孝克,一生长短托清尘。"

玉真观女冠

白香山咏玉真观小女冠阿容诗云:"绰约小天仙,生来十六年。姑山半峰雪,瑶水一枝莲。晚院花留立,春窗月伴眠。回眸虽欲语,阿母在旁边。"与昌黎"白咽红颊长眉清"诗俱尽女冠奇褒之态。

宫 人 入 道

临川黎扩《拟唐宫人入道》诗云:"高髻云鬟罢旧妆,黄冠着入白云乡。碧桃春雨心初定,红叶秋风怨已忘。行道宛如随玉辇,步虚浑似舞霓裳。多情惟有长门月,来伴吹箫引凤凰。"

畅 道 姑

《桐江诗话》:畅姓惟汝南有之,其族奉道,有女冠畅道姑,姿色妍丽,神仙中人也。秦少游挑之不从,作诗曰:"瞳人剪水腰如束,一幅乌纱裹寒玉。超然自有姑射姿,回看粉黛皆尘俗。雾阁云窗人莫窥,门前车马任东西。礼罢瑶坛春日静,落红满地乳鸦啼。"

题 尼 姑

唐人题尼姑诗云:"剪下春鬟着素衣,托身松院自栖迟。深通佛性浑无欲,恪守禅心不画眉。柏子烟青熏玉骨,梅花月冷映冰姿。此回减却红尘梦,雪竹松筠独自持。"

岐王宫侍儿落发为尼,张稽因赋诗云:"六尺轻罗染鬓尘,金莲稳步衬湘裙。从今不入襄王梦,剪尽巫山一朵云。"

咏 雨

崇宁中,万俟雅言精于音律,自号词隐,有《咏雨·长相思》词云:"一声声,一更更,窗外芭蕉窗里灯,此时无限情。　梦难成,恨难平,不道愁人不喜听,空阶滴到明。"

妇 人 投 牒

僧仲殊一日造郡,东坡方接坐,见庭下有妇人投牒,立雨中,东坡命咏之。仲殊口占《踏莎行》曰:"浓润侵衣,暗香飘砌,雨中花色添憔悴。枇杷树下立多时,不言不语厌厌地。　眉上新愁,手中文字,因何不倩鳞鸿寄。想伊只诉薄情人,官中谁管闲公事?"

陆　放　翁

陆游字务观，母唐夫人梦秦少游而生，故以秦名为字而字其名。少好结侠客，有恢复中原之志，故《剑南集》可称诗史。《晓叹》一篇、《书愤》一律，足见其情。《七修》载其临终一绝云："死后无知前事空，但悲不见九州同。王师克复中原日，家祭无忘告老翁。"此有三呼渡河之意。史称天才豪迈，正似其诗，但为韩侂胄之客，未免有憾。

水族加恩簿

晋陵毛胜字无敌，为吴越功德判官，自号天馋居士，多雅戏。以地产鱼虾海物，造《水族加恩簿》，品叙精奇，各令一通。令者，盖沧海龙君之命也。封江瑶令曰："咨尔独步玉江，殊鼎箫仙姿，琼瑶绀体。宜以流碧郡为灵渊国，追号玉拄仙君，称海珍元年。"封蟹令曰："尔甘黄州甲仗大使，咸宜作解蕴中，足材腴妙，螯德充盈。宜授曹邱常侍兼含黄伯。"封鲥令曰："尔珍曹必用，郎中时充，铠材本美，妙位无高。宜授诸衔效死军使，持节雅州诸军事。"封鲚令曰："尔白圭夫子，貌则清癯，材极美俊。宜授骨鲠卿。"封鳖令曰："尔甲柝翁，挟弹于中巧也，负担于外礼也。介胄自防不问寒暑智也，步武懦缓不逾规绳仁也。前以探甲尚书荣其述，显其能，宜授金丸丞相、九肋君。"封龟令曰："尔元介卿，卜灼之效，吉凶了然。宜授通幽博士。"封水母令曰："尔借眼公，受体不全，与长须郎两相藉赖。宜授同体合用功臣、左右卫驾海将军。"封珍珠玳瑁令曰："李藏珍照乘走盘，厥价不赀；班希裁簪制器，不在金银珠玉下。藏珍宜授圆晖隐士，班希宜授点花使者。"封鲫令曰："尔鲜于羹斫脍清妙，见称杜陵。宜授轻薄使、银丝省餍德郎。"封鳊令曰："尔缩项仙人鬼腹星鳞，道亨襄汉。宜授槎头刺使。"封河鲀令曰："黄荠可尔泽嫩可贵，然失经治，败伤滋甚，故世目尔为醇疵隐士。特授三德尉兼春荣小供奉。"

补封鳗令曰："尔曼卿长身玉立，膏泽施民。宜授滑县令。"封斑鱼令曰:"尔鲔孙芳鲜自洁,肝胆过人。宜授斑州守兼贯花道御史。"

汤胤绩驿壁诗

汤胤绩守北边,边寇突至,领兵出战而殁。数月间,口外通州驿天色将暝,忽有兵官至驿,骑从甚盛,坐中堂,令免供具,只索纸墨笔砚灯烛,闭户而寝。明早驿卒候其起,寂然无声,启户视之,并无一人,但见壁间有诗,墨迹淋漓。诗曰:"手提长剑斩渠魁,一箭那知中两腮。胡马践来头似粉,乌鸦啄处骨如柴。交游有义空挥泪,弟侄无情不举哀。血污游魂归不得,幽冥徒筑望乡台。"汤素能诗,为鬼犹能写怀,亦忠勇之流也。

迎海驿壁诗

正统十四年,朝廷有土木之患,东南调发颇多。周文襄以缺官叙用,越人邵昕者先为长邑丞,周起为昆山县尹,故县有双尹三丞四簿之滥。县民王廷珮候文襄至,题诗于迎海驿壁曰:"昆山百姓有何辜,一邑那堪两大夫。巡抚相公闲暇处,思量心里忸怩无?"文襄见之,略无怒色,邵亦罢去。

拄　杖

陆务观云:拄杖斑竹为上,竹欲老瘦而坚劲,欲微赤而点疏。贾长江诗云:"拣得林中最细枝,结根石上长身迟。莫嫌滴沥红斑少,恰是湘妃泪尽时。"善言拄杖者也。然非予有此癖,亦未易赏者。

江 东 三 罗

晚唐江东三罗,隐、虬、邺也。邺诗如《闺怨》云:"梦断南窗啼晓鸟,新霜昨夜下庭梧。不知帘外如珪月,还照边庭到晓无?"《南行》

云："鵩晴江暖鹂鹈飞，梅雪香沾越女衣。渔市酒村相识遍，短船歌月醉方归。"二诗恐隐、虬不及也。

虬有《比红儿》诗百首。

糖担圣人

《支颐集》有《糖担圣人》诗，惜失其名。"曾记少时八九子，知礼须教尔小生。把笔学书丘乙已，惟此名为上大人。忽然糖担挑来卖，换得儿童钱几文。岂知玉振金声响，仅博糖锣三两声"。

长洲县学宫在孔过桥，嘉靖中闽县舒汀巡按吴中，善地理，疏请城东万寿寺为学宫。搬移圣像，力不能举，一人在旁戏曰："此之谓重泥。"归家即殒。糖担亵渎，始作俑者，其无后乎？

糖丞相

朱望子先生咏物诗有《糖丞相题戏成二律》云："液蜜为人始自汉，印成袍笏气轩昂。狻猊敛足为同列，李耳虎名。卑躬属并行。枵腹定知无肺腑，虚心自应没肝肠。史称陈后主全无心肝，别有肺肠。儿童尽与相亲近，丞相无嗔可徜徉。""熔就糖霜丞相呼，宾筵排列势非孤。苏秦诱我言甘也，林甫为人口蜜乎？霉梅。雨还潮几屈膝，香风送暖得全肤。纸糊阁老寻常事，成化中有纸糊三阁老语。糖相年来亦纸糊。年来祀神，糖狮、糖人皆纸糊者，故云。"

甘蔗丞相

有人绰号甘蔗丞相，胡跻昭曾诵一诗，已忘之，惟记"琼筵终日受香烟"句。今戏补二律云："搢笏垂绅巧样装，俨然显者位行藏。口甜多媚征甘草，脾蜜趋炎饱蔗浆。卢杞形容差可拟，九龄风度岂堪方。贤奸何代无丞相，伴食惟君喜气长。""琢成腰带具冠裳，初置华筵态度扬。满腹甜甘如蜜结，举身津液是糖霜。炉香缭绕清宵永，银烛缤纷待漏长。蔗老弥甘徒自慰，对有"马失翁无咎，蔗到老弥甘"句。朝来消瘦减容光。"

李 英 华

《挑灯集异》：缙云县主簿厅有女鬼名李英华，建炎间主簿王传有内弟曹颖与之遇，倡和成帙，名《英华集》。《春日述怀》诗曰："三月园林丽日长，落花无语送春忙。柳绵不解芳菲恨，也逐游蜂过短墙。""花满名园酒满樽，仙家别是一乾坤。千山皓月供诗兴，一曲清风醒醉魂。"《咏延庆寺》云："精蓝隐隐枕山巅，二月登临意豁然。古木鸟啼风淡淡，层崖花落水溅溅。"《咏永宁寺》云："云洼偶到万松源，露冷风清觉断魂。归到洼尊天已晓，暝然就枕到黄昏。"颖从军上道，英华授以异香一瓣，曰："有急则焚香，当有所护。"既而颖获遣无火焚香，遂死，华以诗悼之云："问子从军几日归，灵香一瓣特相遗。临危偶乏硫黄火，遂至身亡不忍悲。"

废 书 诗

曾见书肆一抄本废书，中多格言警语，有一诗云："巧厌多忙拙厌闲，善嫌懦弱恶嫌顽。富遭嫉妒贫遭辱，勤曰贪婪俭曰悭。触目不分皆笑蠢，见机而作又言奸。不知那件从人意，自古人生处世难。"言虽俚鄙，亦曲尽世情。又："愁无尽极莫只管愁去，乐无顿主且零星乐些。"

十 寿 歌

一要寿，横逆之来欢喜受。二要寿，灵台密闭无情窦。三要寿，艳舞娇歌屏左右。四要寿，远离恩爱如仇寇。五要寿，俭以保贫常守旧。六要寿，平生莫遭双眉皱。七要寿，浮名不与人相斗。八要寿，对客忘言娱清昼。九要寿，谨防坐卧风穿牖。十要寿，断酒莫教滋味厚。

补集卷之二

建文帝诗词

建文帝首至吴江史仲彬家，题诗清远轩云："玉蟾飞入水晶宫，万顷琉璃破晓风。诗就云归不知处，断山零落有无中。""画鹢高飞江水涨，老渔讴唱夕阳斜。秋来客子兴归思，船到吴江即是家。"又三至吴江题《满江红》词云："三过吴江，又添得、一亭清绝。刚占断、水光多处，巧依林樾。漠漠云烟春昼雨，寥寥天地秋宵月。更冰壶、玉鉴暑宜风，寒宜雪。　　膢庵右，山依缺。垂虹左，波涛截。正三高堂畔，旧规今别。何但渔翁垂钓好，谩将柳子新吟揭。信登临、佳兴属彭宣，能挥发。"又《观竞渡》词云："梅霖初歇，正绛色海榴初开佳节。角黍包金，香蒲切玉，是处玳筵罗列。斗巧尽输年少，玉腕彩纱双结。舣彩舫，龙舟两两，波心齐发。　　奇绝处，激起浪花，翻作湖间雪。尽鼓轰雷，红旗掣电，夺罢锦标方彻。望水中天日暮，犹是珠帘高揭。归棹晚载，荷香十里，一钩新月。"

水 月 观

建文尝至吴江，寓史仲彬别室，题水月观赋诗曰："细雨披杨起绿烟，水波如织影迷帘。午钟何处偏来耳，不似西宫奏管弦。"

逊 国 诗 纪

锡山王时大先生仁灏有《逊国诗纪》百绝，比事属词，综考无遗，足称一朝诗史。"区区安用宋襄仁，犹说燕王是懿亲。若谓东山休破斧，翻思采药善全伦"。盖谓建文帝戒耿炳文等毋伤燕王，使朕有杀叔父名，由是文皇每临阵，南军不敢一矢加遗也。

昭　君

昭君名嫱，以良家子选入掖庭。《琴操》云：齐国王穰女年十七，仪容雅丽，国中长者求之，皆不许，乃献元帝。后呼韩邪单于来朝，愿为汉婿，敕宫女五人赐之。嫱以入宫不见御，积怨请行，临辞大会，丰容靓饰，光明汉宫，顾影徘徊，竦动左右。帝见惊悔，然重失信，遂与匈奴。入胡号宁胡阏氏，生一子伊屠知牙师。呼韩邪死，前阏氏子代立，欲妻之，嫱上书求归。成帝敕从胡俗，遂为后单于阏氏。生二女，长女云须卜居次，小女当于居次。平帝时，单于遣须卜居次，云入侍太后。此见《汉书》，并无画工图形之说。《西京杂记》载画工事，亦止毛延寿，而《乐府解题》所载，又有刘向、陈敞、龚宽、杨杜、樊青等。近见《南轩集异》，有昭君入胡报帝书云："臣妾得备禁脔，谓身依日月，死有余芳，而失意丹青，远窜异域，诚得捐躯报主，何敢自怜。独惜国家黜陟，移于贱工，南望汉廷，徒增怆结。妾有父弟，惟陛下幸少怜之。"帝回思不置，穷究其事，画工毛延寿、樊青等同日弃市。据此则画工之说似实有之，《汉书》或未之载耳。又《尧山堂》载：昭君在胡，作诗云："秋木萋萋，其叶萎黄。有鸟处此，集于苞桑。养育毛羽，形容生光。既得升云，上游曲房。离宫绝旷，身体摧藏。志念抑沉，不得颉颃。虽得委食，心有徊徨。我独伊何，来往变常。翩翩之燕，远集西羌。高山峨峨，河水泱泱。父兮母兮，道里悠长。呜呼哀哉，忧心恻伤！"观书与诗，昭君何尝忘汉。且胡地草皆黄，惟昭君墓草独青，既死犹以青冢自旌。王荆公云"汉恩自浅胡自深"，岂不冤哉！

古今咏明妃者甚众，然皆说是妇女怨叹之情，惟乐天"汉使却回频寄语，黄金何日赎蛾眉"、"君王若问妾颜色，莫道不如宫里时"，前辈以为高出众作之上，谓其有不忘君之意。欧阳永叔云："绝色天下无，一失难再得。虽能杀画工，于事竟何益？耳目所及尚如此，万里安能制夷狄。"遂为绝唱。钱颖题其图云："阴阳强合春风恶，山水含羞夜月寒。胡始下机开要路，汉终无力挽颓澜。固知作俑皆娄敬，图国君臣仔细看。"归罪娄敬立意,亦创。邓茂之诗:"红颜薄命汉昭君,一曲琵琶拨塞云。借此和戎为上策,满朝簪笏亦钗裙。"又,某诗末云:"籍令倚此为长计,昭君应合画麒麟。"又明江阴某题其图云:"骊山举火因褒姒,蜀道蒙尘为太真。能使明妃嫁绝塞,画工应是汉忠臣。"

古 今 名 姝 图

闽陈元凯勋集载《题古今名姝图》云:"友人陈克端,文采风流,翰墨精绝。暇日图古今名姝,合为一卷。云鬟翠黛,靓丽鲜妍,幽怨闺情,体状宛至。月笼薄雾,堪同掩映之容;花坠危楼,差拟轻盈之韵。虽复红粉黄土,寥邈千祀,按图而观,则已馥馥菲菲,兰思萦纡于缣素,珊珊冉冉,珮声隐约于帘枕矣。昔宋玉《神女》之篇,陈思洛妃之赋,穷情极思,飞神动魄,陈君毫端,几与角妙,所谓画中有赋者乎?众姝芳迹,具诸纪录。或奇士钟情,或万乘垂盼。倾城判于一顾,刚肠化为绕指。亦莫不香消红歇,歌断舞绝,徒寄斯图,使人叹息。达士流览,亦可以识其空幻,破此一关。绘事之助,不既弘乎?"元凯,万历辛丑进士。

诗 镇

《涌幢小品》:湖州慈感寺前潮音桥,水清澈,有蚌浮水面吐珠,人皆见之。每风雨,即有蛟龙来攫。永乐中,夏忠靖治水至湖,宿寺中,夜有神黑衣白里,率一美女来见,公不为动。徐诉曰:"久窟于此,岁被瞵豪欲夺吾女,若得大人一字为镇,彼即慑伏不动。"公书一诗与之,中有"蚌倾心"之句。神拜领而去。未几,公至吴淞江,梦金甲神来诉曰:"往聘一女无赖,赚大人手笔,不肯嫁,请改判。"公张目视之,神甚怖,冉冉而退。公因悟是慈感蚌珠之仇,牒于海神。次日,大风雨,雷电震死一蛟于钱溪之北。文皇侦卒报知,及还朝问状,对曰:"此皆陛下威德,百神效灵听命,臣何敢与焉?"上为叹赏。

宋元二帝盛德

元顺帝为明宗子,文宗忌之,远窜海南,诏书有"明宗在北之时,自谓非其子",虞伯生笔也。文宗晏驾,宁宗复崩,国人迎顺帝立之。帝入太庙,斥去文宗神主,命毁旧诏。伯生时在江西,以皮绳拴腰,马尾缝眼,夹两马间,逮至。嫉之者为十七字诗曰:"自谓非其子,如今作天子。传语老蛮子,请死。"至则呈文宗亲改诏稿,帝曰:"此朕家事,外人岂知?"遂得释,然两目丧明,不能复书。此与晏殊撰《李宸妃碑》事相类。妃实诞仁宗,殊承章献太后旨,谓妃无子,生一公主,早卒。仁宗恨之,而卒不罪。皆盛德事也。

题 画 龙

江进之_{盈科}下第南归,见南阳驿壁画龙,题诗云:"头角空教恁地雄,可能霖雨润寰中?人间多少诸梁辈,不爱真龙爱画龙。"

杨升庵黄莺儿

《艺苑卮言》以《雨中遣怀·黄莺儿》前一首为杨升庵夫人所作,后三首为升庵作。王元禛以为四词皆出升庵。"积雨酿春寒,看繁花树树残,泥涂满眼登临倦。云山几盘,江流几湾,天涯极目空肠断。寄书难,无情征雁,飞不到滇南"。"夜雨滴空阶,傍愁人枕畔来,乡心一片无聊赖。泪眸懒揩,狂歌懒裁,沈郎多病宽腰带。望琴台,迢迢天外,怀抱几时开"。"霁雨带残虹,映斜阳一抹红,楼头画角收三弄。东林晓钟,南天晚鸿,黄昏新月弦初控。望长空,披襟谁共,万里楚台风"。"丝雨湿流光,爱青苔绣粉墙,鸳鸯浦外清波涨。新簟送凉,幽芳弄香,云廊水榭堪游赏。倒金觞,形骸放浪,到处是家乡"。

白 香 山 好 游

长庆中，白香山自中书舍人出守杭州，徙苏，首尾五年，自云"两地江山游得遍，五年风月咏将残"，可谓极宦游之适矣。尝夜泛太湖，有"十只画船何处宿，洞庭山脚太湖心"句。又在湖心泛舟连五日，夜寄元微之诗云"报君一事君应羡，五宿澄波皓月中"。虽乐天风格高迈，亦当时法网太疏，不以为怪也。使今人如此，必染物议矣。

得 诗 止 酒

宋蔡文忠公齐性嗜曲蘖，饮量过人，沉酣昼夜，谏者弗听。时太夫人年高，甚以为忧。一日，山东贾存道过之，适文忠宿醒未起，存道乃大书于壁曰："圣君宠重龙头选，慈母恩深鹤发垂。君宠母恩俱未报，酒如成病—作为患。悔何追？"文忠起见之，大悟，即日痛惩，终身不复至醉。

花 公 传

汪上辑先生永璿，改名项。号啸尹，博学多才，为诸生，屡试不售，赍志以殁。见家人弹棉花，戏作《花公传》：花公名絮，字奇温。其先出自岛夷，神禹时，始入中国。后繁衍散处天下，吴楚间为尤盛。家世中落，多寄迹于田家。公由乡贡出守绵州。公乡去绵远，挈其子乘铁轴车往，及关道阻，不得进，乃弃其子去。已复舍车走羊肠间，从者止一稚童，令之鸣弦自卫。往反数四，乃如绵。其为绵也，人多庇之，歌曰："昔无襦，今五绔。"上闻其卧治有余，擢温处道，寻升布政使。公以为绵之事条布中外，虽穷乡僻地，下至妇女，皆与机务，一切罗织悉废。上嘉其能，可任帷幄，拜冬官卿。然公所至为政，不过岁余即敝，辄改弦更张之，有弹其罢软者，赐冠带终焉。公貌白洁，性温和，善处人骨肉间。平居常以茵褥自蔽，但好布帛，不近绤锦。能体恤下人，凡贫窭之徒及臧获辈，悉被其德，而富家率远之。时有蚕丛绵氏，自谓功过于公,为豪贵所重,然终不损公之价也。外史氏曰:夫德足以覆被生民者,累千余世不绝。公之先自岛夷,随贡入中国,后日益繁,与后稷功盖略相等。虽然祁寒咨怨之时,民咸思慕,及酷暑辄忘之,岂其德有未遍与?老子曰:天下熙熙,如登春台。其利溥哉!

弹棉花槌谜

冯犹龙先生有弹棉花槌谜云:"一物身长数寸,头圆颈细无毛。佳人一见手来挝,揭起罗裙戏耍。席上交欢无限,声音体态娇佳。看来俱是眼前花,直弄到成胎便罢。"

吕洞宾诗

吕洞宾过锦屏山题诗云:"半空豁然雷雨收,洗出一片潇湘秋。长虹倒挂碧天外,白云走上青山头。谁家绿树正啼鸟,何处夕阳斜倚楼。道人醉卧岩下石,不管人间万种愁。"又:"时当海晏河清日,白鹿闲骑下翠台。本为君平川里去,不妨却到锦屏来。"自有仙人丰度。今世传洞宾诗,只"朗吟飞过洞庭湖"一绝耳。

柳比美人

古人诗中多以柳比美人,取其柔曼之态相似也。唐牛峤《柳枝词》云:"吴王宫里色偏深,一簇纤条万缕金。不愤钱塘苏小小,与郎松下结同心。"誉柳妒松,殊有趣。

诗字辨

王右丞诗"迸水定侵香案湿",魏禹卿辨云"定水迸侵"。又"桃源面面绝风尘",陈可一辨云"桃源西面",正对"柳市南头"。邓泰素尝云曾见古本唐诗,"满树枇杷冬着青","满树"作"满寺"。"二水中分白鹭洲","二水"作"一水"。"云想衣裳花想容",蔡端明书作"叶想衣裳",刘后村以为笔误。或云"叶"字正与牡丹稳贴。愚意"云"字更趣。杜裳《华清宫》诗:"行尽江南数十程,晓风残月入华清。朝元阁上西风急,都入长杨作雨声。"连用二"风"字,瞿宗吉《诗话》云:向见善本作"晓乘残月入华清",殊妙。

咏傅岩

昔人咏商岩诗云:"后来亦有君王梦,不是阳台即月宫。"明威宁伯王越咏商岩云:"图像原从梦卜真,天教版筑得贤臣。汉家元帝知何事,只解丹青画美人。"不说梦而说画,语意更新。

田家四时

张浣心《四时田家》诗云:"茅檐栉比十余家,男出耕兮女绩麻。新柳沿溪映门户,春深篱落放桃花。""田夫并力急耕芸,田妇当家送饷勤。禾黍油油初渴水,陇头长望海东云。""村家半吐篱边菊,已报东皋稏稏黄。男女腰镰向田去,秋风吹送稻登场。""农夫凌寒忙种麦,风冷云昏归舍急。床头新酿斟一壶,门外雪飞村巷白。"

范石湖祀灶词

古传腊月二十四,灶君朝天欲言事。云车风马小留连,家有杯盘丰典祀。猪头烂熟双鱼鲜,豆沙甘松粉饵团。男儿酌献女儿避,酹酒烧钱灶君喜。婢子斗争君莫闻,猫犬触秽君莫嗔。送君醉饱登天门,杓长杓短勿复云,乞取利市归来分。

咏菽乳

尤自芳_蓝咏菽乳八绝,一腐、二浆、三衣、四花、五干、六乳、七滞、八查。浆云："醍醐何必羡瑶京，只此清风齿颊生。最是隔宵沉醉醒，磁瓯一吸更怡惰。"衣云："波涌莲花玉液凝，氤氲疑是白云蒸。素衣自可调羹用，试问当垆揭几层。"花云："琼浆未是逡巡酒，玉液翻成顷刻花。何羡仙家多著异，灵丹一点不争差。"干云："世间宜假复宜真，幻质分明身外身。才脱布衣圭角露，亦供俎豆进佳宾。"乳云："腻似羊酥味更长，山厨赢得瓮头香。朱衣蔽体心仍素，咀嚼令人意不忘。"滞云："化身浑是坎离恩，火到琼浆滞独存。入口莫嫌滋味淡，盐梅应不足同论。"查云："一从五谷著声名，历尽千磨涕泗倾。形毁质消俱不顾，竭残精力为苍生。"

乩 书 修 桥 文

有请仙者，仙至，自称柳子厚，因请作《募修桥文》，乩即书云：古里莲溪，岸分左右，中横一派，直通汝汉江淮。向有桥梁，任尔东西南北。近因岁久圮颓，钉销木化，行者趔趄，过者烦恼。似撄翼德之怒，人影空随；类触项羽之威，燋藤难续。隐士无从买卜，才人何处留题。抱信者任其潮至，种玉者旷尔良缘。苟无光武中兴，滹沱不冻；若有东山赌墅，鞭策谁投？饁者枵农夫于饥渴之际，行者阻商贾于风雨之中。岸畔之石，叱之不动；柳阴之舟，呼之不来。达磨之术未谙，折芦谁渡；长房之术难学，缩地无由。危桥岌岌，易冰萧萧。今欲鸠工启建，无白水以难成；聊陈芜语募缘，有青蚨而始就。遍告檀那，普求善信。喜舍随轻随重，获福无量无边。同种良田，共成胜事。幸垂乐助，请著芳名。谨疏。

赏 桃 应 制

《天宝遗事》：唐中宗赏桃花，应制凡十余人，最后一小臣绝句云："源水丛花无数开，丹枝红萼间青梅。从今结子三千岁，预喜仙游复摘来。"此诗一出，群作皆废，中宗令宫女唱之，号《桃花行》。然不知作者姓名，唐诗百家皆不载。

华岩洞石壁诗

《名山记》：华岩洞世传昔有桃花瓣，阔寸许，从洞中流出。石壁上有无名氏诗二绝："岩前流水无人渡，洞口碧桃花正开。东望蓬莱三万里，等闲归去等闲来。""跨鹤归来不记年，洞中流水绿依然。紫箫吹彻无人见，万里西风月满天。"

对 句 荐 馆

宁波一秀士失馆，无聊闲走，偶闯府道，吏拘见，府因诘其故，士以实告。府出一对令对，如佳即释，且为汝荐一馆，曰："遍地是先生，足见斯文之盛。"士应声云："沿街寻弟子，方知吾道之穷。"府佳其对，果荐之。适袁元峰炜亦失馆，蹈其辙，闯入府道，府亦出一对曰："湖山倒影，鱼游松顶鹤栖波。"元峰即云："日月循环，兔走天边乌入地。"府亦荐之。

元峰父执某出一对云："宦官寄宿穷家，寒窗寂寞。"俱取宀字头也。元峰云："可以借得一点否？"某许之。袁云："冢宰安宁富宅，宇宙宽宏。"某大赏之。

药 名 岁 交 诗

朱望子先生于除夜见案有药具，戏作《药名岁交诗》，《除夕》云："从容岁事已无忙，草果村肴设小堂。醝酏屠苏倾竹叶，暖煨榾柮带松香。插梅瓶映连翘影，剪烛灯明续断光。白附地砖书粉字，万年长积有余粮。"《元旦》云："合欢门内各怡然，五味辛盘共庆年。把盏红椒浮绿酒，拥炉苍术起清烟。雪留砌畔天花积，冰结阶前地骨坚。祝愿儿曹添远志，白头翁更寿绵绵。"

吴 文 之 对

吾郡吴文之，初名济，少敏悟，方九岁，自书对联云："移门欲就山当榻，补屋常愁雨湿书。"与张济同学，客闻其才，出对云："张吴二济联床读。"文之应曰："严霍同光间世生。"客善绘事，又云："画草发生，顷刻工夫非谓雨。"文之曰："灯花开落，须臾造化不关春。"又"画上行人，无雨无风常打伞"。文之曰："屏间飞鸟，有朝有暮不归巢。"后登第，入翰林。

逐 疟 文

信州程俊民兆科病久疟，乃为文以逐之。其文多，不具录，录其隽词曰："夫疟者虐也。烈如暴暑，酷如猛吏。率然遇之，莫知其似。身摇摇如悬旌，足缩缩如有循。齿如石上漱，眼似雾中看。声振林皋，胜在床之蚁斗；气蒸云梦，思入水而鱼游。如虺如蛇，潜出鸡鸣星烂；为鬼为蜮，矫如白日青天。一日二日之间，信成徙木；七月八月之内，威著铄金。疟，汝亦知其丑与？来病君子则汝为小人，遘厉圣人则汝为狂鬼。以世所甚尊之士而汝敢侮之，以世所甚不美之名而汝辄居之，安在其知也？夫悬关中之蟹，汝可疾而驱；诵少陵之诗，汝可易而走。岂直宛市之羊可卖，妖祠之豕可诛哉！吾是悲汝愚而又姗汝怯也，汝何不归深山大泽，长存虚名，乃必效鼫鼠之穷何为？疟不敢对，抱头而窜。予自是而苏，霍然病已。"

闺 怨 词

汪啸尹顼戏拈《闺怨》词，调寄《黄莺儿》，每句隐《西厢》曲一句。"跌绽凤头鞋，脚跟无线。卷珠帘，毕罢了牵挂。收镜台。只少一个圆光。懒拈针线恹恹待。指头儿告了消乏。把象棋下来，安排着车儿马儿。把双陆打来，又在巫山那厢。怎奈寸情远逐征轮迈。小则小心肠儿转关。酒醒才，改变了朱颜。苍天叫破，直恁响喉咙。哭倒在尘埃。也有些土气息。"

天 丝 飞 扬

顺治初，吴中初设南北两局，时空中忽有白丝飞扬，人皆云此天丝也。胡溯翁有句云："风云满地呈新样，素缕遥空作雪飞。天恐东南杼轴尽，故教织女亦抛丝。"时局中新创满地风云锦，故诗及之。

顺 理 随 天

"信步行将去，随天分付来。"此古人之名言也。钜鹿陈世宝易之曰："顺理行将去，随天分付来。"则理直而辞顺，为无病矣。盖信步则有荒唐不检之患，而顺理则循规蹈矩，自无任情率性之举矣。

老 状 元 词

宋人有《小状元词》，王元祯补《老状元词》云："三百名中第一人，宫花斜插二毛侵。丹墀独对三千字，阊阖惊看五色云。袍簇锦，带横金，引领群仙谢紫宸。时人莫讶登科晚，自古龙头属老成。"

烹 葵

《诗》言"烹葵及菽"，唐人有"烹葵邀上客"句，则葵之可餐亦久矣。今未闻有烹之者。王元祯过西湖僧寺，闻寺僧取葵去其肤，食其干，脆如莴苣，特未之试。余庭中千叶葵花烂焉如锦，他日以翠釜沃之，当添一佳味。

《山家清供》云："葵名鸭脚羹。"

题 林 灵 素 像

林灵素以方术显于时，有附之而得美官者，颇自矜，有骄色。或戏作灵素画像,诗云:"当日先生在市廛,世人那识是真仙。只因学得飞升后,鸡犬相随也上天。"

戏　　对

临江孙伟,貌与黎御史龙相类,或云:"孙生面似黎龙。"伟云:"孔子貌类阳虎。"又友人见伟着公服,戏云:"孙穿公服。"适有周裁捧葛衣而过,伟云:"周制夏衣。"又费文宪公_宏官侍郎,其兄_寀为太常少卿,以长少易位,刘瑾适过之,云:"费秀才以羊易牛。_{宏盖己丑生。}"宏答云:"赵中贵指鹿为马。"瑾颇衔之。

沈　娘　词

钱唐朱若于先生_骏《沈娘词序》云:"盖闻青衫宴客,情移江上琵琶;翠幌迎郎,心结湖边松柏。是以阳城下蔡,不乏名姝;金谷章台,类多芳径。吾友张公子者,凤擅风流,群推俊雅。买花解语,教成十载辛勤;裂锦缠头,名占五陵年少。迩者移装胜地,高聚良朋。忽逢吴下丽人,顿作西泠佳会。灯摇翡翠,恍登歌舞台中;面晕芙蓉,渐入温柔乡里。矧乃佳人爱客,绮语缠绵;才子多情,艳思萦绕。予也,色惭一唾,情愧满车。然而饮太仆之名园,香留午夜;宿司空之高馆,肠断三更。爰赋小诗,用志良遇。"诗云:"画堂此夕醉婵娟,玉质微酡昵绮筵。正是好花乘夜看,红灯低照露华鲜。""千呼万唤步方行,犹掩鲛绡半倚屏。最爱双瞳微转处,巴江夜雨剪盈盈。""翻杯酒污石榴裙,公子多情抹素绫。独有佳人偏会意,低鬟佯笑说何曾。""宛啭娇莺弄巧喉,彩云留住碧天秋。曲中忽诉生平事,四座沉吟尽点头。"

犀　角　酒　斗

叶圣野先生_襄有犀角酒斗,旁刻魁星像,右手执银而失笔。坐客偶言试官爱财,魁星只以银锭效用。朱云子先生_隗即席赋《沁园春》词曰："咄斗魁公,何事怀金,授笔归来。怪日居角亢,守他金库;奎临财帛,赶上钱堆。路鬼揶揄,波臣憔悴,岂是文章竟蹶哉!叹毛锥子,见孔方兄至,那敢推排。　　空教气涌如雷。任块垒、浇他三百杯。有王图先达,吴融负屈,刘蕡下第,枭李高魁。银气冲天,菅花落地,倒却西园文雅台。但准备得腰缠万贯,稳取三台。"

诗 鬼 降 乩

《客座新闻》:弘治间,钱塘吴启东游西湖,见湖旁有请仙者众,登岸往观。一庠士以学宪有一对云"鼓振龙舟,惊起鼋鼍之窟",久莫有能对者,以此请仙对之。即书云:"火焚牛尾,冲开虎豹之关。"众请留名,乩书"可怜可怜"而已。众复强,复书:"诸君可到湖东大杨树下相见。"次日,众果踪迹至彼,见树下以芦席裹一尸在。众惊愕,访之,乃知数日前缢死者。众因捐金市椟,埋之野中。

王文恪和寿词

王守溪年六十三,杨君谦来寿,守溪和词云:"悬弧又诞朝,六十三年鹿覆蕉。勋名紫阁高,起何迟,归何早。玉堂近日无宣召,且是山中卧得牢。治如虞,圣如尧,洗耳还容由与巢。"《一封书》"且作山中宰相,依然玉带蟒绣为袍。扁舟范蠡去迢迢,五湖烟景无人要。金庭玉柱,傲彼伊皇;清风明月,卑他管箫。洞天福地谁曾到?"《皂罗袍》"镇日逍遥,过去韶华不可招。幸有还丹大药,绝胜盐梅金鼎和调。百年强半总劳劳,奔名逐利何时了。慨彼时豪门黄犬,徒增烦恼。"《驻马听》"古来富贵谁长保,早是抽身早。裴相午桥庄,疏傅都门道。到如今尚瞻高节操。"《清江引》

刘 武 城 词

张无择抡,贫士也,所得馆谷,悉以置书,每为室人之谪。刘武城戏成《如梦令》二阕互为答问调之云："纵使汗牛充栋，不迭黄齑一瓮。笑你腹便便，几见把穷愁掇送。无用，无用，风紧败窗支孔。""万卷百城相亚，滋味浑如食蔗。急切不逢时，时至黄金无价。休骂，休骂，浊酒没他难下。"

王彦龄词

《夷坚志》：王彦龄齐叟，元祐枢密彦霖之弟，任侠有声。初官太原，作《望江南》曲嘲郡县僚佐及府帅，帅怒甚，因入谒，面数折之云："君恃尔兄，谓吾不能治尔耶？"彦龄敛板顿首谢，且请其过。帅告之。复趋进倚声微吟曰："居下位，只恐被人谗。昨日但吟《青玉案》，几时曾作《望江南》。"下句不属，回顾适见兵官，乃曰："请问马都监。"帅不觉失笑而退。所传《别素质》一阕云："此事凭谁知证？有楼前明月，窗外花影。"亦其词也。娶舒氏女，亦工篇翰。妇翁出武列，彦龄常醉酒嫚骂，翁不能堪，竟至离绝。女在父家，怀其夫而作《点绛唇》曲云："独自临流，兴来时把阑干凭。旧愁新恨，耗却来时兴。鹭散鱼潜，烟敛风初定。波心静，照人如镜，少个王郎影。"

磨镜帖

天台车清臣若水，宋理宗时人。脚气病作，时以书自娱，随所见而录，久自成编，名《脚气集》。首载潘默成《磨镜帖》，甚佳。帖云："仆自喻昏镜，喻书为磨镜药。当用此药揩磨尘垢，使通明莹澈而后已。倘积药镜上而不施揩磨之功，反为镜之累。故知托儒为奸者，曾不若愚夫愚妇也。"

洞庭歌

彭功甫云：洞庭两山青冥中，猗顿近称许与翁。翁老盛修玄都宫,木天矗立参殊功。许生百万何豪雄,结交唯有袁与冯。近日忽思结上公,申文定。上公临况麟袍红。珍羞罗列拜下风,八蚕茧绸等蟛蟓。炊金馔玉声玲珑,宾客厮养无异同。世间富翁有如此,贫士依然冻饿死。

天 干 地 支 名

《说圃识余》载《天干歌》七言四句曰:"阏逢甲之下是旃蒙乙,柔兆丙连强圉丁着雍戊。屠维己上章庚重光辛次,玄黓一作默壬。昭阳癸干乃终。"又有《地支歌》五言六句曰:"摄提格寅单阏卯,执徐辰大荒落巳。敦牂午兼协洽未,涒滩申与作噩酉。阉一作掩。茂戌大渊献亥,困敦子赤奋若丑。"熟记之可免翻阅之劳。其解释详载《七修类稿》。

上 梁 语 谶

文文山公少时作新居,《上梁文》有"抛梁南,说与山人住水南。江上梅花都是好,莫分枝北与枝南"。公殉节后,其弟文溪璧仕元为县令,或贻诗讥之,有"南枝向暖北枝寒"之句。诗见初集。前语遂成一谶。

汪 啸 尹 祝 诗

毛德音先生纶学富家贫,中年瞽废,同辈惜之。其配亦有贤德。六秩双寿时,同人俱以诗赠之。先生独喜汪啸尹四绝句诗云:"两字饥寒一腐儒,空将万卷付嗟吁。世人不识张司业,若个缠绵解赠珠。""久病长贫老布衣,天乎人也是耶非。止余几点穷途泪,盲尽双眸还自挥。""荆布虀盐四十年,谁人知得孟光贤。至今还举齐眉案,辛苦终身实可怜。""工容何事不如人,嫁与寒儒病更贫。垂老双眉终日锁,莺花过尽那知春。"四诗绝非祝嘏常套,先生所以独喜之与? 先生有《三国笺注》、《琵琶评》行世。

走 马 灯 谜

山阴徐文长名渭，尝隐括"徐渭"二字为"泰田水月"。有走马灯谜云："但见争城以战，不见杀人盈城。是气也而反动其心。"

日月雨露称脚

杜少陵诗"雨脚但仍旧"、"雨脚如麻未断绝"。白玉蟾诗"雨脚初收起暮烟"。江公著诗"云叶纷纷雨脚匀"。汪信民诗"雨脚晨可歇"。蔡启诗"城响涛头入，江昏雨脚斜"。"雨脚"二字，本《齐民要术》，少陵始用之。少陵又有"日脚下平地"句。韦庄诗"远水斜牵日脚流"。石曼卿诗"花影长随日脚流"。陈辅诗"白下风轻日脚斜"。李贺诗"露脚斜飞湿寒兔"。喻凫诗"雁天霞脚雨"。东坡诗"月脚垂孤光"。日月雾露称脚，俱新。

咏鲞鹤茧鹤

毛序始咏物《西江月》二词，咏鲞鹤云："只道生从胎卵，原来索自枯鱼。棱棱瘦骨欲凭虚，谁复假之毛羽。　　纵使凌霄有志，那堪洞辙难舒。林逋支遁莫怜予，空说庄周知己。"咏茧鹤云："才见春蚕欲死，忽有素鸟如生。马头娘子已藏形，幻作柱头丁令。　　月羽还须剪就，缟衣不待裁成。若教冲举向青冥，应化游丝千仞。"

自 责 责 人

南充陈玉垒于升云：今人谈人则易，自责则宽。常见当事者指摘前人，殆不容口，及观其所为，不若远甚。宋人诗云："鲍老当筵笑郭郎，笑他舞袖太郎当。若教鲍老当筵舞，转更郎当舞袖长。"可谓曲尽事情。

初 夏 小 曲

泾阳赵念堂先生有《初夏》小曲云："豆角儿香，麦索儿长，响嘶唧茧车儿风外扬。青杏儿才黄，小鸭儿成双，雏燕语雕梁。红石榴花满西窗，黄蜀葵叶扫东墙。泥金团扇凉，香玉紫纱囊，将佳节庆端阳。"

掘 冢 歌

范椁字德机，《掘冢歌》云："昨日旧冢掘，今朝新冢成。冢前两翁仲，送旧还迎新。旧魂未出新魂入，旧魂还对新魂泣。旧魂叮咛语新魂，好地不用多子孙。子孙绵绵如不绝，曾孙不掘玄孙掘。我今掘矣良可悲，不知若掘又何时。"郎仁宝云：据歌则人决不用子孙，亦不用坟墓矣。当换"好地"二句中数字可也。如曰"好地还须好子孙，子孙绵绵多顽劣，曾孙不掘玄孙掘"，斯义方妙。然"多"字更不若"若"字为妙。

独 宿 吟

胡仲彝以梓有《独宿吟》云："孤鹤清寒，霜天独宿。紧揾肩，暖覆足，被拥炉香香馥馥。心兵不起媚幽独。安眠到晓日烘窗也，算人生自在福。"

施宗铭幼慧

施槃幼警敏，善属对。随父商于淮上，从师读书，主罗铎家。有都宪张某来，铎命其子与槃偕见。张试以对曰："新月如弓，残月如弓，上弦弓，下弦弓。"槃应声曰："朝霞似锦，晚霞似锦，东川锦，西川锦。"张大奇之。正统戊午举于乡，赴会试，诗别刘昌，有"红云紫雾三千里，黄卷青灯十二时"句。年二十三，遂魁天下。在翰林，英宗问：

"卿家吴中有何胜地?"桀对曰:"有四寺四桥。"上问何名,桀曰:"四寺者,承天、万寿、永定、隆兴,四桥者,凤凰、来苑、吉利、大平。"英宗大悦。

西子子西

毛鹤舫先生幼时作一对云:"西子颠倒为子西,须辨吴头楚尾。"数十年来举以示人,并未有能对者。

雪　狮

乙亥新正,积雪盈尺,儿童竞塑狮子,漫成一律:"雪积广庭中,物成体自充。岂知百兽长,亦借六飞雄。神似穷人力,形摹逼鬼工。寂然不一吼,殊觉胜河东。"孙瀛仙见而赐和,复叠前韵却寄:"寒气犹凝结,春回雪尚充。黄童能肖物,白泽独称雄。蹲踞征心巧,狰狞极化工。无然竞肥瘦,旭日已升东。"复蒙瀛仙见和,再叠前韵:"雪狮诗偶赋,赐和已盈充。昔辨黄金伪,今成白雪雄。畏狸如见伏,御象或称工。西域毛群特,安然置井东。"聊记一时游戏往复,殊不计工拙也。

杨 梅 核 猴

吾吴沈君玉善于雕刻,以杨梅核雕猕猴,色苍毛短,厥状酷肖,因仿尤悔翁先生《物幻词》体作《西江月》词:"杨氏昔称家果,沈郎幻作野宾。王仁裕猿名。色殷毛短直生成,酷似猕猴形影。　　疗足王巙遗臭,童贯患脚气,或云杨梅仁可疗。会稽守王巙献三十石,即擢待制。触奸唐史留馨。形骸虽具木难升,智动化为仁静。"

美 人 过 桥

偶咏美人过桥,起用"雨丝风片烟波画船",韵限"溪西鸡齐啼":

"雨云何处度前溪,丝柳纤腰袅向西。风揭衣香疑散麝,片分裙采炫山鸡。烟笼鬟鬓芳姿艳,波印婵娟体态齐。画史但能摹仿佛,船头人辨笑和啼。"

人 世 炎 凉

《萤雪丛说》:人之一身已自有轻重,足履秽恶则不甚介意,若手沾污,浣濯无已,又何怪世情之炎凉也。旧有题汤泉一绝,最为该理:"比邻三井在山岗,二井冰寒一井汤。造化无私犹冷暖,争教人世不炎凉。"

梅 娇 杏 俏

《闲居笔记》:吴大郡王二爱姬名梅娇、杏俏,丰姿并俊,尤善诗词。梅作词夸己嘲杏曰:"一种阳和,玉英初绽,雪天分外精神。冰肌玉骨,别是一家春。楼上笛声三弄,百花都未知音。明窗畔临风对月,曾结岁寒盟。笑杏花何太晚,迟疑不发,等待春深。只宜远望,举目似烧林。丽质芳姿虽好,一时取媚东君。争如我青青结子,金鼎内调羹。"杏亦作词答梅曰:"景傍清明,日和风暖,数枝浓淡胭脂。春来早起,惟我独芳菲。昨夜几经雨过,似佳人细腻香肌。堪赏处,玉楼人醉,斜插满头归。笑梅花何太早,萧疏骨肉,叶密花稀。不逢媚景,开后甚孤恓。赋性冰心玉质,甘受雪压霜欺。争如我年年得意,占尽曲江池。"

刺 绣

吴中女郎王道蕴诣尼庵,见二尼刺绣。尼谓道蕴能诗,请咏其事。蕴集唐句云:"风卷杨花拂绣床,为他人作嫁衣裳。因过竹院逢僧话,始觉空门兴味长。"

白香山《题刺绣图》云:"倦倚绣床愁不动,缓垂绿带鬓鬟低。辽阳春尽无消息,夜合花前日叹西。"

朱绛诗云:"独在纱窗刺绣迟,紫荆枝上啭黄鹂。欲知无限伤春意,尽在停针不语时。"

元载妻诗讽

元载擢拜中书,妻王韫秀寄诗姊妹云:"相阅已随麟阁贵,家风第一右丞诗。笄年解笑鸣机妇,耻见苏秦富贵时。"及为两朝宰相,贵盛无比,秀以诗喻之曰:"楚竹燕歌动画堂,更阑重换舞衣裳。公孙开馆招佳客,知道浮云不久长。"载不悟,卒及于难。

补集卷之三

饷 茶 诗

陆起顽先生_{世廉}饷茶诗云："瓦壶欲燥炉烟冷，汲得清泉思瀹茗。芥叶牧藏动隔年，色香已散存枯梗。春深谷雨正新晴，屋角钩辀鸟弄声。读倦不禁消渴甚，雅怀玉露吸金茎。山中一夜惊雷荚，处处春云披绿叶。倒箧倾筐摘取归，焙来不失卢全法。蒙君遗我小龙团，绝世珍奇出草丛。幽冷自来同气味，启封如与故人逢。呼童拂拭安折脚，火候还叫细斟酌。蟹眼初生雪浪翻，淳瓯浅碧堪奴酪。梦回酒醒郁无聊，频啜愁中意亦消。解道茗柯多妙理，茶星烨烨耿清宵。"

扫 地 诗

李如石先生_实隐上清江，作《扫地》诗："有屋清江上，湫隘正短檐。上苫芦有漏，下爬土不平。斗然狂飙起，埃坋散复攒。黄叶呼败草，策策走几前。儿童弃竹马，尘饭杂泥丸。念不习小劳，惭负粥两餐。念不勤四体，何殊豕在圈。把篲一拂扫，有若风雨旋。心与手俱妙，技与道俱全。涣然卷雾去，豁然云离天。一切蚍蜉子，惊谓何神仙。拥篲卷藏之，亦何有力焉。幽屏无事事，聊事一室闲。"

听 月 楼 诗

明余姚解某馆于富室，为东翁题匾于楼，以"听月"颜之。东翁不解，先生因题一律云："百尺楼高接太清，凭栏侧耳甚分明。碾空呷喔冰轮响，捣药叮当玉杵鸣。乐奏广寒音袅袅，斧裁丹桂韵丁丁。哄然一阵仙风起，吹落嫦娥笑语声。"

七　姬　庙

元季兵起,潘原明名元绍,为伪吴行省左丞,妾七人:程氏、翟氏、徐氏、罗氏、卞氏、彭氏、段氏。段年最幼,王师克城,段氏曰:"主君待吾厚,愿先君死,以绝念虑。"然后六姬从之。潘藁葬之,东城张羽为之传,宋克书碑藏冢中。至嘉靖中,碑始出,土人建祠祀之,名七姬庙。朱云子先生《七姬墩》诗:"须髯恤死况巾帼,又况妾媵及韶质。潘郎有美六余一,艺色相亚无妒嫉,兰心蕙态和且秩。重兵压境主战栗,顾谓诸姬宜努力。段姬闻语不待毕,从容跕步入幽室。练巾绕项悬玉骨,六姬相继意如壹。仓皇宁具唅与袭,焚尸藏骸冢无突。短碣荒园久芜没,百五十年方始出。此事未见前朝册,田横葛诞称气激,浴铁之徒丈夫烈。嗟嗟诸姬婉而弱,死义千金莫能夺。一之为甚作者七,不显其名采风责。君不见小怜后服承恩泽,重奏琵琶代王宅,续命菖蒲化荆棘。"

韩 侂 胄 构 祸

赵汝愚借韩侂胄力通宫掖,立宁宗。侂胄所望不过节钺,刘弼从容谓汝愚曰:"此事侂胄不谓无功,亦须分些官职与他。"徐谊亦曰:"侂胄异时必为国患,宜饱其欲而远之。"叶适亦曰:"观侂胄意止望节钺,宜与之。"朱熹亦曰:"宜以厚赏酬侂胄,勿令预政。"汝愚谓其易制,皆不听,止加侂胄防御使。侂胄大怨望,遂构汝愚之祸。赵从道有诗云:"庆元宰相事纷纷,说着令人暗断魂。好听当时刘弼语,分些官职乞平原。"罗大经诗云:"斋坛一钺底须悭,坐见诸贤散似烟。不使庆元为庆历,也由人事也由天。"

李 桢 像 赞

王文恪公集载:正德五年,吴下大水,饥莩载涂。有司奉命检灾赈饥，往往旁缘以为利。予伏林下，窃伤之痛之。角头巡司李桢者，领檄散财，于鳏寡甚均，且有忧民之言，予甚多之。乃因其像赞之曰："勿谓位卑，其才乃充。勿谓惠小，其心乃公。屏盗之迹，时乃之职。拯民之痛，时乃之功。盖一命之士存心于爱物，则九重之仁不隔于困穷。噫！彼贪浊位，都显荣，受若直，怠若事，瘠其民，肥其躬，虽曰侈然莅于上，得不赧尔愧于其中耶？"夫李桢不知何郡人，一巡司耳，得附文恪公之文以传，谁谓廉吏不可为乎？

养心歌

《说圃识余》载《养心歌》甚妙，惜不知谁作。歌云："得岁月忘岁月，得欢悦忘欢悦。万事乘除总在天，何必愁肠千万结。放心宽，莫胆窄，古今兴废言可彻。金谷繁华眼里尘，淮阴事业铗头血。陶潜篱畔菊花黄，范蠡湖边芦月白。临潼会上胆气雄，丹阳县里箫声绝。时来顽铁有光辉，运退黄金无艳色。逍遥且学圣贤心，到此方知滋味别。粗衣淡饭足家常，养得浮生一世拙。"考此歌乃邵尧夫作。

慈湖誉蚊

杨慈湖作《夜蚊》诗，极力誉之，谓其"入耳皆雅奏，触面尽深机"，胜于人之耳提面命。盖以蚊为灵于人也。异哉其见乎！夫蚊为恶物，自古及今，莫不恶之，况誉蚊而贬人乎？慈湖主张象山之禅学，一时从其学者甚少，故愤而发此言耳。黄借菴《驱蚊赋》谓"虎可德化，鳄可文驱，蚊最不灵，为血肉丧躯"，其借蚊以垂戒，则正论矣。

占　雨

范石湖诗云："朝霞不出门，暮霞行千里。今晨日未出，晓氛散如绮。心疑雨再作，眼转云四起。我岂知天道，吴侬谚云尔。古来占潺沱，说者类恢诡。飞云走群羊，停云浴三豨。月当天毕宿，风自少女起。烂石烧成香，汗础润如洗。逐妇鸠能拙，穴居狸有智。蜉蝣强知时，蜥蜴与闻计。垤鸣东山鹳，堂审南柯蚁。或加阴石鞭，或议阳门闭。或云逢庚变，或自换甲始。刑鹅与象龙，聚讼非一理。不如老农谚，影响捷于鬼。哦诗敢夸博，聊用醒午睡。"罗景纶云："此诗援引占雨事甚详。谚有云：'日出早，雨淋脑；日出晏，晒杀雁。'又云：'月如挂弓，少雨多风。月如仰瓦，不求自下。'二说尚遗。余欲增补二句云：'日占出海时，月验仰瓦体。'"

词 赋 沙 字

曹秋岳先生溶赋《满庭芳》词赠沙较书，即赋沙字："艳似淘金，清还碾玉，怕人唤作风尘。溪边送约，落雁故频频。漫说愁来醉卧，趁坡陂高下铺匀。疏狂处，量他一斛，捏就小腰身。　　羞随轻浪滚，莲花步缓，软尽无痕。怪当年，叱利假借堪嗔。今日谁能拘管，筹恒河自有仙真。情何恨，千堆白雪，占稳凤楼春。"钱塘朱若千为之序。

赵 暇

唐赵承祐暇颇有诗名，不拘小节。《淮南丞相坐赠歌者虞姹》诗曰："绮筵无处避梁尘，虞姹清歌日日新。来值渚亭花欲尽，一声留得满城春。"后因酒失悔过，以诗上卢中丞曰："叶覆清溪艳艳红，路横秋色马嘶风。独携一榼郡斋酒，吟对青山忆谢公。"

唐 朝 酒 价

宋真宗问臣下："唐酒价几何？"丁谓对以每升三十，真宗曰："何以知之？"谓引少陵"速来相就饮一斗，恰有三百青铜钱"为对。真宗喜之。后人因李太白有"金尊美酒斗十千"句，以为李杜同时，何故所言酒价顿异。客有戏噱者云："太白谓美酒，恐老杜不择饮，是村店压茅柴耳。"然十千一斗，唐人诗多用之，如白乐天"共把十千沽一斗"，又"软美仇家酒,十千方得斗",又"十千一斗犹赊饮,何况官供不着钱"。王摩诘诗"新丰美酒斗十千",崔辅国诗"与酤一斗酒,恰用十千钱"。讽咏甚多,而三百一斗惟见少陵诗,当不足以定唐酒价也。但《唐·食货志》云德宗建中三年,禁民酤,以佐军需,置肆酿酒,斛收直三千。北齐卢思道尝云:"长安酒贱,斗酒三百。"少陵引此,亦未可知。

浇　书　摊　饭

陆放翁诗:"浇书满饮浮蛆瓮,摊饭横眠梦蝶床。"东坡以晨饮为浇书,太白以午睡为摊饭。

马　嵬

《唐书》谓杨贵妃缢死马嵬路祠下,以紫茵瘗道侧。《太真外传》谓贵妃缢马嵬佛堂前梨树下,裹紫茵瘗西郭外一里许道北坎下。而元人传奇有马践杨妃之说。《真珠船》引宋人李恭《赋杨妃菊》诗"命委马嵬万马泥"为证。按《杨妃菊》诗见《山房随笔》,宋李节所作。节字恭山,诗见乙集四卷,首句云"命委马嵬坡畔泥",非"万马泥",亦非李恭。《长安志》:"马嵬故城在兴平县。孙景安《征途记》云马嵬人名,于此筑城避难。然未详何代人。"

沈　石　田　诗

《说圃识余》载:沈石田尝寓杭之天竺寺,人无知者,因题一绝于竹云:"卖书卖画出春城,着破青衫白发生。四海固无知我者,空教啼杀树头莺。"又过武昌登黄鹤楼,适有客饮其上,石田题云:"昔闻崔颢题诗处,今日始登黄鹤楼。黄鹤已随人去远,楚江依旧水东流。照人惟有古今月,极目深悲天地秋。借问回仙旧时笛,不知吹破几番愁?"大书于壁而去。客见诗惊谓曰:"此必仙也,何不凡如此!"寻物色之,乃知为沈石田云。

子 由 寄 诗

《辛斋诗话》：元祐四年八月，苏子由为贺辽生辰国信使，子瞻有诗送之。既至辽，辽人每问大苏学士安否。子由经涿州寄诗曰："谁将家谱到燕都，识底人人问大苏。莫把声名动蛮貊，恐妨他日卧江湖。"子瞻得诗，次韵云："毡罽年来亦甚都，时闻鴂舌问三苏。那知老病浑无用，欲向君王乞镜湖。"

文 信 国 词

《词苑丛谭》：文信国被执北行，次信安，馆人供帐甚盛。信国达旦不寐，题《南楼令》词于壁曰："雨过水明霞，潮回岸带沙。叶声寒，飞透窗纱。懊恨西风吹世换，又吹我，落天涯。　　寂寞古豪华，乌衣又日斜。说兴亡，燕入谁家？只有南来无数雁，和明月，宿芦花。"或云此邓光荐词。

赠 妓

金陵妓诸大云："生不得身到西湖，死便当埋香湖上。"俞羡长快其言，尝赠泰中女郎，遂偷其意云："荡舟不逐江南去，死愿青溪作女郎。"

黄 华 老 人

黄华老人诗"招客先开四十双"，人多不知其义。按元李京《云南志略》云："诸夷多水田，谓五亩为一双。"四十双，二百亩也。又《唐书·南诏传》："官给田四十双。"盖二百亩也。陶南村又谓一双为四亩，未知孰是。考老人姓王，名庭筠，字子端，河东人。善诗词书法，金大定十六年进士，负文学盛名，召试馆职中选，为台臣所阻，乃卜居彰德，买田隆虑，读书黄华山寺，因以为号。平生嗜古法书，品题鉴定，有独得之见。世所传《雪溪堂帖》，乃其所精选者也。

茶夹书灯铭

程宣子《茶夹铭》曰："石筋山脉，钟异于茶。馨含雪尺，香启雷车。采之撷之，收英敛华。苏兰薪桂，云液露芽。清风两腋，玄圃盈涯。"晁元咎《书灯铭》曰："武子聚萤，孙生映雪。雪固易消，萤亦易灭。惟兹银缸，不疚其光。黄帝绿幕，永夕煌煌。经史在右，子集在左。如或不勤，负此灯火。"余少嗜茶，尤喜人饮，今老矣，冬夜犹能拥炉翻阅书史，录此二铭，以公同好。

赏 梅 悬 灯

杨升庵少与恒、忱二弟赏梅世耕堂，悬挂灯于梅枝上，赋诗云："疏梅悬高灯，照此花下酌。只疑梅枝然，不觉灯火落。"王浚川廷相见而赏之，曰："此奇事奇句，古今未有也。"后阅赵德庄《眼儿媚》词云："黄昏小宴到君家，梅粉试春华。暗垂素蕊，横枝疏影，月淡风斜。　　更烧红烛枝头挂，粉蜡斗香奢。元宵近也，小园先试，火树银花。"则昔人已有此事矣。

谒 陵 官 假 宿

《无用闲谈》：明谒陵各官，类晚入昌平憩宿，五更祭陵。公署弗能尽容，各以类假宿。如兵部官则宿于卫所，户部官宿于仓司，给事中宿于刘蕡祠，黌校则翰林寓宿之地，与察院相邻，诸御史宿处也。成化中，杨学士守址暮抵昌平，误入察院，因赋诗曰："双眼风沙百里程，敝衣瘦马到昌平。欲寻泮水先生馆，误入分司御史厅。导引舆台颜尽赤，将迎豸绣眼偏青。只愁太史明朝奏，昨夜文星犯法星。"

刘仲修词

《莼鲅词话》：宛平刘副使仲修效祖以才见抑罢归，寄情词曲小令，可入元人之室。如《沉醉东风》云："东华路尘沙滚滚，玉河桥车马纷纷。官高休羡荣，命蹇须安分。靠青山紧闭柴门。闲把英雄细讨论，能几个到头安稳?"又一阕云："门巷外旋栽杨柳，池塘中新浴沙鸥。半湾水绕村，几朵云生岫。爱村居景致风流。闲啜卢仝茗一瓯，醉翁意何须在酒。"《朝天子》云："景阳宫晓钟，鸣珂巷玉骢，总是南柯梦。生来无分紫泥封，机巧成何用。捉雾拿云，攀龙附凤，这心肠无半种。拄一条瘦筇，引一个小僮，沿村瞳瞧耕种。"又一阕云："喜碧山日亲，把银鱼早焚，销缴了功名分。辂车鸠杖鹿皮巾，也不让黄金印。晚景无多，前程休问，趁明时自在隐。寻几个故人，团坐在荜门，尝则把阴晴论。"入《小山乐府》中不能辨也。昭陵尝遣中使索其题册，呼曰"念庵"。念庵，副使别字也。因赋诗云："更生双鬓已萧骚，敢谓文章擅彩毫。过误偶承明主问，因缘不是《郁轮袍》。"

孝宗孝养

《后武林旧事》：中秋孝宗过德寿宫，上皇留上看月，曾觌进《壶中天慢》词云："素飙扬碧，看天衢稳送，一轮明月。翠水瀛壶人不到，比似世间秋别。玉手瑶笙，一时同色，小按霓裳叠。天津桥上，有人偷记新阕。　　当日谁幻银桥，阿瞒儿戏，一笑成痴绝。肯信群仙高宴处，移下水晶宫阙。云海澄清，山河影满，桂冷吹香雪。何劳玉斧，金瓯千古无缺。"上皇欣赏赐觌，孝宗亦厚赐焉。

诗词偶误

唐明皇兄弟共五王，相次薨逝，至天宝间已无存者。杨太真以天宝四载入宫，《连昌宫词》云："百官队仗避岐薛。"李义山诗云："薛王沉醉寿王醒。"张祜诗云:"闻把宁王玉笛吹。"皆未之考耳。岐王范以开元十四年薨,薛王业以开元二十二年薨,宁王宪以开元二十九年薨。

甜　　酒

《齐民要术》云:"勿使米过,过则酒甜。"白乐天诗:"户大嫌甜酒。"苏东坡诗:"酸酒如齑汤,甜酒如蜜汁。"《北山酒经》云:"北人不善投甜,所以饮多令人膈上懊恼。"是酒味忌甜也。然梁元帝云:"银瓯贮山阴甜酒,时复进之。"杜工部诗:"不放香醪如蜜甜。"口之于味,亦有不同。

蛙　给　廪

《水经注》引《晋中州记》:惠帝闻蛙鸣,问官蛙私蛙,太子令贾胤对曰:"在官为官蛙,在私为私蛙。"帝曰:"若是官蛙,可给廪。"给廪之语政可笑,《晋书》削而不载。汪浮溪诗:"人间何事非戏剧,鹤有乘轩蛙给廪。"用此。

吴　越　分　界

《脚气集》:春秋时,吴越分界自在今日嘉兴之境,《春秋》"于越败吴于檇里",檇里乃越地,即今嘉兴也。钱塘江乃是越地,吴投子胥于江,乃胥江,何曾是钱塘江,乃谓潮头为子胥怒潮。吴山祀子胥,主不安,王荆公碑亦说错。五代僧《钱塘》诗云:"到江吴地尽,隔岸越山多。"不知界限。

吕　仲　实　诗

《闲居笔记》载元中书左丞吕仲实思诚一诗云:"世态炎凉总莫论,

雀罗曾设翟公门。惭无金玉疏亲友,喜有诗书教子孙。桃李竞华开又落,松篁舍雪劲犹存。任他势利多更变,自掩柴扉咬菜根。"

生 同 年 月 时

《竹坡诗话》:绍兴初,有退相寓永嘉,独陈用中彦材虽邻不谒。及再相,有荐之者,止就部注邑连江。戏作小诗云:"命贱安能比巨公,偶然年月与时同。只因日上争些子,笑向连江作醉翁。"盖其所生年月时适与时宰同,但日异耳。

京 官 骑 驴

《真珠船》载:兵部尚书绵州金献民,成化末为御史,常骑驴朝参。同列皆然。《草木子》云:李公纪字仲修,洪武间以荐为应天府治中,作诗云:"五品京官亦美哉,腰间银带象牙牌。有时街上骑驴过,人道游春去不回。"今则迥不然矣。

彭秤翁咏鸯鹤

彭秤翁《咏鸯鹤》云:"平生湖海意,化作令威归。似得云中趣,还同濠上非。相看骨鲠立,叹息羽毛稀。宁若乘轩者,千秋负重议。"

士 人 自 重

宋李文正公昉云:"士人当使王公闻名多而识面少。"太华逸民李廌云:"宁使王公讶其不来,无使王公厌其不去。"姚合亦有诗云:"时过无心求富贵,身闲不梦见公卿。"曾有山人至都门,与一尊官抗礼,尊官讶其倨,问主人云:"此君何为者?"山人辄对曰:"余山人也。公可谓打折麒麟腿者。"尊官曰:"山人宜在山林,譬之麒麟在郊薮则为瑞物,入朝市亦何异摇尾乞怜之犬耶?"

飞 走 为 颂

颂人之美以飞走比况者有之，不过用麟、凤、龙、虎、鹏、鹤、骐骥之类，罕有以鹰犬为美况者。然观《诗》云："维师尚父，时维鹰扬。"又后汉《张表碑》云："仕郡为督邮，鹰撮卢击。"则鹰犬亦为美词。今以谄媚取容者为权门鹰犬，不几誉之乎？

京 师 事 物 对

《野获编》：京师人以都城内外所有作对，其最可破颜者，如"臭水塘"对"香山寺"，"奶子府"对"勇士营"，"王姑庵"对"韦公寺"，"珍珠酒"对"琥珀糖"，"单牌楼"对"双塔寺"，"象棋饼"对"骨牌糕"，"棋盘街"对"幡竿寺"，"金山寺"对"玉河桥"，"六科廊"对"四夷馆"，"文官果"对"孩儿茶"，"打秋风"对"撞太岁"，"白靴校尉"对"红盔将军"，"诚意高香"对"细心坚烛"，"细皮薄脆"对"多肉馄饨"，"椿树饺儿"对"桃花暖卖"，"天理肥皂"对"地道药材"，"香水混堂"对"醽醁酒馆"，"麻姑双料酒"对"玫瑰灌香糖"，"旧柴炭外厂"对"新莲子胡同"，"奇味薏米酒"对"绝顶松萝茶"，"京城内外巡捕营"对"礼部南北会同馆"，"秉笔司礼金书太监"对"带刀散骑勋卫舍人"。

酒 馆 扁 对

《暖姝由笔》：正德间，朝廷开设酒馆，酒望云："本店发卖四时荷花高酒。"犹南人言"莲花白酒"也。又有二扁，一云"天下第一酒馆"，一云"四时应饥食店"。

鹊 桥

《淮南子》有乌鹊填河成桥渡织女之说，故庾肩吾《七夕》诗云：

"倩语雕凌鹊，填河未可飞。"宋之问云："乌鹊桥边一雁飞。"王建云："龙驾车悬鹊填石。"李商隐云："星桥横道鹊飞回。"晏叔原云："鹊慵乌慢得桥迟。"张文潜云："灵官召集役灵鹊，横渡天河云作桥。"《尔雅翼》云："涉秋七日，乌鹊首无故皆髡，相传以为是日牵牛与织女会于汉东，役乌鹊为梁以渡，故毛皆脱去。今七月七日，绝不见乌鹊，翌日验之，鲜不髡者。"郎仁宝《七修》载：王一槐尹湖之日，七夕停舟刘家沟，见云际隐隐二条，如幡非幡，如龙非龙，闪曜空中，当驿门数丈之上，或分或续，往来不定，隐隐闻万鹊噪杂之音，或时明闻一二声。饭顷，云气纷郁，香馥满空，飘小雨数点而散。则鹊桥之说，似真有之。

王 荆 公 菊 诗

世传王介甫咏菊有"黄昏风雨过园林，残菊飘零—作"吹落黄花"。满地金"之句。苏子瞻续之云："秋花不比春花落，凭仗—作"为报"。诗人仔细吟。"因得罪介甫，谪子瞻黄州。菊惟黄州落瓣，子瞻见之，始愧服。后二句诸书又作欧阳公事，介甫闻之，曰："欧九不学之过也。不见《楚词》云'夕餐秋菊之落英'乎?"或云《诗》之"访落"以落训始，落英盖谓花始开也。则介甫之引证，殆亦未之思欤?

饭 后 钟

饭后钟，相传有三。一作唐江陵段文昌，少以贫窭，口食不给，每听曾口寺斋钟动，辄诣餐饭。寺僧厌之，乃斋后扣钟。文昌后登台座，题诗曾口寺，有"曾遇阇黎饭后钟"。一作唐王播，少孤贫，尝客扬州惠照寺木兰院，随寺僧斋餐。久之，僧厌怠，乃斋罢而后扣钟。后播以重位出镇扬州，有"惭愧阇黎饭后钟"之句。一作宋吕蒙正，未遇时，读书于利涉寺，随僧饭，僧乃斋后扣钟。蒙正亦有"惭愧阇黎饭后钟"之句。事何相同若此。

碧　纱　笼

王播出镇扬州,重游木兰院,向之题咏皆以碧纱笼之。播继以诗,有"三十年来尘拂面,而今始得碧纱笼"之句。宋寇莱公亦有碧纱笼事。曾与魏野同游陕郊僧寺,各有题咏。后同再至,则莱公诗用碧纱笼之,魏诗尘满,从行官妓以袖拂之。野诗云:"若得尝将红袖拂,也应胜着碧纱笼。"

机　工　善　诗

《宋元诗会笺》:燕人何失,世以织纱縠为业,与张进忠制笔齐名。失独工诗,其《燕都杂题》诗云:"一夜春阴彻晓寒,玉山无奈酒杯干。青娥知有愁多少,狼藉残妆懒对看。"揭傒斯赠诗云:"心事巢由上,文章陶阮间。"其为士大夫所重如此。

西　山　晴　雪

《太平乐府》元无名氏《题西山晴雪·折桂令》:"玉嵯峨高耸神京,峭壁排银,叠石飞琼。地成雄藩,天开图画,户列围屏。分曙色流云有影,冻晴光老树无声。醉眼空惊,樵子归来,蓑笠青青。"

女　帅　勤　王

《崇祯遗录》:天启中,四川石砫土司女帅秦良玉勤王,召见赐彩币、羊酒,御制诗旌之曰:"蜀锦征袍手制成,桃花马上请长缨。世间不少奇男子,谁肯沙场万里行。"

范　兆　祥

弘治壬子,江西提学副使黄仲昭试吉安,偶遗范兆祥。兆祥作诗上巡按御史云:"两泪交流出汉宫,琵琶声断戍楼空。金钱买得龙泉剑,寄与君王斩画工。"巡按奇其才,遂收入试,是秋中第五。

鼓吹续音

瞿存斋效元遗山《唐诗鼓吹》,取宋、金、元三朝律诗,得一千二百首,自号《鼓吹续音》,因题其后云:"骚选忘来雅道穷,尚于律体见遗风。平生莫售穿杨技,十载曾加刻楮功。此去未应无伯乐,后来当复有扬雄。吟窗玩味韦编绝,举世宗唐恐未工。"

镜听咒

《贾子说林》有《镜听咒》曰:并光类俪,终逢协吉。法以锦囊盛古镜,向灶神,勿令人见,双手捧镜诵咒七遍,出听人言,以定吉凶。又闭目信足走七步,开眼照镜,随其所照,以合人言,无不验也。又王建有《镜听词》:"重重摩娑嫁时镜,夫婿远行凭镜听。"今听谶言祷于灶神,以杓投釜中,随杓柄所向,执镜而往,谓之响卜,即镜听也。

元宵词

梅窗老人有《阮郎归·元宵》词,有回文体曰:"皇州新景媚晴春,春晴媚景新。万家明月醉风清,清风醉月明。 人游乐,乐游人,游人乐太平。御楼神圣喜都民,民都喜圣神。"

匀面尚黄

《西神脞说》:妇人匀面,古惟施朱傅粉而已。至六朝乃兼尚黄。《幽怪录》:神女智琼额黄。梁简文帝诗:"同安鬟里拨,异作额间黄。"温庭筠诗:"额黄无限夕阳山。"又:"黄印额山轻为尘。"又词:"蕊黄无限当山额。"牛峤词:"额黄侵腻发。"此额妆也。北周静帝令宫人黄眉墨妆,庭筠诗:"柳风吹尽眉间黄。"张佖词:"依约残眉理旧黄。"此眉妆也。《酉阳杂俎》所载有"黄星靥"。辽时燕俗,妇人有颜色者目为细娘,面涂黄,谓为佛妆。庭筠词:"脸上金霞细。"李贺诗:"宫人正靥黄。"宋彭汝砺诗:"有女夭夭称细娘,真珠络髻面涂黄。南人见怪疑为瘴,墨吏矜夸是佛妆。"此则面妆也。

林 石 逸 兴

《莼鲈词话》:燕人薛论道有《林石逸兴》十卷,皆杂曲也。其《玉抱肚》云:"神仙无分,且藏身烟村水村。看白鸥撞破残霞,靠青山界断红尘。清风明月共三人,去住悠悠一片云。"又一阕云:"凄凉时候,听征鸿萧萧过楼。映疏帘明月泠泠,走空阶落叶飕飕。教人肠断泪交流,屈指归期又半秋。"律以元音,亦称合作。惜岁久失传,蔑有知其姓氏者。

儒 生 对 句

姚叔祥《见只编》载:宁庶人濠怒一儒生,以铁笼笼之,置于后园。适园中凿池,庶人身自营度,因向宾从出一耦语云:"地中取土,加三点以成池。"宾从不能对。儒生在笼中应声云:"囚内出人,进一王而成国。"庶人大悦释之。儒生自念囚内进王语谶不祥,少选必追我矣,因不至家而逸。未几追者果至家,儒生不可得矣。

禁 城 花 柳

唐人入朝多侈言花柳之盛,五言诗如王维:"柳暗百花明,春深五凤城。"杜甫:"退朝花底散,归院柳边迷。"又:"冉冉柳枝碧,娟娟花蕊红。"戴叔伦:"月沉宫漏静,雨湿禁花寒。"窦叔向:"宫花一万树,不敢举头看。"七言诗如武平一:"黄莺未解林间啭,红蕊先从殿里开。"贾至:"千条弱柳垂青锁,百啭流莺绕建章。"岑参:"花迎剑珮星初落,柳拂旌旗露未干。"杜甫:"香飘合殿春风转,花覆千官淑景移。"钱起:

"长乐钟声花外尽，龙池柳色雨中深。"皇甫曾："晓色渐分双阙下，漏声遥在百花中。"张籍："宝树楼前分绣幕，彩花廊下映朱阑。"至宋犹然。宣和御制《官词》："禁宫春色最妖妍，桃李扶疏满眼前。"又："才过阁门分曲槛，弄晴繁蕊丽如妆。"盖自金元以来，始不复种花柳于阙下矣。明于午门左右采松叶为棚，使百官免立风露之下，其制虽善，要不若植花柳之为愈也。

王文端雅量

泰和王文端行俭直在瀚林三十年，恭勤不懈，及位冢宰，益加廉慎。尝以诗寄钱塘戴文进索画，且自序昔与文进交时，尝戏作一联，至是十年而始成之。临川聂大年题其后曰："公爱文进之画十年而不忘也，使以是心待天下贤士，宁复有遗才哉？"其语稍闻于直。景泰六年，诸公荐大年与史馆，征诸翰林，困于讥谤，卧病逆旅，自度不起，投诗于直曰："镜中白发难饶我，湖上青山欲待谁？千里故人分橐少，百年公论盖棺迟。"直得诗泣下曰："大年欲吾铭其墓耳。"未几大年卒于旅邸，直铭其墓。

谢禁缠足表

国朝初定鼎，民间误传盘头放脚之说，闻山东一词林有"臣妻先已放脚事"一疏，遐迩传诵，遗笑士林。近于蔡汉文先生元宪案头见《谢禁缠足表》二道，附录于左："高阳女子百拜稽首上言：窃惟盛朝开泰，移风易俗为先；圣旨当乾，后服帝衣必饬。故仪容传夫窈窕，无取志淫；环珮叶而铿锵，惟期有节。帝妃降于汭汭，神禹娶于涂山。要皆妙丽天然，同大圭之不琢；卷舒顺适，濯沧海而自如。自是履武兴歌，绍农祥于丰水；来朝作颂，荒天作于岐山。古典可师，徽音犹嗣。逮好色之端渐启，致冶容之祸旋开。飞燕仙裙，冯侍郎留风不去；玉环绣袜，马嵬驿浸血犹香。洛女凌波，子建增绵绵之慕；潘妃贴地，东昏侈步步之娇。矧夫学舞掌中，屑香室里，巧作折腰之步，翻成坠马之妆。谓习俗之日靡，由矫揉之弥甚。发肤受之父母，乃敢任意损伤；冠履配乎乾坤，何用匠心小大。况淮西郡久属胜朝，汤沐之旧，巨迹犹传。何御乐库，每希贵家缠头之资；寸莲自赏，岂容朝野忽分吴越。抑且洪纤强别妍媸，亟严连坐之条，并申举首之典。永垂令甲，载肃刑章。岁在龙飞，襁褓承恩于厚载；时逢虎变，蹈舞咸沐乎弘波。燕赵佳人，昔也遗世而独立；溱洧静女，今当涉水而褰裳。逐伴游春，谁印香尘之浅；连街踏月，欣传弓样之宽。从此夫人城直可靴尖踢倒，娘子军不妨负弩前驱。诚千载之美谈，洵一时之韵事。妾等腰惭细柳，眉逊远山。斜对银缸，偷绣半勾帮雀；轻扬翠帐，惊飞一握双凫。第乍裹吴绫，时洒半行珠泪，况久缠蜀锦，莫窥两瓣莲花。墙里秋千，迎风欲坠；帘前鹦鹉，并架争纤。自恨束缚以终年，何幸屈伸于此日。鉴踣贵屦贱之风，宽仁远届；慕胈手胝足之烈，俭朴常遵。将见禁殿娇娥，粗服乱头都好；秦宫粉黛，追风蹑电非难。临表不胜踊跃欢忭之至。"

又

兰陵女子百拜稽首上言：窃惟四肘本无二体，痛痒相关；双跗载此一躯，屈伸独重。自炮烙开乎闺阁，咸缩缩如有循；迨蹒跚遍于房帷，益蹙蹙而靡骋。凌波微步，陈思王夸耀于赋中；香屑无痕，石勒氏漫矜于床上。词客制锦鞋之颂，既窈窕而呈妍；美人擅玉趾之名，更娉婷而逞艳。掌中试舞，恍疑睡柳飘来；台上留仙，只恐春风吹去。咏吴女之丽形如画，宛然蟾魄一钩；传太真之娇样堪怜，奚啻雀头三寸。争羡纤纤之雅步，谁哀蹐蹐之销魂。无罪无辜，群受汤火之糜烂；是矜是式，难忘昼夜之呼号。不知一拇痛而遍体为之不欢，更惜十尖损而终身于焉永废。酷深于细腰之饿，虐甚于贯耳之伤。兹盖鉴吴宫之好色亡身，不欲使怨端香销，而听声声响屧；陋齐主之纵欲蛊祸，何忍令娇啼玉瘦，而博步步生莲。且父鞠母怀，男女虽殊，而天性之亲无异，彼姝者子，独非人乎？宁堪使之踯躅趑趄，漫听其鞏者鞏而笑者笑；况妇随夫唱，琴瑟既调，而人伦之乐始生，彼美淑姬，岂异人耶？奚忍视其跮踱彳亍，音尺、祝。难以抒步亦步而趋亦趋。岂无妒妇顽妻，以七尺吴绫，甘同斫胫之惨；或有乳媵戊姆，用一升矾粉，竟成灭趾之凶。胭脂虎岂伊异人，红粉狼贼夫人子。世风暴矣，仁者伤之。姜等智不如葵，何能卫足；濯无须酒，已幸舒眉。每顾影自思，未尝以洗垢致梁州之败；曾扪心遐想，何敢以玩子动韩老之惊。忻逢盛世，幸沐深仁。愧无阴丽华之毡，肤难细滑；敢效徐月英之履，香且温柔。醉舞春花，何须郎抱；娇歌夜月，不索人扶。从此玉笋，永绝裹云，咏杜牧之诗，不愁跕鳌周；由他芒鞋，尽教踏雪；登谢安之岭，殊快逍遥。帐里姗姗，俱化巨人之迹；花间袅袅，莫寻幼妇之踪。制就双凫，难悭匹锦；缕成四凤，敢吝多金。倘有孝女从征，秣马荷戈，均感圣人之盛德；若逢荡妇赴约，逾墙涉洧，亦钦天子之明威。曷禁龙腾，奚胜雀跃。臣姜无任踊跃欢忭之至。

梦 受 廷 杖

《辛斋诗话》：海宁查秉彝为诸生时，梦受杖，身在请室，仰见一额，悬"天上春回"四字。后任户科给事中，上疏论严嵩父子，诏廷杖六十，谪定边县典史。恍忆前梦，因作诗云："九重天上春回日，二十年前梦里身。"

芙 蓉 别 院

《驹阴冗记》：乐清赵鹤山廷松以京职出补福宁同知，暇日登州后龙首山。傍麓有巨石，平旷可容二三十许人。鹤山披荆棘视之，崖面有刻"芙蓉台"三字，隶古可观。因于其上辟荒建亭，颜曰"芙蓉别院"，政余则与士绅讲论民风土宜，会饮于斯。作《芙蓉叹》，有云："台高望寒江，秋风凄以哀。荆棘浥露华，兰桂生尘埃。出水只为妍，凝阴向谁开。物情故乃尔，世事良悠哉。"

教 学 行

《黑达事略》：汉地差发燕京见差，胡丞相黩货可畏，下至教学行亦出银，作差发燕京教学行，有诗云："教学行中要纳银，生徒寥落太清贫。玉堂金马卢景善，明月清风范子仁。李舍才容讲德子，张斋恰受舞雩人。相将共告胡丞相，免了之时捺杀因。"此可见其赋敛之法。

中 峰 诗 戏

元僧明本，学博而好滑稽。尝过兰溪，见荐亡者呼亡妣误为云毗，中峰笑之，乃曰："吾有诗，汝辈听之：游方幸喜到兰溪，偶遇村斋不整齐。盛满碗中糙米饭，跌番盆内臭盐齑。魑魑婆子扶材哭，齷齪孩儿傍壁啼。休笑老僧不识字，故将亡妣作云毗。"其咏葫芦诗见十集。

得 句 撞 钟

南唐一诗僧，赋中秋月诗云："此夜一轮满。"下句不接，至来秋方得句云："清光何处无？"喜跃，半夜赴撞寺钟，城中大惊。李后主擒而讯之，僧具道其事，得释。

决 僧 判

双渐尝为令，入僧寺中，主僧独酌，已半酣矣，因前请曰："长官可同饮三杯。"渐怒，判云："谈何容易，邀下官同饮三杯；礼尚往来，请上人独吃八棒。"

西 山 游 女

《辛斋诗话》载：万历间，都中西山戒坛游女之盛，钿车不纪，茶棚酒肆相接于路，至有挟妓入寺者。有无名子嘲以诗云："高下山头起佛龛，往来米汁杂鱼篮。不因说法坚持戒，那得观音处处参。"

补集卷之四

凤 凰 台 诗

《诗益嘉言》：郭功甫^{祥正}尝与王荆公登金陵凤凰台，追次李太白韵，援笔立成，一座尽倾。太白句人能诵之，功甫诗罕有记者，今并录之。太白云："凤凰台上凤凰游，凤去台空江自流。吴宫花草埋幽径，晋代衣冠成古丘。三山半落青天外，二水中分白鹭洲。总为浮云能蔽日，长安不见使人愁。"功甫云："高台不见凤凰游，浩浩长江入海流。舞罢青娥同去国，战残白骨尚盈丘。风摇落日吹行棹，潮拥新沙换故洲。结绮临春无觅处，年年荒草向人愁。"

莲 花 博 士

赵章泉《梅课》：嘉泰壬戌九月，陆放翁梦一故人，语之曰："我为莲花博士，镜湖新置官也。我且去矣，君能暂为之乎？月得酒千壶，亦不恶也。"遂以诗纪之，曰："白首归修汗简书，每因囊粟叹侏儒。不知月给千壶酒，得似莲花博士无？"又梦到万顷荷花中，有诗云："天风无际路茫茫，老作花王风露郎。只把千樽为月俸，为嫌铜臭杂花香。"此事甚新奇，可入诗料。

赠 娉 娉 词

晁无咎谪玉山，过徐州时，陈无己废居里中，无咎置酒，出小姬娉娉舞《梁州》。无己作《减字木兰花》云："娉娉袅袅，芍药稍头红样小。舞袖低回，心到郎边客已知。　　金尊玉酒，劝我花间千万寿。莫莫休休，白发簪花我自羞。"无咎叹曰："人疑宋开府《梅花赋》清艳不类其为人，无己此词过于《梅花赋》矣。"

题 琵 琶 行

宋学士濂题李易安所书《琵琶行》诗云："佳人薄命纷无数，岂独浔阳老商妇。青衫司马太多情，一曲琵琶泪如雨。此身已失将怨谁？世间安乐常相随。易安写此别有意，字字似诉心中悲。永嘉陈侯好奇士，梦里谬为儿女语。花颜国色草上尘，朽骨何堪污唇齿。生男当如鲁男子，生女当如夏侯女。千年秽迹吾欲洗，安得浔阳半江水。"此有关世教之作，故录之。

示 子 诗

陈正献_{俊卿}，道德风烈，为阜陵名相第一。筑第既成，或讶其门太库，正献曰："异时使灶婢乳媪可开乃佳耳。"为时传诵。其示二子诗曰："兴来文字三杯酒，老去生涯万卷书。遗汝子孙清白在，不须厦屋太渠渠。"

剪 灵 运 须

晋谢灵运美须髯，临刑施为南海祗洹寺维摩诘像须。唐中宗朝，安乐公主五日斗百草，欲广其物，令驰驿取之。又恐为他所得，因剪弃其余。《青箱杂记》载黄朝英《端午》诗云："孟尝此日钟英气，王凤今朝袭庆源。五色呈祥文必显，_{唐崔信明。}丙时先诞位非尊。兰汤备浴传荆俗，水马浮江吊屈原。因笑唐家公主呆，预令驰驿剪祗洹。"

古 铜 款 识

《悬笥琐探》：尝至南内戊字库，见古铜器一事，如剑而无刃，平直，首微棱，下有靶。长可二尺，阔仅及寸，皆嵌银，作童子奉牌舞，牌上有"古并聂家"四字。面嵌银题："模棱难断佞臣头，碎脑翻成百倍忧。解使英雄生胆气，从今不用佩吴钩。"

顾华玉座右铭

嘉靖中，上元顾华玉璘官南京刑部尚书，致仕居闲，多纵游山水。室后筑息园，曰："息之义止也生也。形贵止，神贵生。动而不止，形乃日败。静而不挠，神乃日生。"园有载酒亭，以待问字者。东有小轩曰促膝，诸故人至，解带密坐，茗碗炉香，细谈农圃医药，不及朝政。座侧有二铭，左曰："言行拟之古人则德进，功名付之天命则心闲，报应念及子孙则事平，受享虑及疾病则用俭。"右曰："好辩以招尤，不若讱默以怡性；广交以延誉，不若索居以自全；厚费以多营，不若省事以守俭；呈能以诲妒，不若韬精以示拙。"

阙　里　灾

《白醉琐言》：弘治己未六月十六日午夜，山东阙里被回禄，宣圣家庙，以迄殿寝门庑，与手植桧柏、历代碑记，皆为煨烬。事闻，孝庙为之恻然，遣学士海虞李杰驰文祭告，谕有司葺建。吴文定公赋灾字韵诗以饯其行，翰林皆有倡和。学士吴白楼一鹏诗云："鲁东风土信佳哉，史笔先应为纪灾。门地仍看千仞在，瓣香方自九重来。山颓当日歌声绝，斗仰于今礼数该。秋晚玉阶归奏事，龙颜知向笑中开。"为文定所最赏。

咏　茉　莉

《憩鹤杂录》：邛州卢申之祖皋工于乐府，有《洞仙歌·咏茉莉》云："玉肌翠袖，较似酥酿瘦。几度熏醒夜窗酒。问炎州，何许清凉尘不到，冰花剪就。　晚来庭户悄，暗数流光，细拾芳英黯回首。念日暮江东，偏为魂销，人易老、幽韵清标似旧。正簟纹如水帐如烟，更奈问月明露浓时候。"

燕 京 元 夜

京师旧俗,妇女多以元宵夜出游,名走桥。摸正阳门钉以被除不祥,亦名走百病。魏子存《青城集》载《木兰花令》云:"元宵昨夜嬉游路,今夕还从桥下去。名香新暖绣罗襦,翠带低垂金线缕。回头姊妹多私语。鱼铜沉沉纤手挂,钗横鬓嚲影参差。一片花光无处所。"又海宁陈相国夫人徐湘蘋灿有《燕京元夜词》云:"华灯看罢移香屧,正御陌,游尘绝。素裳粉袂玉为容,人月都无分别。丹楼云淡,金门霜冷,纤手摩姕怯。　三桥宛转凌波蹑。敛翠黛,低回说。年年长向凤城游,曾望蕊珠宫阙。星桥云烂,火城日近,踏遍天街月。"

陕 府 驿 壁 词

宣和中,有题词于陕府驿壁云:"幼卿少与表兄同砚席,雅有文字之好。未笄,兄欲缔姻好,父母以兄未禄,难其请,遂适武弁公。明年,兄登甲科,职教洮,而良人统兵陕右,相与邂逅于此。兄鞭马略不相顾,岂前憾未平耶?因赋《浪淘沙》以寄情云:目送楚云空,前事无踪。漫留遗恨锁眉峰。自是荷花开较晚,辜负东风。　客馆笑飘蓬,聚散匆匆。扬鞭那忍骤花骢。望断斜阳人不见,满袖啼红。"无限离恨,惜其姓字不传。

柳 词

麻城陈双泉《柳词》:"古道谁栽两行柳,故老争传从古有。柳旁腴地长桑麻,柳下人家闹鸡狗。似与东风大有情,江梅白后眼先青。懒向章台舞明月,喜同青锁啭流莺。君不见渊明彭泽归来早,爱种五株醉扶老。花萼长街抱恨多,汉将营荒空绿绕。"

叶公滑釐子合传

陆云士先生次云有《叶公滑釐子合传》,虽是游戏文章,可作千秋金鉴:春秋前有叶公,其子孙繁衍,别为四族,每族昆弟或九人,或十一人,皆轻薄如纸,有有面目者,有无面目者,大约有钱盈贯者皆无面目者也。其一人在钱薮中稍有面目,已为空没文矣。其二十人虽亦衣冠面目,宛然大盗,而人乐亲之,谓可藉以致富。染其习者,即亲如骨肉,亦互思劫夺。故人目其徒曰吊友,谓其虽获小胜,必致大负,宜吊不宜贺也。济叶公之恶者又有滑釐子,兄弟六人,皆以骨胜。遍身花绣,红绿灿然。素与盆成括善,出处必俱,诱人以必胜之术,人乐亲之,与叶无异。孟子尝斥之曰:“徒取诸彼以与此,然且不可。”又曰:“死矣盆成括!”恶其小有才也。乃滑釐子曾受唐帝特赐绯衣,又为刘毅呼之即至,遂尔大胜,为人艳羡。不知人每出孤注,竟覆全军者,皆慕是说而误之者也。是滑釐子之罪更浮于叶,虽粉其骨何足赎哉!圣人曰:戒之在斗,戒之在色。良有以也!

白 眉 神 词

教坊妓女各供白眉神,即祆神也。朔望以手帕扎神面一过,遇子弟有打乖者,辄以帕掷其面,坠地使拾之,自然心悦而从,留恋不已。盖厌术也。沈石田有《白眉神词》曰:“祷眉神,掩神面,金针刺帕子,针眼通心愿。烟花万户锦排场,家家要教神主张。主张郎来不复去,夜夜笙歌无空房。帕子有灵绫一方,恩丝爱缕合鸳鸯。拂郎拂着春风香,一丝一缕一回肠。”

赠 妓 小 英

张乖崖刚肠烈气,千古所罕。其镇蜀时,一女奴随侍十余年,迨归,犹然处子,此是何等节操!乃其席上赠官妓小英诗,抑何才情艳发，大不类其为人。乃知留情翰墨，不独宋广平赋《梅花》也。诗云：
"我疑天上婺女星之精，偷入筵中名小英。又疑王母侍儿初失意，谪
向人间为饮妓。不然何得肤如红玉初碾成，眼如秋波双脸横。舞态
因风欲飞去，歌声遏云长且清。有时歌罢下香阶，几人魂魄遥相惊。
人看小英心已足，我看小英心未足。为我高歌送一杯，我今赠尔新翻
曲。"刚烈如公，抑何钟情之深耶？

邱 氏 召 仙

　　《钩玄》：松江邱氏尝以疾召仙，坐客曰："近有一对云：胆瓶斜插
四枝花，杏桃梨李。无可对，劳大仙对之。"乩即书云："手卷横披一轴
画，松竹梅兰。"人以为奇。客又密以一物置袖而试之，令作诗。遂题
云："袖里深怀一叶青，也于坛上恼诗情。夜来试听窗前雨，减却潇潇
三两声。"启而视之，芭蕉也。乃大服。

占 城 使 人

　　《拙庵杂俎》：占城使人入贡途中有感，篇咏错出。其《初发》云：
"行尽河桥柳色边，片帆高挂远朝天。未行先识归心早，应是燕山有
杜鹃。"其《扬州对客》云："三月维扬富风景，暂留佳客与同床。黄昏
二十四桥月，白发三千余丈霜。玉局诗翁贤太守，红莲书记好文章。
欲寻何逊旧东阁，落尽梅花空断肠。"其《江楼留别》云："青嶂俯楼楼
俯波，远人送客此经过。西风扬子江边柳，落叶不如离思多。"其《一
丈红》诗，已见丁集。

安 南 贡 使

　　袁中郎《墨畦》：某日入主客署，遇安南贡使，所贡皆金银瓶炉雕
镂等物，不甚精，此外则白檀及降真、象牙而已。问使臣能书否，曰：
"能。"以笔授之，草书一绝云："路绕石桥溪九折，云藏竹坞宅三间。

门扉半掩山花落，鸣鸟一声春日闲。"草字几不可识，命以真书注其旁，与中国无异。

神 灯 引 驾

《黄图杂志》：明天寿诸陵在昌平州，相传夜分时有神灯出宫引驾以行，神宫太监多望见之。虞吏部淳熙诗云："香烟遥接白云平，原上金灯夜夜明。山鬼萝衣挽秋驾，青冥有路不教行。"盖纪其事也。

泰 陵 水 孔

《无用闲谈》：明孝庙泰陵金井内有孔如巨杯，水仰喷如注。吏部郎中杨名父子器亲见之，归疏诸朝，请易地。事下工部，司空汤阴李燧怒其多言，害成功，阴令人塞其孔，以诽谤狂妄奏，命锦衣官校押名父赴陵所验看。名父身亲三木，朝辞赋诗云："禁鼓无声晓色迟，午门西畔立多时。楚人抱璞云何泣，杞国忧天竟是痴。群议已公须首实，众言不发但心知。殷勤为问山陵使，谁与朝廷决大疑？"其志亦可怜矣。孝庙圣体竟葬此中，言之可为寒心。

听 琴 诗

王元性耽风月，终于贫病。妻黄氏共持雅操，每遇得句，虽寒夜必先起燃烛，供具纸笔。有《听琴》诗云："拂琴开素匣，何事独颦眉。古调俗不乐，正声公自知。寒泉出涧涩，老桧倚风悲。纵有来听者，谁堪继子期。"

曹 武 毅 赋 诗

《青箱杂记》载：曹武毅翰破江南归，数年不调。一日，内宴侍臣，皆赋诗，翰以武人不预，乃陈曰："臣少亦学诗，乞应诏。"太宗曰："卿武人,以刀字为韵。"因以寄意曰:"三十年前学六韬,英名常得预时髦。曾因国难披金甲,不为家贫卖宝刀。臂健尚嫌弓力软,眼明犹识阵云高。庭前昨夜秋风起,羞见蟠花旧战袍。"太宗为迁数官。

题　蜘　蛛

《复斋漫录》:翟嗣宗尉临淮,颇为监司所窘。尝题《蜘蛛》诗于驿壁以讥之云:"织丝来往疾如梭,长爱腾空作网罗。害物身心虽甚小,漫天纲纪亦无多。林间宿鸟应嫌汝,帘下飞虫最惧他。莫学螳螂捕蝉勇,须知黄雀奈君何。"

鹤　衔　书

蠹鱼三食神仙字便得化去,名为脉望。卫济川养六鹤,以粥饭喂之,鹤渐识字,济川检书皆使鹤衔之。李君实日华《赠书贾》诗中一联云:"行藏半似衔书鹤,生计甘为食字鱼。"用此。

《贾子说林》载:琴中绿色蛀虫名鞠通,喜食枯桐与古墨。琴有鞠通能令弦自和。曲鞠通。二字亦新,堪与脉望作对。

赵　夫　人

《紫桃轩杂缀》:广州钤干俞似妻赵夫人,笔墨洒落,类薛稷。常书似所作二绝于英州金山寺壁,大径四寸,往来观者以为奇迹。其诗云:"莫遣韝鹰饱一呼,将军谁忘灭匈奴。年来万事灰人意,只有看山眼不枯。""转食胶胶扰扰间,林泉高步未容攀。兴来尚有平生屐,管领东南到处山。"

雁　来　红

草本有雁来红者,俗名老少年。《蓉塘诗话》载:无锡周子羽诗云:

"翔雁南来塞草秋，未霜红叶已先愁。绿珠宴罢归金谷，七尺珊瑚夜不收。"后京师达官卷中画此，遍求品题，无切咏者。一士人题曰："汉使传书托便鸿，上林一箭堕西风。至今血染阶前草，一度秋来一度红。"为压卷云。

白　　雁

《蓉塘诗话》：姑苏顾文昱字光远，明初为广东行省郎中。能诗，其题《白雁》云："万里西风吹羽仪，独传霜翰向南飞。芦花映月迷清影，江水涵秋点素辉。锦瑟夜调冰作柱，玉关晓度雪沾衣。天涯兄弟离群久，皓首江湖犹未归。"此诗不在袁景文《白燕》之下。

庆 乐 园 诗

张叔夜过钱塘庆乐园，赋《高阳台》词，序云："庆乐园，韩平原之南园也。戊寅岁过之，但有碑石在荆棘中耳。"词曰："古木迷鸦，虚堂起燕，欢游转眼惊心。南圃东窗，酸风扫尽芳尘。鬖髿飞入平原草，最可怜、浑是秋阴。夜沉沉、不信归魂，不到花深。　　吹箫踏叶幽寻去，任船依断石，袖裹寒云。老桂悬香，珊瑚碎击无声。故园已是愁如许，抚残碑、又却伤今。更关情、秋水人家，斜照犹曛。"

苏　　随

晋江苏随，嘉祐间进士，令博罗。弃官归，葆神炼气，不与俗接。一夕，梦游异境，赋诗曰："梦乘鸾鹤到仙家，侍女风流魏月华。琥珀盏斟千岁酒，琉璃瓶插四时花。金函藏篆文刊玉，石壁题名篆点砂。一枕北窗初睡觉，日移门外柳阴斜。"后数年，端坐而化。

罗 周 召 乱

《濯缨亭笔记》：天顺丁丑，山阴儒士罗周闻御史沈性将荐之为河南府学训导,周于元旦扶乩召仙,问事之成否。乩书诗云:"风雷不改旧山河,华屋年深蔓薜萝。仙掌云销金气冷,凤台人去月明多。英雄早听青铜吼,感慨谁知白石歌。回首五湖烟水阔,且将闲兴托鱼簑。"首句言国家事,后言富贵之易于销歇,谕周以不必仕也。是年英庙复辟,改元天顺,而周事竟不成。国家之变更,前程之通塞,鬼神已前知矣。

剑 池 石 扉

宋绍定戊子,虎丘剑池水涸,人见石扉上二绝句。诗见丁集。正德辛未,剑池又干暵,其下嵌空玲珑,深邃莫测。好事者秉烛而入,见内有叠版如门户状,云是吴王葬处。文衡山有诗曰:"吴王埋玉几千年,水落池空得墓砖。地下谁曾求宝剑,眼中我已见桑田。金凫寂寞随尘劫,石阙分明有洞天。安得元之论世事,满山寒日散苍烟。"越岁其泉始复。

谢 逸 工 诗

《漫叟诗话》:临川谢无逸诗有古意,其《寄隐居士》诗云:"处士骨相不封侯,卜居但得林塘幽。家藏玉唾几千卷,手校韦编三十秋。相知四海执青眼,高卧一庵今白头。襄阳耆旧节独苦,只有庞公不入州。"淮南潘邠老与之相得,二公皆老死布衣,士论惜之。

秤 心 斗 胆

诸葛武侯尝言:"吾心如秤,不能为人作轻重。"《太平御览》载唐胡曾投人启云:"推诸葛之秤心,负姜维之斗胆。"

李 黄 书 翰

李存勖搽画粉墨,与镜新磨等日闹优场,粗犷之极,岂有清思者。

乃其作《如梦令》词云:"曾宴桃源深洞,一曲舞鸾歌凤。长记别伊时,和泪出门相送。如梦,如梦,残月落花烟重。"抑何婉丽如此。又黄幡绰亦是诙诨之雄,未闻娴于藻翰,而手书《霓裳羽衣曲》刻石河中府,大有韵致。

卓 笔 峰

《水东日记》:杨文定公云:"范文正、高季迪皆姑苏人,两人气象甚不同,于其所赋卓笔峰见之。"按季迪诗见《姑苏杂咏》,范诗则无载。范云:"笠泽砚池小,穹窿架石峨。仰凭天作纸,写出太平歌。"高云:"云来初似墨,雁过还成字。千载只书空,山灵恨何事。"

木 偶 能 诗

《紫桃轩又缀》:甘复生往来江湖,携一木偶,长尺有咫,出入袖中,登几案跳跃步趋,发声与人谈论,亦能诗。自云姓高,名梅,金溪人。少有逸韵,年二十余而卒,为炼鬼者刻樟木诵秘咒摄附灵魄,遂偕甘生以游。一日,有以诗僧秋潭年腊为问,高朗吟一诗以赠曰:"高僧如瘦鹤,懒得着袈裟。雪案堆《庄子》,花函出内家。问方医病竹,邮水泛新茶。一识沉香气,青丝吐白纱。"句意清绝。缘其素性敏慧,故得附人以行,乃至出声于白昼,见技于人丛。何其取精用物之弘多,神颖而魄强如此。

寒 亭

荆门军玉泉山寒亭,过客多题诗,独一首甚佳:"朔风凛凛雪漫漫,未是寒亭分外寒。六月火云天不雨,请君来此凭阑干。"

纸 窗 诗

《青琐后集》:郭希声震《纸窗》诗云:"偏宜酥壁称闲情,白似溪云薄似冰。不是野人嫌月色，免教风弄读书灯。"《闻蛩》云："愁杀离家未达人，一声声到枕边闻。苦吟莫向朱门里，满耳笙歌不听君。"

鸡　　冠

《俨山诗话》：余姚杨轼寓宁波延庆寺，时僧房鸡冠花盛烂，限鱼字韵诗云："绛帻昂藏锦不如，临风欲斗又踌蹰。若教夜半能三唱，惊起山僧打木鱼。"

落 花 游 蚁 图

孙恺士先生题瓜步女史写《落花游蚁图》《虞美人》词云："棠梨泣露啼莺咽，一夜霏红雪。多情游蚁惜余芳，不似蜂争粉蕊蝶分香。　　玉台纤手东风里，写出伤心意。含情想像对飞花，多少飘零柳絮不如他。"

蒲　　剑

朱望子先生《咏蒲剑》诗云："碧芽绿叶绕长滩，丛出森森似剑攒。仿佛发硎锋与锷，分明出匣莫同干。风狂作态美人舞，雨急闻声食客弹。令节草堂饶乐事，相将差拟引杯看。"

刘 阮 天 台 图

《蓬轩吴记》：徐用礼号南州，能诗，尤工香奁。家本富，以诗贫，晚岁落寞，藉诗给日。尝题《刘阮天台图》云："白云苍霭迷行路，水复山重不知处。行过涧谷有人家，忽见东风万桃树。芳香艳态娱青春，花间得遇娉婷人。五铢衣薄卷烟雾，笑语便觉情相亲。神仙虽遇终离别，千古佳名自传说。天台山水至今存，桃源望断空明月。"亦可咏诵。

俞君宣词曲

　　俞君宣先生琬纶《赠歌童小徐曲调寄四朝元》并小序云："黄必显，伟然男子矣。然弱年奇丽，非人间所有。后来之秀，复得小徐。予尝言得一小二，天下可废郎；童得一小徐，天下可废女子。或谓过赞小二。不知压下小二，更无是述，益令小徐擅场矣。此曲盖为小徐作也。曲成，以示友人。友人云：'妙在不类赞女子者。'""粉郎姣丽，云丝覆额时。羡新莺脆语，社燕娇飞。香腻匀肌理，把花容厮比，那花容怎比？堪怜处，酒晕双颐，歌敛轻眉。不解妆乔乱排，偎媚嗔喜都风味。嗏，抹杀那侍屏姬。小小青衣，偏胜着练裙溪女。睡眼觑迷离，樱桃笑语微，他是采芳花使。害多少愁愁闷闷，玉楼人意，玉楼人意。""春风摇曳，花间掷果归。看游蜂成队，粉蝶相随。记年华三五初交岁，问春情知未？料知情还未。瘦腰如病，不为幽思软，怯轻风非关憔悴。怕担不起风流字。嗏，休放过小年时。豆蔻含胎，难得东君有主。纵未许卜花期，先把闲情系柳丝。满怀心绪，低低俋俋，欲言还住，欲言还住。""非桃非李，妆成别样姿。怪天公何事，变作男儿，是男儿越觉怜人意。把千愁付你，费千愁为你。何必弓鞋，自是凌波，不待兰膏，自饶香腻。不画心横翠。嗏，莫说有情痴。看满座琼英也，为你纷纷坠。寒月入罗衣，嫦娥也爱玉肌。但花开连夜莫老却，潜潜等等，弄珠游女，弄珠游女。""红芳初蕊，东风好护持。怪的是游丝拴系。俗子呼卢，嫩柔条偏惹催花雨。愿伊家须记，嘱伊家牢记，休得破颜容易。须着意低回，不是千金切休卖与。莫爱闲调戏。嗏，占尽了可怜姿。料半世花星不出身，宫里巧语妒黄鹂。高歌误落梅，怕魂勾春睡。快将青锁重门深闭，重门深闭。""愿为君影相依倚，岂忍把风情月思，到莺老花残又付谁。"元词《四朝元》不用尾声，止《荆钗记》有，今从之。

小翩十九调

　　君宣先生《赠小翩曲》："小翩又字蕊五，年少清丽，颖慧过人。破瓜未远，当月始通。母氏亦昔日名流，言王谢指之也。既别，翩读书摄山。念翩不已，作十九调。"《山坡羊》："轻飘飘驾东风的桂楫；急浏浏渡津口的桃叶；闹喧喧长安看花疾。忙忙探问秦楼月，岂料我仙缘夙世结。遇芝田有女来姑射，满径香霏，徘徊花榭。幽绝，疑是文箫家侍妾；清绝，却是章台柳乍折。"《步步娇》："温驯性子鹅黄颊，宛约天然冶。单绡整亦斜，玉齿笙簧，轻巧调百舌。举止旧家法，见了风流，燕子思王谢。"《醉扶归》："爱他情眸一笑波纹叠，爱他无时睡足海棠怯，爱他两腮檀晕微微酽。喜容常带不知愁，轻风团拢腰盈捻。"《园林好》："正遇了氤氲使者，快将我姻缘簿揭。他则说你两人深谢，喜名字并行列，该缘分这时合。"《月云高》："银鞍忙卸，春风逗马也。我只为消残渴，忍不住将琼浆借。谁望多情，把浆儿先待者。他一盏玄霜味，反惹得我心羹热。因此共把湘灵兰佩结，再指江湄盟誓设。"《江儿水》："看他腼腆纤腰，趑烛光引盼斜。雏莺羽弱惊寒怯，豆蔻含胎丁香结，新枝好办宽心折。须把美满工夫漫且。喜鸟道鸿沟恰方始，霞侵月泻。"《三段子》："交情正惬，恨巫云终归楚峡，欢歌正叶。衬花眠终为梦蝶。怎当他相逢预问何时别，别时又问来时节。且暮相期，犹哑声呜咽。"《皂罗袍》："非忍舍连宵欢爱，奈从来无不散筵设。杜鹃声饮泪成血，蜘蛛命尽丝难绝。披衣欲起，几番挨脱，把浑身摩遍，双弯紧折。捧住了粉腮腻脸相偎贴。"《节节高》："衾温衣冷怯，竟相撇，犹将袂口牢牢掣。神飞越把泪遮，心如裂。若道有泪非关别，必然不是伤心别。站看行箱促马装，一鞍载取愁盈辙。"《玉交枝》："离愁满辙，载回来消停受些。便时时消受，消不竭。按心头不住如跌，怕有人提起情更热，又怕无人提起心加切。提不提总肝肠寸结，提不提肝肠寸绝。"《玉抱肚》："肝肠寸绝，酒无灵，饭成哽噎。奈教人颠倒神魂，语言间半是差迭。离人对景总凄切，无焰疏灯多事月。"《嘉庆子》："分付儿童远睡些，分付床头紧闭些。怕痴魂不锁心机，怕痴魂不锁心机，向梦儿中适然漏泄。只落得梦难成，无漏泄。"《侥侥令》："两情相凑洽，搅做沅江月。不暗不明空中结，无底无边流怎绝。"《香柳娘》："信前冤宿业，信前冤宿业，把我心窝防设。片时不肯容人活，笑无明无夜，笑无明无夜。一团团两魂结，忙碌碌无休歇。

纵千般计法,纵千般计法,化水锯成屑,只在我膏肓住也。"《好姐姐》:
"无端柯头斗叶,伴悄悄疏钟到彻。沉沉墨墨,度过了无限劫。禅灯
灭,蒲团坐遣尘心绝。忽见他泣向神明先诉说。"《减字忆多娇》:"诉
我心意劣,把情爱割身外,功名直恁切。忍使一线柔肠,做了刚炼
铁。"《减字斗黑麻》:"我听说罢忙把栴檀碎蹑,听说罢再把楞严扯裂。
比似他情款款意怯怯,软玉温香也,认做如蛇似蝎。"《减字归朝欢》:
"从今后,从今后,把前程听者,恩爱河安心永涉。从今后,从今后,风
情罪业永无年,将牢笼摆脱。"《尾》:"管教我两人缘分环无缺,今宵重
整鸳鸯牒,待取来生还再也。"

陈　暎　桃

　　君宣先生《赠暎桃曲》,序云:"暎桃其小蒨也,故不能作丝萝,而
陈君则已心许。许不得遂,致有生死合离之故,所不忍闻,君不能自
言,而属词于予,赋十三曲,今录其九。"《香过满二》:"剪兰薰麝,眉梢
眼梢常带斜。满腹温存口禁嗻,酒杯斟满些,衣簑罩暖些。一时意转
切,引起我前冤业。"《梧桐树》:"一歌清唱阕,两度浓云合,分付从今
再休把衾儿叠。戏伸小指和他说,暎水桃枝,可肯秋兰缠佩结。他垂
头腼腆无回答,欲吐还吞,只把身躯扭捏。"《又》:"中心难自泄,暗里
深深谢,未必娘行恁地能贤哲。衷肠怎好和君说,说不愿丫头愿做官
人的侍妾。他坚牢望我情真切,岂想风波果应了他心料者。"《浣溪
沙》:"我意坚,他意决,正花开猛雨摧折。平阳水涌湘江阔,白地云封
蜀道绝。临到别,手捧着衫儿理衣褶,恨中情毕竟难说。"《刘泼帽》:
"他怎学得红线能飞脱,我堂堂男子柔怯,不能自作黄衫客。那时节,
管什么闲唇舌。"《秋夜月》:"不久死别,你死了番安贴,死去无知情都
撇。我身未死难收煞,你既是永诀,留一边怎活。"《东瓯令》:"孱弱
态,清俊颊,装不尽当初恩爱车。只郇风吹不乱垂肩发,直恁的丝丝
洁。至今丝丝把我心肠结,肠断了,意难绝。"《又》:"今生事,往世业,
可是前世根由今暂合。还是根由未了来生接,又补却今生缺。生前
犹自轻离别,还说甚,后生劫。"《金莲子》:"魂梦越,十年心事归鹨鸠。

空自向枕头边闷咽,怎能把泪窝中一珠儿弹去滴泉穴。"

官　酒　歌

宋南渡,钱唐有官酒库,清明前开煮,中秋前发卖,先期以鼓乐妓女迎酒穿街,观者如市。杨炎正有《钱唐官酒歌》云:"钱塘妓女颜如玉,一一红妆新结束。问渠结束意何为,八月皇都新酒熟。玛瑙瓮列浮蛆香,十三库中谁最强?临安大尹索酒尝,旧有故事须迎将。翠翘金凤乌云髻,雕鞍玉勒三千骑。金鞭争道万人看,香尘冉冉沙河市。琉璃杯深琥珀浓,新翻曲调声摩空。使君一笑赐金帛,今年酒赛真珠红。画楼兀突临官道,处处绣旗夸酒好。五陵年少事豪华,一斗十千谁复校。黄金垆下漫徜徉,何曾见此大堤娟。惜无颜公三十万,枉醉金钗十二行。"

刘　光　祖　词

刘光祖有《鹤林文集》,小辞附焉。其《醉落魄》云:"春风开者,一时还共春风谢。柳条送我今槐夏,不饮香醪,孤负人生也。　　曲塘泉细幽琴写,胡床滑簟应无价。日迟睡起帘钩挂。何不归与,花竹秀而野。"

赠　昭　华

黄鲁直大暑听王晋卿家姬昭华吹笛,赠以诗云:"蕲竹能吟水底龙,玉人应在月明中。何时为洗秋空热,散作霜天落叶风。"

题　目　牌　词

《拙庵杂组》载无名氏咏小考题目牌词,调寄《一剪梅》,大有思致。词曰:"高脚长身粉面妆,不为才郎,却为才郎。长长短短两三行,此已惊慌,彼亦惊慌。 摇摇摆摆下厅堂,才过西廊,又到东廊。遮遮掩掩倚檐旁,你也思量,我也思量。"

禽 虫 名

禽名山和尚,即山鹊也。滇中有虫名水秀才,杨升庵《鹧鸪天》云:"秋水澄清胜酒醅,野烟笼树似楼台。弹声林鸟山和尚,写字寒虫水秀才。 乘兴去,兴阑回。夕阳影里记徘徊。正思修禊明年约,无奈鸣驺得得催。"水秀才状似蚊而大,游泳水面,池中多有之。

铁 崖 小 史

《词苑丛谭》:林铁崖嗣环使君口吃,有小史名絮铁,尝共患难,绝怜爱之,不使轻见一人。一日宋观察琬在坐,呼之不至。观察戏为《西江月》词云:"阅尽古今侠女,肝肠谁得如他。儿家郎罢太心多,金屋何须重锁。 羞说余桃往事,怜卿勇过庞娥。千呼万唤出来么,君曰期期不可。"众皆大笑。

南 京 太 常

《紫桃轩杂缀》:南京百司事简,若太常则尤闲寂。先辈有为是卿者,终日醉眠坐啸而已。一日,传门柝甚急,询之,乃宣州入递公文,因春多风,园户诉所供太庙梨花被吹落尽,至秋恐难结实,求派他邑有司,故为申请也。因成一绝云:"印床高阁网尘沙,日听喧蜂两度衙。昨夜宣州文檄至,又嫌多事管梨花。"先辈风流亦可见矣。

戒 食 河 豚

倪鸿宝先生有"将无忠义事,不及食河豚"句。陆云士先生取此意而广之,作《离亭燕》词以戒人:"三月桃花春水,网撒江鲜初起。不使纤尘沾鼎俎,乳炙西施其美。下箸且徘徊,此事不如已矣。　昨日传闻西第,醉饱翻成涕泪。子孝臣忠千古事,只是难拼一死。口腹亦何为,竟肯轻生若此。"

杀　秦　桧

《极斋杂录》:吴中一富翁宴客,演《精忠记》,坐客某见秦桧出,不胜愤愤,起而捶打,中其要害而毙。举坐皆惊,某从容自若。众鸣之官,官怜其义,得从末减。后归,作诗曰:"卖国奸雄心胆寒,当场一见发冲冠。无端格杀秦花面,也为庸臣涤肺肝。"盖寓激浊扬清之意。周蓼洲先生打秦桧事见辛集四卷。

冶　容　诲　淫

《风俗记》云:"上有倩盼,下有金莲。乃女子之美质。"今则不然。时有诗云:"满面胭脂粉黛奇,飘飘两鬓拂纱衣。裙镶五采遮红裤,绰板脚跟着象棋。""貂鼠围头镶锦裯,袖口。妙常巾带下垂尻。寒回犹着新皮袄,只欠一双野雉毛。"所谓冶容诲淫,一至于此,有世道之责者,其可不思所以挽之乎?

差　致　仕

《明山录》:天禧中,孙集贤冕直史馆几三十年,晚年守苏,已及期年,大书诗于厅壁,拂衣而去。诏下,冕已归矣。诗曰:"人生七十鬼为邻,已觉风光属别人。莫待朝廷差致仕,早谋泉石乐闲真。去年河北曾逢李,今日淮西又见陈。寄语姑苏贤太守,也须抖擞老精神。"

题　席　舍

顾人月先生恒以高才有声黉序,久困场屋,牢骚不平之感,每见之篇章。崇祯壬午闱试毕，戏题席舍曰："八千科举尽元魁，吾亦随行挨进来。苦恼文章逐气答，囫囵题目没头猜。号房缺瓦常防漏，蜡烛钉签不住歪。我弟三官真造化，宗师竟不取遗才。"明日哄传白下，闻者绝倒。

词隐美女

　　吴郡周贞履_江多才思，有《闺情曲》，每句隐一古美女名。后缘事为抚军朱国治劾奏，与金圣叹等同死，其曲遂失传。沈秋田仿其体成《贺新郎》词云："静把丝桐理，_{琴操。}早则见、筠帘半卷，夜光双系。_{绿珠。}目断玉门凝望久，_{关盼盼。}独坐有谁相倚。_{无双。}想塞外、月明于水。_{夷光。}才到平明烟雾绕，_{朝云。}却东来、紫气氤氲起。_{步非烟。}花片舞，纷如绮。_{红拂。}　　空依女弟欢相聚，_{妹喜。}甘贫苦、绿芽凝翠，_{茶娇。}黄虀淡味。_{无盐。}闲倚刘郎花下听，_{倩桃。}两个黄鹂聒耳。_{莺莺。}总只在、垂杨树里。_{柳枝。}遥望吴门一蕞尔，_{苏小小。}念丰姿、似玉同娇女。_{如姬。}想檀郎，应相忆。_{念奴。}"

诗隐美女

　　毛序始美女灯谜："六宫娇面艳桃般，_{红儿。}吐蕚含葩妃子颜。_{花蕊夫人。}一曲春风谁属和，_{杜韦娘。}黄鹂柳外语间关。_{啭春莺。}""赤城女降馆娃宫，_{吴绛仙。}媚态朱颜总不同。_{娇红。}桃杏满园如布锦，_{红绡。}还输人面自然红。_{花不如。}"予亦效颦，漫成十绝："桃花烂熳遍河梁，_{张红桥。}玄鸟双飞绕画堂。_{燕燕。}对此春光宜解闷，_{莫愁。}开怀正欲饮千觞。_{解愁。}""艳阳三月物华饶，_{丽春。}掠水乌衣过小桥。_{飞燕。}崔护重来花已谢，_{桃叶。}只余春柳尚垂条。_{杨枝。}""扬子滩头南涧滨，_{江采蘋。}锦鳞游泳乐天真。_{鱼玄机。}河东波浪何偏急，_{薛涛。}无那狂飙似转轮。_{翩风。}""声名藉藉岂虚称，_{真真。}如玉丰姿非等恒。_{温超超。}万选果然应万中，_{钱钱。}门生衣钵递相承。_{李师师。}""一叶梧飘白帝临，_{谢素秋。}蟾宫丹粟胜南金。_{桂英。}衣篝火冷余兰麝，_{寒香。}更静惟闻秋夜砧。_{浣衣。}"

补集卷之五

题 艺 祖 像

《濯缨亭笔记》：赵子昂善书，有文名。元世祖闻而召见之，子昂丰姿如玉，照映左右，世祖心异之，以为非人臣之相，使脱冠，见其头尖锐，乃曰："不过一俊书生耳。"遂命书殿上春联。子昂题曰："九天阊阖开宫殿，万国衣冠拜冕旒。"又命书应门春联，题曰："日月光天德，山河壮帝居。"因出宋艺祖神像命之题赞，以观其志。子昂踟蹰良久，题曰："玉带绯袍色色新，一回展卷一伤神。江南江北新疆土，曾属当年旧主人。"世祖大喜。

玄 虚 子

政和徐贞一号玄虚子，能诗，过仙霞，关吏讶其异服，执讯之。贞一瞠目不语，羁之邮亭。迨夜，乘守者卧，出袖中笔墨书二绝于壁："一剑凌空海色秋，玉皇赐宴紫虚楼。醉来跨鹤须弥顶，指点培塿见十洲。""碧殿歌传阿滥堆，玉笙吹彻海桃开。仰天一啸江风发，笑接白云归去来。"题毕逸去。明晨盛传有仙人至关，走看壁上字者不绝于道。

姜 尧 章

姜尧章夔号白石道人，南渡名家，词极精妙，不减清真乐府。其《咏蟋蟀·齐天乐》词最胜："庾郎先自吟愁赋，凄凄更闻私语。露湿铜铺，苔侵石井，都是曾听伊处。哀音似诉，正思归无眠，起寻机杼。曲曲屏山，夜凉独自甚情绪？　　西窗又吹暗雨，为谁频断续，相和砧杵？候馆吟秋，离宫吊月，别有伤心无数。幽诗漫与，笑篱落呼灯，世间儿女。写入琴丝，一声声更苦。"

辛稼轩经语词

辛弃疾字幼安，言"人生在勤，当以力田为先"，故以稼名轩。稼轩善作词，常自咏稼轩集经语作《踏莎行》词云："进退存亡，行藏用舍，小人请学樊须稼。衡门之下可栖迟，日之夕矣牛羊下。　去卫灵公，遭桓司马，东西南北之人也。长沮桀溺耦而耕，丘何为是栖栖者？"

送 别 王 禹 偁

《翰山日记》：王禹偁谪黄州，苏易简知贡举，适放榜，易简奏曰："禹偁名儒，今将行，欲令榜下诸生送于效。"上可其奏。诸生郊别，元之谓状元孙何曰："为我致谢苏公。"因口占一绝云："纵行相送亦何荣，老鹤乘轩愧谷莺。三入承明不知举，看人门下放门生。"

僧 道 乞 诗

《子庵杂录》：有俗僧欲游鹅湖，以卷子遍求诸贵人赠诗。闽中曹能始学佺题一绝云："性内本无文字障，纵耽山水亦支离。我曾一宿鹅湖寺，峰顶禅师不要诗。"又万历初，有道士以诗卷索题于王弇州，其卷中已多翰苑诸公作。弇州题云："囊里牛腰诗卷粗，他年鹤背重还无？何如负局先生好，只挟真形五岳图。""牛腰"二字见李白诗集。

周 　 晋 　 仙

周晋仙名文璞，宋淳熙间人。义取郭璞，故字晋仙。能诗词，有《题酒家壁·浪淘沙》一词最佳："还了酒家钱，便好安眠。大槐宫里着貂蝉。行到江南知是梦,雪压渔船。　　盘薄古梅边,也是前缘。鹅黄雪白又醒然。一事最奇君记取,明日新年。"其词飘逸,似方外尘表。

烛　剪

元遗山载观州倅武伯英《烛剪》一联云:"啼残瘦玉兰心吐,蹴落春红燕尾香。"当时以为新奇。李君实先生谓上句无味,因改之曰:"吞残月魄蟆颐动,蹴落花须燕尾香。"已而又得句云:"朱樱颗坼金虫堕,绛树花残玉燕斜。"更觉缛丽。朱望子先生云:"啼残二句黄山谷诗,香字亦无谓。"因成一律云:"双股弯环合又张,周旋银烛助辉煌。频吞月影鱼腮动,时掠花须燕尾忙。剔垢顿增红玉彩,拂尘旋发绀珠光。若教借照无须用,除是吹藜太乙旁。"

义　燕

金安抚使田琢少从军塞外,所居有燕巢,人欲捕之,琢辄为保护。一日,燕飞止坐隅,略无惊畏,巧语移时不去。琢思明日秋社,燕当归矣,此殆话别耶?因作诗云:"几年塞外历崎危,谁道乌衣亦此飞。朝向芦汀知有为,暮投茅舍重相依。卿怜我处频迎语,我忆卿时不掩扉。明日西风悲鼓角,卿应先去我何归。"细书为蜡丸系燕足。后八年,琢为潞州判官,有燕飞来公廨,绕户而翔,止于砚屏。琢缔视之,即前燕也,蜡丸尚在。遂绘图作序,一时名人皆有诗歌。

魏坛女真

《复斋漫录》:临川城南一里有观曰魏坛,盖魏夫人经游之地,具颜鲁公诸碑,以故女真嗣续不绝,而守戒者亦鲜。洪觉范赠一女真《西江月》词云:"十指嫩抽春笋,纤纤玉软红柔。人前欲展强娇羞,微露云衣电袖。　最好洞天春晚,《黄庭》卷罢清幽。凡心无计奈闲愁,试撚花枝频嗅。"

唐 六 如 词

唐六如有《黄莺儿》云:"细雨湿蔷薇。画梁间,燕子归。春愁如海深无底,天涯马蹄,孤灯翠眉。马前芳草灯前泪,梦魂飞,云山万里,不辨路东西。""风雨送春归。鸟空鸣,花乱飞。青苔满院朱门闭,灯昏翠帏,愁攒黛眉。伶俜形影汪浪泪,惜芳菲,登楼试望,草绿遍天涯。"

祝 枝 山 词

祝枝山有《幽期赋·皂罗袍》云:"为想鸾交凤友,趁残灯淡月,悄地绸缪。一团娇颤忒风流,惊忙错过佳期候。莺慵燕懒,春光怎留?蜂嫌蝶妒,空担闷忧。欢情不比相思久。"

凌 彦 翀 词

凌彦翀《蝶恋花》词:"一色杏花三百树,茆屋无多,更在花深处。旋压小槽留客住,举杯忽听黄鹂语。　醉眼看花花亦舞,风妒残红,飞过邻墙去。恰似牧童遥指处,清明时节纷纷雨。"辞格清逸,不让宋元名家。

邮 亭 图

明初唐肃题陶穀《邮亭图》云:"紫凤檀槽绿发娟,玉堂见惯可寻常。作歌未必肠能断,明日听歌更断肠。"孙惟和有《题秦弱兰》一首云:"莫笑邮亭一夜春,此身原已落风尘。韩家亦有如花女,枕畔衣裳着向人。"此诗足为陶学士解嘲。

陆 放 翁 词

陆放翁词纤丽处似少游,雄壮处似东坡。《感旧·鹊桥仙》云:"华灯纵博,雕鞍驰射,谁记当年豪举。酒徒一半取封侯,独去作江边渔父。　轻舟八尺,低篷三扇,占断蘋洲烟雨。镜湖元自属闲人,又何必官家赐与?"

补 天 穿

宋以前以正月二十三日为天穿节,相传女娲氏以是日补天。俗以煎饼置屋上,名曰补天穿。葛鲁卿有《蓦山溪》一阕,咏天穿节郊射也,词不甚工,引以证其事云:"春风野外,卵色天如水。鱼戏舞绡纹,似出听、新声北里。追风骏足,千骑卷高门,一箭过,万人呼,燕落寒空里。　天穿过了,此日名穿地。横石俯清波,竞追随、新年乐事。谁怜老子,使得纵遨游,争捧手,无凭肩,夹路游人醉。"卵色天用唐诗"残霞蹙水鱼鳞浪,薄日烘云卵色天"之句。东坡诗亦云:"笑把鸱夷一杯酒,相逢卵色五湖天。"后人改为柳色,非。又《花间词》"一方卵色楚南天",注以卵为泖,亦非。卵色天,盖谓天青似卵色也。

扑 蝴 蝶 词

《苕溪渔隐》载《扑蝴蝶》一词,不知谁作,非第藻丽可喜,其腔调亦自婉美。词云:"烟条雨叶,绿遍江南岸。思归倦客,寻芳来较晚。岫边红日初斜,陌上花飞正满。凄凉数声羌管。　怨春短,玉人应在,明月楼中画眉懒。蛮笺锦字,多少鱼雁断。恨随去水东流,事与行云共远。罗衾旧香犹暖。"按《扑蝴蝶》正格,后段"怨春短"下该上四下五,今比前调多二字,又一体也。或作上六字下三字,误。

银　蒜

欧阳永叔仿《玉台》体诗："银蒜押帘宛地垂。"苏东坡《哨遍》词："睡起画堂,银蒜珠幕云垂地。"蒋捷《白纻词》："早是东风作恶,旋安排一双银蒜镇罗幕。"银蒜盖铸银为蒜形,以押帘也。宋元亲王纳妃、公主下降,皆有银蒜帘押数百双。

马　浩　澜

仁和马浩澜洪号鹤窗,善诗吟而词调尤工。《九日·金菊对芙蓉》云："过雁行低,鸣蛩韵急,纷纷月下亭皋。向霜庭看菊,飙馆题糕。依然宾主东南美,胜龙山、迢递登高。绣屏孔雀,金盘螃蟹,银瓮葡萄。痛饮鲸卷波涛。笑百年春梦,万事秋毫。问台前戏马,海上连鳌。当时二子今安在,乾坤大、容我粗豪。四弦裂帛,双鬟舞雪,左手持螯。"又《题许东溟小景·昭君怨》云："路远危峰斜照,瘦马风尘衣帽。此去向萧关,向长安。　　便坐紫薇花底,只是黄粱梦里。三径易生苔,早归来。"

詹　天　游

詹天游以艳词得名,其《送童瓮天兵后归杭·齐天乐》云："相逢唤醒金华梦,吴尘暗斑吟发。倚担评花,认旗沽酒,历历行歌奇迹。吹香弄碧,有坡柳风情,逋梅月色。画鼓江船,满湖春水断桥客。　　当时何限怪侣,甚花天月地,人被云隔。却载苍烟,□招白鹭,一醉修江又别。今回记得,再折柳穿鱼,赏梅催雪。如此湖山,忍教人更说。"此伯颜破杭州之后也。其词全无黍离之感,桑梓之悲,而止以游乐,言上下偷安,不亡何待?

靺　鞨

靺鞨,国名,古肃慎地,产宝石大如巨栗,中国谓之靺鞨。文与可

《朱樱歌》有"翡翠一盘红靺鞨"句，葛鲁卿《西江月》词："靺鞨斜红带柳，琉璃涨绿平桥。人间花月正新妖，不数江南苏小。　恨寄飞花簌簌，情随流水迢迢。鲤鱼风送木兰桡，回棹荒鸡报晓。"诗词中靺鞨事甚多，人罕知者，故录之。

李　师　师

李师师，汴京名妓，徽宗微行幸之，见《宣和遗事》。《瓮天脞语》：宋江潜至李师师家，题《念奴娇》词于壁云："天南地北，问乾坤、何处可容狂客？借得山东烟水寨，来买凤城春色。翠袖围香，鲛绡笼玉，一笑千金值。神仙体态，薄幸如何销得。　回想芦叶滩头，蓼花汀畔，皓月空凝碧。六六雁行连八九，只待金鸡消息。义胆包天，忠肝盖地，四海无人识。闲愁万种，醉乡一夜头白。"小词盛于宋，而剧贼亦工章句如此。

词　集　怨　事

宋蔡光工于词，靖康中陷金庭，辛幼安以诗词谒之，蔡曰："子之诗则未也，他日当以词名家。"稼轩归宋，晚年词笔尤高。尝集怨事作《贺新郎》云："绿树听鹈鴃，更那堪、杜鹃声住，鹧鸪声切。啼到春归无啼处，苦恨芳菲都歇。算未抵人间离别。马上琵琶关塞黑，更长门、翠辇辞金阙。看燕燕，送归妾。　将军百战身名裂，向河梁、回头万里，故人长绝。易水萧萧西风冷，满座衣冠似雪，正壮士悲歌未彻。啼鸟还知如此恨，料不啼清泪空啼血。谁伴我，醉明月。"

白　玉　蟾　词

白玉蟾《武昌怀古·念奴娇》词："汉江北泻，下长淮洗尽胸中今古。楼橹横波征雁远，谁见鱼龙夜舞。鹦鹉洲云，凤凰池月，付与沙头鹭。功名何处，年年惟见春暮。　非不豪似周瑜，凶如黄祖，亦随秋风度。

野草闲花无限数,渺在西山南浦。黄鹤楼人,赤乌年事,江汉庭前路。浮萍无据,水天几度朝暮。"词亦雄壮,但两住句皆叶暮字似误。

等 身 金

张子野《归朝欢》词云:"声转辘轳闻露井,晓汲银瓶牵素绠。西园人语夜来风,丛英飘坠红成径。宝猊烟未冷,莲台香烛残痕凝。音佞等身金,谁能得意,买此好光景。 粉落轻妆红玉莹,月枕横钗云坠领。有情无物不双栖,文禽只合长交颈。昼夜欢岂定,争如翻做春宵永。日瞳昽,娇柔懒起,帘押卷花影。""等身金"三字甚新,本《贾黄中传》:贾黄中幼日聪悟过人,父取书与其身相等,令诵之,谓之等身书。

乌 衣 女 子

宋绍兴中,杭都酒肆有道人携乌衣椎髻女子买斗酒独饮,女子歌曰:"朝元路,朝元路,同驾玉华君。千岁载花红一色,人间遥指是祥云。回望海光新。"二叠云:"东风起,东风起,海上百花摇。十八风鬟云欲动,飞花和雨着轻绡。归路碧迢迢。"三叠云:"帘漠漠,帘漠漠,天淡一帘秋。自洗玉舟斟白酒,月华微映是空舟。歌罢海西流。"或疑歌词非人世语,记之以问一道士,道士曰:"此赤城韩夫人作《法驾道引》也,乌衣女子盖龙云。"

坊 曲

唐制:妓女所居曰坊曲。《北里志》有南曲、北曲,如明两京之南院、北院也。宋陈敬叟词"窈窕青门紫曲",周美成词"小曲幽坊月暗",又"暗暗坊曲人家"。《草堂诗余》改作坊陌,非也。谢皋羽《天地间集》载孟缜一作鲠,一作鲤。《南京》诗云:"愔愔坊曲傍深春,活活河流过雨浑。花鸟几时充贡赋,牛羊今日上丘原。犹传柳七工词翰,不见朱三有子孙。我亦前生梁楚士,独持心事过夷门。"

毛 烈 妇 绣 帽

　　毛鹤舫先生女名孟，年十三，制绣帽遗柴夫人静仪，以覆儿童顶。许字方奕昭，暨年十七，随先生于浚仪宦邸。方子从京师来就婚，时患脾疾已剧，结缡甫三日而方子殁。烈妇以三朝新妇称未亡人，坠楼不死，绝粒十有九日而卒。柴夫人临终以绣帽嘱冢妇朱少君柔则曰："当藏之箧笥，以垂永久。"康熙己卯春，少君发笥见帽，作七言绝志感，闺秀递相传玩，以为烈妇手泽，相与唱和成帙。朱柔则_{顺成}诗："烈妇从夫向九泉，因看遗绣一潜然。相逢记得持相赠，藏在香奁二十年。"王元礼_{礼持}："一段幽贞丽管彤，针神还与薛娘同。开奁忽堕思君泪，滴向当年手泽中。"严怀熊_{芷莞}："深闺昔日赠罗巾，绣出名花不染尘。箧笥频开香未绝，至今犹忆堕楼人。"吴湘_{婉罗}："花罗半幅抵千金，持赠犹怜一片心。莫遣尔翁睹遗绣，白头悲汝恐难禁。"予得之钱唐友人。辛巳夏，先生过予斋，见之不禁泣数行下。

陈 敬 叟 词

　　陈敬叟_{以庄}号月溪，有《水龙吟》词："晚来江阔潮平，越船吴榜催人去。稽山滴翠，胥涛溅恨，一襟离绪。访柳章台，问桃仙囿，物华如故。向秋娘渡口，泰娘桥畔，依稀是、相逢处。　　窈窕青门紫曲，旧罗衣新番金缕。仙音恍记，轻摆慢撚，哀弦危柱。金屋难成，阿娇已远，不堪春暮。听一声杜宇，红殷丝老，雨花风絮。"自注："记钱塘之恨。"盖谢太后随元人北去事也。时太后年七十余，故有金屋阿娇不堪春暮之句。惜其不能死难，有愧于苻登之毛氏、窦建德之曹氏多矣。

郝 仙 女 庙 词

　　杨升庵《词品》：博陵有郝仙女庙。仙女魏青龙中人，年及笄，姿色姝丽,采蘋水中,苍烟白雾,俄失所在。其母哀泣水滨,愿求一见。良久,异香袭人,隐约于波渚间,曰:"儿以灵契,托迹绡宫,主是水府。世缘已断,毋用悲悒,而今而后,使乡社田蚕岁,宜有感而通,乃为吾验。"后人立庙,有题《喜迁莺》词于壁云:"汀洲蘋满,记翠笼采采,相将邻媛。苍渚烟生,金芰光烂,人在雾绡鲛馆。小鬟顿成云散,罗袜凌波不见。翠鸾远,但清溪如镜,野花留靥音琰。 情睐。惊变现,身后神功,缘就吴蚕茧。汉女菱歌,湘妃瑶瑟,春动倚云层殿。彤车载花一色,醉尽碧桃清宴。故山晚,叹流年一笑,人间飞电。"

马晋述怀词

扶风马晋字孟昭,作词述怀,调寄《满庭芳》:"雪点疏髯,霜侵衰鬓,去年犹胜今年。一回老矣,堪叹又堪怜。思昔青春美景,无非是月下花前。谁知道,金章紫绶,多少事忧煎。 侵晨,骑马出,风初暴横,雨又凄然。想山翁野叟,正尔高眠。更有红尘赤日,也不到、松下林边。如何好,吴淞江上,闲了钓渔船。"

邓千江望海潮

金人乐府称邓千江《望海潮》词为第一:"云雷天堑,金汤地险,名藩自古皋兰。营屯绣错,山形米聚,喉襟百二秦关。鏖战血犹殷,见阵云冷落,时有雕盘。静塞楼头,晓月依旧玉弓弯。 看看,定远西还,有元戎阃命,上将斋坛。区脱昼空,兜零夕举,甘泉又报平安。吹笛虎牙闲,且宴陪珠履,歌按云鬟。来召英灵,醉魂长绕贺兰山。"

泥 詋 妮

《升庵词品》:俗谓柔言索物曰泥,乃计切,谚所谓软缠也。杜子美诗:"忽忽穷愁泥杀人。"元微之《忆内》诗:"顾我无衣搜画匣,泥他沽酒拔金钗。"杜牧之《登九华楼》诗:"为郡异乡徒泥酒。"皇甫枚《非烟传》诗："郎心应似琴心怨,脉脉春情更泥谁?"杨乘诗："昼泥琴声夜泥书。"元邓文原赠妓诗："银灯影里泥人娇。"柳耆卿词："泥欢邀宠最难禁。"字又作䛏。《花间集》顾复词："黄莺娇转䛏芳妍。"又："记得䛏人微敛黛。"字又作妮。王通叟词："十三妮子绿窗中。"今山东目婢曰小妮子,其语亦古矣。

送陈退翁词

张功甫镃善填词,尝即席作《贺新郎》送陈退翁分教衡湘云："桂隐传杯处,有风流、千岩胜韵,太丘遗谱。玉季金昆霄汉侣,平步鸾坡挥麈。莫便驾风帆烟渚,云动精神衡岳去,向君山、帝野锵韶濩。兰艺畹,吊湘楚。　南湖老矣无襟度,但尊前、踉跄醉饮,帽花颠仆。只恐清时专文教,犹贷阴山狂虏。卧玉帐貔貅钲鼓。忠烈前勋赍万恨,望神都魏阙奔狐兔。呼翠袖,为君舞。"

西 湖 送 春

梁贡父曾,燕京人,大德初为杭州路总管。政事文学,皆有可观。西湖送春作《木兰花慢》词："问花花不语,为谁落,为谁开。算春色三分,半随流水,半入尘埃。人生能几欢笑,但相逢,尊酒莫相推。千古幕天席地,一春翠绕珠围。　彩云回首暗高台,烟树渺吟怀。拼一醉留春,留春不住,醉里春归。西楼半帘斜日,怪衔春、燕子却飞来。一枕青楼好梦,又教风雨惊回。"

酒 歌

明初徐州李冠仿卢仝《茶歌》作《酒歌》云："蓬壶影里啼青鸟,梦觉华胥春已晓。吴姬携酒叩我门,连声大叫惊邻媪。口传达官不敢名,开封嫩碧光银罂。呼儿不用借盘盏,巨碗亦足张吾兵。一碗入灵府,浑如枯槁获甘雨。二碗和风生,辙鲋得水鳞鳍轻。三碗肝肠热,扫却阴山万斛雪。四碗新诗成,挥毫落纸天机鸣。五碗叱穷鬼,成我佳名令人毁。六碗头颅偏,轰雷不觉声连天。七碗玉山倒,枕卧晴霞籍烟草。醒来好恶不自知,宁能更为苍生恼。苍生四海非不多,圣明治化极中和。矧今鼎鼐付房魏,燮理阴阳无偏颇。吾当衔杯偃仰卧蓬草,解衣鼓腹尧民歌。"

酒 橄

李俊民字用章,金承安五年状元,寻弃职还山,作《酒橄》云:"人生贵在意适,我辈况复情钟。念乐事之难兼,须同欲之相济。山堂主人作真率会,斗见在身。掉船寻贺老于稽山,赍具邀渊明于栗里。盗瓮而饮者醉,指瓶而索者尝。伶妇无言,宋犬不吠。乃有忘形尔汝,痛读《离骚》,了一生于蟹螯,视二豪如裸赢。以其无公田而种秫,故不待酉岁而乞浆。莫谓宁逢恶宾,亦可便称名士。独不与李将军为地方,且共汪谘议论兵徒。使汝阳涎流,想见子幼耳热。醒犹未解,酿可速倾。得到夫齐,请鉴青州之事;或薄如鲁,未免邯郸之围。惠而不伤,吝则有悔。"

成 语

冯大夫惧内,其夫人宋氏也。人或诮之曰:"无若宋人然。"冯即应声曰:"是为冯妇也。"

上 皇 赏 雪

宋淳熙八年正月二日,奉太上于凌虚阁排当。午后大雪,正是腊前,太上甚喜,谓官家云:"今年正欠些雪,可谓及时,却甚好。但恐长安有贫者。"上奏云:"已令有司比去岁倍数支散。"太上亦命提举官于本宫支犒如数,命近侍进酒宫里上寿。近臣献词云:"紫皇高宴,琼台双成,戏击璃苞碎。何人为把银河水,剪甲兵都洗。玉样乾坤,八荒同色，了无尘翳。喜冰消太液，暖融鸧鹊。　　端门晓班初退。圣主忧民深意，转鸿钧满天和气。太平有象，三宫二圣，万年千岁。双玉杯深，五云楼迥，不妨频醉。看来不似飞花，片片是丰年瑞。"太上大喜，尽醉，赐赍有加。

绿　菜　赞

《眉山志》史琰字炎玉，好学娴文。州刺史张闿聘为冢子祺之配。祺亦有才，与炎玉唱酬成集，题曰"和鸣"。黄山谷与张闿有内亲，来访之，炎玉致书，尝缄绿菜以赠。山谷为之赞曰："蔡蒙之下，彼江一曲。有茹生之，可以为蔌。蛙蟆之衣，采采盈掬。芼以辛醶，宜酒宜饯。在吴则紫，在蜀则绿。其臭味同，远故不录。颂我旨蓄，史君炎玉。"

朱　希　真

《陆放翁集》：朱希真居嘉禾，尝有朋侪诣之，闻笛声自烟波间起，问之，曰："此先生吹笛声也。"顷之掉小舟而至，则与俱归。室中悬琴筑阮咸之类，平日所留意者，檐间畜珍禽，皆目所未睹。篮缶置果实脯醢，客至挑取以奉客。其诗云："青罗包髻白行缠，不是凡人不是仙。家在洛阳城里住，卧吹铁笛过伊川。"可想见其风致也。

祭花园土神

宋孝宗植一松于苑，特以牲醴祭花园土神。文曰："神有百职，职各不同。典守草木，土祀是供。我游湖园，乃获奇松。植之禁苑，百态千容。婆娑偃盖，夭矫腾龙。翠色凝露，清音舞风。醉吟闲适，予情所钟。壅培封植，久或力穷。鸟乌外扰，蚁蠹内攻。神其勤绝，勿使有终。精邪窃据，盗斧适逢。神其呵逐，勿使遗踪。常令劲质，坐阅隆冬。坚逾五柳，弱异双桐。历年万禩，郁郁葱葱。牲牢旨酒，嗣录汝功。"

康 伯 可 词

康伯可《冬景》词调寄《满庭芳》:"霜幕风帘,闲斋小户,素蟾初上雕笼。玉杯醽醁,还与可人同。古鼎沉烟篆细,玉笋破、橙橘香浓。梳妆懒,脂轻粉薄,约略淡眉峰。　清新,歌几许,低随慢唱,笑语相供。道文书针线,今夜休攻。莫厌兰膏更继,明朝又、纷冗匆匆。酩酊也,冠儿未卸,先把被儿烘。"

北 客 诗

崖州之败,北客咏诗云:"当日陈桥驿里时,欺他寡妇与孤儿。谁知三百余年后,寡妇孤儿亦被欺。"又咏汴城青城云:"万里风霜空绿树,百年兴废又青城。"盖元之灭金亦聚其诸王于青城而杀之。

千 眼 观 音

《楮记室》:宋孝宗击球马偶伤一目,金人遣使来庆寿,以千手千眼白玉观音为寿,盖寓相谑之意。孝宗命迎入径山,邀使者同往。及寺门,住持僧说偈云:"一手动时千手动,一眼观时千眼观。幸得太平无一事,何须做得许多般?"使者闻之大惭。

蒋 氏 嗜 酒

《倦游录》:陆龟蒙妻蒋氏,善属文,性嗜酒。姊妹劝节饮强食,蒋应声曰:"平生偏好饮,劳尔劝吾餐。但得尊中满,时光度不难。"僧知业有诗名,与鲁望善。一日访陆谈玄,蒋使婢奉酒,知业云:"受戒不饮。"蒋隔帘谓曰:"上人诗云:'接岸桥通何处路,倚楼人是阿谁家。'观此风韵,得不饮乎?"知业惭而退。

下　榻

陈蕃为乐安太守,郡人周璆,高洁士也,前后郡守招之不至,惟蕃能致之。为置一榻,去则悬之。今人止用徐孺子事,而鲜及周璆。明闽中王郡丞鑛有诗云:"南州只说徐高士,能使陈蕃下榻时。北海更怜周隐者,不将悬榻使人知。"

打　马　赋

赵明诚幼时昼寝,梦诵一诗,觉忆三句云:"言与司合,安上已脱,芝芙草拔。"以告其父。父解曰:"汝殆得能文之妇矣。'言与司合'是词字,'安上已脱'乃女字,'芝芙草拔'则之夫两字。非谓汝为词女之夫耶?"果得李易安为妇,文辞粲著焉。易安作《打马赋》,中云:"齐驱骥骤,疑穆玉万里之游;间列玄黄,类杨氏五家之队。珊珊珮响,方惊玉镫之敲;落落星罗,忽见连钱之碎。或出入用奇,有似昆阳之战;或优游仗义,正如涿鹿之师。且夫丘陵云远,白云在天。心存恋豆,志在着鞭。止蹄黄叶,何异金钱。故绕床大叫,五木皆卢;沥酒一呼,六子尽赤。平生不负,遂成剑阁之功;别墅未输,已破淮淝之贼。今日岂无元子,明时不乏谢安。何必效陶长沙博局之投,正当师袁彦道布帽之掷也。"

红　芭　蕉　赋

韩致光渥《红芭蕉赋》中佳句云:"鹤顶尽侔,鸡冠讵拟。赵飞燕裙间一点,愿同白玉唾壶;邓夫人额上微殷,却赖水晶如意。鸳舌无端,妒含桃而未咽;猩唇易染,酌浮蚁以难醒。大凡物之尤者必移人,人之丽者必动物。僧虔蜡一作蜜。炬,烁柱栋以何藏;潘岳金钗,蔽绣纬而不隔。天穿地巧,几人语绝色难逢;万古千秋,惟我绻红英不尽。"

黄蜀葵赋

韩致光《黄蜀葵赋》有云:"萼绿华未见杨羲,冠簪披骏;杜兰香喜逢张硕,巾帔飘扬。动人妖冶,馥鼻生香。十里鹄雏,浪得名于太液;三秋菊蕊,虚长价于柴桑。送日微困,迎风待翔。蝶翅堪憎,蜂须可妒。懊恨张京兆,惟将桂炷沾眉;怅望齐东昏,却把金莲衬步。骚人易老,绝色多愁。映叶似擎歌扇,偎兰若坠妆楼。扳条立处,林鸟应笑于后栖;敧枕看时,梁燕或闻乎长叹。"

孟昌《黄蜀葵》诗有"檀点佳人喷异香"句。

砂挼子

陈藏器《本草》云:砂挼子生砂石中,形如大豆,背有刺,能倒行,旋干土为孔,常睡不动。生取之置枕,令夫妻相悦。汤若士《武陵春梦》诗云:"细语春情惜夜红,妨人眠睡五更风。明朝翡翠洲前立,拾取砂挼置枕中。"

一作砂俘,蜀人号曰俘郁。

草熏

佛经云:奇草芳花能逆风闻熏。江淹《别赋》:"闺中风暖,陌上草熏。"正用佛经语。欧阳公词"草熏风暖摇征辔",本此。《草堂词》改熏作芳,盖未见《文选》者也。

花案

顺治丙申秋,云间沈某来吴,欲定花案。与下堡金又文重华致两郡名姝五十余人,选虎丘梅花楼为花场,品定高下。以朱云为状元,钱端为榜眼,余华为探花,某某等为二十八宿。彩旗锦幰,自胥门迎至虎丘。画舫兰桡,倾城游宴。直指李公_{森先}闻而究治,沈某责放,又文枷责游示六门,示许被害告理。下堡有严五于鼎革时取又文饷,已而又文告官,置严五于狱。严妻顾氏因赴诉刿于直指前,李公杖毙又文于狱而释严。松陵徐崧《花场即事》诗云:"自是云岩色界天,绮罗箫鼓日纷然。骚人竞欲题红药,冶女私曾寄白莲。似欲酒浇歌舞地,何如粉饰太平年。无端一夜西风起,叶落枝头最可怜。"

峨 眉 佛 现

峨眉山,蜀胜景也。山积雪六月不消,游者必夏秋之交,虽盛暑必挟犷以登。山有石能作五色光,又时有佛光现。将现,有鸟名佛现者连呼佛现,光随声而出。杨升庵有诗云:"佛现,佛现,鸟语易随人意变。山川发精灵,草木呈葱蒨。佛现,佛现。"

陈 宪 副 梦

朱秉器《漫纪》:隆庆中,广东海南宪副慈溪陈茂礼,一夕梦三老人须眉粲白,迎之为仙。陈曰:"我官也,何能为仙?"老人诵诗云:"梦回残角银河晓,四顾青山独有君。"次日,上官至一公廨憩息,见乔松三株,恍然与语,曰:"昨者三老,毋乃即此乎?"顾壁有诗云:"霜姿雪调冰壶客,也来候馆看行云。"因思梦中二句,援笔续之,命驾归。是夕遂卒。

师 苦 万 状

《翰山日记》:今人好为人师,为这碗饭可安佚吃。殊不知先生之饭最难吃。一塾师作诗云:"晨兴最苦无汤漱,日向中时始食糜。检点肌肠传句读,撑持渴吻讲文辞。鱼虾淡薄难供饭,腐菜温暾易泄脾。怪杀更深监夜课,自辰至亥坐如尸。"文虽俚,句句是阅历过来语,可补《砚田诗笑》之所未备。

焚 书 自 遣

毛序始于康熙庚辰夏日，为邻人不戒于火，室庐被焚，其平时所藏书籍俱成煨烬。因作《临江仙》词自叹云："数本残书何足忌，祝融忽学秦皇。一朝一炬尽消亡。岂能重购索，空自费思量。　　焚砚虽然常发愤，并书焚去堪伤。从今遣闷更无方。将何来下酒，一斗竟荒唐。"

诗 赠 博 徒

《谭辂》：吴中有张姓者，别号心石，博徒也。年六十，客征诗寿之。张伯起戏赠一绝云："博望闻孙隐博徒，不须对酒亦呼卢。今朝石上称觞处，试问添筹事有无？"谑而不虐，为可述也。

括 兵 作 诗

朱滔括兵，不择士族，悉令赴军，自阅于球场。有士子容止可观，进趋端雅，滔问何业，曰："学为诗。"问有妻否，曰："有。"即令作寄内诗，援笔立成。云："握笔题诗易，荷戈征戍难。惯从鸳被暖，怯向雁门寒。瘦尽宽衣带，啼多渍枕檀。试留青黛在，回日画眉看。"又令代妻作诗答，曰："蓬鬓荆钗世所稀，布裙犹是嫁时衣。胡麻好种无人种，合是归时底不归。"一作葛鸦儿诗，见初集。滔遗以束帛放归。

女 学 士

明沈琼莲字莹中，乌程人，相传沈万山之后，有廷礼父子者，仕于朝，莹中因通籍掖廷，尝试《守宫论》，其发端云："甚矣，秦之无道也，宫岂必守哉！"孝庙悦，擢居第一，给事宫中，为女学士，教诸妃嫔。弟溥以贡仕至别驾，莹中寄溥诗云："一自承恩入帝畿，难将寸草答春晖。朝随凤辇趋青锁，夕捧鸾书入紫薇。银烛烧残空有梦，玉钗敲断未成归。年来望汝登云路，同补山龙上衮衣。"有相勉励之意。吴兴人皆呼为女阁老，所传宫体诸诗，婕好、花蕊不足多让。《碧里杂存》作周溥，殆误。

人 面 桃 花

唐博陵崔护初举进士不第，清明独游都城南，得村居，花木丛萃。叩门久之，有女子自门隙窥而问之，护以姓字对，曰："寻春独行，酒渴求饮。"女子以杯水至，启关设床命坐，独倚小桃斜柯伫立，而意属殊厚。护以言挑之，不对。护怏怏辞去，送至门，如不胜情而入。后绝不复至。及来岁清明，护忽思及，往寻之，而寂然无人，门已扃锁矣。因题诗左扉云："去年今日此门中，人面桃花相映红。人面只今_{一作不}知何处去，桃花依旧笑春风。"后数日复往，闻内有哭声，叩门问之，有老父出曰："君非崔护耶？吾女自去年清明后，恍惚如有所失。比日与之出，到墓上祭扫，归见左扉诗，读之遂病而死。"言毕大恸。崔请入哭之，老翁许焉。因入内，见女尚未敛，护举其首枕于股，哭而祝曰："护在斯，护在斯。"须臾目开，半日复活。老父大喜，以女归之。

斗 鸡 檄

盖闻昴日著名于列宿，允为阳德之所钟；登天垂象于中孚，实惟翰音之是取。历晦明而喔喔，大能醒我梦魂；遇风雨而喈喈，最足增人情思。处宗窗下，乐与纵谈，祖逖床前，时为起舞。肖其形以为帻，王朝有报晓之人；饰其状以作冠，圣门称好勇之士。秦关早唱，庆公子之安全；齐境长鸣，羡群黎之生聚。决疑则荐诸卜，颁赦则设于竿。附刘安之宅以上升，遂成仙种；从宋卿之窠而下视，常伴小儿。惟尔德禽，固非凡畜。文顶武足，五德见推于田饶；雌霸雄王，二宝呈祥于秦穆。迈种首云祝祝，化身更号朱朱。苍蝇恶得混其声，蟋蟀安能窃其号。既连飞之有势，何断尾之足虞。体介距金，邀荣已极；翼舒爪奋，赴斗奚辞。乃饮啄顿起戎心，而坶桀隐若敌国。两雄不堪并立，一息何敢自安。养威于栖止之时，发愤在呼号之际。望之若木，忽然趾举而志扬；应之如神，不觉尻高而首下。于村于店，见异己者即攻；为鹳为鹅，与同类者争胜。爰资枭勇，率遏鸥张。纵众寡各分，誓无毛之不拔；即强弱互异，信有喙之独长。昂首而来，绝胜鹤立；鼓翅以往，亦类鹏抟。搏击所施，可即用充公膳；剪除略尽，宁犹容彼盗啼。岂必命付庖厨，不啻魂飞汤火。羽书捷至，惊闻鹅鸭之声；血战功成，快睹鹰鹯之逐。于焉锡之鸡幛，甘为其口而不羞；行且树乃鸡碑，将味其肋而无弃。倘违鸡塞之令，立正鸡坊之刑。牝晨而索家者有诛，不复同于彘畜；雌伏而败类者必杀，定当割以牛刀。此檄。

补集卷之六

灯　　谜

　　癸未仲春十日，圣驾南巡，彩幔盈衢，花灯夹道。曾见灯谜二首，一隐泥美人，一隐雪罗汉，亦有思致，附录于左："谁倩芳尘作丽妆，鞋弓犹画两鸳鸯。心多块垒因无语，身恐颠危易断肠。秋水含将蚁垤润，春山留得燕巢香。相逢莫讶频相唤，可是卿卿旧姓黄。""色相空时觉洒然，知君降自大罗天。笑他尘网真成碍，坐到冰消即是禅。不敢趋炎情默默，何妨守冷腹便便。想伊也惧春心动，早已消融在腊前。"

春　风　世　情

　　"芳草含烟暖更青，闲门要路一时生。年年检点人间世，惟有春风不世情。"此晚唐罗邺诗也。王丹麓先生暐有《春风》诗云："闻说长安花满城，看花但觉马蹄轻。多愁不为予吹去，堪笑春风亦世情。"世情至此，可为三叹。丹麓又有《九日阴雨有感》诗云："薄寒细雨怯登临，羞对黄花白发侵。漫说人情多反覆，重阳也自变重阴。"重阴谓浓阴也，东坡诗"积雾开重阴"。

陆　云　士　词

　　康熙己卯季秋望前一日，恕儿得毂孙弥月，为汤饼之会。适钱塘陆云士先生过访留饮，因赠予《黄金缕》词云："青麟绂彩诚堪重，释迦孔子同相送。称庆奏清讴，当如孙仲谋。是日演《锦绣图》。　　书香应继武，博雅还如祖。胜祖更如何？髫年佩玉珂。"犹忆丙午孟秋，予得恕男,蒙陆起顽、郑桐庵、沈伯叙诸先辈皆有赠词,惜皆遗失,不复记忆矣。

弈棋度日

凡人无所事事,便思着棋。偶然则可,久恋则不可。郭登咏弈棋云:"怕死贪生错认真,运筹多少费精神。看来总是争闲气,笑杀旁观袖手人。""失势休嗟得势歌,当场变态几争多。旁观半日头先白,莫怪深山易烂柯。"人生要紧之事甚多,而或以此虚度光阴,大为可叹。然使定襄生于今日,见匝地皆由我者,俗谓之游河。其扼腕又当何如也。

崇安别司壁诗

如皋冒汝九先生梦龄《呓语》载:崇祯戊辰十月,余儿起宗奉使入闽,宿崇安别司,见壁上题诗云:"五月天气佳,山行不厌远。他年抱子还,彩舆入何馆。"旁注云:"丙寅仲夏,携侍儿四五辈赴任岭南,宿此馆中,漫题鄙句。四明邬氏书。"呜呼,妇人娴于词翰而能不妒,为夫求子,真人情之所最难者。天眷有德,岂有不怜而赐之子者哉!

解题偶误

弘治间,一直指观风泰州,题为"非帷裳必杀之"。一生破云:"服有违乎王制者,王法所必诛也。"盖误以杀为辟刑耳。直指阅其文,首录之,云:"异日必登八座。"拆卷乃沈凤岗,后果历官部院。又钱鹤滩应童子试,亦遇前题,破云:"服之不衷,身之灾也。"出场知为误解,急易一篇呈于师。师阅之,以为必前列。及发案,竟无名。师不平,穷其故,始知之。又豫章丁此吕岁试,题为"征商自此贱丈夫始矣",遂以武王立论,破云:"以臣伐君,武王非圣人也。"考置劣等。丁始发愤攻书,举于乡,万历丁丑成进士,仕至显爵。意偶误而实不凡者,此类是也。

王秋涧酒榜

王秋涧恽《酒榜》云：伏闻三尺紫箫，吹破金台之月；一竿青旆，飘摇淇水之春。孝先张君，系出豪华，长居纨绮，壮狃五陵之裘马，老寻中圣之家风。左顾东城，名标新馆。虽借作养廉之地，已大搜破敌之兵。泷春溜于连床，贮秋香于百瓮。与同至乐，任价宽沽。磬翠罍银勺之欢，是非何有；听《白雪》、《阳春》之曲，风月无边。信不比于寻常，莫等闲而空过。任使高阳公子，从他宫锦仙人。争赍金貂，纷縻剑珮。系马凤凰楼柱，挂缨日月窗扉。白骨苍苔，古人安在；流光逝水，浮世堪惊。况百年浑是者能几回，一月开口者不数日。忍辜妙理，竟作独醒。莫思身后无穷，且斗尊前现在。那愁红雨，春围绣幕之风；来对黄花，共落龙山之帽。快倾银而注瓦，任枕曲以藉糟。顿空工部之囊，扶上山翁之马。前归后拥，尽日而然。

王秋涧花约

王秋涧又有《花约》云：良辰乐事，虽曰难并；旨酒嘉肴，岂容独飨。兹者小园竹木，粗有可观；故里宾僚，可疏一宴。忍教康节独擅花时，敢拟右军同修禊事。伊谁有语，花枝羞上老人头；来日无多，此乐莫教儿辈觉。玉盘濯月，已烦竹里行厨；绣勒攒香，暂簇花边骏马。择佳日，就敝园，聊备芳尊；望群英，移玉趾，早垂光降。

舒 春 芳

《饶州府志》载：舒春芳官福建佥事，升贵州提学，大兴考亭、西山之学。尝咏云："色货两关须打破，古今到此几男儿。"又云："对天俯首心无愧，终夜安眠梦亦清。"

谄 卦

王丹麓戏为谄卦，描摹谄字，义如燃犀照水，情状毕现。卦曰：谄，亨，利有攸往，不利君子，贞。彖曰：谄，天下大而其情同也，故亨。利有攸往，其义不困穷也。不利君子，贞，直无所容也。象曰：位高多金，谄，君子以违俗秉礼。初六，执其随，利贞。象曰：志在随人，以顺为正也。六二，巧言令色足恭，吝。象曰：巧言令色，不足敬也。足恭，亦何佞也。六三，胁肩谄笑，病于夏畦，凶。象曰：笑乃胁肩，不自知其病也。六四，见金不有躬，或承之，羞。象曰：羞或承之，众难定也。六五，有盛馔富与贵，无悔。象曰：盛馔无悔，中心称也。上六，谄以贿，利见大人。象曰：利见大人，上下应也。

索柑骈语

德清章选部之弟叔达，少机敏。一日，同数友过凌太学家，见几上佛手柑颇多，一友有睥睨意，其友生平以四六自负者，凌戏曰："君第为四六语索之即得。"叔达曰："我代为之。"信口曰："睹君佛手，顿生盗心。若靳分香，宁甘遗臭。"闻者大悦。

破题对句

《白醉琐言》：江陵张居正与麻城汪衍庆同以奇童称，巡抚顾东桥试之，指一偻者令作破。张应声曰："仰观不足，俯察有余。"汪应声曰："鞠躬如也，屈而不伸。"只此数字，可以占人所就矣。

探梅诗

《翰山日记》：演福寺僧房有赵子昂亲书《探梅访僧》一绝句："轻

轻踏破白云堆，半为寻僧半探梅。僧不逢兮梅未放，野猿笑我却空回。"惜《松雪集》中失载，亦憾事也。

刻本多遗漏

孙沙溪先生云：幼时见其前辈某常讽咏一诗云："室明室暗两奚疑，方寸常存不可欺。莫道天高神鬼恶，直须先使自家知。"云是王梅溪诗，今王集中不载。又常诵宗泽哭陈东诗内二句云："幽冥我已惭良友，忧愤谁能念本朝。"今宗集中亦不见此诗。又其尊人尝日授王溥所吟诗云："白马金鞍碧玉鞭，红楼十里晚风前。青娥不识中书令，笑问谁家美少年。"谓溥入相时年方三十，故其自诧如此，今王集亦不载。乃知诗文刻本中遗漏多矣。

东 坡 诗 病

孙沙溪先生又云：苏东坡作《韩文公庙碑》诗曰："作诗诋佛讥君王，要观南海窥衡湘。"方作谏书时，亦惟望谏行言听耳，岂故意诋讥君王，要为南海之行哉！大抵东坡诗过于豪纵，如"老死南荒吾不恨，兹游奇绝冠平生"之类，何如少陵所云"尚怜终南山，回首清渭滨"，太白所云"回头语小姑，莫嫁如兄夫"，乐天所云"君王若问妾颜色，莫道不如宫里时"为得诗人忠厚温柔之意。宋人终输唐人一筹也。

绮 语 销 魂

诗有销魂者三，《香奁集》其一也。夫销魂者，即坏心田之谓也。其曰"打叠红笺书恨字，与奴方便寄卿卿"，诗媒词逗也。其曰"但得暂从人缱绻，何妨长任月朦胧"，逾墙钻穴也。其曰"最是断肠禁不得，残灯影里梦初回"，且气梏亡也。其曰"欲把禅心销此病，破除才尽又重生"，淫恶不悛也。阅之必增益淫邪之念，故当以绮语为戒。

王贵学别子诗

《子庵杂录》：石川王贵学元，提举景善之子，读书能诗。明初为仇家所陷，谪戍关西。与其子别于南京，作诗曰："石头城西笛呜咽，他乡父子生离别。泪珠滴满琅玕痕，梦枕平分海天月。""尔祖生我我生伊，立身立志家欲齐。患难相仍二十载，家危不绝如线微。""尔今独归心亦苦，归见尔妻拜尔母。弟妹仓皇立两旁，含泪还先问尔父。""尔父尔父可奈何，万里一身行负戈。朔风吹浪卷作云，飞霜坠地如雪多。""雪深一尺秦川道，关西之山极天表。生来从役当复归，死即埋没随百草。""儿勿致忧我何愁，丈夫四海当遨游。常念行人远行役，天寒须寄乌貂裘。""乌貂裘兮久已敝，补缀成衣须尔妹。遥怜寒夜小窗中，一线一针一行泪。"

牛　　衣

颜师古曰：牛衣编乱麻为之。汉王章尝卧牛衣内。晋刘实家贫好学，卖牛衣以自给。王安石诗云："百兽冬自暖，独牛无氄毛。无衣与卒岁，坐恐得空牢。主人复护恩，奚啻一绨袍。问汝何以报，鸡黍满东皋。"

鬼 妻 题 诗

宋张开妻孔氏卒，遗五子。后妻李氏悍恶，虐遇五子，开不能制，五子哭于母墓。恍惚见母来，抚之而恸，因咬指血题诗于五子之衿云："新人问故人，暗涕几盈巾。同衾今已隔，对面永无因。有恨牵遗子，无情只任君。欲知肠断处，明月照孤坟。"且曰："吾当诉之官。"子以诗呈父，父方骇叹，忽连帅某遣人来索诗去，因梦妇诉冤也，遂以其事闻于朝，有旨流李氏于岭南。

碧 兰 堂 女 鬼

宋何先《异闻记》：安吉碧兰堂素多怪，晁紫芝尝与客游眺于彼。迫暮见水面一美女，衣裳楚楚，手捧莲花，足履蘋草而来。晁急叱之，女子自若，且行且吟云："水天日暮风无力，断云影里芦花色。折得荷花水上浮，两鬓萧萧玉钗直。"吟毕，由东岸而去。

诗 送 袁 侍 郎

宋张仲文《白獭髓》：嘉定间，金寇交攻，廷臣有以和、战、守三策为言者。时侍郎胡榘专主和议，会入朝，四明袁侍郎燮与胡廷争，专主战守，以笏击胡额，遂下台谏集议。袁以此辞归，太学诸生作诗送之曰："天眷频年惜挂冠，谁令今日远长安。举幡莫遂诸生愿，祖帐应多行路难。去草岂知因害稼，弹乌何事却惊鸾。韩非老子还同传，凭仗时人品藻看。"

诗 鬼

《仇池笔记》：宝应民有以嫁娶会客者，酒半，一人竟起出门，主人追之，客若醉甚，行将赴水。主人急持之，客曰："顷见妇人以诗招我，其辞云：'长桥直下有兰舟，破月冲烟任意游。金玉满堂何所用，争如年少去来休。'仓皇就之，不知其为水也。"然客竟亦无他。

陈眉公七夕词

七夕词嘲谑上真，文人罪业，莫过于此。陈眉公小令名《钗头凤》，亦解人颐，因录之。"梧桐坠，秋光碎，一痕河影添娇媚。锦梭撒，彩桥结，今宵天上欢娱节。嫦娥凝望，也应痴绝。热，热，热。天如醉，云如睡，朦胧方便双星会。鸡饶舌，催离别，别时打算问年月。自从盘古,许多周折。歇,歇,歇"。

隐 月 心 字

江都李圣许有月字谜云:"俏冤家,切莫做小人行径。许佳期其实不曾,我若肯时也不止在如今肯。空为我腰肢减一半,镇日里无主恨青春。待明朝日落时辰,也再休要闲去门前等。"心字谜云:"闷来时只索去门前睄,意中人为什么音信悬悬。怒伊行全不把奴留恋。思量究竟无头脑,憔悴容颜减半边。望神明发一个慈悲,方才了却从头愿。"

姜 徐 佯 字 谜

古今字谜,奚啻千万,独有姜字谜最佳,录以共赏:"少牢头,小娘脚。形容似美人,天性却老辣。"可称巧妙。又有二成语隐徐字云:"三人同行,其一我也。"亦妙。又隐佯字:"何可废也,以羊易之。"何等现成。

和 前 韵 诗

弘治末,都宪金泽子某赂贡士龙霓代试,竟得联第,舆论不平,作诗讥之。见前集。父遂被劾去位。正德中,母死居丧失礼,时人又和前韵云:"可幸金家丧老堂,直将市井作坛场。人情拆出论经重,孝帛量来论短长。亲友趋陪数酌酒,猪羊腌剩两三缸。最怜范子无聊甚,假哭停腔读奠章。"范子者,一老生,与金为至亲,依于金而饕餮者也。

对 句

松陵富人某者,其先世性鄙吝,以叫化得名。康熙中,援例加纳县令,需次得某邑。同时有某者,亦以善讴著,谒选得某郡教职。里人为之诗曰："乞丐分符,教化大行乎郡邑;优伶秉铎,弦歌遍沐于胶庠。"遐迩传述,闻者绝倒。

父 续 子 对

河南某生,父甚严,每下第辄加棰楚。生后赴试,自题于书室曰："黄榜无名,流落他乡万里。"意谓若再不中,当远逃窜,不敢归也。是年竟得第,父为续其后曰："青云得路,勾销灯火三年。"

真 梦

《齐云广录》:进士于渥在太学,梦归家,见妻于灯下修书寄其夫。渥曰："我已归,何用书?"妻但挥泪而不答。又见别纸有诗一首云："泪湿香罗帕,临风不肯干。欲凭西去雁,寄与薄情看。"既觉,以语同舍,谓是思念之极故至此。旬日后得妻手书并诗,皆梦中所见,毫无少差。

丁 大 参

钱麟仲《偶谈》:宜兴丁大参致祥,四十时尚未补诸生,为吴中某氏塾师。一日,某饯其乡两岁荐之官,丁与陪焉。适一相士至,独注目于丁曰："先生后当贵显。"两岁荐掩口胡卢,丁拂衣而去,曰："咄咄,丈夫宁可量哉!"遂益下帷诵读。正德戊辰,年五十,连第进士。时靳文僖公出一联戏之曰："五十致祥,金榜题名终到手。"丁应声曰："一朝靳贵,玉堂无处不阳春。"

吴 下 歌 谣

吾苏风俗浇薄,迩来服饰滥觞已极。《翰山日记》有吴下歌谣,因录于左:"苏州三件好新闻,男儿着条红围领,女儿倒要包网巾,贫儿打扮富儿形。一双三镶袜,两只高底鞋,到要准两雪花银。"爹娘在家冻与饿,见之岂不寒心?谁个出来移风易俗,唤醒迷津,庶几可以辟邪归正,反朴还醇。

禽　征

蜀何光远《鉴戒录》:蜀光天元年,太祖寝疾经旬,文州进白鹰,茂州进白兔,群臣议曰:"圣人本命是兔,兔厄于鹰,二禽并贡,非以为瑞。退鹰留兔,帝疾必痊。"敕命不从。是岁晏驾。又通正年有大秃鹙鸟扬于摩诃池上,顾太尉夐直于内庭,潜吟二十八字曰:"昔日曾看瑞应图,万般祥瑞不如无。摩诃池上分明见,仔细看来是那胡。"光天元年帝崩,乃秃鹙之征也。

徽宗诗谶

宣和元年秋,道德院生金芝,徽宗御驾往观,因幸蔡京家饮酒。京献《灵芝》诗,徽宗即席赐和云:"道德方今喜迭兴,万邦从化本天成。定知金帝来为主,不待春风便发生。"至宣和七年冬,金兵抵汴京,时太史请预借立春出土牛以迎生气,而卒无补于事。十一月终,汴京城陷。然则前诗所云"金帝来"与"不待春风"之语,竟成诗谶。

鹭日春锄

袁箨庵先生作《瑞玉传奇》,描写逆珰魏忠贤私人巡抚毛一鹭及织局太监李实构陷周忠介公事甚悉,词曲工妙,甫脱稿即授优伶,郡绅约期邀袁集公所观唱演。是日,诸公毕集而袁尚未至,优人请曰:"剧中李实登场,尚少一引子,乞足之。"于是诸公各拟一调。俄而袁至,告以优人所请。袁笑曰:"几忘之。"即索笔书《卜算子》云:"局势趋东厂,人面翻新样。织造平添一段忙,待织就迷天网。"语不多而句句双关巧妙,诸公叹服,遂各毁其所作。一鹭闻之,持厚币倩人求袁改易,于是易一鹭曰春锄。

织锦龙飞颂

秦窦滔妻苏若兰织锦旋图诗,言止八百耳,唐则天记云可读二百余篇。宋杨文公题曰:"千诗织就回文锦,如此阳台暮雨何据。"是可读千首矣。又起宗和尚细绎是编,分为七图一百四十七段,得三四五六七言诗至三千七百首。读者谓闺房笄袆,濬发巧思,标奇斗捷,穷极工妙如此,宜无有俪之者。而嘉靖五年三月,天台起复知县潘渊进《嘉靖龙飞颂》,内外六十四图五百段,一万二千章,效若兰织锦回文体。世宗以其文字纵横不可辨识,使写正文再上。

詹材孝狗

《夷坚志》:德兴詹材家贫,牝狗生子,无所饲养。鹿坡王氏相去半里,求其子归,饲以糠秕,每食竟,即掉尾归呕所餐以哺母,至暮复然,虽风雨不辍。士人为赋《孝狗歌》,其一篇云:"慈乌反哺古所称,不闻乳狗能效颦。鹿坡王氏世吉人,乞得乳狗于良邻。良邻家贫并日食,狗母长饥骨柴立。乳狗食竟掉尾归,呕食饲母使母肥。朝餐归呕暮复续,兽类之中颖考叔。纷纷养志多缺如,惭愧四足之韩卢。"语虽未工,足以垂训薄俗。

明　妃　曲

《明妃曲》已见甲集,复录刘屏山云:"羞貌丹青斗丽颜,为君一笑定天山。西京自有麒麟阁,画向功臣卫霍间。"许梅屋云:"汉宫眉妩息边尘,功压貔貅十万人。好把深闺旧脂粉,艳收颜色上麒麟。"又见无名氏一诗云:"日暮惊笳乱雪飞,旁人相劝易罗衣。强来前殿看歌舞,共待单于夜猎归。"语意俱清新可诵。

无　梦

僧无梦诗云："心为车兮身为轼，车动轼随无计息。交梨火枣是谁无，自是不除荆与棘。"又："身为客兮心为主，主人平和客安堵。若还主客不康宁，精神管定辞君去。"二诗甚有解。《说储》载：此僧后坐化，乡人建庵庇之。其发每月生一二寸，人为剃之复生。后为孕妇所摸，遂不复生。疾者就之请药，即有药给器中，服之多愈。

题诗即嫁

有一富翁女，自幼聪俊，能作诗词。父母欲择一佳配，殊难其人，以致年十九而未嫁，终日抑郁。一日见梧桐落叶，遂题诗其上云："新桐初引人皆好，少顷婆娑秋渐到。何如早得赏心人，几叶题诗相赠报。"父会其意，即择一富厚者嫁之。诗能感人如此。

四岁能诗

闽中蔡相卿，四岁能诗，真宗朝试童子科，对上吟诗不止。真宗见而奇之，赐以诗曰："七闽才子多奇俊，四岁奇童出盛时。家世旧传清白训，婴儿自得老成姿。才当学步来朝谒，方渐能言解赋诗。更励孜孜图进益，青云万里有前期。"寻赐出身，东宫伴读，后仕至乾州金判，仍赠其父校书郎。

启谢亲友

宋杨大年亿为执政所忌，母病谒告，不俟朝旨，径归韩城，与弟倚居逾年不调。大年启谢朝中亲友曰："介推母子，愿归绵上之田；伯夷弟兄，甘受首阳之饿。"后除知汝州，而希旨言事者攻之不已。大年又有启与亲友曰："已挤沟壑，犹下石而未休；方困蒺藜，尚关弓而相向。"见者怜之。

章　节　母

温州章文宝聘妻某氏，未成婚，先纳一妾有娠，而文宝病且死。氏力请于父母，往视之。文宝一见氏即逝，氏哭泣尽哀，具棺殓毕，抚妾守丧。妾生子纶，爱之如已出，亲教读书，通四书大义，遣就外傅，后成进士，官礼部侍郎。景泰中，欲疏请复立旧太子，恐贻母忧未果。氏谓纶曰："吾平日教汝云何？汝能直言死职，吾虽为官婢无恨也。"纶遂以疏入，忤旨谪戍，氏怡然。天顺初，复纶官，终养。氏尝为诗见志："谁云妾无夫，妾犹及见夫方殂。谁云妾无子，侧室生儿与夫似。儿读书，妾辟纑，空房夜夜闻啼乌。儿能成名妾不嫁，良人瞑目黄泉下。"人共传诵之。

吴　慎　思　诗

吾苏某宦娶一妇，始以金屋贮之，既而离异。松陵吴慎思赋《凤求凰变》四绝云："远山眉际宛清扬，漫把文君与颉颃。今日蘼芜山下路，误人一曲《凤求凰》。""放诞风流未足云，礼防珍重旧知闻。只缘怕作当垆妇，此段还宜不及君。""前看堕珥后遗簪，曾少佳人伴锦衾。若使相如早乘传，也应未省《白头吟》。""粗豪真未解温存，枕上三年拭泪痕。才子若非情种辈，断难捉笔赋《长门》。"再赋无题四首："百两迎门卺合杯，那知鸩鸟托为媒。郎心正似东流水，一去从今不复回。""三月恩情百岁中，苦将团扇怨秋风。侬颜未必当薄命，也似花无百日红。""郎伯何人肯见伸，赫蹄小字上书频。自惭不及庄姜厚，犹把先君勖寡人。""逝梁发笱一从渠，织素犹能五丈余。若论他家作新妇，就令缣好待何如。"

曼　殊

《艮斋杂说》：毛大可姬人曼殊，养病坟园，晚春花落，双扉昼掩，比邻刺梅园老尼过之,读壁间所悬诗轴二绝云:"河外人家郭外村,金鞭玉勒走王孙。墅桥东畔迢迢路,芳草斜阳昼闭门。""画楼高处故侯家,谁种青陵五色瓜。春满园林人不见,东风吹落海棠花。"相与吟叹良久。尼曰:"读此诗倍觉此地凄凉,此何人诗耶?"姬曰:"旧悬此庭,不知谁作。"因流涕久之。诗易感人若此。后于摩诃庵中道之,有识者曰:"此《蕉林集》中诗。蕉林为真定梁司农所居,其诗乃《春郊即事》十首之二也。"老尼遂从司农乞一本去。老尼亦知书,系明季宫婢,当时所称菜户者,崇祯甲申后出为尼。其事载《大可诗话》。

曼殊亦能诗,有一绝云:"日色满窗红,鸳鸯睡枕同。披衣将欲起,又怕隔帘风。"又一绝云:"罗帐挂金钩,薰炉香雾收。起来红袖冷,独坐怕梳头。"二诗非一时作,后见诗中皆有"怕"字,遂纽作《二怕诗》。悔翁戏大可:"子诗不当作三怕耶?"或问之,曰:"亦怕夫人。"今俗所演《狮吼记》名三怕。

曼殊病中尝梦奶奶唤之去。奶奶者,北人呼观音通称也。在邻庙中,一日携孩至曰:"汝本我家物,我挤眼汝当随我行。"其孩云:"家去罢,不去奶奶吆喝。"北人每发愿舍身以他儿代之,有替僧替尼之例。曼殊因仿其意,琢偶人为己像,施平生所梳百环髻,被以绣衣,手捧一花侍奶奶旁,流涕而送之。又乞画师画己像,名《留视图》,题诗云:"为送还家去,双螺绾百鬟。且将妆镜影,留视在人间。"然曼殊卒不起。此等风致,亦绝可怜人也。

高丽人诗

康熙丁巳,上遣使往高丽采风,嶩城孙恺似太史时以太学生往,归而携诗一册,录其可诵者于左,知本朝文教远被外国如此。郑之升《留别》云:"细草闲花水上亭,绿杨如画掩春城。无人为唱《阳关曲》,惟有青山送我行。"崔淑生《赠采芝》云:"只见青山不见村,渔郎无路觅桃源。丁宁为报东风道,莫逐飞花出洞门。"姜浑《赠妓》云:"云鬟梳罢倚高楼,铁笛横吹玉指柔。万里关山一轮月,数行清泪落伊州。"申从濩《伤春》云:"茶瓯饮罢睡初轻,隔屋闻吹紫玉笙。燕子不来莺又去,满庭红雨落无声。"郑知常《醉后》云:"桃花红雨鸟喃喃,绕屋青山间翠岚。一顶乌纱懒不整,醉眠花坞梦江南。"成侃《渔父》云:"数叠青山数谷烟,红尘不到白鸥边。渔翁不是无心者,管领西江月一船。"金净《江南》云:"江南残梦昼恹恹,愁逐年华日日添。双燕来时春欲暮,杏花微雨下重帘。"

高 丽 妓 能 诗

毛大可太史遇高丽使,问其国中女子能诗果否,答曰:"岂惟女子,曾见一妓洗妆漱颊脂于水,水带红色,令咏之,应声曰:'疏雨秋兼漏日飞,回潮晚带斜阳落。'岂非佳句。"

诗 妓 鹤 钿

嘉靖中,叙州有妓鹤钿能诗,朱秉器载其二诗,《赠别》云:"缆解江头珠浦明,莺声蝶思恋多情。夜郎一夜东风软,吹入渝州梦二更。"《自叙》云:"醉乡万里忆清游,忘却东篱路转幽。只有当家香袖在,不教人得夜深偷。"金宪张功甫极称赏之。及至叙州,遍访绝无所谓鹤钿者,想亦托名耳。

吴 门 歌

"吴门人住神仙地,雪月风花分四季。满城排队看迎春,又见花灯来炫视。千门挂彩六街红,笙歌盈耳喧春风。歌童舞女语南北,王孙公子何西东。观灯未了兴未歇,等闲又话清明节。呼船载酒共游春,蛤蜊市上争尝新。吴塘穿绕过横塘,虎丘灵岩复玄墓。菖蒲泛酒过端午,龙舟相呼喧竞渡。提壶挈盒归去来,南河又报荷花开。锦云乡中漾舟去,美人压鬓琵琶钗。玉颜皓齿声断续,翠纱汗彩红映肉。金刀剖破水晶瓜,冰山影里颜如玉。火云一天消未已,桐阴忽报秋风起。鹊桥牛女渡银河,乞巧人排明月里。南楼雁过是中秋,飒然毛骨冷飕飕。左持螯蟹右持酒,不觉今朝早重九。登高又向天池岭,桂花万树天香浮。一年好景最斯时,橘绿橙黄洞庭有。满园还剩菊花枝,雪片横飞大如手。安排暖阁开红炉,敲冰洗盏烘牛酥。寸虀饼分千金果,黑貂裘兮红毾㲪。一年四季恣欢娱,那知更有饥寒苦。”惜不知谁作。

孝 经 引 诗

《孝经》每章末引诗,朱子作《孝经刊误》俱删去,以为后人附会。然观匡衡上疏有云:“《大雅》‘无念尔祖,聿修厥德’,孔子著之《孝经》首章。”由汉以前所传如此,则非后人附会可知,故云古书未可轻易删改。

《杂记》载:温公在洛,为人讲《孝经》,有父老前问曰:“自天子章以下,皆引诗二句,庶人章独无,何也?”温公沉思良久,曰:“某平日见不及此,容思所以奉答。”父老笑而去,谓人曰:“今日难倒司马端明。”朱子删去,岂为温公解嘲耶?

雅 令 相 戏

万历中,袁中郎宏道令吴日,有江右孝廉某来谒,其弟现为部郎,与袁有年谊,置酒舟中款之,招长邑令江箓萝盈科同饮,将偕往游山。舟行之次,酒已半酣,客请主人发一口令。中郎见船头置一水桶,因云:“要说一物,却影合一亲戚称谓,并一官衔。”指水桶云:“此水桶非水桶,乃是木员外的箍箍哥哥。”盖谓孝廉为部郎之兄也。孝廉见一舟人,手持苕帚,因云:“此苕帚非苕帚,乃是竹编修的扫扫嫂嫂。”时中郎之兄伯修宗道、弟小修中道正为编修也。箓萝属思间,见岸上有人捆束稻草,便云:“此稻草非稻草,乃是柴把总的束束叔叔。”盖知孝廉原系军籍,有族子现为武弁也。于是三人相顾大笑。

郡 侯 口 令

崇祯间,吾苏郡侯陈公洪谧与司李倪公长玕、吴邑侯牛公若麟同坐公馆，候谒上官。有一庠生曾姓者，与一监生鲁姓者，乘间来白事。二生既去，陈公云："吾因二生之姓曾与鲁两字，戏拈得一口令在此。"曰："曾与鲁好似知县与知府，头上脚下一般的，只是腰里略差些。"盖谓一腰金一腰银也。牛鹤沙即应声云："某亦就二生一为青衿一为例监作一口令。"曰："衰与哀好似监生与秀才，头上脚下一般的，只是肚里略差些。"陈公称善。倪公未及答，良久，伯屏忽笑云："吾昨偶断一僧尼奸事，今以二事配合成令，可发一笑。"乃曰："斋与齐好似和尚与女尼，头上脚下一般的，只是两股之内略差些。"三人大笑。

鞋　杯　词

嘉靖中，临朐冯汝行惟敏少负才名，领乡荐，知涞水县，改教润州，迁保定府通判。因仕不得显秩，肮脏归海滨，以文酒自娱乐。作《鞋杯词》曰："高擎彩凤一钩香，娇染轻罗三寸长，满斟绿蚁十分量。窍生生小酒囊，莲花瓣露泻琼浆。月儿牙弯环在腮上，锥儿把团圆在手掌。笋儿尖签破了鼻梁，钩乱春心，洗遍愁肠。抓辘辘滚下喉咙，周流肺腑，直透膀胱。举一杯恰像小脚儿轻跷肩上，咽一口好疑是妙人儿吮乳在胸膛。改样风光，着意珍藏。切不可指甲儿掐坏了云头，口角儿漏湿了鞋帮。"词颇切当，惜不使廉夫见之也。

调　笑　令

《艮斋杂说》：明末一妓，善监酒，席间作《调笑令》，以"催干"为韵："闻道才郎，高量休让，酒到莫停杯。笑拔金钗敲玉台，催么催，催么催。　　已是三催，将绝该罚，不揣作监官。要取杯心颠倒看，干么干，干么干。"一座笑赏。

嘲　齄　鼻

一士齄鼻，开罪于友，戏作《西江月》嘲之："虽是五官毕具，可怜鼻不通风。印堂底下瘪丁东,五味馨香难哄。　　直须锥他两下,管教顷刻开通。从今鼻涕响汀潼,免得人称阿齄。"

　　不识如兰斯馨,只因雁门紫塞。

辞　荐　馆

　　明末某苦失馆,遍求缙绅荐札。上官主人作诗云:"荐馆何堪作柬多,其如强要索书何。谆谆几句端方语,娓娓长谈淡泊歌。方聘恨无头似蒜,已成惟见脚如梭。来年二月清明后,又袖封筒到处波。"

词　赠　周　明　娘

　　歌者周明娘,犹浔阳江头之裴兴奴也。时侍予辈饮,毛序始赠《白蘋香》词曰:"雅量不辞杯酌,慧心巧合人情。最宜小字自称明,无目之明明甚。　　一座觥筹佐史,四筵倾倒宾朋。笑他粉面蠢红裙,空有双眸炯炯。"

词　隐　明　字

　　"姓比苍姬,谱传赵五,琵琶旧日曾称。昭君召去,月素却为邻。思昔青春胜景,早朦胧一半徒存。堪夸处,无微弗烛,潜诉又谁行。　　亶聪如师旷,虽盲于目,却不盲心。任宾筵、监史满座生春。期望晨昏宴会,总还须日月高升。闲时候,同游萧寺,朝暮喜相亲。"调寄《满庭芳》,曹秋岳先生赠沙较书、毛鹤舫先生咏焦女郎,皆此调也,戏仿其体赠周明娘,用意虽同而词句远不逮也。

后　戏　目　诗

　　甲申春,连观演剧,复成四律:"铁冠图传逊国疑,赠书远遁古城陴。出师表奏千忠录,博浪沙边百炼锤。文武会垂名将传,英难概列党人碑。量江运甓男儿事,不望金钱赐绣旗。""鸳鸯笺素寄情邮,十二红妆集彩楼。玉玦雕成龙虎啸,金貂拟易鹔鹴裘。石菱镜现莲花筏,照世杯浮竹叶舟。喜称人心金不换,万年欢赏赤松游。""磐陀山上醉菩提,祝发西园忆故知。绣佛阁中裁宝胜,锦蒲团畔整鸾锼。春灯谜语青楼约,再世姻缘红叶诗。莫恋绣鞋情不断,牟尼合是顺天时。""忠孝坊中忠孝全,三生石注巧团圆。瑞霓罗绣鸳鸯珮,铜雀砚描花叶缘。玉尺楼头悬宝镜,望湖亭畔植金莲。浣纱不羡双冠诰,何用青衫伴彩笺。"

天　饷

明末年岁不登,社稷将亡,听命于神奸道,借天师之名,黜陟十乡土地,盘踞玄妙观,以收各会首,矫诬上天之赏,有民谣为证:"城中城外走如狂,争看玄都醮箓黄。哄动各乡泥土地,天师门下受封章。"又:"雷牌电票召诸乡,木偶难行人更忙。乾折下程非纸锭,可知阴道定从阳。"又:"传说瑶台也乏钱,求金天子降坛前。纷纷贡献玄都去,不顾穷民日倒悬。"今之托名欲解天饷以苛敛民财者,大率如此,为民牧者宜痛惩之。

推　闰　歌

邓宗文《推闰歌括》云:"欲知来岁闰,先看至之余。更算大小尽,决定不差殊。"如来岁合置闰,止以今岁冬至后余日为率。且如今年十一月二十四日冬至,则其月尚余六日,来岁之闰当在六月。或小尽则止余五日,当闰五月。若冬至在上旬,则以望日为止,十二日则复起一闰数焉。《推立春歌括》云:"今岁先知来岁春,但隔五日三时辰。"谓如今年甲子日子时立春,则明年合是己巳日卯时立春。又《推节气歌括》云:"中气与节气,但有半月隔。若要知仔细,两时零五刻。"谓如正月甲子日子时初刻立春,数至己卯日寅时正一刻,则是雨水节也。

卜年占运歌

"甲子丰年丙子旱，戊子蝗虫庚子乱。若逢壬子水滔滔，只在正月上旬看。"《挥麈新谭》四句下更有二句："正月上旬若无子，朝内大臣去一半。"此李盱山所传，乃知关系宰执，不徒占验岁时丰歉也。按康熙癸未正月上旬无子，是年大臣去位者甚多。

坚瓠秘集序

　　《坚瓠集》者，圣贤格物致知之学也。理淆乎物，一物不知，引以为耻。故核其大不遗其小，崇其正不废其奇。孔子考定六经，以明先王之道，而羵羊之怪、萍实之祥、专车之骨、肃慎之矢，凡六经之所不及者，靡不博记而周悉。此无他，格物者广也。褚子稼轩其得圣人之遗意乎？少而好学，至老弥笃。搜群书，穷秘笈，取经史所未及载者，条列枚举。其事小而可悟乎大，其事奇而不离乎正。逐物求知，各有原本，其去庄周之寓言、邹衍之诞说远矣。其书自初集始，累为十集，搜罗略备，更继以续集、广集、补集，今秘集又成焉。夫天地间瑰异之观，古今来奥渺之迹，无不散见之于书。日览则日益，岁求则岁增，亦曷有纪极哉！稼轩穷幽索隐之功与年俱积，故见闻愈广，搜辑愈夥，又安知芸阁鸡林之外，名山石室之中，不更有博物君子所未经见之书可备采录者乎？其为秘集也，知又非卒业事也。时康熙庚辰仲春，鹤栖老人尤侗撰。

秘集卷之一

周　　公

陆云士先生_{次云}《大有奇书》：道统开自尧、舜，传及周公、孔子，故前代以周公为先圣，孔子为先师。四川文翁学堂为周公礼殿，唐贞观时始专祀孔子，而周公之祀遂废。《大学衍义补》谓专祀孔而周无庙，诚阙典也。惟云南有周公庙，以武侯征蛮梦见周公，及渡泸水，祭猏神，擒孟获，心服南人，皆公教之，故敕所在祀之。愚谓尧、舜、禹、汤、文、武，君也；周公，相也。相则有位，与皋、夔、稷、契相等。惟孔子匹夫而为百世师，故特祀之，周公正不必与之并祀也。然孔子之后，衍圣封公，而周公之后无闻，是亦缺典。我皇上宗儒重道，于康熙二十四年亲谒孔陵，并访周公之后，得东野沛然于布衣之中，爵之于朝，并及二程夫子之后，皆官以博士。前代所未行者，圣天子举而行之，俾天下后世皆知以周情孔思为归，所以垂教者大矣。

宣　　圣

夫子之道，中庸而已，未若释老之生而多异也。然内典称孔子为童儒菩萨，颜子为光净菩萨。溧水县有童儒寺，唐景福二年立，以孔子适楚经此故也。而道家《真灵图》称孔子为太极真君，颜子为三辰司直，是强将孔、颜拉入二氏之中。然夫子无异也，而亦有异人之处。如宋仁宗命宦者李邦宁释奠，风起烛灭，铁炉陷入地中。明沙良著致诚修谒，闻琴瑟丝竹之音自庙中出。此非示人以神，亦所以教后世也。元欧阳器虚能结气为婴儿从顶上出，时方丁祭，弟子马月林请器虚出神观之，凝神久久，为马言曰："余初至文庙，见梓潼来省祭物，省毕而去。既而主祭者献爵读祝，时止见一道太素之气自天而下，贯入殿庭,祭毕冉冉而上。"此浩然之气,至今存也。

宣 圣 授 历

明大内设内书堂,小内侍读书处也。师用翰林五品为之,教法科条如乡塾法。嘉靖间,有学生昼睡,祭酒锁之空室,夜半闻呼殿声云:"圣人到。"书生习见帝驾,亦不为异。既到,非天子,乃宣圣也。书生跪曰:"某以愚钝,求圣人开示。"圣人曰:"有书可取来,我亲教之。"索案上止存《大统历日》,为书生指诵一遍而去。天明,书生向同学言之,众未信,试令背历,终本不差。遂大聪明,过目成诵。

端 木 子

顺治乙未,浙督学谷应泰于杭州涌金门外建子贡使越祠,祠前有池,池水沦涟,中种芙渠、菡萏,清芬可爱。营厮尝入浴于其中,折残花叶,人莫能禁。守祠者无可如何,祝之于神,一时裸体水中者皆欲起而不能,于是望空叩祷。居人怪异,为代求之,数人者方得出,自此无敢过而亵慢矣。

又《梁山志》:书院峡中有夫子崖、子贡坝,每当风雨即闻读书之声。

白 牛 庙

《客窗涉笔》:河南有白牛庙,最灵异。其神牛首,双角峥嵘,努目侈唇,狰狞可畏。庙侧数十武外有一池,祀之者先至祠祷迎之,辄有暴风自池中起,冲入庙中,祭者欣然,以为神受其享。崇祯时,有邑令入祠,讶之曰:"焉有神而兽面者!"不肯拜。左右曰:"慢神必有灾。"令终不拜,令里人车水涸池,水竭无所见。又令掘之数尺,古碑出焉。洗视之,"先贤冉伯牛墓"六字也。始悟白牛者,伯牛之讹。令为易其像,筑其茔,植其碑而厘正之。池畔之暴风不作。

灭 髭 避 难

《通幽赋》注：卫蒯聩乱，子羔灭髭，衣妇人衣逃出，曰："父子争国，吾何为其间乎？"孔悝求之不得，故免于难。此避难而然，殆学夫子微服过宋之意。王充《论衡》谓子贡灭须为妇人，未识何故。岂传柴子而讹于端木耶？

漆 雕 子

《十六国春秋》：鲁人有泛海而失津者，于亶州见仲尼与七十子游于海中。漆雕氏授鲁人一木杖，令闭目乘之，使归告鲁侯，筑城备寇。鲁人出海，投杖水中，乃龙也。以告鲁侯，侯不信。俄有飞燕数万，衔土培城。侯异之，大城曲阜。而齐寇至，不克而还。

书 谕 仲 由

《感遇集》：唐韩滉廉问浙西，常有不轨之志。时有李顺夜漂船不知所止，天明泊一山下，上岸见一乌巾古服，引诣一宫，有人自帘中语曰："有书寄金陵韩公。"顺受之出门，因问赞者此为何处，曰："东海广桑山。是鲁国仲尼得道为真官，理于此。韩公即仲由，性强，夫子恐其缀刑网，致书谕之。"顺还，投书韩，发视之，文九字皆科斗书不识。访能篆籀之人，有一客庞眉古服自诣，言识古文。韩公以书示之，客曰："此宣尼科斗文也。曰：告韩滉，谨臣节，勿妄动。"客出门不见。韩了然自意，克保终始。

朱 魏 享 祭

宋咸淳间，蜀人彭澹轩罢官从江东归，游武夷山。独行林薮，入草庵中，见二人峨冠博带对食，招彭坐。俎中猪首一，羊肘一，鸡一,所言皆《先天图》、《易传》性理之学,玄妙深奥。问其姓字,右坐者曰:"姓魏。"不言字。问左坐者,不答。日暮辞出。明日彭携仆挈榼再往,无径可达。下山憩一富人家,言其所以。富家曰:"异哉!吾昨至朱文公祠致祭,俎中之肴正此三物。"澹轩方悟左坐者为朱晦翁,而右坐者魏鹤山也。此事载《异闻总录》,可补《武夷山志》之缺。

刘　豪　墓

义乌东平山有宋平昌刺史刘豪墓。隆庆戊辰长至日,裔孙尚恭因重修墓碑,掘地数尺,见石台,台上有一砖,方尺许,刻朱晦庵卜墓数云:"天圣戊辰葬此丘,荫十八纪出公侯,子子孙孙垂不替,绳绳蛰蛰永无休。五百四十一年损,一十七岁裔孙修。戊辰戊辰新一石,重兴重兴千百秋。秘书郎朱熹记。"按天圣戊辰至隆庆戊辰年,数适符,而是日长至又恰戊辰。豪之后人有刘仕龙者,在宋赠武节侯,而尚恭修墓时果年十七。文公之数亦奇矣。刘之曾孙辉、熺皆文公门人,故为之卜而刻之墓。

乌石山神女

《湖海搜奇》:三山陈景著,弱冠时元宵观灯,道逢女鬟,执绛纱灯迎于道左。景著惑之,随以往。至城外乌石山顶神女庙,有盛饰女郎候于庙门,见而叱鬟曰:"此陈探花也,何乃挈至?"此灯遂灭,女亦不见。陈惊眩仆地,至晓始苏。永乐乙未,果探花及第。

遁　甲　神

《壶史》:钱塘戴厚甫精遁甲法,其母寝起楼上,一夕忽见红光贯室,开帏视之,乃一美女,独立榻前,援金钗以遗母,既而无所见。母以语戴,答曰:"适祭遁神,遂至此耳。遁母见,某必不久于人间矣。"

由是怏怏，逾月而卒。遁甲一云循甲，言六甲循环推数故也。

马 郎 妇

《感应传》：元和十二年，观音菩萨大慈悲力欲化陕右，示现为美女，人见其姿貌风韵，欲求为配。女曰："我亦欲有所归，但一夕能诵《普门品》者事之。"黎明彻诵者二十余辈。女曰："女子一身岂能配众？可诵《金刚经》。"至旦通者犹十数人。女复不允，更授以《法华经》七卷，约三日通。至期，独马氏子能通经，女令具礼成婚。马氏迎之，女曰："适体中不佳，俟少安相见。"客未散而女死，马乃葬之。数日，有老僧杖锡谒马氏，问女所由。马氏引之葬所，僧以杖拨之，尸已化雄黄金，锁子之骨存焉。僧锡挑骨，谓众曰："此圣者悯汝等障重，故垂方便化汝耳。宜善思因，免堕苦海。"语讫，飞空而去。泉州粲和尚赞曰："丰姿窈窕鬓欹斜，赚煞郎君念《法华》。一把骨头挑去后，不知明月落谁家？"

鸭 栏 木

《虎荟》：万历己丑，闽中有雷法振，居深山中，以烧炭为业。家有鸭栏木颇佳，法振偶念欲刻观音大士像，未果。一日，入山烧炭，道遇猛虎，势将搏噬。忽有美妇人当前叱虎，虎即慑伏，叩首而退。法振再拜称谢，因询妇人姓名，答曰："身是君家鸭栏木耳。"法振大悟，遂命工雕刻，终身奉祀不衰。

高 王 经

《感应传》：东魏定州民孙敬德者，事观世音菩萨甚虔。后为横贼诬引，妄杖承罪。夜梦僧教诵《救苦观音经》，敬德诵之。有司行刑，刀三斫而三折。监司具状闻，丞相高欢审扣其故，为表请免其死。孙还家，所奉观音像项三刀痕。因之称《高王经》。

净　面

《系年录》：宋秀州春旱，祷精严寺有验，重装观音像。夏旱复祷，郡守曾侯梦白衣夫人曰："我固当为此方致雨，然面目不净，三十里外无所见，不能与众圣会，奈何？"明日诘其由，乃匠者欲圣容明润，用鸡子牛胶调粉故尔。遂改新之，随祷即应。

梦　示

《说听增纪》：嘉靖间，荆王梦人云："补我衣裳，当保佑王子孙。"王曰："汝何物？"人曰："但张目而视，侧耳而听，当自知之。"觉而不识所谓。一日，偶阅画，见观音像，顿悟神语，曰："张目而视，非观乎？侧耳而听，非音乎？"府旁有观音阁，王往视之，栋宇毁坏，塑像为风雨剥落矣。亟命修饰，立碑记之。

仙女玩花

康骈《剧谈》：元和中，春物方妍，车马寻玩者相继。忽有女年可十八七，衣绣衣，乘马，峨髻双鬟，容貌婉娩，从以二女冠、三小仆，皆草头黄衫，端丽无比。既下马，以羽扇障面，直造花所，异香芬馥，闻于数十步外。观者以为出自宫掖，莫敢逼视。伫立良久，令小仆取花四枝，将乘马回，谓黄冠曰："曩有玉峰之约，此可以行。"时观者见其举辔有轻风拥尘，望之已在半空，方悟其为仙也。

氤　氲　使

《清异录》：朱起年逾弱冠，姿韵爽逸。伯氏虞部有女妓宠宠，艳秀明慧，起甚留意，宠尤系心，奈馆院各别，无由会合，起念之不置。一日，至郊外，逢青巾短袍担节杖药篮者，熟视起曰："郎君幸值贫道，否则危矣。"起骇异，下马揖之。青巾曰："君有急，直言吾能济。"起再拜，以宠宠事诉。青巾叹曰："世人阴阳之契，有缱绻司总统，其长官号氤氲大使，诸夙缘冥数当合者，须鸳鸯牒下乃成。虽伉俪之正，婢妾之微，买笑偷期，仙凡交会，华戎配合，率由一道焉。我今为子祝之。"临去，篮中取一扇授起曰："是名坤灵扇。凡访宠宠，以扇自蔽其面，人皆不见。自此七日外可合，合十五年而绝。"起如戒，往来无阻，后十五年宠宠疫病而殂。青巾盖仙也。

太　岁

《暌车志》：平江黄埭张虞部，为人质直，每有兴筑，不选日时。尝作一亭，掘地得一肉块，俗谓太岁神，张不为异，命取瓦盆，合而送之水中，就基而创，名曰太岁亭。又有客到，命取衣冠，俄而犬首顶其冠，束带于背以出。张笑谓之曰："养汝几年，今日始解人意。"就取服之，乃出揖客。客退而犬自毙。谚云："见怪不怪，其怪自败。"殆谓是与？

传　碑　语

《钩玄》：云南严清父用和为医生，一日其邻人死，三日复苏，语人云：至一大第宅，有穹碑，主者令记碑上语传示人间。语曰："医生严用和，施药阴功多。自寿添一纪，养子登高科。"诵毕遂瞑。已而清生，嘉靖甲辰弱冠登第，万历初为冢宰。

放　榜　神

《闇然录》：隆庆庚午，浙士诸葛一鸣读书杭城外大寺。当盛暑，偶于佛殿断藕自食，见金甲戎服人自内出，大惊，以为武官。其人曰："我乃天帝遣放秋榜者。"诸葛问："榜有某名乎？"其人曰："汝名在来科，今未也。"诸葛恳请，其人曰："今所与相较一卷本系汝亲，且能迟三年更为汝福。"因恳请不已,乃诺之,遂与约曰:"揭晓之朝即爇纸钱十万以谢,慎勿负约。"再四丁宁而去。时诸葛试卷在备列,与某卷相比,犹未定。御史梦人语云:"一鸣中,一鸣中。"适睹诸葛名与梦合,遂录之。既揭榜,诸葛忘前约,晚始觉,将以明晓焚纸钱。而夜梦前金装者披发身血淋漓,仓皇指诸葛骂曰:"尔何爽约害我?我当报尔!"愤愤去。明春会试,诸葛以怀挟荷校棘闱前,其懿亲某,浙省来科适中其名数云。

厕　神

《葆光录》:天台有民王某,常祭厕神。一日至其所,见着黄衣女子,云:"某厕神也。君闻蝼蚁言否?"民曰:"不闻。"遂于怀中取小盒子,以指点少膏如口脂涂民右耳下,戒之曰:"或见蚁子群聚,侧耳听之,必有所得。"民明旦见柱础下群蚁纷纷,听之,果闻相语云:"移穴去暖处。"旁有问之何故,云:"其下有宝甚寒,住不安。"民伺蚁出寻之,获白金十锭。

坑　三　姑

《异苑》载:坑三姑之神姓何名媚,字丽卿,莱阳人。寿阳李景纳为妾,其妻妒之,于正月十五日阴杀之厕中。天帝怜之,封为厕神。俗传是日结草为形以祭之,占一年蚕禾之事必验。

《杂五行书》:厕神曰后帝。

雷　神　现　形

《挥麈新谈》:澧州一日大雨震雷,将一人家屋柱劈碎。举家惊怖间,忽见雷神入舍,形似乌鸦,高二三尺许,两足行地,两翅下有二手下垂。行遍屋内,烧一斗一秤,升屋至空中,方发迅雷一声。又《拙庵杂组》:康熙中,杭州官塘岸有毒蛇,雷神将击之,忽逢产妇在河边洗秽衣，遂不能击，伏于岸旁，大于猕猴，形似蝙蝠。其妇惊骇而去。土人始不敢近视，既而寂然不动，乃以物拨之，见其翅下有手。闻于县令，呼道士祈禳。道士命置七缸，缸按七星，各满贮香水，施符设法。凡一昼夜，雷神始跃入于缸，七缸浴遍，腾空发声而去。

雷神戏二儒

《墨池浪语》：二老儒途行遇雨，避一老妪家。雷电方迅，二儒因剧谈雷为天地之气搏击发声，雷斧雷神事之必无。妪起点茶供之，忽霹雳一声，二儒不见。妪讶曰："天雨若此，胡为去耶？"二儒乃在柜中叫妪，妪曰："柜固锁也，二位敢钱眼中钻入耶？"二儒曰："吾亦不知，忽有人置我于此。始悟雷之有神，怒吾辈狂谈耳。"老妪启柜，则见二儒之发彼此荃荃相结。倏忽所成，不亦巧乎？

雷击赃吏

《吴中往哲记》：成化中，吾郡朝真宫道士吴允中善符咒术，尝驱蝗治妖，随祷辄应。郡守命于玄妙观祷雨，允中噀墨渖则云合，以杨枝洒水则雨至，以胡桃掷空中，雷电随所向而作，顷间积水三尺。时官吏立雨中不敢退避，允中大呼雷神："有滥赃者请击之！"雷火绕庭，官吏有失措仆地者。

东库五通神

《武林闻见录》：宋嘉泰中，大理寺断一大辟，决数日矣。一日，有叩狱吏门者，出视之，即所决囚也。惊问曰："尔为何得至此？"囚曰："某死无憾，但有一事相浼：泰和楼五通神皆某等辈，近一他适，见虚其位，某欲充之，因无执凭，求一差檄明言差某充某位，神得此为据可矣。"吏不得已许之。因又出银一笏，烦制靴帽袍带之属。言讫而去。吏不敢泄其事，乃为书牒一道，制靴帽袍带，候中夜焚之。次日，梦有驺从若王者下车致谢。经数月，邂逅东库中人，谓楼上五通神日夜喧闹，知库人不得安息，酒客亦不敢登饮，例课甚亏，无可奈何。狱吏遂以向所遇密告之，吏曰："此必前所云他适鬼已归耳。"乃相与增塑一像，夜遂安妥如初。

五云山五通神

《北墅手述》：崇祯癸未，时当重九，有数书生约登杭州五云山，以作龙山之会。贾勇而上，休息庙中。时未及午，庙祀五通神，一生戏拈神筊卜曰："我辈今日得入城否？"筊语示以不能。书生睨视阶暑，大笑曰："何神之有灵？刻尚未午而曰我辈不得归耶？"随步下，至一溪头，见双鲫游泳，迥异凡鱼。书生共下捕之，或远或近，或潜或跃，或入手中泼剌又去。书生期以必得，脱衣作网，良久得之，贯以柳枝，携出山麓，至南屏酒家，则月上东山，禁门局钥矣。命童子烹鱼取醉，童子谓鱼游釜中久之不熟。命童子添薪益火，其游如故，又加踊跃，有碎釜声。书生急往视之，俨然鱼也，取出乃木筊耳。因共惊悔，越旦归筊庙中，以牲醴祷神而去。

神 告 宰 相

《游览志》：台州谢深甫家本寒微，父母赁舂以食。某招深甫教子，一夕，宾主对饮，夜半酒渴，无从得水。庭前有梨方熟，遂登树啖之。群犬环吠，深甫不敢下。主人梦黑龙蟠树上，为犬所吠而觉，开户视之，见树上有黑影，诃问之，深甫曰："我也。"主人逐犬，深甫下，主奇之，遂妻以女。后领乡荐，草履赴省，至曹娥渡，与渡子钱嫌少不渡，反詈之。深甫乃从他渡，至嵊县，宿古庙中。祝遇之厚，又饮以酒。深甫讶之，祝曰："夜梦神告我：明日有宰相来宿。今日惟官人至。"深甫焚香祝曰："若成名，当使庙貌一新。"是年果登第，遂修庙宇。后为浙漕，至曹娥渡，渡子伏地请罪。深甫笑而遣之曰："我不汝罪。今后台州秀才往来，勿取渡钱也。"

神 起 立

都元敬《谈纂》：四川合江李实，微时过其乡土地祠，见像起立，心窃怪之。归告其母，欲碎其像。母止之。神忽托梦于人云："李秀才过，吾敬之起立，彼不知，乃欲碎我。微其母，吾不免矣。为吾致谢。"李后醉过其祠，书像背曰："此神无礼，合送酆都。"乡人复梦神泣告曰："李秀才将送我酆都，烦急求救于其母。"乡人往告，母命涤之。景泰初，果至左都。

关 圣 庙

南京十庙将成，克期祭告矣。高皇梦一人赪面绿衣，手持巨刀，跪谓曰："臣汉寿亭侯关羽也。陛下立庙，何独遗臣？"上曰："卿于国无功，故不及。"神曰："陛下鄱阳之战，臣举阴兵十万为助，何谓无功？"上乃颔之，神去，明早命工部别立一庙于旁，限三日而成。

三 丰 异 物

《白醉琐言》：张三丰在甘州，留三物于观中，一为蓑笠。一为药葫芦，人有疾者，或取一草投其中，明旦煎汤饮之，疾立愈。其三为《八仙过海图》，中有寿字。有都指挥得之，悬于堂，不以为奇。一夕有亲故假宿，闻海涛汹涌声，以为黑河坝倒，明旦告于主人。主人怪而物色之，始知其声从图出也。后皆为中贵取去。

婚 姻 前 定

《夷坚志》：林聪字审礼，在太学昼寝，梦一美女告曰："我西京孟检法女花不如也。君异日登科当在洛，愿无他聘。"林觉而志之。大观三年擢第，果调河南尉。以事至天女寺，与老尼语，因问："此地有孟检法乎?"尼曰:"有。"问:"有女乎?"曰:"一女号花不如,近已嫁矣。"林惊异,默茹后时之恨。女未嫁时亦梦男子曰:"我林审礼也,愿婚之。"女觉,不晓所谓,亦不知林之有梦也。数日,女夫死,林知之,通媒结信,俟女除服始成礼。他日各言所梦,始知为前定云。

完颜亮妃亦号花不如。

豢 鼠

杭州钱参政处和好饵鼠,每食辄贮余粒,三击盆则群鼠㦄㦄而至,食讫乃去。洎迁政府,及帅越帅闽,以至挂冠归里,鼠至如初。迨钱亡,乃不见。吾苏张氏居都宪行台之东,日聚群鼠,观者纷至,辄投以钱,家贫赖以稍裕。后有无赖怀一猫以往,群鼠应呼而出,掷之以猫,啖其一二,余俱惊避,后竟不出,张氏衣食绝焉。近日京都菜市口熟面店中壁间畜鼠,欲观者店小二以箸击桌,亦群出,啖以瓜子、胡桃,食毕即去。

金 华 猫 精

《说听》:金华猫畜之三年,后每于中宵蹲踞屋上,仰口对月,吸其精华,久而成怪。入深山幽谷,朝伏匿,暮出魅人。逢妇则变美男,逢男则变美女。每至人家,先溺于水中,人饮之则莫见其形。凡遇怪者来时如人,日久成疾。夜以青衣覆被上,迟明视之,若有毛,必潜约猎徒牵数犬至家捕猫,剥皮炙肉以食病者方愈。若男病而获雄,女病而获雌,则不治矣。府庠张广文有女年十八,殊色也,为怪所侵,发尽落。后捕雄猫始瘳。

洞 庭 鼍

《独异志》:敦煌李勔,开元中为邵州刺史,挈家之任。渡洞庭,时晴明,登岸,因鼻衄血江上,为江鼍所舐,俄然复生一勔,与之无异,鹬之本身为鼍法所制,系于水中。其家奉鼍妖就任,为郡几数年。因天下大旱,道士叶静能自罗浮赴诏,过湖,见沙中一人面缚困顿,问之,鹬以状对。静能书符帖巨石上,石即飞起空中。鼍妖方拥案判事,为巨石所压,乃复本身。时张说为岳州刺史,具奏,并以舟楫送鹬赴郡,家人妻子乃信。今舟行者戒不沥血于波中,以此故也。

山　　魈

《白醉琐言》:广东山僻处有山魈,半是鬼,半是人,能隐能显,止一手一足,必两人相帮然后能行。亦租民田耕种,至秋收,田主必分半与之,若多占升斗,能向其家作祟。其妇女好施脂粉,客或于彼投宿,称为山姑,送与脂粉,其妇乃喜,恣与饮食,不苦索值。又善伏虎,虎至,妇辄批其耳,掌其面,曰:"斑子,斑子,勿惊吾客。"虎即帖然摇尾而去。

木　　客

《花月新闻》:赣州兴国上洛山有木客,形颇似人,自言秦时造阿房宫采木者,食木实得不死。能诗,时就人间饮酒。此近乎仙者也。有客静夜弹琴,有一人时来就听,每夜闻琴必至。客疑之,中宵出其不意,忽以裤罩其首,急取火炙其面,其人强挣而脱。天晓寻之,见一老桑如人,树头有炙焦痕。伐其株,血濡缕出。此近乎怪者也。

山　　精

《抱朴子》:山精如人,茸毛在面。《山海经》之说也。又闻形如小儿,独足,足向后,名曰蚑。或来犯人,呼其名即却。又名超空,可兼呼之。又云山精如鼓,赤色,一足,名曰挥。又云一种长九尺,衣裘戴笠,宛然如人,名曰金累。

旁　不　肯

《史册拾遗》:元丰中,庆州界内生一种虫,名子方,秋田之际,害稼殆尽。忽又生一种虫,名曰旁不肯,形如土狗,喙上有钳,涌地而出,遇子方虫以钳镊之,悉为两段。旬日,子方虫皆尽,岁得大稔。忽灾忽祥,亦异事也。

海　蛮　师

嘉祐中,海州渔人获一物,鱼身而首如虎,亦作虎文,有两短足在肩,指爪皆虎也。长八九尺,见人则泪下。有父老识之,曰:"此之谓海蛮师,昔曾见之。"又北宋之末,有一渔人获一能歌之鱼,名曰海多。皆异物也。

巨　蚁

万历中,马绪谪潮州,得巨蚁,长尺余,盐渍之,归夸北人。见《紫桃轩杂缀》。余舅氏王漆园于广中见一蚂蚁,如猫大,以小练系之为戏。具录之,以资博识。

千里驴骡

《湖海搜奇》:陕西民家畜一驴,其婿借乘远适,逾时往返百里如飞,婿心爱之。翁问归何早,婿诡云:"驴劣,行十里即卧不肯起,因牵之归,乃误我往返耳。"翁信而憎其驴,杀而烹之。婿闻,急止之曰:"我戏也。"然驴已皮矣,惋恨良久,取其腹视,腰有六肾,盖千里驴也。翁怒而绝其婿。又一人尝省亲山东,亲家以一骡至,时日暮道远,恐其不达,主人曰:"此千里骡也。"倏忽抵其家。

马 生 角

《湖海搜奇》：万历辛丑，麻城卢之孔之子科儿往沔阳贩马，见彼地有一紫色骒马，头生二角，长二寸余，色如象牙，而纹理亦如之。乡约报郑州同，郑恶其多事，责乡约而不问马。科儿用价五金买来，中途遇人盘诘，多方求解，始得抵家。

孔 廪 巨 鼠

《湖海搜奇》：衍圣公庾廪中有巨鼠为暴，狸奴被咮者不可胜数。一日，有西商携一猫至，形亦如常，索价五十金，曰："保为公杀此。"公不信，商固要文契而纵之，曰："克则受金。"公乃听之。猫入廪，穴米自覆，而露其喙。鼠行其旁嗅之，猫跃起啮其喉。鼠哀鸣跳跃上下于梁者数十度，猫持之愈力，遂断其喉。猫亦力尽，俱毙。明旦验视，鼠重三十余斤。公乃如约酬商。

猫 治 鼠 怪

盐城令张云在任养一猫，甚喜。及行取御史，带之同行。至一察院，素多鬼魅，人不敢入，云必进宿。夜二鼓，有白衣人向张求宿，被猫一口咬死，视之，乃一白鼠。怪遂绝。

应 氏 白 犬

《湖海搜奇》：缙云应某，夜无故大门自启，到晓复合，而拴不上。应翁疑之，至夕潜伺，见家白犬人行至门，举前两足如拱手状，门拴自坠。翁尾之行，至一池中浴，浴毕向月百拜，口呜呜作声，俨若人态。应即潜返不言。犬入，以喙扃其扉，以足扶拴，拴不能起，乃已。明夜，应翁操杖匿扉旁，俟犬方立而揖，力杖杀之，剖其腹肠，中得草一茎如席纬,鲜翠如生。或云是仙草也。

白 獭 神

《挥麈新谭》:江阴陆九龄屋旁有石铦一座,乃先世以备旱潦者。岁久倾圮,其祖欲修筑之,计工石次,梦一白衣老人谓曰:"托身铦下有年矣,公勿修葺,葺则妨我。"祖觉而不信,然终不能动其石而止。后父复欲修葺,亦梦白衣老人曰:"公幸止工,否则劳而无益。"父曰:"吾必不汝从。然汝何人而栖于此?"乃以指书几上曰:"我白獭神也。"觉而笑曰:"刘黑闼尚为唐太宗所灭,况白獭耶?"决意为之。拆其石将尽,独下二石,百人不能曳,乃已。后人每见白衣翁往来岸上,或作大木浮出水面云。

庐 陵 石 鹿

《白醉琐言》:庐陵县每岁夏秋有鹿夜出,至县衙触物成声,逐之辄失所在。推官蔡任远摄县事,方纳凉举杯,鹿以角翻其几案而去。蔡问何人所蓄,吏言此物为怪二十余年,不知所栖止。蔡心异之。一日阅库藏,见土地神案下一石鹿大如猫,血干渍其身寸许,盖祭土神即割鸡血以沥之也。蔡悟,以铁锥碎而粉之,血流如泉,怪遂止。

萧 山 鬼 怪

萧山城楼下瞰邑学,有魅出没,人不敢登。魏文靖公骥为诸生时,与同学决赌:"吾能宿此无恙,诸公醵金若干为我寿。"诸士许之。公携衾褥茶烛而登,月明朗读《周易》,诸士潜于斋中觇望之。二鼓,呵殿声自南来。一青面鬼首双角,坐肩舆,冠服甚异,从者百人,去楼数十武,鬼卒窥见,白云:"魏尚书在此。"魅似不悦,云:"家去。"折舆而北,自女墙下投周氏而息。诸士怖甚,掩关不敢喘气。公安寝达旦,告诸生以魅状,诸士敬服,各出金为赠。公潜访周氏,周素钦其名,延坐设食，徐问："君家所事何神？"周蹙额曰："小女年及笄，为妖神所据，昨云今夕与大王成婚，要具花烛。无如之何。"公曰："我能治之，然何以为谢？"周曰："君诚能驱祟，当以小女侍巾栉。"公请女出房，索笔砚书其衾云："魏尚书夫人周氏。"书讫而去。至夕，魅复自城而下，车马杂沓，烜丽莫比，堂中陈设甚盛。魅见女握手交语，请丈人丈母相见。翁媪不得已，拜延入席，传觞款语，了不畏人。宴毕，携女入室，手揭罗帏，见衾上七字大惊。一卒前白曰："午间老贼以女许魏尚书矣。"魅叹叱，登舆而去。女自尔恍如梦醒。既而魏来，周迎入，为治装，择日以女配之。后仕至南京吏部尚书，其女封二品夫人。

犬活死儿

《白醉琐言》：南京水西门外王宝石家偶来一大黑犬，逐之不去，又非比邻物也。数日后，清晨时，行人以担荷一小棺过，犬跃起啮其手，棺坠地遂破，其中婴儿苏矣。行人聚观，犬忽不见。是犬来专为活此儿也。

鼠　　精

《白醉琐言》：临江李鏊性勇，不畏鬼物。嘉靖初，薄游湖口，人延训子。而所居湫隘，北有高楼，封锁甚固。问主人曰："何不假馆？"主人曰："此为妖物所据，不可居。"鏊曰："吾不惧。"主人不得已，启其锁以入，尘埃积寸。鏊汛扫供张，为久居计。时生徒十余人，童冠杂坐，日暮散去。鏊坐至更余，卷衣假寐，怀梃以俟之。忽楼阶有人行声，少选，一神步入楼中，端坐。鏊视其状，顶金蟆，衣绛纱，执象笏，垂髯及腹，面色狞恶，若世所塑城隍神者。见鏊，欣笑举笏，抑扬如舞状，冉冉至床前，以鼻向鏊左耳一吹，左耳忽聋。鏊念倘更迟留，定遭魇死。俟其渐近，举梃尽力击之，中其腰有声，呦然而去。鏊起呼主人曰："汝提索仗来，吾与汝缚怪。"便共踪迹楼下，至北廊垣曲，有一穴大如斗，锹锸掘之，深三尺许，得死牡鼠一头，毛作赤色，髯长尺许，秤之重七斤。剥其皮，腰有凝血，知中其要害，故仅能入穴而死。

面 具 治 怪

《湖海搜奇》：金陵有人担面具出售，即俗所谓鬼脸子者。行至中途，遇雨沾湿，借宿大姓庄居。庄丁不纳，权卧门檐下。中夜不寐，面具经雨将坏，乃拾薪爇火以煤，首戴一枚，两手及两膝各冒其一以近燎。三更许，见一黑大汉，且前且却。某大声叱之，黑汉前跪曰："我黑鱼精也。家在此里许水塘中，与主人女有情，每夕来往，不意有犯尊神，恕责。"其人叱之速去。明旦告主人以所见。某小女果病祟不安，遂竭塘渔之，得乌鲤重百余斤，乃醢而担之归。

高 丽 寺

《北墅手述》：高丽寺者，高丽国王为其世子所建。宋神宗时，国王祈嗣于佛，得一子，昼夜啼哭，惟闻木鱼声则暂止。一日有声自空中来，王命寻声所自起，愈寻愈远，渡海而南，得之武林镜湖之畔，一僧端坐，按节击鱼。使者敬礼僧前，请涉朝鲜以疗世子。僧曰："世子云何？"使告以故，且言臂间有佛无灵字。僧曰："异哉！为尔往视。"渡海见王，王出世子，僧合掌作礼，世子笑而受之。王异之，问故，僧曰："此吾师也。先为舆夫，肩舆得金自给外，以余资投井，积久出金，建刹湖上，遂为释。吾钦其德为之徒。吾师一年而跛，明年盲，三年为雷击以死。吾深不平，因濡笔题佛无灵字于其臂。孰意今生于此。"王曰："审如是，佛有灵矣。安知非夙世之孽并报于一世，而后偿其善果乎？"因建寺于其旧地，颜曰高丽，且进金塔以表奇。

喻 弥 陀

《北墅手述》：喻弥陀居杭州妙行寺，精于画佛。凡画佛，先静坐凝想,忽现佛光,大如明镜,僧俗同见,自是笔愈有神。客问:"何不去参禅?"喻曰:"生平只解画弥陀,不解参禅可奈何？幸有五湖风月在,太平何用动干戈。"方腊之乱,杀戮最惨,忽犯钱塘。师造其前,请以身代一城之命,贼为感化,其锋少戢。

杯　　渡

《梵志》:杯渡和尚尝乘木杯渡水,携杯至岸,数人举之不能动,窥其中有四小儿镇之,乃四天王也。见渔人得鱼,乞其放生不许,取两石子掷水中,俄有二牛相斗,网悉破碎,不复见牛。渔人怅然而悔。

罗 汉 移 居

《湖壖杂记》:康熙元年,净慈寺罗汉堂将焚。先一夜五鼓,残月在天,行人有自西山来者,见纷纷衲子,相皆奇伟,约有数百,皆肩负瓢团,持携杖拂。行人怪之,问其何自,曰:"净慈。向灵隐讨单驻足。"翌日罗汉堂焚。始知其所见者,乃五百应真云。

蒋 虎 臣

金沙蒋虎臣先生超生时,父梦一僧,言由峨眉山来,竟入内。惊寤,顷之,夫人举一子,名之曰峨眉儿。顺治丁亥登进士第三人。生平喜跏趺而坐。后督顺天学政,报满即以病辞,弗复归里,抵蜀至峨眉,留憩伏虎寺中。后室久扃不启,僧云:"本寺一古德居此。临逝云五十年后,重来启此。"公知是前身,启之宛然若一也。遂禅定于斯。康熙癸丑三月,无疾端坐而逝。留一诗云:"翛然猿鹤自相亲,老衲无端堕业尘。曾向镬汤能避热,那从大海去翻身。功名傀儡场中物,妻子骷髅堆里人。只有君亲难报答,生生长是祝能仁。"开关闭关,又一王守仁也。

晋　水　字

宋晋水法师写《华严经》于乌戍,天为雨华,飘坠高丽国中。其花每瓣有晋水二字。国王遣人寻访得之,深为叹异,因构宝华阁。元时湮没。天启二年,有僧道琳搜其址结庵,名古华严庵,陈眉公为作记。

大　佛　头

西湖大佛头,乃宋高宗时沙门思净所镌。思净俗姓喻,工画佛像,号喻弥陀。大佛之石本在江滨,相传为秦始皇缆船石,后因潮落,遂显湖山之迹。

秘集卷之二

土　遁

《白醉琐言》：正德初，流寇猖獗，有太监部纲入京，一老翁附舟，左右不可，太监怜而容之。翁雅善讴歌，太监尤喜，数召侍饮。舟抵济下，而贼报至，从者或逃或泣。翁曰："无恐。"命舟中炒面若干，可足三四人数日之食，请太监散诸仆，而留两人侍以面和水为粮，戒勿言笑。乃出小囊于胸，以匕挑囊中物，每舟首尾各置少许而还，贺曰："公高枕矣。"太监犹惊疑。明旦，贼骑充斥，皆四顾曰："昨有龙衣船当泊此，何不见？"后一骑饮马于浒，失足践船头，乃云："几踏入水。"顿辔而去。贼退，从者返，咸言烟水茫茫，我公何在？意必遭贼害，相与泣于水次。翁乃徐起，收其物入囊，而舟遂见。太监德翁，厚赠悉不受，置酒申敬，而翁跃升于岸，举手珍重而去。视船头有黄土痕，知翁深于土遁之术。

陈法官治怪

江浦樊某女为妖物凭藉，闻陈法官有神术，延之治妖。陈至曰："能舍此女我则为治。"樊曰："惟命。"陈命取炭数百斤炽之地穴，取大铁索炙而赤之，诵咒毕，女裸身单裈自内出，坐胡床，陈取火索缠之，了无所痛。缠已狂奔十余里，跃入水塘中。父母悲怖，陈曰："无害。"三时乃自水中抱一大黑鱼而出，至家舍鱼而跌。索贯鱼腮，长一丈五尺，重数十斤，乃拽入火中炙杀之。少选，女苏，问之，曰："见胡髯巨神引我入一处，见一黑男子卧，曰：'魅汝者非此物耶？'吾曰：'是。'遂以索穿腮锁之。"原不知赤身受辱也。自是怪绝。

殷　七　七

《墨客挥犀》：殷七七与客宴饮，以二栗为令，接者皆闻异香。有妓在坐笑之，栗至手捧而嗅之，即化为石，缀于鼻上，掣拽不落，秽气不堪，人皆远席。妓顿首谢，殷笑而拂之，二石堕下，仍为双栗。又能开顷刻之花，且或四时之花一时俱发，人目为花圣。又《紫桃轩杂缀》载：商七七有异术，能呼屏间画妇人使歌，妇人应声歌曰："愁见唱《阳春》，令人离肠结。郎去未归来，柳自飞香雪。"诗人多目梅为香雪，而此指柳花，或疑柳絮无香，而太白诗亦云"风吹柳花满店香"。

天　坛　道　士

《客窗涉笔》：天坛某道士善捉狐。一日，有白衣人叩门云："家多妖，请公往治。"时某微醉，觅轿舁行，行甚速。某少醒，搴帘观之，已在西山，见狐狸无数，拥某跳跃，不能脱身。顾诸狐云："某至此安能他往？若能启我手，则任若为无恨也。"初惟一狐启，不能动，继而三四狐同启，亦不能动。于是众狐争来启，某手捏一掌心雷诀，撒手启掌，雷声轰震，群狐惊窜，某乃得归。

杨　芳　台　遇　仙

《白醉琐言》：万历中，南昌杨芳台乙酉秋试前，有一羽衣相访，甚蓝缕可厌。芳台避之，乃强之出，云："公昔在场屋，得无苦瞌睡乎？吾有一丸，于临场服之可以瘳此。"揭胸间出药一丸授之，且曰："尔从此联捷矣。"芳台喜，约次日相访于铁树宫。曰："尔无从访我，别后我当于三边再晤也。"芳台未之深信，往访不获。及试日，服前药，果精彩焕然。是年举于乡，设醮谢之。丙戌登进士。

龚 子 彬

《学文堂集》：元至正间，常州龚子彬为县刑吏，造重案册于玄妙观。婢传餐，值龚出，置庋阁上而返。龚至观不得食，饥甚，归呼婢，不及诘，遽击婢毙。归观而见饭在焉，心甚悔，因念："此积案岂无枉者？"尽火之，请罪于官，初拟辟，寻减戍云南。时刺史滇人，以家书属之。彬就途，遇一叟授彬一杖，命跨之，御风而行。俄至一城，已入滇矣。时见红梅盛开，问之则仲秋也。投书刺史家，刺史父见书大异，请于官，使给假归。复跨杖如前，仍遇老叟，取杖。还见刺史，刺史疑为尚未往，出其父书，益大骇，并出所携红梅示之。刺史曰："梅开于秋，真吾乡之物也。"即植之于观，因以名其阁。彬遂与一道士学道于此。一日，又见前叟，语之曰："吾杖犹在，汝能从我游乎？"彬敬诺。道士亦牵叟衣求往，叟亦许之，遂偕去。其徒问曰："师何日归？"道士指石柱曰："此柱开花，吾归日也。"三年后，钟忽自鸣，石柱生花，奇纹迸出石上，斑驳之色可玩，道士于云中一见而灭。

剪 头 仙 人

《樵书》：宋大理卿周三畏不肯勘问岳武穆，挂冠而去，不知所之。明万历中，延安葭州山中有剪头仙人，曰饮净水三瓯，以水疗疾。开府郑汝璧、大帅李如樟请至榆林，求其为民治疾，给水与人，无不随愈。畅谈古今，论及宋事咸阳冤死，仙辄大哭。问其姓，曰："姓周。"昼夜令百余人环侍之，忽不知其何从而去。抚帅求之不得，望空遥礼，空中坠名帖二纸，书"周三畏拜谢"五字，乃知剪头仙人即大理也。

老 神 仙

《大有奇书》：明末河南陈某被俘，于闯贼张献忠营中为塑匠，人不知其仙也。时孙可望为前锋，醉杀嬖妾，已弃其尸，醒而思之，痛悼欲死，曰："安得有神仙为我活之？"塑匠笑曰："我能活之。"可望怒曰："汝欲借此逃耶？"匠曰："我不行，可命二卒持我药至尸所，于伤处傅之，即得生矣。"如其言行之，创者立瘥，随即起，骨节珊珊，已返魂而至矣。可望大喜，闻于献贼，筑高台，坐匠于上，令三军罗拜，声震天地，军中皆称老神仙云。献忠亦有幸姬名胡老脚者，潜往幕后伺之，张疑为刺客，未暇详视，遽拔佩刀斫之，溃腹而死。见而悔之，抱尸痛哭，亟召老神仙，对曰："伤重不能救矣。"献忠必欲生之，对曰："生此人，吾不可复生矣。且公杀人甚多，吾安能一一生之？公此后宜戒杀。"遂敷药于创处，死者徐徐起，回顾神仙已不复见矣。

李　朱　神　判

顺治中，山左有李神仙者，游行京邸。庚子乡试，有两生密询试题，李笑曰："公皆道德仁艺中人也，无庸卜。"题出，乃"志于道"全章，二人皆中式。辛丑会试，又有以场题问者，李曰："五后四可。"后首题乃"知止而后有定"节，果五后字，二题"夫子之文章"一章，三题"易其田畴"二节，果四可字。又一举子叩辛丑鼎甲于朱二眉，书云："骑白马，赶黄龙，王孙公子在其中，中有一仙翁，福禄永无穷。"是年先帝上宾，应赶黄龙之谶。及传胪，状元乃溧阳马世俊，榜眼遂宁李仙根，探花嘉兴吴光，传胪嘉兴孙铄，各符其言。未几马与吴俱卒，李子静仕至侍郎。

张　三　丰　蓑　笠

《清溪暇笔》载：岐阳王李文忠最好学，其子景隆亦喜儒者，故门下多奇士。家有张三丰所留蓑笠，姚福过访，求观，曾孙蓴出以示福。其蓑垂须已秃，但余绳千结，披之及膝。笠已亡箬，独篾胎耳。蓴且曰："张以先祖爱客之故，勉留数句，临别告先祖曰：'公家不出千日，当有横祸绝粒。予感公相待之厚，留此二物，急难时可披蓑顶笠，绕园而呼我也。'三丰去二载，而大狱兴，遂全家幽于本府，不给以粮，粮垂绝,乃依其言呼之。俄前后圃中及隙地内皆生谷米,不逾月而熟,因食之得不死。谷甫尽而朝廷始议给米,其后呼之不生矣。"异哉!

风　道　人

《耳新》:天启丁卯春,魏忠贤诞日,公卿上寿。有一风道人踵门求见,阍者叱之,道人曰:"我与魏公贫贱交,相见有要言,何为阻我?"阍者以椎击之。道人叩鼓,众拥之进。道人语魏曰:"久别矣,宁相忘耶?"忠贤怒曰:"妖道何其肆妄!"叱缚付镇抚司。道人曰:"汝磔尸在迩,能杀我耶?"将身振跃,飞空而去。举座咸惊,忠贤丧魄。

彭　小　仙

《帝京景物略》:明正德时,固安县有彭童子,为人牧三十年,犹卯角孩也。每晴时驱牛归即雨,雨时放牛出即晴,人称之曰彭小仙。以妖闻于都,捕者至。彭别其村人曰:"百余年后兵来,白旗下立者生矣。"拾草头周于项,身首异焉。捕者以报,收葬之。崇祯时,敌犯固安,人遵小仙言,望白旗窜,皆不死。盖其将暗降,以白为号,故得免也。

唐　道　录

《续夷坚志》:宋咸淳十年,度宗大渐,建醮保安。唐道录伏坛出神,上至层霄,忽被罡风吹击,遂排神驭气,方得至魔王界内。且为天花坠压,复努力作法,直造天门。三天监门神又行挥卞,乃默叩祖师张真君。真君曰:"曾闻上帝救命,不许受宋国表章。但其词意虔切,不可抑遏。"乃命有司引唐诣玉帝前。适逢议下界公事,稠众中见真官引致一神人,衣装皆如天帝,但簪下辫发耳。后有十数人,各荷青册一担,候于庭下。传帝旨云:"宋国人民疆土尽付于汝收掌。"神人跪拜只领而退。荷青册人皆随之去。旁有天神谓唐道录说:"宋国大数尽矣,汝章之不达,有由也。"唐辞祖师还神,不敢彰露,革命后方与人言。

妙 果 寺 风 僧

《夷坚志》:饶州妙果寺有风和尚,饮酒食肉,恣意颠狂。一日,向长老觅担夫去云游。长老曰:"门前有二金刚,汝持一个去。"僧诺之,梯而上,以担挂金刚肩,金刚即随僧走。寺僧呼噪追之,风僧取担自负,乘云而去。金刚僵立田野中,人起殿盖之,名金刚寺。

罗 汉 题 诗

《现果录》:明季太仓有一巨姓,年老无子,斋十万八千僧讫。有十八异僧复来求食,家僮拒之。一僧遂入堂中,以指濡唾作行书书其几曰:"十八高人特地来,谓言斋罢莫徘徊。善根虽种无余泽,连理枝头花未开。"随书随成金字。家僮惊报,主人急出,僧已逝矣。巨姓顶礼诗几,积诚一载,忽见未字转动,自下而上,竟成半字,遂得一女。

周 将 军

《客窗涉笔》:崇祯庚辰夏,徽州某乡有不孝子王某,父死,一老母婢蓄之,每旦拥妻酣睡,役母晨炊。母抱孙启釜,失手将婴孩坠沸汤中,急救起,孩大啼。不孝子惊起,持刀赶母。母跄踉走入关帝庙中,举刀砍母,忽见周将军仓以刀格住。不孝子大惊奔走,周将军即提刀追之门外,杀之。庙祝闻声出视,见将军一足立槛内,一足跨槛外,不孝子仰卧在地。母出拜神,具述所以。众共以金饰像,一足仍立门外,以彰灵异云。

商 学 士 禄 料

《志怪录》:成化中,长洲瓜泾民王敬病死复生,问之,云:初有冥吏追去,见王者坐殿上,判官方与吏胥运算。敬潜听之,王者所言乃算商学士父子俸禄。吏算讫,覆云:"大学士尚有数月,小学士只有月余。"既而引敬问之,王者曰:"误矣,非此王敬也。"急放回。窃问旁人王者为谁,曰:"阎罗王,即范参政仲淹也。"遂瘳。时商公父子俱无恙。既而学士良先卒,久之中堂亦死。审其时,无少爽焉。

崔 府 君

辛稼轩《南渡录》载:宋高宗徽宗第九子也,封康王。靖康之变,质于金,与金太子同射。康王三矢俱中,以为此必拣选宗室之长于武艺者冒名为此,留之无益,遣还换真太子来。高宗得逸,奔窜疲困,假寐于崔府君庙中。梦神人曰:"金人追及,速去之,已备马于门首。"康王惊觉,马已在侧,霜蹄雾鬣,昂然翘立。跃马南驰,既渡河而马不复动,下视之,则泥马也。始知为神助。追者不及,得归即位于南,延宋祚焉。

阎 浮 提 王

《代醉编》:寇莱公有姜蒨桃,随南迁,再移光州。蒨桃泣曰:"妾前世师事仙人,今将别去,敢有所托,愿葬杭州天竺寺。"莱公诺之。桃曰:"吾向不言,恐泄阴理。今欲去,言亦无害。公当为地下阎浮提王也。"公不久果亡。有王克勤见公于曹州境上,拥驴北去。克勤询后骑曰:"寇公何往?"曰:"阎浮提王交政也。"

水 仙 土 神

吾苏水仙土神颇著灵异,相传即洞庭寄书柳毅也。顺治庚寅、辛卯间,水旱洊至,祭赛祈祷,靡神不举。台阁巧丽,倾动苏城。蒋宸生绘因看会,见神像,戏曰:"相貌也只平常,洞庭君纳之为婿。"夜遂梦青衣言:"春申君相请。"因随青衣往。春申君言:"水仙土地要见。"复同青衣至水仙祠，见神出位，将宸生端视曰："你言我相平常，我相你亦平常，宜乎贵而早夭也。"令青衣："送他回去。"宸生行至中途，失足而殰。自道其梦如此。丁酉登贤书，己亥成进士，选庶常，逾年果卒。

济渎庙借金

《续耳谈》：济源县北海庙神通人假贷。祠前有两池，东池能出物以应人求贷，欲假金者祷于神，以玦决之，神许则以券投池中，有银浮出如其数。贷者持去，贸易利市加倍，如期具子本祭谢而投之，银没而原券浮出还之，如人间式。亦有中保之人。若神不许，投券入水，顷之复浮还。牛马诸物皆可假借，投之复出，故不死也。尝有不能偿者，舍其儿以盒盛之投入，俄顷盒即浮起，启视之，儿于盒中无恙。盖神鉴其诚，悯而贷其贷也。

葛 子 坚

《镇江府志》：康熙壬子，有神降于溧阳民家，曰："吾金坛葛子坚也。今年旱蝗为虐，帝命我驱之。我能使不犯禾稼，一茎不伤。"民且信且疑。而蝗大至，弥漫林莽。民始大惧，裂楮大书曰"驱蝗葛公之神"，民争出鸡酒祀之，蝗乃飞去。葛名维屏，以顺治壬辰进士，为兰阳令。康熙丙午秋闱为受卷官，爱惜诸生试卷，不肯轻贴，为监临所诟詈，愤恨自经死。其驱蝗事，丹阳贺宽有记。

衡 州 岳 神

《大有奇书》：康熙甲寅，吴三桂叛于滇南，驻兵衡州。衡山有岳神庙，有小白龟大仅如钱，多历年所，土人以为神之使也，敬而祀之，藏之帏中，借以占卜。三桂妄希神器，择吉祀神，铺天下舆图于神座之前，默祝求视龟之所向。龟蹒跚循走，总不出于长沙、常、岳之间，复至云南而止。三桂再三拜祷，白龟三复如之。三桂君臣相顾失色，故不敢轻出湖南。神告之，神阻之也。

铅山三圣

《耳新》：崇祯戊辰，铅山有显应坛，三圣之神忽附两年少，披发徒跣，红布裹额，身衣神袍，擒本都盗八名。盗或扮施药，或唱道情，或装乞丐，人不识也。两人直前，扑杀一人，擒七人至县。捕官闻之，出堂拷讯，两人作神言曰："此贼大有法术，非人力所能拘，须急请令公来重究。"时摄县事者兴安江大尹，堂设公案，请神上坐。江令取盗拷讯，搜出涂面颜料并引火物，盗皆具供。审毕，神云："此贼不可与水饮，若见水便遁去矣。"言讫欲去，江令以鼓吹送之入庙而苏。

新河神

《大有奇书》：康熙庚戌，毗陵吴翰林耕方讳珂鸣，过池州青溪镇。有新建总河朱公庙，入礼之，见神像六，五则封号之素著者，六之位号，犹生时宫保大司马也。五者冠衣从古，而六者制则今式，榱题焕然。吴进庙祝，询其新河神之说何所从来，祝曰："神所命也。去岁有巫降于此，自言我总河朱之锡，奉上帝敕督理江河，宜庙食此土。里人询巫何所征信，神言今江滨舟中有同年二人，盍邀来。乃讯之，果得其人，亟请与神面叙生平交谊，皆人所不知之语。二君信为不诬，拜哭而去。舟行祈祷，无不应者。"

银瓶小姊

《湖壖杂记》：银瓶小姊者，岳武穆季女也。武穆被难，女欲叩阙上书，逻卒拦止，遂抱银瓶坠井而死。孝宗悟王之冤，就其第立庙以祀。井在庙中，范银瓶像于庑右。明时有宋观察者祀岳王，谓武穆精忠固当拜，银瓶女流耳，非所宜，障之以屏，于礼便。后升公座，睹玉貌锦衣神女，持弓矢当檐而立。僚采具见，观察惊顾，矢发中背成疽而死。

玉真娘子

《睽车志》：程回者，伊川之后。绍兴八年，居临安后洋街，门临通衢，垂帘。一日，有物如燕，瞥然飞入，着于堂壁。家人就视，乃一美妇，仅长五六寸，形体皆具，容服甚丽。见人不惊，小声呖呖，自言："我玉真娘子，偶至此，非为君祟。苟能事我，于君有利。"回乃就壁为小龛，香火奉之，言休咎皆验，好事者争往求观。人输百钱，乃为启龛，至者络绎，家遂小康。期年遂飞去，不知所在。

五通神化石柱

《湖壖杂记》：顺治戊戌，灵隐寺毁，释具德重建，辉金灿碧，更胜旧观。大殿将成，缺一石柱。城中有屠姓者，梦峨冠五丈夫曰："我北高峰五圣也。为灵隐向尔乞柱。"屠觉，即以所有石柱送于寺中，柱刻神像以昭灵异。

掠刷使

《幽怪录》：韦元方外兄裴璞卒。长庆初，元方见一武吏跃马而来，乃璞也，谓元方曰："吾为陇右三州掠刷使。生人一饮一酌，无非前定，况财实阴司所借。其获有限，过数则阴吏来掠之。子之逢吾，亦是前定，合得白金二斤，过此则当掠，故不敢厚也。"

活阎罗

《见闻录》：顺治庚寅春，武进诸生龚廷揥因病梦判幽冥事，后无病而梦亦然。每月初一日赴昭昭堂听断，善簿用朱书，率多忠孝节义，恶簿墨书，多不忠不孝事，总三百余案，历历不忘，随笔录之。同郡潘静菴刊《活阎罗断案》，邹之麟为序行世。

城隍责礼

《湖海搜奇》：吴诸生沈鸾家城隍庙之西，以赴郡试晨炊，其妻令小女出外取火。天尚早，邻家未启户，女径入庙于香炉内取火而归。时天暑，女但着裙而未穿裤，沈夫妇未之知。沈有甥女，神忽凭之，自称："吾城隍神也。昨日汝家秀才赴考，使十四岁女子到庙取火，甚是不洁。"呼沈跪而责之曰："汝为儒者，乃尔不知礼耶？"沈举家拜谢，许以祭赛。神曰："此亦不必，本非大过。我偶出，过尔门驻此尔。于明日具衣冠到庙一揖可也。"语讫，甥女洒然而寤。

关侯裔

《大有奇书》：陇西关永杰，号人孟，与兴化李映碧清，崇祯辛未同籍同官，一司李东阳，一司李明州，相望也。初见时愕然神耸，如世所绘关壮缪像，问之曰："君关侯裔耶？"曰："然。"曰："史载庞会随钟、邓灭蜀关氏家，君又其裔，何也？"曰："请以一事证。当永杰附骥之年，棘闱未撤，与诸举子闲步先壮缪祠。忽一道士前询诸姓氏，曰：'昨梦神喜动颜色，语予云：吾家一人入彀矣。诸君谁氏关者？'时众咸指目杰。已而果捷。非证乎？何云尽也。"李曰："侯亦世情耶？"由今思之，侯之喜非世情也。当君司李有声越，擢中州兵宪，与流贼战，捍危疆，贼入嘬血骂贼死，似侯哉。侯盖知君必捷，捷后不以牖下死，神之喜其以此乎？噫，斯真侯后矣！史载刘豫降金，杀其骁将关胜，胜不从，或曰是壮缪后。然则关氏之以忠义著也，侯及胜、永杰而三。

龙兴寺火兆

《湖海搜奇》：淮阴龙兴寺素雄丽，正德六年，湖水泛溢，民避水于寺中半月许,污秽殊甚。僧虽苦之,而不能禁。月余,一青巾白袍者至,年可三十余,周行廊殿,入室,僧不为礼,坐定,亦不奉茶。乃问云:"此地有饥民住否?"曰:"有之。"又问:"禅堂曾居否?"曰:"惟禅堂无有。"遂告去,僧亦不送。其夕居民见群僧荷担自寺中出,其状或髯或发,或妍或丑,老少非一,皆向西而行。人疑寺中安得有僧如许,且形状怪异可疑,入寺问之,皆云不知。明日雷雨大作,火自后殿起,至山门,俱成煨烬,惟禅堂岿如鲁灵光然。乃知昨青巾者火部神将,而群僧则罗汉云。

鼠　　妖

万历中,闽南平之漳湖廖氏,有处子为异物所凭,已适王氏居远矣,而凭如故。王无如之何,知江右龙虎山太乙真人符最灵,往征之,而物必阻于途,行者不能。一日潜往,物复追之,而已远入天师府矣。物不敢入。时真人尚幼,母氏掌政,取照妖镜悬之,而鼠见,曰:"此小妖也,乃天曹中脱鼠耳。"给三符,命至关、至郡城隍庙、至家庭各焚一符。其人如其旨,焚关符而物向女犹揶揄。焚城隍庙符而物已窘,曰:"吾为女死矣。"焚符家庭,白日忽迅雷起柱中,跃出一鼠大如斗,已击死矣。怪遂绝。

猴　　祟

嘉靖中,江南一民家女为猴祟所凭,诸业符咒皆莫能禁。吴地称宋相公者,先世有符法,救人最广,而传家得道者犹阴王之故法大行。因邀宋至,宋视之曰:"此猴精,已五百年,通灵跂扈,幸早发,不然逭逸至滇南界,莫得矣。"遂作符,尽敕海内诸城隍神合捕。而诸神实惮之,莫能获。幸宋家有神为某郡城隍,奉法惟谨,始获之,械至。宋坐坛上,与客痛饮,责之曰:"汝生世久,可入仙,何不自爱而犯淫戒,为厉人间,罪何能逭?"猴惟涕泣而已。客问所从来,宋曰:"此猴饱经籍,与苏子瞻交好,黄鲁直诸公皆其友也。"客狎之,犹裂客衣,命即坛上捶杀之。

鼠穴铜印

《奇异录》：正德间，黄州师巫宁均在飞衷崖见一鼠盘旋道上，忽入地穴。掘之得一铜印，洗视之，上篆扶蛮玉印。用署符咒，能呼风雷。后因纽损，遂不复验。

金陵黥卒

《花月新闻》：金陵有黥卒，已脱军籍，置卜肆于通衢，剖断若神。一道士高冠侈袂，风仪甚整，来问卜。黥为画卦，起挽其衣曰：“吾于卦中算得君是神仙，愿垂救度。”道人颇窘，欲去不得，乃约同往旗亭贳酒。黥挽衣如初，并坐，片时行杯，道人含酒噀其面，黥惊而释手，遽失所在。将拭面，觉光泽异常，酒家视之，黥文灭矣。

陈蒲鞋

《释氏通》：睦州陈蒲鞋游方契旨，货屦养母，时号陈蒲鞋，住开元寺，常作履潜施于路。黄巢兵至，标大草履一只于城外，军竭力不能举。巢曰：“有大圣人在此。”乃舍城而去，民免兵难。寿九十有八而逝。

铁拐

《仙踪》：铁拐姓李，质本魁梧。早岁闻道，修真岩穴时，李老君与宛丘先生尝降山斋，诲以道教。一日，李将赴老君之约于华山，嘱其徒曰：“吾魄在此，倘游魂七日而不返，若方可化吾魄也。”徒以母病迅归，六日化之。李至七日果归，失魄无依，乃附一饿莩之尸而起，故其形跛恶耳。

老人画地

《清异录》：隋裴寂待选京都，偶郊饮，遇老人画地上沙土曰"扫国真人"，又曰"玉环天子"，又曰"兵丹上圣"。告寂云："三百年中最雄者此三人耳。"寂醉卧，及醒，已失老人矣。后人由绎其名，扫国者，太宗之铲平僭暴也；玉环，太真字，玄宗以妃而召乱，玉环天子是玄宗明矣；宪宗始以兵定方镇之强，终以丹灶灭身，兵丹之目，其宪宗之谓乎？

宗阳宫魍魉

《北墅手述》：武林宗阳宫中祀玉帝，庑下雷公、电母，灵不可犯。明时有数书生读书宫后，一生有胆力，雷雨晦明之夜，众谓之曰："若能于此时将一红纸裹投于烻电娘子金钹内，明日当以盛馔醉汝。"生曰："诺。"移时而返，曰："纸裹投矣。吾转至殿角，见一魍魉凭檐而立，叱其让道，彼若不闻。吾以老拳挥彼，正中其腰，拳直透腹，意似击絮，觉腹中肠胃若有若无。急掣拳猛喝，彼忽隐去。"众哗笑以为诞。明旦众起涤面，生揎臂见右臂黝似髹漆，众皆骇异，始信其然。月余，生臂渐褪皮，逾年始复。

生　魂

《春渚纪闻》：宋韩青、何遽与许师正同过平江，往观赛神之会。其神曰陆太保，乃村民陆氏之子，实生人也。人每召之，则其魂为神，公然就享。有疾者闻之，虽数百里外皆能即至其家，还语病状。时师正之室在雪川，求神视之。神应声而去，须臾还曰："汝妇家方洁斋延僧，诵《法华经》，天神满前，合掌致敬，我不得入。顷之邻妇来观，携牛脂烛，诸神惊唾而散，我始得入，而妇少安矣。"师正归问之，果如其言,因以牛脂烛为戒云。

神祇重学问

唐伯虎读书山寺,积雪无聊,椎村犬,取佛庐中木牌位作薪煮食之,狂饮浩歌自乐。邻寓一措大窥之,伯虎怜其寒寂,分啖数胔。措大拾余木置炉中煨火,归即大病,为鬼语词责之,曰:"我寺之伽蓝神也。"措大辩曰:"事由唐寅,奈何偏苦我耶?"神曰:"唐寅则可,汝何人,敢效唐寅?"可见神祇亦重学问。

段 孝 直

《拾遗记》:汉景帝时,段孝直为长安令,有千里马。时梁纬与帝连婚,挟势索马。段不与,纬陷之下狱。段语家人曰:"我屈死,可将纸三百张、笔十管、墨五铤安墓中,我自伸理。"家人如其言。段死,景帝大宴群臣,孝直于殿前上表,具疏纬不法事二十一条。其表云:"天地虽明,讵悉无幸之老;日月垂照,必鉴有滞之人。臣早忝宦途,颇章敬慎。不谓刺史梁纬,欲臣亡父之马,戮臣冤枉之刑。上诉皇天,许臣明雪。若不闻之陛下,罔能免此幽沉。"奏讫不见。遂收梁纬,勘诘不虚,斩于孝直墓前,以慰冤魂。

青 州 客

《稽神录》:朱梁时有青州客泛海,飘至一国,登其崖,阴雪惨淡,凉气袭人,然庐舍田畴,与中华无异。揖其人无见之者,语其人无答之者,入其关禁无问之者。直至王宫,正值大宴,群臣环侍,张乐称觞。客逼王窥之,王忽有疾。巫者视之曰:"为阳气所逼,以饮食车马谢遣之,其人偶来,不为祟也。"即具酒馔焚香拜祝,客据案食之。门有车马,客乘之至岸,登舟而归。

阴 摩 罗 鬼

《大有奇书》：郑州进士崔嗣复，预贡入都，距都城一舍，宿僧寺法堂。方睡，忽有声叱之者，嗣复惊起视之，则一物如鹤，色苍黑，目炯炯如灯，鼓翅大呼甚厉。嗣复皇恐，避庑下。明日语僧，对曰："素无此怪。第旬日前有丛枢堂上者，恐是耳。"嗣复至都下，为开宝寺一僧言之。僧曰："藏经有之，此新死尸气所变，号阴摩罗鬼。"此事王硕侍郎所说。

郑 氏 忠 孝 鬼

《说圃识余》：义门郑氏有天神主之，每祭必于中夜，家长率子侄男女以次序列。神常现形，云："吾乃天地间忠孝鬼。昔主江州陈氏，今奉帝命为汝家仪表，毋得为非义以取祸。"言讫而隐。郑氏建神光阁以奉之。

女 鬼 举 扇

《陶朱新录》：平阳县廨中多鬼，县令郑栎年好饮，一日醉归，一婢掖至中堂，坐榻上，因举扇嘱婢扬风。凡数扇，婢忽掷扇于地，曰："无恁地工夫。"言讫不见。栎年始知为鬼。

洛 阳 士 人

《湖海搜奇》：洛阳一士乘舟过某渡，夜立船头，偶吟诗曰："银汉无声月正明，谁人窗下读书声。"思续未就，误堕水死。灵爽不散，每夕辄哦此二句。舟人恐甚，无敢泊船。一达官来，知其故，令泊于此。夜果闻吟诗，遂续之曰："游魂何事不归去，辜负洛阳花满城。"自是遂息。

神药愈疾

《采兰杂志》：一妇病，阴中奇痒，苦甚而不敢告人。平日虔奉观世音，见一尼持药一函至，曰："煎汤洗之即愈矣。"尼忽不见。启视之，乃蛇床子、吴茱萸、苦参也。

鬼物借人

《白醉琐言》：沔阳鲁向道言：彼处一古冢中有桌几各十二、金银酒器，邻近延宾而乏用者，焚金钱一百告于墓所，焚帖借用，即得所愿。事毕涤而还之，否则至其家作祟。又洞庭君有船与客装货，有银借与土人，必书券送息还之，莫敢有爽其期者。又北土长源县有子路畜马，肯雇与人乘之。

鹅　鬼

《搜神记》：吴孙休有疾，欲试师巫，乃杀鹅埋苑中，架小屋于床几，以妇人履屐服物着其上，使觇视之，曰："若能说此鬼形状，当加厚赏。"巫竟日无言。帝推问之，乃曰："不见有鬼，但见一白头鹅立墓上，所以不敢即白，疑是鬼神变化，当候其真形。而不移易，不知何故，敢以实上。"此鹅有鬼也。

鸭　鬼

《西樵野记》：弘治中，吴郡夏杰访姻戚于尹山，夜经夹浦桥，见水中一物，类鸭鸣。杰意村民所遗，追而执之，化作一砖块。杰委之于野，蹒跚于地，复作鸭鸣而去。王行甫云：越鉴湖西一处为贺知章故居，水径幽僻，驾舟入者，夜常见鸭鸣拍，捕之终不可得，然鸭鸣拍如故。或穷逐之，至险滩，舟多覆没。土人呼为鸭鬼，为刊木戒人勿捕此鸭。

熟鸡鸭鸣

《桐下听然》：陈方伯少子某煮一鸡，将切啖之，忽从砧上引颈长鸣，其声清越，举家共闻，即弃之水。陈疑惧累月，迄无他异。是岁应武科，明年状元及第。

康熙己酉冬，蒋协侯家烹野鸭一锣置于橱，晚间将切以为夜膳。忽闻鸭鸣数声，众怪而静听之，声自锣中出，鸣之不已，弃之水滨。明年协侯死。

兔　鬼

《稽神录》：司农卿杨迈，少好畋猎，自云在长安时，放鹰于野，遥见草中一兔跳跃，鹰即奋往击之。既至无有，收鹰上韝，行数十步，复见兔走，擒又不获。如是者三，即命刈草以求之，得死兔一具。盖兔之鬼也。

天津旅舍鬼

《客窗涉笔》：康熙中，天津城外有旅店，后一室多鬼，店主键其门。有优人至其家，无宿处，欲入此室。店主告以故，其扮净者云："无惧，吾能服之。"众饮酒半醉，扮净者取朱涂面，着袍靴，装关侯；丑涂黑面；持刀，装周仓；小生白面持印，作关平侍立。关侯正坐点烛，若看兵书状。顷之，炕后一少妇出，前跪呼冤。装关公者心慑不能应，扮周仓者厉声问："有何冤，可诉上。"妇指炕者再。周又厉声云："汝且去，明日当伸若冤。"妇拜谢隐去。明日，三人启炕砖视之，下果有一尸。询店主，云："此屋本一富家者，前年迁去，某赁之。邻人云屋主向有一妾，后不复见，殆冤死耶？"众云："今夜必复至，当细询之。"至夜仍装像于室，众伏户外伺之。

初更,妇人又自炕后出,怒指三人云:"吾以为真关君,特与诉冤。汝辈何能了吾事!"乃披发吐舌而去。众大惊,三人不敢复入其室。

泥 孩

《夷坚杂志》:宋时临安风俗繁华,嬉游湖上者竟买泥孩等物,回家送人。象院西一民家女买得压被孩儿归,置于床屏之上,玩弄爱惜。一日午睡,忽闻有人歌诗云:"绣被长年劳展转,香帏还许暂相偎。"及觉,不见有人。是夜将半,复闻歌声,月影朦胧,见一童子渐近帐前。女子惊起,童子抚之曰:"毋恐,我所居不远,慕子姿色,神魂到此,人无知者。"女亦爱其丰采,遂与合焉。因遗女金钏,女置箱箧中。其后视之,乃土造者,大惊。因见压被孩儿左臂上金钏不存,知此为妖,碎之而投于江,怪遂绝。

芭蕉女子

《庚巳编》:明冯汉字天章,为吴郡诸生,居阊门石牌巷。庭植花木,夏月薄晚,坐斋中,忽睹一女,绿衣翠裳,映窗而立。汉问之,女子敛衽拜曰:"儿焦氏也。"言毕入户,纤妍轻逸,真绝色也。汉疑其非人,起挽其衣,女绝衣而去,得一裙角,视之,乃蕉叶也。汉取所得合之树上,所断裂处不差尺寸。

瘦腰郎君

《诚齐杂志》:桃源女子吴寸趾,夜恒梦与一书生合,问其姓氏,曰:"瘦腰郎君也。"女意其为休文昭略入梦耳,久之若真焉。一日昼寝,书生忽见形,入帐既合而去。出户渐小,化蜂飞入花丛。女取养之,自后恒引群蜂至女家甚众。其家竟以作蜜富甲里中。寸趾以足得名,天宝中事也。

貜

《养疴漫笔》：宣和间，禁中有物曰貜，块然一物，无头眼手足，有毛如漆，中夜有声如雷。禁中人皆云"貜来"，诸阁皆扃户，徽宗亦避之。甚至登亢金，坐移时。或往诸嫔妃榻中睡，以手抚之亦温暖，晓则自榻滚下而去，罔知所在。嫔妃梦中有与同寝者，即此貜也。或云朱温之厉所化。

马　绊

《遂昌杂录》：明晋昌冯梦弼，仕云南宣慰司。因公务过八番，有驿吏力阻其行，谓今日马绊，上江岸不可过。梦弼祷于天曰："余为王事驰驱，不敢以妖避难。愿神佐之。"时月微明，见一物大如匹练，竟入江中。渡江后问土人马绊何物，乌刺赤曰："此马蝗精，过者辄为所啖。公正人，不敢犯也。"

秘集卷之三

雁 门 女 子

《大有奇书》：唐开元中，有僧游雁门山，入一石洞，洞中之境愈行而愈不穷。僧爱而更进，忘出忘疲，见数女子，鬟发飘云，草裳叶袂，见僧讶曰："汝何人斯？髡发刈须作此异状耶？"曰："我僧也。"女子曰："何谓僧？"曰："僧者佛之徒也。"女子曰："何谓佛？"曰："佛者西方之圣人。"女子曰："何以昔未之闻？"曰："佛于汉明帝时始入中国。"女子曰："何谓汉？"曰："汉者继秦之代也。"女子曰："我皆不知。"曰："尔何皆不知？"女子曰："我秦人也。蒙恬筑城，役及妇人，我等避于此，哺菖蒲皆不死，亦自忘其年岁也。孰知秦亡而又有所谓汉耶？"僧辞出，后再访之，但见青霭白云，不知洞之所在矣。

梦 掷 全 红

《拙庵杂组》：成化丙午，上海诸弘济就应天乡试，与同乡钱状元福、曹御史豹、周知州翰、董少卿恬、董太守忱同赴试。将揭晓，梦与诸公会饮，钱居首席，掷骰举令，限百掷酒十觥，得全红者依数免饮。鹤滩九掷得六红，余皆不出六七。十掷，各以数递减，惟弘济百掷无全红，例当全饮。乃以左手举觥，右手执骰，疾呼曰："请饶一掷，无则甘罚如例。"众许之。弘济以骰掷盆，六红宛然。梦中喧哄而觉。及揭晓，鹤滩第九，余名与梦中掷红之数先后不爽，弘济果中一百一名。

考《南国贤书》，惟钱福第九，周翰九十二名，诸弘济一百一名，董恬一百二名，曹豹一百十九名，董忱一百二十六名。是科华亭王道、钱启宏亦中式，惜未入梦。

湘 潭 鬼 哭

《客窗涉笔》：顺治间，新安程青来、黄希倩贸毡至湘潭，旅郭外。时际秋冬，夜不能寐，闻远近若有亿万蛙声。次日询之土人，云："此非蛙声，乃鬼声也。"惊问其故，云："崇祯间，人民为流贼杀掠无遗，至今骨积如山，无人收葬，故此鬼哭。"二人恻然，即对天立愿，如贾获利，当来收瘗。售其货得三倍，即托一僧任之，于高阜处建义冢六百所，收骨得一千八百篓焉。又建小庵，延僧居之，朝夕唪经施食。自后鬼无声矣。

走 无 常

《稽山语怪录》：宣德间，江西尤和为酆都令，左右请谒酆都神殿，尤岸然曰："吾正欲除之以息愚惑，岂反谒祷耶？"率左右入庙，略无瞻谒之仪，傲睨而返，言当毁除。明晨方治事，门子忽跌仆坐下。尤和顾左右："彼卒死矣，舁之去。"左右曰："非卒死，此走无常也，为冥府勾摄人耳。"尤和怒以为诞语，左右曰："姑俟其起问之可验。"尤诺之。越二日，童欠伸起，尤问之，童言："向从公归，忽为冥官召去，遣往江西摄尤睦，文牒悉具，持之行。至彼觅尤家，守门外二日，始得入。"尤闻之，睦即其弟也，因扣其室庐何似。童细述之，即其家也。尤曰："何以二日方入？"曰："其家有瘐犬，不能遽前，后乘间得入耳。"尤思之，果有瘐犬，曰："其人何业？"曰："一秀才也。其貌尔尔。"语至是，尤不觉惨沮，知其为弟，因曰："今则何如？"曰："随已摄归酆都，闻当得重辟，不可生矣。"尤和大恸，急命人询于家，得报，睦以是日亡矣。和乃入观忏谢，建功表门，著文纪事，镵之于石，以表异云。

酆 都

酆都县有酆都山，土人云此阴府决判罪人之所。其山幽冥不可入，唯余一洞，视之阴黑，不知底极。定昏之际，侧耳而听，隐隐闻笞扑之声，凛然可畏。每半月，土人轮番纳荆条一大束，以供笞扑之用。前所纳者用弊，掷置洞口，视之必零星破碎矣。冥官云如阳世之刑部，唯四方有罪之人来此听勘，为善者不入也。今人荐亲动云阎罗地狱，不论父母平日所为善恶，此司马温公所言，以不肖待其亲，岂得谓孝乎？

东 岳 祭 酒

《湖海搜奇》：长洲市民符某，皈心道门，受玄坛延生二箓。万历丙申六月，梦群隶入曰："我东岳使者，屈公为某司祭酒。命且下，先遣某为通。"符不知所答，但惊颤而已。数日，符生又见一吏卒告旧任官来，请出迎。一白发贵人坐肩舆而来，相见揖入坐定，言："某久为东岳祭酒，秩满迁主天曹，知公心平才赡，举以自代。幸即赴任，无负天朝之宠锡也。"符曰："某目不识一字，何以作官治事？幸公哀之，别选能者。"贵人曰："毋妨。吾昔为前官举用亦不识字，治事久之，豁然通灵。曹司吏典甚多，无用劳扰，藉公坐镇雅俗耳。本司文部及一鹰一犬，皆以交付。"符问："鹰犬何用？"曰："鹰犬以察人善恶，日行千里，不可少也。"符曰："吾子幼，奈何？"贵人曰："无妨，公欲挈妻子，则请尊夫人同行，不则冥中亦多佳配，何必恋恋为儿女之态？"语毕，命吏卒上参拜谒，家人悉不见。良久，贵人告去，符送至门，揖逊而别。乃泣语其妻："吾不久矣。"居数日，沐浴更衣，无疾而逝。

泰 山 录 事

《闻见厄言》：杭士汪周望自言身为泰山录事，能代人查示祸福。又盐官乡民左姓者自言为地府总司诸役，言科名之事，如来年八月放榜，今年八月先从地府起送，曰地榜，各府城隍查其当与荐者，上之总司，以达天曹，至来年正月天榜列示。然半载之内，不无去取，必待人榜然后定也。但人榜可以贿赂而得，岂地、天两榜亦可以关节幸中与？

雷 部 判 官

《白醉琐言》：休宁儒士程学圣，师事洪某，立心正直。中年游神冥府，职雷部判官，言人死期不爽，不肯与他人言，惟与师言之。一日，谓师曰："冥府重先生，将以先生为阎君。"洪笑曰："果尔，吾便为之。"是夕，洪忽病，仆者见庭下如官吏立者数员，良久却去，洪乃安。达旦，学圣至，谓洪曰："冥府闻先生便为之言，遂遣使迎先生。予谓先生笑言耳，期尚远也，乃召还。"洪问："潘雪松土藻、祝石林世禄二孝廉中否？"学圣云："此非吾职，然可查也。但天榜未定，春榜定于先年之十月，秋榜定于当年之正月。"后告洪曰："潘公中癸未榜矣，祝尚未也。"雪松果第。乙酉十月，洪又命查石林，学圣曰："丙戌榜无祝名，己丑榜有之。然两榜正在挪移。盖平生为善，忽有一念之恶，神即恶其秽；平生为恶，能猛省痛改，神即鉴其馨。故有已上榜而忽除名者，新念不吉也；有本无分而忽登第者，新念迁善也。天家伺察，曾无一刻之停。吾能知祝公之必第，而不能知戌丑之所定也。"石林至己丑乃成进士。

指 关 为 姓

《关西故事》：蒲州解梁县关公本不姓关，少时力最猛，不可检束，父母怒而闭之后园空室。一夕月甚明，启窗越出，闲步园中，闻墙东有女子啼哭甚悲，兼有老人相向哭声，怪而排墙询之。老者诉云："我女已受聘矣，而本县舅爷闻女有色，欲娶为妾。我诉之尹，反受叱骂。以此相泣。"公闻大怒，仗剑径往县署，杀尹并其舅而逃。至潼关，闻关门图形捕之甚急，伏于水旁，掬水洗面，自照其形，自水洗后颜已变仓赤，不复识认，挺身至关。关主诘问，随口指关为姓，后遂不易。东行至涿州。张翼德在州卖肉，其买卖止于上午，至日午即将所存下悬肆旁井中，举五百斤大石掩其上，任有势力者不能动，且示人曰："谁能举此石者，与之肉。"公至时适已薄暮，往买肉而翼德不在，肆人指井谓之曰："肉有全肩悬此井中，汝能举石，乃可得也。"公举石轻如弹丸,人共骇叹。公携肉而行,人莫敢御。张归闻而异之,追及,与之角力,力相敌,莫能解。而刘玄德卖草鞋适至,见二人斗,从而御止。三人共谈,意气相投,遂结桃园之盟。

斗姆救焚

康熙壬申仲冬二日浑暮,屈驾桥人见绿衣两人在巷门口坐,以为代役看栅者,转瞬不见,咸诧为奇。随火起桥陌,延烧三十余家。至张君安铺,屋柱焦损,火飞入檐。君安合掌称斗姆贤号不辍,火光照耀之间,人见君安屋上有老人策杖巡行,火焰随灭。盖君安奉斗斋多年,极其诚敬,故斗姆垂救,及门而止。奉斗之力,昭然可信。

盆水现相

郡中某翁家素饶裕,康熙中,以子贵受封,声色货利,享用甚适。偶抱微恙,忽有一僧欲入见,阍者传报,令之入,入亦不揖,竟于首席踞坐。某色不悦,问其来何事,云:"知汝有恙,要化汝银一千两作佛家功德。"某益不悦,漫曰:"银非土块,一千两谈何容易。"僧云:"你道非土块,以我观之,直与土块等耳。汝既不肯舍,可命童子取水来,待我净手。"水至,洗手而去。临出,语童子云:"进语尔主,取我洗手水照照颜面。"童子入告,某异之,取水自照,乃一胖大和尚面目。再照,是清朝冠服轩冕之像。更一照之,则成乞丐之形矣。此僧大显神通,以过去、未来、现在三世之像,一照毕见,欲以点化此老,惜乎其不悟也。《葭鸥杂识》载其姓氏。

日 饮 水

《暌车志》:沧洲有妇人,不食,但日饮水数杯,年近五十而容貌悦泽。人间其故,因言自幼母病在床,家无兄弟,惟日卖果于市,得赢钱数十以供母。值岁歉米贵,因仰天致祷:"今日所获不足以赡二人,愿天悯我，使我饮水不饥，尽以所获供母。"遂临井饮水一杯，以后遂不思食，殆三十年。

大 同 妖 妇

《湖海搜奇》：大同一妇分娩后不食不言，痴坐井上，汲水饮之，三日不下百桶，而鲸吸不已。其夫素病，惊跃顿绝。里人以为妖，埋之土中，仅露其首，数日不死。适筑墙，置之墙内，又不死。众以为神，舁至土地祠拜焉。官闻而下之狱，两目睒睒，气息如生。官命以薪爇之。未几，王和儿戕帅之祸作。

麻 姑

《一统志》：麻姑，麻秋之女也。秋为人猛悍，筑城严酷，督责工人昼夜不止，惟鸡鸣乃息。姑有息民之心，假作鸡鸣，群鸡相效而啼，众工役得以少息。父知欲挞之，麻姑逃入山中，竟得仙而去。今望仙桥，其迹也。

曹 翰 为 猪

《见闻实录》：宋曹彬为大将，下江南不杀一人，殁而为神。四子俱领旄钺，孙女为后，少子封王。曹翰克江州，愤其城不下，屠之。未几子孙有乞丐者。苏郡刘锡玄字玉受，万历丁未进士，道过江滨，梦青衣长面人曰："我宋曹翰也。生平残忍，罚为猪数世矣。明晨又当见杀，愿公救之。"刘公早起，果见屠夫擒一猪至，号声动地。刘买而放之阊门西园，人呼曹翰猪，即应之。

圣 殿 蜈 蚣

国初，南城遭兵燹之后，郡学前最为荒凉。大成殿除春秋二祭外，绝不启门，蛇虺蝙蝠恶物群聚其中。丙戌夏月，雷电绕殿回旋三日而不下击。众学役异之，启门遍视，见至圣牌版上有物丛丛排列而精光外射，细视之，乃一大蜈蚣环于牌版之上。牌版高五尺，蜈蚣环抱周遍，其白而丛丛者，系其足也。学役中有黠者，知雷之盘空旋转定为此恶物，但下击牌版必碎，怪物有灵性，知雷神必畏文宣，不敢伤残其牌版，借此以避雷火诛殛耳。议以火挠远钩圣牌倒地，蜈蚣离版，蜿蜒欲遁，而天雷下震，蜈蚣遂糜烂矣。众乃大快，扶起圣位，扫除恶物。因见其腹有"逆阉魏忠贤"五字，乃知诸书所载白起等事，未尽诬也。

冰柱冰山

正德中，文安县水忽僵立。是日天大寒，遂冻为冰柱，高五丈，围亦如之，中空而旁有穴。后数日，流贼过文安，民避入冰穴，赖以全活者甚众。又万历间，杨舍居民夜闻河中有声若众人呼喊状，意疑是盗，于隙中窥之，见隐隐有火光。明日，河中成冰山一座，亭树、阶级、阑干、坡境种种具备。城中好事者买舟往观之，蹑草履可涉其巅。虽使人力为之，亦不能迅速曲折如此。经月始泮。未几而江陵败。此二事皆前史未之见，倘三伏得此销夏，不烦河朔饮矣。

火　葬

唐龙江《梦余录》：火葬起于西域，惨毒不仁，昔人比于炮烙之刑，施之仆隶然且不可，况于亲乎？礼于先庙焚尚须三日哭，岂有燎灼其亲之尸，而仁人孝子乃能安于心乎？东南为仁义礼乐之区，文物之盛甲天下，而此风流行，莫以为怪。不能用夏变夷，是亦士大夫之耻矣。近又有燎其亲之尸，饮酒至醉，拾其残骨掷之于水，谓之水葬。有人心者尤不忍闻。弘治中，郡守曹公鸣岐凤置义冢于六门之外，皆方百余亩，而民狃于故习，犹自若也。吁，可恨哉！

墙 起 床 中

《漱石闲谈》：凤阳军生杨祐，纳粟为指挥。过临清，与妓吴秋景情好甚笃，以三百金纳之归，坐卧皆同，欢笑无间。但欲念一举，即有一墙起于榻，界断其中，两相推撼，而坚如石屏，未尝一度得合也。乃至迁房易榻，卜昼卜夜，无不皆然。祐恨之，祷禳无效，累年，秋景快快以死。或云妻为厌胜云。

迎　　春

立春前一日，迎芒神，出土牛，郡人竞观，以铺张美丽为时和年丰之兆。而留心民事者，亦号召妓女、乐工、梨园、百戏，声歌杂逻，结束鲜明，士女倾城往观，岁以为常。观袁中郎先生《迎春歌》，可见其盛。国初亦然。自康熙己酉，山西郭公四维守吴，躬行节俭，妓女优伶，一切革除，惟府县各官往迎而已。沿至于今，益复寥寥。盖清素可以持身，而不可以御俗。况春为一岁之首，躬迎大典，致苟且从事，终是衰飒气象，雍雍博雅之世，当不应尔。

辇 送 石 刻

宗忠简公留守汴京，当金人蹂躏之余，百务拮据，岂有意营不急者。一日，于艮岳遗址得定武禊帖石刻，即遣力辇至行在。中途为斡离不邀截以去。后金昌宗以为秘玩。盖右军秀杰之笔，照曜天地，不惟蛮貊通知宝爱，即勋名忠耿之老，亦不容屑越于颠沛时也。

宦 者 刻 经

汉宦者李巡请于灵帝，令蔡邕考定石经，书刻于鸿都门。古阉宦好学乃过士大夫如此。又《紫桃轩》载：宋光尧手书十三经刻石，今虽残缺,尚在杭州府学大成殿两庑,士人未有过而问焉者。经术日衰,可叹也。

中天中文

《紫桃轩杂缀》:于令升《周礼》"太卜掌三《易》"注:"伏羲之《易》小成,为先天;神农之《易》中成,为中天;黄帝之《易》大成,为后天。"今但知有先天、后天,而不知有中天。又《汉书》有中文《尚书》令,但知有今文、古文,而不知有中文。

导 引 小 诀

《安老书》:陈书林司乐市仓部,轮差诸君请米受筹,张成之为司农丞,同坐。时严寒,陈一二刻间两起便溺,张曰:"何频数若此?"陈曰:"天寒自应如是。"张云:"某不问冬夏,只早晚两次。"陈谂之曰:"有导引之术乎?"曰:"然。"陈曰:"旦夕当北面叩请。"荷口授曰:"某为李文定公家婿,妻弟少年遇人有所得,遂教小诀:临卧时坐于床,垂足解衣,闭气,舌柱上腭,目视顶,仍提缩谷道,以手磨擦两肾腧穴各一百二十次,以多为妙。擦毕即卧。如是三十年,极得力。"归稟老人,老人行之旬日,云:"真是奇妙。"每与亲旧言之,云皆得效。

搬 运 捷 法

《安老书》:苏东坡云:扬州有武官侍真者,官于二广十余年,终不染瘴,面色红腻,腰足轻快。初不服药,惟每日五更起坐,两足相向,热摩涌泉穴无数。欧公平生不信仙佛,笑人行气,晚年患足疮一点,痛不可忍。有人传一法,用之三日,不觉失去。其法垂足坐,闭目握固,缩谷道,摇飏为之,两足如气球状,气极即休,气平复为之。日七八,得暇即为。乃搬运捷法也。又于王定国书云:摩脚心法,定国自已行之,更请加工不废。每日饮少酒,调节饮食,常令胃气壮健。

情欲伤生

《韵府续编》：将受情欲，先敛五关。五关者，情欲之路，嗜好之府也。目爱彩色，命曰伐性之斤。耳乐淫声，命曰攻心之鼓。口贪滋味，命曰腐肠之药。鼻悦芳馨，命曰熏喉之烟。身安舆驷，命曰召蹶之机。此五者所以养生，亦以伤生。

暖外肾

《明道杂志》：洛阳刘幾，年七十余，精神不衰，体干清健，犹剧饮。予素闻其善养生，因问之，幾曰："我有房中补导之术，欲授子。"予曰："方困小官，家惟一妇，何地施此。"见幾每一饮酒，辄以漱口，虽醉不忘，谓此可以无齿疾。晡后食少许物辄已。幾有子婿陈令，颇知其术，曰暖外肾而已。法以两手掬而暖之，默坐调息，至十息，两肾融液如泥瀹入腰间。此术至妙。又《菽园杂记》：回回教门善保养者，无他法，惟暖外肾，使不着寒。见南人着夏布裤者，甚以为非，恐凉伤外肾也。云夜卧当以手握之令暖，谓此乃生人性命之本根，不可不保护。此说最有理。

饱生众疾

《明道杂志》：世言眉毫不如耳毫，耳毫不如老饕。此言老人饕餮嗜饮食，最年老之相。此语未必然。某见数老人皆饮食至少，内侍张茂则每食不过粗饭一盏许，浓腻之物绝不向口，老而安宁，年八十余卒。茂则每劝人必曰："宁少食，无太饱。"王龙图皙造食物至精细，食不尽一盂，食包子不过一二枚，年八十卒。临老尤康强，精神不衰。王为余言："食取补气，不饥即已。饱生众疾，用药物消化尤伤和也。"刘幾秘监食物尤薄，仅饱即止，亦年八十而卒。刘监尤喜饮酒，每饮酒更不食物，啖少果实而已。循州苏侍郎每见某即劝令节食，言食少则脏气流通而少疾。苏公饮酒不饮药，每与客食，未饱已舍匕箸。后贬瘴乡,累年近六十,康健无疾,盖得力此也。谚曰:"夜饭少吃口,活至九十九。"即三叟量腹节所受之意也。

陈 成 生 男

《博物志》:陈成初生十女,使妻绕井三匝,祝曰:"女为阴,男为阳。女多灾,男多祥。"绕井三日,果生一男。又云:妇人妊身三月未满,着婿衣冠,平旦绕井三匝,映水视影,勿反顾,必生男。

护 胎

《菽园杂记》载:妇人觉有娠,男即不宜与接,若不忌,主半产。盖女与男接,欲动情胜,亦必有所输泄,而子宫又开,故多致半产。独牝马受胎后,牡者近身则以蹄触之,谓之护胎。《易》称牝马之贞,以此。所以无半产者。人惟多欲而不知忌,故往往有之。《产宝论》及《妇人科书》俱无此论,可扩前人所未发矣。愚谓不特半产,儿多痘毒夭殇,皆由于此,不可不慎。

忍 欲

人生有欲,莫甚于男女之欲。汉高忍杯羹之分而不忍割戚姬之爱,项羽纵三月之火而犹有垓下之泣,况其下此者乎?刘元城南迁日,求教于涑水翁,曰:"闻南地多瘴,设有疾,以贻亲忧,奈何?"翁以绝欲少疾之语告之。元城时盛年,乃毅然持戒惟谨。赵清献、张乖崖至抚剑自誓,甚至以父母影像悬之帐中者,盖其初未始不出于勉强,久乃相忘于自然。欲之难遣如此。

财 色 伤 人

《紫桃轩杂缀》:世间惟财与色能耗人精气,速人死亡。而方士之言曰：金银可点化以济世，少女可采药以长生。既快嗜欲，又得超胜，何惮而不为耶？予以天理人情揆之，恐无此大便宜事，吾儒所不敢信也。

御衣塞断山

《紫桃轩杂缀》：唐远祖李龙迁梁武时，筑城于龙洲牛心山，死因葬其地。后人立祠，号李古人庙。则天革命时，遣人凿断其山，水变赤色腥秽。禄山之乱，明皇幸蜀，有老人苏坦迎奏，请以御衣一袭于断处塞之。明年两京克复，帝驾回銮。夫武氏虽鸷，亦李氏妇耳，此山荫李，必并荫武。身得居摄，享遐寿，初虽负垢，终祔唐庙，孰非此地脉流庆，而奈何戕之？观其塞后安史遂平，则是冥运之数，假手牝朝，以召猪龙之孽耳，无关李武之兴替也。

义　甲

刘言史《乐府》词曰："月明如雪金阶上，迸断玻璃义甲声。"义甲，护指物也。或以银为之。李义山诗："十二学弹筝，银甲未曾卸。"甲外有甲，谓之曰义。乐部有义嘴笛，妇人有义髻，衣有义领、义袖，凡物非真而假设之者，皆曰义。人名假子曰义男、义女，言其非真子女也。项羽之尊义帝，亦即此意。

舞　态

《紫桃轩杂缀》：古歌变为胡曲，既已绝响，而舞尤失传。今优人走三方、摆阵、跌打之类，皆其遗意。余在中州，与士大夫燕会，见有戴高竿、舞翠盘、狮子生儿、沐猴戏狗之技，想古之善舞《柘枝》、《鹁鸪》，亦不逾是。又见一女童贴地蛇行，惊跃数四，备极疾徐之妙，与金鼓相应。久之，忽于尻间出一头，以两足代手拱揖，反覆旋转，首尾浑不可辨。花蕊夫人《宫词》有"两头娘子拜夫人"之句，初不可晓，亦岂谓此等若舞态中"太平万岁字当中"者耶。

龟板膏不可多食

《紫桃轩杂缀》：龟能辟火，其性难死而易生。曾畜一绿毛者，大如当三钱，为孩童所虐，已经僵挺，首尾俱出，且作枯腊矣。戏埋之竹下，逾冬历春，至四月大雷雨，龟忽蹒跚行草间。急发埋处，则成空坎。是其得土气伏藏再活也。昔润州一绅性喜服食补剂，中用龟板膏，饵之垂十年，颇强健。晚岁忽患蛊膈，厌厌就尽。乃谒茅山白飞霞求诊视，良久曰："此瘕也。公岂饵龟板膏？即今满腹皆龟，吾药能逐之。其在骨节肤腠中者，非吾药所能下也。可速归治后事。"与赤丸数粒服之，下龟如菽大者升余，得以稍宽，不数月仍卒。

守　龟

古者天子诸侯立国皆有守龟，藏之太庙，遇大事则启而占之，故以为宝，与玉并重。太史公作史，立《龟策传》，诚重之也。古人目老成人则曰国之蓍蔡，词家祝寿，与鹤并引。陆鲁望名龟蒙，王十朋号龟龄，彭龟年字予寿，杨龟山名时，名字甚多，未尝鄙恶。不知何时以龟子目妓之夫，配其母之鸨子，诗文绝不敢用。委巷之人取为骂詈之具。今太卜之官亦废，国事绝不用龟矣。

苗光裔卜

《嘐吰集》：宋太祖将掘池，有龟祖孙父子三代，化形为人，就卜于司天监苗光裔。光裔为布策成兆，曰："将有迁徙。"曰："损丁乎？"曰："无妨。"光裔觉其非人，执之乃吐实，因奏闻太祖，于地穴果得龟数十万，辇送他水。夫龟以灵故身能七十二钻而无遗策，乃复就卜于人，岂处利害中者固不能自决耶？

瓻　　经

"借书一痴，还书一痴"。痴乃瓻之伪也。昔人谓借书还书皆佐以一瓻酒，瓻盛酒器也。大者一石，小者五斗。黄山谷致诗胡朝清："愿公借我藏书目，时送一鸱开锁鱼。"东坡《和陶诗》："不持两鸱酒，肯借一车书。"按师古云：鸱夷，革囊，以盛酒。鸱瓻字盖通用者。酒器又有名经者，小瓶细颈，环口修腹。以酒贻人，则云酒一经、酒二经。有人饷人酒柬云："五经在门。"主人误，为束带出肃之，乃五小瓶酒耳。李君实《饮酒》诗有"登楼客在传三雅，问字人来揖五经"之句。

长　短　工

吴中田家，凡久佣于人者谓之长工，暂佣于人者谓之短工，插莳时而暂唤者曰忙工。《三余赘笔》云：按《六典》"凡役之轻重，功有长短"，注以四、五、六、七月为长功，以二、三、八、九月为中功，以正、十、十一、十二月为短功。盖夏至日长至六十刻，冬至日短至四十刻。若一等定功，则枉弃日刻。大约中功以十分为率，长功加一分，短功减一分，至忙工价几倍之。

神　赐　布　囊

《暌车志》：常州一村媪，老而盲，家惟一子一妇。妇一日方炊未熟，其子呼之田间，妇嘱姑毕其炊。盲无所睹，饭成扪器贮之，误贮溺具。妇归不敢言，先取其中洁者食姑，次以饷夫，其亲近臭秽者以水漉之自食。良久天忽昼晦，其妇暗中若为人摄去。俄顷开眼，身在近舍林中，怀挟中得一小布囊，贮米三四升，适供饔飧。明旦视囊中米复充满，宝之以终其身。

石 锤

《挥麈新谈》：石锤者，大鹏之精也。鹏独运无雌，海静不波之日，见影在下，以为雌也，其精溢出，堕土上为土锤，木上为木锤，惟石上为不失本性而佳，浸酒服之，能壮阳。天顺中，驸马都尉赵辉自海外得之，可御女百数，而精神不衰。一少妾患苦之，窃以投于池。辉痛惜，度必是妾所为，乃竭池觅之不得。或教以妇女衵衣投池，果自土跃出。辉叹曰："岂吾之精血强耶？果物之能耶？"取一毫与贫人，令住娼家，一夕不休，以姜酒醉之，乃解。后辉卒，其物不知存亡。或云英国公张懋得之，亦畜百妾云。

枯 骨 滋 荣

《葵轩琐记》：士人李武锡，脊膂间痛不可忍。数十年后，因改葬其父，棺已朽，易棺见脊骨间有大虫，拨去之，而武锡脊痛顿愈。《紫桃轩杂缀》：张仕政精治折伤，荆州军士损胫，张饮以酒，破肉取碎骨一片，出膏涂之，数日而愈。年余，军胫忽痛，以问张，张曰："当由所出骨受冷则痛。"急寻，获之床下，温汤洗之，置絮中，遂愈。夫已出之骨，犹关痛痒，为其一气所联，无内外之间耳。郭璞《葬经》所云"枯骨受润，子姓滋荣"，洵有然矣。

犬 吠 所 怪

《夷坚志》：临兴县民程氏，世以弋猎为业，家颇丰。因输租入郡，逢廛市摇小鼓而售戏面具者，买六枚以归，分与诸小孙。诸孙得之，喜戴之，群戏堂下。程所畜猛犬十数，皆常日放猎所用者。望见之，吠声猖猖，争趋搏噬，救之不退，六孙皆死。犬吠所怪，固常理也，亦世猎之报云。

梅　　篮

《琅琊漫抄》：永嘉闺妇以青梅雕剜脱核，镂以花鸟，纤巧可爱，以手劈之，玲珑如小盒，阖之复为梅，谓之梅篮。李太白诗云："珍盘荐雕梅。"岂即此梅篮欤？

吸　金　石

鲁应龙《闲窗括异志》：有人得青石，大如砖，背有鼻，穿铁索长数丈，循环无断处。海商一见，以数十金易之，曰："此胁金石也。垂于海中，经夕引出，上必有金。"

海　鱼　吞　舟

《湖海搜奇》：海南一士言：海上一巨鱼死，乘风浮海而来，其高如山，莫穷首尾。久之内溃，腹中透出一海舟，长若干丈，阔亦十余丈，高称之，中载胡椒。椒得水作火热，鱼虽大，肉类也，中热腐腹，是以死耳。此事甚骇人听，所谓吞舟之鱼，洵有之矣。

雪　中　芭　蕉

王维《雪中芭蕉图》，或谓其情意寓于物，不拘四时。僧惠洪有"雪里芭蕉失寒暑"之诮，以芭蕉非雪中物。陆安甫《丛残录》云：郭都督铉在广西亲见雪中芭蕉，雪后亦不坏。又朱新仲《杂记》云：岭外如曲江，冬大雪，芭蕉自若，红蕉方开。乃知前辈虽画史亦不苟如此，事不目睹，不可悬断其有无也。

补　服

伍蓉庵《漫录》：獬豸忠直，见人斗则触不直，闻人论则咋不正。㶉𪄶好食短狐，在山泽中则无毒气。故御史服獬豸，给舍服㶉𪄶，义有所取。若兽名穷奇，则食忠信之人而煦奸邪，使御史、给舍恶直丑正，党奸庇邪，盍制穷奇一袭。

临摹硬黄向搨

唐人崇事法书，其治书有四种，曰临，曰摹，曰硬黄，曰向搨。临置纸法书之旁，观其大小浓淡形势而仿为之，若临深之临。摹笼纸法书之上，随其曲拆婉转用笔曰摹。硬黄嫌纸性终带暗涩，置之热熨斗上，以黄蜡涂匀，则莹彻透明，俨如鱼枕明角，纤毫必见。向搨坐暗室中，穴牖如盏大，以纸覆帖上，映而取之，欲其透射毕见，以法书年久，缣色沉暗，非此不澈也。大都施之晋、魏诸迹，故极意以收之耳。

装　潢

《唐·百官志》：秘书省熟纸装潢匠八人。意是今之裱褙匠。谓之潢，其义未详。胡承之《真珠船》云：按《释名》，潢，染纸也。装，修治也。本《齐民要术·染潢法》云"潢纸灭白便是，不宜太深，深则年久色暗"。注谓浸蘖汁为之，盖以避蠹也。《广韵》："潢乎广切，音晃，染书也。"

陈　少　阳　书

祝枝山刻陈少阳书草于镇江郡庠，其书言三事：一留李文定而黜汪、黄；一乞下罪己之诏，亟罪不进兵之将；一请勿幸金陵。此书上，少阳即日被祸。而所刻乃其藁草也。少阳当时不闻以书名，然处呼吸震荡、并命殉国时，而精神如常，挥运不慑，非临厓撒手汉，岂易办此。而京兆特为镌播，又岂徒玩其点画哉！

哥　　窑

《春风堂随笔》：宋处州章氏兄弟，长曰生一，次曰生二，主龙泉之琉田窑。生二所陶青器，纯粹如美玉，为世所贵，即官窑之类。生一所陶者浅白断纹，号百圾碎，名哥窑。

蒲　　脯

《紫桃轩杂缀》：余在中州食蒲笋甚脆美，腊之如干肉。行河北道上，遇野人驱鹿，庞然如马而无角。昔赵高擅秦权，设蒲名脯，指鹿为马，而阴除诸言鹿与蒲者。人但知指鹿事，而不知蒲脯，出潘安仁《西征赋》注。

渊 明 瘗 酒

李君实先生载：江州绝无佳酒，官厨排当，则仰建昌之麻姑，或远藉苏州之三白。世乃传庐山下多渊明瘗酒，有发而饮之者，香美不可言。余以为渊明至贫，得酒辄醉，安所得余酒而藏之耶？当是道术好奇士特为此以寓其戏，而世妄以为渊明耳。

淡　　饭

倪正父云：黄鲁直作食时五观，其言至深切。余尝入一佛寺，见僧持戒者，每食先淡吃三口，第一知饭之正味，第二思衣食之从来，第三思农夫之艰苦。此则五观中已借其义。每食用此为法，极为简易。其教子弟必先饭而后用菜，亦重本之意也。

余友周永洲先生必益为余子侄辈蒙师，亦每食先淡吃三口，第一碗饭必素食，添饭则用荤。馆于余家者十有九年，并未更易。

芥结瓢法

《翰山日记》：瓢初生时，研碎芥辣，以笔画之，其处不长，俨如刻成。此细颈者用之。欲令长柄者屈曲，切开藤根，嵌巴豆肉一粒在内，两三日后，其叶尽瘪，瓢柄亦柔软，随意挽结作巧，以线缚定，取出巴豆，随即苏活，遂成结瓢。此长柄者用之。或将瓢子种旁鸡冠，两边去皮，合系一块，待长切断瓢根，令托鸡冠，结瓢红色，谓之仙瓢。

乳　田

今斋食者以佛经许食乳石，故啖乳饼、石首鱼。不知石乃药石之石。或云石耳乳，乃乳田所种，非吴中牛酪所成。嘉定间，黄子中在广中，见韶阳属邑民争乳田，问之，曰：村民掘地为窖，以粳米粉遍铺之，杂草羃其上，用粪壤拥之，候雨遇气出发之，米粉皆化成白蛹蛴螬状，取蛹捣汁和粳米粉蒸成乳饼，味甚甘美。佛经所食此乳也。

蔬　圃

《玉堂闲话》载：广东新会县蚬岗以南濒海人有蔬圃，乃浅水中积沙而成者。或为大风飘去，若浮莈然。番禺有人讼失去蔬圃，为人所匿在百里外，盖其事也。

苜　蓿

苜蓿一名光风，生罽宾国。《尔雅翼》：“似灰藋。今谓之鹤顶。贰师伐宛，将种归中国。”《西京杂记》：乐游苑中自生玫瑰树，树下多苜蓿，一名怀风，时或谓之光风。茂陵人谓之连枝草。长安中有苜蓿园，北人极重此味，既老则以饲马。唐广文叹有“盘中何所有，苜蓿长阑干"。阑干，横斜貌，言既老而食之不已，为可叹也。汉贵武则以饲马，唐贱文则以养士，一物足以观世矣。

蜂　蝶　评

李君实先生有《蜂蝶评》：蜂喧而扰，蝶静而逸。蜂掠花肤泽而戕花最痛，蝶染花魂神而与花相忘。蝶者花之密契，蜂者花之蟊贼。蝶去来翩翩，聚无踪迹。蜂营窟宅，拥徒众，所啖几何，务为横积，适资人割截而已。矧又毒尾肆螫，甘作人间孽虫乎？盖蝶仙趣所摄，而蜂则贪嗔痴爱具备之一物也。

秘集卷之四

义　马

《书史》所载义马如逾水救主、望门诉冤事甚众。《陶朱新录》载：崇宁间，东阿董熙载饮于村落，醉归坠马，卧道次，马缰持于手。忽有盗尽解其衣，又欲其马。方俯首取缰，马遽啮盗髻，盗不得去。逮熙载醉醒，尽复取所失物，马始纵盗。为人臣仆而不尽力于君主者，曾是马之不若也。

朱鱼变白

《拙庵杂组》：仁和张问渠者，冢宰元洲瀚之兄也。性至孝，母陈夫人尝畜朱鱼二十余头，玩弄日久。母没，问渠哀痛，不忍往视。鱼忽皆变白，观者咸谓鱼常变色，不足为异。及终制之日，鱼俱复变赤，俨同除服。人谓孝感所致。

孝　丐

《都公谈纂》：正统间，有丐者奉其父母居苏之南仓桥警馆中。时父母俱以疾废，丐者辰出而午归，未出而酉归，市中所得鱼肉，必择美者躬自炊爨，暮则置酒跪拜于前，喧歌以进，必父母欢醉而后已。市人皆贤丐者而乐施之，以故甘旨不缺。

牛偿债

《挥麈新谭》：潘爱松名珙，字廷大，赘于李氏。李有拽磨犏牛，已十五余年,精健多力。一日清晨,带所拴绳至李卧房前,作人言曰:"牛即系某人,原负主公本钱若干两,罚令变牛来偿。今年限已满,本利已足,告归矣。"主人与某妻启户视之,盖磨牛也,再跪前二足,垂泪而死。其事潘所亲见者。

图 乙 误 字

《爱日斋丛抄》:赵景安云:古人书字有误,即墨涂之。今人多不涂,旁注云卜,谓之卜致,莫晓其义。近于范机宜处见司马温公与其祖议《通鉴》书有误字,旁注云丰,然后乃知非字之半,后人又省作卜,或三点者。《项氏家说》亦以温公为证,谓勘书之法有为乙字布于两字之间者,自右勾上而使之下,盖字颠倒,当两易也。今馆中校书格字有误者,以雌黄涂讫,别书于上。或衍字,以雌黄圈。少者于字侧添入,或字侧不容注者,即用朱圈,仍于本行上下空纸标字。倒字于两字间书乙字勾转。举子场中亦然。

欧阳文忠公《诗补亡后序》:增损图乙。图者,涂抹也。乙者,勾正也。《史记·东方朔传》"止辄乙其处",谓有所绝止,点而记之曰乙,如士人读书以朱志其止处也。又文字有遗落,勾其旁而添之,亦曰乙。唐试士式"涂几字、乙几字"是也。今试式作注,乃点字之误。点窜出《三国志》曹操与韩遂书"多点窜"。点谓涂去,窜谓添入。

傅 说 误

《紫桃轩杂缀》:《石氏星经》云:"傅说者,章祝女巫之官,司天王之内祭祀,以祈子孙,故有大祝以傅其说于神宫。"郑氏曰:"傅说一星,惟主后宫女巫祷祠求子之事。盖古有保母、傅母,傅说者谓傅母善之也。"由石氏则傅者附达之义,而说为傅说之说;由郑氏则傅为保傅之义,而说为喜悦之说。其遂目为商相傅说者,始于《庄子》。迨子瞻作《韩文公庙碑记》"申吕自岳降,傅说为列星",于是仍讹袭谬,不复可正矣。

李近楼琵琶

《耳谭》载：京师瞽者李近楼，籍锦衣千户，善琵琶，能左右手弹，新声古曲，无不绝妙。平生羁愁哀怨，及人己胸中事，皆于鸣弦铁拨发之，令人发上指，泪交下。忽作鱼山梵呗，冷然孤僧云水；复作苏台围猎，凄然百兽鸣噪。有言瞽者习琵琶，穿被作二孔，寒夜舒手出外，时时弄拨，故几于神若此。

县 令 主 婚

南濠鱼行程某无子，继一陈姓者为子，在店经理。随又嗣一他姓女，年相若也。陈子长而勤敏，嗣父母许以女妻之。两人出入肩摩之际，私心亦许可窃喜。陈以语本生父，纳采焉。康熙辛未，嗣父忽不乐于其子，逐之出，另以女择配。媒氏怂恿，已有成议，为他姓委禽矣。其女抑郁不堪，而不能自主。壬申春，陈父讼之，吴邑张邑侯_(飚)以陈纳聘在前，谕其父以女归陈，杖责从后执柯者。而程某托言其女不肯适陈。族属程天士者深为不平，邻里合词，以程父另配为不义。张侯额之，视陈子少年韶秀，遂留意焉。拘其女到县询之，颜赤不语。侯云：“此佳偶也，我当为尔成之。”命取库银拾两，红绸二匹，票唤喜娘、傧相、乐人，簪花披红，当堂拜县主结婚焉。人见其女荆钗裙布，不称新人装束，承行吏亟取红袄并绿裙，当前换易，赞礼交拜，观者堵墙，咤为仅事。天士辈见张侯如此好事，而陈家户庭阒寂，且合卺之费无所办，不将负此盛典乎？乃出一单，众姓助婚，顷刻得银拾余两，备列案间。张侯大喜，为之抚掌。归而酒筵成礼，叩拜公姑，夫妇欢好，郡中哄传焉。

天 缘

《濯缨亭杂记》：正德间，都下王某家甚富，其子聘孙氏女为妇。

将婚,子病瘵死。恐孙氏匿其聘财,秘不发丧,诈令媒妁请期。女家觉其诈,佯许之。至亲迎日,王以其女伪作男子往迎,孙氏亦令其侄伪作女子随行成礼。王意两女共一室,了无他疑,不意少女与少男相悦,而私成配偶矣。都下民俗,成婚三日,婿与妇同归父母家。孙氏遂留王氏女于家,王某方悟反受其欺,已无及矣。讼于官,两家各当坐诈罪。王氏女既为孙侄之妇,而以孙氏之女亦归王氏之侄。一时盛传,以为奇事。此与癸集所载相同。

一 激 成 名

《近峰闻略》:钱塘方宾为诸生时,在馆中买靴,所乘驴逸。适蔡都指挥过,驺从捶驴,驴惊,宾詈驺从。时明初重武功,军官多横,蔡因杖宾。宾不胜忿,与蔡相争。蔡曰:"汝他日为官能临我乎?"宾因拔皮刀击槛曰:"他日不得相临,有如此槛!"遂去家入乡校,钥门修业,窦中传飧。三年,贡入太学,授兵部主事。永乐初,赋元旦观灯诗称旨,升郎中。以侍郎升本部尚书。蔡适有事至部,惧不敢见,乞宾亲厚谢罪。宾不答,俾以公事见。蔡且喜且惧,乃盛币候其归休,叩头待罪。宾扶之起曰:"非君一激,何以至此?"礼之有加。

孕 化 金 眼 狮

《湖海搜奇》:淮阴徐省祭城溪妻有孕,梦中忽云见一金眼狮子坐在胸前。徐忙起取火,狮即跳往桌上,及火至而狮已无踪。妻腹忽消,不复有孕。

近太仓一大家夫人有孕,产龟数枚,而腹亦消,母亦无恙。

大 西 国 三 主

《紫桃轩杂缀》:大西国在中国西六万里而遥,地名欧海。国列三主,一理教化,一掌会计,一专听断。其尊虽等,人皆畏听断者。旁国侵掠,亦听断者征发调度。然不世及,须其人素积望誉,年过八十而有精力者,众共推立之。故其权不久而劳于运用,人亦不甚歆羡之。地多犀象虎豹,人以捕猎为生。亦有稻麦菜茹之属。文字自为一体。皆秉教于天主,不知有中国儒、释、道教。天主者,最初生人生物之主也,立庙共祠之。其言天谓有三十二层,地四面悬空,日大于地,地大于月。地之最高处有阙,日月行度,适当阙处,则光为映蔽而食。五星高低不等,火最上,水最下,金、木、土参差居中,故行度周天有迟速。皆著图立说,颇有可采处。世庙末年,国人利玛窦者结十伴航海漫游,历千余国,经六万里,凡六年抵安南,入广东界。时从者俱死,玛窦有异术,善纳气内观,故疾孼不作。居广二十余年,尽通中国语言文字。玛窦紫髯碧眼,面色如桃花,年五十余,如二三十岁人,见人膜拜如礼,人故乐与之交。万历丁酉,李君实遇之豫章,与剧谈,出示其国异物一玻璃画屏,一鹅卵沙漏,状如鹅卵,实沙其中,而颠倒渗泄之以候更数。携有彼国经典,彩罽金宝杂饰之,其纸如美妇之肌,云其国之树皮治薄之耳。因赠之诗云:"云海荡朝日,乘流信彩霞。西来六万里,东泛一孤槎。浮世常如寄,幽栖即是家。那堪作归梦,春色任天涯。"玛窦不复作归计,以天地为阶闼,死生为梦幻,较之达磨流沙之来,抑又奇矣。

为 法 自 弊

公子虔告商君欲反,发吏捕商君。商君亡至关下,欲舍客舍。客舍人不知是商君也,曰:"商君之法,舍人无验者坐之。"商君喟然叹曰:"嗟乎,为法之弊,一至此哉!"晋桓蔚之败,投牛牧寺,僧昌保藏之。刘毅闻而杀昌。及毅被刘裕所讨,夜走亦投寺,寺僧曰:"昔亡师客桓蔚为刘将军所杀,今实不敢客异人。"毅叹曰:"为法自弊,一至于此!"苏子由谪雷州,不许占官舍,遂僦民屋而居。而章子厚以为强夺民房,下郡按治。及子厚谪雷州,亦问舍于民。民曰:"前苏公来,为章丞相几破我家,今不可复蹈前辙也。"当鞅辈快其令之行,指挥如意,假令知有后灾,犹将不恤。及其出亡而无所居,然后知为法之弊,悔已无及矣。

登 高

登高不独重九,古人人日亦登高。晋李充正月七日登剡山寺,有诗。桓温参军张望有《人日登高》诗。元魏东平王翕人日登寿张县安仁山,刻铭于壁。隋文帝正月十五日与近臣登高,驰诏召元胄,既见,上曰:"公与外人登高,不如就朕也。"又,韩退之有《寒食登高》诗。

马 脑

丹丘国人善别马,马死则破其脑视之,脑色如血者日行万里,能腾飞空虚;色黄者日行千里;色青者声闻数百里;色黑者入水毛鬣不濡,日行五百里;色白者多力而驽。其地有夜叉拘跋之鬼,能以赤马脑为瓶盂及乐器,皆精妙轻丽。世所贵马脑,乃真马之脑坚凝而然,今则皆红石子也。

天 目 地 肺

杭州临安有天目山,山有两峰,峰顶各一池,左右相对,为天之目。河州历阳县亦有天目山,《河图括地象》云:"西北为天门,东南为地户。"《真诰》云:"金陵者,洞虚之膏腴,勾曲之地肺。"注云:"水至则浮,故曰地肺。"又大伾山为地喉,岐山为地乳。终南山有地脉,为四皓修炼处。秦苻坚时,长安地有水影。宋文帝时,青州城南远望地中如水有影,人马百物皆见,谓之地镜。唐神龙中、大历末,地见水影,皆有楼台花木、士女往来之态。明万历中,皇城下忽见水影,有众铁骑临城,城上刁斗旌旗,无一不备,逾时乃灭。

寺 壁 照 远

《紫桃轩杂缀》:湘潭界中有方广寺,每至四月朔日,日在东壁,则照见维扬,宫府楼堞,居民舍宇,影着壁上,物物可数。又福清紫薇院,每三鼓后闻欢呼买物之声,正如城市,皆是浙音,达旦而止。又《七修类稿》:青州府城外罗北门曰镇青,俗曰马异,左转数丈,将抵门座之角,人或持石击地,自远至砖中,则若鸡栖之声。南京灵谷寺有琵琶街,人履之,拍手应声如琵琶然。绛州鼓堆,人马践之逢逢如击鼓音。盖天地间空水火风,相抟相摄,其气机虚翕之变,不可以情理测识有如此。

粪　黄

《白醉琐言》:万历辛丑,仁寿令李公述职过郿城。有孝廉谢玉斋子庚子亦举孝廉,云未第时粪内生粪黄数枚。李拨视之,形如东瓜,大亦如之,乃活物也。彼地发旺之家,粪多生此。视后仍以粪覆之。亦新闻也。

廖　德　明

《湖海搜奇》:廖德明瑀,江右商也,素善青乌之术。临终语其子曰:"大江之中,青龙山之尾,有岛焉,当出异贵。汝必葬我其上,葬毕三年之中,慎勿启门,启则不惟败事,且得奇祸。"德明卒,其子如其言葬之,归而扃钥其门甚固,虽至亲贵宾临之不启。丧毕,更五日则满三年矣。会其妹将嫁,母曰:"所不尽者五日耳,启门何害?"于是遂启其门而出。钦天监奏帝星见江西分,望气者亦言在此岛中。帝命物色之,遍一岛不可得。一老兵夜卧,闻水次有声,明旦按其处,发土得死尸,已化为龙,惟一足,犹人形,目瞑未开,蠕蠕若有动息者。更三日,则入于江矣。遂斩其尸,凿其岛,作神庙其上,号曰斩龙庙。而廖氏少长皆坐法。

福　地　不　可　得

《阁然录》:归安仰思忠精堪舆家术。闽故方伯何公先为湖州守,其婿六合尹林克正知思忠，乃延之入闽，为方伯择葬地，而其姻某亦欲葬父，因聘仰。为得一地甚佳，方点穴而雨至，遂下山，约天晴再往。是夜思忠梦一老者问曰："今日之地佳否？"曰："佳。"曰："切勿与之。此人为考官黜三举子，当有阴祸，若葬此地，法当荣其子孙，非天意矣。"遂觉。明日思忠问克正曰："昨大尹公先为何官？宦业如何？"曰："先为某县教谕，转此官不久，遽卒。闻为考官时，通关节得贿甚多，乡评以此少之。"思忠惕然，遂托故辞归。越三年，遇其乡人，问某大尹葬何所，人曰："因与势家争地，官事牵缠，至今未葬，家业亦凋落矣。"思忠益叹异之。

多　子

齐田常专国，选民间女七尺以上者为妾，生子七十余人。田成子有子百余人。汉张苍有子百人。赵王彭祖子七十人。中山靖王子百二十人。唐棣王琰子五十五人，荣王琬子五十八人，延王玢子三十六人。张耆子四十二人。杜子徽子一百四十人。冯盎子三十人。宋李仙哲生男女六十九人。姚弋仲子四十三人。胡蕃子六十人。陵阳子仲子三十人。明庆成王有子百人，河洛周王子百人。光泽县民某子百人。

短　人

《说苑》载：李子敖长三寸三分，于鸣鹄嗉中游行无碍。《庄子》注载：务光身长八寸，耳长七寸。《诚斋杂记》载：李子昂长七寸。《汉武故事》载：汉武帝时，东郡送一短人。长七寸，名曰巨灵。《论衡》载：汉建武年间，颍川张仲师长一尺二寸。《杂记》载：蔡谟外亲王蒙长三尺。《紫桃轩杂缀》载：西陈民朱某长仅二尺一寸余，裸而视之，腹下即出二趾，无胫胻，肩下即臀尻，无肋可数。

长　人

中国之人长一丈者，人君则黄帝、尧与文王。人臣则孔子，一云九尺六寸。《庄子》谓自腰以下不及禹二寸，则后说似矣。吴伍员、汉巨无霸、元魏南明太守慕容叱俱十尺。无霸腰带十围，员眉间一尺，叱头一尺，腰围九尺。宋《桯史》载：唐某与其妹各长一丈二尺。禹长九尺九寸，汤九尺，秦始皇八尺七寸，汉高祖七尺八寸，光武七尺三寸，昭烈七尺五寸，宋武帝七尺六寸，陈武帝七尺五寸，宇文周太祖八尺，项羽八尺二寸，曹交九尺四寸，韩信八尺九寸，王莽七尺五寸，刘渊八尺四寸，刘曜九尺四寸，慕容皝七尺八寸，姚襄八尺五寸，冉闵、什翼犍、宇文泰俱八尺，慕容垂七尺四寸，慕容德八尺二寸。韦康成年十五，长八尺。姜宇十五，长七尺九寸。刘曜子胤，十岁长七尺五寸，后止八尺四寸。晋咸熙二年，长人见于襄武，长三丈。符坚时，申香、夏默、护磨那俱长一丈九尺，为拂盖郎。丈秦人长一丈五尺。龙伯国人长三十丈，支提国人长三丈三尺，长狄侨如长五丈。南海毗骞国王长一丈二尺，头径三尺。防风氏骨节专车。佛长一丈九尺，弟阿难与从弟调达俱长一丈四尺五寸。女子长者，明德马皇后、和熙邓皇后俱七尺三寸。刘曜刘皇后七尺八寸，以美著称。曜长九尺四寸，庶几相称。

神拽人长

《湖海搜奇》：嘉靖初，绍兴张益习儒，为弟子员。夜卧见二苍蝇自窗外飞入，集几上，倏成二人。有顷渐大，皆长七八尺，各以手抚张。张噤不能出语。一人抱其首，一人拽其足，尽力相掣，觉其身随拽而长，长与屋等。又踞二壁角再拽之，张昏然。二人仍变为蝇飞去。张遂瘖，至旦加长三尺，体骨雄伟，与旧不同。妻子惊而问之，一字不复识。有司闻之，奏为大汉将军。

犬啮鼻

《挑灯集异》：吾郡周时懋惠畴，少以痘毒死，其家置之墙隈，出买凶器，为犬啮其鼻，毒随血出而复活，遂收养之。正德中，以字艺被用,官至工部尚书。相者谓其鼻存则与五官不相称,当不贵矣。

食 量 过 人

食之多者,史称廉颇七十余,一饭斗米秤肉。注:秤肉,十斤也。《发蒙记》云:廉颇年老,日啖肉百斤。苻坚时,拂盖郎申香、夏默、护磨那每饭米一石,肉三十斤。宋明帝啖白肉至二百片,蜜渍鲮鲕一顿数金钵。萧颖胄啖肉脍二斗。唐张兴一饭肉十斤。马希声食鸡五十。范汪啖青梅一斛都尽。齐王好食鸡跖,日食鸡七十。临江王妃江无畏好食鲫鱼头,日进鲫鱼三百石。晋宦者廖习之,食量宽博,晋祖曰:“汝腹中有五百斤铁磨。”《癸辛杂记》:宋丞相赵温叔一饮三斗余,食猪羊肉各五斤,蒸糊五十事。又宋永嘉陈仲潜,健啖过人,适北使亦善啖,求为敌者,以仲潜充选。饭已复索,乃各以半豚进。使者辞不能啖,仲潜独大嚼至罄。崇祯中,郡中俞胖家素封,以善啖而贫至饔飧不给,乃以银四两买郡庙皂隶一尊,日收其蛋肉面饭自供,犹苦不饱。亲友复集银四两,又买一尊,始得充然果腹。至顺治初卒,将皂隶顶替与人,为之棺殓云。

物 日 食 料

《真珠船》载:禁苑鱼兽食数,正德中崔杰为光禄寺丞,言南城金鱼日食蒸饼白面二十斤。御马监小猴十只,日食白米一斗,红枣二斤八两。狮子房二号,日食活羊一只,白糖四两,羊乳二瓶,醋二瓶,花椒一两三钱。犀牛一只,日食白米一升,猪肉二斤,鸡一只,红枣二斤。豹每只日食羊肉二斤。虎每只日食羊一腔。惟猴以搅马不睡辟害,不为虚縻,余则坐食尸素之畜耳,当与旷官蠹国者并杀同驱可也。

蝗 灾

《暌车志》:淳熙庚子、辛丑,平江比年大旱。常熟县虞山北郭有农夫过某，种田六十余亩，岁常丰熟，过觊例免秋赋，亦报旱灾，自为得计。明岁壬寅，飞蝗大至，首集过田，禾稼俱尽，而邻比接壤田并无恙。又二田家，东家守分，常苦西家侵害无已，是年蝗虫尽集西家之田，不入东家之界。西家怪之，乃夜以布囊贮蝗移置东田，有报东家农者，绝不与较，但云："果有神明，蝗当自去。"明日蝗复飞集西家之田，东家照旧成熟。

龙 报 金 莲

《葭鸥杂识》：康熙中，一渔人获一大鲤，以筐盛之往售。时值上元，合城张灯彩，渔人往来市中，并未有呼之者，若空筐无物云。渔人懊恨，至晚归舟，述携筐无人见问之故，令妻斩之。其妻甚慧，谛视之，谓夫曰："我闻鲤鱼瞬眼，此恐是龙神，食必有祸，盍纵之入水？"夫然之，相与合掌加额，放之湖中。夜梦一白衣秀士来谢曰："予龙王之子，偶游湖滨，为子所获。蒙携入市中观灯竟日，且不加害，铭感难酬。有金莲一盆，送至家中，当令日开一枝，永富尔家。"旦视之，果有金色莲花在焉。日开一朵，家遂殷富。

粉 骨 为 丸

《白醉琐言》：张真人之始祖善相地，负其亲骸骨，行求十余年，到龙虎山，睹其崖吉利，而峻险不能梯。乃粉骨为弹丸，以弓发之，至若干丸而堕，后复再中至若干丸而止。故其封爵中绝，寻亦复续，此其验也。又其家遗誓云："传睛不传发，传发不传睛。"今子孙袭封者，非鬓发上指，则目睛仰生云。

简 纸

《爱日斋丛抄》：王沂公以简纸数幅送人，皆他人书简后截下者。晏元献凡书简，首尾空纸皆手自剪熨，置几案以备用。王文康平生不以全幅纸作封皮。诸公皆身处贵盛,俭德若此。世俗费纸者,无人语以前事。又《颜氏家训》云:梁东莞臧逢世,就姊丈刘缓乞客刺余纸写《汉书》。勤俭更过人矣。

朱买臣

汉时会稽郡即今苏、松、常、嘉、湖地。朱买臣为会稽太守,而杉青吏同其妻谒伏道左,因有羞妻亭。买臣死亦葬嘉兴东塔,非今绍兴属邑之会稽也。买臣在汉武帝时与严助、王褒等俱以辞辨捷给见幸。汉元帝时又一朱买臣作武昌太守,卒葬彭城者。至梁元帝时又有朱买臣,与胡天祐同拒北魏者。

象畏鼠猪

象畏鼠,见地有鼠迹,终日不敢动。《海语物产篇》载:象嗜田禾,经旬数亩立尽。岛夷缚孤豚于深树中,喔喔不绝声,象闻而怖,乃引类而遁。昔王威宁平两广夷人,畏象战,因觅小豚数千纵之,象果披靡。人以为豚类鼠,不知猪声固象所畏也。

金吾

崔豹《古今注》:金吾,车辐棒也。汉执金吾亦棒名,以铜为之,金涂两末,谓之金吾。《汉百官志》:汉官曰执金吾,缇骑二百二十人。应劭曰:"吾,御也。掌执金革以御非常。"《文献通考》:武帝增置八校,更名中尉为执金吾。师古曰:金吾,鸟名,主辟不祥。天子出行,职主先导以御非常,故执此鸟之象以名官。

扇

古人所用团扇、羽扇,王珉赠嫂婢及王右军为蕺山老姥画扇,苏东坡为春梦婆书扇，皆团扇也。方曲形如饼，而四棱以木为之，亦团扇类。《北史》"鲁漫汉遇杨愔骑驴不下，以方曲障面而过"是也。摺叠扇，古名聚头扇，仆隶所执，取其便于袖藏，以避尊贵者耳。元时东夷始以入贡，明永乐间稍效为之，后则流行浸广，而团扇几废矣。至于挥洒名人翰墨，则始于成化间。作伪之徒乃取宋元明初名公手迹入扇，良可哂也。

画　　图

汉宣帝思念辅佐之功，则写博陆侯诸臣图。元帝纵欲，则写王嫱诸美人图，以次待幸。唐太宗重文，则写《十八学士瀛洲图》。宋仁宗畏敌，则写元昊像，时观之。南唐韩熙载穷极声妓之乐，其沉酣狎昵闻于李后主，后主令工就第，写《夜宴图》。宋吴益王逍遥山水，高宗命善画者蹑而窥之，写《冷泉濯足图》以进。明初祭酒滑县宋仲敏讷刚毅称职，高皇殊眷之，君臣之契莫伦。高皇燕居思见祭酒，不欲数召烦劳，令画工阴写其貌以归。数主数臣，其密契同而所尚终不逮明高皇也。

异 力 异 须

《白醉琐言》：攸县张子云，身长八九尺，为人担米，肩各一石，首戴五斗，而行无窘步。尝卧石桥上，其首去地数寸。元末之乱，乡民推为寨主。所乘马灰色，日行千里，鸣金未绝，自山驰下，已十里矣。归附后，为巡检而卒。同时有徐寨主，须千余茎，以囊盛之，舒则其修二丈。后亦归附。

万 物 生 虫

世间万物无不生虫，木水土之中生虫，固其常也。人身中有疥虫，酱与醢各有虫，至火中生虫，则火鼠也，极南方有之。其毛可以为布，垢则以火浣之。《原化记》载：兽名蜗斗，如犬而食火，粪复为火。《楮记室》载：南鸡亦食火。阴山以北积雪历世不消，其中生蛆，大如瓠，谓之雪蛆，味极甘美。张子和医者著《儒门事亲书》，言见民家一铁镬底上一铁泡，槌破，有一红虫，其走如飞，其嘴甚硬。是金铁中亦有虫也。

鲙残红虾

《博物志》：吴王江行食鱼鲙，有余，弃于中流，化为鱼，名吴王鲙余，长数寸，大者如箸。《云溪友议》：宝志禅师尝于台城对梁武帝食鲙，时昭明诸王皆侍侧。食讫，帝曰："朕不尝此味者二十余年矣，师何为乃尔？"志公乃吐出小鱼，鳞尾皆具。帝深异之。今吴中鲙残是也。

《中吴纪闻》：承平时有虾子和尚，好食活虾，贮之袖中，且行且食。或随其所往密视之，遇水则吐出，虾皆游跃而去。又林酒仙，东禅僧也，好食虾。人规之，辄吐出，即游去。至今东禅寺前河中有红虾。

野枝幻状

王丹麓《广闻录》：崇祯甲戌七月朔，河南孟县民孙光显祖墓在河阳驿之东，有野葡萄藤，枝桠间忽抽新条，条列万状，有美人者，达官者，为龙凤，为龟麟，为蝉，为雀鱼蛇鼠，为孔雀鹦鹉。道臣曹应秋取得三美人、一凤、一鹦鹉，美人黄衣白裳，面施粉黛，凤苞五采，鹦鹉栖于架，架上有盏，盏中有粒，点染生动，妙手不及。

大　胆

《拙庵杂组》：谚云："出外十里，为风雨计。出外百里，为寒暑计。出外千里，为生死计。"京师谚云："三十里外不带伞，好大胆。五十岁后不买板，好大胆。"言三十里外则风雨不可期，五十岁外则生死不可期耳。然人生天地间，无时不可死，岂特五十外哉！

中 时 弊

《濯缨亭笔记》：太平之世，人皆志于富贵，位卑者所求益劳，位高者所得愈广。然以利固位，终不能保其所有。故时人为之语曰："知县是扫帚，太守是畚斗，布政是叉袋口，都将去京里抖。"语虽粗鄙，切中时弊。

水 产 陆 产

《拙庵杂组》：东南之人食水产，西北之人食陆产。食水产者，鳖、蛤、螺、蚌以为珍味；食陆产者，狐、兔、鼠、雀以为美品。如吴人食土蚨、虾、蟹、鳅、鳝之类，不以为怪，与岭南食蛴螬、蜻蜓及鼠者何异，此以五十步笑百步也。

籍 没 资 财

王恺珊瑚七尺高，元载胡椒八百石，古以为侈，载之史册。《群谈采余》：王黼既诛，籍其家，库中黄雀鲊自地积至栋，满三楹，他物称是。童贯败，籍其家，得理中剂丸几万斤，金银宝物无算。贾似道死，果子库糖霜数千瓮，官谓此物不可久留，难载册籍，遂辇弃湖中。《七修类稿》：正德中，刘瑾、朱宁权侔人主，富逾国帑，及籍瑾资，共金一千二百五万七千八百两，银共二万五千九百五十八万三千六百两。朱宁金共十万五千两，银共四百九十八万两。闻籍没王振、曹吉祥家资尤多。民之脂膏，安得不竭。

杨 太 真

杨太真本广西容州普宁人，父维，母叶氏。妃生有异质，都部署杨康求为女。时杨玄琰为长史，又从康乞为女，携归长安，纳之寿邸，遂擅天宝之宠,几覆唐祚。晋石卫尉家绿珠亦从南蛮中得之。岂天地妖艳之气,偏钟于荒峒密箐之地与?

　　绿珠井在白州双角山下。

阿瞒

　　人知阿瞒为曹操小字,不知唐明皇小字亦曰阿瞒。李德裕所作《明皇十七事》,内一条李辅国矫诏迁太上皇于西内,中路见兵攒耀目,一作日。上皇惊惧,赖高力士在左右,获安。上皇曰:"微将军,阿瞒为兵死鬼矣。"又《羯鼓录》载明皇与宁王簪花事,累自称为阿瞒。明皇字阿瞒,《古贤小字集》未收。

光武故人

　　光武故人,人知有严光而不知有牛牢。光武平时与诸故人夜话及谶,光武曰:"刘秀作天子,安知非我。万一果然,各言尔志。"牢独默然。光武坚叩之,牢曰:"大丈夫立意不与帝友。"众大笑。后光武即位,累征不至,刺史郡守奉诏存问,牢每披发不答诏旨。严君平之故友,人知有富人罗冲,而不知有安鸿丘。鸿丘为君平作诔曰:"无营无欲,淡然渊清。"又林间、翁孺皆临邛人,亦其友也。

嘉定井

　　《白醉琐言》:嘉定民家开井,四丈无水,得一石,以锹挥碎之,石中卤水涌出,其人亟出得免。水浸中庭,高尺许。众谓必遭垫溺,适有一垢衣道人过,见而谓人曰:"无事,以鸡笼罩之即止。"如其言,水果渐退。

酒活命

　　《拙庵杂组》:史百户号松所,善画龙虎,醉则运思尤妙。人欲求者，必以醇醪醉之，乃肯下笔，以是日事酩酊。尝迎巡按，以醉伏地，言："百户禀事。"实无所言。指挥何某禀云："百户有颠疾。"乃扶出。何呼其父，令戒其子饮。父怒责之，绝其酒，一月病甚，不能起。延医王维纲治之，云："脉绝不可治。"其夕果死。亲属哭毕，母哀之，曰："在生嗜酒，今以戒酒死，死不瞑目。"命儿女启其口，以杯酒灌之，入喉有声。乃再进一杯，觉鼻息如相续者。又进一杯，唇动气通。母问如何，答曰："好吃。"乃更进一杯，遂省人事。明旦往告王医求药，王不信，具告以故，曰："然则非药之力，乃酒之功也。宜更饮之。"乃更进六七度，推枕而起。又十年乃卒。

古来可笑事

梁大将军冀作贩牛黄客。见《后汉·延笃传》。石卫尉崇、祖车骑逖、戴若思、李北海邕俱作劫海船贼。见正史。吴兴太守谢朏、唐新昌令夏侯彪之，皆以鸡卵给人收其鸡。见《南史》《广记》。李后主作鹅卵柳条税大使。见邵讷《见闻录》。解漕运宾王作卖竹筒主人。见《杂志》。谢文靖安作蒲葵扇牙行。见《杂组》。裴丞相休、韩丞相熙载作歌姬院乞儿。见本记。石曼卿作鬻私盐恶少。皆古来可笑事。

诗有唐气

《水东日记》：吴下有举子作诗自揭厅壁间，乃兄誉之，座客曰："舍弟此诗，大有唐气。"一客忽起，索梯甚急。众莫解其义，既得梯，历级而升，以舌舐其诗，曰："有糖气，为何不甜？"一座为之绝倒。

画虎类狗

《紫桃轩又缀》：《尔雅·释畜》：犬子曰狗。《释兽》：虎子、熊子皆曰狗。又汉律：捕虎一购钱三千，获狗半之。然则所谓画虎类狗，盖指虎子，亦未大悬绝耶。

桃　枣　异

吐谷浑有大如石瓮之桃，北荒有七寸之枣，南荒有三尺之梨，东方有三尺之椹，木兰皮国有五尺之瓜，三寸之麦，暹罗稻粒盈寸，屯罗岛之麻实如莲的，皆中国所无。

张僧繇画壁

梁武帝命张僧繇画江陵天皇寺壁，僧繇于所画卢舍那旁另绘仲尼与十哲像。武帝怪问："释门内何用此？"僧繇云："后当赖之耳。"迨宇文周灭佛，此刹以先师像故独存。然则僧繇识略超越今古，故艺能精如此。

鱼吞仙艾化龙

安南国有艾山，在嘉兴州蒙县，西临大江，峭石环立，人迹罕至。相传上有仙艾，每春开花，雨后漂水中，群鱼吞之，便过龙门江化为龙。

龙　　门

《汉·地理志》注：交州有龙门，水深百寻。鱼跃龙门，雷为烧尾，乃化为龙。不得过者曝腮点额，血流此水如丹池。故唐人比进士登科为登龙门。又《李膺传》注：龙门在绛州。

三　足　鸡

康熙壬申四月初，谢季纯西山扫墓，篱落间见一鸡雏，足不能举，取视之，乃三足焉。其一足出自尾间，形似鼎，多趾而稍短。头差大而喙微扁，啾啾扑地作声。因取归玩之，得寓目焉。乃知《辍耕录》所载非诬也。

乳媪奸恶

《近峰闻略》：嘉靖壬午，吴江举人叶伯惇妻陶氏贤淑，有乳媪欲盗其金，暮置毒茗中，将饮之。适叶醉归，索茗甚急。媪进饮之，暴死。媪给其父曰："无疾，脱阳耳。"父丑其淫，竟瘗之。后年余，纠一婢，俟陶寝熟，以布带绞杀之。则又给其父曰："堕私胎惧露，故自尽。"父益不欲彰，亦就瘗。时有小婢观其状甚悉，逾时媪殴其婢，具以白父，系置于法。

江西毕氏

《钩玄》：江西毕氏，中岁无子，甚以为忧。然与妻极恩爱，不忍置妾。每醉后与妻遇，寤多不省记。妻阴以侍婢代己，即有娠，露于毕，怪而疑之。既产子，欲毙之，妻乃以实告，乃纳而试之。明年又产一子，遂释然，且感其妻。后二子相继举进士，长济川，次济时云。

奴解客愠

《见只编》载：里有富人某张具邀宾，意独重一上客。顾众宾皆至，上客不来，富人大懊，失声云："偏是要紧者不来。"众宾不悦，各有去志。一奴在旁，知主人失言莫解，应声出门，急向后厨担二上尊从大门入，厉声谓主人云："要紧者来矣。"众宾释然，初谓为酒也。此奴微言中解，亦黠矣哉！

严嵩方书

《拙庵杂组》：嘉靖中，宗给谏弘暹宦江西，时奉旨籍分宜相，宗实与监籍之员。言严相青褶纱巾，手持小书数帙而出，监籍者难之，严曰："此经验方书，欲借以送老耳。"监者曰："方书有刀创药方否？"曰："有。"曰："能治得杨继盛、沈鍊颈创否？"严为默然。监者曰："若然，则此书犹无效者也。"遂夺而投之于火。

秘集卷之五

更定文章九命

昔王弇州先生创为文章九命，一曰贫困，二曰嫌忌，三曰玷缺，四曰偃蹇，五曰流贬，六曰刑辱，七曰夭折，八曰无终，九曰无后。殆有所感而为是论。仁和王丹麓先生以为天下后世尽泥此言，岂不群视文章为不祥之莫大者，谁复更有力学好问者哉？因反其意为更定九命，一曰通显，二曰荐引，三曰纯全，四曰宠遇，五曰安乐，六曰荣名，七曰寿考，八曰神仙，九曰昌后。各引古人往事以实之，顿令览者有所歆羡云。

必 然 偶 然

新安张山来先生《忆闻录》：吾邑某生从某师读书山中，一日徒问其师曰："读书欲何为？"师曰："为科第也。"某曰："科第亦偶然耳，安可必乎？"师曰："读书以博科第，乃必然者，何谓偶然？"后师徒二人同登贤书，各建一坊，师题曰"必然"，弟题曰"偶然"。历年既久，必然者圮于地，而偶然者尚无恙云。

陈 蔡 相 讥

歙邑陈元弼与蔡昭远论文，陈云："所苦腹中无料耳。"蔡即其语讥之云："陈元弼腹中无料。"陈即答云："蔡昭远背上有文。"或询其故，曰："君不记'山节藻梲'注乎？"盖戏其姓也。

王　侯　木

歙有精于星学者，偶遗矢于野，忽闻地上作爆响声，视之则土中迸出萌蘖。即以此时之干支推之，乃王侯命也。因留记为验。后里人建张睢阳公庙，以此木雕神像，果王侯云。

歙令傅野倩

崇祯乙亥，义乌傅野倩先生_岩以名进士来令吾邑，善政颇多。偶记其轶事数则：乡民有割肝疗其亲者，诸生以其孝，公举于庭。公笑谓之曰："此子既已割肝，又烦诸兄来，必复破肺矣。"盖讥诸生之受赂也。试童子时，有方显者以宦牍求前列。公见其名，笑云："方显得文章有用。"童对云："益足征天地无私。"公笑而取之。又有乡先生诣公庭言事，颇似枉法，公不听。乡先生望公纱帽，戏云："老父母好高冠官。"公曰："不是官高，只因发_法重。"盖公饶发，因高其纱帽云。

梦　中　语　兆

泰兴季因是先生_{寓庸}蓄女优数辈，倩名师教授，必饮以痿阳之剂，乃听为师。一日，女徒语其师云："我辈作此等事，不审将来若何结果？"师云："此非若辈所宜言。"越年余，先生语优师云："吾梦中见一联：'若使人人能结果，除非树树不开花。'不知何所兆？"优师无以对。先生有园名树树园，一岁园中并无一花，优师忽忆梦中句及女徒所询结果语，知主人当不久人间矣。未几，先生果死，女优遂散。

宋　锦

锦向以宋织为上。泰兴季先生家藏《淳化阁帖》十帙，每帙悉以宋锦装，其前后锦之花纹二十种，各不相犯。先生殁后，家渐中落，欲货此帖,索价颇昂,遂无受者。独有一人以厚赏得之,则揭取其锦二十片,货于吴中机坊为样,竟获重利。其帖另装他纻,复货于人。此亦不龟手之智也。今锦纹愈出愈奇,可谓青出于蓝而青于蓝矣。

胡梅林定变

胡梅林先生_{宗宪}家仆中有有功、健儿二人,力万钧,人不能近。其一犯公令,欲斩之,禁狱中。其一自度苟杀彼必且及我,遂谋弑主。有知者,密以语公。次日,公适当生辰,诸子谓此贼必乘此行事,盍不受贺。公曰:"此示怯也。其受贺如故,吾自可办贼。"因密授诸将计。及期,帐下以次行酒,及此仆,公急语之曰:"汝素有大功,吾前欲斩某,俟汝为请即释之,欲以为汝荣也,汝何久不言乎?"仆闻此语,不觉感动泣下,拜曰:"某初不敢言,不谓主公厚我如此也。"公曰:"吾当为汝赦之。今吾生辰,汝辈可痛饮,必大醉为乐。"仆果大醉,乃并前仆斩之。公之不动声色而定变于仓卒,类如此。

焚牍获全

胡梅林以总制开府于浙,有幕客谓胡公:"某受公惠久,无可报称。今严相国势且败,败则蔓延及其党,公必不免。今为公计,当以厚币伴函荐某于彼为记室,彼必重用某,某暇时凡公有片纸只字必为公匿而焚之。严虽败,公无患矣。"胡公然之,如其计行。及严败,胡公果无累云。

白水铜印

歙邑西村名莘墟,有某之先世,微时来扬,投其戚属,途拾一铜印,文为"白水"。至扬州,戚属各助以赏置质库中故衣,戏以铜印钤之,获息殊厚,未钤印者,初无人问也,亦以印钤之,则售。经年贸易,赏且数倍于所助。自后凡有所为,必以铜印从事,卒以盐筴起家,号其业曰泉,盖合白水二字而为言也。迄今子姓仍以泉为号云。

辞 阎 君 酒

明代有一善人死,阎君邀饮。至则见为筵者四,首为僧,次为道士,又次为善人,主席则阎君也。坐定,阎君举卮属僧饮,僧合掌念佛不肯饮,阎君亦不之强也。次及道士,道士拱手亦不肯饮。次及善人,善人自念彼二人皆不饮,吾宁敢独饮乎?亦辞之不饮。如是者三,阎君起立,拱手向三人请行。三人以次行,至一处,如井状,阎君拱手向僧请下,僧趺坐而下。次及道士,道士立而下。次及善人,不觉首先入井,及下则已托生人间矣。自念奇异,秘而不言。长而求所谓僧道,杳不可得。后举进士,例为县令,往吏部掣签,见冢宰坐堂上,俨然冥中道士状也。熟视再四,冢宰忽呼曰:"汝在此乎?曾忆冥间事否?"曰:"忆之,特不敢言耳。"问:"曾见同席僧乎?"曰:"未之见也。"冢宰曰:"我若见之,当以语汝。汝若相见,亦当语我。"时某掣得河南某县令,到官后,谒藩王,王固冥间同席僧也。一见即惊喜曰:"汝来此乎?曾识我否?"曰:"识之。"王曰:"曾见同席道士乎?"曰:"即今吏部尚书某也。"观此,则阎君之酒乃俗所谓迷魂汤耳。

八 百 丁

歙邑南有村名北岸,某姓始祖欲葬其父,地师为示一地曰:"葬此子孙繁衍,但初年有损耳。"留一语为验曰:"半夜夫妻八百丁。"葬后为子娶妇,合卺之夕,贺客皆散,新郎已就寝定情矣。迨半夜,忽闻有款门者,新郎疑为贺客复来愿,试启户视之,一虎突入,举室惊救,虎虽去而人则死矣。逾年,新妇生一子,此后子孙果繁衍云。

犬 子 豽 郎

某给谏子已娶妇,为诸生,每遇岁试,辄倩人代作。学使者以其要人子，必置前列。及给谏假归，有所闻，亲送其子入试。试后亦不许通宾客。试题为"嫂溺不援"六句。公子于题则书"豺狼"为"才郎"，"权"也为"犬"也，于文则曳白无一字。文宗初不知为给谏子，置之六等。给谏怒，痛责之，妻惭而自缢。文宗例于试毕始拜乡先生，及谒给谏，语及所书题，云："诸生中有如此不通者。"给谏云："此即不肖子也。"文宗蹰躇不安，随一揖别去，改置一等。次日有人榜给谏门曰"权门生犬子，烈女嫁豺郎"，又号公子为六一居士。

七字勾向左

顺治中，歙邑一令初不识字，及判示日，其日为十七，胥教以十字，判毕，胥复教以七字如十字状而曲其下复钩向上，令弯向左，其形为ナ。胥恚云："误向左矣。"令审视良久，忽反张其示云："如此悬之市，则七正矣。"盖令止知ナ正而为七，而不知通幅墨字之皆反也。其遗笑一邑如此。

小 儿 伤 臂

白门幼科胡道五为巨室医岁余小儿，其证非外感，又非内伤，惟啼哭不止。胡乃密询乳媪之夫曰："汝为我密询汝妇，儿是何病，设有他故，我断不以闻于主人也。"其夫云："乃吾妇酣睡时压损其臂骨耳。"胡曰："果尔，吾当偕外科往。"遂密与外科计，诡云："此病某有秘方，须以药敷臂上，再以煎剂饮之，自愈。"主人如其言，儿臂痛渐减，不数日而愈。乃厚酬之。此等乳媪殊可痛恨，而医家亦不可不知此等作用也。

总 是 一 家

歙邑令某檄拘洪姓者，其人逃匿。令拘其族之富人，富人至，云："某未犯法，不审何以见拘?"令云："某人有罪，彼既在逃，自应坐汝。"

富人云："某与伊并非服属,风马牛不相及也。"令怒云："汝与伊五百年前是一家也。"富人云："若然,某叔父忝居相国,幸推乌屋之爱,见宥何如?"令云："汝叔为谁?"曰："内院洪承畴是也。"令云："内院闽人,与汝何涉?"富人云："五百年前亦是一家也。"终无以加而出之。

盐 场 土 豪

盐场土豪某,室有别业三楹,阶前掘一深池,中积水,外缭以垣,凡负债者缚置池中,名曰水牢。后有一人自水牢中得释,首于官。官初莅任,批准勘。一胥素与豪厚,以告豪。豪谓胥能缓数日,吾事济矣。胥曰："可。"于是立召垆者、绘者、髹者、氎者、装潢者,各厚其值,焕然一新,上悬名人画,柱皆有联,堂中杂置几案交床,池蓄金鱼,凡器玩花盆毕备,外扃以钥。及官来勘,豪力辩并无水牢。受害者引官往,豪若为不得已状,始启户,诉云："某虑彼他往则债不复偿,因拉入书室坐数日耳,非水牢也。"官入室,所见殊精雅,水中金鱼悠然自得,乃大怒首者云："汝负彼债,反诬以罪。吾署中荒芜湫隘,苟得日坐此处,其乐实甚,汝反以为囹圄乎?"遂直土豪而责首者。噫,豪计亦狡矣!

汪 司 马 舆 人

汪南溟司马有舆人名四三,一日,恳司马命以字。南溟字之曰目川。公子云："奈何为舆人命字乎?"南溟笑曰："偶然抬起,便是目川,若放倒则仍是四三耳。"

平　　岭

许文穆公国为诸生时,赴乡试,过新岭,贫不能乘舆,语其担行囊者曰："吾他日苟富贵,当平此岭也。"后登甲榜,归里则乘舆过岭,而担行囊者复值向日旧人,谓公曰："公曩云富贵后为平此岭,今当云何?"公曰:"我之岭已平矣,汝辈各自平汝之岭可耳。"此言虽戏,实具至理。

烛泪污顶

有士人乡试后,将揭晓,则梦人以烛泪浇其首,醒后喜甚,以为必捷。及榜发落第,甚恚。后数科梦皆如是。因于揭晓之夕不复睡,不意其仆忽大叫,询之则梦人以烛泪污主人顶也。士人益怒,谓必无可望。及黎明,报人拥至,喜出望外。日中往视其榜,则姓名上有烛泪,盖填榜时吏所污也。

缝婢阴

亳州一士狎其婢,妇妒甚,捣蒜纳婢阴中,而以绳缝之。婢痛苦殊甚,邻人咸为之不平,群讼于官。官大怒,檄拘妒妇,并唤革工数人,携锥绳诸物,欲缝妒妇阴。士惧为门户辱,竭力求免。官曰:"今城楼且坏,果能重为建造,庶可免耳。"士罄家所有,始能竣役。至今土人即以此事名其城楼云。

顺治中,毗陵某宦偶狎一乳媪,夫人知之,竟以锥钻其阴而锁之,弃其钥匙于井。乳媪叫号欲死。人不得已,觅铜匠以铁丝捺开之,至今常州人称锁阴奶奶云。

仆 号 墨 文

程木文有仆号墨文,木文责之曰:"我号木文,尔奈何亦号墨文?"仆曰:"音同字不同。相公乃木头之木,小人是文墨之墨也。"俱《忆闻录》。

人 生 各 异

《吕览》云:伊尹生于空桑。《春秋演孔图》云,孔子亦生于空桑。

空桑地名,非树也。乃亦有生于树者。隋王德祖家有树,生瘿大如斗,经三年,其瘿朽烂,撤其皮,遂见一孩,因收养之,长名梵志。又元畏兀儿之地有和林山,有神光降于树,人即其所候之,树生瘿若妊状,自是光常见。越九月又十日,瘿裂得婴儿五,土人收养之。其最稚者曰不可罕,既壮,遂君长其地。《述异记》云:魏时王子元家雨中有小儿八九枚堕庭中,长六七寸许,自言家在河东南,为风所飘。则人有从风雨生者矣。《宁国论》云:蜀本无獠,犍为德阳山谷洞中壤壤而出,长而自为夫妇,种类益多。则人有从土生者矣。《后汉书》:夜郎剖竹而生哀牢,触木而感。则人有从竹木生者矣。内典载树提伽生于火中。则人有从火生者矣。又竟陵僧于水边得婴儿,育为弟子,稍长,因筮得姓名陆羽。则人有从水生者矣。诸儿之生,可谓水源木本。

鸟翼弃儿

稷子弃也,鸟覆翼之。子文之弃也,虎乳之。齐顷公之弃也,狸乳而鹊覆之。皆见于经传。《东观纪》:汉肃宗敬隐天后以王莽末年生,遭时仓卒,母弃之南山下。隆冬寒冷,再宿不死。外家出过道闻儿啼声,怜之,因往就视,有飞鸟舒翼覆之,沙石满口鼻,犹能喘息。心怪之以为神灵,持归养之。年十三,乃以归宋氏,后为肃宗后。《天都》载:褒离国王侍婢有娠,产子捐猪圈中,猪以气嘘之。徙置马枥中,马复嘘之,得不死。后为扶余国王。准之后稷,未尽诬也。

卧冰得鱼

《晋书》:王祥孝母,卧冰而双鲤跃出。王延为母欲鱼,叩冰而哭,一鱼跃出。《说储》载:楚僚卧冰而童子送鲤,查道泣祷河神而冰开得鳜。《元史》载:汶上田政住,父病不愈,祷天去衣卧冰上一月。同县王住儿母病,卧冰上半月。皆得鱼以愈亲疾。又焦革冬月得瓜以愈父疾。王荐雪中得瓜以止母渴。是皆孝思所感,动植之物得以非时应之。若《北史》所载慕容熙因苻后病,季冬思冻鱼脍,仲冬思生地黄,切责有司,必欲致之,至加大辟而终不得。益信南面之尊,不敌孝感之神也。王祥卧冰处在沂水,至今冰冻不合。卧冰事人但知王祥,不知又有王延、楚僚诸人,故拈出之。

刲 股 疗 疾

开元中,明州陈藏器撰《本草拾遗》,云人肉治赢疾。自是闾阎相效割股以博孝名。乃亦有为子刲股者。《宋史》:呼延赞有胆勇,鸷悍轻率,尝言愿死于敌,遍文其体为赤心杀贼字,至妻孥仆使皆然。诸子耳后别刺字曰"出门忘家为国,临阵忘死为主"。严冬以水沃孩幼,冀其长能耐寒劲健。其子病,赞刲股为羹疗之。

《异苑》载:京房以汉时弃市,其死至义熙中犹完具不朽。僵死人肉堪为药饵,军士分割殆尽。

大 黄 疗 时 疾

疗时疾者服大黄良。《宋史》载:陈宜中梦神人语曰:"天灾流行,人多死于疫疠。惟服大黄得生。"宜中遍以示人。时果疫,因食大黄,得生者甚众。此见上帝好生,即有必行之天灾,未尝不开人以生路也。

封 木 石 鸟 兽

秦始皇封松为五大夫。唐武后封柏为五品大夫。钱镠封临安大木为衣锦将军。明高皇封柿为凌霜侯。陈后主封石为三品。宋钦宗亦封石为盘固侯。卫懿公鹤乘轩。晋惠帝虾蟆得廪。北齐幼主鸡鹰食县干,犬马有赤彪仪同、逍遥郡君、凌霄郡君之封。隋炀帝以鸥字乃二品鸟,封为碧海舍人。唐太宗封白鹘为将军。玄宗封白驴为将军。昭宗封猴为供奉。以朝廷爵禄,滥及无知之木石鸟兽,岂非祖龙之作俑哉?

放　龟

毛宝无放龟事,放龟乃宝之武昌军人。及军人之堕江也,觉如立石上,即所放白龟,浮而送之,竟得登岸。《晋书》:孔愉放龟,后封愉不亭侯,铸印而龟三顾。及其卒也,龟复衔木植愉墓,今号龟衔树,溪名龟溪,桥名龟回桥。一念好生,感及鳞介。

《梁书》:王莹拜开府仪同三司、丹阳尹,印工铸印,六铸而龟六毁。既成,颈空不实,补而用之。居职六日而卒。龟为四灵之一,宜其灵异若此。

燕增土塑像

崔鸿《十六国春秋》:鲁国有齐徼,数万燕衔土培城。《史记》:汉临江闵王荣葬于蓝田,数万燕衔土置冢。《汉书》:王莽开哀帝母丁姬隧,数千燕衔土投窟。梁昭明太子梓宫有琉璃碗、紫玉杯,后更葬,为阉人所窃,有燕雀数万击之,为有司所缚。帝闻惊异,诏纳圹中,复有数万燕雀衔泥增冢。坟侧有湖,因名燕雀湖。

宋元嘉中,灵鹫寺群燕共衔绣像,委之堂内。萧道成于寺造白塔。齐云岩太素宫百鸟衔泥塑成真武像。

雨系官衔

《唐语林》:颜鲁公为河西陇右监察御史,时五原旱,鲁公为决冤狱数事,天乃大雨,人谓之御史雨。《宋史》:赵鼎为相,延汪应辰之馆塾。绍兴五年,应辰举进士第一。岁旱,鼎命应辰祷雨即应,人谓之相公雨。鼎曰:“不然,乃状元雨也。”又丰城王仲衡守建昌军,值大旱,入境大雨如注。郡人喜曰刺史雨。休宁凌唐佐知夏津县,决河北疑狱。时亢旱,及唐佐归,雨随至,人号为县令雨。元王伯胜为辽阳行省平章事,岁大旱,伯胜斋戒以祷即雨,人谓之平章雨。至顺中,宇文公谅为余姚同知。夏久不雨，祷即应，民颂为别驾雨。陈春为嘉兴路推官，因贩私盐事释被诬者数百人。先是久不雨，至是大雨，人称陈公雨。顺治中，秦世祯为江宁监察御史。时久不雨，世祯行部至太仓，决冤狱数事，即雨，人亦称御史雨。盖人事可以挽天心，即天功可以为人力。以视《南史》所载萧推历淮南、晋陵、吴郡太守，所临必赤地大旱，人号为旱母者，其人事可知矣。

圣 火 圣 水

《南史》：齐世祖时有沙门从北赍火而至，色赤于常，云可疗疾。人取之者，多得其验，谓之圣火。《唐书》：观察使令狐楚言：亳州有圣水出，饮者疾辄愈。有力之人率十户僦一人往汲，而水斗三十千，取者益他汲转鬻于道。裴度判状令所在禁塞，李德裕亦严勒津逻捕绝之。且言者吴有圣水，宋齐有圣火，皆本妖祥，古人所禁，请下观察使令狐楚填塞以绝妄源。从之。夫先辈岂不欲济人，诚杜其煽惑之原也。

存 孤 封 爵

程婴、公孙杵臼二冢在绛州太平县之赵村，至宋元丰中，因议郎吴处厚上书，始建庙加封。封婴为成信侯，杵臼为忠智侯，以时致祭。处厚言之是矣，第因屡失皇子，而恐其为厉，则大可笑也。夫婴与杵臼生前存赵孤以全忠义，岂死后剪他人裔以求血食耶？

天禧中封东方朔为智辨侯。

豫 让 施 全

豫让刺襄子于汾桥下，马惊而见执，顾襄子犹从容待之，嘉其义而从击衣之请，使让得行其意，可谓杀之之中又有礼焉。施全之刺秦桧，亦邀于望仙桥下，柱断而被擒，斩于市。众中有一人曰："此不了事汉，不斩何为？"而《避暑漫抄》等书乃列全于桧之十客中，不亦冤哉！或云另有一施全。

立 桥 除 道

《南史》：会稽郭原平、吴郡范元琰俱禀至行，家贫以园蔬为业。园外有沟，见盗笋者苦于涉水，乃采置篱外，各伐木为桥以度之。又桑虞见盗瓜者，因园中多荆棘，恐伤盗衣，辄除道通之。此皆盛德事。但立桥除道，不亦过乎？昔宋罗可见人窃其园蔬，乃伏草间避之，以俟其去。只如此足矣。

柳 敬 亭

泰兴柳敬亭以说平话擅名，吴梅村先生为之立传。顺治初，马进宝镇海上，招致署中。一日侍饭，马饭中有鼠矢，怒甚，取置案上，俟饭毕欲穷治膳夫。进宝残忍酷虐，杀人如戏。柳悯之，乘间取鼠矢啖之，曰："是黑米也。"进宝既失其矢，遂已其事。柳之居心仁厚，为人排难解纷，率类如此。

狄 梁 公 善 针

狄梁公性娴医，尤妙针术。应制入关时，华州有富室儿鼻端生赘，大如拳石，根蒂缀鼻如食箸，或触之酸痛刻骨。两眼为赘所绳，目睛翻白，楚甚垂绝。揭巨牌求疗之者，许酬绢千匹。公一见恻然，曰："吾能治之。"即于脑后下针寸许，仍询病者，知针气已达病处，邃抽针，赘应手落，目睛如初。富室感谢，致所酬缣，公笑曰："吾急病行志耳。"谓急人之病，出《左传》。不顾而去。昔人云不为良相，则为良医，盖济世之术均也。如梁公者，岂非良相良医兼长而并收其效者欤？彼其返周为唐，即起死回生伎俩。当从容燕对，无不以子母恩情为言，尤属顶门一针。《内经》云："上医医国。"梁公有焉。后世犹以事女主为公咎，而公急病行志之心晦矣。

苏 石 异 饮

苏子美、石曼卿辈饮名有五,曰鬼饮、了饮、囚饮、鳖饮、巢饮。一名鹤饮。鬼饮者,夜不燃烛。了饮者,挽歌哭泣而饮。囚饮者,露顶围坐。鳖饮者,以藁自束,引首出饮,饮复就束。巢饮者,饮于木杪。海虞陈锡玄先生戏益之有六,曰号饮、偷饮、跪饮、枷饮、牛饮、狗饮。号饮者,阮籍饮酒二斗,举声一号是也。偷饮者,毕卓盗樽是也。跪饮者,刘伶跪祝引酒是也。枷饮者,北齐高季式留司马消难饮,索车轮互括其颈,命酒引满相劝是也。牛饮者,商辛为酒池肉林,一鼓而牛饮者三千人是也。狗饮者,胡母辅之辈闭户酣饮,光逸脱衣露头狗窦中大叫,遂得入饮是也。饮名虽新,不若文字饮,醉红裙,知己相聚,斗筲之器成千钟之为酣适也。

正 直 为 神

《广闻录》:万历四年,山阴诸生某暴死,其胸与手犹热,家人不忍敛,淹至月余始苏。身畔有大镪五十金,为所携来。人问之,曰:我死适冥司,值亲识某骇曰:"汝何以至此?然某阎王正为其子延师,当为君缓颊进之。"果延主西席。诸子皆罗拜,北面受业。起居经史,皆与世同,而亦为师别具肴馔如世间食。王则衮冕甚尊严,因谓生曰:"汝欲见五阎王乎?乃贵乡王阳明先生也。"及见,先生亦为主客礼,欢然道故,曰:"此冥司不宜久居。"命掌判官核生禄命。判官报生尚有十年阳寿,先生即命语其主王,送生还阳。主王从之,赠冥钱楮币甚渥。先生曰:"不可,宜用世间镪。"即所携五十金也。乃知正直为神,韩擒虎、蔡襄之为阎王,非诬也。

慢 神 致 祸

《说储》载:□江吴某,偶以文木镂神像二躯,一为土神。一日,土神见梦于吴曰:"吾位卑,不当与某神并,殊不相安。君盍徙我于他氏?"

吴如其言。后他氏鸠数人结土地社,出土神礼而祀之。一少年曰:"何物木偶,灵何从生,而能发吴君梦耶?"挥箠击之。少年居恒礼大士,是夕归,梦大士谓曰:"汝昨何慢土神? 土神檄汝罪凡十三,所定不汝贷矣。"少年叩首乞哀。大士曰:"我不能救汝死,但令汝生而贵。秦中某氏,世勋系也,且诞儿,亟往就之,可不失腰金矣。然必须戒家人勿哭。"少年死,家人不能如戒,因复醒曰:"坐汝辈哭,故失我世勋矣。犹幸大士许我以后图。"乃瞑。据此,则神固无可慢者,故曰敬鬼神而远之。

沈 家 怪 异

《广闻录》:万历甲寅七月,阊门外下塘冶坊沈廷华家,初有三足蟾蜍一只,头三角,角红如丹瑚,缘墙行走。俄墙下地裂,走出数十人,并长六七寸,或老或少,或好或丑,或乌纱绛袍,或角巾野服,或垂白寡发。群众驱逐,薄暮忽跳跃四散而隐。明日,家人晨起,忽见墙上幻出五色彩画,宛然金碧山水。次日,换青绿山水。越日,又换诸细巧人物故事,或染麒麟望月,或写丹凤朝阳。一日,见两仙人坐树下围棋。一日,忽见衣锦婴儿捉少妇衣裾而立,观者以爪触伤妇颊,血出如缕。如是累月,符咒多方不能治。

《说储》载:嘉靖中瞿元立曾见一三足蟾蜍,取贮缸中,翌日视之,遁去矣。

佛 像 动 泣

石季龙时,太武殿画古贤悉变胡状,旬余,头悉缩入肩中。梁武帝时舍身光严重云殿,游仙化生震动三日。普泰元年,洛阳金像生毛,而广陵被废。永熙二年,平等寺浮屠成,孝武会万人于寺,石佛低举其头终日。孝昌三年,平等寺金像有悲容,两目垂泪,遍体皆湿,人号为佛汗。明年,尔朱入洛阳,诛戮百官殆尽。永安二年三月,此像复汗,三月,庄帝北狩。永安三年七月,此像悲泣如初,十二月,尔朱入洛,庄帝崩晋阳。宋嘉祐中,邕州佛寺塑像手忽震动,未几交趾入寇，城几陷。其后又动，而侬智高反，竟屠城去。又宣州大火，先时有铁佛迭前迭却若俯而就人者，火寻作。夫像不过幻相耳，胡然而动，胡然而涕，其殆示人以知趋避乎？惜乎其不之悟也。

止啼禳鬼

桓石虔趫捷绝伦，威镇敌人。时有患疟者，呼桓石虔来以怖之，立愈。刘胡面黝黑似胡，蛮人畏之，小儿啼，语云刘胡来，即止。杨大眼威振淮泗荆襄间，童儿啼，呼杨大眼即止。将军麻秋有威名，儿啼呼麻秋来立止。檀道济雄名大振，魏甚惮之，图以禳鬼。江南人畏桓康，以其名怖小儿，疗疟者写其形贴于床壁。宋刘锜为陇右都护，与夏人战，夏人畏之，儿啼怖曰刘都护来，立止。《辽史》：耶律休哥官拜于越，贵官名。数败宋师，宋人不敢北向，时宋人欲止儿啼，怖曰于越至矣，小儿噤不发声。此诸人者呼名可以怖儿已病，图形可以禳鬼愈疟，当其临敌决战，所向披靡，又可想已。

厄井

《风俗通》：厄井在汜水县东十五里，汉高祖与项羽战，败于京索，遁入智井，追者至，见井中有双鸠飞出，因得免。《殷芸小说》：荥阳板渚津原上有厄井，汉王避项羽处。《郡国志》：厄井在荥阳，汉高祖为雍齿所追，投匿井中，随有蜘蛛结网蔽其井口，得脱。汲黯为荥阳守，立神蛛庙以祀之。圣天子百灵呵护，信然。

陈州城外有厄台寺，乃夫子绝粮处。旧榜文宣王，因风雨洗剥，但存一王字，后释子遂附会为一字王佛。

宋王元之有《厄台铭》。

舞态

唐内史杨再思为高丽舞，国子祭酒祝钦明为八风舞，工部尚书张锡为谈容娘舞，将作大匠宗晋卿为浑脱舞，左卫将军张洽为黄獐舞。诸人舞态愈工，丑态愈露。

汾 阳 新 建

《魏志》：咸熙中，郭淮以功封汾阳子。唐郭子仪封汾阳王，是有两郭汾阳矣。刘宋时，王华以诛徐羡之功封新建侯，明王阳明守仁以诛宸濠功封新建伯，是有两王新建矣。阳明先生尊人亦名华，同宋新建侯名尤为巧合。

驸　　马

《搜神记》：秦闵王女聘曹，夭死，墓在雍州城西五里。时有陇西士人辛道度者，以游学粮尽，经墓前，见一宅，因诣门下求餐。一青衣延之入，秦女遂与合焉。信宿而去，与金枕一枚。后度鬻枕于市，秦妃见而询之，得其故，遂封度为驸马都尉。后之国婿盖仍其名。

宋世以驸马都尉为粉侯，遂指都尉兄为粉昆。

楚齐三王异好

《墨子》云：楚灵王好细腰，其臣皆三饭为节。《韩非子》云：楚灵王好细腰，而国有饿死人。《尹文子》云：楚庄王好细腰，一国皆有饥色。刘禹锡诗云："为是襄王故宫地，至今犹自细腰多。"是楚三王皆好细腰也。齐无盐女极丑而为宣王后，宿瘤女项有大瘤而为闵王后。孤逐女状丑，三逐于乡，五逐于里，过时无所容，而襄王与语悦之。是齐三王皆好丑女也。何好尚之相悬如此。

杨 妃 心 经

真定大历寺中多藏唐时宫人所书佛经，字俱工楷。内有杨太真手写《心经》一卷,字尤婉丽。后题云:"善女人杨氏为大唐皇帝李三郎书。"呼皇帝为三郎,此宫帏燕昵时语,乃直书于经卷,贻讥后世,大为可笑。

佛 面 刮 金

如皋冒女九先生梦龄《咙语》:上元郑允宣号三山,弘治癸丑进士,仕至德安太守,榷关守郡,素著清介。晚归白下,值湛甘泉宗伯毁淫祠,三山领佛像刮面金以供橐赍。抑何前廉而后贪,遂令佛面刮金成实事也。闻易簦时,自毁其面。孙嗣山垂老落魄而贫彻骨,有以夫。

予友徐穀臣亦毁铜佛三尊,病中刮面刮腿,宛转叫号而死。

部 郎 厚 德

万历中,一部郎娶妾扬州。既登舟,则非所择取也。媒氏惧,伏罪请归易之。部郎以为非体,且貌虽逊丽于所择,而厚重过之,因挈之赴任,得子,未几擢宪副。金章黄盖过女父家,询曩所择女,则下嫁伍伯。女闻其归,从帝内窥之,遂自经死。

鸭 卵 河 鲀 子

王元翰《稗史汇编》:成化丁未,松江隶卒冯顺盗库署篆,毛二守怒其累己,捶笞枷示,属总甲王五监之,令致之死。王以鸭卵实、生河鲀子与顺食之,竟无害。后闻海乡人云河鲀同鸭卵食则不杀人,信然。

蜈 蚣 珠

万历中,武进虞桥,人憩其上多中恶死,居人苦之,不知其故。会数贾胡至,语人曰:"此有毒物踞其中,吾当为去之。"则以一大铁笼作机槛,布以丝绵,贮熟鸡于其中,夕而舁至桥下,敕居人远避无犯之。

贾胡伺之,顷则势如风雨,久而缠绵难脱。天明启视,槛中蟠一蜈蚣,长数丈,足皆缠缚而死矣。剖其首,一明珠大径寸。其百足,一足一珠。贾胡怀之而去。自是虞桥之患乃息。

牝　牡　珠

万历初,巨珰冯保得一珠如大指,下微有凸状。保曰:"此牡珠也,惜失其牝。"遣人购之不得。吴中有淘沙者得一珠,亦如大指,而下有凹形,不知其为牝也。一贾胡见而以数钱买之,顾贾胡方窘甚,复鬻于吴贾,得银三金。吴贾亦不知其为牝珠也,适遇购者,遂引入京,以售于保,得三千金。吴人因指其瑕曰:"珠诚佳,而有微罅。"保笑曰:"此牝珠也。"乃以白玉盘捧牡珠出,共置其中,则转而相就,遂如牝牡交,久而生一珠,乃称无价。保败,没入。比三殿灾而失所在矣。

格

兽有名格者,形似猩猩,而自知吉凶。人有意害之,则去不来,否则可扰而狎也。是何格智而猩猩愚耶? 盖猩猩耽于所嗜,人因得而制之。夫惟无嗜者,人莫制焉。愚意格物之格,或本乎此。

压　油

盖州有虫名压油,形肖水凫,每暮春时从水中出,自呼其名。人因采取,以重物压之,油津津出。油罄皮仅存焉,投之水中复生。盖亦一种业报。内典所谓压油殃者,是也。

葫　芦　枣

《夷坚志》:光州七里外村媪家植枣二株于门外,秋日枣熟,一道人过而求之。媪曰:"儿子出田间,无人打扑,任先生随意啖食。"道人摘食十余枚。媪延道人坐,烹茶供之。临去,道人将所佩一葫芦系于木杪,顾语曰:"谢婆婆厚意,明年当生此样枣,既是新品,可以三倍得钱。"遂去。后如其言。今光州尚有此种,人怀核植于他处则不然。

诗 蛆 诗 牛

王丹麓《墙东杂抄》:龚合肥以总宪守制家居时,士人投诗,日以什伯计,阍者往往应接不暇。一日,有士投诗,阍者受置几上。士促之,阍者掷其诗,叱曰:"去,去,汝这诗蛆也来献诗!"士大惭,拾诗掩面走。一时传以为笑。又盐官有崔某者,业负贩,能诗,颇多佳句。然其人蠢蠢焉如牛,人谓其为牛则没其为诗,如称其诗则又不似其为人,因戏称为诗牛,人皆曰善。诗蛆、诗牛,名目甚新。

签 诀

今人辄呼丑诗为签诀,不知古人多有以诗占者。西山《十二真君》诗,语多训戒,后人取为签,以占吉凶,极验。又射洪陆使君庙以杜少陵诗为签,亦验。今陈烈帝签诀,乃是绝妙古诗。盖诗以言志,古之作者多寓意风规,故言皆足为蓍蔡。如彼嘲风雪弄花草者,直是构无用为用耳,于占验奚当?

三 十 六 宫

唐徐疑诗"三十六宫秋夜长",景物凄凉之极。唐苏郁诗"三十六宫愁几许",人情抑郁之极。唐许浑诗"三十六宫闻玉箫",群心跂慕之极。宋邵尧夫诗"三十六宫都是春",天真烂漫之极。

洗 字 去 硃 法

洗字法:用西瓜一个,约重三斤,半熟者,蒂边开一孔,入官硼砂三钱五分、砒三钱五分、硇四钱，共为细末，入瓜孔内。悬一七，白霜自出，以翎毛扫下。又一七，收取。用时先将清水湿字，以药蘸上，待干用翎扫净，纸白如新。去硃法，用黄瓜一条，蒂边开一孔，入官硼砂一两，依前法取霜用之。

秘集卷之六

秦桧日受铁鞭

《子庵杂录》：秀水张恭锡先生晋徵，自述为诸生时梦入岳王庙，王待以客礼。既而辞出，闻庙后树林中哀号声，往视之，见一囚反接于树，一力士执铁鞭鞭之。张问何人，囚曰："吾秦桧也。岳王法令，每日受铁鞭一百。公幸与王善，能为吾丐免今日百鞭乎？"张诺之，复入谒王，而王已预知其意，不复为礼，怒叱曰："汝向与吾同事，吾被桧贼害，汝亦几不免，今何得昧前因而反欲为贼乞哀？可速退，姑贷汝！"张惶惧趋出，再过林中，则见执鞭者又增一人，谓张曰："王怒公为囚祈请，令今日加鞭一百。"张大惊悸而寤。明日犹面热背汗，急往庙拜谢，幸无恙。

冥 王 延 师

张恭锡尝于病中梦两青衣使者持红帖邀至一大府第，云是冥王府。遥望堂上冥王端冕执圭坐，其身大如世间所塑金刚，侍卫森严，不能仰视。使者令张且闭目，俄而开看，则王已缩小如常人，服常服，侍卫俱退，左右止数人。揖张升堂，叙主宾礼，曰："欲暂屈先生为馆师，训吾二子作制艺，以便异日取科第耳。"张曰："王子当自有世爵，安用科第？"王笑曰："即吾亦不免轮回人世作公侯，况吾子耶？"引张入馆室，呼二子出拜师。子年可十三四，甚俊雅。王命以项仲昭煜刻稿与读，谓其文尖颖，长人神智也。张为讲解，二子殊聪敏。恍惚间觉坐馆之日已甚久，一旦王开筵谢别，酒肴极丰，而张不思饮食。王亦不相强，谓张曰："先生自是科第中人，但艰于得子。吾今赠先生以两子。"顾左右捧一金盘来，盘中坐二小儿，长不及尺，宛如粉孩。王曰："以此酬师足矣。"即命前青衣使送归。张顷刻至家,遂醒,身已僵卧两日矣。自是病愈,后果得二子。

杖　卷

张恭锡于崇祯庚午之春,至于忠肃公庙祈梦,问秋闱获隽否。梦入闱试毕,以三场文卷一总投纳,收卷官乃其受业师已故蒋姓者。阅之,嫌其文不工,掷卷于地,命每卷各杖三十。张旁睨,自叹:"吾文不佳,致辱及卷。"惭愤而寤。窃计今科必不利。及秋榜发,中第九十名。盖三卷各杖三十,共九十之数。而本房座师乃余杭知县吾乡蒋雉园先生_灿也。与所梦蒋师姓正符合。甲戌成进士,授闽县令,升部郎。

兑　卷

遂安方渭仁先生_{象璜}《健松斋集》记:郡司马南和杨仲廷_{继芳},初任和州知州。康熙丙午苦病,冬至夕忽昏迷,见一隶执束相邀。须臾至一府第,主人常服,延入序宾主毕。俄青衣投一刺,杨窃睨之,上书"逸民周仁"。主人遽起出迎,周至则皤然老翁也。让坐之顷,杨推周高年,周亦逊杨官长。主人乃谓:"杨公年尚少,此席应属周君。"坐定,主人出数隶舁二卷箱至,曰:"此明年春闱卷也,属两公详定。"杨因问阅卷旧例,隶曰:"不必阅,以天平较其轻重,重一斤者为合式,十三四两次之,十两以下则不入格矣。"于是杨与周取平马较兑,得一斤者五十余卷,余重十三四两不等。兑毕,隶送杨归,则漏下五鼓矣,家人环守榻前,病遂愈。

查　勘　司

康熙初,吾苏书生顾某,居平奉佛,又善扶鸾。偶遇龙树王菩萨降乩,授经一卷,皆劝人忠孝,无异儒书。后每运乩,默诵此经,菩萨立降，言休咎奇中。端午日，生被酒昼卧，忽梦冠带坐公堂，侍卫严整，吏进文书云："阴司新勾到人犯，候点名起解。"见数囚伏阶下听点，中一女囚，裸形不着一丝，视之即其姊，近日暴亡者也。生念公堂不便认亲，但问女囚何得裸体，吏云："此系无为教中人，阴司例不许穿衣。"生叱云："太亵渎，今后改例穿衣。"吏方唯唯，而顾视其姊已衣矣。点名毕，闻堂头鼓声，众忽不见。生自省我何遽为阴官，即脱冠带置案上，疾趋下堂，回看堂额，乃"查勘司法堂"五字。因诵龙树经，信步行至一处，山水明秀，鸟兽花木俱非人世所见，有数老僧或坐或立。一僧呼生使向池中洗手，水清见底，生方探手欲洗，忽见水中现一龙头，惊悸而寤。明日，请龙树菩萨降乩，书云："阴官得游佛境，幸甚。水中所见者即我也，何必惊怖？"生问："吾身后得归佛境不？"乩云："且完查勘司事，更图后缘。"生自此忽忽不乐。至来年端午日，无疾而逝。遗言以龙树经为殉，惜不传。

赐　奴　婢

《见闻录》：石首袁荣襄公宗皋，为世庙日讲官，敷陈明剀，上喜，钦赐家奴女婢各六人。初，荣襄为兴府长史时，中酒昼寝，梦一美姬扶床跪请曰："妾备充李白洲下陈，今愿侍相公帷幄。"袁梦觉，异之，召黄夫人语焉。既而李以党宸濠败，妻孥没入官，至是荣襄所受女婢，李姬果与焉，宛然梦中人也。

梁未央大度

《亦巢偶记》：梁朝钟字未央，粤东番禺名宿也。内阁洪承畴慕其名，聘至幕中，甚相得。一日，洪有他行，以夏楚付梁，俾无论男女大小，有不法即以治之。既而一妾有犯，梁竟责之。妾之弟悍少年也，以辱其姊大恨，必欲杀之。梁知不免，告曰："俟予写一家书，当就死。"少年持刃待之。作书未竟，家人报洪归矣。少年惊而逸去。及梁见洪，并不及此事。后别洪归，路逢大盗，即少年也。见梁大喜，曰："我欲杀君，竟不向主人言之，真为可敬。"厚有所赠。梁固有大度，此少年亦非寻常人也。

易　头　腹

《今世说》：宜兴周立五启嶲，弱冠时颧未高，两颐逼而秃，面有槁色，乡人窃笑之曰："此黄冠相耳。"立五闻之，若弗闻也。年三十二，犹困童子试。偕其父荆南旅宿南城外仓桥侧，梦中见一雉冠绛衣人，右手操刀，左手提一人头，须髯如戟，至榻前，易其头去，以手所提之头函其颈。立五大惊，持父足疾呼，及举手摩之，头如故，凛凛者累日。未几而颧渐高，两颐骨渐丰，须鬒鬒然日益长。越年余，又梦一白须老者，冠缁冠，执长尾麈，随一金甲人曰："请吾来易尔腹。"语讫，金甲人抽所佩刀启立五腹，出其脏腑，涤濯而复纳之。既纳，以方竹笠覆其腹上，取钉锥钉四角。立五梦中闻响声丁丁，而怪其无痛也。钉毕，白发老者挥麈而祝曰："清虚似镜，原本无尘。"忽钉与笠豁然有声，立五遂寤。自是文学日进，顺治乙酉、丁亥历试两闱，皆获售，官侍讲学士。

海　中　黑　孩

南通州边海镇台诸公迈，有马二百余，放青海口。司牧者每见群马惊跃，望内地而驰者不一次，群牧疑为盗马者，遂早晚候之，选骏骑沿海从外蹑之者数矣，并无人迹。逮后方得一小黑孩，从海中出，则群马为之奔逸也。牧人共拿得之，以进诸公。诸公即着众牧豢养之，无使逸去。始则不食，继而知饿，勉食粥饭。严寒衣之衣亦衣，渐识人言，久之亦遂能人语。但其肌肤纯黑，眼珠绿而齿殊黄，若五官则尽与人同。四年之久，防闲者亦疏，因长夏无衣，复逸入海而不知所之。想即鲛人之类欤？此乃齐门司阍张瑞石所亲知目见者。

秦女将健儿

《呓语》：石砫司女将军秦良玉，畜健儿名来狩者，精擅鸟铳，百发不失一。方秦师抵渝，隔江望见张黄盖者，循女墙坐，遽命弹之。狩应手一发，中执盖者，并仆其坐。既复潜渡，依城仰击，连中数人。城中出铁骑冲突，兵多覆溺。秦悔失狩，谓即千金吾不与易也。亡何附船柂归，身面中数枪，然不死。秦以自食金匕箸食之，仍犒以白镠一锭。

巨神呵长

韩庄张天护佑，夜梦巨神呼令长长，因耸身展足抵邻篱，为邻媪惊止。嗣是长八尺余，长髯肥躯，过城市，人竞聚观，马不得行。佑仰攀卓楔脚，束马上，去地二三尺，众骇服。嘉靖元年，山东矿贼王堂流劫归德，柘城诸县申阳兵使者往剿，令佑控马。猝遇贼孔裒店，佑执大屋梁据高卓，呵贼辟易就擒。以贫不愿官，受赏而归，寿终于家。

刀　笔

如皋有一善刀笔吏，见石庄司巡检申文内称巡检司弓兵某等拿获巨盗若干名，因语之曰："弓兵获盗，于官何与？"文已将投，不及窜改，索其五金，乃于司字旁直添一笔为"同弓兵某等获盗"，申文上而巡检得旌矣。又郡有三童子交殴，而毙其一，官拟一人抵死。其父欲为申辨，袁武生语之曰："尔第酬吾多金，可片言豁也。"与之，因书牍云："三婴戏殴，非奸非盗非仇；六手交加，一死一生一抵。"上司见而释之。真刀笔也。

狡　僧

万历中，宪副李某素不喜缁衲。守湖州时，一日出行，有僧持十金一缄阑告道左，谓得之拾遗，故上献，以凭示给。李高其行，命住持某寺董修殿之役，出疏自捐百金，湖属得数千，同事胥耆镵之箧笥，鬻材鸠工，业有日矣。会李坐堂，有蒲伏阶下，能诵其缄书，笔迹合一。李亟命以遗金还之，信礼愈甚。已乃僧忽他出，数日不返，探其箧笥空空如也。盖十金书缄亦狡僧埋伏之术，临行一并脱去矣。

神 鬼 有 灵

万历丙辰五月初二，赣州城外水发，高女墙数丈，沿江大厦巨础，胥付洪涛，城内至没楼脊。有业酤者，凭几楼上子母，忽水涌去，至万安县百家村，尚据几无恙也。城东三十里有储潭庙，水发之先，庙神见梦于庙祝，令移像至山绝顶，去原位高数丈。水果及所移地而止。又一泥塑鬼卒，乘流东下，颜面剥落。越数日，溯流而上，仍立于原位。众异之，重加装饰。孰谓土木偶无灵哉？

屠 语

万历中，如皋冒汝九之庐州。城中多屠驴者，黎明方颓楯，一卫突入床前，问之，将就死地。急持金向屠祈赎，屠业淋漓携头颅至矣。冒戏之云："郡名庐，何得屠驴？"屠答云："未闻公维扬不宰羊也。"冒为之语塞。

善 断

万历中，直指姚公世所令江都时，有兄弟以家资构讼者。其兄以百金托一贵人为居间，公廉知其状，阳领之。比庭鞫日，讯其兄曰："若与贵人有何瓜葛？"则以父党之中表对。公曰："若弟独非其中表耶？胡独为汝地？即吾怜若弟贫，公断亦未必即百金也，若何吝于弟而他是图？"趋令如数取金畀其弟，而置其兄免究。贵人悸而服之。

宋司理厚德

万历乙卯，赣郡宋司理名怀祖者，蜀之富顺人。遇直指按部，讦讼奸民，竞砌单款，以害良懦。宋为匦置郡前，诒之曰："若盍投牍此中，吾且为汇呈也。"投者几数百纸。比直指放告过日，则尽付一炬矣。越三年，其子嗜吉弱冠举蜀榜之第六名。

八　条　弦

琵琶四弦，京师东院陈妓双弹合调，都人谓之陈家八条弦。如皋宗孝廉罗中曾挥千金于都门，买一较书，亦陈姓，其名为一轴画。又南京院妓有一串金，亦的对也。

土　　曲

江西余干县有一酒家，常施一道人酒，不索酒钱。道士曰："吾有以报之。"引至一处，指其土曰："此可代曲为酒，岁省造曲若干缗也。"至今其土取之不竭。

为　园

或问为园之道于沈石田，石田对曰："多种树，少起屋。"又长兴卢仲甫秉常访蒋堂，堂方为园，谓秉曰："亭沼初完，恨林木未就耳。"秉曰："亭沼如爵位，一时遭际，或可得之。若林木非培植弗成，正如士大夫立名节也。"

号 因 姓 重

宋文文山节义凌霜，名重古今。宋道士方方壶善诗画，名著一时。又万历间，楚人方方壶名尚赟，亦善书。吴郡文文水，衡山太史子，擅诗画名。文文起亦衡山太史曾孙，壬戌鼎元，入内阁。罗罗浮金陵人，工书法。石石洞名淮，江浦人，与庄定山同榜，由词林为督学，年二十六七即致政归，漫游名山，不知所终。以尝读书石洞庵，故号石洞。近钱塘吴吴山亦以词藻见称。

窃　炉

《画墁录》：宋与北人誓，两界非时不得葺城堞。李元则知雄州，欲展城无由，因作银鑪置城北土神祠，一旦使人窃去，因大喧闹，踪迹去来，辞连北疆。纷纭久之，遂兴工起筑，今雄州城北是也。语云："行阵之间不厌诈伪。"弦高诞而存郑，子襄北而全楚，元则诳而固圉。机心机事，时有用之而济者，盖亦君子所不讳也。

孟尝食客

《列士传》：孟尝君上客食肉，中客食鱼，下客食菜。冯驩弹铗歌无鱼，盖求为中客也。以市义事卒为上客。

青城南佛寺相传为孟尝宅，尚有镬釜在，其所用以待食客者。《封氏见闻录》：镬大者容四十石，小者三十石，釜可受七八石。

中郎有后

《晋书·羊祜传》：祜，蔡邕外孙，讨吴有功，将进爵，上乞以赐舅子蔡袭。诏封袭为关内侯。则中郎未尝无嗣。而《蔡克别传》亦云：克祖睦，蔡邕孙也。克再传为司徒谟。则中郎后裔且蕃盛于典午之代，何得云无嗣哉？

《代醉篇》：羊祜父道先娶孔融女，生子发，后娶蔡邕女，生承及祜。适发与承俱病，度不能两存，乃专心养发，承竟病死。邕女之贤如此，而《后汉·蔡邕传》无闻，《列女传》止载文姬没胡中，生二子，赎归，重嫁董祀事，而亦不及羊道之妇。史失去取甚矣。

供 荔 枝

汉孝和时，南海献龙眼荔枝，十里一置，五里一候，驿马昼夜传送，至有死于道者。时唐羌上书，以为二物升殿，未必延年益寿，请罢之。见谢承《汉书》。又，《金史》载：世宗时亦递送荔枝，以谏议大夫黄久约谏，令罢之。然则荔枝之献，前有汉宫，后有金室，不独始于唐家，所谓一骑红尘知道荔枝来者，特以妃子之故，遗讥史册耳。

鼻 祖 耳 孙

鼻祖，始祖也。黄山谷诗云："鼻祖以来传父兄。"许旌阳《服气书》云："人受胎于父母，其生始成鼻，故鼻云祖。"今画家写照，画美人俱从鼻始。鼻祖可对耳孙。《前汉书·惠帝纪》：上造以上及内外公孙、耳孙，有罪当刑。应劭云：耳孙，玄孙之子也。言去高曾远，但耳闻之也。李斐云：耳孙，曾孙也。晋灼曰：耳孙，玄孙之曾孙也。《诸侯王表》在八世，颜师古曰：耳音仍。以《尔雅》有仍孙，无耳孙故也。然以义揆之，宜读本音为是。

鞭 尸

史载吴兵入郢，子胥求昭王不得，乃掘平王墓，出其尸，鞭之三百。申包胥责其已甚。张伯起谓：鞭尸者，伯嚭报诛伯州犁之仇，而史传以为子胥者，盖以子胥不禁鞭尸，责在元帅，此《春秋》责备贤者之义。及阅《穀梁传》疏云：《春秋》、《说文》谓子胥鞭平王尸，血至踝。按平王之卒至是已十余年，而言血流至踝者，必无之事也。或者子胥至孝所感，天使血流，以快孝子之心乎？然血流漂杵，载在《周书》。孟子犹云"尽信书，不如无书"，安知血流至踝非好事者为之哉！又《吴地记》云：越军入吴，临江北岸立坛，杀白马祭子胥，杯动酒尽。

似谓子胥快心越军之入者,恐忠义如子胥,虽死忍见吴社墟哉?杯动酒尽,亦事之未可信者。

西 王 母 考

《尔雅》:西王母乃西方荒僻之国。贾谊《新书》:尧西见王母训。又汉贰师将军西伐宛,斩王母寡之头。据此则西王母犹国名女真,人姓胡母,其实非妇人也。而以西王母为妇人者,由《汲冢周书》:穆王乘八骏西巡狩,宴瑶池而王母捧觞。又《汉武外传》以七夕会于甘泉,王母捧仙桃而下。《山海经》:西王母梯几而戴胜杖,其南有三青鸟为王母取食。又有三足鸟,主给使,在昆仑之墟。郭璞注《穆天子传》曰:西王母如人,虎齿蓬发戴胜,善啸。是亦奇形怪状,未闻有仙桃瑶觞、美人侍女、绰约流盼之态。而世乃绘图以祝人寿者,本于《甘泉赋》"想昔王母,欣然而上寿"之句。泾州回山有王母宫,陶穀撰纪,欲跻之祀典,流传至今,遂为胜事也。

穴 中 龟 蛇

《夷坚志》:庆元二年三月,泰州韩羽建墓,正昼间见一红裳妇人,一皂衣髯翁,从山而下,异之,归述与妻徐氏。徐梦所见二人跪于床下,妇曰:"妾与翁在山五百余年矣,今日方遇主人,无以效勤,敢献微物。"捧出紫袋,中有所盛,徐接之而寤,手内有所执,呼婢点烛视之,见是紫袋中包一瓠,摇之有声,置之于几。明日,韩复入山,夜半徐又梦二人跪,妇曰:"昨与娘子一瓠,七枣在内,可钻开取食,主生七子,为国家栋梁。如年耄,可与媳妇服,亦生七孙。闻来日开金穴,如见妾等,不可杀害。"徐曰:"汝等在何所?"曰:"尽在穴中,一长一尺八寸,一高三寸。"徐惊觉,以告其夫。明日于土内得一赤蛇,长尺八,身红如金;一龟高可三寸,身绿色。韩以银盆贮之捧归,藏于厨。翌日启视,无所见矣。

宋吴璘之制蜀也,以焚金坪丛茂,见烟焰中有黑气从东南去,则逆曦生时也。后以叛赤族。传方正学之父亦焚穴蛇。虽忠逆不同，而赤族则一，不如韩羽之为得也。

肉　　块

《搜神记》：新莽时，南阳市中生一肉块，斫刺不入。以问费长道。《后汉》作费长房。道曰："此物一名肃，二名伏，中有铁券，长二尺六寸，云'王家衰，刘家当兴'。须得七岁女子尿之可开也。"莽试之，果然。又《魏志》载：公孙渊时，襄平北市生肉块，长围各数尺，有头目口啄，无手足而动摇。占曰："有形不成，无体无声，其国灭。"《载记》：刘聪时，流星落平阳北十里，视之有肉，长三十步，广二十七步，臭闻于外。肉旁常有哭声。生肉之异，大都亡国之征。

冥　　报

诸书所载白起、李林甫、曹翰、秦桧等历劫为猪牛受报，宜矣。若《隋书·李士谦传》，鲧为黄熊，杜宇为鶗鴂，褒君为龙，牛哀为兽，彭生为豕，如意为犬，黄母为鼋，宣武为鳖，邓艾为牛，徐伯为鱼，铃下为鸟，书生为蛇，云皆佛家轮转之道。又宋虞仙姑诣蔡京，见大猫蹲踞榻上，抚其背曰："此章惇也。"《广闻录》载：隆庆中，京师显灵宫道士买一鱼，腹有秦白起妻四字。《果报录》载：万历中，武林一士梦冥王判秦桧为龟，云剒剔以偿凤夔，钻灼以罄余智。后江上渔翁网得大龟，腹有秦桧字。《说储》载：宋天圣中，侍中冯拯薨。锡庆院侧人家生一驴，腹下白毛成冯拯字。冯氏以金帛赎之。但史称冯拯气貌严重，颇得大臣体，不知何以得此谴也。

吕　　需

《见闻录》：新郑高公拱修华亭徐文贞阶之怨，其下遂有承望风旨者，徐族几碎。文贞作书达之新郑，时文贞之客吕需号水山，唐栖人，老而负侠肠，伪为徐使者，持书而谒新郑。新郑与之酒食，不敢以勺粒入口，哀号泣诉，达于新郑之内，夫人以至乳媪、女婢，无不感动，皆为文贞潜解之，而新郑意亦稍解。文贞之得全，吕需之力也。新郑答书详载《见闻录》中。

土 鼓 鸣 冤

《见闻录》：嘉靖中，沈青霞之子襄，相嵩逮之狱，必欲致之死。襄居狱，以土造鼓，矢之天曰：“此鼓若鸣，则我父子之冤当白。”鼓成击之不鸣，则又抟土为之。如是者历几年，一日鼓成，果有声。适嵩败，得出狱。

颜 邦 直

《夷坚志》：弋阳丫头岩农夫何一，佣工于添公镇颜邦直家。三岁工满辞归，相去一程，声问不通。庆元二年四月，何在田插稻，忽见颜当前立。何识故主，升垅上揖，颜曰：“可伴我行。”何即随去，半月不反。何妻齐氏使兄询于颜家，其子孙曰：“我家二郎下世已一十九年，如何要何一使唤？”兄归述其言，杳然不复可求。四年正月，何忽还，妻问其因，何曰：“二郎带我去游庐山，遍历诸寺。去岁四月到蕲州蕲水武三郎家，武留宿，二郎谓之曰：‘君之妾桂奴是生身活鬼，其所拾一子方七个月，亦是怪魅。’武命桂奴至，扣审其事。桂奴顾二郎曰：‘汝道我非人，尔亦是无身之鬼。脱赚何一往来五千里，使何妻儿想念。’二郎答云：‘我虽无身，然赖生前看《度人经》有功，故得逍遥自在。我欲拔度何一超生离苦，岂是害他？’桂奴无以对，即抱拾得之子走向厨中，遂不见。二郎尚要挟我游大孤山，我不肯，因归。”妻大惊。二月间，何一在田中又见颜来呼，遂死。

赐 无 畏

唐时每恩及功臣，多云“赐无畏”。《幽闲鼓吹》载：裴休在相位，一日奏对,宣宗曰:"今赐卿无畏,有何贮画言乎?"韩偓《金銮密记》云:"面处分,自此赐无畏。"又云:"已曾赐无畏,卿宜凡事尽言。"其言浅鄙,不知所起。予意疑即《孟子》所引《泰誓》"王曰无畏宁尔"之意。《说储》谓出自《普门品经》,云是观世音菩萨于怖畏急难之中能施无畏,故此娑婆世界皆号之为施无畏者。此云赐无畏,盖借《普门品语》更施为赐,见其恩出自上耳。

年 号 仍 袭

南唐贼张遇贤,宋贝州贼王则,睦州方腊,俱改元永乐。金贼杨安儿及元出帝阿速吉八,并改元天顺。云南贼段思廉,宋西夏贼李遵顼,俱改元正德。魏元法僧、梁王琳立永嘉王萧庄称帝,俱改元天启。至正戊戌,红巾贼徐贞一、陈友谅陷江南,下吉安,亦称天启。又《郭青螺集》中载:万历初,泰和人掘地得一铜法马,如月样,上凿"天启三年置"。乃知永乐、天顺、正德、天启皆前代僭窃年号,而明代四袭之,宰相不读书,匪独宋初也。

按正德改元后,吏部尚书马文升试士,因出"宰相须用读书人"题以讥刘文靖健、谢文正迁。而隆庆之号虽不犯重,至改隆庆州为延庆卫,改隆庆殿为庆源殿,时当国者徐文贞阶不得辞其责也。

正 字 纪 年

朝家纪年多以正字为讳,如魏齐王芳之正始,高贵乡公之正元,梁武陵王之天正,金炀王之正元、正隆,金哀宗之正大,元顺帝之至正,并为亡征。明英宗之正统,遂至北狩。武宗之正德,卒至乏嗣。虽不失国,终非吉兆。盖正字以一止为文故也。

蚺 蛇 油

《庭闻述略》:明武宗初年,尝宿豹房,刘瑾等以蚺蛇油萎其阳,是以不入内宫。蚺蛇几年萎如之。后西幸,悦刘妓,甚宠之,呼刘娘娘。然在途谏帝幸浙,且促回銮,与有力焉。

两 太 宰 嚭

陈太宰嚭,《楷弓》注云太宰至之子。孔颖达云:与吴太宰嚭名号同。而陈太宰博闻强识,多有所言。两太宰嚭何忠佞星渊哉!

看 杀

晋卫玠美丰姿,从豫章至下都,观者如堵。玠体不堪劳,遂病死。人谓之看杀卫玠。苏子瞻自海外归毗陵时,病暑,着小冠,披半臂坐船上。夹运河千万人观之,子瞻顾谓坐客曰:"莫看杀我。"无何亦竟卒荆溪,将属纩时,对僧惟琳曰:"西方不无,但个里着力不得。"便见子瞻大得手处,恐卫洗马未必有此见解。

来 虞 子

隋来护儿以武略任将帅,而其子恒济兄弟相次知政事。学士虞世南文学迈世,而其子昶不能纂其业,为入仗宿卫。陆元放戏曰:"来护儿儿把笔,虞世南男带刀。"许敬宗曰:"护儿儿作相,世南男作匠。"文武岂有种耶?

泥 金 报 喜

《谈苑》:新进士及第,以泥金帖子报其家,谓之喜信。《太平清话》:宋时新及第者,有金花榜帖,用涂金纸,阔三寸,长四寸许,大书姓名,下有两知贡举花押。又用白纸作封帖,贮金花帖于中,外亦书姓名,谓之泥金报喜。又明初在京中式者,必于原籍出榜张挂。今惟纸条一幅,不知此仪废于何时也。

清俸

仁和王丹麓，年逾四十，益复困顿。妻邹夫人戏语之曰："同学少年皆不贱，奈何夫子独长贫。"丹麓曰："昊庐少詹有言：'贫者上天所设，以待学者之清俸。'金陵吴介兹晋亦言：'天以贫德人。'今处俦类之中，天幸德我，特颁清俸，义难独享，愿以共卿。"邹夫人哂曰："君意良厚，但不知何日俸满耳。"

馒头

蛮地以人头祭神。诸葛孔明征孟获，命以面包肉为人头以祭，谓之蛮头。今则讹而为馒头。又淮源旧有祠堂，蛮俗恒用人祭之。《北史》：韦珍为东荆州刺史，乃晓告曰："天地明灵即人之父母，岂有父母甘子肉味？自今宜悉以酒脯代用。"群蛮从约。而春秋时至用国君于社，如用鄫子于次睢之社，其惨酷更倍于蛮俗矣。

酷虐

史称晋灵公从台上弹人，观其避丸。巢王元吉当衢而射，观人避箭。妲己置虿盆，令宫女裸浴，观其楚毒以为乐。齐后主亦置蝎浴斛，令人裸浴，观其叫号则大喜。汉主龑䶮亦聚毒蛇水中，以罪人投，观其啮啖，谓之水狱。又北齐文宣每行，载死囚以从，有他怒则取杀之以为快，呼为供御囚。《太平广记》：张思和断狱，诸囚必被枷锁，人号生罗刹。后所生男女皆着肉锁，手足并有肉杻。《五行记》：大业中，有卒暴酷诸囚，后生一子，肩上有肉枷，无项。芥视人命以供喜怒，卒获惨毒之报如此。

俭德

史称晏子一狐裘三十年。《南齐书》：卞彬所着帛冠，十二年不改易。又，虞玩之所蹑屐，二十年不办易。《北史》：魏司空长孙道生一熊皮障泥，数十年不易。宋寇平仲青帏，二十年不易。《辽史》：张俭一敝袍，圣宗密令近侍以火夹穿而记之，屡见不易，问之，俭曰："臣服此袍已三十年。"范忠宣之客皆布被。诸人俭德，足挽靡风。而公孙弘独以布被见讥，直讥其诈耳。

蒋 侯 茅 司 徒

蒋子文为钟山神，历代庙祀不绝。《晋记》：苻坚入寇，会稽王道子以威仪鼓吹求助于钟山神，奉以相国之号。及坚之败，见草木皆兵。《南史》：魏军围钟离，蒋帝许梁扶助曹景宗，遂挫敌人。宋元凶齐东昏祷之，终莫救于败亡。助顺祸淫，昭昭不爽。又李全乞灵茅司徒庙，无应。全怒，断神左臂。或梦神告曰："全伤我，全死亦当如我。"后范葵败贼新塘，收骸骨瘗之，得全左臂，无一指，神言验矣。可谓土木偶无灵哉！惜不能为国杀贼，而只泄断臂之愤，终却蒋侯一筹。

血 逆 流

《搜神记》：于公辩东海孝妇周青冤，天乃雨。按青将死，车载十丈竹竿，以悬五幡，誓于众曰："青若有罪，血当顺下。青若枉死，血当逆流。"行刑已，其血青黄，缘幡竿而上极标，复缘幡下注。又《晋书》：建兴中，斩督运令史淳于伯，血着柱，遂逆上，终极柱末二丈三尺，旋复下流。其子忠诉词称枉。《齐书》：陈显达为官军所败，赵潭注稍落马，斩之篱侧，血涌湔篱。又《洛阳伽蓝记》：神龟中，河间刘宣明以直谏忤旨，斩于都市，血亦逆流，目终不瞑，尸行百步。诸人并以淋漓残败之血肉能自白其枉，刑官能不为之动念哉？

女 请 代 刑

唐咸通六年，沧州盐院吏赵鳞犯罪至死，有女请随父死。盐院官崔据列状以闻,诏哀之,兼减父死。永乐甲申,江浦知县周益,成化丙申,蒲州清东驿驿丞冯伫,俱有罪当刑,益妻梅氏、伫妻李氏俱具疏请代夫刑,诏特宥之。是皆女子中之有至性者。

想 当 然

孔融与曹操书,称武王伐纣,以妲己赐周公。操不悟,后问出何经典,对曰:"以今度之,想当然耳。"苏长公对策有"尧曰杀之三,皋陶曰宥之三"。既登第,主司问所出,曰:"想当然耳。"盖本孔北海语。

古 人 自 守

扬子云作《法言》,蜀人赍钱十万,愿载其名,子云以为富无仁义,正如圈鹿栏牛,却之。张知白守亳,亳富人修佛庙成,知白召穆修为记。富人遗五百金求修附名,修投金庭下,曰:"吾不忍以匪人污吾文。"古人之自守如此。

无 对 字

孙沙溪先生云:"古今字俱有对,如吉对凶,上对下,与高卑深浅、饥饱寒暑之类,皆有对,惟渴字无对。"又云:"隆古时人无诈伪,故六经中无真字。人不知有异端,故六经中无仙佛僧等字。"毛序始云:"《大学》无斯字,《论语》无此字,《尚书》无也字。"未有人拈出。

知 足

胡文定公语杨训曰:"人家最不要事事足意,得常有些不起处便好。人家若事事足意,便有不好事出来。"亦体消长之理然也。袁中郎语汪进之曰:"人家一妻数妾,和美无间,却无好处。得他们小小吵闹,我从中解纷,乃有些好光景。人家做官,一中进士,径直做到尚书,却无好处。得遇迁谪，历些坎坷，坚其德性，炼其才品，乃有些好光景，便有处困而亨之意。"随遇而安，怨尤俱释，非大有学问人不易道此。

饮 酒 赋 诗

晏元献与客宴饮，稍阑即罢，遣歌乐，曰："汝曹呈艺已遍，吾当呈艺。"乃具笔札相与赋诗。米元章邀苏子瞻饮，列纸三百，置馔其旁，每酒一行，伸纸作字一二幅，小吏磨墨，几不能供。饮罢，纸亦尽，乃更相移去。先辈风流，即一杯酌间不忘以词翰相课，亦异乎以饮食游戏相征逐者矣。

二 氏 废 兴

齐文宣敕道士剃发为沙门，宋徽宗令沙门冠簪为道士，此二氏之递为兴废也。周武帝废佛道教，而其子天元复之。唐高祖废浮图老子法，而其子太宗复之。此二氏之并时兴废也。昭昭乎揭日月而常行，亘天地而不废，其惟吾夫子之教乎？

千 佛 寺

《帝京景物略》：万历九年，孝定皇太后建千佛寺于德胜门外，殿供毗庐舍那佛。座绕千莲，莲生千佛。时朝鲜国王贡尊天二十四身、阿罗汉十八身，诏供寺中。其像铜而光如漆，范镠质良，穆肃慈猛，相具神足，其天人示现威仪，亦与东土形摹迥别。时西蜀遍融和尚以诬受讯，师称华严佛号一声，刑具断裂，讯者惊止，众乃延请住寺，法声大振。寺南一里，另有小千佛寺。

剖 心 观 胎

俗谓人昏愚曰一窍不通，盖有所本。《吕览》曰：纣杀比干，而视其心,以验七窍。孔子曰:"其窍通则比干不死矣。"高诱注:"孔子言纣一窍不通,若一窍通则比干不见杀。"又纣剖孕妇以观男女,人所共知。《世纪》云:纣剖比干妻以视其胎。人所未知,特拈出之。

鬼 眼

宋艺祖谓陶縠一双鬼眼,神宗亦谓杜常一双鬼眼。縠倾危士也。常折节学问,无戚里气。河阳久旱,下车而甘雨随。直州河决,及坐而横流止。此可与縠同日道哉?舜目重瞳,项羽亦重瞳,皮相何足以尽人?

足 下 黑 子

相法:足下有龟文、黑子,并大贵。张仁愿示之安禄山,而禄山亦以呈仁愿,遂约为义儿。西门军容示之吴行鲁,而行鲁亦以呈军容,曰:"吾为汝成之。"郭汾阳以示浑咸宁,咸宁亦以呈汾阳,汾阳哂曰:"不逮吾。"足相之贵一也,汾阳最矣,禄山羯汉,军容刑余,何以称焉?

一 身 是 胆

《蜀志》:姜维胆大如斗。《山房随笔》:张世杰尸见焚,胆亦大如斗,不化。《南史》:李瞻起兵讨侯景,被执遇害,胆大如升。《北史》:周文时,王雅芒山从战,独拒敌兵。周文叹曰:"王雅举身悉是胆。"人但知赵子龙一身都是胆,而不知有王雅,故为拈出。

长 头 长 脚 长 舌

《后汉书》:贾逵不通人间事,而能折节下问,诸儒为之语曰:"问事不休贾长头。"《南史》范云指范岫谓人曰:"诸君进止威仪当问范长头。"以岫多识前代往事也。两长继美，奕世流芬。南渡太学诸生素轻秦桧，目为秦长脚。及为相，范同云："这长脚汉也会做两府。"而桧妻王氏时目为长舌妇，二长济恶，凶德参会。崇祯中，张恭赐梦桧日受铁鞭，则脚虽长，至今跳不出鬼门关。而妇虽长舌，恐不能巧饰以骗阎罗也。

坚瓠余集序

稼轩褚先生抱巢、许之高风，居唐、虞之盛世。耕云钓月，睥睨天地之间；漱石枕流，放浪形骸之外。网罗轶事，既耳换而目移；欣赏奇文，亦日新而月盛。向传《坚瓠》大选，又成余集新编。癸甲辛壬而后，另有罏椎；续补广秘之余，别成世界。巾箱可置，无烦插架堆仓；行笈堪携，那虑汗牛充栋。坐花醉月下酒物，不数《汉书》；益智娱心换骨丹，无烦仙药。斯诚琅环之异宝，实乃委宛之奇文矣。性嗜简编，身希脉望。顾唾余懒拾，矧为尘饭涂羹；牙后堪羞，况属牛溲马勃。袭《秘笈》于眉公，即语语都佳，亦觉千篇之一例；盗《谭概》于龙子，纵言言尽善，终嫌数见而不鲜。先生则尽扫旧闻，专收新著。辑近代之公卿将相，允为斯世楷模；载熙朝之政治文章，堪作国人矜式。稽其姓氏，半属吾侪群纪之交；考厥里居，无非此日舟车可至。虽在鄙人之小草，亦荷高士之不遗。蝇附骥以能驰，药处囊而易售。此生多幸其乐只。且嗟乎屋梁徒仰，穷愁尚有其人；空谷自香，刟佩遄需异日。采遗珠于沧海，知余外尚有其余；琢剩玉于昆山，冀序后或仍作序。康熙癸未上巳日，新安张潮题。

余集卷之一

过 自 标 榜

管宁与华歆共读，歆见乘轩冕者过而废书，宁遂割席而坐。《南史》：刘瓛见孔逷目送女子，遂举席自隔。宋张敷见要人狄当、周赳，呼左右曰："移吾坐远客。"齐江敩见幸臣纪僧真，命左右曰："移我床远客。"魏董昭枕苏则膝卧，则推下之曰："苏则膝非佞人枕。"梁宦者张僧胤候羊侃，侃竟不前，曰："吾床非阉人可坐。"诸君子不以察察受汶汶，是矣，无乃过自标榜乎？

身 后 名

李谧拥书万卷，无假南面百城。刘昼每言："使我数十卷书行世，不易齐景之千驷。"是皆好身后名。然与其有身后名，何如当下恣流览之为适也。昔人以读书不求甚解为善读书，此有得于语言文字之外者。

赵 岐 解 圆 字

《说储》：汉儒赵岐《孟子》注云："凡物圆则行，方则止。"此解最明彻。尝试广其义：惟圆则无障碍，故曰圆通。惟圆则无砭缺，故曰圆满。惟圆其机尝活，变化出焉，故曰圆转，又曰圆融。盖至竺乾之教，极于圆觉；大《易》之用，妙于圆神。天下之能事毕矣。

班 郑 著 书

班固作《西汉书》凡百篇，未成，有上书言私改史记者，收京兆狱。

后复除兰台令,使成前书。郑虔采集异闻著书八十余卷,有上书告虔私修国史,由是贬谪十余年。后授广文馆学士,更纂录成四十余卷,名曰《会粹》。则著述不可不慎也。

瓦　卜

万历间,浙人杨生善占瓦卦。邻妪失鸡,杨占云:"往西方短墙上求之。"有旁观者笑云:"据此卦,鸡当在土墩矮树上,非短墙也。"俄而邻妪获鸡,果在土墩矮树。杨甚叹异,其人袖出一书授杨,云:"此瓦卦秘诀,须细玩三年后,吾来索酬。"叩其姓名居处,不答而去。杨自此瓦卜愈神。越三年,其人果至,杨敬礼之。居数日,谓杨曰:"吾明日将归,子宜有所赠。然无费家财,只清晨一卜之所获,便足酬我。"杨不解所谓,乃自卜一卦,预知其故,书片纸置瓦下。黎明,有负囊叩门来占者,杨问其姓,曰:"与君同姓。"杨即取瓦下纸示之,上云:"今日今时有假杨姓者来,当缚送官。"其人失色。杨云:"无恐,但须倾囊见付,当指汝生路。"盖此人乃劫盗,事露将逃匿,故隐姓来卜,欲问所往,其囊中皆金珠也。既被识破,即尽出以与杨。杨乃示一处云:"于此削发为僧,可免患。"盗叩首谢去。杨以所获酬授书者,其人笑而受之别去。杨未几亦他徙,不知所之。

鬼附女卜

马骏菴《闻见略》:万历辛卯春,东城朱奉濂家一养女有姿色,善女红,年可十六七。一日倦绣,停针兀坐,忽闻窗外喷喷有人声,启视之,见一伟丈夫从檐下作人言曰:"某山东人也,夙世负汝白镪六十余金,今当奉偿。"女即昏瞆,鬼遂隐入女腹,乃令其女垂帘卖卜,剖断如神。每朝所获,止许给一日薪水之费,余俱归女橐。其家计不能袪,女亦无恙。几及二年,约足六十金之数,其鬼乃去。扣之亦不灵矣。

异 侠 借 银

徽有布商,密以千金分贮布捆中载归,路遇一人求附舟。其人状貌雄伟,既登舟,与语甚款洽。越二宿,将别去,岸上有担囊者招呼之,云其友也。其人邀商与友共饮村店中,饮毕,其友担囊先行,其人引商至野外,密语云:"吾有急需,君布捆中物暂借一用,某月某日当造宅奉还,必不相负。幸勿声扬,否将不利于君。"言讫长揖而去,其行如飞,顷刻不见。商大骇,急还舟,布皆捆束如故,初无移动,心甚疑之,途次不便启视。及抵家视之,空空如矣,乃大叹异。至某日,门庭寂然,意其所约乃诳语耳。三日后,其人与友担囊而至,曰:"偿债者来矣。"出囊中金,除前数外,按月加息五分。又另出银一封云:"因吾友迟来,爽约三日,更当加一月之利。"商逡巡问曰:"君固侠士,前日有何急用而假吾金?"其人曰:"吾有至亲犯事在官,急欲行贿买命,而仓卒无办,故暂假于君耳。"商问:"布捆不动,银何从取去?"其人笑云:"吾自有取法,何必见问。"乃索酒共饮,且云:"吾辈何处不可取物,但恐贻累于人,故不为也。"饮至暮夜,友云:"可去矣。"二人步出中庭,一跃登屋,屋瓦无声,人已不知去向。

骤 得 人 身

《艮斋杂说》:金文通公为通蓟道时,有一旗牌官,自言三世为猪,最苦宰杀之后,每经脔割,辄加楚痛如生时。后乞冥官变身为骡,尝驮一客,负囊内数百金,遇响马盗追之,自念客若被劫,吾罪更重。因奋力渡河,客得脱而骡竟溺死。既见冥官,云:"由汝善念,不但得人身,且有小前程也。"

蜀 先 主 墓

《文苑潇湘》:嘉靖中,盗发蜀先主墓。数盗穴墓而入,见两人张灯对棋,侍卫十余。盗惊惧拜谢,一人顾谓曰:"尔欲饮乎?"乃各饮以一杯,兼乞与玉带数条,命速出。盗出外,口已漆矣。带乃巨蛇也,视其穴已如旧矣。

金容坊

成都金容坊有石二株,高丈余,挺然耸峭。旧传其名有六,曰石笋,曰蜀妃开,曰沉犀石,曰鱼凫仙坛,曰西海之眼,曰五丁石。《图经》云:乃前秦寺之遗址,武侯接铁其中,一南一北无偏邪。又镌"浊歜烛触蠲"五字,时人莫晓。后蜀相范贤曰:"亥子岁,浊字主水灾;寅卯岁,歜字主饥馑;巳午岁,烛字主火灾;辰戌岁,触字主刀兵;丑未申酉岁,蠲字主稼穑富赡。"悉以年事推,应验符合。

岳武穆猪精

岳武穆微时,居相台为市游徼。有舒翁者善相术,见岳必烹茶设馔,密谓之曰:"君乃猪精也,精灵在人间,必有异事,他日当为朝廷握十万之师,建功立业。但猪之为物,未有善终,君如得志,宜早退步。"岳笑不以为然。后秦桧下岳于大理狱,周三畏鞫之。遇夜,周往往闲行至鞫所。一夕月明,见古木下一物,似豕而角,周疑却步,此物徐行入狱旁小祠而隐。数夕复往,所见皆然。

潮通泖出阁老

松江虽潮汐往来之地,自古未有通泖者。嘉靖庚戌,泖始潮,故民谣曰:"潮通泖,出阁老。"越壬子,徐文贞阶果入相,而拜命之日,潮头突至城内元辅旧第前,涌起丈余,人皆惊异。果为太平宰相一十七年。

九蟒御史

鄮都有阎罗庙,山侧又有九蟒御史祠。传有御史登此山,遭蟒纠缠而死。土人神而祀之,甚著灵异。嘉靖间,祠旁有杨生者,每过祠必下马致揖。忽一日仓卒竟骑而过,御史见梦曰:"尔前过我必步,今乃骑，岂简我耶？尔若要中，除非日月倒悬。"杨谓神尤己，甚不乐。已而秋试，《诗经》一题乃"如月之恒，如日之升"二句，遂得隽。

题 魁 星 图

陆文量容戏题魁星诗云："天门之下，有魁踢斗。癸未之魁，必入吾手。"粘于壁，无何失去。一日，文量过陆鼎仪钱舍，鼎仪出以为玩。文量诘其所自，云："昨倚门，一儿持此示我，我以果易之。"文量惘然曰："我二人得失之兆矣。"是年鼎仪登进士，文量丙戌始第。

戊 午 解 元

嘉禾张巽，素无文名。嘉靖戊午春，梦神语曰："成不成，平不平，绿水湾头问老僧。"及邑试，竟置劣等。自郡城徒步归，过萧寺，少憩焉。有老僧捧茶进曰："解元请茶。"巽忽忆前梦，问曰："此地何名？"僧曰："是绿水湾。"巽喜且疑。已果发解。所云"成不成，平不平"，盖是戊午二字云。一作万历戊午陈山毓事。

弄 璋 弄 瓦

隆庆庚午，绍兴太守岑某姬方娠，太守出，一人冲道，缚至府，叱曰："汝业何事？"曰："卖卜。"太守曰："我夫人有娠，弄璋乎，弄瓦乎？试为卜之。"其人愚蠢，不晓所谓，漫应曰："璋也弄，瓦也弄。"太守怒而责逐之。未几分娩，双生一子一女。太守奇其术，深悔前事，礼而厚赍之。卜人之名遂著。

木 工 厌 胜

木工造厌胜者，例以初安时，一言为准，祸福皆由之。娄门李鹏造楼，工初萌恶念，为小木人荷枷埋户限下。李适见，叱问之，工惶恐,漫应曰:"翁不解此耶? 走进娄门第一家也。"李遂任之。自是家遂骤发,赀甲其里。

木　龙

吴有富商,倩工造舟,供具稍薄,疑工必有他意。视工将讫,夜潜伏舟尾听之。工以斧敲琢曰:"木龙木龙,听我祝词:第一年船行得利倍之,二年得利十之三,三年人财俱失。"翁闻而识其言,初以舟行商,获利果倍。次年亦如言,遂不复出。一日破其舟,得木龙长尺许,沸油煎之。工在邻家,登时疾作,知事败,来乞命。复煎之,工仆地,掖归而绝。凡取厌胜者,必以油煎,见《便民图纂》。

木　工　建　坊

嘉靖末,世宗修玄,屡兴改宫殿。扬州木工徐杲主大营缮,极被荣宠,官至兵部尚书。又官其子。寻奏言愿以所积赏银自建尚书坊,许之。隆庆初,为言官所论劾,遂籍其家,夺官,坊亦废。

吴　淞　江

《挑灯集异》:天顺元年,吉水龙晋以监察御史左迁嘉定知县。邑中吴淞江,百年以来之淤滞,晋浚治之。方凿地时,获一石,上刻云:"得一龙,江水通。"晋果奏绩。又《见闻录》:吴淞江久湮,童谣云:"要开吴淞江,须湮海龙王。"人谓其工难成耳。隆庆中巡抚海公瑞倡议开浚,而董其事者则松江府同知黄成乐、苏州府推官龙宗武也。时两月不雨,即日奏功,其谣始验。

杜　女　幽　婚

《闻见略》:万历中,长庠杜子纤_{大缓}有文名,善书法。家居集福里，水亭一座，花石交错，幽雅多致。次女年甫十四，日与其母刺绣其中。辛卯四月，子纡就试荆溪，母忽梦一少年郎君，顶金冠，衣绛袍，仆从甚都，升堂请妇叙礼。妇惶悸不敢出，少年自通曰："某震泽龙王幼子也。因与夫人次女有凤缘，特来就婚。"妇曰："我女出字金阊吴氏，已越四载，无更嫁之理。且夫君不在，媒妁未通，郎君请回。"少年大怒曰："若赖我婚耶？尔女终不能为吴氏媳也。"言讫而去。妇惊痞。越宿，子纡归，妇述其梦。子纡谓梦何足凭，置之度外。五月朔，女晓妆初罢，偕侍儿诣亭前摘海榴饰鬓，瞥见少年从池中跃出，挟之没水。侍儿急呼主母并仆人捞救，已沉水底不复生矣。夫妇悲号呼天，具棺殡敛。夜梦少年来谢曰："尔女已得佳婿，奚哭之恸为？神人道远，千万郑重。"再拜辞别。马驳菴往吊，面询之，子纡掩泣以道其详如此。

淮海龙神

《吴中杂识》：长洲贡士张鲤亭烛，万历丙戌例选顺天经历。子某往探父，待舟瓜步。见一虬髯老翁，以斗盛虾米至步头负贩。某欲市以贡父，取二尾尝干湿。甫入口，顿觉瞢眩，口发谵语。从者惊悸，回视老翁已不见。即雇船回家医疗，惟僵卧，日饮斗水，自言："吾淮海龙神，因水涝，挈族往东海赁居，汝胡为食吾子？"其母求医遣将，多方不治。一日晨起，小童惊报堂中砖上有河沙印成升降二龙，鳞甲爪牙毕具，母趋视之，入觑其子，则血污被席，拔舌而死矣。

蛰　燕

《世说》：海外有燕子国，故秋社燕去，春社复来。《月令》所谓"春分玄鸟至"，是也。偶见《杂志》载：晋郗鉴为兖州刺史时，岁饥，百姓掘蛰燕食之。又宋时东京开河，岸崩，见蛰燕无数。然则燕亦蛰，遇惊蛰节气而出耳。渡海之说，乌衣之事，俱属附会。或云蛰者非燕，乃类乎燕者也。

活龟整痛

《挑灯集异》：冀州徐璠堕马折手足，痛甚，命医治之。其方用一活龟，既得之矣，夜梦龟曰："吾惟整痛，不能整骨，勿害我命。有奇方奉告。"璠叩之，龟曰："取生地黄一斤、生姜四两，捣研之，用腊糟一斤，入地黄生姜炒匀之，乘热裹罨伤处，冷即易之。先能止痛，后可整骨。"璠用其法治之，果效。

代吴大帝任

高叔祖鹤台公，讳九皋，万历庚辰进士，任武昌司李，署江夏县印。出夏口，迎某金宪，泊舫登岸，暂憩古庙中。见神像乃三国吴大帝，因前叩拜，执礼甚恭。夜宿官舫，梦一赭袍玉带王者投刺相谒，公分宾主礼坐定。王者曰："某孙权也。血食此地有年，惟公正直，应代斯任。幸无他辞。"公唯诺。寤而体中不豫，明日抵县入衙，述其梦，即觉瞆眩。沐浴更衣，谓妻子曰："今舆从来迎，吾当赴任矣。毋烦号泣。"言毕，瞑然而逝，异香满室，颜色如生。堂上值宿门卒闻车马喝道声排闼而出，尽皆惊起，杳无所睹。讣闻，郡守暨抚按司道嘉其政绩，悉致厚赗，扶柩还吴。后家中若闻异香，则有人马之声行于屋上，灵帏必显报应，久之乃绝。

耳中得物

陈眉公《见闻录》：无锡谈愉，号十洲。一日偶挖耳，耳中得银一小块，重一分四厘，人传以为奇。后观祝枝山《志怪录》，则耳中得物更有奇于此者。荮门一媪，年逾五旬，令人剔耳，耳中得少绢帛屑，以为偶遗落其中。已而每治耳，必得少物，丝花、谷粟、稻粱之属，为品甚多，始大骇异。年七十有八而卒。每收贮所得物，三十年中，物逾一斛。又永乐中，吴郡一老偶治耳，于耳中得五谷、金银、衣服、器皿等物，凡一箕，后更治之，无所得。视其正中有一小木校椅，制作精妙，椅上坐一人，长数分，亦甚有精气。

道 士 妖 术

《闻见尼言》：崇邑金某兄弟，科贡出仕云南，留家住此。一日，有众道士舁宋殿祖师到门抄化，金不为礼。道士遗一纸条，夜遂无故火起梁柱间者数次，急救乃息。其家向延蔡某为西宾，蔡携其子同学。一日忽见两子在旁听讲，面貌不异，言语相同，呼之共答，不分真假。蔡计无所出，乃将两子并抱紧束不放。一子忽堕地，急以足踏住，乃是一纸人，尚啧啧有声。释其子，急取持手中，知吐火者定是此物，不付诸火，急投诸水，其怪遂灭。又安丘劳氏亦为此辈遗一纸条，遂化为蛇，夜出淫其仆妇。主人惧而厚赂道士，求其收去，怪遂灭迹。

雷 神 画 壁

《广文录》：万历中，吴郡西洞庭翠峰寺比丘维心，新构一室，初涂白垩，夜闻霹雳绕室。晨起视之，四壁皆写山川树木、人物屋宇，极其工致，灿然光明，似梅道人笔法。

蟾宫织登科记

建炎二年春，扬州一士因天气融和，纵步出城。有虹晕如赤环，自地吐出，遥望其中，有茅舍机杼之音。试徐行入观，见有机数张，皆经以素丝，白皙女子四五辈，楦腕组织，略转眸一顾士，即端容抽篦不息。士见锦纹花叶之内有字数行，第一首曰李易，稍空又有一人姓名，复稍空又一人焉。士问织此何为，一女对曰："登科记也。"士遍观室内，窗壁玲珑，自念得睹美姝，复情致淡泊，遂揖而辞退。诸女皆目送之。迨出虹晕，回头注目，荡然无所睹，乃蹑故道归。是岁春，高宗车驾南巡，驻跸扬都，四方贡士云集。至八月始唱名放榜，第一人曰李易,其下次第与梦中所见无异,始悟春日所届盖蟾宫也。

洞 口 先 生

淳熙间,信州渔人杨六,孤子一身,所得鱼钱悉为酒资。一日,有道人棹小艇从之赊鱼,杨随所需付之,初不索直。自是数数来,杨与鱼无倦色。一夕风月清洁,波平如席,杨睹一舟从天际冉冉造前,视之盖向者道人也。微笑相呼,尽取所负鱼直约两三千偿之。杨固却不受,曰:"我飘然蓑笠底,安用几许钱? 先生留助云水费,时得周旋否。"道人曰:"我相试已久,恰来还钱,亦是试汝。汝志坚固,真可教也。"挽之共载,一小童操桨,其行如飞。迤逦穷河源,登岸到山,见奇花珍果,异香错落,全不似尘世。杨顿觉心意洒豁,便欲依止。道人曰:"此非汝可久居之地,宜暂还,后五年复相会。"出一卷书授之。临别,扣其姓字,曰:"我洞口先生也。"

萨 真 人 返 魂

《闻见略》:溧川徐上舍充甫家素封,畜梨园,每宴集则搬演侑觞,坐客欢洽。万历辛巳五月四日,午后天忽阴云弥布。妆旦徐庆、徐顺、小翁等在花厅演唱,倏电光一闪,有金箍黄甲、碧眼绀发天神从空飞下,摔徐顺、小翁首,震死于厅前。随后有羽士手持一扇一瓶,大言曰:"误矣,误矣!"即于瓶中取红药二粒纳二童口中,举扇一挥,二童顿苏。家人趋视,二童体无伤损,惟阴毛焦烁殆尽,痛不能忍,延医疗治,乃瘳。后见法书云:雷部诸神惟王天君性最勇猛,且躁急,萨真人与之歃血订盟,如误震人,则立救之。二童所见得无是乎?

太 液 炼 形 女

《闻见略》:浙江嘉兴府某县有沈尚书坟,其墓道为人所共由之路。万历辛卯,过而履其地者,忽有空谷声。居民疑盗有所蓄,相议发掘之，争执畚锄而往。离穴丈余，砖湫甚固，掘开见石案上列九糖一筵，祭品皆金造，备极精巧。前有石樽，高九丈五寸，阔七尺二寸，以斧击之，中应声曰："此中更无所藏，案上之物任尔取去。"众益惊，疑其中必有厚蓄，并力掘之，见有木龛，龛中人叹息曰："我太液炼形女也。勤修二百余载，尚有十八年功行未满，尔等幸勿伤我，使我又堕轮回。"众不信，启键启，见一少年女子，闭目盘膝而坐，肌肤如玉，颜色如生，发长丈余，手足指甲缠体，衣服不毁。众以为妖，乱锄击之。行道之人，观者如堵。更以分金不平，闻于郡县，以盗发坟墓见尸拟罪有差，仍以棺木改葬旧地。（以上二条据柏香书屋本补）

孝道明王

《子庵杂录》：西晋时，丹阳有老妪姓谌氏，不知其年几何，颜色常如婴儿，人称为婴母。尝于吴市收养一孩，长而英异，性至孝，时谈神明之事，且云："吾受天符为孝道明王。"因授母以修真之诀，而自隐去。后吴猛、许逊俱传婴母之道而成仙。

沉香雕首

《从信录》：南昌邓子龙骁勇善战，领兵征倭，渡鸭绿江，有物触舟，取视之，乃沉香一段。把玩良久，宛似人头，爱护之，每入梦则香与首或对或协而为一。万历戊戌冬，子龙冲锋阵亡，载尸归，失其元，取香木雕为首，酷肖。岂天感其忠勇，而赐之沉香作其面目乎。

雷谴逆妇

《从信录》：嘉靖辛卯，福建延平杜氏，兄弟三人轮膳一母。三人出耕，三妇辄诟悖，嚣然相胜，致姑饭粥不给，每欲自尽。一日白昼中忽轰雷一声，觉电光红紫眩目，三妇人皆人首而身则一牛、一犬、一豕，踞地鸣吠，观者如堵。

神　助

郑有胡生为洗镜铰钉之业，辄祭列御寇祠，以求聪慧。忽梦一人以刀划其腹开，纳书一卷。及觉，遂能吟咏。又《说储》载：一书生礼奎宿甚虔，同侪戏之，以经书文七首置神座前，书生得之，喜为神赐，稽首受而读之。及入试，命题一如所读，竟登第。又一人见荆溪周处祠神像蒙垢，盥手拂拭之。其人素羸，忽觉神旺，后以勇闻。此无他，精诚所致，遂得神助也。

金沙滩童子

《志异编》：隆庆中，鄂城金沙洲一童子，每死去三四日复活。父母问其所以，亦绝不言。后邻翁坐庙庑下扪虱，有人从后掌其脑，回顾不见。翁大惊。童子一日复活，见邻翁，问曰："公知庙庑下掌脑者乎？此我也。"因言在阴司为无常奉符勾摄人，今某县某人、某里某人皆我所勾，系在后园树上。母闻往视，乃是线系促织小虫，皆解而放之。童子见而号泣倒地，曰："此辈生，我死矣。"遂死不复活。某访之，有竟死者，有死去复生者。

陶琰再生

《广莫野语》：绛州陶琰未第时，读书僧寺。偶游息，见僧抱妇于怀，亟回走。僧追之，谓："事至此，势不俱生矣。"追至佛殿，忽起烈风，香灰迷僧目，僧大叫其党不得放走陶秀才。陶度不得脱，奔入钟楼。楼下一钟覆地有年，忽自起，陶入，钟随覆。僧遍索不得，不虞其在钟下也。俄陶仆来，僧绐已归。家人寻觅无踪，夜梦神指示所在，促使急救，未之信。夕复梦示，集众举钟，陶出无恙，已三日。鸣之官，僧伏法。举成化辛丑进士，历浙藩，转南大司马致仕，卒赠少傅，谥恭介。

李福达石函

《广闻录》：嘉靖中，僧李福达至苏州，欲税空宅，遍阅数处，辄嫌湫隘。最后赁一大宅入居，人异而窥之。福达从容袖中出小石函，纵横不数寸，凡衣服饮食、床褥卧具、屏障几席、釜甑，一切资生之物，尽从中出。又于函中挈出妇人男子凡数辈，皆其妾媵。又有十余小儿，皆衣五彩戏。将行，还挈诸人并器玩一一纳之石函中，仍袖而去。

飘扬金箔

刘五城《杂录》：有一豪富子弟张某，其父殁，昆仲析居之次，有余资千金，各不欲存为公家事以滋扰，愿一创举，散之顷刻。遂货金箔，约值此数，至绝高山顶，乘风扬举。或飘舞长空，或粘缀林木，或散处水草，总成黄金世界。数里之内，人皆惊诧若狂，疑为天雨黄金，妇女儿童竞为争逐，终无所得。一时传为异事。而张氏戚党莫不称为豪举。较之隋炀帝于景华宫征求萤火数斛，夜出游山放之，萤光遍于山谷，反觉鄙陋。但炀帝富有四海，奢侈过度，尚且不能令终，此一富有之民，乃暴殄财货，取快一时，不知其人作何究竟也。

鸡舌汤

宋吕文穆公微时极贫，故有"渴睡汉"之诮。比贵盛，喜食鸡舌汤，每朝必用。一夕游花园，遥见墙角一高阜，以为山也，问左右曰："谁为之？"对曰："此相公所杀鸡毛耳。"吕讶曰："吾食鸡几何，乃有此？"对曰："鸡一舌耳，相公一汤用几许舌？食汤凡几时？"吕默然省悔，遂不复用。

吾苏一宦喜食鲫鱼舌汤，每朝必用鲫鱼若干头，取舌烹汤以进。

安 南 试 录

安南国去中国数千里，虽名秉声教，实自帝其国，建元创制无忌也。其国凡几道，如中国藩省然。有安邦道者，其中之一道也。人有见安邦道乡试录，题曰"洪德二年辛卯科"，初场四书义四篇，五经义五篇；二场制诰、表各一道；三场诗赋各一篇；四场长策一篇。其取士之法，比中国反加详焉。表赋中联句佳者甚多。

鬼 虎

《稽神录》载：清源陈襄隐居别业，临窗夜坐，窗外即旷野，忽闻有人马声，视之，见一妇人骑虎自窗前行，过屋西壁下。时壁下有一婢卧，妇人从壁隙中窥之，婢即惊呼腹痛，启户如厕，遂为虎所搏。襄骇愕，大声号救。妇与虎忽不见，婢幸无恙。乡人云：村中恒有此怪，所谓鬼虎者也。予一日偶谈及此事，一友笑曰："人畏虎，亦畏鬼，况二者兼之耶？又况加以妇人耶？妇人之凶狠阴毒者，甚于虎与鬼也。"予曰："此妇必是妒妇之鬼，故有此杀婢手段。"

瘟 部 神 放 灯

《吴中杂志》，万历戊子四月，王墓村民创台演戏赛神，城中某某宴集李氏楼中。正欢洽间，忽闻烈风迅雷，撼木飘瓦，启牖视之，见朝天湖内有火大如罂，莹光烨烨，闪烁水面。须臾，星散，遍湖南北村落隐现百千灯火，鱼贯而行，逾时乃灭。众宾瞩目，次日询诸父老，云是瘟部神放水灯，嘉靖某年间亦然，主旱疫。是岁夏六月亢旱天行大作，吴民死者相枕籍，视嘉靖间尤甚。识者以为轮回中一劫数云。

珊　瑚　夫　人

《异闻录》：有人于昭应寺读书，见一红裳女子吟诗云："金殿不胜秋，月斜石楼冷。谁是相怜人，褰帏吊孤影。"叩其姓氏，云："姓朱，名昭远，字无忌。上祖在汉时因宣扬释教，封长明公。唐天宝中，帝为贵妃建设经幢，封妾为珊瑚夫人，赐珊瑚帐居之。自此巽郎、蛾子不复为暴矣。"言讫，恍惚入经幢而隐。乃详味其诗与所言，盖经幢中灯也。

义　　猴

《闻见略》：万历中，毗陵有乞儿日系一猴，至街坊施技索钱。积数岁，约有五六金。偶与同伴一丐饮，醉中夸诩。丐忽起谋心，置毒于酒，强灌之而死，取其所藏，瘗尸于野外，无人知觉。独猴不顺从，丐日加捶楚，猴勉随之。一日忽失所在。时县尹张廷杰初下车，升堂瞥见一猴突入，跌坐丹墀，向令叫号。张异之，命一隶随其去向。猴竟至养济院，觅丐不获，复扯隶行，沿途乞糕饼与隶点心。行至大市桥，遇丐，双手拽住，跳上丐肩，批颊抓面，丐不能脱。隶拥至县，张鞫问再三，丐始伏辜。令隶押丐取银，包裹宛然，仍于野外扒开浮土，将尸入棺火厝。烟焰方炽，猴向隶叩头，跳入火中焚死。隶复命，张惊异，因作《义猴记》，刻石以垂不朽。

五　足　牛

《庚巳编》：正德丙子，有僧自京师携一牛至苏，有五足，一在后跨下，短不能及地。蹄类人手，五指间有皮连络。僧牵于市乞钱。所目睹者。正统中刘原博先生上京师，其子宗序见道旁一牛，五足，其一足生于领，蹄反向上，以告先生。先生曰："牛土属而蹄着土，今反居上，得无有小人在上而生变者乎？"后二岁为己巳，果有土木之变。

《广闻录》：嘉靖庚申，钟祥民家牛生六足。又隆庆年间，三山民家牛生黄犊，七足，腹下四足如常，背上三足皆软，前后窍各二。

蚁累梅杏

嘉靖甲寅，嘉兴郡学有蚁无数集堂壁上，累梅一章，枝干花叶皆具。又吴匏菴先生及第日，群蚁累成杏花一枝，极其精巧。

蟋蟀

吴俗喜斗蟋蟀，多以财物决赌。《庚巳编》载：相城刘浩好斗促织，偶临水滨，见一蜂以身就泥，转辗数四，起集败荷上，久之身化为促织，头足犹蜂也。持归养之，经日则全变矣。健而善斗，敌无不胜，所获甚多。又张廷芳亦好之，至荡其产。芳素敬玄坛神，乃以诚祷诉其困乏。梦神告曰："吾遣黑虎助尔，已化身在天妃宫东南角柏树下矣。"明日，芳往觅之，获一促织，色黑而大，用以斗，无弗胜者。旬日间获利如所丧者加倍，至冬而死。芳为恸哭，以银作棺葬之。

蝗怒失信

《涌幢小品》：万历丙辰，丹阳有蝗从西北来，蔽天翳日，民争刲羊豕祷神。有蒲大王者，尤号灵异，凡祷之家止啮竹树菱芦，不及五谷。有朱姓者牲醴悉具，见蝗已过，遂寝。须臾蝗复返集朱田，凡七亩顷刻尽啮而去，邻苗不损一颖。相传有怪书投其神曰：借道不借粮。亦可异也。

肥蟺

《从信录》：万历丙戌，建昌乡民樵于山，逢巨蛇，头有一角，六足如鸡距，见人不噬，亦不惊。民因群呼往视，亦不敢伤，徐徐入深林中去。《华山记》云："蛇六足者名曰肥蟥，见则近郊大旱。"戊子己丑之灾兆，已先见矣。

<h2 style="text-align:center">飞　　鱼</h2>

《庚巳编》：沙湖丘氏有鱼池近外港，夏大雨水溢，鱼长数尺者率诸鱼飞出港去，至暮水渐退，鱼复还，巨鱼在前，诸鱼从之，飞行空中，如群蝶交舞。尝观范蠡《养鱼经》，有鱼能飞去之说，但去而复飞还，则尤异也。

<h2 style="text-align:center">蝎　　魔</h2>

西安有蝎魔寺，中奉大士，塑大蝎于栋间。相传明初有女子素不慧，病死复生，遂明敏，以文史知名。时有布政某丧偶，娶之。后布政方视事，有所需，使仆入内取之。婢呼夫人不应，但见大蝎如车轮卧于榻。婢惊而出，白于主，不信。婢曰："他日相公下堂，愿无声欬，伺之可见。"如言，果见老蝎伏榻上，顷之又成好女子，意颇羞涩矣。忽失所在。是夕人定，女子乃出，拜灯下曰："身本蝎魔，所以夤缘见公者，非敢为幻惑，欲有求耳。公能不终拒，乃敢输情。"布政许之。因曰："昔为魔得罪冥道，赖观音大士救拔免死，因假女尸为人，获侍左右，觊公建一兰若，以报大士之德耳。今丑迹已彰，幸公哀怜。"布政颔之，女子遂隐。他日乃命所司建寺。

<h2 style="text-align:center">六　眼　龟</h2>

郭景纯《江赋》："龟有六眸。"宋太始二年八月，六眼龟见于东阳，太守刘勰得之以献。唐睿宗先天三年，江州献灵龟，六眼，腹下有玄文。又岭南钦州出六眼龟，实止两眼，余四目乃斑纹，与真目排比，端正不偏。唐庄宗时有进六目龟者，敬新磨献口号曰："不要闹，不要闹，听取龟儿口号：六只眼儿睡一觉，抵别人三觉。"又《说储》载：常

熟水墩大士庵前曾出六目龟，九十三翁缪道由得而畜之。又《广闻录》载：嘉靖二十年，兴宁西河水涨，有大龟长丈余，六目，金光射人，溯河而上，所过田陂皆坏。

吾郡十郎巷丁玉阳先生园池中有白龟，大如车轮。顺治辛丑，长洲县令德州孙达卿<small>继</small>解任后，寓居园亭，所目击者。

臂　龙

《庚巳编》：金山寺有行者，素佻佻。尝昼寝，同辈戏画一龙于臂，头尾鳞鬣逼真。行者觉而见之，曰："吾寝而臂出龙，岂非天授乎？当黥之以成其异。"乃以针刺而加墨焉。数月色渐紫，又数月其纹隐起，约高一黍米。每风雨之夕，龙蜿蜒如动。一日浴于江，江水为之豁开数丈，此臂腾掉上下，如非己有。行者以为神。时时泅水，鼋鼍鱼鳖，历历在目。忽念金山盘踞江心，其下宜有根着，乃下探之。至江底，见山根大仅数抱，若一柱擎其山焉。因运臂撼之，山摇屋动，僧怖为地震，焚香祝三宝。行者登山知而窃笑之，向同辈吐实，具言臂龙之神，皆惊以白长老。长老以为妖，诣官告治，官为诬罔不理。长老惧为己累，醉行者而缢之，龙亦顿逝。

懒妇化物

水族有懒妇鱼，相传杨家妇为姑所溺死，化为鱼，脂可燃灯，照鸣琴博弈则有光，照纺绩则暗。草类有懒妇箴。桂林有睡草，见之则令人睡，一名醉草。兽亦有名懒妇者，如山猪而小，喜食禾。田夫以机轴织纴之器置田所，则不复近。安平七源等州有之。物犹如此，宜乎懒妇之多也。

黄　犬

《偃曝谈余》：博罗何宇，母死庐墓，家无仆从，畜一黄犬，间日辄候墓所,有所需即书片纸系其颈,家人见之,具备系使负还。史称陆机黄犬寄书,良不诬也。又赵泽民为山西廉使时,畜一犬名桃花,善猎。有客至即呼名喉之,语家人先具酒果,良久桃花必致一物如獐、鹿、雉、兔之类,往无虚反。

九　尾　龟

《庚巳编》:海宁王屠遇渔父持巨龟,长径尺,买系柱下,将烹以为羹。邻居有江右商人,见之,告其邸翁,请以千钱赎焉。翁怪其厚,商曰:"此九尾龟,神物也。欲买放之,君从余成此功德,一半是君领取。"因偕往。商踏龟背,其尾之两旁有小尾各四。持钱乞王,王不肯,烹作羹,父子共啖。是夕大水自海中来,平地水高三尺许,床榻尽浮,逾时水退。明日及午,翁怪王屠不起,坏户入视,但见衣衾在床,父子都不知去向。人云害神龟为水府摄去治罪也。

神　骡

《马氏日抄》:京师梓潼庙在玄武门东,人常以白骡施庙中。道士控群骡,日行巷陌,以刍豆为由,募化银钱。一大骡特异,不受羁绁,绁则卧弗起,遂纵之,往来城市,数日一还庙。道士恐为人所伤,于项下悬一木牌,标曰神骡。日少食刍粟,喜啖茶叶,沿门驻立乞茶,靡之弗去,以茶饷之即行。日以为常。一劫盗祷借于神,欲乘往德州,以茶饵之,至河西务,加以衔勒,坚卧不肯行,遂舍之而还。

枸　杞　龙　形

《闻见厄言》载:嘉兴郡治西子墙上有枸杞一本,岁月既深,枝干亦大,树身绝似龙形,鳞爪逼肖,垂四枝桠,宛如四足。夜间数里外远望,烁烁有光,近睇之,却无所见。常于风雨之夕,空中闻怒吼之声。

邻近居人恐其日久为患，将斧伐去一桠，滋沥星星，越宿皆赤成血。此后不复闻吼，然龙形异质，至今尚存。

赵 乳 医

《夷坚志》：资州去城五十里曰三山村，草木畅茂，豺虎纵横，人莫敢近。乳医赵十五嫂所居，相距三十里。一夕闻人扣门请收生，赵遽随行。步稍迟，其人负之而去，云："只闭眼任我所之，勿问。"登高涉险，奔驰如风，不胜惊颤。至石崖下，谓赵曰："吾乃虎也，遇神仙授以妙法，在山修持已三百年，誓不伤人，能变化不测，汝不须怖。今缘吾妻临蓐危困，知媪善此技，所以相邀。倘能保全母子，当以黄金五两奉酬。"便引入洞中，具酒食。见牝虎委顿，且跪恳。赵慰勉之，于洞外摘嫩药数叶，揉碎窒虎鼻，即喷嚏数声，旋产三子。牡虎即负赵归。明夜户外有人云："谢你相救。出此一里，他虎伤一僧，衣内有金五两，可往取之。"黎明而往，如言得金。

瓦 陇

《夷坚志》：温州洪庆善，妻丁氏，虽居海滨，而性不嗜杀。或惠瓦陇即蚶。百余枚，不忍食，置之盆中，将以明日放之江。夜梦丐者甚众，踝体臞瘠，前后各以一瓦自蔽，皆有喜色。别有十余，愀然曰："尔辈甚乐，我等抑何苦也。"丁氏寤而思之，以瓦蔽形，必瓦陇也。梦中能密记其数，取视之，已为一妾窃食十余枚，乃愀然者也。

海 马

绍兴八年，广州西海墙地名上弓湾，月夜有海兽，状如马，蹄鬣皆丹，突入近村，居民聚众杀之。天将晓，如万队兵马行空中，其声汹汹，皆称觅马，所杀之兽，倏忽不见。客有识者虑其异，急徙去。次日海水溢，环村百余家皆溺。

余集卷之二

陈　少　阳

《樵书》：宋太学陈东上书，以忠言见杀，屡著灵异。丹阳立陈少阳先主祠，铁铸汪伯彦、黄潜善像，长跪阶前，游人唾之。嘉靖间，南安郑晋入祠瞻礼，题一联于壁云："一片忠肝，千古纲常可托；两人屈膝，平生富贵何为。"题毕，二像应笔而倒。

白　鸦　灭　焰

《太平御览》：介子推不欲明从亡之功，隐于绵上。晋文公焚林以求之，火烈巨举，有白鸦万翼绕烟而噪，扇灭其焰，子推得不死。晋人奇之，为之立台，名曰思烟之台。据此则子推不死，可无禁烟矣，与《左氏》之说何其异耶？然其说甚妙，不可不存。

波　涌　石　船

《剑南人物志》：汉犍为隗相母喜饮江水，必得中流之水方以为洁，否则不尝。溪流湍激，每有覆溺之患。一日波心涌起一大石船，可稳步乘之而汲，人以为孝感所致。

崔　氏　女　卧　冰

《北墅手述》：政和中，济南崔志有女，母病，冬日思鱼，冰坚不可得。女曰："王祥卧冰，我欲效之。"家人止之，女曰："男子能为之，岂女子独不能耶？"乃焚香告天，卧于冰上三日。冰开，跃出鲜鳞三尾，烹以饷母,母愈。人问其卧冰时寒气何如,女曰:"身卧层冰之上,但觉阳和之气下逼,殊不知有寒也。"昔王祥卧冰于沂河之中,至今此地冰坚,有一人影卧于上,四隅皆冻,独此影碧水沦涟,年年清湛。不知崔氏所卧处,有此异否?

酆都使代任

《夷坚志》:林乂为酆都使,已载冥官数。宣和七年,其所亲段敏病伤寒未解,昏困间见锦衣花帽吏卒数十辈,皆长丈余,直入卧内。方惊顾,而乂忽呼段字曰:"彦举,汝勿恐,明日得汗矣。"因留坐款语曰:"吾不久当受代。"段问其故,曰:"有内臣黄某者观时事不佳,知必兆乱,每起念曰:'不幸有变,吾必死之。上以报国家,下以表忠节。'后京师破,黄遂赴火死。上帝嘉其节,故预除为吾代。"少顷,乂告去。敏觉少苏。明日,果得汗而愈。方问答次,不暇询黄之名。绍兴十三年,钱知原观复为广德守。中使黄彦节经过,从容语及先世,曰:"先人讳经,臣于京城,受围时不忍见失守之辱,积薪于庭自焚而卒。"以证前事,乃知代林任者为黄经臣也。

木 中 字

后梁开平二年,将军李思安营于潞州,伐木为栅。一大木中有文云:"天十四载石进。"思安具表上之,群臣皆谓十四年必有远人贡珍宝至。司天监徐鸿私语其所亲曰:"自古无一字为年号者。以我度之,丙申岁当有石姓者王此地,盖移四字中两竖置天字左右即丙字也,移四字外围以十字贯之即申字也。"后至丙申年,石敬瑭起并州,一如鸿言,其国号晋。石进者,石晋也。又《春渚纪闻》载:晋江尤氏,其邻朱氏园中有柿木,高出屋上。一夕雷震,中裂木身,若以浓墨书"尤家"二字,连属而上,不知其数。至于木之细枝,亦有之。尤氏乞得其木,作数百段遗好事。字体带草,劲健如王会稽书。朱氏寻衰,其园后归尤氏。

聚　宝　盆

《挑灯集异》：明初沈万山贫时，夜梦青衣百余人祈命。及旦，见渔翁持青蛙百余，将事刲刳。万山感悟，以锾买之，纵于池中。嗣后喧鸣达旦，聒耳不能寐。晨往驱之，见俱环踞一瓦盆，异之，持其盆归，以为盥手具，初不知其为宝也。万山妻于盆中灌濯，遗一银记于其中。已而见盆中银记盈满，不可数计。以金银试之，亦如是。由是财雄天下。高皇初定鼎，欲以事杀之，赖圣母谏，始免其死，流窜岭南，抄没家赀，得其盆，以示识古者，曰："此聚宝盆也。"后筑金陵城，不就命，埋其盆于城下，因名其门曰聚宝。

种　银　实

《谢氏诗源》：薛琼家贫苦，无以养，有一老者以物与之，曰："此银实也。种之得赡汝亲。"琼如言种之，旬日发苗，又旬日生花，花如细螺，又旬日结实，实如樱李。种而收，收而复种，一岁之间所得银实无限。琼曰："真仙所赐我，岂可以自封？"凡有亲而不能养者，皆遍周之。

雨　钱

《闽书》：唐昭宗时，建阳熊衮为兵部尚书。性至孝，时值乱离，例无俸给，惟立功有赏赍，衮悉散之部下。亲丧不葬，昼夜号泣，天忽于其院中雨钱三日。衮叩天以成葬事，所余钱尽举入官。其邻里仆隶有得之者，悉化为土，人皆异之。

《大有奇书》：明瓯宁王氏事姑孝，贫无以养，天亦雨钱以给之。又汀州林氏为郡守，罢任居家，天忽雨钱于其宅。林叩天拜祝曰："非常之事必将为祸，求速止之。"应声而止，然所收已亿万矣。

误 吞 钉

《高坡纂异》载：洪洞韩肃，即忠定公之父也。三岁时误吞一钉，家人皆惊哭待尽。其祖以神医名，视之曰："无恙。然必待三年钉乃得出。"人莫之信。遂定时日，书壁间以俟。但每作腹痛，必绝而复苏，久渐黄羸骨立。及期，谓家人曰："儿疾将瘳，势必大作，虽绝勿惧，宜先煮粥饮以俟之。"既而腹果大痛，一叫而绝，良久吐出钉，锐尽刓，又复绝，逾时始苏。岁余获安，寿七十一卒。又三原王宗贯少师十一岁时，口含一钉，忽闻师命，误吞下咽。至十六岁，左腹作痛，遂成一疖，脓溃钉出而愈。后抚吴，亲与医官盛春雨言者。至九十有七而卒。

针 产 死 妇

《挑灯集异》：万历中，湖州凌汉章精于针灸。一日，见一妪溪边沥米，出涕滂沱。凌问故，妪曰："媳产难死，将炊饭作倒头祭耳。"凌曰："曾产否？"妪曰："未产。"又问："其气绝许久？"妪曰："未久。"凌令妪引至其家视之，见死者胸尚未寒，凌乃取针于其胸中针之。针始入胎即下，妇亦复苏。妪请其故，凌曰："此子以手捧母心，故不下，所以死耳。今针其手，手痛释放，子命虽伤，母命得生矣。"妪叩谢。

戏 咒 真 死

闻有太学生在学舍读书，偶昼寝，同辈戏以白纸书其姓字为灵位，设于桌上，更置楮帛香烛于前，反闭其门，而从外窥伺之。生既寤，拭目熟视，大惊云："我岂死耶？"遂呜咽流涕，乃复就寝。久之不起，入户视之，则真死矣。急辍戏具而讳其事。岂此生因疑骇丧其神魂乎？

陆稼书代任

康熙中,平湖陆稼书先生陇其罢嘉定令里居,一日坐书室,似梦非梦,见青衣二隶持刺相邀。视之,乃杨椒山先生帖也,惊而醒。顷之,假寐,神魂飘荡,见二隶在前引路,至一处,宫殿巍夅。隶入禀,椒山出,肃入,分宾主礼坐定。椒山极道稼书居官清正,彼此钦仰。茶罢,椒山云:"有嘉定治民张某讼公枉法受银十二两,请公对簿。"陆即起立,隶引至法堂,顷之椒山升殿,喝隶拘张某至。张坚执老爷在任曾受民银十二两,陆辩其无。张云:"康熙某年,儿子援例求老爷出结,某引儿子拜门生,送二杯二缎,用银十二两,亦是诈闻知县数内银子。"陆云:"杯缎是有,但是贽礼,何得云赃?"椒山谓陆云:"朝廷收他俊秀银子,知县自应出结。虽云贽礼,亦算不枉法赃。今闻人上现在狱中,公将银十二两送还闻人上,便结此案矣。"稼书应允。椒山起揖之曰:"公清廉正直,为人所挤,上帝悯之,此位不久属公矣。"命二隶仍送公还。陆醒道其事,不逾年先生卒。

拗相公见鬼

《谈圃》:王安石在金陵,于死之前一年,白日见一人上堂再拜,乃故吏也,死已久矣。安石惊问何来,曰:"奉冥司檄来决公之子雱一案。"问雱安在,吏曰:"公如欲见,可于某日之夜伏庑下观之,切勿惊呼,但可使一人侍侧。"安石如其言,见故吏紫袍冠带坐堂上,狱卒数人,枷一囚入,身具桎梏,两足流血,呻吟之声,惨不可闻,视之,乃雱也。雱哀告云:"乞早结案。"吏据案与笔判讫,厉声呵叱。安石失声而哭,忽不见。明年安石死。

阳　春　园

张黄岳先生《山天楼随笔》:崇祯中,唐中丞中楫名晖抚楚时,予在衙斋。衙右曰阳春园,中有老柏数百章,阴森荟蔚,群鸦巢其巅,无虑千万,哑哑之声,自晨彻昏。始闻之意殊不耐,久而习闻,渐不复觉。池莲甚茂,亭曰宛在。再入得台榭四五,环植芭蕉翠竹。其后有雄楚楼,巍峨轩厂,俯瞰城堞,大别、汉川,渺渺在目。但扃镅甚密,人鲜入其中者。久而询之,知园中尝有一衣绯女子,相传为前中丞之女,及笄而殁,遂葬园中,每际风清月朗,女辄游衍于回廊曲槛间,殆有不胜情者。是以人恐中其祟,莫敢入。予闻之喜曰:"是固有待于张生也。每读传记所载幽情事,恨吾独不躬逢,今有此,是吾缘也。"乃白中丞,愿居其中。遂敕逻卒除薙两日,幽爽更倍。予入居于楼前之寅亮堂,日以二小童给侍,夜则遣去。凡十日而衣绯之女讫莫肯见,其弃我耶? 抑前闻之谬耶? 有情莫至,良用怅怅。后以流寇势逼,寻返郡中,不能再至阳春园矣。

目 中 见 佛

宋元符中,张子颜常见目前光闪中有白衣人如佛者,遂奉佛断荤酒,而体渐瘠多病。太医汪寿卿见之,授以大丸药数十,小丸药千余,约于十日内服完。既服五六日,渐见白衣人变为黄,而光不见矣。便思饮酒食肉。十日后,一无所见,而病全愈。乃诣寿卿谢,寿卿曰:"公脾受病,为肺所克。心乃脾之母,心气不固,则多疑,故有所见。吾以大丸实脾,小丸实心。肺为脾之子,既不能胜其母,则病自去耳。"

秋 海 棠 奇 花

武林王丹麓墙东草堂初植秋海棠一二本,数年遂蔓衍阶砌。岁乙丑,忽发奇葩,千叶起楼,锦开四面,经月不落。其旁复有三四如蝴蝶,家人异之,为护其本根,散布其子。迨明年,子出无异,而原本所发亦如常花。乃离原本尺许,见花心之上复起一花,如重台,始细视,丛中有千瓣如洛阳者,六瓣如桃者,五瓣如梅如幽兰者。越日重视,或若山茶之初放,或若牡丹之半谢,至蓓蕾似垂丝,含蒂似石榴,碎剪如秋纱。其花或大或小,其心或连或散,其色红白深浅,种种奇幻,莫可名状。丹麓特绘为图,系以月日,且自为记,刻之《霞举堂集》中。

雪　天　掘　蛟

康熙己卯,有宁国老妪佣于予侄方为家。见冬天久雪,因言宁国山中雪甚时正好掘蛟。蛟伏处雪辄不积,土人寻得其处,老幼男女咸助一臂力,盖为一方除害也。土深一丈,蛟重百斤;深二丈三丈,蛟更加重。其形如腰子,无头尾,色淡黑,烹而切食之,味如海参。或云即龙蛋。传野雉与蛇交,子生石上,遇雷雨入土一尺,沉至极深,积久则化为蛟。韩韶萧山园中亦曾掘得。

高　开　道

张黄岳先生习孔《云谷卧余》:世知关壮缪刮骨疗毒,饮弈自如。不知高开道有矢镞在颊,召医出之,医曰:“镞深不可出。”高怒斩之,别召一医,曰:“出之恐痛。”又斩之。更召一医,医曰:“可出。”乃凿颊骨,置楔其间,骨裂寸余,竟出其镞。开道奏妓,进馔不辍。此事新旧《唐书》皆不载,惟《资治通鉴》有之。

笪　在　辛

顺治壬辰,句容笪在辛重光联捷礼闱,以丁艰归里,过吴门,寓同年姚茵稚谥先生家。一日,闲步至吴子缨命馆,推测子平。在辛貌质朴,又麻衣麻冠,绝无贵介容。子缨为之布算,亦甚忽略,并不誉及科甲功名一字。推毕,在辛取子缨所持素扇,书高达夫“尚有绨袍赠,应怜范叔寒。不知天下士,犹作布衣看”句,后题“笪重光书”。以子缨牌板书“命友天下士”,故书此诗以讥之也。子缨见之,惶愧无地,而在辛毫无怒容,一笑而别。抵暮,其牌板已为人取去。随有为之介绍者，馈银十二两，始得返璧。

某 相 国

《明世说》：江南某相国语所亲曰："酒色财气，不意近萃吾门。"或请其故，相国曰："大儿好饮，次儿好货，三儿好色，老人训之不听，惟有怒气填胸而已。"

予幼时曾侍一先辈饮，坐客誉及长公善治生产，先辈怫然曰："大凡人必须人家兼做为妙，大儿做家而不做人，次儿做人而不做家，三儿既不做人又不做家。"又曰："予三子被孟子说煞。"予问云何，先辈曰："大儿好货财，私妻子，不顾父母之养。次儿博弈好饮酒，不顾父母之养。三儿惰其四肢，不顾父母之养。岂非被孟子决定已。"

秦始皇再遇盗

《云谷卧余》：秦始皇二十九年，博浪沙中为盗所惊，大索十日，人皆知之。至于三十二年，始皇微行，与武士四人夜出关中，逢盗于兰池，见窘，武士击杀盗，大索二十日。世鲜知者。此帝王微行之始，故表而出之。

齐天大圣庙

《艮斋杂说》：福州人皆祀孙行者为家堂，又立齐天大圣庙，甚壮丽。四五月间，迎旱龙舟，装饰宝玩，鼓乐喧阗，市人奔走若狂，视其中坐一猕猴耳。无论《四游记》为子虚乌有，即水帘洞岂在闽粤间哉？风俗怪诞如此，而不以淫祠毁，则杜十姨、伍髭须相公固无怪也。

西 施 庙

西施生诸暨苎萝村，下有浣沙江，此郡志图经所载。萧山毛十九争之曰："范史《郡国志》引《越绝书》云：西施萧山之所出。今萧山有苎萝山，山前有红粉石、西施庙，居人皆祀西施为土谷神。此其证也。"或笑曰："西施为土神，则萧山百姓皆妇人乎？"尤悔翁曰："不然。巫山有姚妃，洛川有宓妃，湘江有湘君，浣纱夫人生为美人，没为明神，亦何足怪？惟是夫人不可无配，夫差乎？少伯乎？恐王轩亦欲为辟阳侯矣。"

小 姑 作 祟

彭蠡湖中有大孤山，彭泽江中有小孤山，又有彭郎矶、女儿港，皆山水名耳。韩子苍诗："大姑已嫁彭郎去，小姑还随女儿住。"以孤为姑，直是戏语。而后人遂于山上立大姑、小姑庙。毛稚黄《小匡》载：蔡可宗随父仲敷司理衡州，过鄱阳湖，可宗题小姑庙诗有狎语。其夜岸上无柝声，诘朝官召巡役询之，云："昨夜见有冠帔者立船头，我辈谓是夫人玩月，故不敢出耳。"官疑其惰而诳，亦置不问。开船大风陡发，阖家俱溺。岂非小姑作祟与？小姑本无姓氏，既有庙貌，则物或凭之矣。

歇 家 驿 吏

吴语云："天下歇家王百穀，山中驿吏赵凡夫。"相传百穀家居，申少师予告归里，车骑阗门，宾客墙进，两家巷陌，各不相同。凡夫卜筑寒山，搜剔泉石，又得卿子为妻，灵均为子，贵游麇至，几同朝市。两君可称处士之特矣。然题之曰歇家，曰驿吏，岂非《春秋》之笔乎？

陈眉公隐茶山，与董宗伯齐名。远而土司酋长丐其词章，近而茶馆酒楼悬其画像，然俯仰之间，已为陈迹。征君故宅，他人是保，而书床药灶，不可复问矣。

内 江 女 子

兰川黎潇云语尤悔翁云：内江有一女子，自矜才色，不轻许人。

读汤若士《牡丹亭》而悦之，径造西湖访焉，愿奉箕帚。若士以年老辞，姬不信，订期。一日，若士湖上宴客，女往观之，见若士皤然一翁，伛偻扶杖而行。女叹曰："吾生平慕才子，将托终身，今老丑若此，此固命也。"遂投水而死。此女可谓钟情者矣。小青云"人间亦有痴于我，不独伤心是小青"，信然。

愚 不 及 妇

侯官萧长源震以顺治壬辰进士，为大名府司理，擢御史，后巡盐两淮，家资巨富。与耿精忠有隙，及精忠叛，萧之内子和药劝其自尽。震弗从，遂污伪命为布政使，亡何以事害之，腰斩东市，籍其财得三十六万。康熙甲子，尤悔翁先生至三山，过其居已废，问其妻子，无复存者。慨然悲之，作诗云："人生富贵本无常，生缚摩诃事可伤。多少朱门皆白屋，空留燕子话兴亡。"震之愚乃不及一妇人，悲哉！

妾 执 妹 礼

《纪善录》：长洲潘粹中纯由监生拜御史，永乐中在京邸，娶穆氏为妾。穆本宦族，初不知潘有妻也。既而纯妻黄氏自苏至，纯惧，馆于他所，妻亦不知其有穆也。穆氏知之，具鞋帕之仪，执妹礼以见，意甚勤。妻曰："吾初不知有汝也。吾有子妇在苏，家有田产，吾当还，汝善事君子。"既而穆之母及兄弟皆至，曰："吾女不与君为妾。"将论纯而归之，女曰："不可。"乃以理谕兄弟，黄氏又以女礼事穆母，母感悟，和好如初。后纯改阳信知县，二室同处几二十年，始终无间。

鬼 孝 子

《北墅手述》：高云客言：鬼孝子，闽中人。幼失父，未十岁即能以力养，俾母安其室。越数年，而孝子死，母无依，有欲诱而娶之者，孝子忽于空中作声，止母勿再适。母悲曰："岂得已哉！无食何以为生?"孝子曰:"儿虽死,心未死。儿与母未相离,儿能赡母。母盍往市中语担者,令其倍担所市物,吾当佐其利三倍。"母果语担者,担者如其言,一人担两人之任,担加轻,力加倍,走加疾,空所市者加速也。以所获之半归其母,日以为常,勿敢欺。母获歌黄鹄以终老。

乳 香 辟 瘟

孔平仲云:天行瘟气,人多遘疾。宣圣轸念世人,遗有良方,孔氏今经七十余代而不患时疾,用此方也。其方于每年腊月二十四日五更,取井花水平旦第一汲者,盛净器中,计家中人口多少,浸乳香,至元旦五更,暖令温,从幼小起至长老,每人以乳香一小块,饮水三口咽下,则不染时症矣。

七 丈 八 丈 佛

《集异记》:隋开皇中,并州释子澄空铸铁佛高七丈,三铸舍身而后成。转世为李昌,建平等阁以覆之。《七修》载:真定龙兴寺有铜佛,高七丈。按真定即古并州。谚有"沧州狮子景州塔,东光寺里大菩萨",云亦高七八丈,耳中可容数人。北方近帝都,故大佛之多若此。

《宝颜堂》载:郑广文作《圣善寺报慈阁大佛像记》云:自顶至颐八十三尺,顶珠以银铸成,虚其中,可容八石。一首之大如此。按圣善寺乃唐太平公主所建,为其母武氏作福也。寺僧惠范,后以罪诛,没其私财,得一千三百万。

铁 柱 宫

成化初,我郡韩襄毅雍总督两广军务,道经江西南昌府,入铁柱宫谒许真君。方下拜,真君塑像忽尔堕地。旁观疑为不祥,韩公亦惊异,乃语像曰:"杀贼胜当为真君铸铜像。"后至广东,获贼奏功,像遂易焉。至今真君像乃铜范者。考南昌铁柱宫，晋许真君镇蛟之所。铁柱在池水中，径尺余，水退可见。昔有人携灯池上，水遂沸腾，急灭灯乃已。盖真君与蛟誓：铁柱开花释之。蛟见火将谓柱开花也。至今池上不敢燃灯。

牛 隔 盘 儿

《夷坚志》：湖州四安镇翟楫，年五十无子，绘观音像，恳祷甚至。其妻方妊，梦白衣妇人以盘送一儿，甚韶秀。妻大喜，欲抱取之，一牛横隔其中，竟不得抱。既而生子，弥月不育。又祷如初。闻其梦者告楫曰："子酷嗜牛肉，故隔断耳。"楫悚然而誓，合家不复食。遂梦前妇人送儿至，抱得之，生子得成人。

佛 郎 机

佛郎机乃国名，非炮名。正德间，海岛佛郎机逐满剌伽国王苏端末妈，据其地，遣使加必丹木等入贡，请封。会武宗南巡，贡使羁会同馆一年后遣去。因遗此制，遂名佛郎机。嘉靖二年，佛郎机国人别都鲁寇广东，守臣擒之。

正德末，林见素俊闻宸濠反，即范锡为佛郎机铳式并火药，方遣人间道遗王伯安守仁，书至濠已就擒。文成因作《佛郎机行》，中云："佛郎机，谁所为？截取比干肠，裹以鸱夷皮。老臣忠愤寄所泄，震惊百里贼胆披。"则佛郎机遂为铳名。

于 阗 玉

张世南《宦游纪闻》：玉出蓝田昆冈，本朝礼器及乘舆服御多是于阗玉。玉分五色，惟青碧一色高下最多端，带白色者浆水又分九色。宣和殿有玉等子，以诸色玉次第排定，凡玉至则以等子比之，高下自见。

《西域记》云：于阗玉池，国人夜视月光盛必得美玉。常以端午日，国王亲往取玉。每得玉一团，则以一团石投之。又《湘烟录》：白氏国人白如玉，国中无五谷，惟种玉食之。玉成椎为屑，采近地树叶同食之。玉得叶即柔软，味甘而美。宴客则以膏露浸玉屑，少选便成美酒，饮一升醉三年始醒。

量　书　尺

王丹麓墙东草堂中置量书尺，式仿木工六尺，笴以乌木为之，金错为字，每岁积四方投赠诗文及诸杂编于除夕量之，准以六尺上下，如七尺外为赢，五尺内为绌。遂安毛会侯有《量书尺记》，同里吴吴山有《量书尺铭》。

赤　鹦　鹉

《枫窗小牍》：宋高宗在建康，有大赤鹦鹉自江北来，集行在承尘上，口呼万岁。宦者以手承之，鼓翅而下，足有小金牌，有"宣和"二字，因以索架置之。比上膳，以行在草草无乐，鹦鹉大呼"卜尚乐起方响"。久之又曰："卜娘子不敬万岁。"卜盖道君时掌乐宫人，以方响引乐者，故犹以旧格相呼。高宗为之罢膳泣下。后至临安，此鸟忽死。高宗瘗之，亲为文以祭，有"谢迹云端，投身禁里。每呼旧人，以励近侍"句。其全文见《湘烟录》。

巨　人　半　指

崇祯末，维亭袁某航海贸易，同伴八十余人。舟泊一沙渚，共登岸伐木供爨。行不百步，见一巨人卧于山麓，急欲避而巨人忽起，舒两臂将六七十人拉拘一处。内一人脱出坠石沟，巨人欲取，指不得入。寻摘一长藤，将众人右手掐破，联贯一串，悬于高树而去。顷复邀二巨人来，皆喧哗笑语。方欲及而众已将腰间利刃割断奔逃。石罅中人亦出，急还舟，而初遇巨人已追及。遽伸右手攀船，船上人出巨刀断其食指,负痛不前,因得扬帆而遁。仅一节之半,秤之得十八斤。袁某与予备道其详如此。

草峰倒悬

闽王审知初为泉州刺史,有地名光启村。村中一夕地震有声,如鸣数百面鼓。明日视地上,草无一根。掘地求之,草皆倒悬土下。

又福州城中有一山,山上有峰,大凿薛老峰三字。忽一夜闻山上如数百人喧噪声,及旦则"薛老"二字倒立,"峰"字反向。凡城中所有石碑,俱自倒转。其年闽遂亡。

追 魂 碑

李北海书法绝妙,而莫奇于《追魂碑》。方士叶法善求邕为先人作碑文,不许,乃设坛作法,追魂书之。邕固正人,而为幻术所迷,亦可怪矣。蒋虎臣太史以一本赠尤悔翁先生,钩画庄严,而波澜动荡,若有神助。其末连点数点,因鸡鸣魂去,不及竟书也。悔翁甚宝之。

陆 生 水 生

宋孟珙开阃荆襄,尝出巡,见汉江一渔者,状貌奇伟,提巨鱼避道左。问其姓名与年庚,则年月日时皆与己同。异之,邀与俱归,欲命以官。渔者不愿,曰:"富贵贫贱各有定分。某虽与公相年庚相同,然公相生于陆故贵,某生于舟,水上轻浮,故贱。某以渔为活自足,若一日富贵,实不能胜,必致暴亡。"再三强之,不可而去。孟怅然久之,曰:"吾不如也。"渔者之言可谓达矣。

结 愿 香

《葭鸥杂识》:唐末有一省郎游华山,梦至碧岩下一老僧前,烟穗极微，僧云："此是檀越结愿香，烟穗存而檀越已三生矣。"问之，僧云："第一生玄宗时为剑南安抚巡官，第二生宪皇时西蜀书记，第三生即今生也。"省郎洒然而悟。

阎 王 殿 对

《耳谈》：嘉靖末，宜兴大疫，死者相枕籍。有二青衿俱死，同上阎王殿。一从东廊，一从西廊，各相盼以目。王查其籍，以无罪复生。从东者曰："柱上对为：天道地道，人道鬼道，道道无穷。恨不见西柱对。"从西者云："胎生卵生，湿生化生，生生不已。"余所见皆同。

萤 异

《广莫野语》：嘉靖中，黎闻野鹤，颍州卫人。举戊午孝廉，选山东乐平令。性豪放任侠，响马盗魁，捕除殆尽。以酷削籍。七月七夕，纳凉庭中，月色朦朦，有萤飞来，顷刻千万，旋绕不已。闻野厉声曰："能为半月形乎？"则群聚为上弦之月。又厉声曰："能为满月形乎？"则又聚为望夕之月。又厉声曰："能为星散布乎？"又散为列星形，殊酷肖。闻野大怖，掩户寝。次日，颍上二千户以银铛来捕，力辩得释，未一年卒。又《野史》载：天启丙寅五月初二日，京都前门城楼角，人见青色荧荧，如有无数萤火虫，忽然合拢来，大如车轮，光照远近。观者叫喊，始渐渐分散。是皆冤魂所聚化也。

大 萤

《挑灯集异》：滁州魏某夜乘马过田间，时已昏黑，见一物如金盘，相去甚迩。魏疑其为鬼，且前且却，既而渐迫，不得已以鞭击之堕地，视之，乃一萤也。

象　孕

《云谷卧余》：象入北土，从不生育。近年京师象房生一象子，人以未见其交而孕为奇。近阅曲靖兵备程于周试庠《客滇偶笔》：象仁而有礼，非象奴命不触一物。交感必择人迹不到处行之，偶为人所窥，必盛怒穷追，力尽而止。孕十有二载乃生。乃知此象初有身于滇，来今始足十二载耳。

肉　糜　干　腊

晋惠帝谓民饥何不食肉糜。近阅《金世宗纪》，言辽主闻民间乏食，谓何不食干腊。乃知古今事未尝无对。

赝　女　受　封

《雨窗杂录》：正德中，南昌李某业木作，段某业针，刘某业星卜，俱以岁旱迁湖广金沙州家焉。乡戚比邻，情好甚笃。亡何，李有侄乔来湖省叔，相依授徒。乔工制举业，从者日众，修脯渐饶。刘推其星命当大贵，段有女少乔四五岁，刘因执伐，遂聘段女。嘉靖壬午，乔归应试，欲娶女偕归。而段妇忽中变，谓乔固窭人，失馆即饥矣，奈何舍爱女适他省，又不可背盟，遂为计诳乔，谓女当抵暮登舟，己亦送半途始返。实则赝女，乔与刘皆罔识也。乔归，援例入场，乡会联捷，官刑部。久之，擢守成都，便道还乡，过湖省，馈遗段父母甚厚，而为礼亦甚恭。段女适萧姓子作天平者，败荡日贫，而羡赝者拥高华膺官诰，郁郁病卒。

海　滨　元　宝

崇祯癸未，维亭钱裕鞠合伙入海贸易，共一百二十余人，适飓风作，飘泊穷滨，因共登岸。见一处屋宇巍然，入其中，床帐罗列，米麦俱备，触之皆灰也。旁有一库，扃钥甚固。众竭力启视，则元宝填塞。各怀其四五还舟前去，货亦倍利而归。后诸人复欲往觅，惟裕鞠为顾邵南力劝乃止，而一百二十余人往者无一还家。

金　　石

康熙庚辰，维亭毛兰生子升官入东海捕石首鱼。舟泊一山下，同伴俱登山取柴，见山上一方石如八仙桌大，光耀夺目，视之则宛然金也。为涧水冲注磨荡日久，金屑四散。升官于其旁取其泥约三担，归家煎之，得赤金三钱零。

紫潭李翁

《耳谈》：黄冈有紫潭李翁，族产俱盛，得一吉地，相者曰："主出飞来金带。"后浙有孝廉某北上，过其家，阻雪，翁觞之屡日。孝廉见传餐小婢貌颇秀整，因人语翁，欲邀为妾。翁诺之，与偕行，捷南宫，历任至大司马。夫人暨诸姬皆无子，独李姬生二男二女，夫人殁，遂令主家事。念其翁媪甚，遣人于黄冈问消息，时翁媪殁已久，家亦沦替，莫有知者。忽翁之子以解军赴辽阳，经都下，过大司马门，与门吏诤语。知为黄冈人，以闻于夫人。夫人讯之，其兄也，为之怃，令饰衣冠，具羔雁谒公。公厚客之，馈赠甚丰。夫人益不悦，曰："能富贵人者公也，今待妾家若此，何以令诸儿女有外家也。"时有侯李氏绝胤，而山东人奏请袭者，叙功绩不合，其功绩册在所司库。公阴以册视李子，令熟之，亦奏请袭，下所司勘之，李子语合得袭侯，夫人大悦。相者所称飞来金带，始验。

登　龙　门

《云谷卧余》：登龙门世但知有李膺事，不知袁昂雅有伦鉴，游处不杂,入其门者号登龙门。又《晋书》:王衍妙善玄理,嗜谈老庄,每义理有不安,随即更改,世号口中雌黄。朝野翕然谓之一世龙门。又《梁书》:任昉为中丞,簪裾辐辏,预其宴者号曰龙门之游。

陶母截发

陶侃母截发事,古今艳称。本传云:截发得双髲以易酒肴,乐饮极欢,虽仆从亦过所望。夫双髲之值几何,能堪如许供设乎?理之所不可信。此殆陶氏家状美辞,传者据以为实,遂成千古佳话耳。

夺　妾

晋孙秀求绿珠于石崇不得,而崇因秀诛。宋阮佃夫求张耀于何恢不得,而恢坐阮废。阮谓恢不思惜指失掌,时亦谓崇不知断指免头。又《北史》:和士开使求平鉴爱妾阿刘,鉴即与之,仍谓人曰:"老公失阿刘,与死无异。要自为身计,不得不然。"若鉴之识高于石崇、何恢远矣。

老鼠拖姜

工部主事黄谦,会试时过书肆,有《菊坡丛话》四册,持阅之。旁一人从黄借阅,黄视其貌寝甚,调之曰:"老鼠拖生姜。"讥其无用也。其人微笑,私问黄姓名。后与黄同第,官刑部。会黄以贪缘事发,参送法司,其人坐黄受贿削籍。过司日,大声曰:"老鼠拖生姜。"黄始悟结怨之由。

接　舆

《高士传》:接舆姓陆名通,字接舆,楚昭王时人。沈秋田《一得录》云:姓接名舆,非陆通也。周时齐有接予,汉有接昕。又长沮长姓，沮名，叶人。周有长鱼矫，战国时有长息，汉有长乐。张良锥击始皇，始皇大索，良改姓为长。当时以有此姓，故改之也。桀溺桀姓，溺名，亦叶人。见《高士传》。汉有桀龙。

公 输 子

公输子名班，鲁之巧人。见《孟子》注。李君实先生云：公输子名鲁班，楚之巧人，与墨翟攻守相拒者。又古乐府《艳歌行》云："谁能刻镂此，公输与鲁班。"是又两人矣。班今作般。匠作又祀张般。又金华皇初起与弟初平师事赤松子，得道，自称鲁班，初平自称赤松子。则是诡袭古人名号，以愚俗人耳。

人 异

《酉阳杂俎》：大历中，有乞儿无两手，以足夹笔写经。《中朝故事》：天复中，黄巢入寇，一妇人为贼所伤，自鼻以上并随刃去，有人以药封之，得不死。坐床用手缉麻甚熟。《友会谈丛》：天圣中，京师一妇人全无两臂，每梳头，左足夹枇，右足绾发。及系衣洗面，亦如之。《说储》：景德中，一妇人无双臂，但用两足刺绣鞋片，纤好无敌。此皆不能具手足形而能不废手足之用，彼直以心运也。故《庄子》叔山无趾，曰犹有尊于足者存。又曰莫哀于心死，而形死次之。

孝 慧 鹅

《寰海记》：天宝末，德清沈朝家母鹅抱雏成创，肠出而死。其雏仰天号切，衔刍母前，若祭奠，长叫数声而死。沈埋之，名孝鹅冢。又《两京记》载：净影寺慧远一鹅，随远听经。远入京，鹅昼夜鸣唳。僧徒送至京，及门放之，自知远房，便入驯狎。闻讲经，入堂伏听，若谈他事，鸣翔而去。如是六年，忽一日哀叫，不肯入堂，二旬而慧远卒。二事虽出稗官，然鹅性视他禽实驯善，昏礼所以取此也。

类

《山海经》云：亶爰之山有兽焉，其状如狸而有髦，名曰类。自为牝牡，食者不妒。则类固兽名也。而许氏《说文》释类字云："种类相似，惟犬为甚，故从犬。"此解可笑，岂羊豕之属独不相似耶？自为牝牡句，郭景纯注亦未明，独其赞有曰："类之为兽，一体兼二，近取诸身，不用假器。窈窕是佩，不知妒忌。"此似谓类之交媾即于本身有其具而然，此亦不经之甚也。

余集卷之三

陈　学　究

《刍庵杂录》：宋太祖生西京夹马营中，营前有陈学究，失其名，聚徒设教。太祖幼时尝从受学，颇得其益。后又与赵学究往还，即赵普也。及举大事，二人俱在左右。然太祖但与赵计事，陈不与也。至践祚用普为相，而恩不及陈。陈仍于陈州聚徒设教，太宗判南衙时召之来，赠以金帛而遣之，中途尽为盗劫去。生徒日衰，至不免饥寒。太宗即位，以左司谏召之。官吏集其门，馆之驿舍，一夕醉饱而死。两学究同遇真主于龙潜之时，而命运不同如此。然太祖之待旧师，殊欠厚道。

真 宗 游 洞 天

《行营杂录》：宋真宗祥符中，封禅事竣，宰执入对便殿，帝曰："治平无事，久欲与卿等至一处闲玩，今日可矣。"遂引诸臣及一二内侍入一小殿，庭中有假山甚高，山面有洞，帝先入，诸臣从行。初觉昏暗，行数十步，则天宇豁然，千峰百嶂，杂花瑶草，极天下之伟观。少焉，至一所，重楼复阁，金碧照耀。一道士貌奇古，出揖帝，礼甚恭，帝亦敬答之。既而开筵邀饮，揖帝坐上席，帝逊谢再三，然后坐，诸臣再拜居道士之次。所谈皆微妙之旨。其酒肴皆非人世所有。鸾鹤舞庭际，笙箫振林木，至晚乃罢。道士送出门，谓帝曰："万幾之暇，无惜与诸公频见过也。"复由旧路以归。诸臣请问此何处，帝曰："此道家所谓蓬莱三山者也。"诸臣自失者累日。后亦不再往，不知何术以致此也。

南 雄 淫 祠

广东南雄府学有淫祠,中塑女子像,号圣姑,师生媚祷虔甚。永乐十三年,吉安永丰彭勖以进士乞外补,得教授南雄。闻祠事,意欲毁之而未言。未至郡百余里,一生来迎候甚恭。彭问曰:"予未有宿戒,子何自知之?"生曰:"圣姑见梦言之,且道公邑里姓第甚悉,特遣相候耳。"因言圣姑之神异以感动之。彭益怒,抵任积薪祠所,拟以夜往,佯为遗火以焚焉。生又梦圣姑曰:"此翁意极不善,子盍为我言之? 否则吾亦能为之祸,一二日间当先死其奴,后若干日子与妇死,若干日死其身矣。"生具以告。彭任之,数日,其奴詹果暴死。家人惧,潜祷而苏。闻之益怒,遂投炬爇之。后子及妇相继皆死,如神言。学徒咸劝复其祠,不许,至期,彭竟无恙。生疑之,一夕复梦圣姑,因诘其言不验。圣姑曰:"我鬼也,安能生死人? 彼自是命当绝,吾特前知之,以相恐耳。彭公贵人,前程远大,何敢犯耶?"后以御史提学南畿,为师儒表帅,仕终按察副使。

少 林 寺 僧

今人谈武艺辄曰从少林寺出来。昔唐太宗征王世充,用少林寺僧众破之。其首功十三人,最者曰昙宗,封大将军,次论功封爵有差,有不愿官者赐田四十顷,听其焚修,给敕护寺。是以拳勇之风,至今不替。因思杨业为宋名将,累摧契丹兵,至号为杨无敌。其家子孙人人骁勇,后为王侁所误,陷敌被擒,不食三日死。今人但称杨家将,而子孙泯灭无闻,少林寺之名独传。世有千年僧寺,无千年宗族,信然。

妓 飞 入 火 炉

广辟寒,唐末蜀人,攻岐还,至白石镇,禅将王宗信止普安禅院僧房。时严冬,中有大禅炉炽炭甚盛。宗信拥妓女十余人,各据僧床寝息。忽见一姬飞入炉中，宛转于炽炭之上。宗信忙救之，衣服并不燋灼。又见一姬飞入如前，又救之。顷之诸妓或出或入，各昏迷失音。亲吏隔墙告都招讨使王宗俦，宗俦至，一一提臂而出，视之，衣裾纤毫不损。讯之，皆云被胡僧提入火中。宗信大怒，召诸僧至，令妓识之。有周和尚者，身长貌胡，皆曰："此是也。"宗信鞭之数百，又缚手足，欲取炽炭炙之。宗俦知此僧乃一村夫新落发，一无所解，遂解其缚，使逸去。

三　角　碎　瓦

茅山道士陈某游海陵，宿于逆旅。雨雪方甚，有同宿者身衣单葛，欲与同寝而卧，嫌其垢弊，乃曰："寒雪如此，何以过夜？"答曰："君但卧，无以见忧。"既就寝，陈窃视之，见怀中出三角碎瓦数片，练条贯之，烧于灯上，俄而火炽，一室皆暖。陈去衣被乃得寝。天未明而行，则寒冷如故矣。

暖　金　盒

进士张无颇遇袁天罡女大娘授药，以暖金盒盛之，曰："寒时但出此盒，则一室暄热，不假炉炭矣。"金盒乃广利王宫中之宝。

瑞　炭

西凉国进炭百条，各长尺余，其炭青色，坚硬如铁，名曰瑞炭。烧于炉中无焰而有光，每条可烧十日，其热气逼人而不可近。

唐内库有七宝砚炉，每至冬寒砚冻，置于炉上，不劳置火，砚冰自消。

牛　生　奇　遇

牛生自河东赴举，行至华州，宿一村店。其日雪甚，令主人造汤饼。昏时，一人穷寒，衣服蓝缕，亦来投宿。生见而怜之，要与同食。

人曰："某穷寒，不办得钱，今空腹已行百余里矣。"遂饱食，卧于床前，其声如雷。至五更，其人谓生曰："请公略至门外，有事要言之。"连催出门，曰："某非人，冥使耳。深愧昨夜一餐，今有少报。可置三幅纸及笔砚来。"生与之，令生远立，自坐树下，袖中出一卷书，看数页即书两行，如此三度，求纸封之，书第一封、第二封、第三封，付生曰："公若遇灾难危笃，即焚香以次开之视，若或可免，即不须开。"言讫，行数步不见矣。生缄置书囊中。及至京，止客户坊，贫甚绝食。忽忆此书，遂开第一封，上云："可于菩提寺门前坐。"自客户坊至菩提寺有三十余里，饥困且雨雪，乘驴而往，自辰至鼓声欲绝，方至寺门。坐未定，一僧自寺内叱生曰："雨雪连绵，何为至此？若冻死，岂不相累耶？"生曰："某是举人，至此值夜，略借寺门前一宿，明日当去。"僧云："不知是秀才，可进宿也。"既入，僧设火具食，语久之，曰："贤宗晋阳长官与秀才远近？"生曰："叔父也。"僧乃取晋阳手书令识之，皆不谬。僧喜曰："晋阳常寄钱三千贯在此，绝不来取。某年老，一朝溘逝，便无所付，今尽以相与。"生先取钱千贯买宅，置车马，纳仆妾，顿为富人。后以求名失路，复开第二封，书云："西市食店张家楼上坐。"生如言诣张氏，独止一室，下帘而坐。有数少年上楼来，中一白衫人坐定，一人曰："某本只有五百千，今请添至七百千，此外力不及也。"一人曰："进士及第何惜千缗？"生知其货及第矣，出揖之。白衫少年即主司之子，生曰："某以千贯奉郎君，别有二百千奉诸公酒食之费，不烦他议也。"少年许之。果登上第，历任台省。后为河中节度副使，经一年，疾困，遂开第三封，题云："可处置家事。"乃沐浴修遗书，才讫而终。

群 鬼 面 衣

陆余庆少时尝冬月于徐、亳间夜行，左右以囊橐前往，余庆缓辔从之。寒甚，会群鬼环火而坐，庆以为人，下马就火，讶火焰炽而不暖。庆曰："火何冷？可为我脱靴。"群鬼不应，但俯而笑。庆顾视之，见群鬼悉有面衣。庆惊驰马而去。其旁居人谓庆曰："此地有鬼为祟,遇之者多毙,郎君无所惊惧,必福助也。"后果富贵。

瓯 水 为 醪

唐宣宗在藩时,常从驾回而误坠马,从人不知,比二更方能兴。时天大雪,四顾无人声,寒甚。会巡警者至,大惊,上曰:"我光王也,误坠在此,困且渴,若为我求水。"警者于旁近得水以进,遂去。上良久起,举瓯将饮,顾瓯中水已为芳醪矣。上喜自负,举一瓯已,而体微暖有力,步归藩邸。后即帝位。

琢 雪 为 银

女冠耿先生于大雪中,南唐后主戏谓曰:"先生能以雪为银乎?"耿曰:"能。"乃取雪削之为银锭状,投于炽炭中,灰埃坌起,徐以炭周覆,过食顷,曰:"可矣。"乃持以出,赫然洞赤,置于地,及冷,铿然银锭,而刀迹具在。反视其下若垂酥滴乳之状,盖初为火之所融释也。时传先生所作雪银甚多。

菊 花 仙

《夷坚志》:嘉州士人黄棠博学能文,谓取功名如拾芥。肄业成都府学,学有菊花仙神祠,传为汉宫女,诸生求名者,影响答之。棠尝夜读,见美女立灯下。棠惊问:"汝何氏?辄至此。"女笑曰:"吾乃菊花仙,以君今举当高第,故来报喜。初任郓县主簿,宜勉之。"遂不见。是岁棠获乡荐,赴部试,至郓县境,憩逆旅。有负水至者,棠酌饮之,又倾其余以濯足。负者曰:"村疃乏水,数里行汲得至此,饮尚不敷,忍用濯足?"棠怒曰:"候我为主簿,当治尔。"及试失利,复入学,见女于廊下。棠诮其言不验,女曰:"汝不能谨,轻已告人,且欲逞私憾,岂汝容乎?必欲成名,须修德乃可。"棠自追悔,省咎克责,后一举登科。

月 作 异 人

寿州唐中丞庆栖泊京都，雇一月作人，颇极专谨，口不言钱。冬日见卧雪中，呼起无寒色，唐深异之。后为盐榷使，过河中，欲别归。唐曰："吾方请厚禄，得报尔勤劳。"又恳请，唐固留。行至蒲津，酒醉与人相殴，节帅决脊二十。唐救免不得，才出城乃至，唐曰："汝争得来？"曰："来别中丞。"唐令祖背视之，并无伤痕，大惊，遂下马与语。答曰："某所不欲经河中过者，为有此报。今已偿了，虽中丞去。"与钱帛皆不受，置于地，再拜而逝。

却 鼠 符

僖宗末，广陵丐者杜可均，常大雪造酒家乐姓者求饮。见主事者白云："人以衣换酒，收藏不谨，为鼠所啮。"杜即令治净室，曰："某有一符能却鼠，试书之，既有验，可尽此室永无鼠矣。"至焚符，鼠遂绝。

宗 彝

贵州思南有山形如甑，名甑峰，人迹罕到。中有兽曰宗彝，类猕猴，巢于高树。老者上居树顶，子孙以次居下。老者不多出，子孙居下者出，得果实即传递至上，上者食，然后传递至下，下者方食，上者未食，下者不敢食也。先儒谓此兽名虎蜼，古人用以绘于衮，取其孝也。今解《尚书》者谓衮衣所绘宗彝为祭器，其器上有虎蜼形，故曰取其孝。而不知宗彝即虎蜼也。

水为火禽即兽

《拾遗记》：西海之西有浮玉山，山下有巨穴，穴中有热水，其色若火，昼则冥冥，夜则光照穴外，虽波涛奔荡而光不减。唐尧时，其光烂起,化为赤云,日辉四映,照彻百川。盖应火德之运也。

舜崩于苍梧之野,有大鸟从丹丘来,口吐五色云,衔土成丘坟。此鸟名凭霄雀,能反形变色。栖木则为禽,行地即为兽,变化无常。

毛　　龙

《拾遗记》：南浔之国有洞穴,极阴深,中有龙,体生五色毛。唐尧时,其国献二毛龙,一雌一雄,乃置豢龙之宫。至夏代,养龙不绝。禹导川乘此龙,及水土平,放之海。

双　头　鸡

汉武帝时,大月氏国献双头鸡,四足一尾,鸣则二头俱鸣。帝置于甘泉宫,更以他鸡混之,得其种而不能鸣,人以为不祥。帝命送还其国,行至西关,鸡反顾汉宫而哀鸣,飞入霄汉,不知所往。时有谣云："三七末世鸡不鸣,宫中荆棘乱相系,当有九虎争为帝。"及王莽篡位,有九虎将军之号。

贱人未可苟合

《碣石剩谈》：江西举人龙复礼,美髭髯,自言平生未尝与妓苟合,盖恐构精受孕,生男必为乐工,生女必为娼妇,父母之遗体沦于污贱矣。此言似迂而实中理。后饮一士夫家,两行乐工排列,有一未冠者,面貌形体与主人甚相似,异而问之乐工年长者："此是谁家子?"工人云："花生子,有母而无父。"已而咨访,主人曾与其母私,盖不肯认为己子也。

狼　　子

古称狼子野心。狼子非无本,昔突厥为邻国所灭,止留九岁一子,断其手足,弃于沟中,有牝狼衔肉饲之。后长,与狼交,生七子女,以致蔓延其种,故曰狼子。《说储》:阿史那子交狼生十男。

夏 翁 有 识

《漱石闲谈》:江阴夏翁,巨家也。尝出行,过市桥,一人担粪倾入其舟,几污翁衣。僮曰:"此人无状,盍执而挞之。"翁曰:"此出不知耳。知我宁肯相犯耶?"归阅债籍,其人乃负三十金无偿,欲因此起衅。翁折券免之,人服其识。翁与宜兴徐文靖公溥连姻,文靖书嘱云:"传语亲家翁,凡讼皆无害,惟不可犯人命。"翁盖服文靖之训不忘云。

决 黠 仆

宋罗点守平江,有主讼其逐仆欠钱者,审问得实,而仆狡黠,欲污其主,自陈尝与主之侍妾通。点知其诬,乃判云:"奴既负主钱,又私其婢,事虽无证,即其自供,合从奸断责,还所负外,徒配施行。所有女使,俟主人有词日另究。"闻者快之。

沉 竹 笼

唐李福镇南梁,境内多朝贵庄产,子孙侨寓其间,相习为非,不听官府检束,闾巷苦之。福莅任,命造大竹笼数具,召其尤横者来,问其家世谱第、在朝姻亲,乃曰:"郎君辈藉如此地望,而作如此不法事,无乃辱于存亡乎? 今日痛惩,贤亲戚闻之,必称赏老夫也。"遂命盛以竹笼,投之汉江,曰:"若辈生不受检束,死当被牢笼。"由是众皆惕息。

杖 乐 工

天宝中,梨园子弟有阿雏者,善笛,颇被宠眷,怙势横行,犯法当死。洛阳令崔隐甫捕之,雏走匿禁中,乞哀于帝。帝乃以他事召隐甫入对,雏在帝侧,帝指谓隐甫曰:"就卿乞得此人否?"隐甫免冠奏云:"陛下此言,轻官法而重贱工也。臣请罢职。"再拜欲出。帝笑止之曰:"朕与卿戏耳。"遂令内侍拽雏出,隐甫即坐厅事,杖杀之。俄有敕释放,已死矣。乃赐隐甫绢百匹以旌之。

去　处　去

唐李绅镇江东,用法严明。境中龟山寺有放生鱼池,僧因以为利。廉察使某公在任日,题诗勒石于池畔云:"劝汝僧人护此池,不须垂钓引青丝。云山莫厌看经坐,便是浮生得道时。"绅偶游寺,见诗笑曰:"僧若有渔罟之事,即当投之镜湖。"后僧有犯者,竟缚而沉之湖中,且作诗为戒云:"汲水添池活白莲,十千鬐鬣尽生天。庸髡不识慈悲意,自葬江鱼入九泉。"寺僧有黠而辩者,欲以因果劝谕,俨然造谒。绅问:"阿师从何处来?"僧答曰:"贫僧从来处来。"绅即予以杖而逐之曰:"任汝从去处去。"

呼　石　得　水

夔峡左岩上题圣泉二字,有大石名洞石,而初无泉也。过者击石大呼,则水自石下出。尝有贵官过此,礼拜之,命仆人呼云:"山神土地,行人渴甚,乞赐水。"呼久不应。土人云:"不当如此呼。"乃代为呼云:"龙王,万姓渴矣!"于是水随声至。时冬月雪下,而水温如汤。土人云夏则冷如冰,凡呼必称之为龙王,而以万姓为辞,方得水。

雷　异

天顺戊寅四月,建昌熊某家被雷中堂屋,瓦如万马踏碎,移大门四楹竖立厨屋上,盘屈一秤置斗中,倒悬斗于梁上。又成化乙未七月,宜兴西溪中三人共驾一舟,行次被雷击,一人捆缚船中,一人头入瓮,一人横阁于篙杪,篙则直竖船头上。船自流六七里,缚者解,瓮中者出,篙杪者堕,俱不死。皆仿佛闻击者言:"汝能改过否?"

康熙癸未六月十九,有无锡人在陆墓趁工。同耕者云:"雷雨将至,速耘完归去。"其人云:"那怕他打去我阳物。"顷之雷震,果击其处,下身埋于土中而不死,同伴亦无伤。雨止,众共掘出,明日载归。忽又雷震,人已吸去,震死于无锡家中矣。闻之其人有淫恶云。

山　分　移

云南丽江军民府巨津州白石云山,距金沙江二里许。明成化庚子五月,内山忽裂,中分一半,走移于金沙江中,与两岸云山相倚,山上木石屹立不动。《西樵野记》:弘治中,吴中虾蟆山忽自高坡徐徐而下,其行渐疾。见者惊曰:"山走矣。"老稚哄然,山即随声而止,已悬旧址数亩矣。

韩　侂　胄　墓

韩侂胄既死,朝命王柟为使,函胄首送金人以谢开边之罪,且许增岁币。当时有太学生题诗于学宫云:"岁币顿增三百万,和戎又送一於期。无人说与王柟道,莫遣当年寇准知。"后有使臣至金,金主令往观一墓,甚壮丽,题曰"忠缪侯墓",且释云:"忠于为国,缪于为身。"询是何墓,曰:"韩侂胄之首葬其中也。"夫权奸已死之首固不足惜,然大伤国体,反为敌国所侮,南朝真可谓无人。

土　神　娶　妇

《说听》:汉景帝庙在荆州之麻山,相传昭烈下江陵时,寓于中。居民因祀为土神,每元旦设乐迎像入舍奉之,岁更一家。正统初,有张氏女年十六,有殊色,求聘者父母未尝轻许。女每晨盥面,水中有黄盖影,而家人弗见也。一日病死复苏,云:"初合目时,仪从塞目,称麻山神来迎夫人。因升舆而行,半道忽忆失将梳具,从者言夫人须自往取,故暂归耳。"命取梳具置椟中,寻气绝。父母悲甚,为肖像庙之别室祀之。

噀水缚盗

正德中,溧阳胡景春一目重瞳,少时鬻油鲁中,有全真道人日用油不受直,道人感之,授以异术,能挟双瓦履帕飞腾空中。尝商于陕西,夜宿山中孤姥家。姥言此地多盗不可宿,景春曰:"止则死于盗贼,行则死于虎狼,不如坐以待之。"索水碗十只,步罡诵诀,饮水斛许。顷之,盗二十余人至,景春尽腹中水噀之,盗俱僵卧如被缚者,哀祈云:"知是胡师,聊相戏耳。"景春乃释之。后其子诈为盗戏父,景春行术制之,子遂卒。

酇字音义

酇字有两音,在五歌韵者音嵯,在十五翰韵者音赞。其字出于《周礼》,而后为地名。字书于两韵训释皆同。萧何封酇侯,当作嵯音。班固《十八侯铭》云:"文昌四友,汉有萧何。序功第一,受封于酇。"唐杨巨源诗云:"请问汉家功第一,麒麟阁上识酇侯。"可证者。《汉书·地理志》:酇有二邑,其在沛县者音嵯,萧何初封之邑。在南阳县者音赞,光武时萧何子孙所封。而《野客丛书》云酇侯皆当音赞,未识何据。郎仁宝云:酇有四音,前二音之外,一祖管切,音纂;一祖丸切,音攒。惟前二音可加于萧何,余非其宜。

牂牁

牂牁,蜀地郡名。叶梦得《玉涧杂书》:牂牁,系船筏名。《华阳国志》载:楚顷襄王遣庄蹻伐夜郎,蹻至牂牁,系船于且兰。既克夜郎,会秦夺楚黔中地,无路可归,遂留主之,号庄王。以且兰有系船牂牁处,因改名牂牁。《魏略》记吴将朱然围樊城,遣兵于岘山,斫牂牁材。《浔阳记》亦言郡西北有一松树,垂阴数亩,传云陶公牂牁伐此树。吴晋间此语犹存。今人但知郡名,绝无知是系船筏也。

乞 丐

匄丐同,乞也。然与人亦可称匄称乞。《汉·广川王越传》云:妃陶望卿主缯帛,尽取善缯,匄诸宫人。颜师古曰:"匄乞遗也。"朱买臣待诏公车,粮用乏,上计吏卒更乞匄之。又《宋书》:明帝陈贵妃始有宠,一年,许以乞李道儿,寻又迎还生废帝。又《齐书》:郁林王毁世祖招婉殿以乞阉人徐龙驹为斋。又梁萧惠开有马六十匹,悉以乞刘希微偿责。

兴 亡 数 合

宋艺祖以乙亥命曹翰取江州,后三百年乙亥,吕师夔以江州降元。以丙子受江南全城降,后三百年丙子,帝昺为元掳,失江南。以己卯灭汉混一天下,后三百年以己卯宋亡于厓山。宋兴于周显德七年,恭帝方八岁,亡于德祐元年,少帝方四岁,名德昺,即显也,显德二字恰合,庙号皆曰恭帝。周以幼主亡,宋亦以幼主亡。周有太后在上,禅于宋,宋亦有太后在上,降于元,事若相符。更有异者,《七修类蘽》:斡离不陷汴京,宋臣有诣其营者,观其状貌与艺祖绝相类,其后杀太宗子孙殆尽。而伯颜下临安,有识之者,后于帝王庙中见周世宗像,与伯颜分毫无异。报应不爽如此。

索 疆 索 殿

《宣和遗事》:徽宗即位,一夕梦钱武肃王引御衣乞还两浙旧疆,未几韦妃诞高宗,后都钱塘百有余年。钱镠寿八十一,高宗亦寿八十一。《夷坚续志》:宋理宗一夕梦二番僧曰:"二十年后当还我此殿。"及觉,以闻宰相马廷鸾。马为美词以对,理宗命纪之,马遂立碑志之。

不知梦僧取殿者，后为五寺之基，番僧杨琏真珈主其地，是其验也。德祐二年，宋亡，至元十四年为寺，逆数至理宗梦时，正二十年矣。

一 月 两 日

弘治中，洞庭东山黄训为诸生时，渡湖覆舟，水中若有人云："死却罢。"又若有人应之曰："一月两日，如何死得？"因飘至湖滨获救。后举正德甲戌进士，授兵科给事中，到任三十二日卒。

象 棋 车 马

《云谷卧余》：象棋中车行当从马，马行当从车。盖马之为物，腾踔无前，纵横如意。车以转轮邪施而行，从日字格，正转轮象也。有物碍之则不行，尤肖车义。今车直行，马行日，应是后世彼此相讹。

狼 筋

尝见《小说》载：一富人内室亡金，诘群婢不承，欲买狼筋治之。一婢惊惧欲逃，遂获。皆不知狼筋何物，且何以能察盗。后偶阅《续博物志》载：唐武宗四年，官市郎中有疑为狼筋者。有老僧云："贫道昔曾以一千于贾胡市得三枚，状如巨蛹，两头光，带黄色。"泾帅段祐宅失银器十余，集奴婢环庭炙之，虫慓动，一女奴脸唇眴动，讯之乃窃器者。按《续博物志》称为晋李石撰，但中有南唐元宗事及开宝年号，岂晋人而至宋尚存，抑书或成于宋代欤？

伏 突

史言李光弼将战，纳刀于靴，曰："战危事，吾位三公，不可辱于贼。万一不捷，当自刎。"偶阅颜鲁公作《光弼神道碑》曰："每临阵常贮伏突于靴中，义不受辱。"乃知伏突刀名也。《穀梁》"孟劳，鲁之宝刀"，人犹知之，此则世鲜知者，故录出之。

独 孤 信 侧 帽

世知郭林宗折角巾，而不知北周独孤信事。令狐德棻《周书》载：信在秦州，因猎回，日暮驰马入城，其帽微侧。诘旦而吏民戴帽者咸慕信而侧帽焉。东汉尚风节，林宗人望，士人乐效，犹为恒理。若信武官，处偏安之世，而能风动如此，为尤奇也。

女 儒

前秦韦逞母宋氏，家世儒学，幼丧母，躬自养其父。及长，父授以《周官音义》，谓之曰："吾家世学《周官》，传业相继，此周公所制，经纪典诰，百官品物，备于此矣。吾今无男，汝可传受，勿令绝世。"宋氏讽诵不辍。属天下丧乱，石虎徙之山东，宋氏与夫俱在徙中。乃推鹿车，背负父所授书到冀州，依胶东富人陈安寿，寿周之。逞时年少，宋氏昼则采樵，夜则教逞，然纺绩无废。逞遂学成名立，仕秦为太常。坚常幸太学，问博士经典，乃悯礼乐遗缺，博士卢壶对曰："废学既久，书传零落，比年缀撰，五经粗集，惟《周官礼经》未有其师。窃见太常韦逞母宋氏，世学家女，传其父业，得《周官音义》，今年八十，视听无阙。自非此母，无可以传授后生。"于是就宋氏家讲室书堂置生员百二十人，隔绛纱幔而授业焉。拜宋氏爵号为文宣君，赐侍婢十余人，《周官》学复行于世。按自古无女儒，韦母宋氏学行如此，岂在高堂、伏胜下乎？虽非男子，亦当俎豆千秋也。

缇 萦

肉刑自虞夏至汉历二千余年，文帝以缇萦上书，悲怜其意，始下诏除之，遂为千古断此至惨之法。人知汉文之仁，而不知缇萦实启之也。"孝子不匮，永锡尔类"，缇萦有焉。后世当置仁孝贤媛祠以俎豆之。

侬　　家

传奇中女子自称曰奴家,语甚俗。苏东坡诗云:"应记侬家旧姓西。"后之编传奇者当称侬家为雅。然在未字之女则宜,若妇人则竟称妾可也。

周礼奔者不禁

《周礼·媒氏》:中春之月,令会男女。是月也,奔者不禁。奔非逾墙行露之谓,古有"聘则为妻,奔则为妾"之言,以奔对聘,是明有奔之一例矣。意奔也者,当是草率成婚,若今鄙野小家之为,不能如聘者之六礼全备耳。盖荒祲死丧,或孤弱而不能自存,必待备礼而需以岁年,则迟归无时,男女之失所多矣。故周公通此一格,以济大礼之穷,不待其既乱而为之所也。其曰令者,媒氏令之也。既有令者,非私合矣。不禁者,不禁其阙礼也。若以奔为淫冶之私,虽后世昏淫之主,亦无此法,曾是周公制礼而有是乎?

宋　书　异　同

《太平广记》载:张畅尝持观世音,南谯王义宣之构逆也,畅不从,王欲害之,夜梦观世音曰:"汝不可杀畅。"王遂不敢害。及王败,畅系狱,诵《观世音经》千遍,锁寸寸断,狱司易之辄复断,吏因释之。《宋书》畅传不载。考畅与王玄谟同时,而玄谟传载萧斌将斩王玄谟,梦人告曰:"诵《观音经》千遍则免。"玄谟既觉,诵之得千遍,明日将刑,诵之不辍,以沈庆之谏忽传呼停刑,令守碻磝。畅锁寸断,奇逾玄谟,而休文不载,何异同若此耶?

《北史·卢景裕传》:景裕以事系晋阳狱,至心诵《观音经》,枷锁自脱。是时又有人负罪当死,梦沙门教诵经,觉时如所梦,谓诵千遍,临刑刀折。主者以闻,此经遂行,名《高王观世音经》。尝阅《普门品》：若复有人临当被害及枷锁系身者，但称观世音菩萨名号，刀寻段段坏，枷锁自然得解脱。合之史书所载，可谓信而有征矣。

行　马

晋魏舒、李憙辈逊位后，帝赐殊礼，门施行马。解者以为列马骑于门以备行遣，如朝廷之立仗马也。观《曹摅传》：摅为洛阳令，天大雨雪，宫门夜失行马，群官检察，莫知所在。摅使收门士，以为宫掖禁严，非外人所敢盗，必是门士以燎寒耳。诘之，果服。乃知行马者即郡邑门前之阑马也，解为马骑误矣。然在汉有曹操与韩遂两军会，语诸将请为木行马以为防遏，则其名已久矣。

辕　门

官府衙门列木于外，谓之辕门，盖军行以车为阵，辕相向为门，故曰辕门。又谓之鹿角，盖鹿性警，群居则环其角外向，圆围如阵，以防人物之害。军中树木外向亦名鹿角。

寡　人

君称寡人，而妇人亦有称寡人者，庄姜云"以勖寡人"是也。又人臣亦有称寡人者。孙过庭《书谱》：王羲之云："吾书比之钟、张，钟当抗行，或谓过之，张草犹当雁行。然张精熟，池水尽墨，假令寡人耽之若此，未必谢之。"又，朕，我也。古者上下共称之。皋陶与舜言："朕言惠可底行。"屈原曰："朕皇考。"至秦然后天子独以为称，自汉至今，因而不改。

尾 通 作 微

《尧典》："鸟兽孳尾。"《史记·五帝本纪》作"鸟兽字微"。古尾、微字通用。《论语》微生高、微生亩,班固《古今人物考》作尾生高、尾生畮。又《战国策》与《庄子》亦作尾生。而薛方山《四书人物考》:微生高即尾生,与女子期于桥下,水至而死者。未识何据。

过 海 封 王

明嘉靖中,郭给谏_{汝霖}使琉球,录载风涛之险,景物之奇,不必言。中一条云:舟中舱数区,贮器用若干。又藏棺二副,前刻天朝使臣某人之枢,上钉银牌若干两。倘有风波之恶,知不可免,则请使臣仰卧其中,以铁钉锢之,舟覆而任其漂泊,庶使见者取其银物而置其枢于山崖,使后之使臣得以因便载归。奉使者其危若此,亦可畏矣。

五 国 城

宋徽宗崩于五国城,向不知在何处。考之城在三万卫北一千里,自此而东分为五国,故名。北至燕京三千三十里。三万卫在开原城内,在辽阳城北三百三十里,古肃慎氏地,隋曰黑水靺鞨,唐初置黑水府,元和以后服属渤海,金初都此,后迁于燕京。又《全辽志》云:五国头城有宋徽宗墓在焉。则和议成而梓宫返者,盖以空椟给宋尔。

奇 计 却 敌

古人以兵力寡弱遇强敌猝至而能却之,最奇者有三。诸葛亮在阳平,魏兵二十万奄至,孔明大开四门,焚香洒扫,而走司马懿。刘琨在晋阳,胡骑围之,琨乘月登楼清啸,中夜奏胡笳,贼流涕,弃围而去。此二事人皆知之。《梦溪笔谈》载宋一事更奇。元丰中,夏寇之母梁氏遣将引兵卒至保安军顺宁寨,围之数重。时寨兵甚少,人心危惧。有老娼李氏得梁阴褒事甚详，乃掀衣登陴，抗声骂之，尽发其私。夏人皆掩耳，并力射之，莫能中。李言愈丑，夏人度李终不可得，又恐梁之丑迹彰著，遂托以他事，中夜解去。鸡鸣狗盗，皆有所用，信然。

天　女　使

《广销夏》：蔡希闵家在东都，暑夜兄弟数十人会于厅。忽大雨雷电，堕一物于庭，作飒飒声。命火视之，乃妇人也，衣黄绸裙布衫，言语不通，遂目为天女使。五六年始能汉语，问其乡国不能知，但云故乡食粳米，无碗器，用柳箱贮饭而食之。竟不知何国人。初在本国，夜出为雷取上，俄堕希闵庭中。

天　女　相　偶

《魏书》：圣武皇帝讳诘汾，田于山泽，欻见辎辇自天而下，既至，见美妇人侍卫甚盛，谓帝曰："我天女也，受命相偶。"遂同寝。宿旦请还，曰："明年周时复会此处。"言讫而别。及期帝至田所，果复相见。天女以所生男授帝曰："子孙相承，当世为皇帝。"遂去。故时人谚曰："诘汾皇帝无妇家，力微皇帝无舅家。"

女　子　坠　庭

《林居漫录》：新城王氏，自嘉靖己未见峰司农起家，相继登甲榜者不绝，冠裳之盛，海内无两。传司农曾祖自某县避地新城，依某氏。一日大风晦暝，有女子从空而坠，言："我某县初氏女也。晨起取火，不觉至此。"盖顷刻已五百余里矣。主人以为天作之合，遂令谐伉俪。今之跻华要、登显秩者，皆初之所出也。其事若怪，而司农弟立峰民部载之《大槐记》中，当与帝武空桑并传矣。

竹　中　人

《小说》载夜郎侯事云：有女子浣纱，闻竹中有声，剖之得一男，收而养之，后封夜郎侯，以竹为姓，汉武帝赐以玉印。又《异苑》：建安有笅筜竹，节间有人，长尺许，头足皆具。又鄜延有大竹凌云，剖之，中有二翁对弈。

避　役

南方有虫名避役，一日应十二辰，状如蛇医，脚长，色青，赤肉鬣，暑月时见于篱壁间，见者多称意事，其首俟忽更变为十二辰状。段成式从兄常睹之。

蛇医即蜥蜴。

击　瓮

王彦威镇汴，夏旱，李坦过汴，因宴，王以旱为言。李醉曰："欲雨甚易耳。可求蛇医四头，石瓮二枚，每瓮实以水，浮二蛇医，以木盖密泥之，分置于闹处。瓮前后设席烧香，选小儿十岁已下十余，令执小青竹，昼夜更击其瓮，不得少辍。"王如言试之，一日两夜雨大注。旧说龙与蛇医为亲家焉。

担　生

有书生路逢小蛇，因收养。渐大，生每担之，号曰担生。后不可负，放之范县东大泽中。四十余年，蛇如覆舟，号为神蟒，人往泽中必被吞食。生时老迈，经此泽畔，人曰："中有大蛇食人，君且无往。"时盛冬寒甚，生谓蛇藏不出，遂过大泽。顷之忽有蛇来逐，生尚识其形色，遥谓之曰："尔非我担生乎？"蛇便低头，良久方去。回至范县，令闻其见蛇不死以为异,系之狱,断刑当死。生私忿曰:"担生养汝,翻令我死,汝何负义!"其夜蛇遂攻陷一县为湖,独狱不陷,生乃获免。

蛇 吞 鹿

有人游瞿塘峡,时冬月,草木枯落,野火燎其峰峦,连山跨谷,红焰烛天。忽闻岩崖间輷然有声,驻足伺之,见一物圆如大囷,堕于平地,近视之,乃一蛇也。遂剖而验之,蛇吞一鹿在于腹内,野火烧燃,堕于山下。所谓巴蛇吞象,信乎有之。

余集卷之四

主 试 外 聘

明初取士,乡场主试不必部推,不由钦点,例皆外聘。或出巡按,或出方伯,皆得聘之,不特进士在官者可聘,即请告家居,及非科目中人、现身无官者,但取名望素著,亦得应聘。如洪武壬子科,崇德贝清江_琼曾主浙江乡试。正统丁卯科,江西吴康斋_{与弼}曾主南畿乡试。元武康令沈梦麟入明,五主闽浙乡试。又元学士滕克恭入明,聘主河南乡试。盖彼时人心犹古,以关节贿赂幸中为可耻。自嘉靖辛酉,无锡吴情主南畿乡试,所中皆其亲故,为人所劾奏,遂定制南人不得典南试矣。

杂 流 登 第

明高皇初设制科,九流杂职暨僧道亦得预宾兴,多有登第。《识小编·试》:洪武辛未榜眼吴言信,以抄钞局副使中式。宣德癸丑状元曹鼐,以泰和典史魁大廷。正统壬戌,李森以都察院吏,郑温以松陵驿丞,联捷。戊辰,燕山卫小旗汪甫,礼部办事官舒庭谟。景泰庚午,顺天解元刘宣乃卢龙卫军,联捷。甲戌翰林院译字官吴祯。天顺甲申,刘淳亦译字官。又钦天监天文生马愈。成化乙未,锦衣卫小旗李旻。戊戌,山东旧县驿丞谭溥,联捷。辛丑,榆林卫军李旦。甲辰,岷州卫吏王璠,富峪卫总旗张纶。皆以杂流登第,不知此例废于何时,使杂职遗贤,不克躬逢盛典,为可憾也。教职登鼎甲者,万历壬辰状元侯官翁正春。丙辰榜眼江夏贺逢圣,崇祯甲申阖门殉节,谥文忠。

外国人进士

明初，文教罩及海外，外国英才学于中国而登进士第者：洪武辛亥，金涛。乙丑，崔致远。皆高丽延安人，赴阙会试成进士。涛授东昌府安丘县丞。致远以不习华语，归还其国为官。未几以洪伦、金义之乱，禁止会试。景泰甲戌，黎庸，交趾清威人。阮勤，交趾多翼人。天顺庚辰，阮文英，交趾慈山人。何广，交趾扶宁人。成化己丑，王京。嘉靖癸未，陈儒。俱交趾人。阮勤仕至工部左侍郎，陈儒仕至右都御史。万历中，高丽许筍、许筬皆举本国状元，而筬慨慕中华，以不得试天子之廷为耻。久道化成，于斯可见。

景泰癸酉榜

景泰四年癸酉科，顺天乡试中式二百五十名，杂流中式之多，几及四十人。内儒士十人，翰林院译字官一人，吏部听选官一人，户部书算一人，工部承差一人，刑部都吏一人，卫令史一人，卫史一人，太医院医士四人，钦天监天文生二人，武生一人，军余九人，卫舍人三人，军一人，燕山卫小旗一人。可见立贤无方之意。

按是科解元罗崇岳，江西庐陵人，治《诗》，以顺天香河籍中式。榜后群攻冒籍，诏充原籍学生。丙子又领江西乡试三十九名。

典史中式

典史中式不独宣德癸丑泰和典史曹鼐，洪武中先有建宁吴琬，闽省乡试中式，以违官程，黜为江夏典史。建文己卯，复中湖广乡试，庚辰成进士，任户部员外。永乐乙未，福清曾佛以山西太平典史中式，任马湖教授。鼐魁大廷，入内阁，故独传耳。

记　梦

《山天楼随笔》载：先王父石桥公年五十，尚艰嗣。郎有总甲王解二者，一夕梦持公移行，途遇一翁及妪，妪抱儿，翁肩钱暨书剑，谓言："若非郎之某耶？"曰："然。"曰："张公号石桥者在郎不？"曰："在。"曰："是吾子也。数苦艰嗣，吾抱此儿与之。若公事毕，藉若为邮寄。"王许之，遂别，投文于府。官怒其愆期，王曰："非敢后也。郎有歇人张某号长者，无子，适伊父母以孩托吾寄去，立谈少顷，不觉其晏。"官怒霁，曰："唤翁妪来，质实则宥汝。"于是二老负荷以进，官曰："是然。吾为若儿名曰继祖。"翁曰："予族已有名继祖者。"复命之曰节之。遂留儿及伴儿物，敕令翁妪去。俄遣白马一并儿、钱、书付王，王出府上马行，倏忽至郎水，即送与先王父。见家已预设香烛以迎，王交儿讫，遂觉。心甚异之，黎明急趋告先王父，时万历乙亥阳月也。次年是月而举先君。所谓继祖者，初实无之。后有族伯于徽举一子，与先君同庚同月，偶名继祖，遂符前梦云。按黄岳先生尊翁讳正茂，号松如，即梦中所授之儿也。

木刻孔明像

嘉、隆间，金陵沈越《闻见杂录》载：按江西时，过白鹿洞书院，内诸葛孔明木刻小像，诸生焚香供之。询其所以，皆云其来已远，未知所由。后观《朱文公年谱》，言先生尝作卧龙庵祀孔明，即其地，而木刻像乃文公所立。彼时门人言其微意有在，盖朱子之意以高宗南渡之后，偏安江左，委靡颓坠，不能振发，恢复疆土以雪仇，故于孔明致意焉。惜乎人无有能知之者。

长　子　城

潞安府长子县城，尧长子丹朱所筑，故以名县。县去府治三十里,当孔道,车马往来络绎。万历中,余祖麟郊公以府佐摄是邑。云县素有怪,夜半有衣冠者出游,或时至公堂,胥吏辈群然走避以为常。县尹霍鹏者初至,疑之,为徙后园数冢,怪仍不止。乃为文具牲醪告焉。其弟忽作鬼语曰:"某河南人也,为教官陈某妾,随署是邑,被嫡陵虐至死,葬我后园西北隅,思欲报之,故为祟耳。"霍曰:"若此,吾为汝改葬可乎?"曰:"吾事发当在后三十年,今非其时,改葬无益。"自此怪亦止。

华　山　畿　君

朱秉器《漫纪》:宋南徐有一士,从华山往云阳,见客舍中一女,年可十八九,悦之无因,遂成心疾。母询之,得其隐,往云阳见此女,言及其故。女闻之感慨不胜,因脱蔽膝令母持归,暗藏病者席下,卧之得愈。数日果瘳。一日举席见蔽膝,持而痛泣,气几绝,嘱其母曰:"他日葬我须从云阳过。"母如其言。比至女门,牛任鞭策不行。须臾女沐浴妆饰而出,曰:"华山畿,君既因我死,我活为谁? 君若见怜,棺木为我开裂。"言讫棺开,女遂投入,气即绝,因合葬焉,呼为神士冢。乐府有《华山畿》,本与梁山伯、祝英台事同。

盐　神　炭　神

《海录碎事》:李嗣昭守上党,为汴人所围,城中盐炭俱尽。嗣昭祷天地,俄而城生咸,取以煎盐甚美。又复掘得石炭。晋王自将解围,躬奠其地,立二庙曰盐神、炭神,世崇奉之。又《世纪》:禀君射死盐神。

鬻　爵

《事物纪元》载:鬻爵始于汉文帝,受晁错言,令人入粟与官,及援武帝、灵帝事。殊不知秦始皇时飞蝗蔽天下，诏百姓纳粟千石，拜爵一级，盖在汉文之前。此鬻爵之始也。

尚　父

古今之事虽书史所载，亦难凭据。如太公八十遇文王，世所知也。然宋玉《楚词》云："太公九十乃显荣兮，诚未遇其匡合。"东方朔云："太公体行仁义，七十有二，乃见用于文武。"太公之年得东方朔减了八岁，却被宋玉增了十岁，当以何为准？一友笑曰："以多补少，当以八十为是。"

行　香

行香起于后魏及江左齐、梁间，每燃香薰手，或以香末散行，谓之行香。唐初因之。文宗朝，省掾奏设斋行香事无经据，乃罢。宣宗复释教，其仪遂行。宋、梁开国大明节，百官行香祝寿。石晋天禧中，窦正固奏国忌行香，宰臣跪炉，百官立班，仍饭僧百人，即为定式。宋及元明暨国朝至今用之。

十　石　米

宋蒋津《苇航纪谈》：韩彦古为户曹尚书，孝宗问曰："十石米有多寡？"彦古对曰："万合千升百斗廿斛。"遂称旨。

无　立　锥　地

今俗谓人之至贫者则曰无置锥之地，此语盖自古有之。《韩非子》云："尧无胶漆之约于当世而道行，舜无置锥之地于宇内而德结。"又《史记·优孟传》："孙叔敖为楚相，死其子无立锥之地。"又后汉郭丹、蜀诸葛亮传俱有此语。

瓦盆冰花

宋余杭万延之家有一瓦盆,冬月注水,冰凝成花。初若茶花之类,久之跌萼檀蕊皆成真花,或时为梅,或时为菊,或时为桃李,以至芍药、牡丹,诸名花皆交出之,后随其所变,看成何花。一日忽作水村竹屋、断鸿孤鹜之态,初不可定其色目也。遇凝寒必燕客观冰花,人亦携酒肴就其家观焉。

绿袍女子

朱敖隐于少室山,阳翟县尉李舒在岳寺,使骑招。敖乘马便骋,从者在后行,至少夷庙下。时盛暑,见绿袍女子年十五六,姿色甚丽。敖意是人家臧获,亦讶其暑月挟纩,驰马问之,女子笑而不言,走入庙中。敖亦下马入庙,不见有人,遂壁上观画,见绿袍女子在焉,乃途中所睹者也。

尧九男

宋许观《东斋纪事》载:《孟子》:"尧使九男二女以事舜于畎亩之中。"赵岐注云:"《尧典》曰'釐降二女',不见九男。独丹朱以胤嗣之子臣下以距尧求禅,其余八庶无事,故不见于《尧典》。"予按吕不韦《春秋》云:"尧有子十人而与舜,贵公也。"然自丹朱之外,不特八庶子而已。皇甫谧《帝王世纪》云:"尧娶散宜氏之女曰女皇,生丹朱。又有庶子九人。"其数正与吕不韦合。盖使事舜时,丹朱以嫡子故,不在所遣中,赵岐云八庶,盖未之考耳。

舞柘枝

宋俞琰《席上腐谈》:向见官妓舞柘枝,戴一红物,体长而头尖,俨如角形,想即今之罟姑也。《琐碎录》云:"柘枝舞本北魏拓拔之名,后则易而为柘枝也。"

树　　妖

万历丁酉,柘城县报称本县柳树内偶出人物,各类人马冠裳等像,为牧童验拾见存。嘉兴姚思仁时巡按河南,取归,以柳树内人物示客。陈眉公曾见之,载于《见闻录》。已而考之,南唐末年溧水天兴寺桑木生人,长六寸,如僧状,左袒而右跪,衣械皆备,其色如纯漆可鉴,谓之须菩提。县令摘置竃中,以仁寿节日来献。烈祖惊异,迎置宫中,奉事甚谨。其徒因夸以为感应。不三年,烈祖殂。

木　中　字

《茅亭客语》:伪蜀广政末,成都唐李明因破一木,中有紫纹,隶书"太平"两字,欲进蜀王以为嘉瑞。识者云:"不应此时,须至破了方见太平尔。"果自圣朝吊伐之后,频颁旷荡之恩,救民于水火,又改太平兴国之号。识者之言验矣。

又徐铉《稽神录》:建康有木工破一木,中有肉五斤许,其香如熟猪肉。此又不可以理穷究者矣。

木　纹　如　画

大中祥符六年,绵州彰明县崇仙观柏柱上有木纹如画天尊状,毛发眉目,衣服履舄,纤缕悉备。知州刘宗言奏闻,奉旨令津置赴阙,送玉清昭应宫,民皆图画供养之。

树　化　石

贵州兵备道内有山,山间有树,不知其名,由根而干,盘结成石,

其枝旁出者悉化为石,窥其中则犹有木也。其叶上达,翠色可爱。嘉
靖丁巳,兵宪焦希程记其事。后阅《白孔六帖》载:回纥康于事断松
投河,三年化为石。岂如兹树化石,生生不已哉?

狱囚自脱枷杻

宋钱功《澹山杂识》载:谢宝文景温初任狱官,忽仓皇自外入,急
阖中门。家人问之,但云:"有囚善作法,枷杻自脱,势必见害。"其家
一老仆告之曰:"可速往取笔拓子拓其两中指,复杻之,必无能为。"景
温亟出,用其言,贼法遂不能神。

偏　　肠

宋顾文荐《船窗夜话》载:四明延寿寺一僧,自首至踵,平分寒
热,莫晓所以。遍问名医,无有识者,虽以意投药,皆不效。街有道人
囊药就市,人皆忽之。既出不得已,召而问之。道人曰:"此生偏肠毒
也。"药之而愈。

治　难　产　方

《呓语》:一奇僧传难产方:用杏仁一个,去皮,一边书日字,一边
书月字,外用熬蜜为丸,或滚水或酒吞下。试之有验。

卧　胞　生

《见闻录》:娄东王荆石相国始生冷无气,母惊谓已死。有邻媪
徐氏者谛视良久,笑请曰:"此俗名卧胞生,吾能治之使活,当大贵,但
不免多病累阿母耳。"趣使治之。其法用左手掬儿,右手捆其背百余,
逾时嚏下而醒。六岁中痘,母常下楼谒巫,见一白衣人长丈余阑立,
凝视若有所言。母惊踣楼下,神亦不见。以为不祥,然竟无恙。

元 神 见 形

万历初,冯保客徐爵久奉长斋,未得罪之前一年,忽见寸许童子行几上,惊问之,曰:"吾乃汝之元神也。汝不破斋不得祸,否则祸旋及之矣。"已而蒲州相公召饮,强之食,始破荤,未几遂以论奏逮下诏狱。

瑞 云 峰

吴中太湖石之绝奇者,惟徐同卿园中之瑞云峰。峰石高三丈有奇,相传为朱勔手斫,魁崖离奇,如鬼刬神熔。盖玲珑妍巧,出于天成。朱勔败,此石弃置荒郊。明初为上堡陈祭酒霁所得,移置舟中,石盘忽沉,觅不可得,仅峙其峰。旋为乌程董氏购去,载至中流而船亦覆。乃破资募善泅者取之,先得其盘,而石亦随手出,宛然剑合延平津。嘉靖中,遂为徐氏所有。园在阊门下塘。前辈称此石每夜有光烛天,但此石若初竖,主人冢君不利。峰旁又有二峰,亦壮丽,然仅足充瑞云衙官耳,雁行非所敢也。

醉 石

人知有平泉之醒石,而不知有栗里之醉石。《庐山记》曰:陶渊明所居栗里,两山间有大石,仰视悬瀑,可坐千余人,号曰醉石。

活 石

《天都载》载:海陵圣果院有石井栏,南唐保大中造。旧有绠迹深寸许,今复生合,疑为活石。又衡州府羊角山石,其活尤异。石在府治樵楼前,有人自西蜀青城山来寻羊角山石,乡人指示之。其人扣石云:"青城山有书。"石忽开,书入,石复合,人亦不知所往。

廉　石

晋陆绩为郁林太守罢归，不载宝货，舟轻不可越海，用巨石重之。至姑苏，因置其门，号郁林石。向在临顿路。吴文定《匏庵集》有《廉石记》。天顺间移置察院前。又《齐书》：虞愿为晋平太守，海边有越王石，常隐云雾，相传惟清廉太守得见。愿往观，清彻无隐蔽。愚谓此石真可名廉石。

空　心　发

俗谚以苏人发尽空心，尽谓发无中虚理，讥苏人作事空虚也。不知人之发中无有实。《酉阳杂俎》载：魏有句骊客，善用针，取人发斩为数段，以针贯取之，皆联络相承。可见发皆中虚，不独苏人为然也。设使天下独苏人之发空心，正见苏人玲珑剔透处。

蒜　发

今人年壮而发斑白者，目之曰蒜发。《辍耕录》作算发。以为心多思虑所致。盖发乃血之余，心主血，血为心役，不能上荫乎发也。《东斋纪事》云：蒜发犹言宣发也。《本草》"芜菁"条下云：蔓菁子压油涂头，能变蒜发。陆德明云：《易·说卦》："巽为寡发。"寡本作宣。黑白杂为宣发也。

项后白发曰素领。汉冯唐白首为郎官，素发垂领。

破　瘤　飞　雀

《三国志》注中载华佗破瘤飞雀事，人为理之所无。而《闻奇录》载唐金州防御使崔尧封有甥李言吉者，左目上眶忽痒，生一疮，渐大，长如鸭卵。其根如弦，恒压其目，至不能开。尧封患之，饮之酒醉而剖去之，言吉不知也。赘既破，中有黄雀鸣噪而去。乃知华佗事非妄也。

孔　雀　舞

孔雀出滇南。《续汉书》云：出西域条支国，一名孔都护，又名文禽。李昉名曰南客。康熙癸未，人馈刘藩宪二孔雀，养于财帛司行宫，已死其一。甲申春，予往观，见其尾长数尺，金碧晃耀。遇妇女服锦彩者则舞，舞则奋张其尾，团如锦轮。《吴都赋》所云"孔雀绰约羽而翱翔"是也。

林　九　姑

闽古田有乔松，松下祠神曰林九姑。松固轮囷成林，而柯九出，祈祷者云集，灵应如响。福清毛秉义贫不能归，求济于神，书券告贷，置案上。翌日松枝上有罗绡裹金数九十，义得之大喜，持归，数年息千倍。初无偿意，姑忽以声至其家见索，起居饮啖皆如人。义但盛为供具，枝词软语，终无偿意。姑曰："不偿吾金，恐贻祸在胤子。"义即匿其子于师家，戒勿出。姑曰："儿安所匿？顾儿无罪也，吾但焚尔居。"义复为之备。数日火起，义有叔曰孔墀亦在救焚。姑告之曰："公贵人也，公家安得有负义如义者，不念资所自来，而久负至索又不与。吾非欲夺其所有，只还其所本无耳。"自是义贫如洗。孔墀中万历甲戌进士，任户部郎。

人　物　坐　化

《说储》载：僧伽坐化谓趺坐而化，僧会立化谓端立而化，僧志闲行化谓随行随化，邓隐峰倒化谓倒立而化。不知物亦有坐化者。《唐杂志》有坐化鹦鹉，焚之有舍利。《后山谈丛》：庐山有坐化猫，峡中有坐化猢狲。李公择家有坐化蛇。《夷坚志》：宋天柱寺有立化雉，青州大圣院有坐化虾蟆,天庆观有立化犬,衢州七星桥有蹲化羊。吾苏瑞光寺放生池有立化鸡。《洞微志》:僧卜聪游五台将归,有僧以书托寄东勃贺。至京不见其人,一日郊游,见小儿逐大猪云:"勃贺,勃贺。"问之,云:"此猪能令猪群不乱逸,爱食薄荷,故名。"以书投之,猪食之,即人立而化。《帝京景物略》:万历中,建慈惠寺,有伏化蜘蛛。物有夙根,信然。

帝 召 李 贺

上帝召李贺记白玉楼事,新旧《唐书》皆不载,惟见于李商隐《小传》,云闻之长吉姊嫁王氏者。千古传之,遂为佳话。又《宣室志》载:贺卒,母梦贺曰:"上帝迁都白瑶宫,作月圃凝虚殿,命贺与文士辈纂三章。天上差乐,顾母无以为念。"岂因贺母之梦而商隐遂神其说云。

犟 吴 江 塔

吴江塔欹侧已久。康熙癸未,奉县令出示募人修整,久之无人应募。忽于夏间有人投词云能正塔,令奇而面询之。问用工费若干,答云:"所费不多,止用壮夫一百二十人,棺板一百二十块,各带畚锄,豫备大土基若干。至期众工酒肉食之须饱。"令以其言太易,忽之。数日后定期六月十八,黄昏起工。至期大风雨,役众工搜去塔脚一处泥土,各以板从低处敲起,而以土基塞之。其人于四周遍视,众工但闻风涛声。如是者一昼夜,至暮风雨亦息,人视塔已正矣。

武 侯 前 知

《隋书》:史万岁征南宁夷,入蜻蛉川,经大小勃弄,见诸葛武侯纪功碑云:"万岁后胜我者过此。"万岁乃倒其碑而进。《蜀古绩记》:曹彬代蜀,谒武侯祠,谓孔明虽忠于汉,然疲竭蜀之军民,不能复中原之万一，不得为武，欲拆毁之。俄报中殿摧塌，有石碑出，上云："测我心腹事，惟有宋曹彬。"彬遂令郡守新其祠宇，为文祭之而去。《宋史》：狄青破侬智高，见孔明纪功碑云："后有功在吾上者立石于右。"青果立之其右，后为震雷所击。孔明历历前睹若此，真神人哉！

金 姑 娘 娘

康熙癸未夏，吴中乏雨，有人自江北来，传有一妇，趁柴舡行数里即欲去，云："我非人，乃驱蝗使者，即俗所称金姑娘娘。今年江南该有蝗灾，上帝不忍小民乏食，命吾渡江收取麻雀等鸟以驱蝗蝻。汝传谕乡农，凡有蝗来，称我名即可除。船钱百文在汝家门首，可归取之。"俄不见。已而常州一带果有蝗从北来，乡农书金姑娘娘位号，揭竿祭赛，蝗即去。后闻人言：崇祯庚辰、辛巳间，向有金姑娘娘纸马，六十年来并不刷印，至今岁复兴，大获其利。予家庭中秋间果无鸟雀，至冬复集。

戚 公 为 水 神

余姚戚公澜湖，景泰辛未进士，与丘文庄濬友善。以编修服阕上京，渡钱塘江，忽风涛大作，有绛纱灯数百对，大夫九人，带剑乘马，飞驰水面。舟人大恐，戚曰："我知之矣。"推窗，九人下马跪拜，戚曰："若非桑石将军九兄弟耶？"曰："然。"戚曰："去，我谕矣。"九人等皆散。戚命返棹抵家，谓家人曰："某日吾将逝矣。"及期，沐浴朝服，坐向，九人率甲士来迎，行践屋瓦，瓦皆碎，戈矛旗帜，晃耀填拥。有顷，公卒，车骑前后呼卫，隐隐入空而没。后文庄夫人自南海浮江而上，过鄱阳湖，夜梦达官呵拥，入舟请见夫人曰："吾编修戚澜也。昔与丘先生同官友善，义不容坐视，特来报知。三日后有风涛之险，只帆片橹无存，可亟迁于岸。"夫人惊觉，如言移止寺中。未几江中果有风涛，众舟皆溺。夫人至京，白其事于文庄，以闻于朝，遣官谕祭，文庄为文祭之。杨用修载其事于《丹铅录》。

鸡 卵 异

《奇闻录》载：唐询家庖妾携鸡卵数枚，忽一堕地，中有观音像，坐莲花，旁列善财、龙女，净瓶、柳枝皆具。举家惊异，取以供奉，遂弃其余不食。又《天都》载：唐文宗以长安中缁徒日众，命有司诏中外罢缁徒说法。会尚食吏修御膳，烹鸡卵，方燃火，忽闻鼎中有声，听之乃群卵念观世音菩萨也。吏具以闻，文宗叹曰："不知浮屠氏之力如是耶？"因颁诏郡国，各于精舍塑观世音菩萨像，并诏尚食吏自后无以鸡卵为膳。

白 团

《冥报记》：周武帝好食鸡卵，贺拔虎为监膳仪同。开皇中，死而复苏，云被摄证武帝进白团事。仪同不识，左右曰："白团，鸡卵也。"虎谓人曰："食子类其罪不减于杀生也。"

子 类 不 宜 食

支遁幼时与师论物类，谓鸡卵生用，不足为杀。师不能屈。师寻亡，忽现形投卵于地，壳破雏行，顷之俱灭。遁感悟，遂蔬食终身。又齐李道念好食鸡卵，晚得奇疾。褚澄投以苏汁，吐出一十三物，剖开皆鸡雏，头脚羽翅皆具。又梁时有一妇以鸡卵白和沐，使发光黑，每沐辄破二三十枚。临终但闻发中有数鸡雏之声。又宋东平董瑛知泽州，将嫁妹，人饷鸡卵三十枚，食其七而留其余，挂于堂内梁上。已而妹婿至，庖妾请供晨餐。瑛夜梦二十三小儿自梁而下，同词乞命，中一女着裙帔而跛足。且起颒面，适妾取卵二十三枚过，瑛方忆昨梦，命舍之，求牝鸡分抱，皆成鸡，惟一雌者病足。瑛自是不杀生。

字　卵

《碣石剩谈》：琴川有老妇养子数岁，就村塾，每午归，必索啖。一日母鸡方生一卵，命取充啖。儿谛视，惊云："卵有楷书二行云：曹夫起心，一生辛勤枉尔生。"字画精楷若镌刻者然。众相传玩，咸为怪异。未几顿遭回禄，或者其兆云。

方　卵

鸟卵皆圆，鸟卵而方，有白无黄。一人于鸟巢中得一方卵，破之果然。见成丁《百鸟志》。

义　熊

王慎旃言《圣师录》：晋升平中，有人入山射鹿，忽堕一坎内，见熊子数头。须臾有大熊入，瞪视此人。人谓必害己，良久，大熊出果分与诸子，末后作一分与此人。此人饥久，冒死取啖之。既而转狎习，每旦熊母觅食还，辄分此人，赖以支命。后熊子大，其母一一负将出。子既出尽，此人自分死坎中，乃熊母复还，入坐人边，人解其意，便抱熊足，熊跳出，遂得活。

蝌蚪伸冤

《圣师录》：天启中，绍兴郡丞张佐治擢金华守，去郡至一处，见蝌蚪无数，夹道鸣噪，皆昂首若有所诉。异之，下舆步视，而蝌蚪皆跳踯为前导，至田间，三尸叠焉。张有力，挈二尸起，下一尸微动，汤灌之，顷复活，曰："我商人也。见二人肩两筐蝌蚪适市，伤之，购以放生。二人曰：'此皆浅水，虽放人必复获。前有放生池。'我从之至此，不虞挥斧，遂被害。二仆随后尚远，有腰缠，必诱至杀之，夺其金。"张命亟捕之，人金皆得，以属其守石公昆玉，一讯皆吐实抵死，腰缠归商。

村 叟 梦 鳖

《夷坚志》：乾道中，昆山近海村中一老叟，梦河内泊大舟，舟中罪人充满，皆绳索缠缚，见叟来，各哀呼求救，继而舟师携钱诣门籴米。寤而怪焉。迨旦启户，岸下果有一舟，舟子市米，与梦合。亟趋视，满舱皆鳖也，捆缚莫展。询其所之，曰："贩往临安。"叟悚悟此梦，问所直若干，索钱三万。叟如数买之，尽解缚放诸水。是夜梦数百人被甲于门外唱连珠喏，惊出视之，相率列拜，谢再生之恩，令君家五世大富，一生无疾，寿终生天。自是叟愈康健，生计日益。

二 鳖 吟 诗

建炎末，王承可侍郎居分宁田舍。一夕，梦黑衣男女约三十辈，两人如夫妇立于前，余皆列于后，泣拜乞命。梦中似许之。明晨闲步门外，逢村民负鳖来，倾置地上，二大者居前，余二十六枚在后，恍惚如梦中所见。遂买而投诸深溪。夜复梦二黑衣人来谢，且吟诗两句云："放浪江湖外，全胜沮洳时。"超然有自得之意。

鳖 逐 人

大理司直陈棣嗜鳖，所居山邑艰于得，随得则食。绍兴壬戌，梦适通衢，见鳖二十余，出水行甚遽，且将啮己。急走还，及门，鳖亦踵至。复趋堂上，相逐愈急。窘甚，登床，鳖竞缘四脚而上。棣大怖，谓曰："我无食汝意，何为见迫？"叱之而寤。明旦启门，有仆持刘元中书，致一竹篓，饷鳖二十八头，视之，绝类昨梦所睹。元中仆善捕鳖，赤手行水际，察砂石间则知鳖所隐，日获数十，以施亲党。棣举所饷放诸溪，自是不复食矣。

夹 浦 江 豚

《闻见录》：三吴虽称泽国，素无潮汐。万历丁丑间，夹浦桥瓜泾港口有二大江豚，吹浪鼓风，舟多覆溺。渔人不敢网，网即膺祸。又有一小者，似獭非獭，似豚非豚，夜则潜入沿涯民家，卧榻鼾睡，人弗敢逐，逐者疾作。历年洪水为灾，田禾湮害，桥梁崩圮，比及三载旱荒，而是怪亦渐灭矣。

女 丈 夫

古来女子诈为男而有官位者，南齐时东阳娄逞，能棋解文义，变丈夫服，仕至扬州议曹录事。商丘木兰，代父征戍，十年而归，除尚书，不受。杜牧之有《木兰庙》诗。五代女子黄崇嘏，易男服作司户参军，治事明敏，胥吏畏服，惟与老姆同居。唐贞元末，有孟氏者，三原董桥店媪也。彭城刘颇自渭北入城，宿店中，见媪年可六十，衣黄衣大裘乌帻，跨门而坐，问左卫胄曹李士广何官，广具答之。媪曰："此四卫耳。"广问之，媪曰："吾年二十六嫁张誊为妻。誊为朔方兵马使，日在汾阳王左右，而吾貌酷与誊类。誊卒，汾阳伤之，遂衣丈夫衣冠，投名为誊弟，任前职，事汾阳，寡居十五年。汾阳薨，吾年七十二，军中累奏兼御史大夫。忽思茕独，嫁此店潘老为妻，生二子，曰滔，曰渠。"后媪年百余岁卒。盖貌同一异也，男服二异也，累奏为御史大夫三异也，七十又嫁、又生二子四异也，寿百余而卒五异也。事载《乾馔子》。又刘士珂赴选，晚入徽安门，旅店皆满，惟一肆闃寂，一人倚剑立门，珂因留宿。既入，少选传云："祭酒屈郎君晚膳。"引珂拥炉饮酒，昏时共被，乃妇人也。嘱珂勿与他人语。讯其所由，则功臣李抱玉主课青衣石氏，因乱，抱玉挟名奏授国子祭酒。见《唐杂记》。又四川西充女子代父从征，以功投郡尉，历官数载而归。嫂见其腰躯肥大，疑而嘲之。女乃置酒邀亲里会饮，刲腹以示无他，人皆敬而哀之，葬顺庆凤了山。翁仲犹存，名都尉冢。见《碧梧杂录》。又元末保宁女子韩氏,年十七,遭兵乱,虑为所掠,伪为男子服,混处民间。既而居兵伍中七年,人莫有知者。后从王玲兵掠云南还,邂逅其叔,携之归成都,以适尹氏。同时从军者皆惊异之。又弘治中金陵女子黄善聪,年十二丧母,父携之行贩江北。乃假妆为男,父死改姓名曰张胜,合乡人李英为伙,六年归,仍处子。英后闻之求娶,善聪坚拒之。事闻于朝,诏为夫妇。

人 妖 公 案

成化丁酉,真定府晋州奏:犯人桑冲,供系山西太原府石州军籍李大刚侄,幼卖与榆次县桑茂为义男。成化元年,闻大同府山阴县民谷才以男装女随处教妇女生活,暗行奸宿,一十八年,未曾事发。冲投拜为师,将眉脸绞刺,分作三绺,戴上鬏髻,妆作妇人,就彼学女工,描剪花样、刺绣等项,尽得其术。随有任茂、张端、杨太、王大喜、任昉、孙咸、孙原七人,复投冲学,各散去。讫三年三月,冲历大同、平阳等四十五府州县,探听人家出色女子,即投中人引进,教作女工,默与奸宿。若有秉正不从者,随将迷药喷于女子身上,默念昏迷咒,使之不能言动,即行奸宿。复念醒昏咒,女子方醒。冲再三陪情,女子隐忍不言。住两三日,又复他之。丁酉七月十三日,至晋州聂村生员高宣家,宣留在南房宿。宣婿赵文举强淫之,冲不从,文举捽冲倒,揣胸无乳,摸有肾囊,告官械至京。都察院具狱以闻。上以情犯丑恶,命磔于市,并命搜捕任茂等诛之。

蓝 道 婆

《碣石剩谈》:嘉靖中,瑞州府有蓝道婆者,身具阴阳二体,无髭须,因束足为女形,专习女红,极其工巧,大族多延为女师,教习刺绣织纴之类,即与女子昕夕同寝处。初不甚觉,至午夜阳道乃见,因与淫乱。后至一家女徒伴宿,蓝婆求奸,女子不从,寻与父母语其故。因令老妪试之,果然,首于官,捕至讯实,以巨枷遍游市里。女子曾失身者缢死甚众。道婆仍杖死。所以人家三姑六婆不许入门，以此。

俗 语 有 本

里巷长谈出于史书者，广集三卷载之详矣。兹更得数十则。人谓愚者曰"不知鼎董"。《尔雅·释草》云："藐蕌董。"注："似蒲而细。"不知蕌董者，即不辨菽麦意。事不坚确者曰"活脱"。《释草》云："倚商活脱。"注："草生江南，高丈许，大叶，茎中有瓤正白。"活脱者，靡然如草意也。隐迹曰"畔"。陈后主时谣曰："齐云观，寇来无处畔。"事稳当曰"妥帖"。杜诗："千里初妥帖。"馈人曰"作人情"。杜诗曰："粗粝作人情。"官之职掌曰"管事"。《李斯传》云："管事二十余年。"不正曰"差路"。差去声。唐诗云："枯木岩前差路多。"虚而少实曰"空头"。《北史·斛律金传》："空头汉合杀。"习气曰"毛病"。黄山谷《刀笔》云："此荆南人毛病。"热而不甚曰"温暾"。白乐天诗："池水暖温暾。"

镂 身

古人多有镂身为饰者，盖文身雕题之旧习也。越人以此避蛟龙之患。南中有绣面老子裸人刺胸前作花。蜀将韦少卿胸刺张燕公"挽镜寒鸦集"诗。荆州街子葛清自颈以下遍刺白乐天诗。蜀市赵高背镂毗沙门天王。段成式门下驺路神通亦背刺天王。又有一道士，为郭威、冯晖雕刺。刺郭于项，右作雀，左作谷粟。刺冯以脐作瓮，中作雁数只。戒曰："尔曹各于项脐自爱。他日雀衔谷、雁出瓮，则尔曹亨泰日也。"后郭祖秉髦，雀谷稍近。比登极，雀遂衔谷。而晖之雁亦自瓮中累累出矣，是时晖亦秉髦。一时之雕刺，却寄先征，奇哉！

射 画 击 衣

《太公金匮》载：武王伐殷，丁侯不朝，尚父画丁侯，三旬射之。

丁侯病,遣使请臣,尚父乃以甲乙拔头箭,丙丁拔目箭,戊己拔腹箭,庚辛拔足箭,丁侯病乃愈。此魇术之所由始。顾长康画邻女,针之而心痛,拔针而愈,亦犹是也。若《史记》索隐所载赵襄子从豫让击衣之请,让拔剑三跃而击之,衣尽出血,襄子回车,车轮未周而亡。则精诚所感,气固足以摄之矣。

阎　王

　　韩擒虎之将逝也,人有疾走至其家者,曰:"欲谒王。"因问何王,曰:"阎罗王。"擒虎曰:"生为上柱国,死作阎罗王足矣。"又蔡襄病革,兴化守李遘梦神人紫绶金章,自云:"欲迓代者。"遘询之,神曰:"余阎罗王,蔡襄当代我。"明日蔡襄薨。遘挽之曰:"不向人间作冢宰,却归地下作阎王。"本擒虎语。

历代笔记小说大观总目

汉魏六朝

西京杂记(外五种) 〔汉〕刘歆 等撰 王根林 校点

博物志(外七种) 〔晋〕张华 等撰 王根林 等校点

拾遗记(外三种) 〔前秦〕王嘉 等撰 王根林 等校点

搜神记·搜神后记 〔晋〕干宝 陶潜 撰 曹光甫 王根林 校点

世说新语 〔南朝宋〕刘义庆 撰 〔梁〕刘孝标注 王根林 标点

唐五代

朝野佥载·云溪友议 〔唐〕张鹭 范摅 撰 恒鹤 阳羡生 校点

教坊记(外七种) 〔唐〕崔令钦 等撰 曹中孚 等校点

大唐新语(外五种) 〔唐〕刘肃 等撰 恒鹤 等校点

玄怪录·续玄怪录 〔唐〕牛僧孺 李复言 撰 田松青 校点

次柳氏旧闻(外七种) 〔唐〕李德裕 等撰 丁如明 等校点

酉阳杂俎 〔唐〕段成式 撰 曹中孚 校点

宣室志·裴铏传奇 〔唐〕张读 裴铏 撰 萧逸 田松青 校点

唐摭言 〔五代〕王定保 撰 阳羡生 校点

开元天宝遗事(外七种) 〔五代〕王仁裕 等撰 丁如明 等校点

北梦琐言 〔五代〕孙光宪 撰 林艾园 校点

宋元

清异录·江淮异人录 〔宋〕陶穀 吴淑 撰 孔一 校点

稽神录·睽车志 〔宋〕徐铉 郭彖 撰 傅成 李梦生 校点

贾氏谭录·涑水记闻 〔宋〕张洎 司马光 撰 孔一 王根林 校点

南部新书·茅亭客话 〔宋〕钱易 黄休复 撰 尚成 李梦生 校点

杨文公谈苑·后山谈丛 〔宋〕杨亿口述、黄鉴笔录、宋庠整理 陈师道 撰 李裕民 李伟国 校点

归田录(外五种) 〔宋〕欧阳修 等撰 韩谷 等校点

春明退朝录(外四种) 〔宋〕宋敏求 等撰 尚成 等校点

青琐高议 〔宋〕刘斧 撰 施林良 校点

渑水燕谈录·西塘集耆旧续闻 〔宋〕王辟之 陈鹄 撰 韩谷 郑世刚 校点

梦溪笔谈 〔宋〕沈括 撰 施适 校点

麈史·侯鲭录 〔宋〕王得臣 赵令畤 撰 俞宗宪 傅成 校点

湘山野录 续录·玉壶清话 〔宋〕文莹 撰 黄益元 校点

青箱杂记·春渚纪闻 〔宋〕吴处厚 何薳 撰 尚成 钟振振 校点

邵氏闻见录·邵氏闻见后录 〔宋〕邵伯温 邵博 撰 王根林 校点

冷斋夜话·梁溪漫志 〔宋〕惠洪 费衮 撰 李保民 金圆 校点

容斋随笔 〔宋〕洪迈 撰 穆公 校点

萍洲可谈·老学庵笔记 〔宋〕朱彧 陆游 撰 李伟国 高克勤 校点

石林燕语·避暑录话 〔宋〕叶梦得 撰 田松青 徐时仪 校点

东轩笔录·嬾真子录 〔宋〕魏泰 马永卿 撰 田松青 校点

中吴纪闻·曲洧旧闻 〔宋〕龚明之 朱弁 撰 孙菊园 王根林 校点

铁围山丛谈·独醒杂志 〔宋〕蔡絛 曾敏行 撰 李梦生 朱杰人 校点

挥麈录 〔宋〕王明清 撰 田松青 校点

投辖录·玉照新志 〔宋〕王明清 撰 朱菊如 汪新森 校点

鸡肋编·贵耳集 〔宋〕庄绰 张端义 撰 李保民 校点

宾退录·却扫编 〔宋〕赵与时 徐度 撰 傅成 尚成 校点

桯史·默记 〔宋〕岳珂 王铚 撰 黄益元 孔一 校点

燕翼诒谋录·墨庄漫录 〔宋〕王栐 张邦基 撰 孔一 丁如明 校点

枫窗小牍·清波杂志 〔宋〕袁褧 周煇 撰 尚成 秦克 校点

四朝闻见录·随隐漫录 〔宋〕叶少翁 陈世崇 撰 尚成 郭明道 校点

鹤林玉露 〔宋〕罗大经 撰 孙雪霄 校点

困学纪闻　[宋]王应麟 撰　栾保群 田松青 校点

齐东野语　[宋]周密 撰　黄益元 校点

癸辛杂识　[宋]周密 撰　王根林 校点

归潜志·乐郊私语　[金]刘祁　[元]姚桐寿 撰　黄益元 李梦生
　　校点

山居新语·至正直记　[元]杨瑀 孔齐 撰　李梦生 庄葳 郭群一
　　校点

南村辍耕录　[元]陶宗仪 撰　李梦生 校点

明代

草木子(外三种)　[明]叶子奇 等撰　吴东昆 等校点

双槐岁钞　[明]黄瑜 撰　王岚 校点

菽园杂记　[明]陆容 撰　李健莉 校点

庚巳编·今言类编　[明]陆粲 郑晓 撰　马镛 杨晓波 校点

四友斋丛说　[明]何良俊 撰　李剑雄 校点

客座赘语　[明]顾起元 撰　孔一 校点

五杂组　[明]谢肇淛 撰　傅成 校点

万历野获编　[明]沈德符 撰　杨万里 校点

涌幢小品　[明]朱国祯 撰　王根林 校点

清代

筠廊偶笔 二笔·在园杂志　[清]宋荦 刘廷玑 撰　蒋文仙 吴法源
　　校点

虞初新志　[清]张潮 辑　王根林 校点

坚瓠集　[清]褚人获 辑撰　李梦生 校点

柳南随笔 续笔　[清]王应奎 撰　以柔 校点

子不语　[清]袁枚 撰　申孟 甘林 校点

阅微草堂笔记　[清]纪昀 撰　汪贤度 校点

茶余客话　[清]阮葵生 撰　李保民 校点

檐曝杂记·秦淮画舫录 〔清〕赵翼 捧花生 撰 曹光甫 赵丽琰 校点
履园丛话 〔清〕钱泳 撰 孟斐 校点
归田琐记 〔清〕梁章钜 撰 阳羡生 校点
浪迹丛谈 续谈 三谈 〔清〕梁章钜 撰 吴蒙 校点
啸亭杂录 续录 〔清〕昭梿 撰 冬青 校点
竹叶亭杂记·今世说 〔清〕姚元之 王晫 撰 曹光甫 陈大康 校点
冷庐杂识 〔清〕陆以湉 撰 冬青 校点
两般秋雨盦随笔 〔清〕梁绍壬 撰 庄葳 校点